भारत की राजनीति का उत्तरायण

भारत की राजनीति का उत्तरायण

भारत में सभ्यताओं के बीच हुए संघर्ष की सदियों के बाद

सूर्यकान्त बाली

प्र
प्रभात प्रकाशन

प्रकाशक • **प्रभात प्रकाशन प्रा. लि.**
4/19 आसफ अली रोड,
नई दिल्ली–110002

संस्करण • 2025
मूल्य • एक हजार रुपए
मुद्रक • नरुला प्रिंटर्स, दिल्ली

BHARAT KI RAJNEETI KA UTTARAYAN
by Shri Suryakant Bali ₹ 1000.00
Published by Prabhat Prakashan, 4/19 Asaf Ali Road, New Delhi-2
e-mail: prabhatbooks@gmail.com ISBN 978-93-5322-579-7

वेदविदुषी, मधुरभाषिणी
प्रिय पत्नी **सरस्वती**
को
मानपूर्वक

संवाद

'भारत की राजनीति का उत्तरायण' जैसा कि पुस्तक के शीर्षक से ही स्पष्ट है, यह मेरी राजनीतिक पुस्तक है। कोई भी राजनीतिक पुस्तक राजनीतिक घटनाओं पर आधारित हो सकती है, अथवा राजनीति से जुड़े व्यक्तित्वों पर आधारित हो सकती है, या फिर राजनीतिक विचारधारा से, राजनीतिक विचारों से जुड़ी हो सकती है। 'उत्तरायण' यह पुस्तक तीसरे वर्ग में रखी जा सकती है। अर्थात् 'उत्तरायण' मेरी यह पुस्तक विचारधारा पर आधारित राजनीतिक पुस्तक है।

भारत की विचारधारा से जुड़ी कोई राजनीतिक पुस्तक हो और वह भारत के अध्यात्म, भारत के धर्म और भारत के संप्रदायों से न जुड़ी हो, भारत की अपनी निगम-आगम-कथा परंपराओं से न जुड़ी हो, भारत के अध्यात्म-अद्वैव-भक्ति, अपने इन तीन वैचारिक आंदोलनों से न जुड़ी हो, भारत के तीन विशिष्टतम महर्षियों, जो संयोगवश तीनों ही दलित महर्षि हैं, ऐसे वाल्मीकि, वेदव्यास तथा सूतजी महाराज से न जुड़ी हो, तो फिर वह भारत की विचारधारा पर आधारित पुस्तक कैसे कही जा सकती है? 'उत्तरायण' भारत की इसी, दस हजार सालों से विकसित अपनी, देश की अपनी विचारधारा से जुड़ी पुस्तक है, देश के अध्यात्म-धर्म-संप्रदाय से अनुप्राणित पुस्तक है, निगम, आगम, कथा इन तीनों परंपराओं से जीवन रस प्राप्त करने वाली तथा भारत के तीन वैचारिक आंदोलनों, अध्यात्म -अद्वैत-भक्ति इन तीन वैचारिक आंदोलनों से पोषण प्राप्त करने वाली शब्द-प्रस्तुति है, उसी से प्राप्त विचारधारा का विश्लेषण करती है।

आप हमारे इस उद्योग से सहमत हो भी सकते हैं, सहमत नहीं भी हो सकते हैं। पर हमारा विश्वास है कि हमने आज अपनी पुस्तक में भारत की विचारधारा का अपनी तरह से अपनी शैली में प्रतिपादन किया है, राजनीतिक विचारधारा की हमारी इस प्रस्तुति और हमारे इस विश्लेषण से कल सारा देश सहमत होना चाहेगा।

—सूर्यकान्त बाली

पस्पशा : भारत में सभ्यताओं के बीच हुए संघर्ष की सदियों के बाद

हम उन लाल बुझक्कड़ों से सहमत नहीं हैं, जो देश में यह भ्रम पैदा करने का कोई मौका नहीं चूकते कि भारत में इसलाम का आगमन एक ऐसे मजहब के रूप में हुआ, जो शांति और भाईचारे का संदेश देता है। हमें भी यह मानने में खुशी होती, अगर हमने महमूद गजनवी की हिंसक और आसुरी क्रूरता से भरी लूट-शृंखला को नहीं झेला होता, जो कई साल तक साल-दर-साल चली और जिसके दौर में भारत में सोमनाथ मंदिर को, भारत के बारह में से एक ज्योतिर्लिंग को भग्नावशेष होते बेबस होकर देखा। इसलाम से जुड़ी इन्हीं लूट-खसोटों की इसी असभ्यता के तहत न जाने कितने ही मंदिरों को तोड़कर भारतभूमि से मिटाने दिया गया, जो इतिहास अब क्रमशः परत-दर-परत लोगों के सामने आ रहा है। भारत की सभ्यता के पास इस संपूर्ण इसलामी विनाशलीला का विवरण होना ही चाहिए, सदा-सर्वदा के लिए अपनी राष्ट्रीय स्मृतियों में बस जाना चाहिए, अन्यथा किसी सभ्यता के फिर सभ्यता कहलाने का मतलब ही क्या रह जाता है?

हमें भी इसलाम को भाईचारे का मजहब मानने में खुशी ही होती, अगर राम की जन्मभूमि अयोध्या में बनी एक मसजिद के नीचे खुदाई किए जाने पर इस बात के अकाट्य सबूत न मिल जाते कि अयोध्या की यह भारत-विरोधी मसजिद, मंदिर या मंदिरों के विखंडन कर उनके ऊपर बना दी गई थी। और यह खुदाई हमने नहीं कराई और न ही हम जैसे किसी दूसरे लेखक या विचारधारा से प्रेरित भारत पर विचार करनेवाले ने करवाई है। यह खुदाई भारत सरकार की देख-रेख में ए.एस.आई. (आर्कियोलॉजिकल सर्वे ऑफ इंडिया) की योजना से हुई थी। इसी तरह के ध्वंसावशेषों पर न जाने इसलाम ने कितनी ही मसजिदें, शायद सैकड़ों मसजिदें भारत में बना दी होंगी, जिनकी ध्वंस कथाएँ धीरे-धीरे सामने आ रही हैं।

हमें भी इसलाम को शांति का मजहब मानने की खुशी ही होती, अगर देश की

कुछ महत्त्वपूर्ण लाइब्रेरियों को जलाकर राख कर देने की घटनाएँ हमें इतिहासकारों ने न बताई होतीं। शायद इन्हीं अग्निकांडों में सुश्रुत जैसे शल्यक्रिया के वैज्ञानिक ग्रंथ और दूसरी कुछ शास्त्रीय परंपराओं के ग्रंथ हमने हमेशा के लिए खो दिए। हमें भी इसलाम को शांति का मजहब मानने की खुशी ही मिलती, अगर राजपूताना के चित्तौड़गढ़ में महारानी पद्मिनी व उनकी सैकड़ों सखियों व सेविकाओं को इसलामी शासकों की आशंकित अमानवीयता से बचने के लिए खुद को अग्नि में भस्म कर देने का जौहर न करना पड़ता। नादिरशाह द्वारा किए गए कत्लेआम की घटना तो कोई खास पुरानी भी नहीं है, जब राजधानी दिल्ली में एक काले दिन की सुबह से दोपहर तक हिंदुओं का कत्लेआम किया गया था और अनगिनत शीश नादिरशाही जुल्म के हवाले कर दिए गए, कत्ल कर दिए गए।

इन सभी दुर्घटितों में हिंदू सभ्यता के प्रतीक व समाज वे ही थे, जो हिंदू सभ्यता की अभिव्यक्ति करते थे और उनका शिकार किया इसलामी मजहब व सभ्यता के प्रतिनिधियों ने। जब सभ्यताओं के बीच शिकार और शिकारी का फूहड़ रिश्ता बन जाए तो फिर किसी भी सभ्यता के बीच संवाद की स्थितियाँ बन ही नहीं सकतीं और एक सभ्यता का दूसरी सभ्यता के बीच सिर्फ शिकार और शिकारी का और उसके परिणामस्वरूप सिर्फ घृणा और शत्रुता का ही स्वरूप बना रहता है, जो कि हिंदू सभ्यता और इसलामी सभ्यता के बीच शुरू से बना और बनता तथा बढ़ता चला गया और आज तक बना हुआ है, जैसा कि हमने कहा कि नादिरशाह के द्वारा किए गए कत्लेआम की घटना तो कोई खास पुरानी भी नहीं है और अब तो गज्बा-ए-हिंद की बातें शुरू हो चुकी हैं।

इन सभी घटनाओं में, हम दोहरा रहे हैं, ताकि कोई शक किसी को न रहे और न ही कोई गलतफहमी किसी को रहे कि इन सभी घटनाओं में हिंदू सभ्यता के प्रतीक व समाज वे ही थे, जो हिंदू सभ्यता की अभिव्यक्ति करते थे और उनका शिकार किया इसलामी सभ्यता के प्रतिनिधियों ने। इसलिए संवाद की परिस्थितियाँ ही कहाँ थीं? शिकार और शिकारी के बीच संवाद का सभ्य रिश्ता बनना संभव ही कहाँ था? इस बारे में जो कहानियाँ, सूफी तबकों को लेकर सुनाते हुए देश सदियों से, खासकर अंग्रेजों के आने के बाद बाद से और फिर कांग्रेसी दशकों से हमें सुनाई गई थीं, उनको लेकर भी लोगों की खुशफहमियाँ धीरे-धीरे सामने स्पष्ट होती चली जा रही हैं।

ऐसी घटनाओं का जिक्र करते रहना कोई कठिन काम नहीं है। यह सत्य बताकर इसलाम को बदनाम करना हमारा मकसद ही नहीं है। वैसा हम 'उत्तरायण' की संपूर्ण लेखन परंपरा में नहीं करनेवाले हैं, क्योंकि हमारा लक्ष्य भारत में समरस समाज कायम करना है, विषमताओं पर पलने-पुसनेवाली विचारधाराओं को प्रश्रय देना नहीं। देश में, पूरे समाज में, पूरे वातावरण में अगर शांति चाहिए, समृद्धि का माहौल चाहिए, देश

को समृद्ध बनाने की महत्त्वाकांक्षा पूरी करनी है तो आज के मुसलिमों को अर्थात् कभी धर्मांतरित कर दिए गए हिंदुओं को भी भारत भक्ति से भरपूर बना देने का कोई विकल्प ही नहीं है, ताकि पूरे देश में एक समरस समाज बन सके, जिस समाज को चलाने देने में भारत के मुसलिम नेता सहायता तो कर नहीं रहे हैं, बल्कि हिंदुओं और मुसलिमों को एक-दूसरे के बरक्स, एक-दूसरे के विरोध में खड़ा किए रहने की मुहिम में ही लगे रहते हैं। और यह बात हम ही नहीं कह रहे हैं; भारत का संपूर्ण मुसलिम जन यही मानता भी है और कहता भी है। मसलन, तीन तलाक पर देश के संपूर्ण मुसलिम समाज ने समर्थन और खुशी जाहिर की, वहाँ मुसलिम नेता और उलेमा अपना वही पुराना, निरर्थक, दकियानूसी रवैया ही व्यक्त करते रहे। अभी भी कर रहे हैं। जाहिर है कि भारत भक्ति से भरपूर समाज ही राष्ट्रीय लक्ष्य हासिल कर सकेगा। शांति और भाईचारे की रोमांटिक व अर्थहीन बातें करने से कुछ नहीं बननेवाला। सभ्यताओं के बीच संवाद तभी हो पाता है। अन्यथा सभ्यताओं के बीच संघर्ष की सदियाँ तो हम देख ही आए हैं और इसके मौजूदा दशक भी हम देख ही रहे हैं।

सभ्यताओं के बीच संवाद सिर्फ तभी संभव होता है, जहाँ सभ्यता के अपने भीतर भी संवाद का माहौल हो। भारत की अपनी सभ्यता में आंतरिक संवाद का वातावरण हमेशा से बना रहा है। इसी का परिणाम है कि भारत में ज्ञानार्जन और ज्ञान चर्चा की परंपरा सदा से रही है, जिसे हम भारत की अपनी भाषा में 'शास्त्रार्थ' कहते रहे हैं और जिस 'शास्त्रार्थ' शब्द का चलन वाद-विवाद-संवाद में, चर्चा-परिचर्चा में फिर से होना शुरू हो चुका है। इस बारे में एक बात स्पष्ट रहनी चाहिए और वैसा स्पष्ट रहने में राजनीतिक या बौद्धिक तुष्टीकरण और राजनीतिक या बौद्धिक आतंकवाद कोई सहायता नहीं करता। जो इसने अभी-अभी कहा है, उसे समझ लेने में कोई नुकसान नहीं। शास्त्रार्थ, ज्ञान चर्चाएँ, वाद-विवाद-संवाद और चर्चा-परिचर्चाएँ तभी संभव होती हैं, जब वैसा करने का कोई तात्त्विक आधार उपलब्ध हो पा रहा हो। भारत में जो शास्त्रार्थ परंपरा हजारों सालों तक अनवरत चली और जिसके परिणामस्वरूप देश का एक बौद्धिक-वैचारिक स्वरूप स्पष्ट होता चला गया, उसके पीछे एक ठोस तात्त्विक आधार रहा है। तत्त्वज्ञान को अंग्रेजी में मेटाफिजिक्स कहते हैं। हम सभी समान रूप से जानते हैं, भारत का संपूर्ण तत्त्वज्ञान अध्यात्म पर, अध्यात्म का संपूर्ण तत्त्वज्ञान धर्म अर्थात् सनातन धर्म पर और धर्म का संपूर्ण तत्त्वज्ञान संप्रदाय परंपरा पर आधारित रहा है। इसको एक वाक्य में हम इस तरह कह सकते हैं कि भारत का संपूर्ण तत्त्वज्ञान अध्यात्म पर, अध्यात्म-आधारित धर्म पर और धर्म-आधारित संप्रदाय-परंपरा पर रहा है। भारत में तत्त्वज्ञान का मेटाफिजिक्स का आधार इतना सघन और गहन रहा है कि यह संपूर्ण तत्त्वज्ञान अध्यात्म, धर्म, संप्रदाय-आधारित यह संपूर्ण तत्त्वज्ञान ही भारत के जन-जन में हजारों सालों से हृदयंगम रहा है

और उतना ही गहरे हृदयंगम बना हुआ है।

इसी पुस्तक में हम आलेख संख्या 9 में बतानेवाले हैं कि हमने सात-आठ सदियों के भारत की गुलामी के कालखंड को तीन हिस्सों में देखा है—मुसलमानों के शासनकाल में इसलामी गुलामी, ब्रिटिश शासन की सदियों की क्रिश्चियन गुलामी और आजादी के आगे-पीछे के दशकों की, कहना चाहिए कि करीब सदी भर की पश्चिम-परस्ती की गुलामी और यह तीसरी गुलामी अब हमारे रोजमर्रा के जीवन का और हमारे स्वभाव का अंग बनते चले जाने का खतरा हमारे राष्ट्रजीवन के सामने पेश कर रही है। इस तीसरी गुलामी के विरुद्ध और प्रकारांतर से इन तीनों गुलामियों के विरुद्ध भारत में सभ्यतामूलक संघर्ष भी अब शुरू हो चुका है, जिसे हम भारत की राजनीति का उत्तरायण कह रहे हैं।

हमने कहा कि भारत में चर्चा-परिचर्चा का पूरा माहौल, वाद-संवाद की पूरी परंपरा जिस नाम से जानी जाती रही है, उसका नाम है—'शास्त्रार्थ' परंपरा। भारत की संपूर्ण शास्त्रार्थ-परंपरा अध्यात्म, धर्म और संप्रदाय पर आधारित रही है। जब ऋग्वेद के ऋषि दीर्घतमा ने कहा था कि 'एकं सद् विप्रा बहुधा वदन्ति' सत्य एक है और विद्वान् लोग उसकी व्याख्या कई तरह से करते हैं, इस सत्य को, परमतत्त्व को, सृष्टि के इस परमतत्त्व को जानने के लिए भारत पिछले दस हजार साल से निरंतर शास्त्रार्थ कर रहा है। भारत की सभ्यता का यही आधारभूत सत्य है। पर पिछली सदियों में जिस इसलामी, क्रिश्चियन और पश्चिम-परस्ती की सभ्यताओं के साथ भारत की अपनी सभ्यता निरंतर संघर्ष में लगी रही है, उन सभ्यताओं का कोई तात्त्विक आधार है क्या? इस बारे में हम इदमित्थं कुछ कह नहीं सकते। मसलन भारत की अपनी सभ्यता का तात्त्विक आधार रहे हैं—अध्यात्म, धर्म और संप्रदाय। भारत की संपूर्ण शास्त्रार्थ परंपरा इसी तात्त्विक आधार पर चलती रही है और आज भी स्थिति वैसी ही है। पर जिन सभ्यताओं के साथ भारत की सभ्यता का संघर्ष रहा है, उनके आधारभूत तत्त्व क्या रहे हैं? इसलाम के तत्त्वज्ञान की परंपरा क्या है, सदियों की गुलामी का दंश झेलने के बाद भी भारत को उसका पता नहीं चला। क्रिश्चियनिटी की अपनी तत्त्वज्ञान परंपरा क्या है, हम नहीं जानते। इतना भर जरूर जानते हैं कि ग्रीस और रोम की सभ्यताएँ, जो और जितना भी तत्त्व ज्ञान वहाँ रहा है, जिसकी कोई परिचर्चा भारत में कभी हुई या नहीं, हम नहीं जानते, क्रिश्चियनिटी ने उसी मेटाफिजिक्स को अपना बनाकर पेश कर दिया है। पश्चिम-परस्ती के दशकों में भारत के सभ्यता से हमारा जिस तत्त्वज्ञान से परिचय हुआ है, जो पश्चिम के विचारों के साथ हवाईयात्रा करते-करते हम तक पहुँच गया है, उस तत्त्वज्ञान को हम समाजवाद, धर्मनिरपेक्षता और जात-परस्ती के रूप में जानते हैं, और ये तीनों तत्त्व ऐसे हैं, जिनको अपनाने के परिणामस्वरूप भारत की सभ्यता का वैचारिक और तत्त्वज्ञानमूलक ह्रास और विनाश ही हुआ है।

इन तीन गुलामियों के दौरान भारत जिस सभ्यता-संघर्ष में से गुजरा है, उसके परिणामस्वरूप भारत ने क्या खोया और क्या पाया, हम यह सवाल इसलिए प्रस्तुत कर देना चाहते हैं, क्योंकि भारत की सभ्यता और इसलामी, क्रिश्चियन, पश्चिम-परस्ती की सभ्यताओं के साथ सदियों के दौर में हुए संघर्ष के परिणामस्वरूप हमने कुछ तो खोया होगा या और कुछ तो पाया होगा? कोई असर ही न पड़ा हो, ऐसा तो हो नहीं सकता। भारत की सभ्यता ने इन तीनों सभ्यताओं पर क्या असर डाला, इसका अध्ययन तो ये तीनों सभ्यताएँ करेंगी। भारत पर, भारत की सभ्यताओं पर क्या असर पड़ा, इसका अध्ययन हमें कर लेना चाहिए, ताकि भारत की राजनीति के उत्तरायण को हम ठीक से समझ तो सकें।

हमने कहा कि भारत की, आसेतु हिमालय भारत की विभिन्न भाषाओं, भारत के विभिन्न प्रदेशों, भारत के सभी पर्व-त्योहारों, भारत के संपूर्ण ज्ञान-विज्ञान की परंपरा और उसके द्वारा प्राप्तव्य हर पहलू को, हर पक्ष को समझानेवाले ये ही तीन तत्त्व हैं—भारत का अध्यात्म, भारत के अध्यात्म पर आधारित भारत का धर्म और भारत के धर्म पर आधारित सभी संप्रदाय। हम चाहें तो भारत के अध्यात्म, धर्म और संप्रदायों को एक ही नाम भी दे सकते हैं और उसे 'भारत का अध्यात्म' कह सकते हैं, चाहें तो 'भारत का धर्म' भी कह सकते हैं।

तो भारत क्या है? जो लोग भारत को एक आइडिया बताने का अहं पाले बैठे हैं, वे भारत के अध्यात्म-धर्म-संप्रदाय के बारे में कुछ भी नहीं जानना चाहते, कुछ भी नहीं सुनना चाहते, कुछ भी नहीं बोलना चाहते, कुछ भी नहीं पूछना चाहते। अपने मन में जो भी ठीक, गलत या ऊटपटाँग समझ में आता है, उसे भारत का आइडिया, भारत का विचार, भारत का स्वरूप, भारत होने का अर्थ बताने के फेर में रहते हैं। कृपया किसी गलतफहमी में मत रहिए। भारत का अर्थ है—भारत का अध्यात्म, उस अध्यात्म पर आधारित भारत का धर्म, सनातन धर्म और भारत के उसी धर्म पर आधारित भारत की धर्म-दर्शन-संप्रदाय परंपरा, जिसे हम अपनी गफलत में 'सांप्रदायिक' ऐसी गालियाँ निकाल-निकालकर खुश होते रहते हैं। भारत तो क्या किसी छोटे से बच्चे से भी आप गालियाँ निकाल-निकालकर न तो कुछ समझ सकते हैं और न ही उसे कुछ समझा सकते हैं। जो बात बच्चे के बारे में सत्य है, एक देश के बारे में जब आप बात करेंगे तो वैसा करने के पैरामीटर्स, मानदंड तो वही रहेंगे।

इसलिए हम सभी को एक बात ठीक से पता रहनी चाहिए कि जिस भारत को निरंतर गुलामी की सदियाँ, छह या सात सदियाँ झेलनी पड़ीं, वह अध्यात्म-धर्म-संप्रदाय संपन्न वही भारत था, जिसके व्यक्तित्व पर इसलाम ने लगातार प्रहारों से आघात किया, पर बौद्धिक स्तर पर वह उसका कुछ बिगाड़ नहीं पाया। अध्यात्म-धर्म-संप्रदायों से समृद्ध-संपन्न यह वही भारत था, जिस पर दो सदियों से लगातार क्रिश्चियन गुलामी ने

हमला किया। इन करीब दो सदियों में क्रिश्चियन शासकों ने हमारी बुद्धि पर हमला किया और इसके परिणामस्वरूप भारत के व्यक्तित्व में, भारत के अध्यात्म-धर्म-संप्रदाय संपन्न व्यक्तित्व में दरार डालने में सफलता हासिल की। इस दौरान भी भारत के विद्वानों, ऋषियों, साहित्यकारों, कवियों, वैज्ञानिकों, कथावाचकों, गणितज्ञों, राजनीतिज्ञों ने निरंतर भारत को सचेत किए रखा कि भारत के बौद्धिक और आध्यात्मिक व्यक्तित्व पर निरंतर हमले हो रहे हैं और हमें अपने स्वरूप को प्रयत्नपूर्वक बचाए रखना है। भारत में जितने भी सामाजिक सुधार हुए, जितनी भी वैचारिक कठिनताएँ सामने आईं, जितने भी राजनीतिक संघर्ष हुए, वे सभी अपने देश पर क्रिश्चियन गुलामी के दौर में हो रहे आक्रमणों का सामना करने के उद्देश्य से ही हुए और क्रिश्चियन गुलामी की सदियों के बावजूद एक आत्मबोध-संपन्न भारत ने 1947 में आजादी हासिल की। पर 1947 तक पहुँचने के और बाद के दशकों में अर्थात् नेहरू और उनकी पश्चिम-परस्त विचारधारा तथा वैसा जीवन अंगीकार कर रहे भारत ने आजादी के संघर्ष और आजादी प्राप्ति के दशकों में नेहरू और कांग्रेस के परिणामस्वरूप जिस पश्चिम-परस्ती को अपना लिया, भारत आज भी पश्चिम-परस्ती की गुलामी के दुष्प्रभावों को झेल रहा है।

मसलन तीन परिणाम हमारे सामने हैं। एक, भारत के अध्यात्म को भोगवाद की दिशा में धकेलने का, काम बखूबी चल रहा है, भारत के धर्म को, भारत के सनातन धर्म को, 'एषः धर्मः सनातनः', 'एस धम्मो सणंतओ' ऐसे सनातन धर्म को धर्मनिरपेक्षता के बहाने धर्मविमुखता की भारत विरोधी जीवन-शैली की ओर धकेलने का काम सफलतापूर्वक किया जा रहा है और तीन, भारत राष्ट्र की विराटता को, 'माता भूमिः पुत्रोहं पृथिव्याः' भारत की धरा मेरी माँ है और मैं इसकी संतान हूँ, भारतवर्ष की इस राष्ट्रवादी विराटता को जात-परस्ती, भाषावाद, क्षेत्रीयता, स्त्री अवमानना, दरिद्र-शोषण सरीखे अभियानों का शिकार होने दिया जा रहा है। ये सभी नकारात्मक पक्ष, जीवन के ये सभी नकारात्मक पहलू हमने नेहरू और उनकी कांग्रेस विचारधारा के प्रभाव में खुद, अपनी इच्छा से, मानो गर्वपूर्वक अपने व्यक्तित्व का हिस्सा बना लिये हैं, पश्चिम-परस्ती की गुलामी के परिणामस्वरूप नेहरू की छत्रच्छाया में राजनीतिक प्रभाव के अंतर्गत अपने व्यक्तित्व का हिस्सा बना लिये हैं। भारत में पश्चिम-परस्ती और उसके सामाजिक, राजनीतिक, राष्ट्रवादी दुष्परिणामों से परेशान होकर अब हम फिर से अपने जीवन-दर्शन की ओर अध्यात्म-धर्म-संप्रदाय संपन्न जीवन-शैली की ओर बढ़ने को अग्रसर हो रहे हैं, खुद-ब-खुद हो रहे हैं, अपनी जीवन-शैली की विशिष्टताओं को ज्ञान समझकर अपनाने की ओर बढ़ रहे हैं, उसी को हम अपनी इस पुस्तक में बार-बार 'भारत की राजनीति का उत्तरायण' कह रहे हैं।

उत्तरायण की इस प्रभाव-छाया में हमें दो बातों पर विशेष रूप से ध्यान देना है।

एक आयाम यह है कि भारत ने सभ्यताओं के साथ हुए संघर्ष की सदियों में क्या खोया है और क्या पाया है। ज्यादा विस्तार में न जाकर हम यदि थोड़ा गहराई में चले जाएँ तो हमें स्पष्ट दिखाई देगा कि हमने जो कुछ भी खोया है, वह राजनीति के स्तर पर ही खोया है और जो कुछ भी पाया है, वह बौद्धिक स्तर पर पाया है। राजनीतिक स्तर पर जो हमने खोया है, वह इस रूप में विशिष्ट है कि भारत महादेश ने जो खोया है, क्या उसकी भरपाई हम कभी कर पाएँगे? क्या भारत महादेश को हुए भारी राजनीतिक नुकसान को हम कभी ठीक कर पाएँगे? हम इस बारे में शुरू से इसलिए बात कर पाएँ, पहले हम यह जान लें कि भारत के सभ्यता-संघर्ष की इन सदियों में वह क्या राजनीतिक क्षति हुई है, जो आज दिन तक भारत महादेश के लिए अपूरणीय राजनीतिक क्षति बनी हुई है? क्षति यह हुई है कि सभ्यता संघर्ष की इन सदियों में भारत को अनेक बार तोड़ा गया है और हर बार भारतवर्ष का एक हिस्सा उससे अलग होकर अलग देश जैसा ही बन गया है। जिस पर्शिया को, पारस को हमारे ग्रंथों में तब का पारसीक खंड कहा गया था, वह पारसीक इसलामी होकर भारत से अलग हुआ और अलग देश बन गया, ईरान का हिस्सा जैसा हो गया। इसी शृंखला में भारत का सौवीर इसलामी होकर अलग हो गया और फिर वह बलोचिस्तान बन गया, जो पाकिस्तान से स्वतंत्र होकर अलग स्वतंत्र देश बनने को कसमसा रहा है। पूरा सौवीर प्रदेश इसलामी हो गया। सिंधु देश भारत से अलग एक इसलामी देश बन गया, जो पाकिस्तान के एक हिस्से के रूप में हमारे सामने है और एक स्वतंत्र देश बनने को वैसे ही कसमसा रहा है, जैसे सौवीर यानी बलोचिस्तान कसमसा रहा है।

पारसीक बन गया फारस। सौवीर बन गया बलोचिस्तान। सिंधुदेश बन गया सिंध। ये सभी अखंड हिंदू भारत का हिस्सा ही थे, जो इसलामीकरण की प्रक्रिया का शिकार होकर मुसलिम देश हो गए। इस बीच शकस्थान, भारत के पश्चिम का एक छोटा-सा हिस्सा शकस्थान कब इसलामी होकर सीस्तान हो गया, किसी ने, किसी ने भी इसका नोटिस तक नहीं लिया। शकस्थान भारत का ही हिस्सा रहा है। 'रामायण' के बालकांड (54.21) तथा 'महाभारत' के कर्ण पर्व (88.16.17) में शकस्थान का उल्लेख है, जिसने 'महाभारत' के युद्ध में कौरवों की ओर से लड़ाई लड़ी थी, पर अपनी हिंदू चेतनाशून्यता का चमत्कार देखिए कि हमने वह शकस्थान खो दिया, जिसके एक महान् सम्राट् के नाम पर शक संवत् चलाया, आज भी जो संवत प्रमुखता से चल रहा है। पर हमने शकों को यवनों और हूणों जैसे विदेशियों के खाते में डाल रखा है। अखंड भारत का ही एक हिस्सा गांधार प्रांत पहले इसलामी हुआ, फिर अलग देश अफगानिस्तान बन गया। यह तो कोई खास पुरानी घटना भी नहीं है। अहमदशाह अब्दाली ने जब अपना भारत अभियान पूरा किया और अपने देश गांधार वापस गया तो उसने गांधार को भारत से अलग करने

की बाकायदा घोषणा की और उसे नाम दिया अफगानिस्तान। पाकिस्तान बनने से पहले का यह नवीनतम भारत विभाजन था और जो दो विभाजन हमारी आँखों के सामने हुए, वे हैं पाकिस्तान और बांग्लादेश। बलोचिस्तान, सिंध, पश्चिम पंजाब (सप्त सिंधु ?),और वजीरिस्तान जो सभी ऐतिहासिक क्रम में इसलामी हो चुके थे, वे मिलाकर बना दिए पाकिस्तान, जिसको तोड़कर उस पूर्वी बंगाल को बांग्लादेश नाम दे दिया गया, जो पूर्वी बंगाल 1905 के 'बंगभंग आंदोलन' तक लगभग पूरी तरह से इसलामी हो चुका था। और काश्मीर ? जिसको बनाए रखने में पं. नेहरू की अपराधपूर्ण काश्मीर-नीति आड़े आ रही है, पिछले सभी स्वतंत्रता परवर्ती दशकों में आड़े आ रही है और हम अपनी आँखों के सामने अपने काश्मीर को अपने हाथों से फिसलता हुआ देख रहे हैं। क्यों ? इसलिए कि काश्मीर शत प्रतिशत इसलामी हो चुका है। काश्मीर का बाल्टिस्तान तो भारत से अलग होकर पाकिस्तान का पाँचवाँ प्रांत ही बन चुका है।

अपने अखंड भारत का फारस, सीस्तान, बलोचिस्तान, सिंध, पाकिस्तान यानी पश्चिमी पंजाब, वजीरिस्तान, बाल्टिस्तान, अफगानिस्तान और बांग्लादेश आदि देशों में विभाजन किया गया। भारत से विभाजन अर्थात् अखंड भारत से विभाजन भारत के इसलामीकरण के मिशन के तहत हुआ था, जो खलीफा के आदेश के परिणामस्वरूप मुहम्मद बिन कासिम के सिंध पर हुए आक्रमण के बाद से होता चला गया। अगर हमारा यह तर्क गलत है तो उस तर्क को गलत साबित करने का कोई बड़ा प्रतितर्क चाहिए, जो कहीं है नहीं। भारत के काश्मीर को भारत से तोड़ने की, पश्चिम बंगाल को इसलामी रंग में रँग देने की तथा उत्तर-पूर्व को भारत से तोड़ने की कोशिशें कौन कर रहा है और क्यों ? भारत के बंगाल, केरल और हिंदीभाषी प्रदेशों में वोटरों का इसलाम के आधार पर ध्रुवीकरण का उद्देश्य अगर भारत का और अधिक विभाजन करना नहीं है तो और क्या है ? पूरे भारत में दलित-मुसलिम यानी डी.एम, यादव-मुसलिम यानी वाई.एम. और जाट-मुसलिम यानी जे.एम. नामक सभी राजनीतिक गठजोड़ सिर्फ चुनाव लड़ने के लिए ही नहीं है, किसी निर्धारित राजनीतिक लक्ष्य को पाने के लिए है, सिर्फ कथित सामाजिक अन्याय के खिलाफ नहीं है, बल्कि इतने विभाजनों के बाद भारत के और अधिक विभाजन के लिए है, ऐसा न मानने के पीछे का कोई प्रतितर्क है क्या ? भारत का, अखंड भारत का फारस, सीस्तान, अफगानिस्तान, बलोचिस्तान, सिंध, पाकिस्तान, बांग्लादेश आदि के रूप में टूट-फूट जाना, विभाजन हो जाना, टुकड़े-टुकड़े हो जाना हमें उसके अलावा और क्या संदेश दे रहा है ?

भारत में सदियों तक चले सभ्यता संघर्ष का पहला महत्त्वपूर्ण, अति महत्त्वपूर्ण, सर्वाधिक महत्त्वपूर्ण परिणाम उस रूप में सामने आया है कि भारत का इतने अधिक टुकड़ों में विभाजन हो गया, जो अब स्वतंत्र देशों के रूप में हमारे सामने हैं। इस सभ्यता

संघर्ष की सदियों का यह नकारात्मक परिणाम हमारे सामने है। इसी सभ्यता संघर्ष की सदियों के कारण या उसके परिणामस्वरूप एक अति महत्त्वपूर्ण सकारात्मक परिणाम भी हमारे सामने आया है, जिसे हम भारत की सभ्यता के इतिहास के बराबर का व अति महत्त्वपूर्ण पहलू मानते हैं और यह परिणाम वह है, जिसे हम भारत की चिंतन प्रक्रिया में 'हिंदुत्व' विचार की स्वीकृति या पुनः स्वीकृति के रूप में पहचान पा रहे हैं, पहचान कर सकते हैं, स्वीकार कर सकते हैं। भारत हिंदुओं का देश है, वह एक हिंदू राष्ट्र है, जहाँ हिंदुओं ने अपनी हिंदू सभ्यता व हिंदू संस्कृति का, यानी हिंदुत्व का विकास किया है। इस बेसिक व आधारभूत सत्य की पहचान भारत के सभ्यता संघर्ष की सदियों का सकारात्मक परिणाम बनकर हमें अपने को, अपने देश को, अपने पूरे इतिहास को पुनः सुपरिभाषित करने को प्रेरित कर रहा है। आज प्रेरित कर रहा है, कल विवश कर सकता है और भारत को समझने को हमें ठोस आधारभूमि प्रदान करेगा, करेगा ही।

अपनी इस हिंदुत्व स्थापना को प्रमाणित करने के लिए हम समस्त भारतवासियों को यह याद दिला देना चाहते हैं कि भारत में इसलाम का आगमन भारत के हिंदुओं के इसलामीकरण के लिए ही हुआ था। खलीफा का सिंध पर आक्रमण भारत के हिंदू समाज को मुसलिम बनाने के लिए ही किया गया था। यह हमला हिंदुस्तान पर हुआ था, या कह सकते हैं कि भारत के ही दूसरा नाम हिंदुस्तान पर हुआ था। उस समय भारत के इसलामी पश्चिमी देशों में भारत का नाम हिंदुस्तान ही था और इसलामी हमले भारत के हिंदुओं के, हिंदुस्तान के इसलामीकरण के लिए ही हुए थे। भारत तब इसलामी देशों के लिए हिंदुस्तान ही था और समस्त तुर्क-अफगान-मुगल सत्ताओं के भारत पर हमले इसी हिंदुस्तान को कब्जाने और हर संभव तरीके से, हर बर्बर व क्रूर तरीके से उसे इसलामी बनाने के इरादे से ही किए गए थे। अगर हम भारत को हिंदू राष्ट्र मानते और कहते हैं तो जाहिर है कि हम भारत को उसके उसी रूप से पुनः सुपरिचित ही कर रहे हैं, जो उसकी पहचान सारे पश्चिमी विश्व में रही थी, इसलामी पश्चिम के लिए हिंदुस्तान और क्रिश्चियन पश्चिम के लिए हिंदू से बना हिंदिया, यानी इंडिया। इसलामी, क्रिश्चियन, पश्चिम-परस्ती की गुलामी की सदियों में हमने अपने इसी हिंदू व्यक्तित्व को भुला दिया है। सभ्यता संघर्ष की सदियों के परिणामस्वरूप हमें अपने उसी हिंदू व्यक्तित्व को, हिंदू देश भारत को, हिंदू राष्ट्र भारत को फिर से प्राप्त कर लेना है, बौद्धिक स्तर पर भी, सांस्कृतिक स्तर पर भी, राजनीतिक स्तर पर भी। यह कैसे होगा, इस पर हम तब विस्तार से बात करेंगे, जब कभी 'परावर्तन' यानी 'घर वापसी' की थीम पर लिखेंगे।

—सूर्यकान्त बाली

अनुक्रम

हिंदू से जुड़े महत्त्वपूर्ण पक्ष

विचारधारा में विचलन के खिलाफ

कुछ अन्य विविध पक्ष-विपक्ष

फलश्रुति

भारत के लिए
बेसिक व आधारभूत

1

राजनीति है सर्वोपरि

अपने देश का जो माहौल बना हुआ है, उसमें रहते हुए यह वक्तव्य देना कि राजनीति सर्वोपरि होती है, कि राजनीति सबसे ऊपर होती है, कि राष्ट्रों के वर्तमान और भविष्य के स्वरूप और भाग्य का निर्धारण करने में राजनीति की भूमिका निर्णायक होती है, यह या इस तरह का कोई भी वक्तव्य देना अपने आपमें खतरे को न्योता देना है। लोग हम पर टूटकर पड़ेंगे कि हम ऐसा वक्तव्य दे ही कैसे सकते हैं? क्षुद्रता, स्वार्थ और सत्तालोलुपता से भरी व उससे प्रेरित राजनीति के मौजूदा माहौल में हम उस तरह का वक्तव्य देने का जोखिम भला उठा ही कैसे सकते हैं?

हम इस माहौल से सुपरिचित हैं। इसके बावजूद हम इस तरह का वक्तव्य देने को प्रेरित हो रहे हैं तो इसके कारणों को ठीक से समझ लिया जाना चाहिए। हमने अपनी इस पुस्तक की 'पस्पशा' में, जो पुस्तक इस वक्त आपके हाथों में है, उसकी भूमिका सरीखे पहले आलेख में, यानी 'पस्पशा' में यही प्रतिज्ञा की है कि हम इस प्रश्न से जूझनेवाले हैं कि भारत क्यों गुलाम हुआ? क्यों उसके इतने विभाजन हुए? वह भारत, जो कभी चक्रवर्ती सम्राटों का प्रांगण था, वह भारत, जिसके वन-उपवनों में कभी सोने की चिड़िया चहकती थीं, यानी समृद्धि के द्वीप बने थे, वह भारत, जिसे विश्व ने अपना जगद्गुरु माना था, वह भारत गुलाम क्यों हो गया? क्यों वह टूटता-कटता रहा? क्यों वह भारत सदियों तक दासता की बेड़ियों में जकड़ा रहा? क्यों गुलाम हो गया? गुलाम हो गया?

हमारा मानना है कि इसका कारण मुख्य रूप से और निर्णायक रूप से राजनीति की क्वालिटी में, गुणवत्ता में ढूँढ़ना चाहिए। देश की राजनीति में गहराई है या उथलापन है, देश की राजनीति देश के व्यक्तित्व और स्वभाव पर टिकी है या नहीं? देश की राजनीति देश पर केंद्रित है, देश से विमुख है या देश विरोधी है? देश की राजनीतिक विचारधारा की जड़ें अपने ही देश में हैं या उन्हें हवा, खाद, पानी प्राप्त करने के लिए दूसरे देशों की ओर ताकना पड़ता है? देश की राजनीति का लक्ष्य सिर्फ और सिर्फ सत्ता प्राप्त करना है

या सत्ता के माध्यम से देश और उसके जन के बारे में सोचना है ? ये और इस तरह के प्रश्नों के उत्तर तय करते हैं कि देश की राजनीति की क्वालिटी में, राजनीति की पहुँच में गहराई है या नहीं ? देश की राजनीति को देश की और उसके जन की कोई चिंता, कोई परवाह है या नहीं ? देश को अपनी राजनीतिक स्वतंत्रता को, आर्थिक समृद्धि को और अपनी बौद्धिक पराकाष्ठाओं को प्राप्त करने का, उन्हें बनाए रखने का और उन्हें निरंतर दृढतर बनाते रहने का कोई शऊर है या नहीं ? वैसा कोई विचार-सामर्थ्य, बुद्धि-सामर्थ्य है या नहीं ? और इन सभी के माध्यम से, और यह प्रश्न केंद्रीभूत महत्त्व का है कि इन सभी के माध्यम से देश के व्यक्तित्व को, यानी अपने सांस्कृतिक व्यक्तित्व को बनाने, बनाए रखने और उसे दृढतर करने की समझ है या नहीं ? कुल मिलाकर कहें तो क्या देश की राजनीति में देश को एक विश्वशक्ति, महाशक्ति, परमप्रभावशाली देश बनाने की इच्छाशक्ति है या नहीं ? वैसा कोई लक्ष्य है या नहीं ? वैसा कोई संकल्प, प्रतिबद्धता, महत्त्वाकांक्षा है या नहीं ?

हमारे ये प्रश्न और इन प्रश्नों के उत्तरों के माध्यम से झाँकते हुए और अधिक प्रश्न हमें यह कहने को विवश कर रहे हैं कि हमारी यह स्थापना कितनी सही, वाजिब और वैध है कि राजनीति सर्वोपरि है, राजनीति सबसे ऊपर है, राजनीति निर्णायक है। पूरे देश में, केंद्र में भी और राज्यों में भी देश 1947 में मिली राजनीतिक आजादी के बावजूद, जिस कदर आर्थिक दरिद्रता से जूझ रहा है, समृद्धि के नकली और गिने-चुने क्षुद्र-द्वीपों व टापुओं के बावजूद (या उनकी वजह से) आर्थिक दरिद्रता से जूझ रहा है तो उसके कारणों को आप देश की राजनीति में नहीं तो और कहाँ ढूँढ़ना चाहेंगे ? अगर आज सारा देश, 1947 के बाद से बना हमारा देश जात-पाँत की उठा-पटकों में, सामाजिक ऊँच-नीच की बहसों में और अगड़ा-पिछड़ा, दलित-महापिछड़ा-महादलित की अनाप-शनाप में उलझकर रह गया है, तो इसके कारणों को आप देश की राजनीति में नहीं तो और कहाँ ढूँढ़ना चाहेंगे ? चंद्रयान और मंगलयान की उपलब्धियों पर गर्व करने के माहौल के बावजूद समग्र साक्षरता अभी भी देश के लिए एक सपना बनी हुई है, हकीकत नहीं बन पाई है, जगद्गुरु भारत आज 'अंग्रेजी' नामक विदेशी भाषा को अपने व्यावसायिक हितों के लिए साधने की बजाय उसके मोह में अंधा हो चुका है ? और देश के ज्ञान और विज्ञान की हजारों सालों की अक्षुण्ण परंपरा पर हमने खड़िया पोत देने का इरादा बना रखा है ? अगर ऐसा है, जो कि है तो इसके कारणों को आप देश की राजनीति में नहीं तो और कहाँ ढूँढ़ना चाहेंगे ?

यदि पिछले पैराग्राफ में उठाए गए प्रश्नों, प्रतिप्रश्नों और उनके कारणों व उनमें से प्रामाणिक रूप से झाँकते उत्तरों से आप सहमत हैं तो फिर आप इस बात से भी सहमत हुए बिना रह नहीं सकते कि राजनीति सर्वोपरि होती है, सबसे ऊपर होती है। राष्ट्रों के

वर्तमान और भविष्य के स्वरूप और नियति के, भाग्य के निर्धारण करने में उसकी भूमिका निर्णायक होती है। हमने कहा और आप उसे मान लें, कोई जरूरी नहीं। इसलिए वैसा मानने के लिए आपको हमारा यह संपूर्ण आलेख, विभिन्न आयामों में फैला हुआ यह आलेख पढ़ने का धैर्य धारण कर लेना चाहिए कि कैसे राजनीति सर्वोपरि व निर्णायक होती है। उसी राजनीति ने आजादी के सात दशकों की महत्त्वपूर्ण यात्रा के बावजूद देश को संपूर्ण साक्षरता तक से वंचित कर रखा है। न्यूनतम रोजी-रोटी कमाने तक को दूभर बना रखा है। देश के संपूर्ण समाज को जात-परस्ती, अल्पसंख्यकवाद, धर्मनिरपेक्षता व समाजवाद जैसी विदेशी, जी हाँ, जात-परस्ती सहित सभी विदेशी विचारधाराओं का बँधुआ बना रखा है। यह सभी कुछ देश की, अपने ही भारत नामक देश की राजनीति की क्षुद्रताओं के परिणामस्वरूप हुआ है। देश अगर गुलाम हो गया था, चक्रवर्ती, सोने की चिड़िया व जगद्‌गुरु भारत नामक देश अगर गुलाम हो गया था, फिर सदियों तक गुलाम बना रहा, तो उसके कारणों को भी आप कृपा करके अपने देश की राजनीति की क्षुद्रताओं में ही ढूँढिए। जाहिर है कि राजनीति ही सर्वोपरि है, निर्णायक है, देश को बनाने या बिगाड़नेवाली होती है। चूँकि ऐसा है, जो कि यकीनन है, तो फिर बात को शुरू से ही शुरू करना ठीक रहेगा।

'महाभारत' का अठारह दिनों का युद्ध समाप्त हो चुका था। युधिष्ठिर महाराज का हस्तिनापुर में राज्याभिषेक भी हो चुका था। कृष्ण की प्रेरणा से धर्मराज युधिष्ठिर भीष्म पितामह से मिलने वहाँ गए, जहाँ पितामह महाभारत संग्राम के दसवें दिन का युद्ध समाप्त होते-न-होते शरशय्या पर लिटा दिए गए थे। उत्तरायण की प्रतीक्षा में उन्होंने मकर संक्रांति के आगमन तक शरशय्या पर ही लेटे रहने का और तब तक अपने प्राणों का त्याग न करने का निर्णय कर लिया था। भीष्म को अपनी इच्छानुसार प्राणत्याग कर सकने का वरदान अपने पिता राजाधिराज शांतनु से मिला हुआ था। इसलिए भीष्म के पास प्राण छोड़ने के लिए शुभमुहूर्त्त की प्रतीक्षा करने का अवसर मिला हुआ था। वे उत्तरायण के प्रारंभ होने की प्रतीक्षा कर रहे थे, जैसे हम भी भारत की राजनीतिक विचारधारा के शुभारंभ की, भारत की राजनीति के उत्तरायण की प्रतीक्षा 1947 से कर रहे हैं।

इसी उत्तरायण की प्रतीक्षा में महाराज युधिष्ठिर पितामह भीष्म से मिलने नित्य जाया करते थे। फिर दोनों के बीच, भीष्म और युधिष्ठिर के बीच, दादा और पोते के बीच, यानी एक परम राजनीति विशारद आचार्य भीष्म और भारत की राजनीति के नए केंद्र-बिंदु महाराज युधिष्ठिर के बीच संवाद होने लगा। जाहिर है कि यह कोई छोटा-मोटा संवाद नहीं था। देश, समाज, धर्म, परंपरा, राजा और प्रजा से जुड़े धर्म के विषयों पर यह संवाद हुआ। भीष्म नीति का यह एक महत्त्वपूर्ण हिस्सा है, जिस भीष्म नीति पर देश को अभी मंथन करना शेष है (वैसे न जाने कितने ही ऐसे मंथन भारत के ज्ञान

और विज्ञान को लेकर होने की प्रतीक्षा देश कर रहा है)। उसी संवाद के अंतर्गत भीष्म ने (शांति पर्व, आलेख 69, श्लोक 79 में) एक दिन युधिष्ठिर से कहा—

कालो व कारणं राज्ञः।
राजा वा काल कारणम्।
इति ते संशयो या भूत्।
राजा कालस्य कारणम्॥

(गीता प्रेस संस्करण)

अर्थात् 'क्या परिस्थितियाँ अपने लिए राजा के व्यक्तित्व का निर्माण करती हैं या फिर राजा अपने समय की परिस्थितियों का निर्माण करता है? हे युधिष्ठिर! इसे लेकर किसी को कोई शक की गुंजाइश नहीं रहनी चाहिए। राजा ही अपने समय की परिस्थितियों का निर्माण करता है, अपने समय की परिस्थितियों के स्वरूप का निर्धारण करता है, अपने समय का निर्माता होता है। यानी राजा परिस्थितियों का परिणाम नहीं होता, वह उनका, परिस्थितियों का निर्माण करनेवाला होता है।'

इस श्लोक में 'राजा' शब्द का प्रयोग जिस अर्थ में किया गया है, वह शब्द वस्तुतः 'राजनीति' का ही पर्यायवाची माना जाना चाहिए। राजा अपने देश का सर्वोच्च शासक होता रहा है। आज के प्रजातंत्र में देश का चुना हुआ शासक, जिसे हम प्रधानमंत्री या राष्ट्रपति कह देते हैं, उसी को आज राजा का प्रतिरूप माना जाना चाहिए। तानाशाहियों में उस राजा को तानाशाह अर्थ देने वाले किसी शब्द से कहा जा सकता है। लोकशाहियों में राष्ट्रपति या प्रधानमंत्री को राजा का समकक्ष माना जा सकता है। राजा यानी राष्ट्रपति, यानी प्रधानमंत्री, यानी 'तानाशाह', विभिन्न प्रकार की शासन प्रणालियों में इनमें से हर ऐसे व्यक्ति को अपने देश या राज्य के सर्वोच्च शासक के रूप में ग्रहण किया जाता है। ऐसे हर तरह के सर्वोच्च शासक के लिए हम 'राजा' शब्द का प्रयोग कर रहे हैं, अपने संपूर्ण विवेचन की सुविधा के लिए ऐसा कर रहे हैं।

अपने राज्य और देश को चलाने के लिए शासक जिस तरह का व्यवहार करता है, जिस तरह की नीतियाँ अपनाता है, जिस तरह की गतिविधियाँ करता है, उसी को कुल मिलाकर राजनीति कहते हैं। संस्कृत भाषा में 'राज' शब्द का प्रयोग इन संदर्भों में 'सर्वश्रेष्ठ', 'सर्वोच्च', 'उत्तम' इस अर्थ में आता है। राजा यानी सर्वोपरि। राजवैद्य यानी सर्वप्रमुख वैद्य। राजयोग यानी सर्वश्रेष्ठ योग अर्थात् ध्यान योग, मेडिटेशन, जिसे योगों में सबसे उत्तम योग माना गया है। राजभाषा यानी भाषाओं में सर्वप्रमुख। राजपुरोहित, यानी सर्वप्रमुख पुरोहित, यानी राजा का पुरोहित। राजमाष, यानी सबसे उत्तम माष, यानी दाल, जिसे पंजाबी में 'राजमा' कह देते हैं। राजर्षि यानी ऋषियों में परम श्रेष्ठ।

राजविद्या यानी सर्वश्रेष्ठ विद्या, यानी सर्वश्रेष्ठ ज्ञान, यानी मोक्ष के मार्ग का ज्ञान। मोक्ष अर्थात् जीवन-मरण के चक्र से मुक्ति।

ऊपर का पैराग्राफ हमने महज यह समझाने के लिए लिखा है कि राजनीति में 'राज' शब्द का प्रयोग 'सर्वश्रेष्ठ' यह अर्थ बताता है। राजनीति का अर्थ है सर्वश्रेष्ठ नीति। हम क्रमशः यह भावार्थ बताने की ओर बढ़ रहे हैं कि राजनीति सर्वोपरि है, क्योंकि उसका दायरा, उसका विस्तार, उसकी प्रभाव-सीमा बहुत बड़ी है। इस प्रभाव-सीमा का विस्तार कितना बड़ा है, इसे बताने के लिए हम कुछ क्षेत्रों की ओर संकेत भी करनेवाले हैं। पर इन संकेतों को पढ़-समझ लेने के बाद निष्कर्ष यही सामने आनेवाला है कि राजनीति के प्रभाव की सीमा को बाँध पाना, उसे सीमा-रेखाओं में रख पाना कोई आसान काम नहीं है। अर्थात् राजनीति का प्रभाव किन-किन क्षेत्रों में, उसका विस्तार किन-किन क्षेत्रों में होता है, उसका भी केवल संकेत मात्र ही किया जा सकता है। उदाहरण के तौर पर राज्य का, आधुनिक शब्दावली में सरकारों का बनना-बिगड़ना, यह सब राजनीति के क्षेत्र में आता है। दो राज्यों में, दो सरकारों में संपर्क, युद्ध और शांति, यह सब राजनीति का विषय है। सेना का निर्माण, सेना का शक्तिशाली या दुर्बल होना, सेना का संचालन और राज्य में, सरल भाषा में कहें तो किसी देश में सेना की उपस्थिति कब और कहाँ करनी है, क्यों करनी है और कैसे करनी है, बताकर करनी है या चुपचाप करनी है, ये सभी विषय राजनीति के हैं। आज की भाषा में जिसे डिप्लोमेसी कहते हैं, जिसे हमारे यहाँ के राजशास्त्र में 'कूटनीति' कहा गया है, ये सब राजनीति का विषय ही होते हैं। सरकार चलानेवाली मशीनरी का निर्माण व संचालन, उसके लिए टैक्स जुटानेवाली मशीनरी, जासूसी व गुप्तचर व्यवस्था, कुल मिलाकर देश व राज्य को, सरकार व प्रशासन को चलाने के लिए जरूरी हर गतिविधि राजनीति का विषय है, उनके लिए भी, जो सरकार में हैं और उनके लिए भी, जो सरकार में आने के लिए प्रयत्न कर रहे हैं, उन सभी की प्रत्येक गतिविधि को राजनीति का विषय माना जाता है।

राजनीति की प्रभाव-सीमा का विस्तार, आज के संदर्भों में ठीक से समझने के लिए, हम उसे इन क्षेत्रों से भी जोड़ दें, जो क्षेत्र नए हैं अर्थात् जो आधुनिक लोकतंत्र के साथ जुड़े हुए हैं। मसलन, सरकार बनाने (और बिगाड़ने) के लिए होनेवाले चुनाव, यानी इलेक्शन, चुनाव लड़नेवाली पार्टियाँ यानी राजनीतिक दल और इन दलों की राजनीतिक विचारधाराएँ, ये सभी राजनीति के प्रभाव क्षेत्र में ही आते हैं। पिछले पैराग्राफ में हम राजनीति की प्रभाव-सीमा में जिन क्षेत्रों का उल्लेख कर रहे थे, वह पढ़कर लग रहा होगा कि मानो हम राजनीति का बड़ा ही औपचारिक विश्लेषण कर रहे हैं। पर जैसे ही चुनाव, चुनाव लड़नेवाली पार्टियाँ और इन राजनीतिक पार्टियों की विचारधाराएँ हमारे सामने आ उपस्थित होती हैं, हमें खुद-ब-खुद अपने आप ही समझ में आने लगता है

कि राजनीति की प्रभाव-सीमा का विस्तार कितना व्यापक है, कितना बड़ा है, कितना असीम यानी सीमातीत जैसा है और इसीलिए, जी हाँ, इसीलिए समझ में आने लगता है कि कैसे राजनीति सरकारों, देशों और जनसमुदायों के भूतकाल, वर्तमान और भविष्य की रूपरेखा का निर्धारण करने में निर्णायक भूमिका निभाती है ? कैसे राजनीति निर्णायक होती है ? और इसलिए राजनीति क्यों सर्वाधिक महत्त्वपूर्ण है ? क्यों सर्वोपरि है ?

कुछ आज के उदाहरण देखें। फिर प्राचीन इतिहास के उदाहरणों को पढ़ेंगे। आज के उदाहरण—स्वतंत्र भारत के प्रथम प्रधानमंत्री पं. जवाहरलाल नेहरू के व्यक्तित्व के बड़प्पन के बारे में किसी को कोई शक हो तो हो, हमें तो नहीं है। किसी को उनकी देशभक्ति और देश को सर्वश्रेष्ठ बनाने के लिए उनके मन में बसी महत्त्वाकांक्षा के बारे में शक हो तो हो, हमें तो नहीं है। दो नमूने देख लेना ही काफी रहेगा। नेहरू के प्रधानमंत्री काल में पूरा विश्व, दूसरे विश्वयुद्ध के परिणामस्वरूप, दो शिविरों में बँटा हुआ था, 'समाजवादी शिविर', जिसका नेतृत्व सोवियत संघ कर रहा था और 'पूँजीवादी शिविर' या पश्चिमी शक्तियों का शिविर, जिसका नेता अमेरिका बना हुआ था। ये शिविर स्थूल रूप से बताए गए हैं, समझाने के लिए। वैसे शिविर ये दो ही थे और विश्व के सभी देशों के पास इस बात का कोई विकल्प ही नहीं था कि वे सोवियत गुट का हिस्सा बनें या फिर अमेरिकी गुट का। नेहरू को लगा कि हजारों सालों की पुरानी सभ्यतावाला भारत जैसा देश इस या उस गुट का हिस्सा बनकर रह जाए, यह भारत को छोटा कर देने जैसा होगा। भारत नामक हजारों साल पुरानी सभ्यता को क्षुद्र, लघु और नेतृत्वहीन बना देने जैसा होगा। सवाल यह था कि हमारा नेतृत्व, जाहिर है कि विश्व की कूटनीति के मंच पर, सोवियत संघ या उसकी विचारधारा क्यों करे ? अमेरिका या उसकी विचारधारा क्यों करे ? क्या हजारों साल पुराने भारत नामक देश की अपनी कोई विचारधारा नहीं है ? नेहरू को लगा कि भारत नामक हजारों साल पुरानी सभ्यतावाले देश भारत की अपनी एक विचारधारा है, जिसे विश्व को नेतृत्व देना चाहिए। नेहरू ने इन दोनों गुटों से अलग एक नया मंच बना देना चाहा, जिसका नेतृत्व भारत के हाथों में होगा और स्वतंत्र होते ही भारत जैसा ऐतिहासिक देश सोवियत संघ और अमेरिका जैसी तब की महाशक्तियों के समकक्ष तीसरी शक्ति के रूप में खड़ा हो जाएगा। नेहरू ने एक नया विश्व मंच बनाया और सफलतापूर्वक बनाया, जिसमें विश्व के अधिकांश देश शामिल होते नजर आए। उस मंच का नाम था, 'गुटनिरपेक्षता' आंदोलन यानी नॉन-एलाइंड मूवमेंट, जिसे संक्षिप्त नाम मिला—नैम।

अब आप चाहें तो राजनीति की विराटता और विडंबना, दोनों को एक साथ ही देख सकते हैं कि कैसे राजनीति के फैसलों से देशों, सभ्यताओं व जनसमुदायों के भाग्य निर्माण में निर्णायक योगदान होता है—सकारात्मक भी, नकारात्मक भी। नेहरू

एक बड़ा व्यक्तित्व थे, हमारे हिसाब से एक विराट व्यक्तित्व थे। इसलिए उनके जैसे व्यक्तित्व के राजनीतिक फैसलों का प्रभाव भी उतना ही निर्णायक पड़ा। नेहरू ने विश्व राजनीति, या ठीक शब्द का प्रयोग करें तो विश्व कूटनीति में एक नया मंच बनाया, गुटनिरपेक्ष आंदोलन और उसने सीधे-सीधे तब की दो शक्तियों—सोवियत संघ और अमेरिका को नकार दिया और भारत को एक तीसरी शक्ति के रूप में स्थापित कर दिया। पर इन आंदोलनों को एक उचित नाम देने में नेहरू चूक कर गए। सोवियत-शिविर साम्यवादी या ठीक से कहें तो समाजवादी विचारधारा वाला मंच था, ठीक वैसे ही अमेरिकी शिविर पूँजीवादी या ठीक से कहें तो पश्चिमी सभ्यता का प्रतिनिधि देश था या वैसा बनता चला गया। दोनों शिविरों की विचारधारा स्पष्ट थी, पर नेहरू अपने नए विश्व मंच को कोई ठीक से विचारधारापरक नाम नहीं दे पाए। नाम दिया, गुटनिरपेक्ष। यह नकारात्मक नाम था। इस नाम में हम किसी एक सभ्यता या एक विचारधारावाला देश या देशों का समूह हैं, इसका कोई अता-पता नहीं चलता था। इस बड़े राजनीतिक फैसले की विराटता यह थी कि भारत को राजनीतिक आजादी मिलते ही एक विश्व मंच का नेतृत्व जैसा मिल गया, पर इस बड़े राजनीतिक फैसले की विडंबना यह थी कि उसे किसी विचारधारा की शक्ल नहीं मिल पाई, विचारधारा तो छोड़िए किसी विचार की भी शक्ल नहीं मिल पाई।

थोड़ा आगे बढ़ें। नेहरू की अप्रतिम देशभक्ति, उनके व्यक्तित्व की विराटता के साथ ही विडंबना यही थी, जो उनके गुटनिरपेक्ष विश्व मंच पर हमेशा नजर आती रही कि नेहरू की विचारधारा में एक अस्पष्टता, यानी भारत को लेकर उनकी अस्पष्टता और कैसा भारत बनाना है, इसे लेकर उनकी अस्पष्टता हमेशा बनी रही। इसी विडंबना का परिणाम यह रहा कि भारत ने एक विश्व मंच को नेतृत्व दिया, पर उसकी कोई रूपरेखा, यानी कोई सैद्धांतिक रूपरेखा नहीं बन पाई। अब तो बनने का कोई सवाल ही नहीं बचा है। घरेलू मामलों में भी नेहरू के विराट् व्यक्तित्व द्वारा किए गए बड़े फैसलों की विडंबना यह रही कि स्वतंत्र भारत में सरदार पटेल की स्पष्ट राजनीतिक सूझ-बूझ के परिणामस्वरूप सभी देसी रियासतों का तो विलय हो गया, पर काश्मीर का मामला, जिसे नेहरू ने अपने जिम्मे लिया था, आज भी अधर में लटका पड़ा है। देश की अपनी कोई राष्ट्रभाषा होनी चाहिए, मसलन—हिंदी। इस फैसले को नेहरू ने अंग्रेजी की अनिश्चितकालीन निरंतरता के साथ नत्थी कर दिया, जिसके परिणामस्वरूप देश में हिंदी की स्थिति गुलाम जैसी बनाकर रख दी गई है। अस्तित्वहीन जैसी बना दी गई है।

सारे विश्व को पता है और सारा भारत इस यथार्थ को मानता है और समझता है, तथाकथित मध्यकाल से समझता है कि देश की सभ्यता का नाम हिंदू सभ्यता है, जिसका प्रतिनिधित्व देश की पचासी प्रतिशत से अधिक आबादी करती है, उस सभ्यता-सत्य

को गड्ड-मड्ड कर नेहरू ने देश को विविधताओं का पिटारा जैसा घोषित कर दिया। वे समझ ही नहीं पाए, वे कभी स्पष्ट ही नहीं हो पाए कि सभ्यताएँ सभ्यताएँ होती हैं, कोई पिटारा या मोजाएक नहीं।

और देखें। भारत एक धर्मप्राण देश है। यहाँ का हर भारतीय धर्मावलंबी, धर्मप्राण नागरिक है। हर भारतीय के हृदय में धर्म बसता है। यह भारत का अपना धर्म है, कोई रिलीजन या मजहब नहीं, बल्कि यह भारत का अपना एक सुपरिभाषित धर्म है। जिसका नाम 'सनातन' धर्म है। उसे नकारकर नेहरू ने देश को धर्मनिरपेक्ष बनाने और मानने के लिए एड़ी-चोटी का जोर लगा दिया। यह भारत की अपनी सोच को, सभ्यता को नकारने जैसा था।

भारत में ज्ञान और विज्ञान की अपनी एक परंपरा रही है। हजारों सालों से यह परंपरा रही है। इसलामी गुलामी की छह-सात सदियों में इस ज्ञान-विज्ञान की आज की परंपरा को अस्तित्व का भारी संकट झेलना पड़ा। उसके बाद की क्रिश्चियन गुलामी के करीब दो सदियों में इस पूरी परंपरा को नष्ट कर देने का पूरा प्रबंध तब की उपनिवेशवादी सरकार ने कर दिया (हम इसे ब्रिटिश काल की बजाय क्रिश्चियन गुलामी का काल क्यों कह रहे हैं, इस पर थोड़ा विस्तार से 'कांग्रेसमुक्त भारत का अर्थ' के संदर्भों में बात करेंगे)। अब नेहरू का दृष्टिकोण देखिए। छह-सात सदियों की इसलामी गुलामी और उसके बाद की क्रिश्चियन गुलामी की दो सदियों में इस ज्ञान-विज्ञान को जो क्षति पहुँचाई गई, नेहरू का कर्तव्य था कि इसलामी और क्रिश्चियन गुलामी की इन सदियों के बाद स्वतंत्र हुए भारत में भारत की ज्ञान और विज्ञान की परंपरा का, हजारों सालों की परंपरा का नए सिरे से आकलन, समालोचन व अनुसंधान होता, ताकि भारत के लोगों का परिचय स्वयं भारत के अपने व्यक्तित्व से हो पाता, ज्ञान और विज्ञान की हजारों साल की थाती से हो पाता और उस परंपरा को आधुनिक काल के ज्ञान और विज्ञान से जोड़कर नए भारत का निर्माण हो पाता।

पर नेहरू ने क्या किया? ज्ञान और विज्ञान की इस संपूर्ण परंपरा का मानो अपमान करते हुए इस पूरी परंपरा पर खड़िया पोत दी। उन्होंने देश को अंधविश्वासों वाला देश घोषित करते हुए इस पूरी-की-पूरी परंपरा को देश की संपूर्ण शिक्षा प्रणाली से बाहर कर दिया और 'साइंटिफिक टेंपरामेंट' (वैज्ञानिक सोच) की वकालत के माध्यम से लोगों को समझाने का प्रयास किया कि देश ने अब तक जितना भी ज्ञान और विज्ञान अर्जित किया था, वह सब अंधविश्वास के अलावा कुछ नहीं था और देश को अंधविश्वास के कुएँ से बाहर निकालकर अब वैज्ञानिक सोच की जमीन पर ले आना है। 'साइंटिफिक टेंपरामेंट' अभी पैदा करना है। मानो नेहरू हमें समझा रहे थे कि जो देश 1947 के बाद बनना है, उस भारत में अभी 'साइंटिफिक टेंपरामेंट' अर्थात् वैज्ञानिक सोच को हमारे

देश में पैदा करना है, क्योंकि अभी तक पं. नेहरू के हिसाब से तो एक अंधविश्वासी भारत ही बन रहा था। तो क्या नेहरू यह कहना चाह रहे थे कि दस हजार साल से जो भारत, विश्वगुरु की सभ्यता और विचारशीलतावाला देश बना, वह अंधविश्वासों से भरी सभ्यतावाला देश बना था? क्या नेहरू यह कहना चाह रहे थे कि गायत्री जैसे अद्भुत मंत्रों के रचयिता विश्वामित्र, वसिष्ठ, दीर्घतमा, सूर्या सावित्री, अथर्वा जैसे मंत्रकार ऋषि अंधविश्वासों का कूड़ा हमारे मन-मस्तिष्क में भर रहे थे? दस हजार साल से भर रहे थे? 'रामायण', 'महाभारत', 'महापुराण' जैसी विश्व की महानतम, साहित्य निधियों के रचयिता वाल्मीकि, वेदव्यास, सूत सरीखे कथा-प्रबंधकार हमें अंधविश्वासों के पाठ पढ़ा रहे थे? उद्दालक, याज्ञवल्क्य, गार्गी जैसे महादार्शनिक हमें दर्शन के माध्यम से अंधविश्वास पढ़ा रहे थे? चरक, सुश्रुत सरीखे आयुर्वेद और शल्यविज्ञान के वैज्ञानिक हमें अंधविश्वास पढ़ा रहे थे? भीष्म, विदुर, कामंदकी, चाणक्य जैसे उद्भट अर्थशास्त्री और आर्यभट्ट, वराहमिहिर, लीलावती जैसे गणित और नक्षत्र विज्ञान के विद्वान् हमारे देश को अंधविश्वासी बना रहे थे?

पं. नेहरू ने जो कहा, लोगों को वैसा मानने पर मजबूर कर दें, ऐसी क्रिश्चियन गुलामीवाली सदियों में बनी अंग्रेजी-परस्त भारत-विरोधी शिक्षा प्रणाली देश पर लादे रखी। यह 1947 व परवर्ती राजनीति का ही प्रभाव था कि उस शिक्षा प्रणाली से बना हमारा भारत, यानी सारा पढ़ा-लिखा भारत लगभग भारत विमुख कर दिया गया। इतना ही नहीं, धर्मनिरपेक्षता, समाजवाद व जात-परस्ती जैसी विदेशी और भारत-विरोधी विचारधाराओं ने, नेहरू की पसंदीदा विचारधाराओं ने सारे देश की पोलिटिकल क्लास और जर्नलिस्ट क्लास को अपने रंग में रँग दिया। अब अपना भारत देश भारत के जीवन-दर्शन और जीवन-शैली से फिर से जुड़े और जुड़ा रहे, देश को ऐसा बनानेवालों को किस कदर कठिनाई का सामना करना पड़ रहा है, क्या वह हम सब देख नहीं रहे हैं? कितनी बौद्धिक यातनाएँ झेलनी पड़ रही हैं, क्या वह दृश्य हमारे सामने नहीं है?

वैसे 1947 के आस-पास के, उससे पहले के और उसके बाद के भारत की राजनीति का जो विहंगम विवेचन हमने अब तक किया है, उससे भीष्म का यह कथन पूरा सच बनकर हमारे सामने आकर उजागर हो जाता है कि कैसे राजा, यानी राजनीति देश और समाज के लिए परिस्थितियों का निर्माण करती है। राजनीति जैसी है, देश वैसा ही बनता है, इस हमारी स्थापना को प्रमाणित करने के लिए नवीनतम, यानी 1947 व आस-पास की राजनीति का उदाहरण, ठोस तरीके से हमारे सामने है। पर एक ही उदाहरण पर सारी थीसिस न टिकी रहे, इसलिए अपने इतिहास के कुछ और दूर के और अनतिदूर (यानी नजदीक के, आस-पास) के उदाहरणों को याद कर लेने में कोई नुकसान नहीं। एक-एक कर गिनवा देने में कोई नुकसान नहीं। पुराने, काफी पुराने

इतिहास से लेकर अब तक के इतिहास के अपने ही भारत देश के कुछ उदाहरणों को बता देने में कोई नुकसान नहीं।

तो शुरू करते हैं—

1. भारत में बौद्ध धर्म-दर्शन की स्वीकृति, प्रसार और विस्तार पूरे भारत में ही नहीं, क्रमशः पूरे पश्चिम एशिया, मध्य एशिया में हुआ, इसका पूरा-का-पूरा श्रेय तीन महान् सम्राटों को जाता है—अशोक, कनिष्क और हर्षवर्धन। इन तीन सम्राटों के राजनीतिक वर्चस्व का ही यह प्रताप था कि बौद्ध धर्म-दर्शन का इतना व्यापक प्रसार और विस्तार हुआ।
2. मौर्य साम्राज्य के अवसान के बाद, जब गुप्त साम्राज्य का प्रताप-वर्चस्व अपने शिखर पर था, तब उसकी छत्रच्छाया में कैसे वैष्णव धर्म-दर्शन देश का सर्वप्रमुख धर्म-दर्शन बनकर पूरे भारत में, दक्षिण-पूर्व एशिया में, पूर्व एशिया में समीपवर्ती पश्चिमी एशियाई भारत में छा गया, यह इतिहास की पुस्तकों में रिकॉर्ड कर दिया गया एक ऐसा सत्य है, जो बताता है कि राजा यानी राजनीति कैसे देश और समाज की परिस्थितियों की शक्ल को बदलकर रख देती है। गुप्तवंशी सम्राटों के कारण वैष्णव धर्म-दर्शन उस हद तक वर्चस्वशाली था कि गुप्तवंशी सम्राट् ही नहीं, उसके बाद कुछ अन्य सम्राटों ने भी स्वयं को 'परमभागवत' कहना और शिलालेखों में अंकित करवाना अपना सौभाग्य माना।
3. चंद्रगुप्त मौर्य एक परम प्रतापी चक्रवर्ती सम्राट् मगध में शासन कर रहा है और चाणक्य जैसे उद्भट राजनीतिक विचारक का उसको गुरुवत् वरदहस्त प्राप्त है, इस राजनीतिक विराटता का ऐसा आतंक सिकंदर पर पड़ा कि पुरु से युद्ध करने और मौर्य साम्राज्य के बल के आतंक की कथाएँ सुनने मात्र से ही सिकंदर का विश्वविजय का सपना टूट गया और वह उलटे पाँव वापस ग्रीस लौट गया। राजनीति देशों के भाग्य ऐसे बदलती है। सिकंदर को विजेता कहने व माननेवाले बताएँ कि क्या विजेता सेनाएँ रणभूमि छोड़कर अपने देश (यूनान) वापस लौटने का अपमान स्वीकार करती हैं? भारत में प्रवेश करते ही सिकंदर की निर्णायक पराजय हुई और आगे चलकर उसके सेनापति को भी अपनी बेटी का विवाह चंद्रगुप्त मौर्य से कर अपनी जान बचाने में खैर मानी।
4. जब भारत के पश्चिमोत्तर में आततायी हूणों का हमला हुआ, उस समय देश पर गुप्तवंश के सर्वाधिक प्रतापी सम्राट् स्कंदगुप्त का शासन था। स्कंदगुप्त ने हूणों के विरुद्ध युद्ध का स्वयं नेतृत्व किया, कहते हैं कि तीन दिन-रात लगातार, अथक-अनवरत युद्ध किया और आततायी हूणों को पराजित कर

भारत में हूणों का नामोनिशान हमेशा के लिए मिटा दिया।

5. आगे चलकर जब भारत के पूर्वोत्तर में आततायी श्वेत हूणों का आक्रमण हुआ, उस समय कान्यकुब्ज (यानी कन्नौज) के परम प्रतापी चक्रवर्ती सम्राट् प्रभाकर वर्धन के दो राजकुमार पुत्रों, बड़े भाई राज्यवर्धन और छोटे भाई हर्षवर्धन के नेतृत्व में श्वेत हूणों के आक्रमण को विफल कर श्वेत हूणों का भारत से नामोनिशान तक हमेशा के लिए मिटा दिया।
6. यानी जब तक देश का शासन चक्रवर्ती सम्राटों के राजवंशों में रहा, भारत में हर आक्रमणकारी को भारत की सीमा पर ही खदेड़ दिया। पर चक्रवर्ती साम्राज्य जैसे ही कमजोर होना शुरू हुए और साम्राज्य जैसे ही बिखरने, छोटे होने शुरू हुए, राजनीतिक रूप से कमजोर होते गए भारत को क्रमशः तुर्कों, अफगानों, मुगलों की इसलामी गुलामी में कसमसाने को मजबूर कर दिया। देश की राजनीति कमजोर हुई और कमजोर भारत इसलामी गुलामी की ओर धकेल दिया गया।
7. इसलामी गुलामी खत्म हो जाती, इससे पहले ही भारत, जो इस गुलामी की सदियों में राजनीतिक रूप से काफी कमजोर हो गया था, ईस्ट इंडिया कंपनी के हाथों, क्रिश्चियन गुलामी में जा फँसा। राजनीति की कमजोरी का आलम तो देखिए कि भारत जैसा महादेश, कभी का चक्रवर्ती, सोने की चिड़िया की ख्यातिवाला, जगद्गुरु भारत नामक महादेश एक व्यापारिक कंपनी के हत्थे चढ़ गया और फिर क्रिश्चियन गुलामी की सदियों में जा फँसा।
8. अभी भी भारत राजनीतिक रूप से कितना श्रीहीन और कमजोर हो चुका है कि देश में क्रिश्चियन मिशनरी समूह-के-समूह आकर भारत में क्रिश्चियनिटी का प्रसार कर रहे हैं, लोगों का धर्मांतरण करने में लगे हैं और लोगों, भारत के लोगों को, भारत धर्मावलंबी लोगों को इसकी कोई परवाह नहीं। क्रिश्चियन धर्मांतरण के इस भारत-विरोधी काम में यूरोपीय, अमेरिकी दुनिया के सभी देश बेशुमार पैसा लगा रहे हैं। वेटिकन के नेतृत्व में काम करनेवाला पूरा क्रिश्चियन विश्व भारत को धर्मांतरित करने के काम में जुटा है। और हम भारतीय धर्मावलंबी क्या कर रहे हैं? हम सिविल सोसाइटीवाले और मीडियावाले उनके अघोषित प्रवक्ता व समर्थक बनकर धर्मांतरण के देश-विरोधी काम में उनका सीधे तौर पर या फिर परोक्ष रूप से सहायता कर रहे हैं।
9. 1857 के प्रथम स्वातंत्र्य समर के परिणामस्वरूप और 1905 के बंगभंग आंदोलन के अनुभवों के बाद खास तौर से देश में हिंदू और मुसलमानों के बीच सौमनस्य पैदा होने देने की परिस्थिति, सहजीवन की स्वस्थ परिस्थिति

बनने का प्रयास होना चाहिए था। जो लोग हिंदू धर्म और इसलाम के बीच एकता की बातें करते हैं, उन्हें हमने इसी पुस्तक के आलेख संख्या 23 शीर्षक 'भारत का धर्म बनाम विदेशी धर्म' में तर्क के आधार पर बताने की कोशिश की है कि हिंदू धर्म और इसलाम में एकता की बातें करना धर्म-दर्शन के आधार पर बेमानी है। दोनों समुदायों में एक ही देश में सहजीवन के आधारों पर ही बात हो सकती है, ताकि आगे चलकर वैचारिक सामंजस्य की स्थितियाँ बनाई जा सकें। पर मुसलिम लीग मानसिकता के और जिन्ना की ठीक वैसी राजनीति के परिणामस्वरूप देश के हिंदू और मुसलमान के बीच अलगाव के बीज पड़ गए, देश को क्रमशः विभाजन का रास्ता नजर आने लगा और अगस्त 1947 में देश के टुकड़े हो ही गए। भारत के राजनीति विमुख हो चुके लोगों ने भारत के क्रमशः सीस्तान, फारस, बलोचिस्तान, अफगानिस्तान आदि के रूप में ऐसे पहले हो चुके विभाजनों के राजनीतिक निहितार्थ कभी नहीं समझे और पाकिस्तान के रूप में भारत का एक और विभाजन हो गया।

10. विभाजन के दौर में भी भारत की राजनीतिक अपरिपक्वता इस रूप में एक बार फिर सामने आई, जब बंगाल के आधार पर पंजाब का विभाजन करवा सकनेवाली शक्तियों ने सिंध का विभाजन करवाने की नहीं सोची। तब के कांग्रेस के सिंध के नेता जयरामदास दौलतराम गांधी के ऐसे विचारहीन अनुयायी साबित हुए कि उन्होंने सिंध की हिंदू आबादी के लिए अपने लिए जगह की माँग ही नहीं की। यहाँ तक कि भारत के राजस्थान और गुजरात के ही तीन, चार या पाँच जिलों को भारत के पंजाब की तरह भारत का सिंध बनवाने का कोई प्रयास तक नहीं किया गया। परिणाम हमारे सामने है। आज भारत के सभी (हिंदू) सिंधी राज्यविहीन जैसे बनकर रह गए हैं और धीरे-धीरे उनके व्यक्तित्व और पहचान के लुप्त हो जाने का संकट सिंधियों के लिए खड़ा हो चुका है।

11. इतना ही नहीं, हम जाने-अनजाने में ऐसे कई काम किए चले जा रहे हैं, जिनके परिणामस्वरूप अंततः क्रिश्चियनिटी का फैलाव ही हम हिंदुओं और अन्य भारतीय धर्मावलंबियों के बीच हो रहा है। अपने घरों में जन्मदिन मनाने के अवसर पर अपने ईश्वर-रूप की पूजा-उपासना करने की बजाय केक काटना क्या है? एक बिना मतलब का निरर्थक वेलेंटाइन डे मनाना क्या है? संत तुलसीदास, संत तुकाराम, संत कबीर, संत सहजोबाई, संत मीराबाई, संत ज्ञानेश्वर, संत गुरु नानक, जैसों की आराधना करनेवाले हम अब इतने राजनीति शून्य हो गए हैं कि वेलेंटाइन और मदर टेरेसा जैसे तथाकथित संतों

को याद करने, उनका महिमा-मंडन तक करने लग गए हैं? और तो और, यहाँ तक कि अजमेर, शिर्डी, निजामुद्दीन नामवाले कथित सूफी-संतों के, जो वास्तव में भारत तोड़क रहे थे, ऐसे कथित सूफियों की समाधियों की शवसाधना करने के भारतविरोधी काम में लग गए हैं। भारत की पूरी-की-पूरी संत परंपरा का, भक्त परंपरा का, अध्यात्म परंपरा का तिरस्कार करने लगे हैं। धीरे-धीरे क्रिश्चियनिटी को अपने घर-परिवारों में बैठाकर धर्मांतरण का कारण बनने की मूर्खता को सादर परोस रहे हैं। क्या इसलाम की और क्रिश्चियनिटी की गुलामी की सदियों से भी हमने कुछ नहीं सीखा? क्या हमें अभी और गुलामी चाहिए?

भीष्म पितामह का कथन कितना सत्य है, इसको समझने के लिए और कितने उदाहरण चाहिए? 1191 में पृथ्वीराज चौहान ने मुहम्मद गोरी को परास्त किया, पर माफ कर दिया। लौटते साल गोरी ने फिर हमला किया। इस बार गोरी ने चौहान को हरा दिया। पर गोरी ने उसे माफ कर देने की वह मूर्खता नहीं दिखाई, जो चौहान ने दिखाई थी। उसने चौहान को हराया, फिर बंदी बनाया, अंधा कर दिया और अंततः मार दिया। पृथ्वीराज चौहान की एक राजनीतिक मूर्खता ने, गोरी को माफ कर देने की एक मूर्खता ने, देश के लिए इसलामी गुलामी का कलियुग पेश कर दिया। पर इससे देश ने कोई राजनीतिक बुद्धिमत्ता प्राप्त की? कहाँ की? की होती तो भारत का बंगाल और उत्तर-पूर्व क्रमशः मुसलिम बहुमत की ओर बढ़ता नजर आ रहा हो और देश सोता रहे, इसका क्या अर्थ है? कहने को काश्मीर भारत का अभिन्न अंग है, पर है क्या? भारत के अल्पसंख्यक भारत के लोकतंत्र का अपहरण किए जा रहे हैं और हमारे पास टुकुर-टुकुर देखने के सिवाय कोई विकल्प ही नहीं है, इसका और क्या अर्थ है?

देश में परिस्थितियाँ क्या हैं, इसका निर्धारण अब तक की राजनीति ने किया है। अब परिस्थितियाँ क्या बनेंगी, इसका निर्धारण भी राजनीति ही करेगी। दारोमदार इस पर है, सिर्फ और सिर्फ इसी पर है कि हम राजनीति को क्या दिशा दे पाते हैं। 'राजा कालस्य कारणम्' अर्थात् भीष्म ने हमें यही कहा था कि राजनीति है सर्वोपरि।

जब हम यह स्थापना देते हैं कि राजनीति सर्वोपरि है, तो इसका यह अर्थ कतई नहीं कि बाकी क्षेत्र, जीवन के शेष क्षेत्र उतने महत्त्वपूर्ण नहीं हैं। इस बात को ठीक तरह से समझ लिया जाना जरूरी है। क्या जीवन में ज्ञान महत्त्वपूर्ण नहीं है, क्या जीवन में विज्ञान महत्त्वपूर्ण नहीं है, क्या जीवन में आर्थिक समृद्धि महत्त्वपूर्ण नहीं है, साहित्य महत्त्वपूर्ण नहीं है, क्या नृत्य-संगीत-नाट्य-स्थापत्य-कला आदि का जीवन में कोई महत्त्व नहीं है, क्या शिक्षा-प्रणाली महत्त्वपूर्ण नहीं, क्या जीवन में, समाज में, सरकारी तंत्र में न्याय प्रणाली का महत्त्व नहीं, क्या धर्म, रिलीजन या मजहब नहीं, धर्म, क्या धर्म महत्त्वपूर्ण

नहीं? इनमें से कोई भी पक्ष किसी से कम महत्त्वपूर्ण नहीं है। सभी का एक-दूसरे से अधिक महत्त्व है, अर्थात् जीवन के ये और ऐसे सभी पक्ष महत्त्वपूर्ण हैं ही। व्यक्ति और समाज के जीवन में कब, कौन सा पहलू कम या अधिक महत्त्वपूर्ण है, या हो जाता है, यह अलग-अलग परिस्थितियों पर निर्भर करता है। यानी सभी महत्त्वपूर्ण हैं। जब हम कहते हैं कि राजनीति सर्वोपरि है तो इसका अर्थ यह कतई नहीं कि जीवन के ये सभी पहलू राजनीति की अपेक्षा कम महत्त्वपूर्ण हैं और अकेली राजनीति ही सबसे अधिक महत्त्वपूर्ण है।

वास्तव में हम राजनीति की तुलना जीवन के शेष पक्षों के साथ कर ही नहीं रहे हैं। कौन कम या अधिक महत्त्वपूर्ण है, यह कोई प्रतियोगिता है ही नहीं। अर्थात् जब हम कहते हैं कि राजनीति सर्वोपरि है, तब हम राजनीति को कोई एक क्षेत्र, जीवन का कोई एक क्षेत्र मानकर चल ही नहीं रहे होते। भीष्म के इस कथन कि 'राजा कालस्य कारणम्' में ही संशय का निवारण छिपा है। भीष्म ने कहा 'राजा' अर्थात् राजनीति 'काल' का अर्थात् 'परिस्थितियों' का 'कारणम्' है, निर्धारण करनेवाला है। राजनीति कुछ और नहीं है, परिस्थितियों का निर्धारण करनेवाला तत्त्व है, कारक तत्त्व का नाम ही राजनीति है। राजनीति जिस तरह की और जिन परिस्थितियों का निर्धारण करती है, देश और समाज का जीवन उन परिस्थितियों में ढल जाने को लगभग बाध्य जैसा हो जाता है। हमने अपने पिछले पृष्ठों में जितने भी उदाहरण दिए हैं, वे उन परिस्थितियों का विश्लेषण कर रहे हैं, जिनमें परिस्थितियों का निर्माण कर सकने की क्षमता है और जिन परिस्थितियों के परिणामस्वरूप फिर देश और समाज का जीवन उनके अनुसार चलने को, ढल जाने को बाध्य हो जाता है।

दो परिस्थितियों को उद्धृत कर अपनी बात को, अमूर्त जैसी दिख रही बात को मूर्त आकार देने की एक और निर्णायक कोशिश कर फिर आगे बढ़ जाते हैं। पहला उदाहरण। पृथ्वीराज चौहान ने 1191 में मुहम्मद गोरी के विरुद्ध अपने पहले युद्ध में गोरी को हरा दिया, पर माफ कर दिया। अगली लड़ाई में गोरी ने चौहान को हरा दिया और फिर चौहान को मार दिया, जिसके परिणामस्वरूप देश इसलामी गुलामी का शिकार हो गया, सदियों की इसलामी गुलामी का शिकार हो गया। चौहान ने पहली ही लड़ाई में गोरी का खात्मा क्यों नहीं कर दिया, क्यों उसे माफ कर दिया, क्यों भारत को सदियों की गुलामी की ओर धकेल दिया? अगर गोरी का खात्मा पहली ही बार में कर दिया गया होता तो देश की स्थिति (देश के गुलाम होने की स्थिति) एक पृथक् रूप धारण कर लेती। चौहान वही, और गोरी वही। युद्धभूमि वही। जय-पराजय वही। पर कितना फर्क पड़ गया? देश की भाग्य रेखा कैसे बदल गई? राजनीति ने, एक राजनीति ने सारी परिस्थिति, भीष्म के शब्दों में 'सारा काल', सारी परिस्थिति को सदियों के लिए बदलकर

रख दिया। सदियों के लिए देश के लोगों का जीवन, जीवन का हर पहलू बदलकर रख दिया। यही राजनीति का सर्वोपरि होना है।

दूसरा उदाहरण। 1947 की आजादी के बाद भारत की राजनीति के कर्णधार बने पं. जवाहरलाल नेहरू। जरा सोचिए, नेहरू बने भारत के प्रधानमंत्री, वे नेहरू, जिन्हें भारत के बारे में कुछ भी पता नहीं था, वे तो खुद भारत की अभी खोज ही कर रहे थे और जो उन्हें पता था, वह भारत नहीं, पश्चिम था। नेहरू को भारत का पता ही नहीं था। इसलिए अपने लंबे प्रधानमंत्री काल में वे भारत को भारत बना ही नहीं पाए। वे पश्चिम में पल-पुसकर बड़े हुए थे, बाद में उनके अपने खानदान में बहू बनकर आई सोनिया गांधी की तरह वे पश्चिम को ही जानते थे। इसलिए उन्होंने भारत को पश्चिम ही बना देने में सारी राजनीति व्यर्थ कर दी। एक ही वाक्य में, सार के रूप में कहें, पानी को दूध से अलग करते हुए कहें तो नेहरू ने भारत के 'धर्म' को रिलीजन और मजहब बना दिया, 'सर्वे भवन्तु सुखिनः' की भारतीय प्रतिज्ञा को समाजवाद बना दिया और 'तेन त्यक्तेन भुञ्जीथाः' के भारतीय जीवन-दर्शन को पूँजीवादी, भोगवादी बना दिया। क्या यह देश को, इसलामी गुलामी और क्रिश्चियन गुलामी की सदियों के बाद मिले स्वतंत्र भारत को मिली नेहरूवादी, कांग्रेसी गुलामी नहीं थी ? हमने अपनी इस पुस्तक में इन्हीं तीन गुलामियों के तीन कालखंड माने हैं, भारत का 'दक्षिणायन' माना है, जिससे मुक्ति के बाद आनेवाले 'उत्तरायण' की हम प्रतीक्षा में आ पहुँचे हैं। यही है राजनीति का सर्वोपरि होना, जो किसी भी देश और जाति के लिए एक सार्वकालीन सत्य जैसा हमेशा होता है। हम इसे स्वीकार करें या न करें, उससे कोई अंतर नहीं पड़ता। राजनीति की सर्वोपरिता हमारे सिर पर चढ़कर बोलती है।

यह उत्तरायण 1947 में ही हो जाना चाहिए था। पर वैसा नहीं हुआ। इसका कुपरिणाम हम अब कई तरह से भुगत रहे हैं। इसलामी गुलामी, क्रिश्चियन गुलामी और अब पश्चिम-परस्ती की गुलामी। राजनीतिक रूप से कमजोर भारत इसलामी गुलामी में जा फँसा। इस दौरान दस हजार साल के अपने इतिहास में पहली बार राजनीतिक रूप से इतना पंगु हो चुका, लूला-लँगड़ा हो चुका भारत क्रिश्चियन गुलामी में जा फँसा। 1947 में आजाद हो जाने के बावजूद भारत, अपना कभी का जगद्गुरु, बौद्धिक-शैक्षिक-सांस्कृतिक दृष्टि से ऐसा दृष्टिहीन और प्रज्ञाचक्षु बना दिया जा चुका था कि आजाद होते ही वह नेहरू द्वारा संचालित पश्चिम-परस्ती की गुलामी में, यानी पश्चिमी सोच की गुलामी में धकेल दिया गया। वैसे तो इसलामी गुलामी भी भारत के पश्चिम की ओर से आई थी। भारत को क्रिश्चियन गुलामी में धकेलनेवाले भी पश्चिमी देशों से आए थे। पर हम इस 1947 परवर्ती गुलामी को 'पश्चिमी गुलामी' इसलिए कह रहे हैं कि इन दशकों में भारत ने खुद को पूरी तरह से भारतीयता से अलग कर पश्चिम-परस्ती में ढालने की मानो एक

मुहिम जैसी चला रखी है। इस मुहिम को नेतृत्व किया पं. जवाहरलाल नेहरू ने, जिन्होंने अपने प्रधानमंत्री काल में 'साइंटिफिक टेंपरामेंट' की आड़ में पूरे भारत को, भारत की जीवन-शैली, भारत के जीवन-दर्शन, भारत की समग्र संस्कृति को पश्चिम का बँधुआ जैसा बना दिया।

आज इस पश्चिमी गुलामी के परिणाम हमें कई रूपों में सामने और साफ तरीके से दिखाई दे रहे हैं। पर गुलामी का आलम यह है कि हम कुछ कर नहीं पा रहे हैं। समाधान हमारी जीवन-शैली में है। पर हम देख ही नहीं पा रहे। समाधान हमारे जीवन-दर्शन में है। यह हम जान ही नहीं पा रहे। कितनी हैरानी की बात है कि समाधान हमारी जीवन-संस्कृति में है, पर हम समझ ही नहीं पा रहे हैं। हमने यूँ ही नहीं कहा कि भारत नामक अपना कभी का जगद्गुरु महादेश प्रज्ञाचक्षु बनाकर रख दिया गया है, जो पश्चिमी गुलामी में धकेला जा चुका है, पर देख, जान, समझ ही नहीं पा रहा।

मसलन, देश में स्त्री का जीवन दूभर होता जा रहा है, देश कानून पर कानून बनाए चला जा रहा है, पर स्त्री का जीवन कैसे सहज, सम्मानित और प्रभावकारी हो सके, हमें समझ ही नहीं आ रहा।

देश में एक नई असुर-संस्कृति का आक्रमण हो चुका है और इस असुर का नाम है 'आई.टी.', यानी इन्फोर्मेशन टेक्नोलॉजी, यानी सूचना प्रविधि यानी सूचना-तकनीक क्रांति। सारा समाज, खासकर युवा और छात्र समुदाय, इस नई असुर संस्कृति की चपेट में तेजी से आ रहा है, जिसने व्यक्ति और समाज में सहजीवन की, सहज सामाजिक जीवन की, सहज राष्ट्रीय जीवन की सभी मर्यादाएँ तोड़ने का मानो संकल्प कर रखा है। इस असुर-संस्कृति से हम व्यक्ति, समाज, देश को कैसे बचाएँ, देश के हर वर्ग के कर्णधारों को कुछ समझ में नहीं आ रहा। देश कानून पर कानून बनाए जा रहा है, पर असुर-संस्कृति किसी के थामे नहीं थम रही।

देश में भ्रष्टाचार ने, आर्थिक भ्रष्टाचार ने सारे देश को, केंद्र व हर प्रदेश सरकार को हर शासक व विपक्षी दल को, हर छोटे व बड़े व्यापारिक संस्थान को, कानून का शासन स्थापित करने को उत्तरदायी हर स्तर के विधि तंत्र को, व्यक्ति, परिवार और समाज जीवन के लगभग हर पक्ष को आर्थिक भ्रष्टाचार की लपेट में, चपेट में ले लिया है या लेने को आतुर है। इसका समाधान कहाँ है ? किसी को समझ नहीं आ रहा। देश इसके लिए भी कानून पर कानून बनाए जा रहा है। पर आचरण की भ्रष्टता का, भ्रष्टाचार का आलम यह है कि उसका निरंतर प्रसार ही हो रहा है।

जाति के नाम पर देश को, समाज को, समाज के हर वर्ग को छोटे-छोटे गुटों में बाँटकर रख दिया गया है। हर छोटा और बड़ा जाति वर्ग अपने लाभ के लिए ही सोच रहा है। पूरे देश और समाज को लाभ कैसे मिले, यह विचार करने को कोई तैयार ही

नहीं है। जातियों के गुटों को एक-दूसरे के सामने संघर्ष और युद्ध की मुद्रा में मुक्का ताने खड़ा कर दिया गया है। हर कोई देख रहा है कि यह संघर्ष, यह युद्ध अंततः पूरे समाज को और फिर पूरे देश को लीलकर रख देगा। पर किसी को कुछ सूझ नहीं रहा कि स्थितियाँ कब और कैसे ठीक होंगी? समाधान अपने जीवन-दर्शन में है, अपने पास है। पर पश्चिमी गुलामी ने ऐसा प्रज्ञाचक्षु हमें बना दिया है कि हम अपने घर की अलमारी की दराज में रखे समाधान के ओषधि पत्र को पढ़ने को ही तैयार नहीं हैं।

हम देख रहे हैं, अपनी आँखों के सामने देख रहे हैं कि देश का प्रजातंत्र अल्पसंख्यकवाद का शिकार हो रहा है। परिणामस्वरूप हम साफ-साफ देख रहे हैं कि देश में जगह-जगह विभाजन की स्थितियाँ बनती चली जा रही हैं। काश्मीर का रास्ता प्रशस्त नहीं हो रहा। उधर उत्तर-पूर्व, यानी भारत का प्राग्ज्योतिष अपने हाथों से फिसलता जा रहा है। सब देख-समझ रहे हैं। पर क्या करें, किसी को समझ नहीं आ रहा। क्यों? इसलिए कि हमने अपनी राजनीतिक सोच को उस पश्चिमी गुलामी का बँधुआ बना रखा है, जिसका प्रारंभ, लालन, पालन-पोषण पं. नेहरू के खाते में जाता है। समाधान हमारे पास है, पर प्रज्ञाचक्षु क्या दिए गए, पश्चिमी गुलामी में पले-पुसे देश का स्थितियों पर कोई बस ही नहीं रह गया।

और अधिक लिखेंगे तो पढ़नेवाले को अपच होने का खतरा हो जाएगा। बात समझ में आ जाए, इसके लिए इससे अधिक और क्या लिखा जाए? कितना विस्तार किया जाए? हम एक बात जानते हैं और इसमें हमारी भक्ति दृढ़ है, गहरी है और सदा के लिए है। गंगा को गंगासागर में मिलने से कोई रोक नहीं सकता। कृष्ण को गोकुल, वृंदावन, मथुरा से होते हुए द्वारका जाने से कौन रोक पाया? चौदह साल वनवास में भिजवा दिए जाने के बावजूद राम को अपनी जन्मभूमि अयोध्या वापस आने से कौन रोक पाया? पुष्प को सुगंध से अलग कोई कर पाता है क्या? चंद्रमा को उसकी शीतलता से अलग कोई कर पाता है क्या? अग्नि से उसकी तेजस्विता को कोई अलग कर पाता है क्या? दक्षिणायन से उत्तरायण आने की यात्रा कोई रोक पाया है क्या? हम राजनीति के उत्तरायण की प्रतीक्षा में हैं। सुन रहे हैं राजर्षि? नमो नमः।

□

2

भारत की सभ्यता के दस हजार साल

हम आपको बताने जा रहे हैं कि भारत की सभ्यता का विकास आज से दस हजार साल पहले हो चुका था। हम सभी को अब यह कहने का अभ्यास जैसा हो चला है कि भारत की सभ्यता पाँच हजार साल पुरानी है। ऐसा कहने का चलन हो गया है। भारत की सभ्यता पाँच हजार साल पुरानी है, ऐसा क्यों माना जा रहा है? इस बारे में कोई कुछ नहीं कहता। कोई बात तक नहीं करता। इस पर बहस होने की तो खैर कोई स्थिति ही नहीं है। बस कहने का चलन हो गया है कि भारत की सभ्यता पाँच हजार साल पुरानी है। हमें इसके पीछे बड़ा कारण तो यही लगता है कि भारत के लोगों के दिलों में यह बात ठीक से बसी है कि भारत में उस वक्त जो भी घटनाचक्र घटित हुआ, वह आज से पाँच हजार साल पहले घटित हुआ था।

वह घटनाचक्र क्या था? 'महाभारत' से जुड़ी दो घटनाएँ तब घटी थीं। एक घटना थी—'महाभारत' का महासंग्राम, जिसमें कौरवों और पांडवों के बीच हस्तिनापुर के सिंहासन के लिए संग्राम हुआ था। उस संग्राम में दोनों पक्षों की ओर से कुल मिलाकर अठारह अक्षौहिणी सेना ने हिस्सा लिया था। अठारह दिन तक युद्ध चला, जिसमें, 'महाभारत' की अपनी गणना के अनुसार, कुल मिलाकर पच्चीस लाख लोग मारे गए। सिर्फ भगवान् कृष्ण, पाँचों पांडव और कृष्ण के एक सहायक सात्यकि ही बच गए थे। इस युद्ध में कौरव हारे और पांडव जीते। फिर हस्तिनापुर में युधिष्ठिर का सिंहासन के लिए राजतिलक हुआ। यह एक ऐतिहासिक घटना थी और निर्णायक घटना यही थी। यह संपूर्ण घटनाचक्र अब हमारी स्मृतियों में तो दर्ज है ही, 'महाभारत' प्रबंध काव्य में भी लिखा पड़ा है।

दूसरी जो घटना घटी, वह युद्ध-क्षेत्र की नहीं, लिखने की दुनिया से जुड़ी थी। युद्ध क्षेत्र में जो घटा, वह तो हमारी स्मृतियों में दर्ज हो गया है, जो कि स्वाभाविक ही है। घटनाएँ घटित हो जाती हैं, इतिहास में दर्ज होती हैं, अगर इतिहास में दर्ज होने लायक

होती हैं। फिर समय आगे निकल जाता है और सिर्फ वही घटना चक्र, जो इतिहास में दर्ज होने लायक होता है, दर्ज रहता है, वह भी सिर्फ हमारी स्मृतियों में। पर लेखन की दुनिया में घटित होनेवाली घटना अपना लिखा हुआ रिकॉर्ड हमेशा के लिए छोड़ जाती है। यानी समय की, काल की सीमाओं को लाँघ जाती है। महर्षि वेदव्यास द्वारा लिखा गया 'महाभारत' नामक प्रबंध काव्य या इतिहास ग्रंथ, जो भी आप कहना चाहें, अर्थात् महर्षि वेदव्यास द्वारा 'महाभारत' नामक महाग्रंथ का लिखा जाना ऐसी ही एक घटना थी, जो काल की सीमाओं को लाँघकर आज भी हमारे पास लिखित रिकॉर्ड के रूप में साक्षात् उपलब्ध है, मौजूद है।

'महाभारत' ग्रंथ को लेकर एक बात हरेक को पता रहनी चाहिए। पारंपरिक साहित्य शास्त्र के हिसाब से कहेंगे तो 'महाभारत' एक महाकाव्य है, एक इतिहास ग्रंथ है, पर 'महाभारत' के लिए सबसे सटीक नाम है प्रबंध काव्य, जो पश्चिमी परंपरा में 'एपिक' कहा जाता है। वेदव्यास द्वारा लिखे गए 'महाभारत' में जितने बड़े कैनवास को, जितने बड़े विन्यास को, जितने बड़े कथाक्रम को, जितने बड़े घटनाचक्र को अपना आधार बनाकर हमारे सामने प्रस्तुत कर दिया गया है, उसे देखते हुए हम वेदव्यास के महाग्रंथ 'महाभारत' को 'एपिक' यानी 'प्रबंध काव्य' के अलावा कुछ कह ही नहीं सकते। काव्य, महाकाव्य या इतिहास कहे जा सकने लायक ग्रंथ की सीमाओं को वेदव्यास ने जिस विराटता के साथ लाँघा है, उसे देखते हुए हम वेदव्यास के 'महाभारत' को एपिक, यानी प्रबंध काव्य के अलावा और कुछ कह ही नहीं सकते। अब के बाद हम 'महाभारत' को प्रबंध काव्य ही कहेंगे। वाल्मीकि द्वारा लिखा गया 'रामायण' भी हमारे देश का पहला प्रबंध काव्य है।

जितना विराट् यह 'महाभारत' युद्ध था, जो कौरवों और पांडवों के बीच लड़ा गया, उतना ही विराट् यह 'महाभारत' प्रबंध काव्य था, जो महर्षि वेदव्यास ने अपनी पूरी टीम की सहायता से लिखा, जिस टीम में संजय, शुकदेव, वैशंपायन थे, पर जिसे इस टीम की सहायता से लिखा स्वयं महर्षि वेदव्यास ने ही था। यह ऐसा ही था, इसका पूरा रिकॉर्ड, आधुनिकतम शब्दावली में कहा जाए तो इसका पूरा डेटा खुद प्रबंध काव्य 'महाभारत' में ही लिखा पड़ा है, जो हम जब भी चाहें तो 'महाभारत' के पहले ही पर्व 'आदि पर्व' के पहले ही अध्याय में पढ़ सकते हैं। यह 'महाभारत' युद्ध और यह 'महाभारत' प्रबंध काव्य, ये दोनों ही समकालीन घटनाएँ हैं, जो आज से पाँच हजार साल पहले घटित हुई थीं।

अगर आप पश्चिम की शैली में लिखी जानेवाली इतिहास पुस्तकों में यह सबकुछ ढूँढ़ने की कोशिश करेंगे तो आपके हाथ निराशा ही लगेगी। हमें कभी नहीं भूलना चाहिए, हमेशा याद रखना चाहिए कि पश्चिम की शैली में भारत के भूतकाल को रिकॉर्ड करने

की जो कोशिश होती है, वह तब तक सफल नहीं मानी जाती, जब तक उस घटित के समर्थन में कोई दूसरा साक्ष्य नहीं मिल जाए। इस शैली के विकसित होने का कारण भी स्पष्ट है। पश्चिमी देशों का इतिहास इनके अपने एक महापुरुष माने जानेवाले संत ईसामसीह को केंद्र में रखकर चलता है और सारे इतिहास को ईसा-पूर्व, यानी बी.सी. और ईसा पश्चात्, यानी ए.डी., इन दो वर्गों में बाँटकर ही देख पाता है। और पश्चिमी देशों का इतिहास, पुराने-से-पुराने में पहुँच जाए तो ईसा से सात-आठ सौ साल पहले का उन्हें नहीं प्राप्त हो पाया। जब इतिहास नहीं मिलता तो वे पाषाण काल, उत्तर-पाषाण काल, अंधकार काल जैसी बेवकूफियों में पड़ जाते हैं, फिर बंदर के मनुष्य में तब्दील हो जानेवाली जहालत में चले जाते हैं और चाहते हैं कि हम इन बेवकूफियों और जहालतों को विज्ञान मान लें, इतिहास मान लें। मजेदार बात यह है कि पश्चिम चाहता है कि सारी दुनिया इन जहालतों व बेवकूफियों को विज्ञान और विज्ञानसम्मत इतिहास मान ले और, और सबसे बड़ा चुटकुला यह है कि नेहरूवादी और कांग्रेस-मार्का इतिहास-बुद्धि की गुलामी से सारे भारत को मनवा दिया गया है कि ये तमाम बेवकूफियाँ और ये तमाम जहालतें विज्ञानसम्मत इतिहास हैं, कि हम पिछली कई सदियों, दशकों से सारे देश को ये बेवकूफियाँ और ये जहालतें विज्ञान, वैज्ञानिक सोच यानी साइंटिफिक टेंपरामेंट और विज्ञानसम्मत इतिहास के नाम पर पढ़ाए चले जा रहे हैं, कि मनुष्य का पूर्वज बंदर था। क्षमा कीजिए। हम खुद को बंदरों का वंशज मानने को तैयार नहीं हैं। हम वैसा मानते भी नहीं हैं। आप पश्चिमवालों को और पश्चिम-परस्त लोगों को ऐसा लगता हो कि वे बंदरों की संतानें हैं, तो वे ऐसा बेशक माना करें और हम उन्हें उनकी अपनी परिभाषा वाली खुशियों से वंचित नहीं करना चाहते। पर हम ऐसा नहीं मानते। भारत में इतिहास-पुराण शैली से जो इतिहास लिखा गया है, उसके आधार पर हम ऐसा नहीं मानते और आपके द्वारा, आपके पश्चिम के द्वारा बताए गए नए और नूतनतम अनुसंधान से भी अब यह साबित हो चुका है कि 'महाभारत' का घटना चक्र आज से पाँच हजार साल पहले का है और 'रामायण' का घटना चक्र इससे भी एक हजार साल पहले का, यानी छह हजार साल पहले का है। फिर से दस हजार साल वाले इतिहास की ओर बढ़ जाते हैं और उससे पहले फिर से 'महाभारत' से जुड़ जाते हैं, जिसके साथ ही हमने अपने देश के दस हजार साल के इतिहास, भारत की सभ्यता के इतिहास की बात की थी।

भारत के लोगों के दिलों में यह बात ठीक से बसी हुई है कि भारत में उस वक्त जो भी घटनाचक्र घटा, 'महाभारत' युग का घटनाचक्र घटित हुआ और उसके साथ 'महाभारत' प्रबंध काव्य लिखने का इतिहास घटित हुआ, वह समस्त घटनाचक्र आज से पाँच हजार साल पहले घटित हुआ। भारत में कलि संवत् पाँच हजार साल से, द्वापर युग के समाप्त होने के बाद से चल रहा है। भारत का युधिष्ठिर संवत् पाँच हजार साल

से, यानी 'महाभारत' युग के बाद हुए युधिष्ठिर के राज्यारोहण काल से, हस्तिनापुर में हुए राज्यारोहण काल से चल रहा है। भारत का ही श्रीकृष्ण संवत्, महाभारत युग के महानायक, युग प्रवर्तक, ईश्वर का साक्षात् रूप माने जानेवाले, 'कृष्णस्तु भगवान् स्वयम्' (स्वयं कृष्ण ही भगवान् का दूसरा नाम है), भगवान् कृष्ण के समय से चल रहा है। ये तीनों संवत् पाँच हजार साल से चल रहे हैं। यह सब हमें तो समझ में आता है। पर बंदरों को अपना पूर्वज माननेवालों को भला कैसे समझ में आ सकता है ? इसलिए उन्हें समझ में नहीं आता। उन्हें समझाने में समय क्यों बर्बाद करें ? जो इतिहास हमारा है, वह सारा इतिहास हमारा ही है। हमारे अपने देश का है। राजनीति और मजहब-रिलीजन के तड़के के मार्फत देश का स्वभाव और वर्तमान बिगाड़कर रख देनेवाली मानसिकता को ये सारी बातें समझने में स्वाभाविक ही मुश्किल आती है। स्वाभाविक ही है। पर हमारे देश के मानस में यह बात अमिट रूप से, न मिट सकनेवाली सोच में कहीं गहरे से अंकित है, कहीं गहरे से हमारी राष्ट्रीय स्मृतियों में दर्ज है, कहीं गहरे से हमारे संपूर्ण साहित्य और वाङ्मय में लिखी पड़ी है कि 'महाभारत' का समय, महाभारत युद्ध का और उसी समय लिखे गए महाभारत प्रबंध काव्य का समय आज से पाँच हजार साल पहले का है।

और अगर किसी को इसमें कोई थोड़ा-बहुत शक था, छोटा-मोटा प्रश्नचिह्न था, तो दूरदर्शन के टी.वी. धारावाहिक 'महाभारत' ने इन प्रश्नों को सिरे से सुलझा दिया। कोई शक था तो उसे सिरे से मिटा दिया। संपूर्ण धारावाहिक इतना प्रभावशाली था, इतना तर्कपूर्ण था, देखनेवालों के दिलो-दिमाग, दोनों को ही ऐसा छू लेनेवाला था कि इस धारावाहिक ने एक ऐतिहासिक योगदान यह किया कि उसने यह अमिट रूप से लिख दिया कि महाभारत का, महाभारत युद्ध का और महाभारत प्रबंध काव्य की रचना का इतिहास पाँच हजार साल पहले का है। लोगों को यह बात याद हो गई, अर्थात् फिर से याद हो गई, जिसने पिछले दो सौ सालों के राजनीतिक-बौद्धिक पाखंडों के असर में देश को भ्रम में डाल दिया था। लोगों को यह बात फिर से याद हो गई और तब से याद है। सत्य की स्थापना कब और कैसे होती है, कोई पहले से बता नहीं सकता। पर सत्य की स्थापना होती जरूर है। महाभारत युद्ध का संपूर्ण घटना चक्र व महाभारत प्रबंध काव्य की रचना आज से पाँच हजार साल पहले की है, यह एक ऐतिहासिक सत्य है और इस सत्य की स्थापना लोगों के दिलों में सदा से रही है और आज भी सर्वज्ञात है।

इस बीच क्या हुआ है ? हुआ यह है कि देश में एक ललक पैदा हुई कि राम के 'वनगमन मार्ग' का अध्ययन किया जाए। राम किस रास्ते से और किन-किन रास्तों से वन यात्रा करते हुए लंका पहुँचे, चौदह वर्षों के वनवास काल में समय के किस गंतव्य पर वन में कहाँ पहुँचे, इसका अध्ययन किया जाए, यह ललक पैदा हुई। इस पूरे मार्ग की खोज करने में कोई दिक्कत इसलिए नहीं हुई, क्योंकि महर्षि वाल्मीकि ने अपने

प्रबंध काव्य 'रामायण' में इसका पूरा विवरण दे रखा है, जैसे 'महाभारत', हमारे देश का प्रबंध काव्य है, वैसे ही 'रामायण' भी हमारे देश का एक, यानी एक और प्रबंध काव्य है। भारत की प्रतिभा ने, भारत की मेधा ने देश को 'रामायण' और 'महाभारत' नामक ये ऐसे महान्, ऐतिहासिक मूल्य की दृष्टि से अभूतपूर्व और विलक्षण प्रबंध काव्य दिए हैं कि जब तक समय की गति है, तब तक देश इन प्रबंध काव्यों का ऋणी रहेगा।

तो राम के वनगमन और वनवास की यात्रा का अध्ययन करने में जिनकी रुचि पैदा हुई, वे विद्वान् और शोधकर्ता अपने अध्ययन में संपूर्णता लाने की दृष्टि से हर संसाधन को खँगालने में लग गए। अध्ययन की इसी प्रक्रिया में 'सेटेलाइट ' नामक नवीनतम वैज्ञानिक विधि और उपकरण की भी सहायता ली गई। निष्कर्ष यह सामने आया कि राम के समय का हर बिंदु, वन गमन, किष्किंधा की वानर सभ्यता, राम सेतु का निर्माण, राम-रावण युद्ध आदि, इन सबका समय आज से छह हजार साल पहले का है। हम सब जानते हैं कि कुछ टी.वी. न्यूज चैनलों पर इस तरह के निष्कर्ष बतानेवाले शोध व बहस कार्यक्रम भी किए जा चुके हैं। 1998-99 में छपी हमारी पुस्तक 'भारतगाथा' (नवीन संस्करण, प्रभात प्रकाशन, दिल्ली, 2015) में 'रामायण' के समय को लेकर इसी तरह के निष्कर्ष पहले से ही बता दिए जा चुके हैं।

हम यह सारा उपक्रम इसलिए कर रहे हैं, ताकि देश को समझ में आ जाए कि भारत की सभ्यता पाँच हजार साल पुरानी ही नहीं, उससे कहीं ज्यादा पुरानी है। भारत अपनी सभ्यता के विकास के दस हजार साल पूरे कर चुका है, इसको सलीके से, सिलसिलेवार, तरीके से समझने के लिए हम इस पूरी परिस्थिति को नौ स्तरों पर अपने पाठकों के सामने पेश कर देना चाहते हैं—

1. **2500 वर्ष पूर्व अर्थात् आज से 2500 वर्ष पूर्व :** भारत के इतिहास का यह वह कालखंड है, जहाँ से हम चाहें तो भारत का संपूर्ण परवर्ती इतिहास निश्चित काल गणना के सहारे, उसके आधार पर लिख-पढ़-सुना-समझा सकते हैं। 2500 वर्ष पूर्व का यह वह समय है, जब भगवान् बुद्ध का अवतरण भारत के धरा-धाम पर हुआ। तपश्चर्या, समाधिचर्या और कर्मचर्या के विविध सोपानों व आयामों का अनुभव प्राप्त करते हुए भगवान् ने तत्त्वज्ञान का साक्षात्कार किया और फिर भगवान् बुद्ध के सामने प्रकट होकर ब्रह्माजी ने सर्वज्ञ बुद्ध को अपनी तपश्चर्या से प्राप्त ज्ञान का प्रसार करने का आदेश दिया। उसी आदेश से संप्रेरित होकर फिर भगवान् बुद्ध ने अपना प्रथम उपदेश दिया, 'पटिच्च्च समुप्पाद', अर्थात् 'प्रतीत्य समुत्पाद'। इसका, इस सूत्र में बँधे ज्ञान का अर्थ है : कर्म-कर्मफल। प्रतीत्य है कर्म, जो हमने कर दिया है और समुत्पाद का अर्थ है, फल की उत्पत्ति, अर्थात् फल की प्राप्ति। अर्थात् 'प्रतीत्य-समुत्पाद'='कर्म-कर्मफल'। इस ज्ञान के साथ ही भगवान् बुद्ध ने फिर से देश को अपनी उस अध्यात्म धारा के मर्म

के साथ जोड़ दिया, अध्यात्म धारा के जिस मर्म से विमुख होकर देश न जाने कितने ही घनघोर वैचारिक संघर्ष का और विभ्रम का शिकार हो चला था। भगवान् ने देश के अध्यात्म प्रवाह के आधारभूत कर्म-दर्शन की फिर से स्थापना की और उसी को इतिहास ने 'धर्म चक्र प्रवर्तन' यह नाम देकर भारत के वैचारिक इतिहास में दर्ज कर दिया। वैचारिक इतिहास यानी कैसे? भगवान् कृष्ण ने स्वयं जिस ऐतिहासिक लक्ष्य को 'गीता' में 'धर्मसंस्थापनार्थाय' यह नाम दिया था, जिसको भगवान् राम के संदर्भ में स्वयं वाल्मीकि द्वारा 'रामायण' में 'रामो विग्रहवान् धर्मः' कहकर प्रतिष्ठित कर दिया गया था, उसी को भगवान् बुद्ध के संदर्भ में 'धर्मचक्र प्रवर्तनम्' इस शाश्वत वाक्य के जरिए एक बार फिर से प्रतिष्ठित कर दिया गया। कृष्ण ने कर्म-दर्शन की पुनः प्रतिष्ठा 'एकं साख्यं च योगं च' अर्थात् सांख्य, यानी ज्ञान और योग, यानी कर्म एक ही अवधारणा के दो पहलू हैं, इस विराट् 'गीता' दर्शन के जरिए की। राम ने कर्म दर्शन की स्थापना जीवन में मर्यादा अर्थात् आदर्श आचरण के रूप में की थी, जिस कारण राम को भारत के इतिहास में 'मर्यादा पुरुषोत्तम' का शाश्वत अभिधेय मिल गया। ठीक वैसे ही भगवान् बुद्ध ने 'प्रतीत्य समुत्पाद' यानी 'पटिच्च समुप्पाद' के माध्यम से कर्म-दर्शन की पुनः स्थापना की, जिसे इतिहास में भगवान् बुद्ध के 'धर्मचक्र प्रवर्तन' के रूप में विश्व प्रतिष्ठा मिली। इसमें आपकी ओर से, यानी किसी की भी ओर से पूछे जा सकने योग्य इन प्रश्नों का समाधान छिपा है कि कृष्ण ने किस धर्म की संस्थापना की, राम ने किस मर्यादा की प्रतिष्ठा की, बुद्ध ने किस धर्म चक्र का प्रवर्तन किया? बुद्ध से जुड़ा यह घटनाचक्र 2500 वर्ष पूर्व का है।

2. **2500 से 3000 वर्ष पूर्व अर्थात् आज से 3000 वर्ष पूर्व :** इससे पहले के कालखंड में जाएँ। हमने पिछले पैरा में कहा कि राम और कृष्ण के समान भगवान् बुद्ध ने भी धर्म की पुनः प्रतिष्ठा की। इस संदर्भ में हमने कहा कि भगवान् बुद्ध ने 'प्रतीत्य समुत्पाद' नाम से एक नई शब्दावली में देश में फिर से कर्म-दर्शन की प्रतिष्ठा की। प्रश्न उठता है कि अपने देश में ऐसा क्या हुआ था कि भगवान् बुद्ध को फिर से कर्मयोग की प्रतिष्ठा करनी पड़ी। देश में ऐसा क्या हुआ कि देश कर्म- दर्शन से विमुख हो गया? वे कौन लोग थे, जिन्होंने देश की अध्यात्म धारा के प्राणभूत कर्म-दर्शन को ही देश में खदेड़ने या निस्तेज करने का काम किया?

हमारी समस्या यह है कि 3500 वर्ष पूर्व से लेकर 2500 वर्ष पूर्व के समय के बीच के इतिहास को लेकर पूरा देश अँधेरे में रह रहा है। आज भी अँधेरे में रह रहा है। 2500 वर्ष पूर्व का समय भगवान् महावीर तथा भगवान् बुद्ध का है। 3500 वर्ष पूर्व का समय नैमिषारण्य की महासंगोष्ठी का है। हम आपको याद दिला दें कि हम ईसा पूर्व व विक्रम पूर्व की बात नहीं कर रहे हैं। हम यहाँ शुद्ध रूप से आज से पहले के वर्ष पूर्व

की बात कर रहे हैं, यानी आज से 3500 वर्ष पूर्व नैमिषारण्य की महासंगोष्ठी हुई थी और आज से 2500 वर्ष पूर्व भगवान् बुद्ध का इस भारतभूमि पर अवतार हुआ था। कुल मिलाकर यह समय एक हजार वर्षों का है। दिलचस्प यह है कि इन एक हजार वर्षों के राजनीतिक-सामाजिक घटनाचक्र को लेकर देश में सूचनाओं का अजीब-सा अभाव है। भारत का गहरे से अध्ययन करनेवाले विद्वानों ने, जो पश्चिम परस्त शोध बुद्धि के कायल कभी नहीं रहे, ऐसे विद्वानों ने इन एक हजार साल के इतिहास को खँगालने का काम बहुत ही लगन से किया है। पर इतिहास की निश्चित घटनावली को रूप देने का सर्वसम्मत काम हो चुका है, ऐसा मानने से पहले कई किंतु-परंतु किए जाते रहे हैं। विचारधारा के स्तर पर जो बात लगभग तय नजर आती है, वह यह है कि भारत के 3500 वर्ष पूर्व और 2500 वर्ष पूर्व के इस कालखंड में, यानी एक हजार साल के इस कालखंड में भारी उथल-पुथल रही। हम सभी जानते हैं, सारा भारत यह मानता है और भारत के जन-जन के मन में यह बात बसी है कि भारतवर्ष की आत्मा के प्राणस्वरूप अठारह महापुराणों की रचना इसी कालखंड में हुई। वैसे भारत में एक बड़ी ही ताकतवर परंपरा यह भी कहती है कि महाभारत प्रबंधकार के रचयिता महर्षि वेदव्यास ने एक 'पुराण संहिता' बनाई थी और व्यास द्वारा ही रचित 'भागवत महापुराण' इस पुराण संहिता के आधार पर लिखा हुआ प्रथम महापुराण है और सूत जी ने नैमिषारण्य की विराट् संतसभा में जिन शेष महापुराणों का कथावाचन किया, वे सभी महापुराण इसी पुराण-संहिता पर आधारित रहे थे। वेदव्यास ने महाभारत प्रबंध काव्य लिखा था, जिसे उन्होंने 'महाभारत' में 'भारत संहिता' कहा है—'चातुर्विंशती साहस्रीं चक्रे भारत संहिताम्'।

वेदव्यास ने चारों वेदों को नाम दिया था—ऋग्वेद संहिता, यजुर्वेद संहिता, सामवेद संहिता, अथर्ववेद संहिता। वेदव्यास ने ही 'महाभारत' प्रबंध काव्य को 'भारत संहिता' नाम भी दिया। इसी परंपरा में वेदव्यास ने 'पुराण संहिता' भी लिखी, जिस पर 'भागवत महापुराण' आधारित है और सूतजी ने नैमिषारण्य की विराट् संतसभा में लगातार बारह वर्षों तक इसी 'पुराण संहिता के आधार पर अट्ठासी हजार ऋषि-मुनियों को पुराणों की कथाएँ सुनाई थीं। जैसे वाल्मीकि, आज की शब्दावली में कहें तो दलित हैं, वेदव्यास दलित हैं, वैसे ही सूतजी भी दलित हैं। सूत लोग रथ बनाया करते थे। ऐसे ही एक रथकार सूत ने कुंती पुत्र कर्ण को अपनाया था और परम प्रतापी कर्ण इतिहास में सूत पुत्र के नाम से प्रसिद्ध हुए। सूत लोग रथ बनाने का व्यवसाय छोड़कर कब और कैसे कथावाचन के काम में लग गए, इस इतिहास की खोज होनी चाहिए।

पर हमारा तत्काल का विषय यह है कि इन एक हजार वर्षों में अठारह महापुराणों की रचना हुई। अठारह उपपुराणों की रचना भी इसी कालखंड में या इसके आस-पास के कालखंड में हुई, इसे मान लेने से कोई व्युत्पत्ति, शक-शुबहा, हमें तो नजर नहीं

आता। सभी महापुराण व उपपुराण हमारे देश के धर्म-संप्रदायों की प्रतिपादक प्रामाणिक रचनाएँ हैं। इतने अधिक धर्मसंप्रदायों का होना ही अपने आपमें इस बात का प्रमाण है कि इन हजार वर्षों में सभी धर्म-संप्रदायों के बीच कहीं-न-कहीं परस्पर वैमनस्य भी रहा और जरूरी नहीं कि यह सारा साहित्य परस्पर बौद्धिक सहमति के आधार पर ही लिखा गया था। इस बौद्धिक वैमनस्य व बौद्धिक मतभेदवाद को और भी ज्यादा बढ़ाने में भारत की उस विशिष्ट बौद्धिक परंपरा ने भी पूरा-पूरा योगदान किया, जिसे आज की भाषा में हम इहलोकवादी या संसारवादी कहते हैं। भारत में इन तमाम अनात्मवादियों को, यानी इहलोकवादियों को, यह संसार और शरीर ही अंतिम सत्य है, आत्मा वगैरह कुछ नहीं होता, ऐसा माननेवाले इहलोकवादियों, चार्वाकवादियों व आजीवकों के बीच घनघोर वैचारिक संग्राम इन्हीं एक हजार वर्षों के कालखंड में हुआ। कल्पना करिए, बौद्धिक दृष्टि से कैसा असाधारण यह कालखंड रहा होगा। बौद्धिक अनाचार 'इंटेलेक्चुअल एनार्की' का भी यह शिखर रहा होगा। इसी वैचारिक अनाचार के इस लंबे कालखंड के अंत में भगवान् बुद्ध का अवतार हुआ, जिन्होंने इस पूरे अनाचार को समाप्त कर उसे भारत की अध्यात्मसम्मत कर्म-दर्शन परंपरा की 'प्रतीत्य समुत्पाद' के रूप में पुनः स्थापना की और भारत की अध्यात्म धारा फिर से अपने मौलिक बौद्धिक, उपनिषद् आधारित रूप को सँवारने में लग गई। इसी में भगवान् बुद्ध के 'धर्मचक्रप्रवर्तन' का रहस्य छिपा है। फिर से आगे चलकर कैसे बौद्ध धर्म-दर्शन-संप्रदाय के अनुयायियों ने भगवान् बुद्ध को विस्मृत कर अधर्म, अनात्मवाद और कर्महीनता को अपना दर्शन बनाया और वे हमेशा के लिए विलुप्त हो गए, यानी हमेशा के लिए भारत छोड़कर पश्चिम एशिया तथा मध्य एशिया के विभिन्न भागों में जा बसे और फिर इसलामपरस्त हो गए, इस पर अगले एक आलेख में संकेत किया जाएगा।

3. **3000 वर्ष पूर्व से 3500 वर्ष पूर्व, अर्थात् आज से 3500 वर्ष पूर्व** भारत के इतिहास में समायोजित 'नैमिषारण्य की महासंगोष्ठी' हमारे देश के इतिहास का एक बड़ा मील का पत्थर है। यह महासंगोष्ठी आज से 3500 वर्ष पूर्व, यानी 'महाभारत' के 1500 वर्ष बाद नैमिषारण्य में हुई थी। इस महासंगोष्ठी में देश के ज्ञात इतिहास देवयुग (जिसे पश्चिम-परस्त विघ्न संतोषी लोगों की भाषा में प्रागैतिहासिक काल कहा जाता है, ऐसे), काल-विभाजन, देश की तत्कालीन सामाजिक-वैचारिक स्थिति आदि पर अति गंभीर विचार-विमर्श हुआ। यह महासंगोष्ठी नैमिषारण्य में कुलपति शौनक के आश्रम में हुई थी। नैमिषारण्य इस तरह की संगोष्ठियों के लिए विख्यात था। शौनकों का वहाँ आश्रम था और जब भी किसी शौनक को वहाँ एक संगोष्ठी करने का विचार आता होगा, वे वहाँ ऋषि-मुनियों को निमंत्रित कर लिया करते होंगे। ऐसी एक बड़ी संगोष्ठी इन्हीं शौनकों के आश्रम में महाभारत युद्ध के आस-पास भी हुई थी।

नैमिषारण्य के आश्रम में ही क्यों? उन दिनों हमारे देश के आश्रमों में इस तरह की संगोष्ठियाँ, कभी छोटे तो कभी बड़े स्तर पर होती ही रहा करती थीं। हम अपनी पुस्तक 'भारतगाथा' में दिखा आए हैं कि पिप्पलाद के आश्रम में छह ऋषि साल भर तक नियम संयमपूर्वक रहे थे, उनमें फिर आपस में एक विशिष्ट संवाद हुआ। इसी तरह श्वेताश्वतर ऋषि के आश्रम में कई विचारधाराओं के प्रतिनिधि ऋषि इकट्ठा हुए, संवादलीन रहे, उस बहस में से फिर श्वेताश्वतरोपनिषद् का जन्म हुआ। पर यह और ऐसी कुछ संगोष्ठियाँ इस तरह से हमारी स्मृतियों का हिस्सा नहीं बन पाईं, जो आज से करीब 3500 वर्ष पूर्व, यानी ईस्वी सन् से 1500 वर्ष पूर्व हुईं, दृषद्वती नदी के किनारे हुईं और कुलपति शौनक के आश्रम में हुई थीं। इस महासंगोष्ठी को हमारी राष्ट्रीय स्मृतियों का हिस्सा बनाने में अट्ठारह महापुराणों का भारी योगदान रहा है, क्योंकि इन पुराणों में स्थान-स्थान पर, लगभग हर पुराण में स्थान-स्थान पर इस बात का जिक्र है कि एक बार नैमिषारण्य में शौनक आदि ऋषि-मुनि इकट्ठा हुए और शौनक की अगुआई में उन्होंने सूतजी से ढेर सारे सवाल पूछे, "एकदा नैमिषारण्ये, ऋषयः शौनकादयः, पप्रच्छुः मुनयः सर्वे सूतं पौराणिकं खलु।"

आज से 3500 वर्ष पूर्व हुई नैमिषारण्य की इस महासंगोष्ठी में कितने ऋषि-मुनि इकट्ठा हुए, कितने साल तक वे उस आश्रम में रहे, उन्होंने क्या-क्या विचार-विमर्श किया और उसका क्या परिणाम निकला, ये सब प्रश्न महत्त्वपूर्ण हैं, क्योंकि उन्हीं के उत्तरों में से उस संगोष्ठी का वास्तविक महत्त्व हमारे सामने आ सकता है। कहा जाता है कि अट्ठासी हजार ऋषि-मुनि वहाँ इकट्ठा हुए। संख्या इतनी बड़ी है कि सहसा उस पर विश्वास नहीं होता। वैसे जो आश्रम इस तरह की संगोष्ठियों के लिए विख्यात हो चुका हो, वहाँ आने का आकर्षण बड़ी संख्या में ऋषि-मुनियों को वहाँ खींच लाया हो, इसमें हैरानी की भला बात ही क्या है?

सभी पुराणों का कहना है कि इन हजारों ऋषि-मुनियों ने बारह वर्ष तक विचार-मंथन किया। महाभारत प्रबंध काव्य (महाभारत, आदि पर्व, 1.1) की शुरुआत ही इस जानकारी के साथ होती है कि लोमहर्षण के पुत्र कथाकार सूत उग्रश्रवा ने बारह वर्ष के सत्र में अपने नैमिषारण्य के आश्रम में ऋषि-मुनियों के सामने कथागान किया—"लोमहर्षण पुत्र उग्रश्रवा सौतिः पौराणिको नैमिषारण्ये शौनकस्य कुलपते द्वादश वार्षिक सत्रे।"

इस महासंगोष्ठी की जरूरत ही क्यों पड़ी? जाहिर है कि देश की हालत चिंताजनक रही होगी, राजनीतिक भी, सामाजिक भी, वैचारिक भी, जिसकी वजह से सारे देश में ऋषि-मुनियों को एक स्थान पर इकट्ठा कर एक लंबे और गंभीर विचार-विमर्श की जरूरत शौनकों की परंपरा के योग्य वारिस उस समय के कुलपति शौनक को महसूस हुई होगी।

4. **5000 वर्ष पूर्व अर्थात आज से 5000 वर्ष पूर्व** : महाभारत का समय 5000 वर्ष पूर्व का है। अपनी भारतीय युग-परंपरा के हिसाब से हम इसे द्वापर युग कहते हैं। नैमिषारण्य की महासंगोष्ठी का समय 3500 वर्ष पूर्व का है। अपनी भारतीय युग-परंपरा के हिसाब से यह कलियुग है। कलियुग का नाम और उसके समयमान को लेकर हम अपनी पुस्तक 'भारतगाथा' के आलेख संख्या 100 में अच्छे से बता आए हैं। यह वह समय है, जब देश में चारों 'वैदिक संहिताओं' की रचना हो जाने के बाद चारों वेदों की व्याख्या सरीखे 'ब्राह्मण ग्रंथ' लिखे गए, 'उपनिषद्' लिखे गए, 'आरण्यक ग्रंथ' लिखे गए। पश्चिम के इतिहासकारों ने अपनी विचित्र बुद्धि का उपयोग करते हुए कह दिया कि भारत में पहले वेदों की रचना हुई, फिर उपनिषद् लिखे गए, फिर 'रामायण' और 'महाभारत' लिखे गए। हम इसी 'भारतगाथा' में विस्तार से पहले भी बता आए हैं कि भारत की हर उपलब्धि को बिगाड़ने और नकारने के फेर में पश्चिमी शोधकर्ताओं ने, जिन्हें हम पश्चिमी कूटनीतिबाज ही ज्यादा मानते रहे हैं, हमारी साहित्य रचना के संपूर्ण क्रम को बर्बाद करके रख दिया और संस्कृत के महापंडितों ने स्वामिभक्त बच्चों की तरह उसे शिरोधार्य कर लिया और वैसा ही पढ़ाते रहे, आज भी पढ़ाते चले जा रहे हैं। पर सच्चाई यह है कि अथर्ववेद और महाभारत काल, दोनों समकालीन हैं। सामवेद और रामायण काल दोनों समकालीन हैं। 'ऋग्वेद' की रचना मनु के आविर्भाव काल के साथ-साथ हुई है और 'यजुर्वेद' की रचना मनु से भी पहले के युग की है, जिसे हम अब 'देवयुग' के रूप में जानना शुरू हो चुके हैं, जिस युग की समाप्ति उस ऐतिहासिक जलप्लावन, यानी खंड प्रलय, यानी भयानक बाढ़ के साथ हुई, जिसका प्रामाणिक उल्लेख 'शतपथ ब्राह्मण' में अच्छे से मिल जाता है। संस्कृत परंपरा में वेद को 'ब्रह्म' भी कहा गया है, इसलिए वेदों की व्याख्या के रूप में लिखे गए ग्रंथ ब्राह्मण ग्रंथ कहे गए। चारों वैदिक संहिताएँ अथात् चारों वेद, ब्राह्मण ग्रंथ यानी वेद-व्याख्यान, उपनिषद्, यानी वैदिक साहित्य की शृंखला में अंतिम कड़ीवाले ग्रंथ 'वेदांत'—इस संपूर्ण को हमारी परंपरा में वैदिक साहित्य या निगम साहित्य कहा जाता है। पुराणों की रचना का काल इसके बाद का है। जैसे कृतयुग (यानी सत्य युग), त्रेता युग, द्वापर युग और द्वापर युग के बाद का समय कलियुग का है और उसके बाद का समय पुराणों का है, ठीक वैसे ही अब सत्ययुग के पहले के समय को अर्थात् मनु से पहले के समय को 'देवयुग' कहने का चलन शुरू हो चुका है, यानी देवयुग, कृतयुग, त्रेता युग, द्वापर युग, कलियुग, पुराण युग—इस तरह से अपनी पुरानी युग परंपरा को कहने-समझने, पढ़ने-पढ़ाने का अभ्यास क्रमशः बना लेना चाहिए।

5. **5000 वर्ष पूर्व** : यह समय 'महाभारत' का है। महाभारत, यानी महाभारत संग्राम और महाभारत, यानी महाभारत एपिक अर्थात् महाभारत प्रबंध काव्य। अपनी

युग परंपरा में हम इस कालखंड को द्वापर युग कहते हैं। यह करीब एक हजार वर्ष का समय है और भारतवर्ष के इतिहास में बड़ा ही युग परिवर्तनकारी समय है। जैसा हमने अभी बताया कि इसी कालखंड में 'महाभारत' नामक महासंग्राम हुआ था। हस्तिनापुर के राजसिंहासन का असली वारिस कौन है, धृतराष्ट्र के पुत्र कौरव या पांडु के पुत्र पांडव? इसी प्रश्न का उत्तर पाने के लिए यह संग्राम हुआ। जिस प्रश्न को लेकर, हस्तिनापुर के राजसिंहासन का असली वारिस कौन है, इस प्रश्न को लेकर कुरुक्षेत्र में जो महासंग्राम हुआ था, उसमें पूरे भारत के पूर्व-पश्चिम, उत्तर-दक्षिण, भारत के इन सभी अंचलों से आए राजा-महाराजाओं ने हिस्सा लिया था। इसी से स्पष्ट है कि भारत में उस समय हस्तिनापुर से ही देश की केंद्रीय राजनीति का संचालन या दिशा-निर्देश होता था। अठारह दिनों तक चले इस युद्ध में अठारह अक्षौहिणी सेना मारी गई थी, जिसे भगवान् वेदव्यास ने एक-एक सैनिक की संख्या गिनकर पच्चीस लाख सेना का विवरण दिया है (महाभारत, उद्योग पर्व, सैन्यनिर्माण पर्व संख्या 155)। यानी महाभारत संग्राम में पच्चीस लाख लोग मारे गए थे। संपदा का जो विनाश हुआ, उसका परिगणन भी महाभारत में है।

महाभारत संग्राम के अलावा महाभारत प्रबंध काव्य की रचना इस द्वापर युग की दूसरी युगांतरकारी घटना है। इस प्रबंध काव्य की रचना महर्षि वेदव्यास ने की थी, जो आज की राजनीतिक शब्दावली के हिसाब से दलित थे। इसका प्रामाणिक और सांगोपांग विश्लेषण हमने 'भारतगाथा' में किया है, जिसे पढ़ना देश के लिए अच्छा ही रहनेवाला है। वेदव्यास ने महाभारत में एक लाख से अधिक श्लोकों की रचना की। इसी के अंतर्गत भारत के दार्शनिक इतिहास का विशिष्टतम ग्रंथ 'श्रीमद्‍भगवद्‍गीता' अर्थात् 'गीता' भी लिखा गया, जिसे हम 'कृष्ण-अर्जुन-संवाद' के रूप में भी जानते हैं।

द्वापर युग की इन दो विशिष्ट उपलब्धियों के अलावा अब हमें इस युग की तीसरी विशिष्ट उपलब्धि को भी हमेशा के लिए याद कर लेने का अभ्यास डालना चाहिए। इस तीसरी विशिष्ट उपलब्धि का नाम है 'अथर्ववेद'। 'अथर्ववेद' की रचना का अधिकांश इसी द्वापर युग की देन है। 'यजुर्वेद' देवयुग की रचना है, जो गद्य में है। 'ऋग्वेद' कविताओं, ऋचाओं का संग्रह है, जो सत्ययुग, यानी कृतयुग की रचना है। 'सामवेद' संगीत-गीतमय मंत्रोंवाला ग्रंथ है, जो त्रेता युग की रचना है। इसी शृंखला में 'अथर्ववेद' द्वापर युग की रचना है। अथर्ववेद का अधिकांश अथर्वा ऋषि के द्वारा लिखे गए मंत्रों का संग्रह है। इसी अथर्ववेद में 'भूमि सूक्त', 'विवाह सूक्त', 'लक्ष्मी सूक्त' जैसे अद्‍भुत मंत्रों की रचना की गई, जिनके काव्य-सौंदर्य की दार्शनिक उच्चता को और सामाजिक प्रतिबद्धताओं को हम तभी ठीक से समझ पाएँगे, जब हम उसमें पढ़ने के लिए थोड़ा प्रवेश करेंगे। मसलन, अथर्ववेद के विवाह सूक्त को पढ़ने से ही पता पड़ेगा कि कैसे पाँच हजार साल पूर्व लिखे गए अथर्ववेद की रचना के बाद से ही देश इसी विवाह संस्था का

अक्षरश: अनुसरण कर रहा है, जिस विवाह संस्था का सम्मान करते हुए देश में आज भी ब्याह-शादियाँ हो रही हैं। मसलन, फिर एक बार अथर्ववेद के 'श्रीसूक्त' यानी 'लक्ष्मी सूक्त' को पढ़ने से ही पता पड़ेगा कि कैसे पाँच हजार साल पहले भी अथर्वा ऋषि ने समृद्धि को पाने का और निर्धनता के खिलाफ जंग छेड़ने का एक जागरूकता अभियान देश में चलाया था। मसलन, फिर एक बार 'भूमि सूक्त' को पढ़ने से ही तो पता चलेगा कि भारत में, भारत के जन-जन के मन में भूमि, यानी भूमिमाँ के प्रति स्नेह, सम्मान और सबकुछ बलिदान कर देने का भाव क्यों है? 'वंदेमातरम्' या फिर 'भारतमाता की जय' के माध्यम से वह भाव आज भी हर भारतवासी को यदि सराबोर रखता है और भारत-द्रोहियों और भारत-शत्रुओं को भयभीत रखता है, तो वह भाव, देश से, देश की भूमि से, देश की भूमिमाँ से स्नेह और सम्मान का भाव, सबकुछ बलिदान कर देने का, भगत सिंह, चंद्रशेखर, सुभाष चंद्र बोस, सुब्रह्मण्यम भारती का मनोभाव इसी 'भूमि सूक्त' से हमें विरासत में मिला है। यह सबकुछ हमारे पास द्वापर युग से है। पाँच हजार साल से पहले से ही है। 'वंदेमातरम्' पर भारत-द्रोही लफ्फाजी कहनेवाले सुन रहे हैं क्या?

6. **6000 वर्ष पूर्व** : यह समय वाल्मीकि 'रामायण' का है, त्रेता युग का है। यही समय 'सामवेद' की रचना का भी है। जैसे द्वापर युग की सबसे बड़ी राजनीतिक घटना को हम महाभारत संग्राम के नाम से जानते हैं, वैसे ही त्रेता युग की सबसे बड़ी राजनीतिक घटना को हम राम-रावण युद्ध के रूप में जानते हैं। द्वापर युग के महानायक भगवान् कृष्ण हैं तो त्रेता युग के महानायक भगवान् राम हैं, ठीक वैसे ही जैसे 2500 वर्ष पूर्व के भारत के महानायक भगवान् बुद्ध और भगवान् महावीर हैं। त्रेता युग की एक युग परिवर्तनकारी परिस्थिति को हम रामसेतु के निर्माण के रूप में जानते हैं, जिस रामसेतु का निर्माण राम के आदेश पर सुग्रीव के टेक्नोलॉजी विशेषज्ञों नल और नील ने किया था और फिर इस 'रामसेतु' या 'नल सेतु' को पार कर राम और लक्ष्मण के नेतृत्व में सुग्रीव-हनुमान की संपूर्ण सेना भारत की मुख्यधरा से लंका की मुख्यधरा में जा पहुँची। आज की राजनीतिक शब्दावली में कहें तो राम ने अपनी प्राणप्रिया पत्नी का अपहरण कर लेनेवाले शत्रु रावण को उसके घर में घुसकर मारा और फिर सीता को अपने पास वापस ले आए। अब हम सभी खूब अच्छे से मानते हैं कि नवीनतम खोजों के आधार पर, रामसेतु के निर्माण काल को आज से छह हजार साल पहले का माना जा रहा है और दुनिया भर में स्वीकार कर लिया गया है। हमने 'भारतगाथा' में भी यही समय लिखा था।

छह हजार साल पहले के भारत की दो बड़ी साहित्यिक घटनाएँ हैं, 'वाल्मीकि रामायण' और 'सामवेद' की रचना। ठीक वैसे ही जैसे 'महाभारत' और 'अथर्ववेद' पाँच हजार साल पहले के भारत की साहित्यिक रचनाएँ हैं। वाल्मीकि के समय में एक बड़ी घटना यह घटित हुई कि भारत के साहित्य-आकाश में गीत और संगीत का बड़े

पैमाने पर प्रवेश हुआ। अब तक सामान्य छंदोमयी कविता के रूप में ऋचाओं की रचना हो रही थी, जिन ऋचाओं का संकलन ऋग्वेद में किया जाता रहा था। पर अब कविताओं में संगीत का प्रवेश हुआ। एक ओर ऋषि वाल्मीकि की रामकथा के गान के माध्यम से संगीत का प्रवेश हुआ तो दूसरी ओर जनक के कुलगुरु वामदेव ने वैदिक ऋचाओं में संगीत का समावेश किया। यानी ऋग्वेद की ऋचाओं को संगीतमय आकार दिया जाने लगा। संगीत आकारवाली ऋचाओं को 'साम' कहा गया। साम, यानी संगीत। उधर वाल्मीकि ने अपनी संपूर्ण रामकथा अपने शिष्यों, सीता पुत्रों—कुश और लव—के गायन के माध्यम से राजा राम के राजभवन में और उससे पूर्व ही अयोध्या की गली-वीथियों में जिस गायन कला के माध्यम से जनसामान्य तक पहुँचाई, उसी के बाद से भारत में 'कुशीलवों' की गायन परंपरा का मानो स्वत: ही श्री गणेश हो गया। यह सारा घटना चक्र आज से छह हजार साल पूर्व के भारत में घटित हो गया था और भारत में तब से 'साम' अर्थात् संगीत हमारे जीवन का अविभाज्य अंग बना हुआ है।

7. **7000 वर्ष पूर्व के भारत की बात करें।** जैसे 5000 साल पहले का भारत अथर्वा और वेदव्यास का है, 6000 साल पहले का भारत साम और वाल्मीकि का है, ठीक वैसे आज से 7000 साल पहले का भारत विश्वामित्र और ऋचाओं का है। विश्वामित्र से पहले वेदों के मंत्रों की रचना गद्य में हुआ करती थी, जिन मंत्रों का संग्रह 'यजुर्वेद' में है। विश्वामित्र ने पहली बार एक कवितामयी, गान के योग्य, यानी गेय ऋचा की रचना की, जिसे अपनी गेयता के कारण 'गायत्री' कहा गया और तभी से 'ॐ भूभुर्व: स्व:' आदि से प्रसिद्ध मंत्र को संपूर्ण विश्व में गायत्री मंत्र के नाम से जाना जाता है। विश्वामित्र कान्यकुब्ज के सम्राट् थे, जिन्होंने अपना राज-पाट छोड़कर तपस्या करने का रास्ता स्वीकार किया। वे तपस्या करने अजयमेरू, आज के अजमेर (राजस्थान) में पुष्कर नामक स्थान पर गए और तपोलीन हो गए। 'पुष्कर' एक ऐसे बड़े तालाब या झील को कहते हैं, जिसमें कमल खिले हुए हों। ऐसे छोटे तालाब को पुष्करिणी कहते हैं, जिस पुष्करिणी में, दंडकारण्य की एक पुष्करिणी में सिद्धा श्रमणी भील कन्या का आश्रम था, जिस भील कन्या का नाम था, शबरी, जिसके आश्रम के सौंदर्य और पावनता से मुग्ध होकर राम उनसे मिलने आश्रम में गए थे। वह उसी शबरी की पुष्करिणी थी। विश्वामित्र ने जिस पुष्कर में तपस्या कर 'गायत्री मंत्र' की रचना की, हम आज उस पुष्कर के वैदिक, साहित्यिक महत्त्व को भूल चुके हैं और हमने पुष्कर को किसी कथित मुसलिम संत के नाम से नत्थी कर रखा है। गायत्री मंत्र की जन्मस्थली को, जहाँ गायत्री माता का मंदिर आज भी है, उस पुष्कर को हमने भारत में इसलामी धर्मांतरण करनेवाले कथित सूफियों में एक सूफी इसलामी संत के साथ नत्थी कर रखा है। ऐसे-ऐसे काम करके ही तो हम भारत के लोग गुलाम बने थे। और छह-सात सदियों तक गुलाम बने

रहे। और पुष्कर जैसे अपने विशिष्ट तीर्थों को इसलामी आकार में ढालकर धर्मनिरपेक्षता की फर्जी और गुलामी भरी जालियाँ लगाते रहते हैं, कव्वालियाँ सुनने में मशगूल रहते हैं? कैसी भारत विमुखता है यह?

'गायत्री मंत्र' की रचना के साथ ही मंत्रों की रचना गद्य के स्थान पर पद्य में, यानी काव्य रूप में होना शुरू हो गई। गायत्री मंत्र को हम चाहें तो भारत के पद्य काव्य का प्रारंभ भी मान सकते हैं, यानी अब तक मंत्र गद्य में रचे जा रहे थे तो अब छंदोबद्ध काव्य की रचना शुरू हो गई। गायत्री पहला पद्य मंत्र है तो कृतज्ञ देश ने इस प्रथम पद्य काव्य को 'गायत्री' छंद का नाम भी दे दिया। इस तरह चौबीस अक्षरोंवाले तीन चरणों वाले मंत्र को हम गायत्री मंत्र और गायत्री छंद इन दोनों नामों से जानते हैं। आगे चलकर वैदिक छंदों में अक्षरों की संख्या बढ़ती चली गई और चौबीस अक्षरोंवाले गायत्री मंत्र से आगे बढ़ते-बढ़ते साठ (षष्टि), साठ से भी अधिक (अति षष्टि) अक्षरोंवाले मंत्रों की रचना तक होने लगी। यह सारा भारत आज से सात हजार साल पहले का भारत है। इसी भारत में 'दाशराज' के नाम से एक महासंग्राम हुआ था। इस 'दाशराज संग्राम' में एक ओर अयोध्या के राजा सुदास थे, जिन्हें वसिष्ठ ऋषि का आशीर्वाद मिला हुआ था, तो दूसरी ओर विश्वामित्र से प्रेरणा प्राप्त राजाओं का एक संघ था। इस युद्ध में महासंघ हारा और सुदास जीते।

8. **8000 वर्ष पूर्व का भारत** : यह भारत मनु का भारत है। वे मनु, जिन्हें हम अयोध्या के नरेश के रूप में भारत का पहला राजा मानते हैं, जो एक जलप्लावन, खंड प्रलय या एक विकराल बाढ़ से उबरकर सामने आते हैं, जिनके साथ ही भारत में 'कृतयुग' अथवा 'सत्ययुग' या फिर 'सतयुग' का प्रारंभ होता है। जिस विकराल जलप्लावन में से उबरकर मनु महाराज हमारे सामने आते हैं, उस जलप्लावन का प्रामाणिक विवरण हमारे 'शतपथ ब्राह्मण' (1.8.1) में पूरे तथ्यों के साथ और पूरे काव्य-सौंदर्य के साथ हमें मिल जाता है। इस विवरण को हम 'मनवे वै प्रातः' इस स्वतः प्रदत्त शीर्षक के रूप में पिछले आठ हजार सालों से भारत के स्मृति-पटल में सँजोए हुए हैं। मनु महाराज हमारे देश के पहले राजा हैं, जिन्होंने अयोध्या में अपना शासन किया। मनु महाराज ने हमें राजशासन करना सिखाया, जीवन को आदर्श और यथार्थ के साथ जीने का सलीका दिया और श्रेष्ठ जीवनयापन के नियम दिए। मनु महाराज ने हमें यज्ञविधि सिखलाई और देश ने अपनी पूरी कालगणना का संबंध मनु के साथ जोड़कर रखा, जिसे हम 'मन्वंतर' के नाम से आज भी जानते हैं। मनु का संबंध घटनाओं की विविधता के साथ जुड़ा हुआ है। दोहराने का खतरा न बढ़ाकर हम अपने पाठकों को अपनी पुस्तक 'भारतगाथा' का वह आलेख पढ़ने की सिफारिश जरूर कर देना चाहते हैं, जिसका शीर्षक (संख्या 5, पृष्ठ 17-20) है—'मनु को जानोग तो दीवाने हो जाओगे'। मनु के

बारे में सबसे बड़ी जानकारी यही मानी जाएगी कि मनु के समय 'यजुर्वेद' की रचना हुई, जो मंत्र गद्य में है। भारत का यह सबसे पुराना काव्य है और जिसका उपयोग यज्ञों के लिए ही मुख्य रूप से किया जाता रहा है। ऐसी यज्ञ संस्था के आविष्कार का श्रेय भी मनु महाराज को दिया जाता है।

9. **देवयुग—8000-10000 वर्ष पूर्व** : यह भारत की सभ्यता के इतिहास का वह युग है, जिसको समझने के लिए हमें स्वयं को अपने देश के साथ, अपने देश की सभ्यता के साथ, अपने देश की सभ्यता के मानदंडों के साथ थोड़ा अधिक सहज होकर, थोड़ा अधिक प्रतिबद्ध होकर, थोड़ा अधिक जागरूक होकर जोड़ना होगा। हम ऐसी शर्त जैसी बात इसलिए कह रहे हैं, क्योंकि देश के दुर्भाग्य से हमने अपने देश के ज्ञान को, अपने देश के इतिहास को और अपने देश के स्वाभिमान को पहले इसलामी गुलामी के हाथों, फिर ब्रिटिश शासन के दौरान की क्रिश्चियन गुलामी के हाथों, और फिर समाजवाद-धर्मनिपरेक्षता की ओछी और थोथी विचारधारा के परिणामस्वरूप मिली पश्चिम-परस्ती की गुलामी के हाथों में जीने का अभ्यस्त बनाकर एक गुलाम सोचवाले व्यक्तित्व का प्राणहीन पुतला बनाकर रख छोड़ा है। भारत का देवयुग, यानी भारत का इतिहास का आठ से दस हजार वर्ष पहले का कालखंड भारत के उस इतिहास से हमारा परिचय करवाता है, जब भारत धरा पर 'देव' कही जानेवाली जातियों का शासन था, उस सभ्यता के निर्माण व विकास में 'मर्त्य' (मनुष्य नहीं, मर्त्य) कही जानेवाली जातियों का बराबर का साहचर्य था और सभ्यता को जीवंत बनाए रखने में रुकावटें डालने का काम असुर कही जानेवाली दैत्य, दानव, राक्षस जातियाँ किया करती थीं। भारत की इस प्राचीनतम सभ्यता के रास्ते में डालनेवाली रुकावटों को ही हम 'देवासुर संग्राम' के रूप में, यानी देवासुर संग्राम शृंखला के रूप में जानते हैं, जिस संग्राम शृंखला में हर संग्राम में अंतत: असुरों को ही पराजय मिलती रही है। भारत के इन दो-ढाई हजार वर्षों के इतिहास को हम शीघ्र ही एक विशिष्ट ग्रंथाकार देकर अपने पाठकों के सामने प्रस्तुत कर देने के प्रयास में हैं (जो हमारी वर्तमान 'भारतगाथा' का प्रथम खंड बनकर निर्माणाधीन अवस्था में है।)

□

3

भारत की राष्ट्रीयता का आधार है अध्यात्म

थोड़ा गहराई में जाएँगे तो आपको 'भारत का सांस्कृतिक राष्ट्रवाद' यह कथन अपने आपमें पुनरुक्ति से भरा नजर आएगा। इसका अकेला और एकमात्र कारण यह है कि राष्ट्रवाद होता ही सांस्कृतिक है। क्यों? इसलिए कि किसी भी राष्ट्र का निर्माण दिनों या सप्ताहों में नहीं हुआ करता। वह सदियों में होता है। अपने 'भारत' नामक जिस महादेश को 'इंडिया' या 'हिंदुस्तान' नहीं, भारत नामक जिस महादेश को केंद्र में रखकर हम इस राजनीतिक निबंध पर पूरे मनोयोग के साथ अपने को केंद्रित किए हुए हैं, उस भारत नामक महादेश के व्यक्तित्व का निर्माण तो सहस्राब्दियों में हुआ है। हमारे अपने ऐतिहासिक आकलन के अनुसार, दस हजार वर्षों में हुआ है, जैसा कि 'भारतगाथा' नामक अपनी पुस्तक में और 'उत्तरायण' नामक अपनी पुस्तक के आलेख संख्या 2 में हमने यह स्थापना पूरे तर्क-वितर्क के साथ की है।

इतनी लंबी यात्रा में जो देश अपने व्यक्तित्व का आकार ग्रहण करता है, वह आकार, वह व्यक्तित्व, इस देश का वह परिचय सांस्कृतिक ही होता है। जो देश घंटों-मिनटों में, सप्ताहों-दिनों में, झटके से और बेतरतीब पोलिटिक्स के तहत बनते हैं, उन देशों में सांस्कृतिक राष्ट्रवाद का विकास इसलिए नहीं हो पाता, क्योंकि वहाँ राष्ट्रवाद नामक किसी तत्त्व का ही विकास नहीं होता। इस संदर्भ में पाकिस्तान से बढ़कर श्रेष्ठ उदाहरण और क्या हो सकता है? जो कल तक, यानी 14 अगस्त, 1947 तक भारत का हिस्सा था, हजारों सालों से भारत का हिस्सा था, वह एक व्यक्तिवादी नेता के अहं की तुष्टि का शिकार होकर 'पाकिस्तान' नामक एक अलग देश बन गया। बन तो गया, पर उसे आज तक समझ नहीं आ रहा कि उसकी चेहरा क्या है, स्वभाव क्या है, व्यक्तित्व क्या है, संस्कृति क्या है? जो कुछ भी उसका राष्ट्रवाद है, वह सिर्फ और सिर्फ इसलामी है और इसलाम की विडंबना यह है कि इसलाम पाकिस्तान का अपना धर्म नहीं है, जैसे कि वह भारत का अपना धर्म नहीं है। इसलाम पाकिस्तान की जन्मभूमि नहीं है, जैसे कि

इसलाम भारत की जन्मभूमि भी नहीं है। अर्थात् पाकिस्तान की जो भी संस्कृति है, वह अगर कुछ है तो भारत की ही संस्कृति है, जिसे जोर-जबरदस्ती करके इसलामी बनाने की कोशिश जारी है। चूँकि यह एक अस्वाभाविक परिस्थिति है, इसलिए बांग्लादेश पाकिस्तान से अलग देश बन चुका है। सिंध में अलगाव का भाव इसलिए निर्णायक रूप से मुखर नहीं हो पा रहा है, क्योंकि उसे पूर्वी बंगाल (अब बांग्लादेश) के शेख मुजीब जैसा कोई मँजा हुआ राजनीतिक नेतृत्व नहीं मिल पा रहा। उधर बलोचिस्तान में (जो कभी भारत का सिंध से सटा हुआ सौवीर प्रदेश था) राष्ट्रवादी स्वर को राजनीतिक समर्थन तो हमेशा मिलता रहा है, पर पाकिस्तान की पंजाबी-प्रधान सैनिकवादी तानाशाही सरकारें उस स्वर को लगातार फौजी बूटों के नीचे कुचलकर रखने में सफल हो पा रही हैं।

दूसरा उतना ही सटीक उदाहरण सोवियत संघ का है, जो सोवियत संघ के रूप में इस धरा-धाम से अब विलुप्त हो चुका है। इस नाम के किसी देश का पूरी दुनिया को कुछ भी अता-पता नहीं था। कम्युनिस्ट विचारधारा के मूर्खतापूर्ण आवेश में रूस सहित कुछ देश मिलाकर एक नया देश बना दिए गए। एक तो बड़ा भू-भाग था रूस, जो खुद में भी एक पूरा, अपने सुघढ़ चेहरेवाला देश नहीं था (एक दृष्टि से वह खुद एक निर्माणाधीन राष्ट्र था। अभी वह राष्ट्र बन रहा था।) ऊपर से उसमें मध्य एशिया के पाँच देश, जिनके नाम हैं—उजबेकिस्तान, ताजिकिस्तान, किर्गीसिस्तान, तुर्कमेनिस्तान और यूक्रेन (या उक्रेन), (जो अपनी पिछली सदियों की यात्रा में इसलामी हो चुके थे) और मिला दिए गए। कुछ तो राजनीतिक छल से, कुछ धौंसपट्टी से तो कुछ तमाचे मारकर रूस के साथ नत्थी कर दिए जाकर सोवियत संघ बना दिए गए। कुछ समय तक यह प्रयोग चला, पर अंततः वह घोंसले के पक्षियों की तरह, कुछ पक्षियों को जन्म देने के बाद, तिनकों में बिखर गया और सभी पक्षी अंततः उस सोवियत संघ नामक घोंसले से उड़कर अपने-अपने आकाश और अपनी-अपनी धरती पर पहुँच गए, यानी सभी ऐतिहासिक नामों के साथ ऐतिहासिक चेहरों के साथ, संस्कृतियों के साथ उसी रूस की सीमाओं पर, जिसे सोवियत संघ बनाने का विदूषकी प्रयास किया गया था, उसी रूस के अपने ऐतिहासिक पड़ोसियों के साथ सार्वभौम देशों के रूप में सहज और स्वाभाविक रूप से रह रहे हैं।

हम इस आधार पर पाकिस्तान या रूस या फिर शत प्रतिशत नकली देश अमेरिका के लिए किसी दुष्कल्पना का मारा हुआ चित्र उकेरने के फेर में नहीं हैं। हमारा सिर्फ इतना ही कहना है कि किसी भी देश को राष्ट्र बनने की यात्रा में सदियाँ लग जाया करती हैं और अपनी इन सदियों की यात्रा के क्रम में जो भी देश राष्ट्र का नामधेय पा लेता है, वह फिर सिर्फ और सिर्फ सांस्कृतिक राष्ट्र ही होता है। इस आधार पर भारत भी अपनी हजारों सालों की यात्रा में एक सांस्कृतिक राष्ट्र ही है। इसी परिप्रेक्ष्य में हमने

इस आलेख के प्रारंभ में कहा कि 'भारत का सांस्कृतिक राष्ट्रवाद' यह कथन ही अपने आपमें पुनरुक्ति है। क्योंकि हर देश का राष्ट्रवाद सांस्कृतिक ही होता है।

भारत के सांस्कृतिक राष्ट्रवाद को लेकर अर्थात् भारत के राष्ट्रवाद को लेकर दो बातें कहनी हैं। इस आलेख के बाद सिर्फ यही कहना बाकी रहेगा कि जब राष्ट्रवाद सिर्फ और सिर्फ सांस्कृतिक ही होता है, तो फिर हमारे देश के आज के बुद्धिमान और विद्वान् कहे व माने जानेवाले लोगों को 'सांस्कृतिक राष्ट्रवाद' इस धारणा और नाम पर आपत्ति, कष्ट या चिढ़ क्यों हो जाती है ? उस अंतिम यानी दूसरी बात पर आने से पहले हम इस बात की खूब अच्छे से जाँच-पड़ताल कर लेते हैं कि भारत नामक सांस्कृतिक राष्ट्र की अपनी राष्ट्रीयता है क्या ?

राष्ट्रवाद की अवधारणा को सुनने, समझने व हृदयंगम करने के लिए हमें किसी भी जन-समाज को तीन आयामों के आधार पर जाँचना-परखना होता है। चूँकि राष्ट्र जन-समूह का समुच्चय होता है, इसलिए पहला आयाम यह है कि उसकी, उस जन-समूह की, उस राष्ट्र की विचारधारा क्या है ? विचारधारा का अर्थ समाजवाद या पूँजीवाद नहीं होता। धर्मनिरपेक्षता या सर्वधर्म-समभाव भी कोई विचारधारा नहीं होती। ये सब तो अपनी-अपनी सरकारों को चलाने के लिए, या भ्रम में डालने के लिए बना दी गई वे व्यवस्थाएँ हैं या वे शब्दजाल हैं, जिन्हें किसी एक विशिष्ट कालावधि में राजनीतिक लाभ-हानि को ध्यान में रखकर बुना जाता है, फिर जरूरत के हिसाब से पूरी योजना, रणनीति या कुटिलता के साथ चला दिया जाता है और कालबाह्य हो जाने के बाद यानी अपनी सामयिक जरूरत के आधार पर उपयोग या दुरुपयोग करने के बाद जिसे फिर उठाकर समय के कूड़ेदान में फेंक दिया जाता है। क्या यह और यही सच नहीं है ? कहाँ है वह समाजवाद, जिसकी चीख-पुकार में रूस और चीन कभी दनदनाते रहते थे ? चीन और रूस तो बदस्तूर कायम हैं, पर उनका समाजवाद कहाँ और क्यों उलट-पुलट हो रहा है, विवश होकर कराह रहा है ? कहाँ हैं धर्मनिरपेक्षता की वे खोखली कराहें, जिन्हें एक ही दमदार चुनाव, यानी 2014 के संसदीय चुनाव के परिणामों के कारण चुप्पी का साँप सूँघ चुका है ? अगर वाकई ये विचारधाराएँ होतीं तो उनका विकास हो रहा होता। देश उस पर जान लुटाने की आकांक्षा से भरा होता। पर वे तो मौन हो गईं। उनकी धारा इसलिए मंद और फिर कुंद पड़ गई, क्योंकि वे विचारधाराएँ थीं ही नहीं। वे महज वायव्य विचार थे, जिन विचारों की पतंगों को उड़ाने का शौक पश्चिम में बखूबी चलता है, जिस पर हम 'हिंदू की परिभाषा' वाले आलेख संख्या 11-17 में ठीक से बताने भी वाले हैं। पश्चिम में उड़ाई गई वे महज विचार पतंगें ही थीं, जो उड़ते-उड़ते भारत के आकाश में आ गईं और भारत विमुख पश्चिम-परस्ती में पल-पुसकर बड़ी हुई हमारी नेहरू-गांधी परिवारकालीन पीढ़ी ने उन पतंगों को लपक लिया और जो अब सुतली का

माँजा समय के प्रवाह में घुल जाने की वजह से बो-काटा हो गई हैं।

देश की बुढ़ा गई कांग्रेस नामक राजनीतिक पार्टी के तथाकथित युवा-मार्का पर दुर्भाग्यवश, शत प्रतिशत विचारमंद नेतृत्व ने पिछले दो-ढाई दशकों से 'भारत नामक विचार' का एक शिगूफा छोड़ा है। चूँकि कांग्रेस का तमाम युवा, वृद्ध नेतृत्व स्वतंत्र भारत के शुरुआती दशकों में पल-पुसकर बड़ा हुआ है, अंग्रेजी, अंग्रेजियत और पश्चिम-परस्ती के भारत विमुख माहौल में, गुलामी में पल-पुसकर बड़ा हुआ है, इसलिए वह भारत को 'भारत नामक विचार' (आइडिया ऑफ इंडिया) कहना पसंद करता है। हमारी जानने की रुचि जगी कि आखिर इस पश्चिम-परस्त कांग्रेस नेतृत्व का भारत संबंधी विचार है क्या? काफी खोजबीन कर हमें 'ढाक के वही तीन पात' दिखाई दिए। वही समाजवाद, वही धर्मनिरपेक्षता, वही सर्वधर्म समभाव, वही जात-परस्त राजनीति, वही अल्पसंख्यकवाद, यानी भारत को न समझने की वही जिद, यानी 'ढाक के वही तीन या पाँच सूखे पात', जिन्हें नेहरू-गांधी खानदान और उनके खानदानी विचार सेवक पिछली करीब एक सदी से भारत को राष्ट्र बनाने की कोशिश में लगे हैं और जिसके कुल जमा दो परिणाम अब तक सामने आया है—एक, भारत का 1947 में हुआ नवीनतम विभाजन और दो, भारत का कोई व्यक्तित्व न बन पाना और तीन, राष्ट्रीयता का कोई स्वर न उभर पाना।

राष्ट्रों का निर्माण चूँकि वायव्य, यानी हवाई पतंगों के आधार पर नहीं हुआ करता, इसलिए हमारा पहला और बेसिक कर्तव्य यह बन जाता है कि हम भारत नामक राष्ट्र की सदियों-सहस्राब्दियों में पली-पुसी अपनी विचारधारा को जानने और समझने का प्रयास करें। रेखांकित करने का प्रयास करें कि भारत नामक राष्ट्र किस विचारधारा पर हजारों सालों से टिका हुआ है? किस दर्शन पर हजारों सालों से टिका हुआ है? किस जीवन-दर्शन पर हजारों सालों से टिका हुआ है? जिस विचारधारा पर, जिस दर्शन पर, जिस जीवन-दर्शन पर भारत हजारों सालों से, पिछले दस हजार सालों से टिका हुआ है, वह है भारत का अपना मौलिक जीवन-दर्शन, अध्यात्म-दर्शन। उसको हम अध्यात्म-दर्शन के अलावा और कुछ कह ही नहीं सकते। बहुत हो चुका नेहरू-गांधी मार्का वैचारिक छलावा। बहुत हो चुका पश्चिम-परस्ती का छद्म। अपने देश को विचारधारा के छद्म से, पश्चिमी विचारधारा के छद्म से अब उबर ही जाना चाहिए। पिछली छह-सात सदियों की विदेशी गुलामी और फिर कुछ नेहरू-गांधी मार्का वैचारिक गुलामी के परिणामस्वरूप हमने विचारधारा के छल और विचारधारा के छद्म के कारण बहुत नुकसान उठा लिया है। अब इस नुकसान की निरंतरता पर हमेशा के लिए विराम लग ही जाना चाहिए। किसी वाग्जाल में फँसने की कोई जरूरत ही नहीं है। हमें पूरी ईमानदारी की साथ देश की विकासशीलता का पूरा सम्मान करते हुए और खुद के व्यक्तित्व को जानने-समझने का सहज प्रयास करते हुए जान और समझ लेना चाहिए कि अध्यात्म

ही भारत की विचारधारा है। अध्यात्म ही भारत का जीवन-दर्शन है। अध्यात्म ही भारत के समाज और व्यक्तित्व की पहचान है। अध्यात्म ही भारत के हृदय की धड़कन है। अध्यात्म ही भारत का ऐतिहासिक स्वर है।

प्रश्न है, क्या है अध्यात्म? भगवान् कृष्ण ने निहायत ही गैर-राजनीतिक तरीके से इस सत्य का बखान कर दिया है। 'श्रीमद्भगवद्गीता' के विभूति योग नाम वाले दसवें अध्याय में कृष्ण ने कहा कि अनेक विचार हो सकते हैं, अनेक वाद-विवाद हो सकते हैं, अनेक विचारधाराएँ हो सकती हैं और इन सब विचारों का, वाद-विवादों का, विचारधाराओं का सम्मानपूर्वक संकेत करते हुए कृष्ण ने इन्हें 'विद्या' कहा है और निष्कर्ष के रूप में ही मानो अपना मंतव्य दे दिया है कि इन तमाम विद्याओं में 'अध्यात्म विद्या' ही शिखर पर है, सर्वोपरि है, सर्वोच्च है—'अध्याम-विद्या विद्यानाम्'।

हमारा प्रश्न वहीं-का-वहीं है कि क्या है अध्यात्म? क्या है अध्यात्म-दर्शन? जिसे हम दस हजार साल से भारत का अपना जीवन-दर्शन मानते हैं और मानते चले जा रहे हैं, क्या है वह अध्यात्म-दर्शन, क्या है वह अध्यात्म?

जिसे हम 'अध्यात्म' शब्द से बखूबी जानते हैं, समझते हैं, जिस दर्शन से सारा देश वैदिक काल से लेकर आज तक लगातार संवाद करता चला आ रहा है, और करता ही चला जा रहा है, जिसके विश्लेषण में जैन, सांख्य, बौद्ध, न्याय, वैशेषिक, योग, मीमांसा, वेदांत और चार्वाक (जो चार्वाक अध्यात्म का विरोधी है) के सैकड़ों ग्रंथों के हजारो-हजार, संभवतः लाखों-लाख पन्ने लिखे पड़े हैं, वह अध्यात्म है क्या?

पहले अध्यात्म शब्द का अर्थ, यानी शब्दार्थ समझ लिया जाए। अध्यात्म शब्द के दो हिस्से हैं, 'अधि' और 'आत्म'। अधि उपसर्ग है। उपसर्ग उसे कहते हैं जो शब्द से पहले आता है, जैसे 'अधि' उपसर्ग 'आत्मन्' से पहले आता है, जो 'इ' को 'य' इस संधि के आधार पर बनता है—अध्यात्म। 'अधि' इस उपसर्ग का प्रयोग 'में', 'पर', 'ऊपर', 'आधार पर' आदि इस तरह के अर्थ के लिए किया जाता है। संस्कृत भाषा में अर्थों की जानकारी के लिए विभक्तियों की सहायता ली जाती है। 'में', 'पर', 'ऊपर', 'आधार पर' आदि अर्थों को बताने के लिए सप्तमी विभक्ति का प्रयोग किया जाता है, और इस बात का पता भारत के हर उस स्कूल छात्र को भी होता है, जिसे स्कूल में संस्कृत पढ़ने का मौका मिल जाता है। परंतु हमारी नेहरू-गांधी शिक्षा व्यवस्था किसी को संस्कृत पढ़ने का मौका ही कहाँ देती है? अब तक तो वही हमारी बनाई व्यवस्था संस्कृत की बजाय 'जर्मन' पढ़ने को कह रही थी। पता नहीं क्यों? तो सप्तमी का अर्थ देने के लिए 'आत्मा' को हम 'आत्मनि' के रूप में बोलते हैं, जिसका अर्थ हुआ आत्मा में, या आत्मा पर, या आत्मा के ऊपर। तो अधि+आत्मा अर्थात् अध्यात्म का मतलब हुआ, 'आत्मनि', आत्मा में, आत्मा पर, आत्मा के ऊपर और अधि+आत्म = अध्यात्म

का अर्थ हुआ, वह हर विचार जो आत्मा के बारे में हो, हर वह संवाद जो आत्मा पर किया जाए, या हर वह कथन जो आत्मा के ऊपर किया जाए। एक वाक्य में कहें तो अध्यात्म का अर्थ है आत्मा के बारे में किया जानेवाला प्रत्येक विचार, प्रत्येक भाव, प्रत्येक सोच, प्रत्येक क्रिया, प्रत्येक कर्म। अध्यात्म शब्द का अर्थ समझ में आ गया। अब जानना यह है कि यह अध्यात्म विचारधारा क्या है, जिस पर हमारी संस्कृति टिकी है, जिस पर हमारा जीवन-दर्शन टिका हुआ है, हमारा संपूर्ण हिंदुत्व टिका हुआ है। वह अध्यात्म विचारधारा है क्या? समझने की कोशिश की जाए।

अध्यात्म विचारधारा के केंद्र में है 'आत्मा'। हर भारतीय को आत्मा शब्द का पता है, उसके अर्थ का भी पता है और उसके निहितार्थ का भी पता है। भारत के 84-85 प्रतिशत हिंदुओं को पता है, भारत के करीब 3 प्रतिशत (हिंदू के अलावा अन्य) भारत धर्मावलंबियों को पता है, भारत के करीब 12-13 प्रतिशत विदेशी धर्मावलंबियों को भी पता है। विदेशी धर्मावलंबियों को, यानी हिंदू से धर्मांतरित हुए मुसलमानों व ईसाइयों को भी पता है, क्योंकि भारत का हर मुसलमान और ईसाई कोई शुरू से तो ईसाई या मुसलमान है नहीं। शुरू से तो वह हिंदू ही रहा है। क्योंकि खुद इसलाम और ईसाइयत ही भारत के अपने धर्म नहीं हैं। भारत में आए वे विदेशी धर्म हैं, विधर्म हैं, और उन धर्मों को मानने वाले विधर्मी हैं। इतिहास इतना तरोताजा है कि भारत के लगभग हर ईसाई और मुसलमान को पता रहता है कि वह कब तक हिंदू था और फिर कब और कैसे हिंदू से ईसाई या मुसलमान में धर्मांतरित हो गया। हमारे इस तरतीब से किए गए खुलासे के साथ कही गई बात का कोई उलटा-पुलटा अर्थ कृपया नहीं निकाला जाए। हम यह सारा कथन आत्मा शब्द के संदर्भ में कह रहे हैं, यानी अध्यात्म विचारधारा के संदर्भ में कह रहे हैं। हिंदू की अध्यात्म विचारधारा तत्त्वज्ञान, यानी मेटाफिजिक्स पर आधारित है, जबकि विदेशों से भारत में आए धर्मों के बारे में यह कह पाना थोड़ा कठिन ही रहा है। और यह बात हर मायने में और हर पहलू से सच है कि तत्त्वज्ञान पर आधारित जीवन-दर्शन जीवन से प्राय: अलग नहीं हो पाता। थोड़ा खुरचेंगे, बेहतर भाषा में कहें तो थोड़ा कुरेदेंगे तो भारत का हर कथित धर्मनिरपेक्ष, हर कथित समाजवादी, हर पश्चिम-परस्त बनता जा रहा हिंदू अपने दिल के बीचोबीच अध्यात्म का पीढ़ा बिछाकर ही उठ-बैठ, चल-फिर, सो-जग रहा है, पर वह अहंकारवश (या मूर्खतावश, जो कि पर्यायवाची शब्द है) इसे मानने से कतराता रहता है। पर मन-ही-मन अनुभव करता है कि बात तो ठीक है। वह है तो अध्यात्मवादी ही, आत्मा को जानने, समझने, परखनेवाला ही।

फिर से अपनी विचारधारावाली बात पर आ जाएँ। अध्यात्म विचारधारा के केंद्र में है आत्मा। हमने अभी जिन हिंदुओं, अन्य भारतीय धर्मावलंबियों व धर्मांतरित भारतीय धर्मावलंबियों की बात की, उन सभी को तीन बेसिक बातों का ठीक से पता है—

1. कि आत्मा का निवास हमारे शरीर में होता है। 2. बेशक होता है, पर शरीर नाशवान् है और कि 3. आत्मा का विनाश कभी नहीं होता। यानी हमारा शरीर नश्वर है, नष्ट होनेवाला है, जबकि आत्मा अनश्वर है। कभी नष्ट नहीं होता। अनश्वर आत्मा नश्वर शरीर में रहता है और वह अनश्वर आत्मा ही बार-बार जन्म-जन्मांतर में, हर बार नश्वर शरीर को धारण करता रहता है। उसके पीछे कर्म-विचारधारा की कौन-सी शक्ति सक्रिय रहती है, उसके बारे में ठीक से बताने का मौका भी तब आएगा, जब हम हिंदू की परिभाषा करते वक्त पुनर्जन्म पर स्वाभाविक रूप से विचार करेंगे। परंतु यह परिस्थिति कि अनश्वर आत्मा ही नश्वर शरीर को बार-बार धारण करता रहता है, यानी पुनर्जन्म लेता रहता है, इसमें कहीं-न-कहीं यह संदेश छिपा है कि पुनर्जन्म की इस यात्रा में आत्मा को कुछ पाने की इच्छा है, कुछ पाने की आकांक्षा है, कुछ पाने की विवशता है।

जिस लक्ष्य को पाने की यह इच्छा है, आकांक्षा है, विवशता है, उसे अध्यात्म विचारधारा का दूसरा केंद्रबिंदु माना गया है और उस दूसरे केंद्रबिंदु का नाम है—परमात्मा। जाहिर है कि हर नश्वर शरीर में, मर-मरकर बार-बार पैदा होनेवाले नश्वर शरीर में, आत्मा को अपने किसी ऐसे पूर्ण तत्त्व को, ऐसे किसी 'कंप्लीट' को, ऐसे किसी विराट् को पाने की इच्छा है, तमन्ना है, महत्त्वाकांक्षा है, खोज है, जिससे दूर रहने की छटपटाहट में वह बार-बार जन्म लेता रहता है। आप उसे आत्मा-परमात्मा कहें, भक्त-भगवान् कहें, जीव-ब्रह्म कहें, बात एक ही है। परमात्मा, ईश्वर तथा ब्रह्म तीनों शब्द पर्यायवाची हैं। परम+आत्मा यानी परमात्मा। बृहत्+तम= बृहत्तम यानी ब्रह्म। भग अर्थात् परम ऐश्वर्य से संपन्न, भगवान् यानी ईश्वर, अर्थात् परम ऐश्वर्यशाली। यह सारा मामला पूर्ण और अंश का है। परमात्मा और आत्मा, दोनों का परमविशिष्ट व्यक्तित्व है चित्, चैतन्य यानी कॉन्शसनेस। चैतन्य की यह विवशता है कि उसे पूर्णता से कम पर संतोष नहीं है। उसे पूर्णता पानी है, पूर्णता में मिल जाना है या फिर पूर्ण ही हो जाना है।

कई बार हम उपनिषद् का एक वाक्य, एक श्लोक बोलते हैं—पूर्णमदः पूर्णमिदं पूर्णात् पूर्णमुदच्यते, पूर्णस्य पूर्णमादाय, पूर्णमेवावशिष्यते। यह आत्म तत्त्व, यह परमात्म तत्त्व, यह ब्रह्म तत्त्व पूर्ण है। पूर्णम् अदः। अदः यानी वह, यानी वह, जो दिखता तो नहीं, पर है और पूर्ण है। पूर्णम् इदम्। यह भी जो है, पूर्ण ही है। यह यानी आत्मा, जीव या जो हमारे सामने नजर आ रहा है, वह भी पूर्ण है। पूर्ण से (पूर्णात्), पूर्ण ही (पूर्णम्) अलग होता है, यानी अलग होता नजर आता है (उदच्यते)। फिर पूर्ण के पूर्णत्व को प्राप्त कर (पूर्णस्य पूर्णम् आदाय) यानी जो बचता है, वह भी पूर्ण ही होता है।

अध्यात्म विचारधारा के केंद्र में दो तत्त्व हैं, जैसा कि हमने कहा, आत्मा और परमात्मा, या जीव और ब्रह्म, या भक्त और भगवान्, या मनुष्य और वह तत्त्व, जिसे मनुष्य जानता नहीं, पर जिसकी अनुभूति कई तरह से लगातार करता रहता है। अब इस

विचारधारा के तीसरे केंद्रबिंदु पर विचार कर लिया जाए, जिसे हम आत्मा का परमात्मा में मिलन, जीव का ब्रह्म में मिलन या फिर भक्त का भगवान् में मिलन कहते हैं। इसके लिए शब्द है आत्म साक्षात्कार। उसी को मुक्ति भी कहते हैं। पर हम अपने प्रसंग को बरकरार रखकर उसे आत्म साक्षात्कार ही कहेंगे। मुक्ति का प्रयोग किसी दूसरे प्रसंग में, पुनर्जन्म में करेंगे। आत्म साक्षात्कार, यानी आत्मा का अपने परमात्मा रूप में आदान या पूर्ण रूप में पा लेना, अर्थात् आत्मा का परमात्मा से साक्षात्कार हो जाना। उस परमात्मा को पाने के लिए जाहिर है आत्मा को ही मेहनत करनी है, कोशिश करनी है और वैसा कर पाना कोई खालाजी का घर नहीं। आखिर कुछ तो वह है, जिसके कारण आत्मा आत्मा रह गया, परमात्मा से अलग हो गया। तो आत्मा को अपने भीतर वे सभी श्रेष्ठताएँ, पूर्णताएँ, परमताएँ, पारमिताएँ, विराटताएँ, यानी वे सभी उच्चताएँ पा लेनी होंगी, जिनके न होने की वजह से वह आत्मा रह गया। यहाँ पर हम अध्यात्म विचारधारा के जिस बिंदु पर आ पहुँचे हैं, उस पर थोड़ा ज्यादा गहराई में जाना पड़ेगा, क्योंकि यही वह बिंदु है, जिसके परिणामस्वरूप विचारधारा राष्ट्रीयता की शक्ति धारण कर लेती है।

कैसे विचारधारा राष्ट्रीयता का स्वरूप पा लेती है? उसका एक शब्द में वर्णन करना हो तो कर सकते हैं—उच्चता, श्रेष्ठता, विराटता। आप शिकायत कर सकते हैं कि हम एक ही शब्द में इसको बताने का संकल्प व्यक्त कर रहे हैं, तो फिर तीन-तीन शब्द क्यों? निवेदन यह है कि शब्द बेशक तीन हैं, पर इनका अर्थ एक ही है। उच्चता, श्रेष्ठता, विराटता एक ऐसी मनोभूमि से प्रकट हुए अर्थ बता रहे हैं, जो एक ही है। आत्मा का परमात्मा से अलगाव, विलगाव या पृथकता तब होती है, जब वह परमात्मा की श्रेष्ठताओं से दूर रह जाता है। अब यह श्रेष्ठताओं से दूरी क्यों है? पाठकों को याद दिला दें कि हम परीक्षा में मिलनेवाले अंकों की या ऑफिस में मिलनेवाले प्रमोशन की बात नहीं कह रहे हैं। हम परमात्मा की इन श्रेष्ठताओं की बात कर रहे हैं, जो आत्मा को प्राप्त करनी हैं। हम चूँकि भारत के दर्शन की, हिंदू दर्शन की, यानी शैव-शाक्त, सांख्य-अद्वैत, वैष्णव-मीमांसा, जैन-बौद्ध सरीखे विराट् दर्शनों की बात कर रहे हैं, संप्रदायी के विराट् भक्ति महाभाव की बात कर रहे हैं, इसलिए श्रेष्ठताओं व उच्चताओं का लेखा-जोखा भी इन्हीं और इन्हीं संदर्भों में भारत के दर्शन व भक्ति संप्रदायों के संदर्भ में होगा। समग्र भारतीय दर्शन के संदर्भ में होगा, जो सभी एक ही बात कहते हैं कि जीवन की उच्चताएँ व पतन सभी का संबंध उस कर्म से है, जो हम करते हैं। श्रेष्ठ कर्म करेंगे तो हमारी आत्मा में उच्चता आएगी और कुत्सित कर्म करेंगे, घृणित कर्म करेंगे, घटिया कर्म करेंगे, गंदे कर्म करेंगे तो आत्मा में गिरावट आएगी। जब आत्मा में उच्चता आते-आते इस हद तक उच्चता आ जाएगी कि हम परमात्मा की मन:स्थिति में आ जाएँगे, तो हमारा परमात्मा से साक्षात्कार हो जाएगा, परमात्मा से मिलना हो जाएगा

(यही मुक्ति है, जिसकी बात हम 'हिंदू की परिभाषा' में करेंगे, अभी नहीं कर रहे), पूर्णता का रूप हो जाएँगे, हम इस पूर्णमदः पूर्णमिदं की अनुभूति कर लेंगे।

हम आगे बढ़ें, इससे पहले एक शंका का समाधान हम कर लेते हैं। शंका यह है कि अच्छे कर्म तो शरीर करता है, फिर आत्मा को इसका फल, उच्चता या पतन क्यों मिलेंगे? जब शरीर कर्म करता है तो फल भी उसे ही मिलेगा और खेल खत्म। यह आत्मा बीच में कहाँ से आया?

इस बिंदु पर अध्यात्म विचारधारा में एक मन:स्थिति का विश्लेषण किए लेते हैं, जिसे वेदों व उपनिषदों में कहा गया है—क्रतु। एक वेदवाक्य है, 'ॐ क्रतोः स्मर, कृतं स्मर।' अर्थ थोड़ा तफसील से करना होगा। मनुष्य कर्म करता है तो सबसे पहले वह कर्म करने की सोचता है, मन बनाता है और फिर कर्म कर डालता है। मैं यह कर्म करूँगा, ऐसा करूँगा, वगैरह। इस तरह कर्म करने की बुद्धि बनाना, मन बनाना, कर्म करने की सोचना, वैसा करने का संकल्प करना, इसे कहते हैं क्रतु। हम यह पुस्तक लिख रहे हैं (जो अब आपके हाथों में है), यह हमने कर्म किया, पर उससे पहले अभी ऐसी, इस तरह की, इस थीम पर पुस्तक लिखने की सोची, वैसा लिखने का, लेखन कर्म या पुस्तक कर्म करने का मानस बनाया, मन में विषय विन्यास किया, आलेखविभाजन सोचा, वगैरह, वगैरह। यह हमारा पुस्तक कर्म नहीं है, यह क्रतु है। फल हमारे इसी कर्म का मिलता है, जिसमें क्रतु की पूर्व स्थिति है। क्रतु है तो कर्मफल है। क्रतुविहीन, यानी बुद्धिसंयोग के बिना जो कर्म है, तो उसका फल नहीं मिलेगा। कर्म का संबंध हमारे शरीर से है। क्रतु का संबंध हमारी बुद्धि से है, आत्मा से है। हमारे कर्मों की पूर्वावस्था है क्रतु, और आत्मा को कर्म का फल उसी क्रतु के आधार पर ही मिल जाता है। इसलिए कर्मफल, क्रतुफल आत्मा को मिलता है। श्रेष्ठताओं का, पतनों का दारोमदार इसी क्रतु पर है, कर्म करवानेवाली बुद्धि पर, चेतना पर, चैतन्य पर, आत्मा पर है।

हम भारत की अध्यात्म विचारधारा पर थोड़ा सलीके से, यानी पत्रकारीय शैलीवाले सलीके से, यानी पढ़ते-पढ़ते ही समझ में आने और पढ़नेवाले को याद हो जानेवाले सलीके से बात पर बात किए जा रहे हैं, तो क्या आपको हैरानी नहीं हो रही, कि हमने अभी तक धर्म की बात इस संदर्भ में नहीं की? वैसे इसी पुस्तक के अगले एक आलेख 'भारत का धर्म' में हम इस बात पर भी सलीके से बात करने ही वाले हैं। पर अभी भी 'धर्म' पर कुछ बात करना और उसी सलीके से बात करना जरूरी है, क्योंकि 'धर्म' तो हमारी आध्यात्मिक विचारधारा की, हमारे सांस्कृतिक राष्ट्रवाद की रीढ़ है, मेरुदंड है, हमारे देश की विचारशीलता का प्राण है।

भारत की आध्यात्मिक विचारधारा पर इतना कुछ कहने-लिखने के बाद 'धर्म' का अर्थ व मर्म समझाना कोई कठिन काम नहीं है। हमने जीवन और कर्म की उच्चताओं

व श्रेष्ठताओं की बात की और बताया कि कैसे कर्म की इन उच्चताओं व श्रेष्ठताओं का सतत, निरंतर, लगातार अभ्यास करते रहने से आत्मा का परमात्मा से साक्षात्कार, मिलन व परमात्मरूप हो जाना संभव हो पाता है। जाहिर है कि सारा दारोमदार कर्म की उच्चताओं, श्रेष्ठताओं व सात्त्विकताओं पर ही रहनेवाला है। यही धर्म है। धर्म का तात्पर्य हमारे प्रत्येक उस कर्म से है, जो हमें निरंतर श्रेष्ठताओं की ओर, उच्चताओं की ओर, परमात्मा की ओर ले जाता है। जो कर्म ऐसा नहीं करता, हमारे द्वारा किया जानेवाला ऐसा कर्म फिर अधर्म है। यानी हमारा आचरण ही हमारा धर्म है और हमारे अध्यात्मववाद का, हमारे दर्शन का आधार है, जो हमें जीवन की उच्चताओं, श्रेष्ठताओं व सात्त्विकताओं की ओर ले जाए। हमारा श्रेष्ठ आचरण हमारा धर्म है, इसलिए धर्म और आचरण अर्थात् धर्माचरण हमारे पास पर्यायवाची शब्द के रूप में उपलब्ध है। हमारा धर्म हमें दर्शन द्वारा बताई गई ऊँचाई तक ले जाता है, यहाँ तक कि आत्म साक्षात्कार तक करवा देता है। इसलिए जैसे धर्माचरण का प्रयोग हम एक साथ करते हैं, वैसे ही धर्म-दर्शन का विवेचन भी हमारे लिए एक ही विषय के दो पहलू, दो सिक्के हैं, या फिर दो आयाम हैं।

यह रही हमारी राष्ट्रीयता की विचारभूमि, उसका वैचारिक आधार। इस भूमि पर, इस आधार पर हमने राष्ट्रीयता का प्रासाद कैसे बनाना है, इस पर चर्चा हम अपनी पिछली पुस्तक 'भारत को समझने की शर्तें' (प्रभात प्रकाशन, दिल्ली, 2016) में विस्तार से कर आए हैं। इसलिए उसे टटोलना ठीक नहीं रहेगा।

□

4

भारत के अध्यात्म का आधार है, भारत का धर्म

पिछले आलेख (संख्या-3) में हमने यह बताने की कोशिश की है कि 'अध्यात्म' ही भारत की राष्ट्रीयता का आधार है। इस आलेख में हम यह बताने की कोशिश करेंगे कि भारत के इस अध्यात्म को समझने, हृदयंगम करने व सुपरिभाषित करने के रास्ते का, तरीके का, अध्यात्म को हृदयंगम करने के अचूक और एकमात्र रास्ते का नाम है 'धर्म'। हम इसे 'भारत का धर्म' कह रहे हैं।

हमने कहा कि हम इसे 'भारत का धर्म' कह रहे हैं और इसके साथ ही नत्थी करके हम यह भी कह रहे हैं कि भारत के लोगों को 'भारत का धर्म' कथन थोड़ा अजीब लग रहा होगा। क्यों लग रहा हेगा? इसलिए अजीब लग रहा होगा, क्योंकि भारत के पश्चिम-परस्त अंग्रेजीदाँ बुद्धिजीवियों को धर्म को लेकर सिर्फ और सिर्फ दो तरह के विचार मन में आते हैं। चूँकि ये बुद्धिजीवी भारत-विमुख हैं, भारत- विरोधी बेशक न हों, पर भारत-विमुख जरूर हैं, भारत से अनजान जरूर हैं, इसलिए वे जब भी धर्म की चर्चा करते हैं तो उन्हें पश्चिमी विश्व से भारत में आए दो धर्म ही हमेशा ध्यान में आते हैं—एक है इसलाम और दूसरा है क्रिश्चियनिटी, यानी ईसाइयत। चूँकि धर्म पर चर्चा न तो देश के भारत-विमुख पश्चिम-परस्त लोग कभी करते हैं और न ही हमने राष्ट्रीय स्वयंसेवक संघ (रा.स्व.सं.) की वैचारिक छाया में पल-पुसकर विकसित हुई राष्ट्रवादी विचारधारा से जुड़े लोगों व बुद्धिजीवियों को धर्म पर चर्चा और विचारमंथन करते कभी देखा-सुना है, इसलिए भारत के, दोनों तरह के लोगों व बुद्धिजीवियों के बीच धर्म को लेकर दो शब्द चल गए हैं और खूब चल रहे हैं। भारत-विमुख पश्चिम-परस्त लोगों को एक शब्द याद हो गया है—धर्मनिरपेक्षता और रा.स्व.सं.-प्रेरित राष्ट्रवादी लोगों को अपने एक नेता, भारत के प्रधानमंत्री रहे अटल बिहारी वाजपेयी का दिया एक शब्द याद हो गया है, 'सर्वधर्म समभाव' जिसे यह राष्ट्रवादी खेमा जाने-अनजाने प्रयत्नपूर्वक दोहराता रहता है।

दोनों ही खेमे, एक जिसे हम भारत-विमुख होने के कारण विदेशी सोचवाला समाजवादी खेमा कहते हैं और दूसरा राष्ट्रवादी खेमा, दोनों ही खेमे भारत की धर्म की अवधारणा से अनजान हैं। अनजान इसलिए नहीं हैं कि वे बुद्धिहीन हैं। अनजान इसलिए हैं कि दोनों ही खेमों के लोग बुद्धिमान हैं, पर अपने-अपने कारणों से भारत की धर्म की अवधारणा से अनजान बनकर रह गए हैं, क्योंकि दोनों ही खेमों के प्रतिनिधि विद्वानों व बुद्धिमान् लोगों ने इसलाम और क्रिश्चियनिटी की, धर्म की व्याख्या को या तो सोच-समझकर अंगीकार कर लिया है या अनजाने में मान लिया है। यानी पश्चिम से आए इसलाम और क्रिश्चियनिटी इन दोनों विदेशी धर्मों की व्याख्या को हम भारतीयों ने धुप्पल में अपने दिलों में बिठा दिया है और उसी के आधार पर राजनीतिक स्तर हम अंड-बंड उलटबाँसियाँ करते रहते हैं। यह धर्मनिरपेक्षता, यह सर्वधर्म समभाव, ये दोनों उसी तरह की उलटबाँसियाँ हैं, जिस पर चलकर इन दोनों खेमों ने देश में राजनीतिक बवंडर पैदा कर रखे हैं।

'भारत का धर्म' के क्षेत्र में सिख संप्रदाय शायद अकेला ऐसा संप्रदाय है, जिसने एक धर्मग्रंथ, एक परंपरागत धर्म प्रस्तोता और एक उपासनाविधि जैसी इसलाम और क्रिश्चियनिटी सरीखी पश्चिमी शैली की धर्म-अवधारणा पर खूब अधिक बल दिया हुआ है। हमारे लिए यह एक आश्चर्य है। आश्चर्य इसलिए है कि अपने स्वभाव और जीवन-शैली में, अपने संस्कारों, विचारों और पर्व-त्योहारों में सिख समुदाय जिस भारतीयता और सर्वस्वीकार्यता को अंगीकार करके चलता है, वही सिख समुदाय धर्म को लेकर न केवल भारत की धर्म की अवधारणा से अनावश्यक रूप से दूर होता चला जा रहा है, अपितु इसलाम और क्रिश्चियनिटी के भारत की धर्म की अवधारणा के विरोधी मानकों की ओर खिंचा चला जा रहा है। इस खिंचाव का कारण भी वही है और परिणाम यही सामने आ रहा है कि भारत के सिख संप्रदाय में धर्म की अवधारणा को लेकर संवाद और शास्त्रार्थ सरीखे वाद-संवाद के अवसर अब दुर्लभ हो गए हैं। लगभग खत्म होते चले जा रहे हैं।

तो क्या है भारत का धर्म? क्या है भारत के धर्म का स्वरूप? 'भारत का धर्म' इसकी अवधारणा क्या है? शुरू में ही एक बात स्पष्ट कर दी जानी बहुत आवश्यक है कि भारत में धर्म को कभी इदमित्थं परिभाषित नहीं किया गया। भारत की पूरी निगम-आगम-कथा परंपरा में धर्म को कभी भी परिभाषित नहीं किया गया। वेदों में धर्म की परिभाषा नहीं है। रामायण-महाभारत सरीखे प्रबंध काव्यों में धर्म की परिभाषा नहीं है। उपनिषदों में धर्म की परिभाषा नहीं है। पुराणों में, उप-पुराणों में धर्म की परिभाषा नहीं है, यानी समस्त निगम ग्रंथों में धर्म की कोई परिभाषा, कोई एक परिभाषा नहीं दी गई है। बौद्ध, जैन व तंत्र धाराओं के उपजीव्य, आधारभूत ग्रंथों में, जिसे हम आगम परंपरा

के रूप में जानते हैं, इन आगम ग्रंथों में धर्म की कोई इदमित्थं परिभाषा हमारे पास नहीं है। संस्कृत ग्रंथों में एकाधिक बार यह तो कहा गया है कि 'एष धर्मः सनातनः' पर धर्म की परिभाषा नहीं दी गई है। बौद्ध-जैन आगमों में भी 'एस धम्मो सणन्तओ' कहकर संस्कृत ग्रंथों के 'एष धर्मः सनातनः' को दोहराया गया है, पर कोई दो-टूक परिभाषा नहीं है। क्या कारण हो सकता है इसका?

हमने एक बेसिक बात कही और कहा कि भारत की राष्ट्रीयता का आधार है—अध्यात्म। दूसरी बेसिक बात हमने यह कही कि अध्यात्म को हृदयंगम करने का अचूक रास्ता है—धर्म। यानी भारत की राष्ट्रीयता को समझने के लिए अध्यात्म और धर्म को हमने बेसिक माना है। फिर यह कैसे है कि भारत की राष्ट्रीयता के इस दूसरे आधारभूत पहलू की, धर्म की कोई दो-टूक परिभाषा ही हमारे विचारकों ने नहीं दी, क्या कारण हो सकता है इसका?

दो कारणों पर बहस हो सकती है। एक कारण यह हो सकता है कि हमारे धर्मवेत्ता आचार्यों को, निगम-आगम-कथा की परंपरा से जुड़े आचार्यों को धर्म के बारे में इस तरह से पता ही न हो कि वे धर्म की कोई दो-टूक परिभाषा दे पाने में सक्षम हो सकें। क्या यह संभव है? शायद ही कोई इसका उत्तर 'हाँ' में दे पाए। जिन ऋषियों के मंत्र चारों वेदों में सुरक्षित हैं, उन्हें धर्म के बारे में कोई सटीक ज्ञान नहीं होगा, कोई जाहिल ही ऐसा मानने का साहस जुटा पाएगा। जो वाल्मीकि अपनी रामायण में राम को ही धर्म का मूर्तिमान आकार मानते हैं—'रामो विग्रहवान् धर्मः', जो कृष्ण अपनी विश्वविख्यात 'गीता' में कहते हैं कि धर्म की स्थापना के लिए ही मैं बार-बार जन्म लेता हूँ, 'धर्मसंस्थापनार्थाय सम्भवामि युगे युगे', और जो भगवान् बुद्ध संबोधि प्राप्त होने के बाद ब्रह्माजी की आज्ञा से 'धर्म चक्र प्रवर्तन' करते हैं, ऐसे ईश्वरीय महाव्यक्तित्वों को धर्म के बारे में उस तरह से पता नहीं रहा होगा कि वे धर्म की दो-टूक परिभाषा दे सकें, ऐसा मान लेनेवाले की मंद अक्ल पर सिर्फ और सिर्फ तरस ही खाया जा सकता है।

तो दूसरा कारण? दूसरा कारण यह हो सकता है कि हमारे देश में, इंडिया या हिंदुस्तान नहीं, भारत नामक अपने देश में हर किसी को धर्म के बारे में इसका ज्यादा ठीक से पता है, इतने ज्यादा ठीक से स्पष्ट है, इतना ज्यादा ठीक से हृदयंगम है कि उसे धर्म की परिभाषा अलग से बताने की जरूरत ही नहीं पड़ती। हम पड़ोसी का धर्म निभाते हैं, हम गुरु का धर्म निभाते हैं, हम शिष्य का धर्म निभाते हैं, हम शासक का धर्म निभाते हैं। हम पति या पत्नी का धर्म, पिता या पुत्र का धर्म, व्यापार का धर्म और राजनीति का धर्म निभाते हैं। हम निभा रहे होते हैं, यह हमें पता होता है। नहीं निभा रहे होते, यह भी हमें पता रहता है। ऐसा कभी नहीं होता कि हमें किसी लगी-बँधी धर्म-परिभाषा की घुट्टी पिला दिए जाने के कारण धर्म की परिभाषा का पता होता है और इसलिए हम निभाते

चले जाते हैं और नहीं निभाए जाने पर हम न केवल पकड़े जाते हैं, बल्कि खुद को खुद ही पकड़ लेते हैं। यानी बेशक हमें धर्म की किसी परिभाषा की घुट्टी बचपन से ही न पिला दी गई हो, पर धर्म क्या है, इसके अपरिभाषित उत्तर की घुट्टी हमें माँ के दूध के साथ ही पिला दी जाती है, जो फिर एहसास बनकर हमारे विचारों और अनुभूतियों का अटूट अंग हमेशा के लिए बन जाती है और फिर बनी रहती है।

यह बात आज से नहीं है, वैदिक काल से है। जो उत्साही लोग वेदों को हमारा धर्मग्रंथ कहकर उन्हें ईसाइयों की 'बाइबिल' और मुसलमानों के 'कुरान' के समकक्ष रखने का हास्यास्पद कर्म करते रहते हैं, उन बेचारों को यह पता ही नहीं कि चारों वेदों में 'धर्म' शब्द का प्रयोग ही नहीं के बराबर है और जो दर्जन, दो दर्जन जगहों पर 'धर्म' शब्द का प्रयोग है, अगर उसका कोई एक सटीक अर्थ हमें समझा दिया जाएगा, तो हम आजीवन उनके कृतज्ञ रहेंगे। ठीक इसी तरह से कुछ उत्साही लोग हमारे देश के प्रबंध काव्यों को, हमारी 'हिस्टॉरिकल एपिक पोएम्स' को, यानी 'रामायण' और 'महाभारत' को हमारे धर्मग्रंथ कहने की हिम्मत जुटा लेते हैं, उन्हें भी यह सुन-जानकर बहुत दुःख होगा कि इन दोनों ग्रंथों में धर्म शब्द का प्रयोग तो सैकड़ों बार हुआ है, पर किसी भी धर्म की परिभाषा, हमारा मतलब है कि दो-टूक परिभाषा, सारे देश को मान्य एक वाक्य की परिभाषा कहीं भी नहीं दी गई है।

इस पूरी पृष्ठभूमि में यह तो समझ में आ गया कि हमारे यहाँ धर्म की कोई एक वाक्य, एक पुस्तक, एक ईश्वरीय आकार मान लेनेवाली परिभाषा कभी नहीं रही। पर अब तो हमारे इसी धर्मप्राण, धर्मपरायण देश में पश्चिम-परस्त बुद्धिमानों और विद्वानों की एक ऐसी जमात खड़ी हो चुकी है, जिसका परिचय अपने देश से, अपने देश की परंपरा से, अपने देश की विचारधारा से नहीं के बराबर रह गया है। देश के दुर्भाग्य से वही जमात, राजसत्ता में, विभिन्न पायदानों पर बैठी वही जमात पिछले छह-सात दशकों से राजसत्ता में बैठे सांस्कृतिक धृतराष्ट्रों व दुःशासनों का राजनीतिक सहारा और समर्थन पाकर देश के मन व मस्तिष्क पर काबिज रही है और अभी भी उसका वर्चस्व किसी-न-किसी रूप में बना हुआ है। यह जमात न तो इस देश के छात्रों को वेद पढ़ने देती है, न प्रबंध काव्य, न उपनिषद्, पुराण और दर्शनशास्त्र पढ़ने देती है और न ही भारत की विचारधारा को केंद्र में रखकर कोई भी बौद्धिक गतिविधि होने देती है। उसी जमात ने देश को समझा दिया है कि जिसे पश्चिम 'रिलीजन' या 'मजहब' कहता है, उसी को हमारे यहाँ 'धर्म' कहते हैं। इस तरह का मन-मस्तिष्क बना दिए जाने के बाद इस देश के युवा मन में खलबली मची है कि जब 'रिलीजन' का मतलब स्पष्ट है, 'मजहब' का मतलब स्पष्ट है तो फिर धर्म का मतलब उस तरह से स्पष्ट क्यों नहीं है? युवा मन की जिज्ञासा यह है कि आखिर क्या होता है धर्म? क्या है इसका सुपरिभाषित रूप, जिसे

बता-समझाकर हम इक्कीसवीं सदी के भारत के युवा को ही नहीं, पश्चिम से आए 'रिलीजन' और उसी पश्चिम से ही आए 'मजहब' की आँधी के सामने समझदारी से खड़ा होने को उत्सुक जनसामान्य को भी संतुष्ट कर सकें। तो क्या होता है यह 'धर्म'?

हम सौभाग्यशाली हैं कि हमारे पास पिछले दस हजार साल की एक लंबी बौद्धिक परंपरा है। हमारे भारत के पास चार वेद हैं। 'रामायण' व 'महाभारत', ये दोनों एपिक, यानी प्रबंध काव्य हमारे पास हैं। ब्रह्म अर्थात् वेदों के विचारों की व्याख्या करनेवाले 'ब्राह्मण' ('ब्रह्म' बतानेवाले ब्राह्मण) ग्रंथ हमारे पास हैं। उपनिषद् और आरण्यक ग्रंथ हैं। अठारह महापुराण हैं, अठारह से भी अधिक उपपुराण हैं। जैन पुराण हैं। जातक कथाओं की अद्‍भुत निधि हमारे पास है। दर्शन संप्रदायों की और भक्ति आंदोलन की विरासत है। धर्मशास्त्र हैं। आधुनिक काल के, पिछली सदियों के अपने विचारकों की विचार निधि हमारे पास है। तो क्यों न इस विराट् विचार परंपरा में से विचित्र और अद्‍भुत आयामोंवाली इस विराट् विचार परंपरा में से इन सवालों के जवाब खँगालें कि क्या होता है धर्म? यानी क्या है इसकी एक वाक्य परिभाषा?

यहाँ पर यह स्पष्ट रहना चाहिए कि हम अपने पाठकों को अर्थात् समस्त भारतवासियों को, किसी शॉर्टकट तरीके से धर्म के बारे में वैसे ही नहीं बताने या समझानेवाले हैं, जिस शॉर्टकट तरीके से मजहब या रिलीजन को समझा दिया जाता है। 'भारत का धर्म' एक गहरा विषय है। भारत धर्मप्राण देश है। भारत धार्मिक देश है। हर भारतीय एक धार्मिक प्राणी है। भारत के वेद, प्रबंध, उपनिषद्, पुराण, आगम आदि ग्रंथ भारत के धार्मिक ग्रंथ हैं। भारत धर्म पर चलनेवाला देश है। यह अगर सही है, जो कि है तो फिर 'भारत का धर्म' समझने के लिए सामान्य से अधिक गहराई में जाना पड़ेगा। अगर भारत नामक हमारा देश पिछले दस हजार सालों से अपने व्यक्तित्व से जुड़ा हुआ है, अगर भारत नामक हमारा देश गुलाम बनानेवाली राजनीतिक ताकतों की भयानक यातनाओं के बावजूद, भारत नामक देश कायम है, 'इंडिया' और 'हिंदुस्तान' वालों के भयानक हमलों के बावजूद पूरी दुनिया के सामने एक तेजस्वी विचारधारा के रूप में अधिकाधिक सम्मानित होता चला जा रहा है तो उसका कारण यही है कि भारत धर्म पर टिका हुआ है, भारत धार्मिक परिवेश को अंगीकार करके चलता है, अपने समस्त दर्शन, निगम-आगम की व्याख्या करनेवाले धर्म को मानकर चलता है। यह सच है, जो कि है, तो अपने भारत की इस सर्वाधिक बेसिक बात को, अर्थात् धर्म को जानने, समझने, पहचानने के लिए थोड़ा गहराई में तो जाना ही होगा। गहराई से समझना ही पड़ेगा। 'सेल्फी' के जमाने की हड़बड़ाहटों में जीवन-यापन करते हुए भी धर्म और अध्यात्म को, विशेषकर धर्म को तो अच्छे से समझना ही होगा।

हम सिर्फ दोहरा भर रहे हैं कि वेदों में, चारों वेदों में, ऋग्वेद, यजुर्वेद, सामवेद,

अथर्ववेद—इन चारों वेदों में वे सभी चिंताएँ, वे तमाम विमर्श, वे समस्त जिज्ञासाएँ हैं, जिन्हें बाद की पूरी परंपरा के निचोड़ के आधार पर 'दर्शन' और 'धर्म' नामक दो शब्दों में कह दिया गया है। उन्हें ही वेदों में 'ॠत' और 'सत्य' इन दो शब्दों के माध्यम से कहा गया है। ऐसा नहीं है कि इन दो शब्दों का प्रयोग चारों वेदों में वैसे ही सैकड़ों बार कर दिया गया है, जैसा कि 'धर्म' शब्द का शतशः प्रयोग महाभारत में है। जो एक बात स्पष्ट है, वह यह है कि जहाँ वेदों में 'धर्म' शब्द का अर्थ समझने के लिए उस मंत्र के इस संदर्भ के साथ उसे जोड़ना पड़ता है, वहाँ वेदों में 'ॠत' और 'सत्य' इन शब्दों के अर्थ काफी हद तक स्पष्ट हैं और पढ़ते ही समझ में आने जैसे हैं। मसलन, 'सविता देवो नो धर्मं साविषत्' सविता देव हमारे धर्म का व्यवस्थापन करें (शुक्ल यजुर्वेद, 9.5), 'प्रजाभिर्जायते धर्मस्परि' जो धर्म पर चलता है, संतान उसी को मिलती है (ॠग्वेद, 6.70.3), 'धाम धर्मणा रोचते बृहत्' धर्म से श्रेष्ठ क्षेत्र की प्राप्ति होती है (ॠग्वेद, 10.65.5) इत्यादि। ऐसे ही बस कुछ ही मंत्र और हैं।

परंतु 'ॠत' और 'सत्य' इन दो शब्दों के अर्थों को वैदिक कवियों ने कई बार बहुत ही स्पष्ट करके अपने मंत्रों में बता दिया है। मसलन 'ज्योतिष्मन्तं रथं ॠतस्य तिष्ठसि'—हे मनुष्य! तुम ॠत के प्रकाशपुंज रथ पर सवारी करते हो (ॠग्वेद, 2.23.3), 'ॠतस्य सामम् रणयन्त देवाः' ॠत के गान से देवताओं को विशेष प्रसन्नता होती है (ॠग्वेद 1.47.1), 'ॠतं च सत्यं चाभीद्धात्तपसोऽध्यजायत' ॠत और सत्य का जन्म इसी तप से होता है, जिसका प्रकाश सब जगह फैला हुआ है (ॠग्वेद 10.190.1) इत्यादि। इसी प्रवाह में हम और भी अनेक मंत्र उद्धृत किए चले जा सकते हैं।

इस सबके आधार पर वैदिक विद्वानों का सर्वसम्मत निष्कर्ष यह है कि जहाँ हमारे प्राचीनतम पूर्वजों, यानी वैदिक ॠषियों ने संपूर्ण ब्रह्मांड को नियमित रूप से बनाने, चलाने व संहार कर देनेवाली व्यवस्था को 'ॠत' कहा है, वहीं सामान्य मानव जीवन को सुचारु रूप से चलानेवाली व्यवस्था को 'सत्य' नाम दिया है, और इन दोनों व्यवस्थाओं का अर्थात् 'ॠत' और 'सत्य' का उद्भव 'तपस्या' में ढूँढ़ने का प्रयास किया है। थोड़ा अधिक तरतीब से समझा दिया जाए। हम देख ही रहे हैं कि सारा संसार, सारा विश्व, सारा ब्रह्मांड चल रहा है, अपना काम कर रहा है, पैदा हो रहा है, नष्ट हो रहा है। क्या हम यह मान लें कि यह सारा संसार, सारा विश्व, यानी सारा ब्रह्मांड ऐसे ही खुद-ब-खुद बिना किसी केंद्रीय व्यवस्था के चल रहा है? ऐसा कैसे हो सकता है? एक छोटा-सा घर-परिवार भी, चार-पाँच या इससे अधिक लोगों का परिवार भी, यहाँ तक कि एक व्यक्ति का जीवन भी बिना किसी व्यवस्था के नहीं चल सकता तो सारा ब्रह्मांड, हजारों-लाखों साल से चल रहा यह ब्रह्मांड, यह संसार, यह विश्व बिना किसी व्यवस्था के कैसे चल सकता है? यकीनन नहीं चल सकता, उसे चलाने के लिए कोई व्यवस्था कोई आधार

चाहिए। पूरे ब्रह्मांड को चलानेवाली इस अदृश्य व्यवस्था को वैदिक ऋषियों ने 'ऋत' कहकर पुकारा है। ठीक इसी तरह, पूरे ब्रह्मांड में जो हर व्यक्ति का, हर प्राणी का, हर देव, असुर, यक्ष, गंधर्व, मनुष्य, पशु-पक्षी आदि का जीवन, उसका इस दुनिया में आना और फिर चला जाना, जीवन आदि चल रहा है, जिस व्यवस्था के आधार पर चल रहा है, भारत के वैदिक ऋषियों ने इस व्यवस्था का नाम दिया है, 'सत्य'। इस तरह 'ऋत' और 'सत्य' में दो व्यवस्थाएँ हैं, जिनके कारण और जिनके आधार पर यह संपूर्ण विश्व और प्रत्येक प्राणी चल रहा है, अपना जीवन आदि चला रहा है।

क्या ऐसा नहीं लगता कि 'धर्म' शब्द का सही और सटीक मतलब ढूँढ़ने की कोशिश में लगे हमने खुद को कहीं उलझा दिया है? इसका उत्तर हम 'हाँ' में दे ही नहीं सकते। क्यों? इसलिए कि धर्म का मर्म समझना, उसे समझा देनेवाला अर्थ बता देना ही कौन-सा आसान काम है? दो और दो चारवाला कोई सीधा-सादा गणित तो यह है नहीं। होता तो हमारे देश के तत्त्वज्ञों ने क्यों कहा होता कि धर्म का अर्थ ठीक से समझना हो तो किसी गुफा में बैठकर तपस्या करो, क्योंकि धर्म तो वहीं गुफा में रहता है—'धर्मस्य तत्त्वं निहितं गुहायाम्'। यह गुहा ही गुफा है। यह गुफा, यह तपस्या, यह गुफा में रहना, यह तपस्या करना, इन सभी शब्दावलियों का अर्थ समझ रहे हैं न आप?

संदेश यह है कि अगर एक पुस्तक, एक ईश्वर-पुत्र, या एक ईश्वर दूत, एक उपासना-विधि को जान भर लेना ही धर्म होता, जैसा कि पश्चिम के रिलीजनों और मजहबों को जानने-मानने वाले और उनके प्रतिनिधि बन चुके हमारे देश के कुछ बुद्धिमान कहे जानेवाले लोग शोर मचा-मचाकर हमें समझा देना चाहते हैं और समझाने की कोशिश में भी लगे रहते हैं, तो फिर भारत का भारत होने का मतलब ही क्या होगा? 'कुछ बात है कि हस्ती मिटती नहीं हमारी' का नाद ही फिर क्यों होता? 'गायन्ति देवाः किल गीतकानि धन्यास्तु ते भारतभूमि भागे' (यानी स्वर्ग में बैठे देवता भी भारतभूमि पर पैदा होनेवालों को धन्य-धन्य कहकर भारत की स्तुति कर रहे हैं) जैसा शाश्वत भारत-गान ही फिर क्यों गाया जाता? ऐसा है तो इसका कारण भारत का हमारा धर्म ही तो है। पर यह धर्म, भारत का यह धर्म समझाने के लिए हमें भारत को भारत ही कहना, जानना, समझना होगा। भारत को अगर हम 'इंडिया' या 'हिंदुस्तान' ही कहते रहे तो हम कहाँ से भारत का धर्म, भारत का अपना-धर्म समझ पाएँगे?

हमारे देश में एक कथन खूब चलता है, यानी भारत के संस्कारों में पले हुए हर भारतवासी के मन में एक कथन खूब चलता है, यानी अपने भारत में उपजे, इंडिया या हिंदुस्तान में उपजे नहीं, भारत में उपजे हर भारतवासी के मन में, नगरवासी, ग्रामवासी, वनवासी, गिरिजन कहलाए जानेवाले हर भारतवासी के मन में खूब चलता है। हर प्रवासी भारतीय के मन में भी खूब चलता है। और यह वाक्य है—'वेदो अखिलो धर्ममूलम्'

अर्थात् वेद, अखिल वेद, अर्थात् सभी वेद ही धर्म का मूल हैं, धर्म का उत्पत्ति स्थान हैं। अर्थात् धर्म को जानने-समझने के लिए वेदों का अध्ययन, स्वाध्याय तो करना ही होगा। भारत को समझने की, भारत का धर्म जानने की इच्छा है, सच्ची इच्छा है तो भारत को इंडिया या हिंदुस्तान नहीं, भारत को जानना ही होगा, भारत के, अपने भारत देश के वेदों से परिचय तो पाना ही होगा। पिछले ढाई हजार साल से भगवान् महावीर और भगवान् बुद्ध जिस धर्म का मर्म हमें समझा रहे हैं, पिछले पाँच हजार साल से ऋषि वेदव्यास हमें जिस धर्म का मर्म समझा रहे हैं, पिछले छह हजार साल से ऋषि वाल्मीकि हमें जिस धर्म का मर्म समझा रहे हैं, पिछले सात हजार साल से ऋषि विश्वामित्र 'गायत्री मंत्र' के माध्यम से हमें धर्म का मर्म समझा रहे हैं, पिछले आठ हजार साल से हमारे देश के प्रथम सम्राट् महाराज मनु हमें धर्म का मर्म समझा रहे हैं, पिछले दस हजार साल से वेदों के मंत्रों के माध्यम से, यजुष, ऋचा तथा साम मंत्रों के माध्यम से हमें धर्म का जो मर्म समझा रहे हैं, धर्म का मर्म समझने के लिए, 'भारत का धर्म' जानने के लिए हमें भारत की दस हजार साल से अनवरत, निरंतर चलती आ रही विचार परंपरा को तो जानना और समझना ही पड़ेगा। तभी तो हम जान और समझ पाएँगे कि क्या है 'भारत का धर्म'?

कह आए हैं कि वेदों के आधार पर 'धर्म' का अर्थ समझने के लिए 'ऋत' और 'सत्य' इन दो शब्दों का अर्थ समझना होगा। वह अर्थ जिसके आधार पर इन शब्दों का प्रयोग वेदों में किया गया है। पाठकों की सुविधा के लिए हम अपने ही कहे वाक्यों को नए सिरे से दोहरा देते हैं। 'ऋत' का अर्थ है वह व्यवस्था, जिसके आधार पर पूरा ब्रह्मांड चलता रहता है, उसका प्रारंभ, विकास और समाप्ति, फिर से प्रारंभ, विकास और समाप्ति—ऐसी लगातार चलनेवाली ब्रह्मांड व्यवस्था चलती रहती है। और सत्य का अर्थ है वह व्यवस्था, जिसके आधार पर हमारा सांसारिक जीवन चलता रहता है, यानी उत्पन्न होता है, विकसित होता है और फिर विनष्ट होता है। और फिर-फिर उत्पन्न, विकसित और समाप्त होता रहता है। एक ही वाक्य में कह दें तो कह सकते हैं कि हमारे जीवन का, संसार का, हमारे यानी मनुष्य के सांसारिक जीवन का संचालन 'सत्य' से होता है और पूरे ब्रह्मांड का संचालन 'ऋत' से होता है। शायद इसी व्याख्या का परिणाम है कि हमारी भाषा-परंपरा में ऋत और सत्य समानार्थक माने गए हैं, दोनों पर्यायवाची बना दिए गए हैं।

इसके बाद प्रश्न खड़ा हो गया कि यह ब्रह्मांड क्या है, हमारा जन्म, जीवन, मृत्यु आदि क्या हैं, हमें जीवन देनेवाली चेतना, चैतन्य तत्त्व, आत्मा आदि क्या हैं, जीवन के बाद क्या है, मृत्यु क्या है, मृत्यु के बाद क्या है? स्पष्ट है एक नहीं, अनेक प्रश्न खड़े हो गए। सारे प्रश्न एक साथ खड़े हो गए। चारों वेदों में, रामायण-महाभारत सरीखे हमारे देश के प्रबंध काव्यों में, उपनिषदों में, अठारह पुराणों में, अठारह से भी ज्यादा

उप-पुराणों में अर्थात् ऐसे संपूर्ण निगम-साहित्य में और फिर जैन, बौद्ध, तंत्र आदि संपूर्ण आगम साहित्य में इन्हीं प्रश्नों पर, सवालों पर, जिज्ञासाओं पर विचार होता रहा। निगमागम में यत्र-तत्र-सर्वत्र, यहाँ-वहाँ इन सभी सवालों पर विचार-मंथन होता रहा, लगातार होता रहा। हर वैचारिक दृष्टिकोण से चीर-फाड़ होती रही, चलती रही। कभी व्यवस्थित तो कभी अव्यवस्थित रूप से विचार-विमर्श होता रहा। भगवान् कृष्ण से पहले और बाद की सदियों में, भगवान् बुद्ध और भगवान् महावीर से पहले और बाद की सदियों में लगातार विचार-विमर्श होता रहा। भगवान् बुद्ध और भगवान् महावीर से परवर्ती सदियों में सांख्य, योग, आजीवक, न्याय, वैशेषिक, बौद्ध, जैन, मीमांसा, वेदांत आदि सभी दर्शन संप्रदायों में और शैव, शाक्त, वैष्णव आदि सभी धर्म-संप्रदायों में लगातार विचार-विमर्श होता रहा। शास्त्रार्थ चलते रहे।

इस संपूर्ण विचारधारा को हमारे यहाँ 'दर्शन' कहा गया, जिसे वेदों में 'ऋत' कहा गया था। वैदिक 'ऋत' की 'दर्शन' तक की यात्रा बड़ी ही रोचक, रोमांचकारी और भारत के धर्म और दर्शन के स्वरूप निर्धारण में, यानी भारत के स्वरूप निर्धारण में निर्णायक भूमिका निभानेवाली रही है।

यह तो है 'ऋत' से 'दर्शन' तक की यात्रा। और सत्य? वेदों में जिसे हमारे सांसारिक जीवन का, हमारे रोजमर्रा के जीवन का, हमारे दैनंदिन जीवन का नियामक हेतु या परमकारक माना गया है, उस 'सत्य' का क्या हुआ? उसका विकास किस रूप में और कैसे हुआ? जानना चाहते हैं तो जानिए कि जैसे 'ऋत' का विकास 'दर्शन' में हुआ, वैसे ही 'सत्य' का विकास 'धर्म' में हुआ। जिसे वेदों में 'ऋत' कहा गया, वह हमारे जेहन में 'दर्शन' शब्द के रूप में बसा हुआ है। वहीं वेदों का बताया, दूसरा नियामक तत्त्व 'सत्य' हमारे जेहन में 'धर्म' शब्द बनकर बसा हुआ है। फर्क सिर्फ कालक्रम का है, तत्त्व की मौलिकता में नहीं। जहाँ वैदिक 'ऋत' को दर्शन की यात्रा करने में सदियाँ नहीं, सहस्राब्दियाँ लग गईं, वहीं 'सत्य' शब्द का 'धर्म' में शब्दांतरण वैदिक काल में ही होना शुरू हो गया था। हालाँकि उसमें भी आठ-नौ सदियाँ तो लगा ही गई होंगी। सामवेद के समकालीन वाल्मीकि अगर राम को 'विग्रहवान् धर्मः' कह रहे हैं और अथर्ववेद के समकालीन वेदव्यास अपने प्रबंध काव्य में बार-बार 'एषः धर्मः सनातनः' कह रहे हैं तो जाहिर है कि कुछ सदियों की यात्रा में ही हमारे पूर्वजों ने वैदिक 'सत्य' को हमारे संसार और हमारी जीवन-यात्रा के नियामक तत्त्व को 'धर्म' की शब्द-काया दे दी थी।

यानी वैदिक ऋषियों ने हमें ऋत-सत्य का बोध कराया तो उसी धारणा को, उसी अवधारणा को हमने 'दर्शन-धर्म' की शब्द-काया के रूप में सदियों से, सहस्राब्दियों से हृदयंगम कर रखा है। उच्चारण की सुविधा के हिसाब से, जिसे भाषा-विज्ञान में 'मुख सुख' कहते हैं, हम न जाने कब से इसे 'धर्म-दर्शन' कहते चले आ रहे हैं। कैसे वेद

हमारे जीवन के धर्म को जानने का स्रोत हैं, कैसे शिव, राम, कृष्ण, बुद्ध, महावीर हमारे सामने धर्म का साक्षात् रूप बनकर आते चले गए हैं और कैसे वाल्मीकि, वेदव्यास, याज्ञवल्क्य, शंकराचार्य, महाप्रभु वल्लभाचार्य सरीखे धर्मविशारद ऋषियों-कवियों ने हमें उस धर्म को तरीके से हृदयंगम करने का रास्ता दिखाया है, इस पर किसी को अलग राय रखनी हो तो उसका मौका अभी है, क्योंकि आगे हम इससे भी अधिक महत्त्व से भरी बात कहने जा रहे हैं।

और, हम 'तपस्या' के बारे में बात करने जा रहे हैं। ऊपर हम 'ऋग्वेद' के ऋषि का कथन (10.190.1) उद्धृत कर आए हैं कि ऋत और सत्य का अधिष्ठान तप, यानी तपस्या में है। अर्थात् ऋत और सत्य की प्राप्ति तपस्या से होती है। यह तपस्या क्या होती है, क्या होता है तप, क्या होता है तप करना? हम भारतवासियों को, यानी भारत में जनमे धर्म और दर्शन को समझनेवाले हम भारतीयों को 'तपस्या' शब्द का अर्थ समझाने की जरूरत है क्या? नहीं है, क्योंकि तपस्या हमारे विचारों में, हमारी भावनाओं में, हमारे धर्म-कर्म में, हमारी धार्मिकता में आकाश और उसके नीलेपन की तरह, फूल और उसकी खुशबू की तरह, पानी और उसकी ठंडक की तरह ऐसी घुली-मिली है कि उसे समझने के लिए हमें किसी फैक्टरी या किसी क्लासरूम की कोई खास जरूरत नहीं पड़ती।

तपस्या का जो भी अर्थ हमारे जेहन में बसा है, उसका रिश्ता सात्त्विकता से है। कठोर प्रशिक्षण से है। खुद को हालात से ऊपर उठाने की संकल्प-शक्ति से है। वेद कहते हैं कि 'ऋत' और 'सत्य', यानी 'दर्शन' और 'धर्म' अर्थात् धर्म-दर्शन का अधिष्ठान, आवास, निवास यानी अस्तित्व का संबंध तपस्या से है। इस तपस्या को, जिसे सारा देश अब जीवन की आपाधापी में भूलता चला जा रहा है, उस तपस्या को समझने के लिए कुछेक बेसिक बातें फिर से, अच्छे से अपने दिलों में बिठा लेते हैं—

- भारत के दार्शनिकों ने जीवन से जुड़े कुछ निष्कर्ष हजारों साल के गहन दार्शनिक चिंतन और मनन के आधार पर देश के लोगों को समझाए हैं। इन निष्कर्षों का संबंध जीवन, जीवन के संस्कार, उसके आधार पर बननेवाले जीवन और पुनर्जीवन से है, हमारे जीवन के कर्म, कर्मफल, मृत्यु, बंधन, मोक्ष, जीवन्मोक्ष (यानी जीवन के दौरान ही मोक्ष), भक्ति, ईश्वर की प्राप्ति जैसे श्रेष्ठ, उदात्त, उच्च लक्ष्यों से है। भारत का दर्शन हमें इन्हीं लक्ष्यों के बारे में बताता तो है ही, उन लक्ष्यों से जोड़ता भी है।
- जीवन के ये लक्ष्य कैसे समझे और प्राप्त कर लिये जा सकते हैं, जीवन के ये तमाम आदर्श कैसे समझे व प्राप्त किए जा सकते हैं, उसके लिए किया जानेवाला हमारा कर्म, हमारी कोशिश और हमारा ऐसा हर आचरण ही हमारा धर्म है।

- जीवन के आदर्शों, श्रेष्ठ लक्ष्यों का परिचय प्राप्त करना ही हमारा 'जीवन-दर्शन' है। उन लक्ष्यों व आदर्शों को पाने की हर कोशिश, हर कर्म, हर आचरण ही हमारा 'धर्म' है।
- यानी, जीवन के आदर्शों व लक्ष्यों से हमारा परिचय दर्शन से होता है तो धर्म का रिश्ता हमारे आचरण से है। जिस आचरण की सहायता से हम उन जीवन आदर्शों व जीवन-लक्ष्यों को प्राप्त कर सकते हैं। हमने अपनी बात, वही बात दोहरा भर दी है।
- चूँकि 'दर्शन' का संबंध हमारे विचारों से है और हमारे 'धर्म' का संबंध हमारे आचरण से है, इसलिए हमारे देश में दर्शन और धर्म का, हमारे विचारों और हमारे आचरण का परस्पर अटूट रिश्ता है, संबंध ऐसा है कि जो परस्पर अविभाज्य हैं, ऐसा है, जो एक-दूसरे से अलग नहीं हो सकता।
- समझ लिया जाए कि जिस विचार को, जिस ज्ञान को अपने आचरण में, अपने कर्म में न लाया जा सके, वह ज्ञान दर्शन नहीं और जिस आचरण की सहायता से ज्ञान न प्राप्त किया जा सके, विचारों को अपने संस्कारों में न बसाया जा सके, वह आचरण धर्म नहीं। वह निर्विवाद अवधारणा भारत की है, भारत की अपनी है। पश्चिम में ऐसा नहीं है। वहाँ धर्म और दर्शन का आपस में कोई रिश्ता या नाता नहीं है। मजहब और रिलीजन का तत्त्वज्ञान से, मेटाफिजिक्स से कोई नाता नहीं है, कोई रिश्ता नहीं है। है क्या?

विचार और आचरण के इसी आपसी रिश्ते को, यानी दर्शन और धर्म के इस पारस्परिक संबंध को ठीक से समझना है तो वह काम वेदों द्वारा प्रयुक्त किए गए शब्द 'तप' को समझे बिना हो ही नहीं सकता। जैसा जीवन, वैसा आचरण। जितना बड़ा लक्ष्य, उतना बड़ा और कठिन आचरण। अगर जीवन लक्ष्यहीन है तो जाहिर है कि वह आचरणविहीन ही रहनेवाला है। लक्ष्य तामसिक हैं, चोरी-चकारी के हैं, शासन सूत्र हाथ में आते ही लूट-खसोट करने के हैं, जैसा कि हमारे आज के कुछ राजनेताओं के रहे हैं, तो उनका आचरण, उनका धर्म भी तामसिक ही रहनेवाला है, जिसे हम सरल भाषा में अधर्म का आचरण कहते हैं। लक्ष्य जितने सात्त्विक, कठिन और विचारपूर्ण होंगे, तो हमारा आचरण अर्थात् धर्माचरण भी उतना ही सात्त्विक, कठोर और विचारपूर्ण होना पड़ेगा। नशाखोरी का आचरण है, तो ध्यान का, मेडिटेशन का और उसके माध्यम से मिलनेवाले श्रेष्ठ, सुंदर जीवन का लक्ष्य कैसे प्राप्त किया जा सकता है? आचरण धर्महीन है, अर्थात् तामसिक है, तो उस अधर्म-आचरण में से स्त्री-सम्मान जैसा उदात्त लक्ष्य प्राप्त किया ही नहीं जा सकता। अगर हमारे समाज में आज स्त्री असुरक्षित अनुभव कर रही है, उसे हर समय, हर स्थान पर पुरुषों द्वारा किए जा रहे बलात् आचरण का,

यानी बलात्कार का डर सताता रहता है, तो जाहिर है कि समाज का आचरण अधर्म से सराबोर है। पुरुषों के मन में अगर स्त्री को लेकर सम्मान, सुरक्षा, बराबरी जैसे मानदंड, श्रेष्ठ आचरण के सामाजिक मानदंड कमजोर होते जा रहे हैं, कमजोर होते-होते खत्म होते जा रहे हैं तो जाहिर है कि भारत के पुरुष समाज में अधर्म आचरण का, यानी अधर्म का कैसे बोलबाला बढ़ता चला जा रहा है।

हमारा आचरण ही हमारी तपस्या को परिभाषित करना है। जैसा लक्ष्य, वैसा आचरण, वैसी तपस्या। इसलिए ऋग्वेद का यह कथन कितना ज्यादा सारगर्भित नजर आता है कि 'ऋत', यानी दर्शन का और 'सत्य', यानी धर्म, यानी आचरण का अधिष्ठान तपस्या में है। धर्माचरण की ऊँचाई को अंततः प्रत्येक को स्वीकार करना ही पड़ता है। जीवन के लक्ष्यों और जीवन में उसके अनुसार किए जानेवाले आचरण का अधिष्ठान अगर तपस्या में है तो हमारा पूरा-का-पूरा इतिहास साक्षी है कि ऐसा तप, ऐसा कठोर तप जिस किसी ने भी किया है, प्रायः अपनी युवावस्था में ही किया है। जिन युवाओं को आज के अखबार व फिल्में कथित आजादी और कथित बिंदासपन का और कहानी की माँग का बहाना लेकर दुराचरण का बाकायदा प्रशिक्षण दे रहे हैं, उन युवाओं को यह बताया ही नहीं जा रहा कि कृष्ण ने जब तपस्या की थी, वे तब युवा थे। अर्जुन ने दो-दो बार तपस्या के लिए घर-परिवार छोड़ा तो वे तब युवा ही थे। सभी तीर्थंकर महाव्यक्तियों की भाँति भगवान् महावीर ने जब तपस्या की, तब वे युवा ही थे। भगवान् बुद्ध ने जब तपस्या की थी, जिसका फल उन्हें सुजाता के हाथों से प्रदान की गई खीर के रूप में मिला, तब वे युवा ही थे। जगद्‌गुरु शंकराचार्य ने, राजरानी मीरा ने, स्वामी विवेकानंद ने, स्वामी रामतीर्थ ने जब तपस्या की थी, वे सभी तब युवा ही थे। सभी ने प्रायः यह तपस्या अपनी युवावस्था में ही की है या फिर कुछ उदाहरणों में गृहस्थ और जीवन के सभी दायित्व संपन्न कर लेने के बाद तपस्या की है। यदि इस तरह की तपस्या के इतिहास का प्रारंभ अयोध्या के महाराज ऋषभदेव के साथ ही हो जाता है तो कपिल कणाद, भगीरथ, राम, कृष्ण, अर्जुन, महावीर, बुद्ध आदि के राजमार्ग से होते हुए चाणक्य, समर्थ रामदास, योगिराज अरविंद, विवेकानंद तक इस इतिहास का प्रवाह अविराम चल रहा है और न जाने कब तक शायद अनंत काल तक चलनेवाला है, क्योंकि भारत के युवा के संस्कारों में राम, कृष्ण, महावीर, बुद्ध, गुरु गोविंद, विवेकानंद, चंद्रशेखर आजाद, माधव सदाशिव गोलवलकर आदि सहज व स्वाभाविक रूप से बसे हुए हैं।

याद दिलाने की जरूरत नहीं कि हमारी यह पुस्तक कोई धर्म या दर्शन पर लिखी पुस्तक नहीं है। यह शुरू से आखिर तक लिखी गई एक राजनीतिक पुस्तक है, एक बड़ा राजनीतिक आलेख है। हमने 'भारत का धर्म' शीर्षक के अंतर्गत जितने भी पेज लिखे हैं, वे सभी राजनीतिक आलेख का ही हिस्सा माने जाएँगे। इसलिए अब हम 'भारत का

धर्म' इस विचार-शृंखला को राजनीतिक बना देना चाहते हैं। क्यों? इसलिए कि हमारा मानना है कि देश की विचारधारा का निर्माण तो विचारक, विद्वान् और संस्कृति विशारद विशिष्टजन ही करते हैं, परंतु उसे किसी भी देश की राष्ट्रीयता का तेजस्वी चोला पहनाने का काम राजनीति का होता है। इस पुस्तक के आलेख 'राजनीति है सर्वोपरि' में हम इस पर पूरे विस्तार से लिख आए हैं, जिसे दोहराना पिष्टपेषण होगा।

हमारा मानना है कि 'भारत का धर्म' एक ही है। ठीक वैसे ही, जैसे भारत का दर्शन एक ही है। अगर हम 'भारत के समग्र दर्शन' को 'भारतीय दर्शन' इस एक शीर्षक से दुनिया भर में जानते, मानते और समझते हैं, तो वैसे ही हमको 'भारत का धर्म' इस शीर्षक के अंतर्गत भारत के संपूर्ण धर्म को जानना, समझना और देश-दुनिया भर में बताना चाहिए। जैसे भारत का दर्शन एक है और सांख्य, जैन, बौद्ध, आजीवक, योग, न्याय, वैशेषिक, मीमांसा, वेदांत, इन विशिष्ट दर्शन संप्रदायों के नामरूपों में भारत के दर्शन की ही भारत और विश्व में व्याख्या करते हैं, वैसे ही हमें इस बात का अभ्यास डाल लेना चाहिए कि भारत का धर्म एक है, जिसे संस्कृत परंपरा में 'एष धर्मः सनातनः' कहा गया है, जिसे पालि, प्राकृत, अपभ्रंश भाषा की परंपरा में 'एस धम्मो सणन्तओ' कहा गया है, वह धर्म एक ही है, हमेशा रहनेवाला है, सनातन है, सनातन धर्म है। इसी सनातन धर्म की हम शाक्त, शैव, जैन, बौद्ध, वैष्णव, सिख, रामानंदी, कबीरपंथी आदि अनेक और विभिन्न धार्मिक संप्रदायों के रूप में पहचान करते हैं। 'भारत का दर्शन' और उसके विभिन्न दार्शनिक संप्रदायों को और 'भारत का धर्म' और उसके विभिन्न धार्मिक संप्रदायों को जानने, समझने और विभिन्न प्रकार से व्याख्या करने का सूत्र वही है, जो हमें याद है और अच्छे से याद है—'एकं सद् विप्रा बहुधा वदन्ति' अर्थात् सत्य एक है और विप्र, यानी विद्वान् लोग उसकी व्याख्या अनेक प्रकार से करते हैं। 'भारत का दर्शन' इस एक शीर्षक के अंतर्गत सभी दर्शन संप्रदाय आत्मा, परमात्मा, जीव, जगत्, जन्म, मृत्यु, पुनर्जन्म, कर्म, कर्मफल, जीवन, बंधन, मोक्ष आदि विषयों पर समान रूप से चर्चा-बहस-शास्त्रार्थ करते हैं और प्रत्येक दर्शन संप्रदाय के पास अपनी ओर से हर विषय पर कहने और मानने को अपने-अपने आयाम हैं। वैसे ही 'भारत का धर्म' इस एक शीर्षक के अंतर्गत धर्म, यानी धर्माचरण तथा उसके द्वारा प्राप्त होनेवाले श्रेष्ठ जीवन के स्वरूप को लेकर, उस जीवन की शक्ल को लेकर, ऐसे हर विषय पर अपनी ओर से कहने, जानने और समझने के अपने-अपने आयाम हैं। अपने अनेक आयाम हैं, पर 'भारत का धर्म' एक है; एक ही है, इस पर विचार करने, समझने और हो सके तो मान लेने के लिए विभिन्न आयाम, बेसिक आयाम इस तरह से हमारे इस आलेख के माध्यम से हमें समझ में आ रहे हैं—

1. भारत का 'दर्शन' और भारत का 'धर्म' इन दोनों शब्दों के मूल में वेदों के 'ऋत'

और 'सत्य' ये दो शब्द हैं, जिन्हें हम चाहें तो दो विचार या दो धाराएँ कह सकते हैं।

2. भारत में 'ऋत' का विकास क्रमशः 'दर्शन' में हुआ है, तो 'सत्य' का विकास क्रमशः 'धर्म' में हुआ है।
3. भारत में धर्म का संबंध आचरण से है। श्रेष्ठ आचरण यानी धर्माचरण, कुत्सित आचरण यानी अधर्माचरण।
4. भारत के सभी धर्म-संप्रदायों ने धर्म का प्रयोग और धर्म की व्याख्या धर्म-आचरण के संदर्भ में ही की है। आचरण के स्वरूप पर हर धर्म-संप्रदाय ने अपने-अपने वाद-विचार-मान्यता के हिसाब से आचरण की व्याख्या की है और आचरण में किस पहलू पर कितना बल देना है, इसका निर्धारण किया है।
5. भारत के सभी विचारकों, प्रवर्त्तकों, कवियों, लेखकों व संस्कृतिकर्मियों ने उसे 'धर्म' नाम ही दिया है।
6. चूँकि सभी विचारकों, प्रवर्त्तकों, कवियों, लेखकों व संस्कृतिकर्मियों ने उसे 'धर्म' नाम से कहा है, बताया है, समझाया है, इसलिए हम उसे 'भारत का धर्म' कहने का अभ्यास बनाने के लिए कर रहे हैं।
7. इसलिए 'भारत का धर्म' एक ही है, श्रेष्ठ आचरण, यह सत्य एक ही है और विभिन्न धर्म-संप्रदायों ने इसकी व्याख्या अपने-अपने शब्दों में की है, क्योंकि 'एकं सद् विप्रा बहुधा वदन्ति' अर्थात् सत्य तो एक ही है, विद्वानों ने इसकी व्याख्या अनेक प्रकार से, अपने-अपने प्रकार से की है।
8. जैसे भारत का दर्शन एक है, जिसे हम 'अध्यात्म' दर्शन कहते हैं और उस दर्शन के संप्रदाय अनेक हैं, वैसे ही भारत का धर्म एक है, जिसे हमारी परंपरा ने 'सनातन' धर्म नाम दिया है और उस धर्म के संप्रदाय अनेक हैं।

तो, 'भारत का धर्म' एक है, एक ही है। राजनीतिबाज और राजनीतिखोर लोग भारत को बहुधर्मी कहने का अपराध, भारत को बहुधर्मी कहने का पाखंड पिछली एक सदी से कर रहे हैं, तथाकथित अल्पसंख्यकों के तुष्टीकरण के लिए कर रहे हैं। भारत यकीनन बहुधर्मी देश नहीं है। अपने-अपने मजहब और रिलीजन को माननेवाले जो लोग भारत में रहते हैं, वे आराम से रहें, जीवनयापन के सभी अधिकारों व कर्तव्यों को जानते व समझते हुए रहें, इस पर किसी को कोई आपत्ति भला क्या हो सकती है? पर भारत में रहते हुए वे क्रमशः निश्चित रूप से भारत के 'धर्म' को समझने की कोशिश करेंगे, अपने-अपने मजहब व रिलीजन को भारत के 'धर्म' के अनुसार ढालने की कोशिश करेंगे, तो भारत की भावनात्मक एकात्मता, समरसता और भारत के विकास व कल्याण के लिए यह बात महत्त्वपूर्ण ही रहनेवाली है। वैसे भारत में रहनेवाले मजहब व रिलीजन

को माननेवाले सभी धर्मांतरित भारतीय वस्तुतः 'भारत का धर्म' जानने-समझने-माननेवाले ही रहे हैं। जोर-जबरदस्ती, लालच, विवशता के मारे उन्हें कभी अपना 'धर्म' छोड़ देना पड़ा था। पर आज कोई विवशता नहीं है। 'भारत का धर्म' उनके पास आज भी है। उसे अंगीकार कर लेने का उनका मनोबल फिर से बन रहा है, यह सच्चाई हर वह व्यक्ति समझ रहा है, जो भारत की राजनीति को जानता-समझता है।

जाहिर है कि भारत बहुधर्मी देश नहीं है। वह धर्मप्राण देश है। वह धर्मपरायण देश है। वह धर्म को हृदय में बसानेवाला देश है। बहुधर्मी देश कहकर इन उन लोगों को बेजा महत्त्व दे रहे हैं, जो राजनीतिक स्वार्थवश रिलीजन और मजहब को 'धर्म' कहने का अपराध कर रहे हैं। जो लोग यह अपराध कर रहे हैं, वे ही लोग धर्मप्राण, धर्मपरायण, धर्म पर चलनेवाले दस हजार साल के इतिहास को अपने में समेटे-सँभाले हुए धर्मसम्मत भारत को 'धर्मनिरपेक्ष' कहने पर तुले हुए हैं। वे कब तक भारत के साथ यह अन्याय, यह पाप करते रहेंगे?

'भारत का धर्म' बतानेवाले हमारे देश के आचार्यों ने अपने देश के लोगों को धर्म की कोई मजहब-परस्त या रिलीजन-परस्त परिभाषा न दी हो, क्योंकि भारत मजहब व रिलीजनवालों की तरह धर्मांध देश नहीं है। भारत तो धर्मपरायण देश है। पर इन्हीं आचार्यों ने 'भारत का धर्म' समझाने के लिए धर्म को केंद्र में रखकर एक बात कह दी है, जिसे आप चाहें तो भारत के धर्म की परिभाषा, एक वाक्य परिभाषा भी कह सकते हैं। वह वाक्य है—'यतोऽभ्युदयनिःश्रेयस सिद्धिः स धर्मः' और इस एक वाक्य परिभाषा को समझने के लिए उसकी व्याख्या भी कर दी है—दशकं धर्मलक्षणम्। कृपया जान लीजिए कि धर्म की यह एक वाक्य परिभाषा और फिर उस पर उस तरह की व्याख्या संपूर्ण भारत में स्वीकृत है—शब्दों का चयन थोड़ा अलग या आगे-पीछे हो सकता है। इन दोनों पहलुओं पर हम अपने अगले आलेख में थोड़ा अधिक विस्तार से विचार करेंगे।

□

5

भारत का धर्म : सनातन धर्म

आज हम आजाद हैं, पर हम कहने भर को ही आजाद हैं, क्योंकि राजनीतिक दृष्टि से आजाद होने पर भी हम बौद्धिक और वैचारिक दृष्टि से गुलाम बने हुए हैं। और किस कदर गुलाम बने ही हुए हैं, इसका एक नायाब उदाहरण तो यही है कि धर्म को लेकर हमने कैसी दृष्टि बना रखी है। भारत में धर्म को लेकर जो दृष्टिकोण है, उसका सटीक खुलासा हम पिछले आलेख में कर आए हैं। पर अब देश के लिए यह जानना भी जरूरी है कि धर्म को लेकर भारत का जो दृष्टिकोण है, वैसा दृष्टिकोण इसलामी और क्रिश्चियन दुनिया में रहा ही नहीं है। हमारे देश में धर्म का अर्थ है—आचरण। यानी भारत के लिए धर्म और आचरण ही पर्यायवाची हैं। न तो धर्म और मजहब पर्यायवाची हैं और न ही धर्म और रिलीजन पर्यायवाची हैं। हाँ, मजहब और रिलीजन जरूर पर्यायवाची हैं। इस बात को दो तरह से, यानी दो उदाहरणों के आधार पर समझ लिये जाने में कोई हर्ज नहीं, बल्कि उससे सहायता ही मिलनेवाली है। एक उदाहरण—जब हम कहते हैं कि माता-पिता की सेवा करना हमारा धर्म है तो माता-पिता की सेवा करना हमारा मजहब नहीं होता, हमारा रिलीजन नहीं होता। हमारा धर्म होता है। हम पिछले आलेख में कह आए हैं कि हम अपने जीवन में अपना यह धर्म कई तरह से निभा रहे होते हैं। पिता का धर्म, पुत्र का धर्म, पति का धर्म, पत्नी का धर्म, राजा यानी शासक का धर्म, प्रजा का धर्म, व्यवसायी का धर्म, शिक्षक का धर्म। इत्यादि इनमें से किसी को भी हम इस या उसका मजहब या रिलीजन नहीं कहते। धर्म ही कहते हैं।

दूसरा उदाहरण—चूँकि हमारे लिए धर्म हमारे आचरण का पर्यायवाची है, समानार्थक है, एक-दूसरे से अलग नहीं है, इसलिए हमारा अच्छा आचरण अगर हमारा धर्म है तो खराब आचरण हमारे लिए अधर्म ही है। भारत में धर्म है तो धर्म पर न चलना अधर्म है। धर्म हमारे पास है और इसका अर्थ भी हमें अच्छे से पता होता है। विपरीत अर्थ देनेवाला शब्द अधर्म भी हमें पता होता है। हमें मन-ही-मन पता रहता है कि

हम धर्म पर चल रहे हैं। हमें यह भी पता रहता है कि हम अधर्म पर चल रहे हैं। पर मजहब या रिलीजन का कोई विपरीतार्थक शब्द ही नहीं है। हमें 'कुफ्र' या 'एथीज्म' कहकर टालने की कोशिश कृपया मत करिए। ये दोनों शब्द 'अधर्म' के पर्यायवाची वैसे ही नहीं हैं, जैसे मजहब और रिलीजन धर्म के पर्यायवाची नहीं हैं। यानी संदेश स्पष्ट है। धर्म एक ही होता है। क्यों? इसलिए कि आचरण की परिभाषा, यानी श्रेष्ठ आचरण की परिभाषा एक ही होती है। हमारे शास्त्रों में धर्म, यानी श्रेष्ठ आचरण को भी एक आकार देने की, परिभाषा देने की, कोडिफाई करने की कोशिश की गई है। मसलन कहा गया है कि 'धृतिः क्षमा दमोऽस्तेयं शौचमिन्द्रियनिग्रहः धीर्विद्या सत्यमक्रोधो दशकं धर्मलक्षणम्'। प्रत्येक धर्म-दर्शन ग्रंथ में धर्म के दशक को इस तरह के रूप में बताया गया है, सभी धर्म-दर्शन-संप्रदायों में इस धर्म को इसी तरह से बताया गया है। एक या दूसरे रूप पर कम या ज्यादा जोर देने से, बल देने से धर्म के ये दस रूप कहीं बारह या तेरह और आठ या नौ हो जाते हैं। पर कुल मिलाकर प्रत्येक धर्म-दर्शन-संप्रदाय में आचरण को, अपनी वैचारिक योजना के आधार पर कोडिफाई करके, आकार में परिभाषित कर, कुल मिलाकर श्रेष्ठ आचरण को ही धर्म का पर्यायवाची कहा गया है। धर्म तो एक ही है, धर्म का तत्त्व तो एक ही है, पर आचरण के एक प्रकार को कम या अधिक बल देने के कारण हमने अपने-अपने संप्रदाय में उस संप्रदाय का धर्म कह दिया है। वैष्णव धर्म, शैव धर्म, शाक्त धर्म, गाणपत्य धर्म, जैन धर्म, बौद्ध धर्म, आदि। इस तरह से कहे जानेवाले धर्म के नाम की विविधता में तत्त्वतः एक ही बात कही गई है कि धर्म का अर्थ है श्रेष्ठ आचरण।

चूँकि भारत पिछली कई सदियों से राजनीतिक विचारधारा के आधार पर भटका हुआ देश रहा है, इसलिए हमें इसी बिंदु पर एक सावधानी बरतने की बात कह देनी चाहिए। हमने कहा कि भारत के विभिन्न धर्म-संप्रदाय वास्तव में एक ही धर्म की बात कह रहे होते हैं। पर इसका अर्थ यह नहीं है, जैसा कि आजकल के राजनीतिज्ञ और मीडियाकर्मी हमें समझाने के फेर में रहते हैं कि दुनिया भर के सभी धर्म एक ही बात कहते हैं। जाहिर है कि भारत का धर्म हमें जो कह रहा होता है, इसलामी मजहब या क्रिश्चियन रिलीजन वही बात नहीं कह रहे हैं। चूँकि बात ठीक से समझा दी गई है, इसलिए हम इसे बेकार में लंबा नहीं खींचना चाहते। पर दो बातें अब तक ठीक से रेखांकित हो चुकी हैं। एक, भारत में धर्म का अर्थ है आचरण, यानी श्रेष्ठ आचरण और दो, कि भारत का धर्म एक ही है। उसके अनेक रूप, उसकी अपनी अनेक सांप्रदायिक, यानी संप्रदाय-आधारित अभिव्यक्तियों, या कहें कि सांप्रदायिक विशिष्टताओं के कारण हैं। अन्यथा भारत में धर्म एक ही है, अनेक नहीं। इसलिए भारत में धर्म-संप्रदाय तो अनेक हैं, पर धर्म एक ही है। भारत का धर्म तो एक ही है। इसलिए अगर जवाहरलाल

नेहरू तथा उनका राजनीतिक प्रशिक्षण पाए मीडिया व राजनीति व शिक्षा के लोग भारत को गुमराह करने की बात कहते हैं कि भारत अनेक धर्मों का एक देश है तो वे भारत का अपमान कर रहे होते हैं। क्योंकि भारत अनेक धर्मों का देश नहीं, अनेक धर्म-संप्रदायों का देश बेशक है। भारत का धर्म तो एक ही है, अनेक नहीं। ठीक इसी तरह से जब वाजपेयी और भा.ज.पा. जैसे लोग (स्पष्ट कहें कि हम राष्ट्रीय स्वयंसेवक संघ की बात नहीं कर रहे हैं, क्योंकि संघ को धर्म के तत्त्व का पता है) पर जिनको सिर्फ लफ्फाजी आती है ऐसे लोग चालाक और ईमानदारीविहीन बातें करते हैं तो भी हमें सावधान हो जाना चाहिए, क्योंकि उनका मतलब धर्म, मजहब और रिलीजन को एक ही मानने से होता है, जो कि एक निरर्थक विलाप है। क्यों ? इसलिए कि भारत का धर्म तो एक अवधारणा है। इसलिए उसे मजहब या रिलीजन का पर्यायवाची या समानार्थक बताना भारत के धर्म का अपमान न भी कहें, पर भारत के धर्म को लेकर नासमझी तो कह ही सकते हैं।

भारत का धर्म एक ही है और भारत ने, धर्म को आचरण का पर्यायवाची मानने वाले भारत ने अपने इस धर्म की एक अच्छी-सी परिभाषा भी दी है और बिना वोटिंग किए ही सारे भारत ने हजारों सालों से भारत के अपने धर्म की परिभाषा स्वीकार कर रखी है। भारत के धर्म की परिभाषा यह है—यतोभ्युदय निःश्रेयस सिद्धिः स धर्मः, यानी जिसके कारण हमें जीवन की दोनों सफलताएँ प्राप्त हो जाएँ, संसारिक सफलताएँ भी मिलती रहें और आध्यात्मिक लक्ष्य को पाने में भी सफलता मिल जाए, वह धर्म है। जिन्हें 'सेक्युलर' कहाए जाने बिना बेचैनी-सी रहती है, वे भी मन मारकर स्वीकार करेंगे कि धर्म की इससे बड़ी 'सेक्युलर' परिभाषा और कोई हो नहीं सकती। धर्म से हमें सांसारिक सफलताएँ मिलती हैं, उससे बड़ी सेक्युलर परिभाषा धर्म की हो भी क्या सकती है ? और जिससे अपने जीवन के आध्यात्मिक लक्ष्य को पूरे करने में भी सहायता मिलती है, वह धर्म है। जाहिर है कि आध्यात्मिक लक्ष्य जिनके हैं, सफलता मिलने का संबंध उन्हीं लोगों से है। जिन्हें सिर्फ सांसारिक जीवन का फायदा चाहिए, धर्म की यह परिभाषा उनके भी अनुकूल है। यह बात जान लीजिए कि फायदे सांसारिक हों या फिर आध्यात्मिक हों, लाभ इस जीवन में मिलनेवाले हों या कि फिर किसी अपरिभाषित पारलौकिक जीवन में मिलनेवाले हों, श्रेष्ठ आचरण की मर्यादा दोनों के लिए समान है।

जिससे हमारे सांसारिक लाभ भी हमें मिलते रहें और साथ ही आध्यात्मिक लक्ष्य भी पूरे होते रहें, वह हमारा धर्म है। वही हमारे भारत का धर्म है अर्थात् यह 'भारत का धर्म' है। 'भारत का धर्म' इस वक्तव्य से नाक-भौं सिकोड़ने की कोई जरूरत ही नहीं है। भारत का यही धर्म है और यह भारत का ही धर्म है और ऐसा यह धर्म सिर्फ और सिर्फ भारत का ही है। इसलिए यूँ ही नहीं कहा गया कि भारत एक धर्मप्राण देश है,

धर्मपरायण देश है, धार्मिक देश है, क्योंकि श्रेष्ठ आचरण का लक्ष्य, यानी भारत के धर्म का लक्ष्य हर भारतवासी को, आबाल-वृद्ध-नर-नारी को हमेशा स्पष्ट रहता है, उसके दिलोदिमाग में हर पल बसा रहता है। भारत को धर्मनिरपेक्ष कहना या उसे धर्मनिरपेक्ष बनाने की कोशिश करना एक ऐसा छलावा है, जिसके फेर में पड़कर हम भारतीयों ने स्त्री का सम्मान करना भुला दिया, आर्थिक सदाचार रखना भुला दिया, व्यक्तिगत सदाचरण से, आचरण की श्रेष्ठता से मुँह मोड़ लिया। जाहिर है कि यह अपने देश का परम दुर्भाग्यशाली दिन था, जिस दिन हम भारत के लोगों ने खुद अपना ही अपमान करते हुए, अपने देश की परंपरा और विचारधारा का भरपूर अपमान करते हुए भारत के अपने ही संविधान को हमने खुद ही धर्मनिरपेक्ष घोषित कर दिया। हमारी अपनी इस राष्ट्रीय मूर्खता का परिमार्जन हमें ही करना है। हमें भारत का संविधान धर्मपरायण बनाकर, मजहबपरायण या रिलीजनपरायण नहीं, धर्मपरायण बनाकर, हर भारतवासी को श्रेष्ठ आचरण से भरा-पूरा जीवन जीने का संवैधानिक अधिकार और अवसर देना ही चाहिए, वैसी किसी विधिसम्मत मर्यादा से जोड़ देना चाहिए और परमशक्तिशाली भारत के निर्माण की नींव डाल देनी चाहिए।

अब इस स्थान पर सिर्फ एक ही बात और कहनी है। अभी हम इस बात को रेखांकित करते हुए संक्षेप में ही लिखेंगे और आनेवाले अपने आलेखों में इसे कई तरह से विस्तारित और व्याख्यायित करते रहेंगे। यह एक बात एक प्रश्न के रूप में है। प्रश्न यह है कि हमारे देश में, हमारे देश के दस हजार सालों के इतिहास में भारत के दर्शन को, अर्थात् जीवन-दर्शन को एक नाम परंपरा से मिला हुआ है। भारत में अनेक दर्शन-संप्रदाय हैं और इन दर्शन-संप्रदाय को बराबर का महत्त्व हमारे इतिहास में मिला हुआ है। भारत में दर्शन बेशक अनेक हैं, अर्थात् भारत में दर्शन- संप्रदाय बेशक अनेक हैं, पर भारत के दर्शन को उसकी संपूर्णता में एक ही नाम मिला हुआ है, अध्यात्म दर्शन। भारत के इस संपूर्ण जीवन-दर्शन को परंपरा से एक नाम मिला हुआ है, अध्यात्म दर्शन, अर्थात् भारत का अध्यात्म-दर्शन। प्रश्न है कि जैसे भारत में दर्शन-संप्रदाय अनेक हैं, पर भारत के संपूर्ण जीवन-दर्शन को भारत के सभी दर्शन-संप्रदायों के समुच्चित जीवन-दर्शन को एक ही नाम प्राप्त है, भारत का अध्यात्म-दर्शन, क्या भारत के अनेक धर्म-संप्रदायों में व्यक्त होनेवाले भारत के धर्म को भी भारत की परंपरा में कोई एक नाम प्राप्त है? अर्थात् जैसे भारत के सभी दर्शन- संप्रदायों को हम 'भारत का अध्यात्म दर्शन' कहते हैं, क्या वैसे ही भारत के सभी धर्म- संप्रदायों को हम कोई एक नाम ऐसा दे सकते हैं? भारत के धर्म को कोई एक नाम दे सकते हैं?

जवाब है कि हाँ, दे सकते हैं। भारत के सभी धर्म-संप्रदायों को एक ही नाम दे सकते हैं। भारत के धर्म को एक ही नाम दे सकते हैं। हमारे देश में धर्म की व्याख्या जिन

धर्म-दर्शन ग्रंथों में दी गई है, वे सभी धर्म-दर्शन ग्रंथ संस्कृत, पालि और प्राकृत भाषाओं में लिखे हुए हमारे पास हैं। इन सभी ग्रंथ परंपराओं में धर्म को लेकर एक ही बात एक ही शब्दावली में लिखी गई है। संस्कृत परंपरा में कहा गया है—'एष धर्मः सनातनः' और पालि, प्राकृत तथा अपभ्रंश भाषाओं की परंपरा में एक ही बात समान रूप से कही गई है—'एस धम्मो सणन्तओ'। जाहिर है कि हम 'एष धर्मः सनातनः' कहें या 'एस धम्मो सणन्तओ' कह दें, बात एक ही है, शब्दावली भी वही है, सिर्फ ध्वनि परिवर्तन है, उच्चारण परिवर्तन है, जो कि एक भाषा से दूसरी भाषा में सामान्य रूप से हो जाता है और यह भाषा-विज्ञान का एक सार्वकालिक और सार्वदेशिक सत्य है, हर काल और हर स्थान पर हमेशा होता आया है और हमेशा होता रहनेवाला है।

तो इस प्रश्न का कि भारत में धर्म अगर एक ही है, तो उस एक धर्म का, भारत के उस धर्म का नाम क्या है? तो उत्तर यह है कि भारत के धर्म का नाम है 'सनातन' धर्म, यानी वह धर्म, जो सनातन है, सनातन, यानी हमेशा रहनेवाला है। इसमें भी कोई अचरज, ताज्जुब या आश्चर्य की बात नहीं है। अगर भारत में धर्म का अर्थ है हमारा श्रेष्ठ आचरण, जिसकी सहायता से हम जीवन में श्रेष्ठताएँ, उच्चताएँ, दिव्यताएँ, विलक्षणताएँ अर्थात् जीवन में महान् और उदात्त लक्ष्यों को प्राप्त कर सकते हैं, तो मानव-जीवन के इतिहास के हर कालखंड में इस तरह का धर्म हमारे लिए हमेशा महत्त्वपूर्ण, सर्वाधिक महत्त्वपूर्ण रहने ही वाला है। कौन ऐसा होगा, जो इस तरह का धर्मसम्मत जीवन नहीं बिताना चाहेगा? क्या कोई अधर्मपूर्ण जीवन भी बिताना चाहेगा? इन दोनों जिज्ञासाओं का एक ही उत्तर है—नहीं, अर्थात् धर्मपूर्वक जीवन जीने की इच्छा हमेशा रहने ही वाली है, इसलिए भारत में 'धर्म' को 'सनातन धर्म' कह दिया गया है, जो कि स्वाभाविक ही है।

तो इस संपूर्ण विचार-सारिणी का निष्कर्ष प्राप्त करने के लिए हमें ज्यादा मेहनत नहीं करनी पड़ेगी। भारत में अनेक दर्शन-संप्रदाय हैं, पर भारत का दर्शन, अर्थात् भारत का जीवन-दर्शन एक है और उस जीवन-दर्शन का नाम है—'अध्यात्म दर्शन'। ठीक वैसे ही भारत में अनेक धर्म-संप्रदाय हैं, पर भारत का धर्म एक है और भारत के उस धर्म का नाम है—'सनातन धर्म'। भारत में धर्म का मतलब न तो मजहब है और न ही रिलीजन। हम जो आजकल गलतफहमी में मजहब और रिलीजन को धर्म कहना शुरू हो गए हैं, यह पिछली सदियों के दौरान सभ्यताओं के बीच हुए संघर्ष में से पैदा हुआ सबसे बड़ा दुष्परिणाम है। हमने तो कभी धर्म की कोई लगी-बँधी परिभाषा तक नहीं बनाई थी, जबकि मजहब और रिलीजन को माननेवाले तबकों में, यानी मुसलिमों और क्रिश्चियनों में धर्म को परिभाषा में बाँधे बिना काम ही नहीं चलता। चूँकि वे दोनों, यानी मजहब और रिलीजन सुपरिभाषित हैं, इसलिए इन दोनों समुदायों के बीच धर्मांतरण चला करता है, धर्मांतरण चलता रहता है, धर्म को लेकर जय-पराजय का, उठा-पटक

का माहौल बना रहता है। हिंदू ने कभी धर्मांतरण नहीं किया, क्योंकि क्या परिभाषा देकर उसे हिंदू बनाया जाएगा? किस धर्मग्रंथ पर हाथ रखकर उसकी शपथ दिलवाकर उसे हिंदू बनाया जाएगा? किस ईश्वर को, ईश्वर के दूत को या ईश्वर के पुत्र को मानने का आदेश देकर उसे हिंदू बनाया जाएगा? ऐसा विधान, रिवाज या चलन हिंदुत्व में है ही नहीं। 'परावर्तन', यानी घर वापसी के किसी भावी अभियान के तहत, किसी भावी संभावित अभियान के अंतर्गत सभी धर्मांतरित भारतीयों को फिर से हिंदू बनाया जाएगा, तो वह संपूर्ण अभियान सांस्कृतिक और सामाजिक ही रहनेवाला है, जितना हमें समझ में आ रहा है और बेशक ऐसा अभियान राजनीतिक बुद्धिमत्ताओं और दूरदर्शिता की प्रेरणाओं से ही किया जा सकेगा।

हमने यह तो समझ लिया कि धर्म का मतलब न तो मजहब है और न ही धर्म का मतलब रिलीजन है। तो फिर सवाल उठेगा कि धर्म का मतलब क्या है? हम धर्म की कोई लगी-बँधी परिभाषा बेशक न दें, पर समझने और समझाने के लिए कुछ तो कहना होगा कि धर्म क्या है? तो इसका उत्तर वही है, जो हम पहले भी दे आए हैं। बार-बार क्या कहें कि धर्म का अर्थ है आचरण, श्रेष्ठ आचरण, धर्माचरण। हिंदू ने जीवन का लक्ष्य माना है—ईश्वर की प्राप्ति, परमात्मा की प्राप्ति। ईश्वर हो या परमात्मा या फिर हो परब्रह्म, इसका अर्थ कोई व्यक्ति नहीं है। उसका अर्थ है वह तत्त्व, जीवन का वह बिंदु, जीवन की वह परिस्थिति जब मनुष्य सर्वश्रेष्ठ को पा लेता है, परम को पा लेता है। हम अपने फोकस के लिए ईश्वर को एक आकार दे देते हैं, शिव, राम, कृष्ण, बुद्ध या महावीर का रूप दे देते हैं, नाम दे देते हैं, जीवन की रूपरेखा दे देते हैं, ताकि हमें स्पष्ट रहे कि हमें ऐसा बनना है। असली प्राप्तव्य तो वही है, जिसे हम सर्वश्रेष्ठ कह देते हैं, हर तरह से सर्वश्रेष्ठ। चूँकि ऐसा बनना, सर्वश्रेष्ठ बनना, ईश्वर, परमात्मा, परब्रह्म बनना मनुष्य को ही है, तो वैसा बनने का माध्यम एक ही हो सकता है, मनुष्य का आचरण। मनुष्य श्रेष्ठ आचरण करेगा तो जाहिर है कि वह श्रेष्ठ से श्रेष्ठतर, श्रेष्ठतर से श्रेष्ठतम, सामान्य मनुष्य से ईश्वर तुल्य, शिव के जैसा, राम के जैसा, कृष्ण के जैसा, बुद्ध के जैसा, महावीर के जैसा बन जाएगा (हमने महज उदाहरण समझाने के लिए ये नाम दिए हैं)। वही आचरण इसका धर्म है। अधर्म इससे इतर है। श्रेष्ठ आचरण आपको ईश्वतुल्य बना देगा। वही धर्माचरण है। अधर्म का आचरण आपको असुर, दुष्ट, कपटी, छली बना देगा, हमेशा स्त्री की अवमानना करता रहेगा, हमेशा लोगों का धन लपेटने के फेर में रहेगा, हमेशा दूसरे को नुकसान पहुँचाने के, बिना किसी कारण या प्रयोजन के ही नुकसान पहुँचाने के चक्कर में रहेगा, तो फिर उसका कंस बन जाना, रावण बन जाना, धृतराष्ट्र बन जाना, वेन बन जाना ही उसकी नियति है। कोई गलत नहीं है कि भारत में, हिंदू विचारधारा में धर्म और आचरण को पर्यायवाची, बल्कि एक ही शब्द

बना दिया गया है, 'धर्माचरण'। संपूर्ण निगम-आगम-कथा परंपरा में 'धर्माचरण' शब्द का प्रयोग इसी तरह के संदर्भों में किया गया है।

सिर्फ याद दिलाने के लिए बताया जा रहा है कि हमने संपूर्ण वैदिक साहित्य को, जिसमें चारों वेद, उपनिषद् और पुराणों को शामिल किया गया है, 'निगम' कहा है, जबकि संपूर्ण जैन आगमों को तथा तीनों बौद्ध पिटकों को, यानी त्रिपिटक को और संपूर्ण तंत्र ग्रंथों को 'आगम' कहते हैं। रामायण, महाभारत, महापुराण, उपपुराण, जैनपुराण, बौद्ध जातक आदि को कथा ग्रंथ, अर्थात् कथा कहा गया है। निगम-आगम-कथा, ये तीन परंपरागत शब्द हैं। 'निगम', 'आगम' और 'कथा' इन शब्दों का प्रयोग भारत में हजारों सालों से हो रहा है। इन तीनों शब्दों का नवीनतम प्रयोग, एक साथ गोस्वामी तुलसीदास ने अपने महाग्रंथ 'रामचरितमानस' में उसके एक मंगलाचरण में किया है, 'नाना पुराण निगमागम सम्मतं यत्'। ऐसा हमें लगता है कि इसी परंपरा को आगे बढ़ाते हुए अपने भारत के सभी प्राचीन बीजग्रंथों को 'निगमागमकथा' कहा है। हो सकता है कि जैन-बौद्ध बीजग्रथों के लिए आगम शब्द अपर्याप्त लगे, पर हम 'निगमागमकथा' शब्द पर टिके-बँधे रहना चाहते हैं। क्यों, इसलिए कि इस शब्द प्रयोग में 'निगमागमकथा' शब्द के प्रयोग में हमें भारत का, भारत के धर्म का बहुत ही उज्ज्वल भविष्य देखने को मिल रहा है। भारत के धर्म के साथ-साथ भारत का उज्ज्वल भविष्य भी हमें इसी 'निगमागमकथा' में, व्यापक अर्थ वाले 'निगमागमकथा' शब्द में देखने को मिल रहा है।

अगर 'धर्माचरण' में ही, अर्थात् श्रेष्ठ आचरण में ही धर्म की परिभाषा, धर्म का तत्त्व, धर्म का सार निहित है, तो इसके बाद हमें इन सभी परिभाषा सरीखे वाक्यों का अर्थ समझाने की कोई खास जरूरत ही नहीं लग रही। जिन परिभाषा सरीखे वाक्यों का प्रयोग हम धर्म के संदर्भों में इसी 'उत्तरायण' पुस्तक में जगह-जगह कर आए हैं। मसलन,

धृतिः क्षमा दमोऽस्तेयम् शौचं इन्द्रिय निग्रहः।
धीर्विद्या सत्यमक्रोधो, दशकं धर्मलक्षणाम्॥

अर्थात् धैर्य, क्षमा, संयम, चोरी न करना (टैक्स चोरी न करना?), स्वच्छता, इंद्रियों पर नियंत्रण, बुद्धिपूर्वक काम करना, ज्ञान-प्राप्ति, सत्य, क्रोध नहीं करना, ये सभी दस मिलकर, यह दशक ही धर्म का आधार है, या फिर,

'यतोऽभ्युदयनिःश्रेयससिद्धिः स धर्मः'

अर्थात् धर्म वह है, जिसको करने से मनुष्य को संसार में उन्नति और जीवन में मुक्ति मिले, या फिर,

'धर्मो धारयते प्रजाः'

अर्थात् धर्म ही सभी प्रजा को बनाए रखता है। या फिर,

'धर्मो रक्षति रक्षितः'

अर्थात् धर्म की रक्षा करोगे तो धर्म भी आपकी रक्षा करेगा, वगैरह-वगैरह। अगर वाकई में धर्म की ये परिभाषाएँ मान ली जाएँ, तो जाहिर है कि हर परिभाषा में सीधे-सीधे या प्रकारांतर से यही कह दिया गया है कि धर्म का रिश्ता, धर्म का संबंध, धर्म की समझ हमारे आचरण के साथ है, आचरण में है। आचरण की यह परिभाषा चूँकि हमेशा रहनेवाली है, श्रेष्ठ और धर्मपूर्वक आचरण की बात चूँकि हमेशा, हर युग में, हर काल में, दुनिया में हर जगह रहनेवाली है, इसलिए 'धर्म' को 'सनातन', अर्थात् हमेशा रहनेवाला, कभी भी समाप्त न होनेवाला, ऐसा माना गया है।

महर्षि वेदव्यास द्वारा 'भागवत महापुराण' में धर्म को लेकर मंगल वाक्य में कहा गया है—'धर्मः प्रोज्झित कैतवः'। 'धर्म' का अर्थ हम बता चुके हैं, जान चुके हैं, समझ चुके हैं। 'प्रोज्झित' का अर्थ 'अभाव' के रूप में आता है, अर्थात् जो नहीं है, जिसे स्वीकार नहीं किया गया, जिसे खो दिया जा चुका है, जिसे हमारी विचार सारिणी से बाहर कर दिया गया है। 'कैतव' का अर्थ है कपट, बनावट, छल, बेईमानी, जुआ, चालाकी, धोखाधड़ी और इस तरह का अर्थ देनेवाला शब्द है, कैतव। सारे अर्थ को एक साथ पढ़ने का प्रयास करें तो समझ में यह आता है कि 'धर्म' वह है, जिसमें छल-कपट के लिए, बनावट-धोखाधड़ी के लिए, बेईमानी के लिए कोई जगह ही नहीं है, कोई अवसर ही नहीं है, कोई मौका ही नहीं है।

थोड़ा आगे बढ़ें तो उससे पहले यह जान लिया जाए कि हमने यह शब्द लिया कहाँ से है और हमें इसका प्रयोग करने की आवश्यकता क्यों अनुभव हो रही है। 'धर्मः प्रोज्झित कैतवः' यह वाक्य 'भागवत महापुराण' में है। संस्कृत में किसी ग्रंथ को प्रारंभ करने से पहले मंगलाचरण की परंपरा रही है। 'भागवत महापुराण' में ऐसे तीन मंगल श्लोक हैं—'जन्माद्यस्य यतः', 'धर्मः प्रोज्झित कैतवः' और 'निगम कल्पतरोः' इत्यादि। जिस वाक्यांश का प्रयोग हमने किया है, वह दूसरे मंगल श्लोक का हिस्सा है। हालाँकि पुराण, सभी पुराण सरल भाषा में लिखे हुए हैं, उसी तरह भागवत भी सहज भाषा में लिखा गया है, जो अठारह महापुराणों में कालक्रम में पहला महापुराण माना जाता है। सरल भाषा में लिखा होने के बावजूद भारत में यह परंपरा स्थापित है कि अगर किसी की विद्वत्ता की परीक्षा लेनी हो तो उससे भागवत महापुराण का अर्थ करवाकर वह परीक्षा हो सकती है कि क्या वह विद्वान् भागवत का अर्थ समझ पाया या नहीं। ऐसा क्यों कहा गया है ? सरल भाषा में लिखा होने के बावजूद भागवत को विद्वानों के लिए भी कठिन क्यों माना गया है ? इस हद तक कठिन मान लिया गया कि भागवत को ही विद्वत्ता की कसौटी मान लिया गया। 'विद्यावतां भागवते परीक्षा' क्यों मान लिया गया ?

भागवत महापुराण में भगवान् कृष्ण की लीलाओं का वर्णन है। आजकल की भाषा में कहा जाए तो 'भागवत महापुराण' को वैसे ही भगवान् कृष्ण की जीवनगाथा,

बायोग्राफी कहा जाएगा, जैसे भगवान् राम की कथा, बायोग्राफी वाल्मीकि की 'रामायण' में है, जैसे भगवान् शिव की कथा, बायोग्राफी 'शिवपुराण' में है। देश भगवान् बुद्ध और भगवान् महावीर की ऐसी ही बायोग्राफी लिखे जाने की प्रतीक्षा में है। जब लिखी जाएगी, तब उस पर बात करेंगे, धर्म के संदर्भों में ही करेंगे, पर अभी तो संदर्भ कृष्ण की बायोग्राफी का है, भागवत महापुराण का है। हम फिर से उसी समस्या से दो-चार हो जाना चाहते हैं कि भागवत की भाषा सरल, प्रायः सरल, कहीं-कहीं कठिन (पर ऐसा तो हरेक पुराण के बारे में है), और भागवत की कथा, कृष्ण की कथा भी सरल, अति सरल। फिर विद्वानों की परीक्षा के लिए भागवत को कसौटी क्यों मान लिया गया?

कारण स्पष्ट है कि बेशक कृष्ण कथाओं को अति सरल संस्कृत में भागवत में लिया गया हो, पर कृष्ण का जीवन धर्म के लिए था, 'धर्म संस्थापनार्थाय' था, धर्म की स्थापना के लिए था। बेशक सरल भाषा में ही यह संस्कृत में लिखा गया था, पर धर्म का मर्म समझना ही कहाँ सरल है? हम सभी जानते हैं कि कृष्ण की लीलाओं के कितने-कितने अर्थ व्याख्याकारों ने समझाकर हमारे सामने रख दिए हैं, पर उन व्याख्याओं में भी कृष्ण की लीलाओं के अर्थ पर सहमति कहाँ हो पाती है? कृष्ण ने मक्खन चोरी की लीला क्यों की? इसे बचपन में कहानी मात्र मान लिया जाए तो प्रश्न है कि कृष्ण ने गोप कन्याओं के वस्त्र चुराने की लीला क्यों की? कृष्ण के द्वारा किए गए रास का अर्थ क्या है? महारास का अर्थ क्या है? महाभारत में कृष्ण ने शिशुपाल वध क्यों किया? जरासंध को चकमा देकर क्यों उसका वध करवा दिया?

इन प्रश्नों के उत्तर अगर हम सामान्य संदर्भों में समझने की कोशिश करेंगे तो जाहिर है कि हमें सफलता मिलने वाली नहीं है। कृष्ण के अवतार का उद्देश्य समझकर, धर्म के संदर्भ में, धर्म की स्थापना के संदर्भ में इन प्रश्नों के उत्तर खोजेंगे तो ही उत्तर मिल पाएँगे। पर उत्तर मिलेगें जरूर। इसलिए जीवन के इन और ऐसे सभी प्रश्नों के उत्तरों को पाने के लिए सबसे पहले धर्म को समझना जरूरी है। और ऐसे धर्म में, धर्म की परिभाषा में, धर्म के स्वरूप में, धर्माचरण में 'कैतव' अर्थात् ठगी और छल-कपट-बनावट के लिए कोई जगह नहीं है। क्योंकि संदर्भ वही है-धर्म। सनातन धर्म।

□

6

भारत के संप्रदाय

तो कैसे बनता है कोई संप्रदाय, कोई धर्म-संप्रदाय? भारत के वैचारिक विश्व में संप्रदायों का परिचय दो तरह से मिलता है। एक तो संप्रदाय हैं भारत के दर्शन के क्षेत्र में, दूसरे संप्रदाय हैं भारत के धर्म के क्षेत्र में। अपने देश की भाषा में हम इन संप्रदायों को दर्शन-संप्रदायों के रूप में और धर्म-संप्रदायों के रूप में जानते हैं। पहचानते भी हैं।

दर्शन के क्षेत्र में हम मुख्य रूप से सांख्य संप्रदाय, जैन संप्रदाय, बौद्ध संप्रदाय, आजीवक संप्रदाय, योग संप्रदाय, न्याय संप्रदाय, वैशेषिक संप्रदाय, मीमांसा संप्रदाय और वेदांत संप्रदाय के रूप में जानते हैं। इनमें से इन दर्शन-संप्रदायों में से कुछ संप्रदायों के, विशेष रूप से बौद्ध-दर्शन संप्रदाय के और वेदांत दर्शन-संप्रदाय के अनेक उपविभाजन भी हैं, कुछ तो इस हद तक कि हम उन्हें विशिष्ट संप्रदायों के नामरूप से ही संपूर्ण दर्शन विश्व में जानते हैं।

धर्म के क्षेत्र में हम मुख्य रूप से शैव संप्रदाय, शाक्त संप्रदाय, वैष्णव संप्रदाय, इन संप्रदायों को ही मुख्य रूप से जानते हैं। इन तीन विशिष्ट धर्मवर्गों के अंतर्गत इतने अधिक धर्म-संप्रदाय देश में विकसित होते रहे हैं कि हम इनकी गणना भी शायद प्रामाणिक रूप से पूरी नहीं कर पाएँगे। फिर भी हम अपनी ओर से कुछ ज्ञात-सुविख्यात धर्म-संप्रदायों के नाम गिनवाने की कोशिश करते हैं। कुछ संप्रदायों के नाम इस प्रकार हैं—भागवत, पांचरात्र, सात्वत, वैष्णव, आडयार, रामानुज, माध्व, रामावत, निंबार्क, वल्लभ, राधावल्लभीय, सहजिया, सहजयानी, चैतन्य, षट्गोस्वामी, महानुभाव, वारकरी, रामदासी, हरिदासी, गुजरात वैष्णव, शाक्त, शैव, गाणपत्य, सिख, उदासी, सौर इत्यादि। 'इत्यादि' कहने का कोई विकल्प हमारे पास है नहीं। जैसा कि हम अपनी ही पिछली पुस्तक 'भारत को समझने की शर्तें' (दिल्ली, प्रभात प्रकाशन, 2016, पृ. 112-113) में कह आए हैं, अकेले वैष्णव संप्रदायों में ही श्री संप्रदाय, हंस संप्रदाय, ब्रह्म संप्रदाय, षट् संप्रदाय, गोकुल संप्रदाय, वृंदावनी संप्रदाय, रामानंदी संप्रदाय, हरिव्यासी आदि अनेक

संप्रदाय हैं। यही स्थिति सभी प्रमुख भक्ति संप्रदायों की है। ये सभी इन संप्रदायों के अतिरिक्त हैं, जिनकी गणना जैन और बौद्ध संप्रदायों में होती है।

इस बारे में कुछ रोचक जानकारियों को प्राप्त कर लेने में कोई हर्ज नहीं। हम ऐसा मान सकते हैं कि प्रारंभ में सूर्य की कभी एक देवता के रूप में उपासना होनी शुरू हुई थी। देवताओं के रूप तो हमारे सामने थे नहीं। एक सूर्य ग्रह और सौरमंडल के स्वामी के रूप में सूर्य ही सबसे अधिक तेजस्वी, प्रकाशशील और हमारे दैनंदिन समय चक्र और वार्षिक ऋतुचक्र के नियंता के रूप में हमारे सामने था। इसलिए आश्चर्य नहीं कि देश में सूर्य मंदिरों का निर्माण शायद काफी पहले के समय में ही शुरू हो गया था। उड़ीसा का कोणार्क का सूर्य मंदिर तो सारे देश-दुनिया में प्रसिद्ध है। काल के थपेड़े खाकर भी वह हमारे पास है। ठीक ऐसे ही एक सूर्यमंदिर काश्मीर में, जिसे आज हम 'मटन' (यानी मार्तंड, यानी सूर्य) के नाम से जानते हैं, जो इसलामी हमले झेलने के कारण एक शोकपूरित भग्नावशेष के रूप में ही हमारे सामने है। उसके बाद सभी देवों के अधिपति, स्वामी, ईश्वर, ईश, महेश के नाम से देवों के देव महादेव की उपासना शुरू हुई (ऐसा नाम से ही स्पष्ट है)। फिर देवपूजा का विस्तार हुआ तो देश के पुराणों व उपपुराणों के समय में पंचदेवोपासना का चलन हुआ। पंचदेव हैं—ब्रह्मा, शिव, कार्तिकेय, विष्णु और इंद्र। इन नामों के आधार पर ब्राह्म, शैव, कौमार या कार्तिकेय, वैष्णव और ऐंद्र संप्रदाय सामने आए। आगे का विकास हम जानते ही हैं कि कैसे ऐंद्र और ब्राह्म संप्रदायों का चलन कम होता चला गया, कैसे कार्तिकेय दक्षिण भारत में जा बसे और दक्षिण के सर्वाधिक आराध्य देव बने, फिर शिव-पार्वती पुत्र गणपति, प्रथम पूज्य के रूप में भारत के मन-मस्तिष्क पर जा विराजे। उसके बाद तो शैव, शाक्त, वैष्णव, ब्राह्म और सौर संप्रदाय उभरे तो क्रमशः सारे भारत में धर्म की परिभाषा व उससे उपजी विविध उपासना विधियों के परिणामस्वरूप बनते चले गए, जिनमें से कुछ संप्रदायों का नामोल्लेख करने का प्रयास हमने किया है।

आगे बढ़ने से पहले हम अपना प्रश्न दोहरा रहे हैं कि आखिर संप्रदाय कैसे बनता है ? इस प्रश्न के उत्तर में एक विहंगम दृष्टि डाल लेने में कोई हर्ज नहीं। ईश्वर को पाना है, यानी जीवन में ईश्वर तत्त्व को पा लेना है। ईश्वर को पाना है, यानी जीवन में जो सर्वश्रेष्ठ है, समृद्धतम है, सुंदरतम है, उसे पा लेना है। उसे पाने के लिए, मान लीजिए, हम कोई प्रक्रिया तय करते हैं। हमें कोई प्रक्रिया तो तय करनी ही पड़ेगी। फिर उस प्रक्रिया पर चलना भी होगा। क्यों ? इसलिए कि हम बार-बार आचरण की बात कहते रहें, श्रेष्ठ आचरण की बात करते रहें, हम बार-बार समझने की कोशिश करते रहें कि श्रेष्ठ आचरण क्या है, हम बार-बार श्रेष्ठ आचरण को जीवन में पैदा करने की, उसे अपने जीवन का आधार और कसौटी बनाने की बात करते रहें और कहीं इसमें उलझकर

न रह जाएँ, इसलिए भारत ने इस संपूर्ण विचार, तर्क-वितर्क, ऊहापोह, वाद-संवाद-विवाद को एक ही शब्द में कह दिया है और वह शब्द है, धर्म। इसमें किसी को भ्रम नहीं रहना चाहिए।

हमको जीवन में श्रेष्ठतम को, सबसे श्रेष्ठ को, सबसे सुंदर को, सबसे विशिष्ट को, सबसे समृद्ध को, सबसे शक्ति-संपन्न को पाना है, इसे समझने में हम कहीं भटक न जाएँ, उसको हमने एक नाम दिया है—ईश्वर। ईश्वर महज पूजा का केंद्र नहीं है। पूजा तो ईश्वर को पाने का माध्यम है। केंद्र में तो ईश्वर ही हैं। ईश्वर तो बनने का लक्ष्य है। ईश्वर को पाना, जीवन में विशिष्टतम को, समृद्धतम को, परमशक्ति-संपन्न को पाने का, यानी ईश्वर बनने का लक्ष्य ही जीवन का परम लक्ष्य है और इस परम लक्ष्य को पाने के लिए जो परम पुरुषार्थ चाहिए, उस परम पुरुषार्थ का नाम है, धर्म। इस धर्म के माध्यम से ही ईश्वर को पा सकते हैं, इसमें भी किसी को भ्रम नहीं रहना चाहिए।

दोहराने का आरोप उठाकर भी हम कहेंगे कि हम तय करते हैं कि हमको चूँकि श्रेष्ठतम को अंगीकार करना है, समृद्धतम हो जाना है और सुंदररतम को हासिल करना है, इसलिए हम इस लक्ष्य को पाने के लिए खुद को श्रेष्ठतम, समृद्धतम, सुंदरतम बनाना चाहेंगे। जाहिर है कि बड़प्पन की प्राप्ति क्षुद्रताओं के रास्ते पर चलकर नहीं हो सकती। देश में, खासकर देश के युवा के मन में बिजनेस के प्रति आकर्षण बढ़ा है। इसलिए हम 'संप्रदाय' का मतलब अपने पाठकों के दिलों में उतारने के लिए उद्यमशील जीवन से उदाहरण ले लेते हैं। मान लीजिए, बड़ा उद्यम, बड़ा बिजनेस खड़ा करना है तो वह काम सुस्ती या आरामपरस्ती अपना लेने से नहीं हो सकता। दिन भर हम सुस्ताते रहें, ऐसे ही समय गँवाते रहें, गपशप में लगे रहें, या गाने वगैरह सुनते रहने से तो कोई बड़ा बिजनेस खड़ा हो नहीं सकता। बड़ा बिजनेस खड़ा करना है तो समय पर काम करने पर ही वह काम हो सकता है। तो समय का, परिश्रम भरे जीवन का अनुशासन पहला नियम हो गया। फिर बिजनेस की समझ चाहिए। पूरी समझ चाहिए। वह पानी है तो अपना पूरा समय व मस्तिष्क वैसा करने पर लगाना ही होगा। अपने बिजनेस का पूरा पता रखना, यह दूसरा नियम हो गया। जहाँ और जिसकी सहायता से बड़ा बिजनेस खड़ा करने का संकल्प लिया है, उसके और उनके बारे में अपनी जानकारी, समझदारी और विशेषताओं पर पूरा-पूरा ध्यान रखना भी उसका एक हिस्सा है। हम बिजनेस खड़ा कर क्या हासिल करना चाहते हैं, पैसा प्राप्त करने के अलावा क्या हासिल करना चाहते हैं, क्या सामाजिक व राजनीतिक दृष्टिकोण विकसित करना चाहते हैं, उसके लिए अपनी व्यक्तिगत सोच, राजनीतिक सोच व सामाजिक सोच बनाना और विकसित करना भी हमारे बिजनेस संबंधी प्राप्तव्य लक्ष्यों का हिस्सा बन जाएगा।

यह सब जो कुछ भी किया जाएगा, वह मानो एक संप्रदाय जैसा बन जाएगा, वह

बिजनेस संप्रदाय, जिसके नियम व उपनियम स्वतः, शनैः-शनैः पर निश्चित रूप से बनते चले जाएँगे और इन सभी उद्देश्यों, तरीकों, उपायों, गतिविधियों का समुचित रूप होगा, उस बिजनेस लक्ष्य को पाने के लिए खड़ा किया गया बिजनेस संप्रदाय, आज की भाषा में कहें तो उस बिजनेस के कॉर्पोरेट हाउस का बिजनेस कल्चर। इसी 'बिजनेस कल्चर' को हम धर्म-दर्शन की भाषा में उस 'बिजनेस का संप्रदाय' कहेंगे। जाहिर है कि इस तरह के किसी भी बिजनेस कॉर्पोरेट को खड़ा करना, उस पर अनुशासनपूर्वक चलना, उसे कॉर्पोरेट बनाने के लिए, उस पर अनुशासनपूर्वक चलना, उस कॉर्पोरेट हाउस के लिए, यानी उस कॉर्पोरेट संप्रदाय के लिए सम्मान की बात बन जाती है। बिजनेस हाउस चलानेवालों का तदनुरूप आचरण ही उसे चलानेवालों का धर्म बन जाता है।

एक उदाहरण और। इस उदाहरण में लक्ष्य बिजनेस हाउस के द्वारा ईश्वर प्राप्ति है। मान लो कि लक्ष्य कृष्ण की प्राप्ति है। कृष्ण या ईश्वर को पाना लक्ष्य है तो लक्ष्य यह हुआ कि जीवन में जो भी श्रेष्ठतम, सुंदरतम और भव्यतम है, उसे पाना है। जाहिर है कि ईश्वर को पाना है। ईश्वर को पाना कुल मिलाकर मन-मस्तिष्क की बात है। तो इस कृष्ण को पाने के लिए सबसे पहले तो अपना मन-मस्तिष्क वैसा तैयार करना होगा, वैसा बनाना होगा। इसके लिए कृष्ण का जीवन जानना, उनके बारे में पढ़ना, उनके बारे में कृष्ण को जाननेवालों से संवाद करना होगा। कृष्ण के चरित्र के हर पक्ष को जानने-समझने का प्रयास करना होगा। उन्हें जानने-समझनेवाले के लिए वैसे ग्रंथ, वैसा शास्त्र पढ़ना होगा। पढ़ना-लिखना संभव है तो भी और वैसा कर पाना संभव नहीं है तो भी कृष्ण के जीवन-चरित्र को जानना होगा। कृष्ण के साथ मन और मस्तिष्क के स्तर पर एकाकार होने के लिए कृष्ण संबंधी उपासना करना, उनसे संबद्ध मंत्रों का, मसलन 'ॐ नमो नारायणाय', 'ॐ नमो भगवते वासुदेवाय' सरीखे मंत्रों का जाप करना, कृष्ण से जुड़े मंदिरों व तीर्थस्थलों की यात्राएँ करना, अपने शरीर पर कृष्ण संबंधी तिलक आदि को जरूरत के हिसाब से धारण करना—ये और ऐसे सभी काम और उपाय तथा आचरण करने से कृष्ण को समझने में, वैसा करने में सहायता मिलेगी, मिलेगी ही, क्योंकि सारा मामला कुल मिलाकर मन और मस्तिष्क का है, मन के भावों और भावनाओं का है, यानी कृष्ण का है, यह लक्ष्य है। उसे पाने के लिए किया गया हमारा हर आचरण हमारा धर्म है और उसके लिए होनेवाली हर सामूहिक गतिविधि हमारा संप्रदाय बन जाती है।

जो बात हमने कृष्ण के बारे में कहीं है, वही संपूर्ण बातचीत राम, शिव, बुद्ध, महावीर, शक्ति, गणपति आदि को पाने के संदर्भ में भी उस-उस परिप्रेक्ष्य में उस-उस विषय के अनुसार हम जान, समझ और कह सकते हैं। इनसे जुड़े सभी संप्रदायों के बारे में कह सकते हैं।

हर आचरण के लिए संप्रदाय का हिस्सा बनना ही है, यह आवश्यक नहीं। श्रेष्ठ

जीवन लक्ष्यों में से अनेक ऐसे भी होते हैं, जिन्हें पाने के लिए अपना आचरण ही काफी होता है। मसलन, समाज स्त्री का सम्मान करना सिखाता है। इसके लिए कानून हो, उस पर सभी आचरण करें तो कोई समस्या ही नहीं है। पर हमेशा ऐसा कहाँ होता है ? उसके लिए समाज में एक वातावरण बनाना होता है। स्त्री का सम्मान करना है, इसके लिए हर घर-परिवार में बहस होती रहे, बच्चों को जन्म समय के बाद से ही वैसे संस्कार मिलते रहें, स्त्री का सम्मान क्यों आवश्यक है, क्यों वैसा करना व्यक्ति, परिवार और समाज की सही सोच के लिए जरूरी है, ऐसी तमाम बातें घरों, स्कूलों, कॉलेजों, संस्थानों तथा सार्वजनिक संवादों में होती रहें तो इससे हमारे व्यक्ति और समाज के श्रेष्ठ आचरण के मानदंड खुद-ब-खुद बनते रहेंगे और समाज में स्त्री और पुरुष के बीच स्वस्थ संबंधों का विकास होता रहेगा। यही धर्म है, जिसके लिए पूरा समाज ही एक संप्रदाय का काम करता है और फिर अलग से संप्रदाय बनाने की जरूरत नहीं पड़ती।

धर्म और संप्रदाय को इसी धरातल पर समझना जरूरी हो जाता है। कहीं-न-कहीं दोनों मिलकर एकाकार इस अर्थ में हो जाते हैं कि धर्म व्यक्ति के आचरण का विषय है तो संप्रदाय पूरे समाज के आचरण का विषय है। सामाजिक आचरण व्यक्तिगत आचरण को ही पुष्ट करता है। राजनीति और प्रसार तंत्र में लगे लोगों ने इस खास फर्क को समझने में भारी चूक की है। इसलिए वे इसलाम और क्रिश्चियनिटी को ही धर्म माने बैठे हैं, जबकि ये दोनों संप्रदाय हैं, धर्म नहीं। धर्म क्या है, हम पिछले आलेख (संख्या 4) में बता ही आए हैं। इसी से स्पष्ट है कि इसलाम और क्रिश्चियनिटी इन दोनों संप्रदायों में जो कुछ भी है, संप्रदाय और सिर्फ संप्रदाय है, धर्म नहीं। धर्म जैसी कोई चीज इन दोनों संप्रदायों में है ही नहीं। धर्म तो श्रेष्ठता को पाने के लिए किए जानेवाले व्यक्तिगत आचरण का विषय है, जैसा कि हम अब तक समझ चुके हैं और हम जानते हैं कि इसलाम और क्रिश्चियनिटी किसी को व्यक्तिगत आचरण की छूट देते ही नहीं। आप संप्रदाय, यानी इसलाम और क्रिश्चियनिटी को मानते हैं तो आप रिलीजस हैं, अन्यथा आप कुछ भी नहीं हैं। भारत में धर्म शुद्ध रूप से और सिर्फ, सिर्फ व्यक्तिगत आचरण का मामला है और हमारे देश में संप्रदाय का मतलब है, इस व्यक्तिगत आचरण को उस व्यक्ति के हिसाब से आचरित होने में सहायता देना। एक वाक्य में कह दें तो धर्म हमारा व्यक्तिगत आचरण है तो धर्म-संप्रदाय, या ठीक से कहें, ताकि राजनीतिकर्मी भी समझ सकें, तो धार्मिक संप्रदाय हमारे सामूहिक आचरण को व्यक्त करता है। पर स्पष्ट रहे कि व्यक्ति का आचरण जो है, वही बेसिक है, वही धर्म है। सामूहिक आचरण व्यक्ति के आचरण को सहायता प्रदान करता है, व्यक्ति के आचरण को अधिक श्रेष्ठ, अधिक सुंदर, अधिक परिणाम दे सकनेवाला होने में सहायता करता है।

इसलाम और क्रिश्चियनिटी में व्यक्तिगत आचरण की छूट नहीं है। यह छूट

सिर्फ सामूहिक आचरणवालों को ही है। इसलिए भारत की परिभाषा के हिसाब से ये दोनों संप्रदाय हैं। इसलिए दोनों को, इसलाम और क्रिश्चियनिटी को हम धर्म नहीं कह सकते। वे धर्म नहीं, रिलीजन और मजहब हैं, जैसा कि उनके अपने अनुयायी भी उसे वैसा कहने में सुख का अनुभव करते हैं। हमें उनकी सुखानुभूति में बाधा नहीं डालनी चाहिए, उस सुखानुभूति का सम्मान करना चाहिए। हम समझ लें कि धर्म की अवधारणा में धर्मांतरण नहीं हुआ करता। धर्म तो धर्म होता है। हम अपना संप्रदाय चाहें तो बदल सकते हैं, जैसा कि इसलाम और क्रिश्चियनिटीवाले कन्वर्जन की आड़ में करते ही रहते हैं, सदा से करते ही आए हैं।

इसलाम और क्रिश्चियनिटी, इन दोनों के बारे में यह स्पष्ट है कि वे 'भारत का धर्म' के अर्थ में धर्म नहीं हैं, बेशक मजहब और रिलीजन ही क्रमशः हैं। वे धर्म नहीं हैं, संप्रदाय हैं। संप्रदाय में कन्वर्जन नहीं होता। संप्रदाय में अपने ही संप्रदाय के माध्यम से धर्म से जुड़ने का भाव सर्वोपरि होता है, पर क्रिश्चियनिटी और इसलाम तो ऐसे रिलीजन और मजहब संप्रदाय हैं, जिनका अपने प्रसार पर ही सारा दारोमदार रहता है, धर्म के मर्म पर वहाँ विचार कभी नहीं होता। अपना प्रसार करने में ये दोनों संप्रदाय सिर्फ और सिर्फ कन्वर्जन पर जोर देते हैं और वैसा करने में, जैसा कि भारत का इतिहास साक्षी है, हमें कहने की जरूरत ही नहीं कि वे किसी भी साधन को अपनाना पवित्र समझते हैं। इसलिए देश और दुनिया में यह धारणा क्रमशः मजबूत होती जा रही है कि क्रिश्चियनिटी और इसलाम अब संप्रदाय से भी आगे बढ़कर राजनीतिक विचाराधाराएँ बनती जा रही हैं। धर्म की आड़ में, या धर्म को फैलाने के लिए या अपने रिलीजन और मजहब की ताकत बढ़ाने के लिए राजनीतिक विचारधाराएँ बनती जा रही हैं। सोचना इसलाम और क्रिश्चियनिटी को है कि संप्रदाय से ऊपर उठकर धर्म बनते हैं या फिर संप्रदाय से हटकर राजनीतिक विचारधारा बनने में रस लेने लगते हैं।

हालाँकि किसी का एक संप्रदाय से दूसरे संप्रदाय में कन्वर्जन भी कोई आसान काम नहीं होता, बहुत पीड़ादायक काम होता है। इसके विपरीत धर्म की जड़ इतनी अधिक गहरी होती है कि उसे हटाना या मिटाना आसान नहीं होता। अति कठिन होता है। लगभग असंभव होता है। इसलिए इसलाम और क्रिश्चियनिटी में कन्वर्ट, धर्मांतरित होने के बावजूद भारत के कन्वर्जन पूर्व के सभी हिंदुओं के हृदयों में धर्म के बीज इतना गहराई से बसे हुए हैं कि एक छोटा-सा अभियान शुरू होते ही भारत के सभी कन्वर्टिड हिंदू और अन्य सभी कन्वर्टिड भारतीय धर्मावलंबी फिर से अपने धर्म-संप्रदाय के प्रति विश्वास, निष्ठा और संस्कारों में लौट आएँगे। एक प्रतिबद्ध वैचारिक अभियान ही यह काम कर देगा। पर यह अभियान सफल तभी होगा, जब वह अपनी गतिविधि में शत प्रतिशत राजनीतिक होगा। क्यों ? इसलिए, जैसा कि इसी पुस्तक के आलेख-1 में अच्छे

से बता आए हैं कि राजनीति ही सर्वोपरि होती है।

संप्रदाय को केंद्र में रखकर लिखे जा रहे इस राजनीतिक आलेख के कुछ उल्लेखनीय आयामों पर निष्कर्ष के रूप में विचार करने से पूर्व हम एक बात और कह देना ठीक समझते हैं। बड़बोलेपन का शिकार हमारे कुछ महानुभाव, राजनीति और प्रसार तंत्र से जुड़े हमारे कुछ महानुभाव हमें रोज एक ज्ञान, एक ही ज्ञान देते रहते हैं कि धर्म हमारी व्यक्तिगत आस्था का मामला है। हम वैष्णव हों, मुसलिम बनें, क्रिश्चियन कहलाएँ, सिख हों, या कुछ भी हों, यानी हम जो भी धर्म मानें, या न मानें, यह हमारी व्यक्तिगत पसंद-नापसंद का मामला है। हमारा अपने इन बड़बोले, बेशक जानकार होने का दावा करनेवाले इन मित्रों से निवेदन है कि (मित्र इसलिए कि मैं खुद भी देश के प्रसार तंत्र का हिस्सा बनकर नौकरी करता रहा हूँ), उन मित्रों से निवेदन है कि धर्म बेशक हमारी व्यक्तिगत आस्था का विषय है, पर उसका अर्थ सिर्फ और सिर्फ इतना भर है कि जीवन के श्रेष्ठ लक्ष्यों को पाने के लिए अपने-अपने जीवन में कौन-सा आचरण तय किया है, अर्थात् कौन-सा संप्रदाय तय किया है। हम जिसे सिख, मुसलिम या ईसाई धर्म माने बैठे हैं, वह धर्म नहीं है, वह तो महज आपका धर्म-संप्रदाय है, जो अपने आपमें एक विश्व ही अलग होता है, दुनिया ही पृथक् है, एक विशिष्ट मनोभाव है, जिसे शत प्रतिशत समझकर फिर उस आधार पर अंगीकर कर लेना ही एक कठिन काम है, इसलिए सम्मान का विषय है। इसलिए हमारी दर्शन परंपरा में, हमारे देश की परंपरा में, धर्म-दर्शन की परंपरा में संप्रदाय शब्द के लिए और किसी एक संप्रदाय का अनुयायी बन चुके व्यक्ति के लिए, यानी सांप्रदायिक व्यक्ति के लिए, सांप्रदायिक समूह के लिए, सांप्रदायिक विचारधारा के लिए बहुत सम्मान है। क्यों सम्मान है ? इसलिए कि उस व्यक्ति ने न केवल धर्म का रहस्य समझ लिया है, उसका लक्ष्य पाने के लिए परिश्रम किया है, बौद्धिक व मानसिक परिश्रम किया है, न केवल उस जीवन-मूल्य को पाने के लिए अपने धर्म का स्वरूप निश्चित कर लिया है, अपितु धर्म के उस स्वरूप को पाने के लिए उसने अपने धर्माचरण को संहिताबद्ध भी कर लेने में, उसे कोडिफाई कर लेने में भी सफलता प्राप्त कर ली है। एक ही उदाहरण दे देना काफी रहेगा। स्मरण रहे कि हम संप्रदाय का अर्थ समझने का प्रयास कर रहे हैं, जिसकी अपनी समझ का दावा करनेवाले राजनीतिक जीवों ने बौद्धिक अनुशासनहीनता पैदा कर रखी है, बौद्धिक विप्लव पैदा कर रखा है और प्रसार कर्मियों ने बौद्धिक विप्लव को जनसामान्य की सोच का हिस्सा बना देने में अपने सामर्थ्य का भरपूर, बेशक अभी तक असफल उपयोग किया है।

तो, 'भारत के संप्रदाय' शीर्षक के तहत हमने जो विचार-विमर्श अब तक किया है, उसके आयामों पर एक संक्षिप्त निष्कर्ष सामने ला देने में कोई हर्ज नहीं।

सबसे पहला आयाम तो यही है, जिसकी ओर हमने अपने इस आलेख के सबसे

अंतिम भाग में संकेत किया है कि सांप्रदायिक होना किसी संप्रदाय का हिस्सा बनना, अपने संप्रदाय के अनुशासन में रहकर जीवनयापन करना, हमारे देश में सदा से बहुत ही सम्मान की बात रही है। हमने कहा कि धर्म-आचरण करनेवालों का संप्रदाय बन पाना एक बहुत ही कठिन प्रक्रिया है और फिर उस बन गए संप्रदाय का अंग बनकर उसके अनुसार जीवनयापन कर पाना तो और भी कठिन काम है। इसलिए संप्रदाय बनना सम्मान की बात है ही, संप्रदाय का हिस्सा बन सकना उतने ही सम्मान की बात समाज में मानी जाती है। परिणामस्वरूप, अगर हमारी परंपरा में किसी को सांप्रदायिक कहा जाता है तो यह उसके लिए सम्मान की बात है, अपमान की बात नहीं, कोई मजाक उड़ाने की बात नहीं। पर अगर देश में आज संप्रदाय का बनना, संप्रदाय का हिस्सा होगा, सांप्रदायिक कहा जाना उपहास और तिरस्कार का मामला बना दिया जा चुका है तो जाहिर है कि देश अपनी परंपराओं से, अपनी धर्म-विचारधारा से, अपने देश की संप्रदाय-विचार-परंपरा से कितना कट चुका है। भारत में रहते हुए भी हम कैसे भारत-विरोधी हो चुके हैं। उठे हुए को गिराना आसान होता है, पर गिरे हुए को उठाना जीवन का कठिनतम मिशन होता है। हमने सांप्रदायिक जैसे गौरवपूर्ण शब्द को अपमान के गर्त में गिरा दिया है। कोई बड़ा सामाजिक अभियान ही इस हालत को बदल सकता है। बदलना तो पड़ेगा ही, अन्यथा देश खुद से ही संघर्ष करता रहेगा और 'भारत के धर्म' पर हो रहे इसलाम और क्रिश्चियनिटी के संगठित और संसाधन-संपन्न आक्रमणों से खुद को आसानी से बचा नहीं पाएगा। भारत की राजनीति ने भारत के धर्म को, भारत के हिंदू धर्म को सांप्रदायिक कहकर गाली-गलौज का पात्र बना दिया है। इसे हम संगठित और संसाधन-संपन्न आक्रमण की सफलता न मानें तो और क्या मानें?

भारत में इतने संप्रदाय हैं, इतने अधिक दर्शन-संप्रदाय और धर्म-संप्रदाय हैं, जो कि सभी हिंदू संप्रदाय हैं, तो इसे हम देश के स्वभाव और सोच और उससे बने राष्ट्रीय व्यक्तित्व में, हिंदू व्यक्तित्व में बहुलता के लिए सम्मान होने के अलावा और कुछ मान ही नहीं सकते। यह बहुलता को सम्मान और प्रश्रय देनेवाले, पालने-पोसनेवाले इसी हिंदू राष्ट्रीय व्यक्तित्व को निरंतर संकीर्ण, बहुलता विरोधी और विविधता का विरोधी न जाने क्या-क्या कहा जाने लगा है। पिछले सात-आठ दशकों की नेहरू और कांग्रेस संरक्षित राजनीति और मीडिया के भारी-भरकम कुप्रचार के परिणामस्वरूप भारत की, हिंदू की, भारत के हिंदुत्व की राष्ट्रीय छवि को इस संकल्पबद्ध कुप्रचार ने निर्णायक नुकसान पहुँचा दिया है। इस नुकसान को कौन और कैसे कोई ठीक कर पाएगा? देश को अपनी सहज रुचि को अपने राष्ट्रीय व्यक्तित्व की मौलिक पहचान को मिले नुकसान की भरपाई कौन करेगा, कैसे करेगा? जो स्वभाव से इन्क्लूसिव है, उसे एक्सक्लूसिव घोषित कर देनेवालों का सफलतापूर्वक सामना तो करना ही पड़ेगा।

एक सर्वाधिक महत्त्वपूर्ण आयाम को हम नहीं बताएँगे तो पूरे इस संप्रदाय संवाद से ही अन्याय हो जाएगा। ऋषि वेदव्यास ने अपने 'भागवत महापुराण' के मंगलाचरण श्लोकों में कहा है, उन्होंने अपने इस महापुराण में धर्म का जो स्वरूप बताया है, उसमें कैतव, यानी कपट-दंभ-ठगी के लिए कोई जगह नहीं है—'धर्मः प्रोज्झित कैतवः अत्र' (भागवत महापुराण, स्कंध 1, 1.2)। कितनी महत्त्वपूर्ण बात है। हमने धर्म पर विचार करना बंद कर दिया है। संप्रदाय पर बात करना बंद कर दिया है। हमने, यानी हमारे देश ने वैसा करना बंद कर दिया है। बंद कर दिया है, इसलिए धर्म के नाम पर ऐसे-ऐसे वाग्जाल पेश किए जा रहे हैं, संप्रदाय के नाम पर ऐसी-ऐसी बदतमीजियाँ सामने आने लग गई हैं कि जिसे देखकर पूरे देश का सिर शर्म से झुक जाता है और देश के न्यायालय वैसे कैतव करनेवाले कपटियों व पापाचारियों को जेल की सलाखों में भेजने को मजबूर हो जाते हैं। ऐसा इसलिए है कि देश धर्म और संप्रदाय पर, भारत की धर्म-दर्शन के इतिहास की परंपराओं के तहत, कोई संवाद नहीं कर रहा। सबसे ज्यादा दुःख और शोक की बात तो यह है कि देश के शिक्षा केंद्रों में व आश्रमों-तपोवनों में भी ऐसा कोई संवाद नहीं हो रहा। तो कैसे हम अपना उद्धार कर पाएँगे? प्रतीक्षा है नैमिषारण्य में हुई एक ऐसी महासंगोष्ठी की, जो महाभारत युद्ध के बाद की सदी में हुई थी, जो बारह वर्ष चली थी, जिसमें अट्ठासी हजार मुनि-ज्ञानीजन इकट्ठा हुए थे, जिसका आयोजन शौनक ऋषि के आश्रम में हुआ था और जिसको बौद्धिक-सारस्वत नेतृत्व दिया था, सूतजी ने। 'सूतजी बोले, हे ऋषियो!' यह वाक्य भारत के प्रत्येक परंपराविद् को पता है। इस संगोष्ठी के परिणामस्वरूप वह भारत बना था, जो चक्रवर्ती सम्राटों का देश बना, जो सोने की चिड़िया कहलाया, जो जगद्गुरु बनकर विश्व पर छा गया। गुलामी की छह-सात सदियाँ झेल लेने के बाद अब भारत को फिर से ऐसी ही एक महासंगोष्ठी की प्रतीक्षा है। प्रतीक्षा है नैमिषारण्य की, प्रतीक्षा है कुलपति शौनक की और सर्वाधिक प्रतीक्षा है सूतजी की। 'एकदा नैमिषारण्ये' की प्रतीक्षा है, भारत के धर्म को इसकी प्रतीक्षा है, भारत के धर्म-दर्शन-संप्रदायों को प्रतीक्षा है। भारत का कायाकल्प उसी महासंगोष्ठी की प्रतीक्षा कर रहा है। उम्मीद है कि जल्दी ही ऐसा सुघटित हो जाएगा। होगा क्या?

□

केंद्र में है हिंदू

7

हिंदू के बारे में चल रहे पाखंड

इतना सब जान और समझ लेने के बाद जैसे इस पाखंड की बखिया उधेड़ने में कोई मुश्किल नहीं आई कि 'सभी धर्म एक ही बात कहते हैं,' उसी प्रकार कुछ अन्य पाखंडों पर से भी पर्दा उठा देने में न कोई मुश्किल है और न ही कोई हर्ज है। देश में एक और पाखंड एक नारे के रूप में चल रहा है और वह नारा है—'हिंदू, मुसलिम, सिख, ईसाई, आपस में सब भाई-भाई।' हमें ठीक से नहीं मालूम, पर हम यही सुनते आए हैं कि इस नारे का निर्माण महात्मा गांधी ने आजादी की लड़ाई के दौरान किया था। जाहिर है कि देश के सभी लोगों को आततायी अंग्रेजी शासन को उखाड़ फेंकने को एकजुट करने के लिए गांधी इस नारे का उपयोग करते रहे होंगे। गांधी के बारे में हमारा अनुमान है कि वे भारत की आत्मा को, उसके सांस्कृतिक स्वरूप और उसके धर्म को बखूबी समझते रहे होंगे। इसलिए उन्होंने इस नारे की रचना भी की होगी, ऐसा मानने को हम सहसा तैयार नहीं होते।

क्यों? इसलिए कि इस नारे में दो संप्रदाय-वर्गों की गिनती की गई है। एक वर्ग इन संप्रदायों का है, यानी मुसलिम और ईसाई संप्रदायों का, जो दोनों विदेशी धर्मों से जुड़े हुए हैं और जिनका जन्म भारत से सैकड़ों-हजारों मील दूर भारत के पश्चिम में हुआ। दूसरा संप्रदाय वर्ग वह है, जिसका जन्म भारत में हुआ है इस वर्ग में हिंदू और सिख आते हैं। पर भारत में सिखों के अलावा जैन, बौद्ध, शैव, वैष्णव, शाक्त, गाणपत्य, कार्तिकेय आदि कितने ही संप्रदायों का जन्म हुआ है, उनकी गणना इस नारे में क्यों नहीं की गई? अंग्रेजों के खिलाफ लड़नेवालों में इन संप्रदायों के लोग क्या शामिल नहीं थे? नहीं थे, गांधी ऐसा मानते रहे होंगे, ऐसा सोचनेवालों की बुद्धि पर सिर्फ दया ही कर सकते हैं।

फिर अगर गांधी ने वाकई इस नारे का उपयोग आजादी की लड़ाई में एकजुटता लाने के लिए किया तो क्यों किया? हमें चीजों को अपने देश के संदर्भ में सही तरीके से समझने का स्वभाव बना लेना चाहिए। आजादी की लड़ाई में देश के लिए भावना

काम कर रही थी और महत्त्व इसी भावना का था। इस तरह की भावनाओं का सम्मान समयानुसार होता ही है, जो कि होना भी चाहिए, अन्यथा कोई देश, कोई समाज कोई बड़ी उपलब्धियाँ कर ही नहीं पाएगा। ये भावनाएँ ही एक सामाजिक सूत्र की, यानी एक शब्दावली की, यानी एक नारे की शक्ल लेकर प्रेरणा का चलता-फिरता कारवाँ बन जाती हैं। पर परिवर्तित परिस्थितियों में ऐसे नारों को अगर हम अपने राजनीतिक स्वार्थों को पूरा करने के लिए चलाते रहेंगे तो उसे हम पाखंड कहेंगे और ऐसे पाखंडों से बचना चाहिए। और, जहाँ तक इस नारे के आधार पर देश में भावना के स्तर पर लोगों के बीच एकता पैदा करने की बात है, तो वैसा काम पाखंडपूर्ण नारों से नहीं, देश और धर्म और उसके आपसी संबंधों को गहराई से समझने से ही पैदा कर पाना संभव होता है।

कुछ और पाखंडों पर से पर्दा उठा दिया जाए। यह काम भी देश के हित में ही रहनेवाला है। जैसे जब कभी कोई व्यक्ति हिंदू धर्म, हिंदू संस्कृति अथवा हिंदू विचारधारा की बात करता है तो उसे तुरंत कुछ पश्चिम-परस्त, भारत-विमुख बुद्धिजीवी उपदेश देने लग जाते हैं कि अरे, तुम तो एक्सक्लूसिव समाज बनाने की बात कर रहे हो, जबकि देश और समाज इन्क्लूसिव दृष्टिकोण के आधार पर चले तो ही स्वस्थ रहते हैं। इसमें नोट करने लायक बात यह है कि ये पश्चिम-परस्त, भारत-विमुख राजनेता व बुद्धिजीवी ऐसे बेहूदा आरोप सिर्फ हिंदुओं पर ही लगाते हैं, अन्य धर्मावलंबियों पर हमने उन्हें ऐसा आरोप लगाते कभी नहीं देखा-सुना। आपने कभी सुना हो तो हमें भी बताइए। हम भी अपने उस पूरे आलेख में हिंदू की ही बात कर रहे हैं, भारत के इतिहास, विज्ञान, धर्म-दर्शन, कला, साहित्य, संस्कृति आदि के आधार पर कर रहे हैं और तर्कपूर्वक कर रहे हैं। पर ये पश्चिम-परस्त, भारत-विमुख राजनेता और बुद्धिजीवी हम पर एक्सक्लूसिविस्ट होने का आरोप लगाने ही वाले हैं और इसलिए हम अग्रिम जमानत की तरह तुर्की-ब-तुर्की इसका जवाब पहले से ही दिए देते हैं।

पहले तो इस आरोप का मतलब समझ लिया जाए। अंग्रेजी का शब्द है इन्क्लूसिव, यानी सबको अपने भीतर समाकर चलनेवाला, यानी समावेशी। एक्सक्लूसिव का अर्थ है बाकी सबको बाहर कर खुद-ही-खुद रहनेवाला, यानी बहिष्कारी। अब हम 'समावेशी' और 'बहिष्कारी' शब्दों का ही प्रयोग करेंगे। इस बात पर थोड़ा विचार कर लिया जाए।

जब आप 'हिंदू' की बात करते हैं तो आप जानते ही हैं कि इस एक शब्द से कितने अर्थों का ग्रहण, बोध, स्वीकार्यता एक साथ हो जाते हैं। वे अर्थ क्या हैं और कितने हो सकते हैं ? देखिए। अपने देश में हजारों साल से विकसित हुई विचारधारा की एक पूरी निगम परंपरा है, जिसमें वेद, रामायण, महाभारत, उपनिषद् व पुराण आ जाते हैं। जैन व बौद्धों के, अर्थात् आगमशास्त्र के तथा तंत्रशास्त्र के भी ग्रंथ आते हैं। हिंदू हजारों सालों से प्रसारित हो रही इस विचार परंपरा का जीवंत प्रतीक बनकर हमेशा हमारे सामने खड़ा

होता है। हिंदू उस संपूर्ण दर्शन परंपरा का प्रतिनिधि और प्रतीक बनकर हमारे सामने हमेशा खड़ा होता है, जिस दर्शन परंपरा को जैन, बौद्ध, सांख्य, योग, न्याय, वैशेषिक, मीमांसा, वेदांत और आजीवक तथा तंत्र ने हजारों सालों की यात्रा में पाला-पोसा और समृद्ध किया है। हमने अभी सिर्फ निगम और आगम ये दो बातें ही की हैं। तीसरे क्षेत्र में आएँ। हिंदू का नाम लेने से एक ऐसा प्रतीक हमारे सामने उभरकर आता है, जिसने शिव, राम, कृष्ण, शक्ति, कार्तिकेय, गणपति, बुद्ध, महाप्रभु वल्लभाचार्य, नानक, रामकृष्ण इत्यादि सभी ईश्वर रूपों की उपासना का और भक्ति का तत्त्व, सार और यथार्थ खुद में समेटा होता है। हम बता यह रहे हैं कि जब आप हिंदू की बात करते हैं, उसकी चर्चा करते हैं, उसका नाम तक लेते हैं तो इन सभी सभी धाराओं का समावेश उसमें हर क्षण हो रहा होता है। चौथे आयाम की बात करें। देश की सांस्कृतिक परंपरा में अर्वाचीन, प्राचीन और मध्यकालीन संपूर्ण नृत्य, संगीत, नाट्य, कला, स्थापत्य की विराट् और बहुमुखी प्रतिभा और परंपरा का वारिस बनकर भी वही हिंदू हमारे सामने आ खड़ा होता है। इस पर भी बस नहीं है। देश में जितने भी विभिन्न भौगोलिक आकार हमारे सामने हैं, फिर वह चाहे काश्मीर हो या पंजाब हो, उत्तरकुरु हो, सिंधु या बंगाल हो, शक-बलोच-पारसीक-अफगान हो, सौराष्ट्र हो, विदर्भ हो, कोंकणी हो, गुजरात या महाराष्ट्र हो, कर्नाटक, मलयाली, द्रमिल, यानी तमिल, आंध्र, तेलुगु, तेलंग, बंग, कलिंग हो या फिर असम, अरुणाचल आदि सात बहनों का सम्मिलित प्राग्ज्योतिष (उत्तर-पूर्व, नॉर्थ-ईस्ट) हो, वनवासी, गिरिजन, मगध, मिथिला, बुंदेल, अवध, शूरसेन, कोसल, महाकोसल वगैरह हो, ऐसी और सभी उपराष्ट्रीयताओं ने अपने-अपने व्यक्तित्वों में जिस एक विराट् नामधेय, यानी 'हिंदू' नामधेय से जिन सभी को अपने भीतर समाहित कर रखा हो, वह एक अकेला शब्द ऐसा है, हिंदू, जिसने इतना ज्यादा समावेश अपने में कर रखा है और उसी को, अद्भुत, इन्क्लूसिव, सर्वसमावेशी ऐसे विराट् हिंदू को आप बहिष्कारी, यानी एक्सक्लूसिव कहकर अपमानित करते हैं ? छोटा करते हैं ? बौना करते हैं ?

पर पश्चिम-परस्त, भारत-विमुख विचारधारा के हजार गाली-गलौज के बावजूद यह हिंदू-विरोधी पाखंड अब ज्यादा दिन चलनेवाला नहीं है। थोड़ा इतिहास, वर्तमान और भविष्य पर विचार कीजिए। इस देश की मेधा और उसके बड़प्पन का तिरस्कार करने से बाज आइए। जो पिछले दस हजार साल से इतिहास की यात्रा कर रहा है और उसी ऊर्जा का सहारा लेकर भविष्य में न जाने कितने हजार सालों की यात्रा करने का दमखम रखता है, उसे आप एक्सक्लूसिव, बहिष्कारी कहकर गरिया रहे हैं ? क्यों ?

विचारों की ऐसी भुखमरी मत दिखाइए। ऐसी भुखमरी को दूर करने के लिए इंद्र देवता की अतिवृष्टि भी किसी काम नहीं आनेवाली। भारत के संविधान ने बोलने की जो आजादी आपको दी है, उसका चीरहरण मत कीजिए। जो बोलिए, सोच-समझकर

बोलिए, खासकर तब, जब आप देश के हिंदू सहित समस्त भारतीय धर्मावलंबियों की छियासी-सत्तासी प्रतिशत आबादी के बारे में बोल रहे हैं, इस देश के इतिहास, उसकी संस्कृति और उसके व्यक्तित्व के बारे में बोल रहे हैं। देश की आत्मा और चेतना को बनाने और हर परिस्थिति में बचाए रखने को प्रतिबद्ध आबादी के बारे में पूरी इज्जत और जिम्मेदारी के साथ बोलना, पूरी जानकारी के साथ बोलना आपका दायित्व और कर्तव्य दोनों हैं। इतनी बड़ी आबादी का मौन उसकी कमजोरी नहीं, उसके भीतर बैठी गहराई और उसकी दैवी शक्ति का प्रतीक है। इस शक्ति को कृपा करके ललकारिए मत। महिषासुर ने भी कभी ललकारा था और शुंभ-निशुंभ ने भी कभी ललकारा था। हूणों ने भी तो ललकारा ही था। इतिहास को भूलने का काम बुद्धिमानों का नहीं होता।

हाँ, हमारे ही देश के सत्तासी प्रतिशत भारतीय धर्मावलंबियों को अगर आप सांप्रदायिक कह कर गरियाते हैं तो हमें उस पर घनघोर आपत्ति है। इस सत्तासी प्रतिशत धर्मावलंबियों की आबादी में चौरासी प्रतिशत तो वे हैं, जिन्होंने भारत की जनगणना में खुद को हिंदू लिखवाया है। इन तीन प्रतिशत धर्मावलंबियों में शैव, वैष्णव, शाक्त, गाणपत्य, उदासी, सिख, जैन, बौद्ध आदि आते हैं, जिन्हें हम धर्म व दर्शन के आधार पर नृत्य, संगीत, नाट्य, कला, स्थापत्य में अभिव्यक्त होनेवाले जीवन के दर्शन और जीवन के आह्लाद के आधार पर हिंदू ही मानते और कहते हैं।

आप उन्हें अभी हिंदू नहीं कहना चाहते, यह आपका मंतव्य है। पर हम उन सभी 87 प्रतिशत को हिंदू ही कहकर उन्हें अपनी ओर से सम्मानपूर्वक बात कर रहे हैं। इस पर किसी को कोई आपत्ति भला क्यों होनी चाहिए? राजनीतिक व आध्यात्मिक संवाद के कमजोर रह जाने के कारण हिंदू और अन्य भारतीय धर्मावलंबियों के बीच अभी जो पृथकता का भाव चल रहा है, वह आज नहीं तो कल ठीक होने ही वाला है। उसका कारण यह है कि चौरासी प्रतिशत और शेष तीन प्रतिशत धर्मावलंबियों के बीच पृथकता का जो अवास्तविक भाव चल रहा है, वह अस्थायी है और जिस दिन यह बात हृदयंगम हो गई कि समस्त भारतीय धर्मावलंबी जीवन-दर्शन के आधार पर एक ही हैं, उस जीवन-दर्शन की अभिव्यक्तियाँ चाहे अलग-अलग उपनामों से हो रही हों, उस दिन एक राजनीतिक चेतना और उसके आधार पर राष्ट्रीयता-बोध भी खुद-ब-खुद आ जाएगा और संपूर्ण भारतीय धर्मावलंबी खुद को भी फिर खुद-ब-खुद हिंदू कहेंगे ही। बुद्धिमत्तापूर्ण, संवेदना भरे व जागरूक प्रयासों का दारोमदार उन पर है, जो खुद को हिंदू मानते हैं और तर्क के आधार पर मानते हैं। आगे के आलेखों में हम इस पर और भी अधिक लिखनेवाले हैं।

समस्त भारतीय धर्मावलंबी इस आबादी को अगर आप सांप्रदायिक कहने का पाखंड पालते हैं, गरियाते हैं और उस पर नादानी भरी तालियाँ बजाने का बचपना

दिखाते हैं तो हमें इस पर मूलभूत वैचारिक आपत्ति है। क्यों? इसलिए कि भारत की संपूर्ण विचार-परंपरा में सांप्रदायिक होना कोई गाली नहीं, जैसा कि पश्चिम-परस्त, भारत-विमुख विचारधारा वालों ने पाखंड का हौवा बना रखा है। भारत की संपूर्ण परंपरा में सांप्रदायिक होना एक गर्वानुभूति है। मैं बौद्ध सांप्रदायिक हूँ, मैं जैन सांप्रदायिक हूँ, मैं आजीवक सांप्रदायिक हूँ, मैं सांख्य सांप्रदायिक हूँ, मैं योग सांप्रदायिक हूँ, मैं न्याय सांप्रदायिक हूँ, मैं वैशेषिक सांप्रदायिक हूँ, मैं मीमांसा सांप्रदायिक हूँ, मैं वेदांत सांप्रदायिक हूँ, मैं शाक्त, शैव, वैष्णव सांप्रदायिक हूँ, मैं सिख सांप्रदायिक हूँ, मैं राधावल्लभी सांप्रदायिक हूँ, मैं पुष्टिमार्गी सांप्रदायिक हूँ, मैं विट्ठल सांप्रदायिक हूँ। कितने नाम गिनने को तैयार हो पाएँगे आप?, क्योंकि अपने प्रत्येक नामवाले संप्रदाय के साथ मेरा संबंध है। इस संप्रदाय ने मुझे श्रेष्ठ जीवन जीने का, ईश्वर की आराधना करने का, श्रेष्ठ संस्कारों को हृदयंगम करने का परम उपकारी रास्ता दिखाया है। इसलिए मुझे अपने इस संप्रदाय पर, भारत में पैदा हुए अपने इस संप्रदाय पर गर्व है। इसलिए मैं सांप्रदायिक हूँ।

इसलिए आप मुझे सांप्रदायिक कहते हैं तो मैं कहूँगा कि मुझे ऐसा कहने के लिए धन्यवाद। पर कृपा करके मुझे इतना तो बता दीजिए कि आपका भारत में पैदा हुआ अपना कौन-सा संप्रदाय है, ताकि मैं आपसे सही तरीके से संवाद कर सकूँ? पर अगर आपका कोई संप्रदाय ही नहीं है तो मुझे यह देखकर बड़ी तकलीफ होगी कि आप कैसे भारतवासी हैं, जो भारत जैसे विराट् और दुनिया के इस उदारतम देश में पनपी किसी विचारधारा अर्थात् संप्रदाय से नहीं जुड़ सके?

इतना अहंकार तो ठीक नहीं। इतना एक्सक्लूसिव होना तो ठीक नहीं। इतना बहिष्कारी होना ठीक नहीं। कृपा करके आप सत्तासी प्रतिशत भारतीय धर्मावलंबियों, यानी हिंदुओं की तरह सांप्रदायिक हो जाइए और खुद को, यानी खुद स्वयं को, अपने आपको, इस जगत् को, अपनी नियंता शक्ति को, आप इसे ईश्वर कहें या न कहें ऐसी निर्माता शक्ति को समझने के मार्ग पर निकल पड़िए। फिर देखिए आप कितने उम्दा सांप्रदायिक, कितने उम्दा भारतीय बन जाते हैं। अभी तो आप कुछ नहीं हैं। शून्य हैं। खोखले हैं। इसलिए भरोसे के लायक ही नहीं हैं। भले ही आजीवक संप्रदाय में शामिल हो जाइए, पर सांप्रदायिक होने का सुख तो लीजिए।

और फिर पश्चिम-परस्त, भारत-विमुख विचारधारावाले अपने संगी-साथियों से कहिए कि एक सेमिनार सांप्रदायिकता पर करिए और अपने भारत देश के हर संप्रदाय के कम-से-कम एक प्रतिनिधि को वहाँ बोलने के लिए बुलाइए। गारंटी ले लीजिए कि मंच छोटा पड़ जाएगा। बैठने की जगह कम पड़ जाएगी। इतना गर्वोत्पादक, तृप्तिदायक, और वैचारिक स्वाभिमान पैदा करनेवाला यह शब्द है, सांप्रदायिकता, और आप हैं कि पश्चिम-परस्ती और भारत-विमुखता की अपनी नादानी में भाषा से खिलवाड़ किए

जा रहे हैं ? अर्थ का अनर्थ किए जा रहे हैं ? अपने भारतीय होने को, हिंदू होने को ही झुठलाए जा रहे हैं ? ऐसी भी क्या विवशता है ? इतने भारत-विमुख क्यों हो गए आप ?

एक और पाखंड भी देख लिया जाए। भारत के धर्म का मर्म न समझने के कारण, विदेशों से आए रिलीजनों की असलियत जानने की कोशिश तक न करने के कारण, खुद को भारत का सबसे बड़ा हितचिंतक होने का ढिंढोरा पीटनेवालों में इधर कुछ वर्षों से एक नया शब्द उत्पन्न हुआ है—'गंगा-जमनी'। वे भारत की संस्कृति को गंगा-जमनी संस्कृति कहते हैं। क्यों कहते हैं ? पहले तो हमें समझ ही नहीं आ रहा था। कालिदास का एक विश्वप्रसिद्ध संस्कृत महाकाव्य है—'रघुवंश महाकाव्यम्'। उसमें रामकथा है। लंका में रावण का वध करने के बाद पुष्पक विमान में बैठकर राम और सीता सदल-बल अयोध्या लौट रहे हैं। रास्ते में विमान जब अयोध्या पहुँचने से पहले प्रयागराज के आसमान में पहुँचा तो नीचे बहती त्रिवेणी में जहाँ जमुना गंगा में मिल जाती है, कैसे यमुना का नीला पानी गंगा के सफेद पानी में मिल रहा होता है, उसे देखकर उपमा के विश्वप्रसिद्ध प्रयोक्ता महाकवि कालिदास ने पाठक को मुग्ध कर देनेवाला वर्णन चार श्लोकों में लिखा है। संस्कृत परंपरा में ये चार श्लोक 'टॉप टेन' वाले संग्रह में आ चुके हैं। पहले तो हम यह समझते थे कि यही मतलब है गंगा-जमनी का कि यमुना गंगा में मिल जाती है। फिर सोचने पर ध्यान में आया कि यमुना गंगा में मिल जाने के बाद गंगा में विलीन हो जाती है। यमुना अपना यह नाम, रूप, यानी पूरा अस्तित्व वैसे ही मिटा देती है, जैसे गंगा प्रवाह के रास्ते में पड़नेवाली हर नदी अपना पृथक् नाम व अस्तित्व समाप्त कर गंगा हो जाती है। उसका नाम भी गंगा हो जाता है। इसलिए हमें गंगा का मतलब तो समझ में आता है। पर यह गंगा-जमनी क्या होता है ? यह इस देश की परंपरा की समझ से बेमेल है। शब्द गंगा ही होता है, गंगा-जमनी कोई शब्द होता ही नहीं। यानी गंगा-जमनी शब्द का जन्म और प्रयोग ही भारत विमुख होने का जीता-जागता नमूना है। फिर हिम्मत जुटाकर हमने पश्चिम-परस्त भारत-विमुख नेताओं, बुद्धिजीवियों से ही इसका अर्थ समझने की कोशिश की, इसलिए कि वे ही इस बेमतलब के शब्द 'गंगा-जमनी' का प्रयोग दिन-रात करते रहते हैं और इसका प्रयोग करते नहीं अघाते। पूछने पर बताया गया कि वे पश्चिम-परस्त, भारत-विमुख लोग गंगा-जमनी का अर्थ करते हैं देश के हिंदुओं और मुसलमानों की मिली-जुली संस्कृति।

हमारी समस्या और भी गहरा गई। काफी जोर लगाकर भी गंगा-जमनी का यह मिली-जुली संस्कृतिवाला अर्थ भी हमारे पल्ले नहीं पड़ रहा था। हमारे देश के बच्चों को तो माँ की गोदी में खेलते हुए ही गीत सुनते-सुनते याद हो गया था कि गंगा का संबंध शिव से है और यमुना का संबंध कृष्ण से है—म्हारा घट माँ बिराजता श्रीनाथजी, यमुनाजी, महाप्रभुजी। यह गुजराती का एक प्रसिद्ध गीत है। यहाँ श्री नाथजी नाथद्वारा में

विराजमान भगवान् कृष्ण हैं। यमुनाजी यमुना नदी के लिए हैं, जिस जल को नाथद्वारा पहुँचाकर फिर उस जल से नित्य श्रीनाथजी को स्नान कराए जाने का विधान है। और महाप्रभु हैं संतश्री वल्लभाचार्य, जिनकी महिमा की विराटता और गहराई यह है कि कृष्ण जो भगवान् हैं, वे तो हैं हम सबके प्रभु, पर उन्हीं भगवान् कृष्ण के भक्त शिरोमणि वल्लभाचार्य का विरुद है, महाप्रभु। ऐसा ही है यह भारत, जहाँ भगवान् तो प्रभु रह गए, पर उन्हीं भगवान् के भक्त महाप्रभु हो गए। यह तो इतिहास है, यानी अपना भारत है। हम सोच में पड़ गए कि इनमें से इसलाम या मुसलमानों का संबंध किससे है ? श्रीनाथजी से है, उनके स्नान के लिए आनेवाले जल से है या वल्लभाचार्य से है ? इतिहास के पन्ने पलटने पर भी हम यह समझ नहीं पाए। हाँ, अगर भारत में इसलाम ने खुद को हिंदुत्व से एकाकार कर लिया होता तो भी दोनों को मिलाकर गंगा शब्द ही बनता, गंगा-जमनी नहीं, क्योंकि ऐसा कोई शब्द हमारे सांस्कृतिक जेहन में है ही नहीं।

काफी सोचने-खँगालने के बाद भी जब अर्थ की कोई संगति नहीं बैठी तो हम समझ गए 'इन्क्लूसिव', 'सांप्रदायिक', 'सभी धर्म एक ही बात कहते हैं', 'हिंदू-मुसलिम-सिख-ईसाई' आदि की तरह यह 'गंगा-जमनी' की हाय-तौबा भी देश में चल रहे कई पाखंडों में से एक है, जिन्हें पश्चिम-परस्त, भारत-विमुख विचारधारा वाले राजनेता और बुद्धिजीवी चला रहे हैं। यह समझ आ जाने के बाद हम फिर मंद-मंद मुसकराकर सामने रखे चाय के कप से चाय की चुस्कियाँ लेने में मशगूल हो गए कि ये सभी पाखंड तब तक हैं, जब तक कि हिंदुत्व की आंतरिक शक्ति का उदय नहीं होता। दुर्गासप्तशती में तेरह अध्याय हैं। इसके तीसरे अध्याय में दुर्गा और महिषासुर के बीच भयानक युद्ध हो रहा होता है, पर असुर मर ही नहीं रहा होता। तरह-तरह की माया करके वह शक्ति के अस्त्र प्रहार से हर बार साफ निकल लेता है। तब विवश दुर्गा ने मधुपान किया। मधु का अर्थ है द्राक्षा। शहद का पान, मधुपान करते हुए शक्ति ने कहा कि 'गर्ज गर्ज क्षणं मूढ, मधु यावत् पिबाम्यहम्। मया त्वयि हतेत्रैव। गर्जिष्यन्त्याशु देवताः॥' अर्थात् रे मूढ़, तू तब तक गर्ज-तर्ज ले, जब तक मैं मधुपान नहीं कर लेती। इसके बाद तो तुम्हें कोई बचा नहीं पाएगा और वाकई इसके बाद वह बच भी नहीं पाया। इन पाखंडों का भी यही हश्र होनेवाला है। महर्षि अरविंद की दैवी वाणी भी यही तो कह रही है। स्वामी करपात्रीजी का आशीर्वाद भी देश के साथ है।

□

8

हिंदू राजनीतिक प्राणी नहीं बन पाया, इसलिए...

तो हमने कहा और आपने मान लिया कि अयोध्या में रामजन्मभूमि के निर्माण का आंदोलन ही वह पहली बड़ी घटना है, जिसने हिंदू को हिंदू के रूप में जगाने का पहला बड़ा राजनीतिक कर्म किया? हमारा मतलब यह है कि अंग्रेजों द्वारा हमारे भारत नामक इस महादेश पर, 'इंडिया' या 'हिंदुस्तान' नहीं, भारत नामक इस महादेश पर धोखे से काबिज हो जाने के बाद पश्चिम-परस्त, भारत-विमुख विचारधारा द्वारा दशक-दर-दशक देश के हिंदुओं को राजनीतिक गफलत की नींद सुला दिए जाने के बाद की यह पहली बड़ी घटना है, जिसने हिंदू को हिंदू के रूप में रेखांकित करने का पहला बड़ा राजनीतिक कर्म किया।

आप जानते हैं कि भारत नामक उस जंबूद्वीपनुमा महादेश का हिंदू कब से अपनी पहचान को लेकर विस्मृति का शिकार है?

ज्यादा गहरे जाने की जरूरत ही नहीं पड़ेगी, क्योंकि एक-आध परत उठाते ही आप खुद-ब-खुद समझ जाएँगे कि नींद के हालात, गहरी नींद के हालात कब से बने हुए हैं?

साफ हो जाना चाहिए कि हम राजनीतिक नींद की बात कर रहे हैं। क्यों? इसलिए कि हमारा मानना है और हमारे साथ-साथ आप भी इस पुस्तक के आखिरी पन्ने तक आते-आते मानने की मन:स्थिति में आ जाएँगे कि किसी देश को प्रगति के शिखर तक या पतन के गर्त तक पहुँचाने में राजनीति की भूमिका निर्णायक होती है। हम दुनिया के जगद्गुरु और अपनी यह धरती सोने की चिड़िया, फिर भी हम आक्रांताओं और लुटेरों से हार गए, पिट गए? अगर आक्रांताओं के पास हमसे बेहतर हथियार थे तो जाहिर है कि हमारे पास नहीं थे और दुनिया भर में व्यापार कर, लक्ष्मी का स्वागत कर, पैसा कमाकर देश को लुटेरों के आकर्षण का केंद्र बना देनेवाले हमने क्यों नहीं सोचा कि हमारे पास उतने ही, उतने ही क्यों, उससे भी ज्यादा उम्दा हथियार होने चाहिए? ताकि हम

अपने देश की ज्ञान-संपदा और आर्थिक समृद्धि को बनाए रख सकें, बचाए रख सकें? फुटनोट के तौर पर बताने में कोई हर्ज नहीं कि 1962 में चीन से हमारी अपमानजनक हार के हालात भी कुछ अलग नहीं थे। न हालात अलग थे और न ही कारण अलग थे।

यानी पूरी कालावधि में राजनीतिक समझ अपनी दरिद्रता की गहराइयों तक डूबी रही थी। हम जगद्गुरु और अंग्रेज (और 1962 में चीनी लोग) हमें छल के बल से जीतते चले गए। क्यों? इसलिए कि उनके पास हमारी अपेक्षा कहीं अधिक राजनीतिक पटुता और गहराई थी। नतीजा? अंग्रेज एक छोटी-सी कंपनी बनाकर हमारे साथ व्यापार करने आए थे। पर वे खुद को, हमारे ही दम पर कहीं, कहीं ज्यादा समृद्ध बना गए और हमें कंगाल तो कर ही गए, हमारे शासक भी बन बैठे। यानी पश्चिम से आनेवाले हमारे दोनों शत्रुओं, पहले लुटेरे आक्रांता बनकर आए इसलामवादियों ने और फिर व्यापारी बनकर आए क्रिश्चियनिटीवादियों ने हमारे सिर मूँड दिए और हम वैसा होने देते चले गए और अब भारत के विरुद्ध सक्रिय एक विशिष्ट पश्चिमी लॉबी फिर से हमारा सिर मूँडने के काम में लग गई है और सफल होती नजर आ रही है।

एक बात बताएँगे, याद दिलाएँगे तो राष्ट्रहित के बजाय संकीर्ण हितों में लगे चंद पश्चिम-परस्त, भारत-विमुख लोग हम पर लोगों की भावनाएँ भड़काने का मिथ्या आरोप लगाने से बाज नहीं आएँगे। पर हम बताएँगे ही। इसलिए कि वह हमारी बताई बात नहीं है, बल्कि इतिहास का वह सच्चा पहलू है, जिसे हमने उस तरह से देखने की कभी कोशिश ही नहीं की, क्योंकि हम आज तक भी, हम यानी हम, इस भारत नामक अपनी मातृभूमि की संतानें हिंदू, आज तक भी इतिहास और वर्तमान को राजनीतिक नजरिए से देख पाने के अभ्यस्त नहीं हुए हैं।

और वह सच्चा पहलू यह है कि 1191 के बाद से भारत के हिंदू ने कोई भी एक बड़ी या निर्णायक लड़ाई नहीं जीती है। यही वह साल है, जब पृथ्वीराज चौहान ने मुहम्मद गोरी को तराई की पहली लड़ाई में मात दे दी थी। पर चूँकि राजनीतिक विचारशून्यता की, राजनीतिक गहराई के अभाव की, राजनीतिक उथलेपन की शुरुआत काफी पहले से, सदियों से हो चुकी थी, उसी के मारे चौहान ने अपने इस खतरनाक शत्रु को माफ कर दिया। चौहान की इस राजनीतिक मूर्खता का फल देश ने इस रूप में भुगता कि अगले ही साल गोरी ने फिर हमला किया, चौहान को निर्णायक हार दी, बंदी बनाया, अंधा कर दिया और फिर मौत दे दी और इसके साथ ही पहली बार भारत में, इसी अपने भारत के मध्यदेश में, यानी भारत के संपूर्ण हिंदीभाषी भारत में विदेशी गुलामी की शुरुआत गोरी शासन की स्थापना के रूप में कर दी।

और हम, हम क्या कर रहे हैं? जिसे हमारे देश के भौगोलिक आकार में 'मध्यदेश' कहा जाता रहा है, मध्य प्रदेश नहीं, मध्यदेश कहा जाता रहा है, आज के उसी संपूर्ण

हिंदीभाषी भारतीय भू-भाग को इसलामी हमलावरों ने 'हिंदुस्तान' नाम दे दिया, जिस नाम का, यानी 'मध्यदेश' के इस नए थोपे गए विदेशी नाम को हम मानो इसलामी हमलावरों को सम्मान देते हुए अपने संपूर्ण देश का नामकरण कर हिंदुस्तान कहकर इतरा रहे हैं। अपने देश का अपना नाम 'भारतवर्ष' है, पिछले दस हजार सालों से यही नाम है। पर हम भारतीयों की गुलाम मानसिकता का आलम यह है कि हमें अपने देश का नाम भारतवर्ष पुकारने का अभ्यास ही समाप्त हो गया है और हम इस इसलामी नाम को, अपने ही देश को इसलामी हमलावरों द्वारा दिए गए नाम 'हिंदुस्तान' को, और फिर क्रिश्चियन हमलावरों द्वारा दिए गए नाम 'इंडिया' को पूरी इज्जत और गर्व से पुकारते रहते हैं। अपने देश का नाम भारत है, इसकी याद तो हमें पूजा व हवन आदि के समय बस संकल्प पढ़ने के दौरान ही आती है। कितना कठिन होता है अपनी सोच में रची-बसी गुलाम मानसिकता से अपना पिंड छुड़ा पाना।

मुहम्मद गोरी से मिली पराजय के बाद से ही कैसे हम क्रमशः सदियों तक इसलामी गुलामी भोगने को विवश रहे, यह संपूर्ण संदर्भ इस सवाल के जवाब में है कि चक्रवर्ती सम्राटों के उत्तराधिकारी हम, सोने की चिड़िया हम, जगद्गुरु हम, ऐसे हम गुलाम कैसे हो गए? हम सभी जानते हैं कि हमें यह सवाल हमेशा परेशान रखता है कि हम गुलाम क्यों हो गए? उत्तर है कि हम इसलिए गुलाम होते चले गए, क्योंकि एक राजनीतिक प्राणी के रूप में हम अनाड़ी बनते चले गए। 1947 में हम स्वाधीन तो हो गए, पर राजनीतिक प्राणी के रूप में अभी भी अनाड़ी बने चले जा रहे हैं। इस देश के 12-13 प्रतिशत विदेशी-धर्मावलंबी लोग भारत के 87-88 प्रतिशत भारतीय-धर्मावलंबियों को चुनाव-दर-चुनाव मात-दर-मात दिए चले जा रहे हैं और हम खुद को बेबस पाते हैं। क्या इससे बड़ा कोई और प्रमाण भी चाहिए?

अकेले मुहम्मद गोरी से मिली हार के आधार पर अर्थात् एक ही दृष्टांत के आधार पर हम जल्दबाजी में आकर कोई निष्कर्ष निकाल रहे हैं, ऐसा शक पैदा न हो, इसलिए अपने निष्कर्ष को परिपुष्ट करने के लिए हम कम-से-कम दो और उदाहरण भी दिए देते हैं। ये दोनों उदाहरण भी इतिहास के पन्नों में दर्ज हैं और वहीं से उद्धृत कर रहे हैं। तीनों उदाहरण इतिहास की हर किताब में दर्ज हैं। पर देश के हिंदू उन्हें इस तरह से न जान सकें, न पढ़ सकें, न समझ सकें, पहले तो इसका पुख्ता इंतजाम भारत पर थोप दी गई ब्रिटिश शिक्षा प्रणाली ने कर दिया था। ब्रिटिश गुलामी के काले बादल छँट जाने के बाद पश्चिम-परस्त, भारत-विमुख विचारधारा ने उसी साम्राज्यवादी शिक्षा प्रणाली को न केवल बनाए रखकर, बल्कि उसे और भी ज्यादा भारत-विमुख बनाकर इस इंतजाम को और भी अधिक पुख्ता कर दिया।

पहला उदाहरण मुहम्मद गौरी से जुड़ा था। दूसरा उदाहरण देखें। अकसर एक बात

कही जाती है कि यवनों अर्थात् यूनानियों का और फिर हूणों का भारत पर हमला हुआ। बेशक भारत ने, शायद प्रारंभिक नुकसान उठाकर भी, न केवल इन हमलों को अंततः नष्ट कर दिया, बल्कि इन दोनों हमलावर आँधियों के फलस्वरूप भारत में आ बसे असंख्य यवनों व हूणों को आत्मसात् भी कर लिया। न केवल आत्मसात् कर लिया, बल्कि इस हद तक आत्मसात् कर लिया कि अब लालटेन उठाकर ढूँढ़ने को निकलने पर भी भारत में कोई यवन, कोई हूण अब नजर नहीं आता। सभी हिंदू हो गए। तो फिर क्या बात है कि वही भारत इसलामवादी हमलावरों को शुरुआती मात देकर भी, आगे चलकर न केवल मात-दर-मात खाता चला गया बल्कि अंततः भारत ने इस इसलामवादी आँधी के आगे घुटने टेक दिए। और इसलाम से हिंदू इस रूप में भी हार गया कि जहाँ इसी हिंदुत्व ने पहले यवनों और फिर हूणों को आत्मसात् कर लिया, उन्हें फिर मुख्यधारा में इस कदर समाहित कर लिया कि वे जातियाँ अब भारत में कहाँ है, ढूँढे भी उसका पता नहीं चलता, उसी हिंदुत्व ने इसलाम के आगे घुटने टेक दिए, इसलाम को बड़े पैमाने पर, बेशक राजनीतिक, आतंकपरक व आर्थिक विवशताओं के कारण ही, स्वीकार भी कर लिया।

ऐसा क्यों हुआ ? क्यों वही हिंदू और उनका वही हिंदुत्व यवनों व हूणों को पराजित कर और फिर पूरी तरह आत्मसात् कर पाने में शत प्रतिशत सफल रहे, वही हिंदू और उनका वही हिंदुत्व, चंद सदियों में ही अपना स्वत्व खो बैठे ? गुलाम होते चले गए ? और अपना रूपांतरण-धर्मांतरण भी कर बैठे ?

ऐसा क्यों हुआ ? इसे समझने के लिए हमें इतिहास के इसी कालखंड को दो हिस्सों में रखकर देखना होगा, तभी भारत के हिंदू की दो समान परिस्थितियों में अलग-अलग तरह की प्रतिक्रियाओं के कारणों को हम ठीक से समझ पाएँगे।

पहला हिस्सा वह कालखंड है, जब यवनों व हूणों ने हम पर एक के बाद एक हमले किए। तब अपना भारत देश जीवन-दर्शन व राजनीति इन दोनों मचानों पर बड़ी ही ताकत के साथ, पूरी स्फूर्ति व पूरी पटुता के साथ खड़ा था। देश में वैदिक, औपनिषदिक (यानी उपनिषदों से जुड़ी, इसलिए औपनिषदिक), पौराणिक, बौद्ध, जैन, सांख्य, न्याय, वेदांत आदि विभिन्न धाराओं में पारस्परिक संवाद के कारण, जिसे हम हिंदू परंपरा में 'शास्त्रार्थ' जैसे जीवंत शब्द से जानते हैं, पूरा हिंदू समाज वैचारिक-बौद्धिक ऊर्जा से भरा हुआ था। इसी के समानांतर दूसरी ओर देश के राजवंशों में भारत का चक्रवर्ती बनने का भरपूर राजनीतिक उत्साह भरा हुआ था, जिसके पीछे की राजनीतिक जागरूकता, पटुता और तीव्रता का अंदाजा हम आसानी से लगा सकते हैं। अपना भारत नामक महादेश अपने मौलिक नामकरण में भारतवर्ष है। अपने देश को 'भारतवर्ष' नाम आद्य तीर्थंकर अयोध्या नरेश ऋषभदेव के सुपुत्र अयोध्या नरेश महाराज भरत, वही अपने 'जड़' ख्यातिप्राप्त

महादार्शनिक भरत के नाम पर पड़ा है। भारत एक 'वर्ष' है। वर्ष यानी एक ऐसा महादेश है, जहाँ पूरे जंबूद्वीप की समस्त क्षेत्रीय अस्मिताएँ मानो परस्पर एक-दूसरे में वृष्टि के प्रपातों की तरह, 'वर्ष' की तरह, एक-दूसरे में विलीन हो जाती हैं और महानद बन जाती हैं। पर इसी वर्ष को, समस्त क्षेत्रीय अस्मिताओं के इस महानद को, इस महासमुद्र को, भारतवर्ष नामक इस राष्ट्र को एक राज्य की काया भी देनी है, इसी भारत महादेश को, आसेतु हिमाचल फैले इस भारत को हिमालय से लेकर भारत महासागर तक फैले इस भौगोलिक शरीर को एक राष्ट्र-राज्य की राजनीतिक पहचान भी दे देनी है, जो प्रबल राजनीतिक शक्ति से भरा रहे और जिसके पास अपना जीवंत जीवन-दर्शन भी है, उस कालखंड का भारत इस ऊर्जा से भरा हुआ था।

उस कालखंड में अपना यह संपूर्ण भारतवर्ष इसी राजनीतिक दर्शन की तेजस्विता से भास्वर था। महामति चाणक्य इसी महान् जीवन-दर्शन की संतान थे। जरा इस तरह के तेजस्वी भारतवर्ष की उपलब्धियों को तो देखिए। मगध साम्राज्य की शक्ति के बारे में जानकारियाँ मिलते ही विश्वविजेता होने का दंभ पालनेवाले सिकंदर ने उसके सिपहसालारों को सम्राट पुरु से मिली पराजय के बाद भारत में आगे बढ़ने से ही मना कर दिया, हिम्मत ने जवाब दे दिया, पर चूँकि दंभ था कि हम विश्वविजेता हैं, इसलिए अपने चापलूस इतिहास लेखकों ने सिकंदर की इस महान् पराजय को भी महान् विजय से बदल देने की काफी असफल कोशिशें कीं। ये कोशिशें भारत के ही भारत-विमुख व भारत-विरोधी, पश्चिम-परस्त इतिहास लेखकों की ओर से अभी तक भी बदस्तूर जारी हैं। सवाल है कि क्यों सिकंदर लौट गया? इसलिए कि वह हार गया था। कोई दंभी विजेता क्या अपनी सेनाओं को वापस अपने घर, यानी यूनान में लौटने का अपमानजनक आदेश देता? नहीं। इसलिए पुरू और सिकंदर को लेकर मनगढ़ंत लतीफे आविष्कृत कर पराजित सिकंदर को महामंडित करने की असफल कोशिश पहले पश्चिमी इतिहासकारों ने की, और फिर पश्चिम-परस्त भारत-विमुख हमारे अपने कई जाने-माने इतिहासकारों ने की और हमारी गुलामी की घुट्टी में वह सब हमें पिला दिया गया। पर अब गुलामी कहाँ है? नहीं है। भारत की राजनीति ने अब अपनी बदलती सोच के परिणाम स्वरूप इस गुलामी से मुक्ति पाने का संकल्प कर लिया है।

इसलिए अब चंद्रगुप्त-चाणक्य का भी सटीक पुनर्मूल्यांकन हो रहा है। इसलिए फिर से तेजस्वी हो रहे भारतवर्ष की उपलब्धियों को नए सिरे से देखने का स्वभाव बन रहा है। एक चंद्रगुप्त मौर्य हुए। एक महामति चाणक्य हुए। आगे चलकर एक समुद्रगुप्त हुए। चक्रवर्ती महाराजाधिराज गुप्त सम्राट् समुद्रगुप्त ने भारत की संपूर्ण सीमाओं को इस कदर सैन्य और राजनीतिक क्षमता से भर दिया कि उसके बाद विदेशी सेनाओं को भारत में घुसपैठ करने की हिम्मत ही नहीं रही। यूनानियों, यानी यवनों के बाद हूणों

ने कोशिश जरूर की, पर समुद्रगुप्त की ही वंश परंपरा के चक्रवर्ती महाराजाधिराज स्कंदगुप्त ने अपनी किशोरावस्था में ही पश्चिमी सीमांत पर अपनी विराट् शक्तिशाली सेना को नेतृत्व देते हुए खूँखार हूण सेना का संहार किया। हमारे पौराणिक इतिहास में पार्वती पुत्र कार्तिकेय का एक नाम स्कंद भी है। इसलिए हमारी किंवदंतियों में गुप्त सम्राट् स्कंदगुप्त की तुलना कई बार कार्तिकेय स्कंद से भी कर दी जाती है। हिंदी के तेजस्वी साहित्यकार जयशंकर प्रसाद ने तो अपने प्रसिद्ध नाटक 'स्कंदगुप्त' में नाटक के नायक महाराजाधिराज स्कंदगुप्त की नायिका का नाम देवसेना ही रख दिया है, क्योंकि भारत की पौराणिक गाथाओं में शिव-पार्वती सुत स्कंद कार्तिकेय को देवताओं की सेना का, यानी देवसेना का सेनापति माना जाता है। स्कंदगुप्त तो हमारी स्मृति में लगभग पौराणिक व्यक्तित्व की गरिमा से भर दिए गए हैं। देश के जनमानस में यह आख्यान खूब चलता है कि चक्रवर्ती सम्राट् स्कंदगुप्त ने अपनी किशोरावस्था में ही, यानी राजा बनने का राज्याभिषेक होने से पूर्व ही, युवराज के रूप में ही पश्चिमी सीमांत पर अपनी विराट् शक्तिशाली भारतीय सेना को नेतृत्व देते हुए, तीन दिन-रात तक निरंतर घोड़े पर बैठकर, बिना कुछ खाए-पिए, खूँखार हूण सेना का पूर्ण संहार कर भारत पर किसी भावी हूण आक्रमण की संभावना को ही सदा के लिए समाप्त कर दिया।

हूणों की एक दूसरी शाखा ने, यानी बचे-खुचे हूणों ने, यानी बचे-खुचे खूँखार हूणों ने भारत के उत्तर-पूर्वी सीमांत पर हमले करने शुरू कर दिए, ठीक वैसे ही, जैसे 1962 में हान संस्कृति के पुरोधा चीन ने किया था। उन हूणों के विनाश के लिए कान्यकुब्ज सम्राट् प्रभाकरवर्धन ने अपने ज्येष्ठ पुत्र राज्यवर्धन को एक बड़ी सेना के साथ भेजा। प्रभाकरवर्धन का छोटा बेटा हर्षवर्धन भी बड़े भाई राज्यवर्धन के साथ इस विराट् राष्ट्रीय अभियान में सम्मिलित हुआ और दोनों भाई एक बड़े ही भयानक युद्ध में पूर्वोत्तर पर हूणों के संकट को सदा के लिए समाप्त कर राजधानी वापस लौटे।

हम फिर से अपने मूल विषय पर आ जाएँ। कुछ पैराग्राफ ऊपर हमने इस समस्या को समझने के लिए उस समय के कालखंड को दो हिस्सों में रखकर विचार करने की बात कही थी। पहले यवन और फिर हूण आक्रांताओंवाला यह कालखंड पहला है। बार-बार बताने की जरूरत नहीं कि इस समय भारत का हिंदू अपनी राजनीतिक गहराई और जीवन-दर्शन की संपूर्णता से इस कदर तेजस्वी बना हुआ था कि उसने हमलावरों को रोककर नष्ट कर दिया, यहीं पर बस गए उनके नागरिकों को अपने जीवन-दर्शन में समाहित कर लिया और भारत की मुख्यधारा का हिस्सा बनाकर इतिहास की गंगा को निर्मल और अविरल प्रवाहित होने दिया।

उत्तर-पूर्वी सीमांत पर ज्येष्ठ भाई युवराज राज्यवर्धन के साथ मिलकर अवशिष्ट हूणों का समूल उन्मूलन करनेवाले और आगे चलकर स्थाण्वीश्वर (यानी आज जिसे

हम थानेसर कहते हैं) के सम्राट् बने हर्षवर्धन के राजनीतिक क्षितिज से विदा होते ही देश में दो तरह की गिरावट देखने को मिलती है। एक ओर भारत में छोटे-छोटे राज्यों के बनने-बिखरने का सिलसिला शुरू होता है, जिसने देश की राजनीतिक ऊर्जा को क्रमश: कमजोर और फिर धीरे-धीरे समाप्तप्राय कर दिया। दूसरी ओर उत्तर भारत में, यानी आज के सभी हिंदीभाषी प्रदेशोंवाले इलाके में, जिसे अब तक मध्यदेश (मध्य प्रदेश भी मध्यदेश का हिस्सा था) कहा जाता था, अशोक और आगे चलकर हर्षवर्धन जैसे प्रतापी सम्राटों के अघोषित राज्याश्रय के कारण बौद्ध धर्म का, पहले उसकी हीनयान और फिर महायान शाखा का प्रभाव इतना बढ़ा कि समूचा उत्तरभारत, खासकर उसका पूर्वांचल, बिहार और झारखंड बौद्ध विहारों व संघारामों से पट गया। इन विहारों व संघारामों में युवा भिक्षु गेरुआ पहनकर रहने लगे। यह सब हम अपनी ओर से नहीं कह रहे, इतिहास में दर्ज है। जब देश का युवा ही भिक्षु बन गया तो नतीजा शौर्यविहीनता, कायर अहिंसा और क्रमश: वैचारिक दरिद्रता के रूप में सामने आना ही था।

जहाँ एक ओर भारत राजनीतिक श्रीहीनता और वैचारिक दरिद्रता का शिकार होता चला जा रहा था, वहाँ दूसरी ओर, ठीक उन्हीं दशकोंवाली सदियों में पश्चिम एशिया में राजनीतिक दृष्टि से सराबोर इसलाम अपनी मजहबी ऊर्जा से भरकर पूरे गैर-इसलामी विश्व को अपनी दारुल-इसलाम और दारुल हर्ब की 'उम्मा' विचारधारा के अंतर्गत, जिसे कुछ लोग राजनीतिक विचारधारा कहना चाहेंगे, इसलामी बनाने के अभियान पर निकल पड़ा था। उसी अभियान के एक हिस्से के रूप में दक्षिणी भारत में अतिसामान्य घटना के रूप में, तो सिंध में क्रूर और हमलावर मुहम्मद बिन कासिम के रूप में उसी इसलाम ने अपनी राजनीतिक विचारधारा और सैन्य शक्ति, दोनों की पूरी ऊर्जा के साथ भारत पर हमले करने शुरू कर दिए। गज्वा-के-हिंद 'उम्मा' का नवीनतम राजनीतिक अभियान है, जो शुरू किया जा चुका है।

अब तुलना कीजिए। एक ओर निर्जीव कर दिए गए वैचारिक और निस्तेज राजनीतिक धरातल पर खड़ा श्रीहीन और कमजोर भारत, दूसरी ओर नए जीवन और नए विचार के नव अर्जित धरातल पर पूरी ताकत से खड़ा इसलाम, ऐसे में भारत और उसके हिंदू का क्या हाल होना था? कोई मजहबी विचारधारा अपने साथ राजनीतिक आकांक्षा की तलवार लेकर आ सकती है, भारत के पूरे इतिहास में यह एक नई किस्म की चुनौती थी।

अर्थात् कोई आक्रमणकारी एक विशिष्ट मजहब का प्रसार करने के लिए सेना लेकर आ सकता है, ऐसी मजहबी राजनीतिक विचारधारावाले प्रतिद्वंद्वी की भारत एक तो कल्पना ही नहीं कर पाया, और यहाँ के हिंदू के पास उसका राजनीतिक या वैचारिक जवाब देने की क्षमता वैसे भी उन कारणों से क्षीण हो चुकी थी, जिसका उल्लेख हम ऊपर कर आए हैं। इसके बाद क्या हुआ, वह सारा इतिहास हम जानते हैं। उसे दोहराकर

हम मात्र पिष्टपेषण नहीं करना चाहते। पर विश्लेषण करना तो जरूरी है।

इसलाम नामक राजनीतिक मजहबी विचारधारा का सामना हो जाने और उससे मिलनेवाली पराजयों के बाद तो भारत के हिंदू में राजनीतिक गंभीरता व पटुता आनी ही चाहिए थी। पर वैसा हुआ नहीं। हमने एक स्थान पर (आलेख संख्या = 21) बताया है कि भारत में इसलाम के मौन और हमलावर दोनों रूपों में आने के बाद कैसे शंकर के वेदांत ने अपनी समस्त धाराओं-उपधाराओं के साथ और भक्ति आंदोलन ने अपनी समस्त पुष्टिमार्गी दृष्टि के साथ भारत के हिंदुओं को इसलाम के बरक्स खड़ा रहने की, बने रहने की, देश के अपने सांस्कृतिक व्यक्तित्व को बचाए-बनाए रखने की ताकत दी। पर वेदांत और भक्ति आंदोलन की तमाम ऊर्जा वैचारिक थी। वह इस हद तक तो प्रभावकारी थी ही कि उसने आतंक, क्रूरता और पददलन का पर्यायवाची बन चुके विदेशी शासन को स्वीकार नहीं करने और उसके समक्ष वैचारिक आधार पर न झुकने का बल तो हिंदुओं को दिया, पर उसे हमेशा के लिए देश से उखाड़ बाहर कर देने का राजनीतिक बल नहीं दिया। वह शायद उसका एजेंडा भी नहीं था, पर होना चाहिए था और काश, उसका यह एजेंडा होता। नहीं था, क्योंकि वैसा एजेंडा होने के लिए जिस तरह का गंभीर, चतुर और शौर्य संपन्न राजनीतिक नेतृत्व उस समय देश को मिलना चाहिए था, वैसा नेतृत्व देश को कहाँ मिला? जैसा गंभीर, चतुर और शौर्य संपन्न नेतृत्व शिवाजी महाराज के रूप में मिला, एक के बाद एक वैसा नेतृत्व कुछ सदियों में लगातार मिलते रहना चाहिए था, पर हम जानते हैं कि वैसा नेतृत्व नहीं मिला।

नहीं मिला, इसलिए देश में कोई शक्तिशाली केंद्रीय सत्ता ऐसी नहीं बन सकी, जो इसलामी गुलामी से निर्णायक संघर्ष कर पाती। संघर्ष तो हुए, पर टुकड़ों में हुए। अलग-अलग जगहों पर और अलग-अलग कालखंडों में हुए। अपना-अपना वर्चस्व स्थापित करने के मनोभाव से ही अधिकांश हुए। मौर्य, गुप्त, वर्धन, वाकाटक, विजय नगर साम्राज्यों जैसी कोई वैसी सत्ता फिर नहीं बन पाई, जो भारत और उसके हिंदू संस्कार के लिए कोई निर्णायक राजनीतिक वर्चस्व दिलाने का शुभ समाचार ला पाती। ऐसा कुछ नहीं हुआ। क्या इसी से स्पष्ट नहीं हो जाता कि कैसे हिंदू ने सदियों से राजनीतिक दृष्टि से व्यक्तित्वहीन होकर अपना बहुत-कुछ गँवा दिया।

पहले शकस्थान गँवाया। वह सीस्तान वन गया। फिर फारस गँवाया, जिसे हमारे पुराणों के द्वारा दिए गए भारत के राजनीतिक मानचित्र में, नक्शे में हमारे देश के नवखंडों में से एक खंड माना गया है, पारसीक खंड। फारस इसलामी हुआ तो वहाँ के लोग वहाँ से अपना घर-बार छोड़कर अपने देश के दूसरे हिस्से गुजरात में आ गए। पारसी वास्तव में कोई विदेशी नहीं हैं, जैसा विदेशी हम उन्हें अपनी राजनीतिक दृष्टिहीनता के कारण माने बैठे हैं। वे वैसे ही भारतीय हैं, जैसे 1947 में भारत व पाकिस्तान के विभाजन के

शेष बचे भारत में आ गए मेरे जैसे लोग भारतीय हैं।

फारस के बाद गँवाया बलोचिस्तान, जो भारत का पुराना सौवीर देश है, जो भारत के शकों का नवीनतम आवास बन गया, जिसे सीस्तान में बसे लोगों ने लंबी खानाबदोश जिंदगी के बाद अपना देश बनाकर बसा दिया। इसी सीस्तान को हमारे पुराणों में, इससे पहले 'महाभारत' में और इससे भी पहले 'रामायण' में शकस्थान कहा गया है, जो बिगड़कर सीस्तान हो गया है। अब आप समझ रहे होंगे कि क्यों पारसी खुद को यहाँ अल्पसंख्यक विदेशी जैसा नहीं मानते, कि क्यों इसलामी हो जाने के बावजूद कल के शकों, यानी आज के बलूचों ने पाकिस्तान बनानेवाली धर्मांध विचारधारा को आज तक स्वीकार नहीं किया है और कि क्यों पारसियों, अफगानों सिंधियों व बलूचों ने कभी भारत विभाजन को लेकर पाकिस्तान जैसा जोशोखरोश या सांप्रदायिक जुनून नहीं दिखाया, जैसा शेष पाकिस्तानी दिखाते रहते हैं।

फिर 1761 की पानीपत की तीसरी लड़ाई के बाद अफगानिस्तान, यानी गांधार प्रांत गँवाया। गँवा तो एक तरह से पहले ही चुके थे, पर इस लड़ाई में हारने के बाद अफगानिस्तान औपचारिक रूप से भारत से अलग एक मुसलिम देश बन गया। फारस के शाह नादिरशाह का नाम भला कौन भूल सकता है। इसी नादिरशाह के अफगान मूल के सेनानी अहमद अब्दाली ने, जो आगे जाकर अहमदशाह अब्दाली कहलाया, पानीपत की तीसरी लड़ाई में मराठा सेना को निर्णायक हार दी और वापस लौटकर उसने अफगानिस्तान नाम से नए देश का नामकरण कर दिया, जिस देश को वह पानीपत की इस लड़ाई से पहले लगभग पूरी तरह, भारत के इस गांधार को, पूरी तरह से हस्तगत कर चुका था।

यानी पारसीकखंड फारस बना। शकस्थान सीस्तान बना। इसी प्रक्रिया में सौवीर प्रदेश बलोचिस्तान बन गया। फिर गांधार बना अफगानिस्तान। फिर उसके करीब दो सदी बाद बना पाकिस्तान, जिसमें पूरा का पूरा सिंध, आधा पंजाब अर्थात् प्राचीन भारत का सप्तसिंधु प्रदेश और आधा के करीब बंगाल शामिल हुए। इसी दौर में कुरुजांगल बन गया वजीरिस्तान और उसके अगले दौर में उत्तरकुरु बन गया बाल्टिस्तान। भारत का विभाजन होता रहा और निस्तेज, श्रीहीन तथा राजनीतिक समझ से शून्य भारत का हिंदू इन सभी विखंडनों को टुकुर-टुकुर देखता रहा।

यह सारा क्षेत्र पहले भारतवर्ष था, जो धीरे-धीरे फारस, सीस्तान, वजीरिस्तान, काश्मीर, बाल्टिस्तान, सिंध, बलोचिस्तान, अफगानिस्तान, पाकिस्तान, बांग्लादेश आदि बनता चला गया। ये सभी इसलामवादी सेना व इसलामवादी राजनीति की विजय-यात्राएँ रही हैं। दूसरे शब्दों में ये सभी अपने देश भारत के हिंदू की विखंडन कथाएँ थीं और हम भारत के हिंदू अखंड भारत से हुए इन सभी विखण्डनों को भूलते चले जा रहे हैं।

□

9

भारतवर्ष के विखंडन की यातनाएँ

सिर्फ इस आलेख के संदर्भ को समझने के लिए हम उस विषय को फिर से प्रस्तुत किए देते हैं, जिसमें भारतवर्ष के खंड-खंड होने का संक्षिप्त सूचनात्मक विवरण है। सबसे पहले भारत का पारसीक खंड फारस बना। उसके आस-पास ही आगे-पीछे शकस्थान सीस्तान बना। इसी प्रक्रिया में भारत का सौवीर प्रदेश, सिंध का पश्चिमी पड़ोसी सौवीर प्रदेश बलोचिस्तान बन गया। हम भारतवासियों के बीच यह बात पिछली पीढ़ियों में चलती ही रहती थी कि सौवीर का नाम जिस सुवीर, यानी श्रेष्ठ वीर (सु+वीर) का अर्थ देता है, उसी का पर्यायवाची है बलोच्च, यानी बड़े बल वाला। बल में उच्च (बल+उच्च=बलोच्च=बलोच)। इन्हीं दशकों में भारत का उत्तर कुरु बना बाल्टिस्तान, भारत का कुरु जांगल बना वजीरिस्तान, जो अलग इसलामी देश, भारत से विघटित इसलामी देश बन गए। भारत को गांधार प्रदेश (गांधार ही का शब्दांतर है कंदहार, ऐसा गांधार प्रदेश) अफगानिस्तान बन गया। फिर उसके दो सदी बाद बना पाकिस्तान, जिसमें पूरा-का-पूरा सिंध, पश्चिमी सीमांत और पश्चिमी पंजाब अलग देश ही बन गया, वह संपूर्ण प्रदेश जो सारा इलाका कभी भारत का ही सप्तसिंधु था। इसके उपरांत पूर्वी बंगाल इसलामी होकर भारत से अलग कर दिया गया था, उसी पाकिस्तान का पूर्वी भाग था, जो 'बांग्लादेश' नए नामकरण के साथ एक नया देश बन गया।

यानी जो पहले भारतवर्ष नामक एक राष्ट्र था, उसी में से अलग हो-होकर सीस्तान, फारस, वजीरिस्तान, बलोचिस्तान, बाल्टिस्तान, अफगानिस्तान, सिंध, पाकिस्तान और बांग्लादेश पृथक् देश बनते चले गए। हमें नहीं लगता और हमें लगे, इसके लिए कोई प्रमाण भी अभी तक कहीं से नहीं मिला है कि देश के हिंदू जनसामान्य को इस बात का कोई मलाल, कोई कष्ट, कोई आभास, कोई अहसास, कोई पश्चात्ताप, कोई संताप, या कोई भी रचनात्मक राजनीति अब इस बात को लेकर है कि काश, भारत के इतने टुकड़े न हुए होते। क्यों हुए? अब हम अपने में ऐसा क्या परिवर्तन लाएँ, अपनी सामूहिक

सोच में ऐसा राजनीतिक तेज किस तरह से लाएँ कि भारत का कोई भी भू-भाग अब भारत से अलग न होने पाए? ऐसा आभास, ऐसा अहसास, ऐसा पश्चात्ताप, ऐसा संताप होना तो दूर की बात है, हमें तो लगता है कि देश के हिंदू को शायद पता भी नहीं है कि भारत का ही एक भू-भाग, शकस्थान पहले इसलामी होकर सीस्तान बना और फिर वही शक भारतीय शकस्थान, यानी सीस्तान को छोड़कर सारी पश्चिमी सीमा पर घूमते भटकते हुए तब के सौवीर प्रदेश, यानी आज के बलोचिस्तान में जा बसे। हमने तो अपनी आज की इतिहास की पुस्तकों में शब्दों को, भारत के अपने शब्दों को, भारत के ही सर्वाधिक वैज्ञानिक शक संवत् के प्रवर्त्तकों को यवनों, हूणों सरीखे भारत शत्रुओं की पाँत में बिठाकर बच्चों को पढ़ाना शुरू कर रखा है कि देश पर हमला करनेवाले यवन आए, हूण आए, शक आए, इसलामी आए, यूरोपियन आए, वगैरह-वगैरह। पर हूणों और यवनों से अलग शक तो हम ही थे। हम, हमारे अपने शक संवत् को चलानेवाले थे। हम हो गए विदेशी? क्यों? पर हमने ही खुद को खुद के इतिहास में से वैसे ही विदेशी कहना शुरू कर दिया जैसे पारसीक और गांधार वालों को, सिंध और सौवीर को विदेशी कह दिया। कैसा देश हैं हम? (इस संपूर्ण विमर्श के लिए देखिए पुस्तक, 'शककालीन भारत', प्रशांत कुमार जायसवाल, साधनासदन, इलाहाबाद, 1963)

हम हिंदुओं को तो शायद यह भी ठीक से पता नहीं है कि भारत का ही अपना एक हिस्सा, भारत के नौ खंडों में से एक पारसीक खंड, भारत से अलग होकर पहले फारस बना और फिर ईरान का हिस्सा बन गया। भारत के हिंदू को अभी यह एहसास भी इतना पुख्ता नहीं होगा कि भारत का गांधार प्रदेश ही इसलामी होकर अफगानिस्तान बन गया और कि यह घटना कोई बहुत पुरानी नहीं है, महज ढाई-तीन सौ साल ही पुरानी है। महाभारत कथा की गांधारी तो देश को याद है और शायद इसी आधार पर उसे कभी-कभी गांधार प्रांत भी (नया भाषायी रूपांतरण 'कंदहार') कह देते हैं, अपनी स्मृतियों के पटल पर उभरता नजर आता है, ऐसे ही धुँधलाता, बिना किसी भावना को जन्म दिए हुए। वही गांधार कभी भारत था। इसलामी हो जाने के बाद भारत से अलग होकर अफगानिस्तान के नाम से नया देश बन गया, इसका कोई परिचय हमें अपनी स्कूली शिक्षा के इतिहास के सिलेबस में इस राजनीतिक शिद्दत के साथ जब बताया ही नहीं जाता तो उसे वह सब कैसे पता रह सकता है, जिसकी अपेक्षा हम उससे कर रहे हैं?

बल्कि पश्चिम-परस्त, भारत-विमुख विचारधारा, तो उसे यह सब भी भूल जाने को कहती है कि भारत का वह पश्चिमी भू-भाग, जो कभी सिंध, पंजाब, उत्तर-पश्चिमी सीमांत के रूप में, कल तक, यानी 1947 तक भारत का अपना, वाकई अपना हिस्सा था और बंगाल का वह पूर्वी हिस्सा, जो उसी तरह कल तक ही भारत नामक महादेश का अपना, वाकई अपना हिस्सा था, वे दोनों भारतीय भू-भाग मध्यकालीन अर्थों में पूरी

तरह इसलामी तो कभी नहीं हुए, महज मुसलिमबहुल हो जाने के बाद ही पाकिस्तान हो गए। यह पश्चिम-परस्त, भारत-विमुख विचारधारा हमसे निरंतर यह अपेक्षा रखती है कि हम यह सब भूलकर सिर्फ और सिर्फ वर्तमान को ही इस सत्य के रूप में स्वीकार कर लें, हृदयंगम कर लें कि पाकिस्तान आज का सत्य है। कौन कह रहा है कि पाकिस्तान, अफगानिस्तान या, ईरान का सीस्तान, बलोचिस्तान और फारस आज का सत्य नहीं है? कौन यह सुझाव दे रहा है कि हमारी सेनाओं को पृथक् देश बन चुके इन सभी भारतीय भू-भागों को पुन: प्राप्त करने के लिए अपनी तोपों को, यानी पुराने जमाने के अपने घोड़ों को उस ओर दौड़ा देना चाहिए?

पर क्या इस पूरे इतिहास को भी भूल जाएँ? क्यों भूल जाएँ? पश्चिम-परस्त, भारत-विमुख विचारधारा तो यही चाहती है कि हम इस पूरे इतिहास को भी भूल जाएँ और इसका प्रमाण यह है कि स्कूलों के इतिहास के सिलेबस में फारस, सीस्तान, बलोचिस्तान, वजीरिस्तान, बाल्टिस्तान, अफगानिस्तान आदि के अलग होने का तो नाम तक नहीं लिखा जाता। पाकिस्तान चूँकि कल बना, कल ही तो बना, इसलिए उसके विवरण पर भी खड़िया पोत देंगे तो दो कौड़ी के भी नहीं रहेंगे, इसलिए वह बताना तो पड़ता है। पर उसके निर्माण के सही कारणों को दो-टूक बताने की बजाय उसमें भी सौ प्रतिशत झूठ का यह छौंक जरूर लगा दिया जाता है कि तथाकथित 'सांप्रदायिक' हिंदू राजनीति में भी उसका बराबर का योगदान है। ऐसी उथली और छली विचारधारा को यह सत्य बताने में भला कैसे साहस हो सकता है कि पाकिस्तान बनाने के पीछे पश्चिम-परस्त, भारत-विमुख विचारधारा की क्या भूमिका रही है।

चूँकि देश के हिंदू को कोई भी तरीके से राजनीतिक प्रशिक्षण नहीं दे रहा, स्कूली शिक्षा तो नहीं ही दे रही, पश्चिम-परस्त, भारत-विमुख विचारधारा कभी वैसा प्रशिक्षण देना नहीं चाहती, इसलिए क्या हो रहा है? भारत पर विचार और राजनीति के स्तर पर, तीन कालखंडों में निर्णायक प्रहार हुआ है। पहला कालखंड इसलामी गुलामी का रहा, जब यवनों और हूणों का सफलतापूर्वक सामना कर लेने के बाद, भारत ने तुर्क-अफगान मुगलों की गुलामी का कठिन और आतंक परिपूर्ण सदियों का समय काटा। दूसरा कालखंड ब्रिटिश-क्रिश्चियन गुलामी का रहा, जब हमें अर्थव्यवस्था और विचारधारा के स्तर पर देश को कंगाल और दरिद्र बना दिया गया। तीसरा कालखंड 1947-परवर्ती स्वतंत्र भारत के समय नेहरू की विचारधारा की गुलामी का रहा। समाजवादी विचारधारा, ब्रिटिश शासकों द्वारा स्थापित शिक्षा प्रणाली और अंग्रेज बहादुर द्वारा संचालित जनविरोधी शासन प्रणाली, इन सभी को पल्लवित-पोषित करते हुए देश ने दशकों तक पश्चिम-परस्त, भारत-विमुख विचारधारा और राजनीति की मार झेली। चूँकि यह नवीनतम मार मारनेवाले अपने ही लोग थे, भारत की स्वतंत्रता-लड़ाई की अगुवाई का दावा करनेवाली

कांग्रेस, उसके नायक प्रधानमंत्री जवाहरलाल नेहरू और उनका पूरा खानदान रहे, इसलिए इस बौद्धिक गुलामी का दंश बहुत गहरा असर कर गया। दंश की गहराई का आलम यह है कि भारत का संपूर्ण राजनीतिक विश्व, रा.स्व. संघ से प्रेरित राजनीतिक व सामाजिक संगठनों को छोड़ दें तो भारत का संपूर्ण राजनीतिक विश्व नेहरू संचालित-पालित-चालित बौद्धिक गुलामी की ही संतति बनकर रह गया है।

धर्मनिरपेक्षता, समाजवाद, जात-परस्ती, अंग्रेजी-परस्ती, पश्चिमी जीवन-शैली का अंधानुकरण, समाज में स्त्री को केवल विलास की वस्तु बना देने का चीरहरण जैसा अनादर, आर्थिक भ्रष्टाचार, ये और ऐसी अनेक व्याधियों का जन्म और उनको संरक्षण इसी नेहरूवादी विचारधारा का प्रतिफलन है। नेहरू भारत-विरोधी नहीं थे, पर जिस भारत की खोज उन्होंने पश्चिमी चश्मा पहनकर की थी, उसी का परिणाम है, जो आज सारा भारत सामाजिक, आर्थिक, दार्शनिक कुपोषण का शिकार हो चुका है। कांग्रेस सरीखी अखिल भारतीय दबदबेवाली पार्टी और तमाम क्षेत्रीय राजनीतिक दल इस नेहरूवाद के आगोश में चले जा चुके हैं। इसलिए हम नेहरू विचारधारा को पश्चिम-परस्त, भारत-विमुख विचारधारा मानते हैं। पिछली सदियों से, कह सकते हैं कि बीसवीं सदी के मध्य से ही अपने स्वातंत्र्य-संग्राम के दौर में ही भारत इस पश्चिम-परस्त, भारत-विमुख विचारधारा से संघर्ष करना शुरू कर चुका है और भारत-विमुख बनाम भारतवादी विचारधाराओं के बीच यह संघर्ष अब देश के इतिहास में एक निर्णायक स्तर पर आ पहुँचा लगता है, जिसमें भारत-विमुख विचारधारा और उसके प्रवक्ताओं, पोषकों, संचालकों को निर्णायक चुनौती मिलना स्वाभाविक ही नजर आ रहा है।

पर अभी स्थिति यह है कि पश्चिम-परस्त, भारत-विमुख विचारधारा अपना काफी नकारात्मक असर देश के मानस पर डाल चुकी है। इसी नकारात्मक असर का नतीजा है मसलन कि आबादी का चौरासी प्रतिशत हिंदू होने के बावजूद भारत के हिंदू को यह समझ ही नहीं आ रहा कि कैसे शत प्रतिशत मुसलिम हो चुके काश्मीर को सहज रूप से भारत के साथ जोड़े रखा जा सके? कैसे बांग्लादेशियों की योजनाबद्ध तरीके से हो रही घुसपैठ के परिणामस्वरूप तेजी से मुसलिम बहुलता की ओर बढ़ रहे पश्चिम बंगाल को तथा उत्तर-पूर्व, यानी प्राग्ज्योतिष को भारत बनाए रखा जा सके? उसे यह तक भी समझ में नहीं आ रहा कि कुल आबादी का 84 प्रतिशत होने के बावजूद यह कैसे हो जाता है कि एक-जन एक वोटवाले लोकतंत्री भारत के हर चुनाव में 13 प्रतिशत मुसलिम आबादी प्रत्येक पार्टी के एजेंडा पर सबसे ऊपर और निर्णायक बनी रहती है? यह पश्चिम-परस्त, भारत-विमुख राजनीति के गहरे प्रभाव का परिणाम नहीं तो और क्या है कि भारत का एक (मनोनीत किस्म का) प्रधानमंत्री सार्वजनिक मंच से यह कहता है कि देश के संसाधनों पर पहला हक अल्पसंख्यकों का, उनमें भी पहला हक विशेषकर

मुसलमानों का है ? इस पर कष्ट यह है कि देश की 84 प्रतिशत हिंदू आबादी को समझ में ही नहीं आता कि वह क्या प्रतिक्रिया दे, कैसे दे, कब दे, किस तरह से दे। सच में यह एक सोचने का विषय है कि कैसे पश्चिम-परस्त, भारत-विमुख विचारधारा ने देश की बुद्धि को कुंद और मानस को भारत-विमुखता का कैदी बनाकर रख दिया है। हिंदू जब तक राजनीतिक प्राणी के रूप में विकसित नहीं होगा, उसे यह सब कभी समझ नहीं आएगा। उसे राजनीतिक रूप से कैसे प्रशिक्षित होकर, संगठित होकर मनसा-वाचा-कर्मणा अपनी भूमिका निभानी है, यह चुनौती हिंदू के सामने यकीनन है।

□

10

हिंदू : परिभाषा की जरूरत

क्या आप पूछना नहीं चाहेंगे कि क्यों हम अभी तक हिंदू और सिर्फ हिंदू को ही केंद्र में रखकर सारी बात करते रहे हैं? क्या भारत में हिंदू से इतर लोग नहीं रहते? क्या उन्हें भी केंद्र में रखकर बात नहीं होनी चाहिए? होनी चाहिए। हिंदू चूँकि इस देश की आबादी का 84 प्रतिशत है, इसलिए उसकी बात पूरी प्रमुखता से करना इस देश की किसी भी राजनीतिक विचारधारा में, किसी भी राजनीतिक विश्लेषण में केंद्रीय महत्त्व का रहने ही वाला है। इसलिए अभी फिर से बात हिंदू की, तो सवाल है कि कौन है हिंदू? जिस देश की आबादी का 84 प्रतिशत हिंदू हो, उस देश में यह सवाल पूछना एक पहेली, एक चुटकुला, या फिर एक हास्य-विनोद जैसा लग सकता है कि कौन है हिंदू? इस सवाल का जवाब तो स्वत: स्पष्ट, स्वत:सिद्ध और स्वत: स्वीकार्य होना चाहिए और इसलिए यह सवाल उठना ही नहीं चाहिए।

नहीं उठना चाहिए, इसके कुछ और पहलू भी हैं। एक पहलू तो यही है कि जिस 84 प्रतिशत हिंदू आबादी ने खुद को जनगणना में हिंदू कहलवाया है, गिनवाया है और लिखवाया है, उसे वैसा करने के लिए किसी ने कोई दबाव तो बनाया नहीं कि देखो भई, खुद को हिंदू बहुसंख्यक साबित करना है, इसलिए खुद को हिंदू लिखवाना। आजादी से पहले और बाद में हुई जनगणनाओं में ऐसा कोई वाकया, ऐसा कोई निर्णायक या उल्लेखनीय वाकया नहीं मिलता कि ऐसा कोई असरदार प्रचार अभियान किसी संगठन द्वारा या किसी बड़े व्यक्ति द्वारा चलाया गया हो। यह एक पहलू है।

दूसरा पहलू यह है कि देश की 84 प्रतिशत आबादी द्वारा खुद को हिंदू एक ऐसे हिंदू-विरोधी माहौल में लिखवाया गया है, जब देश के तमाम राजनीतिक दल, तमाम प्रचार माध्यम, तमाम तथाकथित सिविल सोसाइटीवाले पश्चिम-परस्त, भारत-विमुख विचारधारा का घोषित-अघोषित हिस्सा बनकर हिंदू के बारे में लगातार अनाप-शनाप लिखते-बोलते रहते हैं। प्रकारांतर से देश में एक ऐसा अभियान, एक ऐसा हिंदू-विरोधी

अभियान लगातार चलता रहता है, जैसा कि अभी इसी विश्लेषण के अंतर्गत हम शीघ्र ही देखनेवाले हैं, जिसकी दहशत के मारे लोगों को खुद को जनगणना में हिंदू लिखवाने का साहस करना ही नहीं चाहिए। पर वे लिखवाते हैं तो स्पष्ट है कि या तो इस हिंदू-विरोधी कुप्रचार अभियान को हँसी में उड़ा देते हैं, या फिर उसे गंभीरतापूर्वक लेते हुए उससे नितांत असहमत होकर, सतर्क होकर लिखवाते हैं। हमें लगता है कि दोनों ही कारण वैध हैं।

तीसरा पहलू यह है कि जो लोग व्यापक हिंदू-विरोधी कुप्रचार अभियान के बावजूद खुद को जनगणना में हिंदू इस रूप में दर्ज करवाते हैं, उन्हें यह तो जरूर मालूम है कि वे हिंदू हैं तो क्यों हैं ? जो लोग हिंदू-विरोधी कुप्रचार अभियान में लगे हुए हैं, उन्हें शायद पता नहीं है, पता है तो वे पता न होने का अभिनय कर रहे हैं, या फिर उन्हें दुर्भाग्यवश सच में ही पता नहीं है कि हिंदू, यानी कौन, यानी क्या, यानी क्यों ? इन तीनों परिस्थितियों के बावजूद वे हिंदू-विरोधी अभियान में निरंतर लगे रहते हैं तो इसके विचारधारा से इतर कारणों की जाँच होनी चाहिए और जाँच के परिणामों का आकलन होना चाहिए।

एक और बराबर का महत्त्वपूर्ण पहलू यह है कि अपना देश ही नहीं, विदेशों में रहनेवाले तमाम हिंदुओं को भी पता है कि वे हिंदू क्यों हैं ? पता न होता तो वे भारत आकर, वहाँ से गंगाजल ले जाकर, अपने उस देश (यानी विदेश) में अपने पड़ोस में बहनेवाली नदी में उस गंगाजल को डालकर, फिर उसी नदी को गंगा मानकर उसके प्रति माँ का और माँ के साथ जुड़ी संपूर्ण दिव्यता का वही भाव नहीं रखते, जैसा भारत में हिंदुओं के मन में गंगा के प्रति है। पता नहीं होता तो सारा जीवन उस देश (यानी विदेश) में रहकर मरने से पहले अपने भारत के चार धामों (रामेश्वर, सोमनाथ, केदारनाथ, जगन्नाथ) की, और देवभूमि उत्तराखंड के चार धामों (बदरीनाथ, केदारनाथ, गंगोत्तरी व यमुनोत्तरी) की यात्रा को भी लालायित न रहते। उन्हें अगर यह पता नहीं होता कि वे हिंदू क्यों हैं तो वे गाहे-बगाहे, यथारुचि, प्रयत्नपूर्वक परमादरणीय संतश्री मोरारी बापू, भाई श्री रमेशचंद्र ओझा, संतश्री महामंडेश्वर अवधेशानंद गिरि, संतश्री जया किशोरी, संतश्री श्री रविशंकर, संतश्री सद्गुरु, संत श्री विजय किशोर जैसे गण्यमान्य कथाव्यास महापुरुषों व संतशिरोमणियों को अपने यहाँ, देश-विदेश में भागवत सप्ताह पारायण, रामचरितमानस नवाह्न आदि की कथाएँ सुनने को लालायित न रहा करते। पता न रहा होता तो वे विदेश में रहकर आश्विन कृष्णपक्ष में, यानी वार्षिक पितृपक्ष में अपने माता-पिता व अन्य पूर्व पुरुषों के श्राद्ध कर्म करने का आग्रह न पालते होते। पता न होता तो वे विदेश में रहकर भी नववर्षप्रतिपदा, महाशिवरात्रि, रामनवमी, कृष्णजन्माष्टमी, बुद्ध जयंती, महावीर जयंती, गुरु पूर्णिमा, वासंत व शारदीय नवरात्र, दीपावली, रक्षाबंधन जैसे त्योहार आग्रहपूर्वक नहीं मनाया करते। वे ये सभी और ऐसे अनेक कर्म नहीं करते

व पर्व नहीं मनाया करते, जिन्हें किए व मनाए बिना भी मजे में अपने विदेश प्रभावित माहौल में रह सकते थे। उन्हें कोई कुछ उलटा-सीधा भी नहीं कहता कि क्यों ये सभी कर्म व पर्व नहीं किए। यानी उन्हें स्पष्ट है कि वे हिंदू हैं और क्यों हैं ?

जाहिर है कि भारत में रहनेवाले तमाम हिंदुओं को पता है कि वे हिंदू हैं और वे हिंदू क्यों हैं ? विदेशों में रहनेवालों को भी पता है कि वे हिंदू हैं और हिंदू क्यों हैं ? फिर उँगलियों पर गिने जा सकने लायक ये चंद लोग कौन हैं, कौन हैं वे पश्चिम-परस्त राजनीतिकर्मी, पश्चिम-परस्त मीडियाकर्मी और पश्चिम-परस्त सिविल सोसाइटीवाले, जो दिन-रात एक ही तोता-रटंत दोहराते रहते हैं और पूछते रहते हैं कि हिंदू कौन है ?

कोई इन्हें इस सवाल का सटीक जवाब दे, इससे पहले ही उस पर तोहमतों का अंबार लगाकर कथित प्रगतिशीलता का ऐसा दहशत भरा माहौल बना देते हैं कि उस बेचारे जवाब देनेवाले की न तो 'हाँ' करते बने और न ही 'न' करते बने, यानी कुछ भी कहते न बने। पर इन पश्चिम-परस्त, भारत-विमुख विचारधारावालों को हम उनकी हर दशहत भरी प्रश्नावली की पोल खोलने ही वाले हैं, उन्हें उसके बाद हिंदू की एक ऐसी एक-वाक्य परिभाषा, यानी 'वन-लाइन डेफिनेशन' भी अपनी इसी पुस्तक के अगले आलेख में दे देनेवाले हैं, जो आज तक न दिए जाने के परिणामस्वरूप उनका मिथ्या मनोबल बिलावजह ऊँची कुलाचें भरता रहता है।

दहशत का माहौल पैदा करने के लिए हर हिंदू का मखौल इस तरह उड़ाया जाता है। हाँ भई, माना कि तुम हिंदू हो, पर कौन से हिंदू हो ? ब्राह्मण हो, ठाकुर हो, वैश्य हो क्या, कायस्थ या भूमिहार हो क्या ? ब्राह्मण हो तो कौन से ब्राह्मण हो, कौन से ठाकुर हो, कौन से वैश्य हो ? अरे, तुम तो पिछड़ी जाति के हो, तुम तो महापिछड़ा हो, तुम तो दलित हो, महादलित हो, तुम हिंदू कहाँ से हो ? तुम तो वनवासी, जनजाति यानी ट्राइबल हो, तुम हिंदू कहाँ से हो ? चलो मान लिया कि तुम हिंदू हो, राम को मानते हो, कृष्ण को मानते हो, शिव को मानते हो, शक्ति को मानते हो, गणपति को मानते हो, कार्तिकेय को मानते हो या फिर हनुमान को मानते हो ? इन पश्चिम-परस्त, भारत-विमुख दहशतप्रियों को जनजाति करार दिया गया कोई व्यक्ति, हमारा मतलब है कि कोई भी हिंदू कह दे, कि राम को अपना आराध्य, अपना ईश्वर मानता है तो पैरों तले जमीन खिसक जाने के बावजूद उनका अगला सवाल यह बन जाता है कि तुम किस राम को अपना आराध्य मानते हो, उस राम को, जो सर्वशक्तिमान ईश्वर माना जाता है, या उस राम को जो दशरथ का बेटा है ? इन विदूषकी प्रश्नों पर अगर वह कथित जनजातीय हिंदू एक विद्रूप मुसकान फेंककर चला जाता है तो जानते हैं कि सवाल दागनेवाले की क्या मानसिकता बन जाती है ? अपने व्यवहार और अपने सोच में सुधार, यानी सकारात्मक परिवर्तन लाने की बजाय वे दूसरे शिकार की खोज में निकल पड़ते हैं। उन्हें कोई थोड़ा सा भी

प्रबुद्ध युवा मिल जाए और बड़ी सहजता से कह बैठे कि हाँ, मैं हिंदू हूँ तो ये पराजित परीक्षक फिर से देश के संदर्भ में एक विचित्रता से भरा सवाल पूछने से बाज नहीं आते कि ठीक है, माना कि तुम हिंदू हो, पर कौन-से हिंदू हो—पंजाबी हिंदू हो, तमिल हिंदू हो, असमिया हिंदू हो, या मलयाली हिंदू हो, बंगाली हिंदू हो या मराठा हिंदू हो? वह युवा जिस भाषा को बोलनेवाला है तो स्वाभाविक ही कह देगा कि मैं तमिल, या बंगाली, या पंजाबी हिंदू हूँ, पर उसके दिमाग में एक बेमतलब का सवाल तो खड़ा हो ही गया कि क्या ये सभी हिंदू एक-दूसरे से अलग होते हैं? इसी और ऐसे अनेक बेमतलब के सवालों को पैदा कर हिंदू के बारे में उलझन बनाए रखना इन प्रश्नकर्ता महाब्राह्मणों का लक्ष्य होता है, जो वे इस तरह अपने बौद्धिक घात-प्रतिघात के बूते बनाए रखने में अच्छी तरह सफल हो जाते हैं।

इस पर तुर्रा यह है कि यही पश्चिम-परस्त, भारत-विमुख विचारधारा के समर्थक लोग यह कहते नहीं लजाते कि हिंदू इन्क्लूसिव, यानी समावेशी नहीं हैं। जो राजनेता व राजनीतिक दल हिंदू को केंद्र में रखकर राजनीति करना चाहते हैं, उन पर तत्काल यह घटिया आरोप चस्पाँ कर दिया जाता है कि ये लोग इन्क्लूसिव नहीं, बल्कि एक्सक्लूजिव राजनीति कर रहे हैं। अपनी भाषा में कहें और आगे से हम ऐसे ही कहेंगे कि वे समावेशी नहीं, बल्कि बहिष्कारी राजनीति कर रहे हैं। हमने यह कहा कि उन्हें ऐसा कहते, उन्हें ऐसा बहिष्कारी कहते लाज भी नहीं आती, शर्म भी नहीं आती। हमने इसलिए कहा कि हमने सवालों की जिस झड़ी का उद्धरण दिया है, उन्हीं सवालों में छिपा है कि भारत का हिंदू कितना समावेशी है। कितना अधिक समावेशी है। स्वभाव से ही समावेशी है।

पिछले दस हजार साल के अपने इतिहास में यह हिंदू आस्तिकों-नास्तिकों, बौद्धिकों-बौद्धिक इतरों, निगम-आगम-कथा माननेवालों, उपनिषदों को भारत के अध्यात्म की कुंजी माननेवालों और वैसा न माननेवालों को, पुराणों-उपपुराणों को अपने स्वाध्याय का आदर्श माननेवालों या उनका मखौल उड़ानेवालों को, पिछले दस हजार साल से वह, यानी वही हिंदू ब्राह्मणों, क्षत्रियों, वैश्यों, पिछड़ों, महापिछड़ों, दलितों, महादलितों, गिरिवासियों, वनवासियों को अपने साथ लेकर चल रहा है। पिछले दस हजार साल से वह, यानी वही हिंदू ब्राह्मणों, क्षत्रियों, वैश्यों, पिछड़ों, महापिछड़ों, दलितों, महादलितों, गिरिवासियों, वनवासियों को अपने साथ लेकर चल रहा है। पिछले दस हजार साल से वह तमाम तरह की विषमताओं से संघर्ष करता हुआ, पानी और हवा की तरह खुद को स्वच्छ-सुथरा, विभिन्न आंदोलनों के जरिये स्वच्छ-सुथरा करता चला आ रहा है और अपने आधारभूत जीवन-दर्शन को निरंतर दृढ़तर करता चला आ रहा है। पिछले दस हजार साल के इतिहास में वही हिंदू सांख्य, वेदांत, जैन, बौद्ध, न्याय, वैशेषिक, मीमांसा, योग, ईश्वरवाद, निरीश्वरवाद को अपने साथ लेकर चल रहा है। पिछले दस हजार साल

से वह क्रमशः उभरती और स्थापित होती चली गई तमाम क्षेत्रीय अस्मिताओं—पंजाबी, हिंदी, सिंधी, बलोची, पारसी, सीस्तानी, पठानी, अफगानी, गूजरी, काश्मीरी, लद्दाखी, सिक्किमी, भूटानी, नेपाली, गोरखाली, असमिया, अरुणाचली, मणिपुरी, नगा, मिजो, बोडो, त्रिपुरा, गिरिवासी, वनवासी, मैथिली, भोजपुरी, पूर्वी, भील, राजस्थानी, मारवाड़ी, गुजराती, मराठी, कर्नाटकी, केरलीय, तमिल, तेलुगु, उड़िया, बांग्ला वगैरह-वगैरह ऐसी सभी और वे सभी, जिन्हें हम अपने अज्ञानवश समझ न पाए हों, इन तमाम अस्मिताओं को भारतवर्ष नामक महादेश का अविभाज्य हिस्सा बनाकर भी उनकी अपनी-अपनी अस्मिताओं को बाकायदा सम्मान देता हुआ अपने साथ लेकर चल रहा है। पिछले दस हजार साल से चल रहा है। यह सब है। इतना सब है। ऐसा ही है और आपको सब पता है और अगर आपको पता नहीं है तो सवाल पूछने का हक आपको किसने दे रखा है? इसलिए बताइए तो, इससे बड़ी कोई समावेशी विचारधारा इस विश्व में कहीं अन्यत्र है? हिंदू के अलावा अन्यत्र कहीं है? है तो हमें भी बताइए।

पर आपके जैसे संकीर्ण, पश्चिम-परस्त, भारत-विमुख विचारधारा के प्रचारक बन चुके लोगों को वही विचारधारा तब तक समावेशी नजर नहीं आती, जब तक वह विदेशी धर्मावलंबी यानी विधर्मी अल्पसंख्यकों का तुष्टीकरण करती हुई, उनकी लल्लो-चप्पो करती हुई, उनकी तमाम भारत-विमुख मनमानियों को सहलाती और पुचकारती हुई नजर नहीं आए। उन्हीं को संविधान, लोकतंत्र के जायज-बेजायज लाभ, हिंदू, सिख, जैन, बौद्ध, शैव, शाक्त, वैष्णव, गाणपत्य आदि सरीखे सभी भारतीय धर्मावलंबियों की कीमत पर देती हुई नजर न आए। अगर समावेशी होने की यही परिभाषा है तो छद्म-धर्मनिरपेक्षता की तरह ये छद्म-समावेश भी आपको मुबारक। क्यों? क्योंकि देश आपसे ऊपर है, यकीनन, क्योंकि हर देश अपने स्वभाव व अपने जीवन-दर्शन के आधार पर ही चला करता है, छद्म यानी कुटिलताओं से भरी भारत-विमुख व भारत विरोधी विचारधाराओं के आधार पर नहीं चला करता। इसलिए भारत भी अपने जीवन-दर्शन के आधार पर चलता रहा है और चलता रहेगा।

यहीं पर बस नहीं है। पश्चिम-परस्त, भारत-विमुख विचारधारा के ये प्रचारक हिंदुओं पर 'डिवीजिव', यानी विभाजन करनेवाला होने का कलंक भी थोपते रहते हैं। शायद, कुछ संकोचों को नजरअंदाज कर हम भारत-विमुखता के प्रचारकों से पूछना चाहेंगे कि हिंदू ने कौन-सा विभाजन किया है? क्या शकस्थान को सीस्तान बनाने का काम हिंदुओं ने किया था? क्या पारसीक खंड को पहले पारस और फिर फारस बना देने का काम हिंदुओं ने किया था? क्या सौवीर प्रदेश को बलोचिस्तान बना देने का काम हिंदुओं ने किया था? अभी तो हमने सिर्फ तीन इलाकों का उल्लेख किया है, जिनके बारे में भारत-विमुख पश्चिम-परस्त इतिहासकार, सिविल सोसाइटीवाले और राजनीतिक

दल—कांग्रेस और भा.ज.पा. सहित सभी राजनीतिक दल बात ही नहीं करते हैं। अर्थात् भारत के ही शकस्थान, पारसीक प्रदेश, सौवीर प्रदेश के भारतवर्ष से अलग हो जाने की कोई बात ही ये सभी लोग नहीं करते। पर हमारा सवाल तो कायम है कि क्या शकस्थान को सीस्तान, पारसीक प्रदेश को फारस तथा सौवीर प्रदेश को बलोचिस्तान बनाने का काम हिंदुओं ने किया था? और क्या उत्तर कुरु को बाल्टिस्तान बनाने का काम हिंदुओं ने किया था? क्या कुरुजांगल को वजीरिस्तान तथा गांधार को अफगानिस्तान बनाने का काम हिंदुओं ने किया था?

अभी विभाजन का यह सिलसिला थमा नहीं है। क्या सप्तसिंधु को पाकिस्तान बनाने का मिशन भारत नामक महादेश के हिंदू का था? क्या अंग्रेजों की गुलामी से मुक्ति के आंदोलन के शिखर पर पहुँचते ही पाकिस्तान की माँग भारत के हिंदू ने की थी? क्या काश्मीर को भारत से अलग करने का आंदोलन भारत के हिंदू करते हैं? क्या भारत के पूर्वोत्तर में, यानी भारत के प्राग्ज्योतिष प्रदेश में असंख्य घुसपैठियों को लाकर वहाँ भारत-विरोधी और विदेशी मजहब-परस्त माहौल बनाने का काम भारत के हिंदू कर रहे हैं? क्या भारत के इन पश्चिम-परस्त लोगों, इन भारत-विमुख विचारधारा के प्रवक्ताओं के पास कोई जवाब है? गोस्वामी तुलसीदास के 'रामचरितमानस' महाग्रंथ में उसके सुंदरकांड में जब रावण अपने चाटुकार सचिवों द्वारा अहंकार के शिखर पर बैठाया जाकर सीता को राम के पास लौटा देने से लगातार मना कर रहा था, तो उसके भाई विभीषण ने उसे एक सीख दी, जो हम पश्चिम-परस्त, भारत-विमुख विचारधारा के प्रचारकों के लिए दोहराना चाहते हैं। विभीषण ने कहा था, "सचिव बैद गुरु तीनि जौ प्रिय बोलहिं भय आस, राज धर्म तन तीनि कर होइ बेगिहीं नास।", यानी अगर कोई सचिव (मंत्री), वैद्य (डॉक्टर) या गुरु (गुरु और गुरु जैसा हितैषी विद्वान्) किसी भय या किसी प्रलोभन के मारे, प्रलोभन यानी लालच के मारे मीठा-मीठा बोलते हैं और सत्य भाषण नहीं करते, तो मान लीजिए कि देश, धर्म और शरीर का नाश होने ही वाला है।

देश का दार्शनिक, बुद्धिजीवी, ऋषि, कवि, संगीत-नृत्य-कलाकार, देश का गुरु होता है। अगर वह देश को सत्य से विमुख कर, देश-विमुख विचारों का, देश-विमुख और देश-विरोधी विचारधाराओं का प्रतिपादन करता रहता है, तो उस देश का फिर भगवान् ही रक्षक है। पश्चिम-परस्त, भारत-विमुख विचारधारा के पोषकों ने देश को आज जहाँ पहुँचा दिया है, वह किसी से छिपा नहीं है। छिपा है क्या?

यकीनन अब एक वैकल्पिक विचारधारा को, पश्चिम-परस्त, भारत-विमुख विचारधारा नहीं, भारत-उन्मुख विचारधारा को प्रस्तुत करने का, उसे व्याख्यायित करने का, उसे राजनीति का प्रमुख सूत्रधार बनाने का समय आ ही जाना चाहिए। भारत के सूर्य का, भारत की अपनी विचारधारा का अब दक्षिणायन से उत्तरायण की ओर आ पहुँचने

का समय आ ही जाना चाहिए। पर यह सब तभी संभव है, जब भारत का हिंदू, भारत की आबादी का 84 प्रतिशत होने के कारण भारत को नेतृत्व देने का जिसका प्रमुख और स्वाभाविक दायित्व है, भारत को बनाने, बचाने और बनाते रहने का प्रमुख दायित्व है, वह हिंदू राजनीतिक दृष्टि से स्पष्ट हो, स्वच्छ हो, जागरूक हो, संकल्पवान् हो, ऊर्जावान हो। उसे नहीं भूलना चाहिए कि भारत-विमुख विचारधाराओं में राजनीतिक दृष्टि से सामर्थ्य-संपन्न होने के सभी तत्त्व विद्यमान हैं। इसलिए उसे, यानी भारत के हिंदू को राजनीतिक दृष्टि से कहीं अधिक पटु, इतिहासबोध से कहीं अधिक संपन्न और देश को उसका व्यक्तित्व देने की महत्त्वाकांक्षाओं से कहीं अधिक सराबोर होना ही होगा। यह तब होगा, जब उसे स्पष्ट होगा कि देश का व्यक्तित्व क्या होना चाहिए, उसके लिए 'हिंदू, यानी क्या' इस प्रश्न का, इस जिज्ञासा का, यहाँ तक कि उस पर हमले का भी सटीक जवाब पाना और समझ लेना होगा।

इधर पश्चिम-परस्त, भारत-विमुख विचारधारा के प्रवर्तक व इसमें प्रशिक्षित बुद्धिजीवियों ने एक नया पाखंड रचना शुरू कर दिया है। जब भी हिंदू की बात आती है, तो वे कहना शुरू कर देते हैं कि देश के दलित तो खुद को हिंदू नहीं कहते, वनवासी व गिरिजन भी तो (जिन्हें वे लोग 'आदिवासी' का अर्थहीनता से भरा नाम देने में ही खुशी का अनुभव करते हैं) खुद को हिंदू नहीं मानते। यानी खुद को सबसे बड़ा माने बैठे इन भारत-विमुखों को पता नहीं कहाँ से पता चल गया कि ये लोग खुद को हिंदू नहीं मानते। तो भारत सरकार की जिन जनगणनाओं में हिंदू की जनसंख्या 84 प्रतिशत और अन्य भारतीय धर्मावलंबियों की जनसंख्या जोड़ देने पर 87 प्रतिशत तक मानी जाती है, वह जनसंख्या दलितों को गिने बिना ही इस प्र.श. तक जा पहुँची है? जो वनवासी हिंदू जनसंख्या राम को अपना परम आराध्य मानती है, जो गिरिजन हिंदू जनसंख्या शिव को और उनकी शक्ति को अपना परम आराध्य मानती है, वे किस सभ्यता और संस्कृति के वाहक माने जाएँगे? निस्संदेह हिंदू संस्कृति के ही तो। गुजरात में हुए शबरी कुंभ को ये लोग भूल गए हैं क्या? ये लोग कुछ नहीं भूले हैं। इन्हें सब पता है। उन्हें पता है कि दलित स्वयं को हिंदू मानते और कहते हैं। इन्हें अच्छे से पता है कि जिन वाल्मीकि ने हिंदुओं को राम दिए, जिन वेदव्यास ने हिंदुओं को कृष्ण दिए, जिन सूतजी महाराज ने हिंदुओं को पुराण-उपपुराण कथाएँ दीं, वे सभी महर्षि दलित समुदाय के ही थे और भारत के हिंदुत्व के पुरोधा व अग्रणी हजारों साल से रहे हैं, आज भी हैं, हमेशा रहनेवाले हैं। इन्हें पता है कि वनवासी खुद को हिंदू मानते और कहते हैं। इन्हें पता है कि गिरिजन खुद को हिंदू मानते और कहते हैं। पर पश्चिम-परस्त, भारत-विमुख मीडिया की ताकत का चालाक इस्तेमाल कर ये लोग पूरे भारत में यह भ्रम फैला देना चाहते हैं कि दलित, वनवासी व गिरिजन को हिंदू न माना जाए। क्यों? इसलिए कि उनके पश्चिमी आका,

यानी अंग्रेज बहादुर की पूरी रणनीति ही यही थी कि तमाम सामाजिक वर्गों को हिंदू विश्व से बाहर का माना जाए, ताकि भारत व उसके समाज के जितने अधिक टुकड़े दिखाए जा सकते हों, उतने ज्यादा-से-ज्यादा टुकड़ों में देश के हिंदुओं को दिखाया जा सके। अंग्रेज तो अपनी करनी में औंधे मुँह गिरकर भारत से निकाल दिए गए। पर उनके ये मानसपुत्र, ये पश्चिम-परस्त लोग, ये तमाम भारत-विमुख लोग, जिन्हें भारत-विरोधी दिखने में पता नहीं क्यों भरपूर सुख मिलता है, ऐसी भारत तोड़क विचारधारा का वाहक होने में ही सुख का अनुभव करते हैं। ऐसा करने में उनका सीना तब गर्व से फूल जाता है, जब भारत को कमजोर करने में लगी विदेशी राजनीतिक व धार्मिक विचारधाराओं का सहज समर्थन उन्हें मिल जाता है। यानी भारत में ब्राह्मणों, बनियों व ठाकुरों के अलावा कोई हिंदू नहीं है, उस गलत, शरारत भरी व भारत को सिरे से ही नकार देनेवाली भारत-विरोधी विचारधारा के ये वाहक इसी मिशन में लगे हुए हैं। क्यों लगे हैं, इसकी जाँच होनी चाहिए।

जाँच इसलिए होनी चाहिए, क्योंकि भारत की पूरी-की-पूरी धर्म-दर्शन की, विज्ञान व साहित्य, नृत्य, नाट्य, संगीत, कला व स्थापत्य की, हजारों सालों के इतिहास के दौर में विकसित हुई हमारी पूरी विचारधारा से तो हिंदू विरोध की इस मुहिम को कोई समर्थन नहीं मिलता। फिर वह क्या प्रेरणा है, जो इस हिंदू-विरोधी अर्थात् भारत-विरोधी मुहिम का अगुआ बनने का उत्साह उनमें भरती रहती है ? भारत के संविधान में मिली अभिव्यक्ति की आजादी का दुरुपयोग अगर ये लोग हिंदुत्व को राजनीतिक रूप में बदनाम करने, हिंदू समाज को छिन्न-भिन्न करने और हिंदू-विरोधी ताकतों को शक्ति देने में करते हैं, तो इस आजादी के इस प्रकार के देश-विरोधी दुरुपयोग को लेकर गंभीर विमर्श नहीं होना चाहिए क्या ? देश-विरोधी इसलिए, क्योंकि देश की 84 प्रतिशत हिंदू और 3 प्रतिशत शेष भारतीय धर्मावलंबी, इस प्रकार देश की 87 प्रतिशत भारतीय धर्मावलंबी आबादी का अपमान करना, उसका मखौल उड़ाना, उसे गलत तर्कों के आधार पर चित्रित कर कमजोर करना, यह सब देश-विरोधी काम नहीं तो और क्या है ? देश की 87 प्रतिशत आबादी को श्रीहीन कर क्या आप सिर्फ 13 प्रतिशत आबादी को, यानी विदेशी धर्मावलंबी यानी विधर्मी आबादी को ही मजबूत करने जा रहे हैं ? क्या देश 87 प्रतिशत भारतीय धर्मावलंबी आबादी को नकारकर, तिरस्कृत कर, श्रीहीन कर आज भारत को मजबूत बना सकते हैं ? क्या सिर्फ 13 प्रतिशत विधर्मी आबादी के दम पर भारत के व्यक्तित्व का निर्माण कर सकते हैं ? हम भारत-विमुख पश्चिम-परस्त लोगों के इस मिथ्या तर्क को सिरे से नकारते हैं कि 87 प्रतिशत आबादी बहुमतवाद, यानी मेजोरिटेरियनिज्म की परिचायक है। भारत में 13 प्रतिशत विदेशी धर्मावलंबी इसीलिए सुकून से रह रहे हैं, क्योंकि देश की 87 प्रतिशत आबादी भारतीय धर्मावलंबी

है, सहिष्णुता उसके रक्त में है, सभी का सम्मान उसके डी.एन.ए. में है और सबको साथ लेकर चलना उसका स्वभाव है। भारत का दस हजार साल का पूरा इतिहास इस सत्य का काल-परीक्षित प्रमाण बनकर दुनिया के सामने खड़ा है। हिंदू को इसके लिए किसी दूसरे के, अमेरिका के किसी दूसरे राष्ट्रनायक से या उनके किसी दुमछल्लों से किसी भी तरह के किसी भी सर्टिफिकेट की जरूरत नहीं है, दरकार नहीं है, कोई आवश्यकता तक नहीं है।

भारत के हिंदू व अन्य भारतीय धर्मावलंबियों को इस तरह नकारात्मक चित्र में प्रस्तुत करने के मिशन में लगे लोगों को ताकत इसलिए भी मिल जाती है कि 'हिंदू कौन है ?' इस प्रश्न के उत्तर में हिंदू की कोई इदमित्थं परिभाषा हमारे सामने नहीं आ पाई है। कई बार ऐसा होता है कि जो परिस्थिति, जो अवधारणा, जो अनुभूति बहुत ही अर्थ से भरी, प्रभाव से परिपूर्ण और श्रेष्ठ परिणाम देने में समर्थ होती है, उसकी कोई दो-टूक परिभाषा आप नहीं दे पाते। माँ का शिशु से स्नेह इसी अपरिभाषेय श्रेणी में आता है। भारत का हिंदुत्व भी ठीक इसी ओर इशारा कर रहा है। संपूर्ण भारत हिंदू है और हम इसके माध्यम से यह बात समस्त भारत धर्मावलंबियों की ओर से कहने का सात्त्विक प्रयास कर रहे हैं। समस्त भारत धर्मावलंबियों को एक ही 'हिंदू' नाम देकर गलत कर रहे हैं या ठीक कर रहे हैं, इस पर हम सभी आयामों को सामने रखकर आगे बात करने ही वाले हैं, बेबाक बात करने ही वाले हैं। पर पहले हम हिंदू की परिभाषा दे देना चाहते हैं।

□

11

परिभाषा : हिंदू की परिभाषा

तो परिभाषा यह है कि 'जो पुनर्जन्म मानता है, वह हिंदू है।' इसे प्रकारांतर से इस प्रकार भी कह सकते हैं कि 'हिंदू वह है, जो पुनर्जन्म मानता है।' हमारा मानना है कि हिंदू की यह परिभाषा हमारे सामने उस तरह से पहली बार आई है। इस पर सभी आयामों से गंभीर विमर्श होना ही चाहिए। यदि इससे पहले भी यह परिभाषा किसी अन्य ने दे दी है और हम किसी भी कारणवश उसे अभी तक प्राप्त नहीं कर पाए हैं, तो हमारा मानना है कि हम खुद को इस तरह की परिभाषा देनेवाले का ऋणी, परिभाषा देनेवाले का ऋणी मान लेंगे और हर्षपूर्वक मान लेंगे। यानी हिंदू की हमारी परिभाषा यही है कि 'हिंदू वह है, जो पुनर्जन्म मानता है'।

हम पर तुरंत आक्रमण इस सवाल के रूप में होनेवाला है कि जो पुनर्जन्म नहीं मानता, क्या वह हिंदू नहीं है? इस पर हमारा फिर से यही सवाल दोहराना है और रेखांकित करते हुए पूछना है कि क्या जो पुनर्जन्म नहीं मानता, वह हिंदू नहीं है? जी हाँ, हमारा स्पष्ट उत्तर है और यह उत्तर भी रेखांकित करते हुए ही दिया जा रहा है कि 'जी हाँ, जो पुनर्जन्म नहीं मानता, वह हिंदू नहीं है।' जी हाँ, आपने सही पढ़ा है। हम फिर, फिर से दोहरा रहे हैं कि जो पुनर्जन्म नहीं मानता, वह हिंदू नहीं है। हिंदू वह है, जो पुनर्जन्म मानता है।

इससे पहले कि इस परिभाषा से जुड़े विभिन्न आयामों पर विमर्श कर लिया जाए, हम सबसे पहले इस परिभाषा से जुड़े 'पुनर्जन्म' शब्द पर थोड़ा अधिक विस्तार से बात कर लेना चाहते हैं। इस विषय का संबंध, यानी 'पुनर्जन्म' विषय का संबंध गहरी दार्शनिकता से है। हमने स्वयं से ही यह अघोषित प्रतिज्ञा कर रखी है कि हम जहाँ तक हो सकेगा हिंदुत्व से जुड़े व प्रत्येक प्रश्न पर, गहनतम प्रश्न पर भी अपने पाठकों को सरलतम भाषा और शैली में समझ में आ जानेवाला संवाद करेंगे और वैसी प्रतिज्ञा पूरी कर सकने लायक बन सकने में हम अपने पत्रकारिता अनुभव का संपूर्ण सदुपयोग

करने का इरादा रखते हैं। लक्ष्य यह है कि 'पुनर्जन्म' जैसे गहन विषय को चाय की चुस्कियाँ लेने जैसी मनोदशा में समझा दिया जाए। कोशिश हमारी है और सफलता हमें उन विद्वानों के आशीर्वाद से ही मिलेगी, जिनके चरणकमलों में बैठकर हमने जीवन में कुछ भी ज्ञान प्राप्त किया है, विद्यालयों में भी, महाविद्यालयों में भी और जीवन के परमविद्यालय में भी।

'हिंदू' की परिभाषा से जुड़ा सबसे बड़ा, सबसे महत्त्वपूर्ण और सबसे संवेदनशील आयाम यह है कि 'पुनर्जन्म' एक ऐसा तत्त्व है, जिसमें निरंतरता का आश्वासन है, यानी जीवन की निरंतरता का आश्वासन है। आश्वासन यह है कि मृत्यु ही जीवन का अंत नहीं है। जीवन अनंत है। मृत्यु उसका एक अल्पविराम जैसा है। मृत्यु के बाद भी जीवन है। यह संदेश हमने इस परिस्थिति से ग्रहण किया है कि संसार में हमने कभी भी जीवन के विनाश का, समाप्ति का पूर्णविराम नहीं देखा। जब से देखा है, जीवन चल ही रहा है। सृष्टि चल ही रही है। प्रत्येक विनाश के बाद फिर से सृजन हमने सदा, बार-बार और हर बार, इतिहास के हर युग और हर कालखंड में देखा है। जब ऐसा है, जो कि है, तो इस सतत सृजनशील संसार के केंद्र-बिंदु मनुष्य का अंत क्योंकर माना जाए? संसार निरंतर है, हर उठा-पटक के बावजूद, हर युद्ध-विग्रह के बावजूद, हर उत्थान-पतन के बावजूद निरंतर है तो इस संसार का केंद्र-बिंदु मनुष्य, उसका संचालक मनुष्य भी निरंतर है, वह भी विनाशशील नहीं हो सकता। वह भी निरंतर है, यानी जन्म है, मृत्यु है तो उसके बाद भी जीवन है। हर सभ्यता में, हर जीवन-दर्शन में ये जो स्वर्ग या नरक की कल्पनाएँ हैं, इन कल्पनाओं में कहीं-न-कहीं यह विश्वास, यह दृढ-विश्वास, यह सुपरिचित दृढ-विश्वास ही काम कर रहा है कि मृत्यु जीवन का अंत नहीं है। मृत्यु के बाद स्वर्ग में, नरक में, पितृलोक में, किसी भी परलोक में जीवन है और उसे खोजने की अदम्य इच्छा इसी दृढ-विश्वास से उपजी है कि मृत्यु जीवन का पूर्णविराम नहीं है। इस संपूर्ण दृढ-विश्वास चर्चा में हिंदू की विशेषता यह है कि उसने जीवन के इस पक्ष को, मृत्यु के बाद भी जीवन को 'पुनर्जन्म' का नाम देकर उसे एक विराट् दार्शनिक आयाम दे दिया है और उसे एक जबरदस्त वैज्ञानिक-वैचारिक गठन भी दे दिया है।

हमने कहा कि पुनर्जन्म एक ऐसा तत्त्व है कि जिसमें निरंतरता का आश्वासन है। स्पष्ट है कि जब तक कोई स्थिर, सतत विद्यमान और शाश्वत केंद्र-बिंदु नहीं होगा, उसके बिना, उस सतत केंद्र-बिंदु के सहारे के बिना एक ही परिस्थिति अर्थात् पुनर्जन्म की परिस्थिति बार-बार नहीं घटित हो सकती। मतलब, इस धराधाम पर एक जीव आया, मसलन एक मनुष्य आया। जन्म लेकर आया। कुछ समय, कुछ जीवनकाल इस धराधाम पर बिताकर उस मनुष्य की मृत्यु हो गई। यानी एक शरीर का जन्म हुआ और मृत्यु हो जाने पर उस खास शरीर का अंत हो गया। अगर उसे फिर से जन्म, पुनर्जन्म लेना है,

तो वह क्या तत्त्व है, जो उसे निरंतरता प्रदान करता है? यानी मृत्यु के साथ ही जो शरीर नष्ट हो गया, वह तो नष्ट हो गया, फिर पुनर्जन्म किसका हुआ, किस आधार पर हुआ?

इस प्रश्न के उत्तर में हमारे देश की दर्शन परंपरा ने 'आत्मा' तत्त्व का प्रतिपादन किया है। आत्मा को आप चाहें तो चैतन्य भी कह सकते हैं, समझने भर के लिए। भारत का हर भारतधर्मावलंबी, वह भारत में रहा हो या विदेश में कहीं रह रहा हो, ऐसा हर भारतधर्मावलंबी 'आत्मा' का अर्थ जानता और समझता है। पर अंग्रेजीदाँ लोगों को समझाने के लिए इस चैतन्य तत्त्व को, यानी आत्मा को चाहें तो 'कांशसनेस' इस शब्दार्थ के माध्यम से भी समझ सकते हैं। 'कांशसनेस', यानी चैतन्य, यानी इसे मोटे तौर पर समझने के लिए ही चैतन्य, यानी आत्मा।

भारत की दर्शन-परंपरा में यह एक आधारभूत स्थापना है कि चैतन्य, यानी कांशसनेस का नाश नहीं होता, अर्थात् आत्मा का नाश नहीं होता। इसको ठीक से जान-समझ लेना जरूरी है। आधुनिक विज्ञान ने यह मान लिया है, इस स्थापना को लगभग अंगीकार कर लिया है कि हमें दिखाई देनेवाला संपूर्ण विश्व, सही शब्द का प्रयोग करें तो संपूर्ण ब्रह्मांड हमारे ब्रेन, यानी हमारे चैतन्य का ही विस्तार है। 'दिज एंटायर यूनिवर्स इज द एक्सपांशन ऑफ द ब्रेन।' हम जो कुछ भी हैं, वह इसी ब्रेन का, चैतन्य का, आत्म का विस्तार है।

आप आधुनिक विज्ञान को मानते हैं, पर हम आधुनिक विज्ञान के साथ-साथ अपने ऋषियों की वाणी को भी इतना ही महत्त्व देते हैं। यह मानकर उतना ही महत्त्व देते हैं कि कथित 'साइंटिफिक टेंपरामेंट', यानी विज्ञानसम्मत मनोभूमिका सिर्फ आधुनिक विज्ञानवालों की ही नहीं है, हमारे ऋषि-मुनियों की भी रही है। हाथ के हाथ नमूना देख लिया जाए। यह अकारण नहीं कि आज से करीब सात हजार साल पूर्व लिखे गए मंत्र, गायत्रीमंत्र में ऋषि विश्वामित्र ने सूर्य से 'धी', यानी बुद्धि, यानी ब्रेन, यानी चैतन्य की प्राप्ति के लिए प्रार्थना की है। मंत्र है—'तत् सवितुवरेण्यं भर्गो देवस्य धीमहि, धियो यो नः प्रचोदयात्'। 'हम सूर्य देव के (सवितुः देवस्य), परम प्राप्तव्य तेज पर (वरेण्यम् भर्गः) अपना ध्यान केंद्रित करते हैं (धीमहि), जो सूर्य देव (यः) हमारी बुद्धि को (नः धियः) सक्रिय, प्रेरणायुक्त बनाए रखे (प्रचोदयात्)'। जिस ब्रेन को, जिस 'धी' को, जिस चैतन्य तत्त्व को समस्त ब्रह्मांड का विस्तार माना गया है, गायत्री मंत्र उसी ब्रेन, यानी चैतन्य को प्रखर तेजस्वी बनाने की कामना करता है। पुराणों की ओर देखें तो मार्कंडेय पुराण के अंतर्गत 'दुर्गासप्तशती' के अध्याय संख्या 5 के प्रकरण खासतौर पर देखने योग्य हैं। शुंभ और निशुंभ से युद्ध में विजय पाने के लिए जब देवताओं ने शक्ति की प्रार्थना की तो देवताओं ने सबसे पहले दुर्गा की स्तुति उस रूप में की कि आप ही सभी प्राणियों में बुद्धि और चैतन्य के रूप में रहती हैं। श्लोक पढ़ने योग्य हैं—'या

देवी सर्वभूतेषु बुद्धिरूपेण संस्थिता, नमस्तस्यै नमस्तस्यै नमस्तस्यै नमो नमः' और 'या देवी सर्वभूतेषु चेतनेत्यभिधीयते, नमस्तस्यै नमस्तस्यै नमस्तस्यै नमो नमः' (अध्याय 5, श्लोक सं. 17-22)।

गायत्री मंत्र में और दुर्गा स्तुति में जिस ब्रेन को, जिस धी को, जिस बुद्धि को, जिस चैतन्य को प्रखर तेजस्वी बनाने की कामना की गई है और जिसे समस्त प्राणियों में व्याप्त माना गया है, यह वही भावार्थ है, जिस भावार्थ के अनुसार ब्रेन को ही संपूर्ण ब्रह्मांड का विस्तार कहा जाता है। स्पष्ट है कि ब्रह्मांड का जनक या जननी, अर्थात् विस्तार, अर्थात् उत्पत्तिकर्ता, वह एक ऐसा तत्त्व ही हो सकता है, जो हमेशा, हमेशा रहनेवाला होना चाहिए। हमारे दर्शन में इस कभी नष्ट न होनेवाले 'ब्रेन' तत्त्व को 'चैतन्य' या 'आत्मा' कहा गया है, जो 'ब्रेन' की अपेक्षा अधिक अर्थपूर्ण और अधिक सारगर्भित शब्द है। जाहिर है कि हम ब्रेन के साथ आत्मा को पर्यायवाची नामकरण देकर इस आत्मतत्त्व का अतिसरलीकरण कर रहे हैं। जिस तत्त्व पर विमर्श का प्रारंभ वैदिक मंत्रों से हुआ, उपनिषदों में उसका परिपाक हुआ और इस तरह संपूर्ण निगम-आगम-कथा की अध्यात्म परंपरा, अद्वैत परंपरा और भक्ति परंपरा के माध्यम से सहस्राब्दियों की यात्रा करता हुआ वह विमर्श संपूर्ण भारत के जन-जन की भावभूमि का अविभाज्य हिस्सा बन गया। अपने शेष विमर्श में अब हम ब्रेन, बुद्धि या चैतन्य इन शब्दों के बजाय सीधे-सीधे 'आत्मा' शब्द का ही प्रयोग करेंगे, जो हमारी पूरी-की-पूरी दर्शन परंपरा का सर्वमान्य, स्थापित और सार्थक शब्द है। भारत के हर व्यक्ति को, अंग्रेजीदाँ सिविल सोसाइटी समेत हर व्यक्ति को इस शब्द से स्वभावतः सुपरिचित रहकर उसी शब्द का, यानी 'आत्मा' शब्द का प्रयोग ही करना चाहिए।

तो आत्मा है, वह अनश्वर है, निरंतर रहनेवाला है और वही आत्मा तत्त्व इस 'पुनर्जीवन' अवधारणा का आधारभूत धरातल है, वह उस तरह से कि यही वह अविनाशी तत्त्व आत्मा है, जो बार-बार शरीर धारण करता है, शरीर जब नष्ट हो जाता है तो भी आत्मा नष्ट नहीं होता। यही 'पुनर्जन्म' है, जिसमें आत्मा तत्त्व जो कभी नष्ट नहीं होता, पर शरीर अपने नए-नए जन्म लेता रहता है। आत्मा चूँकि अविनाशी है, वह जस का तस बना रहता है। यह शरीर ही है, जो बार-बार जन्म लेता है। यही पुनर्जन्म है।

आत्मा ही अगर वह आधारभूत धरातल है, जिसके अविनश्वर रहते हुए, नित्य रहते हुए बार-बार जन्म लेता है अर्थात् बार-बार शरीर धारण करता है, तो सवाल यह है कि वह बार-बार शरीर धारण क्यों करता है? इस वैध सवाल के जवाब में भारत के दर्शन ने कर्म-सिद्धांत का विकास किया है, जो विश्व के चिंतन-दर्शन के इतिहास में भारत की अपनी ही अद्भुत देन है। कर्म-दर्शन के माध्यम से भारत ने मनुष्य को प्रकृति से मिली उस स्वतंत्रता को रेखांकित किया है, जो अद्भुत स्वतंत्रता हमारे जीवन-दर्शन

का, जीवन–शैली का आधार बनकर हमारे सामने, हमारे पास है। कर्म–दर्शन को समझाने के लिए, यानी अंग्रेजीदाँ, पश्चिम–परस्त, भारत–विमुख लोगों को समझाने के लिए हम एक बार फिर से पश्चिमी वाक्यावली का सहारा लेते हैं, क्योंकि इन अंग्रेजीदाँ लोगों ने हमारे पास कोई दूसरा विकल्प छोड़कर ही नहीं रखा है कि हमें पश्चिमी शब्दावली में भारत का दर्शन अर्थात् 'पुनर्जन्म' समझाया जाए। अंग्रेजी के एक वाक्य को भारत का हर अंग्रेजी पढ़ा–लिखा व्यक्ति समझता है कि 'हर क्रिया की अपनी एक अनिवार्य प्रतिक्रिया होती है', जिसे हम एक्शन–रिएक्शन के संदर्भ में मानते हैं और समझते हैं। इस एक्शन और रिएक्शन को 'कर्म' और 'कर्मफल' के रूप में, मोटे तौर पर समझ सकते हैं और यही कर्म–दर्शन का असली मतलब है। आपके हर कर्म का परिणाम आपको भुगतना ही है, कर्म फल आपको मिलना ही मिलना है। जैसे हर आजादी की कीमत देनी होती है, वैसे ही अपने कर्म करने की आजादी का मोल भी आपको कर्मफल के रूप में चुकाना ही चुकाना है। जाहिर है कि अच्छे कर्म का अच्छा फल और बुरे कर्म का बुरा फल। आप कर्म करने को स्वतंत्र हैं, 'स्वतंत्रः कर्ता'। यह वाक्य भारत के सबसे बड़े भाषाविद् आचार्य पाणिनि (1.4.54) का है। इसलिए कर्म का फल भुगतने की जिम्मेदारी भी आपकी ही है। इसका मतलब यह है कि आपने कर्म किया है, तो उसका फल भुगतना ही है। कर्म कर लिया और बिना उसका फल भुगते हुए निकल लिये तो यह भारत के कर्म–दर्शन में एक असंभव स्थिति है।

कर्म करते गए और फल भुगतते चले गए और इस बीच मृत्यु के परिणामस्वरूप शरीर का अंत हो गया, तो भी आपके द्वारा किए गए कर्मों के फल से आप बच नहीं सकते। शरीर का अंत हो गया और आपको किए जिन कर्मों का फल भुगतना रह गया है, उन्हें भुगतने के लिए फिर से शरीर धारण करिए और उसी क्षण से फिर से फलों को भुगतना शुरू कर दीजिए। यही पुनर्जन्म का कारण है। अगर कर्म–दर्शन विज्ञान–सम्मत है तो फिर पुनर्जन्म को भी आप अवैज्ञानिक नहीं ठहरा सकते। हमारे हर कर्म का फल मिलना ही है, एक्शन–रिएक्शन सिद्धांत के तहत मिलना ही है, तो पुनर्जन्म की अवधारणा भी उतनी ही वैज्ञानिक है, जितनी वैज्ञानिक अवधारणा एक्शन–रिएक्शन सिद्धांत की, यानी कर्म–कर्मफल सिद्धांत की है।

मर गए तो भी कर्मफल भुगतना ही है, यह उस कर्म–सिद्धांत का वह मर्म है, जिसकी समझदारी हमें सिर्फ भारत के दर्शन से मिलती है। और कहीं से नहीं मिलती। हमने आप को समझाने भर के लिए आत्मा को ब्रेन और चैतन्य के समकक्ष जैसा मान लिया था। कर्म को पुनर्जन्म के साथ जोड़कर समझने में हमें यही ब्रेन और चैतन्य तत्त्व हमारी सहायता करता है। कैसे ? इस तरह से कि हम जो भी कर्म करते हैं, वह कर्म हमारे हाथों, ऐसे ही अपने आप, बिना ब्रेन और चैतन्य का प्रयोग किए नहीं होता। हमारा

ब्रेन सोचता है, हमारा चैतन्य सोचता है तो ब्रेन या चैतन्य की प्रेरणा और विवशता से हमारे हाथों कर्म हो जाता है। अच्छा सोचा तो अच्छा कर्म और अच्छा कर्मफल। बुरा सोचा तो बुरा कर्म और बुरा कर्मफल। सोचने का काम ब्रेन या चैतन्य का है। कर्म तो शरीर करता है। फल ब्रेन या चैतन्य को भुगतना पड़ता है। शरीर मर गया तो भी ब्रेन या चैतन्य या आत्मा नहीं मरता। शरीर के द्वारा हुए कर्म तथा कर्म-फल तो आत्मा के खाते में चले गए। इसलिए शरीर नष्ट हो जाने के बाद आत्मा के रिकॉर्ड में दर्ज हो चुके कर्मफल को भुगतने के लिए फिर से जन्म लेना होगा। यानी जन्म, कर्म, कर्मफल एक ऐसा चक्र है, जो चलता ही रहता है। यानी जन्म, पुनर्जन्म का चक्र चलता ही रहता है, और उसी आधार पर संसार का चक्र भी चलता रहता है। इसी को हमारी रोजमर्रा की भाषा में भवचक्र या भवसागर का चक्र कहते हैं। संसार के इस 'चक्र' को बौद्ध धर्मदर्शन में 'भव' कहा गया है। यही भवबंधन है।

क्या इस चक्र से कभी छुटकारा नहीं है? है तो। यही छुटकारा ही तो मोक्ष है। जन्म-मरण के, जन्म-पुनर्जन्म के इसी चक्र (या चक्कर) से छूटने को ही मोक्ष या मुक्ति कहते हैं। अच्छे कर्म का अच्छा फल, बुरे कर्म का बुरा फल, यह समझते वक्त हमने कहा था कि हम अच्छा कर्म कर रहे हैं या बुरा कर्म, उसका निर्धारण इस बात से होता है कि हमारे चैतन्य या हमारे आत्मा ने हमें कैसा कर्म करने की प्रेरणा दी। अगर मान लीजिए कि हमारा आत्मा हमें अच्छे और बुरे से ऊपर उठाकर शुद्ध रूप से, और सिर्फ कर्तव्य भाव से कर्म करनेवाला बना दे तो फिर हमारे हाथों सिर्फ और सिर्फ कर्म होगा, जो न अच्छा कर्म होगा और न ही बुरा कर्म। वह सिर्फ कर्म होगा, कर्म। कृष्ण ने 'गीता' में यह बात इस तरह से यह कहकर समझाने की कोशिश की है कि 'कर्मण्येवाधिकारस्ते मा फलेषु कदाचन' (2.47) अर्थात् कर्म करना तुम्हारे अधिकार में है (कर्मणि एव ते अधिकार:), फल कैसा मिलेगा, वैसे वह मिलेगा जरूर, पर कैसा मिलेगा, इस पर तुम्हारा अधिकार ही नहीं है (मा फलेषु कदाचन ते अधिकार:), क्योंकि फल के स्वरूप का, शक्ल का फैसला कई बातों से होता है। मसलन कर्म कहाँ हुआ (अधिष्ठानम्), कर्म करनेवाली की मन:स्थिति क्या थी (तथा कर्ता), कर्म करने में किन-किन की सहायता ली गई (करणं च पृथग्विधम्), किस-किस तरह की कोशिशें, चेष्टाएँ की गईं (विविधाश्च पृथक् चेष्टा:) और कर्म करनेवाले का 'दैव', यानी किस्मत, यानी भाग्य कैसा था (दैवं चैवात्र पंचमम्)—इन पाँच तत्त्वों का सम्मिलित परिणाम कर्म के फल की शक्ल तय करते हैं। (18.14) चूँकि कर्म करनेवाला इन पाँचों तत्त्वों को अपने हिसाब से तय करने की कोशिश में ही लगा रहता है (जो अन्यथा उसके अधिकार क्षेत्र से ही परे है, दूर है) और कर्मफल कैसा हो, इसी का फैसला करने के फेर में फँसा रहता है, इसलिए वह कर्मफल के लिए जिम्मेदार बन जाता है। अगर वह मात्र कर्म करता रहे,

सौ प्रतिशत कर्म के भाव से ही करता रहे, क्योंकि उतना मात्र ही उसके अधिकार में है और कर्म का फल कैसा होना चाहिए, उसे लेकर कोई कोशिश न करे, क्योंकि वह उसके अधिकार में ही नहीं है, तो वह कर्म करता हुआ भी कर्मफल को नहीं भुगतेगा, 'न कर्म लिप्यते नरे', फिर ऐसा कर्म उसे कर्मफल के रूप में चिपकता ही नहीं है। लिप्त होता ही नहीं है। इसी गहन कृष्णवाणी को, हमारे देश के मनोभाव में इस रूप में और सही ही ग्रहण कर लिया गया है, परम सहज रूप में जैसे मानो याद कर लिया गया है कि 'कर्म करते चलो, फल की इच्छा ही मत करो' (मा फलेषु कदाचन)।

ऐसे कर्म का कोई फल नहीं मिलेगा। यानी कर्म हुआ है तो फल तो निकलेगा ही, पर कर्म करनेवाला उसके दायित्व से मुक्त रहेगा। जब फल ही नहीं मिलेगा तो फिर ऐसा कोई कर्मफल बचेगा ही नहीं कि उसे भुगतने के लिए पुनर्जन्म लिया जाता रहे। इसी को 'ज्ञान' कहते हैं। ऐसा ज्ञान हो जाने पर ही मनुष्य मोक्ष का, जन्म-पुनर्जन्म से मुक्ति, यानी मोक्ष का अधिकारी बन जाता है। जाहिर है कि फलविहीनता का यह सिलसिला भी कई जन्मों के दौर में, तमाम बचे-खुचे कर्मफलों के भुगत जाने के बाद ही संभव होता है। इसलिए कृष्ण ने 'गीता' में कह दिया कि 'बहूनां जन्मनाम् अंते ज्ञानवान् मां प्रपद्यते' (7.19) अर्थात् ज्ञानी मनुष्य को भी अनेक जन्मों के बाद जाकर ही मुक्ति का अधिकार मिलता है, मोक्ष मिलता है।

बस, एक बात और हल्के से समझ लेनी है। मनुष्य का आत्मा ऐसा हो जाए, मनुष्य का चैतन्य ऐसा हो जाए, मनुष्य का ब्रेन ऐसा हो जाए कि वह बिना अच्छे-बुरे की प्रेरणा के, यानी बिना किसी फल देनेवाली प्रेरणा के, यानी सिर्फ कर्म करने के लिए (किसी फल के लिए नहीं, सिर्फ और सिर्फ कर्म के लिए) कर्म करने योग्य हो जाए, उसके लिए काफी कोशिश, प्रयास, प्रयत्न करना होता है। ब्रेन को, चैतन्य को, आत्मा को साधना होता है कि वह अच्छे, बुरे, यानी किसी भी भाव से मुक्त हो जाए। उसी कोशिश को लेकर कृष्ण ने कहा है, 'गीता' में ही यह सब कहा है कि 'अभ्यासेन तु कौन्तेय वैराग्येण च गृह्यते' (6.35) अर्थात् बड़े अभ्यास के बाद ही, बड़े वैराग्य से ही, निरंतर विरक्त, यानी डिस्पेशनेट होने के परिणामस्वरूप ही मनुष्य का आत्मा ज्ञानयुक्त हो पाता है। हम अच्छा सोचें, अच्छा व्यवहार करें, अच्छा आचरण करें—इसकी साधना, तपस्या करनी होती है, यानी उसके लिए खुद को ट्रेन करना होता है। इसी आचरण को हम 'धर्म' कहते हैं, जो न मजहब है और न ही रिलीजन है। इस पर हम पहले ही, धर्म पर विचार करते वक्त काफी और कई बार लिख आए हैं।

हमारा आचरण ही हमारा धर्म है। अच्छा आचरण, यानी धर्म। बुरा आचरण, यानी अधर्म। जाहिर है कि धर्म का संबंध उस आचरण से है, जो हमारे ब्रेन, चैतन्य या आत्मा को ऊपर उठाने का कारण बनता है, जबकि अधर्म उसे नीचे गिराने का कारण बनता है।

भारत में इसी को धर्म कहते हैं। जो मजहब या रिलीजन को धर्म कहते हैं, वे भारत को, भारत के दर्शन को, भारत के धर्म को, भारत के धर्म-दर्शन को, भारत के धर्म-आचरण को समझते ही नहीं, जानते ही नहीं। जबकि इस धर्म को, इस धर्म-आचरण को समझना कोई कठिन काम नहीं है। पर समझना तो होता ही है। जब धर्म को ही नहीं समझा तो धर्मनिरपेक्षता का मतलब, मर्म, अर्थ ही ये बेचारे पश्चिम-परस्त, भारत-विमुख, अंग्रेजीदाँ और राजनीतिखोर लोग क्या समझेंगे? खाक समझेंगे?

पुनर्जन्म, कर्म-कर्मफल, कर्म बंधन, मुक्ति, ज्ञान, धर्म आदि की ये मोटी-मोटी व्याख्याएँ हैं। इन्हीं को अपनी संपूर्णता में जानने-समझने के लिए, हमारे पास निगम-आगम-कथा ग्रंथों की, 'निगम', यानी वैदिक परंपरा के ग्रंथों की और 'आगम', यानी तंत्र जैन-बौद्ध परंपरा के ग्रंथों की, और पुराण, जैन पुराण, बौद्ध, जातक आदि कथा ग्रंथों की पूरी परंपरा है, जिन्हें पढ़कर, समझकर हम धर्म-आचरण का, धर्म-दर्शन का, ज्ञान-अज्ञान का, जन्म-मृत्यु का, बंधन-मोक्ष का और उन सबके आधार पर पुनर्जन्म की परिभाषा, अर्थात् हिंदू की परिभाषा, अर्थ और व्याख्याएँ अपने संपूर्ण आयामों में समझ सकते हैं।

□

12

हिंदू की परिभाषा से जुड़े आयाम

जैसा कि हम पिछले आलेख में कह आए हैं और उसी को विनम्रतापूर्वक दोहराना चाहते हैं कि हिंदू की यह परिभाषा कि 'हिंदू वह है, जो पुनर्जन्म मानता है' हमारे पाठकों को, संभवत: देश और दुनिया के सभी हिंदुओं को पहली बार पढ़ने को मिली है, इसलिए इससे जुड़े सभी आयामों का गहराई से विचार करना जरूरी है।

गहराई से विचार करना इसलिए जरूरी है, क्योंकि देश में अपनी बात पर अड़ जाने का अहं इस हद तक बढ़ चुका है कि अपने अलावा दूसरा कोई भी किसी की बात सुनने-मानने को तैयार ही नहीं है। किसी भी बात पर विचार करने से पहले सवाल यह उठ जाता है कि 'यह आप कैसे कह सकते हैं?' जिन्हें लोगों ने देश की सिविल सोसाइटी मान लिया है, पता नहीं वे हम सभी को भी सिविल मानते हैं या नहीं, उस सिविल सोसाइटी के नाम से प्रतिष्ठित लोगों को कुछ भी सुनने-बोलने से पहले यह जानना जरूरी ही नहीं लगता कि भारत नामक अपने देश में वैचारिक आदान-प्रदान की दस हजार साल पुरानी परंपरा रही है और बड़ी ही ऊर्जा संपन्न परंपरा रही है। परंतु पश्चिम में दीक्षित, यानी पश्चिम से आए इसलाम और क्रिश्चियनिटी में दीक्षित पश्चिम-परस्त इन भारत-विमुख (भारत-विरोधी नहीं, भारत-विमुख) सिविल सोसाइटीवालों को ऐसा कभी लगता ही नहीं कि हम हजारों वर्षों की बौद्धिक परंपरा से सुपरिचित या अल्प-परिचित ही सही, बस परिचित भर तो हो जाएँ।

इसलिए इस बात का पूरा खतरा है कि हमारे द्वारा दी गई परिभाषा पर पहली प्रतिक्रिया यही हो जाए कि 'हम ऐसा कह सकते हैं?' हम ऐसा कैसे कह सकते हैं कि हिंदू वह है, जो पुनर्जन्म मानता है। हमारा निवेदन यह है कि हम ऐसा कह सकते हैं कि हिंदू वह है, जो पुनर्जन्म मानता है, क्योंकि हमारे इस कथन को दस हजार वर्षों की विचारधारा का, शास्त्रार्थ परंपरा का, धर्म-दर्शन की परंपरा का समर्थन प्राप्त है।

फिर प्रश्न यह उठाया जाएगा कि क्या जो पुनर्जन्म नहीं मानता, वह हिंदू नहीं है?

इस पर हमारा निवेदन है, जैसा हमने इससे पिछलेवाले आलेख में कहा कि जी हाँ, जो पुनर्जन्म नहीं मानता, वह हिंदू नहीं है। इस पर आप हमें हड़काने ही वाले हैं, हम जानते हैं कि पश्चिम-परस्त और भारत-विमुख (भारत-विरोधी नहीं, भारत-विमुख) होने के कारण आप हमें हड़काने ही वाले हैं कि हमें हिंदू की अपनी परिभाषा तय करने का अधिकार है, वैसा करने की हमें विचारों की स्वतंत्रता है, हम क्यों किसी के द्वारा की गई परिभाषा को मानें? तो इस पर फिर से हमारा विनम्र निवेदन है कि आपको, पश्चिम-परस्त और भारत-विमुख आप लोगों को हिंदू की अपनी परिभाषा देने का अधिकार नहीं है, क्योंकि देश की दस हजार साल की वैचारिक परंपरा का, दर्शन परंपरा का, धर्म परंपरा का मजाक उड़ानेवालों को, उसकी खिल्ली उड़ानेवालों को, उसका अपमान करने से भी संकोच न करनेवालों को वैसा अधिकार नहीं है।

इस लंबी भूमिका के साथ हम हिंदू की परिभाषा से जुड़े, 'जो पुनर्जन्म मानता है, वह हिंदू है' हिंदू की इस परिभाषा से जुड़े कई तरह के आयामों पर गहराई से विचार कर लेना चाहते हैं। भारत की अपनी एक लंबी वैचारिक परंपरा रही है। शास्त्रार्थ की एक लंबी, हजारों साल पुरानी परंपरा रही है। धर्म-दर्शन पर इस संपूर्ण विचार परंपरा को, दस हजार साल पुरानी विचार परंपरा को भारत-विमुख, पश्चिम-परस्त, अंग्रेजीदाँ लोग जानते ही नहीं, इसलिए वे हिंदू को और भारतवर्ष को असहिष्णु या एक आयामी देश मानने का कुविचार पाल लेते हैं। और फिर? फिर वे भारत की इस बहुआयामी परंपरा को खोजने के लिए विदेशों से आए धर्मों में, रिलीजन और मजहब में गोते लगाना शुरू कर देते हैं, बिना यह जाने-समझे कि विदेशों से आए धर्मों में वैचारिक संवाद के दरवाजे शुरू से ही बंद रहे हैं और आज तक बंद ही पड़े हैं। भारत में विचार करनेवालों की दस हजार साल की परंपरा रही है। उतनी लंबी परंपरा से जुड़ जाने के कारण कई तरह के आयामों का उभरना अनिवार्य है। स्वाभाविक है। इस परिभाषा से जुड़े पहलू कितने ही तरह के हो सकते हैं, उन पर विचार करना, विमर्श करना, संवाद करना अनिवार्य है, स्वाभाविक है। इस परिभाषा को दस हजार साल की वैचारिक संवाद की परंपरा से जोड़ना जरूरी है। हम एक-एक करके इन सभी आयामों पर अनतिविस्तार से, यानी ज्यादा विस्तार से नहीं, यानी संक्षेप में विचार कर लेते हैं—

1. पहला आयाम यह है कि हिंदू की इस परिभाषा में ईश्वर को मानना या न मानना केंद्र में नहीं है। आप पुनर्जन्म मानते हैं, इसलिए आप हिंदू हैं, इसमें आपको यह मानना आवश्यक या अनावश्यक नहीं है कि आप ईश्वर को मानते हैं या नहीं मानते हैं। 'पुनर्जन्म' की अवधारणा पर हमने पिछले आलेख में जो कुछ भी सहज पत्रकारीय भाषा और शैली से लिखा है, उसी से स्पष्ट है कि उस अवधारणा में ईश्वर की कोई भूमिका नहीं है। कोई भूमिका अगर केंद्रीय महत्त्व की है तो वह कर्म की है, जिसे करने और

जैसा चाहे करने में मनुष्य पूरी तरह से स्वतंत्र है। वैसे हमारी दर्शन-परंपरा में ईश्वर की भूमिका कभी केंद्रीय महत्त्व की नहीं रही। एक अकेला मीमांसा-दर्शन ऐसा है, जिसमें ईश्वर पर गहन विचार हुआ है। सांख्य-दर्शन के पूरे विस्तार में ईश्वर का विवेचन एक तत्त्व के रूप में होता ही नहीं। भक्ति संप्रदायों में ईश्वर का स्थान केंद्रीय महत्त्व का है और वहाँ भी शैव, शाक्त, वैष्णव, जैन, सिख, राधास्वामी आदि प्रत्येक भक्ति संप्रदाय में उसके रूप और प्रभाव को लेकर कोई एक सरीखा कथन नहीं है। वेदांत में ब्रह्म का विचार हुआ है और वेदांत का ब्रह्म भक्ति संप्रदायों का ईश्वर नहीं है। न्यायदर्शन में ईश्वर का स्थान है, पर सिर्फ इस दबाव में कि इस पूरे ब्रह्मांड को किसी ने तो बनाया ही है, जिसने बनाया, उस तत्त्व, परिस्थिति या आयाम को न्यायदर्शन में ईश्वर कहा गया है। बस इतना भर ही है, इससे आगे और कुछ नहीं। यानी कुल मिलाकर भारत की दर्शन-भक्ति परंपरा में ईश्वर का वह स्थान नहीं है, जो भारत-विमुख, पश्चिम-परस्त सिविल सोसाइटीवाले इसलाम तथा क्रिश्चियनिटी में मानकर चलते हैं। चूँकि माने बैठे हैं, इसलिए हमने गलतफहमी में ऐसा मान रखा है, जो ईश्वर मानता है, वह 'आस्तिक' है, जो ईश्वर को नहीं मानता, वह 'नास्तिक' है। यह मान्यता ही भारत-विरोधी है। भारत की दर्शन-धर्म परंपरा में 'आस्तिक' वह है, जो वेदों को प्रमाण मानता है और नास्तिक वह है, जो वेदों को प्रमाण नहीं मानता—'नास्तिको वेद निंदक:।' हिंदू होने में ईश्वर तत्त्व को मानना या न मानना कोई निर्णायक आयाम नहीं है। यहाँ भी 'निंदक' का अर्थ निंदा करना या अपमान करना नहीं है, अर्थ इतना भर है कि प्रमाण के रूप में न मानना है और वह भी शुद्ध दार्शनिक परंपरा में। पूरी धर्म दर्शन परंपरा में वेदों की निंदा किसी ने नहीं की। भगवान् बुद्ध ने भी कहीं भी वेदों की निंदा नहीं की है। अगर कहीं की हो तो हम जानना-पढ़ना चाहेंगे, ताकि हम अपनी सोच ठीक कर लें। वेदों की निंदा सिर्फ और सिर्फ एक ही संप्रदाय ने की है, चार्वाक संप्रदाय ने और पूरे देश ने, दस हजार साल की पूरी परंपरा में चार्वाक को ही स्वीकार नहीं किया। सिर्फ विचार-परंपरा में उसका रिकॉर्ड भर है, विचार के रूप में सम्मानित जरूर किया है, पर उसे स्वीकार प्राय: कभी नहीं किया।

2. हिंदू की हमारी परिभाषा का दूसरा आयाम यह है कि उसमें किसी उपासना विधि के लिए, यानी किसी खास उपासना विधि के लिए कोई आग्रह नहीं है। भारत में जैन, सिख, शैव, शाक्त, बौद्ध, वैष्णव आदि सभी प्राचीन और वर्तमानकालीन संप्रदायों में अपनी-अपनी उपासना विधि है, उसके लिए सम्मान है, आग्रह भी है। व्यक्ति के धर्म-आचरण में उपासना-विधि एक महत्त्वपूर्ण कारक है। यही उपासना-विधि है, इसके लिए पूर्ण सम्मान है, उस पर चला जाए, ऐसी अपेक्षा भी है। पर उसका संबंध, उस आचरण को पुष्ट करने के लिए है, जिसका उल्लेख हम 'भारत का धर्म' (आलेख सं.

4-5) में 'दशकं धर्मलक्षणम्' के संदर्भ में कर आए हैं। इसलिए हिंदू की परिभाषा में हिंदू वह है, जो पुनर्जन्म मानता है, इस परिभाषा में उपासना-विधि का स्थान धर्माचरण के संदर्भ में महत्त्वपूर्ण होते हुए भी परिभाषा के संदर्भ में अनिवार्य स्थान नहीं रखता। एक खास तरह से उपासना करें, तभी आप हिंदू हैं, ऐसा यह देश नहीं मानता। विराट् हिंदू विश्व के जिस संप्रदाय से आप जुड़े हैं तो आपसे यह अपेक्षा है कि आप अपने संप्रदाय की उपासना विधि पर आचरण करेंगे।

3. हिंदू की इस परिभाषा में, 'जो पुनर्जन्म मानता है वह हिंदू है', इस परिभाषा में इस आग्रह के लिए भी कोई स्थान नहीं है कि आप किसी खास तरह के कर्मकांड से जुड़े हैं तो ही आप हिंदू हैं, अन्यथा आप हिंदू नहीं हैं। ऐसा कुछ नहीं है। हमारे देश में कर्मकांड का संबंध भी उसी तरह अपने-अपने संप्रदाय से जुड़ा है, जैसे उपासना विधि से है। कर्मकांड को हम दो स्तरों पर देखना चाहेंगे। एक सामान्य कर्मकांड परंपरा सोलह संस्कारों के 'षोडश संस्कार' के संदर्भ में है। भारत के दार्शनिकों ने, विचारकों ने जीवन को श्रेष्ठ बनाने के लिए सोलह संस्कारों की परिकल्पना की है। गर्भाधान, जातकर्म, नामकरण, उपनयन, विवाह इत्यादि सोलह संस्कार हैं। ये 'संस्कार' इस नाम से बेशक कहे जाते हैं, पर विश्व में प्राय: हर व्यक्ति अपने जीवन में इन सभी या इनमें से अनेक संस्कारों को करता है, मसलन—बच्चे का नाम रखना (नामकरण), विद्यारंभ (उपनयन), विवाह, गर्भाधान आदि सभी कर्म विश्व में हर व्यक्ति के जीवन में होते ही हैं। हमारे देश के व्यक्ति और समाज के कल्याण की चिंता करनेवाले हमारे विचारकों, यानी समाजशास्त्री विचारकों ने इन्हें 'संस्कार' नाम दिया है। मसलन, उपनयन संस्कार उप यानी निकट, नयन यानी लाना अर्थात् गुरु के पास ले आना, विद्या प्राप्ति के लिए गुरु के पास ले आना यही उपनयन है, जनेऊ तो एक प्रतीक भर है। 'संस्कार' का अर्थ है जीवन को श्रेष्ठ 'संस्कृत' बनानेवाला कर्म, यानी संस्कार। इन संस्कारों को कर्मकांड का हिस्सा माना जाता है, जो कर्मकांड शब्द अब पश्चिम-परस्त, भारत-विमुख सिविल सोसाइटीवालों ने अपमान और उपहास का पात्र बनाकर रख दिया है। दूसरे स्तर पर वह कर्मकांड है, जिसे हर धर्म-संप्रदाय, मसलन-बौद्ध, जैन, शाक्त, शैव, वैष्णव, सिख, पारसी, राधावल्लभी आदि हर संप्रदाय अपने लिए महत्त्वपूर्ण और अनिवार्य मानकर चलता है। हमारे देश की दर्शन-धर्म परंपरा में इन सभी तरह के कर्मकांडों के लिए आग्रह भी है और सम्मान भी और एक तरह से अनिवार्यता भी है। पर हिंदू की जब हम परिभाषा करते हैं तो वहाँ किसी एक संस्कार या सभी संस्कारों को सम्मान और अनिवार्यता का पात्र मानते हुए भी 'हिंदू वह, जो पुनर्जन्म मानता है' इस परिभाषा का हिस्सा मानकर नहीं चलते।

4. हिंदू की यह परिभाषा कि 'जो पुनर्जन्म मानता है, वह हिंदू है' या शब्दांतर में

कहें कि 'हिंदू वह है, जो पुनर्जन्म मानता है', उन सभी हिंदुओं पर समान रूप से लागू होती है, जो स्वयं को हिंदू कहते हैं, या स्वयं को हिंदू मानते हैं। यानी उन सभी पर लागू होती है, जो हिंदू हैं और जिन्हें भारत का संविधान हिंदू इस संवैधानिक वर्गीकरण में रखता है। इस बात को इस तरह से कहने की जरूरत इसलिए पड़ रही है, क्योंकि पश्चिम-परस्त, भारत-विमुख लोगों ने 'हिंदू' शब्द के नाम पर इतना ज्यादा भ्रम फैला दिया है, इतना ज्यादा कन्फ्यूजन फैला दिया है, इतना ज्यादा बतंगड़ बना दिया है कि हमें रेखांकित रूप से कहना पड़ रहा है कि हमारी यह परिभाषा उन सभी पर लागू है, जो हिंदू हैं। पिछले एक आलेख में हम बता आए हैं कि 'हिंदू' इस नाम से भारत-विरोधी और भारत-विमुख लोगों द्वारा किस तरह से और किस हद तक भ्रम, विवाद और बतंगड़ फैला दिया गया है। भारत के वे सभी लोग, जो जाति से और कर्म से ब्राह्मण, क्षत्रिय, वैश्य, पिछड़ा और दलित कहे जाते हैं, वे सभी सामाजिक वर्ग, जो वनवासी और गिरिजन (ट्राइबल) कहे जाते हैं, जो भारत में तो बसे ही हैं, भारत के बाहर के देशों में भी अन्यान्य कारणों से बसे हैं, वे जो सभी हिंदू हैं, इन सभी हिंदुओं पर यह परिभाषा समान रूप से लागू होती है। वे कुछ लोग या वे उँगली पर गिने जा सकनेवाले 'जन' जो खुद पुनर्जन्म की अवधारणा से सहमत नहीं हैं, पर अन्यथा जो हिंदू हैं, हिंदू के अलावा और कुछ नहीं हैं, वे सभी ऐसे अपवाद हैं, जो नियम को पुष्ट करते हैं, इस परिभाषा को स्थापित व प्रभावित कर देते हैं।

5. हिंदू की यह परिभाषा उन सभी भारतीय धर्मावलंबियों पर समान रूप से लागू होती है, जिनके धर्मों का जन्म भारत में हुआ है, पर पश्चिम-परस्त, भारत-विमुख लोगों ने उन्हें कुछ अलग तरह का मानने या बताने का शगल शुरू कर रखा है। हम यहाँ, इस संदर्भ में धर्म का प्रयोग, 'सनातन' नाम से धर्म का प्रयोग 'आचरण' के अर्थ में ही कर रहे हैं। जीवन की अच्छाइयों को, श्रेष्ठताओं को, दार्शनिक लक्ष्यों को प्राप्त करने के लिए जो भी हमारा आचरण है, वह धर्म है। आचरण को लेकर थोड़ा-बहुत ऊपर-नीचे करने से, थोड़ा-बहुत आगे-पीछे करने से ही इन धर्म-संप्रदायों को एक नाम, नया नाम मिल जाता है। आइए, जरा आपको ऐसे कुछ नाम गिनवाएँ, जिन्हें आप चाहें तो भारतीय धर्म-संप्रदायों की सूची में निर्विवाद रूप से रख सकते हैं। कुछ संप्रदाय दर्शन-मनन के संदर्भ में दृष्टिकोण में थोड़ी नवीनता ला देने पर बन गए हैं तो कुछ संप्रदाय धर्माचरण में किसी एक बात पर कम या अधिक बल देने के कारण नया संप्रदाय बन जाते हैं। कभी तो सिर्फ नया प्रवर्तक नाम सामने आ जाने के परम प्रभाव के कारण नया संप्रदाय बन जाते हैं। देखिए तो, हमारे देश में विचार, आचरण और प्रवर्तक, इन सभी का किस कदर सम्मान इस देश में हुआ है और ऐसे परम, परम सम्माननीय संप्रदायों को प्रारंभ करनेवालों और माननेवालों को और उनका अनुकरण करनेवालों को हमारे पश्चिम-

परस्त, भारत-विमुख, बुद्धिमान कहे जानेवाले धर्मनिरपेक्ष महाब्राह्मणों ने 'सांप्रदायिक' कहकर गालियाँ निकालने का राजनीतिक धंधा चला रखा है।

तो कुछ संप्रदायों के नाम ये हैं : भागवत, पांचरात्र, सात्वत, वैष्णव, आड़्यार, (आचार्य) रामानुज, माध्व, रामावत, वज्रयानी, निंबार्क, वल्लभ, राधावल्लभी, सहजिया बौद्ध, सहजयानी, चैतन्य, षट्गोस्वामी, महानुभाव, वारकरी, रामदासी, हरिदासी, गुजरात वैष्णव, शाक्त, शैव, गाणपत्य, सिख, उदासी, ब्राह्म, सौर इत्यादि। अकेले वैष्णव संप्रदाय में ही श्री संप्रदाय, हंस संप्रदाय, ब्रह्म संप्रदाय, रुद्र संप्रदाय, वैष्णव संप्रदाय, राधावल्लभी संप्रदाय, गोकुलेश संप्रदाय, वृंदावनी संप्रदाय, रामानंदी संप्रदाय, हरिव्यासी आदि अनेक उपसंप्रदाय हैं, जो अपनी-अपनी सीमित-असीमित ऊर्जा के साथ बाकायदा चल रहे हैं। यही स्थिति अन्य सभी प्रमुख भक्ति संप्रदायों की है। ये उन संप्रदायों के अतिरिक्त हैं, जिनकी गणना जैन और बौद्ध संप्रदायों की दर्शन परंपरा में है। इत्यादि कहने के अलावा कोई विकल्प हमारे पास है ही नहीं। खुद बौद्धों में, जैनों में, सिखों में, वैष्णवों में, महाराष्ट्रीय वैष्णवों में, बंगीय वैष्णवों में, दक्षिणी आड्यार वैष्णवों में और न जाने कहाँ-कहाँ, जहाँ हम पूरी तरह से जान ही नहीं पाएँगे, इतने अधिक संप्रदाय हैं कि हम सभी का सम्मानपूर्वक नामोल्लेख तक संपूर्ण कर सकें, अपने सामर्थ्य में नहीं है। पिछले कुछ वर्षों से साईं नामक मुस्लिम सूफी की प्रेरणा से साईं संप्रदाय शुरू हुआ है, जिसकी रूपरेखा अभी बननी है, पर वह तभी बन पाएगी, जो अगर पश्चिमी देशों के अकूत पैसे के अहंकार से दूर रहकर देश की धर्म-दर्शन परंपरा से खुद को जोड़ने का प्रयास करेगा, जो प्रयास अभी शुरू होना है। अन्यथा इस संप्रदाय का वही हाल होने का खतरा पैदा हो जाएगा, जो खतरा उन सभी व्यक्तिवादी संतों के कथित संप्रदायों का पिछले दिनों हुआ नजर आया है, जो भारत की किसी भी धर्म-दर्शन परंपरा से जुड़ नहीं पाए, कटे रहे, व्यक्तिवादी बने रहे, पैसे के दम पर टिके रहे और कथित चमत्कारों का दम भरते रहे और अंततः गैर-कानूनी गतिविधियों के शिकंजे में जा फँसे। इस दृष्टि से 'इस्कॉन' संप्रदाय की सराहना कर सकते हैं कि जो कृष्ण से शत प्रतिशत जुड़े रहकर वैष्णव धर्माचरण का हिस्सा बन गए हैं, पर अभी भी धर्म-दर्शन की परंपरा के रूप में इस्कॉन की जन-परीक्षा होनी शेष है। मसलन इस्कॉन के प्रवर्तकों और अनुयायियों ने कृष्ण उपासना के महामंत्रों को जिस तरह आगे-पीछे और ऊपर-नीचे किया है, वह इस्कॉनवालों के अहंकार और भारतीय विचार के घोर विरोध का ही एक नमूना है, जो नितांत अस्वीकार्य होता चला जाएगा। एक महामंत्र है—'हरे राम, हरे राम राम राम हरे हरे, हरे कृष्ण हरे कृष्ण कृष्ण कृष्ण हरे हरे' जिसे बदलकर कर दिया गया है—'हरे कृष्ण हरे कृष्ण कृष्णा कृष्ण हरे हरे, हरे राम हरे राम राम राम हरे हरे।' यह स्वीकार्य नहीं हो सकता। इसी तरह 'अच्युतं केशवं रामनारायणं कृष्णदामोदरं वासुदेवं हरिम्' को

बदलकर 'अच्युतं केशवं कृष्णदामोदरं रामनारायणं' कर दिया गया है। जो अनावश्यक है। महामंत्र और महास्तोत वैदिक मंत्रों की तरह परमादरणीय होते हैं। उनकी शब्दावली से खिलवाड़ नितांत अस्वीकार्य है। यह खिलवाड़ न हो पाए, इसका दारोमदार इसी पर रहनेवाला है कि हिंदू स्वयं को संस्कारों की दृष्टि से कितना जागरूक बना पाता है।

जाहिर है कि संप्रदाय की स्थापना करना आसान नहीं, उसको मान्यता मिल सकना उससे भी कठिन है और भारत की धर्म-दर्शन की परंपरा की कड़ी में वे संप्रदाय पिरो दिए जा सकें, वह तो और भी अधिक कठिन है, कठिनतम काम है। भारत के इतिहास में इन स्थापित संप्रदायों की पहचान बनाना, उन्हें सम्मान देना और व्यक्तिपरस्त कथित संतों से देश और समाज को बचाए रखना कितना बड़ा काम होता है?

6. हिंदू की इस परिभाषा का विस्तार इन सभी संप्रदायों तक जा पहुँचता है। अर्थात् परिभाषा के हिसाब से यह परिभाषा, हिंदू की यह परिभाषा इन सभी भारतीय धर्मावलंबी लोगों पर समान रूप से लागू होती है। इतना ही नहीं, 'हिंदू वह है, जो पुनर्जन्म मानता है', हिंदू की यह परिभाषा उन सभी पर भी लागू होती है, जो वैसे तो हिंदू हैं, पर जो इसलामी गुलामी, क्रिश्चियन गुलामी और पश्चिम-परस्ती की गुलामी के अंधकारपूर्ण क्षणों में हिंदू धर्म छोड़कर धर्मांतरित हो गए हैं। ऐसा हम इसलिए कह रहे हैं, क्योंकि वे सभी हिंदू जिन विदेशी धर्मों में धर्मांतरित हुए, वे विदेशी धर्म, यानी इसलाम और क्रिश्चियनिटी, बेशक पुनर्जन्म नहीं मानते, पर इन सभी धर्मांतरित हिंदुओं के मन में पुनर्जन्म में अखंड विश्वास का भाव आज भी बसा है। 'जैसी करनी वैसी भरनी' जैसे मुहावरों में, 'बस, इस आने-जाने के चक्कर (भव चक्र) से छुटकारा मिल जाए', जैसे भावोद्‌गारों में तथा 'जो किस्मत में लिखा है, वह मिलेगा' जैसी सांत्वनाओं में, 'समय से पहले और समय से अलग कुछ नहीं होता, कुछ नहीं मिलता' जैसे उद्‌गारों से इन तमाम धर्मांतरित हिंदुओं के दिलों में पुनर्जन्म की अवधारणा बसी हुई है, रची-बसी है और पूरे भावजगत् का हिस्सा बनी हुई है। अक्षत बनी हुई है। जब भी देश कभी इन धर्मांतरित हिंदुओं के परावर्तन का महाभियान, एक 'नव धर्मचक्र प्रवर्तन' अपने हाथ में लेगा, तब यही अक्षुण्ण भाव देश के कर्णधारों की भारी सहायता करेगा।

7. अर्थात् कुल मिलाकर संदेश यह है और हिंदू की इस परिभाषा से जुड़ा यह सबसे महत्त्वपूर्ण आयाम है कि यह परिभाषा, 'हिंदू वह है, जो पुनर्जन्म मानता है', यह परिभाषा ईश्वर पर आपके विश्वास होने या न होने पर आधारित नहीं है, आप किसी खास विधि से पूजा-उपासना करें, इस पर टिकी हुई नहीं है, किसी खास कर्मकांड को करें तो आप हिंदू हैं अन्यथा नहीं हैं, इस पर निर्भर नहीं है, देश और दुनिया के सभी हिंदुओं पर समान रूप से लागू होती है, सभी भारतीय धर्मावलंबियों पर लागू होती है। इतना ही नहीं, इन सभी धर्मांतरित भारतीय धर्मावलंबियों पर भी लागू होती है। इस

परिभाषा का तात्त्विक बल, यानी मेटाफिजिकल स्ट्रेंथ इतना अधिक है कि इन सभी हिंदू वर्गों पर यह परिभाषा सदियों और सहस्राब्दियों से लागू है, बिना इसको रेखांकित किए हुए कि यह परिभाषा है, सभी पर पिछले दस हजार साल से लागू है। भारत में जनमे सभी दर्शन संप्रदायों, सभी धर्म संप्रदायों, सभी विचार संप्रदायों, सभी जाति वर्गों, सभी सामाजिक वर्गों पर हजारों सालों से इस कदर प्रभावी है कि यह परिभाषा, बिना संकोच कहें कि यह परिभाषा सभी हिंदुओं के दिलों पर लिखी है। दिलों में बसी है।

हिंदू की परिभाषा से जुड़े कुछ आयामों की चर्चा हमने की है। इस परिभाषा से जुड़े दार्शनिक, राजनीतिक व राष्ट्रीय आयाम भी हैं। वे भी बराबर के महत्त्वपूर्ण हैं, या कह सकते हैं कि अधिक महत्त्वपूर्ण हैं। अलग आलेखों में इन्हीं आयामों पर क्रमशः चर्चा की जाएगी। उसी क्रम में पहले इस परिभाषा के दार्शनिक आयामों पर चर्चा करेंगे। पर इससे पहले कुछ अन्य, सामान्य रूप से प्रचलित, पर बराबर के महत्त्वपूर्ण आयामों पर संवाद कर लेना तर्कसंगत रहेगा।

□

13

हिंदू की परिभाषा से जुड़े कुछ और आयाम

हिंदू की परिभाषा से जुड़े जिन आयामों की चर्चा हमने की, उनके अलावा भी कुछ और आयाम हैं, जिन पर चर्चा हो जाना ठीक ही रहनेवाला है। पिछले आलेख की चर्चा को आगे बढ़ाते हुए कर दिया जाना ठीक रहेगा कि 'हिंदू' की इस परिभाषा का विकास स्वत: ही हुआ है, स्वाभाविक रूप से हुआ है और तकनीकी संस्कृत में कहें तो 'यदृच्छया' यानी खुद-ब-खुद हुआ है। परिभाषा के दोनों शब्द 'पुनर्जन्म' और 'हिंदू' इन दोनों अवधारणाओं की प्रस्तुति ऐतिहासिक रूप से स्वत: ही हुई है, स्वाभाविक रूप से हुई है और फिर से उसी तकनीकी संस्कृत में कहें तो यदृच्छया यानी खुद-ब-खुद हुई है।

'पुनर्जन्म' इस दार्शनिक अवधारणा का प्रारंभ किस विचारक ने सबसे पहले किया, सबसे पहले किसने प्रस्तुत किया, कहना कठिन ही नहीं, लगभग असंभव है। इसलिए कि ऐसा कोई प्रवर्तक हमारी स्मृति में है ही नहीं। देश की यह अपनी विचारधारा है और मनु पूर्ववर्ती 'देव युग' से ही, यह नाम भी हमारा दिया हुआ नहीं, हमारे पुराणों द्वारा ही दिया हुआ है, ऐसे देवयुग से ही हमारे देश के स्वभाव में प्रवहमान है। देश की आध्यात्मिक परंपरा के पाँचों ईश्वरीय महाव्यक्तित्वों—शिव, राम, कृष्ण, बुद्ध, महावीर इन सभी के जीवन के विभिन्न आख्यानों व विचारों में पुनर्जन्म की यह अवधारणा ओत-प्रोत है। शिव के आख्यान में सती का पार्वती के रूप में पुनर्जन्म हुआ। राम और कृष्ण को तो विष्णु का ही रूपांतर जैसा मान लिया गया। विष्णु के ही नवीनतम अवतार रूप भगवान् बुद्ध की संबोधि यात्रा अनेक बोधिसत्त्व जन्मों के परिपाकस्वरूप बौद्ध आगमों में सुस्थापित है। स्वयं भगवान् महावीर एक लंबी जिन-परंपरा की, अज्ञान के बंधन से मुक्त होकर जिन हो जाने की परंपरा की शिखर परिणति हैं। यह तो हमने देश के पाँच ईश्वरीय महाव्यक्तित्वों के उदाहरण देकर कुछ कह दिया है, अन्यथा प्रत्येक संत, महात्मा, महापुरुष के जीवन के साथ जन्मांतर के साथ जुड़ा कुछ-न-कुछ अति महत्त्वपूर्ण प्रसंग हमें मिल ही जाता है।

पुनर्जन्म, जो हिंदू की परिभाषा का वैदिक विचार है, उस हिंदू शब्द का भी 'पुनर्जन्म' की अवधारणा के साथ स्वतः, स्वभावतः और यदृच्छया (यानी बिना प्रयास के, बिना किसी कोशिश के) विकास हुआ है। जैसे कोई नहीं बता पाएगा कि 'पुनर्जन्म' की अवधारणा का प्रारंभ कहाँ और कब हुआ, वही तर्क आप 'हिंदू' शब्द को लेकर भी कर सकते हैं। हम सभी जानते हैं कि भारत की संतानों को हिंदू कहने का रिवाज कोई बहुत पुराना नहीं है, पर अगर 'वर्षं तद् भारतं नाम', हमारे देश का 'भारतवर्ष' यह नाम स्वतः, स्वभावतः और यदृच्छया है, वैसे ही 'उत्तरं यत् समुद्रस्य हिमाद्रेश्चैव दक्षिणम्, वर्षं तद् भारतं नाम, भारती यत्र सन्ततिः।' इस श्लोक (विष्णु महापुराण 2.3.1) से जाहिर है कि इस देश का नाम बतानेवाले इस श्लोक से ही स्पष्ट है कि इस देश का नाम भारत है, 'इंडिया' या 'हिंदुस्तान' नहीं। भारत नाम इस देश के लिए स्वतः, स्वभावतः और यदृच्छया है, वैसे ही भारत की संतानें 'भारती' हैं, यह भी इसी श्लोक से स्पष्ट है। हमारे देश, भारत नामक हमारे देश की संतानों को पहले 'भारती' कहा जाता था, अब उन्हें हिंदू कहते हैं। देश की पच्चासी-छियासी प्रतिशत आबादी को तो 'हिंदू' कहा ही जाता है और भारत के धर्मांतरित सभी हिंदू, यानी सभी मुसलिम और क्रिश्चियन भी जानते, मानते और समझते हैं कि धर्मांतरित हो जाने से पूर्व सभी हिंदू कहाते थे। तो हमारे लिए यकीकन यह खोज का विषय बन जाता है कि भारत की संतानों ने खुद को 'भारती' से हिंदू कहाने की यात्रा कैसे तय की। खोज के जो भी परिणाम सामने आएँगे, पर यह तो स्पष्ट है कि देश का नाम भारत, देश की आबादी हिंदू, हिंदू वह जो पुनर्जन्म मानता है, हिंदू की परिभाषा का यह स्वरूप स्वतः, स्वभावतः और यदृच्छया ही विकसित होता चला गया है और इसलिए यह लगभग पर्यायवाची जैसी स्थिति बन गई है। यह एक आयाम है, जो सबसे अधिक महत्त्वपूर्ण है।

दूसरा महत्त्वपूर्ण आयाम यह है कि इस परिभाषा के बीज शब्द 'पुनर्जन्म' की व्याख्या आत्मा नामक जिस विचारधारा पर टिकी है, उस आत्मतत्त्व पर हम पिछले आलेखों में जितना लिख आए हैं, उससे ज्यादा लिखने की कोई जरूरत हमें महसूस नहीं हो रही। मोटा-मोटा समझाने के लिए इतना काफी है, क्योंकि यही बेसिक है और यही सारभूत भी है। अगर गहराई में जाने का किसी को मन कर रहा हो, तो आपके पास पूरी परंपरा उपलब्ध है और इस आत्मा संबंधी विचारधारा पर विचारों व विचारकों की लंबी अविच्छिन्न धारा उपलब्ध है। गहराई में जाने को हर कोई स्वतंत्र है कि कौन आत्मा संबंधी विचार समुद्र में कितना गहरा जाने को प्रस्तुत है। भारत की तो परंपरा ही विचारों की रही है। इसलिए आत्मा संबंधी विचारों के महासागर में आप जितना चाहे, गहराई में जाने को स्वतंत्र हैं।

'कर्म' यह वह आयाम है, जिस पर अंतहीन चर्चा हो सकती है। अंतहीन चर्चा

के बावजूद आप न तो आत्मा, यानी चैतन्य की अवधारणा से अपना मुँह दूसरी ओर कर पाएँगे और न ही कर्म-कर्मफल की स्वाभाविकता को, सहजता को, यदृच्छा को नकार पाएँगे। आप इस पर तो बहस करते रह सकते हैं कि भगवान् बुद्ध द्वारा प्रथम उच्चरित वचनों का, प्रथम या प्रारंभिक वाक्य 'प्रतीत्य समुत्पाद' (पटिच्च समुप्पाद) भारत के ही अपने कर्मदर्शन का नामांतर, रूपांतर या व्याख्या भर है। आप इस पर भी बहस करते रह सकते हैं कि भगवान् कृष्ण द्वारा 'गीता' में प्रतिपादित कर्म, अकर्म, विकर्म का स्वाभाविक अर्थ या व्याख्या क्या है। आप उपनिषदों के पसंदीदा शब्द 'क्रतु' पर भी बहस करते रह सकते हैं। 'क्रतु' का अर्थ है वह संकल्प या वह इच्छा या वह मन:स्थिति, जिसके परिणामस्वरूप आप कर्म कर डालते हैं। हमने कर्म किया, हमें कर्म करना है, इससे पूर्व यह इच्छा, भावना या संकल्प मन में पैदा होते हैं। कर्म का फल कर्म कर लेने के परिणामस्वरूप मिलता है या फिर कर लेने के संकल्प के परिणामस्वरूप ही मिल जाता है, या संकल्प और किया गया कर्म इन दोनों के फलस्वरूप मिलता है, आप इस उपनिषद् अवधारणा पर भी घंटों, दिनों, वर्षों बहस कर सकते हैं। पर कर्म करेंगे तो फल मिलेगा ही, यह निर्विवाद है। कृष्ण ने कह ही दिया है—'गहना कर्मणो गतिः' (गीता 4.17)। कर्म की गति बहुत ही गहरी है कि वह कहाँ शुरू होती है, उसके पड़ाव क्या हैं और उसका परिपाक कहाँ है, पर कर्मदर्शन भी तो कोई खालाजी का घर नहीं है। उसे न मानने से पहले कई तरह के नाटक, कूद-फाँद, उच्चावच करना पड़ेगा और फिर अंततः मान जाना पड़ेगा कि कर्म है तो उसका फल भी है। इसलिए फिर मानो कृष्ण ने ही निष्कर्ष दे दिया। हम सभी की सद्भावना के लिए कह दिया कि 'कुरु कर्मैव तस्यात् त्वम्, पूवैः पूर्वतरं कृतम्' (गीता 4.15) बस, कर्म करते जाओ, वैसे ही जैसे हमसे पहले सभी करते आए हैं। जाहिर है कि कर्म किए बिना तो हम एक क्षण भी जी नहीं सकते—'न हि कश्चित् क्षणमपि जातु तिष्ठत्यकर्म कृत्' (गीता 3.5)।

अब अगर कर्मदर्शन बेसिक है और किस कर्म का फल क्या मिलेगा, यह हमारे हाथ में नहीं है, जैसा कि कृष्ण ने स्वयं कह दिया है (कर्मण्येवाधिकारस्ते मा फलेषु कदाचन, गीता 2.47), तो फिर किस हिंदू शास्त्र ने तय कर दिया है कि फलाँ कर्म के परिणामस्वरूप किसी को अस्पृश्य, यानी अछूत बनना होगा? स्पष्ट है कि किसी ने नहीं किया, क्योंकि ऐसा कर पाना किसी के अधिकार क्षेत्र में ही नहीं है। भारत का कोई भी ऐसा दर्शन ग्रंथ हमें नहीं मिला, न 'गीता' मिली, न उपनिषद् मिले और न ही शिव, राम, कृष्ण, बुद्ध, महावीर के दर्शन से संबद्ध कोई निगम या आगम या कथा ग्रंथ मिला, जिसमें यह बताया गया हो कि फलाँ कर्म करने के फलस्वरूप आपको अगले जन्म में अस्पृश्य बनना होगा। जब ऐसा है, जो कि है, हम आत्मा और कर्म

संबंधी बेसिक हिंदू दर्शन की अवधारणाओं के आधार पर, हिंदू की विज्ञान-सम्मत परिभाषा के आधार पर ही अस्पृश्यता जैसी परिस्थिति को निरस्त कर सकते हैं। उसे दर्शन, शास्त्र व हिंदुत्व के आधार पर ही हाथोहाथ निरस्त कर सकते हैं। राजनीतिक, सामाजिक व आर्थिक कारणों से जब कोई व्यक्ति या व्यक्ति समूह, मात्र अपने अहं की, जो कि हमेशा मिथ्या ही होता है, अपने मिथ्या अहं की पुष्टि के लिए मनुष्य का उत्पीड़न करता है, तो उसी में से अस्पृश्यता जैसी घृणास्पद गतिविधियाँ जगह बना लेती हैं। पर यह सब उथले अहं का ही प्रतीक है। हिंदू की परिभाषा में अस्पृश्यता कहीं नहीं ठहरती। ठीक वैसे ही जैसे हत्या, डकैती, बलात्कार जैसे दुष्कर्म उसमें अवैध हैं, वैसे ही अस्पृश्यता नामक दुष्कर्म भी हिंदू अवधारणा में अवैध है। इसलिए हम उसी दंड संहिता को हिंदू परिभाषा की सशक्त अभिव्यक्ति स्वीकार करेंगे, जिसमें हत्या, डकैती, बलात्कार की तरह अस्पृश्यता को भी दंडनीय अपराधों की सूची में शामिल किया हुआ है।

अस्पृश्यता के संदर्भ में हमने हिंदू-परिभाषा से जुड़े आयाम की जितनी भी व्याख्या की है, वह संपूर्ण कथन स्त्री-पुरुष संबंधों से जुड़े आयाम पर भी शतशः लागू होता है। जैसे किसी कर्म का कोई ऐसा कर्मफल नहीं हो सकता कि उससे तय हो सके कि अगले जन्म में कोई अस्पृश्य होगा, वैसे ही किसी भी कर्म का कोई ऐसा कर्मफल भी नहीं हो सकता कि किसी को अगले जन्म में स्त्री या पुरुष बनना पड़ेगा। जब कृष्ण यह कह रहे होते हैं कि 'स्त्रियो वैश्यास्तथा शूद्रास्तेऽपि यान्ति परां गतिम्' (गीता 9.32) यानी स्त्री, वैश्य और शूद्रों को भी परम मोक्षपद पाने का अधिकार है, तो इस वक्तव्य की दो ध्वनियाँ स्पष्ट सुनाई दे रही हैं। एक तो यही ध्वनि स्पष्ट है कि हिंदू की परिभाषा के अनुसार प्रत्येक व्यक्ति को, वर्ण-लिंग भेद से ऊपर उठकर प्रत्येक व्यक्ति को वे सभी श्रेष्ठताएँ व उच्चताएँ पाने का अधिकार है, जो उसे अपने कर्म के कारण प्राप्त हो सकती हैं। वहीं यह दूसरी ध्वनि भी स्पष्ट है कि 'गीता' के रचनाकाल के समय भी कर्म नहीं, जन्म के आधार पर उच्चताएँ व श्रेष्ठताएँ तय करने का मनोभाव समाज में बनना शुरू हो गया था, जिस पर कृष्ण ने सिरे से प्रहार कर दिया है। स्पष्ट है कि कृष्ण द्वारा किया गया यह प्रहार उनके कर्म-दर्शन के अनुसार ही है। उससे शतशः मेल खाता है। कृष्ण द्वारा किए गए इस प्रहार का ही शायद प्रभाव था कि, और है कि इसी का प्रभाव था कि समाज में जन्म के आधार पर श्रेष्ठता को न स्वीकारने के प्रत्यक्ष दृष्टांत आना शुरू हो गए और ब्राह्मण ग्रंथों व उपनिषदों में रिकॉर्ड कर लिये गए। 'महाभारत' के बाद लिखे गए इन तमाम ब्राह्मण-उपनिषद् ग्रंथों में लिखित में रिकॉर्ड कर लिये गए वे तमाम प्रख्यात नाम, जिनमें सत्यकाम जाबाल, पिप्पलाद, कवष ऐलूष, महिदास, ऐतरेय, गार्गी, मैत्रेयी आदि ऋषि व ऋषिकाएँ जैसे प्रख्यात नाम उभरकर सामने आए,

जिनके ज्ञान और कर्म की स्वीकृति में, यानी उच्चताओं की सामाजिक स्वीकृति में उनका वर्ण या लिंग आड़े नहीं आए। ठीक वैसे ही जैसे वाल्मीकि, वेदव्यास, सूतजी महाराज सरीखे दलित महाकवि व कथाकार अद्‌भुत सम्मान व प्रतिष्ठा के साथ हमारे देश की स्मृतियों में दर्ज हैं।

अंत में एक ही, पर अति महत्त्वपूर्ण आयाम की ओर संकेत करना है, जिस आयाम को खंडित करने की परंपरा स्वयं वेदव्यास ने अपने ग्रंथ 'भागवत महापुराण' में शुरू कर दी थी। यह आयाम उन ठगों और वंचकों के बारे में हैं, जो धर्म के नाम पर ठगी करते हैं और धर्म की गलत व्याख्याओं व धर्म के बारे में गलत आचरण के माध्यम से लोगों को गुमराह करते हैं और इस तरह लोग धर्म को अपयश प्रदान करते हैं। 'भागवत महापुराण' के शुरू में ही वेदव्यास ने तीन श्लोक मंगलाचरण के रूप में लिखे हैं। इनमें से दूसरे श्लोक में वेदव्यास ने एक नई तरह की, अलग ही तरह की बात लिख दी है। कहा है, 'धर्मः प्रोज्झित कैतवोऽत्र परमः'। यह कह दिया कि भागवत महापुराण में धर्म का जो रूप बताया गया है, उसमें 'कैतव' नहीं है, यानी ठगी नहीं है, जिसमें 'कैतव', यानी ठगी को 'प्रोज्झित', यानी समाप्त कर दिया गया है—'धर्मः प्रोज्झित कैतवोऽत्र।'

अर्थात् धर्म के नाम पर ठगी का सिलसिला आज का नहीं है, पुराना है। सिर्फ भारत की धर्म परिभाषा के ही दुरुपयोग का मामला नहीं है, सिर्फ हिंदू धर्म के नाम पर ठगी का मामला नहीं है, सारी दुनिया में शायद ही कोई धर्म ऐसा हो, शायद नहीं ही है कि जहाँ ठगी, कैतव, प्रवंचना नहीं होती। पश्चिम में उभरे धर्मों में, जो हमारे लिए विदेशी धर्म हैं, विधर्म हैं, उनमें भी ठगी के किस्से, कहानियाँ, यानी कैतव की बातें खूब चर्चा में रहती रही हैं, आज भी चर्चा में हैं, चर्चा में बनी रहती हैं। पत्र-पत्रिकाओं व टी.वी. आदि में ऐसी चर्चाएँ अकसर और खूब होती रहती हैं। पर हम विदेशों के धर्मों में या विदेशों से भारत में आए धर्मों में इस संदर्भ में अभी प्रवेश नहीं कर रहे हैं। हम तो सिर्फ और सिर्फ भारत के धर्म, यानी सनातन हिंदू धर्म को लेकर विचार कर रहे हैं। नाम लेने में कोई लाभ नहीं। हम सभी ऐसे उभरनेवाले, ठगी करनेवाले नामों को जानते हैं। अभी के दिनों में, यानी हमारे सामने-सामने ही ऐसे कई मामले और ऐसे कई नाम उभरकर आते रहे हैं, जिनमें हिंदू संप्रदायों में ठगी ही ठगी देखने को मिली। न्यायालयों में बात पहुँची और बड़े आपराधिक मामले दर्ज किए गए। सजा भी सुनाई गई। मीडिया में ऐसी ठगी और ठगों पर खूब प्रहार हुआ। इसके लिए मीडिया धन्यवाद का पात्र है, जो हिंदू धर्म की सात्त्विकता तथा विश्वसनीयता को लेकर गंभीर हुआ। स्पष्ट है कि हिंदू की परिभाषा में ऐसा कुछ है, जहाँ ठगी के लिए मौका मिल जाता है, अवकाश यानी स्पेस मिल जाता है। ऐसे मौकों पर हमले होते रहने चाहिए।

वैसे अगर सभी हिंदू संप्रदाय अपने स्वरूप को कायम रखें, संप्रदायों के साथ जुड़े प्रामाणिक व्यक्ति अपने धर्म पर, यानी अपने आचरण व जीवनचर्या पर वास्तव में चलते रहें तो ठगी के लिए, ठगों के लिए प्रवेश का कोई रास्ता ही नहीं बचता। पर इसके लिए कुछ अनुशासन चाहिए। पूरे हिंदू विश्व को थोड़ा अनुशासन चाहिए। हर किसी को अपने हिसाब से धर्म पर चलने की छूट है, इस गरिमापूर्ण संवैधानिक आजादी के साथ-साथ कुछ तो अनुशासन चाहिए, अनुशासन भी चाहिए, सिर्फ दूसरों के लिए अनुशासन का प्रवचन और उपदेश नहीं, स्वयं अपने लिए भी अनुशासन चाहिए।

अनुशासन यह चाहिए कि कोई व्यक्ति खुद को संत, महात्मा या आचार्य घोषित नहीं कर सकता। किसी को संत कहलवाने से पहले उस व्यक्ति को सार्वजनिक घोषणा करवानी पड़े कि वह हिंदू धर्म-दर्शन के किस संप्रदाय से जुड़ा हुआ है और अगर वह सही अर्थों में किसी संप्रदाय से जुड़ा है, तो उसका प्रशिक्षण उस संप्रदाय में हुआ है या नहीं, उसका प्रमाण, यानी प्रमाण-पत्र भी उस व्यक्ति के पास होना चाहिए। बिना ऐसे किसी घोषित, औपचारिक प्रमाण-पत्र के, किसी भी संप्रदाय के किसी भी व्यक्ति को संप्रदाय का सदस्य न माना जाए। संत और महात्मा मान लिया जाना तो बहुत दूर की बात है। संप्रदाय तय करे कि वह व्यक्ति धर्म और दर्शन पर जनसामान्य से संस्थाबद्ध तरीके से अपनी बात करने को अधिकृत है या नहीं। संत कहा जाना तो ऐसी किसी स्वीकृति या प्रमाण-पत्र की आखिरी स्थिति होनी चाहिए। अगर कोई वैसा घोषित होने योग्य बनता है तो ही उसकी सार्वजनिक घोषणा या स्वीकृति उसके संप्रदाय के अधिकृत मंच के माध्यम से होनी चाहिए। भारत के धर्म में, हिंदू धर्म में संप्रदायों का विकास लगभग इसी तरह के अनुशासन के आधार पर ही होता रहा है। चार पीठों की स्थापना, बारह ज्योतिर्लिंगों की स्थापना, बावन शक्तिपीठों की स्थापना, उत्तराखंड के चार धामों की स्थापना, महाराष्ट्र के अष्टविनायक स्वरूपों की मान्यता, भारत के प्रत्येक हिस्से में रामजन्मभूमि, कृष्णजन्मभूमि, दक्षिणेश्वर, तिरुपति, कामाक्षी, हिंगलाज, क्षीरभवानी, द्वारिकाधीश, स्वर्ण मंदिर आदि पाँच तख्त, दुर्ग्यायणा, कालिका पीठ सरीखे ऐसे अनेक मंदिरों, धर्मस्थलों व देश में चल रही अनेक यात्राओं की स्थापना व प्रचलन इसी अनुशासन के परिणामस्वरूप ही हुआ है, जिसके आधार पर हिंदू धर्म में अनेकरूपता, विविधता, स्वतंत्रता, विचार बहुलता, कर्म की आजादी आदि जैसे उन गुणों का विकास हुआ है, जो हिंदू धर्म की ही विशेषताएँ हैं, इसमें कोई विसंगति ही नहीं है।

अनुशासन चाहिए। चाहिए ही चाहिए। ठगी के बाजार का, धर्म के नाम पर चलनेवाली ठगी के व्यापार का खात्मा करना है तो अनुशासन चाहिए ही चाहिए, जो कोई मुँह उठाए और संत आदि बनने की चकल्ल्स चला ले, वैसा कतई स्वीकार्य

नहीं होना चाहिए। बिना अधिकृत प्रमाणशीलता के ही अगर कोई महात्मा संत या आचार्य होने का तमगा पहन लेता है तो उसके सामाजिक बहिष्कार का नियम बनाना ही चाहिए। संत या आचार्य की उपाधि धारण करना तो बहुत दूर की बात है, किसी को कथावाचक के रूप में स्थापित होने के लिए भी परीक्षा का नियम और अनुशासन बनना चाहिए। खूब ठोंक-बजाकर ही सैकड़ों-हजारों लोगों के बीच कथावाचक बनने का प्रमाण-पत्र और सार्वजनिक अनुमति मिलनी चाहिए। ठीक वही जरूरतें किसी को मंदिर में अथवा स्वयं अपने ही व्यक्तिगत स्तर पर पौरोहित्य करने के लिए अधिकृत व्यक्ति पर भी अनुशासन के रूप में लागू होनी चाहिए।

यानी आपको पौरोहित्य करना है, सार्वजनिक कथावाचन करना है, आचार्य-संत-महात्मा के योग्य प्रवचन आदि करना है, तो उसके लिए परीक्षा, प्रमाण-पत्र और अधिकार-पत्र होना चाहिए, ताकि वैसा करनेवाला व्यक्ति संस्थाबद्ध तरीके से सामाजिक अनुशासन में रखा जा सके। पर ऐसा तभी संभव है कि जब हिंदू की परिभाषा से जुड़ा प्रत्येक संप्रदाय एक बार फिर से स्वयं को अनुशासनबद्ध करे, जैसा कभी हमारे ऊपर थोप दी गई इसलामी गुलामी से पहले की सदियों में था। तब यह अनुशासन स्वत:सिद्ध था। हर आचार्य, हर संत, यहाँ तक कि हर भक्त को भी अपना संप्रदाय मालूम रहा करता था। आचार्यों को तो पता था ही, बल्कि आचार्य तो तय ही कर दिया करते थे कि कौन किस संप्रदाय को अपनाकर चल रहा है। शैव तथा वैष्णव संप्रदाय उसी तरह के अनुशासन से बँधे रहे। संपूर्ण जैन संप्रदाय भी अपने इसी स्वत:सिद्ध अनुशासन से जुड़े रहे। बौद्ध संप्रदाय अनुशासनमुक्त हो गए। परिणाम सामने है। जो बौद्ध संप्रदाय कभी पश्चिम में सीरिया-इजिप्ट तक पहुँचा, मध्य एशिया में पहुँचा, वहाँ संपूर्ण इलाके के बौद्धों का इसलामीकरण हो गया। व्यर्थ में हिंदुओं को बदनाम करने की कोई जरूरत नहीं है कि हिंदू संप्रदायों ने बौद्धों को खत्म कर दिया। बल्कि बौद्ध धर्म दर्शन-संप्रदाय में तो अनुशासन से इस हद तक मुक्ति पा ली गई कि बौद्ध दर्शन के अमुक मुख्य संप्रदाय ग्रंथ चीनी भाषा के अनुवादों के कारण बचे रहे और बौद्ध दर्शन के सिद्धांतों की पुन:प्राप्ति बौद्ध दर्शन विवेचनों के माध्यम से विश्व को होती रही। यह बात किसी को नकारने या धिक्कारने के उद्देश्य से नहीं कही जा रही है। भारत के हिंदू धर्म-संप्रदायों का स्वयं को अनुशासन में बाँधना कितना जरूरी है, किस कदर समय की पुकार है, इसी उद्देश्य से यह बात कही जा रही है।

भारत के हिंदू धर्म-संप्रदायों में अनुशासन आए, इसका प्रारंभ भारत राज्य का भी दायित्व है। ध्यान रहे कि देश में बौद्ध धर्म-दर्शन का संगठित और अनुशासनयुक्त तरीके से विकास हुआ, उसमें एक बड़ा और शायद निर्णायक कारण यह भी था कि बौद्ध धर्म-दर्शन ने खुद को बार-बार संगृहीत और संगठित किया, जिसमें सम्राट्

अशोक और सम्राट् हर्षवर्धन का योगदान पर्याप्त और रेखांकित करने योग्य माना जाता है। किसी अवस्था पर आकर गुप्त सम्राटों ने भी भागवत धर्म को संगठित व संस्थाबद्ध होने में सहायता दी। यह सब इतिहास की पुस्तकों में दर्ज है। इसलिए देश की पच्चासी से अट्ठासी प्रतिशत हिंदू और और हिंदू से जुड़ी आबादी को भी संगठन व सिद्धांत चर्चा, यानी शास्त्रार्थ के अनुशासन में लाने के लिए भारत के राजनीतिक नेतृत्व को भी अपनी सार्थक और विद्वत् परंपरा सम्मत भूमिका और दायित्व निभाने चाहिए, बेशक संरचना के स्तर पर ही निभाने चाहिए, न कि धर्म-दर्शन की विषयवस्तु के स्तर पर। वैसे सर्वश्रेष्ठ स्थिति यही रहेगी कि यह दायित्व हिंदू धर्म-दर्शन के सभी संप्रदाय स्वयं को संगठित व अनुशासित कर स्वयं ही यह भूमिका निभाएँ।

ठगी के दोनों पहलू हैं। एक ठगी वह है, जो हमने अभी-अभी बताई है, जिसको अनुशासन में बाँधकर दूर करने का तरीका सुझाया जा रहा है। दूसरी ठगी वह है, जो मीडिया, सिविल सोसाइटी व बुद्धिजीवियों द्वारा की जा रही है और खुले आम की जा रही है। पहली ठगी पर तो मीडिया+बुद्धिजीवी+सिविल सोसाइटी के हाथों खूब हमला हुआ है, जिस पर इन सभी को बधाई दी जानी चाहिए। पर इसी मीडिया+बुद्धिजीवी+सिविल सोसाइटी की ठगी का क्या कीजिएगा, जो इन सभी के द्वारा मीडिया की बेशुमार ताकत के जरिए पूरे हिंदू समाज पर थोप दी जा रही है। इस पर कैसे अनुशासन बाँधा जाएगा, कौन बाँधेगा अनुशासन? मीडिया+बुद्धिजीवी+सिविल सोसाइटी की ठगी यह है कि उन्होंने धर्म की वह परिभाषा स्वीकृत और स्थापित करने का अपराध किया है, धर्म की जो परिभाषा भारत की है ही नहीं। यह परिभाषा विदेशों से आए धर्मों की है। मीडिया+बुद्धिजीवी+सिविल सोसाइटी की ठगी यह भी है कि उसने संप्रदाय जैसे श्रेष्ठ, अनुशासनबद्ध और सभ्य जीवन जीने की राह दिखानेवाले संपद्रायों को 'सांप्रदायिक' कहकर गाली-गलौच किया, उन्हें तिरस्कृत किया, कोसा है और इस तरह पूरे हिंदू समाज का, यानी देश की 86-87 प्रतिशत आबादी को अपमानित किया है। यानी देश का अपमान किया है और वे वैसा किए ही चले जा रहे हैं, जबकि सांप्रदायिक होना हमारे देश में परम आदरणीय शब्द रहा है। तीसरी ठगी मीडिया+बुद्धिजीवी+सिविल सोसाइटी ने यह की है कि उन्होंने यह कुप्रचार किया है कि हिंदू समाज में प्रत्येक को अपना धर्म चुनने की आजादी है। आजादी है, यही बात हिंदू की परिभाषा से जुड़े सभी आलेखों में हम बार-बार कह रहे हैं। पर यह आजादी नहीं है कि आप देश की पूरी धर्म-दर्शन परंपरा को पैरों तले रौंदते चले जाएँ और उसके परिणामस्वरूप विदेशों से आए, आक्रांता व व्यापारी बनकर आए धर्मों तथा पश्चिम-परस्ती को सम्मानपूर्वक सिंहासन पर बिठाए रखें और देश की राजनीति को उसका बँधुआ बनाकर रख दें। यह आजादी न कभी थी, न है और न कभी मिलनी चाहिए।

यानी हिंदू धर्म-संप्रदाय से जुड़े पूरे देश को खुद को अनुशासनबद्ध करना आज समय की माँग है। अनुशासन का यह अर्थ नहीं है कि उसे किसी ऐसी व्यवस्था में जकड़ दें और उसके नाम पर नई तरह की ठगी शुरू कर देना है। अनुशासन का यही अर्थ है कि ऐसी कोई व्यवस्था बनाया जाना समय की माँग है कि भारत के सभी हिंदू धर्म-संप्रदायों को ठगी के प्रकोप से, विदेशों से आए धर्मों के संस्थागत प्रकोप से, विश्व के धन-शस्त्र बल से संपन्न देशों की धन-शस्त्र बल की दादागीरी के प्रकोप से बचाया जा सके, ताकि भारत की अब फिर से कोई विखंडन-यात्रा शुरू न हो जाए, जिसका विस्तृत विवेचन हमने इसी पुस्तक के एक आलेख (सं. 9) में किया है।

□

14

हिंदू की परिभाषा से जुड़े दार्शनिक आयाम

हम पर यह आरोप लग सकता है कि हमने हिंदू की परिभाषा देते हुए हिंदू को आपाद मस्तक एक दार्शनिक प्राणी जैसा मान लिया है। हिंदू को हमने दर्शन से इस कदर जोड़ दिया है कि हम हिंदू को सहज ही नहीं रहने दे रहे हैं। यह आरोप लग सकता है।

हम इस आरोप से कतई असहमत हैं और असहमत होने का कारण भी हमारे पास है। कभी कामेश्वर सिंह संस्कृत विश्वविद्यालय (दरभंगा) के उपकुलपति रहे डॉ. उमेश मिश्र ने, जो अन्यथा भी एक ख्यातिप्राप्त दार्शनिक तथा दर्शनशास्त्र वेत्ता रहे हैं, उन्होंने अपनी प्रसिद्ध और लोकप्रिय पुस्तक 'भारतीय दर्शन' (हिंदी समिति, उत्तर प्रदेश, लखनऊ, 1964, पेज 3) में एक बहुत ही उल्लेखनीय बात कही है। डॉ. मिश्र कहते हैं, "भारतवर्ष की भौगोलिक परिस्थिति ही ऐसी है कि यहाँ के व्यक्ति स्वभाव से ही अपनी समस्त मानसिक शक्तियों को जीवन तथा विश्व की गहन और उलझी हुई समस्याओं को, मृत्यु के रहस्य को, मरने के बाद जीवात्मा की बातों को, दैवी शक्ति को और आध्यात्मिक तत्त्वों को समझने में और अज्ञानियों को समझाने में लगा सकें।" यह कथन डॉ. उमेश मिश्र का है।

ऐसा नहीं है कि विश्व के अन्यान्य देशों में दर्शनशास्त्र का विकास नहीं हुआ। वैसे तो विश्व के सभी देशों में दर्शनशास्त्र का विकास हुआ है, पर एक फर्क है और वह फर्क महत्त्वपूर्ण है। भारत के दर्शन ने जिस तरह से मनुष्य के साथ अपना संबंध बनाया है, वैसा संबंध कोई दूसरा देश नहीं बना पाया। हम यहाँ भारतीय दर्शन के एक दूसरे ख्यातिप्राप्त दर्शन आचार्य डॉ. बलदेव उपाध्याय के उतने ही महत्त्वपूर्ण और लोकप्रिय ग्रंथ 'भारतीय दर्शन' (चौखंभा ओरियंटालिया, वाराणसी, विक्रम संवत्, 2013, सन् 1976, पेज 4-5) को शब्दशः उद्धृत किए बिना रह ही नहीं सकते। 'पाश्चात्य विचारशास्त्र की सामान्य संज्ञा 'फिलॉसफी' है। यह शब्द दो ग्रीक शब्दों के संधीकरण से बना हुआ है—'फिलास', प्रेम या अनुराग तथा 'सोफिया', विद्या। अतः इस शब्द

का अर्थ है विद्या का प्रेम, विद्यानुराग। इन दोनों शब्दों की जो व्युत्पत्ति तथा व्याख्या ऊपर दी गई है, उससे दोनों के उद्देश्यों के पृथक् होने की पर्याप्त सूचना मिलती है। 'फिलॉसफी' कल्पना-कुशल कोविदों के मनोविनोद का साधन मात्र है। जगती तल की अपूर्व आश्चर्यमय वस्तुओं को देखकर उनके रहस्यों को जानने के लिए, कौतुक को शांत करने के लिए, 'फिलॉसफी' की उत्पत्ति बतलाई जाती है। प्रत्येक वस्तु की छानबीन करने में मनमानी कल्पना करने का बाजार पश्चिमी दर्शन में खूब गरम है। पश्चिम का तत्त्वज्ञ उस नाविक के समान होता है, जो बिना किसी गंतव्य स्थान का निर्धारण किए ही अपनी नौका विचार सागर में डाल देता है। उसे उसकी चिंता नहीं कि नाव किस घाट लगेगी। अगर वह मीरघाट पर अटकी रही तो भी खुशी है, यदि तीरघाट पर लग जाए तो भी आनंद है। उसके विपरीत भारतीय दर्शनकार दुःखत्रय—आध्यात्मिक, आधिभौतिक, आधिदैविक दुःखों के रात्रिदिंव विघात से उद्विग्न होकर इनके आमूल उच्छेद करने की भावना से प्रेरित होता है।'

भारत का दर्शन अपना संपूर्ण विचार इन्हीं संदर्भों में करता है। वह दार्शनिक को या उसकी दार्शनिक चिंताओं को तीरघाट या मीरघाट या किसी भी मनमाने घाट पर अपना लंगर डाल लेने की सुविधा नहीं देता। भारत के दर्शन और दर्शन आचार्य का लक्ष्य स्पष्ट हैं : मनुष्य को दुःखों से छुटकारा दिलाना और उसका परमसत्य से साक्षात्कार करवाना। इसलिए आश्चर्य नहीं कि भारत में दर्शनशास्त्र की तुलना वैद्यक, यानी भैषज्य, यानी मेडिकल साइंस से की गई है। जैसे सामान्यतया एक वैद्य या डॉक्टर किसी के शारीरिक कष्ट को दूर करता है, वैसे ही दार्शनिक उसके आध्यात्मिक कष्ट को दूर करना अपना दायित्व मानता है। शारीरिक हो या फिर आध्यात्मिक, दोनों तरह के कष्ट के निवारण के चार चरण माने गए हैं, मेडिकल साइंस, यानी वैद्यक, यानी भैषज्य में भी और दर्शनशास्त्र में भी और ये चार चरण हैं—1. रोग, 2. रोग का कारण, 3. रोग का निवारण और 4. रोग निवारण के, यानी रोग दूर करने के उपाय। दर्शनशास्त्र में रोग के स्थान पर आ जाता है दुःख, अर्थात् हमारे शरीर में जैसे 'रोग' होता है, वैसे ही हमारे आत्मा में, चैतन्य में मोटे तौर पर कहें तो हमारे मन में, विचारों में 'दुःख' होता है। इसके साथ भी वही चार चरण जुड़े हैं—1. दुःख, 2. दुःख का कारण, 3. दुःख का निवारण और 4. दुःख दूर करने के उपाय।

यानी (1) रोग या दुःख है, (2) हर रोग और दुःख का कारण है, क्योंकि बिना कारण के कोई परिस्थिति पैदा नहीं होती, (3) इन बातों को समझ लेने पर रोग का भी और दुःख का भी निवारण हो सकता है और (4) यह निवारण कैसे होगा, उसका रास्ता है, तरीका है, उपाय है। हमने सबने अपने-अपने स्कूलों में भगवान् बुद्ध पर पुस्तक पाठ पढ़ते वक्त इन चारों वाक्यों को अच्छे से पढ़कर कभी याद कर लिया था। अब आप

इसी को अपनी दर्शन की भाषा में पढ़िए—

'दुःखं, दुःखसमुदयः, दुःखनिरोधो, निरोधकारिणी प्रतिपद्'

यह कथन भगवान् बुद्ध का धर्मचक्र प्रवर्तन, भगवान् बुद्ध द्वारा प्रतिपादित दर्शन भारत की ही अपनी हजारों सालों की धर्म और दर्शन की विचार-परंपरा को स्थापित करता है, आगे बढ़ाता है। इसलिए जाहिर है कि दर्शन के संदर्भ में है और प्रकारांतर से बौद्ध-दर्शन ही नहीं, भारत के प्रत्येक दर्शन संप्रदाय में इसी बात को अपने-अपने शब्दों में दोहराया गया है। इसीलिए हमारी विचार परंपरा में दर्शन की तुलना भैषज्य, मेडिकल साइंस से की गई है और भगवान् शिव को वैद्यनाथ और उसी तर्ज पर भगवान् बुद्ध को 'महाभिषक्', यानी सबसे बड़ा वैद्य, सबसे बड़ा डॉक्टर कहा गया है। व्यास भाष्य (2.15) में इसी बात को मानो पेटेंट कर दी जानेवाली शैली में इस तरह से कह दिया गया है—'यथाचिकित्साशास्त्रं चतुर्व्यूहम्—रोगो रोगहेतुः आरोग्यं भैषज्यामिति। एवमिदमपि शास्त्रं चतुर्व्यूहम्। तद् यथा-संसारः संसारहेतुः मोक्षः मोक्षापायः' इति (व्यास भाष्य, 2.15, डॉ. बलदेव उपाध्याय, 'भारतीय दर्शन' 1976, पेज 21, पाद टिप्पणी 1)।

यह संपूर्ण प्रस्तावना इस संभावित आरोप के संदर्भ में है कि हमने हिंदू की परिभाषा में हिंदू को एक दार्शनिक प्राणी जैसा मान लिया है। हमने कहा कि हम इस आरोप से असहमत हैं। असहमत इसलिए हैं कि यह आरोप नहीं, एक यथार्थ है कि 'हिंदू' आध्यात्मिक, दार्शनिक प्राणी है। जिन्हें आप जनगणना के हिसाब से हिंदू के रूप में जानते-मानते-कहते हैं, यह परिभाषा सिर्फ हिंदू पर ही लागू नहीं होती, प्रत्येक भारतीय धर्मावलंबी पर शत प्रतिशत लागू होती है और इतना ही नहीं, प्रत्येक धर्मांतरित भारतीय धर्मावलंबी पर भी शत प्रतिशत लागू होती है। यही बात हिंदू को अर्थात् हिंदू धर्मावलंबी को, प्रत्येक भारतीय धर्मावलंबी को और प्रत्येक धर्मांतरित भारतीय धर्मावलंबी को विश्व के शेष लोगों से पृथक् करती है। यानी ये तीनों जनसमूह—हिंदू, शेष भारतीय धर्मावलंबी तथा धर्मांतरित भारतीय धर्मावलंबी, एक ही जनसमूह हैं, जिन्हें इसलामी गुलामी तथा क्रिश्चियन गुलामी और पश्चिम-परस्ती की गुलामी के दशकों व सदियों में अलग-अलग हिस्सों में रखकर भारत विरोधियों ने भारत को तोड़ने का काम किया है। ये सभी जन-समूह एक ही परिभाषा में आते हैं, उसी परिभाषा से जाने जाते हैं और उसी परिभाषा को लगातार मजबूत कर रहे हैं। क्या परावर्तन के प्रस्तोता सुन रहे हैं ?

हिंदू की परिभाषा से जुड़ा यह सबसे बड़ा दार्शनिक आयाम है। इसके बाद कुछ और दार्शनिक आयामों का विश्लेषण कर लेना कोई कठिन काम नहीं रह जाता। इस शृंखला में एक दार्शनिक आयाम को हम 'कर्म' के संदर्भ के साथ जोड़ सकते हैं। चूँकि पुनर्जन्म का अविभाज्य संबंध कर्म से है, इसलिए उसे आप हिंदू की परिभाषा का अविभाज्य हिस्सा माने बिना रह नहीं सकते। 'कर्म'—इसमें सबसे महत्त्वपूर्ण पहलू यह

है कि हर व्यक्ति कर्म करने को स्वतंत्र है और इसी से वह कर्म का परिणाम भुगतने के लिए भी अकेला जिम्मेदार है। उसे क्या कर्म करना है, कब, क्यों और कैसे करना है, इसकी पूरी आजादी उसे है। भारत के महानतम व्याकरणकार, जिसे आज की भाषा में भाषा-वैज्ञानिक कहते हैं, ऐसे भारत के महानतम भाषा-वैज्ञानिक आचार्य पाणिनि ने स्पष्ट कहा है, 'स्वतंत्रः कर्ता', अष्टाध्यायी 1.4.54, यानी करनेवाला, कर्म करनेवाला स्वतंत्र है। इसे आप अपनी आज की भाषा में, संविधान और राजनीति की आज की भाषा में कर्म का अधिकार, 'राइट टू एक्शन' भी कह सकते हैं। इसे भी आप आज के संविधानों में 'राइट टू एक्शन' के मौलिक अधिकारोंवाले अध्याय में रख सकते हैं। बस, इसमें एक ही बात जोड़नी है कि आपको अपने 'राइट टू एक्शन' नामक 'कर्म' करने के मौलिक अधिकार के साथ मिलनेवाले 'फल' को भी, यानी परिणामों को भी जोड़ देना है। यह नहीं जोड़ेंगे तो आप पश्चिम-परस्त संविधान हैं और इतना भर जोड़ते ही आप भारतवादी संविधान बन जाते हैं। 'फल' आते ही 'धर्म' भी स्वतः आ जाएगा, जिस पर अभी ही, आगे चलकर, एक पैराग्राफ जोड़नेवाले हैं।

कर्म संबंधी आयाम के बाद हम 'आत्मा की अनश्वरता' उस आयाम की चर्चा भी कर सकते हैं, जैसे कर्म और उससे जुड़ा कर्मफल 'हिंदू' की परिभाषा का महत्त्वपूर्ण आयाम है, वैसे ही दूसरा महत्त्वपूर्ण दार्शनिक आयाम है, 'आत्मा की अनश्वरता'। परिभाषावाले आलेख (सं. 11) में इस पर कह आए हैं कि कैसे आत्मा की अनश्वरता में जीवन की निरंतरता का रहस्य छिपा है। जीवन की निरंतरता 'पुनर्जन्म' का प्राण है। जीवन कभी समाप्त नहीं होता। मृत्यु एक पड़ाव है। जीवन तो निरंतर है। आधुनिक संवैधानिक भाषा में आप चाहें तो इसे 'जीवन का मौलिक अधिकार' अर्थात् 'राइट टू लाइफ' भी कह सकते हैं। मृत्युदंड होना चाहिए या नहीं, इसे आप चाहें तो पुनर्जन्म की इस व्याख्या के संदर्भ में, जीवन की निरंतरता के संदर्भ में भी व्याख्यायित कर सकते हैं, नए मानदंड स्थापित कर सकते हैं।

हिंदू की परिभाषा से जुड़े तीसरे दार्शनिक आयाम का संबंध हमारी निगमागम-कथा परंपरा से है। इसलामी गुलामी, क्रिश्चियन गुलामी और पश्चिम-परस्ती की गुलामी—इन तीन गुलामियों के परिणामस्वरूप हमने अपनी परंपराएँ, अपनी दार्शनिक परंपराएँ, विचारों की अपनी-अपनी, यानी अपनी वैचारिक परंपराएँ बिसार दी हैं कि जनसामान्य को ये 'निगम', ये 'आगम', ये 'कथा' सरीखे शब्द अब बेगाने से लगने लगे हैं। पर भारत को जानना है, भारत की पड़ताल करनी है, तो यह सब जानना-समझना पड़ेगा। बेशक एक-एक वाक्य में समझें, पर समझना तो पड़ेगा। 'निगम' वह साहित्य है, जिसमें वेद, ब्राह्मण ग्रंथ, (ब्रह्म, यानी वेद की व्याख्या करनेवाले ग्रंथ 'ब्राह्मण ग्रंथ'), उपनिषद्, पुराण—ये ग्रंथ समूह आते हैं। इन्हीं को निगम कहते हैं, वैदिक परंपरा कहते हैं। 'आगम'

वह साहित्य है, जिसमें जैन और बौद्ध दर्शन और तंत्रशास्त्र के बेसिक, आधारभूत ग्रंथ आते हैं। कुछ लोग सिर्फ तंत्र को ही आगम ग्रंथ कहना चाहते हैं, पर हम इसका प्रयोग व्यापक रूप से कर रहे हैं और संपूर्ण बौद्ध, जैन, तंत्र विचारधारा के उपजीव्य, यानी जीवन सरीखे ग्रंथों को इसलिए 'आगम' इस सामान्य नाम से अभिहित कह रहे हैं, जैसी कि परंपरा भी है। बौद्धों के सभी त्रिपिटक आदि और जैनों के सभी उपजीव्य ग्रंथों को हम 'आगम ग्रंथ' कह रहे है। तंत्र को भी आगम ही कहते हैं। 'कथा' वह साहित्य है जिसमें रामायण, महाभारत, महापुराण, उपपुराण, जैनपुराण, बौद्ध-जातक आते हैं। भारत की संपूर्ण दर्शन-परंपरा इसी 'निगमागम कथा' पर टिकी है। ये सभी बेसिक, आधारभूत, यानी उपजीव्य ग्रंथ हैं, जो भारत की संपूर्ण दर्शन परंपरा का प्राण हैं। 'हिंदू' इस निगम-आगम-कथा परंपरा का दस हजार सालों से वाहक बना हुआ है। जब तक भारत रहेगा, हिंदू इस तरह का वाहक बना रहेगा। यही आधुनिक शब्दावली में भारत की विचार परंपरा की, अभिव्यक्ति की स्वतंत्रता है, 'राइट टू एक्सप्रेशन' है, जहाँ प्रत्येक विचारक को, विचार संप्रदाय को अपना दार्शनिक मंतव्य रखने का, उसे प्रसारित करने का, उससे जुड़ने का अघोषित, मौलिक अधिकार मिला हुआ है। फर्क यह है कि भारत में पैदा हुए प्रत्येक विचारक और विचार संप्रदाय ने, यानी प्रत्येक धर्म-दर्शन ने अपने और दूसरे के विचारों को कहने और अपनाने की बेसिक फ्रीडम, मौलिक आजादी दी है। इसके विपरीत विदेशों से आए मजहब और रिलीजन अपने अलावा दूसरे को, प्रत्येक को यही आजादी देते हैं या नहीं, इस पर विश्व में बहस जारी है। हिंदू की परिभाषा में 'राइट टू एक्शन' और 'राइट टू लाइफ' की तरह 'राइट टू एक्सप्रेशन' ये सभी मौलिक अधिकार अंतर्निहित हैं, 'इनबिल्ट' हैं।

एक ऐसा ही अधिकार है, बहुलता, 'मल्टीप्लिसिटी', जो हिंदू की परिभाषा में इनबिल्ट है। वह इस तरह से कि भारत में तीन तरह के विचार आंदोलन चले हैं। इन तीनों के नाम हैं, जो हम अपने हिसाब से पहली बार अपनी पुस्तक 'भारत को समझने की शर्तें' प्र.प्र. 2016 में इन शब्दों में कह आए हैं और ये तीन नाम हैं, अध्यात्म आंदोलन, अद्वैत आंदोलन, भक्ति आंदोलन। पहला आंदोलन निगम परंपरा के और आगम परंपरा के आधार पर शुरू हुआ और पुष्पित-पल्लवित होकर पूरी तरह से विकसित हुआ। इसका परिपाक जैन, बौद्ध, आजीवक, न्याय, वैशेषिक, सांख्य, योग, मीमांसा, वेदांत इन दर्शनों के रूप में हुआ। भगवान् बुद्ध के अवतार से पूर्व ये सभी निगमागम दर्शन परंपराएँ विचार परंपराओं के रूप में विकसित होती रहीं। इन सभी विचार परंपराओं को विशिष्ट दर्शन संप्रदायों के रूप में परिपक्व करने और परिपक्व होने का प्रारंभ देश के दर्शन-विश्व में अवतरित हुए भगवान् बुद्ध के साथ हुआ। ऐसे ही नहीं भगवान् बुद्ध का नाम 'धर्मचक्र प्रवर्तन' आंदोलन के साथ अविनाभाव रूप से जुड़ गया है। भगवान्

बुद्ध के साथ ही, या ठीक से कहें तो भगवान् बुद्ध की दर्शन परंपरा के साथ ही विभिन्न दार्शनिक स्कूलों की स्थापना होती चली गई। प्राचीनतम विचार परंपराओं में कपिल की सांख्य परंपरा और तीर्थंकर (जैन) परंपरा के नाम आते हैं। भगवान् बुद्ध द्वारा प्रवर्तित बौद्ध दर्शन संप्रदाय के साथ ही आजीवक, जैन, सांख्य, योग, न्याय, वैशेषिक, मीमांसा, वेदांत-दर्शन संप्रदायों (यह नामावली कालक्रम के हिसाब से नहीं है) की संप्रदायों के रूप में प्रतिष्ठा होनी शुरू हो गई और इस तरह से एक-एक कर समस्त दर्शन संप्रदाय भारत के दर्शनाकाश में उभरकर सामने आ गए—जैन, सांख्य, आजीवक, बौद्ध, योग, न्याय, वैशेषिक, मीमांसा और वेदांत। यही हमारे देश की अध्यात्म परंपरा है या कहें कि अध्यात्म आंदोलन है, जो प्राचीनतम आंदोलनों और निगम-आगम के सहारे हजारों सालों की यात्रा करता हुआ हमारे सामने है।

पर आठवीं सदी में भगवान् शंकराचार्य के दर्शन आकाश पर अवतरित होते ही एक दूसरा आंदोलन शुरू हुआ, जिसे हम 'अद्वैत आंदोलन' कह रहे हैं। अद्वैत शब्द पुराना है, बहुत पुराना है। पर शंकराचार्य के साथ ही इस शब्द के साथ भारतीय दर्शन के इतिहास के साथ एक ऐसी तेजस्विता शुरू हुई कि आनेवाली सदियों में मानो अद्वैत ही समस्त दर्शन संप्रदायों के समर्थन और व्याख्या के केंद्र में आ गया। संयोग कहें या कुछ और, इस पर हमारे देश के इतिहासकारों को अभी विचार करना है कि देश में अद्वैत आंदोलन और इसलामी आगमन एवं फैलाव लगभग समकालीन घटनाएँ हैं। इस अद्वैत आंदोलन के अंतर्गत प्रमुख रूप से रामानुजाचार्य (विशिष्टाद्वैत), मध्वाचार्य (द्वैतवाद), निंबार्काचार्य (द्वैताद्वैत), महाप्रभुवल्लभाचार्य (शुद्धाद्वैत), भास्कराचार्य (भेदाभेदवाद) आते हैं, जिनके साथ ही आचार्य अभिनवगुप्तपाद ने जिस अद्वैत का विस्तार किया, उसे काश्मीरीय अद्वैत दर्शन के नाम से ख्याति मिली है। यह भारत के वैचारिक आंदोलन की अगली कड़ी, यानी अध्यात्म आंदोलन के बाद की अगली कड़ी है, जिसे हम अद्वैत आंदोलन कह रहे हैं।

अद्वैत आंदोलन को लगभग समानांतर, कह सकते हैं कि अद्वैत आंदोलन के ही परिणामस्वरूप तीसरे विचार आंदोलन का बीज पड़ गया, जिसे हम भक्ति आंदोलन कह रहे हैं। इसका प्रारंभ तो इसलामी आगमन के समानांतर रूप से आए अद्वैत आंदोलन की प्रेरणा के परिणामस्वरूप शांकर वेदांत के साथ ही हो गया था। इसलिए आडयार संतों और वेदांत दर्शन के आचार्यों के प्रभाव के परिणामस्वरूप भक्ति आंदोलन का प्रारंभ दक्षिण में हुआ। क्रमशः भक्ति का प्रसार और प्रभाव भारत में चारों ओर—दक्षिण, उत्तर, पूर्व और पश्चिम में होता चला गया। शायद ही भारत का कोई प्रदेश ऐसा बचा हो, जहाँ भक्ति आंदोलन से जुड़े आचार्यों, संतों और भक्तों का प्रताप और प्रभाव न फैला हो। इसके परिणामस्वरूप देश में अनेक संप्रदाय-उपसंप्रदायों की स्थापना, प्रारंभ और विकास हुआ

और बहुलता को सम्मान देनेवाले हिंदू ने इन सभी संप्रदायों को अपना माना है, सम्मान दिया है और उसका प्रसार-प्रचार करने में अपने पूरे व्यक्तित्व का उपयोग किया है। जो लोग, पश्चिम-परस्त, भारत-विमुख जो लोग, भारत-विरोधी जो लोग हिंदू को बहुलता का, मल्टीप्लिसिटी का सम्मान देने का अहंकार भरा उपदेश देते फिर रहे हैं, फिर वह अमेरिका का कोई राष्ट्रपति होने का अहं पालकर बैठा हो या फिर भारत की परंपरा और व्यक्तित्व से अनजान खुद को राजनेता होने का दम भरनेवाला हो, उसे भारत और विश्व के हिंदू को बहुलता का सम्मान करने का उपदेश देने का दंभ नहीं करना चाहिए। हर विचार का, हर वैचारिक आयाम का, हर वैचारिक पहलू का सम्मान करना हिंदू के व्यक्तित्व के प्राणों के समान है, भारत के ये तीनों आंदोलन—अध्यात्म आंदोलन, अद्वैत आंदोलन और भक्ति आंदोलन अगर राजनीतिक तौर पर कुछ भी स्थापित करते हैं तो यही स्थापित करते हैं, हिंदू की इसी अवधारणा को स्थापित करते हैं।

राइट टू एक्शन, राइट टू लाइफ, राइट टू एक्सप्रेशन, राइट टू मल्टीप्लिसिटी—जानबूझकर अंग्रेजी में लिखी जा रही ये चारों अवधारणाएँ, ताकि अंग्रेजीदाँ, पश्चिम-परस्तों, भारत-विमुख लोगों को ये याद हो जाएँ, ये चारों अवधारणाएँ संविधान के किसी अनुच्छेद जैसी सुनने में आती हैं। जी हाँ, आपने ठीक सुना है। ये सभी अवधारणाएँ किसी संविधान के प्रावधान जैसी ही हैं। अपने इस आलेख में अब हम पाँचवें संवैधानिक प्रावधान का, जो इस शृंखला में अंतिम है, ऐसे पाँचवें, सर्वाधिक श्रेष्ठ और सर्वाधिक महत्त्वपूर्ण प्रावधान का संक्षेप में विश्लेषण करनेवाले हैं और इस विश्लेषण का नाम है—धर्म। धर्म, यानी धर्म, न कि मजहब और न ही रिलीजन। राइट टू धर्म, न कि राइट टू मजहब और न ही राइट टू रिलीजन। सिर्फ और सिर्फ राइट टू धर्म।

हम धर्म नामक मौलिक अधिकार का विवेचन, हिंदू की परिभाषा के संदर्भ में इस दार्शनिक आयाम का विवेचन अलग-अलग संदर्भों में, कई आलेखों में पहले भी कर आए हैं। इसलिए अब यह सर्वाधिक महत्त्वपूर्ण विवेचन संक्षेप में हो सकता है। हिंदू सभ्यता में धर्म का अर्थ है हमारा आचरण, यानी श्रेष्ठ आचरण, श्रेष्ठ आचरण, यानी धर्म। कुत्सित अर्थात् गंदा आचरण, समाज-विरोधी, मनुष्य-विरोधी आचरण, यानी अधर्म। श्रेष्ठ आचरण क्यों, यानी धर्म क्यों? इसलिए कि ऐसे आचरण से मनुष्य के संस्कारों का निर्माण और विकास, अर्थात् मनुष्य के व्यक्तित्व का निर्माण और विकास व्यक्ति, परिवार और समाज के हित में होता है। अधर्म के आचरण से मनुष्य के स्वभाव और व्यक्तित्व में संस्कार की बजाय विकार, विकृतियाँ, बुराइयाँ ही बुराइयाँ आती हैं। उसके परिणामस्वरूप मनुष्य के व्यक्तित्व का निर्माण और विकास व्यक्ति, परिवार और समाज के अहित में होता है।

हमारे परिवार कैसे हैं, हमारा समाज कैसा है, अर्थात् हमारा देश कैसा है, यह

इस पर निर्भर करेगा कि हमारे परिवार, समाज, देश के व्यक्तियों के संस्कार कैसे हैं, अर्थात् चरित्र कैसा है। आपने जीवन में किन बातों को महत्त्व दिया है, उसी पर निर्भर करेगा कि हम कैसे व्यक्ति बनेंगे। अगर हर फिल्म में सच्चाई दिखाने के नाम पर स्त्री विरोधी हिंसा, दुराचार और स्त्री विरोधी सेक्स आचरण ही दिखाते रहेंगे तो फिर समाज में, समाज ही क्यों, परिवार में भी स्त्री सुरक्षित नहीं है। कानून अपराधियों को दंडित तो कर सकता है, रोक नहीं सकता। रोकने का सामर्थ्य धर्म में है। कानून उसमें सहायक हो सकता है। अगर हम भ्रष्ट आचरणवाले राजनेताओं को ही प्रमुखतापूर्वक प्रस्तुत करते रहेंगे तो फिर परिवार, समाज और देश में सदाचरण की गंगा नहीं, भ्रष्टाचरण की नालियाँ ही बहती रहेंगी। बोफोर्स, कोयला, स्पेक्ट्रम, आदर्श, अगुस्ता जैसे घोटाले होते रहेंगे। होते ही रहेंगे और सभी 'कैग' मिलकर भी किसी का कुछ बिगाड़ नहीं पाएँगे। अगर पब, कैसिनो, मसाज पार्लर, मद्यशालाएँ जैसी जीवन-शैली अपनाएँगे, तो युवा को आदर्श जीवन की राह पर चलने का माहौल आप कहाँ से दे पाएँगे? ऐसा माहौल देने के लिए आपको आदियोगी शिव महादेव का, 'रामो विग्रहवान् धर्मः' जैसे धर्म का साक्षात् शरीर भगवान् राम का, 'धर्मसंस्थापनार्थाय' की प्रतिज्ञा पूरी करनेवाले भगवान् कृष्ण का, 'धर्मचक्र प्रवर्तनम्' करनेवाले भगवान् बुद्ध का और तीर्थंकर महावीर स्वामी के निरंतर तपोमय जीवन का आदर्श व्यक्ति, समाज और देश के सामने रखना ही होगा।

भारत ने दो आदर्श हमारे सामने रखे हैं। एक है, 'दण्डः शास्ति प्रजाः सर्वाः' और दूसरा है 'धर्मो धारयते प्रजाः'। दंड का अर्थ है, कानून। धर्म का अर्थ है आचरण। समाज अनुशासन में रहे, इसके लिए दंड जरूरी है, कानून का शासन जरूरी है, कानून जरूरी है। पर समाज अपनी भीतरी, आंतरिक, हृदय की प्रेरणा से अनुशासन में रहे, धर्म के कारण ही यह संभव हो पाता है। पकड़े जाने पर कानून का भय आवश्यक है, पर पकड़े जानेवाला आचरण ही हम न करें, यह धर्म से ही संभव है। वैसा हम बन सकें, इसके लिए शिव, राम, कृष्ण, बुद्ध, महावीर जैसे ईश्वरीय महाव्यक्तित्व और संत ही हमारे आदर्श हो सकते हैं। पाखंडी और विलासी तथा धर्म-धोखाधड़ी करनेवाले हमारा आदर्श नहीं ले सकते।

हिंदू की परिभाषा (आलेख 11) में हमने मुक्ति की बात की थी। आलेख 12 में हमने फिर से मोक्ष की बात की। दोनों का संबंध धर्म से है। भारत ने जिस प्रकार से धर्म को सर्वाधिक महत्त्वपूर्ण आयाम के रूप में रेखांकित किया है, उससे स्पष्ट है कि हिंदू ने ऐतिहासिक रूप से मनुष्य के आचरण को धर्म कहकर परिवार, समाज और राष्ट्र जीवन के सर्वाधिक कारक के रूप में स्थापित किया है, और हमारा आचरण श्रेष्ठ रहे, हमारा धर्म बना रहे, यह हर व्यक्ति का एक मौलिक अधिकार है। मौलिक अधिकार इस रूप में है कि व्यक्ति का निर्माण परिवार का, समाज का और इसलिए राष्ट्र का दायित्व है

और वैसा दायित्व पूरा होता रहे, यह व्यक्ति का मौलिक अधिकार है। हमारा संविधान 'दण्डः शास्ति प्रजाः सर्वाः' के आधार पर कानून का शासन स्थापित करने पर जोर दे रहा है, जो कि हर हिसाब से ठीक और उचित है। पर हमारा संविधान 'धर्मो धारयते प्रजाः' के आधार पर वैसी परिस्थितियाँ नहीं बनने दे रहा, जिससे व्यक्ति को धर्म जानने और वैसा आचरण करने का वातावरण, माहौल, परिस्थितियाँ मिल सकें। इसलिए हमारा संविधान भारत-विमुख है। स्पष्ट है कि हिंदू की परिभाषा से जुड़े दार्शनिक आयामों में धर्म नामक आयाम, राइट टू धर्म, धर्म के आचरण का मौलिक अधिकार महत्त्वपूर्ण है, कह सकते हैं कि सर्वाधिक महत्त्वपूर्ण है।

तो निष्कर्ष क्या निकला? यह कि चूँकि हिंदू एक दार्शनिक प्राणी है, इसलिए, जी हाँ इसलिए हिंदू के व्यक्ति में (1) कर्म करने का मौलिक अधिकार, (2) जीवन का मौलिक अधिकार, (3) बहुलता को सम्मान देने का मौलिक अधिकार, (4) अभिव्यक्ति का मौलिक अधिकार, (5) धर्म का मौलिक अधिकार, ये सभी तत्त्व, ये सभी पहलू, ये सभी आयाम इन-बिल्ट हैं, स्वभाव का हिस्सा हैं, व्यक्तित्व का प्राण हैं। हिंदू को इन सभी आयामों का जो अन्यथा विशिष्ट राजनीतिक अवधारणाएँ हैं, इन सभी राजनीतिक आयामों का उपदेश देने की जरूरत किसी को नहीं है, क्योंकि ये सभी राजनीतिक अवधारणाएँ हिंदू व्यक्तित्व का प्राण हैं। हिंदू का दार्शनिक (राजनीतिक अवधारणा से भरपूर) व्यक्तित्व ऐसा ही है, इसलिए दस हजार साल से हिंदू विचारधारा अनवरत चल रही है, अगले हजारों साल तक निस्संदेह चलती रहनेवाली है और अपने विखंडनों को लाँघकर अपने भौगोलिक, सांस्कृतिक व्यक्तित्व को ठीक से प्राप्त करने ही वाली है।

□

15

हिंदू की परिभाषा से जुड़े राजनीतिक आयाम

हिंदू की परिभाषा से संबद्ध पिछले चार आलेखों में हमने इस थीम से जुड़े विभिन्न पहलुओं की चर्चा और छानबीन की है। चूँकि हमारा पूरा आलेख, विभिन्न आलेखों में फैला संपूर्ण आलेख एक राजनीतिक आलेख है और राजनीति को हम सर्वोपरि मानते हैं, राष्ट्रों के बनने और बिगड़ने का, महाशक्ति बनने या एक दुर्बल, लुंज-पुंज राष्ट्र बनने का आधारभूत कारण मानते हैं, इसलिए हिंदू की परिभाषा नामक थीम से जुड़े इस आलेख में हम अब महत्त्वपूर्ण राजनीतिक पहलुओं से, राजनीतिक आयामों से दो-चार हो जाना चाहते हैं। हम हिंदू की परिभाषा से जुड़े इन राजनीतिक आयामों को एक-एक कर, स्पष्ट रूप से, बिना लाग-लपेट के, शुद्ध रूप से राष्ट्रीय परिप्रेक्ष्य में सबके सामने रख देना चाहते हैं।

1. हमने भारत के दस हजार सालों में विकसित हुए तीन वैचारिक आंदोलनों की चर्चा की—अध्यात्म आंदोलन, अद्वैत आंदोलन और भक्ति आंदोलन। हमने देखा कि कैसे ये तीनों आंदोलन भारत की निगम-आगम-कथा परंपरा से अविभाज्य रूप से जुड़े हुए हैं। इन दोनों संदर्भों में हमने देखा कि कैसे हिंदू की परिभाषा इन दोनों विचार परंपराओं और उनसे विकसित तीनों आंदोलनों से अनुप्राणित है। चारों संहिताएँ, सभी ब्राह्मण ग्रंथ, सभी आरण्यक व उपनिषद् यह संपूर्ण साहित्य निगम परंपरा में आगे हैं। सभी जैन, बौद्ध व तंत्र शास्त्र आगम परंपरा में आते हैं। सभी महापुराण, उपपुराण, जैनपुराण, बौद्ध-जातक भारत की कथा परंपरा में आते हैं। ये सभी निगम-आगम-कथा ग्रंथ इसलिए सर्वाधिक महत्त्वपूर्ण हैं, क्योंकि भारत की पूरी-की-पूरी दर्शन-परंपरा इन्हीं ग्रंथों पर टिकी है और सभी दार्शनिक विचारधाराएँ, सभी दर्शन संप्रदाय व सभी दार्शनिक सिद्धांत कहीं-न-कहीं इन्हीं महत्त्वपूर्ण निगम-आगम-कथा ग्रंथों से उद्‍भूत हैं, इन ग्रंथों पर टिके हैं। इसीलिए इन संपूर्ण ग्रंथों को हम 'उपजीव्य' साहित्य कहते हैं। उपजीव्य, यानी वे ग्रंथ, जिन पर संपूर्ण भारतीय दर्शन का जीवन टिका है, संपूर्ण दार्शनिक चिंतन का आधार है और प्रत्येक

दार्शनिक सिद्धांत इन ग्रंथों से अपना वैचारिक प्राण ग्रहण करता है। यानी वे ग्रंथ, जिन पर संपूर्ण दर्शन का जीवन टिका है, इसलिए वे उपजीव्य ग्रंथ कहलाते हैं। चूँकि ऐसा है, जो कि है तो फिर हमारे मन में प्रश्न उठ सकता है कि जब भारत के संपूर्ण दर्शन का स्रोत एक सरीखा है, एक या दूसरे पर टिका है, एक ही परंपरा के अनेक-अनेक प्रवाहों जैसा है, तो फिर इस संपूर्ण परंपरा को कोई एक ही नाम क्यों न दिया जाए? वैसे हमारी परंपरा में अब सदियों से एक नाम चल रहा है, 'निगमागम-कथा', जिसे अधिक शक्ति के साथ प्रचलन में जाना चाहिए। आचार्य तुलसीदास ने 'नाना पुराण निगमागम सम्मतं यत्' (रामचरितमानस) में इसी शब्द का प्रयोग किया है।

2. अभी इन समस्त विचारधाराओं के, धर्म-संप्रदायों के अपने-अपने नाम हैं। जैन, सांख्य, योग, बौद्ध, न्याय आदि विचारधाराओं के अपने-अपने नाम हैं। गाणपत्य, ऐंद्र, ब्राह्म, शैव, वैष्णव, शाक्त, सिख, कबीरपंथी आदि धर्म-संप्रदायों के अपने-अपने नाम हैं। पर हमने देखा है कि भारत में पैदा हुई समस्त दार्शनिक विचारधाराओं व समस्त धर्म-संप्रदायों के लिए एक ही परिभाषा, जिसे हमने हिंदू की परिभाषा नामक आलेखों में विस्तार से पढ़ लिया है, उन सभी विचारधाराओं, संप्रदायों पर यह परिभाषा समान रूप से लागू होती है।

भारत-विमुखता के ताकतवर वर्षों में किसी भी कारणवश एक नारा देश को याद करा दिया गया, 'हिंदू, मुसलिम, सिख, ईसाई, भारत में सब भाई-भाई', यह भारत-विरोधी नारा याद करा दिया गया। इस पर ऐसा मान लिया गया कि मानो देश में चार ही विचारधाराएँ हैं, हिंदू, मुसलिम, सिख और ईसाई। यह कितना बड़ा पाखंड और धोखा देश से हो गया, इसकी विस्तृत छानबीन हम इसी पुस्तक के एक आलेख (संख्या 7) में कर आए हैं।

तो प्रश्न यह है कि सदियों से चलती आ रही इन सभी जैन, सांख्य, योग, बौद्ध, न्याय आदि दार्शनिक विचारधाराओं और शैव, वैष्णव, शाक्त, सिख, कबीरपंथी, आदि धर्म संप्रदायों की एक सरीखी परिभाषा के कारण और इस परिभाषा के आधार पर एक ही नाम दिया जाए, या कि हर एक का अपना अलग नाम चलता रहे। सभी को एक ही नाम 'हिंदू' दे दिया जाए या कि सभी के अपने-अपने नाम भी चलते रहें?

3. प्रत्येक को याद रहना चाहिए कि भारत की सभी दार्शनिक विचारधाराओं व भारत के सभी धर्म संप्रदायों के जो अपने-अपने नाम लिखे हैं, वे नाम किसी तानाशाही के कारण, फिर वह तानाशाही किसी विचार संप्रदाय की हो या कि किसी राजनीतिक शक्ति की हो, ऐसी किसी भी तानाशाही के कारण वे नाम किसी को नहीं मिले हैं। इनमें से प्रत्येक नाम दार्शनिक विचारधारा और धर्म संप्रदाय की परंपरा में से अपने आप ही उपजा है, स्थापित हुआ है और विकसित होता चला गया है। कोई चाहे भी तो इन नामों

को समाप्त नहीं कर सकता। इन नामों में जो ऐतिहासिकता है, इन नामों के अनुयायियों का जो परस्पर गर्भ-नाल का रिश्ता बना हुआ है, अपने-अपने नाम का उच्चारण करते ही विचार और भक्ति का जो प्रवाह हमारे भीतर स्वत: होने लग जाता है, उसे देखते हुए, उसी से स्पष्ट है कि भारत के समस्त विचार संप्रदायों व भक्ति संप्रदायों के ये सभी नाम अपने देश के हैं, अपने ही हैं, सभी आपस में जुड़े हुए हैं, कोई एक किसी दूसरे से अलग नहीं है, सभी का सभी के साथ एक-सा सह-अस्तित्व है। सभी नाम चलते रहने चाहिए। चलते ही रहेंगे, बल्कि चलते रहें, ऐसा बौद्धिक उपक्रम हमारे देश के अपने, अपने देश में पैदा हुए सभी दर्शन-भक्ति संप्रदायों के बीच में होना चाहिए।

4. ये सभी, भारत के ये सभी, भारत में पैदा हुए ये सभी दर्शन संप्रदाय व धर्म संप्रदाय कैसे एक-दूसरे के साथ जुड़े हुए हैं, इसके दो, सिर्फ दो, आप चाहें तो कितने ही उदाहरण आप गिन सकते हैं, पर अभी हम सिर्फ दो उदाहरण ही दिए देते हैं। एक उदाहरण है, भारत में पैदा हुए सभी संप्रदायों में प्रचलित एक सरीखी विवाह संस्था। हमने कहा एक सरीखी विवाह संस्था। हमने एक सरीखी विवाह प्रणाली नहीं कहा। एक प्रणाली के रूप में, एक विधि के रूप में, एक तरीके के रूप में विवाह का रूप हर धर्म संप्रदाय में अपना-अपना है। प्रत्येक धर्म संप्रदाय दूसरे धर्म संप्रदाय में प्रचलित विवाह प्रणाली का सम्मान करता है। पर हम जानते हैं कि जहाँ तक विवाह-संस्था का प्रश्न है, भारत में पैदा हुए सभी धर्म-दर्शन संप्रदाय एक साथ खड़े हैं। अपनी 'भारतगाथा' पुस्तक में हम दिखा आए हैं कि कैसे महाभारत काल के आस-पास के समय से, यानी पाँच हजार साल से तो हमारी आज की विवाह संस्था ही हमारे पास है और लगातार सशक्त होती चली गई है। विवाह हमारे आराध्य की साक्षी में हो, विवाह का बंधन एक जन्म का नहीं जन्म-जन्मांतर का है, विवाह एक सामाजिक उत्सव है, विवाह स्त्री और पुरुष के बीच का आध्यात्मिक संबंध भी है, विवाह बेशक एक कानूनी मान्यता है, पर उससे भी अधिक एक सामाजिक मान्यता है और इन सभी कारणों से उसमें परस्पर तलाक, डिवोर्स, विच्छेद के लिए स्थान या तो नहीं है या फिर अति कठिन है, ये सभी विशेषताएँ भारत की विवाह संस्था में हैं, जो हजारों सालों की अवधि में बनी और परिपुष्ट हुई है। भारत में पैदा हुए सभी दर्शन-धर्म संप्रदायों में विवाह प्रणाली अपनी-अपनी होते हुए भी, सभी संप्रदायों में विवाह संस्था एक समान है, एक सरीखी है, एक ही है। जो भारत-विमुख, पश्चिम-परस्त लोग भारत में 'विविधता में एकता' जैसा नारा लगाते नहीं थकते, उन अंग्रेजीदाँ लोगों को बताने की जरूरत है कि यह नारा उनके लिए है, उनके लिए जो भारत-विमुख हैं। हम भारत में जनमे सभी दर्शन-धर्म संप्रदायोंवाले लोग नारा नहीं लगाते। हम तो उसी मनोभाव में जी ही रहे हैं, हजारों साल से जी रहे हैं। अपना नारा अपने घर, यानी पश्चिम में रखिए।

5. दूसरा उदाहरण है, जातिप्रथा। इसके मूल में है 'वर्णव्यवस्था'। देश के लोगों को तो पता है कि देश में 'वर्णव्यवस्था' का ही विकास क्रमश: 'जातिप्रथा' में हुआ है, बस सिर्फ पश्चिम-परस्त, भारत-विमुख लोगों को यह समझने की जरूरत है। 'व्यवस्था' और 'प्रथा' में जो फर्क होता है, वही फर्क वर्णव्यवस्था और जातिप्रथा में है। 'व्यवस्था' शुरू की जाती है। 'प्रथा' खुद-ब-खुद, स्वयमेव विकसित होती है। 'हिंदू' की एक सरीखी परिभाषा से परस्पर जुड़े सभी संप्रदायों में जातिप्रथा का रूप एक जैसा है। यह एक बड़ी बात है। जो आधुनिकता-परस्त लोग, आधुनिकता का दृष्टिकोण रखनेवाले नहीं, आधुनिकता-परस्त लोग जातिप्रथा की निंदा करते नहीं थकते, उनसे तीन, सिर्फ तीन बातें कहनी हैं। एक, जातिप्रथा अब हमारी सामाजिक संगठनशीलता में तब्दील हो चुकी है। इसलिए जाति को एक सामाजिक संगठन के रूप में ही देखना चाहिए और उस सामाजिक संगठनशीलता का न केवल हमें स्वागत करना चाहिए, बल्कि उसे शक्तिशाली बनाना चाहिए। समाज है तो सामाजिक संगठन भी होंगे। जो संगठन हमारे पास हैं, उसको शक्ति देने की बजाय, उसे कमजोर करने में क्या लाभ? दूसरी बात यह है कि यह जातिप्रथा ही थी, जिसने इसलामी गुलामी और क्रिश्चियन गुलामी की सदियों में हिंदू को बचाकर रखा। इसलामी आँधी की दारुण सदियों के बावजूद अगर देश में चौरासी पचासी प्रतिशत हिंदू बचे रहे हैं, बचे हुए हैं तो कृपया इसका श्रेय उस सामाजिक संगठन की व्यवस्था को दीजिए, जिसका नाम है, जातिप्रथा। और, अगर धर्मांतरित भारतीय धर्मावलंबियों को अपने धर्म-संप्रदायों में वापस घर लौटना है तो उसका सबसे ताकतवर जरिया भी इसी 'जातिप्रथा' के रूप में ही हमारे पास है। तीसरी बात यह है कि जातिप्रथा में जो बुराइयाँ आ गई हैं, उन्हें ठीक करना हमारा राष्ट्रीय कर्तव्य है। अस्पृश्यता, यानी छुआछूत के विरुद्ध युद्ध छेड़कर देश ने इस बुराई पर लगभग विजय पा ली है। सामाजिक ऊँच-नीच को खत्म कर हम अपना यह राष्ट्रीय कर्तव्य पूरा करें, इसमें भी यही जातिप्रथा हमारी सहायता करनेवाली है। अंतर्जातीय विवाह का उत्साह हमारे कितने काम आ पाएगा या नहीं, इस पर जातिप्रथा नामक सामाजिक संगठन को गहरा विचार करना चाहिए। जाति को नकारना नहीं, उसके सामाजिक संगठन को रेखांकित करना जरूरी है। 'हिंदू' की परिभाषा से अविभाज्य रूप से जुड़े ये सामाजिक संगठन हमारी जातिप्रथा को आदर्श समाज बनाने में हमारी सहायता कर सकते हैं।

6. भारत के ये सभी दर्शन-धर्म-संप्रदाय किस प्रकार एक-दूसरे से सदियों से जुड़े हैं, 'हिंदू की परिभाषा' से बिना घोषणा के ही, स्वयमेव अनुप्राणित ये सभी धर्म-दर्शन-संप्रदाय किस प्रकार एक-दूसरे से सदियों से जुड़े हुए हैं, इसके दो उदाहरण हमने दिए—एक है, विवाह संस्था और दूसरा है, जातिप्रथा। अगर हम स्वयं को राजनीतिक रूप से प्रबुद्ध समाज मानते हैं (और हमें लगता है कि मौजूदा पुस्तक को पढ़ते हुए हमने

खुद को वैसा मान लिया होगा) तो हमें कम-से-कम दो ऐसे काम तुरंत करना प्रारंभ कर देना चाहिए, जिसे भारत में पैदा हुए सभी धर्म-दर्शन-संप्रदायों के लोग एक-दूसरे से जुड़ा हुआ, लगभग एकाकार जैसा खुद को अनुभव करें। एक काम यह करना ही चाहिए कि भारत में पैदा हुए सभी धर्म-दर्शन-संप्रदायों से अनुप्राणित पर्व-त्योहार सभी धर्म-दर्शन-संप्रदायों को माननेवाले एक साथ मनाएँ। बुद्ध पूर्णिमा सिर्फ बौद्ध ही क्यों मनाएँ? महावीर जयंती सिर्फ जैन ही क्यों मनाएँ? गुरु पूरब सिर्फ सिख ही क्यों मनाएँ? कृष्ण जन्माष्टमी और रामनवमी सिर्फ वैष्णव ही क्यों मनाएँ? नवरात्र सिर्फ शाक्त ही क्यों मनाएँ? महाशिवरात्रि सिर्फ शैव ही क्यों मनाएँ? ऐसे सभी त्योहार, फिर चाहे वे बुद्ध पूर्णिमा, महावीर जयंती, गुरु पूरब, कृष्ण जन्माष्टमी, रामनवमी, महाशिवरात्रि जैसे धर्म-दर्शन-संप्रदाय-आधारित पर्व हों या फिर रक्षाबंधन, शस्त्रपूजा, दीपावली, मकर संक्रांति, होली जैसे सामाजिक पर्व हों, ये सभी पर्व-त्योहार सभी धर्म-दर्शन-संप्रदाय से जुड़े सभी लोग एक साथ क्यों न मनाएँ? योजनापूर्वक एक साथ क्यों न मनाएँ? हो सके तो सभी पर्व-त्योहार मनाने का तरीका भी एक जैसा क्यों न बनाएँ? ताकि धन, रिलीजन, सेक्स और मार्केटिंग का धंधा करनेवाले संगठन, लोग और संस्थाएँ इन पर्व-त्योहारों का रूप बिगाड़ न दें, इन पर्व-त्योहारों का आध्यात्मिक तथा सामाजिक संदेश विकृत न कर दें और इन पर्व-त्योहारों के साथ जुड़ा धर्म संदेश नष्ट न करने पाएँ। यह एक काम है, सर्वाधिक महत्त्वपूर्ण सामाजिक काम है।

7. दूसरा काम बौद्धिक है, जो बराबर के महत्त्व का है। भारत में जो अनेक दर्शन-संप्रदाय विकसित हुए, जो इतने धर्म संप्रदाय विकसित हुए, यह ऐसे ही फोकट में नहीं हो गया। इनके बनने, स्थापित होने और विकसित होने के पीछे सदियों ही नहीं, सहस्राब्दियों के बौद्धिक परिश्रम का तप है, जो इस देश के दार्शनिकों ने और संत-महात्माओं ने किया है। इस तप का नाम है शास्त्रार्थ परंपरा। इसलामी गुलामी, क्रिश्चियन गुलामी और पश्चिम-परस्ती की गुलामी, इन तीनों गुलामियों की लंबी, अनवरत सदियों के दबाव के बावजूद हमारा देश 'शास्त्रार्थ' नाम से न केवल सुपरिचित है, बल्कि इस परंपरा को गौरवपूर्वक याद करता है। इसका कारण यह है कि देश के विचारकों ने दर्शन और धर्म को लेकर इतना संवाद किया है, इतनी यात्राएँ की हैं, इतना विमर्श किया है, इतनी संगोष्ठियाँ की हैं, इतनी संगीतियाँ की हैं, इतनी कथाएँ की हैं, इतनी लंबी गुरु-शिष्य परंपराओं का पालन किया है कि इस लंबी शास्त्रार्थ परंपरा के कारण देश में इतने ज्यादा दर्शन-संप्रदाय और इतने विविध भक्ति संप्रदाय देश को मिल सके। ये सभी दर्शन और भक्ति संप्रदाय देश के पास हैं। इन संप्रदायों में परस्पर शास्त्रार्थ की जो लंबी परंपरा रही है, जो इन तीनों तरह की गुलामी की सदियों में स्थगित हो गई, उस परंपरा में फिर से प्राण क्यों नहीं फूँकना चाहिए? इस परंपरा के स्थगित होने का ही दुष्परिणाम यह

हुआ है कि देश के भारत-विमुख, पश्चिम-परस्त लोग हमें समाजवाद, धर्मनिरपेक्षता, जात-परस्ती और स्त्री अपमान जैसे बौद्धिक दिवालियापन का शिकार बना सके। क्या देश का यह कर्तव्य नहीं है, क्या यह बौद्धिक दायित्व नहीं है, क्या यह राष्ट्रीय धर्म नहीं है कि फिर से दर्शन और धर्म को लेकर भारत में पैदा हुए सभी दर्शन-धर्म-संप्रदायों के बीच शास्त्रार्थ परंपरा शुरू हो? अभी यह कहना हेकड़ी का नमूना माना जाएगा, पर शुरू करेंगे तो सुपरिणाम सामने आएँगे कि देश की राजनीति में फैला आर्थिक भ्रष्टाचार हो या फिर समाज में लगातार बढ़ रहा सेक्स-अनाचार हो, ऐसे हर तरह के भ्रष्टाचार और अनाचार का इलाज इसी शास्त्रार्थ परंपरा के पुनर्जीवन में छिपा है। दो-चार सवाल तो उदाहरण के तौर पर हमारे सामने मुँह बाए खड़े ही हैं। समाज में आज भी दरिद्रता क्यों है? जगद्गुरु के वंशजों में अशिक्षा क्यों है? समलैंगिकता शारीरिक रोग है या आजादी का प्रतीक है? समाज में अस्वास्थ्य, बीमारियाँ क्यों हैं? क्यों राजनीतिक आचरण अधिकाधिक भ्रष्ट होता चला जा रहा है? क्यों विदेशी धर्म भारत में धर्मांतरण कर पा रहे हैं? क्यों भारत के धर्म को सहन न करनेवालों को, ऐसे विदेशी धर्मों को भारत में पाँव पसारने दिए जाएँ? क्यों हम टेक्नोलॉजी का अपने हित में दोहन करने की बजाय उसे असुर बनने दे रहे हैं? समाज में व्यक्ति को उपभोगवाद को कितना प्रश्रय देना चाहिए? ऐसे और न जाने कितने ही प्रश्न हैं, जिज्ञासाएँ हैं, आपत्तियाँ हैं। क्या इन और ऐसे सभी प्रश्नों पर देश में शास्त्रार्थ नहीं होने चाहिए? टी.वी. चैनलों पर होनेवाली दस-पंद्रह-बीस मिनटोंवाली घंटा या आधघंटा वाली बातें ऐसे शास्त्रार्थों का नमूना बन ही चुकी हैं। अब भारत के अपने दर्शन-धर्म-संप्रदायों के आचार्यों के बीच परम गंभीर और सच्चे संवाद प्रारंभ होने चाहिए। संवादों के परिणामों का रिकॉर्ड रखना चाहिए। इन संवादों के परिणामों के रिकॉर्ड को समाज-जीवन में प्रवाहित कर देने का तंत्र देश को आविष्कृत करना चाहिए?

9. भारत के दर्शन-धर्म-संप्रदायों के बीच चूँकि संवाद नहीं हो रहा, शास्त्रार्थ की कोई सिलसिलेवार व्यवस्था नहीं बन पा रही, उसी का परिणाम है कि हम उन राजनीतिक प्रश्नों में उलझा दिए गए हैं, जो प्रश्न ही नहीं हैं। हिंदू की परिभाषा हमने पढ़ी। समझ ली और याद हो गई। इसी अघोषित परिभाषा का ही परिणाम है कि देश के पास इतना अधिक दर्शन-धर्म-संप्रदायों का विचारों का खजाना है। सभी का स्रोत एक है—वही परिभाषा। सभी का प्रेरणास्रोत एक ही है—भारत का धर्म। सभी का व्यक्तित्व एक ही है, भारत का हिंदू व्यक्तित्व। पर चूँकि हमारे धर्म-दर्शन-संप्रदायों के बीच संवाद नहीं है, इसलिए देश को जाति-विभाजन में उलझा दिया गया, अल्पसंख्यक-बहुसंख्यक में अटका दिया गया। हमारा अपना देश, हमारे अपने देश के अपने धर्म-दर्शन-संप्रदाय, हम खुद इस देश को बनानेवाले उसके स्वामी भी और सेवक भी, हम ही खुद अपने

भारत के निर्माता। तो फिर हम ही कैसे और क्यों हो गए अल्पसंख्यक-बहुसंख्यक? हम तो सभी बहुसंख्यक हैं। जो भारत के नहीं, जो भारत में बाहर से आए, जो भारत का सम्मान नहीं करते, ऐसे धर्म और उनको माननेवाले वे अल्पसंख्यक हों तो हों, हम काहे के अल्पसंख्यक? भारत-विमुख, पश्चिम-परस्त जिन बुद्धिजीवियों, राजनेताओं व मीडियावालों ने विदेशी धर्मावलंबी भारतीय संतानों को अल्पसंख्यक घोषित कर दिया है, वे आज नहीं तो कल अपने ही देश के दर्शन-धर्म-संप्रदायों का, जातिप्रथा का, उपासना विधियों का अभिन्न हिस्सा बनने ही वाले हैं। यकीनन होनेवाले हैं। क्यों, इसलिए कि गंगा को गंगासागर से मिलन से आज तक कौन रोक पाया है, कौन रोक सका है? हिंदू की परिभाषा से जुड़ा यह सबसे बड़ा आयाम, राजनीतिक आयाम है, क्योंकि जैसा कि हमने अपनी इस पुस्तक के प्रारंभ में ही अपनी स्थापना दी है कि राजनीति है सर्वोपरि, राजनीति ही है सर्वोपरि।

□

16

हिंदू-परिभाषा से जुड़े राष्ट्रवादी आयाम

आज हम जिस भारत में रह रहे हैं, हमें इस तरह के भारत में रहने का अभ्यास हो चुका है। पर हम भारत की जिस सभ्यता की बात अपने इन और अन्य आलेखों में इस तरह के शब्दों में कर रहे हैं कि अपने देश की यह सभ्यता दस हजार साल पुरानी है, तब भारत ऐसा नहीं था, जैसा वह आज हमारे पास है, हमारे सामने है। दस हजार साल पहले की बात तो छोड़िए, अपना भारत आज से डेढ़-दो हजार साल पहले भी वैसा नहीं था, जैसा आज है। आज हमारे पास यातायात के, संचार व्यवस्था के, संदेश प्रेषण के वे सभी साधन मौजूद हैं, जिनकी कल्पना भी कुछ सदियों पहले नहीं हो सकती थी। आज हम मोबाइल फोन से हर व्यक्ति का कुशल-मंगल पूछते रहते हैं, पता करते रहते हैं, पर पहले ऐसा कहाँ था? पहले के समय में जब लोग तीर्थयात्रा करने निकलते थे, कुंभ-स्नान के लिए लंबी-छोटी यात्रा पर जाते थे, तो घर में सभी को राम-राम करके निकलते थे, यह कहकर कि जिंदा लौटकर आए तो फिर मिलेंगे। देश में लोग तब भी लिखते-पढ़ते थे, विद्याध्ययन करते थे, पुस्तक आदि लिखते थे, पर लिखने-पढ़ने की, छापने की, फोटोकॉपी करवा लेने की ऐसी सुविधाएँ पहले कहाँ थीं, जैसी सुविधाएँ आज हमारे पास हैं?

ये सभी बातें कहकर हम कोई रहस्योद्घाटन नहीं कर रहे हैं। हम जो कुछ भी कह रहे हैं, उसका पूरा पता आज हर किसी के पास है। इन कठिन परिस्थितियोंवाले अपने भारत देश में रहते हुए भी हमने कुछ-कुछ ऐसी राष्ट्रीय यात्राएँ पूरी कर ली हैं, जिन यात्राओं की सफलता का मूल्यांकन अगर हम आज के समय की सुविधाओं के संदर्भ में करें, या पुराने युगों के समय की सुविधाओं के अभाव के संदर्भ में करें तो हमें सचमुच आश्चर्य भी होता है और गर्व भी होता है कि कैसे हमने इतनी यात्राएँ, इतनी महत्त्वपूर्ण यात्राएँ, इतनी महत्त्वपूर्ण राष्ट्रीय यात्राएँ, इतनी महत्त्वपूर्ण वैचारिक यात्राएँ पूरी कर लीं।

मसलन कुछ यात्राओं की समीक्षा कर लेने में कोई नुकसान नहीं। भारत एक विशाल देश है, एक बहुत ही पुराना देश है। इतने पुराने और इतने विशाल देश को हम एक नाम दे पाए, भारतवर्ष या संक्षेप में कहें तो भारत नाम अपने देश को दे पाए, यह कोई छोटी बात नहीं है। अपने देश का नाम भारत है। यह नाम प्रथम तीर्थंकर अयोध्या नरेश भगवान् ऋषभदेव के पुत्र महादार्शनिक अयोध्या नरेश महाराज भरत, जड़ भरत के नाम पर है। सारे देश को, सिर्फ इस देश को ही नहीं, जिसके अनेक खंड इसलाम में धर्मांतरित कर दिए, बल्कि उन सभी खंडों को मिलाकर बननेवाले अखंड भारत को 'भारत' नाम स्वीकार्य हो गया और हजारों सालों से यह नाम चल रहा है, यह कोई छोटी उपलब्धि नहीं है। जब संचार आदि की सुविधाएँ नहीं थीं, तब हम लोगों ने कितनी कठिनता से, कितना परिश्रम करके, कितना यात्रा-श्रम उठाकर अपने देश के नाम को हमेशा के लिए स्थापित कर दिया, हृदयंगम कर दिया, यह कोई कम उपलब्धि नहीं है। और हम ऐसे कृतघ्न हैं कि इसलामी आक्रांताओं के आते ही हमने अपने देश का अपना नाम 'भारत' भुलाना शुरू कर दिया और अफगानिस्तान, पाकिस्तान आदि की तरह एक मुसलिम नाम, हिंदोस्तान अपना लिया और अब हमारा स्वभाव जैसा बनता जा रहा है कि हम 'भारत' अपने देशवाची नाम को विवाह, यज्ञोपवीत आदि संस्कारों के समय संकल्प पढ़ते समय ही बोलते हैं, अन्यथा हमने देश का नाम बदलकर हिंदुस्तान कर दिया है। ठीक वैसे ही भारत पर क्रिश्चियन हमलावर व्यापारियों के आते ही हमने बड़ी ही गुलाम विनम्रता से अपना अंग्रेजी नाम 'इंडिया' भी स्वीकार कर लिया है और भारत नाम अपने देश का है, यह बात स्कूल-कॉलेज आदि के छात्रों को याद करने में काफी कठिनाई आती है।

इतने विशाल, इतने प्राचीन देश में, अपने देश का नाम भारत है, यह सत्य, जीवन का यह सत्य स्थापित करने में हमारे पूर्वजों ने कितना श्रम किया होगा, कितनी तपस्या की होगी, इसकी तो हम आज सिर्फ कल्पना ही कर सकते हैं। पर इससे भी कहीं अधिक कठिन श्रम, कहीं अधिक कठिन तपस्या हमारे पूर्वजों ने भारत का जीवन-दर्शन विकसित करने में की होगी। जैसे किसी एक छोटे से गली-मोहल्ले का नाम रखने में ही आजकल व्यक्ति स्वातंत्र्य आड़े आकर कई तरह के विलंब पैदा कर देता है, किसी एक छोटी-सी बात को, एक छोटे-से विचार को ही स्वीकार करने में, व्यक्ति स्वातंत्र्य आड़े आ जाता है, वैसी स्थिति प्राचीन भारत में नहीं रही होगी, ऐसा मानने का न तो कोई कारण हमारे पास है और न ही कोई प्रमाण हमारे पास है। यह अपने देश के स्वभाव और इतिहास को देखते हुए अब कहा जा सकता है कि यह सब कर पाना कोई आसान काम नहीं रहा होगा।

कितना कठिन रहा होगा भारत के इतने अधिक धर्म-दर्शन-संप्रदायों को उनका

नाम देना, उन्हें फिर स्वीकृत करवाना और स्थापित करवा देना। वास्तव में!

पर उसी देश ने विचारधारा के क्षेत्र में कैसे-कैसे चमत्कार किए हैं, यह देखने के लिए भारत को देखने व समझने का अपना नजरिया ठीक करना पड़ता है। आप भारत का निरंतर अपमान करके उस चमत्कार को देख और मान ही नहीं सकते। हम अपनी ही एक अन्य पुस्तक 'महाभारत का धर्मसंकट' (प्रभात प्रकाशन दिल्ली, 2014) में विस्तार से दिखा आए हैं कि कैसे भारत में विचारधारा का विकास वैदिक अवधारणाओं से, ऋत और सत्य की अवधारणाओं से हुआ और कैसे फिर क्रमशः ऋत का विकास अध्यात्म में और सत्य का विकास धर्म में होता चला गया और इस तरह अध्यात्म और धर्म अपने देश भारत की बेसिक विचारधारा बन गए, जिसमें धर्म-दर्शन-संप्रदायोंवाले पक्ष का विकास फिर क्रमशः होता चला गया। आज हम भारत की विचारधारा के इन तीन बेसिक आयामों को, पहलुओं को, पक्षों को, जो भी शब्द आप देना चाहें, इन तीन आयामों को हम भूल ही नहीं सकते, आप भुला ही नहीं सकते, आप दृष्टि और मन से ओझल कर ही नहीं सकते। आज के भारत के वे कुछ विचारक, जिन्हें हम भारत-विमुख कहते हैं, या जो क्रमशः भारत-विरोधी होते जा रहे हैं, ऐसे कुछ भारत-विमुख और भारत-विरोधी विचारक और सिविल सोसाइटीवाले चाहते हैं कि हम अध्यात्म की बजाय समाजवाद अपना लें, धर्म की बजाय धर्मनिरपेक्षता को, धर्मविमुखता को और क्रमशः धर्मविहीनता को अपना लें और भारत की परमश्रेष्ठ, बहुमुखी और बहुलवादी धर्म-दर्शन-संप्रदायों की परंपरा के बजाय इसलाम और क्रिश्चियनिटी जैसी कट्टरपंथी, इसलिए भारत-विरोधी धारणाओं को, ऐसे मजहब और रिलीजन को स्वीकार कर लें। ऐसा कैसे हो सकता है? भारत में सिर्फ अध्यात्म ही रहेगा, सिर्फ धर्म ही रहेगा, सिर्फ और सिर्फ धर्म-दर्शन-संप्रदाय ही रहेंगे। यहाँ मजहब और रिलीजन का क्या काम? भारत-विरोधी इन दोनों अवधारणाओं का क्या काम?

भारत का निर्माण और विकास करने में इन-इन स्थितियों और परिस्थितियों ने योगदान किया है, उसके लिए सदियों ही नहीं, हजारों सालों से अथक काम किया है। भारत राष्ट्र को एक नाम दिया है। भारत ने अध्यात्म विचारधारा दी है। भारत को इसका धर्म, एष धर्मः सनातनः-एस धम्मो सणन्तओ, सनातन धर्म दिया है। भारत को इतने अधिक धर्म-दर्शन-संप्रदाय दिए हैं और आज भी दे रहे हैं। ऐसे भारत की अपनी विचारधारा को जो कुछ भारत-विमुख, भारत-द्रोही और भारत-विरोधी लोग और समुदाय उसकी अपनी विचारधारा से विमुख करने में जुटे हैं, धर्मांतरण की वह बंद करवा दी जा चुकी सजावटों को जो फिर से खुलवाने में लगे हैं, फिर चाहे मजहब के नाम से हैं या फिर रिलीजन के नाम से यह काम किया जा रहा हो, ऐसी देश-विरोधी और देश की विचारधारा की विरोधी हरकतों को अब यह देश स्वीकार नहीं करेगा,

यह तो आज के देश के माहौल को देखकर सच ही लग रहा है।

यह सब कहना जितना आसान है, करना और करवा पाना उतना ही कठिन है। जोड़नेवाली शक्तियों में जितना बल होता है, तोड़नेवाली, विफल कर देनेवाली शक्तियों में उससे कहीं अधिक बल होता है। पिछली सदी से ज्यादा समय को देखने की कोशिश करें। देश में विचारधारा के दो ध्रुव रहे हैं। कांग्रेस के लोग स्वीकार करें या न करें, कोई दूसरे लोग स्वीकार करें या न करें, देश में विचारधारा के दो ध्रुवों का निर्माण और विकास पिछली सदी में हुआ है और लगातार हो रहा है। कांग्रेस विचारधारा का निर्माण और विकास विधर्मियों के तुष्टीकरण, यानी मुसलिम तुष्टीकरण (और उसी धुप्पल में क्रिश्चियन तुष्टीकरण) के सहारे हुआ है, जिसके बीज महात्मा गांधी के 'खलाफत' आंदोलन के परिणामस्वरूप डाल दिए गए थे। इसके एकदम विपरीत भारत की अपनी विचारधारा, हिंदू विचारधारा का नवीनतम् विकास, रा.स्व. संघ की स्थापना के साथ ही हुआ, जिस विचारधारा ने, शायद छत्रपति शिवाजी महाराज के बाद पहली बार, 'हिंदुत्व ही राष्ट्रीयता है' इन चंद शब्दों के साथ राष्ट्रवादी विचारधारा के पुष्पित-पल्लवित होने की परिस्थितियाँ बना दीं।

यह वही सदी है, जिस सदी में हमारी अपनी ही कुछ पीढ़ियों की सदियाँ पल-पुसकर बड़ी हुई हैं। इसलिए हमें किसी को यह समझाने में कोई खास मेहनत नहीं करनी पड़ती कि कैसे कांग्रेस विचारधारा ने देश का मानस हिंदू-विरोधी और विधर्मी-समर्थक बनाने में भरसक मेहनत की है। रा.स्व. संघ को तो खड़ा होने, पाँव टिकाने और अपनी बात कहने व समझाने में काफी समय लगा और अभी भी वह सारा समय उसी बात को समझाने में लगा रहा कि हिंदू ही इस देश की मुख्यधारा है, हिंदुत्व ही इस देश की विचारधारा है और हिंदुत्व ही भारत की राष्ट्रीयता है। कांग्रेस ने अपने जन्मकाल से ही अपने को हिंदू-विरोधी (प्रकारांतर से भारत-विरोधी) बना दिया और खुद को इसलामी और क्रिश्चियन जैसी विधर्मी विचारधाराओं का प्रवक्ता, संरक्षक और हमसफर बना लिया। कांग्रेस ने ऐसा क्यों किया, यह एक अलग विश्लेषण का विषय है। पर उसने ऐसा किया, यह हम सबके सामने है। चूँकि उस सदी में, लगभग पूरा समय कांग्रेस के पास राजनीतिक सत्ता रही (और हम तो शुरू से ही कह रहे हैं कि राजनीति का प्रभाव और परिणाम सर्वोपरि होता है), इसलिए उसने पूरे देश के राजनीतिक मानस को कांग्रेस जैसा बना दिया। परिणाम यह हुआ कि देश का समस्त नेतृत्व, समस्त बुद्धिजीवी और समस्त मीडिया कांग्रेस की हिंदू-विरोधी और विधर्मी पोषक राजनीति का हिस्सा बन गए। यह तो बस अभी हाल ही की बात है कि देश की अपनी विचारधारा, हिंदुत्व विचारधारा ने खुद को जोर-शोर से व्याख्यायित करना शुरू किया है, जिसका परिणाम उस संघर्ष के रूप में सामने आ रहा है, जो संघर्ष इस

समय देश की हिंदुत्व समर्थक राष्ट्रवादी शक्तियों और विधर्मी समर्थक राष्ट्र-विमुख ताकतों के बीच चल रहा है। इस संघर्ष में राष्ट्र-विमुख ताकतें कई बार भारत को तोड़ने का आंदोलन चलाकर मसलन 'भारत तेरे टुकड़े होंगे' जैसा आंदोलन चलाकर, सभी मुसलमानों को कांग्रेस के पक्ष में एक समूह के रूप में वोट देने की मुहिम चलाकर, देश के क्रिश्चियन पादरियों, छोटे भी, बड़े भी, सभी पादरियों द्वारा भारत की लोकतांत्रिक चुनाव प्रकिया में प्रेयर-प्रार्थना की आड़ में अपनी अवांछित दखलंदाजी कर खुद को भारत के विरोध में खड़ा करती रहती हैं, जो कि यकीनन दुर्भाग्यपूर्ण है।

तो जाहिर है कि संघर्ष तो चल रहा है। भारत को सशक्त करने और भारत को नि:शक्त बनानेवाली शक्तियों के बीच संघर्ष चल रहा है। वैसे यह संघर्ष मुहम्मद गोरी के हाथों पृथ्वीराज चौहान को मिली पराजय के बाद से और जोर-शोर से चल रहा है और हम जानते हैं कि उस संघर्ष में हिंदू, यानी राष्ट्रवादी ताकतें प्राय: संकट में ही रही हैं। दो पहलू महत्त्वपूर्ण हैं। सदियों से चल रहे इस संघर्ष में हिंदू प्राय: हारा है, जिसका परिणाम उन आठ-दस विभाजनों के रूप में सामने आया है, जो विभाजन, भारत का जो विभाजन, पारसीक (फारस), शकस्थान (सीस्तान), गांधार (अफगानिस्तान), सौवीर (बलोचिस्तान), सप्तसिंधु (पश्चिमी पाकिस्तान), सिंधु देश (सिंध), कुरुजांगल (वजीरिस्तान), उत्तर कुरु (गिलगित), काश्मीर (पी.ओ.के.) बांग्लादेश (पू. बंगाल) आदि इन इसलामी देशों/इलाकों के रूप में हमारे सामने है। यह एक पहलू है, यह वह इतिहास है, जिसे पढ़कर देश को तोड़नेवाली और विधर्मी शक्तियों को काफी उत्साह मिलता है और भारत को और भी तोड़ा जा सकता है, ऐसी उम्मीद भी उनको बनती है। पर एक और पहलू भी है और यह दूसरा पहलू अधिक महत्त्वपूर्ण है। अब भारत और अधिक नहीं टूटेगा, अब भारत क्रमश: अपने अखंड भारत के रूप की ओर बढ़ेगा और अब अखंड भारत की ओर बढ़ते ये कदम, ये संभावित कदम, जो कदम ऐसा लगता है कि इसलामी बना दिए गए भारतीय प्रदेशों में चुपचाप पर तरीके से उठा दिए जा रहे हैं, भारत की अपनी विचारधारा, अपनी हिंदुत्व विचारधारा, अपनी धर्म-आधारित हिंदुत्व विचारधारा को पाने की ओर बढ़ा दिए जा चुके हैं। अगले चंद वर्षों में ही खुद-ब-खुद परदा हटनेवाला है और अखंड भारत का अपना मानचित्र हर भारतवासी के हृदय में बस जाना चाहता है।

क्या यह इसलामी बना दिए गए भारतीय प्रदेशों में पैदा हो रही एक खुशफहमी मात्र है या कि इसका कोई धरातल पर आधार भी है? भारत एक हिंदू राष्ट्र है, हिंदुत्व ही भारत की राष्ट्रीयता है, हिंदू एक धर्म आधारित मजहब या रिलीजन नहीं, धर्म पर आधारित राजनीतिक प्राणी है, ये तमाम धारणाएँ भी कभी वायव्य ही लगती थीं, खुशफहमी ही लगती थीं। पर आज स्थिति क्या है? भारत की यह तमाम हिंदुत्व

विचारधारा राष्ट्रवाद के धरातल पर अपने पाँव मजबूती से टिकाकर खड़ी हो चुकी है जो देश को, भारत राष्ट्र को विधर्मियों, शत्रुओं से मानसिक मुक्ति दिलवाकर भारत के विचारधारा-धरातल पर परावर्तित करने ही वाली है। यह वह सत्य है, जिसकी प्रतिष्ठा इसी सदी के मध्य में सबके सामने प्रकट हो जानेवाली है, देश और विश्व की तमाम परिस्थितियाँ इसी ओर इशारा कर रही हैं। भारत के, हमारे कहने का तात्पर्य है कि अखंड भारत के तमाम मुसलिमों को अपनी हिंदू इतिहास यात्रा के, जो अभी तरोताजा है, वे सभी मील के पत्थर दिखने लगे हैं, याद आने लगे हैं, पढ़े जाने लगे हैं, जो कभी कांग्रेस पार्टी के सदी भर के कुप्रचार के परिणामस्वरूप धुँधला दिए गए, गँदला दिए गए, गर्दा दिए गए। और हम पुनः प्राप्त अपने मील के पत्थरों को, पुनः प्राप्त करने के बाद, अपने इन भुला दिए गए मील के पत्थरों को साफ-सुथरा कर फिर से पढ़ लेने वाले हैं और अपनी इतिहास यात्रा के दस हजार साल के साथ समरूप कर लेने वाले हैं।

यह ऐतिहासिक यात्रा अगर होनी है, अखंड भारत की इस ऐतिहासिक यात्रा पर देश के जनसामान्य को अगर चलना है, मानसरोवर से रामसेतु तक की यात्रा अगर फिर से करनी है, तक्षशिला से प्राग्ज्योतिष तक की यात्रा पर फिर से निकलना है, तो परावर्तन की यह ऐतिहासिक विराट् यात्रा हिंदुत्व, धर्म और अध्यात्म के आधार पर ही रूपायित हो सकती है। समाजवाद, धर्मनिरपेक्षता और नव बौद्धों के इहलोकवाद जैसे विदेशी, मिथ्या और भ्रम पैदा करनेवाले सिद्धांतों के सहारे पूरी नहीं हो सकती।

जाहिर है कि विधर्मी व भारत के शत्रु यह यात्रा नहीं कर सकते। हिंदू और सभी धर्मांतरित हो चुके हिंदू ही यह अखंड भारत यात्रा करेंगे और हिंदू के रूप में ही वे अपनी यह परावर्तन-यात्रा करेंगे। पंच परमेश्वर, गणपति, कार्तिकेय और तीनों शक्ति रूप ही इन सभी परावर्तन-यात्राओं के प्रेरणास्रोत और शक्तिस्रोत होंगे। इस विराट् अभियान में हमें हिंदू की अपनी परिभाषा ही, जो पुनर्जन्म मानता है वह हिंदू है, अपनी यह परिभाषा ही आत्मविश्वास, विचार स्वातंत्र्य और हृदय की स्वच्छता प्रदान करनेवाली है। भारतवर्ष एक पुण्य देश, पुण्यभू है। भारत हमारी मातृभूमि, पितृभूमि है। भारत भूमि मेरी माँ है, मैं इसी पृथ्वी का पुत्र हूँ। 'माता भूमिः पुत्रोऽहं पृथिव्याः।' ये बातें त्रिकाल सत्य हैं। इस त्रिकाल सत्य को सभी शेष सत्यों से जोड़नेवाला, भारत के, भारतवर्ष के दो सौ करोड़ हिंदुओं में से प्रत्येक को प्रत्येक से जोड़नेवाला, हर हिंदू को उसके संपूर्ण इतिहास से, दस हजार साल के इतिहास से जोड़नेवाला, भारत की धर्म-अध्यात्म विचारधारा से ठीक से जोड़कर रखनेवाला तत्त्व वही है, पुनर्जन्म का सिद्धांत, जो भारत के पूरे वतर्मान को दस हजार साल के इतिहास से जोड़ता है, भारत के करोड़ों हिंदुओं में से प्रत्येक को प्रत्येक से जोड़कर रखता है, विश्व के हर हिंदू को उसके अपने धर्म और अध्यात्म से जोड़कर रखता है,

भारत के हर धर्म-दर्शन-संप्रदाय से जोड़कर रखता है, पूरे भारत को उसकी हिंदुत्व विचारधारा से जोड़कर रखता है, हिंदुत्व को, अखंड भारत के हिंदुत्व को उसके राष्ट्रवाद से जोड़कर रखता है। हिंदू की यह परिभाषा भारत की अपनी विचारनिधि है, जिस पर भारत के अलावा अखंड भारत के अलावा किसी अन्य का कॉपीराइट न है और न कभी किसी अन्य का हो सकता है।

□

17

हिंदू-परिभाषा : भाई को आलिंगन, शत्रु की पहचान

हम राजनीतिक सोच की बात कर रहे हैं, क्योंकि हमारा मानना है कि शत्रु और मित्र की पहचान, भाई और प्रतिद्वंद्वी की पहचान हम तभी ठीक से कर पाते हैं, जब वैसी पहचान कर पाने की हमारी राजनीतिक समझ ठीक हो, राजनीतिक घ्राणशक्ति, यानी राजनीति को सूँघ लेने की शक्ति तीव्र हो, राजनीतिक लक्ष्यों को प्राप्त कर लेने की हमारी संवेदनशीलता उचित हो। 1962 में चीन के हाथों भारत क्यों पिटा ? इसलिए पिटा, क्योंकि भारत-चीन के बीच के प्रतिद्वंद्विता से भरे संबंधों की, जो आज भी 2018 में भी जस-के-तस हैं, ऐसे संबंधों की यथार्थता समझने की हमारी राजनीतिक समझ और संवेदनशीलता उचित और ठीक नहीं थी। होती, अंश मात्र भी होती तो देश के प्रधानमंत्री ने, यानी पं. नेहरू ने चीन की सरकार की राजनीतिक विचारधारा के समर्थक, पक्षपाती और उन्नायक कृष्ण मेनन नामक राजनेता को भारत का रक्षामंत्री न बनाया होता। उन्होंने बनाया और नासमझी दिखाई, परिणाम यह हुआ कि हिमालय की बर्फीली पहाड़ियों पर लड़ने के लिए भेजी जानेवाली सेना के जवानों पर सर्दी में लड़ने के लिए पहनने लायक वर्दियाँ, जूते और मोजे तक नहीं थे। जाहिर है कि राजनीतिक घ्राणशक्ति के मामले में जवाहरलाल नेहरू सिर से पैर तक कमजोर पड़ते थे। कमजोर ही नहीं पड़ते थे, राजनीतिक घ्राणशक्ति न होने के कारण उनके राजनीतिक फैसले और राजनीतिक सोच प्रायः हमेशा, उनके वैसा न चाहते हुए भी भारत को नुकसान पहुँचानेवाले ही प्रायः हो जाते थे। काश्मीर की जो आग आज तक सुलग रही है, हम सभी ठीक से जानते हैं कि उसका एकमात्र और अकेला कारण पं. नेहरू ही थे। भारत का विभाजन हो जाने के बावजूद हिंदू-मुसलिम संकट हल नहीं हुआ, उसका भी एकमात्र और अकेला कारण महात्मा गांधी और उनके राजनीतिक उत्तराधिकारी पं. नेहरू ही थे। भारत में राष्ट्रीयता का सही तरह से विकास नहीं हो पाया, जिस हमारे देश में हिंदू राष्ट्रीयता का विकास सहज और स्वाभाविक रूप से होना चाहिए

था और 1947 का विभाजन हो जाने के बावजूद हिंदू-मुसलिम संकट न केवल बना ही रहा है, बल्कि बढ़ता ही चला जा रहा है, इसका भी एकमात्र और अकेला कारण पं. नेहरू और उनके राजनीतिक गुरु महात्मा गांधी ही थे, जिन्होंने हमेशा सिर्फ और सिर्फ उसी 'भारत की खोज' की, जो वास्तव में था ही नहीं, क्योंकि उन्होंने तो उस भारत की खोज की थी, जिस भारत का परिचय उन्हें उनके पश्चिम-परस्ती उस्तादों ने कराया था।

भारत की लगभग सभी राजनीतिक समस्याओं का कारण इसी सत्य में छिपा है कि भारत के हिंदू लंबे समय तक शत्रु और मित्र का भेद करने में प्रायः समझदारी नहीं दिखा पाए। जैसे कुछ जुमलों पर विचार किया जाए। 'पृथ्वीराज चौहान भारत के अंतिम हिंदू सम्राट् थे', यह कहना और मानना अपने को धोखा देने से कम नहीं है। कन्नौज, यानी कान्यकुब्ज के राजा महाराजा जयचंद्र को हम भारत के लोगों ने महाराजा जयचंद्र की बजाय 'जयचंद' कहना शुरू कर दिया तो इतिहास ने फिर उन्हें कभी महाराज जयचंद्र नहीं कहा। क्यों नहीं कहा? वही, वही राजनीतिक नासमझी, जिसमें हम कभी उबर नहीं पाए। हमारी उसी फिसड्डी इतिहास बुद्धि ने अकबर को महान् कहना शुरू कर दिया तो तब से फिर वैसा कहते ही चले जा रहे हैं। हम पूछते भी नहीं कि अकबर में ऐसी क्या विशेषता थी कि उसे महान् कहा जाए? यह वही अकबर ही था, जिसने 'दीन-ए-इलाही' शुरू किया था, जिस आधार पर भारत के राजनीतिक बुद्धि से दीन-हीन लोग अकबर को महान् कहने लग गए, जबकि यही दीन-ए-इलाही हिंदुओं के इसलामी धर्मांतरण का एक हसीन औजार भर था। जाहिर है कि अकबर को महान् कहना, बुद्धपरवर्ती भारत के संपूर्ण इतिहास के अकेले महान् सम्राट् अशोक महान् का अपमान ही है। अशोक ने भारत को अद्‌भुत महानता प्रदान की। अकबर ने भारत को इसलामी गुलामी दी। दोनों को एक स्तर पर रखकर हम राजनीतिक जहालत का ही तो परिचय दे रहे हैं। पर हम हिंदुओं ने ऐसा ही किया है।

इसी राजनीतिक बुद्धिमंदता के जोर पर हम लोगों ने, देश के अच्छे-भले समझदार लोगों ने भी कहना शुरू कर दिया है कि काश्मीर में इसलाम का आगमन सूफियों के कारण हुआ। अव्वल तो यह ऐतिहासिक दृष्टि से ही गलत है कि काश्मीर में सूफी पहले आए। काश्मीर में भारत की अपनी हिंदू सभ्यता ही कश्यप ऋषि के समय से हजारों साल से चल रही थी। काश्मीर में इसलामी आक्रमण के दौर में मान लिया कि सूफी पहले आए तो इसमें तारीफ की कौन-सी बड़ी बात हो गई? कौन थे ये तमाम सूफी? इसलामी आक्रमणकारियों का अग्रिम दस्ता, अग्रिम फौज सरीखे ही तो थे ये सूफी, जिनका एकमात्र काम नाच-गाकर, आम लोगों को इसलाम में धर्मांतरित करना और इसलामी राजनीति की सहायता करना था। अगर ऐसा नहीं था तो कहाँ गए ये काश्मीर के तथाकथित सूफी, जो काश्मीर में सबसे पहले आए बताए जाते रहे हैं? और ये सूफी

काश्मीर में उतना ही असरदार थे तो फिर आज काश्मीर में, यानी पिछले कुछ समय से काश्मीर में उन्हीं सूफियों के उत्तराधिकारी मुसलमानों द्वारा रक्तपात में और भारत से अलगाव में इतनी रुचि क्यों ली जा रही है? क्यों भारत से अलग होने का आंदोलन वहाँ चल रहा है? क्यों वहाँ के हिंदुओं का काश्मीर में जीना दूभर बना दिया जा चुका है?

जब राजनीतिक दृष्टि से भाई को गले लगाने का कोई भाव मन में नहीं आ रहा हो, जब राजनीतिक दृष्टि से शत्रु को ठीक से पहचाना जाना ही मुश्किल हो रहा हो तो समझ लीजिए कि हमारे हृदयों में हमारे मन-मस्तिष्क में भाई और शत्रु में फर्क करने की विवेकशून्यता हावी हो चुकी है। अखंड भारत के अनेक क्षेत्र, मसलन पारसीक (फारस), गांधार (अफगानिस्तान), शकस्थान (सीस्तान), उत्तर कुरु (बाल्टिस्तान-गिलगित), कुरु जांगल (वजीरिस्तान), सप्तसिंधु (पाकिस्तानी पंजाब), वितस्ता (पाकिस्तानी काश्मीर), सौवीर (बलोचिस्तान), सिंधु (पाकिस्तानी सिंध), पूर्वी बंग (बांग्लादेश) आदि जैसे ऐतिहासिक नाम और प्रसिद्धिवाले इलाके आज इसलामी हो चुके नजर आते हैं। अगर ऐसा है, जो कि है, तो जाहिर है कि भारत के लोगों में, यानी भारत के हिंदुओं में शत्रु को मित्र से अलग करके देख पाने का विवेक खत्म हो चुका है। भाई को शत्रु से पृथक् करके पहचान लेने की क्षमता खत्म हो चुकी है। विवेकशून्यता हावी हो चुकी है।

ऐसा क्यों है? भारत का हिंदू इतना विवेकशून्य कैसे हो गया? भारत के चिंतन में, बुद्धि में, मन-मस्तिष्क में ऐसी राजनीतिक बुद्धिमंदता कैसे आ गई कि उसने शत्रु और भाई में फर्क समझना बंद कर दिया है? अभी भारत के ईशान कोण, यानी प्राग्ज्योतिष, यानी उत्तर-पूर्व (नॉर्थ-ईस्ट) में क्या हो रहा है? खबरें आ रही हैं, बल्कि खबरें पक्की हो चुकी हैं कि भारत के प्राग्ज्योतिष में अब जनसंख्या का संतुलन तेजी से बदलता हुआ ऐसा बनने को है कि किसी भी अगले चुनाव में भारत के विधर्मी लोग शक्ति-संपन्न होकर भारत से अलग होने की माँग/घोषणा कर सकते हैं। हमने अभी जिन कुछ क्षेत्रों का विवरण ऊपर के पैराग्राफ में किया है, वे सभी क्षेत्र इसी जनसंख्या संतुलन के बिगड़ जाने से ही इसलामी होकर भारत से अलग हो गए। भारत के लोगों की विडंबना देखिए कि जब भारत में लोकतंत्र नहीं था, राजशाहियाँ थीं, तब भी इसलामी ताकतों ने इन सभी क्षेत्रों को एक-एक कर भारत से अलग कर दिया था और आज लोकशाही होने के बावजूद वे इसी लोकशाही का फायदा उठाकर प्राग्ज्योतिष और काश्मीर को भारत से अलग करने की मुहिम पूरी शिद्दत से छेड़े हुए हैं। हैरानी न होगी कि कल को ऐसी ही एक इसलामी अलगाववादी मुहिम केरल और बंगाल में भी शुरू हो जाए। देश की कई शक्तिशाली राजनीतिक धाराओं को इन अलगाववादी 'भारत तेरे टुकड़े' करने की मुहिमों को समर्थन मिला हुआ है, जन-बल से भी, धन-बल से भी। भारत के हिंदू के पास, अद्भुत जनसंख्या बल होने के बावजूद, इन हिंदुओं के पास टुकुर-टुकुर देखने का क्या विकल्प है, कोई

ठीक से समझ नहीं पा रहा, कोई ठीक से बता नहीं पा रहा। यह उस हिंदू समुदाय की हालत है, जो अठारह भुजाओं में शस्त्र धारण करनेवाली शक्ति की साल में दो बार, दोनों नवरात्र में पूजा करते हैं, जो उस राम की उपासना करते हैं, जिनको शत्रु को परास्त करने के लिए सिर्फ एक बाण ही मारना काफी रहता था, 'रामो द्विर्नाभिसन्धत्ते', 'राम दो बार बाण नहीं चलाता', और जो उस कृष्ण को अपने देश का भगवान् 'कृष्णस्तु भगवान् स्वयं' मानते हैं, जिन्होंने अपने समय में देश के सभी असुरों को समाप्त कर देने का विराट् कर्म किया था। इतनी शौर्य उपासना के बावजूद भारत के कुछ और हिस्से भारत से टूटने की मुहिम चला पा रहे हैं तो इसका एकमात्र कारण यह है देश की विशाल बहुसंख्यक आबादी में राजनीतिक बुद्धि का नितांत अभाव हो गया है। शस्त्रप्रहार की तो जरूरत ही नहीं है। विधर्मियों ने जिस हद तक राजनतिक चातुरी दिखाई है, उसी राजनीतिक चातुरी का सहारा लेकर ही अभियान चलाएँ, उसी से देश में भाई को आलिंगन और शत्रु की पहचान का अभियान छेड़ा और पूरा किया जा सकता है।

वह कैसे? इसे तरीके से समझना पड़ेगा।

अपनी इसी पुस्तक में हमने एक स्थान पर लिखा है कि इसलामी हमलों के दौर में भारत के हिंदू को इस बात का सामना पहली बार करना पड़ा कि जिस सेना के विरुद्ध युद्ध वे कर रहे हैं, वह सेना, वह इसलामी सेना इसलाम की मजहबी विचारधारा का विस्तार करने के लिए शस्त्र चला रही हैं। यह भी उसे पहली बार समझ में आया कि जिस इसलाम का डंका बजाने के लिए इसलामी सेना लड़ रही थी, उससे युद्ध जीतने के बाद विजयी इसलामवादियों ने शत्रु सेना का धर्मांतरण कर दिया और सभी पराजितों को, यानी उन सभी हिंदुओं को इसलाम स्वीकार करवा दिया। भारत के हिंदुओं को इसलामी आक्रमणकारियों के विरुद्ध युद्ध करने में ये दो तरह के नए अनुभव हुए। वैसे यही दोनों आयाम देश और दुनिया में सर्वत्र क्रिश्चियन आक्रमणकारियों ने भी स्पष्ट रूप से दिखाए, पर इसलाम चूँकि आक्रांता के रूप में पहले आया और क्रिश्चियन आक्रांता-धर्मांतरणकर्ता बाद में सामने आए, इसलिए भारत के हिंदुओं को उन दोनों आक्रांताओं का सामना इसलामी और क्रिश्चियन आक्रमणकारियों को लेकर एक के बाद एक करना पड़ा। हिंदुओं के लिए ये दोनों अनुभव नए थे। एक, अपनी विचारधारा के लिए युद्ध करना और दो, विचारधारा द्वारा पराजितों का अपने विचारों में धर्मांतरित कर देना। अखंड भारत के जिन क्षेत्रों का मसलन पारसीक (फारस), गांधार (अफगानिस्तान), शकस्थान (सीस्तान), उत्तर कुरु (गिलगित-बाल्टिस्तान), कुरु जांगल (वजीरिस्तान), सप्तसिंधु (पाकिस्तान), वितस्ता (पाकिस्तानी काश्मीर), सौवीर (बलोचिस्तान), सिंधुदेश (सिंध), पूर्वी बंग (बांग्लादेश) इन सभी क्षेत्रों का इसलामीकरण इसी प्रक्रिया में हुआ। अब चूँकि लोकतंत्र के युग में सभी लड़ाइयाँ वोट की सहायता से लड़ी जाती हैं, इसलिए

विधर्मियों द्वारा भारत के काश्मीर और भारत के प्राग्ज्योतिष, यानी 'उत्तर-पूर्व' में ये सभी लड़ाइयाँ वोट के सहारे लड़ी जा रही हैं और जीती जा रही हैं। भारत की आबादी के तेरह प्रतिशत मुसलिम अगर भारत के सत्तासी प्रतिशत हिंदू तथा अन्य भारतीय धर्मावलंबियों पर भारी पड़ रहे हैं तो जाहिर है कि भारी अल्पसंख्या में होने पर भी मुसलिम ऐसा कर पा रहे हैं। भारत के मुसलिम विचारधारा की दृष्टि से भारत के हिंदू आदि सभी भारतीय धर्मावलंबियों पर भारी पड़ रहे हैं और विचारधारा के युग में राजनीतिक बाजी लगातार जीत रहे हैं और पूरे देश के मानस पर हावी हो रहे हैं।

इसलिए प्रश्न यह है कि विचारधारा की प्रतिष्ठा के लिए चल रही इस राजनीतिक लड़ाई में हिंदू कैसे सफल हो? सबसे पहली बात तो यह है कि भारत के हिंदू को इस राजनीतिक युद्ध के लिए पूरी प्रतिबद्धता से जुड़ना होगा। भारत हिंदू राष्ट्र है और उसे, यानी पूरे अखंड भारत को फिर से हिंदुओं का राष्ट्र बनाना है, इस मनोभूमिका के साथ भारत के संपूर्ण हिंदू समाज को पूरी प्रतिबद्धता के साथ जुड़ना होगा। देश में सभी क्रिश्चियन, सभी मुसलिम और खुद को कांग्रेस मार्का धर्मनिरपेक्षता का अलंबरदार माननेवाले सभी लोग देश के हिंदू को चौबीसों घंटे-बारहों महीने यह भरमाने में लगे रहते हैं कि हिंदू जैसा कुछ नहीं होता, इसलिए सभी लोग उसी हिंदू को बरगलाने में लगे रहते हैं, जैसा कि हम इसी पुस्तक के आलेख संख्या = 10 'हिंदू : परिभाषा की जरूरत' में काफी विस्तार से बता आए हैं। हिंदू और समस्त भारतीय धर्मावलंबी यह न भूलें कि भारत को इसलामी या क्रिश्चियन बनाना ही इन दोनों मजहब-रिलीजनवालों का असली एजेंडा है। जो लोग 'भारत तेरे टुकड़े होंगे, इंशा अल्ला, इंशा अल्ला' के नारे लगा रहे हैं, वे शेष बचे हिंदुओं को भी इसलामी बनाने के राजनीतिक खेल में मशगूल हैं। क्रिश्चियनों ने अपना इरादा इस हद तक शुरू कर दिया है कि इनके पादरी भारत की चुनाव प्रक्रिया में, 'हम प्रार्थना कर रहे हैं' इस चर्चवादी भाषा की आड़ में भारत की चुनाव प्रक्रिया में सीधे-सीधे दखल देने की घोषणाएँ कर रहे हैं, ताकि जैसा कि वे कहते हैं, भारत के राष्ट्रवादियों (पढ़ें हिंदुओं) के पास राजनीतिक सत्ता न आए। इसलामवादियों और क्रिश्चियनिटीवादियों की रणनीति इतना स्पष्ट है। इसके बावजूद भारत के सौ करोड़ से अधिक हिंदू न समझें तो फिर स्वयं ईश्वर भी हिंदुओं की सहायता नहीं कर सकता। इसलामवादियों और क्रिश्चियनिटीवादियों का मानना है कि भारत हिंदू राष्ट्र है। बेशक वे ऐसा मुँह से न बोलें, पर वहाँ इसलामी और क्रिश्चियन प्रभाव बढ़ाना है, इस घोषित-अघोषित लक्ष्य को अगर हिंदू नहीं समझता है, तो फिर कोई भी उसकी सहायता नहीं कर सकता। स्पष्ट है कि भारत हिंदू राष्ट्र है, हिंदू जीवनदर्शन का राष्ट्र है, हिंदू विचारधारा का राष्ट्र है, इस सत्य और इस वास्तविकता को पूरे मनोयोग से समझने और मानने की राजनीतिक मानसिकता एक हद तक बन चुकी है। इसे अब करने और

उसकी राजनीतिक प्रतिष्ठा के लिए संकल्पबद्ध होने की चुनौती हिंदुओं के सामने है।

हमने अपने इस आलेख को शीर्षक दिया है : 'हिंदू-परिभाषा : भाई को आलिंगन, शत्रु की पहचान'। हमने अभी तक के अपने इस आलेख में शत्रु की पहचानवाले पक्ष को ही रेखांकित किया है। इस पूरे रेखांकन का मर्म यह है कि इसलामी हमलों के बाद से भारत के, यानी अखंड भारत के अनेक हिस्से, अखंड भारत से अलग होकर, खंडित होकर इसलामी हो चुके हैं। यही इसलामी हमलावर अब लोकतंत्र की सुविधाओं और अवसरों का लाभ उठाकर भारत को और अधिक खंड-खंड करने के मिशन में लगे हुए हैं और वे लोग यह काम, भारत को तोड़ने का काम, वोट के माध्यम से भारत के राष्ट्रवादियों, यानी हिंदुओं को राजनीतिक दृष्टि से कमजोर करने का काम घोषणापूर्वक कर रहे हैं। राजनीतिक दृष्टि से कमजोर कर देने का काम पूरा करते ही फिर भारत के और अधिक विखंडन का मिशन पूरा करने में देर नहीं लगती। भारत हिंदुओं का देश है। भारत अध्यात्म का देश है, भारत सनातन धर्म का देश है। भारत अध्यात्मवादी धर्म-दर्शन-संप्रदायों का देश है। भारत अध्यात्म की निगम परंपरा का देश है। आगम परंपरा का देश है। कथा परंपरा का देश है। ये सभी धर्म-दर्शन-संप्रदाय, ये सभी निगम-आगम-कथा परंपराएँ कुल मिलाकर भारत राष्ट्र को हिंदुओं का अकेला देश, इस धरती पर बसा हुआ अकेला देश बना देती हैं। उस संपूर्ण परंपरा में, भारत की इस संपूर्ण व्यक्तित्व निर्माण परंपरा में इसलाम और क्रिश्चियनिटी कहीं नहीं आते। भारत के लिए दोनों ही विदेशी धर्म हैं, यानी विधर्म है जो अपने-अपने समय पर, अपने-अपने तरीके से भारत पर हमलावर होकर ही आए हैं। इन सभी विधर्मियों ने भारत की निगम-आगम-कथा परंपरा में कोई योगदान नहीं किया है। ये तीनों अध्यात्म परंपराएँ इतनी पुरानी हैं कि कालक्रम के हिसाब से इन दोनों विदेशी धर्मों ने कुछ भी योगदान नहीं किया है। उनका योगदान धर्मांतरण का है। यानी भारत के व्यक्तित्व निर्माण में, उसके वैचारिक, सांस्कृतिक हिंदू राष्ट्र के निर्माण में इसलाम और क्रिश्चियनिटी का योगदान सिर्फ और सिर्फ ध्वंस का है और धर्मांतरण का है, जो उस वैचारिक ध्वंस का सबसे बड़ा प्रतीक है, सबसे बड़ी अभिव्यक्ति है। इसी ध्वंस परंपरा में काश्मीर आदि को इसलामी बनाने की कोशिशों में और भारत के प्राग्ज्योतिष को, ईशान को, उत्तर-पूर्व को इसलामी और क्रिश्चियन बना देने में दोनों विदेशी धर्म तत्परतापूर्वक लगे हैं और इसमें कोई नई बात हम नहीं कह रहे हैं। इस संदर्भ में सिर्फ एक ही वैध प्रश्न है और भारत की सभ्यता की ओर से यह वैध प्रश्न भारत के हिंदुओं के लिए है। समस्त भारतीय धर्मावलंबियों को मिलाकर देश के विराट् हिंदू समाज से भारत की सभ्यता की ओर से वैध प्रश्न है कि क्या भारत को, अखंड भारत के अवशिष्ट भू-भाग को विधर्मियों के दुष्प्रभाव से बचाकर रखा जा सकेगा या नहीं ? भारत की दस हजार साल की अध्यात्म, धर्म, धर्म-दर्शन-संप्रदायों की

परंपरा को विकसित होने का अवसर मिलता रहेगा कि नहीं?

प्रश्न है कि भारत की निगम-आगम-कथा परंपराओं को सहेजकर भारत के व्यक्तित्व का हिस्सा बनाए रखा जाएगा या नहीं? भावनाओं से भरपूर प्रश्न है कि क्या वाल्मीकि, वेदव्यास, सूतजी महाराज के भरपूर सांस्कृतिक अवदान के लिए भारत का कोई भू-भाग तैयार रहेगा या नहीं? भारत की जिस विराट् सांस्कृतिक परंपरा का बल प्राप्त करने की घोषणा कर बाबासाहेब भीमराव आंबेडकर ने प्रलोभनों के बावजूद किसी विदेशी धर्म को स्वीकार करने की बजाय भारत के धर्म, बौद्ध धर्म में दीक्षा ली और पाकिस्तान में फँस गए तमाम दलित समाज को किसी विदेशी धर्म, विधर्म की बजाय, अवगुणों, दोषों, कमियों के बावजूद अपने धर्म में बने रहने का आह्वान किया, उन ऋषितुल्य आंबेडकर का मान रखा जाएगा या नहीं? और उन सभी उद्देश्यों को पूरा करने के लिए भारत के हिंदू एक-दूसरे का आलिंगन करेंगे या नहीं? तमाम सवर्ग-मध्यम-दलित जातियों के हिंदू परस्पर भाई बनकर भारत के धर्म-पुनर्निर्माण में सहोदर बनेंगे या नहीं? या पहचान लिये गए शत्रु के साथ ही फिर वे राजनीतिक गलबहियाँ कर इसलामवादियों का मनोबल बढ़ाकर भारत के और अधिक विखंडनों का मार्ग प्रशस्त कर ऐतिहासिक गलतियाँ दोहराएँगे? दोहराए जाने पर वे ही गलतियाँ मूर्खताएँ मान ली जाती हैं।

भारत के सभी सवर्ण, सभी मध्यम, सभी दलित जातियों के हिंदुओं के पास 'हिंदू की परिभाषा' है, जो इसी पुस्तक में दे दी है और वह परिभाषा यह है कि 'जो पुनर्जन्म मानता है, वह हिंदू है।' यदि यह सीधी-सादी परिभाषा स्वीकार्य हो, और उसमें स्वीकार न करने का कोई कारण हमें नजर नहीं आ रहा, तो इसी एक वाक्य की परिभाषा को सामने रखकर अपने देश के सनातन धर्म और उसी धर्म पर आधारित भारत के अध्यात्म के अपने जीवन-तत्त्व के अनुसार, भारत के हिंदू को अब न केवल भारत को, अपितु संपूर्ण अखंड भारत को हिंदू राष्ट्र बनाने के जीवन के मिशन में लग जाना चाहिए। जैसा कि पुस्तक के प्रारंभ में ही कह दिया है, देशों के भाग्य का निर्माण राजनीति करती है। देश का, देश की सभ्यता का, देश के स्वभाव और चरित्र का निर्माण तो देश की विचारधारा, मसलन—अध्यात्म, धर्म, धर्म-दर्शन-संप्रदायों की विचारधारा ही करती है। पर देश की दशा क्या होगी? वह गुलाम देश होगा या स्वतंत्र राष्ट्र होगा? वह विधर्मी राष्ट्र होगा या हिंदू राष्ट्र बनेगा? उसका फैसला तो राजनीति ही करेगी। चुनाव इसी राजनीति का एक निर्णायक पक्ष है। भारत के हिंदू को फैसला करना है कि अब फिर से देश को विधर्मियों की गुलामी के हाथ में दे देना है या कि पहले वर्तमान भारत को, फिर अपने अखंड भारत को हिंदू राष्ट्र बनाने की दिशा की ओर समझदारी, संकल्प और राजनीतिक पटुता के साथ आगे ले जाना है।

□

18

यह देश किसका है?

हम सभी भारतवासियों को यह बात पता रहनी चाहिए, ठीक से पता रहनी चाहिए कि अपने इस देश 'भारत' का यह नाम देश के आद्य, प्रथम तीर्थंकर महाराज ऋषभदेव के पुत्र अयोध्या नरेश महाराज भरत के नाम पर पड़ा है। 'महाभारत' पर बने ऐतिहासिक महत्त्व के टी.वी. धारावाहिक ने अपने एक वाक्य से सारे देश में यह बात फैला दी कि 'भारत' यह नाम, अपने देश का यह नाम दुष्यंत और शकुंतला के पुत्र हस्तिनापुर नरेश भरत के नाम पर पड़ा है। यह जो बात 'महाभारत' धारावाहिक के माध्यम से फैल गई, या फैला दी गई, इस गलती को ठीक करने का काम भी तो हम भारतवासियों का है। शकुंतला और दुष्यंत के पुत्र महाराज भरत और स्वयं दुष्यंत, दोनों ही अपने समय के वीर और श्रेष्ठ राजाओं में गिने जाते हैं, वीर ही नहीं, परमवीर राजाओं में गिने जाते हैं। इस विशिष्टता के अलावा, हस्तिनापुर नरेश महाराज भरत में ऐसी कोई बात पूरे 'महाभारत' में नहीं है कि जिसके आधार पर अपने देश 'भारत' का नाम दुष्यंत पुत्र हस्तिनापुर नरेश भरत के नाम पर स्वीकार कर लिया जाए।

इसके विपरीत 'महाभारत' के ही रचयिता व्यास देव ने खुद अपने ही दूसरे युग-प्रवर्तक ग्रंथ 'भागवत महापुराण' में स्पष्ट शब्दों में लिख दिया है कि अपने देश 'भारत' का यह नाम भारत के आद्य, प्रथम तीर्थंकर अयोध्या नरेश महाराज ऋषभदेव के पुत्र अयोध्या नरेश महाराज भरत के नाम पर पड़ा है। 'भागवत महापुराण' (पंचम स्कंध, चौथा आलेख, श्लोक संख्या : 8-9 अर्थात् भागवत महापुराण 5.4.8-9) में, जो कि गद्य श्लोक हैं, वहाँ साफ-साफ लिखा है कि भगवान् ऋषभदेव को अपने ही समान श्रेष्ठ सौ पुत्रों की प्राप्ति हुई थी, अथ ह भगवान् ऋषभदेवः··· आत्मसमानानां शतं जनयामास, 5.4.8.8) और उनके ज्येष्ठ पुत्र भरत, जो कि महादार्शनिक महायोगी थे, जिनके नाम पर देश का नाम 'भारत' प्रसिद्ध हुआ, येषां खलु महायोगी भरतो ज्येष्ठः श्रेष्ठगुण आसीत् येनेदं वर्ष भारतम् इति व्यपदिशन्ति, 5.4.8.9। यही बात विष्णु पुराण

(अंश-2, आलेख-2), लिंग पुराण (47-21-24) आदि पुराणों में दोहराई गई है।

भारतवर्ष, जिसको हम कई हजारों साल पहले 'भरतखंड' कहते थे, क्योंकि तब भारतवर्ष का भौगोलिक प्रदेशों का विभाजन खंडों के आधार पर था, फिर इसे 'भारतवर्ष' नाम बाकायदा मिल गया। जिन्हें 'भागवत महापुराण' में 'महायोगी' अर्थात् परम दार्शनिक कहा गया, ऐसे महायोगी, परमदार्शनिक अयोध्या नरेश महाराज भरत को हमारे देश की संपूर्ण परंपरा में 'जड़भरत' कहा गया है, जो शब्द महायोगी भरत की तरह परम दार्शनिक का अर्थ देता है। अर्थात् जिसकी सांसारिक जीवन में कोई रुचि नहीं है, रुचि सिर्फ और सिर्फ योगसाधना में है। इसी भरतखंड का नाम पहले हुआ भारतवर्ष और फिर उच्चारण की सुविधा के लिए हम उसे 'भारत' कहते हैं। 'भारत' अपने इस देश के नाम के साथ 'वर्ष' क्यों जुड़ा हुआ है, यानी भारत का पूरा नाम 'भारतवर्ष' है और उसमें वर्ष का प्रयोग क्यों हुआ, इस पर भी अभी खोज जारी है। परिणाम जब आएँगे, तो उसे भारत की समस्त जनता से साझा किया ही जाएगा।

उसी भरतखंड में, उसी भारतवर्ष में और जिसे हम उच्चारण की सुविधा के लिए सिर्फ भारत कहते हैं, हम हजारों साल से कह रहे हैं, ऐसे अपने भारत को लेकर एक भारी उथल-पुथल पिछले कुछ वर्षों से मची हुई है। उथल-पुथल यह मची है कि जिसे हम आज भारत कह रहे हैं, पहले इसलामी, फिर क्रिश्चियन और फिर पश्चिम-परस्ती ने गुलामी के खिलाफ संघर्षलीन रह चुके देश को भारत कह रहे हैं, इन्हीं गुलामी की सदियों में जिस भारत के दस-ग्यारह हिस्से, यानी विभिन्न प्रदेश/प्रांत/क्षेत्र भारतवर्ष से टूटकर अलग देश बनकर विधर्मियों के हाथ चले गए हैं, ऐसे अवशिष्ट भारतवर्ष को हम भारत कह रहे हैं, उस भारत में आज क्या हो रहा है ? उस भारत में असुरों का, उन विधर्मियों का, उन भारत-द्रोहियों का बोलबाला काफी बढ़-चढ़कर मुखर होता जा रहा है। ये भारत-द्रोही, जिन्हें पिछली सदियों की भाषा में और इन दिनों भी विधर्मी कहा जाता है, पर जिन्हें हम सहस्राब्दियों से असुर ही कहते चले जा रहे हैं, ऐसे भारत-द्रोही जन और कुछ जनसमूह अपने इस भारत को टुकड़े-टुकड़े करने के नारे लगा रहे हैं। होना तो यह चाहिए कि गुलामी की सदियों के बाद, उन सदियों में भारत में घटित अनेक विखंडनों के बाद अब अपने अवशिष्ट भारत को अपने सुपरिचित भारतवर्ष की ओर, 'अखंड भारत' की ओर अग्रसर होना चाहिए था। इसके विपरीत ये विधर्मी असुर भारत के और अधिक विखंडनों के दैत्यकर्म में लगे हैं। उनमें से कुछ विधर्मी तो यह काम बाकायदा लोकतंत्र के वोट-गणित का सुविधाजनक दुरुपयोग कर वैसा करने के फेर में हैं, जबकि कुछ दूसरे विधर्मी यही काम कुछ और तरह की चालाकियों और अंतरराष्ट्रीय दबावों का लाभ उठाकर कर रहे हैं। यह हालत उस भारत की है, जो 1947 में स्वतंत्र होकर हमारे सामने है, पर जो विधर्मियों के विरुद्ध एक जन की तरह खड़ा

होने की राजनीतिक दृष्टि और राजनीतिक महारत हासिल नहीं कर पा रहा। या यूँ कहना चाहिए कि भारत-द्रोही विधर्मियों, यानी असुरों के विरुद्ध एक जन की तरह खड़ा होने की कोशिश में तो आ रहा है, पर वैसा करने को संकल्पशील राजनीतिक व्यक्तित्व को अपना स्वभाव पूरी तरह से बना नहीं पा रहा है। यही वह उथल-पुथल से भरा अपना भारत है, जो 1947 के बाद से स्वतंत्र भारत के रूप में हमारे सामने है।

दूसरा भारत वह भारत है, जो कई हिस्सों में, एक के बाद एक इसलामी हो जाकर विभिन्न देशों के रूप में आज हमारे सामने है। भारत के इन सभी प्रांतों/प्रदेशों/क्षेत्रों/हिस्सों को भी जान लिया जाए, जो कभी भारत थे, पर अब इसलामी होकर भारत से पृथक्-पृथक् हिस्से या कहना चाहिए कि भारत से पृथक् भारत से अलग देश बन चुके हैं। कभी के, सदियों से उभरे 'अखंड भारत' से खंडित होकर अलग खंड बन चुके इन प्रांतों/प्रदेशों/क्षेत्रों/हिस्सों के नाम और ब्रैकेट में उनके पुराने 'भारत' नाम भी दे रहे हैं। पृथक् देश बन चुके ये नाम इस तरह से हैं—

1. फारस (पारसीक)
2. सीस्तान (शकस्थान)
3. बलोचिस्तान (सौवीर)
4. सिंध (सिंधुदेश)
5. पाकिस्तान (सप्तसिंधु)
6. वजीरिस्तान (कुरु जांगल)
7. अफगानिस्तान (गांधार)
8. गिलगित-बाल्टिस्तान (उत्तर कुरु)
9. पाक अधिकृत काश्मीर (काश्मीर)
10. बांग्लादेश (पूर्वी बंग)
11. तिब्बत (त्रिविष्टप)

त्रिविष्टप इसलामी नहीं हुआ, बौद्ध ही बना रहा, पर अब भारत से पृथक् देश बना हुआ है। भारत का कैलाश-मानसरोवर इसी तिब्बत क्षेत्र में आता है। जाहिर है कि बौद्ध धर्म-दर्शन माननेवाला तिब्बत विधर्मी नहीं हुआ, पर विदेश, भारत से पृथक्, विदेश तो हो ही गया, जो अब चीन के स्वायत्तशासी क्षेत्र के रूप में चीन का हिस्सा बना हुआ है। यानी तिब्बत या जो भी कहा जाए, उसे आज आप भारत नहीं कह सकते और अगर तिब्बत को भारत कह देंगे तो हो सकता है कि इस बात को लेकर भारत और चीन के बीच बाकायदा युद्ध ही हो जाए। अपने मौजूदा आलेख का स्वाभाविक विचारधारा-प्रेरित हिस्सा न होने के कारण हम अभी तिब्बत पर विचार नहीं कर रहे हैं, इस समय नहीं कर रहे हैं, पर कभी तो करेंगे ही, वह भी जल्दी ही, क्योंकि 'भारतवर्ष' का अर्थात् अपने

'अखंड भारत' का हिस्सा तो वह दस हजार साल से रहा ही है।

इन सभी इसलामी हो चुके भारतीय प्रदेशों में एक अलग ही तरह की धारा बह रही है। भारत के वे विधर्मी नेता, 1947 के भारत-पाकिस्तान के विभाजन के बाद किसी चालाकी भरे षड्यंत्र का हिस्सा बनकर भारत का हिस्सा बने रहे, ऐसे विधर्मी नेताओं का (जिन्हें हम पौराणिक-राजनीतिक शब्दावली में विधर्मी कहते हैं) का संरक्षण, प्रशिक्षण, परिरक्षण प्राप्त कर भारत को तोड़ने के नारे लगा रहे हैं। वहाँ इसके विपरीत दूसरी ओर भारत के इसलामी हो चुके क्षेत्रों के, विधर्मी हो चुके इलाकों, देशों, प्रांतों के लोग, जो जाहिर है कि अब सदियों से इसलाम को माननेवाले हो चुके हैं, इन प्रांतों, क्षेत्रों, इलाकों के सभी लोग, सभी जनसामान्य अपने हिंदू भूतकाल की याद में, उसे मानो फिर से किसी-न-किसी शक्ल में फिर से उससे जुड़ जाने के नए-नए सपने बुनने को मचल रहे हैं। भारत का इतिहास दस हजार साल पुराना है। भारत के अध्यात्म का इतिहास भी उतना ही, यानी दस हजार साल पुराना है। ठीक से कहें तो भारत के 'सनातन' का, भारत के सनातन धर्म का इतिहास दस हजार साल पुराना है। भारत के धर्म का, भारत के जीवन-दर्शन का इतिहास दस हजार साल पुराना है। भारत के दर्जनों धर्म-दर्शन-संप्रदायों का, सभी पर्व-त्योहारों का, विविध नृत्य, संगीत, कला, नाट्य, स्थापत्य आदि की परंपराओं का इतिहास हजारों साल पुराना है। इसके विपरीत चूँकि खुद इसलाम का इतिहास ही महज तेरह-चौदह सौ साल पुराना है, तो जाहिर है कि इसलामी हो चुके प्रदेशों-क्षेत्रों का इतिहास उससे काफी कम वर्षों का है, तेरह-चौदह सौ वर्षों से भी कम ही है। तेरह-चौदह साल के किशोर को अपने माता-पिता की, अपने दादा-परदादा की, अपने चिर-पूर्वजों की, दस हजार साल से रह रहे अपने समस्त पूर्वजों की याद सता रही है, उनके बारे में जानने-समझने की इच्छा जोर मार रही है, फिर से उन जैसा बनने की चाहत पैदा हो रही है, बढ़ रही है।

इस एहसास की घनता में, डिग्री में जो अंतर आपको दिखाई देता है, उसके पीछे के कारणों-परिस्थितियों को ठीक से समझने में हमें कोई गफलत नहीं करनी चाहिए। जहाँ पाकिस्तान के, बलोचिस्तान के, वजीरिस्तान के, सिंध के, अफगानिस्तान के मुसलमानों में भारत संबंधी यह एहसास काफी आगे बढ़ चुका है, वहाँ शेष इसलामी देशों में अर्थात् काश्मीर, फारस, गिलगित-बाल्टिस्तान, बांग्लादेश जैसे इसलामी हो चुके भारतीय इलाकों में यह एहसास अभी शुरुआती अवस्था में है।

चूँकि इन सभी इसलामी बना दिए गए इलाकों में, मुसलमानों के पास मुसलमान बने रहने का कोई तर्क नहीं रह गया है, इसलिए इन सभी इलाकों में इन सभी क्षेत्रों के बीच अपने पूर्वजों को, अपने माता-पिता, दादा-दादी, नाना-नानी, परदादा-परदादी को, यानी अपने निकटतम भूतकाल के पूर्वजों को और उसके माध्यम से पूरी भारतीय

सभ्यता को, जो इसलामी सभ्यता नहीं है, ऐसी भारतीय सभ्यता को जानने-समझने व उससे किसी-न-किसी रूप में जुड़ने के एहसास पैदा होना और बढ़ता चला जाना स्वाभाविक है। वाघा बॉर्डर पर आपको सैनिक-कार्यक्रमों में जो बेताबी, उग्रता, यानी अपनेपन की इंतिहा नजर आती है, उसे आप पश्चिमी पंजाब (यानी पाकिस्तान का हिस्सा बने पश्चिमी पंजाब) और भारत के पंजाब के बीच की स्वत:सिद्ध, स्वत:सुलभ और स्वत:प्राप्त अपनेपन की एक अभिव्यक्ति चाहें तो मान सकते हैं।

इसके विपरीत दूरवर्ती समय में मुसलिम हो चुके इलाकों में, मसलन— सीस्तान, फारस, बाल्टिस्तान आदि में अगर आपको उसकी घनता में कमी दिखाई देती है, तो इसका जाहिर कारण है और वह यह है कि भारत के हिंदू जीवन का संपर्क इन सभी इलाकों के साथ तुलनात्मक दृष्टि से कम है। यह कारण तो है ही। खुद भारत के हिंदुओं में भी अब तक इन इसलामी इलाकों से हिंदू दृष्टिकोण से जुड़ने का जज्बा नहीं के बराबर रहा है। पर अब स्थितियाँ बदल रही हैं। फर्क यह आया है कि खुद भारत के हिंदुओं में भारत के सनातन हिंदू धर्म के प्रति जागरूकता, ज्ञान और अपनापन बढ़ रहा है, जबकि अभी तक कांग्रेस-कम्युनिस्ट मार्का राजनीति उन्हें शेष देश से और भारत से बाहर के शेष इसलामी देशों से जुड़ने ही नहीं दे रही थी। पर अब स्थितियाँ बदल रही हैं। टेक्नोलॉजी ने इन सभी इसलामी हो चुके क्षेत्रों के मुसलिमों के बीच इसलामी कट्टरता पर सवालिया निशान खड़े करने शुरू कर दिए हैं। भारत के हिंदू अगर पर्यटन के जरिए इन सभी इसलामी हो चुके भारतीय इलाकों में शुद्ध अपनेपन के हिंदू भाव से यात्राएँ करना शुरू करेंगे और भारत की सरकारें इन इसलामी इलाकों में विकास-योजनाएँ शुरू कर उन पर अमल करना शुरू कर देंगी और स्वयं भारत में अपने देश के दस हजार साल के इतिहास के प्रति जागरूकता और आत्मीयता बढ़ेगी, तो भारत के उस समग्र भौगोलिक व्यक्तित्व में क्रांतिकारी परिवर्तन आने शुरू हो जाएँगे। परिणाम यह होगा कि आज के 'भारत' का 'अखंड भारत' के रूप में विकास स्वत: शुरू हो जाएगा और उस भारत की शक्ल अपने आप बनेगी, और निखरनी शुरू हो जाएगी, जो बनना भारत का स्वत: संकल्पित लक्ष्य बिना किसी दबाव के अपने आप ही हो जाना चाहिए।

इस संपूर्ण, व्यापक संदर्भ में, वर्तमान भारत के संदर्भ में भी और अखंड भारत के, स्वत: संकल्पित अखंड भारत के संदर्भ में भी, यह प्रश्न बहुत ही सार्थक रूप से उठेगा कि यह देश किसका है, अर्थात् यह भारत देश किसका है और यह अखंड भारत किसका है? जिसको हम प्राचीन काल से अपना अखंड भारत कहते और मानते हैं, उस संपूर्ण संदर्भ में अगर यह प्रश्न सदियों बाद फिर से सार्थक रूप से हमारे सामने उठता है कि यह देश किसका है, तो एक बात तो जाहिर है कि अगर भारत से पिछले दशकों-सदियों में अलग हुए इलाकों में अगर यह प्रश्न प्रकारांतर से फिर से उठा है तो एक बात तो स्पष्ट है यह

संपूर्ण अखंड भारत उन विधर्मी इसलामवादियों का (या इन विधर्मी क्रिश्चियनिटीवादियों का भी) नहीं है, जिन्होंने भारत को भूगोल और विचारधारा के आधार पर विघटित किया है, तोड़ा है और भारत से अलग कर देने की कोशिश की है। अर्थात् भारत से अलग कर दिए गए उन क्षेत्रों/प्रदेशों में अगर फिर से भारत से किसी भी रूप में जुड़ने की ललक पैदा होती है तो इसी एक सत्य के आधार पर यह बात निस्संदेह कही जा सकती है कि इन सभी क्षेत्रों में बसे और भारत से पृथक् कर दिए गए जन ने उस इसलाम को, उस इसलामी विचारधारा को आज तक भी स्वीकार नहीं किया है, जिस विचारधारा को कभी तलवार और क्रूरता, अमानवीय क्रूरता के सहारे पराधीन बना दिए गए लोगों पर थोप दिया गया था। उस थीम पर हम कहीं अन्यत्र काफी विस्तार से लिखनेवाले हैं, पर आज के लिए इतना ही निष्कर्ष हृदयंगम कर लेना पर्याप्त है कि भारत से विघटित कर दिए गए इलाकों में वहाँ के जन-सामान्य पर जबरन थोप दी गई इसलामी और कहीं-कहीं क्रिश्चियन विचारधारा का इनको और वहाँ के जनसमुदायों में आज भी स्वीकार नहीं किया गया है और इसके विपरीत, वहाँ भारत के अपने मौलिक स्वरूप को जानने व समझने की लालसा, अमुखर रूप से ही सही, लगभग पल-पुस रही है।

ऐसे में वही प्रश्न हमारे सामने मुँह बाए खड़ा है कि यह देश किसका है ? अगर देश उस इसलामी विचारधारा का नहीं है, जिस विचारधारा को अखंड भारत के इन विघटित कर दिए गए इलाकों और वहाँ बसे जन-समुदायों पर जबरन थोप दिया गया तो फिर यह देश किस विचारधारा का है ? देश को और अधिक तोड़ने पर आमादा लोग, भारत को और अधिक तोड़ने की महत्त्वाकांक्षा सँजोए विधर्मी लोग, भारत को और अधिक विघटित करने में जो विधर्मी लोग संकल्पशील दिख रहे हैं, और अब भारत राष्ट्र-राज्य से निरंतर पराजित हो रहे हैं, इन सभी के दुष्कर्म संदर्भों में भी यह प्रश्न मुँह बाए खड़ा है कि आखिर यह देश है तो किसका है ? यह प्रश्न उस भारत भक्ति से भरपूर देशवासियों के सामने भी मुँह बाए खड़ा है, जो भारत-द्रोहियों व विधर्मियों से कठिन संघर्ष करते हुए भारत के कल्याण की कामना में तल्लीन है, यह प्रश्न उन सबके सामने भी मुँह बाए खड़ा है कि यह देश किसका है ? इतने सारे तमाम प्रश्नों के बीच एक बात तो स्पष्ट है कि यह देश उन राष्ट्र-विरोधी विधर्मियों का तो नहीं ही है, जो सदियों से भारत को खंड-खंड करने में लगे हैं और आज भी उस हताशा में जी रहे हैं कि 'भारत तेरे टुकड़े होंगे' और कि 'छीन के लेंगे आजादी'। यह देश उनका तो नहीं है।

तो सवाल फिर से सामने आ गया, कि 'कि देश किसका है ?' अब तो यह सवाल भी हमारे सामने आ गया है कि वे लोग कौन हैं, जिनका यह देश अब सदियों से नहीं रहा है और जो आज भी भारत को अपना देश नहीं मानते ? प्रश्न वास्तव में एक ही है। हमने तो बस उसे उसके श्रेष्ठ और विद्रूप दोनों रूपों में रख दिया है।

भारत ही नहीं, प्रत्येक देश अपनी उस विचारधारा का होता है, जिसके आधार पर देश का निर्माण होता है और जिसके फलस्वरूप देश के व्यक्तित्व और चरित्र का निर्माण होता है, देश की संस्कृति का और देश के स्वभाव का विकास होता है, देश के जन के तीज-त्योहारों का और देश के दिलों में बसी स्मृतियों का और श्रेष्ठताओं का विस्तार होता है। एक वाक्य में कहें तो देश उस विचारधारा का होता है, जो विचारधारा हमारे देश का निर्माण करती है, देश के चरित्र और स्वभाव का निर्माण करती है, देश के जन की श्रेष्ठताओं और महत्त्वाकांक्षाओं का निर्माण करती है, उनका स्वरूप तय करती है, उनके स्वरूप का निर्धारण करती है। अगर भारत का कोई हिंदू हजारों मील दूर किसी विदेश में बसा होने पर भी वहाँ के पर्वों, तीर्थों, आदर्शों से जुड़ा हुआ अनुभव करता है, तो समझ लीजिए कि वह हिंदू अपनी विचारधारा से जुड़ा होता है, अपनी मातृभूमि की विचारधारा से जुड़ा हुआ है, अपने देश की विचारधारा का प्रतिनिधित्व करनेवाले जीवन से जुड़ा हुआ है। तो यह देश किसका है? इस प्रश्न का उत्तर इस प्रश्न से घनिष्ठ रूप से जुड़ा हुआ है कि देश अपने देश की किस विचारधारा से जुड़ा हुआ है। तो यह देश उसी का है, जो भारत की अपनी, सदियों से विकसित, दस हजार साल के इतिहास के कालक्रम में विकसित हुई विचारधारा से जुड़ा हुआ है।

तो यह विचारधारा कौन-सी है? क्या है वह विचारधारा? कोई महामूर्ख और बददिमाग व्यक्ति ही यह कहने का साहस जुटा पाएगा कि इसलाम इस देश भारत की, भारतवर्ष की विचारधारा है। हम सभी जानते हैं कि इसलाम तो सऊदी अरब की विचारधारा है, जी हाँ, यकीनन है। इससे पहले यही सऊदी अरब देश बौद्ध धर्म-दर्शन को मानता था या किसी अन्य धर्म-दर्शन को मानता था या किसी भी धर्म-दर्शन को नहीं मानता था, इस पर खोज करना और फिर उस खोज के आधार पर फैसला करना सऊदी अरब का काम है। पर हम इतना जरूर जानते हैं कि इसलाम का उदय सऊदी अरब में हुआ, 622 ईस्वी में हुआ, जब मुहम्मद साहब ने मक्का से मदीना हिजरत (प्रस्थान यात्रा) की। इससे पहले तो वहाँ इसलाम भी नहीं था। खुद क्रिश्चियनिटी की शुरुआत ईस्वी सन् के साथ ही ईसामसीह के आगमन के साथ हुई, 2018 साल पहले हुई। यानी एक मजहब इसलाम महज चौदह सौ साल पुराना है, एक रिलीजन क्रिश्चियनिटी बीस सौ (यानी दो हजार) साल पुराना है। जाहिर है कि न तो यह चौदह सौ साल पुराना मजहब इसलाम का और न ही बीस सौ साल पुराने रिलीजन क्रिश्चियनिटी का भारत के जीवन-दर्शन से कुछ लेना-देना है, या कुछ भी मतलब है। भारत का धर्म, भारत का सनातन धर्म दस हजार साल पुराना है, भारत का अध्यात्म जीवन दर्शन भी उतना ही, यानी दस हजार साल पुराना है और भारत के धर्म-दर्शन-संप्रदायों की परंपरा भी दस हजार साल पुरानी है। यही भारत का जीवन-दर्शन है।

अगर किसी देश के व्यक्तित्व का निर्माण उसके जीवन-दर्शन से होता है, जो कि यकीनन होता ही है, तो भारत का यह जीवन-दर्शन, धर्म-दर्शन, धर्म आचरण तो जाहिर है कि यह देश, यह भारत देश किसका है, इस प्रश्न का निर्द्वंद्व उत्तर यह है कि यह देश उस अध्यात्म जीवन-दर्शन का, उस सनातन धर्म का, उन धर्म-दर्शन-संप्रदायों की दस हजार साल पुरानी परंपराओं का है, जिसे हम हिंदू जीवन कहते हैं, उसी हिंदू जीवन की संस्कृति का है, उसी हिंदू संस्कृति के हिंदू राष्ट्र का है और हिंदू धर्म, हिंदू धर्म-दर्शन, हिंदू धर्म-दर्शन-संप्रदाय और हिंदू संस्कृति के समुच्चित रूप हिंदुत्व का है। इसीलिए हिंदुत्व की ऐतिहासिक जन्मभूमि भारत के जन को हम हिंदू कहते हैं, इस संस्कृति को मानने, विकसित करनेवाले राष्ट्र को हिंदू राष्ट्र कहते हैं और इस संपूर्ण हिंदू को, हिंदू संस्कृति को, हिंदू राष्ट्र को बतानेवाले को हम भारत का हिंदुत्व कहते हैं।

इस पारिभाषिक शब्दावली से बाहर आकर सरल भाषा में, दैनिक व्यवहार की और अपने हृदय की भाषा में कहें तो हमारा कहना है कि यह देश हिंदुओं का है। अगर प्रश्न यह है कि यह देश किसका है, तो इस प्रश्न का उत्तर यह है कि यह देश हिंदुओं का है। धर्मनिरपेक्षता की आड़ लेकर, उसकी दुहाई देकर, जो लोग देश में भ्रम फैलाने की कोशिश कर रहे हैं कि यह देश हिंदुओं का भी है, मुसलिमों का भी है और क्रिश्चियनों का भी है, तो वैसा कहनेवाले खुद को भी धोखा दे रहे हैं, देश को भी धोखा दे रहे हैं। हिमालय के त्रिविष्टप से लेकर भारत महासागर में कन्याकुमारी तक, गांधार से लेकर अरुणाचल तक पूरा देश हिंदू जीवन-दर्शन का देश है, कुछ इधर की और उधर की छोटी-बड़ी सहमतियों-असहमतियों, विवादों, शास्त्रार्थों को सँजोकर चलनेवाला यह पूरा देश हिंदू जीवन-दर्शन का देश है। यह देश न इसलाम का है, न क्रिश्चियनिटी का है। शिव, राम, कृष्ण, बुद्ध, महावीर इन पंच परमेश्वरों के आवास भारतवर्ष का यह देश हिंदू जीवन-दर्शन का ही देश है। अखंड भारत का सपना जब भी साकार होगा, तो हिंदू जीवन-दर्शन ही इस सपने को साकार करेगा। इसलाम, क्रिश्चियनिटी या कोई विधर्मी विचारधारा अखंड भारत के सपने को मूर्त रूप नहीं दे सकती। भारत में हिंदुत्व बना रहे, विकसित होता चला जाए और हिंदू जीवन-दर्शन फलता-फूलता रहे, यह कर पाना भारत के हर हिंदू का जन्मजात कर्तव्य होना चाहिए, जन्मजात महत्त्वांकाक्षा होनी चाहिए, जन्मजात राजनीतिक लक्ष्य होना चाहिए। जिस अखंड भारत को हम हिंदू विस्मृत कर चुके हैं, उसे फिर से पा लेने का यही राजमार्ग है, यही धर्ममार्ग है, यही राष्ट्रमार्ग है।

□

19

जाहिर है कि भारत हिंदू राष्ट्र ही है

हमने अपने इस आलेख को शीर्षक दिया है, 'जाहिर है कि भारत हिंदू राष्ट्र ही है', तो हमारा खुद से ही पूछना है और आप तो हमसे पूछ ही सकते हैं कि भारत का हिंदू होना अगर इतना ही जाहिर है, इतना ही स्पष्ट है, इतना ही सुविज्ञात है, इतना ही स्वाभाविक है तो फिर हमें इस विषय पर अलग से एक आलेख लिखने की जरूरत क्यों पड़ रही है। प्रश्न तो ठीक ही है। इसलिए ठीक है कि यह बात त्रिकाल सत्य है कि भारत हिंदू राष्ट्र है, हिंदू राष्ट्र ही है, हिंदू राष्ट्र के अलावा और कुछ भी नहीं है। इस बात को एक आलेख में भी लिखने की, समझाने की, अच्छे से बताने की जरूरत अनुभव हो रही है तो स्पष्ट है कि एक जाहिर-सी बात में भी कहीं-न-कहीं कुछ खटका और खतरा पैदा कर दिया गया है। क्यों पैदा कर दिया गया है, इस बात को ठीक से समझ लिया जाए। हमारी इस पुस्तक की आधारभूत स्थापनाओं में एक स्थापना यह भी है कि हमने भारत की कुछ सदियों की गुलामी को तीन हिस्सों में रखा है। एक, इसलामी गुलामी, दो, क्रिश्चियन गुलामी और तीन, पश्चिम-परस्ती की गुलामी (जो अभी चल रही है)। जब हम कहते हैं कि पश्चिम-परस्ती की गुलामी का काल अभी चल रहा है, तो हम पर आरोप लग सकता है कि क्या हम 1947 में मिली आजादी को आजादी ही नहीं मानते? स्वतंत्रता नहीं मानते? हम पर यह आरोप लगाने में वे कांग्रेसी मार्का लोग सबसे आगे रहनेवाले हैं, सबसे ज्यादा मुखर रहनेवाले हैं, जो अपने ऊपर इस ठेकेदारी का बोझ लेकर चल रहे हैं कि भारत को 1947 में आजादी कांग्रेस पार्टी के कारण मिली है। दुनिया में कुछ प्राणी इसलिए बने हैं कि वे अपने ऊपर बोझ ढेकर चलें, बोझ ढोकर जिंदगी जिएँ और इस बोझ को ही अपने जीवन का तत्त्व मानकर चलें। बोझ उठाकर, लादकर चलनेवालों से, लद्दू प्राणियों से आप सिर्फ सहानुभूति ही कर सकते हैं। पर अभी लद्दू प्राणियों पर बात करना अपने एजेंडा में नहीं है। यह सत्य है कि 1947 में भारत को आजादी मिली, पर यह भी उतना ही

सत्य है कि भारत को महज संवैधानिक आजादी मिली, इस अर्थ में मिली कि अब हम अपना देश चलाने के लिए, जिसे कहते हैं, खुद मुख्तार बन गए थे।

पर किसी भी देश की आजादी का संपूर्ण अर्थ वह होता है कि वह देश संवैधानिक रूप से तो स्वतंत्र हो ही, उस स्वतंत्रता के परिणामस्वरूप देश को अपने व्यक्तित्व का ठीक से पता भी चले। यह दूसरा काम उस समय नहीं हुआ। इस का पता इसलिए नहीं चला, क्योंकि देश जिस महापुरुष के नेतृत्व में, अर्थात् महात्मा गांधी के नेतृत्व में स्वतंत्रता आंदोलन लड़ रहा था, उस महापुरुष के हाथ 1920 के खलाफत आंदोलन के कारण ऐसे बँधे थे ऐसे बँध गए थे कि वे भारत के अपने व्यक्तित्व को, अर्थात् भारत एक हिंदू राष्ट्र है, भारत के इस स्वाभाविक व्यक्तित्व को प्राप्त नहीं करवा पाए। प्राप्त करवा पाना तो दूर की बात थी, उस पर विचार ही नहीं हो पाया।

उस व्यक्तित्व को प्राप्त करने के दो अवसर गांधी ने गँवा दिए। एक मौका तब था, जब 1935 के पूना पैक्ट के परिणामस्वरूप डॉक्टर आंबेडकर ने अपने दलित निर्वाचक मंडल की माँग छोड़ दी थी। यानी दलित कोई अलग समूह नहीं है, वे हिंदू समाज का ही स्वाभाविक व अभिन्न हिस्सा हैं, इसलिए उनको विराट् हिंदू समाज से अलग रखने का कोई तर्कसम्मत आधार ही नहीं बनता, इस बात को सशक्त राजनीतिक तर्क के साथ प्रस्तुत करने का मौका गांधी के पास था, जो मौका उन्होंने खो दिया। हो सकता है कि देश की इस स्वाभाविक स्थिति को आजादी के बाद देश के सामाजिक-राजनीतिक एजेंडा पर लाया जा सकेगा, इस संभावित धारणा के कारण उस पर उस समय विचार नहीं किया गया, पर चूक तो हो ही गई। इस चूक का ही बड़ी हद तक निस्तारण फिर डॉक्टर भीमराव आंबेडकर के एक विशिष्ट ऐतिहासिक कर्म के माध्यम से हो गया, जब डॉक्टर आंबेडकर ने किसी विदेशी धर्म, इसलाम या क्रिश्चियनिटी को अपनाने का विकल्प ठुकराकर बौद्ध धर्म को अपनाने के रूप में भारत की विराट् विचार-धर्म-दर्शन परंपरा को रेखांकित कर दिया और दलितों को विराट् हिंदू समाज का हिस्सा होने का अद्‌भुत राजनीतिक संदेश भी दे दिया।

यह एक मौका था। दूसरा मौका, 1920 के खलाफत आंदोलन के परिणामस्वरूप भी गांधी के पास था। जल्दी ही यह बात स्पष्ट होती जा रही थी कि खलाफत आंदोलन के कारण भारत के मुसलिमों की निष्ठा भारत राष्ट्र के बजाए खलीफा नामक किसी इसलामी राजनीतिक + मजहबी अवधारणा से जुड़ती चली जा रही थी और यह कहना कि गांधी जैसा तर्कशील राजनीतिक व्यक्तित्व यह नहीं समझ पा रहा होगा, इससे बड़ा गांधी का अपमान कोई हो नहीं सकता। गांधी से उस समय दो विराट् राजनीतिक कर्म अपेक्षित थे। भविष्य के 1935 के पूना पैक्ट की तरह ही 1920 में गांधी से ऐसा कर्म अपेक्षित था कि वे उस बात की घोषणा करते कि खलाफतवाला उनका कदम गलत उठ

गया और कि वे उस कदम की वापसी की घोषणा करते हैं। पर यह उनके लिए शायद इसलिए असंभव था कि खलाफत का तीर कमान से न केवल निकल चुका था, बल्कि परवान भी चढ़ चुका था। दूसरा विराट् कर्म यह अपेक्षित था कि वे 'रघुपति राघव राजा राम' के शीर्षक से ही एक आंदोलन शुरू करते कि राम ही भारत का, भारत के व्यक्तित्व का, भारत की विचारधारा का प्रतीक हैं और देश के सभी जन अर्थात् हिंदू, मुसलिम, बौद्ध, जैन, क्रिश्चियन आदि सभी जन उसी प्रतीक के माध्यम से स्वतंत्रता आंदोलन को आगे बढ़ाएँ। 'खलाफत' के कारण जो विभाजक तत्त्व गांधी के हाथों देश की राजनीति में आ चुका था, उसकी भरपाई तो 'रघुपति राम' के प्रतीक से नहीं हो पाती, कुछ हद तक शायद हो भी जाती, पर भारत के शेष संपूर्ण जनसामान्य के हृदयों में देश के सांस्कृतिक प्रतीक राम और रामराज्य की प्रतिष्ठा हो जाने के परिणामस्वरूप देश में वह वैचारिक अपकर्म नहीं हो पाता, जो जवाहरलाल नेहरू के कारण धर्मनिरपेक्षता और समाजवाद को भारत की प्रतिनिधि विचारधारा मानने के रूप में हो गया और जिसका कुफल फिर देश ने दशकों तक भुगता और जिससे अब जैसे-तैसे छुटकारा मिल सकने की परिस्थितियाँ बन रही हैं। धर्मनिरपेक्षता के बदले भारत के धर्म की प्रतिष्ठा तथा समाजवाद के बदले रामराज्य की प्रतिष्ठा जन्म लेगी, संवैधानिक रूप से लेगी, तभी महात्मा गांधी और उनके राजनीतिक शिष्य और उत्तराधिकारी नेहरू द्वारा किए गए वैचारिक और सांस्कृतिक अपकर्म से भारत राष्ट्र और भारत समाज का त्राण हो पाएगा। क्या रामजन्म भूमि आंदोलन के जरिए ऐसा हो पाएगा?

पर ऐसा हुआ नहीं। गांधी की वैचारिक गफलत और जवाहरलाल नेहरू के वैचारिक अपकर्म के परिणामस्वरूप देश को विभाजन का दंश तो मिला ही, देश को अपना स्वाभाविक रूप भी नहीं मिल पाया। यानी 'भारत हिंदू राष्ट्र है' ऐसी राजनीतिक अवधारणा देश के संविधान को प्राप्त नहीं हो पाई। पर निश्चित ही पिछली करीब एक सदी से, यानी 1920 के शुरू से ही देश जिस रास्ते पर शनैः-शनैः पर निश्चित रूप से चल रहा है, उसके परिणामस्वरूप देश को देर-सबेर अपने हिंदू राष्ट्र के विधायी स्वरूप को प्राप्त कर लेने में भारी सहायता मिल जानेवाली है।

तीन परिस्थितियों पर विचार करिए।

एक परिस्थिति का नाम है, राष्ट्रीय स्वयंसेवक संघ (रा.स्व.सं.), जिसकी स्थापना डॉक्टर केशव बलिराम हेडगेवार ने नागपुर में की। गांधी के 1920 के खलाफत आंदोलन के परिणामस्वरूप देश में एक चिंता तो फैल ही रही थी। चिंता यह फैल रही थी कि गांधी के खलाफत आंदोलन के परिणामस्वरूप देश को मुसलिमों की निष्ठा किसी खलीफा नामक विदेशी राजनीतिक मजहबी सत्ता के साथ जुड़ जाती है। इससे पहले हो चुके बंग-भंग आंदोलन के परिणामस्वरूप भारत का मुसलिम समाज भारत के विखंडन

को लेकर कहाँ तक जा सकता है, इसका आभास देश को हो चुका था और उस पर गांधी का खलाफत आंदोलन? देश में चूँकि स्वतंत्रता संग्राम चल रहा था, इसलिए गांधी का खुला विरोध तो उतना हो नहीं पाया, पर हिंदू नेताओं के मन में, और ऐसे सारे हिंदू नेता भी कांग्रेस में ही थे, एक चिंता स्वाभाविक रूप से थी और डॉ. हेडगेवार द्वारा 1925 में रा.स्व. संघ की स्थापना इन्हीं व्यापक, बेशक अमुखर वरीयताओं को अभिव्यक्त करनेवाले मंच के रूप में सामने आई। कुछ ही समय में, जिसे अंग्रेजी में कहते हैं, 'विदिन नो टाइम', रा.स्व. संघ का विस्तार और प्रभाव सामने आ जाना संघ की स्थापना की प्रासंगिकता और आवश्यकता को ही रेखांकित कर देता है। अर्थात् हिंदू विचारधारा अपनी विचारधारा है, देश की अपनी विचारधारा है, देश की स्वाभाविक और सहज विचारधारा है, यह स्पष्ट संदेश पूरे देश में चला गया, जो आज तक बना हुआ है और लगातार विस्तृत और परिपुष्ट होता चला जा रहा है।

दूसरी परिस्थिति का नाम है, 'अयोध्या आंदोलन' अर्थात् रामजन्मभूमि मंदिर अभियान, जिसे हम 'अयोध्या आंदोलन' के नाम से ही कहेंगे। 'विश्व हिंदू परिषद्' ही इस आंदोलन का मुख्य स्तंभ रही है, जिस परिषद् की स्थापना तो बाद में हुई, पर 1949 से ही रामजन्मभूमि पर विशाल और भव्य राममंदिर विचार का सूत्रपात हो गया था, परंतु जैसा कि हम अपनी इस पुस्तक के पहले ही आलेख 'राजनीति है सर्वोपरि' में अपने इस विचार को स्थापित कर आए हैं, एक राजनीतिक दल अर्थात् भारतीय जनता पार्टी के इस 'अयोध्या आंदोलन' से जुड़ते ही पूरा परिदृश्य ही बदल गया और जो आंदोलन और जो विचार अब तक कुछ सीमाओं में बँधा हुआ था, भा.ज.पा. और उसके नेता लालकृष्ण आडवाणी द्वारा 1992 में सोमनाथ-अयोध्या रथयात्रा की घोषणा करते ही वही अयोध्या आंदोलन भारत ही नहीं, पूरे विश्व की सुर्खियों में छा गया। उसके बाद से यह संदेह समाप्त हो ही गया कि अयोध्या में रामजन्मभूमि मंदिर बनना चाहिए या नहीं। बल्कि मंदिर बनाना ही है, कब बनना है और कैसे बनना है, उसके लिए संसद् कानून बनाएगी या सर्वोच्च न्यायालय वहाँ संबद्ध भूखंड के स्वामित्व संबंधी मुकदमे के माध्यम से मंदिर निर्माण का मार्ग प्रशस्त करेगा, यही इतना भर फैसला होना ही शेष रह गया। वैसे इलाहाबाद उच्च न्यायालय मंदिर निर्माण के लिए अपने फैसले के जरिए उसी रामजन्मभूमि पर ही मंदिर बनाने का मार्ग प्रशस्त कर चुका है। उधर केंद्र की भा.ज.पा. सरकार पूर्ण बहुमत होने के बावजूद संसद् में मंदिर निर्माण के लिए कानून क्यों नहीं बना रही थी, देश यह सवाल भी बराबर पूछता रहा है। इस संपूर्ण चर्चा-परिचर्चा के माध्यम से हम बताना यह चाह रहे हैं कि यही वह दूसरी परिस्थिति है, जिसे 'अयोध्या आंदोलन' के माध्यम से देश ने इस विचार को और अधिक और लगभग निर्णायक जैसी शक्ल दे दी है कि भारत 'हिंदू राष्ट्र' नहीं तो और क्या है?

तीसरी और सर्वाधिक महत्त्वपूर्ण परिस्थिति की ओर आते हैं। लोग इसको केंद्र में नरेंद्र मोदी की भा.ज.पा. सरकार को कारण बताएँगे। पर हमारा कहना है कि जिस रा.स्व. संघ की वैचारिक तेजस्विता के कारण केंद्र में मोदी सरकार बनी, उसी संघ की वैचारिक तेजस्विता का एक परिणाम यह भी सामने आया है कि देश में राष्ट्रवाद और धर्मनिरपेक्षता पर बहस चल रही है, जिस बहस में धर्मनिरपेक्षता की तोतारटंत लगानेवाली राजनीतिक ताकतें लगातार हार रही हैं और राष्ट्रवादी ताकतें, जाहिर है कि हिंदुत्ववादी राजनीतिक ताकतें लगातार ताकतवर हो रही हैं। 'भारत असहिष्णु देश है', 'एवार्ड वापसी', 'नॉट इन आई नेम' और उस तरह के ढकोसलों को मीडिया में परोसनेवाली राजनीतिक ताकतें खुद मीडिया में ही नहीं, बल्कि भारत के जनसामान्य में भी मुँह की खा रही हैं। जबकि संघ-प्रेरित राष्ट्रवादी शक्तियाँ लगातार जीत रही हैं, जिसका सीधा परिणाम 'भारत हिंदू राष्ट्र है' कोई 'धर्मनिरपेक्ष या समाजवादी ढकोसलोंवाला देश नहीं' ये स्थापनाएँ लगातार परिपुष्ट होती चली जा रही हैं।

इसमें अस्वाभाविक कुछ भी नहीं, क्योंकि यह कहना कि भारत 'हिंदू राष्ट्र' नहीं है, किसी विदेशी विचारधारा द्वारा या विचारधाराओं द्वारा संचालित देश है, एक ऐसा वैचारिक असत्य है, जिसे देश मानना तो छोड़, अब सुनने तक को भी तैयार नहीं है। लोग समझते हैं कि समाजवाद हो या धर्मनिरपेक्षता, सरकार चलाने की विचारधारा तो हो सकती है, अगर हो सकती है तो, अन्यथा वह किसी देश के और खासकर भारत जैसे देश के व्यक्तित्व का निर्धारण नहीं करती, नहीं कर सकती।

पर जिनको सिर्फ और सिर्फ तर्क पर भरोसा है, उनकी संतुष्टि के लिए हम वे तमाम तर्क-प्रतितर्क प्रस्तुत किए देते हैं, जिनका संबंध इस अवधारणा से है कि 'भारत हिंदू राष्ट्र है' और कि 'हिंदुत्व ही भारत की राष्ट्रीयता है'। तर्क पढ़िए—

1. पहला तर्क तो यही है कि भारत की जनसंख्या का 85-84 प्रतिशत तक हिंदू है। हर अगली जनगणना में यह आँकड़ा थोड़ा आगे-पीछे होता रह सकता है, पर उससे कोई निर्णायक फर्क नहीं पड़नेवाला। जनसंख्यावाले तर्क का महत्त्व आप कम करके आँक ही नहीं सकते। इतिहास में देखने को मिला है कि जो इलाके या देश 40-50 प्रतिशत तक, या उससे भी कम, 35-40 प्रतिशत तक मुसलिम हो जाते हैं, वे अविलंब और जरूरत पड़े तो जोर-जबरदस्ती करके भी इसलामी घोषित कर दिए जाते रहे हैं। हमने 'भारत की विखंडन यात्रा' शीर्षक आलेख में बताया कि भारत के कौन-कौन-से इलाके स्वतंत्र इसलामी देश बनते चले गए। इसलिए जनसंख्यावाले तर्क को आप नकार ही नहीं सकते। इस संबंध में 'मेजोरिटेरियनिज्म' वाला शिगूफा काम ही नहीं आनेवाला। इसलिए कि देश की राजनीति शिगूफों से नहीं चला करती। ठोस सच्चाइयों के आधार पर चला करती है। जहाँ जरूरत पड़े, वहाँ 'माइनोरिटी' वाला

तर्क और जहाँ जरूरत पड़े, वहाँ 'मेजोरिटेरियनिज्म' वाला कुसर्क, इस तरह 'चित भी मेरी और पट भी मेरी' वाली सुविधा का शिगूफा स्वीकार्य हो ही नहीं सकता। चूँकि भारत का 85 प्रतिशत से अधिक जन हिंदू धर्मावलंबी है और भारतीय धर्मावलंबी है, जिनमें बौद्ध, जैन, सिख, कबीरपंथी आदि सभी शामिल हैं, इसलिए भारत को हिंदू राष्ट्र नहीं कहना भारत का अपमान करना है और उसे भारत की राजनीतिक काया को छिन्न-भिन्न कर देने का षड्यंत्र ही कहा जा सकता है, जो किसी को भी स्वीकार्य नहीं हो सकता। स्वीकार्य हुआ भी नहीं है।

2. आलेख संख्या 3 शीर्षक 'भारत की राष्ट्रीयता का आधार है: अध्यात्म' में हमने विस्तार से बताया है कि भारत की राष्ट्रीयता का आधार अध्यात्म दर्शन है। किसी भी देश की राष्ट्रीयता का संबंध उसके जीवन-दर्शन से ही होता है। अगर किसी देश का जीवन-दर्शन क्रिश्चियनिटी या इसलाम से संबंधित होता है, प्रभावित और पोषित-पालित होता है, तो आप उसकी राष्ट्रीयता को हिंदू राष्ट्रीयता भला कैसे कह देंगे? वह एक ढकोसला ही माना जाएगा। उसके सिवाय और कुछ नहीं माना जाएगा। इसी आधार पर भारत की राष्ट्रीयता का आधार अध्यात्म है, जिसके दर्शन हमें देश के सभी धर्म-दर्शन-संप्रदायों में होते हैं। आत्मा क्या है, आत्मा है या नहीं, आत्मा का संबंध परमात्मा/ईश्वर/ब्रह्म से है या नहीं, आत्मा और कर्म का परस्पर क्या संबंध है, कर्मदर्शन क्या है, मोक्षदर्शन क्या है, योग क्या है? इत्यादि सभी पक्षों व प्रश्नों का संबंध जीवन-दर्शन से है और भारत के इस जीवन-दर्शन को हम सभी अध्यात्म जीवन-दर्शन कहते हैं। एक अति सूक्ष्म जनसंख्या को छोड़ दें तो सारे भारत का संपूर्ण जन अध्यात्म दर्शन को मानता है। उसके सभी दर्शन-संप्रदायों और धर्म-संप्रदायों को मानता है और प्रत्येक धर्म-दर्शनावलंबी भारतीय का ऐसा जीवन-दर्शन एक-सा ही है। किसी पक्ष पर अधिक या कम बल दिया गया है, इससे ही विचार का नाम और संप्रदाय का नाम बदल जाता है, अन्यथा भारत में पैदा हुए सभी धर्म-दर्शन-संप्रदाय अध्यात्म दर्शन को अपने जीवन का दर्शन मानते हैं और इसी आधार पर सभी दर्शन-संप्रदाय हिंदू दर्शन संप्रदाय हैं, हिंदू धर्म-संप्रदाय हैं, इस पर अपने आलेख 'हिंदू परिभाषा से जुड़े दार्शनिक आयाम' (आलेख संख्या 14) में विस्तार से विचार कर आए हैं। भारत को हिंदू राष्ट्र मानने का आधार है भारत का जीवन-दर्शन। सिर्फ चार्वाकों ने उस जीवन-दर्शन को नहीं माना, पर देश ने ही चार्वाकों को कहाँ माना है?

3. भारत की संपूर्ण संस्कृत, पालि, प्राकृत परंपरा में अर्थात् भारत की संपूर्ण धर्म-दर्शन परंपरा में धर्म का एक ही स्वरूप है—श्रेष्ठ आचरण, सदाचरण, धर्माचरण। जो इस आचरणवाले पक्ष को नहीं मानते, वे मानो धर्म को नहीं मानते। इसलाम एक मजहब है, धर्म नहीं। क्रिश्चियनिटी एक रिलीजन है, धर्म नहीं। इन दोनों में, मजहब

और रिलीजन में, आचरण को कितनी तरजीह और जगह दी गई है, हम नहीं जानते। जिस तरह से 'आचारः परमो धर्मः' माना जाता है, आचरण, यानी श्रेष्ठ आचरण और धर्माचरण को ही 'परमो धर्मः' माना गया है, वैसा भारत के अलावा और कहाँ माना गया है? और धर्माचरण क्या है? एक ही उदाहरण दे देना, एक छोटा-सा, पर सटीक उदाहरण दे देना काफी है, जो हम उस पुस्तक में कई बार दे आए हैं। 'माता-पिता की सेवा करना' हमारा धर्म है, यह हमारा मजहब या रिलीजन नहीं है। उस एक उदाहरण से दो बातें स्पष्ट हो जाती हैं। एक यह कि धर्म क्या है और दो, कि मजहब और रिलीजन को 'धर्म' कहना 'धर्म' को न समझने जैसा है। हमारे देश की पूरी संस्कृत, पालि, प्राकृत, अपभ्रंश परंपरा में इस धर्म को 'सनातन', हमेशा रहनेवाला कहा गया है—'एष धर्मः सनातनः' और 'एस धम्मो सणन्तओ'। यही भारत का धर्म है। भारत के 85 प्रतिशत से अधिक भारत धर्मावलंबियों का यह धर्म, सनातन धर्म है। अब बताइए, भारत को अगर हम हिंदू राष्ट्र न मानें तो और क्या मानें?

4. धर्म को लेकर भारत के हिंदुओं और शेष सभी भारतीय धर्मावलंबियों के बीच तीन बातें स्पष्ट हैं। एक, आचरण ही हमारा धर्म है। दो, 'एष धर्मः सनातनः' उस धर्म का नाम है 'सनातन' धर्म, और तीन, कि ऐसा धर्म एक ही है, जिसे हमने 'भारत का धर्म' कहा है। स्वामी दयानंद के विराट् सामाजिक आंदोलन के परिणामस्वरूप कभी 'आर्य समाज' के बरक्स 'सनातन धर्म' कहने का चलन पंजाब और पंजाबियों के बीच शुरू हो गया, जो गलतफहमी के अलावा कुछ नहीं था। आज पूरा देश उस गलतफहमी से संपूर्णतः मुक्त हो चुका है। विदेशी आगंतुकों द्वारा फैलाए गए इस कुप्रचार से हमें अब मुक्त हो जाना चाहिए कि भारत में अनेक धर्म हैं। भारत में संप्रदाय बेशक अनेक हैं, पर भारत में धर्म एक ही है, जिसका नाम है, 'सनातन' और जिसकी परिभाषा है हमारा श्रेष्ठ और धर्मपूर्वक आचरण। भारत में अनेक धर्म हैं, यह कथन ही भारत के जीवन-दर्शन और जीवन धर्म का विरोधी है। विदेशी आगंतुकों ने 'भारत में अनेक धर्म हैं' यह कहकर हमारा निरंतर अपमान जैसा किया है और नेहरूवादी विचारधारा ने, जिसने पिछले सात दशक तक शासन किया है और देश की पूरी राजनीति और मीडिया को संचालित किया है, उस विचारधारा ने देश को मूर्ख बनाते हुए कहना शुरू कर दिया है कि भारत बहुधर्मी देश है। 'धर्म' और 'अनेक' ये दोनों शब्द ही परस्पर विरोधी हैं। रा.स्व. संघ तो ऐसा नहीं मानता, पर इसकी राजनीतिक भुजा भा.ज.पा. ने बार-बार यह कहकर कि 'सर्वधर्म समभाव' ही पार्टी का सिद्धांत है, नितांत नेहरू विचारधारा का ही प्रकारांतर से पोषण किया है। जाहिर है कि देश ने अभी तक तरीके से 'धर्म' पर विचार ही नहीं किया है और विदेशी आगंतुकों और नेहरूवादी, पश्चिम-परस्त विचारधारा ने जो मीठा जहर हमें पिला दिया है, उसी के नशे में हम कहते फिर रहे

हैं कि भारत बहुधर्मी देश है। यकीनन भारत बहुधर्मी देश नहीं है। उसका एक ही धर्म है, सनातन धर्म। भारत की संपूर्ण संस्कृत, पालि, प्राकृत, अपभ्रंश परंपरा यही मानती है, मानती रही है। यही भारत के 84 प्रतिशत हिंदुओं और 3 प्रतिशत अन्य भारतीय धर्मावलंबियों का धर्म चिंतन है। इसीलिए भारत 'हिंदू राष्ट्र' है।

5. भारत में जीवन-दर्शन एक है, अध्यात्म दर्शन। 'भारत का धर्म' भी एक है, सनातन धर्म। पर भारत में संप्रदाय अनेक हैं। अपनी पुस्तक के एक आलेख 'भारत के संप्रदाय' में हम अच्छे से बता आए हैं कि भारत के (अध्यात्म) दर्शन और भारत के (सनातन) धर्म में अनेक संप्रदायों का जन्म हुआ है और अभी भी हो रहा है। 'इस्कॉन' और 'शिरडी के साँई' आदि ऐसे नवीनतम संप्रदाय हैं, जो भारत के धर्म और भारत के दर्शन से प्रेरणा लेकर सामने आए हैं। यह सत्य है और पूरा इतिहास इसका दार्शनिक गवाह है कि भारत में जिस किसी दार्शनिक संत या विद्वान् धर्मप्रचारक ने भारत की धर्म-दर्शन परंपरा में थोड़ा हटकर या नया विचार या नया दृष्टिकोण दिया, उसने एक नए संप्रदाय का नाम दे दिया। उन संप्रदायों को लेकर दो बातों पर जरा सलीके से ध्यान देना चाहिए। एक , कि बेशक वह एक अलग संप्रदाय हो गया, पर भारत की मूलभूत धर्म-दर्शन परंपरा के साथ उसका गर्भनाल का रिश्ता बँधा हुआ है। इसलिए किस संप्रदाय को क्या नाम दिया गया है, इसका निर्धारण इसी बात से हुआ है कि भारत की धर्म-दर्शन परंपरा से वह संप्रदाय कितना और कैसे जुड़ा है। दूसरी महत्त्वपूर्ण बात यह है कि भारत में संप्रदाय बना पाना बड़े ही सम्मान की बात मानी गई है और इसलिए अपने-अपने संप्रदाय से जुड़े व्यक्ति बड़े ही सम्मान के साथ 'सांप्रदायिक' (बौद्ध सांप्रदायिक, शैव सांप्रदायिक, वैष्णव सांप्रदायिक, जैन सांप्रदायिक, गाणपत्य सांप्रदायिक, सिख सांप्रदायिक आदि) यह विशेषण जुड़ जाना है और सांप्रदायिक हो जाना बड़े सम्मान का विषय माना गया है। दार्शनिक शास्त्रार्थों में 'वेदान्त सांप्रदायिका: इमे', 'बौद्ध सांप्रदायिका: इमे', 'सांख्य सांप्रदायिका: इमे' जैसी उक्तियाँ इसी सम्मान का भाव दिखाती हैं। अब देखिए, भारत को कैसे अपनी धर्म-दर्शन परंपरा से काटकर रख दिया गया है? कहाँ तो 'सांप्रदायिक' होना देश की हजारों साल पुरानी परंपरा में बड़ा ही सम्मान की बात मानी जाती रही है और कहाँ हम भारतीयों ने खुद को 'सांप्रदायिक' कहकर खुद ही गाली निकालना शुरू कर दिया है। भारत की हिंदुत्व परंपरा से कटते ही हम कहाँ-से-कहाँ जा गिरे हैं।

6. भारत के हिंदू समाज के सभी कथा नायक कौन हैं? वही, जिन्हें हम पंच परमेश्वर के नाम से पहचानते हैं। ये पंच परमेश्वर हैं—शिव, राम, कृष्ण, बुद्ध, महावीर। ये पाँचों ईश्वरीय महा व्यक्तित्व हैं तो 'शक्ति' को हमने परमेश्वरी, महामाया, आद्या शक्ति और न जाने कितने नामों से संबोधित किया है। यही परमेश्वरी कहीं काली

है, कहीं लक्ष्मी है, कहीं सरस्वती है, कहीं तारा है, कहीं परांबा है, कहीं भुवनेश्वरी है, कहीं विश्वमोहिनी है। भारत का बृहद् कथा-संसार इन्हीं पंच परमेश्वरों के और परमेश्वरी के आस-पास बुना हुआ है। जीवन के संपूर्ण मर्म को इन्हीं ईश्वरीय महा व्यक्तित्वों के साथ जोड़कर देखा जाता है। भारत में हिंदू धर्म, हिंदू जीवन-दर्शन और हिंदू समाज परंपराओं को आप इनसे अलग करके देख ही नहीं सकते।

7. भारत हिंदू राष्ट्र है, हिंदू राष्ट्र के अलावा और कुछ नहीं है, इसके लिए भारत की जाति परंपरा सबसे बड़े निर्धारक और नियामक तत्त्व के रूप में हमारे सामने है। कभी वैदिक काल में वर्णव्यवस्था शुरू हुई थी। वर्ण का अर्थ है, चुन लिया गया, वरण कर लिया गया। इसका संबंध उस सामाजिक कर्म से जुड़ा हुआ था, जिसका जो सामाजिक कर्म (जो जाहिर है कि व्यक्ति अपने गुण, शील, स्वभाव के आधार पर तय किया करता होगा), वही उसका वर्ण। ऐसे चार वर्ण बनाए—ब्राह्मण, क्षत्रिय, वैश्य और शूद्र। बौद्धिक काम करनेवालों को समाज ने ब्राह्मण वर्ण कह दिया। शौर्य कर्म करनेवालों को क्षत्रिय वर्ण का कह दिया। वाणिज्य, गौपालन, खेती आदि करने योग्य ऐसे हर वाणिज्य कर्म करनेवाले को वैश्य कह दिया गया तो प्रत्येक सेवा कर्म में लगे व्यक्ति को शूद्र कह दिया गया। अपने आलेख संख्या-24 में हमने भारत के इस जाति संगठन का काफी विशद विवेचन किया है। इस संपूर्ण विशद विवेचन के बावजूद हम सभी को कुछ और भी पता है। वह यह कि बेशक ज्ञानार्जन का संबंध ब्राह्मणों से माना गया है, पर देश में दर्शन का प्रचार-प्रसार करने में क्षत्रिय भी हमेशा आगे रहे हैं। कृष्ण-अर्जुन हों, राजा जनक हों, भगवान् बुद्ध हों, भगवान् महावीर हों, ये सभी दर्शन-धुरंधर नाम क्षत्रियों के ही हैं। ठीक ऐसे ही, जिनको हमने इतिहास में दलित जाति का मान लिया है, व्यावहारिक दर्शन और भक्ति-दर्शन के लगभग सभी धुरंधर नाम उसी दलित समुदाय के हैं। मसलन महिदास ऐतरेय, सत्यकाम जाबाल, महर्षि वाल्मीकि, वेदव्यास, सूतजी, विदुर आदि सभी नाम दलित संप्रदाय के हैं। पर इससे देश ने कभी किसी को ऊपर-नीचे के स्तर का नहीं माना है। सभी समान हैं। पर जाति के उस जाति संगठन को लेकर हमने सबसे ज्यादा महत्त्व से भरी बात अभी कहनी है। वह यह कि हिंदुओं के बीच शुरू से ही, वैदिक काल से ही, जाति ने एक अद्भुत सामाजिक संगठन का काम किया है। भारत के हिंदुओं का, भारतीयों अर्थात् हिंदुओं का सामाजिक संगठन पिछले हजारों सालों से इतना सशक्त और सुपरिभाषित जैसा रहा है कि इसलामी और क्रिश्चियन गुलामी की सदियों में भी धर्मांतरण की भयानक आँधी के बीच भी हिंदुओं के उसी जाति नामक सामाजिक संगठन ने हिंदुओं को बनाए रखा, बचाए रखा, यहाँ तक कि धर्मांतरित हिंदुओं को भी अभी तक अपना जाति नाम मालूम है। देश में जब भी कभी 'घर वापसी', यानी 'परावर्तन' का अभियान

चला, जो कि चलना स्वाभाविक है, तब हर धर्मांतरित बना दिए गए हिंदू को अपनी जाति ही सहायता करेगी, भविष्य में करेगी।

8. न तो यह अकारण है और न ही यह अस्वाभाविक है कि जब पश्चिम से आए तुर्क-अफगानों और फिर मुगलों ने भारत पर हमले किए तो उनको तब भी स्पष्ट था कि वे एक हिंदू देश पर, एक हिंदू राष्ट्र पर हमले कर रहे थे। उनका लक्ष्य भारत पर शनैः-शनैः यह निश्चित रूप से कब्जा करना ऐसा राजनीतिक लक्ष्य तो था ही, अपनी विजयी राजनीति के माध्यम से भारत के हिंदुओं को इसलाम में धर्मांतरित करना, उनका निर्द्वंद्व मजहबी लक्ष्य भी था। दोनों लक्ष्य मिले-जुले हुए थे और एक-दूसरे की सहायता करनेवाले ही वे दोनों लक्ष्य थे। पश्चिम से आए ये इसलामवादी भारत को कब्जाने, उसका इसलामीकरण करने और भारत के हिंदू व्यक्तित्व को नष्ट करने ही आए थे, इसमें आज के मौका-परस्त पर भारत में आक्रमणकारी के रूप में आए इसलामवादियों को कोई शक नहीं था और तो और भारत में धर्मांतरित कर दिए गए लोगों का भी फिर वही लक्ष्य बन गया। इसका नवीनतम उदाहरण 1947 के नवीनतम भारत विभाजन के रूप में हमारे सामने है। तो उससे भी अधिक नवीन आशंकित उदाहरण भारत के काश्मीर और भारत के प्राग्ज्योतिष (उत्तर-पूर्व भारत) के रूप में है, जिसका इसलामीकरण कर देने का योजनाबद्ध प्रकल्प यानी प्रोजेक्ट के रूप में चलता हुआ नजर आता रहता है। यानी भारत पर आक्रमण करनेवाले सभी पश्चिम-मध्य एशियाई देश भारत को हिंदू देश ही मानते थे और हिंदू देश, हिंदू राष्ट्र, दोनों पर्यायवाची शब्द हैं। पहले का जो हिंदू देश भारत है, नवीनतम राष्ट्र राज्य अवधारणा में वही भारत हिंदू राष्ट्र ही है।

9. इतना विस्तृत, तर्कपूर्ण विवेचन करने के बाद आप खुद को हिंदू राष्ट्र भारत का अभिन्न अंग मानते हुए भी कुछ असमंजस में जरूर रह सकते हैं। मसलन भारतीय या हिंदू? कुछ भी कह दीजिए, अर्थ एक ही है पर जैसे ही आपको स्पष्ट हो जाएगा कि 'भारतीय' शब्द संविधानसम्मत तो है ही, पर वह संस्कृति का भी प्रतिनिधित्व करता है, तो आप थोड़ा सोचना शुरू कर देंगे। भारत में रहनेवाले हिंदू, और भारतीय धर्मावलंबी हिंदू ही हैं, भारतीय भी हैं। पर भारत में न रहनेवाले, विशाल संख्या में अमेरिका आदि देशों में वहाँ के नागरिक बनकर रहनेवाले भारतीय कौन हैं? अमेरिकन, भारतीय या हिंदू। वे भारतवंशी हो सकते हैं, अमेरिका में नागरिक बनकर रह रहे, एन.आर.आई. बनकर रहनेवाले नागरिक बनकर रह रहे हैं, वे सभी भारतीय तो कहे ही जाएँगे, पर सांस्कृतिक दृष्टि से वे हिंदू ही बने रहनेवाले हैं। वही अमेरिकन भारतीय जब ब्रिटिश या फ्रेंच नागरिक बन जाता है तो भी हिंदू तो रहता ही है। ऐसा उलट परिस्थिति में भी है। 'भारतीय' शब्द नागरिकतावाची है, हिंदू शब्द संस्कृतिवाची है। 'घर वापसी' के बाद जो भारतीय हिंदू हो जाएगा, भारतीय नागरिक तो वह तब भी रहेगा ही, बस वह

हिंदू संस्कृति का प्रतिनिधि भी बन जाएगा, जिसमें जीवन-दर्शन, धर्म, संप्रदाय, जाति, सामाजिक पर्व, त्योहार, परंपराएँ सभी जुड़ जाएँगे। हमें लगता है कि अब भी अगर किसी को भारतीय और हिंदू के बीच का संबंध स्पष्ट नहीं है तो फिर वन-टू-वन संवाद किया जा सकता है, अन्यथा इतना सब समझने के बाद हमारा भारत राष्ट्र, हिंदू राष्ट्र है, सांस्कृतिक राष्ट्र है, हिंदुत्व ही उसकी राष्ट्रीयता है, यह सब समझ जाने के लिए कोई रॉकेट-साइंस पढ़ने की जरूरत नहीं है।

□

20

भारत हिंदू राष्ट्र है, इसलिए भारत सहिष्णु देश है

अभी हाल ही के वर्षों में इस देश में एक बहस ने जन्म लिया है। बहस की थीम यह है कि 'भारत एक असहिष्णु देश है'। भारत के दस हजार साल के इतिहास में अपने इस देश पर, अपने भारत नामक इस देश पर यह आरोप पहले कभी नहीं लगा कि भारत एक असहिष्णु देश है। यह असहिष्णु क्या होता है, थोड़ा निर्मम चीर-फाड़ तो करनी ही पड़ेगी।

भारत पर असहिष्णु देश होने का आरोप लगानेवाले लोगों में मुख्य रूप से भारत की इसलामी लॉबी है। भारत के किसी एक मुसलिम नागरिक की हत्या उस नागरिक को घर से बाहर निकालकर, घसीटकर, सड़क पर लाकर की गई। परम भर्त्सना के लायक वह काम हुआ, इसलिए कि किसी की भी हत्या इसी तरह की भर्त्सना के लायक काम होता है। तो इस एक घटना के आधार पर पूरे देश पर तोहमत चस्पाँ कर दी गई कि भारत एक असहिष्णु देश है। जिस फुर्ती से, जिस तेजी से और जिस प्रतिबद्धता के साथ चस्पाँ कर दी गई, उससे यह तो जाहिर हो ही गया कि देश का एक खास तबका इस तरह की तोहमत लगाने के लिए बहाना ढूँढ़ रहा था। उस बहाने की आड़ में फिर एक आंदोलन खड़ा करने को आमादा था और इस पूरी कवायद से भारत को, अपने भारत नामक देश को ही दुनिया भर में बेइज्जत कर कलंक झेलना पड़ सकता है, इसकी कोई परवाह ही नहीं की गई। दुनिया भर में भारत कलंकित हुआ भी। इसकी कोई परवाह नहीं की गई।

सवाल यह है कि एक दुर्घटित का बहाना बनाकर सारे देश को दुनिया भर में कलंकित करने का लापरवाह, या कहनेवाले यह भी कह सकते हैं कि सुनियोजित, अभियान क्यों चलाया गया? प्रश्न में ही उत्तर छिपा है। इसलिए चलाया गया कि ऐसा अभियान चलानेवालों को इस बात का कोई अफसोस ही नहीं था कि उनके हाथों भारत को दुनिया भर में कलंकित करने का कुकृत्य हुआ है। कोई अफसोस नहीं था। भारत

कलंकित हो, उसकी तो कोई परवाह नहीं ही की गई, बल्कि इस बात की पूरी कोशिश हुई कि पूरी कवायद इस तरह से दुष्प्रचारित हो जाए कि इस अभियान से देश कलंकित हो।

असली सवाल अब है और सवाल यह है कि देश को कलंकित करने का योजनापूर्वक अभियान क्यों चलाया गया ? उत्तर सीधा है कि ऐसा अभियान वे ही लोग, संगठन या वे ही विचारधाराएँ चला सकती हैं, जिन्हें इस बात की कोई परवाह नहीं कि देश कलंकित हो तो हुआ करे, हम तो वह हर काम करेंगे, जो हम करना चाहते हैं। ऐसे लोग वे ही हो सकते हैं, जो भारत को उस रूप में स्वीकार करने को तैयार नहीं, जैसा भारत हजारों सालों से है, स्वाभाविक रूप से विकसित होकर बना है और इस तरह के जिस भारत में विश्वगुरु बनने की, फिर से 'सोने की चिड़िया' बनने की, विश्व की एक महाशक्ति बनने की महत्त्वाकांक्षा भी है और सामर्थ्य भी है। ऐसे ही लोग भारत को कलंकित होने देने का पूरा आयोजन कर सकते हैं, ऐसा अभियान चला सकते हैं और वैसा करने के लिए तमाम तरह के कुतर्कों का आविष्कार भी कर सकते हैं।

ऐसे लोग कौन हो सकते हैं ? कौन हो सकते हैं ऐसे लोग, जिन्हें भारत को कलंकित होने देने में कोई दुविधा नहीं होती ? कोई परवाह नहीं होती, कोई राष्ट्रीय लाज की अनुभूति नहीं होती, भारत दुनिया की निगाह में गिर जाए, भारत खुद अपनी निगाह में गिर जाए, हर भारतवासी भी अपनी ही निगाह में खुद ही गिर जाए. इसकी कोई परवाह नहीं होती ? ऐसे लोग वे ही हो सकते हैं, जिन्हें वह भारत स्वीकार नहीं, जैसा वह है, जैसा वह सहस्राब्दियों में बना है और जिस पथ पर चलने का स्वभाव, चलने की आकांक्षा भारत के लोगों के दिलों में बसी पड़ी है। पर वैसा न होने देने की कोशिश में लगे ये लोग कौन हैं, कौन हो सकते हैं और वे वैसा क्यों हो सकते हैं ?

थोड़ा गहरे में चले जाएँ तो किसी को कोई हर्ज नहीं होना चाहिए। ऐसे लोग तीन तरह के हो सकते हैं। एक वे लोग हो सकते हैं, जिन्हें भारत को तोड़-फोड़कर रख देने का, खंड-खंड कर देने का अभ्यास सदियों से रहा है। भारत को तोड़कर फारस, सीस्तान, अफगानिस्तान, बलोचिस्तान, सिंध, पश्चिमी पंजाब और पूर्वी बंगाल तो हमारे सामने हैं ही। फिर सिंध और पश्चिमी पंजाब आदि को मिलाकर पाकिस्तान नाम दे दिया गया। पूर्वी बंगाल तो पहले से ही पूर्वी पाकिस्तान बना दिया गया था, जिसे बाद में बांग्लादेश नाम मिल गया। इस तरह भारत को कुल मिलाकर अनेक बार तोड़ा गया। हम जानते हैं कि 1947 के दुर्भाग्यपूर्ण विभाजन के समय इसलामी जनसामान्य के एक हिस्से में नारा लगा था कि 'हँस के लिया है पाकिस्तान, लड़ के लेंगे हिंदुस्तान'। जाहिर है कि पूरे भारत को, पूरे भारतवर्ष को, यानी अवशिष्ट भारतवर्ष को भी इसलामी बना देने की महत्त्वाकांक्षा जिन लोगों के दिलों में पल-पुस रही थी, उन लोगों को अब तक उसमें सफलता नहीं मिली है। काश्मीर और संपूर्ण उत्तर-पूर्वी भारत को इसलामी बना देने

की पुरजोर कोशिशें चल रही हैं। 'गज्बा-ए-हिंद' इसी अभियान का नवीनतम रूप है। सफलता मिलेगी या नहीं, इस बात पर निर्भर करेगा कि भारत का हिंदू राजनीतिक रूप से कितना जागरूक होकर रहता है। अब तक इसलामी महत्त्वाकांक्षा को सफलता नहीं मिली है। 'भारत तेरे टुकड़े होंगे' जैसे भारत-विरोधी आह्वान इसी अधूरी महत्त्वाकांक्षा को ही अभिव्यक्त कर रहे हैं, इसलिए बौखलाहट में भारत को ही बदनाम करने का अभियान चलता रहता है, खुद भारत को भारतीयों के बीच बदनाम करने का अभियान चलता रहता है, भारतवासियों के मनोबल को तोड़ने का अभियान चलता रहता है। अभी तक सफलता नहीं मिली, पर मिले, इसके लिए सतत अभियान तो चलता ही रहता है। भारत को असहिष्णु घोषित करने का अभियान इसी छिपी, पर बेशक जगजाहिर इसलामी महत्त्वाकांक्षा का ही विस्तार है, जिसकी सदियों पहले शुरुआत तब के खलीफा के आदेश पर मुहम्मद बिन कासिम ने की थी। यह हम नहीं कह रहे हैं, यह इतिहास का दिया गया सत्य है। भारत को असहिष्णु देश घोषित करने में जिन तीन तरह के लोगों की रुचि हो सकती है, यह उनमें से एक वर्ग है, जिन्हें हम उस वर्ग की विचारधारा और इतिहास को देखते हुए इसलामी वर्ग कह सकते हैं।

दूसरे वर्ग में वे लोग आते हैं, जिन्हें हम समाजवादी या वामपंथी कह सकते हैं। ये दोनों वर्ग, यानी इसलामवादी और समाजवादी, ये दोनों वर्ग एक-दूसरे के सहज और स्वाभाविक साथी हैं। सहज साथी क्यों हैं ? इसलिए कि भारत को तोड़ना इन दोनों का समान लक्ष्य है, समान इरादा है, समान राजनीतिक महत्त्वाकांक्षा है। बेशक दुनिया के भूगोल पर इन दोनों में कभी परस्पर घृणा और प्रेम के संबंध रहे हों, जैसी जब जरूरत हो, तब वैसे संबंध रहे हों, पर भारत के विरुद्ध ये दोनों हमेशा से एक साथ नजर आते हैं। भारत एक हिंदू राष्ट्र है, इस त्रिकाल सत्य को आज जितना जाना, पहचाना और समझा जा रहा है, राजनीतिक रूप से जाना, पहचाना और समझा जा रहा है, वैसा सदियों बाद फिर से होना शुरू हो चुका है। सदियों पहले, जैसा कि हमने अभी-अभी बताया, तब के किसी खलीफा के आदेश पर मुहम्मद बिन कासिम ने सिंध पर हमला किया था, तब इसने भारत नामक हिंदू देश पर ही हमला किया था। भारत को हिंदुस्थान, यानी हिंदोस्तान कहकर और हिंदू राष्ट्र मानकर इस पर लगातार सदियों तक हमले होते रहे। विधर्मियों को तब भी स्पष्ट था कि भारत हिंदू राष्ट्र है, हिंदुओं का देश है और उसे हिंदू नहीं रहने देना है। भारत की तब भी हिंदू पहचान ही थी, सारी दुनिया में यही पहचान थी, इसीलिए इसलामवादियों ने उसे 'हिंदुस्तान' कहा था और इसीलिए क्रिश्चियनिटीवादियों ने इसे हिंदू शब्द से जोड़कर 'इंडिया' कहा था। हमारे देश की यह पहचान, दुनिया भर को ज्ञात यह पहचान हम खुद ही भूल गए, सांस्कृतिक तौर पर भले ही हम न भूले हों (इसीलिए अब तक बने भी रहे हैं और इसीलिए हम बचे भी रहे हैं), पर राजनीतिक

तौर पर हम खुद ही अपनी यह पहचान भूल गए, राजनीतिक तौर पर भूल गए। इसी का, इसी का परिणाम है कि हम पिछली सदियों में, इसलामी गुलामी और क्रिश्चियन गुलामी की सदियों में बार-बार टूटे हैं, विभक्त हुए हैं, बिखरे हैं। इसलामी विचारधारा का भारत से कोई लगाव नहीं, क्योंकि इसका भारत ही नहीं, किसी भी गैर-इसलामी देश से कोई लगाव नहीं। क्यों? इसलिए कि इसलामी विचारधारा में, जिसे लोग ज्यादातर दार्शनिक या धार्मिक नहीं, बल्कि राजनीतिक विचारधारा मानना चाहते हैं, ऐसी इसलामी विचारधारा में भारत को (या किसी भी देश को) इसलामी बनाना 'उम्मा' का लक्ष्य स्वाभाविक रूप से ही है। 'उम्मा' का समझ में आने लायक मतलब यह है कि दुनिया में दो तरह के देश (या लोग) हैं, एक तो वे हैं, जो इसलामी हो चुके हैं और दूसरे वे हैं, जो अभी इसलामी होने शेष हैं।

करीब आधा भारतवर्ष अनेक इसलामी देशों के रूप में इसलामी हो चुका है, बाकी आधे बचे भारत को इसलामी बनाना है, यह उम्मा की विचारधारा का लक्ष्य दुनिया के हर देश को लेकर है, यानी भारत का इसलामी बनाना 'उम्मा' का स्वाभाविक विचारधारा-लक्ष्य है। ठीक वही विचारधारा समाजवाद की है। समाजवाद में, यानी कम्युनिज्म में कभी 'कॉमिंटर्न' अर्थात् 'कम्युनिज्म इंटरनेशनल' चलता था, जो अब मंद पड़ गया लगता है, क्योंकि दुनिया के सामने कम्युनिज्म अर्थात् समाजवाद की पोल काफी हद तक खुल चुकी है। अन्यथा विचार अर्थात् समाजवाद की विचारधारा और राजनीतिक लक्ष्यों के रूप में 'कॉमिंटर्न' का सीधा-सीधा मतलब वही था, जो इसलाम में 'उम्मा' का रहा है। 'उम्मा' का आज भी है, क्योंकि वैसा नहीं है, ऐसी कोई घोषणा इसलाम की ओर से नहीं हुई है। बल्कि भारत में जो चल रहा है, लोकतंत्र की आड़ में, लोकतंत्र में मिली आजादी की आड़ में जो चल रहा है, इस पर इसके अलावा और कहा भी क्या जा सकता है। 'गज्बा-ए-हिंद' तो चल ही रहा है। काश्मीर में जो चल रहा है, प्राग्ज्योतिष, यानी पूर्वोत्तर में जो चल रहा है, रोहिंग्या के नाम पर जो चलाया गया है, उसे देखते हुए इसके अलावा और कहा भी क्या जा सकता है कि भारत के इसलामवादियों के लिए 'उम्मा' और गज्बा-ए-हिंद आज भी एक पवित्र और प्राप्तव्य मजहबी लक्ष्य है।

यानी भारत को इसलामी बनाना 'उम्मा' और गज्बा-ए-हिंद का स्वाभाविक लक्ष्य है, तो भारत को समाजवादी बना देना 'कामिंटर्न' का स्वाभाविक लक्ष्य रहा है। दोनों के लक्ष्य, यानी इरादे राजनीतिक हैं। इसे मजहबी लक्ष्य कहें या विचारधारा का लक्ष्य कहें, इससे कोई फर्क नहीं पड़ता, बात एक ही है। जाहिर है कि इसके लिए भारत को तोड़ना, कमजोर करना, दुनिया भर में बदनाम करना, उसे मजाक का पात्र बना देना इसलामी और समाजवादी विचारधारा का लक्ष्य समान रूप से रहा है। इसलिए भारत को खंड-खंड कर देने में दोनों विचारधाराएँ हमसफर हैं। भारत के मुसलमानों का और

भारत के समाजवादियों का भी एक ही लक्ष्य है, इस पर कभी खुलकर बात नहीं होती। देश को इस बात की गहरी अनुभूति होनी चाहिए, इस पर गंभीर संवाद होना चाहिए, भारत की राजनीतिक एकता के लक्ष्य के संदर्भ में निर्णायक बहस होनी चाहिए। इस बहस में यह स्पष्ट रहना चाहिए कि धर्मनिरपेक्षता और लोकतंत्र, किसी भी देश को चलाने का लक्ष्य नहीं हो सकते, सरकारें चलाने का सभ्यतापूर्ण माध्यम भर ही हो सकते हैं, रहना भी चाहिए, क्योंकि देश को अंततः राजनीति ही चलाती और बचाती है। लोकतंत्र और धर्मनिरपेक्षता तभी बचेंगे, जब देश बचेगा, देश की अपनी विचारधारा बचेगी, भारत का हिंदुत्व बचेगा, भारत का हिंदू होना बचेगा। हिंदू न बचा तो भारत का लोकतंत्र स्वतः ही समाप्त हो जाएगा। यह ध्रुव सत्य है। इस्लामी बना दिए गए देशों का इतिहास गवाही दे रहा है।

तीसरा वर्ग उन कांग्रेसजनों और कांग्रेस प्रशिक्षित नेताओं का है, जो गफलत में हिंदू-विरोधी हो गए हैं। वे सभी पं. नेहरू और उनके समाजवाद सरीखी विदेशी विचारधारा में प्रशिक्षित हुए हैं, और पाले-पोसे हैं। नेहरू ने भारत को समाजवाद के अलावा धर्मनिरपेक्षता का पाठ पढ़ाया और याद करवा दिया। नेहरू जैसे लोकप्रिय लेकिन अपने ही देश की विचारधारा के विरोधी मानसिकतावाले नेता कम ही होते हैं। पर जब होते हैं तो देश और उसके व्यक्तित्व को निर्णायक नुकसान पहुँचा देनेवाले होते हैं। नेहरू की तिब्बत नीति ने देश को निर्णायक नुकसान पहुँचाया। नेहरू की काश्मीर नीति ने उतना ही बड़ा और निर्णायक नुकसान देश को पहुँचाया। नेहरू के 'इंडिया दैट इज भारत' के दृष्टिकोण ने देश की राष्ट्रीय प्रतिबद्धता की भावना को और देश को निर्णायक नुकसान पहुँचाया। नेहरू के देश के अंग्रेजीपरस्त भाषायी दृष्टिकोण को निर्णायक नुकसान पहुँचाया। ये कुछ थोड़ी-सी बातें हैं, जिनको देश जानता है। कांग्रेसमुक्त भारत का अर्थ वास्तव में नेहरूमुक्त भारत होना है, इस पर हम दो आलेखों की संख्या 52,53 में काफी खुलासे से लिखने वाले हैं। इन्हीं पं. नेहरू की 'धर्मनिरपेक्षता' नामक विचारधारा के परिणामस्वरूप देश को निर्णायक नुकसान पहुँचाया, जिससे प्रेरित होकर हमें यह आलेख लिखने को मजबूर होना पड़ रहा है। नेहरू ने धर्मनिरपेक्षता को शासन शैली का एक जरिया बनाने के बाद देश की विचारधारा जैसा लक्ष्य दे दिया और देश को धर्मनिरपेक्ष हो जाने का पाठ पढ़ा दिया। परंतु भारत तो धर्मप्राण देश है, धर्म पर आधारित देश है, धर्म को दिल में बसाकर जीवन जीनेवाला देश है। धर्मनिरपेक्ष, यानी धर्मविमुख वह न कभी था, न कभी हो सकता है और न ही कभी हो पाएगा। वह धर्मप्राण ही रहेगा। इसलिए धर्मनिरपेक्षता के, यानी वैसा बना दी गई धर्मविमुखता के ठेकेदार कांग्रेसी और उनके हमसफर मजबूरी में एक साथ रहने को विवश हो गए हैं—'कहलाने एकत बसत मृग मयूर अहि बाघ' इस कहावत को चरितार्थ करने को मजबूर हो गए हैं। 'कहलाने' यानी

मुसीबत में। मौजूदा संदर्भ में कहें तो भारत के हिंदू स्वरूप को, भारत के हिंदुत्व को, भारत की अपनी हजारों सालों की विचारधारा को ठुकराने, दुत्कारने और खत्म कर देने की नकली विचारधारा की मजबूरी में एक साथ हो गए हैं। इसलाम भारत की विचारधारा नहीं है। क्रिश्चियनिटी भारत की विचारधारा नहीं है। वामपंथ भी भारत की विचारधारा नहीं है। भारत की विचारधारा उसका हिंदुत्व है। दस हजार साल से है। समाजवाद भारत की विचारधारा नहीं है। 'सर्वे भवन्तु सुखिनः' भारत की विचारधारा है। यानी भारत का हिंदुत्व ही भारत की विचारधारा है, दस हजार साल से है। धर्मनिरपेक्षता भारत की विचारधारा नहीं है। भारत की विचारधारा उसका धर्म है, उसका अध्यात्म, सनातन धर्म और समस्त धर्म-दर्शन-संप्रदाय हैं। यानी भारत का ऐसा बहुलवादी, अध्यात्म प्रधान, धर्म-प्रधान हिंदुत्व ही भारत की विचारधारा है। दस हजार साल से है।

इसलामवादी, क्राइस्टवादी, समाजवादी, धर्मनिरपेक्षवादी मजबूरी में ये सभी वर्ग हिंदुत्व के विरोध के नाम पर एक हो जाते हैं। यह मजबूरी क्या है? किस मजबूरी में सभी धर्मनिरपेक्ष, सभी समाजवादी और सभी इसलामवादी वगैरह एक साथ हो जाते हैं? मजबूरी है। कांग्रेस अब भूल चुकी है, पर उसे पता रहना चाहिए कि कांग्रेस की स्थापना बेशक एक विदेशी ने की हो, पर स्वतंत्रता संग्राम के दौर से ही कांग्रेस हिंदू समर्थक पार्टी रही है। न होती तो महामना मदन मोहन मालवीय, लाला लाजपतराय, बाल गंगाधर तिलक, श्यामाप्रसाद मुकर्जी, बाबासाहब भीमराव आंबेडकर, सरदार पटेल, खुद महात्मा गांधी कांग्रेसी चोला नहीं पहनते! सबने पहना था तो जाहिर है कि नेहरू ने अपने धर्मनिरपेक्ष उत्साह में सभी को मानो कांग्रेस से ही खारिज कर दिया। मालवीय तो हिंदुत्ववादी कांग्रेसी थे। श्यामाप्रसाद मुकर्जी हिंदुत्ववादी कांग्रेसी थे। लाला लाजपतराय क्या थे, हम सब जानते हैं। पटेल ने बेशक रा.स्व. संघ पर प्रतिबंध लगवा दिया हो, पर पटेल ने ही फिर वह प्रतिबंध हटाया भी और उस तथ्य को भी कांग्रेस के इतिहास में ही मानो प्रतिबंधित कर देना चाहते हैं, पर कर नहीं पा रहे। सरदार पटेल ने ही रा. स्व. संघ को कांग्रेस में विलीन कर दिए जाने की इच्छा जताई थी। गांधी तो रामराज्य की ही स्थापना के इच्छुक थे, यह उनके सर्वप्रिय मंत्र-उच्चार से, 'रघुपति राघव राजा राम', रघुपति और राजा राम के मंत्र जाप से ही स्पष्ट हो जाता है। अब आप इतिहास पर खड़िया पोतने की कोशिश बेशक कर लें, पर बाबा साहब के बारे में दो सच्चाइयाँ सबको पता हैं। एक, कि आंबेडकर ने धर्म परिवर्तन की इच्छा पूरी करने की प्रक्रिया में इसलाम और क्रिश्चियनिटी अपनाने का विकल्प इसलिए खारिज कर दिया था, क्योंकि वे हिंदू धर्म छोड़ने के बावजूद भारत की धर्म-दर्शन परंपरा से जुड़े रहना चाहते थे और इसलिए उन्होंने बौद्ध धर्म अपनाया। सिख धर्म अपनाने के विकल्प पर भी आंबेडकर ने विचार किया था। पाकिस्तान में विवश रह गए लगभग सभी दलितों को भारत आने का

पूरा उपक्रम डॉक्टर आंबेडकर ने इसी विचार-आह्वान के साथ किया था कि बेशक दलितों का भविष्य हिंदुओं के साथ है, मुसलमानों के साथ नहीं, इसलिए जब कभी इसलामवादी लोग दलितों को मुसलमानों के साथ एकजुट करने की हास्यास्पद कोशिश करते हैं तो आंबेडकर की विचारधारा ही इसलामवादियों पर पहले ही क्षण से भारी पड़ना शुरू हो जाती है।

जवाहरलाल नेहरू ने जाहिर है कि अपने इस नकली, अगर आप कहने की इजाजत दें तो खोटी धर्मनिरपेक्षता को देश-विरोधी, यानी देश की धर्मविचारधारा की विरोधी पार्टी बनाने के उत्साह के अतिरेक में पूरे देश को विचारहीनता की इस ढलान पर धकेल दिया, जिसका अंत एक वैचारिक गड्ढे में गिरने के अलावा और कुछ हो ही नहीं सकता था और ठीक वैसा हुआ भी है। शासनविधि के एक जरिये के रूप में भी धर्मनिरपेक्षता को जिस तरह से अपना वास्तविक अर्थ भूलकर धर्मविरोध का पर्यायवाची बना दिया गया, क्रमशः बनते-बनते कांग्रेस अब शत प्रतिशत रूप से एक ओर तो हिंदू-विरोधी पार्टी बना दी जा चुकी है, अपितु देश-विरोधी विचारधाराओं की हमसफर भी वह पूरी तरह से बन चुकी है। अब इस मुकाम पर, अगर कांग्रेस हिंदुत्व को अपना ले, उसके लिए यह संभव नहीं है। रामजन्मभूमि मंदिर, कृष्णजन्मभूमि मंदिर, वाराणसी विश्वनाथ मंदिर आंदोलनों का समर्थन कर देने पर भी कांग्रेस पर हिंदू-विरोधी और धर्म-विरोधी और उसके परिणामस्वरूप देश-विरोधी मान लिये जाने के कलंक से उसका पीछा छूटनेवाला नहीं है। कांग्रेस के पास बौद्धिक व राजनीतिक ऊँचाई दे सकनेवाले नेता ही नहीं बचे हैं और न ही कांग्रेस की विचारधारा में ऐसा कोई विचार-अंकुर पैदा हो सकने की कोई संभावना ही बाकी बची है कि कांग्रेस एक हिंदू पार्टी बन सकने की कोई सोच भी सके। इसलिए विदेशी धर्मनिरपेक्षतावाद की पोषक कांग्रेस की यह स्वतः अर्जित मजबूरी है कि वह विदेशी इसलामवाद और विदेशी समाजवाद की हमसफर बनकर अपने राजनीतिक जीवन का शेषांश रोते-धोते पूरा करे और विदेशी विचारधारा को सहारा देने का दंड भुगतती रहे।

इसलिए पिछले समय में चली 'असहिष्णुता' नामक हिंदू-विरोधी अर्थात् भारत-विरोधी मुहिम में इसलामवादी, वामपंथी और कांग्रेसी एक साथ झंडा उठाए नजर आ रहे थे। इन झंडाबरदारों को जब हिंदुत्व विचारधारा से निर्णायक राजनीतिक पराजय मिलेगी, जो कि मिलनी लाजिमी है, तभी वे अपनी-अपनी विचारधाराओं को लेकर पुनर्विचार करने को मजबूर होंगे, जो कि वे मजबूर होंगे ही।

भारत को एक असहिष्णु देश घोषित करने के अभियान में लगी ये तीनों विचारधाराएँ—इसलामवादी, वामपंथी और धर्मनिरपेक्षतावादी, ये तीनों विदेशी राजनीतिक विचारधाराएँ औंधे मुँह गिरी हैं और ठीक इसलिए गिरी हैं कि ये सभी हिंदुत्व विरोधी

विचारधाराएँ हैं, और भारत में अब इनकी पराजय सुनिश्चित है। हम कह रहे हैं, 'अब'। ऐसा हम इसलिए कह रहे हैं, क्योंकि देश को अब जाकर भारतवादी हिंदुत्व विचारधारा को केंद्र में रखकर किए गए अनथक प्रयासों के परिणामस्वरूप यह समझ में आ रहा है कि भारत जैसा है, भारत का हिंदुत्व जैसा है, हिंदू राष्ट्र भारत जैसा है, उसमें असहिष्णुता नामक परिस्थिति के लिए कोई जगह ही नहीं है। कोई अवसर ही नहीं है। कोई अवकाश ही नहीं है। यह ठीक से समझने के लिए एक बार फिर से भारत की विचारधारा के, भारत की हिंदुत्व विचारधारा के, भारत के हिंदू राष्ट्र की विचारधारा के तीन पहलुओं को ठीक से समझ लिया जाए। भारत नामक राष्ट्र की विचारधारा के, यानी हिंदुत्व विचारधारा के तीन तत्त्व बेसिक हैं, आधारभूत हैं, इसलिए अपरिहार्य हैं। ये तीन तत्त्व हैं— 1. भारत का दर्शन, जिसे हम 'अध्यात्म' दर्शन कहते हैं, 2. भारत का धर्म, भारत का मजहब या रिलीजन नहीं, भारत का धर्म, जिसे हम 'सनातन' धर्म कहते हैं और 3. भारत के संप्रदाय, जिन्हें हम भारत के 'धर्म-दर्शन-संप्रदाय' कहते हैं। भारत के दर्शन का, यानी भारत के जीवन-दर्शन का नाम है, अध्यात्म दर्शन और यह कोई किसी लीक में बँधा हुआ दर्शन नहीं है। दस हजार साल से इसका क्रमशः विकास होता चला गया है और अपने धर्म-दर्शन-संप्रदायों के नामों के साथ यह जीवन-दर्शन भारत के व्यक्तित्व का अपरिहार्य हिस्सा बन चुका है। भारत के जीवन-दर्शन की अभिव्यक्ति, भारत के अध्यात्म दर्शन की अभिव्यक्ति किसी एक नाम से नहीं होती। जैन, सांख्य, बौद्ध, आजीवक, योग, न्याय, वैशेषिक, मीमांसा, वेदांत—ये सभी दर्शन संप्रदाय इसी अध्यात्म की व्याख्या अपनी-अपनी अवधारणाओं के आधार पर करते हैं और जीवन, संसार, जन्म, मृत्यु, आत्मा, परम आत्मा = परमात्मा, जीव-मुक्ति, मुक्ति आदि सभी सिद्धांतों की व्याख्या अपनी-अपनी अवधारणाओं के आधार पर करते हैं। इसकी विशेषताओं, व्याख्याओं और विविधताओं की अभिव्यक्ति जिस देश के जीवन-दर्शन में हो, जहाँ सभी परस्पर एक साथ और एक-दूसरे को सम्मान और अवकाश देते हुए कह रहे हो, ऐसे जीवन-दर्शन के आस-पास कहीं असहिष्णुता फटक भी सकती है क्या? भारत की सभी विदेशी विचारधाराएँ, अर्थात् इसलामवाद, क्रिश्चियनिटी, धर्मनिपेक्षतावाद और समाजवाद अगर भारत के जीवन-दर्शन के साथ नहीं निभा पा रही हैं तो जाहिर है कि असहिष्णुता इन सभी विदेशी यानी विधर्मी विचारधाराओं में है, जो अपने अलावा और किसी दूसरी विचारधारा को अपने आस-पास कहीं पनपने नहीं देतीं, पनपना तो दूर रहा, रहने भी नहीं देतीं। इसलिए जहाँ क्रिश्चियनिटी हो, वहाँ दूसरा कोई रिलीजन रह पाया है क्या? जो देश इसलामवादी हैं, वहाँ इसलाम के अलावा और कोई मजहब रह पाया है क्या? जहाँ धर्मनिरपेक्षता हो, वहाँ कोई धर्म टिक पाया है क्या? जहाँ समाजवाद हो, वहाँ लोकतंत्र कभी ठहर पाया है क्या? उन्हीं सवालों में से साफ प्रकट हो रहा है कि

असहिष्णु कौन है ? वे, जो अपने अलावा किसी को जीने नहीं देते, या वह हिंदुत्व, जो आज तक किसी से नहीं टकराया ? पर हिंदुत्व को समझ में आना चाहिए कि बेशक आज तक हिंदुत्व किसी से टकराया न हो, पर अगर भारत को बचे रहना है, तो हिंदुत्व का बचे रहना भारत के बचे रहने के लिए जरूरी है। अन्यथा कौन जानता है कि फारस, सीस्तान, अफगानिस्तान, बलोचिस्तान, पाकिस्तान, बांग्लादेश आदि की तरह भारत को कब धरती के नक्शे से मिटा दिया जाए और कब उसे भी एक 'स्तान' बनाकर रख दिया जाए ? वे भारतीय, जो भारत को 'हिंदुस्तान' बोलने से थकते नहीं, वे नहीं समझ पा रहे हैं कि उनके द्वारा भारत को हर बार बोला गया 'हिंदुस्तान' शब्द भारत को इसलामी देश बनने की ओर ही धीरे-धीरे धकेल रहा है।

अब अंत में छानबीन कर लेते हैं 'धर्म' शब्द की, जिसे हम 'भारत का धर्म' कहते हैं, 'भारत का धर्म'। भारत में धर्म को आचरण का पर्यायवाची माना गया है। पर्यायवाची तो क्या, एक रूप ही माना गया है। इसलिए देश भर में एक ही शब्द प्राय: प्रयोग में आता है, धर्माचरण। आचरण के समानार्थक इस 'धर्म' शब्द की कोई परिभाषा इस देश ने नहीं दी है, और 'धर्म' शब्द को 'सनातन' नाम जरूर दे दिया है—एष धर्म: सनातन:, एस धम्मो सणन्तओ। ऐसे धर्म को जब आचरण का ही दूसरा रूप, दूसरा नाम मान लिया गया तो श्रेष्ठ आचरण को, अर्थात् धर्माचरण को प्रतिपादित करनेवाले आचार्यों और धर्मविशारदों ने भारत के विशाल, अति विशाल जनसमुदाय को शिक्षित-प्रशिक्षित करने के लिए संप्रदायों की स्थापना शुरू की, तो फिर ऐसे धर्म-दर्शन-संप्रदायों की स्थापना होती चली गई। ऐसे अनेक संप्रदाय हैं और अगर 'इस्कॉन' या 'शिर्डी' जैसे संप्रदायों को भी भारत के धर्म-दर्शन-संप्रदाय की परंपरा में रख दिया जाए तो कह सकते हैं कि ऐसे संप्रदायों की स्थापना आज भी हो रही है। इस फेर में कुछ अवांछनीय लोग भी नकली संप्रदायों को खड़ा करने का धोखा कर लेते हैं। पर देश की अंतरात्मा, यानी हिंदू अंतरात्मा इतनी सात्त्विक और सतर्क है कि देश के समाज, कानून और राजनीति की और सबसे ऊपर मीडिया की पकड़ में यह धोखाधड़ी जल्दी ही आ जाती है और इसे नकारकर 'भारत का धर्म' फिर अपनी वास्तविक राह पर चल पड़ता है। हर दूसरे विचार का सम्मान करनेवाले इन संप्रदायों को ये इसलामवादी, क्राइस्टवादी, धर्मनिरपेक्षतावादी और समाजवादी (यानी धर्म-विरोधी) तबके भारत को सहिष्णुता का पाठ पढ़ाएँगे, खासकर वे क्रिश्चियनिटीवादी, इसलामवादी और समाजवादी जो अपने अलावा दूसरे किसी का अस्तित्व तक स्वीकारने को तैयार नहीं होते, जीने तक नहीं देते ? जीने दे रहे होते, तो भारतवर्ष के इतने विभाजन क्यों हो जाते ? क्यों इसलामवादी और क्रिश्चियन विचारधारा में 'धर्मांतरण' शब्द पर इतना जोर दिया जाता रहा है ? भारत की अपनी भाषाओं में तो 'धर्मांतरण' जैसा कोई शब्द ही नहीं है। इसलिए अब धर्मांतरण नहीं, परावर्तन करना

पड़ेगा और क्यों भारत को धर्मांतरितों का देश बनाए रखना चाहिए? सभ्य समाज में एक सिद्धांत मान्यताप्राप्त है और वह यह है कि आक्रमणकारी को आक्रमण का लाभ नहीं मिलना चाहिए। भारत में धर्मांतरितों की आबादी आक्रांताओं को मिला हुआ लाभ नहीं तो और क्या है? भारत के विभाजन-दर-विभाजन उन आक्रांताओं को मिला लाभ नहीं तो और क्या है? भारत में मंदिरों को तोड़कर बनाए रामजन्मभूमि, कृष्णजन्मभूमि, वाराणसी ज्ञानवापी जैसी सैकड़ों मसजिदें आक्रांताओं को आक्रमण का मिला लाभ नहीं है तो और क्या हैं? क्यों नहीं भारत को सभ्य समाज के विषयों के अनुकरण का अवसर मिलना चाहिए? क्यों नहीं असहिष्णुता के इस्लामी + क्रिश्चियन + समाजवादी सदियों व दशकों के काले इतिहास को अब सहिष्णुता के हजारों वर्षों के परिप्रेक्ष्य में परावर्तित कर दिया जाए? देश चाहता है कि अब ऐसा कर ही दिया जाए।

□

हिंदू से जुड़े महत्त्वपूर्ण पक्ष

21

भारत के तीन वैचारिक आंदोलन

1. आचार्य याज्ञवल्क्य : अध्यात्म आंदोलन के प्रवर्तक

भारत और अध्यात्म—इन दोनों का चोली-दामन का संबंध है, आटे और नमक का सम्मिलित स्वाद है, पानी और स्वाद की एक-दूसरे से भिन्नता न कर सकने लायक एकरूपता है। यह बता पाना किसी के लिए हमेशा कठिन ही रहनेवाला है कि भारत में अध्यात्म का प्रारंभ कब से हुआ। भारत के प्रथम ग्रंथ वेद में लिखे गए ऐसे मंत्रों को 'यजुर्वेद' कहते हैं, जो गद्य में हैं और जो सर्वप्रथम लिखे गए। 'ऋग्वेद' के मंत्रों को ऋग्वेद कहते हैं, जो काव्यबद्ध हैं और आचार्य सायण के अनुसार पूजनीय होने के कारण ही उसका नाम पहले आता है। ऐसे मंत्रों की आध्यात्मिक व्याख्या न जाने कब से हो रही है, होती रही है, होती चली जा रही है। ऋग्वेद की प्रथम कविता, यानी भारत के प्रथम गेय मंत्र को हम 'गायत्री मंत्र' के रूप में जानते हैं, सारा भारत हजारों सालों से जानता है और अब तो पूरी दुनिया में गायत्री मंत्र अपनी प्रतिष्ठा प्राप्त करने की ओर अग्रसर है। इस गायत्री मंत्र में सूर्य से प्रार्थना की गई है (तत् सवितुः वरेण्यम्) कि सूर्य के तेज से (भर्गो देवस्य धीमहि) हमारी बुद्धि को प्रखरता मिलती रहे (धियो यो नः प्रचोदयात्)।

यह अध्यात्म नहीं है तो और क्या है? ऋग्वेद के ही अस्यवामीय सूक्त (ऋ. 1-164) में ऋषि दीर्घतमा ने कहा कि सत्य एक है, किंतु विद्वान् लोग उसकी व्याख्या कई तरह से करते हैं—एकं सद् विप्राः बहुधा वदन्ति (ऋ. 1-164-46) तो यह भारत का अध्यात्म ही था। 'रामायण' और 'महाभारत' इन दोनों प्रबंध काव्यों की प्रतिष्ठा हमारे हृदयों में आध्यात्मिक या धार्मिक ग्रंथों के रूप में नहीं है। वे तो हमारे देश के ऐतिहासिक प्रबंध काव्य माने जाते हैं। पर रामायण (बालकांड-65, 22-23 तथा 25-26) में जहाँ गायत्री मंत्र रचना के लगभग सभी संदर्भ मिल जाते हैं, वहीं महाभारत के ही अंग 'श्रीमद्‌भगवद्‌गीता' में ज्ञान, कर्म और भक्ति के माध्यम से संपूर्ण अध्यात्म ही मानो कह दिया गया है। स्पष्ट है कि भारत और अध्यात्म की यात्रा एक साथ, साथ-

साथ, सदियों व सहस्राब्दियों से लगातार चलती रही है।

अध्यात्म के प्रारंभिक आयामों में यह तो महत्त्वपूर्ण है ही, पर समान रूप से महत्त्व उन दो विशिष्ट नामों का भी है, जिन्होंने भारत में अति प्राचीन काल से ही, वेदों के समय से या उससे भी पूर्व के समय में, भारत में अध्यात्म की ज्वाला उत्पन्न कर दी। एक नाम है भारत के प्रथम तीर्थंकर ऋषभदेव का और दूसरा नाम है ऋषि कपिल का। दोनों का नाम किसी-न-किसी रूप में वेदों में है, ऐसा माना जाता है। ऋषभदेव तपस्या के प्रतीक बनकर उभरे थे तो कपिल मुनि ज्ञान का प्रतीक बनकर उभरे थे। दोनों में कौन पहले? उत्तर कठिन है, पर ज्ञान का आधार अगर तपस्या में है तो ऋषभदेव को कपिल से पहले होना चाहिए। सांख्य एक दर्शन संप्रदाय का नाम बन गया, यह परवर्ती अवधारणा है, अन्यथा सांख्य का अर्थ है—ज्ञान और 'गीता' में कृष्ण ने इस शब्द का प्रयोग ज्ञान के अर्थ में ही किया है। भारत की हजारों साल पुरानी, दस हजार सालों से भी ज्यादा पुरानी, अध्यात्म परंपरा का बीज-वपन तपस्या के प्रतीक ऋषभदेव ने और ज्ञान के प्रतीक कपिल ने किया था। तब से अध्यात्म का प्रवाह अविराम चला है, चल रहा है।

यह सब तो ठीक ही है। पर हमें यह बात हमेशा याद रहनी चाहिए कि भारत में अध्यात्म के अविराम प्रवाह के बावजूद देश में अध्यात्म को आंदोलन के रूप में प्रवर्तित करने का श्रेय परम पूज्य आचार्य याज्ञवल्क्य को ही जाता है। हम बात आंदोलन की कर रहे हैं। जिस आचार्य ने पहली बार इतना बल देकर रेखांकित करते हुए कहा कि 'अरे, आत्मा को जानना-समझना जरूरी है', 'आत्मा वा अरे द्रष्टव्यः' उस आचार्य का नाम है—आचार्य याज्ञवल्क्य।

प्रायः देखा गया है कि लोक जीवन में जो व्यक्ति जितना अधिक महत्त्वपूर्ण हो जाता है, उसके उतने ही ज्यादा नाम हमें मिलने लगते हैं। कृष्ण के अनेक नाम हैं। भक्तों ने उनके हजार नामों का एक पूरा स्तोत्र ही बना दिया है—विष्णुसहस्रनाम और कृष्ण को विष्णु का ही साक्षात् रूप मान लिया है। वेदव्यास के भी अनेक नाम हैं। हम उन्हें वेदव्यास के अलावा कृष्ण, कृष्णद्वैपायन, पाराशर्य, सत्यवतीसुत, बादरायण आदि अनेक नामों से जानते हैं। याज्ञवल्क्य भी अपवाद नहीं। उनके पिता का नाम यज्ञवल्क्य था, जिससे उनका अपना नाम हो गया याज्ञवल्क्य। यज्ञवल्क्य, यह नाम हमें पूरे भारतीय साहित्य में कहीं नहीं मिलता। इसलिए जाहिर है कि पिता के नाम से जुड़े पुत्र के नाम की स्वीकृत परंपरा के आधार पर यह अनुमान ही किया गया है। 'बृहदारण्यकोपनिषद्' में इनका नाम हमारे साहित्य में वाजसनेय प्रसिद्ध हो गया, पर याज्ञवल्क्य शायद अकेला ऐसा नाम है, जिसे अपने शिष्य के नाम मध्यंदिन के आधार पर भी एक नाम मिल गया—माध्यंदिन।

भारत में अध्यात्म आंदोलन के प्रवर्तक याज्ञवल्क्य के नाम इतिहास में एकाधिक बड़े योगदान दर्ज हैं।

पहला योगदान है, 'शुक्ल यजुर्वेद' के नाम से 'यजुर्वेद संहिता' का संकलन। वेदव्यास ने अपने सामने उन चारों वेदों को संकलित करवा दिया, जिनके मंत्र पिछले तीन हजार सालों से लिखे जा रहे थे। चारों वेद हैं—ऋग्वेद, यजुर्वेद, सामवेद, अथर्ववेद। बाकी तीन वेद तो सामान्य तरीके से संकलित करवा दिए गए थे, पर यजुर्वेद को इस रूप से उलझा दिया गया कि उसमें मंत्रों को यज्ञ के लिए आवश्यक निर्देशों के साथ गड्ड-मड्ड कर दिया गया था। यह घटना आज से पाँच हजार साल पहले की है। तब इससे यज्ञ करवानेवालों को तो बेशक सुविधा हो गई, पर वेदों के आम पाठक को बहुत कठिनाई हो रही थी। याज्ञवल्क्य ने यज्ञ संबंधी निर्देशों से विहीन, यानी सिर्फ मंत्रों से युक्त यजुर्वेद का एक नया संकलन, संहिता यानी संकलन प्रचलित करवा दिया। यज्ञ संबंधी निर्देशों से रहित इस यजुर्वेद को मानो थोड़ा साफ-सुथरा, यानी 'शुक्ल' कर दिया गया था। इसलिए याज्ञवल्क्य ने उसे वेदव्यास के संकलन से अलग 'शुक्ल यजुर्वेद' कहना शुरू कर दिया। इसकी तुलना में वेदव्यास के यजुर्वेद को 'कृष्ण यजुर्वेद' कहा जाने लगा। भारत की वैदिक परंपरा में 'शुक्ल यजुर्वेद' की प्रतिष्ठा हो जाना याज्ञवल्क्य का एक अद्भुत योगदान माना जाता है।

दूसरा योगदान 'ईशावास्योपनिषद्' के रूप में देश के सामने है। यजुर्वेद में चालीस अध्याय हैं। याज्ञवल्क्य ने उसके चालीसवें अध्याय को 'ईशोपनिषद्' या 'ईशावास्योनिषद्' के नाम से एक अलग और प्रथम उपनिषद् ग्रंथ के रूप में स्थापित और प्रचलित करवा दिया। ईशोपनिषद् की रचना के साथ ही भारत में उपनिषद् ग्रंथों की रचना की परंपरा का सूत्रपात हो गया। अब तक देश में अध्यात्म विद्या को, यानी ब्रह्म विद्या को उपनिषद् विद्या या उपनिषद् के नाम से कहा जाता था। 'रामायण' व 'महाभारत' दोनों प्रबंध काव्यों में जहाँ भी 'उपनिषद्' शब्द का प्रयोग मिलता है, वह इसी अध्यात्म विद्या या ब्रह्म विद्या के अर्थ में ही है। एक प्रसिद्ध लोकप्रिय कथन है, 'सर्वाः उपनिषदः गावो दोग्धा गोपालनन्दनः', यानी सारे उपनिषद् गउएँ हैं और गोपाल कृष्ण ने इन गउओं का दूध दुहकर पार्थ अर्जुन को पिला दिया। इस सुभाषित में उसी उपनिषद्, यानी ब्रह्मविद्या की ओर संकेत है, जिसके संदर्भ रामायण-महाभारत में यत्र-तत्र मिल जाते हैं। पर 'उपनिषद्' नामक साहित्य धारा का प्रवर्तन करने का श्रेय याज्ञवल्क्य को, वेदव्यास के इस विश्वविख्यात शिष्य को जाता है, जिन्होंने ईशोपनिषद् की रचना के साथ ही इस नई साहित्य धारा का श्रीगणेश कर दिया।

इस उपनिषद् विद्या को, इस ब्रह्म विद्या को, इस अध्यात्म विद्या को उपनिषद् साहित्य के माध्यम से प्रवर्तित कर देने का श्रेय याज्ञवल्क्य को है ही, इस अध्यात्म धारा को अध्यात्म आंदोलन में बदलकर रख देने का श्रेय भी अकेले इसी आचार्य को, आचार्य याज्ञवल्क्य को जाता है। पुष्ट प्रमाण हमें 'बृहदारण्यकोपनिषद्' में मिल जाते हैं। बड़े

आकारवाले इस उपनिषद् में उस समय के राजा जनक ने, यानी परीक्षित पुत्र जनमेजय के समकालिक मिथिला के जनकवंश के राजा जनक ने, जिन्हें हमारी पुराण परंपरा ने महावशी जनक के नाम से रिकॉर्ड कर रखा है, उन जनक ने एक विराट् ब्रह्मसभा बुलाई थी, जिसमें सबसे श्रेष्ठ अध्यात्मवेत्ता, ब्रह्मवेत्ता कौन है, इसका फैसला होना था, और शास्त्रार्थ में सर्वश्रेष्ठ को प्रचुर धन और सोना मढ़े सींगोंवाली हजार गउएँ भी दी जानेवाली थीं। देश की उतनी ही प्रखर व समकालीन ब्रह्मवेत्ता गार्गी भी इस अध्यात्म शास्त्रार्थ में शामिल हुई थीं, जिन्हें अपना गुरु मनवाने में याज्ञवल्क्य को शायद अपने जीवन का संपूर्ण ज्ञानश्रम लगाना पड़ा था। कई दिनों तक लगातार चले इस ब्रह्मविद्या शास्त्रार्थ में याज्ञवल्क्य की अपनी स्थापना 'आत्मा वा अरे द्रष्टव्यः' (इत्यादि) को गार्गी सहित सभी ब्रह्मवेत्ताओं ने स्वीकार किया और इस तरह भारत के इतिहास में याज्ञवल्क्य का नाम, आचार्य याज्ञवल्क्य का नाम अध्यात्म आंदोलन के प्रवर्तक के रूप में हमेशा के लिए प्रतिष्ठित हो गया।

अध्यात्म तब से आज तक भारत के रक्त-प्रवाह में है, शिराओं में है, हृदय की हर धड़कन में है, हमारी हर भाषा के, हमारे अपने ही देश की हर भाषा के मुहावरे में है। पर उसको आंदोलन का रूप देने का श्रेय आचार्य याज्ञवल्क्य को है। अध्यात्म आंदोलन के सुपरिणामों का पहला रचनात्मक विस्फोट उपनिषदों की रचना के रूप में सामने आया। इस अध्यात्म आंदोलन को, जहाँ एक ओर उपनिषदों में क्रमशः और बड़े परिपुष्ट तरीके से देश ने आगे बढ़ाया, वहीं उसके साथ-साथ एक छोटी-सी अध्यात्म-विरोधी उपधारा भी समानांतर रूप से देश में बहती रही। जब रैक्व ने कहा, प्राणों में ही समाया है सबकुछ, तो रैक्व ने अध्यात्म के समानांतर प्राणों को ही स्थापित करने की कोशिश की थी। यह परंपरा भी लंबी चली। अनेक नाम और बड़े ही धुरंधर नाम इस अध्यात्म विद्या को चुनौती देने के लिए कई रूपों में सामने आते चले गए। एक वैचारिक अनाचार, कदाचार या दुराचार नहीं, अनाचार, यानी अनुशासनहीन आचरण जब प्रबल होने लगा तो वैचारिक अनुशासनहीनता को निर्णायक चुनौती भगवान् बुद्ध ने दी और उनके महाव्यक्तित्व, दार्शनिक महाव्यक्तित्व के परिणामस्वरूप भारत की अपनी यह अध्यात्म विद्या फिर से अपने पूरे प्रवाह के साथ प्रवाहित होने लगी, जिसे सारा भारत ही नहीं, सारा विश्व 'धर्मचक्रप्रवर्तनम्' के नाम से जानता और समझता है।

बौद्ध धर्म-दर्शन-संप्रदाय के पूरे इतिहास को हम दो सोपानों पर रखकर ही देख सकते हैं—एक सोपान पर भगवान् बुद्ध का महाव्यक्तित्व विराजमान है और दूसरे सोपान पर है भगवान् बुद्ध परवर्ती संपूर्ण अवशिष्ट बौद्ध धर्म-दर्शन-संप्रदाय। इस दूसरे सोपान पर बैठे आचार्यों ने, जो प्रतिभा और सक्रियता की दृष्टि से तेजस्वी और प्रभाव डाल सकने में समर्थ थे, उन आचार्यों ने भगवान् बुद्ध को वेद-विरोधी, यज्ञ-विरोधी,

आत्म-विरोधी और न जाने क्या-क्या कहना और प्रचारित करना शुरू कर दिया। ऐसा क्यों और कैसे हो गया? हमें ऐसा समझ में आता है, दर्शन-परंपरा का हमारे देश का इतिहास देखते हुए समझ में आता है कि ऐसा इसलिए संभव हो पाया कि भगवान् बुद्ध ने अपनी ज्ञान-यात्रा के माध्यम से जैसे ही भारत की अपनी अध्यात्म मुख्यधारा को नवजीवन प्रदान कर दिया तो उसके परिणामस्वरूप अध्यात्म-विरोधी विचारकों का मानो अस्तित्व ही संकट में पड़ गया और वे एक तरह से वैचारिक अनाथालयों में जाने को विवश जैसे हो गए। भगवान् बुद्ध के व्यक्तित्व में दो तत्त्व एक साथ प्रबल थे। एक, भगवान् का ज्ञान और धर्म का प्रतीक बनकर पूरे देश के सामने उभरकर आ जाना और दो, भगवान् का निरंतर यात्राशील रहना। भगवान् बुद्ध के महाव्यक्तित्व की इन दो विशिष्टताओं के परिणामस्वरूप संपूर्ण वह कुनबा, जो अध्यात्म-विरोधी था और खुद को वैचारिक अनाथालयों में पहुँचा दिया गया अनुभव कर रहा था, वह सारा कुनबा भगवान् बुद्ध की धम्मयात्रा, यानी धर्मयात्रा में भागीदारी करने को विवश हो गया। वैसा करने में वे अपने पर आए अस्तित्व के संकट को तो न बचा पाए, पर भगवान् बुद्ध के निर्वाण के बाद वे भगवान् बुद्ध के सहज प्रवक्ता बनकर खुद को पेश करने में, स्वयं को बौद्ध दार्शनिक के रूप में स्थापित करने में सफल हो गए और भारत की वैचारिक व आध्यात्मिक मुख्यधारा को दुष्प्रभावित करने में सफल हो गए।

इस संपूर्ण वैचारिक अनुशासनहीनता पर, जो भगवान् बुद्ध की वैचारिक छत्रच्छाया का दामन थामकर अब अनाचार का रूप धारण कर चुकी थी, हम कई तरह से विचार कर सकते हैं, जो यकीनन कभी आगे चलकर विस्तार से किया ही जाएगा। पर कुछ झलकियाँ अभी भी देख लेने में कोई नुकसान नहीं। एक, बुद्ध परवर्ती बौद्ध धर्म-दर्शन-संप्रदाय में कभी वैचारिक स्थिरता नहीं आ पाई और यह पूरा संप्रदाय कई विभाजनों व उपविभाजनों का शिकार होता चला गया और अंततः तंत्र में जाकर अपना घर बनाकर रहने लगा और वहाँ भी अंधविश्वास का हमसफर बन गया। दो, भगवान् बुद्ध से पराङ्मुख यह संपूर्ण बौद्ध धर्म-दर्शन-संप्रदाय हमेशा, अकारण ही और निराधार रूप से, तर्कहीन तरीके से, भगवान् बुद्ध से मिले किसी भी दार्शनिक समर्थन के बिना ही, भगवान् बुद्ध को और पूरे बौद्ध धर्म-दर्शन को वेद-विरोधी, आत्म-विरोधी, यज्ञ-विरोधी साबित करने पर तुला रहा; पर असफल रहा। तीन, पहले देश के नैयायिकों ने इसे चुनौती दी और फिर वेदांतियों ने उसे लगभग ध्वस्त कर दिया। और यह चौथी बात महत्त्वपूर्ण है कि इस पूरी प्रक्रिया में भारत के संपूर्ण अध्यात्म आंदोलन में भगवान् बुद्ध के विरुद्ध हमें कोई प्रसंग नहीं मिलता, बल्कि बौद्ध धर्म-दर्शन-संप्रदाय के प्रबलतम विरोधी शंकराचार्य ने स्वयं भगवान् बुद्ध के प्रति क्या लिखा है, उसे समझने के लिए यह श्लोक ही पढ़ लेना काफी है।

श्लोक इस प्रकार है—

धराबद्ध पद्मासनस्थांगयष्टिः।
नियम्यानिलं व्यस्तनासाग्रदृष्टिः॥
य आस्ते कलौ योगिनां चक्रवर्ती।
स बुद्धः प्रबुद्धोऽस्तु मच्चित्तवर्ती॥

शंकराचार्य द्वारा रचे गए 'दशावतार स्तोत्र' के जैसे इस अद्भुत श्लोक का भाव है कि मेरे चित्त में उन बुद्ध का जागरण हो जाए, जो भूमि पर पद्मासन के रूप में विराजमान हैं, जिन्होंने अपनी नासिका के अग्रभाग पर दृष्टि स्थिर कर अपनी प्राणवायु पर नियंत्रण किया हुआ है और जो कलियुग में योगियों के चक्रवर्ती हैं (बलदेव उपाध्याय के ग्रंथ 'भारतीय धर्म और दर्शन', वाराणसी, 2000 के पृष्ठ 241 पर उद्धृत।) इसमें भगवान् बुद्ध को योगियों का चक्रवर्ती सम्राट् कहा गया है। इसके साथ ही हमें नहीं भूलना चाहिए कि शंकर का अद्वैत वेदांत भगवान् बुद्ध की आत्म विचारधारा में से पनपा है। संभवतः जिसके लिए शंकर को इतिहास में 'प्रच्छन्न बौद्ध' का विरुद भी मिला हुआ है। यह उपाधि हमने नहीं, इतिहास ने दी है।

अर्थात् जहाँ भारत के इस अध्यात्म आंदोलन में भगवान् बुद्ध की प्रतिष्ठा ईश्वर के अवतार के रूप में निरंतर बढ़ती और सशक्त होती चली गई, वहाँ शेष संपूर्ण बौद्ध धर्म-दर्शन बौद्धिक शास्त्रार्थों में निरंतर पराजित व अस्त होता गया और परिणामतः भारत से बाहर चला जाता रहा। यह सर्वाधिक महत्त्वपूर्ण है, और आज हालत यह है कि बौद्ध धर्म-दर्शन हीनयान और महायान में विभक्त होकर सिर्फ एशिया के कुछ देशों में सिमटकर रह गया है। एशिया के कुछ, कुछ ही दक्षिणी देशों में वह हीनयान के रूप में और ऐसे ही कुछ उत्तरी देशों में महायान के रूप में चलते रहने का अभ्यास कर रहा है। स्वयं भारत में बौद्ध संप्रदाय के रूप में डॉ. आंबेडकर से आशीर्वाद पाने के बावजूद, भारत में अब कुछ नव बौद्ध ही हमारे बीच बौद्ध धर्म-दर्शन-संप्रदाय के रूप में हमारे मध्य हैं और वे भी दार्शनिक संप्रदाय के रूप में कम और विध्वंसकारी राजनीतिक कबीले जैसा ज्यादा नजर आते हैं। उधर पूरे पश्चिमी व मध्य एशिया में, जहाँ सर्वत्र कभी बौद्ध धर्म-दर्शन पहुँचा था, वहाँ के सभी देश अब सदियों से इसलाम ग्रहण कर इसलामी देश बन चुके हैं। वहाँ तमाम बौद्धों का संपूर्ण इसलामीकरण हो गया। उधर भारत में, आचार्य याज्ञवल्क्य द्वारा प्रवर्तित अध्यात्म आंदोलन न जाने कितने ही रूपों व आयामों में विकसित और पोषित-पल्लवित होता रहा। एक ओर निगम परंपरा शुरू हो गई, दूसरी ओर आगम परंपरा का विकास बराबर होता रहा। निगम परंपरा में उपनिषदों के आधार पर सांख्य, योग, न्याय, वैशेषिक, मीमांसा, वेदांत, ये सभी दर्शन संप्रदाय छा गए। वहाँ दूसरी ओर आगम परंपरा में एक लंबी तीर्थंकर यात्रा के शिखर

व्यक्तित्व भगवान् महावीर स्वामी से अनुप्राणित जैन धर्म-दर्शन-संप्रदाय तथा भगवान् बुद्ध से अनुप्राणित बौद्ध धर्म-दर्शन-संप्रदाय देश पर छा गए। इसी आगम परंपरा में तंत्र दर्शन का भी समावेश है। कुछ विद्वान् सिर्फ तंत्र को ही आगम कहना चाहते हैं, जैन तथा बौद्ध परंपरा को नास्तिक दर्शन कहना चाहते हैं और उसी नास्तिक परंपरा में आजीवक मत व चार्वाक मुनि को भी सम्मिलित कर लेते हैं। पर स्वाध्याय की दृष्टि से भारत की विचार परंपरा को हम सिर्फ निगम और आगम उन दो शीर्षकों में इसलिए रख रहे हैं, क्योंकि एक, यानी निगम परंपरा संपूर्ण रूप से वेद को प्रमाण मानकर चलती है, जबकि जैन और बौद्ध परंपरा वेदों की बजाय अपने-अपने आधारभूत आगमों, यानी शास्त्रों को प्रमाण मानकर चलती है। तंत्र सभी से जुड़ा है, निगम से भी और आगम से भी। बेशक उसकी गणना आगम में होती रही है। यानी आचार्य याज्ञवल्क्य द्वारा प्रवर्तित भारत का संपूर्ण अध्यात्म आंदोलन इसी निगमागम परंपरा का ही प्रतिफलन है, विस्तार है, अभिव्यक्ति है। यही समझ में आ रहा है कि भारत की पूरी अध्यात्म परंपरा इन दो परंपराओं में अभिव्यक्त होती चली गई, जो क्रम अभी तक जारी है।

पर इसी लंबी और अनवरत चली अध्यात्म परंपरा में से एक दूसरे वैचारिक आंदोलन ने जन्म ले लिया, जिसे हम 'अद्वैत आंदोलन' कहते हैं। अद्वैत आंदोलन इसी अध्यात्म आंदोलन की संतति तथा विशिष्टतम अभिव्यक्ति बन गई। पर हमें याद यह रखना है कि देश में अध्यात्म आंदोलन निरंतर चल रहा है, जिसकी विशिष्टतम अभिव्यक्ति के रूप में अद्वैत आंदोलन भी उसके साथ-साथ वैसे ही चल रहा है, जैसे अद्वैत की ही विशिष्टतम अभिव्यक्ति के रूप में भक्ति आंदोलन जब शुरू हुआ तो यह तीसरा आंदोलन भी देश की संपूर्ण वैचारिक काया के रूप में, विचारधारा के रूप में निरंतर चल रहा है। इन तीनों प्रकार के वैचारिक आंदोलनों का एक मधुरतम फल यह सामने आया है कि गुलामी की सदियों में इसी विराट्, वैचारिक आंदोलन ने देश के वैचारिक व्यक्तित्व को बचाए और बनाए रखा है और यह प्रवाह निरंतर जारी है।

2. जगद्‌गुरु शंकराचार्य : अद्वैत आंदोलन का दूसरा नाम

हम जिन तीन वैचारिक आंदोलनों का विवरण दे रहे हैं, उनको ठीक से समझ लिया जाना बहुत जरूरी है। ऐसे प्रत्येक वैचारिक आंदोलन की पृष्ठभूमि में सदैव कोई ऐसी परिस्थिति उत्तेजक प्रेरणा का कारण बनकर हमारे सामने आई है, जब देश, समाज और उसकी अपनी विचारधारा के सामने एक गहरा संकट या अंतर्द्वंद्व उपस्थित हुआ और उसकी प्रतिक्रिया में, या ठीक तरह से कहें तो उसके प्रत्युत्तर में, या विचारधारा के प्रबल समर्थन में बृहद् राष्ट्रीय और राष्ट्रवादी आंदोलन खड़ा हुआ और देश ने अपने को और अपनी विचारधारा को पहले से भी अधिक परिपक्व किया और हर बार सफलता प्राप्त की।

पिछले अंश में हमने आचार्य याज्ञवल्क्य द्वारा मिथिला में प्रवर्तित किए गए अध्यात्म आंदोलन का विवरण दिया, जो आंदोलन क्रमशः देशव्यापी होता चला गया। क्या थी उसकी पृष्ठभूमि? उसका कारण, उसकी प्रेरक उत्तेजना?

आचार्य याज्ञवल्क्य वेदव्यास के शिष्य थे, जिन्होंने यजुर्वेद के चालीसवें आलेख को 'ईशोपनिषद्' या 'ईशावास्योपनिषद्' का नाम देकर इस अध्यात्म आंदोलन की शुरुआत की थी। याज्ञवल्क्य के समय तक महाभारत का संग्राम हो चुका था। अठारह दिनों तक चले इस महासंग्राम में इतिहास का भयानकतम जन-धन विनाश हो चुका था। आमने-सामने खड़ी दो सेनाओं के करीब पच्चीस लाख सैनिक युद्ध में अपने प्राण गँवा चुके थे। इसी अनुपात में हुए रथ, घोड़े, हाथी, धन-संपदा के विनाश का अनुमान लगाया जा सकता है। इस युद्ध के परिणामस्वरूप देश में जिस सामाजिक और वैचारिक (और निश्चित ही राजनीतिक भी) संभ्रम का माहौल बना होगा, उसकी सहज और सटीक कल्पना हर कोई कर सकता है। देश में सामाजिक और पारिवारिक संबंधों को लेकर तनाव का माहौल बना, उसकी प्रतिक्रिया में देश में विवाह-मर्यादा को फिर से स्थापित करने का सामाजिक आंदोलन जैसा माहौल देश में बना और विवाह-मर्यादा के लिए मानदंड सामने आने लगे। युद्ध और महाविनाश के परिणामस्वरूप देश में निराशा का जो वातावरण बना, उसकी प्रतिक्रिया में आचार्य याज्ञवल्क्य के नेतृत्व में जिस अध्यात्म आंदोलन का प्रवर्तन हुआ, वह हमने पिछले पृष्ठों में भी देखा। हमने कहा, पिछले पृष्ठों में भी। 'भी' इसलिए, क्योंकि महाभारत युद्ध के परिणामस्वरूप पैदा हुए सामाजिक व वैचारिक तनावों का एक विस्तृत समालोचन हम अपनी पुस्तक 'महाभारत का धर्म संकट' (प्रभात प्रकाशन, दिल्ली 2014) में विस्तार से कर आए हैं।

अध्यात्म भारत की वैचारिक मुख्यधारा है। वेदों के मंत्रों की रचना के प्रारंभ काल से ही है। यानी पिछले दस हजार साल से है। परंतु अध्यात्म के बजाय इस संसार और इस जीवन को ही अंतिम सत्य माननेवाली एक वैचारिक उपधारा भी, क्षीण ही सही, पर इस देश की आध्यात्मिक मुख्यधारा के साथ एक उपधारा की तरह हमेशा चलती रही है। उपनिषदों की आध्यात्मिक मुख्यधारा के साथ एक संसारवादी, इहलोकवादी उपधारा भी साथ-साथ चलती रही और क्रमशः इन दोनों विचारधाराओं के बीच वैचारिक अनुशासनहीनता इस हद तक पसर गई कि उसके कूड़े-कचरे को साफ करने के लिए भगवान् बुद्ध ने 'धर्मचक्र प्रवर्तन' किया था। यह परिस्थिति, यानी भगवान् बुद्ध का 'धर्मचक्र प्रवर्तन' उस वैचारिक अनुशासनहीनता, या कहें कि वैचारिक अनाचार के प्रत्युत्तर में था, जो अभी-अभी संकेतित विश्लेषण में हमने 'वैचारिक अनाचार' के नाम से आपके सामने प्रस्तुत किया।

भगवान् बुद्ध के धर्मचक्र प्रवर्तन की कुछ खास बातें थीं। भगवान् ने कोई तत्त्वज्ञान

देने की बात नहीं की थी, धर्म की बात की थी। वे 'तत्त्वज्ञान' से जुड़े हर प्रश्न को 'अव्याकृत', यानी बेकार की बात मानते थे और संसार का दुःख दूर करने का उपदेश दिया करते थे। भगवान् बुद्ध की दूसरी विशेषता यह रही कि वे सदैव जनसामान्य के बीच जनसामान्य की भाषा में, संस्कृत में नहीं, जनसामान्य की भाषा में अपनी बात कहा करते थे। तीसरी और सबसे खास बात यह थी कि वे निरंतर यात्राशील रहा करते थे, यानी भगवान् ने तत्त्वज्ञान नहीं, संसार के दुःख दूर करने का उपदेश दिया, जनसामान्य की भाषा में दिया और निरंतर भ्रमणशील रहकर दिया।

इन तीनों विशेषताओं से युक्त भगवान् बुद्ध का यह धर्मचक्र प्रवर्तन इतना प्रभाव पैदा करनेवाला था कि अध्यात्म के बजाय संसार को महत्त्व देनेवाली भारत की वैचारिक उपधारा के सामने अस्तित्व का संकट पैदा हो गया। जैसा भूतकाल में बीसवीं सदी में देश के कम्युनिस्टों, समाजवादियों ने गांधी-नेहरू की राजनीति के समय किया और वे कांग्रेस में सदल-बल घुसकर गांधी, गोखले व तिलक की कांग्रेस का वैचारिक अपहरण करके ले गए, वैसा ही भगवान् बुद्ध के समय संकटग्रस्त वैचारिक उपधारा ने किया और उस उपधारा की संपूर्ण सेना ने, कमजोर हो चुकी संपूर्ण सेना ने भगवान् बुद्ध का निर्वाण होते ही उनका उत्तराधिकार हथिया लिया। परिणाम यह हुआ कि संसार का दुःख दूर करने के भगवान् के मिशन को अध्यात्म-विरोधियों ने, इन संसारवादियों ने, यानी वैचारिक उपधारा के शूरवीरों ने भगवान् बुद्ध की अध्यात्म मुख्यधारा का अपहरण कर लिया और संसारवादी होकर, वे लोग ठीक वैसे ही भगवान् बुद्ध के प्रवक्ता बन गए, जैसे समाजवादी, वामपंथी जैसे लोग नेहरू के समय गांधी और देश की विचारधारा का खुला-खुला अपहरण करके ले गए। नतीजा यह हुआ कि संसारवादियों ने, जो बाद के समाजवादियों की तरह प्रतिभा-संपन्न थे, उन तब के संसारवादियों ने, इहलोकवादियों ने भगवान् बुद्ध को आत्म-विरोधी, वेद-विरोधी घोषित कर दिया, जो कि भगवान् बुद्ध कतई नहीं थे; क्योंकि वे वैसे थे, इसका कोई प्रमाण नहीं मिलता।

भगवान् ने जिसे महाभारत की तर्ज पर 'एष धर्मः सनातनः', यानी 'एस धम्मो सणन्तओ' कहा था, उन प्रतिभाशाली इहलोकवादियों ने धर्म को 'अभिधर्म' बना दिया। आत्मवादी भगवान् को अनात्मवादी बना दिया। धर्म की सनातनता, निरंतरता को क्षणभंगुरवादी, सांसारिक और इहलोकवादी बना दिया। प्रतीत्य समुत्पाद के कर्म दर्शन को कर्म विमुख बना दिया, मानो कि भगवान् बुद्ध ने इस देह को ही आत्मा मान लेने की संबोधि प्राप्त की थी, मानो कि भगवान् ने तपस्या व समाधि को मनमानी हरकत जैसा बनाने का धर्मचक्र प्रवर्तन किया था, मानो कि भगवान् ने निर्वाण को सांसारिकता का पर्यायवाची बनाने और मृत्यु को ही निर्वाण मानने का उपदेश दिया था। यानी भगवान् बुद्ध के धर्मचक्र प्रवर्तन को इस तमाम इहलोकवाद का पर्यायवाची बनाकर पूरे 'धम्म'

का ही अपहरण कर लिया, उसे चार्वाकों, मंखलि गोसालों, अजित केसकंबलों का हमसफर जैसा बना दिया।

पर इहलोकवादियों द्वारा भगवान् बुद्ध और उनकी विचारधारा का अपहरण हो जाने के बाद जब देश जागा और देश की आध्यात्मिक मुख्यधारा को भारी नुकसान हुआ, समझ में आ गया तो देश में कई काम एक के बाद एक हुए। पहला काम यह हुआ कि 'भागवत पुराण' में भगवान् बुद्ध को विष्णु के अवतार के रूप में फिर से प्रतिष्ठित किया गया, जैसा कि परंपरा शुरू से ही मानती रही थी: 'भागवत पुराण' (स्कंध, अध्याय-3, श्लोक-24)। जाहिर है कि 'भागवत पुराण' में भगवान् बुद्ध का नाम विष्णु के अवतार के रूप में समाविष्ट करने का आयाम भागवत रचना के करीब ढाई हजार साल बाद किया गया। पर इससे यह भी स्पष्ट है कि वैचारिक आक्रमण कितना भयानक है और उसका परंपरानुसार उपचार करना अनिवार्य है, उसका ठीक-ठीक एहसास देश को हुआ और तदनुसार उपचार किया गया, जो तब से आज तक भगवान् बुद्ध को उनके बुद्ध-विरोधी बन चुके अनुयायियों से, ऐसे समस्त बुद्ध-विरोधी बौद्धों से बचाए हुए है, देश के विश्वविद्यालयों में सेवारत बौद्ध धर्म-दर्शन विभागों के बुद्ध-विरोधी आचार्यों-प्राचार्यों से बचाए हुए है।

यह प्रयास पुराण के स्तर पर हुआ, उस पुराण विद्या के स्तर पर हुआ, जिन पुराणों में भारत का इतिहास अपनी ही शैली में, अपने ही तरह से रिकॉर्ड किए जाने की प्रामाणिक और पुरानी परंपरा है। दूसरा प्रयास दर्शन के स्तर पर हुआ। भारत की अध्यात्म विद्या के आचार्यों ने इस धर्म-विरोधी गतिविधि का, भगवान् बुद्ध के धम्म के नाम पर अपना ही 'अभिधम्म' थोपने की इस साजिश का उत्तर दर्शन के स्तर पर दिया।

यह साजिश क्या थी, इसे ठीक से समझ लिया जाए। भगवान् बुद्ध द्वारा प्रवर्तित 'धम्म' की प्रस्तुति तीन पिटकों—'त्रिपिटक' में हुई, ऐसी पारंपरिक मान्यता बनी हुई है। भगवान् बुद्ध ने स्वयं किसी पिटक की रचना नहीं की थी। भगवान् के निर्वाण के बाद उनके उपदेशों, कथनों, देशनाओं का संग्रह करने के प्रयास में 'त्रिपिटक' की रचना की गई। भगवान् ने भिक्षुओं के लिए जिन निर्देशों का प्रवचन समय-समय पर किया था, वे वचन 'विनयपिटक' में संकलित हैं। यह पिटक लिखा उन्हीं के एक शिष्य उपालि ने, जिन्हें ये सारे बुद्ध वचन कंठस्थ थे। इसलिए 'विनयपिटक' के बुद्ध वचनों की प्रामाणिकता संदेह से परे है। भगवान् के दूसरे शिष्य आनंद ने 'सुत्तपिटक' लिखा, जिसमें उन धम्म वचनों का संकलन था, जो उपदेश भगवान् ने समय-समय पर दिए थे। यानी ये दोनों पिटक बुद्ध के ही वचन थे, जो उनके अपने ही दोनों शिष्यों—उपालि और आनंद को कंठस्थ थे और इन्हीं दोनों पिटकों का संकलन भगवान् के निर्वाण के दो मास के भीतर ही कर लिया गया, जब राजगृह में प्रथम बौद्ध संगीति हुई।

दूसरी ऐसी संगीति एक सौ साल के बाद वैशाली में हुई। इन सौ सालों में पूरी-की-पूरी बौद्ध धर्म-दर्शन परंपरा बदल चुकी थी। तब तक धम्म और संघ दोनों ही मतभेदों व वैचारिक अनुशासनहीनता का अड्डा बन चुके थे। स्वयं भगवान् बुद्ध को लेकर भी उनके अनुयायियों में मतभेद हो चुके थे कि वे ईश्वर का अवतार माने जाएँ या नहीं। यानी इहलोकवादी पूरी जमात अपना असर दिखा चुकी थी, जिन्हें न तो भगवान् बुद्ध से कोई मतलब था और न ही धम्म से कुछ लेना-देना था। मतलब था तो सिर्फ और सिर्फ संघ को कब्जाने से। मतभेद, अनाचार और संघर्ष इस हद तक बढ़ गया कि इस पर लगाम कसने के लिए दूसरी संगीति बुलाई गई, जो अपना उद्देश्य पूरा करने में असफल रही। यानी सारा अनाचार न केवल बना रहा, बल्कि बढ़ता चला गया।

फिर तीसरी संगीति महान् चक्रवर्ती सम्राट् अशोक के राज्यारोहण (272 ई.पू.) के बाद उनके शासनकाल में पाटलिपुत्र में हुई। पिछली तमाम अनुशासनहीनता पहले से भी ज्यादा आगे बढ़ चुकी थी। इस माहौल में 'अभिधम्म पिटक' के नाम से तीसरे पिटक को अंतिम रूप दिया गया। इस तमाम पिटक परंपरा का सर्वाधिक महत्त्वपूर्ण पहलू यह है कि जहाँ पहले दो पिटकों के लेखक भगवान् बुद्ध के साक्षात् शिष्य रहे थे या उनकी लगभग समकालीन शिष्य परंपरा में रहे थे, जिन्होंने बुद्ध के निर्वाण के तुरंत बाद या सौ दिनों में ही दोनों पिटकों की रचना कर दी, वहाँ तीसरा पिटक लंबी कालावधि बीत जाने के बाद, भारी वैचारिक और सांघिक उठा-पटक व मतभेदों के बाद और मतभेदों के बीच अंतिम रूप ले पाया। भगवान् बुद्ध के नाम पर इस तीसरे पिटक 'अभिधम्म पिटक' में जो कुछ भी संकलित किया गया, वह मतभेद व उठा-पटक के विषबुझे माहौल में किया गया, भगवान् के निर्वाण की लंबी कालावधि के बाद, कई सदियाँ बीत जाने के बाद किया गया। वह कितना सही था, प्रामाणिक था और भगवान् के मंतव्यों का प्रतिनिधित्व करता था, इसको लेकर कुछ भी अनुमान लगाना और निष्कर्ष निकालना किसी के लिए भी कठिन नहीं। अभिधम्म पिटक में बुद्ध के वचन नहीं थे, इसी बात को आचार्य नरेंद्रदेव ने अपने विश्वविख्यात महाग्रंथ 'बौद्ध धर्म-दर्शन' (पटना, 1971, पृ. 33) में एक ही वाक्य में कह दिया, "भगवान् बुद्ध के उपदेशों के आधार पर बौद्ध दार्शनिक विचारों की व्यवस्था उस पिटक में की गई है।" इस कथन में व्यवस्था शब्द महत्त्वपूर्ण है। यानी अब 'धम्म' को अभिधम्म बना दिया गया था और आगे चलकर खुद इहलोकवादी ही बुद्ध के प्रवक्ता बन गए थे। इहलोकवादी धाराएँ ऐसे ही अपना बौद्धिक कामकाज करती हैं। वामपंथी विचारधाराएँ भी ऐसे ही अपना काम करती हैं। भारत-विरोधी विचारधाराएँ भी ऐसे ही अपना काम करती रही हैं।

वैसे इस बात पर भ्रम, संशय और विवाद की छाया भी आरंभ से ही बनी रही है कि क्या ये तीनों संगीतियाँ उसी निश्चयात्मक रूप में हुई थीं या नहीं, जैसा कि इतिहास

में स्थापित कर दिया गया है।

इस प्रयास परंपरा की प्रतिक्रिया में उन छह दर्शनों का दार्शनिक स्कूलों, यानी दार्शनिक संप्रदायों का विकास हुआ, जिन्हें हम षड्दर्शन के रूप में जानते हैं और जिनके नाम हैं—न्याय, वैशेषिक, सांख्य, योग, मीमांसा, वेदांत। न्याय का प्रारंभ ही बौद्ध अभिधम्मवादियों को बौद्धिक आधार पर परास्त और भारत की वैचारिक मुख्यधारा, यानी आध्यात्मिक मुख्यधारा को पुनः प्रतिष्ठित करने के लिए हुआ, जिसमें न्याय दर्शन को अद्‌भुत सफलता मिली।

'न्याय दर्शन' में 'न्याय' का अर्थ है 'तर्क'। इसलिए न्याय दर्शन को भारत का तर्कशास्त्र कहा जाता है। न्याय दर्शन के दार्शनिकों ने, यानी नैयायिकों ने बुद्ध-विरोधी, धम्म-विरोधी, अभिधम्म की आड़ में प्रपंच कर रहे बौद्ध-दर्शन संप्रदाय के इन इहलोकवादी प्रचारकों को तर्क के आधार पर खदेड़ना शुरू किया। बचाव में इन अभिधम्मवादी बौद्ध-दार्शनिकों ने अपना तर्कवाद और तर्क संप्रदाय खड़ा किया। देश की तेजस्वी प्रतिभा इस काम में तत्पर हो गई। दोनों ओर तर्क का संसार बस गया, पर बात बनी नहीं और अंततः अभिधम्मवादी एक हद तक खदेड़ दिए गए। न्याय वैशेषिक, सांख्य, योग, मीमांसा, वेदांत आदि ने भी अपना-अपना योगदान किया। यानी भारत की संपूर्ण अध्यात्म प्रतिभा इन बुद्ध-विमुख हो चुके अभिधम्मवादी बौद्ध-धर्म-संप्रदाय के विद्वानों को वैचारिक स्तर पर खदेड़ने में सफलतापूर्वक लग गई।

हम जो कह रहे हैं, वह हम नहीं कह रहे हैं। भारत के बौद्ध दर्शन साहित्य की संपूर्ण भारतीय दर्शन परंपरा के समस्त दार्शनिक साहित्य में यह सब लिखा पड़ा है। हमने तो इस संपूर्ण रिकॉर्ड की प्रस्तुति को 'रिप्ले' के रूप में अपनी पत्रकारीय शैली में पुनः प्रस्तुत कर दिया है, ताकि बौद्ध दर्शन विभागों के आचार्यों-प्राचार्यों द्वारा जिस अपार सरकारी पैसे के दुरुपयोग से देश को धर्म और दर्शन के स्तर पर गुमराह किया जा रहा है, भगवान् के धम्म के नाम पर बुद्धघोष का अभिधम्म पढ़ाया जा रहा है, उसका सत्य सामने आए, तरीके से सामने लाया जा सके। जरा सोचिए, भारत की आध्यात्मिक मुख्यधारा को, जिसे भगवान् बुद्ध ने अपने 'धर्मचक्र प्रवर्तन' के द्वारा देश की विचारधारा में फिर से स्थापित किया था, धम्म के नाम पर अभिधम्म को परोसनेवाले बौद्ध धर्म-दर्शन के इन धर्म-विरोधी, इहलोकवादी प्रस्तोताओं ने कैसे उस वैचारिक मुख्यधारा को बदशक्ल कर दिया था। इस हद तक कर दिया था कि छहों दार्शनिक संप्रदाय भी जो काम मिलकर नहीं कर पा रहे थे, वह काम फिर अकेले दम पर जगद्‌गुरु शंकराचार्य ने अद्वैत के माध्यम से किया। जरा जगद्‌गुरु के इन प्रयासों पर इन कोनों से देखिए। एक कोने पर जगद्‌गुरु शंकराचार्य ने अपने दर्शन को वेदांत नाम दिया, वह नाम वेदांत, जो 'उपनिषद्' शब्द का पर्यायवाची है। दूसरे कोने पर बैठे जगद्‌गुरु ने भागवत पुराण से

प्रेरणा प्राप्त कर भगवान् बुद्ध को 'योगिनां चक्रवर्ती' कहकर उन्हें विष्णु के अवतार के रूप में प्रतिष्ठित किया। तीसरे कोने से देखेंगे तो हमें समझ में आएगा कि कैसे जगद्गुरु ने भगवान् बुद्ध की पुनः प्रतिष्ठा कर उनके अभिधम्मवादी चेलों-शिष्यों को दार्शनिक और वैचारिक स्तर पर खदेड़ दिया। वैचारिक और दार्शनिक स्तर पर कैसे और किस हद तक खदेड़ दिया, इसे कभी अगली लिखावट में विस्तार से बताया ही जाएगा, पर अभी तो इसका जान लेना पर्याप्त है कि जगद्गुरु शंकराचार्य ने अपने अद्वैत वेदांत के दार्शनिक बल के आधार पर जब बौद्धों को खदेड़ा तो भारत के समस्त बौद्ध फिर भारत से बाहर पश्चिम और मध्य एशिया में जाकर अपने को स्थापित करने में जुट गए। सफल भी हो गए। पर जैसे ही इसलामी हवा चली, उसके आँधी बनने से पहले ही वे सभी देश इसलाम स्वीकार कर मिस्र और सीरिया से लेकर अफगानिस्तान तक और दूसरे सभी मध्य एशियाई देशों तक इसलाम के हमसफर बन गए। अब भारत में तो अभिधम्मवादी हैं नहीं। हीनयान के रूप में तो वे एशिया के दक्षिणी हिस्सों पर और महायान के रूप में एशिया के उत्तरी हिस्सों पर अपना अभिधम्म चला रहे हैं, जहाँ उन्हें न धन की कमी है और न ही प्रचार-तंत्र की।

पर भारत के, यानी भारत के जगद्गुरु शंकराचार्य के अद्वैत आंदोलन का यह एक ही पक्ष है, जो अब भारत के अद्वैत से परेशान अभिधम्मवादियों के दृष्टिकोण से दार्शनिक कम और राजनीतिक ज्यादा नजर आता है। वेदांत का दर्शन शंकर का अद्वैत दर्शन है। भारत में शंकर के इसी अद्वैत आंदोलन की हम बात कर रहे हैं, जिसकी पृष्ठभूमि को इसलिए हम इतना विस्तार से बताने को मजबूर हो गए, ताकि इस अद्वैत आंदोलन को भारत के दार्शनिक विकास में उसके योगदान को सही परिप्रेक्ष्य में रखा-देखा जा सके। अन्यथा असल में अद्वैत आंदोलन इतना प्रभावशाली रूप में चला है, जगद्गुरु शंकराचार्य के नेतृत्व में इतना प्रभावशाली रूप में चला है कि भारत में शंकराचार्य और अद्वैत, दोनों ही पर्यायवाची बन चुके हैं। जिस विचारधारा ने, भारत की अध्यात्म विचारधारा ने, यानी भारत की वैचारिक मुख्यधारा ने विष्णु के अवतार के रूप में प्रतिष्ठा प्राप्त भगवान् बुद्ध की हमारे हृदयों व मंदिरों में पुनः प्रतिष्ठा की, उस विचारधारा का भारत में कैसा अद्भुत प्रभाव रहा होगा कि जो आज तक बना हुआ है।

जगद्गुरु शंकराचार्य की अद्वैत स्थापना के साथ ही मानो भारत में दार्शनिक संवाद का रूप ही बदल गया। षड्दर्शनों के शेष पाँच दर्शन संप्रदाय, यानी न्याय, वैशेषिक, सांख्य, योग और मीमांसा तो अब ऐतिहासिक संदर्भों को उद्धृत करने मात्र के लिए रह गए और मानो सारा देश क्रमशः वेदांती हो गया। वेदांत हमारी वैचारिक परंपरा में 'उपनिषद्' शब्द का पर्यायवाची है। कैसे? ऐसे कि 'वेदांत' में दो शब्द हैं—'वेद' और 'अंत'। इसमें 'वेद' शब्द का अर्थ हम सभी जानते हैं; पर हम 'अंत' शब्द का अर्थ भूल

चुके हैं। 'अंत' का अर्थ है संपूर्णता को प्राप्त, जिसे अंग्रेजी में समझनेवाले 'अल्टीमेट' के अर्थ में समझ सकते हैं। यानी वेदों की संपूर्णता उपनिषदों में है, यानी वेदों का अल्टीमेट उपनिषद् हैं और वह 'अल्टीमेट' वह 'संपूर्ण सार' क्या है? उपनिषदों का दार्शनिक संदेश है—'तत् त्वम् असि' = तत्त्वमसि, त्वं यानी तुम आत्मा, तत् यानी ब्रह्म हो। तुम ही ब्रह्म हो। तुम आत्मा ही परमात्मा हो। तुम दोनों अगर एक-दूसरे से पृथक्, भिन्न दिख रहे हो तो वह 'माया' है। यही अज्ञान है, जिसे तुमने दूर करना है। इस माया, यानी अज्ञान से मुक्त होकर अपने ब्रह्म स्वरूप को फिर से पा लेना है। यही वेदांत है, वेदों का परम 'अल्टीमेट = अंत' संदेश है। यही अद्वैत है, बाकी सब उसकी व्याख्याएँ ही हैं।

जगद्गुरु शंकराचार्य ने जब एक बार वेदांत की प्रतिष्ठा कर दी तो भारत के धर्म-दर्शन के संपूर्ण संसार में अभूतपूर्व खलबली मची, जिसके कुछ परिणामों की झलक पा लेने में कोई हर्ज नहीं। पहला परिणाम तो वही सामने आया, जिसकी चर्चा हम इस पूरे आलेख में कर रहे हैं। भगवान् बुद्ध ने जिस उपनिषद् विचारधारा के निमित्त धर्मचक्र प्रवर्तन की घोषणा की थी और जिसे अनात्मवादी, देहवादी, वेदविरोधी, इहलोकवादियों ने अपने भरसक प्रयासों से देहवादी और अनात्मवादी घोषित कर दिया था, जगद्गुरु शंकराचार्य ने भारत की विचारधारा को फिर से अपने मुख्य मार्ग पर ला दिया। यानी भगवान् बुद्ध की और उनके धर्मचक्र प्रवर्तन की प्रतिष्ठा हुई और उपनिषदों में प्रतिपादित आत्मवादी दर्शन की, भगवान् की संबोधि और उनका निर्वाण, इस संपूर्ण आत्मवादी दर्शन की प्रतिष्ठा हुई। जिन लोगों ने बुद्ध के 'धम्म' को बुद्धघोष के प्रभाव में आकर 'अभिधम्म' बनाकर बिगाड़ दिया, उन सभी धम्म-विरोधियों को तर्क और शास्त्रार्थ के आधार पर परास्त किया। ये सभी धम्म-विरोधी भारत के विचार-आकाश से ही नहीं, भारत की भूमि से ही पलायन कर समुद्र पार कर पश्चिम व मध्य एशिया के देशों में अपने इहलोकवादी अभिधम्म का प्रचार करने जा बसे, जिसे लेकर यह कहावत चल पड़ी कि धम्म-विरोधियों को शंकराचार्य ने समुद्र में बसने को विवश कर दिया। फिर समुद्र पार जिन मध्य व पश्चिम एशियाई देशों में बौद्धों का अभिधम्म चला, वे सभी देश अंततः इसलामी प्रभाव का हिस्सा बन गए और मुसलिम देश बन गए। वे सभी, जो स्वयं को बुद्ध का भक्त कहते थे, अब बुद्धपरस्त अर्थात् बुतपरस्त कहे जाने लगे। शंकर के बृहद् दार्शनिक आयोजन का एक प्रभाव इस रूप में सामने आया।

दूसरा परिणाम उस रूप में सामने आया है कि भारत के धर्म-दर्शन की वैचारिक भूमि पर न्याय, वैशेषिक, सांख्य, योग, मीमांसा, इन सभी निगम-आधारित दर्शन-संप्रदायों पर शास्त्रार्थ व विवेचन का क्षेत्र सिकुड़ता चला गया और वेदांत का ही प्रभाव और विचार क्षेत्र फैलता चला गया। जहाँ तक आगम-आधारित जैन धर्म-दर्शन का संबंध है, भारत की वैचारिक परंपरा से परम घनिष्ठ रूप से जुड़े होने के कारण जैन धर्म-दर्शन अपने

दार्शनिक विवेचन में अपना श्रेष्ठ व प्रभावशाली स्थान बनाता तथा बढ़ाता जा रहा है।

तीसरा परिणाम इस रूप में आजकल सामने आ रहा है कि भारत के अंदर अपने ही 'नव बौद्धों' ने (यह नाम हमारा दिया नहीं है, खुद नव बौद्धों द्वारा दिया गया है, ऐसे नव बौद्धों ने) एक निहायत गैर-जरूरी व अपरिपक्व किस्म की राजनीति की धूल बिखेरकर भगवान् बुद्ध के धम्म के अनुयायियों को समाप्तप्राय कर दिया है। डॉ. भीमराव आंबेडकर से मिले प्रभूत और प्रतिभा-संपन्न आश्रय के बावजूद समाप्तप्राय कर दिया है, जबकि बौद्ध दर्शन आज सिर्फ चंद विश्वविद्यालयों के बौद्ध दर्शन विभागों में अपने विदेशी अनुयायियों के धन-बल और राजनीतिक बल का सहारा व समर्थन पाकर अकादमिक बहसों, यानी क्लास-रूम की श्रीहीन व सारहीन अकादमिक बहसों में ही सिमटकर रह गया है। भगवान् बुद्ध के संबोधि, उनके धर्मचक्र-प्रवर्तन व उनके निर्वाण की अमाननीय व्याख्याएँ करने में तल्लीन होकर नितांत तेजोहीन हो चुका है। इधर भारत की केंद्रीय व प्रादेशिक सरकारें बौद्ध धर्म-दर्शन के विकास के लिए नए दरवाजे खोलने के प्रयास में हैं, जिसका स्वागत होना चाहिए। पर इन प्रयासों को कोई भी सफलता और भारत में उन प्रयासों को स्वागत तभी मिल पाएगा, यदि इस संपूर्ण खोखले नवबौद्धवाद के सभी आयामों को ध्यान में रख लिया जाएगा। अन्यथा भारत से पलायन कर चुके इस नव बौद्धवाद के माध्यम से भगवान् बुद्ध के धम्म की पुनः प्रतिष्ठा करवा पाना एक असंभव काम ही रहनेवाला है।

शंकराचार्य के अद्वैत दर्शन की विभिन्न व्याख्याएँ कई रूपों में सामने आईं, जो शंकर के बाद से आज तक चल रही हैं, स्वामी विवेकानंद के समय तक चली हैं (और देश के प्रसिद्ध उपन्यासकार श्री नरेंद्र कोहली के 'तोड़ो, कारा तोड़ो' इस उपन्यास शृंखला के माध्यम से आज भी चल रही है)। पर शंकर के तुरंत बाद के दशकों व सदियों में जो व्याख्याएँ हुई हैं, उन्हें आचार्य निंबार्क के द्वैताद्वैत, रामानुजाचार्य के विशिष्टाद्वैत, मध्वाचार्य के द्वैत, वल्लभाचार्य के शुद्धाद्वैत, आचार्य अभिनवगुप्तपाद के काश्मीरीय अद्वैत या काश्मीरी शैव दर्शन, इन नामों से प्रमुख रूप से जानते-समझते व पहचानते हैं। अर्थात् शंकर ने जिस अद्वैत का प्रारंभ किया, वह अभी तक चल रहा है। कह सकते हैं कि जैसे आचार्य याज्ञवल्क्य का अध्यात्म आंदोलन निरंतर चल रहा है, उसी तरह जगद्गुरु शंकराचार्य का अद्वैत आंदोलन भी निरंतर चल रहा है, ठीक वैसे ही जैसे महाप्रभु वल्लभाचार्य द्वारा शीर्ष तक पहुँचा दिया गया भक्ति आंदोलन भी देश में निरंतर चल रहा है।

3. महाप्रभु वल्लभाचार्य : भक्ति-आंदोलन का शीर्ष व्यक्तित्व

कबीर ने कहा, 'भक्ति द्राविड़ ऊपजी, लाए रामानंद।' अर्थात् भक्ति का जन्म

द्राविड़ देश में हुआ और रामानंद उसे ले आए, अर्थात् द्राविड़ देश, यानी द्रमिल देश, यानी तमिल देश, यानी आज जिसे हम 'तमिलनाडु' कहते हैं, भक्ति का जन्म वहाँ हुआ और वहाँ से भक्ति का प्रसार फिर सारे भारत में हुआ। कथन कबीर का है और संत कबीर भक्ति के बारे में यह जानकारी अपने गुरु स्वामी रामानंद के संदर्भ में दे रहे हैं।

हम स्वयं अपने आपसे ही सवाल पूछ सकते हैं कि क्या इससे पहले देश में भक्ति नहीं थी कि रामानंद उसे तमिलनाडु में पैदा हुआ मान रहे हैं और कबीर उसके बारे में सहर्ष घोषणा भी कर रहे हैं? जितना इतिहास उस देश का हम भारतवासियों को पता है, वेदों में बेशक भक्ति का संदर्भ सीधे-सीधे न हो, परंतु प्रकारांतर से सभी वैदिक संदर्भों को लोग भक्ति से ही जोड़ते हैं। मसलन वेदों के भाषा वैज्ञानिक प्रस्तोता आचार्य यास्क ने स्पष्ट कहा है कि 'महाभाग्याद् देवताया: एक एव आत्मा बहुधा स्तूयते' अर्थात् देव का महत्त्वपूर्ण व्यक्तित्व तो एक ही है, परंतु इस देव के माहात्म्य में उसी एक देव के विभिन्न रूपों की स्तुति विभिन्न प्रकार से होती है। वेदों के विद्वानों ने उसे वेदों में भक्ति के प्रारंभ का मूल देखा है।

यह संदर्भ तो प्रकारांतरवाला है। पर 'रामायण' के बाद लिखे गए दूसरे प्रबंध काव्य 'महाभारत' में सीधे-सीधे भक्ति का विषय बड़ी ही गहराई से उठाया गया है और यह संदर्भ पाँच हजार साल पहले का है। 'गीता' महाभारत का ही हिस्सा है और उसके भीष्मपर्व में निबद्ध है। 'गीता' में, भारत के सर्वाधिक विख्यात दार्शनिक ग्रंथ गीता में, उसके अध्याय 10,11, 12 में, यानी तीन अध्यायों में गीता का भक्तियोग ही निरूपित है, जो गीता के तीन योगों—कर्मयोग, ज्ञानयोग और भक्तियोग में से एक योग है। योग, यानी ईश्वर से जुड़ने (युज् = जुड़ जाना) का एक मार्ग और यहाँ कृष्ण ने साफ-साफ कहा है कि 'यो मद्भक्त: स मे प्रिय:—जो मेरा भक्त है, वह मुझे (सर्वाधिक) प्रिय है, प्यारा है।'

यह कथन अगर दार्शनिक विचारशीलता से ओत-प्रोत ग्रंथ गीता का वैचारिक कथन, भावनात्मक की बजाय वैचारिक कथन मान लिया जाए तो 'महाभारत' के लेखक वेदव्यास के दूसरे ग्रंथ 'भागवत महापुराण' में तो शुरू से आखिर तक भक्ति-ही-भक्ति है। विभिन्न इहलोकवादी, ईश्वर-निंदक विचारधाराओं के व्यापक प्रसार के बावजूद भक्ति का प्रभाव इस कदर बढ़ता चला गया कि ईसा की चौथी और पाँचवीं सदी में भारत पर अपना चक्रवर्ती साम्राज्य स्थापित करनेवाले गुप्त सम्राटों ने स्वयं को 'परमभागवत' उपाधि धारण करने में गौरवान्वित अनुभव किया और उस समय के साहित्य व शिलालेखों में भक्ति का, 'कृष्ण की भक्ति का' प्रभाव बिना प्रयास के ही देखने को मिल जाता है।

यानी जब वेदों में, अत्यंत प्राचीन समय से लेकर ईसा की पाँचवीं सदी तक के समय में, जब तक संपूर्ण पुराण साहित्य लिखा जा चुका था, भक्ति का प्रत्यक्ष और

लिखित साहित्यिक उल्लेख प्राप्त हो जाता है तो फिर संत कबीर के गुरु रामानंद के बारे में यह कैसे कह दिया गया कि रामानंद ही उस भक्ति को भारत में, समस्त भारत में लेकर आए, जिस भक्ति का प्रारंभ तमिल प्रदेश में हुआ, जो घटना आठवीं सदी और उसके आस-पास की सदियों की मानी जाती है?

जाहिर है कि कबीर के कथन में भक्ति के द्राविड़ देश में उत्पन्न हुआ मानने को उसके पूरे संदर्भ में समझना होगा। संदर्भ से स्पष्ट है कि द्राविड़ देश में, यानी तमिलनाडु में भक्ति के उपजने का अर्थ है—भक्ति का पुनः उदय होना, यानी जो भक्ति कभी भारतवर्ष के व्यापक क्षेत्रों में प्रभावशाली थी, उस भक्ति का प्रभाव कुछ कारणों से क्षीण हो गया और फिर आठवीं सदी में उसका पुनरुत्थान हुआ। द्राविड़ में भक्ति के 'उपजने' का अर्थ यह है और 'पद्मपुराण' में उद्धृत एक कथा के माध्यम से उसे आसानी से समझा जा सकता है। 'पद्मपुराण' की यह कथा इस पुराण के उत्तरखंड के उन छह अध्यायों के पहले तीन अध्यायों में है, जो छह अध्याय 'भागवत महापुराण' के माहात्म्य के रूप में इस महापुराण का महत्त्वपूर्ण हिस्सा इस रूप में है कि प्रत्येक भागवत सप्ताह पारायण में और सामान्य परंपरा में भी भागवत माहात्म्य के ये छहों अध्याय अवश्य पढ़े जाते हैं।

क्या है इन तीन कथा-अध्यायों में? आपाततः, यानी ऊपरी तौर पर पढ़ने में यह कथा बड़ी ही अजीबोगरीब नजर आती है, क्योंकि उसमें एक युवती माता के उन दो पुत्रों का संदर्भ है, जो वृद्ध और जीर्ण-शीर्ण हो चुके हैं, मरणासन्न हैं और उसी दुर्दशा में, आयुष्य और स्वास्थ्य की इस दुर्दशा में, अपनी माता के सामने पृथ्वी पर पड़े हैं। माता रो रही है कि मेरे इन पुत्रों का क्या हाल होगा? अगर वे मर गए तो उनकी माता, जो अभी युवती है, बड़े ही कष्टमय जीवन में पड़ जाएगी। उसके कष्ट का निवारण किया नारद ने। कहा कि देखो, कभी भूतकाल में ज्ञान और वैराग्य मुक्ति का साधन माने जाते थे, परंतु अब वे साधन बलहीन, निष्प्रभ हो गए हैं और अब तो भक्ति ही वह साधन है, जिसकी सहायता से लोगों को कृष्ण का प्रेम मिलेगा और उनके सभी कष्टों का निवारण होगा। अर्थात् वे दो बूढ़े पुत्र हैं ज्ञान और वैराग्य, जिनका प्रभाव व बल अब समाप्त हो चुका है। उस युवती माता का नाम है भक्ति, जिसका मार्ग स्वीकार कर न केवल सभी कष्ट दूर होंगे, अपितु ज्ञान और वैराग्य में भी फिर से प्रभाव डाल सकनेवाली शक्ति आ जाएगी।

इस कहानी का अर्थ ठीक से जानने और समझने के लिए हमें स्वयं को संदर्भ से जोड़ देना होगा। संदर्भ यह है कि आत्मा, ध्यान, धारणा, समाधि, मुक्ति आदि का महत्त्व इस हद तक समाप्त हो गया कि मुक्ति का साधन माने जानेवाले ज्ञान और वैराग्य मानो हमारे देश के चिंतन में मृतप्राय हो गए। हम बता आए हैं कि उपनिषदों की रचना की

सदियों में, जब देश में अध्यात्म आंदोलन चल रहा था, उसी के समानांतर इहलोकवादियों और अध्यात्मविरोधियों की ओर से एक आत्म-विरोधी, यज्ञ-विरोधी, पुनर्जन्म-विरोधी, तपस्या-विरोधी, वेद विरोधी, मुक्ति-विरोधी आंदोलन भी चल ही रहा था, जिस अनात्म अवधारणा को समाप्त करने के लिए भगवान् बुद्ध ने प्रबल धर्मचक्र प्रवर्तन किया था, जिसके प्रभाव के आगे सारा जनसामान्य नतमस्तक होकर श्रद्धातिरेक से भर गया। पर भगवान् बुद्ध के निर्वाण के बाद ही ये सभी इहलोकवादी, अनात्मवादी और पुनर्जन्म-विरोधी, मानो योजनापूर्वक भगवान् के संघ में घुस गए और उन्होंने धम्म को इस हद तक हाइजैक कर लिया कि कुछ ही सदियों में बुद्ध के धम्म को बौद्ध आचार्य बुद्ध घोष ने अभिधम्म बना दिया और उसी अभिधम्म को धम्म के रूप में परोसकर भगवान् के संपूर्ण धर्मचक्र प्रवर्तन को इहलोकवादी, अनात्मवादी और पुनर्जन्म विरोधी आदि बना दिया।

यही वह कालखंड था, जब देश ने भगवान् बुद्ध की नए सिरे से खोज की और इसके प्रतीक के रूप में भगवान् बुद्ध के अवतार के रूप में 'भागवत महापुराण' में प्रतिष्ठित किया। ठीक वही समय रहा, जब भागवत महापुराण में ज्ञान, वैराग्य, भक्ति-आधारित बूढ़े पुत्रों व युवती माता की कथा को पद्मपुराण के माहात्म्य कथन के रूप में प्रतिष्ठित कर दिया। यानी ठीक यही वह कालखंड था, जब जगद्गुरु शंकराचार्य ने अद्वैत की प्रतिष्ठा कर समस्त बौद्ध संप्रदाय को भारत की सीमाओं के बाहर समुद्र पार कर मध्य और पश्चिमी एशिया के देशों में जाकर अभिधम्म प्रचार करने को विवश कर दिया और ठीक वही समय था, जब भक्ति 'द्राविड़ में ऊपजी'। प्रश्न उठते हैं, दो प्रश्न उठते हैं कि क्यों दक्षिण में ही भक्ति उपजी और क्यों भक्ति उसी कालखंड में उपजी, यानी क्यों भारत के दक्षिण में, आठवीं सदी में भक्ति का फिर से उदय हुआ ? दोनों प्रश्नों पर विचारें।

शंकराचार्य आठवीं सदी में हुए। उनका अद्वैतवाद इसी सदी के भारत का विशिष्टतम वैचारिक प्रदाय है। अद्वैत, यानी बौद्धिकता की पराकाष्ठा, इस हद तक की पराकाष्ठा कि देश में न केवल पारंपरिक दार्शनिक संप्रदाय न्याय, वैशेषिक, सांख्य, योग, मीमांसा, ये सभी संप्रदाय दार्शनिक शास्त्रार्थों में पिछली सीटों पर बिठा दिए गए, बल्कि अद्वैत-आधारित विचार संप्रदाय भेदाभेद, द्वैताद्वैत, द्वैत, विशिष्टाद्वैत आदि संप्रदाय आगे की सीटों पर विचार-विमर्श करने में सोत्साह लीन नजर आए। यानी बौद्धिकता अपने शिखर पर थी और यह संपूर्ण बौद्धिक गतिविधि दक्षिण भारत में ही अधिकतर हो रही थी।

भक्ति ही क्यों ? दक्षिण में ही क्यों ? इन दोनों में से दूसरे प्रश्न का उत्तर हमें मिल चुका है। अब प्रश्न है—भक्ति ही क्यों ? भक्ति इसलिए कि बौद्धिकता की पराकाष्ठा से वैचारिक दबदबा तो बन जाता है, पर उससे दुःख-मुक्ति भी होती है, जो कि भारत के प्रत्येक दर्शन का प्रथम और मूलभूत प्रयोजन है, उस पर अलग-अलग राय हो सकती

है। हमारे दर्शन-प्रधान भारत में भी एक सूत्र वाक्य चलता है—तर्कोऽप्रतिष्ठः, यानी तर्क की प्रतिष्ठा नहीं होती, तर्क से दु:ख-निवृत्ति नहीं होती, मन की शांति नहीं मिलती। उसके लिए जो चाहिए, उसका नाम है भक्ति, जिसका संकल्प भागवत माहात्म्य की वृद्ध पुत्रों की युवती माता की पद्मपुराण कथा में है। याद रहे कि हम भक्ति के उपजने, पुनः प्रारंभ होने की बात कह रहे हैं और इस प्रश्न का उत्तर ढूँढ़ रहे हैं कि भक्ति हो क्यों?

इस प्रश्न के उत्तर में एक अद्भुत स्थिति हमारे सामने बनी दिखाई देती है। इहलोकवादी कह रहे थे, आत्मा नहीं अनात्मा। शेष भारतीय दर्शन संप्रदाय कह रहे थे, आत्मा। इहलोकवादी कह रहे थे, परलोक अथवा पुनर्जन्म नहीं। शेष भारतीय दर्शन संप्रदाय कह रहे थे, परलोक व पुनर्जन्म। इहलोकवादी, अनात्मवादी, परलोक-विरोधी कह रहे थे—ईश्वर नहीं है। शेष दर्शन संप्रदाय कह रहे थे—ब्रह्म। इस द्वंद्व के बीच अद्भुत स्थिति यह बनती है कि शेष सभी दर्शन संप्रदाय, विशेष रूप से वेदांत संप्रदाय भक्ति का सबसे सशक्त समर्थक बनकर सामने आता है। दो बातें नोट करिए—वेदांत के सर्वश्रेष्ठ प्रस्तोता जगद्गुरु शंकराचार्य बौद्धिकता की पराकाष्ठा का प्रतीक हैं, पर वे शिव, राम, कृष्ण, बुद्ध, शक्ति, गणपति के स्तोत्रों की, स्तोत्रों ही नहीं, अद्भुत स्तोत्रों की रचना कर रहे थे। अद्वैत-प्रेरित शेष संप्रदाय द्वैत, भेदाभेद, द्वैताद्वैत, विशिष्टाद्वैत आदि शंकर के अद्वैत का समर्थन या तो नहीं कर रहे थे या फिर 'सशर्त' समर्थन कर रहे थे। जैसा कि हमने इससे पिछले पृष्ठों में देखा और इनमें भी कुछ वेदांत संप्रदाय तो नारायण ईश्वर की आवश्यकता अनुभव करते हुए लगभग भक्ति के आधाररूप ईश्वर की बात कर रहे थे। अर्थात् वेदांत की बौद्धिक पराकाष्ठा और उसकी प्रतिक्रिया में भक्ति की आवश्यकता—इन दोनों में कब मैत्री हो गई, देश को पता ही नहीं चला।

वेदांत का भक्ति में रूपांतरण होने में दक्षिण के ही जिन आचार्यों व आडयार संतों की भूमिका रही, उनका योगदान इतना विलक्षण और अनिवार्य बन चुका उभरकर हमारे सामने आता है कि हम इन भाव-प्रवण और उदात्त भक्ति का प्रतीक बन चुके संतों के प्रति श्रद्धावनत हुए बिना रह ही नहीं सकते। पोयगै आडयार, भक्तिसागर, विप्रनारायण, विष्णुचित्त, गोदा आंडाल, शठकोप, कुलशेखर सरीखे भक्त कवियों के सुमधुर और कर्णप्रिय और चित्त को अपनी ओर बरबस खींच लेनेवाले गीतों व कवियों को सुनने को हम अगर सिर्फ तरसकर रहे जा रहे हैं तो इसलिए कि हम हिंदीभाषी हैं और तमिल जानने का सौभाग्य हम प्राप्त नहीं कर सके।

ऐसी भक्ति को जब रामानंद द्रविड़ से लेकर उत्तर आए तो किस शीघ्रता से भक्ति का प्रसार उत्तर, पूर्व और पश्चिम में हो गया कि देखते-देखते कुछ ही वर्षों में भक्ति का दक्षिण प्रवाह सारे भारत में मुख्यधारा आंदोलन बन गया, जिसका नाम हम 'भक्ति-आंदोलन' के रूप में सारे विश्व में कहते और जानते हैं। भक्ति का संबंध बौद्धिकता

से नहीं, हृदय से था, भावुकता से था। अब तक जिस बौद्धिक पराकाष्ठा की बात हम करते आ रहे थे, उसका स्थान अब हृदय के भावातिरेक ने ले लिया था। बौद्धिकता की पराकाष्ठा के बावजूद जिस बुद्ध को हम जान नहीं पा रहे थे, हृदय के भावातिरेक में वही भक्त शिव, विष्णु और शक्ति के दर्शन कर धन्य-धन्य होने लगा था। ईश्वर है या नहीं, यह प्रश्न अब समाप्त हो चुका था। ईश्वर है और वही हमारा परम आराध्य है, इस पर कोई भी संशय किसी भक्त कवि के मन में और भक्ति-आंदोलन से प्रचालित भारत के जनसामान्य के मन में नहीं रह गया था। इसी परमाराध्य ईश्वर को पाना है। उसकी भक्ति ही काम्य हो गई। मुक्ति की चाह समाप्त हो गई। पुनर्जन्म चाहिए, सिर्फ हर जन्म में ईश्वर की भक्ति के लिए चाहिए और जब तक ईश्वर की साक्षात् प्राप्ति नहीं होती, तब तक ईश्वर आराधन, पूजन, वंदन, नाम संकीर्तन, चरणों में दास्य, भजन आदि ही जीवन का कर्म बन गए। कहा जा सकता है कि वेदांत के सभी आध्यात्मिक लक्ष्य पाने के माध्यम के रूप में भक्ति का प्रसार सारे भारत के हर प्रदेश, हर कोने में हो गया। जिन भक्तों व संतों ने सारे भारत में बिना प्रयास के ही सारे भारत को भक्तिमय कर दिया, उनके कुछ नाम दोहरा देने में कोई हर्ज नहीं। आज के प्रदेशों के आधार पर दृष्टिपात करें तो काश्मीर की लल्लेश्वरी, पंजाब के गुरु नानक देव, तेगबहादुर, गोविंद सिंह; सिंध के झूलेलाल; हरियाणा के गरीबदास, चरणदास; राजस्थान की मीराबाई, बाबा रामदेव, संत हरिदास, संत दादू दयाल; गुजरात के नरसी मेहता; महाराष्ट्र के नामदेव, ज्ञानेश्वर, एकनाथ, तुकाराम, समर्थ रामदास, तुकड़ोजी महाराज; मध्य प्रदेश के स्वामी प्राणनाथ; बिहार व झारखंड के दरिया साहेब; पूर्वोत्तर के शंकरदेव, रानी माँ गाइदिन्ल्यू; बंगाल के चैतन्य महाप्रभु, भक्तिदास, रामकृष्ण परमहंस; आंध्र के अन्नामाचार्यालु, संत वेमना, अल्लरी, सीताराम राजू, उड़ीसा के पंचसखा भक्त; तमिलनाडु के तिरुमुलर, कण्णप्पन, आडयार संत; केरल के नायन्मार संत, संत श्रीनारायण गुरु, महाकवि करुप्पन; कर्नाटक के बसवेश्वर, विद्याधर स्वामी, पुरंदरदास, संत कनकदास और न जाने कौन-कौन, कितने-कितने संत, भक्त व कवि इस विराट् भक्ति आंदोलन के अग्रदूत बने कि हम गिनते रहेंगे, नाम चलते रहेंगे। सूची अनंत है।

इस भक्ति आंदोलन के माध्यम से भारत में वैष्णव, शाक्त, शैव, गाणपत्य, कार्तिकेय, हनुमत् आदि के नाम से इतने भक्ति संप्रदाय सामने आते गए कि हम मात्र उल्लेख करते ही आगे बढ़ जाना चाहते हैं। इस थीम पर एक पूरा विश्व रचा जा सकता है। फिर भी, दो पुस्तकों का आलेख करना साहित्यिक ईमानदारी के रूप में हमें जरूरी लगता है। एक पुस्तक है डॉ. बलदेव उपाध्याय रचित 'भागवत संप्रदाय' काशी, 1953 और दूसरी पुस्तक है डॉ. कृष्णगोपाल रचित 'भारत की संत परंपरा और सामाजिक समरसता', भोपाल, 2013 (द्वितीय संस्करण)।

भक्ति आंदोलन को देशव्यापी बनाने में हमने कुछ संतों व भक्तों का नाम-स्मरण किया है। ऐसे नाम असंख्य हैं और अनेक तो गुमनाम ही हैं, क्योंकि भक्ति में प्रभु के नाम का ही महत्त्व है, भक्त अपना नाम तक भूल जाता है। कुछ संप्रदाय भी इस भक्ति के आधार पर देश में खड़े हुए। ये सभी नाम, जो हम अभी गिनवाने वाले हैं, उनमें से प्रत्येक संप्रदाय को सांप्रदायिक कहलाने में गर्व की अनुभूति होती है, क्योंकि वह संप्रदाय उसके जीवन में ईश्वर की प्राप्ति में आचरण संबंधी सहायता करता है। आज तो इस 'सांप्रदायिक' शब्द के अर्थ का अनर्थ कर दिया गया है। उससे स्पष्ट है कि देश की राजनीति भारत के तीनों वैचारिक आंदोलनों से और पंच परमेश्वर से कैसे कटी हुई है। ऐसी राजनीति पर चलनेवाले लोग देश को कुरूप ही बनाने में समर्थ हो सकते हैं। बना भी रहे हैं।

तो भक्ति आंदोलन से, अपने संप्रदायों के कुछ नामों से, नाममात्र से पाठकों का परिचय करवा दिया जाए। कुछ संप्रदायों के नाम ये हैं—भागवत, पांचरात्र, सात्वत, वैष्णव, आडयार, रामानुज, माध्व, रामावत, निंबार्क, वल्लभ, राधावल्लभीय, सहजिया, सहजयानी, चैतन्य, षट्गोस्वामी, महानुभाव, वारकरी, रामदासी, हरिदासी, गुजरात वैष्णव, शाक्त, शैव, गाणपत्य, सिख, उदासी, ब्राह्मण, सौर इत्यादि। 'इत्यादि' कहने के अलावा और कोई दूसरा विकल्प हमारे पास है ही नहीं। अकेले वैष्णव संप्रदायों में ही श्रीसंप्रदाय, हंस संप्रदाय, ब्रह्मसप्रंदाय षट्संप्रदाय, गोकुल संप्रदाय, वृंदावनी संप्रदाय, रामानंदी संप्रदाय, हरिव्यासी आदि अनेक संप्रदाय हैं, जो अपनी-अपनी सीमित-असीमित ऊर्जा के साथ बाकायदा चल रहे हैं। यही स्थिति अन्य सभी प्रमुख भक्ति संप्रदायों की है। ये सभी उन संप्रदायों के अतिरिक्त हैं, जिनकी गणना जैन और बौद्ध संप्रदायों की दर्शन परंपरा में है।

भक्ति का प्राप्तव्य है भगवान्। इसलिए भक्त व भगवान् के बीच दूसरा कोई नहीं आता। यही उदार भाव था, जिसने देश में जाति के आधार पर ऊँच-नीच के भेद को, अंतर को, अहं भाव को समाप्त कर दिया। यह उस भक्ति-आंदोलन का ही प्रमाण है कि देश में दलित व मध्यम कही जानेवाली जाति के संतों व कवियों ने देश को बौद्धिक व भावनात्मक नेतृत्व किया। इस अद्भुत आंदोलन के बाद तो देश में जातिवाद से स्वाभाविक रूप से मुक्ति पा ली जानी चाहिए थी। ऐसा यदि नहीं हो पाया है तो उसका कारण भी उसी कलुषित राजनीति में ढूँढ़िए, जिसने अपने-अपने भक्ति संप्रदायों से जुड़े 'सांप्रदायिक' शब्द के अर्थ का अनर्थ कर दिया है।

बस, एक बात और, अंत में। हमने महाप्रभु वल्लभाचार्य को भक्ति-आंदोलन का शीर्ष व्यक्तित्व कहा है। जैसे आचार्य याज्ञवल्क्य अध्यात्म आंदोलन के प्रवर्तक होने के कारण उस आंदोलन का शीर्ष व्यक्तित्व हैं, जैसे जगद्गुरु शंकराचार्य देश के अद्भुत

अद्वैत आंदोलन का शीर्ष व्यक्तित्व हैं, वैसे ही महाप्रभु वल्लभाचार्य भारत के भक्ति आंदोलन का शीर्ष व्यक्तित्व हैं। भक्ति के दो आधार हैं—भक्त और भगवान्। भक्ति आंदोलन से जुड़े सभी संप्रदाय इसी भक्त और भगवान् के संबंध निरूपण से परिभाषित हो रहे हैं। महाप्रभु वल्लभाचार्य ने अपने शुद्धाद्वैत के माध्यम से जिस भक्ति-आंदोलन को एक नया और युगांतरकारी रूप दिया है, उसे हम 'पुष्टिमार्ग' नाम से जानते हैं। महाप्रभु का शुद्धाद्वैत अपने आपमें शंकर के अद्वैत की भक्तिपरक व्याख्या ही कही जा सकती है। शुद्धाद्वैत के अनुसार (1) ब्रह्म ही एकमात्र तत्त्व है, (2) अन्य सभी तत्त्व ब्रह्म से अभिन्न हैं, (3) विष्णु की माया से ही जगत् का रूप, नाम आदि हैं, (4) व्यवहार दशा में सभी वस्तुएँ ब्रह्म-स्वरूप हैं, (5) माया और कुछ नहीं, भगवान् की ही अपनी शक्ति है, (6) इसलिए प्रमेय, (जिसे हम चाहें तो भक्ति की भाषा में 'प्राप्तव्य' कह सकते हैं) ऐसा प्रमेय एक ही है और उस प्रमेय का नाम है—ब्रह्म।

यानी भगवान् की और भक्त की इस अभिन्नता के बीच अगर कोई तत्त्व है तो वह यही ईश्वरीय शक्ति है, जिसकी कृपा से भक्त भगवान् को प्राप्त कर लेता है। यही इस अद्वैत का शुद्धत्व है। इसी को भक्ति संप्रदाय के रूप में नाम दिया गया है—पुष्टिमार्ग। 'पुष्टि' शब्द 'पोषण' अर्थ देता है। 'भागवत महापुराण' से ही यह शब्द लिया गया है—'पोषणं तदनुग्रहः' (2.10.4), जिसका अर्थ है—अपने द्वारा सुरक्षित सृष्टि में भक्तों के ऊपर उनकी जो कृपा होती है, उसका नाम है पोषण (भागवत महापुराण, खंड 1, पृष्ठ 228 से उद्धृत अनुवाद गीताप्रेस, गोरखपुर)।

यह पोषण, यह पुष्टि क्या है? भक्त जो भी कर्म करता है या नहीं करता है, कुछ भी कर्म करना चाहता है या नहीं करना चाहता है, वह भक्त स्वयं नहीं करता, प्रभु की कृपा से वह हो या नहीं हो रहा होता है। 'प्रभु की कृपा', यह एक बीजवाक्य है, जो भक्त और भगवान् के बीच संबंध को परिभाषित करता है, या कहना चाहिए कि संबंधों का नियामक है। 'प्रभु की कृपा होगी तो हो जाएगा', 'प्रभु की कृपा हुई, इसलिए हो गया।', 'प्रभु की कृपा ही है, यदि ऐसा हो गया या ऐसा नहीं हुआ।' यानी भक्त के अस्तित्व का हर आयाम प्रभु की कृपा है। यही प्रभु के द्वारा भक्त का पोषण है, जो महाप्रभु वल्लभाचार्य के पुष्टिमार्ग को परिभाषित करता है।

थोड़ा गहराई में जाएँगे तो आपको भारत नामक देश का हर ईश्वर-विश्वासी व्यक्ति इसी मनोदशा में जीवनयापन करता हुआ दिखाई देगा। क्या ऐसा हो जाएगा, प्रभु की इच्छा, यानी कृपा हुई तो हो जाएगा। ऐसा नहीं हुआ तो प्रभु की ऐसी ही इच्छा या कृपा है। यानी आज भारत का हर प्रभु-विश्वासी व्यक्ति उसी भाव में जी रहा है। यह भाव, जब चाहें, अपने या किसी दूसरे के दैनंदिन सोच और व्यवहार की परीक्षा कर देख सकते हैं। सारे ईश्वर-विश्वासी देश का यही भाव बना हुआ है, जैसी ईश्वर की इच्छा,

जैसी ईश्वर की कृपा। कल्पना कीजिए, सारा ईश्वर-विश्वासी देश इसी मनोभाव में जी रहा है और इसी मनोभाव के साथ कर्मशील भी बना हुआ रहा है। ईश्वर-विश्वासी इस मनोभाव का निर्माण महाप्रभु वल्लभाचार्य के इसी शुद्धाद्वैत और पुष्टिमार्ग की भारत को एक अद्‌भुत देन है। कर्म करो, फल की इच्छा मत करो; क्योंकि फल तुम्हारे अधिकार में नहीं है। भारत का यही कर्मवाद है, जिसे महाप्रभु वल्लभाचार्य ने अपने पुष्टिमार्ग के माध्यम से अपने देश के स्वभाव को इस रूप में बदल दिया है, जैसी ईश्वर-इच्छा। अकेले महाप्रभु ने कैसे देश के विशिष्ट मानस का निर्माण कर दिया है और कर्मशील बने रहने का—बिना फल पर ध्यान दिए कर्मशील बने रहने का—सतत महाभाव प्रदान कर दिया है। अब आप ही बताएँ, ऐसे महाप्रभु वल्लभाचार्य को भक्ति आंदोलन का शीर्ष व्यक्तित्व न मानें तो और क्या मानें?

□

22

इसलिए भारत स्वभाव से ही बहुलवादी है

हमने पिछले एक आलेख में भारत के अनेक संप्रदायों की विस्तार से चर्चा की है और यह भी बताया है कि कैसे 'भारत का धर्म' तो एक ही है, पर एक ही धर्म के किसी एक पक्ष पर थोड़ा अधिक जोर देने पर, थोड़ा अधिक बल दे देने के कारण भारत में एक संप्रदाय का जन्म होता है, और फिर वैचारिक बहुलता को सम्मानित करने के अपने स्वभाव के कारण प्रत्येक संप्रदाय हमारे लिए विशिष्ट सम्मान का पात्र बन जाता है। अपने इसी स्वभाव के कारण सांप्रदायिक होना, अर्थात् किसी एक संप्रदाय से जुड़ा होना हमारी वैचारिक परंपरा में विशिष्ट सम्मान का, खास इज्जत देने का विषय बन जाता है।

हमने अपने पिछले ही आलेख में यह भी देखा कि कैसे भारत में पिछली सहस्राब्दियों में तीन तरह के वैचारिक आंदोलन चले हैं। हमने देखा कि कैसे महाभारत युद्ध के बाद से, यानी आज से पाँच हजार साल पहले के समय में आचार्य याज्ञवल्क्य के नेतृत्व में अध्यात्म की प्रतिष्ठा के लिए संसारवादियों और इहलोकवादियों को वैचारिक पराजय देने के लिए एक आंदोलन शुरू हुआ और फिर लगातार, सदियों तक यह अध्यात्म आंदोलन चलता रहा, जिसकी शिखर अभिव्यक्ति भगवान् बुद्ध के 'धर्मचक्र प्रवर्तन' के साथ ही हुई। आज से ढाई हजार साल पहले हुई, अर्थात् उपनिषदों के अध्यात्मवादी धर्म के विरोध में संसारवाद को महत्त्व देनेवाली जो अनात्मवादी विचारधारा शुरू हुई, उस अनात्मवादी विचारधारा को परास्त कर भगवान् बुद्ध ने उपनिषदों की अध्यात्मवादी धर्म परंपरा को फिर से स्थापित कर दिया, जिसे भारत के इतिहास में 'धर्मचक्र प्रवर्तन' नाम से वैसे ही जानते हैं, जैसे हम कृष्ण द्वारा की गई धर्म की पुनः प्रतिष्ठा को 'गीता' में 'धर्मसंस्थापनाय' के रूप में जानते हैं। आचार्य याज्ञवल्क्य द्वारा प्रवर्तित इस अध्यात्म आंदोलन की शिखर अभिव्यक्ति भगवान् बुद्ध के 'धर्मचक्र प्रवर्तन' के रूप में हुई। 'प्रतीत्य समुत्पाद' इस सिद्धांत की प्रतिष्ठा भगवान् बुद्ध ने तब की, जब भगवान् ने अपने प्रथम उपदेश में इस शब्द का प्रयोग किया। आचार्य नरेंद्र देव जैसे बौद्ध धर्म-दर्शन के

आचार्य प्रतीत्य समुत्पाद को प्रकारांतर से कर्मदर्शन का ही नया रूप मानते हैं (बौद्ध धर्म दर्शन, पटना, 1971, पृष्ठ 224)।

दूसरा वैचारिक आंदोलन जगद्गुरु शंकराचार्य द्वारा प्रवर्तित अद्वैत आंदोलन के रूप में भारत के इतिहास में सुप्रतिष्ठित है। बौद्ध धर्म-दर्शन को लेकर हमने एक बात अपने इसी 'तीन वैचारिक आंदोलन' आलेख में कही कि कैसे भगवान् बुद्ध द्वारा प्रवर्तित धर्मचक्र का अपहरण ठीक उन्हीं लोगों ने कर दिया, जिनको वैचारिक पराजय देनेवाले अध्यात्म आंदोलन की शिखर अभिव्यक्ति भगवान् बुद्ध को संबोधि के रूप में हुई थी और भारत के कर्म-दर्शन को 'प्रतीत्य समुत्पाद' के विचार शीर्षक के अंतर्गत फिर से प्रतिष्ठा मिली। परंतु भगवान् बुद्ध के देहावसान के बाद से ही इहलोकवादी और अनात्मवादी संसारवादियों ने अपने हिसाब से 'धर्म' की नई-नई, यानी अनात्मवादी व्याख्याएँ करना शुरू कर दीं और बड़े परिश्रम से 'धर्मचक्र प्रवर्तन' को इहलोकवादी, अनात्मवादी और क्षणभंगुरवादी बना दिया। इसलिए हमने कहा कि भारत के संपूर्ण बौद्ध धर्म-दर्शन को हम दो सोपानों पर रखकर देखते हैं। एक सोपान पर विष्णु का अवतार माने गए भगवान् बुद्ध विराजमान हैं और दूसरे सोपान पर संपूर्ण बौद्ध धर्म-दर्शन परंपरा फली-फूली है, जिस परंपरा का भगवान् बुद्ध से कोई लेना-देना नहीं। धर्मचक्र प्रवर्तन को इस तरह पथभ्रष्ट कर देनेवालों को जगद्गुरु शंकराचार्य ने जिस इदमित्थं शैली में निर्णायक वैचारिक पराजय दी, उसी को हमने अपने उस पिछले आलेख में 'अद्वैत आंदोलन' कहा है।

तीसरा है 'भक्ति आंदोलन' जो उसी नाम और रूप के साथ पहले से ही भारत की विचार परंपरा में सुप्रतिष्ठित रहा है, जिस भक्ति आंदोलन की निर्णायक अभिव्यक्ति यहाँ प्रभु वल्लभाचार्य के पुष्टि मार्ग के रूप में सामने आई। हम इस संपूर्ण इतिहास का विस्तृत विवरण पिछले आलेख में दे आए हैं। परंतु 'भारत का धर्म' कैसे अनेक संप्रदायों में अभिव्यक्त और पुष्पित-पल्लवित हुआ है और 'भारत का दर्शन' कैसे अनेक आंदोलनों-संप्रदायों में फला-फूला है, उसे इसी आलेख में फिर से संक्षेप में क्यों दोहराया गया है, इसका कारण है और उस कारण को खुलासा करके बताना जरूरी है।

हमारा देश कैसे विदेशी धर्मों की, अर्थात् विदेशों से भारत में आए धर्मों की, अर्थात् विधर्मियों की विचारशैली का बँधुआ बन चुका है, उसको जानना रोचक होगा। आजकल जैसा दिमाग हम लोगों का बना दिया जा चुका है, उसके तहत हम यह बात कहने में पलक झपकने जितनी भी देर नहीं लगाते कि भारत में अनेक धर्म हैं। परंतु हमने आज तक अपने मुँह से यह कभी नहीं कहा कि भारत में अनेक दर्शन हैं। जिस तत्परता से हम यह कह देते हैं कि भारत में अनेक धर्म हैं, जैसे—वैष्णव धर्म, शैव धर्म, बौद्ध धर्म, जैन धर्म, सिख धर्म वगैरह, वैसे ही दर्शन भी तो अनेक हैं, जैसे—न्याय दर्शन, सांख्य दर्शन, बौद्ध दर्शन वगैरह। पर हमने आज तक किसी पढ़े-लिखे अथवा कम पढ़े किसी

भी व्यक्ति के मुँह से यह कहते नहीं सुना कि भारत में अनेक दर्शन हैं। कभी नहीं सुना। आपमें से किसी ने ऐसा सुना हो तो हमें बताइए जरूर। ऐसा इसलिए नहीं सुना, क्योंकि भारत का दर्शन वाकई एक है, अध्यात्म दर्शन और उसी दर्शन में थोड़ा-बहुत या कहीं थोड़ा-ज्यादा, इधर-उधर कर देने से हम उसे न्याय दर्शन, वैशेषिक दर्शन, सांख्य दर्शन, योग दर्शन, बौद्ध दर्शन, जैन दर्शन, मीमांसा दर्शन, वेदांत दर्शन आदि कह देते हैं, जो इसी नाम से दर्शन संप्रदाय कहे जाते हैं, पूरी प्राचीन दर्शन परंपरा से भी ऐसे ही कहे जाते हैं और दर्शन की आधुनिक पुस्तकों में भी, यानी भारत के दर्शन की आधुनिक पुस्तकों में भी इन्हीं नामों से कहे, जाने, पढ़े जाते हैं। जाहिर है कि जैसे भारत का दर्शन एक है, शेष अभिव्यक्तियाँ भारत के दर्शन के विभिन्न संप्रदाय हैं, दर्शन संप्रदाय हैं, ठीक वैसे ही भारत का धर्म भी एक है, वह एक धर्म भारत का सनातन धर्म है, शेष सभी संप्रदाय भारत के अपने इसी एक सनातन धर्म के अनेक धर्म-संप्रदाय हैं।

तो समझ में यह आया कि जैसे भारत का दर्शन एक और इस आधार पर भारत के अनेक दर्शन संप्रदाय, ठीक वैसे ही भारत का धर्म एक और इस आधार पर भारत के अनेक धर्म-संप्रदाय। हम जिस तत्परता से भारत के अनेक धर्म ऐसा कह देते हैं, पर उसी तत्परता से भारत के अनेक दर्शन ऐसा नहीं कहते, न ही कहेंगे, तो इसका कारण यह है कि हमारे देश में इसलामी आक्रमणकारियों और क्रिश्चियन मिशनरियों के हाथों भारत का धर्मांतरण करनेवालों का आगमन तो भारत में हुआ, पर किसी विदेशी दार्शनिक विचार का, विदेशी तत्त्वज्ञान का हमला हमारे देश पर नहीं हुआ। भारत पर विदेशी तत्त्व ज्ञान का हमला अब इन दशकों में, नेहरूवादी समाजवाद के संरक्षण और उसकी छत्रच्छाया में होना शुरू हो चुका है, जिसे हमने भारत की पश्चिम-परस्ती कहा है। पश्चिम-परस्ती का हमला तो यकीनन हो रहा है, पर उसके खिलाफ वैचारिक और राजनीतिक आवाजें भी उठना शुरू हो चुकी हैं। भारत में विदेशी मजहब और विदेशी रिलीजन आए, नेहरूवाद और उनके समाजवाद की छत्रच्छाया में इस मजहब और इस रिलीजन को 'धर्म' का ऊँचा सिंहासन दे दिया और इस दकियानूसी में हमने भारत के धर्म की परिभाषा ही बदल दी और कहना शुरू कर दिया कि भारत में अनेक धर्म हैं। विदेशी विचारधाराओं ने उसे रास्ते से भटकाया नहीं है। कहना चाहिए कि पूरी तरह भटका नहीं पाए हैं। इसलिए धर्म को लेकर जिस वैचारिक भ्रम का शिकार देश हो गया, वही अपना देश भारत के दर्शन को लेकर किसी मतिभ्रम का शिकार नहीं हुआ, क्योंकि नेहरू और उनका समाजवाद भारत के दर्शन तक पहुँच ही नहीं पाए। विदेशों से भारत में आए मजहब और रिलीजन के कारण उन्हें भी धर्म कह देने की हमारी मूर्खता के कारण, हमारी विदेशी सोच की गुलामी के कारण, नेहरूवादी दरिद्र धर्म-सोच का बँधुवा बना दिए जाने के कारण और उसी आधार पर शाक्त, शैव, वैष्णव, बौद्ध, जैन,

सिख, गाणपत्य, कार्तिकेय आदि धर्म-संप्रदायों को धर्म कह दिए जाने के कारण हमने अब यह कहना शुरू कर दिया है कि भारत में अनेक धर्म हैं। भारत में जातियाँ अनेक हैं, पर भारत का संपूर्ण जातीय समाज एक है, हिंदू समाज। भारत के दर्शन-संप्रदाय अनेक हैं, पर भारत का दर्शन एक है, अध्यात्म दर्शन। वैसे ही भारत के धर्म-संप्रदाय अनेक हैं, पर भारत का धर्म एक ही है, सनातन धर्म। आर्यसमाज के सुधारवादी आंदोलन के दौर में 'सनातन' शब्द को भारत के धर्म का पर्यायवाची मानने की बजाय सुधारवादी आंदोलन के समानांतर किसी विचार का पर्यायवाची बना दिया गया था, जिसे हम देश का राष्ट्रीय मतिभ्रम ही कह सकते हैं। अन्य अनेक राष्ट्रीय मतिभ्रमों के चंगुल से जैसे हम दशकों की पिछली यात्रा में से निकले हैं, वैसे ही हमने जहाँ एक ओर आर्यसमाज की एक राष्ट्रवादी सुधार आंदोलन के रूप में प्रतिष्ठा कर दी है, वैसे ही आर्यसमाज-सनातन धर्म की बौद्धिक प्रतिद्वंद्विता के मतिभ्रम से भी संपूर्ण मुक्ति प्राप्त कर ली है। सनातन धर्म कोई एक धर्म-संप्रदाय नहीं है। भारत की संपूर्ण संस्कृत परंपरा में जिसे 'एष धर्मः सनातनः' कहा गया है, भारत की संपूर्ण पालि, प्राकृत, अपभ्रंश परंपरा में जिसे एक स्वर से 'एस धम्मो सणन्तओ' कहा गया है, वही धर्म भारत का अपना धर्म है, जिसको हम 'भारत का सनातन धर्म' कहते हैं। 'भारत का समाज' एक है, हिंदू समाज, जिसकी अभिव्यक्ति, जातिगत अभिव्यक्ति अनेक जातियों में हुई है और क्षेत्रीय अभिव्यक्ति अनेक राज्यों के रूप में हुई है। और ठीक वैसे ही 'भारत का दर्शन' भी एक है, अध्यात्म दर्शन, जिसकी विविध अभिव्यक्ति भारत के अनेक दर्शन संप्रदायों में हुई है। ठीक वैसे ही, हम दोहरा रहे हैं कि ठीक वैसे ही, 'भारत का धर्म' भी एक है, सनातन धर्म, जिसकी विभिन्न अभिव्यक्तियाँ भारत के अनेक धर्म-संप्रदायों में हुई हैं, जिनकी ओर कुछ अधिक विस्तृत संकेत हम पिछले आलेखों में कर आए हैं।

इस बड़ी पृष्ठभूमि को पढ़ने के बाद अब हमें भारत के 'बहुलवाद' को लेकर कहने की कोई खास जरूरत नहीं लग रही, क्योंकि स्थिति इतना अधिक स्पष्ट होकर हमारे सामने आ चुकी है। फिर भी विचार को संगति देने के लिए उसे उचित निष्कर्ष तक पहुँचाना प्रत्येक लिखावट का धर्म होना ही चाहिए, बल्कि होता ही है।

भारत का समाज एक ही है, 'हिंदू समाज' जिसकी जाति और क्षेत्र के आधार पर अभिव्यक्तियाँ अनेक रूपों में हुई हैं। यह भारत की जातीय बहुलता का लक्षण भी है, प्रमाण भी है और परिणाम भी है। ठीक इसी तरह से भारत का दर्शन एक है, तत्त्वज्ञान पर आधारित दर्शन एक है, 'अध्यात्म दर्शन' जिसकी अभिव्यक्ति सांख्य, योग, न्याय, वैशेषिक, मीमांसा, वेदांत, जैन, बौद्ध, आजीवक आदि अनेक संप्रदायों में हुई है, जो भारत की वैचारिक बहुलता का लक्षण भी है, प्रमाण भी है और परिणाम भी हैं। ठीक उसी तरह से, दोहरा रहे हैं कि ठीक इसी तरह से भारत का धर्म भी एक है, 'सनातन',

जिसकी अभिव्यक्ति, शैव, शाक्त, गाणपत्य, ऐंद्र, ब्राह्म, गुहकार्तिकेय, वैष्णव, जैन, बौद्ध, सिख आदि अनेक संप्रदायों के रूप में हुई है, जिनकी संख्या गिनना शुरू करेंगे तो पचास के आस-पास जा पहुँचेगी। तो तीन नाम स्पष्ट रूप से हमारे सामने हैं। ये नाम कोई हमने नहीं ढूँढ़ निकाले हैं और न ही अपने इन तीन नामों का आविष्कार किया है। ये तीनों के तीनों नाम, 'हिंदू' (समाज), 'अध्यात्म' (दर्शन) और 'सनातन' (धर्म)—ये तीनों नाम भारत के इतिहास, भारत की परंपरा और भारत के साहित्य में से उपजे हैं और हमारे देश की पहचान के साथ हमेशा के लिए जुड़ गए हैं। यह स्वाभाविक स्थिति है। थोड़ा बल देकर कहेंगे तो कह सकते हैं कि यही स्वाभाविक स्थिति है।

अगर यही स्वाभाविक स्थिति है, जो कि यकीनन है ही, तो फिर सवाल उठता है गड़बड़ कहाँ हुई, गड़बड़ क्यों हुई, कहाँ और कब दुर्घटित हुआ कि भारत और 'हिंदू' एक-दूसरे से बेगाने बना दिए गए? कहाँ और कब दुर्घटित हुआ कि हिंदू का अपने 'अध्यात्म' दर्शन से नाता कमजोर पड़ गया? कहाँ और क्या दुर्घटित हुआ कि भारत का अपने ही धर्म, यानी अपने ही 'सनातन' धर्म से संबंध तितर-बितर होने लग गया? जवाब चाहिए क्या? जवाब चाहिए तो कृपया हमारी ही इस पुस्तक का, 'भारत की राजनीति का उत्तरायण' इस पुस्तक का पहला ही आलेख पढ़िए, जिसका शीर्षक है : 'राजनीति है सर्वोपरि'। 'उत्तरायण' इस पुस्तक का 'संदेश' यह है कि राजनीति ही नियामक है, राजनीति ही तय कर देती है, आखिरी फैसला राजनीति ही करती है। यही 'उत्तरायण' इस पुस्तक की 'केंद्रीय थीम' है कि किसी भी देश, समाज और विचारधारा की दिशा का उसके वर्तमान और भविष्य की दिशा का निर्धारण राजनीति ही करती है।

इसलिए जाहिर है कि (1) अगर भारत और हिंदू एक-दूसरे से बेगाने बना दिए गए हैं, (2) अगर हिंदू का अपने 'अध्यात्म' दर्शन से नाता कमजोर पड़ गया है और (3) अगर भारत का अपने ही 'सनातन' धर्म से नाता तितर-बितर हो रहा है, तो इसका अकेला और सबसे बड़ा कारण भारत की कमजोर राजनीति ही है। मौर्य, गुप्त, वर्धन, वाकाटक, चालुक्य, पल्लव, चोल आदि साम्राज्यों के चक्रवर्ती दुर्गों के कमजोर होने के बाद जब भारत की राजनीति कमजोर पड़ गई थी तो भारत में इसलामी हमलावरों के आने का रास्ता खुल गया, जिसके परिणामस्वरूप भारत को करीब छह सौ साल की इसलामी गुलामी और मानो उसी के फॉलो-अप के रूप में क्रिश्चियन गुलामी, इस तरह छह-सात सदियों की राजनीतिक गुलामी झेलनी पड़ी। यह भारत का 'मध्यकाल' नहीं था, जिसे हम खुशी-खुशी बखानते रहते हैं। यह भारत का 'अंधकार युग' था, जब भारत राजनीतिक गुलामी में साँसें लेने को मजबूर बना दिया गया था। उस समय की आततायी, क्रूर, हिंसक तथा मदांध विदेशी राजनीति का, इसलामी व क्रिश्चियन राजनीति का वह वहशीपन था, जिसे भारत झेलने को मजबूर था। अपनी, यानी भारत की अपनी कमजोर

हिंदू राजनीति के कारण झेलने को मजबूर था।

एक उम्मीद पाल ली गई थी कि जब भारत आजाद होगा तो उसका निर्माण तब अपनी जातीय, वैचारिक और धार्मिक विचारधारा के आधार पर होगा, ताकि फिर से एक तेजस्वी भारत का निर्माण हो सके। पर भारत का दुर्भाग्य अभी शेष था। गांधी के राजनीतिक नेतृत्व में, कहना चाहिए कि गांधी के जबरदस्त और अद्‌भुत रूप से गतिशील राजनीतिक नेतृत्व में भारत को आजादी मिली। जिस बात को लोग समझ नहीं पा रहे हैं, समझकर भी समझ नहीं पा रहे हैं, या वास्तव में मंदबुद्धि हैं कि उन्हें समझ ही नहीं आ रहा कि 1925 में स्थापित राष्ट्रीय स्वयंसेवक संघ की स्थापना ठीक उन्हीं कुसंभावनाओं का मुकाबला करने की तैयारी के रूप में की गई थी, जिन दुर्घटितों की आशंका गांधी (और आगे चलकर नेहरू) की मुसलिम-परस्त और हिंदू-विरोधी राजनीति के परिणामस्वरूप देश के लगभग सभी राष्ट्रवादी नेताओं को होने लग गई थी। इतिहास साक्षी है, ज्यादा प्रमाण देने की कोई जरूरत ही नहीं है। अब तो सारा देश मानने लगा है कि देश का भारत-पाकिस्तान के रूप में विभाजन उस विषवृक्ष का फल था, जिस विषवृक्ष के बीज खलाफत आंदोलन के रूप में बोए गए थे। अब तो सारा देश मानता है और कोई प्रमाण देने की जरूरत नहीं कि अंग्रेजी राज की हिंदू-तोड़क, अध्यात्म-भंजक और धर्म-विनाशक नीतियों को ही प्रधानमंत्री जवाहरलाल नेहरू ने आगे भी चलाए रखा, बल्कि उनका संवर्धन किया, जिसके परिणामस्वरूप भारत जातिवादी राजनीति से ग्रस्त बना रहा है। कुछ राज्यों में ब्रिटिशकालीन कुंठाओं को पालते-पोसते हुए देश तोड़नेवाले आंदोलन चलते रहे हैं और आज भी बाकायदा चल रहे हैं। देश को अपने तत्त्वज्ञान पर आधारित जीवन-दर्शन तथा सनातन धर्म से प्रेरणा लेने की बजाय देश को धर्मनिरपेक्षता की धर्म-विरोधी और इसलिए भारत--विरोधी राह पर धकेल दिए जाने की कोशिशें नेहरू विचारधारा में पाले-पोसे गए लेखकों, मीडियाकर्मियों व राजनीतिकर्मियों द्वारा बदस्तूर जारी हैं।

जो आलेख आप इस वक्त पढ़ रहे हैं, उसका शीर्षक है—'इसलिए भारत स्वभाव से ही बहुलवादी है'। 'बहुल' का अर्थ है अनेक, विविध, भाँति-भाँति का। हमने कहा कि भारत 'इसलिए' स्वभाव से ही बहुलवादी है, यानी अनेकता, विविधता, बहुलता का सम्मान करना भारत के स्वभाव में है। शीर्षक का शब्द 'इसलिए' उन कारणों व परिस्थितियों को दर्शाता है, जिनके होने के परिणामस्वरूप यह बहुलता भारत के स्वभाव में आ गई है। हमने जिन जातीय अनेकताओं की ओर संकेत किया है, जिन वैचारिक व धार्मिक विविधताओं की ओर संकेत किया है, उनका हल्का-सा अध्ययन ही स्पष्ट कर देता है कि जाति, विचार व आचरण, यानी देश का अपने भारत देश का समाज हिंदू जातिव्यवस्था पर आधारित होने के कारण, अपने भारत देश का विचार अध्यात्म दर्शन

पर आधारित होने के कारण और अपने देश का राष्ट्रीय आचरण धर्म पर आधारित होने के कारण अनेकता, विविधता और बहुलता का एक ऐसा स्वाभाविक प्रांगण, स्वाभाविक देश, स्वाभाविक राष्ट्र बन गया है, जहाँ हर कोई अपनी-अपनी सामाजिक, वैचारिक व धार्मिक स्वतंत्रता के साथ जीता है, व्यवहार करता है और निरंतर आगे ही आगे की ओर देखकर चलता है।

अपना यह भारत देश ऐसा ही है। यह स्वभाव से ही बहुलवादी है। अनेकता के लिए उसमें स्वाभाविक रूप से सम्मान है। बहुलता के लिए उसमें स्वाभाविक रूप से सहज आकर्षण है। विविधता के लिए उसमें स्वाभाविक रूप से प्राप्त जीवंतता है। इतने बड़े भौगोलिक क्षेत्र भारत में अनेकता, विविधता व बहुलता बनी रहे, पलती-पुसती रहे, फलती-फूलती रहे, इसके लिए कुछ परिस्थितियों को जानना जरूरी है। इन परिस्थितियों का नाम है 'एकात्मता'। हम एकता नहीं, एकात्मता की बात कर रहे हैं। 'एकता' सिर्फ बाहरी होती है। 'एकात्मता' में 'आत्मा' शब्द का प्रयोग है, जिसका शब्दार्थ है, चैतन्य या चेतनता और जिसका संबंध, हमारी चेतना हमारी सोच, हमारे मन, हमारी विचारशीलता, हमारी वैचारिकता से है। सिर्फ इन्हीं समाजों में, सिर्फ इन्हीं देशों में, सिर्फ इन्हीं भौगोलिक क्षेत्रों में ये विविधता, अनेकता और बहुलता रह पाती है, विकसित हो पाती है, जहाँ चेतना, सोच और विचार में एकता है। ऐसा नहीं होने पर समाज इकट्ठे बेशक रह रहे हों, पर ऐसे समाजों में एकात्मता नहीं रह पाती। वहाँ बिखराव बना रहता है। टूट-फूट चलती रहती है। नेहरू-गांधी विचारधारा में और राष्ट्रीय स्वयंसेवक संघ की विचारधारा में यही बेसिक अंतर है और यह बड़ा भारी अंतर है, वास्तव में निर्णायक अंतर है। जहाँ गांधी-नेहरू विचारधारा सिर्फ विविधता, अनेकता और बहुलता पर बल देती रहती है, वहाँ रा.स्व. संघ भारत के भीतर से उन तत्त्वों को खोजता रहता हैं और उन्हें लगातार रेखांकित करता रहता हैं, जो भारत को जोड़ते हैं, जोड़ते रहते हैं, जोड़ने के काम में लगे रहते हैं। गांधी ने खलाफत आंदोलन चलाया। खलाफत में जिस भी विचार का बोलबाला हो, प्रधानता हो, हम उस पर बात नहीं कर रहे। पर उसमें आक्रामकता है, जो तोड़ने का काम तो कर सकती है, जोड़ने का काम नहीं कर सकती। इसलिए यह गंभीर विचार का मामला है क्योंकि दुनिया में दो इसलामी समाज एक देश के रूप में नहीं रह पाते, इसलिए, क्योंकि वहाँ इसलामी सोच के अलावा दूसरे सोच के लिए कोई जगह नहीं है, यहाँ तक कि भारत से टूटकर बनी बाकी भौगोलिक इकाइयाँ, यानी बांग्लादेश, पाकिस्तान, सीस्तान, फारस, अफगानिस्तान, बलोचिस्तान, वजीरिस्तान आदि भी एक देश के रूप में नहीं रह पातीं, अलग-अलग देश बनकर रहती है या अलग रहने को बेताब रहती हैं। बेशक इसलाम सबमें समान है पर देश अलग-अलग हैं। यही हालत उस यूरोप की है, जो उन देशों का अलग-अलग संप्रभु देशों का 'महाद्वीप' बनकर रह

गया है, जिन देशों में क्रिश्चियनिटी तत्त्व समान है, पर वही क्रिश्चियनिटी (इसलाम की तरह) एकता या एकात्मता का आधार नहीं बन पाई। यह इतिहास है और यही इतिहास है। अगर दुनिया के तमाम इसलामी देश और क्रिश्चियन देश कभी भविष्य में एक राष्ट्रव्यापी एकता तथा एकात्मता दिखा देंगे तो हम उस पर फिर उन्हीं संदर्भों में बात करेंगे, जिन संदर्भों में बार-बार तोड़कर अलग-अलग भौगोलिक देशों में बाँट दिए जाने के बावजूद इस अवशिष्ट भारत में, एक सौ पच्चीस/तीस करोड़ की आबादीवाले भारत में एकता व एकात्मता आज भी गर्व का विषय बनी है, आज भी हरेक के लिए चाहत का विषय बनी है और आज भी विचित्र, किंतु सत्य जैसी बहुलता का अध्ययन करनेवाली शोध का विषय बनी हुई है।

वैसा करेंगे तो आपको तुरंत समझ में आ जाएगा कि भारत का हिंदू समाज आज भी एकजुट है, विविधता+विभिन्नता+बहुलता के बावजूद एक है, एकात्म है तो उसका एक कारण कृपया उस जातिव्यवस्था में ढूँढ़िए, जिसे अंग्रेजीदाँ लोगों की नेहरूवादी तर्ज पर, संघ-भा.ज.पा. समेत सारा बौद्धिक वर्ग हमेशा कोसता रहता है। जातिव्यवस्था ने भारत को कभी तोड़ा नहीं, हमेशा जोड़ा ही है। छह-सात सदियों की भयानक और क्रूरता सहन करने को मजबूर बना देनेवाली गुलामी के बावजूद अगर भारत कायम है, तो उसका श्रेय कृपया उस जातिप्रथा को भी दीजिए, जिसने भारत के हिंदू समाज को राष्ट्रीयता के भाव से बाँधे रखा। उसी जीवंत जातिप्रथा + व्यवस्था ने उन कुरीतियों व बुराइयों पर भी अंततः निर्णायक विजय प्राप्त कर ली है, जिन बुराइयों का नाम जप करते हुए सारी दुनिया वर्णव्यवस्था और जातिप्रथा को कोसती रहती है। उसी कोसते रहने की बुरी आदत के कारण ये ही लोग इस सत्य का भी बखान नहीं कर पाते कि कैसे जातिप्रथा+व्यवस्था अब जात-परस्ती पर भी जीत हासिल करने की ओर अग्रसर है। हमेशा नकारात्मक बोलने की आदतवालों को कभी रचनात्मकता की ओर भी देखना चाहिए।

दूसरा कारण है भारत का धर्म, जिसे हम 'सनातन' कहते हैं। हमने अब तक कई बार यह बात दोहरा दी है कि भारत में धर्म का पर्यायवाची न तो मजहब है और ही रिलीजन है। भारत में धर्म का अर्थ है आचरण, धर्माचरण। भारत में जितने भी धर्म-संप्रदाय हैं, वे सभी श्रेष्ठ आचरण की बात कहते हैं। भारत के स्मृति ग्रंथों में धर्म को दस लक्षणोंवाला कहा गया है—धृतिः, क्षमा दमोऽस्तेयं शौचमिन्द्रिय निग्रहः, धीर्विद्या सत्यमक्रोधो दशकं धर्मलक्षणम्। भारत में धर्म के दस पहचान, लक्षण कहे गए हैं—(1) धृति = धीरज, (2) क्षमा, (3) दम = आत्मनियंत्रण, (4) अस्तेय = किसी का कुछ नहीं चुराना, (5) शौच = शारीरिक पवित्रता व स्वच्छता, (6) इंद्रियनिग्रह = अपनी इंद्रियों पर विजय पाना, (7) धी = बुद्धिमत्ता, (8) विद्या = ज्ञान प्राप्ति, (9) सत्यम् = सत्य भाषण करना, (10) अक्रोध = क्रोध नहीं करना।

बताइए, कौन-सी बड़ी या गंभीर बातें हैं ये? पर इससे भी अधिक कोई बड़ी और गंभीर बातें हों तो हमें बताइए जरूर। हमारे भारत ने इसी आचरण को धर्म कहा है और चूँकि इस तरह का आचरण हरेक देश और हर काल में आवश्यक होता है, वांछनीय होता है, चाहिए होता है, इसलिए ऐसे धर्म को, भारत के ऐसे धर्म को 'सनातन', हमेशा रहनेवाला, ऐसा नाम दिया गया है। भारत में अनेक धर्म-संप्रदाय हैं, परंतु प्रत्येक धर्म-संप्रदाय में ऐसे ही श्रेष्ठ आचरण को सबसे ऊँचा आसन दे दिया गया है। प्रत्येक धर्म-संप्रदाय कहीं दशलक्षण वाले आचरण की, कहीं अष्टांग मार्ग की, कहीं चार या पाँच महाव्रतों व अणुव्रतों की बात कहता है तो जाहिर है कि प्रत्येक धर्म-संप्रदाय आचरण की, श्रेष्ठ आचरण की सार्वकालिक व सार्वदेशिक श्रेष्ठता को मान्यता देता है। इसलिए भारत का धर्म सनातन है, हमेशा रहने वाला है, क्योंकि श्रेष्ठ आचरण हमेशा रहने ही वाला है। भारत के धर्म की यही सनातनता उसमें सभी धर्म-संप्रदायों के बीच एक ऐसी एकता व एकात्मता को स्थापित कर देती है कि भारत हमेशा के लिए, हर विपरीत परिस्थिति में भी अपनी धार्मिकता से जुड़ा रहता है। अगर आपको दो सवाल बार-बार परेशान कर रहे हों कि (1) क्यों इतने धर्म-संप्रदायों के बीच भारत में एकता व एकात्मता हर काल और हर प्रदेश में बनी रहती है और (2) कि क्यों लाख नारेबाजी व लाख कोशिशों के बावजूद देश में हिंदू-मुसलिम एकता या हिंदू-क्रिश्चियन एकता नहीं हो पाती तो इन दोनों सवालों के जवाब क्रमश: भारत के धर्म की परिभाषा में, यानी उसकी सनातनता में, भारत के अपने इस सनातन धर्म में खोजिए और विधर्मियों के मजहब तथा रिलीजन के विधर्मी स्वरूप यानी धर्माचरण बिहीनता में ढूँढ़ लीजिए, जहाँ धर्म है ही नहीं और सिर्फ धर्मांतरण है। जवाब अपने सामने खड़ा पाएँगे आप। इसी धर्म की सनातनता को, इसी सनातन धर्म को धर्मनिरपेक्षता में तब्दील करने को सारा नेहरूवादी मीडिया व राजनीति न जाने कितने वर्षों से कोशिश कर रहे हैं, पर सफल नहीं हो पा रहे हैं। आप सभी अपनी-अपनी डायरी में और अपने दिलों में नोट कर लीजिए कि ये लोग कभी सफल हो भी नहीं पाएँगे।

तीसरा कारण है, भारत का जीवन-दर्शन, जिसे हम अध्यात्म दर्शन कहते हैं। भारत की जातिव्यवस्था धर्म पर टिकी है। इस वाक्य का मर्म आप अब समझ पा रहे हैं न? भारत का धर्म, भारत का अपना सनातन धर्म भारत के जीवन-दर्शन पर टिका है। भारत का जीवन-दर्शन भारत के अध्यात्म पर टिका है। इस पर हम अभी इससे अधिक विस्तार से कुछ नहीं लिख रहे हैं, क्योंकि इसी पुस्तक के 'हिंदू' की परिभाषा से जुड़े आलेखों में इसी थीम पर बड़े ही विस्तार से, बड़ी ही गहराई में और सभी आयामों में विचार कर दिया जा चुका है। फिर से दोहरा देने का कोई लाभ नहीं है। अंत में, इस वर्तमान आलेख के अंत में हम यह कहकर अपनी बात समाप्त कर रहे हैं कि

भारत का हिंदू समाज अपनी जाति व्यवस्था के कारण, भारत का सनातन धर्म अपनी सनातनता अर्थात् हमेशा रहने वाली निरंतरता के कारण और भारत का जीवन-दर्शन अपनी तत्त्वज्ञानशीलता के कारण इस कदर और इस हद तक अभेद्य स्थिति में है कि उसे कोई आँच आनेवाली ही नहीं है। इस आस्था का खास खुलासा हम उन आलेखों में करेंगे, जब हम 'परावर्तन', यानी 'घरवापसी' इस शीर्षक के अंतर्गत भारत के हिंदू के स्वर्णिम भविष्य का खुलासा किसी पुस्तक में करेंगे।

□

23

भारत का धर्म बनाम विदेशी धर्म

आजकल अपने देश में एक अजीबोगरीब जुमला चल रहा है और वह जुमला हमारे देश में, यानी भारत जैसे धर्मप्राण, दर्शनप्राण देश में चल रहा है, यह और भी ज्यादा चकित कर देनेवाली बात है। जुमला यह है कि 'सभी धर्म एक ही बात कहते हैं।' क्या वाकई? क्या वाकई सभी धर्म एक ही बात कहते हैं? वैसे तो भारत की धर्म, दर्शन व भक्ति-परंपरा में पले-पुसे हम भारतवासियों को इस जुमले के पीछे का पाखंड समझने में कोई देर नहीं लग सकती। फिर भी पश्चिम-परस्त, भारत-विमुख विचारधारा के इस पाखंड को लेकर उसके पूरे संदर्भों और कुपरिणामों के परिप्रेक्ष्य में कुछ बातें कहना जरूरी लग रहा है।

पहली बात यह है कि भारत नामक हिंदूबहुल इस देश में धर्म का वह अर्थ ही नहीं है, जो अर्थ 'रिलीजन' या 'मजहब' का है। कितने बड़े पाखंड की बात है कि हमारे देश के पश्चिम-परस्त बुद्धिजीवी व राजनेता इस बात को समझना तो दूर रहा, इस बारे में सुनने को भी तैयार नहीं हैं और इसलिए भारत के जनमानस से धर्म के दर्शन-आधारित सोच को मिटाने का और उसकी जगह पश्चिम की कट्टरपंथ तथा राजनीति-आधारित धर्म के सोच को थोपने के असफल प्रयास में जाने कितने ही दशकों से लगे हुए हैं, और यह भी तय है कि उन्हें भूतकाल की तरह भविष्य में भी कोई सफलता हाथ में नहीं लगनेवाली है।

भारत और पश्चिम के धर्म संबंधी सोच के बुनियादी, आधारभूत फर्क को एक बार तरीके से समझ लिया जाना बहुत जरूरी है, निहायत जरूरी है। भारत में धर्म और दर्शन का चोली-दामन का साथ है, फूल और सुगंध का साथ है, पानी और ठंडक का साथ है, आग और ताप का साथ है। एक को दूसरे से अलग करके आप देख ही नहीं सकते। भारत के दार्शनिकों ने जीवन के जो निष्कर्ष सदियों-सहस्राब्दियों के गहन चिंतन-मनन-निदिध्यासन के आधार पर इस देश के लोगों को समझाए हैं, उनका संबंध जीवन, जीवन

के संस्कार, उन संस्कारों के आधार पर बननेवाले जीवन और पुनर्जीवन, कर्म-कर्मफल, मृत्यु, बंधन, मोक्ष, आत्मा, परमात्मा, आत्मा-परमात्मा का संबंध, जीवन्मुक्ति जैसे आदर्शों व लक्ष्यों से है। जीवन के ये आदर्श और जीवन के ये लक्ष्य अथवा एक ही शब्द में कहें तो जीवन के ये आदर्शोन्मुख लक्ष्य कैसे समझे और प्राप्त किए जा सकते हैं, ताकि हमारा जीवन हर हिसाब से, सांसारिक व पारमार्थिक ऐसे हर हिसाब से समृद्ध, सात्त्विक व कर्मशील रहे, उसके लिए किया जानेवाला हमारा आचरण ही हमारा धर्म है। जीवन के ऐसे आदर्शोन्मुख लक्ष्यों का परिचय हमें दर्शन के तत्त्वज्ञान से होता है, जिसे आज की भाषा में हम मेटाफिजिक्स (तत्त्वज्ञान) कहते हैं और उसे कैसे प्राप्त करना है, इसके लिए इन्हीं तत्त्वज्ञानियों ने हमारे लिए आचरण के जो मानदंड रखे हैं और समय-समय पर रखते रहे हैं, उन्हें हम धर्म कहते हैं। दर्शन का प्रयोजन अपने तत्त्वज्ञान से हमें जीवन के उदात्त लक्ष्यों का बोध कराना है तो धर्म का प्रयोजन हमें उन उदात्त लक्ष्यों को पाने का आचरण बताना है। फिर से कह दें कि इसी आधार पर हमारे देश में धर्म-दर्शन एक साथ ही रहते हैं, एक-दूसरे से जुड़े रहते हैं, अविभाज्य हैं।

हमारे देश में दो विदेशी धर्म ही प्रायः करके देखे-जाने जाते हैं। इसलाम और ईसाइयत। क्या इन दोनों विदेशी धर्मों के बारे में भी हम निर्विकार और असंदिग्ध रूप से ऐसा कह सकते हैं? क्या इतिहास से मिली जानकारियों के आधार पर हम इसलाम और ईसाइयत को किसी तत्त्वज्ञान, यानी मेटाफिजिक्स की परंपरा पर आधारित धर्म मान सकते हैं? इस प्रश्न का उत्तर देना हमारे लिए कठिन है, क्योंकि इन दोनों धर्मों की तत्त्वज्ञान संबंधी पृष्ठभूमि से, हम पृष्ठभूमि की बात कर रहे हैं, उससे हमारा परिचय नहीं है। भारत का धर्म वेदों, रामायण, महाभारत, गीता (विशेष रूप से), उपनिषदों, पुराणों, जैन-बौद्ध आगम ग्रंथों, तंत्रों तथा जैन-सांख्य-योग, न्याय-वैशेषिक-मीमांसा-वेदांत-बौद्ध आजीवक नामक दर्शन संप्रदायों व धर्म संप्रदायों के तत्त्व-ज्ञान पर आधारित है। इन सभी में से प्रत्येक के जीवन-मृत्यु, कर्म-कर्मफल, आत्मा-परमात्मा, बंधन-मोक्ष, ईश्वर संबंधी तत्त्वों पर थोड़ा-बहुत, हल्का-सा अंतर पड़ जाने से, उनके धर्म संबंधी आचरण के पहलुओं पर बल का थोड़ा-बहुत, इधर-उधर, अपसरण पड़ जाता है, अन्यथा भारत के निगम-आगम-कथा ग्रंथों व दर्शन-धर्म संप्रदायों के धर्म-प्रतिपादन में परस्पर मूलभूत तात्त्विक एकता है और इसलिए इन सभी निगम-आगम-कथा ग्रंथों व दर्शन-धर्म संप्रदायों द्वारा निर्दिष्ट धर्म-आचरण की विशेषताओं में भी एक अद्‌भुत मूलभूत एकरूपता है। यहाँ जानकारी के बतौर जान लेना अच्छा रहेगा कि हम वेद, रामायण-महाभारत सरीखे प्रबंध काव्य, उपनिषद् व पुराण ग्रंथों को 'निगम' और जैन, बौद्ध तथा तंत्र के आधारभूत ग्रंथों को 'आगम' कह रहे हैं। चूँकि सभी ग्रंथों की विषयवस्तु एक ही ओर ले जाती है, इसलिए इन सभी ग्रंथों को हमारी हजारों सालों की अकादमिक-बौद्धिक परंपरा में 'निगमागम कथा' इस एक

ही नामकरण से जाना, समझा और बताया जाता है।

इसलाम की पृष्ठभूमि में तत्त्वज्ञान की ऐसी कोई परंपरा, ऐसा कोई इतिहास रेखांकित कर पाना हमारे लिए, हम कह रहे हैं, हमारे लिए आसान नहीं लग रहा है। धर्म-दर्शन के व्याख्याताओं में यह बात सुविदित है कि ईसाइयत नामक रिलीजन भी किसी तत्त्वज्ञान की पृष्ठभूमि पर आधारित रहा हो, इसका पता हमें नहीं है, हम कह रहे हैं, हमें उसका पता नहीं है। इतना जरूर है कि ईसामसीह के जन्म से आठ-नौ सौ साल पहले ही ग्रीस में जिस तत्त्वज्ञानपरक विचार-विमर्श का जन्म हो चुका था और जिसे विश्व तक पहुँचाने का श्रेय अरिस्टॉटल, प्लेटो, सोक्रेटीज सरीखे महादार्शनिकों को जाता है, ईसाइयत ने आगे जाकर उसी तत्त्वज्ञान की परंपरा से अपना नाता जोड़ लिया। परिणाम ? पश्चिम में धर्म और दर्शन संबंधी दो पृथक्-पृथक् उपादान आपस में मिलकर एक मंच पर आ गए। आ तो गए, पर वे वहाँ 'धर्म-दर्शन' नामक एक विषय पर बहस के लिए बने पैनल में शामिल दो वक्ताओं की तरह ही रहे, एक-दूसरे के पूरक वे कभी नहीं बन पाए।

भारत का अपना जो सनातन धर्म है, उसे हमारे संपूर्ण प्राचीन इतिहास में हम सिर्फ 'धर्म' नामकरण से जानते हैं। समस्त निगम-आगम-कथा परंपरा में उसे सिर्फ 'धर्म' के नाम से ही जाना गया, समझा गया, पुकारा जाता रहा। क्रमशः धर्म के साथ जैन, बौद्ध, शैव, वैष्णव, शाक्त जैसे विशेषणों का प्रयोग भी चलन में आने लगा, पर तात्त्विक संदर्भों में, कथा-प्रवचनों में, व्यक्ति के अपने आचरण में धर्म का प्रयोग सामान्यतः 'धर्म' इस अकेले प्रयोग के रूप में ही होता रहा और इस अर्थ में आज भी होता है। विभिन्न निगमागम कथा परंपराओं व विविध धर्म संप्रदायों को मानो पृथक्-पृथक् महत्त्व देने के लिए ही, हमारे देश में पिछली सदियों से जैन धर्म, बौद्ध धर्म, शैव धर्म, वैष्णव धर्म, शाक्त धर्म, सिख धर्म जैसे धर्म अभिधानों का प्रयोग करने की परंपरा भी चल पड़ी है। इसमें कोई हर्ज नहीं। इन पृथक्-पृथक् अभिधानों के प्रयोग से प्रत्येक धर्म के अपने सूक्ष्म अंतर को भी रेखांकित करने में सहायता मिलती है। पर हमें इन पृथक्-पृथक् अभिधानों के साथ-साथ अपनी इस समझ को भी विकसित करना चाहिए कि इन सभी धर्मों में एक तात्त्विक एकता है। इसलिए इन सभी धर्मों को एक ही अभिधान, यानी नाम देने का प्रयास अधिकाधिक होना चाहिए और कहने का चलन बढ़ना चाहिए। भारत के सभी धर्म-संप्रदायों को एक ही समान नाम से पुकारने का चलन बढ़ना चाहिए। अगर हम ऐसा नहीं करेंगे तो विदेशी धर्म अपनी स्वाभाविक राजनीतिक आकांक्षाओं के सहारे भारत के विभिन्न धर्मों को समाप्त कर अपने में दबोच देने के प्रयास करते रह सकते हैं। विदेशी धर्मों के राजनीतिक आका हमारे देश के धर्मों को एक-एक करके नष्ट करें, जैसा कि हमारे अपने ही देश के इतिहास में पहले भी हो चुका है, इससे बचाव का एक ही तरीका

है कि सभी धर्म खुद को एक ही नाम से जानने-व्याख्यायित करने की आदत डालें।

इसी परंपरा में, भविष्य में यदि कोई नूतन विचार संप्रदाय सामने आकर भारत के धर्म की उस समृद्ध परंपरा में कुछ जोड़कर उसकी भारत की धर्म संबंधी अवधारणा में कुछ जोड़कर भारत की धर्म परंपरा को और संपुष्ट करता है तो इसे हम इस देश के लिए प्रकृति का वरदान ही मानेंगे। पर कोई भी नूतन विचार या संप्रदाय वैसा तभी कर पाएगा यदि वह तत्त्वज्ञान की हजारों, हम कह रहे हैं, हजारों सालों के इस गतिमान प्रवाह की एक कड़ी के रूप में विनम्रतापूर्वक सामने आएगा। अन्यथा वही होनेवाला है, जो चार्वाकों, आजीवकों और भगवान् बुद्ध के तिरस्कर्ता बौद्धों (यानी महात्मा बुद्ध को उपनिषदों की परंपरा से अलग मानने के अपराधी बौद्धों) का इस देश में हुआ। कभी बौद्ध धर्म का प्रसार संपूर्ण पश्चिम एशिया और मध्य एशिया में हुआ था, चीन तक में हो गया था, पर आज उन सभी बौद्ध धर्म प्रभावित देशों और भारतीय क्षेत्रों में सभी बौद्ध धर्मांतरित हो गए और सिर्फ और सिर्फ इसलाम ही बाकी बचा है। परंपरा से खिलवाड़ करने के अपने ही सबक होते हैं। जो कोई भी गंगा की धारा को वापस लौटाने की या उसे 'गंगा-जमनी' जैसे निरर्थक, अज्ञान परिपूर्ण और तत्त्वज्ञान शून्य नाम देकर अपने दंभ को विचार का नाम देकर कुछ जोड़ने का अभिनय करेगा तो उसका वही हश्र होनेवाला है, इतिहास में उससे पहले, हम दोहरा रहे हैं, जो हश्र चार्वाकों का हुआ, आजीवकों का हुआ, बुद्ध तिरस्कर्ता बौद्धों का हुआ। वर्तमान में भी भारत की पूरी की पूरी ज्ञान-परंपरा का तिरस्कार करनेवाले पश्चिम-परस्त, भारत-विमुख विचारधाराओं के भाग्य में यही हश्र खुद भारत की प्रकृति द्वारा लिख दिया गया है।

दर्शन व तत्त्वज्ञान पर आधारित होने या आधारित न होने से जो अंतर आ जाता है, वही अंतर हिंदू धर्म व तथाकथित इसलाम-ईसाई संप्रदायों के बीच में साफ नजर आता है और इसलिए यह कहना कि सभी धर्म एक ही बात कहते हैं, अपने तात्त्विक रूप में एक गलत और थोथी राजनीतिक बयानबाजी के अलावा कुछ नहीं। देश के धर्मप्राण लोगों को गुमराह करनेवाली विचारहीन नारेबाजी के अलावा और कुछ नहीं। इसलिए धर्म धर्म है। रिलीजन या मजहब धर्म नहीं, बेशक वे रिलीजन और मजहब ही हैं, धर्म नहीं। हद-से-हद संप्रदाय हैं। जाहिर है कि रिलीजन और मजहब धर्म के पर्यायवाची नहीं हैं। माता-पिता को भगवान् मानना हमारा धर्म तो है, हमारा रिलीजन या हमारा मजहब नहीं। व्यापार में धोखेबाजी नहीं करनी चाहिए, बच्चों को अच्छे संस्कार देने चाहिए, ईश्वर की प्राप्ति को ही जीवन का लक्ष्य बनाना चाहिए, योग और ध्यान द्वारा अपनी आत्मिक शक्ति की वृद्धि करनी चाहिए, विद्यार्थी को ज्ञानार्जन करना चाहिए, स्त्री का सम्मान करना चाहिए, बच्चों को ईश्वर का ही साक्षात् रूप मानना चाहिए, ये और ऐसे सभी प्रकार के श्रेष्ठ 'चाहिए' धर्म ही कहे जा सकते हैं, रिलीजन या मजहब

नहीं। फिर से दोहराएँ कि धर्म धर्म है, रिलीजन और मजहब धर्म नहीं हैं। दोनों, यानी धर्म और रिलीजन तथा धर्म और मजहब परस्पर पर्यायवाची शब्द हैं ही नहीं। भारत के आधुनिक धर्म-दर्शन ज्ञाता, विद्वान् और पारखी लोग ऐसे सभी भारतवादी विचारक लोग इस अंतर को बार-बार कहते रहे, रेखांकित करते रहे, पर देश के दुर्भाग्य से यहाँ पश्चिम-परस्त, भारत-विमुख विचारधारा का ऐसा विनाशकारी दबाव हमेशा बना रहा। देश के स्वतंत्रता-परवर्ती, यानी 1947 के आस-पास और उसके बाद से हमारे राजनीतिक नेतृत्व का ऐसा अज्ञान-परिपूर्ण समर्थन मिलता रहा कि अपना यह देश धर्म और रिलीजन-मजहब के बारे में सही प्रकार से निकाले हुए निष्कर्षों से कभी तरीके से परिचित ही नहीं हो पाया। फिर इन पर बहस ही कहाँ से हो पाती?

तत्त्वज्ञान पर आधारित होने या न होने से जो अंतर आ जाते हैं, अब जरा इन पर गौर कर लिया जाए। फुटनोट के तौर पर हम बता देना चाहते हैं कि चूँकि भारत के दर्शन व धर्म परंपरा के तमाम संप्रदायों में और उनके द्वारा बताए गए धर्म-आचरण संबंधी सभी वक्तव्यों में तत्त्वत: कोई मौलिक अंतर नहीं है, आपातत: ही कुछ इधर-उधर का फर्क है, इसलिए हम उसे एक समान नाम सनातन हिंदू का तत्त्वज्ञान और सनातन धर्म के नाम से ही देश के संपूर्ण इतिहास में जानते रहे हैं और अपने संपूर्ण आलेख में भी वही लिख रहे हैं। इसलिए लिख रहे हैं, ताकि हमारे पाठक संपूर्ण कथ्य को सहज रूप से, उसकी संपूर्णता में समझ सकें और देश के स्वभाव और चरित्र के बारे में एक सही, एकात्म व तथ्यपरक राय बना सकें।

तत्त्वज्ञान पर आधारित होने या न होने से एक बड़ा अंतर यह पड़ा है कि जहाँ हिंदू धर्म अंतत: व्यक्तिगत आचरण का विषय ही हमेशा से रहा है और आज भी है और अपने उसी स्वभाव के परिणामस्वरूप हमेशा वैसा ही रहनेवाला है, वहाँ तत्त्वज्ञान और उसकी गहराई पर आधारित न होने के कारण ईसाइयत व इसलाम व्यक्तिगत आचरण का मामला कम और सामूहिक आचरण का मामला ज्यादा बन गए हैं। इसमें कुछ भी अस्वाभाविक नहीं है। तत्त्वज्ञान ही वह ज्ञान है, जो व्यक्ति के एक व्यक्ति के रूप में उठान करने की या उठान होने की बात करता है। अगर तत्त्वज्ञान का आधार नहीं है, उसका सहारा नहीं है, उसकी प्रेरणा नहीं है तो इस आधार, इस सहारे और इस प्रेरणा के बिना होनेवाला धर्माचरण सिर्फ व्यक्तिगत आचरण का विषय रह ही नहीं सकता। उसकी नियति में फिर धर्म सामूहिक आचरण का विषय बन जाना ही तय होता है।

इसलिए व्यक्तिगत आचरणवाले धर्म में, मसलन—हिंदू धर्म में किसी एक पैगंबर, किसी एक धर्मग्रंथ या किसी एक सरीखी और खास तरह की पूजा पद्धति की जरूरत नहीं पड़ती। आप ईश्वर को मान भी सकते हैं, नहीं भी मान सकते हैं। उसके अवतारी रूपों को मान भी सकते हैं, नहीं भी मान सकते हैं। अनिवार्य-अपरिहार्य जैसा मान भी

सकते हैं, नहीं भी मान सकते हैं। पूजा की किसी विधि को मान भी सकते हैं, नहीं भी मान सकते हैं। आप शिव, गणपति, शक्ति, विष्णु, राम, कृष्ण, बुद्ध, महावीर, शंकराचार्य, वल्लभाचार्य, नानक आदि किसी भी ईश्वरीय रूप को मान भी सकते हैं, नहीं भी मान सकते हैं। आप मीमांसकों की तरह ईश्वर को मान भी सकते हैं या फिर सांख्य की तरह यह भी मान सकते हैं कि सांख्य के तत्त्वज्ञान की व्यवस्था में ईश्वर के लिए कोई स्थान ही नहीं है। आप इनमें से किसी भी विकल्प को मानकर चलें तो भी आप हिंदू हैं, नहीं मानकर चलें तो भी आप हिंदू हैं। आपसे अपेक्षा इतनी भर है कि आपके जीवन का लक्ष्य श्रेष्ठ होना चाहिए और उस लक्ष्य को पाने के लिए आपका आचरण श्रेष्ठ होना चाहिए। वह श्रेष्ठ कैसे हो सकता है, इसमें सहायता के लिए आपके पास सभी अवतारी महापुरुषों के विकल्प उपलब्ध हैं, जो इसके साथ बताए गए हैं। हर विकल्प में श्रेष्ठ जीवन लक्ष्य को पाने के लिए आपकी आचरण की श्रेष्ठता ही अकेला मानदंड है। उसे बतानेवाले अलग-अलग हो सकते हैं। यही भारत का धर्म है।

पर यह सुविधा आपको सिर्फ और सिर्फ भारत के धर्म, यानी हिंदू धर्म में ही मिल पाती है, इसलाम और ईसाइयत जैसे विदेशी धर्मों में नहीं। वहाँ आपको अपने ईसामसीह या पैगंबर को मानना ही पड़ेगा। वहाँ आपको अपने धर्मग्रंथ को मानना ही पड़ेगा। आपको उपासना के लिए अपने निश्चित धर्मस्थान पर जाना ही पड़ेगा। आपको अपने ईश्वर की पूजा अपनी निश्चित शैली और शब्दावली में करनी ही पड़ेगी। आपका ईसाई या मुसलिम होना इन सभी पहलुओं पर आपकी प्रतिबद्धता के आधार पर ही तय होता है। इसलिए कुछ वाक्यशूर बुद्धिमानों के इस पाखंड को हम कैसे मान लें कि सभी धर्म एक ही बात कहते हैं।

धर्म व्यक्तिगत आचरण का विषय है या सामूहिक आचरण का, इसमें मौलिक अंतर हो जाने का नतीजा यह सामने आता है कि जहाँ हिंदू धर्म कभी संस्थाबद्ध नहीं हो पाता, वहाँ ईसाइयत और इसलाम जैसे धर्म संस्थाबद्ध हुए बिना रह ही नहीं सकते। व्यक्तिगत आचरण पर आधारित होने की वजह से हिंदू धर्म की अपनी कोई संस्था नहीं है। शंकराचार्य पीठ या ऐसी कोई पीठ हिंदू धर्म के संस्थागत रूप का प्रतीक है, यह कुप्रचार भी वही लोग करते हैं, जो हिंदू धर्म की निंदा करने से बाज नहीं आते, इसमें दोष दर्शन करने से नहीं थकते और इस तरह के पाखंड फैलाने में जिन्हें कोई लाज नहीं आती कि सभी धर्म एक ही बात कहते हैं। ईसाई धर्म में एक पोप है, जिसका 'वैटिकन' नामक एक साम्राज्य है, जहाँ से दुनिया भर में ईसाई धर्म को संचालित करने का, उसे फैलाने का और लोगों में अधिकाधिक ईसाइयत फैलाने के संगठित विमर्श और प्रयास होते रहते हैं। इसमें किसी को कोई शक है क्या? इसलाम में कभी खलीफा की कुछ-कुछ वैसी ही भूमिका रही है, जिसके कमजोर पड़ जाने के बाद इसलाम नामक संस्था खुद

को शीर्षविहीन अनुभव करती है, जिसकी भरपाई के लिए भारत सहित हर देश में कई इसलामिक संस्थाएँ बना दी गई हैं, जहाँ से इसलाम को लेकर वही सब सोचा, किए जाने का प्रयास होता है, जैसा पोप के नेतृत्व में ईसाइयत को लेकर होता रहता है। इसलाम को फिर से कोई खलीफा मिल जाए, इसकी चाहत से आप इनकार कर सकते हैं क्या?

इस स्टेज पर आकर इसके राजनीतिक पहलू पर गंभीरतापूर्वक विचार कर लेने में कोई हर्ज नहीं। जैसे ही कोई धर्म, यानी रिलीजन या मजहब, संस्थाबद्ध होता है, वैसे ही उसके भीतर वे सभी तरह की राजनीतिक महत्त्वाकांक्षाएँ जन्म लेने लगती हैं, जिनके बारे में व्यक्तिगत आचरणवाले धर्म, यानी हिंदू धर्म में आप दूर-दूर तक कल्पना भी नहीं कर सकते। धर्म का राजनीतिक पहलू जब राज्य पर हावी होना शुरू हुआ, तब 'चर्च' ने, यानी संस्थाबद्ध क्रिश्चियनिटी ने यूरोप में राजसत्ताओं के काम-काज में दखलंदाजी करनी शुरू कर दी। जब इस दखलंदाजी के परिणामस्वरूप भारी अव्यवस्था फैलने लगी तो क्रिश्चियनिटी माननेवालों के बीच एक भद्रलोक समझदारी बनी कि धर्म का क्षेत्र अलग है और राजनीति, यानी राज्य का अलग और इसलिए धर्म, यानी चर्च राजनीति में, राजकाज में हस्तक्षेप नहीं करेगा। इसी समझौते के रूप को सेक्यूलरिज्म कहते हैं, यानी चर्च एक धार्मिक संस्था है और राजकाज से उसका कोई वास्ता नहीं, राजकाज में उसका कोई दखल नहीं, क्योंकि राजशासन एक सेक्यूलर, यानी धर्मनिरपेक्ष संस्था है।

इसलाम का संस्थाबद्ध रूप खलीफावाली संस्था के रूप में कम और संयोगवश इसलामी विचारधारा में ही पिरो दिया गया नजर आता है। इसलाम का एक महत्त्वपूर्ण सिद्धांत है—उम्मा। इसका अभिप्राय यह है कि विश्व में जहाँ इसलाम पहुँच चुका है, अर्थात् जिन समाजों व देशों का इसलामीकरण हो चुका है, वे क्षेत्र 'दारुल इसलाम' हैं और जहाँ अभी इसलामीकरण होना बाकी है, वे क्षेत्र 'दारुल हर्ब' हैं और इन दारुल हर्ब क्षेत्रों को दारुल-इसलाम बनाना हर मुसलमान का फर्ज है। अब बताइए, इससे बड़ी राजनीतिक विचारधारा कोई हो सकती है? यह समझ में आने के बाद हम भारत के लोगों को यह बात समझने में कोई मुश्किल नहीं आनी चाहिए कि क्यों पाकिस्तान कभी भी भारत का दोस्त नहीं बन पाता, क्योंकि वैसा करना उसके मजहब की आधारभूत विचारधारा से मेल नहीं खाता। काश्मीर और प्राग्ज्योतिष (पूर्वोत्तर भारत) में जो हो रहा है, उस सबका संदर्भ समझने में भी ज्यादा मुश्किल किसी को नहीं होनी चाहिए। भारत के धर्म और विदेशों से भारत में आए इसलाम और क्रिश्चियनिटी इन विदेशी धर्मों में मोटेतौर पर कितना मौलिक अंतर है। यह कहना कितना हास्यास्पद है कि सभी धर्म एक ही बात कहते हैं।

□

24

भारत की जातियाँ

विश्वनाथ प्रताप सिंह द्वारा मध्यम जातियों को मिले आरक्षण और विश्व हिंदू परिषद् द्वारा शुरू किए गए व लालकृष्ण आडवाणी की रथयात्रा से ऊँचाई तक पहुँचा दिए गए अयोध्या के रामजन्मभूमि मंदिर आंदोलन के कारण देश में जिस हिंदू राजनीति का सूत्रपात हुआ, उसका विवेचन हिंदू धर्म के विभिन्न संप्रदायों और हिंदू समाज की विभिन्न जातियों के परिप्रेक्ष्य में किया जाना जरूरी है और हम यहाँ जातीय संदर्भ का विवेचन करना चाहेंगे। संप्रदायों के संबंध में कुछ विवेचन हम पहले ही कर आए हैं।

जाति न केवल हिंदू जीवन का सामाजिक ताना-बाना बुनती रही है, बल्कि इसके आर्थिक व्यवहार का निर्धारण भी इसने किया है। ये दोनों जीवन के प्रति किसी समाज के दृष्टिकोण को प्रकाशित भी करते हैं और प्रभावित भी। चाहे प्रारंभिक काल में व्यवसाय आदि पर आधारित वर्णव्यवस्था रही हो, या आज जैसी ही जातिप्रथा रही हो (जो खुद में कम प्राचीन नहीं है), हिंदू समाज का मूल आधार जाति रही है। हिंदू चाहे किसी संप्रदाय का रहा हो—बौद्ध, जैन, शैव, शाक्त, वैष्णव, सिख, कबीरपंथी, आर्यसमाजी आजीवक आदि—उसकी जातिगत पहचान हरेक में बनी रही है। कई पंथ तो जाति को नकारनेवाले थे, पर अंततः जाति की पहचान ने उनको भी आवेष्टित कर लिया। मसलन गुरु नानक ने सिख पंथ की स्थापना अन्य बातों के अलावा जाति-विवेक समाप्त करने के इरादे से की थी। पर आज क्या है ? सारे खत्री-अरोड़े सिख भापे हो गए हैं, मध्यम जातिवाले जाट सिख और दलित जातियोंवाले मजहबी कहे जा रहे हैं। ब्राह्मण सिख 'निर्मले' कहे गए थे, हालाँकि वह किस्म अब समाप्तप्राय होकर भापे सिखों में विलीन हो गई लगती है। आर्यसमाजियों को भी आप सहगल, कौशिक, चौधरी जाति से पहचान सकते हैं। जैन तो वैश्य जाति से ही प्रायः पहचाने जाते रहे हैं। बौद्धों में नवबौद्ध कौन हैं, जो आरक्षण माँग रहे हैं ? यानी जाति का शामियाना हर हिंदू

पंथ को अपने आगोश में ले लेता है और उसके हिंदू होने पर एक अमिट सामाजिक ठप्पा लगा देता है। कोई भी पंथ जब खुद को 'हिंदू' कहने से इनकार करता है तो उसकी जाति संबंधी इच्छाएँ उसकी पोल खोल देती हैं। क्रिश्चियनिटी और इसलाम में धर्मांतरित हिंदू भी अपनी जातियों की पुरानी पहचान फिर से ढूँढ़ने और रेखांकित करने लगे हैं। इन दोनों धर्मों के पुरोधा सावधान हो जाएँ। यह उनके हिंदूकरण की शुरुआत है। उनकी घर वापसी की शुरुआत है। पर वे उसे चाहकर भी न रोक पाएँगे, क्योंकि जाति-तत्त्व और हिंदू पहचान का संबंध ऐसा घनिष्ठ और स्वाभाविक है कि वह हर धार्मिक वैशिष्ट्य को लाँघ जाता है।

परंपरा से हम जातियों को चार खानों में बाँटते आए हैं—ब्राह्मण, क्षत्रिय, वैश्य, शूद्र। पर चूँकि शुरू से लेकर नंद-मौर्य साम्राज्य तक जातियों का संबंध उत्पादन, वाणिज्य और आर्थिक गतिविधि से रहा है (और तीन-चौथाई जातियों का आज भी है), इसलिए जाति के चातुर्वर्ण्य विभाजन को अप्रासंगिक न मानकर भी हमें उसे नए सिरे से तीन हिस्सों में रखना चाहिए—सवर्ण जातियाँ, मध्यम जातियाँ तथा दलित जातियाँ। ब्राह्मण, क्षत्रिय, वैश्य सवर्ण हैं और शूद्र दलित। इन औपचारिक वर्गों में फिट न होकर भी हिंदू जातिव्यवस्था का अविभाज्य अंग अनेक जातियाँ मध्यम जातियाँ हैं, जिन्हें धर्मशास्त्रों में 'अंतरप्रभव' कहा गया है।

कहने को तो जातिव्यवस्था चातुर्वर्ण्य के नाम से ही बखानी-पहचानी जाती रही है, पर वास्तव में तीनों जाति वर्गों का इतिहास लगभग चातुर्वर्ण्य जितना ही पुराना है। मध्यम जातियों के विवरण काफी पहले से मिलने शुरू हो जाते हैं। वेदों के समय से ही इस परंपरा का सूत्रपात हो गया था। 'पंच जना मम होत्रं जुषध्वम्' (ये पाँच 'जन', यानी 'समुदाय' मेरे लिए यज्ञ करें) में पंच की व्याख्या इस तरह से की गई है—'चत्वारो वर्णाः पंचमो निषादः'। चार वर्णों के बाद पाँचवें निषाद की बात कहकर जाति के प्रसार की प्रामाणिकता का यह प्राचीनतम संकेत नजर आता है। 'ऋग्वेद' में जहाँ चार वर्णों का विवरण सिर्फ एक मंत्र 'ब्राह्मणोस्य मुखमासीद्/बाहू राजन्यः कृतः/उरू तदस्य यद्वैश्यः/पद्भ्यां शूद्रो अजायत' (पुरुष सूक्त) से मिलता है, वहाँ चार वर्णों से हटकर कई जातियों के नाम भी मिल जाते हैं—वप्ता (नाई), तष्टा (रथकार), भिषक (वैद्य), कमीर, कर्मार (लोहार), चर्मम्न (चमड़ा साफ करनेवाला)। 'अथर्ववेद' में इनके अतिरिक्त सूत नामक जाति का तथा यजुर्वेद में क्षत्ता (चँवर डुलानेवाला), संगृहीता (कोठारी), कुलाल (कुम्हार), इषुकृत (बाण बनानेवाला), धन्वकृत (धनुष बनानेवाला) जैसे व्यवसायपरक जाति नामों का आलेख मिलता है। तैत्तिरीय, ऐतरेय तथा शतपथ ब्राह्मण ग्रंथों में इनसे भी ज्यादा जाति नाम मिल जाते हैं। 'मनुस्मृति' तक आते-आते इस नामावली में पौंड्रक, ओड्र, द्रविड़, कंबोज, यवन, शक, पारद, पह्लव, किराद, दरद, खश जैसे इलाकों से जुड़े

जाति-नाम भी जुड़ जाते हैं। सभी स्मृतियों के मध्यम जातियों के नाम गिनें तो संख्या सौ से ऊपर हो जाती है, जो मंडल आयोग की रिपोर्ट तक बढ़ते-बढ़ते चार हजार का संख्या छूने को बेताब है।

चार वर्णों, यानी सवर्ण और दलित जातियों के अलावा इन मध्यम जातियों का विकास कैसे हुआ? 'धर्मशास्त्र' में इनके उद्भव संबंधी कई मत-मतांतर मिल जाते हैं। जैसे कि चारों वर्णों के भी मिल जाते हैं। पर दो बातें स्पष्ट हैं। एक, अनेक मध्यम जातियाँ अपने व्यवसाय संबंधी नामों से जानी जाती हैं। इससे स्पष्ट है कि इन जातियों का उत्पादन के लगभग सभी विभागों पर अधिकार था। कृषि और गोपालन करनेवाले वैश्यों ने भी आगे चलकर यह काम छोड़ सिर्फ वाणिज्य तक खुद को सीमित कर इनका जिम्मा मध्यम जातियों पर डाल दिया। चूँकि ब्राह्मण व्यवस्था शारीरिक श्रम करनेवालों को सामाजिक प्रतिष्ठा नहीं दे पाई, इसलिए इन्हें सवर्ण जातियों में नहीं रखा गया, पर चूँकि इन जातियों का आर्थिक दबदबा था, इसलिए इन्हें शूद्र कहने का साहस भी सवर्ण जातियों में नहीं था। ये जातियाँ धनाढ्य और सुसंगठित थीं। इसका पता इससे चलता है कि आज के व्यापारिक संगठनों की तरह उत्पादन के साधनों पर हावी इन मध्यम जातियों के भी श्रेणी, पूग, गण, व्रात, संघ, निगम जैसे संगठन थे, जिनका खासा दबदबा था।

दूसरी ओर, कुछ मध्यम जातियों, जैसे—पौंड्रक, द्रविड़ आदि का नाम देशवाची है, जिसका सीधा अर्थ यह है कि ये जातियाँ उन इलाकों में राजनीतिक रूप से प्रभावशाली थीं। यानी हिंदू इतिहास में जहाँ सवर्ण जातियों ने अपने लिए धर्मशास्त्रीय व्यवस्था के सहारे शक्ति और प्रभुत्व स्थापित कर लिया था, वहाँ इन मध्यम जातियों ने अपनी व्यावसायिक और राजनीतिक श्रमशीलता के कारण शक्ति और प्रभुत्व पा लिया था। परंतु शूद्रों अर्थात् दलित जातियों की स्थिति इन सबसे अलग रही। उन्हें न धर्मशास्त्रीय व्यवस्था में कोई सम्मान मिला और न ही उत्पादन व्यवस्था से जुड़ने का कोई अवसर। इसलिए वे मध्यम जातियों की तरह शक्ति और प्रभुत्व नहीं पा सके। उन्हें शिक्षा से वंचित कर दिया गया (स्त्री-शूद्रौ नाधीयाताम्) और यहाँ तक कि अस्पृश्य बनाकर हमेशा के लिए शारीरिक और मानसिक यातना के अँधेरे कुएँ में धकेल दिया गया।

निष्कर्ष साफ है। जहाँ सवर्ण जातियाँ, धर्मशास्त्रीय व्यवस्था के कारण और मध्यम जातियाँ अपने आर्थिक व राजनीतिक दबदबे के बूते क्रमशः सम्मानित और प्रभुत्वशाली होती रही हैं, वहाँ दलित जातियाँ हमेशा दीन-हीन बनाकर रखी गई हैं। जहाँ धर्मशास्त्रों में दलितों के लिए उत्कृष्ट होने के अवसर बंद थे, वहाँ मध्यम जातियों के लिए वे कई तरह से खोल दिए गए। इनमें से कई जातियों को यज्ञ और जनेऊ का अधिकार था, जिसका अर्थ यह था कि इन्हें ब्राह्मण-संस्कारों और विद्या-प्राप्ति का हक था, जो शूद्रों को नहीं प्राप्त था। इसके अतिरिक्त, इन मध्यम जातियों को कुछ-कुछ पीढ़ियों बाद

उत्कृष्ट वर्ण में आ जाने का अधिकार मिला हुआ था, जो शूद्रों अर्थात् दलितों को नहीं था। आज भी अनेक मध्यम जातियाँ प्रजापति, विश्वकर्मा, पांचाल आदि बनकर सवर्णों की पाँत में आ बिराजी हैं।

हर्षवर्धन के बाद जब भारत की केंद्रीय सत्ता छिन्न-भिन्न हो गई तो ब्राह्मणों में क्रमशः अविद्या और पिछड़ापन बढ़ता गया। घटते राजाश्रय ने उनका जीवन दरिद्र कर दिया, पर मूँछ नीची न हो, इस डर के मारे वे विद्या-बल की बजाय अहं-बल और कंठ-बल से अपना रोब-दाब बनाए रहे। क्षत्रियों का वर्चस्व मुसलिम हमलों में हुई पराजयों के कारण घटता चला गया, पर वर्ण अहं के कारण ब्राह्मणों और क्षत्रियों ने पिछड़ेपन को हृदय से स्वीकार नहीं किया। धनाढ्य वैश्य इनका सम्मान और सहायता करते रहे, खासकर ब्राह्मणों का। वैश्यों के वाणिज्य-कर्म पर कभी आँच नहीं आई। अंग्रेजों के आने के बाद भारी आर्थिक शोषण और जमींदारी प्रथा के परिणामस्वरूप उभरी नई गाँव संरचना के कारण सबसे घातक नुकसान मध्यम जातियों को हुआ। वे इस कदर पिछड़ती चली गईं कि अभावग्रस्त दलितों के आस-पास जा पहुँचीं। पर उनका पिछड़ापन अस्थायी सिद्ध हुआ। स्वतंत्र भारत में शोषण की बजाय कल्याणकारी राज्य की स्थापना और भूमि-सुधारों के परिणामस्वरूप इनमें से अनेक जातियों के हाथ उत्पादन व्यवस्था, खासकर कृषि और कुटीर उद्योग, फिर से आ गए। उधर आजादी के आंदोलन के दौरान से ही ब्राह्मणों के नेतृत्व में क्षत्रिय और वैश्य वर्णों ने नए संदर्भों में पुराने सपने सँजोने शुरू कर दिए।

निष्कर्ष यह है कि पिछले करीब सौ-डेड़ सालों से सवर्ण जातियों में पुनर्जागरण के बीज बड़ी तेजी से पुष्पित-पल्लवित हुए हैं। उत्पादन और राजनीति के साधनों पर क्रमशः अधिकार स्थापित कर अपनी पूर्व ब्रिटिश स्थिति को फिर से पाने की चेष्टा की है और उसमें वे क्रमशः सफल भी हो रहे हैं। उधर अपने लिए नौकरियों में अधिकाधिक आरक्षण का राजनीतिक आग्रह मध्यम जातियों के पुनर्जागरण की अब तक की शिखर अभिव्यक्ति है।

हिंदू पुनर्जागरण के ये दो पहलू हैं। इन दोनों पुनर्जागरणों के अपने अहं इतने प्रबल हैं कि इनके सामने शूद्र जातियों के पुनर्जागरण का अभी प्रश्न ही नहीं उठता; क्योंकि उनका तो अभी ठीक से जागरण ही नहीं हुआ था। इन जातियों की जागरण-प्रक्रिया इतनी धीमी और अव्यवस्थित रही है कि करीब तीन-चौथाई सदी के प्रयासों के बावजूद इनका विश्वसनीय राजनीतिक मंच नहीं बन पाया, जबकि आजादी के बाद भारत में हिंदू राजनीति अपनी शक्ल और पहचान की तलाश में लगातार सचेष्ट रही है, जिसका इससे पहले देश को कोई अभ्यास नहीं था। इस देश के हिंदू को एक राजनीतिक जीव के रूप में बरतते आजादी के आंदोलन से पहले कभी नहीं देखा गया। देश की

गुलामी का एक मुख्य कारण भारत में राजनीतिक हिंदू का अभाव था। वह सामाजिक विकृतियों, राजनीतिक दाँव-पेचों, धार्मिक विखंडनों और आर्थिक दबावों को कभी भी राष्ट्रीय राजनीति की दृष्टि से नहीं देख पाया। सन् 1857 में भी यही हालत थी, जिस वक्त तक भारत अराजकता का महासागर बन चुका था। देश में राजनीतिक हिंदू का जन्म राजा राममोहन राय के समाज-सुधार आंदोलन, महात्मा फुले के समता आंदोलन और लोकमान्य तिलक के गणेशोत्सव के जरिए होना शुरू तो हो चुका था, पर वर्ष 1925 में रा.स्व. संघ की स्थापना होने के बाद ही उसका बाकायदा विकास हुआ है। यह विकास अभी भी जारी है।

इसका विकास किस दिशा में हुआ और किस तरह के दबावों व चुनौतियों के सामने उसका व्यवहार कैसा रहा, इसकी एक झलक ले लिया जाना जरूरी है। बिना 'हिंदू' शब्द का उच्चारण किए महात्मा गांधी ने रामराज्य, अहिंसा, सत्याग्रह, उपवास, ब्रह्मचर्य, आत्मोत्सर्ग जैसे तरीकों और लक्ष्यों की बात की थी। तब जिन्ना ने कांग्रेस को 'हिंदू पार्टी' कहा था, जो गलत नहीं था। पर कांग्रेस या महात्मा गांधी के हिंदूवाद ने वैसी लहरें पैदा नहीं कीं, जैसी रा.स्व. संघ के 'हिंदू' शब्दोच्चार ने कीं। राजनीतिक हिंदू की पहली औपचारिक अवधारणा सन् 1925 में राष्ट्रीय स्वयंसेवक संघ ने पेश की और तुरंत उसका विरोध भी शुरू हो गया।

कारण स्पष्ट है। सन् 1925 तक (और काफी हद तक आज भी) 'हिंदू' एक बदनाम शब्द बना दिया गया था। जिस सवर्ण व्यवस्था ने सारे लाभ और सम्मान सवर्णों के लिए आरक्षित कर लिये, दलित जातियों को घोर अपमान और उपेक्षा दी तथा मध्यम जातियों की श्रमशीलता को उचित आदर नहीं दिया, वही व्यवस्था 'हिंदू' शब्द का पर्यायवाची बना दी गई। 'हिंदू' शब्द अस्पष्ट और अपरिभाषित था, इसलिए रा.स्व. संघ ने इसे परिभाषा और अखिल भारतीय आकार देने का पूरा प्रयास किया। पर चूँकि यह प्रयास उस समय सिर्फ सवर्ण, खासकर ब्राह्मण कर रहे थे, इसलिए वे 'हिंदू' शब्द को बदनामी की ट्रेन से नीचे नहीं उतार पाए। बेशक दलितों को मुख्यधारा में सहज और सम्मानित स्थान देने के युद्ध-स्तर के प्रयास सिर्फ गांधी और खासकर डॉ. आंबेडकर ने और आगे चलकर रा.स्व. संघ ने ही किए।

हिंदू को मुख्यधारा-राजनीति बनाने की प्रक्रिया को दूसरी चुनौती भारत के मुसलमानों की मजहबी राजनीति से मिली। जहाँ हिंदू अपने मूल तत्त्व जाति को राजनीति से जोड़ने में असफल रहा, वहाँ मुसलमान अपने मूल तत्त्व मजहब को राजनीति से जोड़ने में सफल रहे। इसलिए राजनीतिक मुसलमान के आगे राजनीतिक हिंदू की पराजय सुनिश्चित ही थी। उस पराजय की चरम परिणति विभाजन के रूप में सामने आई। (विश्व हिंदू परिषद् इसी पराजय-बोध में से उपजी एक विलंबित प्रतिक्रिया है।) पर दुर्भाग्यवश

विभाजन और आजादी के बाद भी जहाँ भारत के मुसलमान अपनी राजनीति मजहब के सहारे चलाते रहे, वहाँ हिंदू तब भी जाति का मर्म नहीं समझ पाया। जनसंघ अनजाने में सवर्ण-राजनीति बेशक कर रहा था, पर जहाँ उसकी सीमाएँ स्पष्ट थीं, वहाँ जाति के नाम पर शिशु-राजनीति कर रहे दलितों के साथ गठबंधन का विचार उसे पहले कभी नहीं आया। इसलिए हिंदू राजनीति ने हमेशा मात खाई। इधर लोकदल, द्रमुक आदि के रूप में देश में मध्यम जातियों का पुनर्जागरण हो रहा था। हिंदू राजनीति इसका भी गौर नहीं कर सकी और उनके साथ सार्थक गठबंधन नहीं कर सकी। इसलिए अल्पसंख्यक मुसलमान राजनीति के केंद्र में आते गए और हिंदू राजनीति परिधि की ओर धकेली जाती रही। प्रतिक्रिया में एक ओर तुष्टीकरण की राजनीति पर हमले के रूप में तो दूसरी ओर अयोध्या के रामजन्मभूमि मंदिर जैसे आंदोलनों के रूप में इसकी स्वस्थ राजनीतिक अभिव्यक्ति होना शुरू हुई।

इस तरह आजादी से थोड़ा पहले के और बाद के वर्षों में हिंदू राजनीति की तीन धाराएँ स्पष्ट नजर आती हैं। एक धारा सवर्ण राजनीति की है। इस धारा से न्याय करने के लिए कहना होगा कि इसने खुद को सदियों की नकारात्मक सवर्ण सच्चाइयों से मुक्त करने की ईमानदार कोशिशें कीं। दार्शनिक स्तर पर इसका सोच समतावादी और राष्ट्रवादी होता गया। इसने अपने सोच की अभिव्यक्ति कल्याणकारी राज्य, एक वयस्क—एक वोटवाले लोकतंत्र, महिलाओं को समान अधिकार, दलितों को नौकरियों आदि में आरक्षण, अस्पृश्यता-निवारण जैसे कदमों की स्वीकृति में की। थोड़ा झिझक और विरोध के बाद इस राजनीति ने हिंदू कोड बिल जैसा प्रगतिशील कदम भी स्वीकार कर लिया। पर यह राजनीति, अपनी सदियों पुरानी सामाजिक अकर्मण्यता से खुद को मुक्त नहीं कर पाई। इसलिए दलित राजनीति को समझने और अपनाने की इसने तब कोई कोशिश नहीं की और मध्यम जातियों की राजनीति से सार्थक गठबंधन का विचार भी इसे कभी नहीं कौंधा। इसलिए उत्तर भारत की सवर्ण राजनीति हिंदुओं की दलित और मध्यम जाति धाराओं से जीवन-रस नहीं पा सकी। दक्षिण भारत में तो सवर्ण राजनीति संभावनाओं की तलाश से आगे बढ़ ही नहीं पाई। यही कारण है कि मुख्यधारा राजनीति का प्रवक्ता होने के बावजूद भा.ज.पा. का अलग-थलग पड़ने का खतरा कभी कम नहीं होता था। पर अब स्थिति बदल चुकी है।

दूसरी धारा दलित राजनीति की है। दलित भी हिंदू हैं, इसका जितना गहरा एहसास दलित जातियों में है, उतना सवर्ण जातियों में नहीं। सवर्णों को तो इस सत्य का एहसास भी नहीं है कि हिंदुत्व में आई तमाम सामाजिक-धार्मिक विकृतियों का अकेला कारण खुद सवर्ण हैं; जबकि विदेशी हमलों के हर दबाव के बावजूद हिंदुत्व के बचे रहने का कारण मध्यम और दलित जातियाँ हैं। पर चूँकि सवर्णों में यह एहसास नहीं रहा है,

इसलिए दलित जातियाँ भी मुख्यधारा राजनीति के विकास के प्रति उदासीन रही हैं। इसकी चरम अभिव्यक्ति तब हुई, जब डॉ. आंबेडकर ने कहा कि राजनीतिक आजादी की बजाय सामाजिक रूप से अवमानित दलितों की आजादी उनका पहला लक्ष्य है। सवर्ण इस कथन पर नाक भी सिकोड़ते रहे हैं, पर सामाजिक रूप से अवमानित दलितों की यह स्वाभाविक प्रतिक्रिया क्यों नहीं मान ली जानी चाहिए? चूँकि वर्ष 1990 तक सवर्ण राजनीति दलित जातियों के साथ एहसास और कर्मण्यता के स्तर पर नहीं जुड़ पाई, इसलिए दलित जातियाँ हिंदू होते हुए भी अभी तक सवर्णों के प्रति खुंदक से मुक्त नहीं हो पाईं और न ही मुख्यधारा-राजनीति में योगदान करने में रुचि दिखा पाईं। फिर से कहें कि अब स्थितियाँ तेजी से बदल रही हैं।

तीसरी धारा मध्यम जातियों की राजनीति की है। आजादी के ठीक बीस बरस बाद, यानी वर्ष 1967 में देश की राजनीति पर मध्यम जातियों का वर्चस्व स्थापित होना शुरू हो गया था। श्रीगणेश तमिलनाडु से हुआ, जहाँ अन्नादुरै के नेतृत्व में द्रमुक ताकतें सत्ता में आईं और आज तक बनी हुई हैं। फिर क्रमशः केरल, कर्नाटक, आंध्र, महाराष्ट्र, गुजरात और पंजाब में कभी अकेले, कभी साझेदारी में मध्यम जातियाँ सत्ता पर काबिज होती गईं। पिछले दशकों से वे हरियाणा, बिहार, उत्तर प्रदेश, राजस्थान और मध्य प्रदेश में क्रमशः काबिज रही हैं। केंद्र में इनके वर्चस्व का प्रमाण यह है कि सरकार में बैठे इनके नुमाइंदों ने अपने लिए आरक्षण करवा लिया, जिसका विरोध न दलित राजनीति कर पाई और न सवर्ण राजनीति। पर एक बात जरूर है। सवर्ण और दलित जातियों की राजनीति में परस्पर कोई संपर्क तब तक नहीं हो पाया, लेकिन सवर्ण और मध्यम जातियों के बारे में ऐसा नहीं कहा जा सकता। सन् 1967 में जनसंघ अध्यक्ष बलराज मधोक द्रमुक से संवाद करने भागते हुए मद्रास गए थे। पर संवाद का कोई समान आधार बन ही नहीं पाया। आंध्र में भा.ज.पा.-तेलुगु देशम के बीच रूठ-मनौवल चलता रहता है। महाराष्ट्र, गुजरात और राजस्थान में यकीनन यह संवाद काफी आगे बढ़ चुका है, पर कर्नाटक में शुरू में इसका लगभग अभाव रहा है। उत्तर प्रदेश, बिहार, हरियाणा में भा.ज.पा.-लोकदल के रिश्ते बनते-बिगड़ते रहे हैं। बेशक सार्थक संवाद दोनों के बीच खास नहीं हो पाया।

आरक्षण और अयोध्या के मसलों पर हुए भावनाओं के विस्फोट का सार्थक परिणाम यह सामने आया कि भारत की मुख्यधारा-राजनीति अपनी पहचान और कर्मण्यता की सही तलाश करना शुरू कर चुकी है। मुख्यधारा-राजनीति की तीनों धाराएँ—दलित, मध्यम और सवर्ण जातियाँ इस धारणा को हृदयंगम कर सकती हैं कि अंततः राजनीति उन्हीं मुद्दों के गिर्द घूमेगी, जो वे उठाएँगे। भा.ज.पा. ने अयोध्या का मुद्दा उठाया, जिससे मध्यम और दलित जातियों को कोई विरोध नहीं। मध्यम जातियों ने आरक्षण का मुद्दा उठाया, जिसका दलित राजनीति ने स्वागत किया और सवर्ण राजनीति (सवर्ण

समाज नहीं, सवर्ण राजनीति) जिसका विरोध नहीं कर पाई और अब तो सवर्णों को भी आरक्षण मिलने लगा है।

कल को अगर दलितों की ओर से दमदार माँग उठे कि उनके किसी राजनीतिक नुमाइंदे को भारत का राष्ट्रपति बनाया जाए तो क्या सवर्ण और मध्यम जातियाँ उसका विरोध कर पाएँगी ? नहीं। वैसे बिना माँग किए ही भारत में एकाधिक दलित प्रतिनिधि को राष्ट्रपति बनाया जा चुका है। वर्तमान में भी भारत के राष्ट्रपति महामहिम रामनाथ कोविद को दलित समुदायों का प्रतिनिधि ही माना जाता है।

पर सवाल दूसरे हैं। हिंदू राजनीति की इन तीनों धाराओं को समझ लेना चाहिए कि जब तक वे अपनी मुख्यधारा के चरित्र को नहीं पहचानेंगी, यह देश अल्पसंख्यक राजनीति द्वारा संचालित रहेगा, जो न केवल अस्वाभाविक है, बल्कि अलोकतांत्रिक भी है। और देश का इतिहास देखते हुए घातक भी हैं।

अल्पसंख्यक राजनीति दबाव तो पैदा कर सकती है, निर्णायक नहीं हो सकती। पहली बार ऐसा हुआ है कि आरक्षण के मामले में वह अप्रासंगिक नजर आ रही है तो अयोध्या के मामले में सिर्फ दबाव गुट बनकर रह गई है। अल्पसंख्यक राजनीति अपनी शर्तों पर हावी न हो, यह इस पर निर्भर करता है कि इन तीनों हिंदू धाराओं के आपसी समीकरण कैसे बनते हैं।

पर यह छोटा लाभ है। बड़ा लाभ यह है कि भविष्य का हिंदुत्व कैसा बनेगा, इसका निर्धारण अकेले भा.ज.पा. नहीं कर सकती। यह निश्चित ही तीनों धाराओं के आपसी समीकरणों पर निर्भर रहेगा। चूँकि राष्ट्रीय जीवन में कोई समीकरण स्थायी नहीं होता, इसलिए इन जाति वर्गों के बदलते समीकरण हिंदुत्व, यानी मुख्यधारा को जड़ रहने की बजाय सतत आंदोलित और गतिशील रखेंगे। दो सदी पहले तक का हिंदुत्व इसलिए जड़ रहा, क्योंकि तीनों जाति वर्ग एक-दूसरे की ओर खिंचने की बजाय एक-दूसरे से खिंचे रहे। अन्याय और अत्याचार का यह कारण भी बना और परिणाम भी। भविष्य की मुख्यधारा-राजनीति कैसी होगी और मुख्यधारा, यानी हिंदुत्व का चरित्र और स्वरूप कैसा होगा, इसका फैसला इस बात से होगा कि इन तीनों धाराओं के आपसी समीकरण कैसे बनते हैं। इसका आवश्यक अर्थ यह नहीं कि इससे हिंदुत्व राष्ट्रवादी की बजाय जातिवादी हो जाएगा। ठीक या गलत, जाति तो हिंदुत्व का अविभाज्य अंग बना ही हुआ है। इस समीकरण-समझदारी से जाति का राष्ट्रवाद में उदात्तीकरण होगा और हिंदू को बाँटने में उसका दुरुपयोग नहीं हो पाएगा। हमने उत्तर प्रदेश विधानसभा के पिछले (2017) चुनावों में देखा, जहाँ भा.ज.पा.-संघ के नेतृत्व में सभी हिंदू जातियों का और मुसलिम महिलाओं का राष्ट्रवाद में उदात्तीकरण हुआ और भा.ज.पा. को अभूतपूर्व जीत हासिल हुई।

ब.स.पा., सभी शक्लों वाले जनता दल और भा.ज.पा.—ये तीनों दलित, मध्यम

और सवर्ण जातियों की हिंदू राजनीति की तीन धाराएँ हैं। उनमें तालमेल वांछनीय होने पर भी आसान नहीं है। ऐतिहासिक कारण यह है कि जाति संस्कार जातीय निष्ठा तो पैदा करते रहे हैं, पर राष्ट्रीय निष्ठाओं से उनका जुड़ाव कभी नहीं हो पाया। इसलाम का मक्का से ढाका तक प्रसार इसलिए हो पाया, क्योंकि इसलाम मजहब और राजनीति का जबरदस्त घोल अपने अनुयायी को देता है। ढाई हजार वर्ष पहले भारत में जन्मा बौद्ध धर्म दक्षिण में श्रीलंका, पश्चिम में इजिप्ट, उत्तर में चीन और पूर्व में जापान तक जा फैला तो इसका कारण उस राजनीति का उत्साह था, जो महात्मा बुद्ध के अनुयायी अपने विचारों को समुद्र के आर-पार पहुँचा देना चाहती थी। बौद्ध के अलावा हिंदू धर्म का ऐसा कोई स्वरूप नहीं है, जिसे फैलाने का उद्दाम वेग राजनीतिक चोला पहन सका हो। इसलिए हिंदुत्व में जनमे दूसरे पंथों ने बौद्धों की तरह प्रसारवादी राजनीतिक मुहिम नहीं चलाई। जाति धार्मिक नहीं, बल्कि सामाजिक मामला है। पर सामाजिक स्तर पर भी जोड़ने का काम उसने कभी नहीं किया। समाज की विभिन्न इकाइयों को एक-दूसरे से विमुख करने का काम ही उसने ज्यादा किया है। इसलिए तीनों जाति धाराएँ त्रिवेणी बनकर राष्ट्रीयता के प्रयागराज में लीन हो एक महाधारा बन जाएँ, ऐसा नहीं हो पाया। पर ऐसा हो, इसके लिए सतत राजनीतिक मिशन चलते ही रहना चाहिए।

यह तो सिर्फ एक दिक्कत है। पंथों की तरफ निगाहें फेरें तो स्थिति और भी विषम नजर आती है। आज इस देश की मिट्टी से जनमे जितने धार्मिक पंथ हैं, उनके बारे में दो तरह की धारणाएँ उभरी हैं। ये तमाम पंथ खुद को बड़े हिंदू कैनवास का हिस्सा नहीं मानते, जबकि हिंदू की राजनीतिक-सांस्कृतिक परिभाषा करनेवाले इन्हें हिंदू कैनवास के हिस्सों के अलावा और कुछ नहीं मानते। सच्चाई यकीनन दूसरे दृष्टिकोण में है। कारण? जैसे सामाजिक स्तर पर हिंदुत्व की अभिव्यक्ति एक-दूसरे से विमुख जाति वर्गों में हुई है, वैसे ही धार्मिक स्तर पर उसका क्रमशः प्रस्फुरण विभिन्न पंथों में हुआ है। इसलिए भारत में जनमा हर पंथ खुद को नया धर्म सिद्ध करने के फेर में रहता है। अगर हर पंथ की इस महत्त्वाकांक्षा को स्वीकार कर लिया जाए तो धर्म के नाम पर चारों ओर सिर्फ खंड ही नजर आएँगे, कहीं कोई पूर्ण नजर ही नहीं आएगा। अगर इनमें से हर पंथ एक स्वतंत्र धर्म है तो फिर यकीन मान लीजिए कि भारत धरा पर हिंदुत्व नामक कोई पूर्ण इकाई है ही नहीं।

इसके विपरीत, असलियत यह है कि जैसे अलग-अलग होते हुए भी सवर्ण, मध्यम, दलित इन तीनों जाति वर्गों में यह एहसास लगातार कायम है कि वे हिंदू हैं और फर्क सिर्फ इतना ही है कि इस एहसास को रेखांकित करनेवाली स्याही का गाढ़ापन एक सरीखा नहीं है, वैसे ही विभिन्न पंथों को भी कहीं-न-कहीं स्पष्ट है कि उनके विचार-बिंदु समान हैं। भारत में जनमे हर धार्मिक पंथ और दार्शनिक स्कूल के विचार-बिंदु क्या हैं? आत्मा, पुनर्जन्म, पंचमहाभूत, जगत्, बंधन, धर्म-अर्थ-काम-मोक्ष नामक चार पुरुषार्थ, कर्म,

कर्मफल आदि। इनमें से किसी एक तत्त्व के प्रति दूसरे के विचारों से थोड़ा-सा अंतर नए पंथ के जन्म का कारण बन जाता है, जो आगे चलकर अपना नया शास्त्रीय ढाँचा खड़ा कर लेता है। पर विचार-बिंदुओं की समानता इन सब पंथों को एक कैनवास के नीचे ला खड़ा करती है। अब आप इसे हिंदू कैनवास कहें या कुछ और, यह उस शक्ल की स्वीकार्यता पर निर्भर करता है, पर मुख्यधारा वही है। मुख्यधारा हिंदू ही है।

जाति और पंथ के अलावा राजनीतिक दीवारें भी कम नहीं हैं। इन दीवारों को खड़ा करने में उन विचारकों ने भरपूर सहायता की है, जिन्होंने सच्चाई से आँख न चुराने का तथाकथित साहसवादी नारा लगाकर इतिहास की तोड़नेवाली व्याख्याएँ कीं और फिर कहा कि इन व्याख्याओं को सत्य माना जाए। परिणाम क्या हुआ है ? कभी आर्य और द्रविड़ के नाम पर विभाजन की एक ऐसी दीवार खड़ी कर दी गई थी, जिसे गिराना मुश्किल होता जा रहा था। हमारे ग्रंथों में 'द्रविड़' वैसा ही जातिवाचक शब्द है, जैसे शताधिक दूसरे हैं। 'आर्य' तो खैर जातिवाचक ही नहीं है। पर दोनों को समानांतर राष्ट्रीयताएँ बताकर जिस चटखारे से इतिहास को पिछले सौ-डेढ़ सौ सालों में व्याख्यायित किया गया है, उससे एकात्मता की समस्याएँ सामने आती रही हैं।

आजादी के बाद अलगाव का पहला स्वर आर्य-द्रविड़ के नाम पर उठा था, जो जल्दी खत्म तो हो गया, पर देश की चारों दिशाओं में अलगावी स्वरों को कंठ प्रदान कर गया। नगा, मिजो, बोडो, गोरखा, कोल्हान, झारखंड, सिख, काश्मीरी मुसलमान और न जाने कितने छोटे-बड़े आंदोलन भारत को नकारनेवाले चल चुके हैं। हमारे देश में चक्रवर्ती सम्राटों के कुछ सुखद आश्चर्यों को छोड़कर एक नहीं अनेक केंद्रीय सत्ताएँ रही हैं। इसलिए भारत एक राज्य है, यह धारणा कभी वैसी रेखांकित नहीं हो सकी, जैसी यह धारणा कि भारत एक राष्ट्र है। इतिहास की विभेदक व्याख्याओं ने भी अनेक 'राष्ट्रीयताओं' को बढ़-चढ़कर अपनी खुदमुख्तारी का दुस्साहस प्रदान किया है। पर इन विभिन्न राज्य-कामनाओं के बीच कोई तो ऐसी मुख्यधारा थी, जिसने भारत को एक सांस्कृतिक राष्ट्र बनाए रखा। उसे किसी खुंदक या वैचारिक परेशानी की वजह से कोई हिंदुत्व न कहना चाहे, पर नाम तो वही है हिंदू, ताकि बिखरने को बेताब इस देश को एक रखनेवाला कोई समान सूत्र हम थाम सकें।

जाति, पंथ और राजनीति की इन विभेदक दीवारों का जवाब क्या है ? आजादी के आस-पास के वर्षों से हमने कुछ तरीके ईजाद किए। लोकतंत्र अपनाया, समाजवाद को अपना साधन बनाया और धर्मनिरपेक्षता को अपना ईमान या राष्ट्रीय कर्तव्य निर्धारित किया। पर समाजवाद हर पार्टी के वोटकामी हाथों में निर्ममतापूर्वक मसला जाकर फटे बाँस की आवाज में कराहने लगा है। धर्मनिरपेक्षता को सवर्ण हिंदुओं को गाली निकालने और मुसलिम व ईसाई अल्पसंख्यकों को तुष्ट करने का पर्यायवाची बनाकर हमने उससे

राष्ट्रीय अपराध किया है। जाहिर है कि समाजवाद और धर्मनिरपेक्षता हमारी जहन में नहीं बसते। इसलिए उनका यह हश्र होना ही था। इन माध्यमों का चुनाव भारत को समझने में हमारे अज्ञान का कीर्तिमान बन गया है। लोकतंत्र जरूर हमारे मुख्यधारा सोच का अभिन्न अंग है। इसलिए हजार थपेड़े खाकर भी हम उसे नहीं छोड़ रहे, बल्कि हर नए संकट के बाद उसमें और परिपाक आता गया है।

लोकतंत्र की भी अपनी सीमाएँ हैं। जाति, धर्म और उपराष्ट्रीयताओं में बँटे हमारे देश को वह सभ्यतापूर्वक लड़ने के नियम सिखाता है तथा एक-दूसरे पर दबाव डालकर सभी को आगे बढ़ने का मौका देता है। पर मौजूदा प्रणालीवाला हमारा लोकतंत्र लोगों के बीच फूट डालकर पनपने का नरभक्षी शौक भी पाल चुका है। प्रणाली संसदीय की बजाय अध्यक्षीय हो जाए तो इस शौक के पूरा होने पर सीमा जरूर खिंच जाएगी, पर शौक तो पूरा होता रहेगा। लोकतंत्र के दूसरे फायदे उठाने हैं; तो इतनी कीमत देनी पड़ेगी।

लोकतंत्र चूँकि एक प्रणाली है, वह खुला मैदान देता है, अप्रतिबंधित सोच का पर्यावरण प्रदान करता है। पर वह अपने आपमें कोई एक परिस्थिति-निरपेक्ष विचार या दर्शन नहीं है; बल्कि उसका अस्तित्व इस पर टिका है कि उसे अपनानेवालों का दर्शन क्या है? भारत की मुख्यधारा चूँकि मूलत: हिंदू है और यकीनन अनेकांतवादी है, इसलिए यहाँ लोकतंत्र टिका है। उसके टिके रहने की संभावनाएँ सर्वाधिक हैं। पर चूँकि लोकतंत्र विभेद और विभाजन को प्रश्रय देने की क्षमता रखता है और हमारे पास खुद को तोड़ने के लिए गोला-बारूद काफी ज्यादा है, इसलिए हमारा लोकतंत्र अकसर जाति, पंथ और उपराष्ट्रीयताओं का गोला-बारूद के रूप में इस्तेमाल करता है।

हमारी आज की समस्या यही है। इस समस्या का निदान यही है कि देश में मुख्यधारा को मजबूत किया जाए। सभी जाति वर्ग एक ही सामाजिक मुख्यधारा के अंग हैं, सभी पंथ एक ही मुख्यधारा की वैचारिक रेखाएँ हैं और सभी उपराष्ट्रीयताएँ एक ही भारत राष्ट्र की स्थानीय अभिव्यक्तियाँ हैं, इसे समझने की तरफ उतना काम नहीं हो रहा, जितना अपेक्षित है। जो कुछ होता है, वह लोकतंत्र की विखंडक शक्ति के आगे बौना पड़ जाता है।

इसलिए भारत को एक विराट् भक्ति आंदोलन की प्रतीक्षा है, जो जाति-पंथ-उपराष्ट्रीयताओं को अपनी मुख्यधारा पहचानने और उससे जुड़ने का पाठ बिना किसी को आहत किए पढ़ा सके। लोकतंत्री प्रणाली खुद को जतलाने का जबरदस्त उत्साह पैदा करती है। इसके विपरीत, भक्ति खुद को समर्पित करने का जबरदस्त उत्साह उन्हीं उपधाराओं में पैदा करती है। उपधाराओं के होते हुए मुख्यधारा से जीवन-रस लेने की बजाय उससे टकराने का भारतीय स्वभाव पुराना है। इसलिए भारत में यह समस्या हर युग में पैदा होती रही है और हर युग में एक विराट् भक्ति आंदोलन ने जन्म लेकर इस समस्या का समाधान किया है। उपनिषद् काल से लेकर यह चक्र कई बार चला है। हर बार एक विराट् भक्ति

आंदोलन इस देश में उपजा है और अपने समाधानों के दायरे से बाहर निकलते संघर्षों को अपनी विशिष्ट शैली में मुख्यधारा-बोध पैदा कर शांत किया है। नानक, कबीर, तुलसी तक यह प्रक्रिया चलती रही है।

प्रश्न है, भक्ति आंदोलन ही क्यों, वैचारिक आंदोलन क्यों नहीं? शक नहीं कि हर विचार में जबरदस्त प्रभाव पैदा करने की ताकत होती है। पर दिक्कतें दो हैं। एक, विचारक प्राय: दूसरे के विचार को गलत मानकर ही चलते हैं। इसलिए सार्थक संवाद के अवसर कम हो जाते हैं। दूसरी दिक्कत यह है कि कभी गलत बात कहकर भी विचारक प्राय: उसे गलत मानने की उदारता नहीं दिखा पाते, अड़ जाते हैं और गलत को ठीक करने के लिए दुनिया भर के तर्क जुटाने लगते हैं।

भारत में आज यही हो रहा है। एक तरह का विचार-विस्फोट इस देश में हो रहा है। हर्षवर्धन के समय के अघोरियों-कापालिकों की तरह हर गली-मोहल्ले-चौराहे पर आपको एक विचारक मिल जाएगा, जो मौलिक बात कहने का दावा कर रहा होगा और उसे अंतिम सत्य मानने का दंभ भी उसने पाल रखा होगा। इसलिए हर कोई अपनी बात कह रहा है, पर कोई किसी की नहीं सुन रहा। दो नवीनतम उदाहरण लें। आरक्षण पर कभी देशव्यापी बहस चली। हर कोई अपनी बात कह रहा था। दूसरे की बात नहीं सुनी जा रही थी। इसलिए सामंजस्य नहीं हो पाया। दूसरा उदाहरण। सारा देश कह रहा है कि यहाँ का हर व्यक्ति धार्मिक है, पर उसे धर्मनिरपेक्ष बनाने के दबाव बढ़ाए जा रहे हैं, जो एक अस्वाभाविक परिस्थिति है। भक्ति आंदोलन ऐसे ही संकटों के दौरान उभरे हैं। इतिहास में वे स्पृहा और सम्मान के साथ दर्ज किए गए हैं तो जाहिर है कि लोगों को उनसे कुछ मिला है। पर यह भी सत्य है कि हर भक्ति आंदोलन बाद में खुद भी एक पंथ बन गया है। बौद्ध, जैन, वैष्णव, शैव, शाक्त आदि सभी पंथ अपने जमाने के छोटे-छोटे भक्ति आंदोलन ही रहे हैं। उनका आगे चलकर पंथ बन जाना मनुष्य की विराटता और संकीर्णता के बीच लगातार चलनेवाले संघर्ष को ही रेखांकित करता है। आज जो भक्ति आंदोलन होगा, वह वास्तव में अद्भुत और विराट् होगा। जाति, पंथ और उपराष्ट्रीयताओं के जैसे तनाव आज हैं, उस आयाम के वे पहले कभी नहीं रहे। संचार और परिवहन माध्यमों का जैसा जाल आज है, वैसा पहले कहाँ था? टेक्नोलॉजी क्रांति भी आज कहीं अनुपम और अतुलनीय है। इसलिए आज का भक्ति आंदोलन भी उतना ही विराट् और प्रभूत परिणामोंवाला होगा। तभी भारत की तमाम जातियाँ, पंथ और उपराष्ट्रीयताएँ खुद को विराट् मुख्यधारा का हिस्सा बना पाएँगी।

इसी विषय पर हम तब भी संवाद करेंगे, जब कभी 'परावर्तन' पर विचार किया जाएगा।

□

25

भारत की सभी जातियाँ हिंदू जातियाँ ही हैं

पिछले कुछ समय से दो तरह के चुनावी गठजोड़ चर्चा में रहे हैं और माना जाता है कि अपने गठजोड़ की वजह से गठजोड़वाली पार्टियाँ विधानसभाओं में चुनाव भी जीतने में समर्थ हुई हैं। इन दो गठजोड़ों का नाम है—एम-वाई और एम-डी। इन दोनों गठजोड़ों में 'एम' शब्द समान रूप से मौजूद है और यहाँ 'एम' का मतलब है, मुसलिम। 'एम-वाई' का मतलब है मुसलिम-यादव गठजोड़ और 'एम-डी' का मतलब है मुसलिम-दलित गठजोड़।

एम-वाई, यानी मुसलिम-यादव इस गठजोड़ के प्रणेता दो यादव नेता रहे हैं—उत्तर प्रदेश में मुलायमसिंह यादव और बिहार में लालू प्रसाद यादव। माना जा रहा है कि दोनों नेता अपने-अपने राज्यों में इस फॉर्मूले के तहत चुनाव लड़कर जीत चुके हैं। यह सच है या नहीं, हम विश्वास से कह नहीं सकते। पर दोनों नेता दावा करते हैं कि दोनों यादव नेता अपने इसी गठजोड़ के कारण अपने-अपने प्रदेशों में चुनाव जीतते रहे हैं। यह भी सच है कि इस एम-वाई गठजोड़ के बावजूद ये दोनों नेता चुनाव हारते भी रहे हैं। यू.पी. में तो मुलायम सिंह ने अपने इस गठजोड़ के बावजूद पिछले विधानसभा चुनावों में (2017) शर्मनाक हार का सामना किया है।

चुनावों में हार-जीत चलती रहती है। इस बात को ध्यान में रखकर और हार-जीत को इस संदर्भ में उतना ही महत्त्व देते हुए हम इन गठजोड़ों पर गंभीर राजनीतिक विमर्श कर लेना चाहते हैं। चूँकि एम-वाई गठजोड़ में मुसलिमों के साथ एक हिंदू जाति यादव भी शामिल है, इसलिए अपने मौजूदा राजनीतिक विवेचन में एक-दूसरे गठजोड़ को भी शामिल कर लेते हैं, जिसका नाम है एम-डी, यानी मुसलिम-दलित और जिस गठजोड़ की कोशिश में बहुजन समाज पार्टी की नेता बहन मायावती भी प्रायः रहती हैं, बेशक उन्हें एम-वाई जैसी सफलता प्रायः नहीं मिली है, पर वैसा गठजोड़ तो है ही, या कह सकते हैं कि वैसा गठजोड़ बनाने की कोशिश तो रहती ही है।

एम–वाई और एम–डी की तरह एक तीसरा गठजोड़ बनाने की कोशिशें भी चलती रहती है, जिसका नाम है एम–जे गठजोड़। यहाँ भी 'एम' का वही अर्थ है, यानी मुसलिम और 'जे' का मतलब है जाट। एम–जे गठजोड़ बनाने में सबसे ज्यादा दिलचस्पी चौधरी चरण सिंह के सुपुत्र अजीत सिंह दिखाते रहे हैं, लेकिन मुसलिम–जाट गठजोड़ बने, इसका कोई सार्थक परिणाम अजीत सिंह की तमाम कोशिशों के बावजूद सामने नजर नहीं आ पा रहा है। अपनी एम–जे वगैरह बनाने की कोशिशों को बल प्रदान करते हुए अजीत सिंह ने उत्तर प्रदेश में जाटों के प्रभाव क्षेत्रवाले जिलों को मिलाकर एक अलग राज्य बनाने का आंदोलन भी शुरू कर रखा है, पर उस आंदोलन को भी कागजों से आगे बढ़कर कोई जनसमर्थन नहीं मिला है, जो महत्त्वपूर्ण है। 'एम–जे' गठजोड़ बनाने की कोशिशें अब तक असफल बेशक होती रही हैं। पर मुसलिमों के साथ हाथ मिलाकर चलने की कोशिशें चल रही हैं, यह भी उतना ही सच है।

आप कह सकते हैं कि चुनावी राजनीति में पार्टियों के बीच गठजोड़ तो बनते-बिगड़ते ही रहते हैं। फिर एम–वाई, एम–डी, एम–जे नामों से, ऐसे अनौपचारिक नामों से बने गठजोड़ों से इतना चौंकने की जरूरत क्यों है? चौंकने की जरूरत है, यकीनन है और चौंकने की जरूरत इसलिए है कि बेशक चुनावी राजनीति में पार्टियों के बीच गठजोड़ होते रहते हैं, पर एम–वाई, एम–जे और एम–डी कोई विभिन्न पार्टियों के बीच गठजोड़ नहीं हैं। ये तीनों, यानी ये सभी गठजोड़ सामाजिक वर्गों के बीच गठजोड़ बनाने की कोशिशें हैं। इसलिए सोचने का यह मामला है ही, खासतौर पर इसलिए भी चौंकने और सोचने की जरूरत है कि इन सभी गठजोड़ों से जुड़े सामाजिक वर्गों में जाति समूहों को पहचान लेना और फिर गहरे विमर्श के लिए रेखांकित कर लेना अपरिहार्य जैसा लग रहा है, क्योंकि हमें यहाँ देश को नुकसान पहुँचाने जैसा अंदेशा समझ में आ रहा है और गठजोड़ों में मुसलिम समान रूप से शामिल कर दिए गए हैं।

आप पूछ सकते हैं कि जाटों, यादवों और/या दलितों के साथ किए जानेवाले सामाजिक गठजोड़ों में मुसलिमों के शामिल होते ही देश को नुकसान पहुँचने का शक क्यों पैदा किया जा रहा है? जवाब यह है कि शक पैदा करनेवाले हम कौन होते हैं? शक तो भारत देश के इतिहास को पढ़ने से पैदा हो रहा है, क्योंकि भारत के किसी भी राजनीतिक उपक्रम में मुसलिमों के शामिल होते ही देश की राजनीतिक एकता को हमेशा नुकसान ही नुकसान पहुँचा है और उसके प्रमाणस्वरूप ढेरों उदाहरण पेश किए जा सकते हैं। भारत के 'पारसीक खंड' (यहाँ 'खंड' शब्द 'उत्तराखंड' की तरह भारत की एक भौगोलिक इकाई का प्रतीक है) का पारस, फारस, पर्शिया बन जाना और उसका शत प्रतिशत इसलामी देश हो जाना एक उदाहरण है। इतना ही नहीं है। भारत के 'शकस्थान' का सीस्तान बन जाना, भारत के 'सौवीर प्रदेश' का बलोचिस्तान बन जाना,

भारत के गांधार का अफगानिस्तान बन जाना, भारत के उत्तर कुरु का 'बाल्टिस्तान' बन जाना, भारत के सप्तसिंधु का पाकिस्तान बन जाना, भारत के पूर्वी बंगाल का बांग्लादेश बन जाना और इन सभी का, फारस, सीस्तान, बलोचिस्तान, बाल्टिस्तान, अफगानिस्तान, वजीरिस्तान, पाकिस्तान, बांग्लादेश आदि सभी का बिना किसी अपवाद के, बिना किसी एक्सेप्शन के शत प्रतिशत इसलामी हो जाना, इतने सारे ढेरों उदाहरण हैं कि शक पैदा करते हैं कि क्या बात है कि यादवों, जाटों और दलितों के साथ गठजोड़ क्यों और किस इरादे से किया जा रहा है?

इतना ही नहीं है। हमारे सामने-सामने, ठीक हमारी आँखों के सामने क्या हो रहा है? भारत के काश्मीर से, जम्मू-काश्मीर से नहीं, काश्मीर से सारे हिंदू निकाल बाहर कर दिए गए और अब पाकिस्तान-प्रेरित इसलामी आतंकवाद का सहारा और ताकत पाकर काश्मीर के मुसलमान काश्मीर को, भारत के काश्मीर को इसलामी देश बनाने पर आमादा हो रहे हैं। भारत के उत्तर-पूर्व में, यानी नार्थ-ईस्ट में, यानी भारत के प्राग्ज्योतिष में बांग्लादेश से मुसलिमों की भारी पैमाने पर घुसपैठ करवाकर हमारे भारत के इस उत्तर-पूर्व को मुसलिमबहुल बना देने की कोशिशों को भारी सफलता मिलती नजर आ रही है। अब आम चर्चा होने लगी है कि भारत के पश्चिम बंगाल में वैसी ही घुसपैठ करवाकर वहाँ मुसलिमों की आबादी का प्रतिशत काफी ऊपर कर दिया जा चुका है और एक निर्णायक प्रतिशत पार करते ही वहाँ अलगाव को फिर कौन रोक पाएगा? हम वास्तव में जानना चाहते हैं। लक्षण तो अभी से नजर आने लगे हैं। सवाल है, उत्तर-पूर्व के लिए एन.आर.सी. (नेशनल रजिस्टर ऑफ सिटीजंस) की जरूरत ही क्यों पड़ रही है।

हम इन सभी उदाहरणों को इसलिए गिनवा रहे हैं कि हम चाहते हैं कि देश सच का सामना करे। कबूतर आँखें बंद कर लेता है और वह समझता है कि वह कुशलपूर्वक है, सुरक्षित है। पर बिल्ली तो कबूतर के आँखें बंद करते ही झपट्टा मारकर कबूतर का काम तमाम कर देती है। नेहरूवादी भारत बनाने की विचारधारा में भारत को कबूतर की तरह आँखें बंद करना सिखाया गया है और एक के बाद एक नतीजे हमारे सामने आते रहे हैं। राजनीति कबूतर की तरह आँखें बंद कर देने से नहीं चला करती। वह गरुड़ की तरह हजारों आँखों का चौकन्नापन लेकर ही चल पाती है। इसलिए आश्चर्य नहीं कि विष्णु का वाहन गरुड़ है और विष्णु को इस ब्रह्मांड का परिवाहक माना गया है। जब पं. जवाहरलाल नेहरू का भारत पंचशील का राग अलाप रहा था, तो चीन ने पहले तिब्बत को दबोचकर हमारी उत्तरी सीमा का, हिमालय के संग-संग चलनेवाली भारत की उत्तरी सीमा का हजारों वर्गमील का क्षेत्र, यानी भारत का हजारों वर्गमील का इलाका हड़प लिया और हम पर हमला भी कर दिया। हम सभी जानते हैं कि तब पं. नेहरू के नेतृत्व में देश ने कबूतर की तरह अपनी आँखें बंद कर रखी थीं। दूसरा उदाहरण—हम

जीत रही अपनी सेना को रोककर काश्मीर का मामला संयुक्त राष्ट्र संघ ले गए और फिर पूरे मामले को इस हद तक उलझा दिया कि काश्मीर अब लगभग मुसलिम देश बनने की, स्वतंत्र मुसलिम देश बनने के कगार तक आ पहुँचा है। ऐसा इसलिए हुआ कि इस पूरे दौरान पं. नेहरू के नेतृत्व में देश ने कबूतर की तरह आँखें बंद कर ली थीं। तीसरा उदाहरण—यह उदाहरण अटल बिहारी वाजपेयी के प्रधानमंत्री काल का है। तब भी देश को अर्थात् वाजपेयी को यही शैली पसंद थी, जो पं. नेहरू की शैली रही थी। प्रधानमंत्री वाजपेयी को पता ही नहीं चला कि कब भारत के कारगिल पर पाकिस्तानी सेना ने कब्जा कर लिया। जब पता चला, तब तक कब्जा हो चुका था। भारत की सेना के देशभक्त सैनिकों को कैसे कारगिल को पाकिस्तानी कब्जे से छुड़वाने के लिए कई दिन तक रक्तस्नान करना पड़ा था, यह अब भारत के शौर्य के इतिहास का अमिट हिस्सा बन चुका है। संदेश यह है कि हर देश को अपने देश के इतिहास का ठीक से पता रहना चाहिए और 'सब ठीक है' की कपोत राजनीति का शिकार होकर आँखें बंद नहीं कर लेनी चाहिए, बल्कि गरुड़ दृष्टि पर सवार रहकर विष्णु की तरह चतुर्भुज बने रहना चाहिए, ताकि देश गफलत का शिकार कभी नहीं होने पाए।

यादव-मुसलिम, जाट-मुसलिम और दलित-मुसलिमों का सामाजिक गठजोड़ बनाने के लिए किस-किस तरह के तर्क आसमान में उछाले जा रहे हैं? कहा जा रहा है कि भारतीय समाज के ये सभी वर्ग, यानी दलित, यादव, जाट और मुसलिम सताए गए हैं, प्रताड़ित हैं, वंचित हैं। कमाल का तर्क है यह? कृपया बताइए कि भारत के मुसलिम कब से वंचित हो गए? कब प्रताड़ित किए गए? कब सताए गए? भारत की गुलामी की छह-सात सदियों के पूरे कालखंड में बादशाहत मुसलिमों की थी। बादशाह लोग कब सताए गए? अगर कोई प्रताड़ित हुआ है तो इन गुलामी की सदियों में हिंदू ही प्रताड़ित हुआ है। इस हद तक कि अत्याचार, जोर-जबरदस्ती और आर्थिक यातनाएँ देकर उस हिंदू का धर्मांतरण तक करवा दिया गया और वह भी हजारों, लाखों और करोड़ों की संख्या में? हिंदू समाज का अंग रहे यादवों और जाटों को इतना तो प्रताड़ित किया ही गया, जितना शेष हिंदुओं को किया गया, पर प्रताड़ना सहकर भी यादवों और जाटों ने इसलाम स्वीकार नहीं किया। सामाजिक और राजनीतिक स्तर पर ये सभी यादव और जाट सामाजिक व आर्थिक आधार पर बेशक मुसलिमों के हाथों शेष हिंदुओं के जैसे प्रताड़ित किए जा रहे हों, पर राजनीतिक और आर्थिक दृष्टि से, खासकर कृषि व पशुपालन की दुधारू अर्थव्यवस्था के वे सरताज रहे हैं, आज भी हैं। इस दृष्टि से अगर कोई वर्ग वाकई वंचित व प्रताड़ित रहा है, सामाजिक दृष्टि से भी, आर्थिक दृष्टि से भी और राजनीतिक दृष्टि से भी तो वे हैं भारत के दलित। भूमि सुधारों के परिणामस्वरूप हुई कृषि क्रांति के अगुआ तो जाट और यादव जैसे सामाजिक वर्ग ही रहे हैं। इन भूमि

सुधारों का लाभ तो दलितों को भी नहीं मिला, मिला तो सीमित रूप में ही मिला। हाँ, दलितों को आरक्षण का लाभ मिला और जितना, थोड़ा-बहुत सामाजिक उठान अब दलितों में दिखाई देने लगा है, वह इसी आरक्षण के कारण हुआ है। पिछड़ा वर्ग को मिले आरक्षण के बाद तो यादवों और अन्य पिछड़ा जातियों का सामाजिक-राजनीतिक रुतबा पहले से कहीं अधिक बढ़ा-चढ़ा है। परंतु यह उपलब्धि तो तात्कालिक व राजनीतिक ही मानी जाएगी। भारत के जातियोग का परम लक्ष्य तो जाति की सहायता से संपूर्ण भारत को उसकी राष्ट्रीयता से जोड़ देना होना चाहिए, जिसे कभी अंग्रेजी हुकूमत ने भारत को तोड़ने का उपकरण बनाया। तसवीर साफ है और तसवीर यह है कि यादव-मुसलिमों का, जाट-मुसलिमों का और दलित-मुसलिमों का सामाजिक गठजोड़ बनाने की कोई भी कोशिश अपनी अस्वाभाविक समाप्ति को अंततः प्राप्त कर लेगी, क्योंकि इन गठजोड़ों में समानता का कोई भी आधार नहीं है।

हमारा मानना है कि भारत में सभी जातियाँ—ब्राह्मण, क्षत्रिय, वैश्य, दलित, पिछड़ा, महादलित, महापिछड़ा, ये और ऐसी सभी जातियाँ हिंदू जातियाँ हैं, जिनके बीच स्वाभाविक साहचर्य, स्वाभाविक तालमेल, स्वाभाविक एकजुटता उनके हिंदू होने के कारण तो हो सकती है। मुसलिमों को बीच में लाते ही उनके बीच में तनाव की रेखाएँ स्वतः उभर आती हैं। और, उभरे हुए तनावों की रेखाओं की नींव पर कोई भी सामाजिक गठजोड़ किसी खास स्वार्थपरायणता के आधार पर तो चलता रह सकता है, अन्यथा उसके अल्पायु होने का क्षण कभी भी आ सकता है। ठीक यही वह तर्क था कि भारत में सभी जातियाँ हिंदू जातियाँ हैं, जिस तर्क ने, योगी आदित्यनाथ को 2017 के उत्तर प्रदेश चुनावों में अद्भुत सफलता प्रदान कर दी। अगर योगी आदित्यनाथ अपने इस जातियोग को, जिस पर हम विस्तार से लिखनेवाले हैं, इस जातियोग को, समग्र समाज को ठीक से समझा पाए तो फिर उसी बिहार में भी उनकी पार्टी वैसे ही विजय पताका फहरा देगी, जैसी उत्तर प्रदेश में 2017 में फहरा दी गई। इस पर, यानी भारत के इस जातियोग पर हम अगले आलेख में और भी अधिक विस्तार से लिखेंगे, पर अभी कुछ बिंदुओं पर खास विचार कर लिया जाना जरूरी नजर आता है, ताकि हमें समझ में आ सके कि कैसे भारत की सभी जातियाँ हिंदू जातियाँ हैं। हर दृष्टि से हिंदू जातियाँ ही हैं। इस निष्कर्ष तक पहुँचने से पहले या कहना चाहिए कि उस निष्कर्ष तक पहुँचने के लिए हम भारत की जातियों को केंद्र में रखकर कुछ बातों पर स्थूल रूप से विचार कर लेते हैं—

1. हमने अपने पिछले आलेख (संख्या 24) में ब्राह्मण, क्षत्रिय, वैश्य जातियों को सवर्ण जातियाँ कहा था, यादव, जाट, कुर्मी आदि पिछड़ा जातियों को मध्यमजातियाँ कहा था और शूद्र जातियों को दलित जातियाँ कहा था। चूँकि हम उस आलेख में भारत की

जातियों का विश्लेषण भारत के इतिहास के संदर्भ में कर रहे थे और वहाँ इस इतिहास में, प्रचलित शब्दों अर्थात् सवर्ण व मध्यम जातियों का प्रयोग कर रहे थे, इसलिए हम अपने उस विश्लेषण से सवर्ण तथा मध्यम जातियाँ, इन नामों का प्रयोग कर रहे थे। इनमें से कौन-से नामों का प्रयोग किया जाए, इस पर थोड़ा-सा विमर्श कर फिर तार्किक निष्कर्ष तक पहुँच जाने में कोई नुकसान नहीं। इसको इतिहास की विवशता कहा जाए या इतिहास का विमर्श कहा जाए, पर यह एक सामाजिक सत्य जैसा कहा गया है और सामाजिक प्रयोग का एक स्वाभाविक हिस्सा जैसा बन गया है कि भारत की तीन जातियों को, यानी ब्राह्मण, क्षत्रिय, वैश्यों को सवर्ण नाम प्राप्त हो चुका है। कारण आर्थिक भी हैं, शैक्षिक भी हैं और सामाजिक संस्कारों से भी जुड़े हुए हैं, जिसके आधार पर ब्राह्मणों, क्षत्रियों व वैश्यों को एक समान जातिवर्ग, अर्थात् सवर्ण इन वर्ग नाम से कहा, जाना, पहचाना जाने लगा है। इसलिए हम इसी शब्द का प्रयोग कर रहे हैं, यानी सवर्ण शब्द का प्रयोग कर रहे हैं।

2. पिछले आलेख (संख्या-24) में हम जिन जातियों को मध्यम जातियाँ कह रहे थे, उन्हें अब पिछड़ा कहने का चलन शुरू हो गया है। माना जाने लगा है कि ये मध्यम जातियाँ ऐतिहासिक रूप से शिक्षा, राजसत्ता और सामाजिक सम्मान से वंचित रही हैं। हमें लगता है कि इन जातियों को लेकर प्रस्तुत कर दिया गया यह मंतव्य इतिहास का पूरा यथार्थ नहीं है। जहाँ तक शिक्षा का संबंध है, ये मध्यम जातियाँ, यानी पिछड़ा कही जानेवाली जातियाँ बेशक शिक्षा से नहीं जुड़ी रही हों या फिर अंशतः ही जुड़ी रही हों, पर वे किसी सामाजिक बंधन के परिणामस्वरूप शिक्षा से वंचित कर दी गईं, यह न केवल असत्य है, बल्कि इतिहास को गलत तरीके से पेश कर देना जैसा माना जाएगा। सीधा-सीधा सच है कि इन मध्यम जातियों का जीविका उपार्जन के साधनों, जैसे—खेती, गोपालन, हस्तशिल्प, कल-कारखाने, भवन निर्माण से इतना अधिक घनिष्ठ जुड़ाव रहा कि इस जुड़ाव से निवृत्त होकर शिक्षा आदि भी ग्रहण करनी है, इस ओर ध्यान देना मध्यम जातियों को बहुत ज्यादा प्रासंगिक नहीं लगा। परिणाम कि शिक्षा से आंशिक रूप से जुड़ जाने को ही पर्याप्त मानकर मध्यम जातियों के सदस्य जीविकोपार्जन में ही अधिकाधिक लगे रहे, जिसके परिणामस्वरूप भारत के आर्थिक सम्मान के निर्माण में उनका जुड़ाव सर्वाधिक और उच्चकोटि का रहा। इसलिए मध्यम जातियों का योगदान उस रूप में अद्‌भुत है कि भारत के एक समृद्ध देश, सोने की चिड़िया बनाने में, सभ्यता को विभिन्न प्रकार से स्थापित करने में, यानी सभ्यता को विभिन्न तरीकों से अपनी शक्ल देने में मध्यम जातियों का योगदान अद्‌भुत और निर्णायक जैसा रहा है। इसलिए हमारा प्रस्ताव है कि पिछड़ा जातियों को अगर हम 'मध्यम जातियाँ' सामाजिक नामधेय से पहचाने-पुकारेंगे तो भारत को पिछड़ी जातियों का देश माननेवाले उस कलंक से

मुक्ति मिलेगी, जिस कलंक को अंग्रेजी काल में भारत की हिंदू जातियों पर थोप दिया गया। 'मंडल आयोग' ने अपने अज्ञानवश या अपने भोलेपन में जिसे लगभग स्थायी जैसा बना दिया और अन्य मध्यम जातियों के राजनीतिक लोग महज अपनी राजनीतिक रोटियाँ सेंकने के लिए उस कलंक को मध्यम जातियों को 'पिछड़ा' कहकर हमारे जातीय स्वभाव का लगभग हिस्सा बना देने पर आमादा हैं। खेती, गोपालन, हस्तशिल्प, कल-कारखानों, भवन निर्माण से जुड़े समाज के लोगों को 'पिछड़ा' कहकर अपमानित करने के पीछे क्या तर्क है? उन्हें पिछड़ा होने के शाश्वत मनोभाव का शिकार बनाए रखने की क्या जरूरत है? खासकर तब जबकि आज का सारा भारत मध्यम जातियों से जुड़े राजनीतिकर्मी ही संचालित कर रहे हैं, राजनीतिक रूप से, शासक के रूप में प्रभावशाली हैं और पूरे देश को और तमाम राज्यों को नई दिशा दे रहे हैं। ऐसे हम सभी लोग 'मध्यम जातियाँ' तो हो सकते हैं। हम पिछड़े कतई नहीं हैं। और हम सिर्फ और सिर्फ इस आधार पर मध्यम जातियाँ हैं, क्योंकि हिंदू की जातियों का वर्गीकरण करेंगे तो कहीं-न-कहीं तो समझने की सुविधा के लिए प्रथम और मध्यम आदि की श्रेणियाँ रखनी ही होंगी। महज इसलिए हम मध्यम जातियाँ कह रहे हैं।

3. हिंदू जातियों का पहला वर्ग सवर्ण जातियाँ हैं, दूसरा वर्ग मध्यम जातियाँ हैं, तो तीसरे वर्ग को क्या नाम दिया जाए? हमें लगता है कि भारत का हिंदू समाज इस समस्या से सदियों से जूझ रहा है। प्राचीनतम काल से ही इस तीसरे वर्ग की जातियों को 'शूद्र' कह दिया गया। भारत का प्रारंभिक इतिहास बता रहा है कि इन्हें शूद्र कह दिया गया। 'शूद्र' शब्द का अर्थ क्या है? हम नहीं जान पा रहे। हमारे संपूर्ण साहित्य में प्राचीन काल से ही, वैदिक साहित्य रचना के काल से ही 'शूद्र' शब्द का प्रयोग चल रहा है। कोई हमें इस शब्द का अर्थ ठीक से बता देगा तो हम हमेशा उसके कृतज्ञ रहेंगे। नकारात्मक अर्थों में 'शूद्र' शब्द का प्रयोग कब से शुरू हो गया, हम अभी तक खोज नहीं कर पाए हैं। पर शूद्र शब्द को लेकर दो बातें बिल्कुल स्पष्ट हैं। एक, कि स्मृतियों की रचना से पहले (और हम जानते हैं कि स्मृतियों का रचनाकाल काफी ताजा-ताजा है) शूद्र वर्ण से जुड़े लोगों का समाज में स्थान नीचा था, अवहेलना का था या फिर तिरस्कार का था, इसके कोई प्रमाण पूरे साहित्य में नहीं मिलते। सामाजिक, आर्थिक और राजनीतिक, शिक्षा, साहित्य रचना और ज्ञान-विज्ञान, सभी क्षेत्रों में शूद्र लोग वंचित हैं, तिरस्कृत हैं, अवमानित हैं, इसका कोई प्रमाण पूरे प्राचीन साहित्य संस्कृत, पालि, प्राकृत साहित्य में हमें तो नहीं मिलता। हम अपनी नवीनतम पुस्तक 'भारत का दलित विमर्श' में इस पर प्रामाणिक आधार पर और विस्तार से लिख आए हैं। बल्कि स्थिति उससे उलट है। वेदों में मंत्रों के सूक्तों की रचयिता जहाँ स्त्रियाँ हैं, वहाँ शूद्र भी हैं। कवष ऐलूष नामक (शूद्र) कवि का लिखा 'अक्षसूक्त' वेदों के श्रेष्ठतम (यानी टॉप टेन सरीखे)

सूक्तों में गिना जाता है। भारत की जीवन-शैली को उत्तर से दक्षिण तक फैलानेवाले ऋषि अगस्त्य शूद्र ही माने गए हैं। रामायण के रचयिता वाल्मीकि शूद्र हैं। महाभारत के लेखक व्यासदेव शूद्र ही हैं। भारत के अठारह महापुराणों के प्रस्तोता सूतजी हैं, जो शूद्र हैं। ऐसे ही एक मुनि हुए हैं पिप्पलाद, जिन्होंने काश्मीर जाकर अथर्ववेद की एक शाखा का चलन किया, जिसे हम पैप्पलाद शाखा के नाम से जानते हैं। इस शाखा का चलन शुरू करने से पहले मुनि पिप्पलाद नर्मदा के किनारे तपस्या कर चुके थे। पिप्पलाद के काश्मीर स्थित आश्रम में एक बार भारत के विभिन्न भागों से आए अनेक मुनि इकट्ठा हुए, जिनमें छह मुख्य थे और इन सभी के नाम 'प्रश्नोपनिषद्' में मिलते हैं। वेदों की व्याख्या के रूप में लिखे गए 'शतपथ ब्राह्मण', 'ऐतरेय ब्राह्मण' जैसे महत्त्वपूर्ण निगम परंपरा के ग्रंथों में से अति महत्त्वपूर्ण 'ऐतरेय ब्राह्मण' के रचयिता शूद्र थे, जिनका नाम था महिदास, जिनकी माता का नाम था इतरा और इस आधार पर महिदास का नाम पड़ गया महिदास ऐतरेय।

सूतपुत्र कर्ण की पहचान पिछली अनेक सदियों से शूद्र की हो गई है, जो कुंती का पुत्र होने के बावजूद, कुंती द्वारा एक टोकरी में रखकर पानी में बहा दिए जाने के बाद, सूत द्वारा पाले जाने के कारण, जो कि शूद्र ही माने गए हैं, सूतपुत्र के रूप में प्रसिद्ध हुए हैं। इसी के आधार पर सूतपुत्र कर्ण को समाज-सुधारकों द्वारा पिछली कुछ सदियों में प्रताड़ना का प्रतीक घोषित कर दिया गया है। राष्ट्र कवि रामधारीसिंह 'दिनकर' द्वारा इसी मनोभूमि के आधार पर 'रश्मिरथी' नामक एक प्रसिद्ध काव्य की रचना भी कर दी गई। पर पूरे महाभारत प्रबंध काव्य में वही शूद्र ख्यातिप्राप्त सूतपुत्र कर्ण हस्तिनापुर की राजनीति का महत्त्वपूर्ण केंद्रबिंदु बना हुआ है और अंगदेश का राजा भी है।

ब्राह्मण धुरंधर महामति चाणक्य ने जिस चंद्रगुप्त मौर्य को पाल-पोसकर बड़ा किया, विद्वान् बनाया और फिर मगध का सम्राट् बनाया, वह चंद्रगुप्त मौर्य शूद्र ही था। पर इसी चंद्रगुप्त के साथ शूद्र जाति का होने के कारण कुछ ऊँच-नीच हुआ, इसका कोई प्रमाण हमें तो आज तक कहीं भी मिला नहीं।

भारत के अद्वैत दर्शन में से जिस भक्ति का प्रस्फुटन हुआ और फिर भक्ति के जिस विस्फोट काल को हम भक्ति आंदोलन कहते हैं, उस भक्तिकाल के नायक कवि-महाकवि कौन थे, भक्त संत कौन थे, कौन हैं ये भारत के रैदास, दादू, पीपा आदि। न जाने कितने अनगिनत भक्त संतों के नाम आप गिन सकते हैं। ये सभी भक्ति पुरोधा कौन थे? उनमें से अनेक वही हैं, जिन्हें प्राचीन भारत ने शूद्र कहा और नया भारत दलित कह रहा है।

4. इस सबके बीच जो धारणा सबसे अधिक महत्त्वपूर्ण है, वह यह है कि यह इतिहास, जिसके बारे में हमने पिछले पृष्ठों में बताया, 'भारतगाथा' में भी

बताया, उस सबके बीच यह धारणा कहाँ से पैदा हो गई कि शूद्र का काम सिर्फ घर-पड़ोस का कूड़ा-करकट, मलमूत्र उठाना भर है और इसलिए ऐसा करनेवाला अस्पृश्य है, अछूत है? हमने भारत के प्राचीन, मध्यकालीन समय के इतिहास से जो भी और जितने भी उदाहरण दिए हैं, उनमें न तो कोई अस्पृश्य है और न ही किसी ने उन्हें अस्पृश्य कहा है। स्मृति रचनाओं से पहले के इन सभी उदाहरणों में, सभी कालखंडों में 'अस्पृश्य' जैसा कोई शब्द ही कहीं नहीं मिलता। फिर यह अस्पृश्यवाली, अछूतवाली धारणा कब और क्यों पैदा हो गई?

इधर जानकार लोगों के बीच जो धारणा अमुखर रूप से है, वह यह है कि दलित हिंदुओं के बीच यह अस्पृश्यता भारत की इसलामी सदियों की देन है। घरों में ही मल की निवृत्ति करनी है, भारत में ऐसा चलन कभी नहीं रहा। शौच करने जाना यानी जंगल-पानी करने जाना। जाहिर है कि घर से बाहर जाना। भारत के उसके प्राचीनतम ज्ञात इतिहास के पूरे दौर में ऐसा ही रहा है। पर भारत की इसलामी गुलामी के दिनों में मुसलमान लोग शासक हो गए। हिंदुओं का धर्मांतरण करने में लग गए। इन मुसलमान शासकों को 'जंगल-पानी' जाना असभ्यतापूर्ण लगा। घरों में ही निबटना है तो मल उठाने का काम कौन करेगा? जाहिर है कि शासित वर्ग ही करेगा, हिंदू ही करेगा। हिंदू यह काम करे तो ठीक, अन्यथा इसलाम अपना ले। यह विवशता तर्कपूर्ण थी, इस पर कोई भारत-विरोधी उन्मादी ही असहमत हो सकता है। फिर हिंदुओं में यह काम कौन करेगा? उनमें से वही करेगा, जिसे नीची जाति का बोलकर हड़का दिया गया कि मलमूत्र आदि को उठाने का जिम्मा उठाओ, नहीं तो मुसलमान हो जाओ। उस समय के दलितों ने मल उठाने का घटिया आदेश तक स्वीकार किया, पर इसलाम स्वीकार नहीं किया। यही कारण है कि भारत के कुछ सवर्ण हिंदुओं में तो धर्मांतरण को किसी भी कारणवश स्वीकार कर लिया गया, पर दलितों ने इसलाम स्वीकार नहीं किया। इसलिए भारत के मुसलमानों के बीच आपको सवर्ण जातियाँ ही प्रायः धर्मांतरित हुई मिलेंगी। मध्यम जातियाँ प्रायः धर्मांतरित हुई नहीं मिलेंगी। पर तब की दलित जातियाँ तो आपको आज के धर्मांतरित हिंदू समाज में कतई नहीं मिलेंगी। इस बीच गंभीरता से सोचने का मामला यह है कि जिन दलितों ने इसलाम नहीं स्वीकार करने के लिए मलमूत्र ढोने का काम इसलामी शासकों के अत्याचारी दबाव में किया होगा, उन्हीं दलित हिंदुओं को फिर अस्पृश्य भी बना दिया गया, अछूत भी घोषित कर दिया गया। इस पर विडंबना यह है कि आज फिर से वही मुसलिम लोग भारत के दलित हिंदुओं के साथ राजनीतिक गठजोड़ बनाने की कोशिश में हैं। तो क्या भारत का संपूर्ण राजनीतिक हित चाहनेवालों को सोचना नहीं चाहिए कि वे ऐसा गठजोड़ क्यों बनाना चाह रहे हैं? और वह भी तब, जब भारत की पिछली दो-तीन सदियों में अस्पृश्यता के घोर विरोध को लेकर, जाति परंपराओं में ऊँच-नीच

तथा आर्थिक-सामाजिक भेदभाव को लेकर खुद भारत का विराट् हिंदू समाज खड़ा हो चुका है और प्रामाणिक रूप से खड़ा हो चुका है।

सिर्फ फुटनोट के तौर पर बता दे रहे हैं कि इसलाम-पूर्व के भारत में पर्दाप्रथा भी नहीं रही थी। 'पर्दा' के लिए कोई समानार्थक शब्द पूरी संस्कृत, पालि, प्राकृत परंपरा में हमें नहीं मिलता। कहीं इक्का-दुक्का मिलता हो तो वह ढूँढ़ना पड़ेगा। एक 'अवगुंठन' शब्द है, जो मुसलिम काल में 'घूँघट' हो गया, अन्यथा भारत की शब्दावली में 'अवगुंठन' शब्द उस वस्त्र के लिए है, जिसे माथे को एक-तिहाई ढकने में शादी-ब्याह आदि के मौकों पर प्रयोग में लाया जाता है, महज सौंदर्य और आकर्षण को बढ़ाने के लिए। कालिदास का 'अभिज्ञानशाकुंतल' नाटक पढ़िए, वहाँ जब कण्व के शिष्य शकुंतला को दुष्यंत के राजभवन में पहुँचाने आते हैं तो दुष्यंत ने पूछा, "का स्विद् अवगुण्ठनवती"? यानी यह अवगुंठन डाले हुए स्त्री कौन है ? भारत में साहित्य ग्रंथों, भित्तिचित्रों, उत्कीर्ण लेख आदि सब खँगाल लीजिए, वहाँ पर्दा तो है ही नहीं, घूँघट भी नहीं है, अवगुंठन भी सौंदर्यवृद्धि के उद्देश्य को पूरा करने के लिए है।

भारत में जातिप्रथा का संपूर्ण इतिहास भारत के संपूर्ण हिंदू समाज का अपना इतिहास है। इसमें विकार और विकृतियाँ तब पैदा हुईं, जब इसलामी शासकों ने उससे अपनी स्वार्थपूर्तियों के लिए छेड़खानी की। इसी इतिहास से यह भी स्पष्ट है कि उसको अपना स्वाभाविक विकास प्राप्त करने के लिए चालाक इसलामी गठजोड़ों की कोई जरूरत नहीं है। न एम-वाई, एम-डी, एम-जे सरीखे राजनीतिक गठजोड़ों की और न ही वैसे सामाजिक गठजोड़ों की जरूरत है। भारत की जातियाँ हिंदू जातियाँ हैं। कवष ऐलूष, अगस्त्य, वाल्मीकि, वेदव्यास, सूतजी महाराज, पिप्पलाद आदि महापुरुषों से यह श्रृंखला शुरू होती है। अद्भुत असंख्य श्रृंखला है यह, जिसका विस्तार नारायण गुरु, रैदास, दादू, साहूजी महाराज तक होता रहा है। जाहिर है कि भारत की जातियाँ, सभी जातियाँ हिंदू जातियाँ ही हैं। सभी धर्मांतरित सवर्ण और मध्यम जातियों के हिंदू यह अच्छे से जानते हैं। काश्मीर के सभी मुसलमान, सभी, धर्मांतरित हिंदू हैं, जो मध्यम जातियों और खासकर ब्राह्मणों से धर्मांतरित होकर मुसलिम बने हैं। इतिहास सबके सामने है। भारत के तमाम मुसलमान, जो धर्मांतरित हिंदू ही हैं, इस तरह के गठजोड़ों से परहेज करें तो भारत उनका कृतज्ञ रहेगा। भारत के हिंदू और मुसलमान एक साथ आराम से रहें। अगर राजनीतिक और सामाजिक गठजोड़ों की चालाकियाँ की गईं तो जाहिर है कि उससे घरवापसी, यानी परावर्तन के आंदोलन को ही बल मिलेगा। प्रमाण सामने आना भी शुरू हो चुके हैं। भारत में तेजी से हो रहा हिंदू राजनीतिक उत्थान ही इसका सबसे बड़ा प्रमाण है। इसका प्रत्युत्तर 'गज्बा-ए-हिंद' नहीं है, हिंदुत्व के उत्थान को स्वीकार और सम्मानित करने में है।

□

26

राष्ट्रवाद को अब जातियोग की प्रतीक्षा

आप जरूर पूछना चाहेंगे और आपको पूछने और जानने का पूरा अधिकार है कि यह 'जातियोग' क्या होता है ? इसलिए कि 'जाति' शब्द तो हमारे लिए जाना-पहचाना है, पर 'जातियोग' यह शब्द हमने पहले कभी नहीं सुना। हमने सामान्य अर्थ देनेवाला 'जातिप्रथा' शब्द सुना है, सकारात्मक अर्थ देनेवाला 'जात-पाँत' शब्द भी सुना है, नकारात्मक अर्थ देनेवाला 'जात-परस्ती' शब्द भी सुना है, पर हमने 'जातियोग' शब्द पहले कभी नहीं सुना। हमने जाति के संदर्भ में होनेवाली किसी भी बहस में 'जातियोग' शब्द नहीं सुना। हमारा कहना है कि 'जातियोग' शब्द का प्रयोग ही हम पहली बार कर रहे हैं, तो फिर यह शब्द, 'जातियोग', यह शब्द आपने इससे पहले सुना ही कहाँ होगा ? चूँकि 'जातियोग' इस शब्द का प्रयोग ही पहली बार किया जा रहा है, इसलिए पहले इस शब्द का अर्थ ठीक से समझ लिया जाए।

'जातियोग' समझने के लिए 'योग' शब्द का अर्थ पहले जान लिया जाना जरूरी है। 'योग' इस शब्द का शब्दार्थ है 'जोड़' और हम सभी यह जानते हैं। भली-भाँति जानते हैं। सारा भारत गणित में संख्याओं का योग करता है और रोजमर्रा के लेन-देन में जब हम पैसे का जोड़ करते हैं तो अधिकांश लोग कहते हैं कि 'कुल जमा जोड़ यह हुआ' या 'कुल जमा योग यह हुआ'। इन दोनों वाक्यों का प्रयोग हम करते हैं, करते ही रहते हैं। तीन जमा तीन जमा तीन और कुल जोड़ हुआ नौ या कुल योग हुआ नौ। यह हमारी रोजमर्रा की भाषा का प्रयोग है और यही इस 'योग' शब्द का अर्थ है, यानी कुल जोड़ या जोड़ देनेवाली संख्या। स्पष्ट है कि 'योग' का अर्थ है 'जोड़' अर्थात् वह संख्या, वह प्रयास या वह गतिविधि, जो हमें जोड़ दे, तो 'जातियोग' का अर्थ हुआ, जाति के आधार पर होनेवाला योग, अर्थात् जोड़, अर्थात् जोड़ देनेवाला, चाहे फिर वह संख्या हो, प्रयास हो या कर्म हो।

भगवान् कृष्ण ने 'गीता' में योग शब्द का प्रयोग इसी अर्थ में किया है, 'जोड़नेवाला',

'जोड़' इसी अर्थ में किया है। 'गीता' में वैसे सामान्य रूप से योग का अर्थ किया है कर्म और सांख्य का अर्थ है ज्ञान। पर इन अर्थों में इन दोनों शब्दों का एक साथ प्रयोग खास-खास संदर्भों में ही किया गया है। जहाँ कहीं भी कृष्ण ने कर्मयोग, ज्ञानयोग और भक्तियोग, इन तीन विशिष्टतम शब्दों का प्रयोग दार्शनिक संदर्भों में किया है तो वहाँ योग का अर्थ है—जोड़नेवाला। सवाल है, किसके साथ जोड़नेवाला? उत्तर है कि ईश्वरप्राप्ति, मोक्षप्राप्ति अथवा ज्ञानप्राप्ति से जोड़नेवाला। तीनों प्राप्तियों का अर्थ एक ही है। निहितार्थ एक ही है। दार्शनिक अर्थ एक ही है। आप इसमें से कौन-सा विकल्प पसंद करते हैं—ईश्वरप्राप्ति, मोक्षप्राप्ति या ज्ञानप्राप्ति, यह आपकी अपनी-अपनी मनोभूमिका पर निर्भर करता है।

कर्म का अर्थ प्रत्येक कर्म से है, किंतु 'कर्मयोग' का अर्थ है, वह कर्म, जो ईश्वरप्राप्ति, ज्ञानप्राप्ति या मोक्षप्राप्ति से जोड़ दे। ज्ञान का अर्थ है प्रत्येक ज्ञान, किंतु 'ज्ञानयोग' का अर्थ है, वह ज्ञान, जो मनुष्य को ईश्वरप्राप्ति, ज्ञानप्राप्ति या मोक्षप्राप्ति से जोड़ दे। 'भक्तियोग' से भी तात्पर्य उसी भक्ति से है, जो मनुष्य को मोक्षप्राप्ति, ईश्वरप्राप्ति या ज्ञानप्राप्ति से जोड़ दे। वैसे कई परमभक्त तो इनमें से कुछ भी नहीं चाहते, वे 'जनम जनम रति रामपद, यह वरदान न आन' ही चाहते हैं। हमने कोशिश की है कि हम एक कठिन स्थापना को आसानी से समझा दें, अपनी पत्रकारीय शैली में, और हमें लगता है कि हमने अच्छे से समझा दी है। अगर विद्वान् लोग हमारी स्थापना और स्थापना शैली से असंतुष्ट रहेंगे तो हम उनका कुछ नहीं कर सकते। बेचारे जगद्गुरु शंकराचार्य भी कुछ नहीं कर सकते।

'गीता' के प्रत्येक अध्याय के बारे में भी ऐसा ही है। पहले अध्याय को 'गीता' का 'विषादयोग' कहा गया है। क्यों विषादयोग कहा गया है? इसलिए कि इस अध्याय में अर्जुन को यह देखकर 'विषाद' (यानी उदासी, दुःख, व्यथा) हो गया था कि युद्ध से बहुत नुकसान होगा, सबके बंधु-बांधव मारे जाएँगे, समाज और देश की व्यवस्था छिन्न-भिन्न हो जाएगी, वगैरह। पर इस विषाद से अंततः अर्जुन को कृष्ण की प्राप्ति हुई और भक्ति के स्वरूप का पता चला, इसलिए अर्जुन के विषाद को 'गीता' में 'विषाद योग' कहा गया है। सामान्य रूप से योग को भी हम इसलिए योग कहते हैं, क्योंकि योग-साधना से अंततः ईश्वर की और मोक्ष की प्राप्ति होती है (शारीरिक स्वास्थ्य और सौंदर्य तो योग-साधना से फोकट में ही मिल जाता है)।

तो योग, यानी जोड़नेवाला और जातियोग? यानी जाति का ऐसा प्रयोग, जो जाति को किसी से जोड़ दे। प्रश्न है किससे जोड़ दे? चूँकि जाति का संबंध देश और समाज से है, तो जाहिर है कि 'जातियोग' का अर्थ है, जो जाति को समाज से जोड़ दे, राष्ट्र से जोड़ दे, हिंदू राष्ट्र से जोड़ दे। इसलामी गुलामी की सदियों में राजनीतिक अत्याचार,

स्त्री तिरस्कार और आर्थिक लूट-खसोट के बीच ये हिंदू जातियाँ ही थीं, जिन्होंने हिंदू समाज को धैर्य में बनाए रखा, अपने को और देश को बचाए रखा और खुद को हिंदुत्व की राजनीतिक, धार्मिक व सांस्कृतिक अवधारणा से निरंतर बाँधे रखा। आप पूछेंगे, और वैसे हम उसको एक भोलेपन से भरा हुआ प्रश्न ही मानेंगे, कि तब हिंदुत्व कहाँ था? हमारा उत्तर है, कहाँ नहीं था? कब नहीं था? जब से, दस हजार साल से भारत नामक राष्ट्रवादी सभ्यता की शुरुआत हुई, तब से भारत में हिंदू संस्कृति ही रही है, हिंदू जीवन-दर्शन ही रहा है, हिंदू राष्ट्रीयता ही रही है। बेशक हिंदू शब्द दस हजार साल पुराना न हो (और क्या पता शायद हो भी), पर भारत की यह मौन हिंदुत्व साधना, नाम कुछ भी है, यह हिंदुत्व साधना, हिंदुत्व की यह मौन किंतु प्रबल अवधारणा न होती तो न तो देश चक्रवर्तियों की राह पर चल पाता, न इसलामी गुलामी की सदियों में इसलाम से सतत संघर्ष करते हुए अपना जीवनयापन कर पाता और न ही क्रिश्चियन गुलामी की सदियों में भारत की स्वतंत्रता का संग्राम लड़ पाता। 'मैं भारत हूँ' स्वामी रामतीर्थ का भारतभक्ति से भरपूर यह आह्वान प्रकारांतर से हिंदुत्व का आह्वान ही था। बंकिम का 'वंदेमातरम्' हिंदुत्व का सामगान ही था। डॉ. हेडगेवार का 'हिंदुत्व ही भारत की राष्ट्रीयता है' का यह यजुष् उद्घोष हिंदुत्व का ही वैदिक स्वर था। ऐसा हिंदुत्व था, कोटि-कोटि हिंदुओं का ऐसा ही हिंदुत्व था, तभी तो इसलामी गुलामी को खदेड़कर सारा देश बंग-भंग के विरोध में खड़ा हो गया था और क्रिश्चियन गुलामी को खदेड़कर 1947 में भारत स्वतंत्र हो गया था।

जो परनिंदक देशद्रोही लोग कुप्रचार करते घूम रहे हैं, 'हमने देश को आजाद करवाया' की अहंकार वाणी बोलते चुप नहीं होने और यह कुतर्क करने का झूठा सुख पालते फिर रहे हैं कि आजादी की लड़ाई में रा.स्व. संघ कहाँ था? तो वे सुन लें, वे सुन लें कि रा.स्व. संघ का अर्थ ही हिंदुत्व है, हिंदुत्व का पर्यायवाची है और बिना रा.स्व. संघ का नाम लिये ही (क्योंकि संघ की तो स्थापना ही 1925 में हुई) उस देश का हिंदुत्व ही तब बंकिम, रामतीर्थ, सुभाष, रंग दे बसंती चोला, अरविंद, सावरकर, 'स्वराज्य मेरा जन्मसिद्ध अधिकार है' का तिलक उद्घोष इन सभी के माध्यम से अभिव्यक्त हो रहा था, अपनी बात कह रहा था। इसमें इतनी-सी बात एक सवाल की शक्ल में और जोड़ देनी चाहिए कि 1925 में रा.स्व. संघ की स्थापना की जरूरत ही क्यों पड़ी? जब डॉ. हेडगेवार, तिलक आदि सभी नेता कांग्रेस नामक राजनीतिक मंच से एक साथ देश की आजादी की लड़ाई लड़ रहे थे, तब डॉ. हेडगेवार के नेतृत्व में रा.स्व. संघ के रूप में नए मंच की जरूरत क्यों पड़ी? इस बात को ठीक से समझ लिया जाना बहुत जरूरी है।

जाहिर है कि देश के सभी हिंदुत्व विचारधारा के प्रभावित लोगों ने यह देख- समझ लिया था कि गांधी के खलाफत आंदोलन (1920) के परिणामस्वरूप भारत की राजनीति

क्रमशः, पर निश्चित रूप से मुसलिम-परस्ती की ओर ही बढ़ने लगी थी। खलाफत आंदोलन का, गांधी द्वारा शुरू किए गए खलाफत आंदोलन का संदेश यह था कि भारत के मुसलमानों का प्रेरणास्रोत किसी विदेशी मुसलिम देश में बैठा खलीफा है और दुनिया भर के मुसलमानों ने उसी खलीफा से इसलामी प्रेरणाएँ लेनी हैं।

दो नुकसान देखिए। जब भारत के विभाजन की संभावनाओं को ध्यान में रखकर अंग्रेज बहादुर ने हिंदू और मुसलिम निर्वाचकमंडल बनाए तो एक वक्त ऐसा भी था, जब बाबा साहेब आंबेडकर ने दलितों के लिए अलग निर्वाचकमंडल का विचार रखा था। पर उस विचार को पैदा होते ही भुला दिए जाने का कारण सामने रखकर गांधी अनशन पर बैठ गए और पूना पैक्ट सामने आया, जिसके परिणामस्वरूप आंबेडकर ने दलित निर्वाचकमंडल वाला विचार ही त्याग दिया। आगे चलकर कैसे खुद आंबेडकर ने 'दलितों का वर्तमान और भविष्य हिंदुओं के साथ है' इस स्वाभाविक परिस्थिति को बलपूर्वक रखा और उसके सुपरिणाम सामने आए। पर वहीं गांधी मुसलिमों के बारे में बुरी तरह से चूक गए और स्पष्ट है कि गांधी का खलाफत आंदोलन एक अभिशाप बनकर सामने आया, जिसकी परिणति पाकिस्तान के रूप में जल्दी ही सामने आ गई।

इसी बुरी आशंका को ध्यान में रखकर, जो देश के दुर्भाग्यवश सही साबित हुई, भारत के हिंदुत्ववादी सोच और जरूरत में से रा.स्व. संघ का जन्म हुआ, ताकि भारत के लोगों को बाँटकर रख देने में समर्थ इस खलाफतवादी प्रेरणा के बरक्स राष्ट्रवादी, यानी हिंदुत्ववादी (और ये दोनों पर्यायवाची बनकर उभर आए) सोचवाले भारत की रक्षा की जाए, निर्माण किया जाए, सँजोकर रख दिया जा सके।

उस समय देश गांधी के हर वचन को ईश्वरीय वाणी मानकर चल रहा था। इसलिए बेशक रा.स्व. संघ के राष्ट्रवादी सोच और उसके राष्ट्रवादी स्वर की ओर जनसामान्य का उतना ध्यान नहीं गया, जितना अन्यथा जाना चाहिए था। पर रा.स्व. संघ अपना मिशन पूरा करने में इस रूप में आज सफल माना जा रहा है कि विभाजन की त्रासदी के बाद भारत के लोगों के सोच में क्रमशः जबरदस्त परिणाम सामने आने लग गए और आज अर्थात् आज के भारत में अल्पसंख्यकवादी सांप्रदायिक सोच का चेहरा उघड़ता जा रहा है और भारत के लोगों को अपने देश की हिंदू पहचान की ललक बढ़ती जा रही है।

कुछ परिस्थितियों को ध्यान से परख लिया जाए, संक्षेप में ही सही। विभाजन के क्रूरकाल में पाकिस्तान में फँस गए असंख्य हिंदुओं को बचाकर भारत लाया जा सका, इसे आप चाहें तो रा.स्व. संघ का अभूतपूर्व योगदान मान सकते हैं। अपने काम में राष्ट्रवादी सोच का निरंतर प्रसार करने में लगे प्रचार विमुख रा.स्व. संघ ने कभी भी अपने इस ऐतिहासिक योगदान की चर्चा तक नहीं की, पर उस अभूतपूर्व योगदान का लेखा-जोखा अभी किया जाना बाकी है और देश के स्वाभिमान को रेखांकित करने

के लिए इस योगदान को पुस्तकीय आकार में लिपिबद्ध करने की जरूरत से कोई भी इनकार नहीं कर सकेगा।

बेशक इसे संघ का योगदान सीधे-सीधे नहीं माना जाए, पर अगर आजादी प्राप्त करने के तुरंत बाद बनी भारत सरकार के विधि मंत्री के रूप में डॉक्टर बाबासाहेब भीमराव आंबेडकर ने बाकायदा आह्वान कर और फिर तदनुरूप योजना बनाकर देश के लाखों दलित हिंदुओं को भारत लाने में सफलता प्राप्त कर ली, तो उसके पीछे भी कहीं-न-कहीं डॉक्टर आंबेडकर का यह विचार ही काम कर रहा था कि दलितों का भविष्य हिंदुओं के साथ है, मुसलमानों के साथ नहीं। यह हिंदुत्व नहीं तो और क्या था?

पिछले कुछ वर्षों में क्या हुआ है? 'असहिष्णुता', 'एवॉर्डवापसी', 'नॉट इन माई नेम', 'काश्मीरी असंतोष', 'लिंचिंग' सरीखे शीर्षकों से कांग्रेस, वामपंथ आदि के नेतृत्व में जो देश-विरोधी, समाज-विरोधी और भारत को बदनाम करनेवाले आंदोलन चले हैं, उन्हें पलटकर राष्ट्रवाद और राष्ट्रीयता की ओर जनमानस को मोड़ देने का काम उसी रा.स्व. संघ के वर्षों के सिद्धांतवादी प्रयासों का परिणाम नहीं है तो और क्या है?

देश में राष्ट्रवादी सोच का दायरा बढ़ रहा है और मुखर भी हो रहा है, उसके लिए रा.स्व. संघ की इसी सोच को श्रेय दिया जाएगा, जिसने खलाफत-जन्य पाकिस्तान-निर्माण की सोच को लगभग खदेड़ देने के मिशन को नेतृत्व दिया है। हिंदुत्व की राष्ट्रवादी विचारधारा के लिए सबसे महत्त्वपूर्ण चुनौती अब इस रूप में सामने आ गई है कि कैसे देश में 'जातियोग' लाया जा सके, कैसे जातियोग का स्वर मुखर और परिपुष्ट कर दिया जाए? इसलामी गुलामी की सदियों में हिंदू समाज ने अपनी जाति-संगठन योजना के सहारे अपना धर्म और अपने देश को बनाए और बचाए रखा था। क्रिश्चियन गुलामी के दशकों में भी इसी जाति-संगठनशीलता के सहारे अपना धर्म और अपना देश, काफी हद तक बचाए रखा जा सका था।

हमारे देश की क्रिश्चियन गुलामी के दशकों में हमें गुलाम बनानेवालों को जल्दी ही समझ में आ गया कि जाति नामक सामाजिक संगठन जब तक बना रहेगा, तब तक हम भारत को हमेशा के लिए गुलाम बनाए रखने का सपना पूरा नहीं कर पाएँगे। इसलिए क्रिश्चियन गुलामी के दशकों में अंग्रेज बहादुर द्वारा जितना प्रहार जाति पर हुआ, वैसा अभूतपूर्व ही माना जाएगा। जाति को असुर के जैसा पेश कर दिया गया, खासकर ब्राह्मणों पर तो भीषणतम प्रहार किया गया, क्योंकि वे समझ गए थे कि देश की सारी बौद्धिक-वैचारिक-सांस्कृतिक संपदा और विरासत की सँभाल ब्राह्मण ही करते रहे हैं। जाति के आधार पर देश को, पूरे भारत देश को कैसे टुकड़ों-टुकड़ों में बाँट दिया जाए, इसमें अंग्रेज बहादुर ने अपनी प्रतिभा की ध्वंस शक्ति का भरपूर उपयोग किया।

भारत की जनगणना को जरिया बनाकर जिस तरह से जाति-उपजाति और बिरादरी

तक की गिनती करवाकर पूरे हिंदू समाज को टुकड़े-टुकड़े कर क्षत-विक्षत कर दिया गया, वह किसी देश को नष्ट कर देने की शातिर राजनीति का विलक्षण नमूना पेश करता है। हैरान कर देनेवाली बात यह है कि आजादी के बाद की हर सरकार ने जनगणना का वही तोड़क आधार बनाए रखा है, अर्थात् अगर अंग्रेज बहादुर ने कोई कमी छोड़ दी थी तो उसे 1947-परवर्ती पश्चिम-परस्ती के चंद दशकों में ही पूरा कर दिया गया। आज हालत यह है कि देश की पूरी-की-पूरी राजनीति जात-परस्ती का शिकार बना दी जा चुकी है। एक बार नए सिरे से जाट-मुसलिम, यादव-मुसलिम, दलित-मुसलिम जैसे सामाजिक, राजनीतिक गठजोड़ों के माध्यम से हिंदू समाज की राजनीति को भेदने और हिंदू-विरोधी बनाने की कोशिशें लगभग पूरी तरह से शुरू की जा चुकी हैं।

आप नोट करेंगे कि जितने भी मुसलिम, वामपंथी और हिंदू-विरोधी संगठन और उनके नेता हैं, वे जब भी समाज के विभिन्न वर्गों को गिनवाना शुरू करते हैं तो हमेशा हिंदू, मुसलिम, दलित, आदिवासी वगैरह विभाजक रेखाओं के माध्यम से दलितों को एक अलग वर्ग बनाने के फेर में रहते हैं, जिसके विरोध में गांधी ने 1935 की प्रसिद्ध मुहिम छेड़ी थी और डॉक्टर आंबेडकर के साथ मिलकर 'पूना पैक्ट' के माध्यम से दलितों के अलग निर्वाचकमंडल की माँग खत्म करने की घोषणा कर दी थी। अब फिर से वही माहौल पैदा किया जा रहा है कि जैसे दलित तो अलग ही हैं। जैसे मुसलिम अलग हैं, क्रिश्चियन अलग हैं, हिंदू अलग हैं, वैसे ही मानो दलित भी अलग ही हैं। हिंदू तो दलितों से अलग कुछ हैं, ऐसा भरम फैलाया जा रहा है। वैसे यह विचार अब चलनेवाला नहीं है। पर देश को इन षड्ंत्रकारियों से सतर्क रहने की जरूरत तो है ही।

इसलामी गुलामी से पैदा हुई दलित-अस्पृश्यता के विरुद्ध जैसे विराट् हिंदू समाज अपनी सुधार मानसिकता के साथ सामने आया था और उसके सुपरिणाम सामने हैं, वैसे ही क्रिश्चियन गुलामी और पश्चिम-परस्ती की गुलामी में से पैदा हुई इन जाति संबंधी विभाजक रेखाओं को मिटाने के लिए 'जातियोग' आंदोलन की जबरदस्त जरूरत है। इसे ठीक से समझ लिया जाए। फिर से बता दें कि 'योग' का अर्थ है 'जोड़' और 'जातियोग' का अर्थ है—जातियों का हिंदुत्व से योग कर देना, जोड़ देना। हिंदू जातियों को हिंदू समाज से, हिंदू धर्म से, हिंदू जीवन-दर्शन से और अंततः हिंदू राष्ट्र की पूरी अवधारणा से जोड़ देना है। थोड़ा इसी पर सिलसिलेवार बात कर ली जाए—

1. भारत की सभी जातियाँ, फिर वे सवर्ण जातियाँ हों, मध्यम जातियाँ हो, दलित जातियाँ हों, जैन जातियाँ हों या बौद्ध जातियाँ हों, ये सभी हिंदू जातियाँ हैं। इसका सबसे बड़ा कारण और परिणाम तो इसी सत्य से सहज ही स्थापित हो जाता है कि इनका जीवन-दर्शन समान है। भारत 1947 में बना कोई राष्ट्र नहीं है। कोई ऐसा 'आइडिया' भी वह नहीं है, जिसमें धर्मनिरपेक्षता, समाजवाद या ऐसी कोई अटकल-पच्चू की नकली

गैस भरकर पेश कर दिया जाए। नेहरूवादी विचारधारा हमें भारत का यही 'आइडिया' समझा देना चाहती रही है। भारत किसी एक संविधान के कारण या परिणामस्वरूप भी एक देश या राष्ट्र नहीं है। बल्कि भारत के पास एक संविधान है, जैसा है, वैसा संविधान इसलिए है, क्योंकि भारत के पास अपना एक जीवन-दर्शन है। भारत का अपना एक जीवन-दर्शन है, जो पिछले दस हजार साल में पैदा हुआ है, दस हजार साल से जिस जीवन-दर्शन का निर्माण हुआ है और दस हजार साल से जिस जनसामान्य के बीच इस जीवन-दर्शन का विकास होता रहा है। भारत का यह जीवन-दर्शन कुल मिलाकर हिंदू जीवन-दर्शन ही है, जिसमें वैदिक निगम-परंपरा का और जैन, बौद्ध, तंत्र सदृश वैदिक-इतर आगम-परंपरा का और पुराण, उपपुराण, जैनपुराण, जातक कथाएँ आदि कथा-परंपरा का अद्‌भुत और निर्णायक योगदान रहा है। एक शब्द में कहें तो भारत का यही जीवन-दर्शन है, जिसके अंतर्गत, जिस जीवन-दर्शन के अंतर्गत सभी सवर्ण जातियाँ, मध्यम जातियाँ, जैन जातियाँ, बौद्ध जातियाँ और दलित जातियाँ आ जाती हैं। ये सभी जातियाँ इसी जीवन-दर्शन की पुरोधा जातियाँ हैं और इस जीवन-दर्शन से एकाकार होकर जीवनयापन करना यही भारत का जातियोग है।

2. भारत की इन सभी जातियों, इन सभी सवर्ण जातियों, मध्यम जातियों, जैन जातियों, बौद्ध जातियों, दलित जातियों का जातियोग करनेवाला दूसरा तत्त्व है धर्म। 'भारत का धर्म' शीर्षक आलेख में हम विस्तार से कह आए हैं कि कैसे भारत में धर्म का अर्थ न तो मजहब है, न ही रिलीजन है। ऐसा इसलिए है, क्योंकि भारत के धर्म का नाम है 'सनातन' धर्म, जिसे संस्कृत परंपरा में 'एष धर्मः सनातनः' कहा गया है और पालि, प्राकृत, अपभ्रंश परंपरा में 'एस धम्मो सणन्तओ' कहा गया है। भारत का यही धर्म है, जिसे हम 'भारत का धर्म' कह रहे हैं। भारत में संप्रदाय अनेक हैं, पर स्पष्ट है कि 'भारत का धर्म' एक ही है। धर्म का अर्थ है हमारा वह श्रेष्ठ आचरण, वह शुभ आचरण, यानी वह धर्माचरण, जिसकी सहायता से हम ईश्वर को (जिसे आप ईश्वर कहना चाहें या न कहना चाहें) प्राप्त कर सकते हैं, जिसकी सहायता से आप अपना, यानी आत्मा का दर्शन कर सकते हैं, आप ईश्वर या आत्मा को नहीं मानते हैं तो भी आप भारत के धर्म की सहायता से जीवन की श्रेष्ठताओं, ऊँचाइयों को प्राप्त कर सकते हैं, परम श्रेष्ठ जीवन के लक्ष्य प्राप्त कर सकते हैं। यही 'भारत का धर्म' है, जो न तो हमारा मजहब है और न ही हमारा रिलीजन है। यही भारत का धर्म है। मसलन, माता-पिता की सेवा करना भारत का धर्म है, वह न तो भारत का मजहब है और न ही भारत का रिलीजन है। अपना-अपना कर्म श्रेष्ठ प्रकार से करना हमारा धर्म है, फिर वह हमारा व्यापार कर्म हो, शिक्षण कर्म हो, राजनीति कर्म हो, यानी कोई भी कर्म हो, यह हमारा सनातन धर्म है और ऐसे धर्म पर चलनेवाला व्यक्ति ही धार्मिक है। यह हमारा धर्म है,

जो न तो हमारा मजहब है और न ही हमारा रिलीजन है। अर्थात् भारत की सभी जातियाँ, सभी सवर्ण जातियाँ, सभी मध्यम जातियाँ, सभी दलित जातियाँ, सभी जैन जातियाँ, सभी बौद्ध जातियाँ, भारत के इसी धर्म को मानती हैं। और यही भारत का जातियोग है।

3. हमारे देश की इन सभी जातियों का, सवर्ण, मध्यम, दलित, जैन और बौद्ध जातियों में, इन सभी जातियों में एक परस्पर जातियोग इस रूप में भी है कि हमारी प्रत्येक जाति का कोई-न-कोई संप्रदाय है, या तो हमारा शाक्त संप्रदाय है, शैव संप्रदाय है, गाणपत्य संप्रदाय है, राम और कृष्ण से जुड़ा वैष्णव संप्रदाय है, हीनयान, महायान या वज्रयान से जुड़ा बौद्ध संप्रदाय है, दिगंबर, श्वेतांबर से जुड़ा जैन संप्रदाय है। सभी का, हम सवर्ण जाति हों, मध्यम जाति हों, दलित जाति हों, जैन जाति हों या बौद्ध जाति हों—हम सभी जातियों का, यानी प्रत्येक जातिवर्ग का अपना एक संप्रदाय है, जो भारत की सभी जातियों के 'जातियोग' को सुपरिभाषित करता है। कई बार ऐसा भी होता है कि हमें अपना संप्रदाय का पता नहीं होता, पर अपने वैवाहिक जीवन में हम उस संप्रदाय के नियम-उपनियम का पालन कर रहे होते हैं। भारत की सभी जातियों को जोड़ देनेवाले इस 'जातियोग' में, सभी जातियों को संप्रदाय के आधार पर एक सूत्र में पिरो देनेवाले 'जातियोग' को भारत-विरोधी विचारधाराओं के लोग 'सांप्रदायिक' कहकर गालियाँ बकते रहते हैं। भारत की सभी जातियों में, संपूर्ण संस्कृत, पालि, प्राकृत, अपभ्रंश परंपरा में, ध्यान से पढ़ लीजिए, इस संपूर्ण परंपरा में इसी आधार पर 'सांप्रदायिक' होना बड़े ही गौरव और सम्मान का विषय माना गया है। 'भारत के संप्रदाय' आलेख (संख्या 6) में हम विस्तार से बता आए हैं। भारत के संप्रदायों की सहायता से भारत के 'जातियोग' को आप जब भी चाहें, सुपरिभाषित कर सकते हैं।

4. आधुनिक काल की ओर आइए। इसमें आप चाहें तो भारत के 'जातियोग' का श्रेष्ठतम उदाहरण प्राप्त कर सकते हैं। अंग्रेजों ने अपनी ओर से भारत की सेना को टुकड़ों में बाँटकर क्षत-विक्षत करने की ही सोची होगी (भारत के कल्याण के लिए सोचने को वे भला क्यों विवश हुए होंगे?) जब उन्होंने भारत की सेना को राजपूत, जाट, गोरखा आदि जातिवादी शीर्षकों में बाँटकर रख दिया। अंग्रेज बहादुर ने तो अपनी ओर से लड़ाकू जातियों को चिह्नित कर भारत की सेना को भी जातियों में बाँटकर ऊँचा-नीचा करने का काम ही किया था। पर भारत की जनता और सेना के मन में सदियों से, हजारों वर्षों से बसी हुई राष्ट्रभक्ति को भरपूर प्रणाम, सलाम नहीं, प्रणाम कि सेना ने कभी अपने व्यक्तित्व पर नकारात्मक जातिवाद को हावी होने ही नहीं दिया। सेना के सभी संभाग-विभाग-उपविभाग अपने जातियोग के कारण ही ऐसा कर पाए, यह निस्संदेह है, जहाँ सभी जातियों ने अपने-अपने अस्तित्व को भारतीय सेना की राष्ट्रभक्ति के महाभाव में, राष्ट्रीयता के महाभाव में 'जातियोग' में एकाकार कर दिया। भारत की जाँबाज सेना ने

सभी जातियों के नाम तो बरकरार रखे, पर अपने राष्ट्र ने सेवा में ऐसा 'जातियोग' किया कि भारत की संपूर्ण सेना में जाति के नाम पर कोई फर्क नहीं, कोई ऊपर-नीचे नहीं, कोई आगे-पीछे नहीं। भारत की संपूर्ण जनता के बीच, सभी दलित, सवर्ण, मध्यम, जैन, बौद्ध जातियों के बीच उसी 'जातियोग' की प्रतीक्षा है, जिसे देर-सबेर अपना भारत संपूर्ण रूप से, भारतीय सेना की तरह प्राप्त कर लेगा।

5. भारत के 'जातियोग' को भलीभाँति समझने के लिए और इसे शत प्रतिशत प्राप्त करवाने में हमें, प्राचीन भारत के तीन नामों से अर्थात् तीन महाव्यक्तित्वों से भारी सहायता मिल सकती है। ये तीन नाम हैं—महर्षि वाल्मीकि, महर्षि वेदव्यास और महामति सूत। महामति सूत उसी सूत जाति के थे, जिस कुल में पहुँचा दिए जाने के कारण कुंती पुत्र कर्ण को सूत पुत्र और इसलिए दलित समुदाय का मान लिया जाता है। अपनी तीन पुस्तकों 'भारतगाथा', 'महाभारत का धर्म संकट' और शीघ्र ही प्रकाश्य 'भारत का दलित विमर्श' में हम अच्छे से बता आए हैं कि ये तीनों महामानव जिस जाति के थे, उन्हें हम प्राचीनकाल से शूद्र कहते रहे थे और आधुनिक काल में बाबासाहेब भीमराव आंबेडकर से शिक्षा प्राप्त हम इन तीनों महर्षियों को 'दलित' कहते हैं। वाल्मीकि व्याध 'शिकारी' जाति के थे, शूद्र थे, दलित कहे जाएँगे, ऐसा सारा भारत मानता है। वेद व्यास शूद्र थे, दलित थे, क्योंकि वे एक निषाद कन्या की संतान थे। निषादों को 'पंचमवर्ण' कहने या न कहने की बहस महाभारत परवर्ती ही है, यह हम अपनी अगली पुस्तक 'भारत का दलित विमर्श' में देखने वाले हैं। महर्षि सूत शूद्र थे, दलित थे, ऐसा हमने अभी-अभी देखा है। सूत जाति के सूतजी, रोमहर्षण के पुत्र उग्रश्रवा (भागवत पुराण 1.2.1) शूद्र थे, दलित थे, ऐसा हम सभी सूतपुत्र कर्ण के उदाहरण से जानते हैं।

महाभारत काल तक वर्ण या जाति का निर्धारण पिता के नाम से नहीं, माता के नाम से होता था। एक उदाहरण तो स्वयं वेदव्यास हैं, जो ब्राह्मण पिता पराशर की संतान होने के बावजूद दलित कन्या सत्यवती की पुत्री के रूप में पहचाने गए। पर उसी वेदव्यास की, जो स्वयं शूद्र, दलित थे, संतान शुकदेव दलित नहीं माने गए, जो अप्सरा अद्रिका की संतान थे। ठीक उसी तरह से धृतराष्ट्र, पांडु और विदुर तीनों भाई थे, इन तीनों भाइयों के पिता वेदव्यास थे, जो स्वयं शूद्र थे, पर उनके पुत्र धृतराष्ट्र और पांडु, क्षत्रिय राजकन्याओं के पुत्र होने के कारण क्षत्रिय माने गए, जबकि उन्हीं पिता वेदव्यास के पुत्र विदुर शूद्र मान लिये गए, क्योंकि विदुर एक शूद्र दासी से उत्पन्न हुए थे। 'महाभारत' में जाति का निर्धारण इस आधार पर हो रहा था। पर इस संपूर्ण कथा में हम बताना यह भी चाह रहे हैं कि ये तीनों महामानव अर्थात् वाल्मीकि, वेदव्यास और सूतजी महाराज, शूद्र होने के बावजूद, दलित होने के बावजूद भारत के इतिहास में भारत के जीवन-दर्शन के, भारत की संपूर्ण संस्कृति के मौलिक प्रणेता रहे हैं और सारा भारत उन्हें अद्भुत श्रद्धा और

प्रेरणावाली कथाओं और नामधेयों (यानी नामों) से याद करता है। वाल्मीकि रामकथा के रचयिता हैं, वेदव्यास कृष्ण कथा के रचयिता हैं और सूतजी महाराज ('सूतजी बोले, हे ऋषियो' इस विरुद, इस प्रतिष्ठा, इस मान्यतावाले सूतजी महाराज) पुराणकथाओं के रचयिता हैं। इन तीन कथाओं को भारत से निकाल दीजिए तो फिर क्या बच रहता है हमारे इतिहास में? वाल्मीकि, वेदव्यास और सूतजी महाराज को निकाल दीजिए तो फिर क्या बचता है हमारे इतिहास में? भारत के 'जातियोग' का इससे बड़ा क्या उदाहरण मिलेगा आपको? भारत को, विशेष रूप से भारत के हिंदुत्व को, भारत के राष्ट्रवाद को इसी 'जातियोग' की प्रतीक्षा है।

6. इतना बड़ा फलक है हमारे पास, इसके बावजूद हम अगर अंग्रेज बहादुर द्वारा बिछा दी गई जात-परस्ती की बिसात में फँसा दिए गए हैं, तो इसमें अंग्रेज बहादुर का क्या कसूर? उससे तो यही अपेक्षा थी। पर हम क्यों अंग्रेज बहादुर की अपेक्षाओं पर कस दिए गए और चारों खाने चित गिरा दिए गए? यहाँ तक कि रा.स्व. संघ जैसे प्रखर राष्ट्रवादी संगठन ने भी जाति का महत्त्व मानने से किनारा कर लिया और अब कहीं जाकर वहाँ जाति का महत्त्व मानने की समझ बनने लगी है। समझ लीजिए कि अगर भारत की 'जातियोग' की प्रतीक्षा सफल होती है (जो कि यकीनन, देर या सबेर, होनी ही है) तो वैसा करने की राजनीतिक और सांस्कृतिक दूरदूष्टि भी सिर्फ और सिर्फ रा. स्व. संघ के पास ही है। किसी और संगठन में है या नहीं, हम नहीं जानते। पर हम इतना जरूर जानते हैं कि जब भी कभी भारत में परावर्तन का महाभियान शुरू होगा, तो उसकी सफलता की चाबी उसी 'जातियोग' के पास ही रहनेवाली है और यह महाभियान देर नहीं, सबेर ही शुरू होनेवाला है। वैसी परिस्थितियाँ देश में बनना शुरू हो चुकी हैं। प्रमाण? अल्पसंख्यक समुदायों के जनसामान्य के सोच और इन समुदायों के नेतृत्व के सोच के बीच की दूरी, बीच का अविश्वास लगातार बढ़ता जा रहा है और उसके समानांतर ही अल्पसंख्यक जनसामान्य के बीच भारत के अपने जीवन-दर्शन, अपनी प्रथाओं-मर्यादाओं, अपनी जाति के प्रति उत्सुकता, जिज्ञासा और ललक एक साथ बढ़ती जा रही हैं। और इसका प्रमाण? 2017 में हुआ उत्तर प्रदेश का विधानसभा चुनाव। क्या उस चुनाव परिणाम से मिले संदेश में किसी को कोई शक है?

□

27

गुलामी की ओर ले जा सकती है धर्मनिरपेक्षता की फाँस

हमारे देश की वैचारिक परंपरा में प्रजा के बीच अनुशासन बनाए रखने के लिए दो अवधारणाएँ प्रचलित हैं और दोनों पर बराबर का बल दिया गया है। जिसे हम आज की भाषा में 'जनता' या 'जनसामान्य' या फिर भारत के प्रधानमंत्री नरेंद्र मोदी की प्रिय शब्दावली में 'सामान्य मानवी' कहते हैं, उसे हमारे ग्रंथों में और परंपरागत व्यवहार में 'प्रजा' कहा गया है। वैसे 'जनता' शब्द का टेक्नीकल, यानी व्याकरणसम्मत, यानी व्याकरण के आधार पर किया गया अर्थ है—'लोगों का समूह'। जनानाम् समूहः जनता। पर इस शब्द का इस अर्थ में प्रयोग हमारे संपूर्ण साहित्य, धर्म, दर्शन, विज्ञान और कला इत्यादि में नहीं के बराबर है। लगभग हर बार प्रजा का प्रयोग किया गया है। चूँकि प्रजा का प्रयोग राजा के संदर्भ में भी होता रहा है, इसलिए प्रजा का अर्थ प्रायः हो गया है, मानो वे लोग जिन पर कोई शासक अपना हुकुम चला रहा हो। 'प्रजा' शब्द का यह अर्थ वास्तव में है नहीं। इसका सही अर्थ वही है, जो हिंदी में 'जनता' शब्द का और अंग्रेजी में, 'पीपल्स' शब्द का है। दक्षिण भारत में आज भी 'प्रजा' शब्द इसी अर्थ में प्रचलित है।

यह छोटी-सी बात इतने बड़े पैराग्राफ में कहना इसलिए जरूरी हो गया, क्योंकि हमारे देश की स्वतंत्रता-परवर्ती शिक्षा प्रणाली ने हमें हमारे अपने संपूर्ण व्यक्तित्व से इस कदर काटकर रख दिया है कि हम अब अपने इतिहास, विज्ञान, कला, साहित्य, धर्म-दर्शन आदि को तो भूल ही गए हैं या तेजी से भूलते चले जा रहे हैं, कि हम अपनी भाषाओं से भी, प्राचीनतम भाषा संस्कृत से, मध्यकालीन भाषाओं से, यानी पालि, प्राकृत, अपभ्रंश आदि से और आधुनिक, यानी हिंदी, पंजाबी, सिंधी, मलयालम़, तमिल, बांग्ला, असमिया आदि सभी आधुनिक, भारतीय भाषाओं से भी लगभग कटते जा रहे हैं और देश के घनघोर दुर्भाग्यवश अंग्रेजी को ही अपनी राजभाषा, राष्ट्रभाषा, मातृभाषा की तरह मानने और वैसा बरतने के मानस में आते चले जा रहे हैं। ताजा प्रमाण? हम अपने ही

शब्द 'प्रजा' शब्द का अर्थ भी अब सही संदर्भों में नहीं समझ पाते हैं और उसे समझाने के लिए हमें इतना शाब्दिक व्यायाम करना पड़ रहा है।

यह सब इसलिए जरूरी हो गया, क्योंकि जैसा कि हमने इस आलेख के शुरू में ही कह दिया है, हमारे देश की वैचारिक परंपरा में लोगों के बीच अनुशासन बनाए रखने के लिए जो दो अवधारणाएँ प्रचलित हैं, उन दोनों अवधारणाओं में 'प्रजा' शब्द का प्रयोग जनता के अर्थ में किया गया है। एक अवधारणा है, 'दंडः शास्ति प्रजाः सर्वाः'। और दूसरी अवधारणा है, 'धर्मो धारयते प्रजाः।' पहली अवधारणा का अर्थ है कि प्रजा अर्थात् जनता को अनुशासन में रखने के लिए, उस पर शासन करने के लिए 'दंड' परम आवश्यक है, क्योंकि बिना दंड के प्रजा पर शासन नहीं हो सकता, दंडः शास्ति प्रजाः सर्वाः, दंड ही सारी प्रजाओं पर शासन करता है। दूसरी अवधारणा का अर्थ है कि धर्म ही प्रजा को, यानी जनसामान्य को धारण करता है, अर्थात् जीवन जीने लायक अनुशासन में रखता है, धर्मो धारयते प्रजाः। जीवन को श्रेष्ठतापूर्वक, श्रेष्ठ तरीके से चलाने से जुड़ी अपने देश भारत की, इंडिया या हिंदुस्तान नहीं, भारत की इन दोनों अवधारणाओं का मर्म समझने में हमें कोई कठिनाई नहीं होनी चाहिए। दोनों अवधारणाओं का लक्ष्य एक ही है और वह है : प्रजा को, जनसामान्य को, जनता को जीवन जीने लायक अनुशासन में रखना। भारत की शब्दावली में 'दंड' का अर्थ सिर्फ दंड, सजा या जुर्माना ही नहीं है, सिर्फ पनिशमेंट नहीं है। इससे अलग 'दंड' का अर्थ है कानून, लॉ, विधि और धर्म का अर्थ है, आचरण। धर्म का अर्थ 'रिलीजन' या 'मजहब' नहीं है, जैसा कि हम भारतीयों को पश्चिम-परस्त बुद्धिजीवियों और राजनीतिकर्मियों द्वारा समझा दिया गया है। भ्रमवश और मूर्खतावश समझा दिया गया है। जाहिर है कि धर्म का अर्थ है, आचरण। भारत में जब हम हिंदू धर्म, बौद्ध धर्म, जैन धर्म आदि शब्दों का प्रयोग करते हैं तो हम तब हिंदू आचरण, बौद्ध आचरण, जैन आचरण की ही बात कर रहे होते हैं। अगर सरल भाषा में कह दिया जाए तो भारत में विकसित धर्म का, यानी भारत के धर्म का एक ही अर्थ है : आचरण, धर्माचरण। भारत के धर्म का अर्थ हुआ, श्रेष्ठ आचरण के प्रति भारत का दृष्टिकोण। जाहिर है कि एक अवधारणा 'दण्डः शास्ति प्रजाः सर्वाः', देश में लोगों के बीच अनुशासन बनाए रखने के लिए, समाज में अनुशासन बनाए रखने के लिए कानून के शासन पर बल देती है, दंड पर जोर देती है, तो दूसरी अवधारणा वैसा लक्ष्य पाने के लिए व्यक्तियों के अपने आचरण पर, जाहिर है कि श्रेष्ठ आचरण पर यानी धर्म पर बल देती है। इस विकल्प का कोई यह मतलब नहीं है कि दोनों में से कौन अधिक महत्त्वपूर्ण है। दोनों ही महत्त्वपूर्ण हैं। दोनों ही बराबर के महत्त्वपूर्ण हैं। कैसे ?

ऐसा प्रायः नहीं होता कि कोई समाज या देश सिर्फ और सिर्फ धर्म के आधार पर ही पूरी तरह से अनुशासन में बँधा रह सके। आखिर हमारी पूरी-की-पूरी परंपरा में धर्म

पर इतना बल और वह भी बार-बार क्यों दिया गया है ? इसलिए कि धर्म पर आधारित जीवन जी पाना आसान कहाँ होता है ? हमारा धर्म कहता है कि स्त्री शक्तिस्वरूप है, वह पार्वती का, गौरी का, शक्ति का रूप है, लक्ष्मी, समृद्धि का रूप है, सरस्वती का, ज्ञान का रूप है। बिना शक्ति के जैसे शिव, शिव नहीं, शव के जैसे हैं, वैसे ही मानव सभ्यता स्त्री शक्ति के बिना प्राणहीन है, निस्तेज है, जीवनी शक्ति से विहीन है, सृजन की क्षमता से रहित है, दरिद्र है, अज्ञानी है, इत्यादि। इसलिए हमारा धर्म हमें शक्ति की, यानी नारी की पूजा, यानी सम्मान करने की बात कहता है और हमें साल में दो बार, वसंत ऋतु और शरद् ऋतु के नवरात्र में, नौ-नौ दिन लगातार याद दिलाया जाता है कि नारी की, कन्या की, किशोरी की, माता की, बहन की, बेटी की पूजा करनी है। धर्म की अवधारणा तो इस संदर्भ में यह कहती है। पर वास्तव में हमारे समाज में, हमारे परिवार में, रोजमर्रा के जीवन में स्त्री की स्थिति क्या है, स्टेटस क्या है, इस पर कुछ भी बताने की जरूरत है क्या ? पुत्र पैदा होने पर अनेक घरों में उत्सव मनाया जाता है, पुत्री के जन्म पर घर में मुर्दनी छा जाती है। यही अपने आपमें काफी प्रमाण नहीं है क्या ? बेशक परिवर्तन आ रहा है, पर स्त्री पर अत्याचार तो बढ़ ही रहे हैं। यह हमारे परिवारों में धर्म के अनुशासन पर बल देने के बावजूद है।

एक और उदाहरण। हमारा धर्म हमारे आचरण में कुछ इस तरह के भाव देखना चाहता है : 'समः सर्वेषु भूतेषु', हमें सभी प्राणियों में समानता का भाव रखना चाहिए। 'सर्वे भवन्तु सुखिनः', सभी सुखी हों। 'पण्डिताः समदर्शिनः', ज्ञानी वही है, जिसकी दृष्टि में सभी समान हैं। अर्थात् हमारा धर्म हमारे जीवन में प्रत्येक के लिए बराबरी का, सबको सुखी होने का भाव देखना चाहता है। पर हमारा आचरण कैसा है ? हमारी जो वर्णव्यवस्था 'कर्म' पर आधारित थी, उसे जन्म पर आधारित बनाकर हमने समता का, बराबरी का पहला पायदान तोड़ दिया और फिर एक वर्ग विशेष को अस्पृश्य बनाकर, अछूत बनाकर, ऊपर से उसे शिक्षित न होने देने की व्यवस्था बनवाकर उसके उठने के, आगे बढ़ने के सारे पायदान तोड़ दिए।

ऐसे और उदाहरण भी हो सकते हैं। पर इन्हीं दो सशक्त सामाजिक परिस्थितियों के आधार पर ही इस तरह का निष्कर्ष निकाल सकने में कोई मुश्किल नहीं कि बेशक हम धर्म जानते हों, बेशक हमारी सदिच्छा उस पर आचरण करने को भी रहती हो, पर मनुष्य अपने आपमें एक ऐसा प्राणी है, जो कभी-कभी या प्रायः करके प्रलोभनों, विवशताओं और दुर्बलताओं का शिकार होकर वैसा आचरण करने लगता है, जिसे आप कुछ भी कह लें, पर धर्म तो नहीं ही कह सकते। ऐसे में दंड की आवश्यकता अनुभव होती है और उसका महत्त्व खुद-ब-खुद साबित हो जाता है।

पर एक फर्क हमेशा रहेगा। दंड की उपस्थिति सब जगह नहीं होती। पकड़ में आ

जाने पर ही किसी व्यक्ति पर दंड अपना काम शुरू करता है, यानी अपराध करनेवाले के पकड़ में आ जाने पर ही किसी व्यक्ति पर अपना काम शुरू कर सकता है। दंड, यानी कानून का प्रयोग भी किसी दूसरे मनुष्य के माध्यम से होता है, जिसके बारे में आप गारंटी से नहीं कह सकते कि दंड का निर्णय करनेवाला उसका प्रयोग अथवा उपयोग निष्पक्ष रूप से करेगा या नहीं। ऐसे दंडविधान में या दंड प्रक्रिया में व्यक्तिगत स्वार्थ, हानि-लाभ की कोई भूमिका रहेगी या नहीं। सब ठीक हो और सदिच्छा रहे, तो भी विवेकशीलता को लेकर वाद-विवाद हमेशा बना रहेगा। इसलिए दंड प्रक्रिया और दंड विधान में लगे हुए व्यक्तियों की निष्पक्षता, स्वार्थहीनता, विवेकशीलता और अनुशासनप्रियता के शत प्रतिशत या अधिकाधिक प्रतिपादन के लिए फिर से दंड, यानी विधि, यानी कानून बनाने पड़ते हैं। दंड अपना काम करे, ठीक से करे, इसके लिए भी दंड का विधान करना पड़ता है। अन्यथा, दंड-व्यवस्था के भी जनविरोधी हो जाने का खतरा हमेशा बना रहेगा।

जाहिर है कि यह सब, यह सारा मामला, 'दंड या धर्म' की और 'दंड तथा धर्म' की यह परिस्थिति इतना सरल नहीं है। जटिल है। इसलिए समाज कानून से चलेगा, या धर्म के आधार पर चलेगा, इस पर ठीक से विचार करना पड़ेगा। पर देश ठीक से विचार नहीं कर पा रहा। इसलिए नहीं कर पा रहा, क्योंकि देश इस वक्त एक ऐसी भयानक विडंबना में फँसा हुआ है, जिसका निर्माण, जिस विडंबना का निर्माण पिछली एक सदी से होता चला गया है और अब यह विडंबना हमारे सामने मुँह बाए खड़ी है।

विडंबना यह है कि क्या हमारा देश पश्चिमी जीवन-शैली के आधार पर, पश्चिमी विचार-बिंदुओं के आधार पर चलेगा, या उसकी जीवन-शैली और जीवन का निर्माण भारत की विचार-परंपरा और जीवन-शैली करेगी ? आसान भाषा में कहें तो कह सकते हैं कि भारत कैसा बनेगा, इसका फैसला, इसका निर्धारण भारत का इतिहास, भारत का जीवन-दर्शन, भारत का धर्म, भारत की परंपरा, भारत की आकांक्षाओं के आधार पर होगा या कि भारत का निर्माण पश्चिम द्वारा बिगाड़कर, तोड़-मरोड़कर लिखा गया भारत का इतिहास करेगा, पश्चिम का जीवन-दर्शन करेगा, भारत में आए पश्चिमी धर्म (और पश्चिमी धर्मावलंबी समूह) करेंगे, या पश्चिम की परंपराएँ, त्योहार, पश्चिम के नृत्य-संगीत आदि करेंगे ? हमारी विडंबना यह है कि हम तय नहीं कर पा रहे हैं कि भारत के बारे में फैसला भारत करेगा या भारत के बारे में फैसला पश्चिम करेगा।

परिणाम क्या है ? इस विडंबना का परिणाम यह है कि हम वह बात तय नहीं कर पा रहे हैं, जिसे तय करने में हमें कोई कठिनाई होनी ही नहीं चाहिए। कठिनाई नहीं होनी चाहिए, क्योंकि कोई भी देश अपने इतिहास, दर्शन, परंपरा, धर्म से बननेवाली आकांक्षाओं के आधार पर ही चलता है। पर इस विडंबना को पैदा कर दिया गया है।

अब हमारे मन-मस्तिष्क में, हमारे आचरण में, हमारे पूरे समाज के आचरण में, यानी हमारे पूरे राष्ट्रीय आचरण में उस विडंबना के कुपरिणाम हमें झेलने पड़ रहे हैं। हम 'दंड तथा धर्म' जैसे महत्त्वपूर्ण विषय पर ढंग से विचार ही नहीं कर पा रहे हैं। इस विडंबना को समझने के लिए हम कुछ हालात, छोटे और बड़े किस्म के, दोनों हालात उदाहरण के तौर पर सामने रख देते हैं।

छोटे-मोटे उदाहरण तो हम कुछ सवालों के रूप में ही रख देते हैं। मसलन—

1. हमारे समाज में, घर-परिवारों में अब जन्मदिन मनाते समय, वर्षगाँठ मनाते समय 'केक' काटने की परंपरा बढ़ती चली जा रही है। क्यों? क्यों नहीं हम शुभ मंगलगान को उससे स्थानापन्न कर सकते? 'केक' काटने में क्या तर्क है?
2. हमारे देश में किसी योजना, परियोजना, कार्यक्रम की शुरुआत फीता काटने से होने लग गई है। क्यों? क्यों नहीं नारियल फोड़कर जैसा मंगल-आरंभ करने को अपनी आदत बना लेते, जिसकी झलक कभी-कभार ही देखने को मिलती है?
3. हमारे स्कूलों में अब 25 दिसंबर क्रिसमसवाले दिन सांता बनाने का एक बेकार का रिवाज बनता चला जा रहा है। हमारे सोच से वह कैसे सामंजस्य रखता है, सांता कौन है, भारत में इसकी जड़ें कहाँ हैं, क्यों यह एक व्यर्थ का बनावटी त्योहार मनाया जा रहा है?

कहते हैं कि अंग्रेजी में ही समझ लीजिए अगर वही पसंद है, तो कहते हैं, "इन स्मॉल प्रोपोर्शंस लाइफ मे परफेक्ट बी", यानी छोटी-छोटी बातों से बड़ी बातों की शक्ल बन जाती है। हम क्यों नहीं इन छोटे-छोटे विदेशी सांस्कृतिक आक्रमणों का ढंग से प्रतिकार कर पा रहे? नहीं करेंगे, तो जान लीजिए कि भारत पर हो रहे पश्चिम के आक्रमण, पश्चिम के इसलाम और पश्चिम की ही क्रिश्चियनिटी के आक्रमण से भारत का बाकी हिस्सा भी वही बन जाएगा, जैसा भारत से सटे भारत के देश हो चुके हैं।

बल्कि अब तो स्कूलों में बच्चों से 'सलाम इंडिया' गवाया जा रहा है। क्यों नहीं हम उसके बदले 'प्रणाम भारतम्' की कोई धुन तैयार कर सकते? पर हम ध्यान ही नहीं दे रहे हैं। हमारे शिशुओं में, छोटे-छोटे बच्चों में, स्कूलों में अपने ही हाथों पश्चिम-परस्ती का स्वभाव बनने दे रहे हैं। अगर आज के बच्चों पर ध्यान नहीं देंगे तो कल को बिना किसी 'क्रिश्चियन मिशनिरी' की कोशिशों के ही सारा भारत क्रिश्चियन नहीं हो जाएगा? क्या हम यही करना चाहते हैं? 'क्या फर्क पड़ता है?' यह हमारा राष्ट्रीय स्वभाव क्यों बनता जा रहा है, फर्क पड़ता है और फर्क यह पड़ता है कि हम अनजाने में, यानी मूर्खता में विदेशी गुलामी की ओर बढ़ रहे हैं। पहले गुलामी मन में आती है। फिर वही हमारी राजनीति बन जाती है और देश क्रमशः पूरी तरह गुलाम हो जाता है। 1192

के बाद शुरू हुई भारत की क्रमशः इस्लामी गुलामी, फिर क्रिश्चियन गुलामी और उसके बाद लगातार बढ़ रही पश्चिम-परस्ती की गुलामी इसी रास्ते से हमारे देश में आई थी।

हमारा, यानी अपने देश भारत का, हिंदुस्तान या इंडिया नहीं, भारत का संस्कार कैसे क्रमशः पश्चिम-परस्त होता चला जा रहा है, इसका कुछ संगीन नजारा भी पेश कर दिया जाए। परेशान मत होइए, पर समझना तो पड़ेगा ही कि कैसे हम खुशी-खुशी, यानी मूर्खतावश, भारत को हिंदुस्तान (यानी इसलाम-परस्त) और इंडिया (यानी क्रिश्चियनिटी-परस्त) बनाते चले जा रहे हैं।

सबसे पहले 'धर्मनिरपेक्षता' शब्द/अवधारणा पर ही विचार कर लिया जाए। 'धर्मनिरपेक्षता' भारतीय सोच का शब्द नहीं है। यह पश्चिम से आया शब्द है। सारा खोट इसी शब्द में है। खोट की शुरुआत तो इसी रूप में हो जाती है कि 'धर्म' शब्द का भारत की पूरी परंपरा में जो अर्थ, तात्पर्य और संदर्भ है, पश्चिम में इसका वह अर्थ है ही नहीं। पूरे पश्चिम में या तो रिलीजन है या फिर मजहब। हम भारत के लोग अच्छे से जानते हैं कि भारत में धर्म तो है, पर भारत में न तो रिलीजन है और न ही मजहब। चक्रवर्ती सम्राट् अशोक मौर्य ने अपने सभी शिलालेखों में धर्म पर आचरण करने की सीख देते हुए अपनी प्रजा से कहा है कि 'माता-पिता की सेवा करो'। ऐसा इसलिए कहा है कि हर भारतवासी, एक सौ पच्चीस करोड़ भारतवासी, यह ठीक से जानते हैं कि माता-पिता की सेवा करना हमारा धर्म है और माता-पिता की सेवा करना न तो हमारा रिलीजन है और न ही मजहब। हर भारतवासी को धर्म का ठीक से पता है, हर भारतवासी ठीक से जानता है कि हमारा धर्म न तो हमारा रिलीजन है और न ही हमारा मजहब है। हमारा धर्म तो हमारा धर्म ही है।

पश्चिम में जब सरकारें चलाने के लिए चर्च का, यानी रिलीजन का, यानी क्रिश्चियनिटी का दखल बढ़ने लगा तो पश्चिम में एक सिद्धांत बनाया गया कि चर्च को सरकारें चलाने के काम में दखल नहीं देना है। सरकारें अपना काम करें और चर्च अपना काम करे। दोनों के क्षेत्र एक-दूसरे से अलग हैं। वहाँ से सरकार के चर्च-निरपेक्ष, यानी रिलीजन-निरपेक्ष रहने का विचार आया और रिलीजन-निरपेक्ष सरकारों की परंपरा शुरू हुई। मजहब, यानी इसलामी दुनिया के सामने वह समस्या कभी थी ही नहीं। वहाँ शासक और उसका मजहब, यानी इसलाम परस्पर जुड़े रहे, एक-दूसरे में गुँथे रहे। भारत में 'रिलीजन' या 'मजहब' बनाम सरकार जैसी समस्या कभी थी ही नहीं, क्योंकि भारत में न तो रिलीजन था, न ही मजहब था। वहाँ तो धर्म था। धर्म का सरकारें चलाने में दखलंदाजी और सत्ता या राजनीति के फैलाव करने में सहायता देने या देने का कोई विचार था ही नहीं। पर चूँकि पश्चिमी सोच में पल-पुसकर बड़े हुए पं. जवाहरलाल नेहरू को सिर्फ और सिर्फ रिलीजन या/और मजहब का ही पता था, धर्म का नहीं,

इसलिए राज्य बनाम धर्म की नकली बहस उन्हीं की प्रभाव-छाया में शुरू हुई। भारत जब अपना संविधान बना रहा था, तब संविधान सभा के लगभग सभी सदस्यों को धर्म के स्वरूप का पता था। पं. नेहरू को पता नहीं था। इसलिए धर्म को जाननेवाली संविधान सभा में धर्मनिरपेक्ष या धर्मपरस्त संविधान समस्या बना ही नहीं। इसलिए संविधान में 'धर्मनिरपेक्ष' शब्द पर कोई जोर था ही नहीं। वह तो नेहरू-विचारधारा के दुष्प्रभाव में आगे चलकर श्रीमती इंदिरा गांधी ने संविधान के आमुख में धर्मनिरपेक्ष शब्द जुड़वा दिया और तभी से भारत का रास्ता भारत के अपनी सोच से भटक गया।

आगे चलकर तो और भी ज्यादा भटकाव हो गया। 'धर्मनिरपेक्षता बनाम सांप्रदायिकता' की एक नई और भारत-विरोधी बहस अपने भारत में शुरू हो गई। भारत से विमुख और भारत-विरोधी धर्मनिरपेक्षता को श्रेष्ठ विचारधारा और इसके विपरीत भारत की परम सम्माननीय सांप्रदायिक परंपरा को गाली-गलौज का शिकार बना दिया गया। भारत-विरोधी विचारधारा यहीं तक नहीं रुकी। पहले तो भारत-विरोधी विचारधारा ने भारत की परम सम्माननीय संप्रदाय परंपरा को एक गाली बना दिया और फिर भारत में 85 प्रतिशत से अधिक हिंदू आबादी को गाली निकालते हुए सांप्रदायिक घोषित कर दिया और विदेशों से आए रिलीजन और मजहब के अनुयायियों को नेहरू की छत्रच्छाया में भारत का मानो मजाक उड़ाते हुए धर्मनिरपेक्ष होने का सम्मानीय पद दे दिया। यह सारा खोट कांग्रेस-परस्त और इसकी समर्थक राजनीतिक व मीडिया बिरादरी ने कर दिया। ये दोनों बिरादरियाँ अब तक वैसा ही किए जा रही हैं।

भारत धर्मप्राण देश है। भारत वैसा ही रहा है। हजारों सालों से धर्म पर चलनेवाला देश रहा है। पर नेहरू विचारधारा की भारत-विमुख सोच ने एक धर्मपरायण देश को धर्मनिरपेक्ष देश घोषित कर दिया। अब सोचिए। अगर भारत के सोच में धर्म ही नहीं रहेगा तो धर्मनिरपेक्ष, फिर धर्म-विमुख और फिर धर्म-विरोधी देश किस प्रकार की कुत्साओं का शिकार होता चला जा सकता है? विचार करने का विषय है कि जब भारत के सोच में, भारत के हर व्यक्ति और समाज के सोच में धर्म ही नहीं रहेगा तो भारत को, धर्म-निरपेक्ष भारत को पहले धर्म-विमुख और फिर धर्म-विरोधी होने से कैसे रोक पाएँगे? फिर धर्म-विमुख और धर्म-विरोधी बना दिए गए भारत देश को, धर्म-विरोधी हो चुके पाकिस्तान, बलोचिस्तान, फारस, सीस्तान, अफगानिस्तान, बाल्टिस्तान जैसे भारत के इन ऐतिहासिक हिस्सों को आप इसलामी या क्रिश्चियन बिरादरी में शामिल होने से कैसे रोक पाएँगे? 'हँस के लिया है पाकिस्तान, लड़ के लेंगे हिंदुस्तान' यह नारा 1947 में लगा था। पर यहाँ तो लड़ने की जरूरत ही किसी को नहीं पड़ेगी। हम तो खुद को धर्म-निरपेक्ष, फिर धर्म-विमुख और फिर धर्म-विरोधी भी होने की ओर खुद-ब-खुद बढ़ते चले जा रहे हैं। जज्बा-ए-हिंद को योजनापूर्वक आने दे रहे हैं। हम न तो आपको

डरा रहे हैं, न ही भड़का रहे हैं और न ही बरगला रहे हैं। जो हमारा इतिहास और वर्तमान है, वही आपको बता रहे हैं। जैसा हमने अपने ही देश के इतिहास से, अपने ही भारतवर्ष से जो मूर्खता, जड़ता व जहालत दिखाई है, हम उसी इतिहास से आपका परिचय करवा रहे हैं। सवाल है, धर्म-निरपेक्षता नामक भारत-विरोधी और भारततोड़क विचार का शिकार होकर हम क्यों अपना ही गुलामी का इतिहास दोहराने पर आमादा हो रहे हैं? कैसा देश बनते जा रहे हैं हम?

हमारी यह पुस्तक राजनीतिक पुस्तक है। इसके इस मौजूदा आलेख से पहले हम दो आलेखों (संख्या-4, 5) में धर्म पर लिख चुके हैं, एक आलेख (संख्या-6) में संप्रदाय पर लिख चुके हैं, एक आलेख (संख्या-23) में भारत का धर्म बनाम विदेशी धर्म पर लिख आए हैं और अब हम आलेख (संख्या-27) में धर्मनिरपेक्षता पर बहस कर रहे हैं। हमारी सारी की सारी बहस धर्म, संप्रदाय व धर्मनिरपेक्षता पर होने के बावजूद, हमारी इस बहस के पूरी तरह से प्रामाणिक, विचार संपन्न होने के बावजूद, हमारी पुस्तक चूँकि राजनीतिक है और इस राजनीतिक विवेचन के माध्यम से हम अपने पाठकों को और अपने पाठकों के माध्यम से संपूर्ण देश को बताना चाहते हैं, बल्कि सावधान करना चाहते हैं कि अगर देश ने धर्म और संप्रदाय और कथित धर्मनिरपेक्षता को लेकर अपनी दृष्टि स्वच्छ नहीं की, राजनीतिक दृष्टि स्वच्छ नहीं की तो जिस धर्मनिरपेक्षता की फाँस में देश को लगातार फँसाया जा रहा है, वह क्रमशः, धीरे-धीरे नहीं, बल्कि तेजी से भारत को एक और गुलामी की तथा एक और विभाजन की ओर धकेलने में सक्षम है।

वह कैसे? जरा तरीके से समझ लिया जाए। मध्यकाल में भारत को गुलाम बनानेवाली लड़ाइयाँ रणभूमि में लड़ी गई थीं। आज के समाज की रणभूमि का नाम है लोकतंत्र, एक व्यक्ति, एक वोटवाला लोकतंत्र। मध्यकाल में लड़ाई का जरिया था तलवार। आज के समय में लड़ाई का जरिया है वोट। मध्यकाल में लड़ाइयाँ इस बात से तय होती रही थीं कि किसकी तलवार ने, सेना ने कितने सिर काटे और इस दम पर सेना को कमजोर कर उसे जीत लिया जाता था। आज जीत हार का फैसला इस आधार पर होता है कि किस पार्टी ने चुनाव में कितने वोट जीते और किसके वोटों की जीत ने किस पार्टी को सत्ता में बिठा दिया।

आपाततः, मोटे तौर पर देखें तो सारा माजरा देखने पर बहुत ही सभ्यतापूर्ण लगता है। आप चुनाव लड़िए, जो पार्टी जीते, वह सरकार बनाए और फिर अपनी अवधि पूरी होने पर फिर से चुनाव लड़ा जाए। चुनाव का यह चक्र चलता रहे, सरकारें बनती रहें और देश विकास के रास्ते पर चलता जाए, चलता जाए, चलता चला जाए।

पर इस सभ्यतापूर्ण माजरे में दो बड़े छेद हैं, आज की भाषा में कहें तो दो 'फॉल्ट लाइन' हैं, दो बड़े कपट हैं। पहला कपट छिद्र, यानी पहली फॉल्ट लाइन यही है कि

लोकसभा में चुनाव के माध्यम से जो राजनीतिक संग्राम सभ्यतापूर्वक तरीके से लड़ा जा रहा है, उस संग्राम में एक पार्टी, यानी हिंदू राजनीतिक तौर पर सदियों से राजनीति विमुख रहा है और इसलिए राजनीतिक दूरदर्शिता से विहीन है। बेशक अब फर्क पड़ रहा है। दूसरी ओर जो पार्टी है (या पार्टियाँ हैं) वे हिंदू-विरोध के नाम पर एक हैं, हिंदू को तोड़ने के नाम पर एक हैं, भारत के धर्म को तहस-नहस करने पर आमादा हैं और वैसा कर सकने में समर्थ राजनीति में कुशल खिलाड़ी हैं। इस परिणाम से क्या होने का खतरा है, इसे समझने के लिए इन दोनों कपट छिद्रों, यानी दोनों फॉल्ट लाइनों को ठीक से समझ लिया जाए।

पहली फॉल्ट लाइन है राजनीतिक दूरदर्शिता से शून्य हिंदू, भारत का हिंदू। यह हिंदू संख्या में, कहने को तो भारत की जनसंख्या का 88 प्रतिशत से 85 प्रतिशत है, समस्त भारतीय धर्मावलंबियों को मिला लें तो 88 प्रतिशत है, यानी प्रचंड बहुसंख्या में है, पर राजनीतिक शून्यता के कारण इस कदर विभाजित है कि उसे बेवकूफ बनाना किसी के लिए कुछ कठिन नहीं। अगर हिंदू में राजनीतिक दूरदर्शिता होती, फिर तो कोई समस्या ही नहीं थी। चूँकि हिंदू राजनीतिक समझ और राजनीतिक दूरदर्शिता से शून्य रहा है, इसलिए 80 प्रतिशत से अधिक होने पर भी वह देश के भाग्य का विधाता नहीं है, क्योंकि उसे इस बात की समझ ही नहीं कि उसे राजनीति, लोकतंत्र, वोट की शक्ति के माध्यम से देश के लिए करना क्या है ? अगर यह समझ होती तो फिर बात ही क्या थी। 1192 में जब मुहम्मद गोरी से हारने के बाद से वह पहले इसलामी गुलामी, फिर क्रिश्चियन गुलामी और फिर पश्चिम परस्ती की गुलामी में फँसा और फँसता चला गया है तो इसलिए कि वह सदियों से राजनीतिक दृष्टि शून्य हो चुका था और तब से आज तक राजनीतिक दृष्टि से शून्य बना ही हुआ है। अन्यथा दस हजार साल में भारत की यात्रा तय करने के बाद इस देश को 'हिंदू' की परिभाषा पर क्यों दिमाग खपाना पड़ता, जैसा कि हमने अपनी मौजूदा पुस्तक के आठ आलेखों (आलेख संख्या-10 से आलेख संख्या-17) में अपना दिमाग खपाया है। यह पहली फॉल्ट लाइन है, पहला कपट छिद्र है।

लोकतंत्र के इस वोट संग्राम में दूसरी फॉल्ट लाइन यह है कि राजनीतिक दृष्टि से अपरिपक्व हिंदू के सामने जो 15 प्रतिशत के आस-पास सेना खड़ी है, वह कई हिस्सों में बँटी होने पर भी राजनीतिक दृष्टि से परिपक्व, दूरदर्शी और अपने लक्ष्य में स्पष्ट होने के कारण अपने मकसद को हासिल कर लेती है, यानी चुनावों में हिंदू को हर बार हरा देती है। जरा इस दूरदर्शी सेना के आला राजनीतिक दिमाग की खूबियाँ देखिए। इस 15 प्रतिशत दिमागदार अल्पमत ने भारत के पूरे राजनीतिक परिदृश्य को अपनी ही राजनीतिक शब्दावली का, अपनी ही राजनीतिक रणनीतियों का, अपने ही राजनीतिक प्रयोजनों का बँधुआ बना दिया और फिर मनमाने ढंग से देश के लिए फैसले करवाने शुरू कर दिए।

पहले धर्मनिरपेक्ष और सांप्रदायिक दो हिस्सों में बाँट दिया। बदनाम धर्मनिरपेक्षता को इज्जतदार सिंहासन बख्श दिया और फिर भारत के विदेशी रिलीजन और मजहब को धर्म के सिंहासन पर बिठा दिया। इसी राजनीति विशारद कुनबे ने हिंदू को बदनामी के कुंड में डालकर भारत के सम्मानित संप्रदायों को और इनके सांप्रदायिक गर्व को बेइज्जती के गटर के पास ले जाकर उसी गड्ढे में फेंक दिया और देश को हर चुनाव अभियान को सांप्रदायिकता और धर्मनिरपेक्षता की लड़ाई बनाकर भारत में आए विदेशी धर्मों की विचारधारा के प्रतिनिधियों को यानी विधर्मियों को सत्ता में बिठाया और बिठाए रखा।

अब जरा इस लड़ाई का तरीका तो देखिए। भारत का हिंदू कभी भी हिंदू के रूप में इस लड़ाई में शामिल होने की सोच ही न पाए, इसलिए राजनीतिक दलों के और मीडिया के इन सूरमाओं ने कहीं कभी आर्य-द्रविड़ का पेंच लड़ाया, फिर आगे चलकर, कहीं आदिवासी बनाम हिंदू का पेंच लड़ाया, कहीं दलित-मुसलिम का पेंच लड़ाया, कहीं यादव-मुसलिम का पेंच लड़ाया, कहीं ट्राइबल-हिंदू का पेंच लड़ाया। ऐसे न जाने कितने पेंच लड़ाकर इस बात को गारंटीशुदा बना लिया कि भारत का हिंदू कभी भी एकजुट होकर देश के बारे में राजनीतिक विचारधारा के आधार पर सोच ही न पाए।

इन दोनों फॉल्ट लाइनों का नतीजा क्या है? परिणाम यह है कि हिंदू-विरोधी राजनीतिक खेमे ने यह लगभग सुनिश्चित करवा दिया है कि जहाँ भी 20 प्रतिशत के आस-पास विदेशी धर्मावलंबी वोटर हों, वहाँ हिंदू-विरोधी ही चुनाव जीतें और जब विदेशी धर्मावलंबियों की संख्या 30 प्रतिशत से 40 प्रतिशत के बीच हो जाए, वहाँ भारत को तोड़ने की मुहिम सफलतापूर्वक चलवा दी जाए। भारत के उत्तर-पूर्व में यही हो रहा है। भारत के काश्मीर में यही हो रहा है। भारत के तथाकथित 'मुगलिस्तान' में और 'गज्बा-ए-हिंद' के माध्यम से यही लक्ष्य साधा जा रहा है। ऐसा भारत में जगह-जगह हो, इसके लिए कोशिशें जारी हैं और हिंदू की राजनीतिक दृष्टिहीनता यह है कि उसने इस तरह की हरकतों को ताकतवर बनने देने में अपनी ओर से पूरा योगदान किया है।

हो सकता है कि आपको यह पूरा आलेख पढ़ने के बाद लगे कि इसका शीर्षक 'गुलामी की ओर ले जा सकती है, धर्मनिरपेक्षता की फाँस' कुछ भयभीत कर देनेवाला है। पर जैसा कि हमने अपनी इस पुस्तक के आलेख संख्या-1 में बताया कि देशों के भविष्य का निर्धारण अंततः राजनीति ही करती है, इसलिए हम देश को और विशेष रूप से देश के हिंदू को आगाह कर देना चाह रहे हैं। भारतवर्ष का राजनीतिक विखंडन बांग्लादेश, पाकिस्तान, बलोचिस्तान, सीस्तान, फारस, अफगानिस्तान, वजीरिस्तान, बाल्टिस्तान वगैरह के रूप में हो ही चुका है और हर भारतवासी को, विशेष रूप से हिंदू को यह सारा विखंडन पढ़ने की जरूरत है। ये वही स्थितियाँ थीं, जिन्होंने भारतवर्ष के, अखंड भारत के इतने विखंडन कराए। पहले भी इसीलिए विखंडन

हुए, क्योंकि हिंदू कभी राजनीतिक प्राणी नहीं बन पाया। हिंदू आज भी राजनीति शून्य बना हुआ है और वैसे बने रहने में उसे एक झूठे बड़प्पन का सुख मिलता है कि 'मैं तो राजनीति से दूर ही रहता हूँ।' अरे, आप जितना चाहें दूर रहें, पर सारी दुनिया, खासकर विधर्मी और अधर्मी लोग तो शुद्ध राजनीति कर रहे हैं। दूसरा खेमा हमेशा की तरह राजनीतिक संकल्पशक्ति से सराबोर है। इसलिए फिर से कहीं कोई दुर्भाग्य देश की सीमाओं के साथ घटित न हो जाए, जैसा कि काश्मीर व प्राग्ज्योतिष यानी पूर्वोत्तर में घटित होने की कगार पर है, इसलिए धर्मनिरपेक्षता वाले शाब्दिक मायाजाल की तह में जाना निहायत जरूरी है।

□

28

पंच परमेश्वर हैं प्रेरणास्रोत

(शिव, राम, कृष्ण, बुद्ध, महावीर)

अपनी पिछली पुस्तक 'भारत को समझने की शर्तें' (2016, प्रभात प्रकाशन, दिल्ली) के पूर्वकथन में हमने कहा था, "भारत के मूलभूत वैचारिक आयाम से अर्थात् अध्यात्म से जुड़े दो अन्य आयाम अपनी ओर से पहली बार देने की विनम्र कोशिश हमने अपनी पुस्तक में की है। इनमें से एक आयाम है 'पंच परमेश्वर' और दूसरा है 'तीन वैचारिक आंदोलन'।" हमने इस 'शर्तें' पुस्तक में इन दोनों आयामों को निहायती शुरुआती रूप में, परिचयात्मक स्तर पर प्रस्तुत कर दिया है। भारत की ज्ञानयात्रा के इन दो आयामों के रूप में इनका तात्त्विक और विस्तृत विवरण हम अपनी अगली राजनीतिक पुस्तकों में देंगे ही। मौजूदा आलेख में हम इनमें से एक आयाम का थोड़ा अधिक विवेचन, अर्थात् 'पंच परमेश्वर' का थोड़ा अधिक विवेचन हम कर रहे हैं। प्रस्तुत पुस्तक के ही एक आलेख संख्या-21 में हम 'तीन वैचारिक आंदोलन' पर लिख चुके हैं।

इस पुस्तक का लेखक, यानी हम जैसा कोई अदना व्यक्ति 'परमेश्वर' को परिभाषित करने का दुस्साहस भला कैसे कर सकता है ? वह भी एक राजनीतिक पुस्तक में ? फिर भी हम ऐसा करने का संकट उठा रहे हैं तो इसलिए, क्योंकि हमारा मानना है कि देशों के स्वरूप तथा उस स्वरूप के विकास का अध्ययन करने में राजनीति की भूमिका सर्वाधिक महत्त्वपूर्ण, बल्कि निर्णायक जैसी होती है। हमारा मानना है कि राजनीति, यानी राजनीतिक विचारधारा से जुड़ी हमारी इस पुस्तक में कोई भी विषय बहस के दायरे से बाहर रह ही नहीं सकता। बहस को आगे बढ़ाने के लिए ही हम अपनी अवधारणा बता रहे हैं। देश बहस करना चाहेगा तो करेगा, हम तो कर ही रहे हैं।

भारत की मेधा ने, कहना चाहिए कि अपने देश भारत की दुर्लभतम, श्रेष्ठतम, विलक्षणतम मेधा ने देश को एक पुस्तक दी है—'गीता'। पूरा नाम है—श्रीमद्भगवद्गीता। युद्ध क्षेत्र में कृष्ण और अर्जुन के बीच हुए विशिष्ट संवाद को ही हम 'गीता' ग्रंथ के रूप

में जानते और मानते हैं। संवाद चूँकि योगेश्वर कृष्ण और अपने समय के विशिष्टतम योद्धा अर्जुन के बीच हुआ, यानी दो विशिष्ट कर्मशील व्यक्तित्वों के बीच हुआ और संवाद चूँकि रणभूमि सरीखी विशिष्टतम कर्मभूमि में हुआ, जिसके परिणाम इतिहास को बदलने के सामर्थ्य रखते थे (और वैसा हुआ भी), ऐसे विशिष्टतम कर्मक्षेत्र में यह संवाद हुआ, इसलिए वहाँ के, कर्मभूमि के इस अनोखे संवाद का दार्शनिक महत्त्व भी अद्भुत है। इसलिए अपनी पुस्तक के इस अध्ययन की विषयवस्तु, 'पंच परमेश्वर' का पूरा अता-पता हम 'कृष्णार्जुन संवाद' के आधार पर देना चाहते हैं। यह पूरा छोटा-सा आलेख अब इसी संवाद को आधार बनाकर ईश्वर पक्ष को लेकर लिखा जाएगा और आलेख के अंत में हर कोई स्वतंत्र होगा कि 'पंच परमेश्वर' की हमारी अवधारणा को लेकर वह जो भी चाहे, अपनी राय बना ले।

इस संपूर्ण विषय से, 'पंच परमेश्वर' से, शिव, राम, कृष्ण, बुद्ध, महावीर से, यानी परमेश्वर रूप इन महाव्यक्तित्वों से जुड़ा संपूर्ण विश्लेषण हम सात सोपानों, यानी सात आयामों के आधार पर कर रहे हैं, ताकि लिखना व्यवस्थित हो जाए और पढ़नेवाले को सहमत या असहमत होने में सुविधा रहे।

(1) 'गीता' के पंद्रहवें अध्याय के सातवें श्लोक में कृष्ण ने एक बड़ी ही जोरदार बात कह दी है, मानो सारी दुनिया की उठापटक की गुत्थी खोलकर रख दी है। कहा है, 'ममैवांशो जीवलोके जीवभूतः सनातनः' (गीता, 15.7)। मतलब यह है कि इस जीवलोक में, यानी इस संसार में, जीवलोक में जो भी जीव अर्थात् प्राणी आता है, जीवभूतः, अर्थात् जीवन धारण कर प्राणी के रूप में आता है, वह 'मम एव अंशः' (ममैवांशः), वह मेरा ही अंश है। 'अंश' आप समझते ही हैं। अंश, यानी संपूर्ण का हिस्सा। संपूर्ण, यानी 'कंप्लीट' का एक अंश, यानी 'पार्ट'। कृष्ण बता रहे हैं कि इस संपूर्ण के एक अंश के रूप में ही हर प्राणी इस संसार में आता है, इस ब्रह्मांड में आता है। क्यों आता है? इस सवाल का जवाब भारत के कर्म, कर्मफल-दर्शन में है, जिसका यथोचित उल्लेख हम इसी पुस्तक के आलेख 11 में कर आए हैं, जब 'हिंदू की परिभाषा' पर हम अपना मंतव्य विस्तार से प्रस्तुत कर रहे थे। पर संपूर्ण के एक अंश के रूप में अगर जीव इस विश्व में आता है और हम देखते, जानते और मानते भी हैं कि वह जीव फिर चला भी जाता है। जो आ रहा है और फिर जा रहा है, जो जाहिर है कि कहीं-न-कहीं यात्रा कर रहा है और दर्शन की भाषा में कहें तो अपने इसी ब्रह्मांड में यात्रा कर रहा है।

सवाल है, वह यात्रा क्यों कर रहा है? इसलिए यात्रा कर रहा है, क्योंकि जो वह कभी एक संपूर्ण का हिस्सा था, अब उससे छिटककर, उससे अलग होकर रह गया, जो कि उसे स्वीकार नहीं। अंश की दुविधा यही है कि उसे पूर्णता को फिर से पाना है। हर प्राणी की यह एक लाचारी है कि वह अधूरा रहना ही नहीं चाहता। यही दुविधा हर मनुष्य

की भी है कि वह लगातार आगे की ओर, आगे ही आगे की ओर विकास करता है और फिर पूर्ण विकसित होकर पूर्णता को पा लेना चाहता है। यह पूर्णता क्या है ? इसकी कोई परिभाषा हम नहीं कर पाते। इस पूर्णता को पा लेने की छटपटाहट हर प्राणवान्, हर प्राणी हरदम अनुभव करता रहता है। इस परिस्थिति को हर कोई क्षण-प्रतिक्षण अनुभव करता रहता है। अंश के पूर्ण होने की इसी कोशिश को, चाहत को, छटपटाहट को हम भारत के अपने दर्शन में जीव की यात्रा कहते हैं। दर्शन की भाषा में हम आत्मा, यानी अंश की परमात्मा को, यानी संपूर्णता को पाने की छटपटाहट, व्यग्रता, तत्परता, आत्मानुभव या भक्ति कहते हैं। यात्री पूर्णता को पा ले तो समझिए कि जीव-लोक में आने की जीव की यात्रा पूरी हो गई और नहीं हुई तो समझिए कि यात्रा जारी है और एक के बाद दूसरा जन्म होता रहता है। मनुष्य की ईश्वर बनने की, पूर्णता को पाने की यात्रा को ही हमने जीव-यात्रा, जीवन की यात्रा, जीव की ज्ञानयात्रा, अपनी पूर्णता पा लेने की यात्रा कहा है, जिस यात्रा में वह पूर्णता को पा लेने का ज्ञान पा लेता है, जान पाता है। यही मनुष्य की ज्ञान यात्रा है। हमारा संपूर्ण भारत इसी ज्ञान-यात्रा में ही हर क्षण रहता है।

2. अब हम 'गीता' के ही चौथे अध्याय के छठे श्लोक में आ जाते हैं। इसमें इस सम्भावित जिज्ञासा का जवाब है कि जीव-लोक, यानी संसार में आ जाने के बाद जीव को, उस प्राणी को करना क्या है ? कृष्ण बता रहे हैं कि हर जीव, जो वास्तव में 'संपूर्ण' का ही एक हिस्सा है, अंश है, उसे हम सामान्य दर्शन की भाषा में विराट् का एक अंश भी कह सकते हैं, ब्रह्म का भी एक अंश कह सकते हैं। ब्रह्म शब्द का शब्दार्थ है बृहत्तम, ब्रह्म अर्थात् बृहत्तम, बृहत्तम अर्थात् ब्रह्म, जिससे बड़ा और कोई नहीं। ऐसे बृहत्तम का, ऐसे ब्रह्म का हिस्सा है वह जीव, जो गीता की भाषा में अविनाशी ईश्वर का एक अंश माना गया है। हर जीव उसी अविनाशी ईश्वर के एक अंश के रूप में, अपने स्वभाव के अनुसार शरीर प्राप्त कर संसार की अपनी यात्रा पूरी करता है। सवाल है कि 'स्वभाव' का मतलब क्या है, इस बात का क्या अर्थ है कि हर जीव अपने स्वभाव के हिसाब से ही, स्वभाव के अनुसार ही शरीर धारण करता है ? अपने स्वभाव के अनुसार शरीर प्राप्त कर संसार की यात्रा पूरी करता है, क्या अर्थ है इसका ?

इसका अर्थ यह है कि जीव का, प्राणी का, वह शरीर कैसा होगा, यह उस प्राणी के अपने कर्मों के और कर्मों के अनुसार मिलनेवाले कर्मफल के हिसाब से तय होता है, जो कर्म वह जीव जन्म-जन्मांतर से लगातार कर रहा होता है। जीव को जीवन कैसा मिलेगा, इसमें कोई सिफारिश, कोई भाई-भतीजावाद, कोई लेन-देन काम नहीं आता। जीव ने संसार में आकर जो-जो कर्म किया, जो-जो कर्म किए, उसके फल के अनुसार उसको शरीर भी मिलता है और अपनी ज्ञान-यात्रा के पड़ाव में ऊँच-नीच, सुख-दुःख, अच्छा-बुरा मिलते रहेंगे। यानी मनुष्य जिस अविनाशी परमात्मा का हिस्सा है, उसके

अंश के रूप में वह आत्मा भी अविनाशी है और भारत का दर्शन कहता है कि अपनी जीवन-यात्रा को कैसे तय करना है, क्या पाना है, कैसे पाना है, यह सबकुछ उस जीव ने खुद ही तय करना है। कोई दूसरा उसके इस जीव-लोक में कोई उलट-फेर या जमा-घटा नहीं कर सकता।

3. जीव-लोक में आ गए। अपने कर्मानुसार, हमारे अपने ही कर्मानुसार जीवन-यात्रा शुरू हो गई। फिर अपने ही कुछ विशिष्ट कर्मों से मनुष्यों में श्रेष्ठ, श्रेष्ठतर, श्रेष्ठतम का रूप बनना शुरू हो गया। पांडवों में कोई अर्जुन बन गया तो कुछ युधिष्ठिर, भीम, नकुल, सहदेव रह गए। कुछ राजा हो गए, कुछ प्रजा ही रह गए। कुछ स्वामी हो गए, कुछ सेवक ही रह गए। कुछ जिज्ञासु संत-महात्मा हो गए, कुछ का अध्यात्म प्रशिक्षण चलता ही रहा। कुछ का प्रभामंडल बड़ा ही भारी-भरकम हो गया तो कुछ सामान्य जीव बने रहे। कृष्ण ने 'गीता' के दसवें अध्याय में जीव के विकास की यात्रा में विशिष्ट, विशिष्टतर, विशिष्टतम बन जाने की बात कही है, उसे कृष्ण ने नाम दिया है कि वे लोग, यानी वे जीव, अर्थात् वे आत्माएँ, परमात्मा को पाने की यात्रा में कुछ आत्माएँ सामान्य स्तर से ऊपर उठकर विशिष्ट हो गईं, यानी विभूति हो गईं। यही 'गीता' का दसवाँ अध्याय है, जिसे हम कहते हैं 'विभूतियोग'। इसमें अनेक विभूतियों का वर्णन है। शंकराचार्य, रामानुजाचार्य, नानक, रैदास, कबीर, नामदेव, मीरा जैसे धर्म व्याख्याता व भक्त शिरोमणि, जड़ भरत, पार्श्वनाथ सरीखे तीर्थंकर, अशोक, स्कंदगुप्त, चंद्रगुप्त विक्रमादित्य जैसे सम्राट् (हम नाम नहीं, उदाहरण मात्र गिनवा रहे हैं), चंदनदास, भामाशाह जैसे व्यापार कर्म शिरोमणि, कालिदास, रवींद्रनाथ टैगोर, बंकिम, भारती, प्रसाद, निराला, महादेवी सरीखे कविश्रेष्ठ, ये सभी विभूतियाँ हैं और अपने कृष्ण-अर्जुन संवाद, यानी गीता के दसवें अध्याय में 'विभूतियोग' नामक अध्याय के अंत में कृष्ण ने निर्द्वंद्व रूप से कहा है, ''जो-जो किसी भी विभूति से संपन्न हैं, श्री यानी ऐश्वर्य व सत्त्व से संपन्न हैं, और कुछ कर सकने की ऊर्जा से संपन्न हैं, वे सभी ईश्वर के ही तेज से संपन्न हैं—'यद् यद् विभूतिमत् सत्त्वं श्रीमद् ऊर्जितमेव वा, तत्तदेवावगच्छ त्वं मम तेजोंऽश सम्भवम्।' (गीता, अध्याय 10, अंतिम श्लोक)

4. इस संदर्भ में दसवें अध्याय से अगला अध्याय, यानी ग्यारहवाँ अध्याय 'गीता' का सर्वाधिक महत्त्वपूर्ण अध्याय माना जा सकता है, जिसमें कृष्ण ने अर्जुन को अपना 'विश्वरूप' दिखाया है। इसीलिए अध्याय का नाम है 'विश्वरूपयोग'। विभूतियोग के बाद विश्वरूपयोग। हम भारत के सभी लोग उसे कृष्ण के 'विराट् रूप दर्शन' के नाम से भी जानते हैं। इस विश्वरूप को जिस शैली में दिखाया गया है, उसके लिए कृष्ण ने स्वयं ही अर्जुन से कह दिया है कि 'मेरे इस ईश्वरीय योग को देखो, पश्य मे योगमैश्वरम्' या 'मेरे इस ईश्वरीय रूप को देखो, पश्य मे रूपमैश्वरस्म्' (11.8-9)। पूरे ब्रह्मांड

को, ब्रह्मांड के हर अंश को, हर इकाई को, हर पक्ष को, हर दिशा को, हर रूप को हर आकार को, यानी समस्त ब्रह्मांड की संपूर्ण विविधता-संपन्नता को एक इकाई के रूप में प्रस्तुत समस्त ऐश्वर्य का ही नाम विश्वरूप है, ईश्वरीय रूप है, ईश्वरीय योग है। जो संपूर्ण ब्रह्मांड को इस रूप में देखता है, वह खुद भी परमेश्वर रूप है और इन्हीं को हम अपनी भाषा में, इन्हीं शिव, राम, कृष्ण, बुद्ध, महावीर को हमने अपनी भाषा में ईश्वरीय महाव्यक्तित्व कह दिया है, परमेश्वर और महाव्यक्तित्व कह दिया है, पत्रकारीय और राजनीतिक भाषा में, भारत के ज्ञानशील व्यक्तित्व और आध्यात्मिक व्यक्तित्व के गहरे संदर्भों में 'पंच परमेश्वर' कह दिया है।

भारत की ज्ञान-परंपरा में कभी एक ही देव थे, शिव। फिर जब ब्रह्मा, विष्णु, महेश, इन तीन देवों के रूप का विकास हमारी ज्ञान-परंपरा में हुआ, तो शिव हो गए महादेव, देवों के देव महादेव। शायद तभी हमारे देश में तैंतीस करोड़ देवताओं की कल्पना का विकास हुआ होगा, जहाँ जाहिर है कि भारत की, तब के भारत की तैंतीस करोड़ जनसंख्या का प्रतिनिधि शब्द है। यानी यह 'तैंतीस करोड़' भी 'विराट् जनसंख्या' यानी असंख्य का वाचक शब्द है, प्रतिनिधि शब्द है, कोई इदमित्थं तैंतीस करोड़ का वाचक नहीं है, क्योंकि देशों की जनसंख्या की गिनती होनी चाहिए, यह अवधारणा ही, परसों व कल की नहीं, आज की है, यानी आधुनिक कालंखड की है। तो अर्थ यह सामने आया कि सभी देव हैं, पर शिव देवों के देव हैं, महादेव हैं, महेश्वर हैं, साक्षात् ईश्वर हैं, सबसे ऊपर हैं, ईशान हैं। जैसे सभी जीव हैं, आत्मा हैं, और सभी के ऊपर परमात्मा हैं। भारत की ज्ञानयात्रा को सलीके से, सूक्ष्मता से, गहराई से जानने व समझने की जरूरत है। 'मोजाएक' या 'आइडिया ऑफ इंडिया' जैसे ढकोसलों से भारत को समझने का वही हश्र होता है, जो हश्र अब ऐसे व्यर्थ के प्रलाप करनेवाले गांधी-नेहरू खानदानियों का हो रहा है।

इसी भारत में फिर क्रमशः पंचदेवों की अवधारणा का विकास हुआ, जिन्हें हम ब्रह्मा, विष्णु, शिव, कार्तिकेय और इंद्र नामों से जानते हैं। पुराणों व उपपुराणों में इन्हीं पंचदेवों का और उनके नामों पर चला दिए गए पाँच संप्रदायों का, ब्राह्म, शैव, वैष्णव, कार्तिकेय व ऐंद्र, इन पाँच संप्रदायों का 'पंचदेवोपासना' के रूप में चलन शुरू हो गया और लंबे समय तक चलता रहा। जाहिर है कि इन सभी विभिन्न उपासना संप्रदायों को 'पंचदेवोपासना' इस एकाकार में समाहित करने की कोशिश हुई। भारत के संप्रदायों की विविधता को उसकी तात्त्विक एकता के रूप में समझना तथा व्याख्यायित करना भारत की हजारों वर्षों की ज्ञानयात्रा का एक सहज और स्वाभाविक अंग रहा है। यह सब विस्तार-वर्णन पुराण-उपपुराणों के समय के साथ-साथ ही होता चला गया। उसी संपूर्ण वाद-विवाद-संवाद में से आज की तारीख में शिव, राम, कृष्ण, बुद्ध, महावीर

के रूप 'पंच परमेश्वर' की इन ईश्वरीय महाव्यक्तित्वों की अवधारणा हमारे सामने है।

5. पंच परमेश्वर की इस अवधारणा में शक्ति के स्वरूप को भी ठीक से समझ लिया जाए। 'विभूति' और 'परमेश्वर' इन दो अवधारणाओं में एक निर्णायक फर्क रेखांकित करना हो तो 'शक्ति' की अवधारणा इसमें हमें खूब सहायता करेगी। शक्ति के तीन रूप हैं—काली, लक्ष्मी और सरस्वती। शक्ति के ये तीन रूप हमारे जीवन के तीन पक्षों का प्रतिनिधित्व करते हैं। जहाँ सरस्वती की अवधारणा समस्त ज्ञान, कला, संस्कृति का प्रतिनिधित्व करती है, वहाँ लक्ष्मी की अवधारणा हमारे समस्त धन, धान्य, समृद्धि, वैभव, ऐश्वर्य का प्रतीक है तो काली की अवधारणा हमारे समस्त शौर्य, बल, साहस, स्वास्थ्य की प्रतिनिधि है। (राष्ट्र के संदर्भ में रखकर देखें तो काली हमारे देश की राजनीतिक काया का, लक्ष्मी हमारी समृद्धि काया का और सरस्वती हमारी बौद्धिक काया का प्रतीक बनकर हमारे सामने है। व्यक्ति के संदर्भ में काली हमारे शरीर बल का, लक्ष्मी हमारे धन बल का, तो सरस्वती हमारे ज्ञान बल का स्वरूप निर्धारण कर देती है।) 'गीता' के दसवें अध्याय में वर्णित 'विभूति' और 'परमेश्वर' इन दो स्वरूपों को उनके समस्त संदर्भों को समझना हो तो यह 'शक्ति' तत्त्व हमारी पर्याप्त सहायता कर सकता है। 'विभूति' की व्याख्या शक्ति के बिना हो नहीं सकती। स्वयं कृष्ण के शब्दों में, जहाँ-जहाँ सत्त्व है, श्री संपन्नता है, ऊर्जित भाव है, उसे विभूति संपन्न ही मानना चाहिए और उसमें मेरे ही अंश का प्राकट्य, प्रकटीकरण मानना चाहिए (गीता, 10, 41)। पर जहाँ ईश्वर का अपना योग है, ईश्वर का अपना ही रूप बसा है, स्वयं ईश्वर का अपना प्रकटीकरण है, उसे तो साक्षात् ईश्वर ही मानना चाहिए (गीता 11, 8-9)। कृष्ण कह रहे हैं, मेरे इस ईश्वर रूप को, ईश्वर योग को देखो। पंच परमेश्वर में शक्ति तत्त्व को उसके समस्त संदर्भों में समझना हो तो गीता के दोनों अध्याय (10 व 11) हमारी अभूतपूर्व सहायता करते हैं।

6. पंच परमेश्वर का विवेचन करते समय हमें कुछ खास शब्दों से परिचय पा लेना निहायत जरूरी है। ये सभी या इनमें से कुछ शब्द ऐसे हैं, जिनका संदर्भ इन पंच परमेश्वर के साथ खास तरह से है। ऐसा ही एक शब्द है—तपस्या। शिव निरंतर तपोलीन ही रहते हैं। राम का चौदह वर्ष का वनवास काल खासतौर पर और उनको जीवन में जितनी बार तपोवनों में रहने जाना पड़ा, उस सबको राम की तपस्या से जोड़कर ही इतिहास ने देखा है। कृष्ण ने कई बार शिव की उपासना की है, इसका जीता-जागता विवरण महाभारत व अन्यत्र कृष्ण कथाओं में प्रामाणिक रूप से मिल जाता है। बुद्ध की तपश्चर्या तो सारे विश्व में विख्यात है, जिस तपस्या के फलस्वरूप ही उन्हें माता सुजाता की खीर खाने को मिली थी। महावीर स्वामी को तो हम शिव का ही दूसरा आकार मान सकते हैं, इसलिए कि शिव की तरह महावीर भी निरंतर तपोलीन रहते हैं।

7. पंच परमेश्वर के संदर्भ में 'ब्रह्म वाचन' एक विलक्षण फीचर बनकर हमारे सामने आ जाता है। सभी के जीवन में, प्रत्यक्ष या परोक्ष, ब्रह्माजी का आगमन किसी-न-किसी रूप में है। शिव की तो बात ही निराली है। वे स्वयं त्रिदेवों में एक हैं, विष्णु और शिव के साथ स्वयं ब्रह्मा ही त्रिदेव हैं। रामकथा, राम का जीवन-चरित लिखने की प्रेरणा स्वयं ब्रह्माजी ने महाकवि वाल्मीकि को दी थी। वाल्मीकि को यह प्रेरणा तब मिली थी, जब एक शिकारी के हाथों क्रौंच पक्षी के वध को देखकर वाल्मीकि शोक-समुद्र में डूब गए थे। उसी शोकाभिव्यक्ति के समय ही वाल्मीकि ने 'मा निषाद प्रतिष्ठां त्वमगमः शाश्वतीः समाः, यत् क्रौंचमिथुनादेकम् अवधीः काममोहितम्' (हे निषाद, तुमने कामक्रीड़ा में खोए हुए क्रौंच युगल में से एक को मार दिया है, जा तुझे कभी चैन नहीं मिलेगा) यह कालजयी श्लोक बोला था और फिर उसी श्लोक छंद में रामकथा लिखने की प्रेरणा ब्रह्माजी ने वाल्मीकि को दी थी। कृष्ण की बायोग्राफी, यानी 'भागवत' और 'महाभारत' की रचना में ब्रह्माजी की प्रेरणा से सारा भारत सुपरिचित है। भगवान् बुद्ध की संबोधि के बाद स्वयं ब्रह्माजी ने बुद्ध को जन-जन में अपना उपदेश प्रसारित करने की आज्ञा दी थी, जिसका रंग-बिरंगा आकर्षक काव्यमय वर्णन बौद्ध ग्रंथों मिलता है, जिसे वामपंथी बौद्ध आचार्य हिकारत की निगाह से देखना शुरू हो चुके हैं। जाहिर है कि अपने ही ईश्वरीय महाव्यक्तित्व बुद्ध की ख्याति पर खड़िया पोतने का अपराध करने में लगे हैं, पर बात बन नहीं रही। भगवान् बुद्ध एक ईश्वरीय महाव्यक्तित्व के रूप में, विष्णु के साक्षात् अवतार के रूप में भारत के जनसामान्य के हृदयों में सदा के लिए विराजमान हो चुके हैं। भगवान् महावीर की तीर्थंकर परंपरा के विवरण के प्रारंभ में ही ब्रह्माजी के कथनों का संदर्भ हमें भागवत महापुराण में मिल जाता है।

8. पंच परमेश्वर के साथ कामदहन का संदर्भ भी लगातार अभिन्न भाव से जुड़ा हुआ है। शिव द्वारा किया गया कामदहन शिव के जीवन की एक ऐसी अद्‌भुत घटना है, जिससे सारा भारत ही नहीं, सारा विश्व सुपरिचित है। राम को चौदह वर्षों का वनवास उनकी कामविजय का अद्‌भुत प्रतीक बनकर हमारे संस्कारों में बसा हुआ है। कृष्ण के महारास को देश जब कृष्ण की कामविजय के रूप में समझना शुरू करेगा, तभी से उसे कृष्ण का विराट् व्यक्तित्व और भी अधिक संपूर्णता के साथ समझ में आना शुरू हो जाएगा। भगवान् बुद्ध द्वारा की गई 'मार विजय' (मार=काम, मार विजय=कामविजय), यानी 'कामविजय' का भी अद्‌भुत वर्णन बौद्ध ग्रंथों में सुरक्षित लिखा पड़ा है। हम कहें या न कहें, भारत के साधना पथ में 'ब्रह्मचर्य' नामक जिस अद्‌भुत महाव्रत का प्रचलन महावीर स्वामी ने किया, वह अद्‌भुत कामविजय का ही एक जीता-जागता व्याख्यान है। वैसे भी महावीर स्वामी के साधक रूप को देखकर हमें हमेशा शिव के साधक रूप की ही बरबस स्मृति हो आती है।

9. पंच परमेश्वर के साथ 'धर्मस्थापना' का विशिष्ट अवदान भी अविनाभाव से, अलग न हो सकने लायक रूप से जुड़ा हुआ है। यानी ऐसा अवदान, ऐसा योगदान, जो पंच परमेश्वर के साथ ऐसा जुड़ा हुआ है कि उसे उनसे अलग करके हम देख या सोच ही नहीं सकते। कृष्ण ने स्वयं ही 'गीता' में कहा है, 'धर्मसंस्थापनार्थाय सम्भवामि युगे युगे' (गीता 4.8), अर्थात् मैं हर युग में धर्म की स्थापना के लिए अलग-अलग युग, हर युग में जन्म लेता रहता हूँ। इसी संदर्भ में कृष्ण ने अपने ऐसे प्रत्येक जन्म का उद्‌देश्य भी बता दिया है। अगले ही श्लोक में कृष्ण ने स्पष्ट कर दिया है कि 'दुष्कृतों के विनाश' के लिए और 'साधुओं अर्थात् सत्कर्मियों के परित्राण, यानी रक्षा' के लिए मैं बार-बार, यानी जब भी आवश्यक होता है, उस युग में, उस-उस कालखंड में, उस-उस समय में जन्म लेता रहता हूँ। पंच परमेश्वर को इसी धर्मस्थापना के कार्य या उद्‌देश्य को पूरा करने के लिए सर्वप्रमुख रूप से जाना जाता है। शिव का नाम धर्म-तत्त्व के परम प्रस्तोता के रूप में हम भारतीयों के मन-मस्तिष्क में लिखा पड़ा है। भारत के इतिहास के देवयुग में, यानी कृत, त्रेता, द्वापर, कलि नामक चार युगों के पहले के देवयुग में, जिसका उल्लेख स्वयं वेदों में, ऋग्वेद में ही प्राप्त हो जाता है, ऐसे देवयुग में शिव ने निरंतर असुर-संहार किया है। भारत में सुर, यानी देवता धर्म का प्रतीक है, तो असुर, यानी दैत्य, दानव, राक्षस अधर्म का प्रतीक हमारे पूरे साहित्य में माने गए हैं। वृत्रासुर को वेदों में ब्राह्मण माना गया है, पर वह अधर्म का प्रतीक बन गया था, इसलिए वह असुर कहा गया। वृत्र जैसा कोई दूसरा बलशाली असुर अपने समय में था ही नहीं। इंद्र ने उसे मार दिया था और ऋग्वेद में और ऋग्वेद के अनेक सूक्तों, मंत्रों में, अनेक यानी अनेक सूक्तों, मंत्रों में इंद्र-वृत्र युद्ध का वर्णन है। अंततः वृत्र इंद्र के हाथों मार दिया गया था। पर देवयुग में जितने असुरों का वध भगवान् शिव ने किया है, वह अद्‌भुत है। इसी आधार पर शिव को धर्म की स्थापना करनेवाले से भी ऊपर, यानी धर्म का प्रस्तोता माना गया है। यानी शिव ही वह सर्वप्रथम ईश्वरीय महाव्यक्तित्व हैं, जिन्होंने अपने भारत नामक देश को धर्म का तत्त्व सर्वप्रथम दिया। इसी से शिव को अन्य देवों से अधिक, देवों के देव महादेव, ईशान और महेश्वर, महेश कहा जाने लगा और तभी से शिव महादेव, आदिदेव कहे जाने लगे। आज तक सारा देश पिछले दस हजार सालों से भारत नामक सारा देश, हिमालय से लेकर भारत महासागर तक फैला सारा देश शिव को महादेव कहता है। भगवान् शिव कहता है। शिव महादेव भारतवर्ष में धर्म के भी प्रवर्तक, प्रस्तोता माने गए हैं।

राम को 'वाल्मीकि रामायण' में धर्म का ही साक्षात् रूप, साक्षात् शरीरधारी विग्रह माना गया है—'रामो विग्रहवान् धर्मः।' राम ने चौदह वर्ष का वनवास किया था, पर हम सभी जानते हैं कि असुरों का वध करने के उद्‌देश्य से उन्होंने वनवास नहीं किया

था। माता कैकेयी व पिता दशरथ से मिली आज्ञा का पालन करने के लिए राम ने इतना लंबा, यानी चौदह वर्ष का वनवास किया था, पर उनके हाथों इतना अधिक राक्षसों का वध हुआ और तब के असुरतम राक्षसराज रावण का वध हुआ कि राम को धर्म का रूप, यानी विग्रह, 'रामो विग्रहवान् धर्मः' कह दिया गया और आज तक वैसा ही कहा जाता है। कृष्ण तो असुर भंजक ही हैं। असुरों के विनाश का धर्म कार्य कृष्ण ने यशोदा मैया का दूध पीनेवाली शैशव अवस्था से ही शुरू कर दिया था। याद करिए, पूतना वध। और भारत के उत्तर-पूर्व में, यानी प्राग्ज्योतिष प्रदेश में, असम आदि सात प्रदेशोंवाले प्राग्ज्योतिष में बाणासुर के वधपर्यंत कृष्ण आजीवन असुर संहार करते रहे और असुरभंजक कृष्ण को 'धर्मसंस्थापन' का अद्भुत प्रतीक माना गया।

भगवान् बुद्ध ने धर्मचक्र प्रवर्तन किया। उनके आविर्भाव के समय तक भारत में 'आध्यात्मिकता' और 'संसारवाद' अर्थात् 'इहलोकवाद' के बीच, यानी आत्मज्ञान और संसार को ही अंतिम सत्य माननेवालों के बीच जो लंबा, अद्भुत संघर्ष चला, उसी के परिणामस्वरूप भगवान् ने अधर्म को नष्ट कर 'धर्मचक्र प्रवर्तन' किया। अपने प्रथम उच्चारित उपदेश-वाक्य 'प्रतीत्य समुत्पाद' (पटिच्च-समुप्पाद) के माध्यम से भारत की अद्भुत वैज्ञानिक सोच, कर्मवाद की, कर्मदर्शन की पुनः स्थापना की। (देखिए हमारी इसी 'उत्तरायण' पुस्तक की आलेख संख्या = 22)

भगवान् महावीर ने 'जिन' अर्थात् इंद्रिय विजय के रूप में धर्म की पुनः स्थापना थी। प्रथम तीर्थंकर ऋषभदेव के साथ ही जिस तीर्थंकर परंपरा का प्रारंभ हुआ और जिसका शिखर महावीर स्वामी के 'जिनत्व' के रूप में हमारे सामने है, वह लंबी परंपरा सिर्फ इंद्रिय विजय ही नहीं, ज्ञानसाधना, तपश्चर्या, आत्मज्ञान, कैवल्य, यानी मुक्ति कामना सदृश भारत के धर्म-दर्शन की समग्रता का प्रतिनिधि बनकर हमारे पास है, जिसकी चरम परिणति महावीर स्वामी की साधना के रूप में हमारे पास है।

□

29

वाराणसी, अयोध्या, मथुरा, वैशाली, सारनाथ : भारत की राष्ट्रीयता के आयाम

वाराणसी, अयोध्या, मथुरा, वैशाली, सारनाथ–हमने इन पाँच स्थानों को, इन पाँच तीर्थस्थानों को भारत की राष्ट्रीयता का प्रतीक माना है। इनमें से वाराणसी नगरी भगवान् शिव महादेव का आवास ही मानी जाती है। अयोध्या भगवान् राम की जन्मभूमि है। मथुरा भगवान् कृष्ण की जन्मभूमि है। वैशाली में भगवान् महावीर का जन्म हुआ था और सारनाथ वह स्थान है, जहाँ भगवान् बुद्ध ने संबोधि प्राप्त की थी। हमारे इस वक्तव्य पर कुछ लोगों को कई तरह की आपत्तियाँ हो सकती हैं। एक सर्वसाधारण आपत्ति तो यही हो सकती है कि सिर्फ ये पाँच तीर्थ ही भारत की राष्ट्रीयता के प्रतीक क्यों हैं? भारत में तो अनेक तीर्थ हैं। बारह ज्योतिर्लिंग हैं, अष्टविनायक हैं, इक्यावन शक्तिपीठ हैं, रामेश्वरम्, द्वारिका, केदारनाथ, जगन्नाथ, ये चार धाम हैं। ऐसे ही अनेक तीर्थस्थान हैं। फिर ये पाँच तीर्थ ही क्यों भारत की राष्ट्रीयता का प्रतीक माने जाएँगे? शेष सभी तीर्थ भी भारत की राष्ट्रीयता का प्रतीक क्यों नहीं माने जाएँगे?

हम आपत्ति करनेवालों के प्रत्येक तर्क से सहमत हैं। इन पाँच तीर्थों के अलावा कोई अन्य तीर्थ भारत की राष्ट्रीयता का प्रतीक नहीं है, ऐसा हमारा मंतव्य दूर-दूर तक नहीं है। हम भारत के अनेक-अनेक तीर्थों में से इन पाँच तीर्थों को—वाराणसी, अयोध्या, मथुरा, वैशाली, सारनाथ को ही क्यों राष्ट्रीयता का प्रतीक मानकर चल रहे हैं, तो इसके पीछे का तर्क हमें ठीक से पता रहना चाहिए।

कारण राजनीतिक है। हमारी यह मौजूदा पुस्तक 'भारत की राजनीति का उत्तरायण' घोषित रूप से एक राजनीतिक पुस्तक है। बेशक हमने भारत को अध्यात्म, धर्म, धर्म-दर्शन-संप्रदायों की यानी भारत की विचारधारा की जन्मस्थली मानते हुए इन सभी विषयों को भी प्रस्तुत करने की कोशिश की है। पर हमने ऐसा इसलिए किया है, क्योंकि इन बेसिक आयामों को, अध्यात्म, धर्म और धर्म-दर्शन-संप्रदायों को समझे बिना भारत को समझना तो दूर, भारत के बारे में कुछ भी कह सकने का दावा करना महज लफ्फाजी के

अलावा और कुछ नहीं माना जाएगा। इसलिए हमने अपने प्रस्तुतीकरण में अध्यात्म, धर्म और धर्म-दर्शन-संप्रदायों को, इन आयामों को भी कहीं-कहीं स्पर्श किया है, अन्यथा हमारी पुस्तक अध्यात्म, धर्म और धर्म-दर्शन संप्रदायों पर नहीं है। यह इन विषयों पर लिखा गया शोधग्रंथ तो नहीं ही है। यह शुद्ध रूप से एक राजनीतिक पुस्तक है। भारत की राजनीतिक विचारधारा पर लिखी पुस्तक है। भारत की विचारधारा की पुस्तक है।

इसलिए जब हम वाराणसी, अयोध्या, मथुरा, वैशाली, सारनाथ की बात कर रहे हैं तो शुद्ध रूप से राजनीतिक व आध्यात्मिक संदर्भां में ही कर रहे हैं। चूँकि विषय इस समय पंच परमेश्वर का है, शिव, राम, कृष्ण, बुद्ध, महावीर का है, इसलिए उन्हीं पंच परमेश्वर के संदर्भ में हम इन विशिष्टतम तीर्थों का विश्लेषण करना चाह रहे हैं। इसलिए हमारा प्रस्ताव है कि जहाँ भारत में अनेक तीर्थ हैं, अनेक-अनेक तीर्थ हैं, वहाँ वाराणसी, अयोध्या, मथुरा, वैशाली, सारनाथ को आज के पंच महातीर्थ माना जाना चाहिए, क्योंकि उनका राजनीतिक और आध्यात्मिक, इन दोनों तरह से सम्मिलित महत्त्व है और हमारी स्पष्ट स्थापना है कि किसी भी राष्ट्र के जीवन में राजनीति का स्थान सर्वोपरि होता है। आध्यात्मिक के साथ-साथ राजनीतिक महत्त्व होने के कारण ये पंचतीर्थ हमारे लिए शीर्ष स्थानीय तीर्थों के समान हैं, शुद्ध रूप से राष्ट्रीयता की परिभाषा के संदर्भ में पंचतीर्थ हमारे लिए शीर्ष-स्थानीय तीर्थों के समान हैं, शुद्ध रूप से राष्ट्रीयता की परिभाषा के संदर्भों में पंचतीर्थ हमारे लिए शीर्ष-स्थानीय हैं।

अब प्रश्न उठता है कि राष्ट्रीयता की परिभाषा क्या है, कैसे तय होगी यह परिभाषा और कौन तय करेगा यह परिभाषा? जाहिर है कि हम ही तय करेंगे। अभी और इसी आलेख में करेंगे। हमारे देशवासियों को अपने और अपने देश के बारे में एक बात स्पष्ट रूप से पता रहनी चाहिए और वह पता रहने लायक बात यह है कि पिछले लंबे समय से हमने विविधता, विभिन्नता और अनेकरूपता पर इतना ज्यादा जोर दिया है कि हमने उन तत्त्वों पर बात करना ही बंद कर दिया है कि इतनी सारी विविधिता, विभिन्नता और अनेकरूपताओं के बीच देश को जोड़नेवाले तत्त्व कौन-से हैं, विविधताओं और विभिन्नताओं को एक-दूसरे के साथ बाँधे रखनेवाले तत्त्व कौन-से हैं, अनेकरूपताओं में समरसता और पारस्परिक सामंजस्य पैदा करनेवाले तत्त्व कौन-से हैं। उन तत्त्वों पर हमने सोचना, विचारना, चर्चा, संवाद, परिचर्चा, शास्त्रार्थ आदि करना बंद कर दिया है। जैसे अनेक फूल तभी तक सुंदर दिखाई देते हैं और देखनेवाले के मन में आकर्षण और माधुर्य पैदा करते हैं, जब वे एक माला में पिरो दिए जाते हैं, ठीक वैसे ही विभिन्नता, विविधता, अनेकरूपताओं के आधार पर किसी समाज और देश का अस्तित्व और सौंदर्य तभी तक रहता है, जब उनको जोड़नेवाला, फूलों को जोड़नेवाली माला के समान कोई जोड़नेवाला तत्त्व हमारे पास होता है। तभी तो कहा गया है कि 'योजकस्तत्र दुर्लभः'

जोड़नेवाला तत्त्व या और व्यक्ति, यानी योजक का मिलना ही तो कठिन है। देश ने उसी योजक पर, उन्हीं जोड़नेवाले तत्त्वों पर विचार करना बंद कर दिया है, सोचना बंद कर दिया है, चर्चा, परिचर्चा, संवाद, शास्त्रार्थ करना बंद कर दिया है।

जब ऋग्वेद के मंत्रकार ऋषि दीर्घतमा ने अपने 'अस्य वामीय सूक्त' (1.164.46) में कहा था कि 'एकं सद् विप्रा बहुधा वदन्ति' तो उसी दार्शनिक महाकवि ने 'बहुधा' के साथ 'एकं सद्' का प्रयोग भी किया था, अर्थात् कहा था कि सत्य एक है, जिसकी व्याख्या कई तरह से की जाती है। भारत की राष्ट्रीयता के संदर्भ में विविधता, विभिन्नता, अनेकरूपताओं में वह 'एकं सद्' क्या है, कौन-सा है, जिसके कारण उसकी अनेकरूपताओं का अस्तित्व, श्रेष्ठता और उपयोगिता बनी रहती है। प्राचीन भारत के प्रसिद्ध भाषा-वैज्ञानिक आचार्य यास्क ने इसी बात को एक अन्य तरीके से बताया है और कहा है कि 'माहाभाग्याद् देवतायाः एक एव आत्मा बहुधा स्तूयते' अर्थात् महाभाग, यानी महाऐश्वर्य संपन्न होने के कारण एक ही आत्मा की, एक ही व्यक्तित्व की स्तुति अनेक प्रकार से की जाती है। महाऐश्वर्यशाली क्या होता है? इस प्रश्न का उत्तर महभारत के बाद हुए यास्काचार्य के समय से ढूँढ़ा जा रहा था तो जाहिर है कि विभिन्न रूपों में बखान किए जानेवाले देवताओं, यानी ईश्वर रूपों में किसी 'एक आत्मा' अर्थात् एक तत्त्व की ही खोज इस माध्यम से की जा रही थी।

भारत की राष्ट्र के रूप में परिभाषा करनी है तो सोचना ही पड़ेगा कि विविधता, विभिन्नता, अनेकरूपता के संदर्भ में उसको जोड़नेवाला तत्त्व क्या है? कौन-सा है, क्या हो सकता है वह तत्त्व, जो भारत की राष्ट्रीयता को परिभाषित कर सके? हमारा निवेदन है कि 'धर्म' ही वह तत्त्व हो सकता है, जो भारत को एक राष्ट्र के रूप में परिभाषित करता है। धर्म क्या है? हमने कहा कि भारत की राष्ट्रीयता का आधार है अध्यात्म, भारत के अध्यात्म का आधार है भारत का धर्म और भारत के धर्म को अभिव्यक्त करते हैं भारत के विभिन्न धर्म-दर्शन संप्रदाय। अध्यात्म, धर्म और धर्म-दर्शन संप्रदाय, इस तत्त्व श्रृंखला को देखने से ही स्पष्ट है कि भारत का धर्म ही वह तत्त्व है, जो भारत को परिभाषा प्रदान करता है, परिभाषा को स्पष्ट अर्थ प्रदान करता है और भारत राष्ट्र के संपूर्ण संदेश को प्रसारित कर देता है। अर्थात् भारत की परिभाषा जाननी है तो भारत के धर्म को समझना होगा और जाहिर है कि भारत का धर्म भारत का धर्म है, कोई मजहब नहीं, कोई रिलीजन नहीं, क्योंकि धर्म का अर्थ न तो मजहब होता है और न ही रिलीजन होता है। अगर माता-पिता की सेवा करना हमारा धर्म है तो वह हमारा धर्म ही है, वह हमारा मजहब नहीं है, हमारा रिलीजन नहीं है।

धर्म है तो भारत है, यही भारत का 'एष धर्मः सनातनः', संस्कृत में लिखे शास्त्रों में है, 'एस धम्मो सणन्तओ', पालि, प्राकृत, अपभ्रंश में लिखे शास्त्रों में लिखा है। धर्म है तो

भारत है, धर्म नहीं है तो सोचना पड़ेगा कि धर्म के अभाव में भारत फिर क्या है, कहाँ है ?

1947 में आजादी मिलने के बाद हमने देश में पहली वैचारिक उच्छृंखलता यह दिखाई कि हमने देश का धर्म से नाता तोड़ दिया और धर्मनिरपेक्षता को अपने जीवन का, अपने भारत के राष्ट्र-जीवन का आदर्श मान लिया और आगे चलकर अपनी राजनीतिक स्वार्थसिद्धि के लिए उसे संविधान में भी दर्ज कर दिया। 'धर्मनिरपेक्षता' पर आप जितना भी लिख लें, जितना भी बोल लें, जितना भी क्षमाप्रार्थी हो जाएँ, धर्मनिरपेक्षता का पहला और निर्णायक प्रहार तो धर्म पर ही होता है और भारत में यही हुआ है। एक ऐसे देश को, भारत नामक देश को, जो हमेशा धर्मसम्मत रहा है, जो प्रतिक्षण धर्मप्राण रहा है, जिसने हमेशा धर्म की रक्षा की है, ताकि धर्म उसकी, देश की रक्षा कर सके, ऐसे धर्म को अपना आदर्श माननेवाले भारत देश को आजादी के बाद के दशकों में धर्म से अलग कर दिया गया और वैसा न माननेवाले को संविधान-विरोधी तक घोषित कर दिया गया।

वैसी उच्छृंखलता जिन राजनेताओं ने और उनकी जय-जयकार करनेवाले बुद्धिमान कहे जानेवाले लोगों ने की थी, उसकी कोई जरूरत नहीं थी। धर्मनिरपेक्षता किसी भी व्यक्ति या राष्ट्र के जीवन का प्राप्तव्य, प्राप्त करने लायक लक्ष्य हो ही नहीं सकता। धर्म तो वैसा लक्ष्य हो सकता है। कोई व्यक्ति या कोई राष्ट्र धर्म को, ध्यान रहे कि मजहब या रिलीजन नहीं, धर्म को अपना आदर्श मान ले, अपने जीवन निर्माण और जीवनयापन का लक्ष्य मान ले तो इससे बढ़कर किसी व्यक्ति और राष्ट्र के लिए महत्त्व की कोई दूसरी बात हो ही नहीं सकती। वैदिक काल से ही हमने ऐसा माना है। इसलामी और क्रिश्चियन गुलामी की सदियों में भारत ने अपनी इस धर्मचेतना को बनाए-बचाए रखा है, बड़े ही जतन से, यत्नपूर्वक बनाए और बचाए रखा है। पर 1947 के आस-पास के दशकों में हमने धर्म नहीं, धर्मनिरपेक्षता को अपना जीवन आदर्श मान लिया। यहाँ भी दो बातें महत्त्वपूर्ण होकर हमारे सामने आती हैं। एक महत्त्वूपर्ण बात यह है कि राज्य संचालन की विधि के रूप में धर्मनिरपेक्षता अगर काम्य है तो वह धर्मनिरपेक्षता भारत के स्वभाव में शुरू से ही अंतर्निहित रही है। पर भारत के बुद्धिमान कहे जानेवाले लोगों ने इस सत्य को आज तक ढंग से स्वीकार ही नहीं किया। बल्कि ढंग से समझा ही नहीं तो फिर उसे स्वीकार कैसे कर पाते ? स्वीकार कैसे कर लिया जाता ? इसलिए वही हुआ, जो होना ही था कि धर्मनिरपेक्षता का गलत संदर्भों में और गलत अर्थों में प्रयोग होना ही था, जो कि हुआ। यानी धर्मनिरपेक्षता को धर्म से ही निरपेक्ष, धर्म से उदासीन और धर्म-विरोधी मान लिया गया। यह एक महत्त्वपूर्ण परिणामवाली वैचारिक उच्छृंखलता देश में हुई।

धर्मनिरपेक्षता की वैचारिक उच्छृंखलता का दूसरा महत्त्वपूर्ण परिणाम इस रूप में सामने आया कि धर्मनिरपेक्षता का प्रयोग हिंदू-विरोध के पर्यायवाची के रूप में होना

शुरू हो गया और फिर, उसके बाद हिंदू-विरोध को राष्ट्र-विरोध का, भारत विरोध का पर्यायवाची बनना ही था, जो कि वह अब बनाया जा चुका है। इसलिए राज्य संचालन की विधि के रूप में भी यह इस तरह की कुरूपित धर्मनिरपेक्षता अब देश को स्वीकार्य नहीं हो रही। कुरूपित कर दिए जाने के कारण अब तो उसे उपहास और व्यंग्य का पात्र तक बना दिया जा रहा है। भारत देश अपने स्वभाव और इतिहास में हमेशा हिंदू राष्ट्र ही रहा है, और धर्म इस हिंदू राष्ट्र भारत के लिए प्राणस्वरूप रहा है। जब आप धर्मनिरपेक्ष होकर धर्म से ही निरपेक्ष हो जाएँगे, धर्म से ही विमुख हो जाएँगे और धर्मनिरपेक्षता के बहाने देश में विधर्मियों का ही चरणचुंबन करने लग जाएँगे, तो आप भारत को फिर से विधर्मियों का गुलाम बना दिए जाने में यत्नशील हो जाएँगे। विधर्मियों के हाथों ही भारत को क्षत-विक्षत कर देने की भारत-विरोधी राजनीति में मशगूल हो जाएँगे तो यह हिंदू राष्ट्र भारत, हिंदुओं का अपना देश भारत, विश्व में हिंदुओं का एकमात्र देश भारत फिर से भारत को विधर्मियों के हाथों गुलाम बना देने में समर्थ इस धर्मनिरपेक्षता को भला कैसे स्वीकार कर सकता है? इसलिए देश की पूरी राजनीति, चंद अपवादों को छोड़कर, अगर विधर्मियों को सजाने, सँवारने, स्थापित करने में ही लग जाएगी तो देश ऐसी धर्मनिरपेक्षता को, हिंदुओं को ही देश से खदेड़ने में लगी तथाकथित धर्मनिरपेक्षता को संविधान की दुहाई देकर फिर कैसे स्वीकार कर सकता है?

नहीं कर सकता, इसलिए धर्म पर ढंग से विचार करना देश के लिए सबसे ज्यादा जरूरी कर्तव्यों में से एक है। अभी हम धर्म के संदर्भ में ही वाराणसी, अयोध्या, मथुरा, वैशाली, सारनाथ की बात कर रहे हैं। धर्म का इस तरह के संदर्भों में प्रयोग भारत में शुरू से होता रहा है। इसलिए होता रहा है, ताकि धर्म पर निरंतर विमर्श चलता रहे और धर्म पर समझदारी बनाने में विशिष्ट संदर्भ हमारी सहायता करते रहें। पूरे देश को यह पता रहना चाहिए कि जब वैदिक मंत्रकार ऋषि विभिन्न देवताओं की स्तुति में मंत्र रचना करने में तल्लीन थे, तभी से देश इन सभी विभिन्न, विविध, अनेक क्षेत्रों के पीछे के एकत्व की तलाश में लगा हुआ था। खुद वैदिक मंत्रों में यह तलाश शुरू हो गई थी और इसको प्रमाणित करने के लिए अपने मंत्रकार ऋषि दीर्घतमा के मंत्र (एकं सद् विप्रा बहुधा वदन्ति) और व्याख्याकार यास्क के कथन (माहाभाग्यात् देवताया: एक एव आत्मा बहुधा स्तूयते) को उद्धृत किया है। यह प्रयास वैदिक परंपरा के हैं। पौराणिक ग्रंथों में भी देवताओं की अनेकरूपता में एकत्व को खोजने की परम प्रामाणिक कोशिश बड़ी ही सफलतापूर्वक कर दी गई थी। शिव को महादेव मानना, उन्हें देवों का देव कहकर ईश, ईशान, ईश्वर, महेश, महेश्वर, सर्व कहना उसी एक ईश्वर तत्त्व को ढूँढ़ने का पौराणिक प्रयास था, जो कि अद्‌भुत रूप से सफल प्रयास था। जब हम उसे पौराणिक प्रयास कहते हैं तो उसका अर्थ महापुराणों, उपपुराणों में लिखे गए संदर्भों से ही नहीं

है। ये सभी पुराण तो महाभारत के बाद लिखे गए हैं। जैसा कि हम अपनी ही पुस्तक 'भारतगाथा' में विस्तार से और प्रामाणिक तरीके से बता आए हैं। परंतु पुराण परंपरा, पौराणिक शैली में कथनोपकथन व संवाद की परंपरा तो बहुत पुरानी है। स्वयं वेदव्यास ने एक विस्तृत पुराण संहिता लिखी थी, जो अब नहीं मिलती। यानी पौराणिक परंपरा तो पुराण-उपपुराणों की रचना से कहीं, कहीं पुरानी है, ठीक वैसे ही जैसे उपनिषद् तो महाभारत काल, यानी द्वापर युग के बाद कलिकाल, यानी कलियुग में लिखी गईं, परंतु उपनिषद्ध विद्या, ब्रह्मविद्या के संदर्भ तो वेदव्यास की लिखी महाभारत से भी हजार साल पहले की वाल्मीकि की रामायण तक में मिल जाते हैं। इसलिए जाहिर है कि शिव को महादेव के रूप में प्रतिष्ठित करने की परंपरा कहीं, कहीं पुरानी है और इसे हम देवताओं की विविधता, विभिन्नता और अनेकरूपता के बीच एकता, एकात्मता, समरसता लाने के प्राचीनतम भारतीय प्रयासों का प्रतीक नहीं मानें तो और क्या मानें?

शिव महादेव के साथ ही जब शिव की शक्तियों के रूपों की प्रतिष्ठा हुई तो शक्ति के तीन रूपों के समकक्ष तीन देवरूपों की, त्रिदेव की, ब्रह्मा, विष्णु, महेश की प्रतिष्ठा हुई, जो कि देश को समझने और उसे कोडिफाई करने और सुपरिभाषित करने का श्रेष्ठतम बौद्धिक प्रयास, तब तक का श्रेष्ठतम बौद्धिक प्रयास माना जाएगा। भारत के रूप को, उसके व्यक्तित्व को समझने के प्रयासों के रूप में अगली कड़ी पंचदेव और पंचदेवोपासना के रूप में सामने आती है और ये पाँच देव, पंचदेव हैं—ब्रह्मा, विष्णु, महेश, कार्तिकेय और इंद्र। उत्तर भारत के हम लोगों का इस परंपरा से लगाव थोड़ा शिथिल हो गया है। पर दक्षिण भारत के व्यक्तित्व के निर्माण और विकास की यह परंपरा बड़ी ही मजबूती से प्रतिष्ठित है कि शिव से रूठकर या शिव की किसी एक बात से असहमत होकर स्कंद कार्तिकेय, दक्षिण में द्रोणगिरि चले गए थे। यानी वे हिमालय का कैलाश छोड़कर द्रोणगिरि चले गए थे और तब से आज तक वहाँ हैं। स्कंद कार्तिकेय कितने प्रतापी और संकल्पशील व्यक्तित्व थे, यह इसी बात से स्पष्ट है कि कार्तिकेय विंध्य पार कर दक्षिण आ गए तो फिर शिव-महादेव, ब्रह्मा और विष्णु, यानी ये त्रिदेव और उनके तीनों शक्ति रूप कैसे पीछे रह सकते थे और इन सभी देवरूपों ने उत्तर के साथ-साथ पूरे दक्षिण में अपने-अपने धाम बना दिए और आज स्थिति यह है कि इन सभी रूपों की उपासना पूरे उत्तर और उत्तर-पूर्व में तो होती ही है, पूरे दक्षिण में कहीं अधिक विराटता से और कहीं अधिक विधि-विधान से होती है।

ब्रह्मा, विष्णु, महेश, कार्तिकेय, इन चार नामों के साथ इंद्र का नाम जुड़ते ही पंच देवों का रूप संपन्न हो जाता है। पहले शुरू में देवों के देव महादेव रहे तो देवताओं के राजा इंद्र कहलाए। शिव महादेव और देवराज इंद्र दोनों श्रेष्ठतम देवरूपों के रूप में प्राचीनतम, बल्कि महादेव से भी प्राचीनतर माने जा सकते हैं। यजुर्वेद, ऋग्वेद और

सामवेद में इंद्र की स्तुति करनेवाले मंत्र भरे पड़े हैं। तरीके से इंद्र को महादेव होना चाहिए था, पर अपने चरित्र में भरी पड़ी उच्छृंखलताओं के परिणामस्वरूप इंद्र को 'महादेव' का यश या यहाँ तक कि पद या उपाधि भी नहीं मिल पाए। इंद्र देवराज तो बना रहा, पर शिव अगर महादेव हो गए तो उसका कारण उनका वह रूप है, सदा तपोलीन आदियोगी का रूप है, महायोगी का रूप है, जिस रूप की तुलना में इंद्र कहीं भी नहीं ठहर सकते थे। उस पर इंद्र को निर्णायक मार तो भगवान् कृष्ण के हाथों पड़ी, जिन्होंने इंद्र की पूजा ही बंद करवा दी। एक बार बंद करवा दी, तो दोबारा कोई उस पूजा को शुरू नहीं करवा पाया, बेशक स्मृति अवशेष के रूप में इंद्र का स्थान परिगणित होता चला गया और इस तरह से ब्रह्मा, शिव, विष्णु, कार्तिकेय और इंद्र इन पाँच देवरूपों का, पंचदेवों का स्वरूप चलता चला गया, पंच देवोपासना भी चलती रही। इस तरह भारत के व्यक्तित्व को समझने और परिभाषित करने में क्रमशः महादेव, फिर शक्तित्रयी और उससे जुड़े त्रिदेव और उसके बाद पंचदेव और उससे जुड़ी पंचदेवोपासना की परंपरा हमारे सामने है, जिस शृंखला में, जिस कड़ी में आज हमारे पास शिव, राम, कृष्ण, बुद्ध, महावीर और उनसे जुड़े पाँच श्रेष्ठतम स्थान, यानी पंच परमेश्वर और पंचतीर्थ हमारे सामने हैं, जिस पर देश को गंभीर विचार करने की जरूरत है।

क्यों जरूरत है ? इस सवाल के जवाब ढूँढ़ने में हमें राजनीति के महत्त्व को समझना और मानना पड़ेगा। अगर हमने अपने हृदयों में, मन-मस्तिष्क में, चर्चा, परिचर्चा, शास्त्रार्थ परंपराओं में अपने राष्ट्र के किसी स्वरूप को, राष्ट्रीयता के किसी भाव को और राष्ट्र के प्रतीक देवरूप को लेकर कोई स्थापना निश्चित की है, बसा ली है, तो फिर राष्ट्र, राष्ट्रीयता और उसके प्रतीक राष्ट्रवाद को सँवारने, पोषित करने और निरंतर सुरक्षित बनाए रखने में हमें राजनीतिक रूप से जागरूक रहना होगा। संकटों, शत्रुओं, विधर्मियों के षड्यंत्रों और विधर्मियों के आक्रमणों से बचे रहने को निरंतर तैयार और प्रयत्नशील रहना होगा। किसी एक क्षण आपके प्रयत्नों में शिथिलता आई तो शत्रु और विधर्मी, वैसे ये दोनों शब्द पर्यायवाची ही हैं, ऐसे शत्रु और विधर्मी कब आपको मिटा देंगे, कब आपको मतिभ्रम का शिकार बना देंगे और कब देश को फिर से गुलाम बना देंगे, इसका कोई भरोसा है क्या ? आज देश में जो दलित-मुसलिमों, जाट-मुसलिमों और पिछड़ा-मुसलिमों के राजनीतिक गठबंधनों की बातें हो रही हैं, इस मीठी-मीठी संविधान-सम्मत लगनेवाली बातों और नारेबाजियों के पीछे वह इसलाम काम नहीं कर रहा, जिसने भारत के विभिन्न हिस्सों को गुलाम बनाकर फारस (पारसीक), सीस्तान (शकस्थान), अफगानिस्तान (गांधार), गिलगित-बाल्टिस्तान (उत्तर कुरु), काश्मीर (काश्मीर), पंजाब, सिंध (सिंधु) और बांग्लादेश (बंगदेश) आदि को इसलामी बना दिया, इसकी क्या गारंटी है ? बल्कि इतिहास तो भारत को इसलामी बनाने के प्रयासों की गारंटी ही दे रहा है।

इसलिए हम तो पुस्तकें लिखने में व्यस्त रहे, वे हमारे पुस्तकालयों को जलाते रहे। हम मंदिरों के निर्माण में लगे रहे और वे मंदिरों को तोड़कर उनके भग्नावशेषों पर विधर्मियों के उपासनास्थल बनाते चले गए। हम तो भक्ति में लीन रहे, ध्यान-लीन रहे, तपोलीन रहे और वे हमारी पीढ़ियों का धर्मांतरण करते रहे। यह इसलिए हो पाया, क्योंकि भारत ने राजनीति का महत्त्व समझना बंद कर दिया। ग्रंथों की रचना, मंदिरों का निर्माण, ब्रह्मचर्चा, ध्यानचर्या आदि सरीखे हमारे जीवन-मूल्य बचे रहें, बनते चले रहें, पुष्पित-पल्लवित होते चले जाएँ, इसके लिए संपूर्ण राजनीतिक संरक्षण, परिरक्षण व रक्षाकर्म चलता रहे, उसे हम जिस दिन भूले, उसी दिन से हमने अपने देश को विधर्मियों के हाथों धर्मांतरित और फिर गुलाम होने दिया। भारत के धर्म को लेकर अगर हम अपने-अपने नामों और पताकाओं को लहराते रहने में मशगूल रहे, उसको एकरूपता का नाम और एकात्मता का संसार न दे पाए, तो फिर से हम एक-एक कर गुलाम बनते चले जाएँगे, जैसे कभी इसलाम ने, फिर क्रिश्चियनों ने हमें बनाया।

पर अब ऐसा नहीं होना चाहिए। नहीं होने देना चाहिए। इसलाम और क्रिश्चियनिटी भारत के जीवन, भारत के जीवन-मूल्यों और भारत के जीवन-दर्शन से बेमेल हैं। इसलिए अपने देश की, अपने देश के जीवन-मूल्यों की और अपने देश के जीवन-दर्शन की रक्षा करने के लिए भारत की राजनीति को, जिसे समाज और देश की राष्ट्रवादी कृपाणभुजा भी कहा जाता है, ताकि हम खुद को विधर्मियों के प्रहारों से बचाए रख सकें, ऐसी राजनीति की जरूरत देश को हमेशा रही है, हमेशा रहेगी। राजनीति का, कृपाणभुजा का महत्त्व हम समझे रहे तो देश में चक्रवर्ती शासकों की सहस्राब्दियों की परंपरा चलती रही। इस राजनीति का, इस कृपाणभुजा का महत्त्व हमने नकार दिया तो पहले विधर्मी आए, फिर उन्होंने हमें धर्मांतरित कर लिया और फिर हमें गुलाम बना दिया। अब यह दुर्दैव, यानी यह बदकिस्मती और बदमगजी हमेशा के लिए समाप्त हो जानी चाहिए। यह तभी संभव है कि जब हम देश को उसके स्वरूप से फिर से परिचित करवा देंगे। पहले समाज के उस वर्ग को गले लगाना होगा, जिसे समाज ने ही वंचित और दलित बनाया। फिर समाज के उस वर्ग को अपने घर वापस लाना होगा, जिसने किसी भी कारणवश अपना घर ही छोड़ करके अपना घर दूसरों को हस्तांतरित कर दिया था।

क्या भारत अपने सामने मुँह बाए खड़ी इस चुनौती को स्वीकार करने को तैयार है? परिस्थितियों को देखकर हमें तो इस प्रश्न का, इस चुनौती का उत्तर 'हाँ' में ही मिल रहा है। देश अपने व्यक्तित्व को, अपने स्वरूप को, अपने भारत को, अपने हिंदू भारत को, अपने भारत हिंदू राष्ट्र को फिर से समझने को तैयार नजर आ रहा है। आज इसलिए कि जब कभी किसी खलीफा के आदेश पर मुहम्मद बिन-कासिम भारत को इसलामी बनाने के लिए निकला था तो उसके सामने 'हिंदुस्तान' ही, यानी वह भारत ही था, जिसे

सारा मध्य, पश्चिम एशिया हिंदुस्तान ही कहता था। कासिम इसी हिंदुस्तान को, इसी हिंदू देश भारत को, इसी भारत हिंदू राष्ट्र को इसलामी बनाने को निकला था। फारस, सीस्तान, अफगानिस्तान, बलोचिस्तान, सिंध, पंजाब, काश्मीर, गिलगित-बाल्टिस्तान, बांग्लादेश आदि भारत के ही इन विभिन्न भागों को, जो तब के हिंदू राष्ट्र भारत का आधा या उससे ज्यादा का हिस्सा है, इसने भारत को इसलामी बनाने का उद्देश्य आधा या उससे ज्यादा पूरा कर ही लिया है, क्योंकि इन सदियों में, इन छह-सात सदियों में भारत ने राजनीतिशून्य मूर्खताओं का खुद को शिकार होने दिया। पर अब तो देश का, यानी अवशिष्ट भारत का सौ करोड़ से भी कहीं अधिक का हिंदू राजनीतिक चेतना से संपृक्त हो रहा है, राजनीति बुद्धि से समृद्ध हो रहा है और अपने राजनीतिक लक्ष्यों के प्रति जाग्रत हो रहा है। वह गज्बा-ए-हिंद के अर्थ और संभावित खतरों को अच्छे से समझ रहा है। ऐसे भारत से अपेक्षा है कि वह भारत के काश्मीर, उत्तर-पूर्व आदि क्षेत्रों में विधर्मी गुलामी को न आने दे, बल्कि इसी अपने हिंदू राष्ट्र भारत में रह रहे 12-13 प्रतिशत विधर्मी हो चुके भारतवासियों को फिर से अपने धर्म से, अपने हिंदू धर्म से, अपने हिंदू राष्ट्र भारत से जोड़ दे, उसका हिस्सा बना दे, उसे समरस कर दे। दुनिया का यह कानून कि आक्रमणकारी को आक्रमण का लाभ नहीं मिल सकता। दुनिया का यह कानून भी हिंदू राष्ट्र भारत के साथ है, हिंदू राष्ट्र भारत में परावर्तन के, घरवापसी के साथ है।

भारत में अब फिर से 'धर्म संस्थापन' होना ही चाहिए। भारत में अब फिर से 'धर्मचक्रप्रवर्तन' होना ही चाहिए। साक्षात् धर्म-रूप राम का, 'रामो विग्रहवान् धर्मः' का दर्शन भारत में फिर से होना ही चाहिए। गुलामी और दासता से बाहर ले आकर नया देश बनानेवाले सततयोगी तीर्थंकर महावीर का चिर-नवीन परिचय देश को अब फिर से मिलना ही चाहिए। अर्थात् भारत की संपूर्ण धर्म-चेतना के प्रतीकस्वरूप, मूलस्रोत रूप आदियोगी शिव के धर्मसंदेश का पुनः परिचय देश को होना ही चाहिए। शिव, राम, कृष्ण, बुद्ध, महावीर हमारी धर्म-चेतना के, हमारी अध्यात्म चेतना के, हमारी धर्म-दर्शन संप्रदाय-चेतना के अर्थात् हमारी संपूर्ण धर्म-चेतना के ये पाँच प्राचीनतम और नवीनतम आध्यात्मिक, राजनीतिक शंखनाद के अद्भुत प्रतीक हैं, सारे देश को स्वीकार्य और पूजनीय, वंदनीय हैं, इन धर्म-संस्थापकों, धर्म प्रवर्तकों, धर्म के साक्षात् रूपों, धर्म के इन पाँच विग्रहों की नूतन प्राण-प्रतिष्ठा देश को करनी है और इसका कोई विकल्प देश के पास है ही नहीं। देश में शिव, राम, कृष्ण, बुद्ध, महावीर के इन चिरनवीन विग्रहों और वाराणसी, अयोध्या, मथुरा, सारनाथ, वैशाली अर्थात् इन पंच परमेश्वर रूपों और इन पंच तीर्थों के माध्यम से देश में नए हिंदू राष्ट्र का निर्माण होना ही चाहिए।

भारत की राष्ट्रीयता सिर्फ आध्यात्मिक संदर्भों में नहीं है, वह राजनीतिक संदर्भों में भी होती है, बराबर महत्त्वपूर्ण रूप से होती है। सिर्फ आध्यात्मिक राष्ट्र कितना

बेचारा, कितना निस्सार, कितना निस्तेज होता है, इसका एक नमूना है तिब्बत, जिसका आध्यात्मिक स्वरूप बेशक था, पर उसको जितना राजनीतिक बल मिलते रहना चाहिए था, वह नहीं मिला, या कहें कि मिलना बंद हो गया, इसलिए चीन के हाथों एक प्रहार पड़ते ही तिब्बत चीन के चंगुल में चला गया। इसलामी काल में भारत का लगभग यही हाल हो गया था। क्रिश्चियन गुलामी के समय भी भारत का यही हाल था। चंद मुसलिम फौज भारत को गुलाम बनाती चली गई और शेष सारा भारत तमाशबीन बनकर देखता रहा, इस कारुणिक कथा को बार-बार सुनकर भी देश का हिंदू अर्थात् शिव, राम, कृष्ण, बुद्ध, महावीर के भारत का हिंदू, अर्थात् भारत का शैव, वैष्णव, जैन, बौद्ध हिंदू टुकुर-टुकुर देखता रहा और अभी भी निश्चेतन बना हुआ महज देख भर रहा है। राष्ट्रीयता के इस अभाव की पूर्ति होनी निहायत जरूरी है।

निहायत जरूरी है कि सिर्फ अयोध्या में ही रामजन्मभूमि मंदिर, एक भव्य और दिव्य मंदिर रामजन्म भूमि मंदिर न बने, वह तो बने ही, उसके लिए तो सदियों का विलंब पहले ही हो चुका है। देर सही, पर बने। दिव्य और भव्य रामजन्मभूमि मंदिर बने। पर इसके साथ ही मथुरा में एक दिव्य और भव्य कृष्णजन्मभूमि मंदिर बने। वाराणसी में भी विश्वनाथ शिव का दिव्य और भव्य आवास अर्थात् मंदिर बने। वैशाली में भी एक दिव्य भव्य तीर्थंकर महावीर जन्मभूमि मंदिर बने। और सारनाथ में भी एक दिव्य और भव्य भगवान् बुद्ध का संबोधि मंदिर बने। बस ये पाँचों मंदिर भर न बनकर रह जाएँ। हिंदू संगठनों में आज यह भारतव्यापी संगठन क्षमता है कि वे योजना बनाकर भारत के विभिन्न अंचलों से हिंदू समुदायों को लाकर, पंक्तिबद्ध कर इन पंचतीर्थों पर भव्य और दिव्य मंदिरों का निर्माण करें और इस तरह से करें कि पाँचों धर्मावलंबी जन पंचतीर्थस्थली पर वहाँ-वहाँ के दिव्य और भव्य मंदिरों का निर्माण होने दे सकें और उसके माध्यम से शिव, राम, कृष्ण, बुद्ध, महावीर के महाव्यक्तित्वों के माध्यम से इस पंचतीर्थ पर वाराणसी, अयोध्या, मथुरा, वैशाली, सारनाथ इन पंचतीर्थ स्थानों पर देश के भव्यतम और दिव्यतम स्मारकों-मंदिरों का निर्माण करें। भारत राष्ट्र में, हिंदू राष्ट्र भारत में इन पंच परमेश्वर और इन पंचतीर्थ के माध्यम से अपने इस दस हजार साल पुराने आध्यात्मिक भारत में भारत की राष्ट्रीयता की, भारत की हिंदू राष्ट्रीयता की अलख जगा दें। ऐसी अलख जगा दें कि फिर किसी विधर्मी के हाथों उस अलख के तेल में कभी कमी न आए।

भारत दुनिया की प्राचीनतम सभ्यता है। दस हजार साल पुरानी सभ्यता है। उसमें राष्ट्रीयता की नवीनतम अलख जगाने का राजनीतिक लक्ष्य हमने पूरा न किया तो फिर बताइए, हमने क्या किया?

□

30

वाल्मीकि, वेदव्यास, सूतजी महाराज : इन तीन दलित महर्षियों का महत्त्व समझते हैं आप?

इस आलेख का शीर्षक पढ़ते ही आपके मन में एक सवाल उठेगा। सवाल उठेगा कि वाल्मीकि का नाम तो भारत के हम सभी लोग अच्छे से जानते हैं, वेदव्यास का नाम भी हम भारत के सभी लोग अच्छे से जानते हैं, पर सूतजी महाराज का नाम हम सभी जानते हैं, यह हम विश्वास के साथ नहीं कह सकते। अच्छे से जानते हैं, वाल्मीकि और वेदव्यास के नामों की तरह सूतजी महाराज का नाम भी अच्छे से जानते हैं, यह हम उतना विश्वास के साथ नहीं कह सकते। यह एक विडंबना है। विडंबना इसलिए है कि सूतजी महाराज का नाम तो हर भारतवासी को वाल्मीकि और वेदव्यास से भी ज्यादा मालूम रहना चाहिए, ज्यादा अच्छे से पता रहना चाहिए, पर ऐसा है नहीं। इसलिए सवाल उठता है कि सूतजी महाराज कौन हैं?

वैसे इस सवाल को गलत कहनेवाले लोग भी कम नहीं होंगे, इसलिए कि भारत के अनेक या कुछ ही लोग सूतजी महाराज का नाम भी उसी विश्वास के साथ बता देंगे, जिस विश्वास के साथ वे वाल्मीकि और वेदव्यास का नाम बता देंगे। ऐसे लोग भी कम नहीं होंगे। इसलिए कि जैसे वाल्मीकि भारतवर्ष की रामकथा के लेखक-कवि हैं, जैसे वेदव्यास भारतवर्ष की कृष्णकथा के लेखक-कवि हैं, वैसे ही सूतजी महाराज भारतवर्ष की पुराण कथाओं के लेखक-कवि हैं। लेखक-कवि ही नहीं हैं, इन समस्त पुराणकथाओं को सुनानेवाले भी वे स्वयं हैं। भारत की आत्मा, भारत का इतिहास, भारत की पहचान, भारत का जीवन-दर्शन, इन सभी का संबंध भारत के इन तीनों संत-महर्षियों के साथ है, रामकथाओं के साथ भी है, कृष्ण कथाओं के साथ भी है, पुराण कथाओं के साथ भी है और इन तीनों कथाओं को कहनेवाले वाल्मीकि, वेदव्यास और सूतजी महाराज के साथ भी है।

ये तीनों महर्षि, अर्थात् वाल्मीकि, वेदव्यास और सूतजी महाराज, ये तीनों महर्षि भारत की ज्ञान-परंपरा में कितना अधिक महत्त्वपूर्ण हैं, इसे समझना हो तो एक ही बात से समझा जा सकता है। भारत में ज्ञान की तीन परंपराएँ रही हैं। एक है निगम परंपरा। दूसरी है आगम परंपरा। तीसरी है कथा परंपरा। निगम परंपरा और आगम परंपरा, इन दो परंपराओं का संबंध हमारी चिंतन परंपरा से है, दर्शन परंपरा से है। निगम परंपरा में चारों वेद, वेदों पर व्याख्या के रूप में लिखे गए सभी ब्राह्मण ग्रंथ (ब्रह्म का अर्थ है वेद, ऐसे वेदों की व्याख्या करनेवाले ब्राह्मण ग्रंथ) और संपूर्ण उपनिषद् साहित्य आता है। आगम परंपरा में संपूर्ण बौद्ध धर्म-दर्शन ग्रंथ, मुख्य रूप से त्रिपिटक आते हैं, संपूर्ण जैन धर्म-दर्शन ग्रंथ और तंत्र ग्रंथ आते हैं। इसमें हमने अपनी ओर से यह जोड़ा है कि परंपरागत रूप से अकेला तंत्र साहित्य ही आगम कहा जाता रहा है। जब गोस्वामी तुलसीदास 'रामचरितमानस' में मंगलाचरण के रूप में 'नाना पुराण निगमागमसम्मतं यत्' कह रहे थे तो वे आगम के माध्यम से तंत्र साहित्य को ही गिनवा रहे थे। परंतु अगर जैन धर्म-दर्शन और बौद्ध धर्म-दर्शन के संपूर्ण उपजीव्य स्रोत साहित्य को भी आगम परंपरा का नाम और पहचान देकर ही भारत से सुपरिचित करवाया जाए तो इसमें किसी को कोई आपत्ति भला क्यों होनी चाहिए? तीसरी है कथा परंपरा, जिसमें सभी महापुराण, सभी उपपुराण, सभी जैन पुराण, सभी जातक कथाएँ (और भगवान् बुद्ध के जीवन से जुड़ी कथाएँ-गाथाएँ) आती हैं। राम कथाएँ, कृष्ण कथाएँ, पुराण कथाएँ भी इसी कथा परपंरा का अभिन्न अंग हैं और ये तीनों दलित महर्षि वाल्मीकि, वेदव्यास और सूतजी महाराज इसी कथा परंपरा का अद्भुत नामधेय हैं।

भारत में इन तीन महर्षियों द्वारा लिखी ये तीनों कथाएँ—रामकथा, कृष्णकथा और पुराणकथा, ये तीनों कथाएँ ऐसी हैं कि जिन्हें भारत से अलग करके, भारत की पहचान से, भारत के धर्म से, भारत के जीवन-दर्शन से, भारत की प्रथाओं-परंपराओं से, यानी भारत से अलग करके आप देख ही नहीं सकते। इसलिए हमारा प्रस्ताव है कि जब भी कभी भारत की बात हो, तो रामकथा, कृष्णकथा के साथ ही पुराण कथाओं का भी (जिनमें जैन धर्म-दर्शन की पुराण कथाएँ और बौद्ध धर्म-दर्शन की पुराण शैली आधारित कथाएँ भी शामिल हैं, ऐसी समस्त पुराण कथाओं का भी) बराबर का महत्त्व मानना चाहिए। इसीलिए सूतजी महाराज हमारी ज्ञान परंपरा में, हमारी धर्म-दर्शन परंपरा में, हमारी कथा-पुराण परंपरा में वाल्मीकि और वेदव्यास के समकक्ष ही ठहरते हैं, समकक्ष ही माने जाते हैं, समकक्ष ही स्मरण किए जाने के योग्य हैं, स्मरणीय हैं, आदरणीय हैं। जैसे ऋग्, यजुष्, साम, अथर्ववेद इन चारों वेदों की तीन लेखन शैलियाँ—गद्य, पद्य और साम (संगीत) के कारण इन्हें 'वेदत्रयी' कहा जाता है, ब्रह्मा, विष्णु, महेश की देवत्रयी मानी जाती है, काली, लक्ष्मी, सरस्वती की शक्तित्रयी है, वैसे ही भारत की कथापुराण

परंपरा की यह ऋषित्रयी है, वाल्मीकि, वेदव्यास और सूतजी महाराज की यह महर्षि त्रयी है, जिनकी रामकथाओं, कृष्णकथाओं, पुराणकथाओं को अलग कर दें, तो फिर भारत भारत ही कहाँ रह पाएगा?

इन तीन महर्षियों के माध्यम से हम भारत के व्यक्तित्व के बारे में कुछ महत्त्वपूर्ण जानकारियाँ प्राप्त कर सकते हैं और ये जानकारियाँ ऐसी हैं, जिनका पता हर भारतीय को होना चाहिए, हर हिंदू को, हर भारतीय मुसलिम को, हर भारतीय क्रिश्चियन को होना चाहिए। खासकर आज की राजनीति के विषाक्त और देश- विरोधी बना दिए जा रहे माहौल में और लगातार बढ़ाई जा रही जात-परस्ती के समाजविरोधी माहौल में ये जानकारियाँ हमें सकारात्मक निष्कर्ष प्राप्त करने में हमारी सहायता कर सकती हैं। सारा देश जानता है और मानता भी है कि रामकथा के प्रथम रचयिता, प्रथम लेखक महर्षि वाल्मीकि जातिव्यवस्था के आज के हिसाब से, आज की शब्दावली में दलित थे। सभी को यह भी पता रहना चाहिए, मालूम रहना चाहिए कि स्वयं वाल्मीकि ने खुद को दलित या शूद्र नहीं कहा है। अपनी लिखी 'रामायण' के उत्तरकांड (96.19) में वाल्मीकि ने खुद को प्रचेता का पुत्र कहा है। कहा है, 'मैं प्रचेता का दसवाँ पुत्र हूँ, प्रचेतसोहं दशमः पुत्रः'। हमारे देश के देवशास्त्र में 'प्रचेता' नाम का प्रयोग ब्रह्माजी के लिए भी होता है और वरुण देव के लिए भी होता है। वरुण देव को अब हम जल के देवता के रूप में जानते हैं और यह बात हमारे हृदयों में, हमारे मस्तिष्क में, हमारी देवशास्त्र परंपरा में गहरे स्थापित हो चुकी है। पर भारत के इसी देवशास्त्र की परंपरा में वरुण का प्राचीनतम रूप अनुशासन, नियम, व्यवस्था के स्थापक के रूप में है, पूरी देवशास्त्र परंपरा में है। वरुण देव अनुशासन का प्रतीक होने के बाद जल का प्रतीक कैसे बन गए, इसकी खोज होनी चाहिए। पर इतना तो स्पष्ट है कि न ब्रह्माजी शूद्र हैं और न वरुण शूद्र हैं और 'प्रचेता' इस नाम का प्रयोग इन्हीं दोनों के लिए, ब्रह्मा और वरुण इन दोनों के लिए होता है, जिनके पुत्र वाल्मीकि कहे गए हैं। मनुस्मृति (1.35) में प्रचेता को ब्रह्मा का पुत्र कहा गया है। जाहिर है कि भारत की ज्ञान परंपरा ने वाल्मीकि पर काफी खोज, काफी विमर्श किया है और इसी खोज परंपरा में स्कंद महापुराण में वाल्मीकि को पिछले जन्म का व्याध कहा गया है। बंगाल की कृत्तिवास रामायण में, अवधी की तुलसी रामायण में, अध्यात्म रामायण (2.6.64-92) में, आनंद रामायण में (14.21-49) और भविष्य पुराण, प्रति सर्ग (4.10) में वाल्मीकि का उल्लेख प्रचेता, वरुण आदि के संदर्भों में किया गया है और कथा का विस्तार उस रूप में किया गया है कि वाल्मीकि पूर्वजन्म में व्याध थे, शिकारी थे। तो स्थिति स्पष्ट है। पुराण कथा परंपरा में वाल्मीकि के दो रूप सामने हैं। एक रूप वह है, जहाँ वाल्मीकि को ब्रह्माजी का, प्रचेता का या वरुण देव का पुत्र कहा गया है। दूसरा रूप वह है, जिसके अनुसार वाल्मीकि पूर्वजन्म में व्याध थे, शिकारी थे

और उन्होंने उसी रूप में तपस्या कर ब्रह्माजी के दर्शन प्राप्त किए और परिणामस्वरूप वैदिक संस्कृत भाषा से विकसित हुई लौकिक संस्कृत भाषा में रामकथा लिखी, जिस कथा का नाम सारे विश्व में रामायण के रूप में प्रसिद्ध हुआ है। जाति का संबंध गुण-कर्म से है या जन्म से है, भारत ने इस द्वंद्व को सदियों तक झेला होगा, जिसमें से वाल्मीकि नामक महर्षि के व्यक्तित्व का विकास हुआ, जो जन्म के हिसाब से पूर्वजन्म के शिकारी, व्याध होने के कारण शूद्र, दलित करार कर दिए गए। पर कथा-लेखक के गुण-कर्म के आधार पर प्रचेता के, यानी ब्रह्माजी के पुत्र माने गए और महर्षियों में अग्रसर हो गए।

जाहिर है कि वाल्मीकि के ये दोनों व्यक्तित्व हमारी परंपरा में स्थापित हैं और इस परंपरा की स्वीकृति और इसके पोषण में, परंपरा-पोषण में किसी को कोई आपत्ति नहीं। अर्थात् वाल्मीकि दलित हैं, इस पर न तो वाल्मीकि को कोई खेद है और न ही परंपरा को कोई आपत्ति या विप्रतिपत्ति है। पर वही हमारे दलित-महर्षि, हमारे रामकथा लेखक, हमारी महर्षित्रयी परंपरा में प्रथम पूज्य वाल्मीकि हमारी कथा परंपरा के उसी कथा परंपरा में पल्लवित-पोषित हुए हमारे जीवन-दर्शन के नायक के रूप में इस कदर स्थापित हैं कि किसी को याद दिलाने पर ही याद आता है कि वाल्मीकि दलित थे, अन्यथा सामाजिक मर्यादा स्थापित करनेवाले मर्यादा पुरुषोत्तम राम का, भारत में धर्म का साक्षात् रूप माने गए 'रामो विग्रहवान् धर्मः' के प्रतीक, रामराज्य की समस्त श्रेष्ठताओं के प्रतीक राम का भारत और विश्व में परिचय करवानेवाले वाल्मीकि को हम महर्षि वाल्मीकि के रूप में ही जानते हैं, जिन्हें राम को महानायक मानते हुए रामकथा लिखने की प्रेरणा नारदजी से मिली थी और उस कथा को लौकिक संस्कृत में लिखने का आदेश ब्रह्माजी से मिला था, वही ब्रह्माजी, जिनका आगे चलकर हमारे देश ने वाल्मीकि से पिता-पुत्र का रिश्ता स्थापित कर दिया, ब्रह्माजी हैं पिता और इनके पुत्र हैं वाल्मीकि, महर्षित्रयी का पहला महाव्यक्तित्व।

इसी महर्षित्रयी के दूसरे महाव्यक्तित्व का नाम है वेदव्यास। जैसे पुराण-कथा के लेखक सूतजी महाराज दलित हैं, जैसे रामकथा के प्रणेता वाल्मीकि दलित हैं, वैसे ही कृष्ण कथा के प्रणेता वेदव्यास भी दलित हैं। हम यह उनको बताने के लिए रेखांकित कर रहे हैं, जो लोग दलित-राजनीति कर देश को बर्बाद करने पर तुले हुए हैं, दलितों को हिंदुत्व की जन्मभूमि भारत के अपने हिंदुत्व की परंपरा से काटने पर आमादा हैं और दलितों को उनकी दस हजार साल पुरानी हिंदू धर्म की रचनात्मक परंपरा से अलग कर मुसलमानों के साथ राजनीतिक गठबंधन करने के देश-तोड़क दुष्कर्म में लगे हुए हैं। फारस, सीस्तान, बलोचिस्तान, अफगानिस्तान, बल्टिस्तान, सिंध, पाकिस्तान, वजीस्तिान बांग्लादेश आदि के जरिए देश को तोड़नेवाले मजहब ने भारत को जिस विखंडन यात्रा पर सदियों से चलाया है, उसी यात्रा के नए लक्ष्य के रूप में मुसलिम-दलित राजनीतिक-

सामाजिक गठबंधन की गतिविधि के पीछे के इस विभाजक कर्म को देश चूँकि अब समझ चुका है, इसलिए अब वह न हो सकेगा, जो कभी होने दिया जाता था। फिलहाल हम विषय से भटकना नहीं चाहते और हमारा केंद्र-बिंदु इस समय हैं महर्षि वेदव्यास, महर्षित्रयी के दूसरे महाव्यक्तित्व वेदव्यास, जो वाल्मीकि और सूतजी महाराज की तरह दलित ही थे।

कैसे? इस सवाल का जवाब हम पूरे विस्तार के साथ अपनी ही पुस्तक 'भारतगाथा' (निष्ठा कम्यूनिकेशंस, दिल्ली, 1999 और प्रभात प्रकाशन, दिल्ली का नवीनतम संस्करण, 2018) में पूरे विस्तार के साथ कई तरह से दे आए हैं और अति संक्षेप में फिर से बता देने में कोई हर्ज नहीं है। जिन्होंने चारों वेदों को—ऋग्वेद, यजुर्वेद, सामवेद और अथर्ववेद को अपने अंतिम (और वर्तमान) रूप में संपादित कर हमेशा के लिए देश को दे दिया, उन चारों वेदों को वर्तमान आकार के रूप में प्रतिष्ठित करने के कारण जिस महाव्यक्तित्व को देश पिछले पाँच हजार साल से 'वेदव्यास' कहता है, उनका जन्म नाम था कृष्ण द्वैपायन। नाम था कृष्ण, पर भगवान् कृष्ण के साथ दोनों व्यक्तियों के बीच कोई विसंगति न हो, कोई कन्फ्यूजन न हो, इसलिए एक तो हो गए भगवान् कृष्ण और दूसरे कृष्ण, वेदव्यास कृष्ण हो गए कृष्ण द्वैपायन, क्योंकि इन दूसरे कृष्ण का जन्म आज के बुंदेलखंड में कहीं यमुना के किनारे एक द्वीप में हुआ था (वह द्वीप आज भी है, ऐसी मान्यता बुंदेलखंड में है) जहाँ वेदव्यास का जन्म सत्यवती के गर्भ से हुआ था। वेदव्यास के पिता का नाम है, ऋषि पराशर, जिन्होंने सत्यवती के सौंदर्य से मोहित होकर उनसे शारीरिक संबंध बना लिया, जिससे सत्यवती गर्भवती हो गई, जो एक धीवर, दाशराज की कन्या थी और अभी तक कुमारी कन्या थी।

वेदव्यास के पिता थे ऋषि पाराशर, जो ब्राह्मण गोत्र के थे और उनकी माता थी दाशराज की पुत्री सत्यवती, जो धीवर कन्या होने के कारण दलित गोत्र की थीं जो आगे चलकर पंचमवर्ण अर्थात् निषादवर्ण के मान लिए गए। यही सत्यवती आगे चलकर हस्तिनापुर के नरेश शांतनु (कुरु वंश) की महारानी बनी और जिसने एक रीजेंट शासिका के रूप में बड़ा नाम कमाया। अब प्रश्न है जिसके उत्तर में वेदव्यास के दलित होने का रहस्य लिखा पड़ा है। अगर वेदव्यास के पिता ऋषि पराशर ब्राह्मण थे, जो कि वे थे और माता सत्यवती धीवर पुत्री होने के कारण दलित थीं, जो कि वे थीं तो प्रश्न है कि वेदव्यास को किस गोत्र का माना जाए?

इस सटीक प्रश्न का सटीक उत्तर यह है कि माता सत्यवती के दलित गोत्र का ही माना जाए। क्यों? इसलिए कि महाभारत काल में संतान के गोत्र का निर्धारण करने में जहाँ पिता का महत्त्व था, वहाँ माता का महत्त्व भी, गोत्र के निर्धारण में माता का महत्त्व भी बराबर का महत्त्वपूर्ण था बल्कि निर्णायक था। महाभारत प्रबंध काव्य में ही ऐसे अनेक

पात्र हैं, जिनके गोत्र का निर्धारण पिता के नाम से हुआ है तो ऐसे पात्र भी कम नहीं हैं, जिनके गोत्र का निर्धारण माता के नाम से हुआ है। हम जानते हैं कि धृतराष्ट्र, पांडु और विदुर तीनों शांतनु महाराज के पुत्र हैं, पर पूरे महाभारत में जहाँ धृतराष्ट्र और पांडु को तो क्षत्रिय माना गया, वहाँ विदुर को प्राय: सर्वत्र शूद्र, यानी दलित के रूप में ही पेश किया गया है। ऐसा कैसे माना जाए? जब शांतनु का देहांत हो गया, उस समय हस्तिनापुर के शासक बनने का दायित्व स्वत: ही, वंशपरंपरा के हिसाब से स्वयं ही शांतनु के तेजस्वी पुत्र देवव्रत पर, जो आगे चलकर भीष्म कहलाए, ऐसे देवव्रत भीष्म पर ही आना चाहिए था। सत्यवती ने भीष्म से वैसा करने को कहा भी था। पर भीष्म का तर्क था कि वे शांतनु के पुत्र होने के कारण हस्तिापुर के सम्राट् नहीं बनेंगे, क्योंकि राजा न बनने की और आजन्म ब्रह्मचारी बने रहने की प्रतिज्ञा देवव्रत ने शांतनु-सत्यवती के विवाह के समय, सत्यवती के पिता दाशराज के सामने की थी और उसी के आधार पर यह विवाह संभव हो पाया था। इस आधार पर भीष्म ने राजा बनने का प्रस्ताव ठुकरा दिया। फिर जब सत्यवती ने भीष्म से कुल चलाने के लिए संतान प्राप्ति को कहा तो भीष्म ने स्पष्ट कह दिया कि आजन्म ब्रह्मचारी रहने की प्रतिज्ञा में यह भी शामिल है कि वे न तो शासन के उत्तराधिकारी बनेंगे और न ही उत्तराधिकारी बनने के लिए अपनी संतान प्रदान करेंगे। तो मामला अड़ गया। परिणामस्वरूप सत्यवती को रीजेंट के रूप में सत्यवती को हस्तिनापुर का शासन चलाना पड़ा, जो कि सत्यवती ने बड़ी ही योग्यता और कुशलता से चलाया।

पर सत्यवती को वंश और उस आधार पर राज्य आगे चलाने की चिंता तो थी ही। तब सत्यवती ने अपने दूसरे पुत्र (जाहिर है कि भीष्म को इस परिवार का पहला पुत्र कहा जा रहा था) कृष्ण द्वैपायन से (जो आगे चलकर वेदव्यास के नाम से प्रसिद्ध हो गए, उस दूसरे पुत्र से, यानी वेदव्यास से) कहा कि वे नियोग-परंपरा का आश्रय लेकर कुरुवंश को संतान प्रदान करें। वेदव्यास ने सत्यवती का आदेश माना, जिसके परिणामस्वरूप विचित्रवीर्य और चित्रांगद की विधवा पत्नियों से एक-एक संतान प्राप्त हुई, जिन्हें हम धृतराष्ट्र और पांडु के नाम से इतिहास में जानते हैं। वेदव्यास को ही एक दासी के गर्भ से तीसरे पुत्र की प्राप्ति हुई, जो विदुर के नाम से पूरे महाभारत कथा के अत्यंत तेजस्वी पुत्र के रूप में हमारे सामने हैं। अर्थात् वेदव्यास को तीन (नियोगज) पुत्र प्राप्त हुए—धृतराष्ट्र, पांडु और विदुर, जिनमें से धृतराष्ट्र और पांडु को तो क्षत्रिय माना गया, क्योंकि उन दोनों की माताएँ हस्तिनापुर की क्षत्रिय रानियाँ थीं, पर विदुर को शूद्र, यानी दलित कहा गया, क्योंकि विदुर की माता दासी थी। धृतराष्ट्र, पांडु और विदुर तीनों के पिता वेदव्यास हैं, पर माता का गोत्र अलग-अलग होने के कारण दो संतानें क्षत्रिय हो गईं तो उसी जन्मदाता (पिता) की तीसरी संतान दासी का पुत्र होने के कारण शूद्र, यानी दलित कह दी गई।

यह तमाम कथा इसलिए बताई गई है, ताकि पता चल सके कि कैसे महाभारत के समय संतान के गोत्र का निर्धारण पिता के आधार पर भी और माता के आधार पर भी होता था। फैसला कौन करता था, इसका फैसला परिस्थितियों के आधार पर होता था। खुद वेदव्यास ब्राह्मण पराशर के पुत्र होने के बावजूद ब्राह्मण नहीं माने गए और देश के इतिहास में दाशकन्या सत्यवती का पुत्र होने के कारण वेदव्यास को, यानी कृष्ण द्वैपायन को शूद्र गोत्र मिला, दलित गोत्र मिला।

हमारे देश की विलक्षण कथा-परंपरा के तीसरे दलित महर्षि का नाम है सूतजी महाराज। सूतजी दलित हैं, यह कैसे मालूम पड़ा ? सूत एक दलित जाति है, उसी सूतवंश परंपरा में पैदा होने के कारण उग्रश्रवा सौति के सूत पुत्र को सूत कहा गया है। हम सभी भारतवासी कुंती पुत्र कर्ण को सूतपुत्र के रूप में जानते हैं। कुंती को कर्ण के रूप में पुत्र की प्राप्ति तब हुई, जब कुंती अविवाहित थी। विवाह-पूर्व पुत्र प्राप्त होने के कारण कुंती को सामाजिक अपयश का सामना करने का खतरा दिखाई दे रहा होगा और उसका सामना न करने की सामर्थ्य के कारण कुंती ने जन्म लेते ही उस बालक (कर्ण) को सुरक्षित रूप से नदी में प्रवाहित कर दिया। बहते-बहते कर्ण जिस व्यक्ति के हाथ आ गया, वह सूत जाति का रथकार था, जिसे उसकी पत्नी राधा ने पुत्र के समान पाल-पोसकर बड़ा किया। यही कर्ण, यही तेजस्वी कर्ण रथकार सूत होने के कारण सूतपुत्र कहलाया और राधा पुत्र होने के कारण कर्ण का नाम राधेय भी पड़ गया। यह तमाम कहानी इसलिए बताई जा रही है कि प्रत्येक को ठीक से मालूम हो जाए कि ऐतिहासिक प्रमाणों के आधार पर ही वाल्मीकि को भी, वेदव्यास को भी और सूतजी को भी शूद्र, यानी दलित माना जाता है।

'उत्तरायण' के लेखक के रूप में मैं जीवन के सातवें दशक में आने तक या कह सकते हैं कि छठे दशक तक नहीं जानता था कि वाल्मीकि, वेदव्यास और सूत ये तीनों महर्षि, भारत के तीनों विशिष्टतम कथाकार महर्षि शूद्र जाति से संबद्ध हैं, दलित हैं। मुझे नहीं मालूम था, मेरी तरह भारत के कोटिशः लोगों को यह बात मालूम नहीं थी। यह बात हम अपने अनुभव के आधार पर कह सकते हैं। पर जब हमने अपने अखबार 'नवभारत टाइम्स' दिल्ली में 'भारतगाथा' के नाम से कॉलम लिखना शुरू किया, जो कॉलम नब्बे सप्ताह तक निर्बाध चला और फिर 'भारतगाथा' नाम से एक महत्त्वपूर्ण पुस्तक बनकर लोगों के सामने यह विषय आया, तब कहीं जाकर यह बात जनसामान्य के स्तर तक लोगों को पता चलना शुरू हुई कि हम अभी तक जिन महर्षि वाल्मीकि को दलित जाति का मानते रहे थे, उसी परंपरा के दो नाम और भी हैं, जो बराबर के महत्त्वपूर्ण हैं, बल्कि एक-दूसरे से अधिक महत्त्वपूर्ण हैं और ये नाम हैं महर्षि वेदव्यास और महर्षि सूतजी महाराज।

यह सत्य है कि महर्षि वाल्मीकि, महर्षि वेदव्यास और महर्षि सूत, इन तीनों

दलित–महर्षियों की कथा परंपरा का अर्थात् रामकथा का, कृष्णकथा का, पुराणकथा का जबरदस्त प्रभाव देश पर इन कथाओं की रचनाओं के साथ–साथ ही बना और बढ़ता चला गया है। वैसे यह भी सत्य है कि ये तीनों कथाकार महर्षि दलित जातियों के हैं, देश को इसका पता काफी देर से हुआ। देश में यह चर्चा तो काफी समय से रही है कि महर्षि वाल्मीकि शूद्र अर्थात् दलित थे, पर उससे न तो रामकथा का महत्त्व कम हुआ और न ही रामकथाकार वाल्मीकि का महत्त्व जाति की वजह से रंचमात्र भी कम हुआ। ठीक उसी तरह से महर्षि वेदव्यास और महर्षि उग्रश्रवा सौति का अर्थात् सूतजी महाराज का, यह ठीक से पता पड़ जाने पर भी कि वाल्मीकि की तरह वेदव्यास और सूतजी भी दलित जातियों से हैं, न तो वेदव्यास और सूतजी का और न ही उनकी कथा रचनाओं, यानी महाभारत कथा और पुराणकथाओं का भी महत्त्व रंचमात्र भी कम हुआ है।

इसके विपरीत जैसे–जैसे समय बीतता चला जा रहा है, वैसे–ही–वैसे वाल्मीकि, वेदव्यास, सूतजी इस महर्षित्रयी का महत्त्व और वर्चस्व हमारी दृष्टि और विचारधारा में बढ़ता चला जा रहा है और इस महर्षित्रयी की तीनों कथाओं का, कथात्रयी का महत्त्व और वर्चस्व भी निरंतर बढ़ता चला जा रहा है।

इस महर्षित्रयी को लेकर उनकी कथा परंपरा या कहें कि उनकी कथा शैली को लेकर दो–तीन छोटी–छोटी जानकारियाँ और दे देने में कोई हर्ज नहीं। रामकथाकार वाल्मीकि की कथा को लेकर यह जानकारी हमारी जिज्ञासा को और अधिक श्रेष्ठता प्रदान कर देगी कि वाल्मीकि ने जब रामकथा लिखकर पूरी कर ली, अपनी ओर से पूरी कर दी तो उसके बाद राम द्वारा निष्कासित कर दिए जाने के बाद सीता वाल्मीकि के आश्रम में ही आ गई थीं। तब सीता गर्भवती थीं और उनके कुश और लव युगल–पुत्रों का, 'ट्विन' का जन्म उन्हीं वाल्मीकि के आश्रम में हुआ था, जहाँ बच्चों का पालन–पोषण हुआ, शिक्षा–दीक्षा हुई और सघन शस्त्र शिक्षा हुई। उसी बीच वाल्मीकि ने रामायण के सातवें कांड के रूप में 'उत्तरकांड' की भी रचना कर ली। जब एक तरफ रामकथा पूरे तौर पर लिखी जा चुकी और कुश–लव का शिक्षा–दीक्षा–शस्त्र प्रशिक्षण पूरा हो चुका तो दोनों भाई कुश और लव इतने बड़े और इतने योग्य हो चुके थे कि वाल्मीकि इन दोनों बच्चों को अयोध्या ले जाकर पूरी–की–पूरी रामकथा राम को, राम परिवार को और समस्त अयोध्यावासियों को गाकर, घूम–घूमकर सुना सकें, जो कि कुश–लव ने बखूबी किया। वाल्मीकि की रामायण कुश–लव द्वारा किए गए उस रामायण गान के साथ ही कवि द्वारा प्रारंभ की गई है। और जाहिर है कि गायन परंपरा में 'कुशीलव' शब्द का प्रयोग भी कुश और लव द्वारा किए गए इस रामकथा गान के परिणामस्वरूप प्रारंभ और क्रमशः स्थापित हो गया होगा।

वेदव्यास की महाभारत कथा को हम जानते हैं। अब इसके साथ ही यह भी जान

लें कि परंपरा ऐसा कहती है और काफी दृढतापूर्वक कहती है कि वेदव्यास ने महाभारत संहिता की तरह एक 'पुराण संहिता' भी लिखी थी। 'पुराण संहिता' अब नहीं मिलती, पर इस पुराण संहिता के साथ दो पहलू अविनाभाव रूप से जुड़े हुए हैं। एक यह कि भारत के अठारह महापुराण समग्र रूप से इसी पुराण संहिता के आधार पर लिखे गए और उस शृंखला में स्वयं वेदव्यास ने भागवत महापुराण, प्रथम महापुराण के रूप में लिखा था। पुराण संहिता के साथ जुड़ा हुआ दूसरा महत्त्वपूर्ण पहलू यह है कि सूतजी महाराज ने नैमिषारण्य की महासंगोष्ठी में अट्ठासी हजार ऋषियों के सामने बारह वर्ष तक जिन कथाओं का प्रवचन किया, वे सभी कथाएँ उसी पुराण संहिता से ली गई थीं, जिस पुराण संहिता का सबसे पहला प्रवचन खुद व्यासदेव ने सूतजी महाराज के सामने किया था। अठारह महापुराण सूतजी महाराज द्वारा नैमिषारण्य की इसी महासंगोष्ठी में मानो अपने प्रारंभिक रूप में सुना दिए गए थे।

जो आलेख आप इस समय पढ़ रहे हैं और लगभग सारा पढ़ चुके हैं, उसको हमने अपनी ओर से शीर्षक दिया है—'वाल्मीकि, वेदव्यास, सूतजी महाराज : इन तीन दलित महर्षियों का महत्त्व समझते हैं आप?' इस शीर्षक को प्रश्नमय बनाने के पीछे का तात्पर्य यही है कि हमें हृदयंगम हो जाए कि भारत के अध्यात्म, भारत के धर्म और भारत के धर्म-दर्शन-संप्रदायों के निर्माण और प्रचार के पीछे कारणभूत जितना महत्त्वपूर्ण योगदान निगम परंपरा का है (जिसमें वेद, ब्राह्मण ग्रंथ, उपनिषद् आदि सम्मिलित हैं), जितना महत्त्वपूर्ण आगम परंपरा है (जिसमें बौद्ध दर्शन, जैन धर्म-दर्शन और तंत्र सम्मिलित हैं), इतनी ही महत्त्वपूर्ण कथा परंपरा है (जिसमें वाल्मीकि, वेदव्यास और सूतजी महाराज द्वारा कही-सुनाई गई कथाएँ, जैन पुराण कथाएँ, बौद्ध जातक कथाएँ शामिल हैं)। आप उस कथा परंपरा को एक ओर रख दें, वाल्मीकि, वेदव्यास और सूतजी महाराज को एक ओर रख दें तो क्या बचा रहता है हमारे पास? क्या हम सपने में भी कल्पना कर सकते हैं कि हमारे पास कथा परंपरा, यह विराट् कथा परंपरा नहीं है? यह कथा परंपरा आसेतु हिमालय भारत की संपूर्ण कथा परंपरा का अभिन्न अंग बनकर भारत के जन-जन तक पहुँचे, जैन धर्म-दर्शन परंपरा के सभी पुराण और बौद्ध धर्म-दर्शन की समग्र जातक व गाथा सामग्री भारत की इसी कथा परंपरा का सहज, स्वाभाविक और अविच्छिन्न अंग बन जाए, यह चिंता भारत देश को करनी चाहिए, हिंदू धर्म के, सनातन धर्म के सभी संप्रदायों को करनी चाहिए। योजना बनाकर करनी चाहिए।

अंत में एक बात और। हमारी यह पुस्तक कोई शोधग्रंथ नहीं है, हालाँकि बिना प्रमाण के यहाँ कुछ नहीं लिखा गया है। यह एक राजनीतिक पुस्तक है। 'राजनीति' शब्द का प्रयोग पुस्तक के शीर्षक में ही है। इसलिए विधर्मी समुदाय दलितों को हिंदू-विरोधी, परंपरा-विरोधी, देश-विरोधी बनाने की जिन कोशिशों में लगे हैं, वे कोशिशें, एक ही

वाक्य में कहें तो देश को तोड़नेवाले उन तत्त्वों द्वारा की जा रही है, जो तत्त्व पिछली सदियों में भारत के सात-आठ या अधिक विभाजन सफलतापूर्वक कर चुके हैं, काश्मीर और उत्तर-पूर्व को भारत की मुख्यधारा से काटकर रख देने का पूरा इंतजाम जो कर रहे हैं और 'भारत तेरे टुकड़े होंगे' इस देशद्रोहपूर्ण कुकृत्य का आह्वान खुले आम कर रहे हैं। ये सभी विधर्मी हैं, जो हिंदू सनातन धर्म को नष्ट-भ्रष्ट कर देने पर आमादा हैं। वे ऐसा कर पाएँगे, ऐसा करने में सफल हो पाएँगे, कौन जानता है ? उत्तर इस बात में निहित है कि भारत की सभी जातियाँ—ब्राह्मण, क्षत्रिय, वैश्य और शूद्र जातियाँ, आधुनिक शब्दावली में कहें तो देश की सभी जातियाँ—सवर्ण, मध्यम और दलित जातियाँ खुद को हिंदू मानने में, हिंदू राष्ट्र का निर्माण करने में, हिंदुत्व की समझ की प्रतिष्ठा करने में कितना सफल हो पाती हैं। तोड़ना आसान काम होता है। इसलिए भारत को तोड़ने में, सभी जातियों को एक-दूसरे से तोड़ने में और परिणामस्वरूप देश को तोड़ने में सभी विधर्मी जोर-शोर से लगे हुए हैं। उनके सफल होने की आशंका इसलिए बलवती है, क्योंकि तोड़ना आसान होता है। चूँकि जोड़ना कठिन होता है, इसलिए सभी हिंदू शक्तियाँ समझ लें कि वे भारत को जोड़ने में, जोड़ रखने के काम में लगी हैं, जो काम, जोड़ने का काम कठिन होता है, हमेशा ही ऐसा होता है। पर भारत के हिंदू को अब और नहीं टूटना, बल्कि सभी विभाजन एक-एक कर अखंड भारत के रूप में पुनः स्थापित हो जाएँ, इस मिशन को अपनाना है। क्या देश का हिंदू सुन रहा है ? हिंदू संगठन सुन रहे हैं ? हिंदू राष्ट्र सुन रहा है ?

□

विचारधारा में
विचलन के खिलाफ

31

एक अघटित को इतिहास बनाने का छल

जिस देश के इतिहास की किताब का पहला अध्याय यह कहता हो कि जिस देश में आप रहते हैं, वह देश आपका नहीं है, तो उस किताब के बारे में आपकी क्या राय बनेगी ? भारत के इतिहास की किताबों का यही हाल है। भारत का जो इतिहास हम इस देश के बच्चों और नौजवानों को स्कूलों और कॉलेजों में पढ़ा रहे हैं, उस इतिहास का पहला आलेख यह कहता है कि भारत में रहनेवाले लोग आर्य हैं, जो भारत में बाहर से आए और यहाँ आकर उन्होंने द्रविड़ों को, जो यहाँ के मूल निवासी थे, मार भगाया और खुद उनके इलाकों पर काबिज हो गए। हम लोग आर्य हैं या नहीं, यानी आर्य कोई जाति थी या नहीं, इस पर फिर कभी। कथित आर्यों और कथित द्रविड़ों में कोई संघर्ष हुआ या नहीं हुआ, इस पर भी किसी अगली लिखावट का हमें इंतजार करना होगा। पर हम जो भी हैं, इस देश के नहीं हैं, यह देश हमारा देश नहीं है, हम कहीं बाहर से आए और इस देश पर काबिज हो गए, इस सारे तामझाम के बारे में, जिसे हम छल कहना चाहते हैं, क्या राय बनती है ? थोड़ा छानबीन कर ली जाए।

इतिहास लिखने की दो शैलियाँ हैं। एक भारत की शैली है, जिसमें उन सब परिस्थितियों और घटनाओं का कथात्मक और गाथात्मक विवरण दिया जाता है, जो हमारी जातीय स्मृतियों में अंकित हैं, वहाँ अपनी जगह कहीं गहरे तक बना चुकी हैं। पुराण आदि इस शैली में लिखे गए इतिहास ग्रंथ हैं। एक शैली पश्चिम की है, जिसमें तथ्यों ओर घटनाओं का सिलसिलेवार विवरण दिया जाता है और उस सिलसिले में अगर कहीं कोई छिद्र हो तो उसे भरने की जी-तोड़ कोशिश की जाती है, जिसे अनुसंधान कहा जाता है। इसलिए भारतीय शैली में जहाँ उस जन का महत्त्व है, जिसने पीढ़ी-दर-पीढ़ी अपनी जातीय स्मृतियों को आगे-आगे के लिए सँजोया है, उसे जिया है और उसे अनुभव किया है, वहाँ पश्चिमी शैली में साहित्य, शिलालेखों, खुदाइयों, ताम्रपात्र जैसे राजकीय रिकॉर्डों का महत्त्व होता है, जहाँ घटनाएँ लिखी पड़ी होती हैं। जहाँ भारतीय

शैली में वही स्मृति इतिहास का दर्जा पा सकती है, जो काल के दुर्निवार घेरे को लाँघकर जन-जन में व्याप्त हो, जन-जन को ज्ञात हो, वहाँ पश्चिमी शैली में इतिहास वह है, जो पत्थर या किताब में दर्ज है। परिणाम क्या है ? जहाँ भारतीय शैली में पला-पुसा हर भारतवासी इतिहास को हर वक्त अपने हृदय में रखता है, उसके साथ जीता है, मरता है, वहाँ पश्चिमी शैली में पले-पुसे को इतिहास पढ़ने के लिए किताब खरीदनी पड़ती है या फिर उसे पुस्तकालय जाना पड़ता है।

शैली कौन-सी बेहतर है, यह बताना हमारा उद्‍देश्य यहाँ नहीं है। पर यह देश हमारा नहीं, हम कहीं बाहर से आए है, यह तथाकथित इतिहास, जो छलपूर्वक हमें परोसा गया है, किस शैली के आधार पर इतिहास साबित होता है ? पहले भारतीय शैली की बात करें। हमारी स्मृति में मनु तो हैं, जिन्होंने मानव जाति को मानव बनाया। हमारी स्मृति में प्रलय भी है, जिसमें से मनु ने हमारी जाति को उबारा। हमारी स्मृति में पृथु भी हैं, जिनके नाम पर इस धरती का नाम पृथ्वी पड़ा। हमारी स्मृति में प्रथम जैन तीर्थंकर ऋषभदेव के पुत्र भरत भी हैं, जिनके नाम पर इस देश का नाम भारतवर्ष पड़ा। हमारे जहन में इतनी सारी प्राचीनतम स्मृतियाँ हैं, पर हम किसी और देश से, बाहर से अपने देश भारतवर्ष में आए, यह हमारी स्मृति में कहीं नहीं है। हमारी स्मृति में देव भी हैं, हमारी स्मृति में असुर भी हैं, हमारी स्मृति में देवासुर संग्राम भी हैं, हमारी स्मृति में यक्ष भी हैं, किन्नर भी हैं और गंधर्व भी हैं। पर हमारी स्मृति में वे आर्य नहीं हैं, जिन्हें कहीं बाहर से यहाँ आक्रमणकारी के रूप में आया बताया जा रहा है। हमारी स्मृति में श्रेष्ठ के अर्थ में आर्य शब्द है, दुराचारी के अर्थ में अनार्य शब्द भी है, हमारी स्मृति में पति अर्थ देनेवाला आर्यपुत्र शब्द भी है। पर जातिवाची, नस्लवाची वह आर्य शब्द हमारी स्मृति में कहीं है नहीं, जिस तरह के आर्य हमारे पूर्वज और कहीं बाहर से आए बताए जा रहे हैं। वेद हों या ब्राह्मण ग्रंथ हों, आरण्यक साहित्य हो या उपनिषद ग्रंथ हो, रामायण और महाभारत जैसे प्रबंध काव्य हों, अठारह पुराण और अठारह उपपुराण हों, जैन पुराण हों या बौद्ध जातक कथाएँ हों, तमाम वैज्ञानिक साहित्य हो, समाजशास्त्रीय ग्रंथ हों या ललित साहित्य हो—संस्कृत के ऐसे किसी भी ग्रंथ में कोई एक परोक्ष, प्रत्यक्ष की तो बात ही क्या है, परोक्ष संदर्भ तक ऐसा नहीं, जो हमारे बारे में कहता हो कि हम बाहर से आए। निगम परंपरा के तमाम ग्रंथ हों या आगम अर्थात् जैन और बौद्ध परंपरा के कोई ग्रंथ हों, ऐसी कोई स्मृति कहीं अंकित नहीं। भारत का पालि, प्राकृत, अपभ्रंश या आधुनिक भारतीय भाषाओं में लिखा साहित्य हो, हमारी भाषाओं का कोई मुहावरा हो, हमारे देश के किसी भी कोने में गाया जानेवाला कोई लोकगीत हो, यहाँ तक कि नाचा जानेवाला कोई लोकनृत्य हो, कोई झूठी-सच्ची अफवाह, कोरी गप्प या कोई बकवास हो, कहीं भी यह अंकित नहीं कि यह देश हमारा नहीं और हम कहीं बाहर से आए हैं।

तो फिर पश्चिमी शैली में इतिहास लिखनेवालों को कहाँ से मालूम पड़ गया कि हम बाहर से आए हैं ? कहीं से नहीं। वे तो जन परंपरा को कोई महत्त्व नहीं देते और वे जिन प्रमाणों को प्रमाण मानते हैं, वहाँ भी तो ऐसा कोई आलेख नहीं। उन्हें पुरातात्त्विक प्रमाणों पर ज्यादा भरोसा है। पर पुरातत्त्व का कोई ऐसा प्रमाण नहीं, जहाँ से साबित हुआ हो कि हम बाहर से आए। जिन खुदाइयों पर उन्हें बड़ी श्रद्धा है, उन हड़प्पा-मोहनजोदड़ो से और वैसी दूसरी खुदाइयों से भी साबित नहीं होता कि हम कहीं बाहर से आए। संस्कृत साहित्य को तो वे कुछ मानते नहीं, पर अलबरूनी, ह्वेनसांग, फाह्यान सरीखे यात्रियों के वृत्तांतों और जिन मध्यकालीन मुसलिम इतिहासकारों पर वे फिदा हैं, उनकी किताबों में भी कहीं कोई संकेत तक नहीं कि इस देश के बाशिंदे कहीं बाहर से आए हैं। जिन ताम्रपत्रों, सिक्कों, शिलालेखों आदि को वे देवता की तरह पूजते हैं, उनमें से कहीं भी इस बात का उल्लेख, संकेत या इशारा भर भी नहीं कि इस देश के लोग कहीं बाहर से आए हैं।

यानी इतिहास लिखने की भारत की कालजयी शैली हो या पश्चिम की प्रमाण-आधारित पुस्तक शैली हो, दोनों में किसी भी शैली में कोई भूले से भी संकेत नहीं मिलता कि हम भारतीयों का असली देश भारत से कहीं बाहर है और हम वहाँ से भटकते हुए भारत आए और बस, फिर यहाँ आकर बस गए। जब कोई ऐसी घटना घटी ही नहीं, ऐसा वाकया हुआ ही नहीं, ऐसी हलचल कभी महसूस ही नहीं हुई, फिर एक अघटित को हमारे इतिहास की पुस्तक का पहला अध्याय बनाने की कोशिश क्यों हुई ? क्यों इस देश के साथ हमारे शरीर और आत्मा के, हृदय और बुद्धि के, राग और मोहब्बत के, माता और पिता के, भाई और बहन के रिश्तों को जड़ से काटकर रख देने की कोशिश इतिहास के नाम पर की गई ? इस हद तक की गई कि बाल गंगाधर तिलक जैसे महा-उद्भट विद्वान् भी इस फंदे में फँस गए और आर्यों को कहीं बाहर से आया बताने लगे ?

इस पर भी तुर्रा क्या है ? तुर्रा यह है कि यही इतिहासकार कहते हैं कि वैदिक आर्यों को ऊँट का पता नहीं था, क्योंकि उनके साहित्य में ऊँट का वर्णन नहीं। कभी वे कहते थे कि ऋग्वेद के ऋषियों को गंगा-यमुना का पता नहीं था। वे कहते हैं कि तब भारत में कई आर्य वर्ग थे, मसलन-मत्स्य, द्रुह्य, तुर्वसु, यदु, पुरु आदि, क्योंकि वेदों में इनका उल्लेख है। यानी प्राचीन भारतीयों के ज्ञान-अज्ञान, चाल-चलन, पसंद-नापसंद, विजय-पराजय आदि के बारे में वे एक भी ऐसी बात नहीं मानेंगे, जिसका लिखित प्रमाण उन्हें कहीं से न मिल जाए। पर भारत आर्यों अर्थात् भारतीयों का मूल देश नहीं, यह सिद्ध करने के लिए उनके पास कुछ नहीं। पर तुर्रा यह है कि एक अघटना को, झूठ को, एक महा असत्य को उन्होंने एक सच्ची, तथ्यपूर्ण वास्तव में घटी घटना बताकर उसे हमारे इतिहास का पहला अध्याय बना दिया, फिर बाकी इतिहास इस झूठ को बढ़ाते हुए

लिखा, नेहरू ने इस आधार पर 'डिस्कवरी ऑफ इंडिया' लिखकर महान् इतिहासकार का खिताब पा लिया, श्याम बेनेगल ने इस पर 'भारत की खोज' सीरियल बनाकर उसे हर घर में परोस दिया। पर झूठ के पाँव नहीं होते। इसलिए इस महत प्रयास के बावजूद यह अघटना इतिहास नहीं बन सकी, हमारी जातीय स्मृति का हिस्सा नहीं बन सकी।

तो क्यों किया गया छल? ताकि सिद्ध किया जा सके कि भारत एक धर्मशाला है। यहाँ अंग्रेज आए, मुगल आए, तुर्क-अफगान आए। अरब आए, कुषाण आए, हूण आए। यवन आए, आर्य आए। सब बाहर से आए। यह देश किसी का नहीं, जो आता गया, बसता गया। इस देश की अपनी कोई संस्कृति नहीं, कोई इतिहास नहीं, कोई सभ्यता नहीं, बस सब यूँ ही चलता रहा। एक अघटित को इतिहास बनाने का छल इसलिए हुआ। इसे इतिहास कहें या कूटनीति और क्रूकेडनेस?

जिस कविता को हमारे देश में आज से आठ हजार साल पहले लिखा गया हो, अर्थात् आज से आठ हजार साल पहले जिस कविता का पहला पद रचा गया हो, उस वेद को कविता कहना क्या अजीब नहीं लगता? जरूर लगता है और हैरानी नहीं होगी कि मनुष्य जाति के सबसे पुराने उपलब्ध साहित्य, यानी वेदों को कविता कहने पर कुछ विद्वान् लोग हमें अज्ञानी या नास्तिक तक कह देना चाहें। पर इस तरह के आरोप-विशेषणों को झेलने के बावजूद यह कहना कितना सुखद, सम्मान से भरपूर और गौरवपूर्ण लगता है कि वेद इस देश की सबसे पुरानी कविता हैं। किसी कृति को कविता कहने से बड़ा सम्मान और क्या हो सकता है? और फिर जब खुद वेदों के रचयिता अपनी रचना को काव्य यानी कविता कह रहे हों तो क्या रोमांच नहीं हो जाता? ठीक ऐसे ही एक विलक्षण पद में लिखा है—पश्य देवस्य काव्यं न ममार न जीर्यति। देवताओं की इस कविता को तो देखो, न यह कभी नष्ट होती है और न कभी इसका असर कमजोर पड़ता है।

इस तरह की अद्भुत और इतनी पुरानी कविता के बारे में जब कोई आजकल की भाषा और शब्दावली में बात करता है तो कुछ वेदभक्तों को इसमें वेदों के अपमान की बू आ सकती है। पर हमारी तकलीफ यह है कि अगर हम इतने पुराने साहित्य को भी आज की भाषा के लहजे में नहीं रखेंगे तो न आज के तार्किक दिमाग को चैन मिलेगा और न आज के श्रद्धालु मन को शांति मिलेगी। स्वाभाविक ही है कि मनुष्य का रुझान हर पुरानी वस्तु या व्यक्ति के प्रति ज्यादा-से-ज्यादा मिथकीय और रहस्य से भरा हो जाता है। आइंस्टीन ने एक बार महात्मा गांधी के बारे में कहा था कि आनेवाली पीढ़ियाँ जब कभी गांधी के अद्भुत कार्यों के बारे में पढ़ेंगी तो उन्हें विश्वास ही नहीं होगा कि हाड़-मांस का एक कोई आदमी कभी इस धरती पर आया होगा। जब अपने समकालीन गांधी की विलक्षणता को देखकर आइंस्टीन ने उनके बारे में भविष्य के मिथकों की कल्पना कर ली थी तो उस कविता के बारे में जो आठ हजार साल पहले लिखी गई थी,

अगर हमारी दृष्टि मिथक और रहस्य से सराबोर हो जाए तो क्या आश्चर्य?

इसलिए हमने वेदों को ईश्वर की वाणी कहने में अपनी श्रद्धा की इतिश्री प्राप्त कर ली। वेदों के एक विद्वान् व्याख्याकार हुए हैं—आचार्य सायण। उन्होंने चौदहवीं सदी में विजयनगर साम्राज्य के राजसी माहौल में रहकर भी वेदों की व्याख्या संस्कृत में लिखी। उनकी खूबी यह है कि वे अपनी बात किसी पर थोपते नहीं। वे व्याख्या इस तरह से करते हैं कि पढ़नेवाले को वेद को अपने हिसाब से समझने में मदद मिले। इतने खुले दिमाग वाले सायण से भी यह कहे बिना नहीं रहा गया कि—यस्य निःश्वसितं वेदाः, अर्थात् वेद ईश्वर की मानो साँस हैं। यह लिखकर वे कोई नई बात नहीं कह रहे थे, वे केवल एक लंबी, सदियों की परंपरा को मानो नए सिरे से बाँच रहे थे।

चूँकि वेद इतने पुराने हैं, इसलिए उनका अर्थ समझना भी आसान नहीं है। वेदों की भाषा तब की, यानी हजारों साल पहले की संस्कृत। उस भाषा का लहजा तब का, यानी हजारों साल पहले का। उस कविता के विषय तब के जैसे कि आज के हो नहीं सकते थे। उन विषयों को पेश करने का सलीका तब का, जैसा कि आज अजीब लग सकता है। उन विषयों के पाठकों की रुचियाँ तब की, यानी आज से हजारों साल पहले की। यानी उन तीन हजार सालों की जिस दौरान ये मंत्र लिखे गए, जो आज हमें बीस हजार की संख्या में चार वेदों में प्राप्त होते हैं। चूँकि वेदों में संकलित ये बीस हजार मंत्र इतने ज्यादा पुराने हैं, इसलिए हर युग में हर विद्वान् ने इन्हें अपनी तरह से समझने का प्रयास किया और सही अर्थ समझने का दावा किया। ऐसी नवीनतम कोशिश महर्षि अरविंद ने की है, जिनका कहना है कि वेदों को समझने के लिए पहले हमें विचार की उस शुद्धता और विराटता को छूना होगा, जो वैदिक मंत्रों के रचयिता ऋषियों, यानी कवियों के पास थी, अन्यथा हम मंत्रों के अर्थ समझ नहीं पाएँगे। इससे पहले ऐसी कोशिश स्वामी दयानंद ने की। कभी बहुत पहले स्कंदस्वामी, वेंकटमाधव, उव्वट आदि ने भी वेदों के अर्थ समझने का प्रयास किया। पाँच हजार साल पहले इस देश में महाभारत की लड़ाई लड़ी गई थी और वेदों के मंत्रों के आखिरी हिस्से इस समय के आस-पास तक लिखे जाते रहे। वेदों के इस आखिरी रचनाकाल के करीब हुए आचार्य यास्क ने वेदों का अर्थ कई तरह से करने के तरीके समझाए, मसलन—इतिहास के आधार पर, अध्यात्म के आधार पर, देवशास्त्र, यानी माइथोलॉजी के आधार पर। मजेदार यह है कि यास्क ने अपनी 'निरुक्त' नामक जिस किताब में वेदों का अर्थ करने का तरीका समझाया, वह अपनी तरह की तेरहवीं किताब थी। मतलब यह हुआ कि वेदों के लिखे जाने के अंतिम काल खंड में ही उन्हें समझने की समस्या पैदा हो गई थी। इसके अलावा आगे चलकर कुछ ब्राह्मण ग्रंथ, जैसे—शतपथ ब्राह्मण, ऐतरेय ब्राह्मण, तैत्तिरीय ब्राह्मण, गोपथ ब्राह्मण वगैरह भी लिखे गए, जिनमें वेदों के मंत्रों का उपयोग यज्ञ के लिए किया गया और इस

तरह इस देश की सबसे पुरानी कविता का अर्थ समझने का नायाब तरीका निकाला गया।

यह सब स्वाभाविक ही है। महज चंद सौ वर्ष पहले के अंग्रेजी कवि जियॅफ्रे चॉसर को समझने के लिए जब इतना व्यायाम आज किया जाता है, या फिर पृथ्वीराज रासो का अर्थ पाने के लिए खूब दिमागी कसरत की जाती है, तो फिर हजारों साल पुराने साहित्य को समझने के लिए क्यों न बहुतेरे प्रयास किए गए होंगे? कविता जितनी पुरानी होती जाती है, जैसा कि हमने ऊपर कहा, उसका अर्थ समझना उतना ही दुरूह होता जाता है। इसलिए इसके प्रति रहस्यात्मकता, मिथकीयता, श्रद्धालुता आदि भी स्वाभाविक ही बढ़ते जाते हैं। यही सब वेदों के साथ भी हुआ।

वेद पुराने होते चले गए, उनको समझना अधिकाधिक मुश्किल होता चला गया, उन पर रहस्यात्मकता का आवरण ज्यादा-से-ज्यादा चढ़ाया जाता गया। इसलिए वेद उत्तरोत्तर कम पढ़े गए, ज्यादा-से-ज्यादा नमस्करणीय होते चले गए, वे मनुष्य की बजाय ईश्वर की रचना मान लिये गए, यहाँ तक हो गया कि वे ऐसा ज्ञान मान लिये गए, जिसे सही सिद्ध करने के लिए बाहरी प्रमाण गैर-जरूरी है। वेद स्वत:सिद्ध और स्वत:प्रमाण मान लिये गए। वेदों को माननेवाले आस्तिक और वेदों को न माननेवाले नास्तिक कहे जाने लगे—नास्तिको वेदनिन्दक:।

इससे जाहिर है कि वेदों का हमारे राष्ट्र-जीवन में कितना धुरीभूत स्थान रहा है और कैसे भारत नामक राष्ट्र के शरीर में वे हमेशा प्राणों की तरह रहे हैं और हों भी क्यों न? आखिर वेद वे ग्रंथ हैं, जिनके मंत्र आठ हजार साल पहले लिखा जाना शुरू हुए, लगातार तीन हजार साल तक लिखे जाते रहे और काल के हजारों सालों के मारक थपेड़े खाकर भी आज तक न केवल जिंदा हैं, बल्कि इस देश को जिंदा बनाए हुए हैं। हम नहीं कहते कि वेद ईश्वर की वाणी हैं। हम नहीं जानते कि वेद धर्मग्रंथ हैं। हम नहीं कह सकते कि वेदों की किसकी व्याख्या, किसका अर्थ सही है। पर इतना विराट् कालजयी साहित्य दुनिया में कोई और हो तो हमें कृपया बताया जाए। इतना मात्र ही साबित करता है कि वेदों में कुछ है, उसके मंत्रों में कुछ है, जो आज तक बचा है, जिसने आज तक हमें बचा रखा है, जिसे संकटग्रस्त देश ने पढ़ना बंद कर भूलना शुरू कर दिया था और आज आजाद देश को जिसे फिर से पढ़ना शुरू कर देना चाहिए। इतने महान् अद्भुत साहित्य को अगर पश्चिमी इतिहासकारों ने 'गड़रियों के गीत' कहकर दुत्कारा है तो इससे वेदों या गड़रियों की नहीं, दुत्कारने वालों की औकात मालूम पड़ती है।

वेद चार हैं और उन्हें संहिता, यानी संकलन ग्रंथ कहा जाता है—ऋग्वेद संहिता, यजुर्वेद संहिता, सामवेद संहिता, अथर्ववेद संहिता। ऋग्वेद पद्य में है, यजुर्वेद गद्य में है, सामवेद गीतों में है और अथर्ववेद में तीनों का मिश्रण है। चार वेदों में जो गद्य-पद्य गीतों भरी कविताओं का संग्रह है, उन्हें हम मंत्र कहते हैं। जिन कवियों ने इन मंत्रों को

लिखा है, उन्हें हम ऋषि कहते हैं। जिन लघु अध्यायों में इन मंत्रों का संग्रह है, उन्हें हम 'सूक्त' कहते हैं। एक सूक्त में दो से लेकर सौ या उससे भी अधिक, यानी किसी भी संख्या में मंत्रों का संग्रह है। अग्निसूक्त, इंद्रसूक्त, सृष्टिसूक्त, कालसूक्त आदि कई, सैकड़ों सूक्त हैं। वेदों में सूक्तों का संग्रह है। सूक्त का अर्थ है—सु +उक्त, यानी सुंदर अभिव्यक्ति। इसका अर्थ यह है कि वेदों के संकलनकर्ताओं को जो मंत्र सूक्त नहीं लगे, अच्छे नहीं लगे, उन्हें संकलनों में नहीं रखा गया। वेदों के इस तरह के सूक्तों का संकलन बार-बार, कुल मिलाकर चार बार हुआ और चौथी तथा अंतिम बार यह संकलन महाभारत के रचयिता वेदव्यास के समय में आज से पाँच हजार साल पहले हुआ। जो वेद हमें आज मिलते हैं, वे इसी समय के संकलित चार ग्रंथ हैं। इन वेदों में, हमारे देश की सबसे पुरानी इस कविता में, उनके करीब दो हजार सूक्तों में, उनके करीब बीस हजार मंत्रों में मनुष्य, प्रकृति और ब्रह्मांड का जैसा अद्‌भुत वर्णन है, क्या हम भारतीयों को यह सब अब पढ़ना नहीं चाहिए?

जब हम यह कहते हैं कि वेदों के मंत्रों की रचना आज से आठ हजार साल पहले शुरू हुई और लगातार तीन हजार साल तक होती रही तो यह सब पढ़कर कितनी तरह की प्रतिक्रियाएँ हो सकती हैं? एक प्रतिक्रिया यह हो सकती है कि लिखनेवाला निपट गपबाज है, जिसे न इतिहास का पता है और न कालक्रम की व्यावहारिकता का और कलम हाथ में उठाकर जो मन को अच्छा लगता है, लिखे चले जा रहा है। यह भी कहा जा सकता है कि लिखनेवाला उग्र राष्ट्रवादी है और अपने देश की सभ्यता को जितनी पुरानी हो सकती है, उतनी पुरानी बताने पर तुला है। पूछा यह भी जा सकता है कि आखिर आपके पास प्रमाण ही क्या है कि आप इस देश के, बेशक सबसे पुराने साहित्य को (जो संयोगवश तमाम मानवजाति का सबसे पुराना उपलब्ध साहित्य है) इतना पीछे, आज से आठ हजार साल या उससे पीछे ले जाने पर आमादा हैं? आपत्ति यह भी हो सकती है कि जब यह तय हो चुका है कि महाभारत का समय 400 ई.पू. है तो फिर आप कैसे उसे आज से पाँच हजार साल पहले का मानते हैं?

पर हमारा सवाल यही है कि आखिर यह भी किसने तय किया है कि महाभारत का समय 400 ई.पू. है? उन्हीं पश्चिमी विद्वानों ने, जिन्होंने पहले यही साबित करने की कोशिश की कि महाभारत नामक घटना कभी घटी ही नहीं और यह सारा खेल कुटिल ब्राह्मणों का है, जो उन्होंने लोगों को मूर्ख बनाने के लिए खेला है? पर जब लगा कि इतना झूठ नहीं चलेगा तो कहने लगे कि हाँ, लड़ाई तो हुई थी, पर ऐसे ही दो कबीलों की, दो कुनबों की या दो मोहल्लों की लड़ाई जैसी थी, जिसे बाद में बढ़ा-चढ़ाकर पेश कर दिया गया। अब इस झूठ को भी कहीं पाँव टिकाने को जमीन नहीं मिली और इन पश्चिमी विद्वानों (वैसे सही शब्द होगा कि इन पश्चिमी कूटनीतिज्ञों) ने पाया कि

महाभारत की कहानी तो इस देश के लोगों के दिलोदिमाग में रची-बसी है, बच्चे-बच्चे की जुबान पर है, इस देश के हर कोने के लोकगीतों और लोकनृत्यों के प्राण महाभारत की कहानी में बसे हैं, इस देश की सभी नई-पुरानी भाषाओं में लिखे संपूर्ण साहित्य का बड़ा हिस्सा महाभारत से अनुप्राणित है तो कहने लगे कि एक बड़ा युद्ध तो हुआ था, पर हुआ था 400 ई.पू. में। इन पश्चिमी कूटनीतिज्ञों ने एक बार यह बताने की कोशिशें भी की थीं कि महाभारत पहले हुआ और राम कथा बाद की है। जब लगा कि इतना झूठ बोलेंगे तो कौड़ी के मोल भी नहीं बिकेंगे तो कहने लगे कि नहीं, रामायण 700 ई.पू. की है और महाभारत 400 ई.पू. की है। जब लगा कि यह भी ठीक फिट नहीं बैठ रहा, क्योंकि महात्मा बुद्ध और महावीर स्वामी को वे खुद 500 ई.पू. का मान चुके हैं और 320 ई.पू. में अपने एक कथित महान् राजा सिकंदर का भारत के सीमांत प्रदेशों पर हमला होने की बात कह चुके हैं तो ये विद्वान् इतिहास के साथ मजाक करते हुए कहने लगे कि 400 ई.पू. तो नहीं, हाँ इससे करीब ढाई-तीन सौ साल पहले महाभारत युद्ध हुआ होगा और ग्रंथ बाद में लिखा गया।

अब आप ही बताइए कि इन कूटनीतिज्ञों या गपबाजों को किस कसौटी पर कसकर इतिहासकार माना जाए? ये वही पश्चिमी विद्वान् हैं, जिन्होंने कभी इंचटेप या स्केल निकालकर हमारे तमाम पुराने साहित्य को दो-दो सौ वर्षों के खाँचों में फिट कर दिया था। कह रहे थे कि 1500 ई.पू. आर्य भारत में आए, दो सौ साल तक, यानी 1300 ई.पू. तक मंत्र लिखे जाते रहे, दो सौ वर्षों तक, यानी 900 ई.पू. तक आरण्यक उपनिषद् साहित्य लिख दिया गया, फिर दो सौ साल तक, यानी 700 ई.पू. तक सूत्र साहित्य की रचना हुई। 700 ई.पू. में 'रामायण' लिखी गई। 400 ई.पू. में 'महाभारत' की रचना हुई। 320 ई.पू. में सिकंदर का हमला हो गया और इसके बाद भारत में चंद्रगुप्त मौर्य के साथ ही साम्राज्य बनने शुरू हुए। है न मजेदार? उनकी समस्या यह थी कि वे अपने यहाँ की 8वीं-9वीं सदी ई.पू. की ग्रीक और रोमन सभ्यताओं से कहीं अधिक पुरानी भारत की सभ्यता मानने को तैयार नहीं थे और इसलिए कोशिश में थे कि यही साबित करें कि भारतवासी भी उसके बाद या उसके आस-पास ही सभ्य हुए और इससे पहले वे असभ्य ही थे और इसी असभ्यता के काल में उन्होंने वेद लिखे, उपनिषदें लिखीं। यह तो सिकंदर के हमले के बाद ग्रीक सभ्यता का असर था कि यहाँ भी साम्राज्य बनने लगे और ज्ञान-विज्ञान बढ़ने लगे। वगैरह-वगैरह। हे न मजेदार?

इतनी ही नहीं, यही वे पश्चिमी खोजी विद्वान् हैं, जो कह रहे थे कि कालिदास का समय 400 ई.पू. से 400 ईस्वी के बीच कहीं है। अर्थात् आठ सौ साल के इस हिंडोले में आप भारतवासी झूलते रहिए और अपने सबसे बड़े कवि, महाकवि कालिदास का ठीक समय ढूँढते रहिए। यही खोजी इतिहासकार कभी हर्षवर्धन को अंतिम साम्राज्य

निर्माता कहकर तालियाँ बजा रहे थे और जब उसके बाद के पाल, प्रतिहार और चालुक्य साम्राज्यों का विवरण खुला तो नाक-भौंह सिकोड़ने लगे। यही वे खोजी रिसर्च स्कॉलर हैं, जो पृथ्वीराज चौहान को भारत का अंतिम हिंदू राजा होने का फतवा दे रहे थे और जब उन्हें चौदहवीं सदी का विजयनगर साम्राज्य बताया गया तो कपड़े फाड़ने लगे।

तो कैसे मान लें कि ये इतिहासकार और उनके मानसपुत्र तो सीधे-सच्चे हैं, पर हमारे तमाम इतिहास-पुराण ग्रंथ झूठे हैं, जहाँ मनु से लेकर गुप्तवंश तक का इतिहास सिलसिलेवार लिखा पड़ा है ? कैसे मान लें कि महाभारत ही नहीं, भारत के पूरे इतिहास को लेकर उधेड़बुन में पड़े इन इतिहासकारों की तो हर गप ठीक है, पर हमारी वह तमाम परंपरा गलत, इतिहास और ज्योतिष के वे तमाम प्रमाण गलत, तमाम राजवंशावलियाँ गलत, भाषाशास्त्र व समाजशास्त्र के वे तमाम नतीजे गलत, जो साबित करते हैं कि महाभारत की रचना आज से पाँच हजार साल पहले हुई, जब कौरवों और पांडवों के बीच महासमर लड़ा गया था ?

पाँच हजार साल पहले के महाभारत पर फिर कभी। आज हम महाभारत से पहले के तीन हजार वर्षों पर हलकी-सी रोशनी डालना चाहते हैं, जिन वर्षों पर हमारी गैर-जानकारी का, हमारी निपट लापरवाही का पर्दा पड़ा है। अपने देश को जानने के लिए, यानी खुद को पहचानने के लिए यह लोहे का पर्दा भी आपको खुद हटाना होगा और दूसरा कोई उसे हटाने नहीं आएगा। महाभारत की लड़ाई वास्तव में एक अखिल भारतीय महायुद्ध था, जिसमें भारत के हर कोने में राज कर रहे हर राजवंश ने किसी-न-किसी रूप में कौरवों या पांडवों की तरफ से हिस्सा लिया था। अगर पांचाल, केकय, काशी, विराट, मगध, चेदि, पांड्य आदि राजाओं ने पांडवों की ओर से लड़ाई लड़ी थी, तो गांधार, कंबोज, अवंति, कोसल, प्राग्ज्योतिष, अंग, बाह्लीक आदि प्रदेशों के राजाओं ने कौरवों का साथ दिया। इन सब प्रदेशों को देख लें तो भारत का कोई हिस्सा, पूर्व, पश्चिम, उत्तर, दक्षिण का कोई हिस्सा बाकी बचता नहीं है। आखिर हम यह सब क्यों बता रहे हैं ?

इसलिए बता रहे हैं, ताकि हमें एहसास हो कि पाँच हजार साल पहले का हमारा भारत कैसा था, जो इससे पहले के मंत्ररचना काल के तीन हजार वर्षों की और उससे भी पहले के दो हजार साल के देवयुग की नींव पर खड़ा हुआ था, पला-पुसा था और सभ्यता की ऐसी श्रेष्ठताओं को छू चुका था, जिसका प्रतीक वह महासमर था, जिसमें ठीक आज के जमाने जैसी पुख्ता व्यूह रचनाएँ की गई थीं, आज के जमाने जैसे ही भयानक हथियारों का प्रयोग किया गया था और जिसमें तमाम भारतवर्ष के राजाओं ने एक-दूसरे के खिलाफ लड़ाई में हिस्सा लिया था। अर्थात् तब तक सारे देश के हर हिस्से में विभिन्न राजवंशों की स्थापना हो चुकी थी और वह इन्हीं तीन हजार वर्षों के बृहत् कालखंड में हुई थी। जिस तरह हमें गुप्तवंश, मौर्यवंश, वर्धनवंश आदि जुबान

पर चढ़े हुए हैं, उसी तरह हमें कुछ अन्य राजवंशों को भी अपनी स्मृतियों का अखंड हिस्सा बना लेना चाहिए, जबकि उन राजवंशों के कई महान् सम्राटों के नाम हमारी राष्ट्रीय याददाश्त का अद्‌भुत हिस्सा बने ही हुए हैं। हम भगीरथ, दशरथ और राम को जानते हैं। अब यह भी जानें कि वे इक्ष्वाकुवंश के थे, जिसका राज अयोध्या में था। हम राजा जनक को जानते हैं। अब यह भी जानें कि वे निमिवंश के थे, जो मिथिला पर राज करता था। शकुंतला के पति और भरत के पिता के रूप में जो दुष्यंत हमारी जुबान पर चढ़ा है, वह पुरुवंश का था, जिसका शासन हस्तिनापुर पर था। दुष्यंत से चौवन पीढ़ी बाद कौरव-पांडव इसी वंश में हुए थे (जो इक्ष्वाकुवंशी राम से करीब एक हजार साल बाद हुए)। इसी पुरुवंश में एक पुराना राजा ययाति था, जिसके बुढ़ापे को जवानी में बदलने के लिए उसके एक बेटे ने अपना यौवन बलिदान कर दिया। इसी ययाति के पाँच बेटों में क्रमशः आज के हस्तिनापुर, राजपुताना, पंजाब, गांधार और दक्षिण भारत में अपने-अपने वंशों के नाम पर राज्य स्थापित किए। एक तितिक्षु वंश था, जिसका राज्य आज के बिहार, बंगाल और उड़ीसा के सटे प्रदेशों (शायद आधुनिक झारखंड) पर था। जरासंध के पूर्वजों ने मगध में तो शिशुपाल के पूर्वजों ने चेदि में राजवंश स्थापित किए। हैहय और तुर्वसु वंश आज के गुजरात पर काबिज हुए तो तुर्वसु ही आगे बढ़कर सारे दक्षिण पर राज करने लगे।

जाहिर है कि इस छोटे से विवरण में यह उम्मीद नहीं की जा सकती है कि हम तीन हजार साल का पूरा इतिहास आपके सामने खोलकर रख देंगे। यह तो एक झलक भर है, जो इस सत्य की प्रतिनिधि है कि ऐसे साठ से अधिक राजवंश इन तीन हजार वर्षों में भारत के विभिन्न क्षेत्रों में उठे, गिरे। इनमें से तीन वंश ऐसे हैं, अयोध्या का इक्ष्वाकुवंश, मिथिला का निमिवंश और हस्तिनापुर का पुरुवंश, जिनका विवरण सर्वाधिक मिलता है, क्योंकि ये तीनों राजवंश बराबर चलते रहे, जबकि अन्य राजवंशों के विवरण में काफी गैप हैं। इसमें भी अयोध्या का विवरण लगभग पूरा है (यूँ ही अयोध्या हमारी राष्ट्रीयता का प्रतीक नहीं बन गई है) और इतिहास यह है कि जब महाभारत की लड़ाई हुई, तब अयोध्या में बृहद्बल राज कर रहा था, जो राम से तैंतीसवीं पीढ़ी और इक्ष्वाकु वंश के पहले राजा, इक्ष्वाकु के पिता मनु से 109वीं पीढ़ी था और महाभारत युद्ध में कौरवों की ओर से लड़ा था।

यानी महाभारत के पहले का हमारा राजनीतिक इतिहास 109 पीढ़ियों का इतिहास है (देखिए, भारतवर्षीय प्राचीन चरित्रकोष, सिद्धेश्वर शास्त्री चित्राव, 1964, परिशिष्ट-5, पृ. 1157-65)। इतिहास की प्रचलित मान्यता के अनुसार एक पीढ़ी को औसत 25 से 30 साल का समय दिया जाता है। वैसे अपने पूर्वजों के आयुष्य की लंबाई को देखते हुए 25-30 साल का एक पीढ़ी का समय बहुत कम लगता है। कायदे से यह 40-50

साल का होना चाहिए। पर हम इसी का, यानी 25–30 को ही मान लेते हैं। इस औसत के हिसाब से महाभारत से पहले का हमारा राजनीतिक इतिहास तीन हजार वर्षों से ज्यादा का है और इससे पहले का दो हजार साल का समय देवयुग का है। देवयुग के अंत में हुए खंड प्रलय के बाद मनु पहली पीढ़ी हैं, जिनके आस-पास मंत्रों की रचना शुरू हुई। मनु पहले राजा हैं तो इसका अर्थ नहीं कि इससे पहले बियाबान था। मतलब सिर्फ इतना है कि तब से राजा की प्रथा का प्रचलन इस देश में शुरू हुआ। इसलिए मनु घृणा का विषय नहीं। वे हमारे दो हजार वर्षों के राजनीतिक इतिहास का पहला मील का पत्थर या प्रकाश स्तंभ हैं, जिन्होंने समाज के लिए नियम बनाए, क्योंकि ठीक इसी काम के लिए समाज ने उन्हें राजा चुना था। पश्चिम की कूटनीतिक आँधी ने हमारे इस तमाम इतिहास पर काली धूल चिपका दी है, जिसे लिपिबद्ध करने में हमारे ऋषि-मुनि-कवियों का कोई निहित स्वार्थ नहीं था। उन्होंने सिर्फ अपना कर्तव्य पूरा किया। क्या हमारा अब यह कर्तव्य नहीं कि अपने इतिहास पर चिपका दी गई इस काली धूल को अपने हाथों से हटाएँ?

□

32

भारत-विरोधी है भाषायी व धार्मिक अल्पसंख्यकवाद

हमने अपनी इस पुस्तक में तर्कपूर्वक यह बात रखी है कि अपने देश भारत ने दो नहीं, तीन तरह की गुलामियों का समय देखा है और कि इस तीसरी गुलामी का समय देश में चल रहा है, हालाँकि इस तीसरी गुलामी से शनैः-शनैः हमारा पिंड भी छूट रहा है। पहली गुलामी को हम इसलामी गुलामी कहते हैं, जिसकी बाकायदा शुरुआत 1192 में हम मुहम्मद गोरी के हाथों पृथ्वीराज चौहान को मिली भयानक पराजय के वर्ष से मानते हैं। क्रिश्चियन गुलामी की औपचारिक शुरुआत हम तब से मानते हैं, जब 1857 के भारत के प्रथम स्वतंत्रता संग्राम में भारतीय राजाओं तथा सेनापतियों-सैनिकों को अंग्रेजों के हाथों पराजय मिली। हमने बताया कि हम उसे ब्रिटिश गुलामी की बजाय क्रिश्चियन गुलामी कहते हैं, क्योंकि इन्हीं दशकों में, भारत ने जो अब तक राजनीतिक और बौद्धिक दृष्टि से इतना कमजोर कर दिया जा चुका था कि व्यापार करने के बहाने आई ईस्ट इंडिया कंपनी के ही चंद राजनीति प्रवीण अंग्रेजों ने भारत जैसे विराट्-विशाल देश को अपनी, यानी एक कंपनी (और फिर ब्रिटिश हकूमत) का गुलाम बना दिया, भारत के उन्नतिशील अर्थशास्त्र को अपना गुलाम बना दिया और भारत जैसे संस्कारवान् देश को, हर मनुष्य में ईश्वर का दर्शन करनेवाले भारत को अपने, यानी पश्चिमी संस्कारों का गुलाम बना दिया। 1947 के बाद भारत स्वतंत्र तो हो गया, पर सदियों की पश्चिम-परस्ती का (याद रहे कि इसलाम व क्रिश्चियनिटी दोनों का भारत में आना पश्चिम से हुआ है) कुछ ऐसा आलम छाया हुआ था कि स्वतंत्र भारत के प्रारंभिक दशकों में हमने बिना किसी झिझक, बिना किसी लज्जा व बिना किसी आत्मगौरव के बोध के उस पश्चिम-परस्ती को अपना लिया, जिससे हमारा पिंड या तो छूट नहीं रहा है या काफी धीरे-धीरे छूट रहा है।

अपने देश में आजकल जितनी भी समस्याएँ हैं, फिर चाहे वे समस्याएँ राजनीतिक

हों, सामाजिक हों, आर्थिक हों या बौद्धिक-आध्यात्मिक हों, इन सभी समस्याओं का जन्म पश्चिम-परस्ती की हमारी गुलामी के उन्हीं दशकों में हुआ है। राजनीतिक दृष्टि से हमने अपने देश के लोकतंत्र को, जो लोकतंत्र हमारे देश के स्वभाव में है, उस लोकतंत्र को हमने धर्मनिरपेक्षता और तज्जन्य अल्पसंख्यकवाद का शिकार बनाकर बर्बाद कर दिया है। अपने भारत के संपूर्ण समाज को हमने जात-परस्ती का शिकार बनाकर लगभग बर्बाद कर रखा है। जातिव्यवस्था हमारे देश के समाज का सर्वाधिक महत्त्वपूर्ण अंग बनी हुई है। कैसे देश की वर्णव्यवस्था का जातिप्रथा में रूपांतरण हुआ, यह अपने आपमें समाजशास्त्र के अध्ययन का एक महत्त्वपूर्ण विषय है। पर पश्चिम-परस्ती के इन दशकों में, यानी इस तीसरी गुलामी के दशकों में हमने जातिप्रथा को जिस कदर जात-परस्ती का रूप दे दिया है, पूरे भारत की राजनीति को इस जात-परस्ती का शिकार बनाकर देश के शौर्य, समृद्धि और मेधा को क्षत-विक्षत करने का इंतजाम कर दिया है, यह एक ऐसी कारुणिक कथा है, जिससे मुक्त हो पाने का कोई रास्ता देश को सूझ नहीं रहा और अगर रास्ता सूझ भी रहा है तो उसे स्वीकार कर अपना लेने का संकल्प देश नहीं कर पा रहा, चाहकर भी नहीं कर पा रहा। हमारे देश में धर्मनिरपेक्षता और जात-परस्ती नामक रोग मानो कम पड़ रहे थे, इसलिए हमने देश में दो नए रोग पाल लिये हैं और इन दो रोगों का नाम है भाषायी अल्पसंख्यकवाद और धार्मिक अल्पसंख्यकवाद।

कौन हैं ये दो तरह के अल्पसंख्यक? पहले भाषायी अल्पसंख्यकों की बात करते हैं। भारत में सैकड़ों बोलियाँ व भाषाएँ हैं। पर इनमें से कुछ भाषाओं को भारत की राष्ट्रभाषाएँ या राष्ट्रीय भाषाएँ कहा गया है। भारत के भाषा-भूगोल का अध्ययन करें तो आज भारत में हिंदी, बंगाली, असमिया, उड़िया, तेलुगु, तमिल, मलयालम, कन्नड़, मराठी, गुजराती, पंजाबी, काश्मीरी आदि भाषाओं को आधुनिक भारतीय भाषाएँ कहा जाता है। भारत के विभिन्न प्रदेश, यानी विभिन्न राज्य, पंजाब, महाराष्ट्र, केरल, उड़ीसा आदि विभिन्न प्रदेश अपनी-अपनी भाषा के आधार पर बने हैं। कागज पर पढ़ते हैं तो यह जानकर कितना अच्छा लगता है कि हर राज्य के निर्माण का आधार उसकी भाषा है। भाषा के आधार पर भारत के राज्य बनें, यह विचार भारत का अपना विचार है, जिसकी वैज्ञानिकता की पुष्टि भारत के विभिन्न प्रदेशों को देखने से स्वतः हो जाती है। इतिहास में लगभग ऐसा हो गया है कि विभिन्न प्रदेशों को अपना नाम अपनी भाषाओं के कारण मिला है और विभिन्न भाषाओं के आधार पर प्रदेशों को अपना नाम भी मिला हुआ है। पंजाब प्रदेश है, तो भाषा पंजाबी है। भाषा तमिल है तो प्रदेश तमिलनाडु है। भाषा काश्मीरी है तो प्रदेश काश्मीर है। भाषा असमिया है, उड़िया है, बांग्ला है तो प्रदेश का नाम भी (क्रमशः) असम, उड़ीसा, बंगाल है। ऐसा है। ऐसा ही है। इसलिए भाषावार प्रदेशों की रचना किसी सरकार या किसी संविधान ने नहीं की है, यह स्वतः ही हुआ है, संविधान

ने तो इस स्वाभाविक परिस्थिति को अपनी मान्यता दे दी है। इसलिए यह प्रदेश-भाषा-निर्माण वैज्ञानिक है, स्वाभाविक है, काम्य भी है। हिंदीभाषी प्रदेश चूँकि बहुत बड़ा है, इसलिए पहले उसका एक ही नाम था, मध्यदेश, मध्य प्रदेश नहीं, मध्यदेश। पर अब इस पूरे मध्यदेश को उत्तर प्रदेश, बिहार, मध्य प्रदेश, राजस्थान, उत्तराखंड, हिमाचल आदि अनेक उपविभाजनों के विभिन्न नामों से जाना जाता है। (नेपाल के मधेसी संभवतः इसी मध्यदेश के, भारत के मध्यदेश के हैं, जो इन दिनों नेपाल में रहते हैं।) जैसे-जैसे इन प्रदेशों की, इन सभी हिंदीभाषी प्रदेशों की अपनी बोलियों का भोजपुरी, मैथिली, पूरबी, अवधी, ब्रज, मारवाड़ी आदि बोलियों का उन्नयन, प्रोमोशन, भाषाओं के रूपों में होता चला जाएगा, आज के इन सभी भावी हिंदीभाषी प्रदेशों को भी अपना सही भाषा-नाम मिलता चला जाएगा।

भाषा भूगोल की स्थिति यह है। यही है। इससे अलग नहीं है। जब भाषायी परिवर्तन होंगे, तब तदनुसार दूसरे परिवर्तन भी होते चले जाएँगे। अपने इसी सामाजिक रूप से भारत अंततः एक सार्वदेशिक भाषा का, अखिल भारतीय भाषा का, यानी राष्ट्रभाषा का भी विकास कर लेगा। पर भाषायी विकास की इस स्वाभाविक परिस्थिति में नकारात्मक तत्त्व अपना प्रभाव तब डालना शुरू कर देते हैं, जब हम भाषायी अल्पसंख्यकवाद का देश-विरोधी नारा बुलंद करना शुरू कर देते हैं। यह क्या है, इसे समझ लिया जाए। मान लीजिए कि कुछ बंगाली असम में रहते हैं। किसी इलाके में एक, डेढ़, दो प्रतिशत या उससे अधिक। इन बंगाली बच्चों को स्कूली शिक्षा किस माध्यम से दी जाएगी। ये स्कूल अगर असम में हैं तो वहाँ शिक्षा का माध्यम भी असमिया ही रहनेवाली है। वहाँ रहने-पढ़नेवाले बंगाली बच्चे भी क्रमशः, यानी शीघ्र ही असमिया बोलना-लिखना-पढ़ना शुरू कर देंगे और दूसरी पीढ़ी में असमियाभाषी हो जाएँगे। मसलन, मेरी भाषा, यानी 'उत्तरायण' पुस्तक लेखक की, यानी मेरी भाषा सरायकी है, जो अब 1947 के बाद से पाकिस्तान में है। जबकि मेरा परिवार तब के बाद से हिंदीभाषी इलाकों में ही रहता आया है, इसलिए अब मेरे परिवार की भाषा सरायकी नहीं है, हिंदी है और मैं अब हिंदीभाषी ही खुद को मानता हूँ।

प्रदेशों की अपनी भाषाओं का विकास इसी विधि से हुआ है। परंतु पश्चिम-परस्ती की गुलामी में पले-पुसे हम भारतवासियों को जोड़नेवाले भारत का अभ्यास ही खत्म होता जा रहा है और तोड़नेवाली परिस्थितियों को पोषित करने में मजा आने लग गया है। इसी तोड़नेवाली मानसिकता का शिकार होकर हम अपने प्रदेश की भाषा से अलग भाषा बोलनेवाले बच्चों को अपनी भाषा का स्कूल देना चाहते हैं। इसी को भाषायी अल्पसंख्यकवाद कहा जाता है। यानी जो लोग, किसी प्रदेश की भाषा से अलग भाषा वाले प्रदेश से आए हैं तो उनके पास दो विकल्प हैं। एक विकल्प यह है कि वे एक-डेढ़

दशक में अपने नए प्रदेश की भाषा में मिल-जुल जाएँ और दूसरा विकल्प यह है कि इन दूसरी भाषाओंवालों के लिए अलग से व्यवस्था की जाए। दुर्भाग्यवश आजकल देश में जोड़ने की बजाय विभाजक शक्तियों को अधिक महत्त्व देना हमारा राष्ट्रीय स्वभाव बनता जा रहा है। इसलिए प्रदेश की अपनी भाषा से अलग दूसरी भाषाओं को बोलनेवालों को भाषायी अल्पसंख्यक कहकर इनके, अल्पसंख्यकवालों के अधिकारों की रक्षा किए जाने की बातें खूब की जा रही हैं। यानी हर प्रदेश में कुछ व्यवस्थाएँ मुख्य रूप से पूरे प्रदेश की भाषा का प्रयोग करनेवालों के लिए और कुछ व्यवस्थाएँ भाषायी अल्पसंख्यकों की भाषा या भाषाओं का प्रयोग करनेवालों के लिए, ऐसी माँगों को बढ़ावा दिया जा रहा है। भाषायी अल्पसंख्यकवाद आज नहीं तो कल एक अधिकार जैसा मान लिया जाएगा, ऐसा साफ-साफ देखने में आ रहा है।

अब आप भाषा की जगह 'धर्म' शब्द का प्रयोग कर लेते हैं तो भारत के हर प्रदेश में आपको धार्मिक अल्पसंख्यक सर्वत्र, हर प्रदेश में नजर आ जाएँगे या उन्हें पहचानने का आंदोलन चलना शुरू हो जाता है और फिर हर प्रदेश के धार्मिक अल्पसंख्यकों के अधिकारों की रक्षा करने की बात होने लगती है। इसमें राजनीतिक धोखाधड़ी देश में इस रूप में चल रही है कि हमारे संविधान में 'बहुसंख्यक' का तो नाम तक नहीं है, 'बहुसंख्यक' की परिभाषा का तो प्रश्न ही नहीं उठता। पर 'अल्पसंख्यक' यानी धार्मिक अल्पसंख्यक सारे भारत में सुपरिभाषित हैं और अल्पसंख्यकों के अधिकारों को लेकर पूरे देश में राजनीतिक वितंडा और राजनीतिक पाखंड चलता रहता है। आरक्षण धर्म के आधार पर नहीं है। इसलिए अल्पसंख्यक कहे जानेवाले मुसलमानों को आरक्षण नहीं मिलता। आरक्षण जाति के आधार पर है और उसमें परिभाषा का राजमार्ग स्पष्ट है कि जातिप्रथा या ठीक शब्द का प्रयोग करे तो जातिव्यवस्था भारत में सिर्फ और सिर्फ हिंदुओं में है। भारत में जिसे हिंदू के रूप में परिभाषित किया जाता है, तात्त्विक आधार पर, तत्त्वज्ञान के आधार पर हिंदू स्वीकार किया जाता है, उस आधार पर तो उन्हें हिंदू मानकर और तदनुसार उनकी जाति का निर्धारण कर उन्हें सवर्ण, मध्यम या/और दलित मानकर आरक्षण दे दिया जाता है। पर बहुसंख्यक-अल्पसंख्यक के आधार पर हिंदू को बहुसंख्यक मानने का रिवाज ही शुरू नहीं हुआ, जबकि तत्त्वज्ञान, सामाजिक प्रथाएँ, जाति और उसके आधार पर तय होनेवाले आरक्षण, इन सभी मानदंडों के आधार पर हिंदू की परिभाषा सारा देश मान चुका है। यानी सवर्ण, मध्यम, दलित जातियाँ तथा सिख, जैन, बौद्ध आदि संप्रदाय और इस तरह जाति और संप्रदाय-आधारित सभी वर्ग हिंदू हैं, हिंदू ही हैं, हिंदू के अलावा और कुछ हैं ही नहीं। यानी आरक्षण के संदर्भ में हिंदू, सिख, जैन, बौद्ध एक ही हैं, हिंदू ही हैं, पर राजनीतिक रोटियाँ सेंकने के लिए कुछ बहुसंख्यक हैं, कुछ अल्पसंख्यक हैं। कैसा राजनीतिक पाखंड है यह? कल को सभी मुसलमान

आरक्षण पाने के लिए अपनी-अपनी जातियाँ ढूँढकर ला सकते हैं, आधिकारिक जामा अपनी जाति खोज को पहना सकते हैं। पर पाखंड यह है वे खुद को हिंदू नहीं मानेंगे, जो कि इतिहास में वे रहे हैं और वर्तमान में भी हैं। इसलिए पंजाब में हिंदू अल्पसंख्यक हैं, काश्मीर में हिंदू अल्पसंख्यक हैं, हर प्रदेश में जैन अल्पसंख्यक हैं, जहाँ भी हैं, वहाँ बौद्ध अल्पसंख्यक हैं, पर आरक्षण के लिए वे सभी हिंदू हैं। इतना ही नहीं है। हमारा तो मानना है कि तत्त्वज्ञान, जीवनदर्शन, धर्म, प्रथाएँ, पर्व-त्योहार, संस्कार आदि इन सभी आधारों पर मुसलमानों और क्रिश्चियनों के अलावा बाकी सभी सामाजिक वर्ग हिंदू हैं। हमारा तो यहाँ तक मानना है कि भारत के तमाम मुसलिम, कोई इक्का-दुक्का परिवारों को छोड़कर, जो सऊदी से, ईरान से, तुर्की आदि देशों से आए होंगे, शेष सारे मुसलिम भी हिंदू, देश के सभी क्रिश्चियनों की तरह हिंदू ही हैं, वे हिंदू धर्म छोड़कर भय-वंचना-अत्याचार आदि की वजहों से मुसलिम या/और क्रिश्चियन बना दिए गए थे। अन्यथा वे सभी हिंदू ही तो थे। मुसलिम खुद भी ऐसा ही मानते हैं। सभी क्रिश्चियन भी ऐसा ही मानते हैं। इन सभी को अब हिंदू घोषित हो जाना चाहिए। इस आधार पर जब हम यह कहते हैं कि काश्मीर में (जम्मू नहीं, काश्मीर में) हिंदू अल्पसंख्यक हैं, उत्तराखंड में सिख अल्पसंख्यक हैं, भारत के सभी प्रदेशों में जैन अल्पसंख्यक हैं, बौद्ध तो क्रिश्चियनों की तरह हद दर्जे के अल्पसंख्यक हैं, अपने-अपने प्रदेश में कोई फलाँ धार्मिक अल्पसंख्यक है, कहीं कोई दूसरा धार्मिक अल्पसंख्यक है। संपूर्ण सामाजिक परिदृश्य को गहराई से देखें तो यह सब कितना, कितना भारत-विरोधी विचार है, कितना गहराई से भारत-विरोधी विचार है? योजना पूर्वक बना दिया गया भारत विरोधी विचार है।

तो क्या ऐसे ही चलते रहना चाहिए? क्या ऐसे ही चलते रहने दिया जाए? ऐसा कैसे हो सकता है? इन प्रश्नों के उत्तर प्राप्त करने से पूर्व हमें कुछ आधारभूत बातें याद कर लेनी चाहिए। वह आधारभूत बात यह है कि आखिर एक देश का मतलब क्या होता है? एक देश के होने का मतलब क्या होता है? इस प्रश्न के उत्तर में हम इस पुस्तक की 'फलश्रुति' के रूप में लिखे गए आलेख में अधिक विस्तार से, अधिक गहराई से विचार करेंगे। पर अभी के लिए हम इस मौलिक समस्या से जूझते हैं कि आखिर एक देश के होने का मतलब क्या होता है? एक समाज के होने का मतलब क्या होता है? मनुष्य समाज का एक बेसिक आधार है, और वह आधार यह है कि किसी भी समाज में, किसी भी देश में हर तरह की रुचि के, पसंद-नापसंद के, हर तरह की पृथक्-पृथक् प्रवृत्तियों और विचारों के लोग रहते हैं। भारत की एक विश्व प्रसिद्ध कविता, 'शिवमहिम्नः स्तोत्रम्' में कहा गया है कि लोगों की रुचियाँ, इच्छाएँ, चाहतें अलग-अलग होती हैं—रुचीनां वैचित्र्याद् ॠजु कुटिलनानापथ जुषाम्। किसी की रुचियाँ ऐसी होती हैं कि वे सीधे मार्ग पर चलते हुए अपना जीवनयापन कर लेते हैं। इसके विपरीत कुछ स्वभाव से विवश

होते हैं कि वे टेढ़े रास्ते पर ही चलते हैं। सीधा रास्ता उन्हें पसंद नहीं। इस तरह हर एक की पसंद-नापसंद का अपना एक तरीका होता है। पर उसी स्तोत्र के इस श्लोक के अंत में लिखा है कि अलग-अलग रुचियों, इच्छाओं, आकांक्षाओं के लोग भी अंततः एक समाज वैसे ही बन जाते हैं, जैसे सभी नदियों का पानी अंततः समुद्र में मिलकर समुद्र बन जाता है, पयसाम् अर्णव इव। इस स्तोत्र में शिव महादेव को ऐसे समग्र समाज का प्रतीक माना गया है।

कोई समाज, कोई देश भी ऐसा ही होता है। देश में अनेक प्रदेश होते हैं, पर वे सभी मिलकर एक देश बन जाते हैं। किसी देश में अनेक जातियाँ, यानी सामाजिक संगठन होते हैं। पर वे सभी मिलकर एक ही समाज, एक ही देश बन जाते हैं। किसी देश में अनेक पर्व, अनेक त्योहार, अनेक संस्कार, अनेक भाषाएँ, अनेक रहन-सहन होते हैं। जो फिर सभी मिलकर एक संस्कृति बन जाते हैं। अर्थात् इतने तरह के ये सभी 'अनेक' स्वयं को 'एक' में विलीन कर देते हैं। यह अनेकताओं का एकीकरण ही राष्ट्र कहलाता है। विभिन्नताओं-विविधताओं का यह एकीकरण ही राष्ट्र कहलाता है, समाज कहलाता है। इन सभी अनेकताओं, विभिन्नताओं, विविधताओं का एक रूप हो जाने में ही इन अनेकताओं, विभिन्नताओं की सार्थकता है। यह सार्थकता न मिली तो फिर ये अनेकरूपताएँ क्षुद्र अहंकारों का रूप लेकर सामाजिक विग्रहों का, सामाजिक द्वंद्व का कारण बन जाती हैं, जो अंततः एक फूटग्रस्त देश के रूप में हमारे सामने आ उभरती हैं। थोड़ा गहराई में जाएँगे तो पाएँगे कि इसलामी और क्रिश्चियन गुलामी की सदियों के दौरान देश में ये अहंकार, ये क्षुद्रताएँ, ये द्वंद्व ही हावी थे कि हम एकीकृत राष्ट्र का स्वरूप पा ही नहीं सके और फूटग्रस्त होकर गुलामी की सदियाँ जीने को मजबूर हो गए। इस समय देश पश्चिम-परस्ती की जिस गुलामी में जीने को मजबूर हो रहा है, इसके पीछे अपनी इन्हीं अनेकरूपताओं के लिए क्षुद्र आग्रह ही कारण है। मसलन अगर हम एक ऐसे प्रदेश में रह रहे हैं, जहाँ की मुख्य भाषा हमारी अपनी मातृभाषा से अलग है, तो हमारी राष्ट्रीय गरिमा की अपेक्षा यही है कि हम घरों में अपनी मातृभाषा का वर्चस्व बनाए रखें, पर प्रदेश के जीवन में प्रदेश की मुख्यधारा भाषा के संवर्धन, पोषण, संरक्षण में लग जाए। यही राष्ट्रवाद है। यही राष्ट्रीयता की परिभाषा है, राष्ट्रीयता की अभिव्यक्ति है। जो तर्क, जो लक्ष्य, जो अपेक्षाएँ भाषा को लेकर हैं, वही तर्क, वही लक्ष्य, वही अपेक्षाएँ धर्म को लेकर भी हैं। भारत का संपूर्ण जन हिंदू है, वह इसलिए हिंदू नहीं है कि उसे वैसा होने के लिए रा.स्व. संघ ने कहा है, या किसी जगद्गुरु शंकराचार्य ने कहा है। वह इसलिए हिंदू है, क्योंकि वह अध्यात्म, धर्म और धर्म-दर्शन संप्रदायों के जिस देश की संतान है, उस संतान को अब हम सदियों से, शायद सहस्राब्दियों से हिंदू नाम से जानते हैं, पुकारते हैं, संबोधित करते हैं। विभिन्नताएँ, विविधताएँ, अनेकरूपताएँ हमें कहीं शैव,

कहीं वैष्णव, कहीं बौद्ध, कहीं जैन, कहीं सिख, कहीं उदासी, कहीं गोरखपंथी, कहीं लिंगायत, कहीं वीरशैव, कहीं ऐसे ही कुछ और नाम से कहती, जानती, पुकारती होंगी और हमें अब उसी का अभ्यास हो गया होगा। हमने यह अभ्यास बनाए रखा तो हमने अपनी-अपनी अनेकरूपता तो सुरक्षित बनाए रखी, पर उसे एक राष्ट्र की एकात्मता दे पाने में असमर्थ रह जाने के कारण पहले इसलामी गुलामी के खड्डे में जा गिरे, फिर क्रिश्चियन गुलामी के गर्त में जा गिरे और अब पश्चिम-परस्ती की खोली में जा फँसे हैं।

ऐसा क्यों हुआ, क्यों होता चला गया, क्यों होता चला जा रहा है ? इसी पुस्तक में हम एक आलेख में एक बात कह आए हैं, जो इतनी ज्यादा महत्त्वपूर्ण है कि जिसे एक बार फिर से कहने में कोई हर्ज नहीं। इसलाम और क्रिश्चियनिटी पश्चिम से आए हैं। इन दोनों का आधार राजनीतिक विचारधारा है। इसके विपरीत भारत के धर्म का आधार, भारत के हर धर्म-दर्शन-संप्रदाय का आधार तत्त्वज्ञान है। तत्त्वज्ञान में अध्यात्म आता है, अध्यात्म-आधारित धर्म (मजहब या रिलीजन नहीं, धर्म) भी आता है और धर्म-आधारित (धर्म-दर्शन) संप्रदाय भी आते हैं। हम दोहरा दें कि इसलाम और क्रिश्चियनिटी बेशक खुद को मजहब या रिलीजन कहते हों, पर गहराई में जाने पर समझ में आ जाएगा, तुरंत समझ में आ जाएगा कि वे तत्त्वज्ञान (मेटाफिजिक्स) पर आधारित विचार नहीं हैं। वे शुद्ध रूप से राजनीतिक विचारधाराएँ हैं। ऐसा कहकर हम इसलाम और क्रिश्चियनिटी का अपमान नहीं कह रहे हैं, बल्कि उन्हें सही संदर्भों में समझने की कोशिश ही कर रहे हैं। भारत के हिंदू धर्म ने कभी किसी पर अपने प्रसार के लिए कोई राजनीतिक प्रयास नहीं किया। बल्कि हिंदू धर्म तो कभी भारत की सीमाओं से बाहर ही नहीं निकला। कभी वेदांत के दबाव में बौद्ध धर्मानुयायी भारत से बाहर पश्चिम-मध्य एशियाई देशों में गए थे, पर उस ऐतिहासिक घटना के कारण और परिणाम ही अलग थे, जिसका विवेचन हमने (आलेख संख्या 21) में किया है। पर क्रिश्चियनिटी और इसलाम तो तत्त्वज्ञान पर आधारित धर्म हैं ही नहीं, वे तो मजहब और रिलीजन की आड़ में शुद्ध रूप से राजनीतिक विचारधाराएँ होने के कारण मनुष्यों का धर्मांतरण करना और विभिन्न भौगोलिक इलाकों पर बल, प्रलोभन, मार-काट का आश्रय लेकर भी अपना प्रभुत्व विस्तार करना, इन दोनों के इस मजहब और इस रिलीजन के स्वभाव में है, चरित्र में है, व्यक्तित्व में है। भारत के ही प्रदेश मसलन—पारसीक (फारस), बलोचिस्तान (सौवीर), सिंध (सिंधु), सीस्तान (शकस्थान), पाकिस्तान (सप्तसिंधु), बाल्टिस्तान (उत्तर कुरु), काश्मीर (काश्मीर), अफगानिस्तान (गांधार), बजीरिस्तान (कुरुजांगल), बांग्लादेश (बंग) इसलामी बना दिए गए (धर्मांतरण की सहायता से) भारत से अलग देश बना दिए गए तो जाहिर है कि इसलाम ने (और क्रिश्चियनिटी ने, जहाँ भी उसने धर्मांतरण किया, वहाँ उसने) अपने स्वभाव, चरित्र और राजनीतिक विचारधारा की महत्त्वाकांक्षा के कारण ही ऐसा किया।

धर्म में ऐसी राजनीतिक महत्त्वाकांक्षा होती ही नहीं।

इसलिए भारत ने ऐसा कभी नहीं किया। तत्त्वज्ञान-आधारित कोई भी विचारधारा ऐसा नहीं करती, इसलिए भारत ने ऐसा नहीं किया। पर राजनीतिक विचारधाराएँ ऐसा ही करती हैं। इसलिए इसलाम ने ऐसा किया। क्रिश्चियनिटी ने ऐसा किया। कम्युनिज्म ने ऐसा किया। आज भारत स्वतंत्र है, पर ये दोनों राजनीतिक विचारधाराएँ अर्थात् इसलाम और क्रिश्चियनिटी ऐसा नहीं करेंगी, इसकी क्या गारंटी है?

इसकी गारंटी हो सकती है। गारंटी इस बात में है कि भारत के हिंदू धर्म को राजनीतिक दृष्टि से स्वच्छ, स्वस्थ और जागरूक हो जाना चाहिए। हमारी इस पुस्तक का तत्त्व और सार इसी विचार में है कि राजनीति ही सर्वोपरि होती है, राजनीति ही निर्णायक होती है। राजा कालस्य कारणम्, राजा, यानी राजनीति ही परिस्थितियों का निर्माण कर देती है। आज भारत स्वतंत्र है, पर इसलाम और क्रिश्चियनिटी भारत के विखंडन में लगे हुए हैं। भारत को उत्तर-पूर्व के सभी छोटे-छोटे राज्यों में और पूरे भारत के वनवासी, गिरिवासी समुदायों पर क्रिश्चियनिटी के राजनीतिक आक्रमण में लगे हैं। धर्मांतरण जारी है और इसका अगला लक्ष्य भारत का और अधिक विखंडन होगा, यह इतिहास से स्पष्ट है। उधर भारत के उत्तर-पश्चिम के काश्मीर और बाल्टिस्तान (उत्तर-कुरु) में उसके संपूर्ण जनसमुदाय को इसलामी बनाया जा रहा है, बल्कि बना दिया जा चुका है। जाहिर है कि स्वतंत्र भारत के जिन-जिन इलाकों, क्षेत्रों, प्रदेशों में इसलामी और क्रिश्चियन ताकतें सक्रिय हैं, वहाँ-वहाँ भारत में भारत को तोड़नेवाले आंदोलन सक्रिय हैं और सरकारों की सारी शक्तियाँ इन्हीं अलगाववादी आंदोलनों को सन्मार्ग पर लाने में ही खर्च होती रहती हैं। भारत में जहाँ भी भाषायी और धार्मिक अल्पसंख्यकों के अधिकारों की माँगों और ऐसे अधिकारों की रक्षा की आड़ में जितनी भी तरह की राजनीतिक सक्रियताएँ आपको नजर आ रही हों, उन समस्त सक्रियताओं को, ऐसे समस्त आंदोलनों को, ऐसी सभी मुहिमों को, आप अगर भारत को लगातार तोड़ते रहने के षड्‌यंत्रों के रूप में समझेंगे, तभी आपको अपना राजनीतिक दृष्टिकोण स्वस्थ-स्वच्छ करने में सहायता मिलेगी। भारत-विरोधी ऐसी तमाम गतिविधियों का मर्म समझने में सहायता मिलेगी। विविधता, विभिन्नता, अनेकरूपता की आड़ में या उनके नाम पर जितनी भी लोकतांत्रिक मानी-जानेवाली मुहिम चल रही हैं, चलती रहती हैं या चलाई जा सकती हैं, उनके पीछे की भारत-विरोधी राजनीति को तुरंत समझ लिया जाना चाहिए। भाषायी और धार्मिक अल्पसंख्यकवाद को हम इन्हीं कारणों से भारत-विरोधी कह रहे हैं और स्पष्ट है कि आप भारत-विरोधी क्यों होना चाहेंगे?

□

33

भारत में न ब्राह्मणवाद था, न ब्राह्मण धर्म

जब से मैक्समूलर, मैक्डॉनल, विंटरनिट्ज, कीथ सरीखे पश्चिमी संस्कृतज्ञों ने, जिन्हें प्राय: इंडोलॉजिस्ट और ओरियंटलिस्ट कहकर काफी इज्जत बख्शी जाती रही है, जब से इन विद्वानों ने भारत के साहित्य व शास्त्रों का अध्ययन करना शुरू किया तो उन्होंने हमारे जहन में दो शब्दों को स्थापित करने की कोशिश की। दो शब्द हैं—ब्राह्मणवाद और ब्राह्मण धर्म। ब्राह्मण धर्म का सीधा-सादा अर्थ यही समझ में आता है कि भारत में जिस धर्म की प्रतिष्ठा और स्वीकृति सदियों के विचार-मंथन के आधार पर हुई, उसे ब्राह्मणों ने स्थापित किया था। इसलिए उसका नाम पड़ गया ब्राह्मण धर्म, और उस धर्म के आधार पर जिस जीवन-दर्शन को देश ने अपनाया, उस जीवन-दर्शन या जीवनधारा का नाम है ब्राह्मणवाद। मोटे तौर पर यही बात समझ में आती है। पर ऐसा है नहीं, क्योंकि ये दोनों स्थापनाएँ सत्य से कोसों, कोसों दूर हैं। भारत की संपूर्ण यात्रा में, दस हजार साल की अब तक की यात्रा में 'ब्राह्मणवाद' और 'ब्राह्मण धर्म' इन दोनों शब्दों व स्थापनाओं का कभी कोई अस्तित्व रहा ही नहीं है।

हमने अपनी पुस्तक 'भारतगाथा' में अच्छे से बताया है कि कैसे इन पश्चिमी विद्वानों ने, जिन्हें हमने पश्चिमी कूटनीतिज्ञ कहना ही बेहतर माना है, भारत में अनेक झूठ स्थापित किए हैं। अपनी ब्रिटिश साम्राज्यवादी हैसियत का पूरा-पूरा फायदा उठाकर और उसके आधार पर देश में क्रिश्चियन गुलामी की डेढ़-दो सदियों को हम पर थोपकर इन तथाकथित इंडोलॉजिस्ट व ओरियंटलिस्ट विद्वानों ने, यानी इन प्रच्छन्न कूटनीतिबाजों ने कई झूठ फैलाने की कोशिश सफलतापूर्वक की है। मसलन : 1. भारत में 'आर्य' नामक कोई रेस या नस्ल इस देश में रही है; 2. भारत में ये तथाकथित आर्य भारत से कहीं बाहर से आए थे; 3. वेदों के मंत्र तो यायावर अनपढ़ों के प्रलाप हैं; 4. महाभारत की रचना रामायण से पहले हुई थी; 5. वेदों की रचना 1100–1400 ई.पू. में हुई थी; 6. संस्कृत मृतभाषा है, वगैरह- वगैरह, अनाप-शनाप।

इसी श्रृंखला में इन तथाकथित विद्वानों ने दो नए नितांत मनगढ़ंत शब्दों को भी भारत के सोच में चिपका देने की सफल कोशिश की, जिस कोशिश को भारत की खोज करनेवाले नेहरूवादी उत्साहीलालों ने और पश्चिमी विद्वानों की चाटुकारिता कर धन-मान आदि अर्जित करने में लगे भारत के ही कुछ विद्वानों व संस्कृतज्ञों ने स्वीकृति की अपनी मुहर भी लगा दी।

ये दो शब्द हैं—'ब्राह्मणवाद' और 'ब्राह्मण धर्म'।

विद्वान् कहाए जाने की आड़ में भारत का संस्कार नष्ट कर देने पर उतारू इन कूटनीतिबाजों ने जो किया, वह सिर्फ इसी तर्क या कुतर्क के आधार पर जायज ठहराया जा सकता है कि भारत से जुड़े किसी भी सत्य की स्थापना करने में इन पश्चिमी कूटनीतिबाजों की कोई भी दिलचस्पी भला क्यों हो सकती थी ? बल्कि इनकी दिलचस्पी सिर्फ और सिर्फ इसी बात में थी कि कैसे भारत को कम और कमतर करके दिखाया जाए, भारत को भारतीयों की निगाह में ही गिरा दिया जाए, यहाँ तक कि भारत को पूरी दुनिया में हँसी का पात्र बनाकर रख दिया जाए।

विद्वत्ता की आड़ में कूटनीति का बारीक खेल खेलनेवाले पश्चिमी संस्कृतज्ञों ने जिन-जिन बौद्धिक दुरभिसंधियों के तहत भारत का संस्कार नष्ट करने के जो प्रयास किए (और काफी सफलतापूर्वक किए) इनमें से अधिकांश की बखिया हम 'भारतगाथा' में कुछ हद तक उधेड़ आए हैं। आज जिस बौद्धिक बेईमानी पर हम विचार करनेवाले हैं, उसका नाम है ब्राह्मणवाद और ब्राह्मण धर्म, और हमारा मानना यह है कि भारत में इन दोनों कथनों का कोई अता-पता देश को कभी नहीं रहा है। इन दोनों ही अभिव्यक्तियों का, ब्राह्मणवाद और ब्राह्मण धर्म, का कोई भी इतिहास इस देश में नहीं रहा है। देश में धर्म पर विचार हुआ है, खूब हुआ है, होता रहा है और वह भी अद्भुत तरीके से गहन विचार हुआ है। पर भारत में ब्राह्मण धर्म नामक किसी धर्म से हमारा परिचय कभी नहीं था और न आज ही है। भारत में अनेक धर्म हैं, ऐसा कहने में राजनीतिक लुत्फ उठानेवाले लोग भी हमें बता नहीं पाएँगे कि भारत में बौद्ध धर्म, जैन धर्म, सिख धर्म आदि पर गर्वपूर्वक या किसी भी भावना से विचार करनेवाले भी हमें कभी बता नहीं पाएँगे कि भारत में 'ब्राह्मण धर्म' भी कभी रहा है। इसी तरह भारत में अनेक वाद, यानी सिद्धांत, दार्शनिकवाद, दार्शनिक सिद्धांतों पर हफ्तों, महीनों, बरसों तक सतत लगातार चर्चा-बहस करनेवाले हम भी नहीं बता पाएँगे कि भारत में कभी 'ब्राह्मणवाद' रहा है। भारत में कभी कोई 'ब्राह्मणवाद' था, कभी 'ब्राह्मण धर्म' था, इसका पता हमें तो कभी कहीं से नहीं मिला। भारत की खोज करनेवालों और उनके बौद्धिक कुसंस्कारों में दीक्षित शिक्षा, राजनीति और मीडिया से जुड़े कुछ लोगों ने इसका पता कैसे लगा लिया, यह जानना कोई मुश्किल काम नहीं है। पर इस पर हम बाद में आएँगे। इसी आलेख

के अंत में आएँगे। अभी तो हम इन शब्दों के प्रयोग के संभावित कारणों की ही संक्षेप में समीक्षा कर लेना चाहते हैं।

अपनी इसी पुस्तक के कुछ आलेखों में हमने कुछ महत्त्वपूर्ण विषयों पर, इसी समस्या से जुड़े कुछ महत्त्वपूर्ण विषयों पर गहराई से विचार किया है। हमने भारत की सभ्यता के दस हजार वर्ष की यात्रा पर विहंगम दृष्टि डाली (आलेख संख्या-2)। हमने भारत की आधारभूत विचारधारा 'अध्यात्म' पर विचार किया (आलेख संख्या-3)। हमने भारत की जातियों पर विचार किया (आलेख संख्या-24)। हमने भारत के धर्म पर, कह सकते हैं कि नितांत मौलिक व परंपरागत संदर्भों में विचार किया (आलेख संख्या-5)। हमने भारत के संप्रदायों पर अच्छे से विचार किया (आलेख संख्या-6)। हमने भारत के पंच परमेश्वर पर गहरे में विचार किया (आलेख संख्या-28)। हमने भारत में पिछले पाँच हजार वर्षों में चले तीन वैचारिक आंदोलनों के बारे में सटीक विचार किया (आलेख संख्या-21)। और सबसे महत्त्वपूर्ण यह है कि हमने हिंदू की परिभाषा और उससे जुड़े हर पहलू पर दस आलेखों (आलेख संख्या-11-19) में बड़े ही विस्तार से विचार किया है। पर इस पूरी विवेचन-शृंखला में हमें न तो कहीं ब्राह्मण धर्म और ब्राह्मणवाद को लेकर कोई संकेत या संदर्भ मिले हैं और न ही इनके न होने के परिणामस्वरूप अपने विश्लेषण में कभी कोई रुकावट आती दिखी है। हमारी बात मानने से पहले आप चाहें तो फिर से, सभी संदर्भित आलेख फिर से पढ़ लें और ब्राह्मणवाद और ब्राह्मण धर्म को लेकर हमारे कथन में कोई विसंगति नजर आए तो बताइए जरूर।

अगर ऐसा है, जो कि साफ-साफ लग रहा है कि ऐसा ही है तो सवाल उठ जाता है कि भारत की चिंतन-परंपरा में इन शब्दों का प्रादुर्भाव कहाँ से हुआ, कैसे हुआ, क्यों हुआ और अगर हुआ तो किन शक्तियों व स्वार्थों ने इन शब्दों को चलाए रखने में रुचि ली? ब्राह्मणवाद भी नहीं रहा है और न है, तथा ब्राह्मण धर्म भी नहीं रहा है और न है। पर इन दोनों शब्दों में, अर्थात् ब्राह्मणवाद और ब्राह्मण धर्म, इन दोनों अभिव्यक्तियों में 'ब्राह्मण' शब्द समान रूप से उपलब्ध है, तो क्यों न पहले इसी 'ब्राह्मण' शब्द पर ही विचार कर लिया जाए?

पश्चिमी लोगों ने जब भी ब्राह्मणवाद और ब्राह्मण धर्म इन दोनों शब्दों का प्रयोग किया है, उन्होंने उनका प्रयोग इस तरह से किया है कि जिससे 'ब्राह्मण' शब्द नितांत नकारात्मक व अपमानजनक अर्थों में प्रयुक्त हुआ नजर आए। पर क्या 'ब्राह्मण' शब्द इतना अधिक नकारात्मक व अपमानजनक अर्थों में ही प्रयुक्त होने के लायक है? कृपया ध्यान में रख लिया जाए कि हम ब्राह्मणों की तरफदारी या उससे उलट स्थापनाओं के फेर में कोई मनगढ़ंत किस्से सुनाने का इरादा नहीं रखते। हम अपने प्रबुद्ध पाठकों के सामने व भारत की खोज में लगे उत्साहीलालों व उनके हमसफर राजनीति+मीडियाकर्मियों के

सामने तीन ऐसे आयाम रख देना चाहते हैं, जिन्हें वे अगर नकार पाएँगे तो हम उनके मुरीद हो जाएँगे व अपने दृष्टिकोण पर पुनर्विचार करने के बारे में सोचने को विवश अनुभव करना चाहेंगे।

पहला आयाम है, कोई ब्राह्मण कैसे बनता है? जाहिर है कि अपने कर्म से ही बनता है। हम सभी ठीक से जानते हैं कि शुरू-शुरू में वर्णव्यवस्था कर्म पर ही आधारित थी, न कि जन्म पर। 'वर्ण' का शाब्दिक अर्थ है—जिसे चुन लिया जाए। 'वर्ण', यानी चुना गया, यानी जिसका वरण, चयन, वरण हो गया। उधर 'जाति' शब्द का शब्दार्थ है—जन्म, यानी जिसे जन्म के आधार पर जान लिया गया। 'ज्ञातः' अर्थात् जान लिया गया, 'जाति' अर्थात् जन्म से ही पहचान लिया गया। वर्णव्यवस्था एक ऐसी व्यवस्था थी, जिसमें कर्म की भूमिका केंद्रीभूत थी और 'कर्म' के आधार पर चुने गए लोगों ने जिस सामाजिक व्यवस्था को खड़ा किया, उसे कहा गया वर्णव्यवस्था। उधर जाति कोई व्यवस्था नहीं थी, वह तो प्रथा बना दी गई। कर्म के आधार पर समाज व्यवस्था का बनना एक व्यवस्था थी, जिसे वर्णव्यवस्था कहा गया, जबकि 'जन्म' (जाति) के आधार पर समाज में जो प्रथा चल निकली, जो रिवाज चल निकला, जो आदत बन गई, उसे कहा गया जातिप्रथा। आजकल हम जो क्षत्रिय, वैश्य या दलित-वंचित तबकों के हैं और वे सभी हिंदू परंपरा का ही अभिन्न हिस्सा हैं, वे सभी जातियों के लोग कर्म से वैसे हों या नहीं, वरन् आदतन वैसे हैं, रिवाज के कारण वैसे हैं, बस उस-उस समाज में जन्म लेने के कारण वैसा मान लिये गए हैं। 'व्यवस्था' और 'प्रथा' में जो फर्क होता है, वही फर्क वर्णव्यवस्था और जातिप्रथा में है। चूँकि अब सदियों से वैसा फर्क चलता चला जा रहा है, इसलिए हर जातिवाले ने अपने को स्वभाव से ही, जन्म से ही, मेरा कर्म या मेरे भीतर क्या कर्म करने की इच्छा, स्वभाव या लक्ष्य है, इसका विवेक किए बिना ही, जन्म से ही अपनी जाति खुद-ही-खुद तय करने की प्रथा, आदत या स्वभाव जैसा बना लिया है। यानी जन्म को ही निर्णायक तत्त्व मान लिया गया, धीरे-धीरे, क्रमशः पर निश्चित तरीके से ही मान लिया गया। कर्म पृष्ठभूमि में चला गया। जाति, यानी जन्म को ही निर्णायक मान लिया गया।

इस संपूर्ण तत्त्व को समझने में विश्वामित्र-कथा हमारी भरसक सहायता करती है। हम तब की बात कर रहे हैं, जब देश देवयुग के अंत में आई भयानक बाढ़ के बाद, यानी 'जलप्लावन' के बाद के समय की नई दुनिया के निर्माण में तल्लीन हो गया था और जिस नवनिर्माण को नेतृत्व दिया अयोध्या के राजा, भारतभूमि के प्रथम राजा महाराज मनु ने। मनु महाराज ने नए समाज के निर्माण के लिए जो नियम बनाए, उन्हें हम वेदों, रामायण, महाभारत सरीखे हमारे प्रबंध काव्यों, उपनिषदों, ब्राह्मण ग्रंथों (वेद, यानी ब्रह्म की व्याख्या करनेवाले 'ब्राह्मण ग्रंथों') के आधार पर समझ सकते हैं। अगर

आप 'मनुस्मृति' के आधार पर तब के भारत को समझने की कोशिश करेंगे तो यकीनन औंधे मुँह ही गिरेंगे, क्योंकि मनु का आगमन भारत के इतिहास की हजारों साल पुरानी घटना है, जबकि 'मनुस्मृति' ग्रंथ की रचना मनु से हजारों साल बाद की मानी जाती है। मनु के समय की भाषा यजुर्वेद की संस्कृत है, जबकि मनुस्मृति की भाषा उससे आठ, साढ़े आठ या नौ हजार साल बाद की मानी जाती है। वैसे भी 'मनुस्मृति' पुस्तक मनु के द्वारा नहीं लिखी गई थी, बल्कि वह तो मनु की 'स्मृति' में, स्मृति यानी यादगार में, मनु की यादगार में किसी विद्वान् द्वारा लिखी गई है या कुछ विद्वानों ने मिलकर उसे लिखा है। जो लोग, खासकर कुछ निर्लज्ज व कम पढ़े लोग मनुस्मृति का नाम लेकर मनु महाराज को गालियाँ निकालते रहते हैं, कोसते रहते हैं, उन्हें पता ही नहीं कि वे आसमान को छेदने की जोकराना हरकत ही कर रहे होते हैं। 'मनुस्मृति' एक स्मृति ग्रंथ है, 'कम्मेमोरेशन वॉल्यूम' है, मनु की यादगार में लिखा गया एक संग्रह ग्रंथ है, जो 'मनुस्मृति' लिखे जाने के समय प्रचलित धारणाओं, प्रथाओं, सचाइयों के आधार पर लिखा गया। इसलिए मनुस्मृति की समाज व्यवस्था में 'वर्णव्यवस्था' की ओर संकेत भर है अन्यथा पूरी मनुस्मृति में 'जातिप्रथा' का ही बोलबाला है।

कर्म के आधार पर ब्राह्मण तब भी थे, जैसे क्षत्रिय आदि भी कर्म के आधार पर तब भी हुआ करते थे। एक उदाहरण देख लेने में कोई हर्ज नहीं। उस समय वसिष्ठों व विश्वामित्रों में एक भारी संघर्ष हुआ। संघर्ष का आधार व कारण यह था कि वसिष्ठ तो ब्राह्मण मान लिये गए थे, पर विश्वामित्र को खुद को ब्राह्मण कहाए जाने में संघर्ष करना पड़ रहा था। वसिष्ठ ब्राह्मण थे और अयोध्या के राजाओं के कुलगुरु थे। विश्वामित्र कान्यकुब्ज के (यानी कन्नौज के) राजा थे, यानी क्षत्रिय थे और वे भी खुद को ब्राह्मण कहाया जाना चाहते थे। काफी कोशिश कर रहे थे, पर बात नहीं बन रही थी। यह एक ऐसा बौद्धिक संघर्ष था, जिसे राजनीतिक संघर्ष का नाम देकर भारत की खोज करनेवाले उत्साहीलालों व उनके सहचर राजनीतिबाजों, शिक्षा + मीडियाकर्मियों ने राजनीतिक संघर्ष का नाम देकर खूब चटकारे मार-मारकर वर्णित किया है। पर न तो वसिष्ठ उत्साहीलाल थे और न ही विश्वामित्र उत्साहीलाल थे। विश्वामित्र ब्राह्मण कहलाए जाने के इच्छुक थे, आकांक्षी थे और वे इसी खोज में कान्यकुब्ज, यानी कन्नौज का राजभार छोड़कर अजयमेरु (आज के अजमेर) के पास पुष्कर में तपस्या करने चले गए। पुष्कर उस तालाब को कहते हैं, जिसमें कमल खिले हुए होते हैं। राम के समय में शबरी मातंगी सिद्धा का आश्रम, जिसे मतंग आश्रम कहते थे, दंडकारण्य की एक पुष्करिणी में बना हुआ था। पुष्करिणी, यानी छोटा तालाब, पुष्कर, यानी बड़ा तालाब। पुष्कर की तरह पुष्करिणी में भी कमल खिले हुए थे। विश्वामित्र इसी अजयमेरु, यानी अजमेर में पुष्कर में तपस्या करने चले गए।

यहाँ स्वाभाविक जिज्ञासा के रूप में एक सवाल उठ सकता है। सवाल उठ सकता है कि विश्वामित्र को तो ब्राह्मण कहाए जाने के लिए भारी संघर्ष करना पड़ा, पर वसिष्ठ के कर्म में ऐसी क्या विशेषता रही कि वसिष्ठ को सीधे ब्राह्मण मान लिया गया, अर्थात् आप पूछ सकते हैं कि वसिष्ठ को कैसे और क्यों ब्राह्मण मान लिया गया। इसी पुस्तक में हम पहले भी इस बारे में बता आए हैं। 'वसिष्ठ ' शब्द का अर्थ है, सबसे पुराना निवासी। जैसे निवासी शब्द 'वस्' (रहना) धातु से बना है, वैसे ही वसिष्ठ शब्द भी 'वस्', यानी 'रहना' अर्थ देनेवाली वस् धातु से बना है। 'रहना' अर्थ देनेवाली वस् धातु से 'ष्ठ' परसर्ग जुड़ने से शब्द बन गया वस् + ष्ठ = वसिष्ठ। संस्कृत भाषा में 'ष्ठ' इस परसर्ग का प्रयोग 'अधिकतम' के अर्थ में आता है। 'कनीयान्', यानी छोटा और 'ष्ठ' जुड़कर शब्द बनता है 'कनिष्ठ', यानी सबसे छोटा। 'ज्यायान्' शब्द का अर्थ है बड़ा और ष्ठ परसर्ग जुड़ जाने से शब्द बन गया 'ज्येष्ठ', यानी सबसे बड़ा। 'गुरु' शब्द का अर्थ है भारी और 'ष्ठ' जुड़ जाने से 'गरिष्ठ' का अर्थ हो गया सबसे अधिक भारी। ऐसे ही वासी = रहनेवाला से 'ष्ठ' जुड़ जाने से शब्द बन गया 'वसिष्ठ', यानी सबसे पुराना निवासी। वसिष्ठ लोगों में से जो वसिष्ठ 'जलप्लावन' का पानी उतर जाने के बाद, जो सबसे पहले हिमालय से नीचे आकर मैदानी इलाके में, अयोध्या, कान्यकुब्ज आदि में सबसे पहले रहने लगे, वे कहलाए वसिष्ठ। मैदानी इलाकों में आकर रहने से पहले वसिष्ठ लोग हिमालय में निरंतर तपस्या में ही लगे रहा करते थे, जैसे कि बाकी ऋषि-मुनि भी हिमालय में तपस्या करते रहते थे। मैदानी इलाकों में सबसे पहले आकर रहनेवालों में इन वसिष्ठों को इसी तपस्या बल के कारण, अपने तपस्या कर्म के कारण ही ब्राह्मण मान लिया गया था और इसी आधार पर अयोध्या के राजाओं ने उन वसिष्ठों को अपना कुलगुरु भी मान लिया था। यानी अयोध्या में आ जाने के बाद भी वसिष्ठों का ब्राह्मण कर्म, कुलगुरु के रूप में सदा चलनेवाला तपस्या कर्म, किसी-न-किसी रूप में चलता रहा और उन्हें ब्राह्मण भी माना जाता रहा।

विश्वामित्र द्वारा पुष्कर में की गई तपस्या का रोमांचकारी वर्णन वाल्मीकि ने अपनी रामायण (बालकांड, सर्ग 60-65) में किया है, जिस तपस्या के परिणामस्वरूप विश्वामित्र को गायत्री मंत्र की उपलब्धि हुई (बालकांड, सर्ग 65, श्लोक 23) और विश्वामित्र को ऋषि ही नहीं, महर्षि पद की प्राप्ति हुई (वही, सर्ग 65, श्लोक 25-26) और विश्वामित्र भी ब्राह्मण कहलाए। यानी ब्राह्मण होने का संबंध ब्रह्म कर्म से है, जो कर्म कर पाना सबसे कठिन काम है। संस्कृत भाषा में शुरू से ही 'ब्रह्म' शब्द का अर्थ है 'ज्ञान', जिसकी कोई सीमा नहीं होती, इसलिए ब्रह्म को भी बृहत्तम, सीमातीत माना जाता है। स्वयं 'ब्रह्म' शब्द भी 'बृहत्तम' का संक्षिप्त रूपांतर है। ब्रह्म, यानी बृहत्तम। जाहिर है कि ब्रह्म कर्म कर पाना, ज्ञान साधना कर पाना सबसे कठिन कर्म होता है।

ब्राह्मण कहलाए जाने लायक ब्रह्म कर्म कर पाना, ज्ञान साधना का कर्म कर पाना अपने आपमें सबसे कठिन कर्म है, पर कोई असाध्य या असंभव कर्म नहीं है। अर्थात् ब्राह्मण का संबंध ऐसे कर्म से है, जो कठिनतम है और कर्म की कठोरता को देखकर ही ज्ञान साधना के कर्म को तपस्या कहा गया है। शरीर को साधकर किया जानेवाला ज्ञान प्राप्ति कर्म ही, ज्ञान साधना कर्म ही, उग्र बौद्धिक कर्म ही तपस्या का पर्यायवाची बन जाता है। विश्वामित्र द्वारा की गई रोमांचकारी तपस्या को देखकर तो तपस्या को कठिनतम कर्म कहना ही समझ में आता है और ऐसी ज्ञान साधना का, ब्रह्म साधना का, जीवन की कठिनतम साधना का कर्म ही किसी को ब्राह्मण कहाए जाने की पहली शर्त है। वर्णव्यवस्था के श्रेष्ठ पर्वत शिखर से फिसलकर हम कैसे जातिप्रथा के अजीबो-गरीब गह्वर में जा गिरे हैं, हमारे भारत की समाज व्यवस्था की सभी श्रेष्ठताओं के बीच बैठी यह पतनशीलता आज भी मुँह चिढ़ा रही है। देखना है, भारत की इस श्रेष्ठ सामाजिक संरचना को कब और कैसे फिर से श्रेष्ठताओं से संपन्न कर दिया जाएगा?

विश्वामित्र ने अपनी बौद्धिक श्रेष्ठता के आधार पर जीवन में कभी वह कर देने की ठान ली थी, जो करना किसी भी साधक से कभी भी अपेक्षित नहीं होता। विश्वामित्र ने सृष्टि प्रक्रिया में दखलंदाजी करने का वह काम कर डाला था, जिसे करना हर उस साधक के लिए परित्याग के योग्य, न करने लायक होता है, जिसने ज्ञान साधना की तपस्या के परिणामस्वरूप विशिष्ट तपोबल, तप का बल, तप की शक्ति प्राप्त कर ली हो या प्राप्त करने का इच्छुक हो। भारत का धर्म यह मानता है कि सारा विश्व, सारा ब्रह्मांड अपनी सृष्टि-प्रक्रिया के किसी नियम के तहत चल रहा है और प्रत्येक प्राणी को सृष्टि प्रक्रिया के उसी नियम के अंतर्गत रहकर ही अपना जीवन संपन्न करना होता है, बेशक उस प्रक्रिया में रहकर प्रत्येक को अपना कर्म करना होता है। कर्म क्या करना है, कर्म क्यों करना है, कर्म कैसे करना है, इसका फैसला खुद कर्म करनेवाले को ही करना है, पर वह कर्म सृष्टि प्रक्रिया के उलट नहीं जा सकता और उसी प्रक्रिया के तहत रहकर ही उसे बड़ी-से-बड़ी श्रेष्ठता पा सकने की खुली आजादी है, श्रेष्ठतम हो सकने की खुली आजादी, खुला मौका हरेक को है। पर उस प्रक्रिया को ही, सृष्टि प्रक्रिया को ही उलट-पुलटकर रख देनेवाला कर्म करने का अवसर किसी को नहीं है। ऐसी छूट किसी को नहीं है। मसलन, जीवन और मृत्यु इस ब्रह्मांड के संपूर्ण विश्व के अनिवार्य नियम हैं। जिसमें परिवर्तन नहीं हो सकता। इसलिए कोई मृत्यु को लाँघकर अमर नहीं हो सकता। आप भारत में हुई सभी तपस्याओं का अध्ययन कर लीजिए, जिनकी सहायता से तपस्या करनेवालों ने क्या-क्या नहीं हासिल कर लिया। पर जिस किसी ने भी कभी न मरने का, अमर रहने का वरदान पाने के लिए तपस्या की, उसे वह वरदान, अमर रहने का वरदान, कभी न मरने का वरदान, सदा के लिए जीवित रहने का वरदान कभी नहीं मिला।

पर यही विश्वामित्र सृष्टि प्रक्रिया को लाँघकर अपने एक मित्र को, शिष्य सरीखे अपने एक मित्र को, यानी अयोध्या के राजा सत्यव्रत को बिना मृत्यु के प्राप्त हुए ही, अपने पार्थिव शरीर के साथ स्वर्ग पहुँचाने का दुष्कर फल साधने की, अर्थात् एक असंभव फल को साधने की कोशिश कर चुके थे। पर सफल नहीं हुए। कथा यह है कि इसी मरणशील शरीर के साथ स्वर्ग या अंतरिक्ष में जाकर रहने की असंभव इच्छा को पूरा करने की साधना, आज की भाषा में कहें तो हठयोग साधना विश्वामित्र कर चुके थे। लगभग सफल भी होनेवाले थे, यानी सत्यव्रत को अपने इसी मरणधर्मा शरीर के साथ स्वर्ग, यानी अंतरिक्ष में पहुँचाने में विश्वामित्र लगभग सफल हो गए थे। तब वे कान्यकुब्ज के राजा थे और उनका नाम विश्वामित्र नहीं, विश्वमित्र था। विश्वामित्र यह नाम तो उन्हें गायत्री मंत्र की प्राप्ति के परिणामस्वरूप ब्राह्मण हो जाने पर मिला था, जो तब से फिर उनका यही नाम ही हो गया।

कुछ भी कह लीजिए, विश्वामित्र थे तो एक विकट साधक ही। ब्राह्मण बनने के लिए उन्होंने पुष्कर में जीवन की कठिनतम तपस्या की थी, जिस पर हम अभी ही बतानेवाले हैं। ब्राह्मण बनने के बाद उन्होंने कैसे शुनःशेप को मृत्यु से बचाया, इस पर हम अपनी पुस्तक 'भारतगाथा' में अच्छे से लिख आए हैं और ब्राह्मण बनने से पहले उनका यह विकट कर्म। जाहिर है कि विश्वामित्र थे तो एक विकट साधक।

इसी विकट साधक ने अपनी साधना की विकटता के परिणामस्वरूप विश्वामित्र अपने मित्र सत्यव्रत को वह स्थान दिलवा पाने में लगभग, इसी शरीर के साथ अंतरिक्ष पहुँचाने में सफल हो गए, जो लक्ष्य प्राप्त करवाने से अयोध्या के राजा सत्यव्रत को अयोध्या के ही कुलगुरु वसिष्ठ ने साफ मना कर दिया था। वसिष्ठ से निराश सत्यव्रत विश्वामित्र के पास अपनी कामना लेकर गए थे, पर चूँकि वैसा हो पाना असंभव था, इसलिए एक सीमा तक ऊपर उठकर सत्यव्रत नीचे पृथ्वी की ओर गिरने लगा। विश्वामित्र ने अपनी साधना से उसे थाम तो लिया, पर अंतरिक्ष तक पहुँचाकर उसे, यानी सत्यव्रत को वहाँ स्थापित नहीं कर पाए। परिणाम कि सत्यव्रत अंतरिक्ष और पृथ्वी के बीच लट कर रह गए, एक त्रिशंकु की तरह। त्रिशंकु की तरह, तीन सिरोंवाले आकार की तरह। अंतरिक्ष की ओर शीर्ष, पृथ्वी की ओर पैर और शरीर का बाकी हिस्सा स्पेस में, अंतरिक्ष में, इस तरह त्रिशंकु सरीखे होकर लटक गए। तब से भारत की इतिहास-गाथाओं में सत्यव्रत का नाम ही पड़ गया—सत्यव्रत त्रिशंकु। जिन शंकालुओं को, हमेशा शंका में रहनेवाले डाउटिंग थॉमसों को विश्वामित्र की इस विकट साधना के इतिहास पर विश्वास न आ रहा हो तो उनको बताने के लिए इतना ही काफी है कि इस घटना के बाद से हर ऐसे व्यक्ति को 'त्रिशंकु' कहने का चलन शुरू हो गया, जो चलन आज तक जारी है और फुटनोट यह है कि हर मुहावरे के पीछे कोई वास्तविक घटना का इतिहास काम

कर चुका होता है। कोई मुहावरा शून्य में से पैदा नहीं हुआ करता।

अपनी साध पूरी करने में असफल रहकर, पर उसे जैसे भी हो, पूरा करना है, इस फेर में विश्वामित्र ने फिर अपना ही एक नया ब्रह्मांड अलग से बनाना तय किया, जो कि वे नहीं कर पाए, या एक हद से आगे पूरा करने में असफल कर दिए गए, यह कहानी ही अलग है।

विश्वामित्र से जुड़ी इस तमाम कथा-शृंखला का मतलब यही है कि विश्वामित्र की साधना की तीव्रता, अनंतता और विकटता इस हद तक थी। अपनी इसी विकटता के कारण क्षत्रिय-धर्मी विश्वामित्र को यही कष्ट वर्षों से साल रहा था कि उन्हें ब्राह्मण नहीं माना जा रहा और वे समझ नहीं पा रहे थे कि ऐसा क्या है कि उन्हें ब्राह्मण नहीं माना जा रहा। अंततोगत्वा उन्हें ब्राह्मणत्व की प्राप्ति तब हुई, जब उन्होंने विकट कर्म की नहीं, ज्ञान की साधना की तपस्या की। अपनी इसी ज्ञान साधना की तपस्या के समय ही विश्वामित्र ने काम, क्रोध और मद पर विजय प्राप्त कर ली और इसके बाद उन्हें न केवल ब्राह्मण मान लिया गया, बल्कि उन्हें 'गायत्री मंत्र' की भी प्राप्ति हुई, इसी पुष्कर में की गई ज्ञान साधना की तपस्या के परिणामस्वरूप गायत्री मंत्र की प्राप्ति हुई।

कितनी बड़ी घटना है यह, हमारे भारत नामक महादेश के दस हजार वर्षों के इतिहास की। पर इसे देश का दुर्भाग्य नहीं तो और क्या कहा जाएगा कि आज हम पुष्कर के अजयमेरु को (अर्थात अजमेर को) विश्वामित्र की परमविशिष्ट ज्ञान साधना के कारण, उसके परिणामस्वरूप गायत्री महामंत्र की ऐतिहासिक रचना के कारण जानना ही नहीं चाहते और हमने अजमेर को, गायत्री मंत्र की जन्मभूमि अजमेर को, पुष्कर के अजयमेरु को एक अज्ञातकुलशील फकीर के नाम नत्थी करके खुद को इसलाम के सुपुर्द कर रखा है। इन फकीरों को सूफी दर्शन का प्रस्तोता मानकर और उसे वेदांत का एक हिस्सा जैसा समझकर हम कव्वालियाँ व मुशायरे गाते नहीं अघाते। पर हम दो बातों की ओर कभी ध्यान ही नहीं दते। भारत में परंपरा से यह बात आम है कि जब भी भारत पर कभी इसलामी आक्रमणकारी आते थे, तब उससे पहले ये तथाकथित फकीर गाते-बजाते, नाचते-घूमते हुए आते थे, ताकि देश और समाज में इसलामी धर्मांतरण का माहौल बनाया जा सके, जिसके बाद फिर जोर-जबरदस्ती और पैसे की ताकत पर बड़ी संख्या में धर्मांतरण का अपना मकसद पूरा किया जा सके, जो कि इन फकीरों की वजह से हुआ। दूसरे हम इस सत्य पर भी कभी ध्यान नहीं देते कि जिन तथाकथित फकीरों-सूफियों को वेदांत का प्रस्तोता माना जाता है, तो क्या वेदव्यास, उपनिषदों, शंकराचार्य, विवेकानंद के देश को वेदांत समझने के लिए इन धर्मांतरण करवानेवाले फकीरों और उनके मृत शरीरों के ऊपर बनी दरगाहों से अर्थात् शवसाधकों से वेदांत सीखना होगा ? आत्मा की अमरता के साधक देश को शिर्डी के साईं, निजामुद्दीन चिश्ती

सरीखे कथित फकीरों के मुर्दा शरीरों पर सलीके से बनाए मकबरों पर खड़ी दरगाहों की पूजा व उपासना के लिए मजबूर होना पड़ेगा? आखिर ऐसी भी क्या मजबूरी है? क्या हम कृष्ण की 'गीता' में बताए गए वेदांत-दर्शन को, वेदव्यास द्वारा 'भागवत महापुराण' व ब्रह्मसूत्रों में बताए गए वेदांत-दर्शन को, उपनिषदों में बताए गए वेदांत-दर्शन को, रामकृष्ण परमहंस, विवेकानंद जैसे ईश्वर तुल्य महापुरुषों द्वारा बताए गए वेदांत-दर्शन को इन विवादास्पद फकीरों की इसलामी धर्मांतरण की आँधी के माध्यम से समझने जा रहे हैं? सैकड़ों सालों की इसलामी गुलामी झेलकर भी हम क्यों कोई सबक सीखने को तैयार नहीं? इसलाम न तो शांति का प्रतीक है और न ही वेदांत का प्रवर्तक है। तो किस मुगालते में हैं हम?

फकीरों, सूफियों व दरगाहों से, यानी इसलामी धर्मांतरण को माहौल देनेवाले इन मृतक-पूजकों व शवसाधकों की कुछाया से बाहर निकलकर हम फिर से अपने मूल विषय पर आ जाएँ कि कोई ब्राह्मण कैसे बनता है? कैसे और क्यों ब्राह्मण माना जाता है? विश्वामित्र से जुड़े इस तमाम वैदिक प्रसंग का, जो प्रसंग आदिकवि वाल्मीकि ने अपनी 'रामायण' में बड़े ही प्रभावशाली ढंग से लिखा है, इस वैदिक प्रसंग का संदेश यह है कि ब्राह्मण होना कभी भी आसान नहीं होता था।

अब हम इस आलेख में इस सत्य से दो-चार होने की कोशिश करते हैं कि आखिर क्यों ब्राह्मण बनना, ब्राह्मण कहाना कभी भी आसान नहीं होता था। ब्राह्मण बनना, खुद को ब्राह्मण कहाया जाना इसलिए कठिन होता था, क्योंकि ब्राह्मण पर अपने देश और समाज को दिशा दिखाने का, धर्म पर चलने का आग्रह करने का और जनसमुदाय को भटकने से बचाने का बृहद् दायित्व था। ब्राह्मण पर यह दायित्व इसलिए था, या कहिए कि खुद-ब-खुद आ गया था कि भारत के धर्म की रक्षा करनी है, उसे कुमार्गगामी होने से बचाना है। भारत के धर्म की रक्षा का दायित्व पूरा करने की प्रक्रिया में ब्राह्मणों पर देश के ज्ञान-विज्ञान को, सभ्यता को और संस्कृति को बनाए रखने का, बचाए रखने का और उसे धर्मपरायण बनाए रखने का दायित्व भी स्वयमेव आ गया था। हम जब 'धर्म' की बात करते हैं तो इसका अर्थ न तो मजहब है और न ही इसका अर्थ है रिलीजन। भारत में धर्म का एक ही अर्थ है, हमारा आचरण, जाहिर है कि श्रेष्ठ आचरण। इसी पुस्तक के दो आलेखों (संख्या-4,5) में हम भारत के धर्म के स्वरूप पर अच्छे से बता आए हैं और एक दूसरे आलेख (संख्या-23) में तर्कपूर्वक बता आए हैं, कैसे भारत के धर्म की हम विदेशी धर्मों से कोई तुलना कर ही नहीं सकते। मजहब और रिलीजन तो मजहब और रिलीजन ही हैं, धर्म नहीं हैं। चूँकि ब्राह्मण पर यह दायित्व सदियों-सहस्राब्दियों की भारत-इतिहास-यात्रा में स्वयमेव आता चला गया, इसलिए ब्राह्मण का महत्त्व भी बढ़ता चला गया। आज के बुद्धिजीवियों से यह अपेक्षा थी कि वे वर्तमान सदियों में देश को

वैसे ही आचरण, धर्म की शिक्षा देते रहेंगे, जैसे वे सदियों से देते रहे। पर वर्तमान के ये ब्राह्मण इस अपेक्षा पर कितना खरा उतर रहे हैं, किसी से कुछ छिपा है क्या? हमेशा से ब्राह्मण से यही अपेक्षा रही है, जैसा कि मनुस्मृति के लेखक ने स्पष्ट निर्देश किया है कि 'एतद्देश प्रसूतस्य सकाशाद् अग्रजन्मनः स्वं स्वं चरित्रं शिक्षेरन् पृथिव्यां सर्वमानवाः'। इस निर्देशवाची श्लोक में अग्रजन्मा का अर्थ है ब्राह्मण और पृथिवी का अर्थ है भारतभूमि। निर्देश यह है कि 'भारत में पैदा हुए सभी मनुष्यों से यह अपेक्षा हमेशा रहती है कि वे ब्राह्मणों से अपने चरित्र, व्यवहार, धर्म आदि की शिक्षा प्राप्त करते रहें।

ऊपर के दिए उदाहरणों से स्पष्ट है कि वसिष्ठ और विश्वामित्र से लेकर पिछली सदियों तक ब्राह्मणों ने अपना यह कर्तव्य निरंतर निभाया है। ब्राह्मण भी मनुष्य ही हैं, इसलिए अपने स्वभाव, चरित्र व व्यक्तित्व की सभी श्रेष्ठताओं व कमियों के साथ रहते ही, या रहते हुए भी, ब्राह्मणों ने अपना यह कर्तव्य निरंतर निभाया है। इसी कर्तव्य निभाने का ही नतीजा है कि वेदों से लेकर छापाखाना, यानी प्रिंटिंग प्रेस के आने तक भारत के संपूर्ण साहित्य की, ज्ञान की और विज्ञान की रक्षा इन ब्राह्मणों ने ही की है। इसलामी हमलावरों द्वारा आग के हवाले कर दी गई हमारी लाइब्रेरियों में रखे ग्रंथ-पुस्तकें जला दिए जाने के बावजूद जो बचा है, वह इन ब्राह्मणों की वजह से ही बचा है। वैसे यह सुरक्षा-कर्म किसी भी समाज का कोई-न-कोई वर्ग करता ही, पर जिस वर्ग को हम ब्राह्मण कहते हैं, उस वर्ग ने अपना कर्तव्य मानकर, अपना जिम्मा समझकर यह काम किया है और इस राष्ट्रीय धरोहर को बचानेवाले ब्राह्मण की तारीफ में चंद शब्द बोल देने में कोई हर्ज नहीं। समाज की व्यवस्था बचाए रखी, बेशक उसमें छुआछूत भी आ गई। स्त्री का वजूद बचाए-बनाए रखा, बेशक उसके साथ सतीप्रथा जैसी कुरीति भी आ गई। साहित्य, ज्ञान, विज्ञान को अक्षुण्ण बचाए रखा, बेशक उसमें कुछ अंधविश्वास भी साथ में जुड़ गए हो सकते हैं। धर्म सभ्यता व संस्कारों को बनाए, बचाए, विकसित किए रखा, बेशक इस सबके साथ ही कुछ अतिवाद भी आ गए हो सकते हैं। पर कमियों पर पैनी नजर रखने के साथ-साथ ही क्या हम ब्राह्मणों के विराट्, बहुमूल्य, सभ्यता-रक्षक व सभ्यता-निर्माता योगदान पर पुस्तकें न लिखना चाहेंगे (वैसे यह लिखना भी बनता है), पर क्या प्रशंसा, कृतज्ञता और 'थैंक्यू' के दो शब्द भी हम नहीं बोलना चाहते?

हम चाहे ब्राह्मणों के इस अद्‌भुत राष्ट्रीय योगदान पर पुस्तकें न लिखें, बेशक उनकी तारीफ में दो शब्द भी न बोलें, वेशक उनकी गलतियाँ व कमियाँ गिनाने में ही मशगूल रहें, पर भारत को क्रिश्चियन गुलामी में धकेल देनेवाले हमारे पश्चिमी शासकों ने ब्राह्मण का महत्त्व समझा था और बखूबी समझा था। इसलिए पश्चिम से आए हमारे क्रिश्चियन शासकों व क्रिश्चियन भारतविदों ने एक स्वर से मानो सम्मिलित योजना बनाकर ब्राह्मणों की भर्त्सना करने का, ब्राह्मणों को लतियाने का और ब्राह्मणों को गरियाने

का काम बड़े ही बुद्धिमत्तापूर्ण तरीके से किया। वे समझ गए थे कि भारत नामक देश के धर्म की, सभ्यता व संस्कारों की रक्षा अगर किसी ने की है तो इसी ब्राह्मण ने की है। अगर भारत के धर्म को नष्ट करना है, ज्ञान को ध्वस्त करना है, संस्कारों को भ्रष्ट करना है तो इस ब्राह्मण से अपना पिंड छुड़ाना होगा। इसलिए अपने पश्चिमी आकाओं ने ब्राह्मण को ही लगातार श्रीहीन किया, कभी 'ब्राह्मणवाद' कहकर समाज की तमाम बुराइयों के लिए (और बुराइयाँ किस समाज में नहीं होतीं) हलके और अस्तित्वहीन शब्दों का प्रयोग किया और कभी 'ब्राह्मण धर्म' का जुमला चलाकर भारत के धर्म को ही क्षत-विक्षत करना शुरू कर दिया। महात्मा गांधी विदेशी आकाओं की इस कूटनीति को बखूबी समझते थे। इसलिए वे हमेशा धर्म की बात किया करते थे। पर जवाहरलाल नेहरू के हाथ में राजनीति की बागडोर आते ही, और सुंदरलाल के हाथ में भारत का इतिहास ज्ञान आते ही, महात्मा गांधी के इन दो शिष्यों ने, जवाहरलाल-सुंदरलाल ने धर्म का दामन छोड़ दिया, धर्मनिरपेक्षता की गुलामी स्वीकार कर ली और देश के संपूर्ण ज्ञान-विज्ञान के अस्तित्व पर ही मानो खड़िया पोतकर भारतवासियों को हीनताबोध और अपने ही इतिहास को नकारने के काले समुद्र में डुबो दिया। यानी 'ब्राह्मणवाद' और 'ब्राह्मण धर्म' का ढोंग रचाकर देश को जो नुकसान अंग्रेज बहादुर नहीं पहुँचा पाए थे, उसी देश को महात्मा गांधी के दो शिष्यों ने, जवाहरलाल-सुंदरलाल की जोड़ी ने आनेवाले अनेक दशकों के लिए, करीब दो सदियों के लिए एक अजब हीनताबोध में आपादमस्तक, यानी सिर से पैर तक डुबो दिया। जहाँ से, जिस डूब से अब देश फिर से धीरे-धीरे उबर रहा है और खुद को जानने-पहचानने की ओर अग्रसर हो रहा है।

□

34

मनुवादी सोच के नाम पर राजनीतिक पाखंड

अपनी इस पुस्तक के प्रारंभिक आलेखों में से एक आलेख में हमने लिखा था कि 'राजनीति है सर्वोपरि'। इस आलेख में भी और अन्यत्र कई अवसरों पर हम यह कहते रहे हैं कि देश के भविष्य के निर्माण में, वर्तमान के निर्माण में और उसके आधार पर भविष्य के निर्माण में राजनीति का योगदान, हस्तक्षेप या परिस्थितियाँ निर्णायक भूमिका अदा करती हैं। किसी भी देश के स्वभाव का, चरित्र का, यानी किसी भी देश के पूरे व्यक्तित्व का निर्माण करने में विद्वानों, वैज्ञानिकों, साहित्यकारों, कलाकारों का, अर्थशास्त्रियों का, यानी समाज के हर उस वर्ग का, जिसका संबंध या रिश्ता विचार से है, निर्माण से है, कृति से है, ऐसे हर वर्ग का योगदान बहुत महत्त्वपूर्ण होता है, देश के व्यक्तित्व के निर्माण में बहुत महत्त्वपूर्ण होता है। परंतु उस समाज निर्माण की पृष्ठभूमियों के बीच और समाज निर्माण-परिस्थितियों के बीच राजनीति की भूमिका सर्वाधिक महत्त्वपूर्ण होती है। हमने इस निष्कर्ष की स्थापना अनेकविध तर्क-वितर्क और इतिहास में बिखरे पड़े कुछ दृष्टांतों के आधार पर की थी।

आज हम अपने इसी निष्कर्ष की परीक्षा स्वयं को दलितों का नेता कहनेवाली सुश्री मायावती की राजनीति के संदर्भ में कर लेते हैं। जब हम यह कह रहे हैं कि देशों और समाजों के वर्तमान और भविष्य के निर्माण में राजनीति का योगदान और स्थान सर्वोपरि होता है, तो हम सर्वोपरिता के दोनों आयामों की बात कह रहे हैं : ऊँचाई के आयामों की बात कर रहे हैं तो गिरावट के आयामों की बात भी कर रहे हैं। राजनीति के परिणामस्वरूप अगर देश का निर्माण हो सकता है तो उसी राजनीति के परिणामस्वरूप देश के वर्तमान और भविष्य का विध्वंस भी हो सकता है। अपने इस आलेख में देश की, देश की ही क्यों, देश के एक राज्य उत्तर प्रदेश की राजनीति पर प्रभाव डाल सकनेवाली सुश्री मायावती की बात कर रहे हैं और हमें यह कहते हुए दुःख हो रहा है कि सुश्री

मायावती ने रचनात्मक राजनीति का परिचय बहुत कम अवसरों पर दिया है और अपनी नकारात्मक राजनीति का परिचय ही अकसर दिया है।

सुश्री मायावती देश की राजनीति का कोई बहुत बड़ा व्यक्तित्व नहीं हैं कि उनके व्यक्तित्व पर या उनकी राजनीति पर पूरा एक आलेख लिख दिया जाए। सुश्री मायावती की राजनीति का महत्त्व उन परिस्थितियों के कारण है, जिन परिस्थितियों के कारण या जिन परिस्थितियों के आधार पर उन्हें राजनीति करने के अवसर मिलते रहते हैं। सुश्री मायावती की राजनीति को अकादमिक शब्दावली में 'दलित राजनीति' कहते हैं, क्योंकि उन्होंने प्राय: दलितों को सामने रखकर ही राजनीति की है। दलित राजनीति की ठीक से व्याख्या करनी हो तो हम कह सकते हैं कि भारत के तमाम दलित हिंदू समाज का अभिन्न हिस्सा हैं, जैसा कि देश के दलित समुदाय भी अपने बारे में कहते और मानते रहे हैं और जैसा कि हिंदू राष्ट्रवादी विचारधारा के श्रेष्ठ प्रवक्ता और प्रतिनिधि डॉ. भीमराव आंबेडकर भी कहते रहे हैं। डॉ. आंबेडकर तो इस हद तक कहते रहे हैं कि बेशक इतिहास में सवर्णों के, यानी सवर्ण हिंदुओं के हाथों दलित हिंदू समाज पर सामाजिक, राजनीतिक, आर्थिक अत्याचार किए गए हों, पर दलितों का भविष्य हिंदुओं के साथ ही सुरक्षित है, न कि उन 'विधर्मियों' (यह शब्द हमारा है) के साथ है, जो उनके साथ पाकिस्तान में रह गए हैं। इसीलिए बाबा साहेब ने भारत सरकार से कहलवाकर विशेष प्रयत्न करके विभाजन के समय पाकिस्तान में रह गए दलित हिंदू समाज को भारत वापस लाने के लिए विशेष प्रयास किए, जिसमें उन्हें सफलता भी मिली और सभी दलित भारत आ गए।

बेशक, जैसा कि हम मानते और कहते आए हैं, किसी भी देश के स्वरूप की दिशा का निर्धारण वहाँ की राजनीति ही अंततः करती है। पर उस दिशा का स्वरूप भी तो उस शिक्षण-प्रशिक्षण और उससे मिले चिंतन और संस्कार के आधार पर ही होगा। पं. जवाहरलाल नेहरू का जैसा प्रशिक्षण था, वैसी ही दिशा, धर्मनिरपेक्षता, समाजवाद आदि राजनीतिक ढकोसलेबाजी की दिशा ही इस देश को नेहरू के हाथों मिली। महात्मा गांधी ने जैसा शिक्षण-प्रशिक्षण खुद को दिया था, उससे मिले चिंतन और संस्कार के आधार पर ही गांधी ने पहले खलाफत आंदोलन को प्रश्रय दिया, जिसकी अनिवार्यता फिर भारत विभाजन के रूप में सामने आनी ही थी, जो कि आई। सुश्री मायावती का भी जैसा शिक्षण-प्रशिक्षण हुआ है या हुआ होगा, वैसी राजनीति ही तो उनके हाथों होगी और उसी राजनीति के आधार पर देश की दिशा और दशा का निर्धारण हो सकता है।

हमारा मानना है कि जब तक मान्यवर कांशीरामजी का दिशा-निर्देश सुश्री मायावती को मिलता रहा, तब तक कु. मायावती के व्यक्तित्व और राजनीति का तेज बरकरार रहा। पर जैसे ही मान्यवर कांशीराम के प्रशिक्षण-द्वार बंद हुए, सुश्री मायावती कांशीरामजी

को तो इस हद तक भूल गईं कि भूलकर भी कांशीरामजी का नाम उन्होंने कभी नहीं लिया। इस चक्कर में ('चक्कर' समझते हैं न आप ?), इस चक्कर में सुश्री मायावती को कांशीरामजी का नाम तो भूल ही गया, बाबा साहब आंबेडकर का राजनीतिक दर्शन भी उन्होंने बिसार दिया और शुद्ध राजनीतिक स्वार्थ की राजनीति वे करने लग गईं। किसी भी राजनेता को अपने राजनीतिक स्वार्थों को साधने की राजनीति करने का अधिकार है, यकीनन है, पर ठीक वैसा ही अधिकार संपूर्ण समाज को भी है, जिस समाज में अपने राजनेताओं से कुछ अपेक्षाएँ होती हैं। राजनीति के लिए, खासकर लोकशाही की राजनीति करने के लिए (हम राजनीति कह रहे हैं, तपस्या या यहाँ तक कि सेवा की बात भी नहीं कह रहे हैं), ऐसी लोकशाही की राजनीति करने के लिए धन संग्रह की जरूरत होती है। चुनाव लड़ना है, रैलियाँ करनी हैं, यात्राएँ करनी हैं, चुनाव कार्यालय चलाने हैं, पार्टी कार्यालय चलाने हैं, इन और ऐसे सभी कार्य के लिए धन संग्रह जरूरी होता है, होता ही है, पर जाहिर है कि धन संग्रह का बहाना राजनीति करने का एक माध्यम, एक जरिया ही रह सकता है। लक्ष्य तो राजनीति ही को बनाना पड़ेगा, पर जब राजनीति तो माध्यम बन जाए और कुछ और ही लक्ष्य बन जाए तो फिर समस्याएँ पैदा होने लग जाती हैं। हमें यह देखकर अफसोस होता है कि सुश्री मायावती इस तरह के राजनीतिक कारण, परिणामों की परवाह अब नहीं कर पा रही हैं।

अगर राजनीतिक लक्ष्य स्पष्ट होते और ये लक्ष्य राजनीतिक ही रहते, तो सुश्री मायावती को अपने राजनीतिक नारों के निर्माण में राजनीतिक शीर्षासन नहीं करने पड़ते। कभी दलित वोट को मजबूत करने के लिए सुश्री मायावती ने सवर्ण वोट को, यानी ब्राह्मण-ठाकुर-बनिया वोट को गरियानेवाला नारा चला दिया—तिलक तराजू और तलवार, इनको मारो जूते चार। कितना नकारात्मक, समाजतोड़क और विध्वंसकारी नारा है यह। पर जब उन्हें लगा कि सवर्ण हिंदुओं और मध्यम जातियों (पिछड़ी जातियों) के हिंदुओं को साथ लेकर ही उत्तर प्रदेश की सत्ता को साधा जा सकता है तो फिर उनका नारा बन गया—यह नारा उनके चुनाव-चिह्न हाथी को केंद्र में रखकर बनाया गया—हाथी नहीं गणेश है, ब्रह्मा, विष्णु, महेश है। हो सकता है कि इस नारा-परिवर्तन के माध्यम से मायावती एकाध बार उत्तर प्रदेश की सत्ता पर भी काबिज हो गई हों (जो कि वे हुई भी थीं), पर नारों की उस ऊँच-नीच ने कु. मायावती की अपनी राजनीतिक विश्वसनीयता को कितना नुकसान पहुँचा दिया है, उसका अंदाजा इन्हें पता नहीं है या नहीं। वे अपने समर्थक समुदाय की नेता होने का दम भरती हैं, तो उन्हें अपनी विश्वसनीयता के ग्राफ के उठने-गिरने का भी पूरा पता रहता होगा।

शायद अपनी विश्वसनीयता के गिरते ग्राफ को सँभालने की चिंता में सुश्री मायावती ने दलित-मुसलिम गठबंधन का नारा देने की कोशिश की। हालाँकि उस नारे से उन्हें

कितना निर्णायक नुकसान हो सकता है, शायद इसी चिंता में वे इस गठजोड़ को कोई 'नारा' नहीं देना चाह रही हैं। दलितों और मुसलिमों के गठजोड़ की राजनीति करने की कोशिश में जो दलित नेता और मुसलिम नेता लगे हुए हैं, उनको आगाह करते हुए हम उनसे एक सत्य का सामना करवा देना चाहते हैं। बाबा साहब डॉ. भीमराव आंबेडकर से बड़ा दलित-चिंतक और दलित-उद्धारक तो पिछली सदी में कोई हुआ नहीं है। दलितों और मुसलिमों के बीच सामाजिक या/और राजनीतिक गठजोड़ या रिश्ता हो सकता है, इसमें डॉ. आंबेडकर को कोई आस्था नहीं थी। बाबा साहब के लेखों व भाषणों के जो संग्रह महाराष्ट्र शिक्षा विभाग के द्वारा छपवाए गए थे, उसमें एक वॉल्यूम बाबा साहब के पाकिस्तान संबंधी विचारों पर है और उसी प्रवाह में डॉ. आंबेडकर ने हिंदू-मुसलिम संबंधों पर भी अपने विचार निर्द्वंद्व रूप से लिखे हैं। इन्हीं सभी खंडों का हिंदी रूपांतरण करने का काम कभी भारत सरकार के कल्याण मंत्री रहे सीताराम केसरी ने अपने मंत्रालय को दिया। ऐसा समग्र संकलन हिंदी रूपांतरण के रूप में छपा भी, पर बुद्धिमान लोगों ने इसे लेकर दो शिकायतें की हैं। एक शिकायत यह की है कि यह रूपांतरण मनमाने तरीके से, राजनीतिक नफा-नुकसान को ध्यान में रखकर किया गया है। दूसरी शिकायत यह की है कि पाकिस्तान संबंधी आंबेडकर के विचारों को इस रूपांतरण से पूरी तरह से निकाल दिया गया है। हमने यह रूपांतरित संग्रह देखा नहीं है। पर अगर इन शिकायतों में थोड़ा भी दम है तो सोचना पड़ेगा कि डॉ. आंबेडकर के विचारों को छापने के मामले में भी अगर सरकारें संपादन के अधिकार को सुरक्षित रखती हैं तो सोचना पड़ेगा कि राजनीतिक स्वार्थसिद्धि की हदें कहाँ तक गिर सकती हैं। यदि ये दोनों शिकायतें गलत हैं तो फिर हम इन कथित शिकायतों को पेश करने की गफलत के लिए इसी पुस्तक में, इसी आलेख में इन्हीं पंक्तियों में क्षमा-याचना कर लेते हैं।

मौजूदा आलेख की, सुश्री मायावती की राजनीति को केंद्र में रखकर लिखे इस आलेख की इतनी पंक्तियों को पढ़ने से अब तक इतना तो स्पष्ट हो चुका होगा कि सुश्री मायावतीजी की राजनीतिक विचारधारा और उनके राजनीतिक व्यक्तित्व के निर्माण में किन-किन तत्त्वों, व्यक्तित्वों, विचार-बिंदुओं का प्रभाव रहा है। इस आलोक में हम इस बात का विश्लेषण करने के इच्छुक हैं कि मायावतीजी 'मनुवादी सोच' शब्द का जो प्रयोग बार-बार करती हैं, इसका अर्थ क्या है? हमें कभी भी मायावतीजी द्वारा लिखी किसी पुस्तक या संग्रह को पढ़ने का मौका नहीं मिला है। मायावतीजी चाहेंगी तो हम उनके सान्निध्य में बैठकर, दो-तीन महीने लगाकर, इनके लेखों व भाषणों पर आधारित कोई संग्रह तैयार करना चाहेंगे। ऐसा हम इसलिए चाहेंगे, क्योंकि हमारा मानना है कि सुश्री मायावती डॉ. आंबेडकर और मान्यवर कांशीराम द्वारा बताए गए रास्ते से अलग कोई नया रास्ता बनाने की कोशिश में हैं, जिसमें हम भविष्यवाणी कर सकते हैं कि उन्हें कोई

खास सफलता मिलनेवाली नहीं है। क्यों? इसलिए कि डॉ. आंबेडकर की इस अवधारणा को हम शत प्रतिशत हृदयंगम कर चुके हैं कि भारत के दलितों का भविष्य हिंदुओं के साथ जुड़ा है, मुसलिमों के साथ नहीं, ठीक वैसे ही जैसे देश की मध्यम जातियों का, यानी पिछड़ों का भविष्य भी हिंदुओं के साथ जुड़ा है, मुसलिमों के साथ नहीं और देश के सवर्णों का भविष्य भी हिंदुओं के साथ जुड़ा है, मुसलिमों के साथ नहीं। यानी देश के सवर्ण, मध्यम, दलित जातियों का वर्तमान भी हिंदुओं के साथ जुड़ा है और उन सभी का भविष्य भी हिंदुओं के साथ जुड़ा है। हमारी इस अवधारणा को भारत के इस सत्य के साथ जोड़कर पढ़ा जाए कि देश के मुसलिमों का भविष्य भी देश के हिंदुओं के विरुद्ध संघर्ष में नहीं है, हिंदुओं के साथ जुड़ने में ही है, बल्कि क्रमशः परावर्तित होकर हिंदुत्व का सांस्कृतिक अंग बन जाने में है। यह वह परिस्थिति है, जिसका निर्माण आज संपूर्ण भारतवर्ष में, संपूर्ण अखंड भारत में, अर्थात् पिछली सदियों में भारत से अलग होकर इसलामी बना दिए गए देशों में, जो कभी भारतीय प्रदेश थे, उन सबमें हो रहा है। भारत के तमाम मुसलिमों को इस नई परिस्थिति का अध्ययन और आकलन करना ही चाहिए। इस संपूर्ण संदर्भ में भारत के सभी जाति वर्गों का, सभी सवर्ण, मध्यम, दलित जातियों के लोगों का धार्मिक जुड़ाव हिंदुत्व से हो जाना चाहिए, यह न केवल समय की पुकार है, अपितु भारत के सत्य से सभी जातिवर्गों का साक्षात्कार भी इसी में है।

इसी बड़े परिप्रेक्ष्य में हम थोड़ा चकित होकर सोचते हैं कि सुश्री मायावती जब 'मनुवादी सोच' की बात करती हैं तो उनके मन में क्या होता है? हमारी यह 'उत्तरायण' शीर्षक पुस्तक इस विचार-सारिणी पर आधारित है, जिसका निर्माण और विकास भारत की पराधीनता की सदियों के परिणामस्वरूप हुआ। इन्हीं पराधीनता के वर्षों में हमें बताया गया कि भारत में कभी ब्राह्मणवाद या/और ब्राह्मण धर्म था। हम इसी पुस्तक में एक आलेख (संख्या 33) में बता आए हैं कि भारत में न कभी ब्राह्मणवाद और न ही कभी ब्राह्मण धर्म था। भारत में ब्राह्मण थे, पर इनके द्वारा स्थापित कोई वाद या कोई धर्म भी था, इसका कोई अता-पता हमारे पूरे इतिहास में हमें नहीं मिलता।

ठीक इसी तर्ज पर हम कह सकते हैं कि भारत में मनु हुए, देश के प्रथम महाराज मनु हुए, खंड प्रलय का पानी उतर जाने के बाद हिमालय से उतरने पर नीचे आने के बाद मनु महाराज भारत धरा पर आए तो वे ही हमारे प्रथम राजा बने। उनका राज्याभिषक तो नहीं हुआ, क्योंकि हमारे देश के इतिहास के अनुसार मनु महाराज के कुछ पीढ़ी बाद हुए पृथु महाराज (भारतगाथा, प्रभात प्रकाशन, दिल्ली) ही वे प्रथम राजा थे, जिनका बाकायदा राज्याभिषेक किया गया। मनु महाराज का उस तरह से राज्याभिषेक तो नहीं हुआ, पर भारत की संपूर्ण इतिहास परंपरा उन्हें भारत का प्रथम राजा मानती है, जिन्होंने अयोध्या में रहकर तब देश का संचालन किया, शासन किया। संस्कृत भाषा में

'स्य' का, इस परसर्ग का प्रयोग का, के, की इस संबंधवाची अर्थ को बताने के लिए किया जाता है। इसलिए मनु + स्य का अर्थ हुआ मनु का, मनु के, मनु की, इत्यादि। अर्थात् मनुस्य=मनुष्य मनु की (संतानें) हैं। हम सभी मनुष्य हैं, मनुज हैं, मनु महाराज की संतानें हैं। जाहिर है कि हम मनु + स्य = मनुष्य हैं।

ऐसे मनु महाराज के साथ दो-तीन अति महत्त्वपूर्ण पक्ष जुड़े हैं। सबसे पहला विषय तो यही है कि प्रलयजनित अव्यवस्था के बाद मनु महाराज ने समाज में व्यवस्था स्थापित की। सबसे महत्त्वपूर्ण पहलू यह है कि मनु महाराज ने यज्ञ-संस्था की शुरुआत की। मनु महाराज ने समाज में नियम-कानून बनाए, रहने के नियम-उपनियम बनाए और जो व्यवस्थाएँ उन्होंने जीवन जीने के लिए कीं, वे ही व्यवस्थाएँ कुछ हजार साल बाद वर्णव्यवस्था बन गईं और आगे चलकर वही वर्णव्यवस्था जातिव्यवस्था बन गई और हौले-हौले वही जातिव्यवस्था बाद में जातिप्रथा बन गई। कृष्ण के समय तक, यानी आज से पाँच हजार साल पहले तक वर्णव्यवस्था बन चुकी थी, जैसा कि 'गीता' से ही स्पष्ट है और उसी कालखंड में, यानी पाँच हजार साल पहले के कालखंड में यही वर्णव्यवस्था, जन्म को आधार मानकर, जातिव्यवस्था (जाति का अर्थ है जन्म, जैसे जाति, प्रजाति आदि) बन गई, जो आज से कुछ ही सदी पहले, शायद इसलामी हमलों से पैदा कुव्यवस्थाओं का सामना करने के लिए, यही व्यवस्था फिर प्रथा, यानी रिवाज बन गई और इस तरह वर्णव्यवस्था जातिव्यवस्था के रास्ते पर चलती हुई जातिप्रथा बन गई। जातिप्रथा से जुड़ा अछूतपन तो, स्त्री के लिए पर्दे की तरह, शुद्ध रूप से इसलामी समय में शुरू हुआ, जो बाद में चलन बन गया। जाहिर है कि हिंदुओं में जात-पाँत और अछूतपन शुरू करने का कोई दोष, दायित्व या प्रारंभ हम मनु के साथ जोड़ ही नहीं सकते। मनु महाराज के समय, लगभग आठ हजार साल पहले, ऐसे कोई हालात थे ही नहीं कि मनु महाराज को जात-पाँत या छुआछूत से जोड़कर देखा जाए।

इस संपूर्ण ऐतिहासिक क्रम को देखकर, जो हमने अपनी पुस्तक 'भारतगाथा' (प्रथम प्रकाशित 1999, और प्रभात प्रकाशन, दिल्ली द्वारा प्रकाशित नवीनतम मुद्रण, 2018) में काफी विस्तार से सिलसिलेवार तरीके से दिया है, यह स्पष्ट है कि देश में, खंड प्रलय के बाद, आठ हजार साल पहले भारत में मनु महाराज हुए, अयोध्या में इनका राज्य शासन था, उन्होंने यज्ञ संस्था शुरू की, राजकाज और समाज व्यवस्था के नियम बनाए, पर वे कहीं भी, किसी भी रूप में वर्णव्यवस्था, जातिव्यवस्था, जात-पाँत, छुआछूत, स्त्री-पर्दा जैसी व्यवस्थाओं को देनेवाले नहीं हैं। इसलिए कुमारी मायावती जिन कुरीतियों पर आक्रमण करने के लिए खुद को प्रतिबद्ध मानती हैं और इस प्रतिबद्धता में हम उनसे शत प्रतिशत, सौ टंच सहमत हैं, मनु महाराज का इनमें से किसी भी कुरीति के साथ दूर से भी कोई लेना-देना ही नहीं है। क्यों? इसलिए कि मनु महाराज का इन

सब व्यवस्थाओं, प्रथाओं, कुरीतियों के साथ कुछ लेना-देना ही नहीं था। सुश्री मायावती जैसी विलक्षण प्रतिभासंपन्न नेता का साबका अगर सत्य से हो जाएगा तो उनके द्वारा की जानेवाली सामाजिक अभिव्यक्तियों में धार पैनी हो जाएगी।

जैसे मनु महाराज के समय की किसी भी व्यवस्था, प्रथा, कुप्रथा के लिए मनु महाराज जिम्मेदार नहीं हैं, वैसे ही 'मनुस्मृति' शीर्षकवाली इस पुस्तक से भी मनु महाराज का कोई संबंध, कोई रिश्ता दूर-दूर तक नहीं है। 'मनुस्मृति' कोई मनु महाराज की लिखी किताब नहीं है। 'स्मृति' का अर्थ 'लिखना' नहीं है, 'यादगार' है, यानी यह जो किताब 'मनुस्मृति' है, यह मनु के द्वारा लिखी किताब नहीं है, मनु की स्मृति, यानी यादगार में लिखी एक किताब है। ऐसी सभी किताबें किसी के नाम पर, यानी किसी की याद में, 'कम्मेमोरेशन वॉल्यूम' की तरह लिखी गई हैं। मनुस्मृति मनु महाराज की याद में, नारद स्मृति नारद की याद में, याज्ञवल्क्य स्मृति आचार्य याज्ञवल्क्य की याद में, ऐसा प्रत्येक स्मृति ग्रंथ किसी-न-किसी बड़े विद्वान् या/और सम्राट की याद में, 'स्मृति ग्रंथ' 'कम्मेमोरेशन वॉल्यूम' की तरह लिखा गया है।

अर्थात् इतना सब बताने के बाद भी अगर सुश्री मायावती 'मनुवाद' शब्द का प्रयोग करती रहेंगी तो जाहिर है कि सभ्य समाज में वे अपना ही सम्मान समाप्त कर रही होंगी, वोटरों की जमात में अपनी ही विश्वसनीयता नष्ट कर रही होंगी, राजनीति की दुनिया में अपनी ही छवि खराब कर रही होंगी, जो वे 'मनुवाद' शब्द का प्रयोग करते रहकर पहले से ही काफी कर चुकी हैं। मनु तो आसमान हैं, इनके विरुद्ध कुछ भी फेंकने पर उलटे हम पर ही पड़नेवाला है। 'मनुवाद' शब्द का भारी-भरकम दुरुपयोग कर वे पहले ही अपने नाम को काफी कमजोर कर चुकी हैं। इसे ठीक करना उन्हीं की जिम्मेदारी है, किसी और की नहीं।

□

35

आर्य को नस्ल बनाने का कूटनीतिक पाखंड

हम अपनी इस पुस्तक के शुरू में ही और जहाँ जरूरत थी, वहाँ-वहाँ पर इस बात की चर्चा कर आए हैं कि भारत में, भारत की अपनी सभ्यता व भारत में आई विधर्मी सभ्यताओं के बीच संघर्ष हुआ और यह संघर्ष कई सदी तक निरंतर चला। इस सभ्यता-संघर्ष के कुछ पहलू नितांत रोचक हैं। जिस सभ्यता-संघर्ष की बात यूरोप के लोग पिछले कुछ समय से करना शुरू हुए हैं, हम उस सभ्यता-संघर्ष की बात नहीं कर रहे। वह संघर्ष अगर हुआ था तो पश्चिमी सभ्यताओं के बीच ही हुआ और भारत की चर्चा इस संदर्भ में न तो हम करना चाहते हैं और न ही भारत में हुए सभ्यता-संघर्ष को हम उससे जोड़कर देखना चाहते हैं। दूसरी रोचक और नितांत महत्त्वपूर्ण बात यह है कि भारत में सभ्यताओं के बीच संघर्ष ही हुआ, संवाद नहीं हुआ। भारत की एक ही विचार-सरणि का फैलाव भारत के बाहर हुआ और काफी दूर तक हुआ और उस विचार-दर्शन का नाम है बौद्ध धर्म-दर्शन। भारत के बौद्ध-दर्शन संप्रदाय को जब जगद्गुरु शंकराचार्य से अद्‌भुत वैचारिक चुनौती मिली तो बौद्ध धर्म-दर्शन ने खुद को निष्फल, लक्ष्य भ्रष्ट, असफल और व्यर्थ जीवन का शिकार मानकर भारत से ही पलायन कर दिया।

भारत के दक्षिण (श्रीलंका), उत्तर (तिब्बत, चीन) तथा पूर्व में जापान आदि तक जिस बौद्ध धर्म-दर्शन का प्रसार हुआ, उसी बौद्ध धर्म-दर्शन का प्रसार पश्चिम में होते-होते सीरिया और इजिप्ट तक हो गया। परंतु इसलाम के तूफान के आते ही भारत के संपूर्ण पश्चिम (और मध्य) एशिया में वहाँ तक फैल चुका संपूर्ण बौद्ध संप्रदाय मुसलिम हो गया, जो आज तक भी मुसलिम ही है, पर जिसमें अब अपने हिंदू भूतकाल को लेकर कुछ भावनात्मक लहरें, अपरिभाषित रूप में ही, बनना शुरू हुई हैं। वे लहरें कहाँ तक जाएँगी और किस रूप में जाएँगी, इस बारे में कोई भी कुछ इदमित्थं नहीं कह सकता। इसलाम के इस तूफान को रोका तो भारत के हिंदू ने, भारत के हिंदुत्व ने

और उसी हिंदू राष्ट्र भारत ने, जिसके दो प्रमाण दुनिया के सामने हैं। एक प्रमाण तो उन्हीं इसलामीकृत देशों—फारस, बलोचिस्तान, सिंध, पश्चिमी पंजाब यानी पाकिस्तान, वजीरिस्तान, बाल्टिस्तान, अफगानिस्तान, सीस्तान आदि उन देशों के रूप में हैं, जो कभी हिंदू थे, पर भारत नामक हिंदू राष्ट्र से टकराने के बाद इन 'स्तानों' (यानी स्थानों) का बनना फिर रुक गया। दूसरा प्रमाण यह है कि न केवल इसलामी तूफान भारत से टकराकर रुक गया, बल्कि उसके आगे बढ़ने की शक्ति भी समाप्त हो गई, जिसका प्रमाण भारत के वे तमाम पूर्वी एशियाई देश हैं, जहाँ इसलाम का सांकेतिक असर ही उन देशों पर है। अन्यथा वे पूरे तौर पर अपने अपने राष्ट्रीय व्यक्तित्व से आज भी जुड़े हैं। वे लोग निराधार कुप्रचार करते हैं, जो कहते हैं कि ब्राह्मणों के दुर्व्यवहार के कारण बौद्धों ने भारत छोड़ा। इसके विपरीत सत्य, परम सत्य यह है कि भारत में बौद्ध धर्म-दर्शन अगर बचा है, फला-फूला है, आज भी फल-फूल रहा है, तो इसलिए कि ब्राह्मणों ने अपने शुद्ध विद्यानुराग के कारण भारतीय, सिंहली, तिब्बती और चीनी ग्रंथों के आधार पर संपूर्ण बौद्ध धर्म-दर्शन के आगम ग्रंथों तक को बचाकर रखा, सँभालकर रखा। बौद्ध धर्म-दर्शन के अनुयायी संपूर्ण रूप से भारत से क्यों चले गए, इसका सटीक विश्लेषण हम अपनी ही पुस्तक 'भारत को समझने की बातें' (प्रभात प्रकाशन, दिल्ली, पृष्ठ संख्या 20) में कह आए हैं।

हमारा आज का विषय तो आर्यों, यानी आर्य थीम को केंद्र में रखकर है। परंतु उससे अलग इतनी बड़ी भूमिका सरीखा वक्तव्य देने का तात्पर्य यह है कि हमें ठीक से पता रहे कि ये वही यूरोपियन विद्वान् (यानी कूटनीतिज्ञ) लोग हैं, जिन्होंने बौद्ध धर्म-दर्शन सहित संपूर्ण भारतीय विद्या के साथ अनैतिक उखाड़-पछाड़कर उसे विकृत किया है। 'आर्य' शीर्षक के अंतर्गत जो और जितना वितंडावाद देश में है, वह सब इन्हीं कूटनीतिबाज यूरोपियन विद्वानों का, विंटरनिट्ज, कीथ मैक्नाडल और उनके शीर्ष पर मैक्समूलर जैसे लोगों का निर्मित किया हुआ है, जिन्होंने भारतीय विद्या में तोड़-फोड़ करने के लिए, उसे पथभ्रष्ट करने के लिए और उसे दृष्टिहीन और कुपथगामी बनाने के लिए किया।

आइए, इसका एक ही उदाहरण दे देते हैं, जो हमारे आज के विचार का विषय है और उसका नाम है 'आर्य'। संपूर्ण भारतीय साहित्य में 'आर्य' शब्द का प्रयोग किसी नस्ल के लिए नहीं होता। आप जानना चाहेंगे कि आर्य शब्द का प्रयोग किस अर्थ में होता है? संपूर्ण साहित्य में, संपूर्ण संस्कृत भाषा में 'आर्य' शब्द का अर्थ है श्रेष्ठ। जब देश में यह इच्छा जाग्रत हुई कि संपूर्ण जनसामान्य को आर्य बनाना है, 'कृण्वन्तो विश्वमार्यम्', तब भी इच्छा यही थी कि संपूर्ण मानव जाति को श्रेष्ठ बनाना है। भारत के महानतम भाषा-वैज्ञानिक आचार्य पाणिनि का एक व्याकरण नियम, यानी व्याकरण सूत्र (अष्टाध्यायी 3.1.103) है, 'अर्यः स्वामिवैश्ययोः' जिस पर टीकाकार भटोजि दीक्षित ने कहा है कि

आर्य शब्द का अर्थ स्वामी या/और वैश्य अर्थ में आता है, जिसे बताने के लिए व्याकरण के किसी अलग नियम की जरूरत नहीं है, यानी बोलचाल के परिणामस्वरूप ही 'अर्य' से 'आर्य' बन जाता है, जिसका अर्थ है स्वामी, गृहपति या/और वैश्य जो व्यापारी के लिए प्रयोग में आता है। जाहिर है कि 'आर्य' एक सामान्य बोलचाल का शब्द है और वह नस्लवादी शब्द नहीं है। वैसे तो संपूर्ण संस्कृत भाषा और वाङ्मय में, जितना हमने पढ़ा है और ठीक-ठाक ही पढ़ा है, वहाँ 'नस्ल' का अर्थ देनेवाला कोई पर्यायवाची शब्द है नहीं। संपूर्ण संस्कृत साहित्य में आर्य शब्द का प्रयोग गृहपति (स्वामी) के अर्थ में आता है या धनार्जन करनेवाले वित्ताधिपति के अर्थ में आता है। संपूर्ण संस्कृत साहित्य में स्त्रियाँ अपने पति के लिए 'आर्यपुत्र' शब्द का प्रयोग करती हैं तो इसका सीधा-सादा अर्थ है कि वह व्यक्ति, जो उस महिला के लिए गृहपति अर्थात् श्वसुर अर्थात् ससुर का पुत्र अर्थात् आर्यपुत्र है। जो यूरोपियन लोग और इनके द्वारा किए गए कुप्रचार का शिकार बने हुए भारतीय लोग 'आर्य' शब्द के आधार पर आर्यों को एक अलग नस्ल और द्रविड़ों को कोई अलग नस्ल मानते हैं और उस आधार पर भारत को तोड़ने के मंसूबे पालते रहते हैं, उन्हें यह देखकर, यानी यह पढ़कर बहुत विचित्र लगनेवाला है, जब हम उन्हें बताएँगे कि लंकापति रावण की पट्टमहिषी रानी मंदोदरी अपने पति रावण को 'आर्यपुत्र' वैसे ही कहती हैं, जैसे सीता हमेशा ही राम को आर्यपुत्र कहती है। मंदोदरी ही नहीं, उसकी सभी सौतें भी रावण को आर्यपुत्र ही कहती हैं—'आर्यपुत्रेति वादिन्यो' (रामायण, युद्धकांड, 110.4)। हमने तो नमूने के तौर पर एक ही उदाहरण दिया है, अन्यथा पूरे युद्धकांड में इस तरह के संबोधन की भरमार है। अगले दो आलेखों (संख्या 36, 37) में हम इन आर्य-द्रविड़वादियों को और राम की निंदा करने के लिए रावण का सम्मान करनेवालों की तीन-चार ऐसी और बातें बतानेवाले हैं, जिनको पढ़ने के बाद द्रविड़ों को भारत से पृथक् और भारत-विरोधी माने जानेवाले लोगों के पैरों के तले से अलगाववादी विचारधारा की जमीन ही खिसकती नजर आएगी।

पृष्ठभूमि बेशक थोड़ी बड़ी हो गई है, पर 'आर्य' के नाम पर विचारधारा-आधारित भारत-विरोधी उपद्रव मचानेवालों को यह संपूर्ण पृष्ठभूमि बता दिया जाना हमें जरूरी लगा। सवाल है कि जब भारत में नस्ल के आधार पर सोचने का कोई कारण हमारे पास मौजूद ही नहीं है, जब आर्य शब्द गृहपति, धनाढ्य और श्रेष्ठ व्यक्ति के अर्थ में भारत में सदा से प्रयुक्त होता रहा है, तो बेबुनियाद और निराधार वे लोग कौन हैं, जो आमादा हैं कि आर्य को नस्ल माना जाए और उसी नस्ल को पहले आर्य-द्रविड़, फिर इंडो-आर्य और फिर सबसे बढ़कर इंडो-यूरोपियन बताने की शरारत की जाए? हमारी पुस्तक के पाठकों को ही नहीं, संपूर्ण भारतीयों को यह बात पता रहनी चाहिए कि भारत को तोड़नेवाले ये सभी कदम आर्य-द्रविड़, इंडो आर्यन और इंडो-यूरोपियन, ये सभी

कदम क्यों उठे, कैसे क्रमशः उठते चले गए और अब हमारे देश की विचारधारा का एक अपवित्र हिस्सा बना दिए जा चुके हैं। हम इसे भारत-विरोधी प्रहार नहीं कहेंगे, तो हम सचमुच के अपराधी माने जाएँगे। जो कि हम अन्यथा हैं नहीं।

जब अंग्रेज व्यापारी भारत आए, तो वे व्यापार करने ही आए थे। इन व्यापारियों का परिचय जिस भारत से हुआ, उस भारत के दो पहलू उस समय थे और दोनों ही पहलू महत्त्वपूर्ण थे। एक महत्त्वपूर्ण पहलू यह था कि भारत, जो कभी 'सोने की चिड़िया' कहा जाता था, वह भारत इसलामी आक्रमणकारियों और आतंकवादियों द्वारा सदियों तक की गई लूट-खसोट के बावजूद एक समृद्ध देश था, जहाँ जीवनयापन करने के लिए कोई आर्थिक संकट किसी को नहीं था। इसके विपरीत जो यूरोपीय व्यापारी भारत आए, वे उन देशों से आए थे, जहाँ तब के भारत की तुलना में कहा जाए, तो दरिद्रता और बदहाली व्याप्त थी। दूसरा महत्त्वपूर्ण पहलू यह था कि यूरोप से आए इन व्यापारियों में से जो जानकार थे और ऐसे लोग काफी रहे होंगे, जिनको भारत की धरती पर पाँव रखते ही जल्दी ही समझ में आ गया कि जिन लोगों का साबका उनके साथ व्यापार करने के बहाने, या व्यापार करने के माध्यम से हुआ है, वे लोग ज्ञान की दृष्टि से उनसे, यानी यूरोपियनों से कहीं, कहीं आगे थे। भारत के ज्ञान-विज्ञान की गहराई का, व्यापकता का और उनके इतिहास आदि की अति प्राचीनता का एहसास उनको, अर्थात् उन यूरोपियनों को जल्दी ही हो गया था। इसके अलावा इन यूरोपियन व्यापारियों को जल्दी, बहुत जल्दी ही समझ में आ गया था कि उनका साबका इतनी बड़ी सभ्यता, इतनी पुरानी सभ्यता, इतने समृद्ध समाज की सभ्यता, हमारा मतलब भारत की सभ्यता से है, भारत की हिंदू सभ्यता से है, यह विराट् सभ्यता, जिसने वेदों, रामायण, महाभारत, पुराणों, अद्‌भुत धर्म-दर्शन-संप्रदायों आदि को जन्म दिया था, वह सभ्यता, हम रेखांकित कर रहे हैं कि वह हिंदू सभ्यता राजनीतिक दृष्टि से कमजोर ही नहीं, पंगु हो चुकी थी। यूरोप उस समय चंद्रमा की चढ़ती कला सरीखा था, तो हिंदू सभ्यता सूर्य के डूबते आकार जैसी थी। यूरोपियनों को लगा कि ऐसी हिंदू सभ्यता को पददलित किए बिना वे उस आर्थिक और राजनीतिक आधिपत्य को प्राप्त नहीं कर पाएँगे, जिसे पाने की एक बड़ी महत्त्वाकांक्षा उनके मन में भारत को लेकर पैदा हो चुकी थी। हमें याद रखना चाहिए कि भारत में यूरोपियनों को, या ठीक से कहें तो अंग्रेजों को राजनीतिक सत्ता मराठों को निर्णायक पराजय देकर मिली थी, न कि किसी इसलामी राज्य को वैसी पराजय देकर मिली थी। इसलिए अपने वास्तविक शत्रु की पहचान अंग्रेजों को बखूबी थी, जो आज तक भी है।

हिंदू सभ्यता की तुलना में अपनी सभ्यता की लघुता को यूरोपियन लोग जल्दी ही समझ गए और उन्होंने धार्मिक, सामाजिक, वैचारिक और राजनीतिक आधार पर,

भारत को, अर्थात् भारत की हिंदू सभ्यता को नीचा दिखाना शुरू कर दिया और पूरी योजनापूर्वक क्रमशः, धीरे-धीरे, पर निश्चित रूप से भारत के हिंदुओं में यह हीनभावना भरना और स्थापित करना शुरू कर दी कि ये, यानी हिंदू यूरोपियनों से, अंग्रेजों से, गोरी चमड़ीवालों से कहीं-कहीं हीन हैं और इन सबको लेकर हिंदुओं के बीच हीनता का यह भाव आज तक बना हुआ है। हीनता का यह भाव आज के भारत की आबादी का मात्र बारह-तेरह होते हुए भी इन मुसलिमों के मन में भी भरा गया था। सामने भारत हिंदू राष्ट्र है, इसको, इस त्रिकाल सत्य को स्वीकार करने और जताने के मामले में, भारत सांस्कृतिक और राजनीतिक दृष्टि से एक राष्ट्रराज्य है, हिंदू राष्ट्रराज्य है, इसे घोषणापूर्वक स्वीकार करने के मामले में, अपने भारत को फिर से अखंड भारत के रूप में देखना और मानना है, ऐसे और इस तरह के महत्त्वाकांक्षी सोच पर परदा डालने के रूप में और ऐसे ही अनेक मामलों में भी हीनता का यह भाव हिंदुओं में प्रायः हर समय बना रहता है।

हीनता के इस बोध का और इस भाव का आलम तो यह है कि अंग्रेजों को भारत का शासन मराठों के साथ निर्णायक युद्ध करते हुए मिला, न कि किसी मुसलिम सत्ताधारी से मिला, भारत के इतिहास के इस सत्य की, और यह सत्य है, पर इस सत्य की हम भारत के हिंदू चर्चा तक नहीं करते। राजनीतिक क्षुद्रता और विवेकशून्यता होने के परिणामस्वरूप ही हिंदू ऐसे हुए हैं, भारत के दस-बारह हिस्सों में विभाजन होने की यातनाएँ उन्होंने झेली हैं, पर हम हिंदू, भारत एक हिंदू राष्ट्र है, भारत और हिंदुत्व पर्यायवाची हैं, इस सत्य को अभी तक भी एक राष्ट्र के रूप में हम अंगीकार नहीं कर पा रहे हैं। गिरावट यहाँ तक है कि भारत की धर्म को लेकर अपनी एक सोच है, धर्म संबंधी इसी सोच के आधार पर हम भारत के धर्म को 'सनातन' कहते हैं, यह सब एक ही झटके में भुलाकर हमने धर्म को मजहब और रिलीजन का पर्यायवाची बनाकर खुद को धोखा देकर कहना शुरू कर दिया है कि भारत में अनेक धर्म हैं। अरे भाई, धर्म तो एक ही है, सनातन, भारत का धर्म तो एक ही सनातन धर्म है, बाकी धर्म नहीं, संप्रदाय हैं। पर हमने सभी संप्रदायों को धर्म कहने की मूर्खता पाल ली है और इस हद तक अंग्रेजी सोच का गुलाम हो चुके हैं कि भारत का अपना एक धर्म है, एक ही धर्म है, सनातन, सनातन धर्म, इसी परम सत्य को समझने और मानने में हमें संकोच होने लगता है।

हम हिंदू ऐसे ही रहे हैं। ऐसे ही राजनीतिक विवेक से शून्य ही रहे हैं। इसलिए छह-सात सदियों तक गुलाम रहे हैं और सोचते भी नहीं। पर जब यूरोपियन व्यापारी हमारे देश में आए तो वे ऐसे नहीं थे। हिंदू ऐसे ही हैं, लुंज-पुंज, यह देखकर यूरोपियनों, यानी अंग्रेजों, यानी क्रिश्चियनों को समझ में आ गया कि ऐसे भारत को गुलाम बनाकर

रखा जा सकता है और उन्होंने इस योजना पर चलना शुरू कर दिया। इस योजना के पहले कदम के रूप में यह किया गया कि एक ढकोसला चलाया गया, आर्थिक और राजनीतिक सत्ता में होने के कारण वे क्रमशः ऐसा करने में सफल होते चले गए कि भारत के हिंदू वास्तव में आर्य नस्लवाले हैं, जो घुमंतू टाइप की नस्ल के थे और जो ईसा से कुछ ही सदी पूर्व भारत में आए थे। अब तीन सवाल खड़े हो गए—एक, आर्य बाहर से भारत आए; दो, आर्य बाहर से भारत कब आए और तीन, आर्य नस्ल के जो लोग बाहर से भारत में आए, वे कहाँ से आए, अर्थात् उनका मूल स्थान कौन-सा था?

भारत के हिंदू का कमाल देखिए कि तब से भारत के हिंदू, जिनमें बाल गंगाधर तिलक जैसे विद्वान् राष्ट्रवादी भी शामिल हैं, जिनमें महर्षि अरविंद जैसे आत्मज्ञान प्राप्त दार्शनिक भी शामिल हैं, जिनमें दांडेकर जैसे प्रखर विद्वान् भी शामिल हैं, इन्हीं तीन सवालों से युद्ध कर रहे हैं, जूझ रहे हैं, नकली प्रश्नों के असली उत्तर टटोलने की मारामारी में लगे हैं, पर उत्तर नहीं मिल रहे। क्यों, इसलिए कि जब प्रश्न ही नकली हैं, तो असली उत्तर कहाँ से मिल सकेंगे? उत्तर तो आपके सामने पड़े हैं—1. भारत के लोग भारत के ही मूल निवासी हैं, जिन्हें इतिहास की हजारों सालों की यात्रा करते-करते अब 'हिंदू' कहा जा रहा है, 2. भारत ही उनका मूल स्थान है, जहाँ भारत के पूर्वांचल में, जहाँ सबसे पहले अयोध्या में महाराज मनु ने शासन किया, भारत की इस सभ्यता का, इस हिंदू सभ्यता का प्रारंभ हुआ, जिसके निर्माण में दलितों, पिछड़ों, सवर्णों, स्त्रियों का बराबर का और महत्त्वपूर्ण योगदान है (जैसा कि अपनी पुस्तक 'भारतगाथा' में प्रमाणों के साथ विस्तार से बता आए हैं) और 3. भारत की उस सभ्यता का प्रारंभ आज से दस हजार साल पहले हुआ। जो तब से आज तक प्रवहमान है सतत गतिशील हो। अर्थात् जो तीन प्रश्न यूरोपियनों ने हमारे सामने खड़े किए, उनके सभी उत्तर हमारे सामने हैं, हमारे पास हैं, हमारे अपने ही इतिहास की पुस्तकों में लिखे पड़े हैं, सभी हिंदुओं को, भारत और दुनिया के डेढ़-दो सौ करोड़ हिंदुओं को, अखंड भारत के हिंदुओं को याद हैं और अब तक याद हैं, हृदयंगम हैं और हृदयंगम रहे हैं। पर यह हम हिंदुओं की गुलाम-मनोवृत्ति का कमाल है, राजनीतिक बुद्धिहीनता और विवेकशून्यता से पैदा हुई हमारी गुलाम मनोवृत्ति का कमाल है कि महाराज हर्षवर्धन के बाद से, चक्रवर्ती काल के कमजोर होने के बाद से ही बनी राजनीतिक विवेकशून्यता से उपजी गुलाम मनोवृत्ति का ही कमाल है कि हमने उन तीन प्रश्नों से युद्ध करना शुरू कर दिया, जो प्रश्न ही नहीं थे, अगर प्रश्न थे भी तो उनके उत्तर हमारे पास थे, पर हमने उनके प्रश्नों के वे उत्तर ढूँढ़ना शुरू कर दिए, जो यूरोपियन लोग चाहते थे कि हम ढूँढ़ें।

यह तो पहलू हुआ भारत की पहचान का, जिसे इन तीन नकली सवालों में उलझाकर ठगने की कोशिश की गई और जब तक हम अपनी राजनीतिक विवेकशीलता

का सही उपयोग कर अपनी युगों पुरानी, हजारों साल पुरानी पहचान को ठीक से जान-पहचान स्थापित नहीं कर पाते, तब तक यह पाखंड चलता रहेगा, जो पाखंड यूरोपियनों ने हमारे सोच में डाल दिया है। यह एक पहलू है। दूसरा पहलू है कालक्रम का, प्राचीनता का, हम कब से इस भारतभूमि में हैं, इस प्रश्न के उत्तर का। भारत की कालगणना के आधार पर भारत की सभ्यता दस हजार साल पुरानी मानी जा रही है। पाँच हजार साल पहले 'महाभारत' का काल था। छह हजार साल पहले 'रामायण' का काल था, जिसे अब सेटेलाइट से प्राप्त जानकारियों के साक्ष्य पर शतप्रतिशत प्रमाणिक माना जा रहा है। अपनी पुस्तक 'भारतगाथा' में हम यह कालक्रम पहले से ही दे आए हैं। राम से एक हजार साल पहले राम के शस्त्र-प्रशिक्षक विश्वामित्र के वे पूर्वज हुए (और जिनका जिक्र खुद रामायण के बालकांड (65.22.25) में मिलता है कि) जिन विश्वामित्र ने राजस्थान के अजमेर, यानी अजयमेरु के पुष्कर तीर्थ में तपस्या कर 'गायत्री मंत्र' की रचना कर क्षत्रिय होने के बावजूद ब्राह्मण का पद प्राप्त किया था। मनु महाराज आठ हजार साल पहले हुए और उनसे पहले के दो हजार वर्ष का समय उस 'देवयुग' का है, जिसका वर्णन और विवरण देने में हमारे पुराण भरे पड़े हैं, पर जिन पर अभी खोज का काम होना बाकी है। इस तरह भारत का इतिहास दस हजार साल का है—देवयुग (10 हजार साल), सत्ययुग (8 हजार साल), त्रेता युग (6 हजार साल), द्वापर युग (5 हजार साल), भगवान् बुद्ध (2500 वर्ष पूर्व, 500 ईसा पूर्व), इत्यादि-इत्यादि। जब भारत में व्यापारी बनकर आए (और फिर शासक बन गए) यूरोपियनों को पता चला कि उनकी, यानी यूरोप की सभ्यता का प्राचीनतम समय 800 (आठ सौ) ई.पू. से पहले का नहीं है, तो इन यूरोपियनों में भयानक हीनभावना का आना स्वाभाविक था और वे 'आर्य' की तरह 'कालक्रम' के मामले में भी सक्रिय हो गए कि भारत का सारा इतिहास तो गप-शप ही है और भगवान् बुद्ध के साथ ही भारत का ठीक-ठाक इतिहास ठीक-ठाक कालक्रम के हिसाब से हमारे सामने आता है। हम अपनी पुस्तक 'भारतगाथा' में भारत के दस हजार साल के इतिहास की विस्तृत और प्रामाणिक बात भी कह आए हैं और हमें यह देखकर प्रसन्नता होती है कि भारत में अब आमतौर पर भारत का इतिहास दस हजार पुराना है, यह मान्यता स्थापित होती चली जा रही है।

हमने दोनों पहलू देखे। पहले 'आर्य' वाला पहलू देखा और फिर कालक्रम वाला पहलू देखा। दोनों पहलू महत्त्वपूर्ण हैं, जो भारत के लिए परम सत्य और परम यथार्थ हैं और ठीक इन्हीं कारणों से यूरोपियनों के लिए वे हीनभावना का कारण आज तक बने हुए हैं और इसी हीनभावना के कारण 'आर्य' वाला ढकोसला चलता चला जा रहा है। पर हमारी भी एक भविष्यवाणी है। वह यह है कि जिस गहराई से भारत के हिंदुओं में अपनी पहचान और अपनी प्राचीनता को लेकर राजनीतिक विवेकशीलता

आती चली जा रही है, वैसे ही, जल्दी ही भारत के इतिहास लेखन में और इतिहास के पाठ्यक्रमों में बताया जाना शुरू हो जाएगा कि हम भारत के हिंदू हैं, जिन्हें हम संस्कृति के बल पर 'आर्य' कह सकते हैं, भारत की संतानें हैं और दस हजार साल से जिस सभ्यता का विकास ये हिंदू कर रहे हैं, उस सभ्यता का, उस हिंदू सभ्यता का निर्माण और विकास अव्याहत रूप से, निर्बाध रूप से, अबाध रूप से हमारी अपनी वैचारिक भूमि पर होता ही चला जाएगा और ऐसी वैचारिक भूमि का विस्तार फिर से वहाँ तक होने ही वाला है, जिस भूमि को, जिस जन्मभूमि को हम अपनी भारतभूमि कहते हैं, अखंड भारत कहते हैं।

□

36

द्रविड़ को नस्ल बनाने का राजनीतिक पाखंड

अपनी इस पुस्तक 'भारत की राजनीति का उत्तरायण' को लेकर, यानी जाहिर है कि इसके शीर्षक को लेकर कई बार हमसे लोगों ने इस पुस्तक के लिखने के दौरान कई लोगों से हुई बातचीत के दौरान पूछा कि अगर हमारी पुस्तक में राजनीति के 'उत्तरायण' का विवरण है तो फिर राजनीति का 'दक्षिणायन' कब और कहाँ था?

इस एक सहज रूप से प्रस्तुत कर दी गई जिज्ञासा में, जिज्ञासा के रूप में पूछे गए सवाल में से एक बात स्पष्ट रूप से समझ में आ रही है कि भारत के लोगों को 'उत्तरायण' और 'दक्षिणायन' इन दोनों शब्दों के अर्थ पता हैं, ठीक से पता है, भली-भाँति पता है। ठीक से पता है कि मकर संक्रांति से शुरू होनेवाले वर्ष के पहले आधे कालखंड को उत्तरायण, यानी श्रेष्ठतर मानते हैं और शेष आधे को उतना श्रेष्ठ नहीं मानते हैं। ऐसा क्यों है, इसका ठीक से जवाब कोई ज्योतिर्विद् ही दे सकते हैं, जो कि हम कतई नहीं हैं, पर हम भारतीयों को, यानी हिंदुओं को, भारत और विश्व भर में रहनेवाले हिंदुओं को ठीक से पता है कि दक्षिणायन की तुलना में 'उत्तरायण' अधिक श्रेष्ठ समय है, जो वही समय है, जिस समय की प्रतीक्षा में अपना शरीर छोड़ने के लिए भीष्म पितामह ने अपना शरीर अर्जुन द्वारा बिछाई गई शरशय्या पर लेटे-लेटे ही बिता दिया। पितामह ऐसा इसलिए कर पाए, क्योंकि उन्हें अपने पिता राजाधिराज शांतनु से इच्छा-मृत्यु का वरदान मिला हुआ था।

भारत की सभ्यता में ओत-प्रोत लोगों को उत्तरायण-दक्षिणायन के बारे में यह सब पता है; यह इस बात का प्रतीक है कि भारत एक राष्ट्र है, हिंदू राष्ट्र है, बीसवीं सदी के मध्य में बने अपने संविधान के कारण भारत एक राष्ट्र नहीं है, पिछले हजारों सालों से भारत एक राष्ट्र है। पर उसी भारत राष्ट्र के व्यक्तित्व को, नए भारत के जनसामान्य को संविधान के माध्यम से बताने में भारत के महामनीषी विद्वान् डॉक्टर

भीमराव रामजी आंबेडकर पूरी तरह से सफल हुए, और जिसे जानने में महात्मा गांधी और उनके राजनीतिक शिष्य जवाहरलाल नेहरू शतप्रतिशत असफल हुए हैं। ऐसे नवीनतम संविधान द्वारा भी सम्मत जिस भारत की सभ्यता का प्रारंभ आज से दस हजार साल पहले हो गया था और यह प्रारंभ भारत के 'पूर्वांचल' में, यानी आज के भारत के उत्तर प्रदेश और बिहार राज्यों के सटे प्रदेश, यानी पूर्वांचल में हुआ, जिसके निर्माण और विकास में भारत के सभी जाति वर्गों, सवर्ण, पिछड़ा, दलित समेत सभी जाति वर्गों और स्त्रियों का बराबर का और महत्त्वपूर्ण योगदान शुरू से रहा है, हमेशा रहा है, आज तक बना हुआ है। भारत की इस सभ्यता का प्रारंभ आज से दस हजार साल पहले भारत के पूर्वांचल में हुआ, जब खंडप्रलय के बाद एक महा मत्स्य अर्थात् एक बड़ी मछली द्वारा चलाई जा रही नौका में बैठने के कारण सुरक्षित बच गए भारत के पहले राजा मनु महाराज ने अयोध्या में राज्य करना शुरू किया। मनु महाराज ही, स्पष्ट है कि मनु महाराज ही हमारे भारत की सभ्यता के प्रथम राजा थे। यह संयोग है कि उन्होंने इस शासन का प्रारंभ अयोध्या में किया, क्योंकि खंडप्रलय के बाद की (जिसका विवरण हमने 'भारतगाथा' में संक्षेप दे दिया है), परिस्थितियाँ वैसी ही बनी थीं। अगर संयोग से परिस्थितियाँ थोड़ा पृथक् प्रकार से घटित होतीं, जिनका घटित होना प्रकृति के हाथ में था, हमारे हाथ में नहीं था, तो पर्याप्त संभावना थी कि मनु महाराज के हाथों इस सभ्यता का प्रारंभ प्राची में ब्रह्मपुत्र के पास कहीं होता, या नर्मदा के पास कहीं होता, या कावेरी के किनारे कहीं होता, या फिर सरस्वती अथवा सिंधु अथवा वितस्ता के किनारे कहीं होता। अर्थात् संपूर्ण भारत में, संपूर्ण अखंड भारत में कहीं भी होता। जहाँ भी होता, तब भी हम तब के इतिहास-सम्मत निष्कर्षों के आधार पर यही कहते, जैसा कि तब अयोध्या में हुआ, कि मनु महाराज ने इतना श्रेष्ठ शासन किया। भारत के प्रत्येक जन को मनु की संतान अर्थात् मानव, अर्थात् मनुष्य (मनु+स्य = मनु का/की), अर्थात् मनु की संतान कहा जाने लगा। भारत के सांस्कृतिक व्यक्तित्व की विराटता की यही पहचान है, यही प्रतीक है।

भारत के उत्तरायण की व्याख्या करते हुए हमने अपनी पुस्तक के 'पूर्वकथन' और 'पस्पशा' में बताया कि भारत ने पिछली छह-सात सदियों में जो गुलामी झेली और अपने इसी पैराग्राफ में संकेतित विराट् व्यक्तित्व को बनाए रखने के लिए विषम संघर्ष इन सदियों में किया। तेरहवीं सदी के प्रारंभ से लेकर, जब पहली बार मुहम्मद गोरी और उसके गुर्गों ने भारत को गुलाम बनाना शुरू किया, ऐसी तेरहवीं सदी के प्रारंभ से लेकर फिर 1947 में मिली आजादी के साथ ही, यानी बीसवीं सदी के मध्य तक, यानी करीब छह या सात सदियों तक बीते हमारी गुलामी के समय को हम चाहें तो भारत की राजनीति का दक्षिणायन कह सकते हैं। भारत की सभ्यता में जितनी भी

विकृतियाँ आई हैं, फिर चाहे वह अशिक्षा हो, स्त्रियों के लिए परदा-प्रथा हो, दलितों के लिए अस्पृश्यता हो, विधवाओं के लिए सतीप्रथा हो, भारत के आश्रमों, तीर्थों, मंदिरों का पददलन हो, संस्कृत, पालि, प्राकृत आदि भाषाओं का ह्रास हो, इन और ऐसी तमाम विकृतियों का जन्म और पोषण भारत की राजनीति के इस दक्षिणायन में ही हुआ। भारत की सभ्यता में आर्य-द्रविड़ जैसी बौद्धिक बेईमानियों का कुटिलतापूर्वक बीजारोपण भी भारत को तोड़ने के इरादे से हमारे देश की राजनीति के इसी दक्षिणायन में हुआ। भारत की राजनीति के दक्षिणायन में आई इन और ऐसी तमाम विकृतियों का विस्तार, जिनका जन्म इसलामी और क्रिश्चियन गुलामी की सदियों में हुआ, उनका दृढीकरण पश्चिम-परस्ती की गुलामी के इन 1947-परवर्ती अनेक दशकों के दौरान हुआ। परंतु अब परिवर्तन हो रहा है, नवोन्मेष हो रहा है, नवविहान हो रहा है, उत्तरायण का आगमन हो चुका है।

अपने मौजूदा आलेख के शीर्षक 'द्रविड़ को नस्ल बनाने का राजनीतिक पाखंड' को ध्यान में रखकर और इसी आलेख में लिखे अब तक के कथनों को संदर्भ मानकर अब हम इस द्रविड़-पक्ष पर अपनी बात रखने जा रहे हैं, जिसके आधार पर हमें कुछ ठोस निष्कर्षों तक पहुँचने में सहायता मिलेगी। बातचीत के ये बिंदु इस तरह से हैं—

1. शिव कैलाशवासी हैं। शिव की शक्तिस्वरूपा पार्वती भी उन्हीं के साथ कैलाश पर रहती हैं। शिव-पार्वती की दो संतानें हैं—पहली संतान हैं कार्तिकेय और दूसरी संतान हैं गणेश, यानी गणपति। शिव-पार्वती के जीवन से जुड़ी एक कथा के आधार पर कार्तिकेय को लगा कि गणेश को अधिक लाभ पहुँचाया जा रहा है, और कार्तिकेय को अकारण पीछे कर दिया जा रहा है। (देखने की बात यह है कि कैसे हमने देवलोक के कहे जानेवालों पर मनुष्यों के सभी गुणावगुण आरोपित कर दिए हैं)। नाराज होकर कार्तिकेय ने कैलाश छोड़ दिया और वे दक्षिण भारत चले गए। वहाँ जाकर वे द्रोणगिरि पर रहने लगे। वैसे तो दोनों भाई गणपति और कार्तिकेय, अपनी-अपनी दृष्टि से सेनापति ही हैं। गणेश शिव के और संभवतः पार्वती के भी, सभी गणों के, सभी सैन्य समूहों के ईश, यानी पति, यानी नायक हैं, इसलिए वे 'गणपति' हैं तो कार्तिकेय जन्मजात 'सेनापति' हैं, क्योंकि वे देवताओं की सेना के, देवसेना के सेनापति हैं। दक्षिण में जाकर कार्तिकेय अद्‍भुत प्रतिष्ठा प्राप्त कर गए। उन्हें वहाँ मुरुगन कहा जाने लगा। परंतु संपूर्ण भारत में तमिलनाडु सहित संपूर्ण भारत में वे कार्तिकेय, कार्तिक या कार्ति आदि नामों से सिर्फ दक्षिण ही नहीं, संपूर्ण भारत में छाए हुए हैं। इस संपूर्ण परिस्थिति को लेकर दक्षिण-उत्तर में कोई भेद नहीं है।

2. संपूर्ण भारत इतना बड़ा है कि अखंड भारत के अनेक प्रदेशों के इसलामी हो जाने के बावजूद इतना बड़ा है कि भारतवर्ष का अनेक प्रदेशों के आधार पर अध्ययन

किया गया है और इन प्रदेशों को, यानी प्रत्येक प्रदेश को अब अपना-अपना नाम ऐतिहासिक रूप से मिल गया है। 'द्रविड़' यह नाम पुराना या कहें कि प्राचीनतम नाम इस प्रदेश का है, जिसे अब हम 'तमिल' कहते हैं। द्रविड़ का ही विकसित रूप द्रमिल है और फिर होते-होते वही द्रमिल शब्द अब तमिल हो गया है। चारों दक्षिण प्रदेशों के चारों नाम, यानी तमिल, कर्नाटक, केरल, आंध्र, ये नाम प्राचीनकाल से ही हैं। किसी प्रदेश को, या कुछ प्रदेशों को 'आर्य' कहते हैं और कुछ को 'द्रविड़' कहते हैं, ऐसी बात भारत में शुरू से आज तक कभी नहीं रही है। कंब ने, अपनी 'रामायण' (बालकांड, श्लोक 32) में तमिल सहित चारों नाम दिए हैं।

3. भारत के अनेक प्राचीन ग्रंथों में भारत के लगभग सभी प्रदेशों के नाम मिलते हैं। सारे भारत की चार दिशाएँ हैं—पूर्व, पश्चिम, उत्तर और दक्षिण। मोटेतौर पर पूर्व को किरात, पश्चिम को यवन, उत्तर को उत्तरापथ और दक्षिण को दक्षिणापथ नाम दिए गए हैं। कुछ नामों में विविधता भी है। मसलन पूर्व को गौड देश भी कहा जाता है। पश्चिम को उदीच्य यह दिशावादी नाम भी प्रायः दिया गया है। फिर इस में बँधे नामों को पूरे देश को ध्यान में रखकर बात करें तो भारतवर्ष के सभी प्रदेशों के नामों को तमिल, केरल, कर्नाटक, आंध्र, तेलंग, उत्कल, किरात, अंग, बंग, अयोध्या, शूरसेन, मथुरा, हर्यरण्य, पंचनद, काश्मीर (कश्मीर नहीं, काश्मीर और संस्कृत भाषा में काश्मीर, इस शब्द का शब्दार्थ, वर्ड मीनिंग है केसर, यानी भगवा), सप्तसिंधु (जहाँ सिंधु, सरस्वती, वितस्ता, शुतुद्रु, विपाशा, रावी, चिनाब नदियाँ बहती हैं), पंचनद (जहाँ सिंधु, सरस्वती तो नहीं, पर बाकी पाँचों नदियाँ बहती हैं), सिंधु देश, सौवीर, शकस्थान, पारसीक, कुरुजांगल, गांधार, उत्तरकुरु, आनर्त (सौराष्ट्र), गुर्जरात्र, महाराष्ट्र, विदर्भ आदि इन नामों को जानते और पहचानते हैं। जाहिर है कि द्रविड़ कोई अलग से नाम नहीं है। और तमिलनाडु, यह कोई अनोखा प्रदेश भी नहीं है।

सारे भारत में बसे लोगों के लिए समझने की बात इतनी भर है कि तमिलनाडु के ही एक नेता, जिनका बौद्धिक विकास भारत-विरोधी पश्चिमी विचारधारा के आस-पास हुआ लगता है, ऐसे रामस्वामी नायकर ने तमिलनाडु में अध्यात्म-विरोधी विचारधारा को शक्ति देने के लिए अर्थात् अध्यात्म-विरोधी आंदोलन को शक्ति देने के लिए अध्यात्म-विरोधी आंदोलन शुरू कर दिया। रामस्वामी नायकर की यह अध्यात्म-विरोधी विचारधारा वैसी ही है, जैसे कभी पुराणकाल में चार्वाकवादियों की थी, भगवान् बुद्ध के आस-पास आजीवक संप्रदायवालों की थी, या आज के समय, वर्तमान में ईश्वर विरोधियों की है या रही है। भारत की मुखर विचारधारा अध्यात्म की ही, हमेशा से, वैदिक काल से, पिछले दस हजार साल से रही है। पर उसी के साथ इस तरह की अध्यात्म-विरोधी क्षीण उपधाराएँ भी हमेशा रही हैं। कभी-कभी राजनीतिक बल मिल

जाने से ये धाराएँ या इनमें से कोई धारा अधिक मुखर हो जाती है, जैसे इस समय एम. करुणानिधि की पार्टी द्रविड़ मुन्नेत्र कड़गम का राजनीतिक बल प्राप्त कर रामस्वामी नायकर के शिष्यों की विचारधारा बलवती नजर आ रही है। भारत में ऐसी विचारधाराओं और उनके प्रस्तोता विचारकों का सम्मान हमेशा से रहा है, क्योंकि प्रत्येक विचार और प्रत्येक विचारधारा का सम्मान करना देश के लोकतांत्रिक और बहुलतावादी सोचवाले भारत का ऐसा ही स्वभाव रहा है। पर उन्हें भारत की प्रतिनिधि विचारधारा के रूप में मान्यता भारत के दस हजार साल के इतिहास में कभी नहीं मिली है और न कभी मिलने की संभावना है। प्रमाण चाहिए? रामस्वामी नायकर की अध्यात्म-विरोधी विचारधारा को भाँति-भाँति की डी.एम.के. द्वारा राजनीतिक बल मिल जाने के बावजूद तमिलनाडु की मुख्यधारा तिरुपति देवस्थानम्, मीनाक्षी मंदिर, रामेश्वर ज्योतिर्लिंग, कुमारीद्वीप, गणपति, व्यंकटेश, मुरुगन, नव दुर्गा आदि के माध्यम से ही व्यक्त होती रही है और यह परिस्थिति, यानी अध्यात्मधारा, अब निरंतर अधिकाधिक पोषित, पल्लवित, बलवती होती चली जा रही है, खासकर तमिल युवा वर्ग में।

4. 'कंब रामायण' तमिलनाडु का मुख्यधारा महाकाव्य है, बल्कि प्रबंध काव्य है। वहाँ के शीर्ष स्थानीय साहित्य सभागार में इसका स्थान है। जरा वह ग्रंथ तो पढ़िए, पूरी 'कंब रामायण' वाल्मीकि रामायण से या तुलसी की, कृतिवास की रामायण से कहीं अलग नजर ही नहीं आती। कंब बार-बार वेदों को पूरे सम्मान के साथ जगह-जगह पर बताते हैं (बालकांड, श्लोक संख्या-6, 7)। उपनिषदों का गुणगान करते हैं, विष्णु को, लक्ष्मी को, राम के कुलनाम राघव को प्रणाम करते हैं (वही, श्लोक-4, 6), 'ॐ नारायणाय नमः' का मंत्रोच्चार करते हैं (वही, 8), सरस्वती वंदना करते हैं (वही, 10) और हनुमान का स्तवन करते हैं (वही, 10), उत्तर-दक्षिण जैसे कपटी भेदों को धता बताते हुए महाकवि कंब अपने पाठकों को मनु के बताए धर्ममार्ग पर चलने का आग्रह करते हैं (वही, 15)। खुद कंब कह रहे हैं कि उन्होंने अपने इस रामायण महाकाव्य की रचना शक संवत् 807 में की थी। इसी बालकांड में श्लोक संख्या 16, 19, 35 में महाकवि कंब ईश्वर से बार-बार मुक्ति की कामना करते हैं और शेषशायी विष्णु से भी करबद्ध प्रार्थना करते हैं (वही 4)। कंब कितना अधिक भारत की मुख्यधारा से अविनाभाव से जुड़े हुए हैं कि वे बताते हैं (बालकांड, 24) कि जब शकाब्द 807 में उन्होंने रामकथा लिखी, तो शुरू की पहली एक ही बैठक में उन्होंने सूर्योदय से पूर्व ही सात सौ पदों की रचना कर दी थी। यह हम नहीं महाकवि कंब कह रहे हैं।

5. राम और रावण के बीच हुए युद्ध को अगर आर्य और द्रविड़ का संघर्ष माना जाएगा तो इससे बड़ी भ्रामक व्याख्या इस संघर्ष की और कोई हो नहीं सकती, जैसा कि हमने अपने ही अगले आलेख (संख्या 37) में अच्छे से बता दिया है। हम तो

यहाँ तक कहना चाहेंगे कि उससे अधिक भ्रामक ही नहीं, अपितु अधिक कुबुद्धिपूर्ण, कुटिलतापूर्ण और षड्यंत्री दूसरी कोई व्याख्या हो नहीं सकती। राम दक्षिण गए थे। यकीनन गए थे। दंडकारण्य गए थे। उस अरण्य की पंचवटी भी गए थे, जहाँ वे अनेक वर्ष तक रहे थे। किष्किंधा गए थे। उससे पहले वे पंपा सरोवर गए थे, अद्‌भुत पंपा सरोवर, जहाँ एक ओर बने शबरी, सिद्धा श्रमणी शबरी भीलनी के आश्रम भी गए थे। लंका जाकर रावण का वध करने से पूर्व राम यह संपूर्ण दक्षिण, संपूर्ण गोदावरी-कावेरी प्रदेश घूम रहे थे, क्योंकि वे रावण द्वारा अपहृत अपनी प्राणप्रिया धर्मपत्नी सीता की खोज में लगे थे। कैकेयी ने राम को दंडकारण्य जाकर वहाँ चौदह साल रहने की आज्ञा दी थी, राम ने उसी आज्ञापालन के लिए दंडकवास किया था। वहाँ जाकर सीता-हरण, सीता की खोज, बालि वध, लंका जाने के लिए रामसेतु, जिसे कंब नलसेतु कहते हैं, उस नलसेतु का निर्माण, लंका जाना, वहाँ जाकर रावण आदि का वध करना और फिर सीता को लाकर पुष्पक में बैठकर वापस अयोध्या आना—इतना सब करने की आज्ञा तो कैकेयी की नहीं थी। पर एक बार सीता अपहरण जैसा निंदित कर्म हो जाने के बाद एक वीर, यशस्वी पति होने के कारण राम ने जो-जो किया, वह सब करने के लिए कैकेयी ने राम को दंडक नहीं भेजा था। अर्थात् रावण का वध करना है, द्रविड़ों की संतानों का वध करना है, ऐसा कोई उद्‌देश्य राम के वनवास का नहीं था। तथाकथित आर्य राम वहाँ तथाकथित द्रविड़ रावण का वध करने तो गए ही नहीं थे। राम को तो वनगमन की आज्ञा थी। बाकी घटनाएँ तो, वह भी आखिरी एक-डेढ़ साल के समय में होती चली गईं, जिनको घटित होने देने में राम का शौर्य, स्वाभिमान और मर्यादा रक्षण खुद-ब-खुद सामने आ गया। यानी राम के वनगमन के पीछे आर्य-द्रविड़ संघर्ष जैसी कोई योजना थी ही नहीं। यह योजना पश्चिम से आए षड्यंत्री क्रिश्चियन विद्वानों की थी, जिन्होंने आर्य द्रविड़ का वैचारिक विष बीज भारत के हृदय में बो देने का असुर-कर्म किया है। जैसे हर असुर का वध अंततः इतिहास में हुआ ही है, उसके असुर-कर्म की समाप्ति होती ही है, वैसे ही भारत को बाँटनेवाले पश्चिम से आए विचार-असुर की भी समाप्ति एक दिन जल्दी ही होनी तय है। वैसा होने का समय आ गया है, ऐसा लग रहा है। कृपया इसी पुस्तक 'भारत की राजनीति का उत्तरायण' के अगले ही आलेख 'दक्षिण में राम : सभ्यता पर विमर्श' को पढ़ लेना पाठकों को सहायक होगा, अच्छा तो लगेगा ही।

6. वाल्मीकि द्वारा लिखी गई 'रामायण', प्रबंध काव्य रामायण, कालातीत ख्यातिवाला प्रबंध काव्य 'रामायण' राम के जीवन काल में ही लिख दिया गया था। उसके युद्धकांड में, जहाँ राम-रावण के बीच युद्ध का वर्णन है, वानर संस्कृति और राक्षस संस्कृति के बीच हुए युद्ध का वर्णन है। जैसा कि हम अगले ही आलेख में

विस्तार से बतानेवाले हैं, वहाँ कुछ ऐसे जीवन-शैली संबंधी संकेत भी मिल जाते हैं, जिन संकेतों को पढ़कर उन लोगों को काफी सांस्कृतिक और राजनीतिक कष्ट होनेवाला है, जिन्होंने तथाकथित आर्यों और तथाकथित द्रविड़ों को पृथक् नृवंश, यानी 'रेस' मान लिया है। चूँकि संकेत हैं, इसलिए हम भी संकेत रूप में ही बता रहे हैं और इन संकेतों के आधार पर निष्कर्ष अपने आप ही निकल जाते हैं, कहने की जरूरत ही नहीं पड़ती। मसलन पूरी रामकथा में, प्रस्तुत संदर्भ में युद्ध कांड में, सीता राम के लिए 'आर्यपुत्र' का प्रयोग करती हैं। सारे भारत के साहित्य में, प्राचीन-मध्यकालीन भारत में, कहीं-कहीं वर्तमान में लिखे प्राचीन काल पर आधारित साहित्य में भी पत्नियों द्वारा अपने-अपने पति को 'आर्यपुत्र' ही कहा गया है। वाल्मीकि की 'रामायण' में भी राक्षसराज रावण की पत्नी मंदोदरी भी अपने पति के लिए 'आर्यपुत्र' संबोधन का ही प्रयोग करती है। नमूने के तौर पर एक ही संदर्भ पर्याप्त है, जब युद्ध में रावण के वध का समाचार प्राप्त कर मंदोदरी आदि सभी रानियाँ रावण को 'आर्यपुत्र' ऐसा पुकारकर विलाप कर रही हैं—'आर्यपुत्रेति वादिन्यो हा नाथेति च सर्वशः' (युद्धकांड, 110.4) ऐसा संबोधन अनेक स्थानों पर मंदोदरी ने किया है।

रावण के वधोपरांत, देहावसान के बाद, राम ने रावण के शोकग्रस्त भाई विभीषण को भाई का अंतिम कर्म करने को कहा तो जानते हैं विभीषण ने क्या किया। सिर्फ संदर्भ से शायद काम न चले, हमेशा शक करने में ही मगन लोगों को हम रावण के 'दाह संस्कार' से जुड़े सभी श्लोक पढ़वा देते हैं—

> **''राघवस्य वचः श्रुत्वा त्वरमाणो विभीषणः।**
> **संस्कारयितुभारेभे भ्रातरं रावणं हतम्।**
> **स प्रविश्य पुरीं लङ्कां राक्षसेन्द्रो विभीषणः।**
> **रावणस्याग्निहोत्रं तु निर्यापयति सत्वरम्।**
> **शकटान् दारुरूपाणि आग्नीम् वै याजकांस्तथा।**
> **तथा चन्दनकाष्ठानि काष्ठानि विविधानि च।**
> **अगरूणि सुगन्धीनि गन्धांश्च सुरभींस्तथा।**
> **मणि मुक्ताप्रवालानि निर्यापयति राक्षसः॥''**

(102-106)

यह सारा प्रसंग तो दाह-संस्कार की तैयारी का है। फिर दाह-संस्कार संबंधी कुछ श्लोक पढ़ लेने में कोई हर्ज नहीं—

> **''दारुपात्राणि सर्वाणि अरणिं चोत्तरारणिम्।**
> **दत्वा तु मुसलं चान्यं यथा स्थानं विचक्रमः।**
> **शास्त्रदृष्टेन विधिना महर्षिविहितेन च।**

तत्र मेध्यं पशुं हत्वा राक्षसेन्द्रस्य राक्षसाः।
परिस्तरणिकां राज्ञो घृतानां समवेशयत्।
गन्धैर्माल्यैरलंकृत्य रावणं दीनमानसाः।
विभीषणसहायास्ते वस्त्रैश्च विविधैरापि।
लाजैरवकिरन्ति स्म वाष्पपूर्णमुखास्तथा।
स ददौ पावकं तस्य विधियुक्तं विभीषणः।
स्नात्वा चैवार्द्रवस्त्रेण तिलान् दर्भविमिश्रितान्।
उदकेन च सम्मिश्रान् प्रदाय विधिपूर्वकम्।
ताः स्त्रियोऽनुनयामास सान्त्वयित्वा पुनः पुनः॥''

(रामायण, युद्धकांड, सर्ग-111, श्लोक-116-121)

सबको समझ में आ सके, इसलिए हम गीता प्रेस गोरखपुर के प्रकाशन में से ही इन श्लोकों का हिंदी अनुवाद भी उद्धृत कर देते हैं—श्रीरामचंद्रजी के इस वचन को सुनकर विभीषण युद्ध में मारे गए अपने भाई रावण के दाह-संस्कार की शीघ्रतापूर्वक तैयारी करने लगे। राक्षसराज विभीषण ने लंकापुरी में प्रवेश करके रावण के अग्निहोत्र को शीघ्र ही विधिपूर्वक संपन्न किया। उसके बाद शकट, लकड़ी, अग्निहोम की अग्नियाँ, यज्ञ करानेवाले पुरोहित, चंद्रनकाष्ठ, अन्य विविध प्रकार की लकड़ियाँ, सुगंधित अगरू, अन्यान्य सुंदर गंधयुक्त पदार्थ, इन वस्तुओं को एकत्र किया (श्लोक-102-106)। फिर विभीषण तथा अन्यान्य राक्षसों ने भी चिता पर नाना प्रकार के वस्त्र और लाजा बिखेर दिए। तदनंतर विभीषण ने चिता में विधि के अनुसार आग लगाई। उसके बाद स्नान करके भीगे वस्त्र पहने हुए ही उन्होंने तिल, कुश और जल के द्वारा विधिवत् रावण को जलांजलि दी। तत्पश्चात् रावण की स्त्रियों को बार-बार सांत्वना देकर उनसे घर चलने के लिए अनुनय-विनय की।

जो लोग आर्य और द्रविड़ के नाम पर भारत का विभाजन करने की लाठी भाँजने में ही निरंतर रुचि रखते हैं, उनके लिए हमारा निवेदन है कि वे एक बार वह कथा पढ़ लें, जिसके आधार पर रावण को कुबेर का ही भाई, यानी एक ही पिता की दो संतानें माना गया है। अगर कुबेर देवता होने के कारण आर्य था और रावण राक्षस होने के कारण द्रविड़ था, यह हम नहीं कह रहे हैं, जो पश्चिमी विभाजनकारी विद्वान्, यानी कूटनीतिज्ञ ऐसा मानते हैं, इनकी ओर से तर्क के रूप में कह रहे हैं कि अगर ऐसा था तो उन्हें बताना पड़ेगा कि एक ही पिता की दो संतानें—एक कुबेर और एक रावण, अलग-अलग नृवंशों, अलग-अलग मानव प्रजातियों, यानी एक आर्य और एक द्रविड़ कैसे हो गए? पहले कहानी पढ़ लीजिए, जो कथा वाल्मीकि रामायण के ही उत्तरकांड के सर्ग संख्या 2-6 में

विस्तार से हमारे लिए सुरक्षित है। पढ़नी आपको पड़ेगी। आपको इसलिए कि भारत को लेकर, आर्य और द्रविड़ के विभाजन की भारत-विरोधी कुंठा के शिकार आप हैं, न हम हैं, न ही शेष सारा देश है। सारा देश, पूरे भारत को, उत्तरापथ और दक्षिणापथ को, पारसीक, शकस्थान, गांधार, सौवीर, सिंधु, पंचनद, गुर्जरात्र, महाराष्ट्र, विदर्भ, कर्नाट, आंध्र, तेलंग, तमिल, केरल, उत्कल, बंग, प्राग्ज्योतिष, मध्यदेश, काश्मीर, पंचनद आदि की तरह एक समान नृवंश मानता है। जिनके मन में भेद है, विभाजन का भाव है, भारत को तोड़ने का भाव है, उनको भी जल्दी ही सत्य का साक्षात्कार हो जाएगा।

□

37

दक्षिण में राम : सभ्यता पर विमर्श

राजरानी अग्निगर्भा सीता की खोज की प्रक्रिया में राम भारत के उस हिस्से में चले गए, जिसको आज हम दक्षिण भारत कहते हैं। इसी खोज की प्रक्रिया में राम का पहले पंपा सरोवर में आगमन हुआ और फिर उसके बाद सुग्रीव से सहायता पाने की अपेक्षा के साथ राम किष्किंधा आ गए और इस तरह राम भारत के उस हिस्से में आ गए, जिसे हम दोहरा रहे हैं और इस तरह से कह रहे हैं कि राम वहाँ आ गए, जिसे हम दक्षिण भारत कहते हैं।

यानी राम पहली बार दक्षिण में आ गए। पहली बार।

आज के भौगोलिक मानचित्र के हिसाब से भारत का दक्षिणी भाग दो हिस्सों में हमारे सामने सुविज्ञात है। एक, भारत का वह दक्षिण, जो विंध्य के पार, उत्तर के साथ सटा हुआ है, जिसे भारत पर इसलामी आक्रमण के बाद के मानचित्रों में दक्कन या डेकन कह दिया जाता है, जिसमें दक्षिणी महाराष्ट्र, कर्नाटक, तेलंगाना व आंध्र प्रदेश आदि आते हैं। और दो, इस दक्कन से सटा वह दक्षिण, जिसमें आज के हिसाब से केरल व तमिलनाडु आते हैं। वैसे दक्कन या डेकन शब्द भी दोनों ही संस्कृत के 'दक्षिण' शब्द से विकसित हुए हैं और कुछ नहीं, यानी भारत के हिसाब से डेकन या दकन और दक्षिण, सभी दक्षिण हैं। (संस्कृत में दक्षिण का शब्दार्थ है कुशल, दक्ष, स्मार्ट और चुस्त-दुरुस्त।)

हालाँकि भारत का स्वाभाविक वर्गीकरण चार ही भागों में है—पूर्व, पश्चिम, उत्तर व दक्षिण, पर भौगोलिक, प्रशासनिक व भाषायी अध्ययन की सुविधा के लिए पूर्व को पूर्व तथा पूर्वोत्तर, पश्चिम को पश्चिम तथा पश्चिमोत्तर (जिसमें आज का पाकिस्तान, वजीरिस्तान, हिंदूकुश तक का क्षेत्र आ जाते हैं), उत्तर को उत्तर तथा पूर्वांचल और दक्षिण को दक्कन तथा दक्षिण कह दिया जाता है।

चूँकि राक्षसराज रावण द्वारा अपहृत कर ली गई जानकी सीता की खोज करते हुए राम पहले विंध्य के पार, आज के शब्दों में, दक्कन पहुँचे और फिर दक्षिण पहुँचे,

इसलिए हम कह सकते हैं कि अयोध्या के राम, अर्थात् भारत के उत्तर के पूर्वांचल के राम प्राणप्रिया धर्मपत्नी सीता की अपनी अथक, ऐतिहासिक, भावप्रवण व शौर्य-संपन्न खोज करते-करते पहले दक्कन पहुँचे, फिर धुर दक्षिण, समुद्र के किनारे तक पहुँचे और फिर तो समुद्र को भी पार कर लंका पहुँच गए, जिसे हम आज की भाषा में श्रीलंका कहते हैं। राम और रावण के बीच युद्ध, आज की भौगोलिक शब्दावली में कहें तो भारत की भूमि पर नहीं, श्रीलंका की भूमि पर हुआ था और चालू राजनीतिक भाषा में कहें तो राम ने रावण को उसके घर में घुसकर मारा था। सोचें, तो ही समझ में आएगा कि सीता को फिर से लौटा लाने के लिए, गृहलक्ष्मी (भवभूति की भाषा में 'इयं गेहे लक्ष्मी:') को घर वापस लाने के लिए राम कहाँ तक गए। यह स्वाभाविक ही था, जो राम ने किया। राम ऐसा न करते तो वे फिर राम ही क्यों कहलाए जाते! राम के आलोचक यह बात आज तक समझ ही नहीं सके। यह भी उनकी समस्या है, हमारी नहीं।

भारत के ऐतिहासिक कालक्रम के हिसाब से राम त्रेता युग में हुए थे, जिसे अब निश्चित रूप से आज से छह हजार साल पहले का माना जाता है। जो बात भारत के जनमानस में शुरू से बसी है, उसी को अब विभिन्न भूगर्भीय व अंतरिक्षीय आधार पर शोध ने समर्थन प्रदान किया हुआ है। वैसे पश्चिम-परस्त, भारत-विमुख लोग इस बात को आसानी से मानेंगे नहीं। मान भी तो नहीं रहे। पर सत्य को कब तक रोका जा सकता है। भारत सत्य के साथ है। पश्चिम के लोग नहीं मानते तो यह उनकी अपनी समस्या है, हमारी नहीं। महाभारत पाँच हजार साल पहले का है, जो द्वापर युग माना जाता है। भारत की जो कालगणना हम भारतीयों के हृदयों में, अंतस्तल में हजारों सालों से बसी और बैठी है, उसके हिसाब से देश में सबसे पहले देवयुग रहा, जिसके बारे में अभी देश को तरीके से खोज करना बाकी है, परंतु भारत के पुराण ग्रंथों में यह सारा कालखंड विस्तार से लिखा पड़ा है। उन पुराण ग्रंथों में, जो एक अनुपम शैली में लिखे हमारे इतिहास ग्रंथ हैं, पर जिन्हें भारत-विरोधी पश्चिम-परस्त लोगों के दबाव में हमने अकारण ही माइथोलॉजी कहकर खारिज कर रखा है। कोई देश कैसे खुद को ही खारिज कर देता है, यह इसका एक नमूना है।

भारत के दस हजार साल के इतिहास में सबसे पहले देवयुग आता है जिसका समय आठ से दस हजार साल के बीच का है। इसके बाद हम मनु महाराज के साथ आ जाते हैं जिनका समय आठ हजार साल पहले का है, जब यजुर्वेद के यजुषों के मंत्रों की रचना हुई। सात हजार साल पहले के विश्वामित्र के साथ ही सत्ययुग या कृतयुग शुरू हुआ, गायत्री मंत्र के साथ ऋचाओं की, ऋग्वेद के मंत्रों की रचना शुरू हुई। रामायण का समय छह हजार साल पहले का है, जिसे हम त्रेतायुग के नाम से जानते हैं, जब सामवेद के साम मंत्र लिखे गए और रामायण की रचना हुई। फिर पाँच हजार साल पहले द्वापर

युग में अथर्ववेद की रचना के समय के साथ-साथ ही महाभारत की रचना हुई। इसके बाद कलियुग के समय महापुराणों व उपपुराणों की रचना हुई।

हमने तो इस ओर सिर्फ और सिर्फ इसलिए संकेत (भर) किया है कि भारत के लगभग दस हजार वर्षों के इस इतिहाससम्मत कालखंड में करोड़ो-करोड़ भारतवासी उत्तर से दक्षिण की ओर या फिर दक्षिण से उत्तर की ओर आए व गए होंगे। पर राम के दक्षिण आने से पहले राजनीतिक व आध्यात्मिक दृष्टि से एक बड़ा ही महत्त्वपूर्ण नाम हमें इस कड़ी में नजर आता है। यह पहला नाम ऋषि अगस्त्य का है। क्या करें? घटना ही इतनी पुरानी है कि यह घटना, यह ऐतिहासिक घटना एक बड़ी ही आकर्षक घटना के रूप में हम भारतवासियों के हृदयों में दर्ज हो गई है। इस रूप में दर्ज हो गई कि एक कहानी चल पड़ी कि पहले विंध्य पर्वत बहुत, बहुत ऊँचा था, कोई इसे पार नहीं कर पा रहा था। अगस्त्य ऋषि ने इसके लिए तप किया और फिर विंध्य से अनुरोध किया कि 'हे विंध्य, थोड़ा नीचे हो जाओ, मुझे उसके पार जाना है।' विध्य ने ऋषि की तपस्या का मान रखा और नीचा हो गया। हम आपको कहानी बता रहे हैं। अगस्त्य विंध्य पार हो गए। पार हो जाने के बाद मुनि अगस्त्य ने विंध्य से कहा कि अब तुम तब तक नीचा ही रहना, जब तक कि मैं वापस न आ जाऊँ और तब से अगस्त्य वापस उत्तर आए ही नहीं। वे दक्षिण के हो गए और तब से अगस्त्य दक्षिण में ही हैं। दक्षिण के ही हैं।

पर इस बृहद् ऐतिहासिक घटना को पश्चिम के तथाकथित इतिहासकारों और उनके द्वारा हमें पढ़ाए गए तथाकथित इतिहास को लगातार रटते रहनेवाले पश्चिम-परस्तों ने कैसे दक्षिण भारत और शेष भारत को जोड़ने की बजाय उसे भारत के दोनों क्षेत्रों को एक-दूसरे से बाँटकर रख देने के रूप में बदल दिया है, इस कुटिल खोज की बखिया उधेड़ने हम यहाँ नहीं बैठे। वैसे पश्चिम-परस्तों द्वारा हम पर थोपी इस कथित रिसर्च की बखिया हम उधेड़ेंगे जरूर। हम यह काम जल्दी ही करेंगे। कुछ वैसा ही काम हम अपनी 'भारतगाथा' में शुरू कर भी आए हैं। पर हमारा आज का विषय चूँकि राम के दक्षिण प्रवास को लेकर है, इसलिए हम राम द्वारा की जा रही सीता की खोज को ही इस भारत-विरोधी शोध के परिप्रेक्ष्य में, अपने इस आलेख को केंद्र में रखकर, आगे कुछ महत्त्वपूर्ण बातें कहनेवाले हैं।

यानी जिन भारत-द्रोही व पश्चिम-परस्त खोजकर्ताओं ने भारत के इस उत्तर-दक्षिण भूगोल को कुटिल राजनीतिक रंग दिया है और राम को आर्यों द्वारा दक्षिण पर कथित विजय बताने का प्रयास किया है, उनकी जिज्ञासाएँ बढ़ाने के लिए हमें कुछ जरूर कहना है। हम अपनी यह प्रस्तुति दो हिस्सों में, दो छोटे-छोटे हिस्सों में करेंगे। एक हिस्से में यह विचार किया जाएगा कि देश के इतिहास में राम का (या किसी का भी) द्रविड़ विनाश का कोई एजेंडा कभी था ही नहीं और दूसरे हिस्से में यह विचार किया जाएगा

कि राम के समय दक्षिण भारत कोई मिट्टी और ढेलों का बंजर क्षेत्रवाला भारत नहीं था। भारत एक पूर्ण विकसित दक्षिण भारत था, जहाँ की सभ्यताएँ, वानर सभ्यता व राक्षस सभ्यता ऐसी दो सुविकसित सभ्यताएँ विद्यमान थीं, जिनका उत्तर से आए, ठीक से कहें तो देश के उत्तर के पूर्वांचल से आए राम ने परस्पर घनिष्ठ संबंध स्थापित कर दिया, जिसके प्रमाण के रूप में हिमालय के जैसे एक अडिग प्रमाण की तरह दक्षिण का रामसेतु दूसरे अडिग प्रमाण के रूप में खड़ा है, जिस अडिग प्रमाण को डिगाने की कोशिश में पश्चिम-परस्त, भारत-विमुख राजनीति करनेवाले लोग हमें 1947 में मिली आजादी के बाद से ही लगे हुए हैं, बेशक असफलतापूर्वक लगे हुए हैं। थोड़ा ढंग से विचार कर लिया जाए।

1. सबसे पहले हमें इस बेसिक बात को ठीक से याद कर लेना चाहिए कि राम ने सीता को, अपनी प्राणप्रिया धर्मपत्नी को उस रावण के चंगुल से छुड़ाने के लिए रावण का वध किया था, जिस रावण ने सीता का अपहरण कर लिया हुआ था। जैसा कि हम बता आए हैं, शूर्पणखा-प्रकरण, खर-दूषण-त्रिशिरा की पराजय और विनाश, सीता का अपहरण—ये और उसके साथ जुड़ी हुई तमाम घटनाएँ तब घटित होना शुरू हुईं, जब राम करीब-करीब साढ़े बारह-तेरह साल का वनवास पूरा कर चुके थे और उनके वनवास का बाकी एक-डेढ़ साल ही बाकी बचा हुआ था। अगर किसी कथित आर्य-द्रविड़ संघर्ष या द्रविड़ विनाश का कोई एजेंडा राम का रहा होता तो वे अपने वनवास के चौदह में से साढ़े बारह-तेरह वर्ष का अमूल्य समय पंचवटी और जनस्थान में ही न गँवा देते, जबकि शूर्पणखा, खर, दूषण, त्रिशिरा वगैरह सभी लोग, रावण के ये सभी सिपहसालार इन सभी साढ़े बारह-तेरह वर्षों से इसी जनस्थान में ही रह रहे थे। न शूर्पणखा कांड घटित होता और न ही राम-रावण युद्ध का क, ख, ग भी शुरू होता। पश्चिम के जिन कथित खोजी इतिहास लेखकों ने आर्य-द्रविड़ संघर्ष की जो पटकथा कल्पित की है, उस पटकथा का प्रेरणास्रोत कोई है तो यही शूर्पणखा है, या फिर खर, दूषण, त्रिशिरा जैसे उसी के भाई-बंधु हैं। तब से ये कथित खोजी इतिहासकार और उनके समर्थक पश्चिम-परस्त राजनीतिबाज लोग शूर्पणखा की प्रेरणा से लिखी इस पटकथा का पालन-पोषण कर रहे हैं। हम यह नहीं जानते कि वे वैसा क्यों करते रहे हैं? शायद जानते भी हैं।

2. हमें दूसरी बेसिक बात यह भी याद रख लेनी चाहिए कि राम अपने किसी कथित आर्य-द्रविड़ संघर्ष के एजेंडा को पूरा करने को वनवास के लिए नहीं गए थे। राम को वनवास के लिए जाने का आदेश दशरथ और कैकयी की ओर से मिला था। दशरथ की दूसरी दोनों पत्नियों—कौशल्या और सुमित्रा का कोई समर्थन इस घटनाचक्र को नहीं था और यह संपूर्ण घटनाचक्र जब घटा, तब राम के सबसे प्यारे भाई भरत तो अयोध्या में ही नहीं थे। वे तो अपने छोटे भाई शत्रुघ्न के साथ घूमने-फिरने के लिए

अपने ननिहाल गए हुए थे। इस पूरे घटनाचक्र में न किसी आर्य शब्द का प्रयोग है, न किसी द्रविड़ शब्द का प्रयोग है और न किसी कथित आर्य-द्रविड़ संघर्ष का कोई संदर्भ ही कहीं है। गलती से भी नहीं है। दूर-दूर तक नहीं है। इस संपूर्ण घटनाचक्र के आधार पर, जिस आर्य-द्रविड़ संघर्ष की थ्योरी चलाकर भारत का, सभी भारतवासियों का, भारत के संपूर्ण इतिहास का जो अपमान किया गया है और लगातार किया जा रहा है, क्या भारत के देशानुरागी व देशाभिमानी लोग इसका बौद्धिक प्रतिकार कभी करेंगे? करेंगे ही।

3. तीसरी याद रखने लायक बेसिक बात यह है कि राम ने अपना चौदह साल का वनवास अयोध्या से ज्यादा दूर नहीं, अपितु गंगा पार करने के बाद चित्रकूट से ही प्रारंभ किया था। तब चित्रकूट आज की तरह कोई आवास भूमि या पर्यटन स्थल नहीं था। वह वन ही था, पहाड़ियोंवाला वन था। 'चित्रकूट' इस नाम में कूट कहने का तात्पर्य ही यही है कि वह पहाड़ियोंवाला वन क्षेत्र था। कूट पर्वत का अर्थ देनेवाला शब्द है। पर वनवास शुरू होने के शीघ्र बाद भरत जब अपनी सेना, अयोध्यावासियों और अयोध्या के राजपरिवार के लोगों के साथ राम के पास चित्रकूट आ गए और राम को अयोध्या वापस लाने के लिए, यानी अपना वनवास तुरंत समाप्त करने का आग्रह करने लगे तो राम ने अपनी चरण-पादुकाएँ देकर जैसे-तैसे भरत व अन्य सभी को लौटाया। अगर भरत अपने मिशन में सफल हो जाते तो राम का वनवास वहीं समाप्त हो जाता। पर पिता की ही प्रतिज्ञा पूरी करने को कटिबद्ध राम ने भरत की बात नहीं मानी और सभी को लौटा दिया। इस पर जब राम को ऐसा लगा कि भरत आदि सभी अयोध्यावासी संपूर्ण चित्रकूट क्षेत्र को अपवित्र कर चुके हैं और शायद बार-बार चित्रकूट आते रहेंगे और मुनियों की तपस्या में और राम के वनवास में विघ्न डालते रहेंगे (अयोध्याकांड सर्ग-117) तो राम ने चित्रकूट वन को छोड़कर, विंध्य पार कर जनस्थान जाने का निर्णय किया और वहाँ पंचवटी में अपना आश्रम बनाया, जहाँ वे सीता-अपहरण तक फिर रहे। राम तो वैसे भी चित्रकूट में रहकर अपना वनवास पूरा करने के लिए नहीं आए थे। उन्हें तो दंडकारण्य ही जाना था, क्योंकि चौदह साल के लिए जो वनवास की आज्ञा राम को कैकेयी से मिली थी, वह दंडकारण्य के लिए मिली थी—

'सप्त सप्त च वर्षाणि दंडकारण्यमाश्रितः।
अभिषेकमिदं त्यक्त्वा जटाचीरधरो भव॥'

(अयोध्याकांड, 18.37)

इस आज्ञा को पूरा करने के लिए दंडकारण्य जाने के पूरे विवरण में द्रविड़-विनाश कर आर्य सभ्यता की स्थापना करनी है, इसका कोई संदर्भ, संकेत या परामर्श दूर-दूर तक कहीं नहीं है। जैसे अगर साढ़े बारह-तेरह साल के वनवास के बाद शूर्पणखा कांड

और परिणामस्वरूप रावण द्वारा सीता-अपहरण नहीं हुआ होता तो राम अपना संपूर्ण वनवास जनस्थान में ही पूरा कर देते। तो बताइए इस पूरे ऐतिहासिक घटनाक्रम में, जो राम के ही समकालीन वाल्मीकि ने अपने प्रबंध काव्य 'रामायण' में लिपिबद्ध कर दिया है, इस पूरे ऐतिहासिक घटनाक्रम में कहाँ है आर्य-द्रविड़ संघर्ष? कहीं उसका कोई विवरण तो छोड़ दीजिए, कोई संकेत तक भी कहाँ है? अगर नहीं है, जो कि नहीं है, तो क्यों इस झूठ को पश्चिम के कथित इतिहासकारों द्वारा परोसे गए इस झूठ को, अभी तक भारत-विमुख पश्चिम-परस्त लोगों द्वारा दशकों से परोसा और स्कूल-कॉलेजों में पढ़ाया जा रहा है? क्यों?

4. राम के हाथों राक्षसों के विनाश का यह घटनाचक्र राम के जनस्थान में जाने के बाद प्रारंभ हुआ हो, ऐसा नहीं है। दशरथ से राम को वनवास की आज्ञा मिलने से काफी पहले, अपितु राम-सीता के विवाह से भी काफी पहले ही राम ने विश्वामित्र की आज्ञा से राक्षस विनाश किया था। राम तब विश्वामित्र के आश्रम में चल रहे यज्ञ में विघ्न डालनेवाले राक्षसों का संकट समाप्त करने के लिए विश्वामित्र के आह्वान पर उनके साथ गए थे। तब राम के हाथों पहले ताड़का का वध हुआ, फिर सुबाहु का वध हुआ और फिर मारीच को वहाँ से भगाया गया, जहाँ से अयोध्या के समीप ही बने विश्वामित्र के आश्रम से भगाए जाने पर वह, यानी मारीच जनस्थान में जा पहुँचा। वहाँ उसने फिर राम से बदला निकालने के लिए रावण के हाथों सीता का अपहरण करने में मारीच ने अपनी जान की बाजी लगाकर रावण की सहायता की। इस पूरे प्रसंग में भी आर्य-द्रविड़ संघर्ष का कोई संकेत दूर-दूर तक नहीं है।

5. अब एक बात इस संदर्भ से हटकर सिर्फ 'आर्य' शब्द के बारे में कर ली जाए। जब यह कहा जाता है कि भारत में 'आर्य' शब्द किसी नस्लवाची समुदाय का, या किसी भी समुदाय का वाचक नहीं है और 'आर्य' शब्द का सिर्फ और सिर्फ एक ही अर्थ 'श्रेष्ठ' है, तो इस भाषायी सत्य को भी नकार देने से ये पश्चिम-परस्त भारत-विरोधी लोग नहीं चूकते। वे इस कुप्रचार से, इस नस्लवादी कुप्रचार से अब हमेशा के लिए बाज आ जाएँ, इसलिए हम उनका इस 'आर्य' शब्द से परिचय बहुत ही महत्त्वपूर्ण संदर्भ में करवा देते हैं, बेशक प्रकारांतर से वहाँ भी 'आर्य' शब्द का अर्थ श्रेष्ठ के अलावा और कुछ नहीं, बस केवल संदर्भ सर्वज्ञात और अद्‍भुत है। भगवान् बुद्ध ने भारत के दर्शन के चार 'आर्य सत्य' बताए हैं। सर्वज्ञ बुद्ध के बताए ये चार सत्य इस प्रकार हैं—1. दुःख है, 2. दुःख का कारण है, 3. दुःख का निवारण हो सकता है और 4. इस दुःख का निवारण करने के मार्ग हैं। हम यहाँ इस मूलभूत भारतीय दर्शन का, जिसे भगवान् बुद्ध ने सरलतम दार्शनिक भाषा में हमें समझा दिया है, और जिसे अब देश का बच्चा-बच्चा जानता है, इस दर्शन का विवेचन करने के लिए नहीं बैठे हैं, क्योंकि हमारे लिए वह प्रसंग अभी

है नहीं, फिर जब आएगा तो विस्तार से ही क्यों, काफी विस्तार से चर्चा करेंगे। कुछ चर्चा 'भारत को समझने की शर्तें' पुस्तक में की भी है। मौजूदा संदर्भ में हम सिर्फ इतना पूछना चाहते हैं कि कृपया आर्य-द्रविड़ संघर्ष के झूठ को भारत के इतिहास में प्रतिष्ठित करनेवाले भारत-द्रोही, पश्चिम-परस्त इतिहासकार, यानी तथाकथित इतिहासकार कृपया बताएँ कि भगवान् बुद्ध द्वारा प्रतिपादित भारत के इस मूलभूत दर्शन में आर्य शब्द का द्रविड़ से क्या संबंध है ? हम उसके विस्तार में जाने की कोई जरूरत नहीं समझते हैं कि इन पश्चिम-परस्त तथाकथित इतिहास लेखकों ने जानबूझकर आर्य शब्द को नस्लवादी बनाकर अपनी क्षुद्र नस्लवादी मानसिकता का परिचय देते हुए भारत नामक महादेश का सिर्फ और सिर्फ अपमान ही किया है, क्योंकि भारत न कभी नस्लवादी रहा है और न आज भी है। नस्लवादी होने का यह एकाधिकार तो पश्चिम के पास हमेशा से रहा है और आज भी है।

6. यकीनन भारत में आर्य-द्रविड़ संघर्ष कभी नहीं हुआ। इसलिए नहीं हुआ कि भारत में आर्य और द्रविड़ ऐसी दो सभ्यताएँ, एक-दूसरे के बरबस खड़ी हों, ऐसी ये दो सभ्यताएँ कभी एक-दूसरे के प्रति संघर्षरत हुई ही नहीं, क्योंकि ऐसी ये सभ्यताएँ कभी एक-दूसरे के बरक्स कभी इस तरह से अस्तित्व में आई ही नहीं।

पर इसका अर्थ यह नहीं कि भारत में कभी सभ्यताओं में संघर्ष हुआ ही नहीं। रामायण कथा के पाठक इस सत्य से भली-भाँति परिचित हैं कि रामकथा के अयोध्या परवर्ती घटना विस्तार के कालखंड के आस-पास ही भारत में तीन सभ्यताएँ एक-दूसरे के पड़ोस में एक ही समय में विकसित अवस्था में पहुँच चुकी थीं। एक है भारत की वैदिक सभ्यता, दूसरी है भारत के दक्कन की वानर सभ्यता और तीसरी है भारत के दक्षिण के पार लंका में विकसित राक्षस सभ्यता। इन तीनों सभ्यताओं को लेकर हमें एक-एक बात सिर्फ बेसिक जानकारी के रूप में जाननी जरूरी है। जिसे हम वैदिक सभ्यता कह रहे हैं, उसके लिए अधिक उपयुक्त शब्द है मानव सभ्यता, क्योंकि 'मानव' शब्द भारत के प्रथम राजा 'मनु' से ही निकला और बना है, जिन मनु महाराज ने देश को, इस देश के लोगों को श्रेष्ठ आचरण की शिक्षा दी, समझाया और इनके स्वभाव और साधना का हिस्सा बना दिया। शेष दोनों सभ्यताओं, वानर सभ्यता और राक्षस सभ्यता तक मनु के जीवन-दर्शन का प्रवेश या प्रसार अभी नहीं हुआ था। इसलिए वैदिक सभ्यता को हम अपने प्रयोग के लिए 'मानव सभ्यता' शीर्षक से ही जानेंगे।

वानर सभ्यता के बारे में हमें यह जान लेना चाहिए कि भारत का दक्कन इस सभ्यता का केंद्र था और मानव सभ्यता से वानर सभ्यता का कोई संपर्क परस्पर नहीं था। जो ऋषि-मुनि सारे भारत में विभिन्न स्थानों पर योग, ध्यान, भक्ति, जीवन-दर्शन में श्रद्धा रखते हुए भारत के पूर्व, पश्चिम, उत्तर, (दक्कन सहित) दक्षिण में अपने आश्रम

बनाकर इस वैदिक या मानव सभ्यता पर आचरण कर रहे थे, वे सभी उनके व्यक्तिगत प्रयास थे। उनके ये प्रयास सभ्यताबोधक थे, या फिर सभ्यता के प्रसार के लिए, इसके कोई ठोस प्रमाण हमारे पास नहीं हैं। पूरी उत्तर रामकथा में नहीं हैं।

कारण स्पष्ट है। अगर राम को ही वैदिक सभ्यता का अर्थात् मानव सभ्यता का राजनीतिक प्रतीक मान लें तो हमें यह फिर से बताना पड़ेगा कि राम का दक्षिण आगमन सभ्यतामूलक या फिर राजनीतिक कारणों से नहीं हुआ था। वह तो अयोध्या राजपरिवार में कैकेयी द्वारा कर दिए गए 'कू' के कारण, विद्रोह के कारण अनायास ही हो गया था। पर इस 'कू' या 'विद्रोह' के संदर्भ से हमें यह तो पता चल ही गया कि सारा अयोध्या राजपरिवार, फिर संपूर्ण उत्तर भारत यह तो ठीक से जानता है कि भारत के दक्षिण में, दंडकारण्य में घना और बसेरे को कठिन जंगल था, अरण्य था, 'रण', यानी शब्द, यानी कोलाहल से रहित अरण्य था, शांत प्रदेश था, बल्कि विषम प्रदेश था, जहाँ रहना दुष्कर था और राम को अब चौदह साल इसी दंडकारण्य में रहना था।

वाल्मीकि रामायण में मानव सभ्यता के प्रतिनिधि स्वयं राम और वाल्मीकि हैं। हमने वाल्मीकि का नाम इसलिए विशेष रूप से लिया है, क्योंकि वे उन तपश्चर्या लीन ऋषियों व मुनियों का, यानी तब के भारत के बुद्धिजीवियों का प्रतिनिधित्व करते हैं जो ऋषि-मुनि सारे भारत में अपने-अपने हिसाब से तपश्चर्या में लगे रहा करते थे। अब आप तपश्चर्या का अर्थ स्वयं ही लगा सकते हैं। इस मानव सभ्यता की तपश्चर्या-गतिविधि इतनी अधिक प्रभावशाली थी कि खुद वानर सभ्यता व राक्षस सभ्यता के अनेक सदस्य भी तपश्चर्या में लगे रहा करते थे। इसे आप चाहें तो सभ्यताओं का आदान-प्रदान भी कह सकते हैं। राक्षसराज रावण और उसके पुत्र मेघनाद की तपश्चर्याएँ सुविख्यात हैं और रेखांकित भी हैं।

बेशक राक्षस सभ्यता का केंद्र तब की लंका रही थी, पर लंका की राक्षस सभ्यता के सदस्य भारत के उत्तर व दक्षिण सभी स्थानों पर बसना शुरू हो चुके थे, बल्कि वहाँ अपना राजनीतिक वर्चस्व बनाना भी शुरू कर चुके थे। शूर्पणखा, खर, दूषण, त्रिशिरा, मारीच जैसे प्रसिद्ध नाम, राक्षस सभ्यता के उन सदस्यों के नाम हैं, जो भारत के दक्कन में और उससे भी कुछ उत्तर व पश्चिम में अपना वर्चस्व स्थापित करने में लगे हुए थे, सैनिक अड्डे स्थापित करने में लगे हुए थे, जिसके संकेत हमें 'रामायण' में यत्र-तत्र मिल जाते हैं। हाँ, वानर सभ्यता अपने दक्कन से आगे-पीछे ज्यादा नहीं हुई, बेशक वह एक सुविकसित सभ्यता थी, जिसका बड़ा ही सटीक व प्रामाणिक चित्र हमें किष्किंधा कांड में कई तरह से मिल जाता है।

अब संघर्षवाली बात कर ली जाए। मानव सभ्यता का संघर्ष वानर सभ्यता से कभी हुआ हो, इसके कोई प्रमाण हमें पूरी वाल्मीकि रामायण में नहीं मिलते। कोई संकेत तक

इसका नहीं मिलता। वानरराज बालि का राम के हाथों वध राम की एक ऐसी व्यक्तिगत-राजनीतिक जरूरत थी, जो सीता की खोज को पूरा करने में निर्णायक भूमिका निभाती नजर आ रही थी। चूँकि राम के अपने राजनीतिक आकलन के हिसाब से, जैसा कि हमें लगता है, बालि इस जरूरत को पूरा करने में आड़े आ रहा था, इसलिए राम ने अपनी राह के, सीता की खोज करने की अपनी राह के रोड़े बालि को रास्ते से हटा दिया और सुग्रीव, हनुमान, अंगद के नेतृत्व में नए राजनीतिक समीकरण के रूप में उभर रही वानर सभ्यता के नए नेतृत्व के साथ मैत्री कर ली।

यानी इन सभ्यताओं के बीच संघर्ष और मैत्री की आधारशिला रख दी गई थी। सीता का अपहरण करनेवाले राक्षसराज रावण और राम में शत्रुता स्वाभाविक थी और राम तथा सुग्रीव का तात्कालिक लक्ष्य एक जैसा होने के कारण मानव-वानर सभ्यताओं के नायकों के बीच मैत्री एक जरूरत थी। आगे की तसवीर काफी रोचक है। राम और लक्ष्मण, ये दो नाम ही ऐसे हैं, सिर्फ ये दो नाम ही ऐसे हैं, जिनकी मैत्री संपूर्ण वानर सभ्यता से हो गई, जिन वानरों ने फिर राम और लक्ष्मण के चमत्कारी नेतृत्व में संपूर्ण राक्षस सभ्यता से युद्ध किया। यानी परिस्थितियाँ ऐसी बनती चली गईं कि सभ्यताओं के बीच संघर्ष अगर हुआ है तो वह वानर सभ्यता व राक्षस सभ्यता के संपूर्ण सैनिक तंत्र के बीच हुआ, जिसमें वानर सभ्यता ने राक्षस सभ्यता पर संपूर्ण विजय हासिल की। राम और लक्ष्मण नामक दो विशिष्ट महाव्यक्तित्वों ने जिस वानर-राक्षस संघर्ष की परिस्थितियाँ बनाईं, उन परिस्थितियों में पराजित राक्षस सभ्यता में से उभरा नया नाम राक्षस नेता विभीषण के रूप में न केवल राम के कारण लंका में पुनः स्थापित हो गया, अपितु मानव-वानर-सभ्यता व राक्षस-सभ्यता के बीच संवाद चलता रहे, संभाषण चलता रहे, बना रहे, इसके लिए रामसेतु के रूप में सभ्यताओं के बीच संवाद का नया प्रतीक स्थायी रूप से बना दिया गया। आज का भारत-द्रोही राजनीतिक व बौद्धिक नेतृत्व सभ्यताओं के बीच संवाद के स्वर्णिम पाषाण प्रतीक रामसेतु को ही नष्ट कर देने पर आमादा रहा है। इससे बड़ी लज्जास्पद व देश-विरोधी बात और क्या हो सकती है?

जो भारत-द्रोही पश्चिम-परस्त लोग, यानी जो ऐरे-गैरे कथित इतिहासकार आर्य-द्रविड़ संघर्ष की गप, या झूठ हमें पिछले दशकों से सुनाते रहे हैं, पिछली दो-ढाई सदियों से सुना रहे हैं, वैसा विघटनकारी सोच सुना-सुनाकर भारत के मानस और विचारशीलता को गुमराह करते रहे हैं, उन्हें इस वानर सभ्यता व राक्षस सभ्यता के संघर्ष का इतिहास ध्यान से पढ़ना चाहिए, जो इतिहास वाल्मीकि रामायण में डॉक्यूमेंटिड है, पंक्ति-दर-पंक्ति लिखा पड़ा है, लिपिबद्ध हुआ पड़ा है। जो इतिहास है, वह पढ़िए। बेकार की विभाजनकारी कहानियाँ सुनाना बंद करिए।

वानर सभ्यता व राक्षस सभ्यता के बीच हुए इस संघर्ष में राक्षसराज विभीषण की

राम के कारण पुन:स्थापना के बावजूद यह सत्य है कि इस युग परिवर्तनकारी संघर्ष में वानर सभ्यता जीती और राक्षस सभ्यता संपूर्ण रूप से हारी। परिणाम हमारे सामने है। राम के नेतृत्व में वानर सभ्यता द्वारा तरीके से पराजित कर दिए गए राक्षस धीरे-धीरे नष्ट होते चले गए। होते-होते, महाभारत के समय तक वे कृष्ण के हाथों सदा-सदा के लिए नष्ट कर दिए गए और भारत की धरा से राक्षसों का सफाया हो गया। उधर वानर सभ्यता का मानव सभ्यता से संबंध इस हद तक सामने आया कि समस्त वानर जाति का धीरे-धीरे मानवीकरण होता चला गया, जो सदियों की प्रक्रिया में स्वत: होता चला गया और अब वानर सभ्यता के इक्का-दुक्का सदस्य ही अपने मौलिक रूप में बाकी बचे हैं। बचे जरूर हैं। वानर सभ्यता तथा राक्षस सभ्यता का जो हुआ, वह क्यों हुआ, इसकी छानबीन फिर कभी की जाएगी। किसी नए आलेख में, किसी नई पुस्तक में। यह हमारे वर्तमान आलेख का विषय वैसे भी नहीं बन पा रहा।

□

38

नेहरू की आदिवासी नीति के फलित

अगर सामान्य रूप से लिया जाए तो 'आदिवासी' शब्द कितना सादगी भरा और भला नजर आता है। यानी वे जन या जन समूह, जो ठीक वैसा ही जीवन जी रहे हैं, जैसा सृष्टि के बाद से बना है और विकसित हुआ है। सृष्टि में सिर्फ भलापन ही नहीं होता। शुरू-शुरू में होता होगा, हमारा मानना है कि होता ही होगा, क्योंकि कोई भी मानव सृष्टि नकारात्मक संदर्भों के परिणामस्वरूप नहीं होती और अगर नकारात्मक संदर्भों के परिणामस्वरूप होती है तो उस सृष्टि को मानवी सृष्टि की बजाय आसुरी सृष्टि कह दिया जाता है। सामान्य परिस्थितियों में भी जैसे-जैसे मानवी सृष्टि बनती और विकसित होती चली जाती है, वैसे ही वैसे उसमें साधुताएँ और विकृतियाँ आती चली जाती हैं और जो सृष्टि का आदि स्वरूप है, प्रारंभिक शक्ल है, उसके स्वरूप में, आकार-प्रकार में, स्वभाव और सोच में फर्क आता चला जाता है। वह नकारात्मक होगा या सकारात्मक, यह तो परिस्थितियों पर निर्भर करेगा। एक ही राजघराने में पैदा होकर एक व्यक्ति बड़ा होकर धर्मराज युधिष्ठिर बन गया और दूसरा व्यक्ति बड़ा होकर कुटिलमति दुर्योधन बन गया, इसी उदाहरण में काफी कुछ स्पष्ट हो जाता है।

एक कथावाचक के प्रवचन के दौरान हमने एक उद्धरण सुना था कि एक मंत्र में, यानी एक वैदिक मंत्र में कहा गया है कि हे प्रभो! हमें देवताओं के पापों से बचाओ। कथावाचक प्रवचन करते हैं और इस प्रभावशाली ढंग से करते हैं कि सुननेवाले के मन-मस्तिष्क में बात हमेशा के लिए स्थापित हो जाती है। अपने कथन के पीछे का उद्धरण आदि बताना, यानी रेफरेंस आदि बताना, उनकी प्रवचन शैली का अभिन्न अंग नहीं होता। इसलिए हमें उद्धरण संकेत तो पता नहीं चल पाया, पर कथावाचकश्री द्वारा बताया गया कथन आज भी याद है और वह कथन है—'हे प्रभो! हमें देवताओं के पापों से बचाओ'। यहाँ 'देवता' शब्द प्रभावशाली, नेतृत्व कर सकनेवाले व्यक्ति का पर्यायवाची मान लिया जाए और 'पाप' शब्द का अर्थ उन कठिन कर्मों से है, जो कार्य उन देवताओं

द्वारा किए गए कर्म समाज के वर्तमान और भविष्य पर दीर्घकालीन असर डाल जाते हैं। वैसे शुद्ध शाब्दिक अर्थ के रूप में लेंगे तो भी 'देवता' ठीक उसी अर्थ में लिया जाता है, जिस अर्थ में इंद्र, वरुण, सूर्य, चंद्र आदि का प्रयोग होता है। ऐसे देवताओं में देवताओं के राजा इंद्र, देवराज इंद्र द्वारा किए गए पापों की चर्चा वैदिक-पौराणिक कथाओं में काफी है और कोई वैसा इंद्र नहीं बनना चाहता जैसा उसे वेदों-पुराणों में चित्रित किया गया है। मसलन इंद्र को एक से अधिक बार ब्रह्महत्या का पाप लगा। ब्रह्महत्या, यानी किसी पढ़े-लिखे विद्वान् व्यक्ति की हत्या। ऐसी हत्या, यानी ब्रह्महत्या, जिसका दंड सामान्य से अधिक दिए जाने की प्रथा है। इंद्र ने दो बार, कम-से-कम दो बार ब्रह्महत्या की। एक बार वृत्रासुर का वध किया, और वृत्रासुर को ब्राह्मण माना गया है। दूसरी बार उसने मरुत् देव की हत्या की और फिर प्रायश्चित्त किया। हर बार ब्रह्महत्या का प्रायश्चित्त किया। चूँकि पाप देवता, यानी इंद्र ने किया और वह भी देवराज ने किया, इसलिए उसके पापों का भुगतान फिर जनसामान्य ने किया और सृष्टि प्रक्रिया का हिस्सा बनकर किया। इसीलिए देवताओं के, राजा-महाराजाओं के, बड़े-बड़े लोगों के द्वारा किए गए पापों का भुगतान फिर जनसामान्य को करना पड़ता है।

मौजूदा संदर्भ में पं. नेहरू ही वे देवता हैं, जिनके विचारधारा संबंधी एक अपराध का फल देश को वैसे ही आज तक भुगतना पड़ रहा है, जैसे पं. नेहरू के ही काश्मीर संबंधी, तिब्बत संबंधी, विभाजन संबंधी विचारधारा-अपराधों का फल देश आज तक भुगत रहा है। इन अपराधों को आप सामान्य कोटि के अपराध मान ही नहीं सकते, क्योंकि इन अपराधों का, या यूँ कहें कि ऐसे पापों का फल फिर जनसामान्य को पीढ़ियों तक भुगतना पड़ता है। देश के किसी जन को या जनसमूह को 'आदिवासी' घोषित करना इसी कोटि का अपराध माना जाएगा। कृपया 'अपराध' और 'पाप' इन शब्दों के शुद्ध राजनीतिक फलितों पर ध्यान केंद्रित करिए, क्योंकि हमारी यह संपूर्ण पुस्तक राजनीतिक पुस्तक उसी अर्थ में है, जिस अर्थ में राजनीतिक व्यक्ति, घटनाचक्र या/और राजनीतिक विचारधारा पर लिखी कोई भी पुस्तक हो सकती है। हमारी यह पुस्तक राजनीतिक विचारधारावाले खाने में आती है।

इस 'आदिवासी' शब्द के अर्थ को, यानी अनर्थ को आप कृपया दो तरह से समझने की कोशिश कीजिए। शायद 'आदिवासी' इस शब्द का एक अर्थ यह है कि देश और समाज के वे वासी, यानी वे रहनेवाले, जो आदिकाल से, यानी शुरू से ही वहाँ रहते हैं। अर्थात् भारत नामक दस हजार साल प्राचीन सभ्यतावाले देश में कुछ जन या जनसमूह ऐसे हैं, जो आदिकाल से, यानी सृष्टि के प्रारंभ से ही वहाँ रहते हैं। 'आदिवासी' शब्द के इस अर्थ को, यानी इस अनर्थ को जानने के बाद आप मानना ही नहीं चाहेंगे कि यह इस शब्द का अर्थ है या कि इस तरह के मासूमियत वाले अर्थ से भरपूर ऐसा कोई शब्द

हमारे देश के शब्दकोश में हो सकता है। पर हम जानते हैं कि न केवल यह शब्द हमारे देश के शब्दकोश में है, बल्कि भारत की संवैधानिक शब्दावली में यह एक महत्त्वपूर्ण शब्द है, जिसका निश्चित राजनीतिक अर्थ है और इन तथाकथित अर्थवाले 'आदिवासी' जन को कुछ ऐसी कानूनी सुरक्षाएँ भी उपलब्ध हैं, जो सामान्यतया देश के सामान्य जन या जनसमूह के पास नहीं हैं, 'आदिवासी' कहे जानेवाले जनसमूहों के लिए, 'शेड्यूल्ड ट्राइब', यानी 'एस.टी.' इस विशेषण के साथ विधान बनानेवाली संस्थाओं में कुछ स्थान आरक्षित कर दिए गए हैं।

'आदिवासी' शब्द की कानूनी दुविधाओं से माथा-पच्ची करने का हमारा यहाँ कोई इरादा नहीं है, क्योंकि किसी भी जन या जनसमूह को किसी भी उचित आधार पर अगर कोई लाभ संवैधानिक कारणों और आधारों पर मिलता है तो उसमें हमें या किसी को भी कोई आपत्ति भला हो भी क्यों सकती है? पर 'आदिवासी' शब्द के परिणामस्वरूप अगर देश को यह समझाने की कोशिश की जाएगी कि ये जन या ये जनसमूह देश के आदि, यानी मूल निवासी हैं, तो इसका राजनीतिक अर्थ-विस्तार इस रूप में हो जाता है कि इन आदिवासी जनसमूहों को छोड़कर, जो कि आदि यानी मूल निवासी हैं, शेष सब बाहर से आए हैं और उस तरह के प्रत्यक्ष या परोक्ष, सीधे या अनुमानित अर्थ से हम शतशः असहमत हैं और ठीक इसी आधार पर हमें इस शब्द प्रयोग पर बड़ी भारी राजनीतिक आपत्ति है। देश में एक वर्ग को दूसरे वर्ग से अलग करनेवाली परिस्थितियाँ वैसे भी कम नहीं हैं और इन परिस्थितियों को पैदा होने देनेवाले राजनीतिक निहितार्थों से भी सारा देश सुपरिचित है। 'भारत एक खोज' नामक एक पुस्तक हमारे देश में ऐसे राजनीतिक निहितार्थ बतानेवाली बातों का एक पुलिंदा इस रूप में हमारे पास पहले से ही है। हम नहीं चाहते कि देश को जोड़नेवाली शक्तियों और विचारधाराओं के स्थान पर देश को तोड़नेवाली शक्तियों और विचारधाराओं को बल मिले, राजनीतिक बल मिले। इसलिए हमारा प्रस्ताव है कि 'आदिवासी शब्द की बजाय या 'मूल निवासी' इस नव प्रचलित शब्द की बजाय किसी अन्य शब्द का प्रयोग किया जाए। वैसे सच्चाई तो यह है कि 'मूलनिवासी', 'आदिवासी', 'विलंबित वासी' जैसे भ्रामक और विभेदक शब्दों से बचना और परहेज करना ही किसी देश की सोच का हिस्सा होना चाहिए। 'अनुसूचित जाति', 'अनुसूचित जनजाति' जैसे जन या जन जनसमूह के लिए प्रमाण-पत्र बनाने के नाम पर, जो राजनीतिक ऊँच-नीच होती है, ऐसी सभी अवांछनीय प्रक्रियाओं से बचकर देश को स्वाभाविक और एकीकृत तरीके से रहने की दृष्टि से ही हमें सोचना चाहिए। अगर उद्देश्य आर्थिक और सामाजिक विकास करना है, तो वैसा करने के लिए कोई बेहतर तरीका देश सोच सकता है। देश को सोचना ही चाहिए। अब तक न सोच पाने के जो कुपरिणाम सामने आ रहे हैं, उस परिप्रेक्ष्य में देश आज नहीं सोचेगा तो फिर कब सोचेगा? यह एक पहलू है।

दूसरा पहलू भी है, जो बराबर का महत्त्वपूर्ण है। भारत नामक देश का दुर्भाग्य रहा कि बेशक आजादी के आंदोलन का नेतृत्व तो महात्मा गांधी ने किया और महात्मा गांधी के नेतृत्व में आजादी की उस लड़ाई को सफलता मिली, पर देश को बनाने के लिए, भारत राष्ट्र का निर्माण करने के लिए गांधी ने देश का राजनीतिक नेतृत्व पं. नेहरू को सौंप दिया, जिसके बारे में पं. नेहरू को उतनी ही समझ थी, जितनी उन्होंने 'भारत की खोज' में हमारे सामने पेश कर दी है। नेहरू के बारे में देश के मानस में छवि यह बनी है कि वे हिंदू-विरोधी, मुसलिम-परस्त, पश्चिम-परस्त और धर्मनिरपेक्ष (जिसका अर्थ हो गया धर्म-विरोधी) ऐसे व्यक्ति या ऐसे नेता थे। जैसे पं. नेहरू थे, वे देश को उससे अलग भला कैसे बना सकते थे? परिणाम? उन्होंने वही देश बनाया, जैसा बनाने का बौद्धिक प्रशिक्षण उनका था। जैसा प्रशिक्षण उनका था, वैसा ही प्रशिक्षण फिर उन्होंने अपनी उस पार्टी कांग्रेस का किया। और यह प्रशिक्षण देश की दस हजार साल की समझ के अनुरूप तो नहीं था, बल्कि लगभग विपरीत था। कुछ नमूने पेश हैं। देश की जनसंख्या का अस्सी प्रतिशत से अधिक हिंदू हैं, पर नेहरू ने यत्नपूर्वक देश को हिंदू-विरोधी बनाने में कोई कसर नहीं छोड़ी। हिंदू-विरोधी अगर नहीं बनाया तो हिंदू-विमुख तो बना ही दिया। दूसरा नमूना। एक बार विभाजन हो जाने के बाद देश की मुसलिम आबादी को पाकिस्तान भेज दिया जाना चाहिए था, क्योंकि देश का 1947 में विभाजन ठीक, ठीक इसी आधार पर हुआ था। यह धारणा लोगों के बीच बनी है कि भारत के विलक्षण संविधान निर्माता डॉ. भीमराव आंबेडकर यही चाहते थे। पर पं. नेहरू ने ठीक उससे उलट किया। इतना ही नहीं, देश में हिंदू और कमजोर होते चले जाएँ, मानो इसी मानसिकता के तहत इन्होंने देश के विधर्मियों अर्थात् सक्रिय मजहब-रिलीजनपरस्तों को हिंदुओं का धर्मांतरण करने की खुली छूट दे दी। परिणाम कि देश के सभी जनजाति-वर्गों को धर्मांतरण की विधर्मी गतिविधि का शिकार होने दिया। मानो इसी परिस्थिति को सशक्त बताते हुए नेहरू ने भारत को 'हिंदू राष्ट्र' बनाने की बजाय, जो कि यह देश स्वाभाविक रूप से है (और अंततः वैसा घोषित भी हो जाएगा), ऐसा हिंदू राष्ट्र घोषित करने की बजाय अपनी राजनीति से लगभग हिंदू-विरोधी नहीं तो हिंदू-निरपेक्ष बना देने की पूरी कोशिश (और शायद अभी तक सफलतापूर्वक) की। परिणामस्वरूप, जिस भारत देश में भारत की यही विचारधारा अर्थात् हिंदू राष्ट्र भारत की विचारधारा बननी और बढ़नी चाहिए थी और भारत की तथाकथित तमाम जनजातियों को, सदियों की गुलामी के बाद अब हिंदू जीवन की विचारधारा में रच-पच जाना चाहिए था, वहाँ हुआ यह कि संपूर्ण जनजाति समूहों से प्रभावित क्षेत्रों में विधर्मी क्रिश्चियनिटी व इसलाम, नेहरू से मनोबल प्राप्त कर विधर्मी समूहों के एक्टिविस्ट प्रचारकर्ता वहाँ के लोगों को परकीय धर्म, यानी विधर्म में दीक्षित करने में लग गए और अभी भी लगे हुए हैं।

इस संदर्भ में देश को, खासकर देश के हिंदुओं को भारत में मजहब और रिलीजन के आधार पर चलनेवाली गतिविधियों पर गहरा विचार करना चाहिए। भारत का एक ही धर्म है, जिसे पिछले दस हजार साल से हम 'सनातन' नाम से जानते हैं। भारत में पैदा हुए सभी धर्म-दर्शन-संप्रदाय भारत की दो अवधारणाओं की प्रतिष्ठा और व्याख्या पर टिके हुए हैं। एक है अध्यात्म और दूसरा है धर्म। 'सनातन' शब्द का प्रयोग अध्यात्म और धर्म दोनों के लिए किया जा सकता है, बल्कि किया ही जाता है और ठीक इसीलिए भारत के जीवन में धर्म और दर्शन इन दोनों शब्दों का प्रयोग एक साथ, 'धर्म-दर्शन' इस प्रकार किया जाता है।

सब इसलिए हो पाया है, क्योंकि भारत में धर्म कभी भी, पूरे दस हजार साल के इतिहास में कभी भी संस्थाबद्ध नहीं रहा। इसलाम में आराधना का रूप देखिए, पूरी तरह से संस्थाबद्ध है। शुक्रवार की नमाज में या अन्य सभी सामूहिक नमाजों के मौके पर इसलामी मजहब का संस्थाबद्ध रूप साफ-साफ दिखाई दे जाता है। क्रिश्चियनिटी की आराधना विधि में भी ऐसा ही है। पर हिंदू आराधना में ऐसा संस्थाबद्ध रूप आपको कहीं भी देखने को नहीं मिलेगा। इसलिए, संस्था में बँधा न होने के कारण, हिंदू धर्म धर्मांतरण भी नहीं करता। करने की सोचता भी नहीं।

हिंदू धर्म में मिली इसी आजादी का लाभ उठाकर देश में विधर्मी प्रचारकर्ता, वे फिर चाहे 'मिशनरी' हों या हों 'तबलीगी', हिंदुओं का धर्मांतरण करवाने में, जैसे भी हो वे धर्मांतरित हो जाएँ, ऐसी परिस्थितियाँ पैदा करने में लगे रहते हैं। भारत के पूर्वोत्तर में, यानी भारत के प्राग्ज्योतिष क्षेत्र में अगर क्रिश्चियन रिलीजन माननेवालों की संख्या बहुत ज्यादा हो गई है तो जाहिर है कि मिशनरी प्रचारकर्ताओं द्वारा किए गए धर्मांतरण के कारण ही ऐसा हो पाया है, अन्यथा क्रिश्चियनिटी कोई भारत का, भारत के पूर्वोत्तर सहित किसी भी हिस्से का अपना धर्म तो है नहीं। सारा पूर्वोत्तर भारत की जनजातियों का भी आवास काफी समय से रहा है। पर आज इन मिशनरी प्रचारकों के कारण भारत का पूर्वोत्तर क्रिश्चियनिटी माननेवालों का केंद्र जैसा बन गया है, तो उसका एकमात्र कारण धर्मांतरण है, जिसे करवाने में दुनिया भर में, भारत समेत दुनिया भर में वैसा करवाने में क्रिश्चियनिटी की संस्थाबद्ध ताकत का कोई सानी नहीं।

पिछली कुछ सदियों से कुछ ऐसा परिदृश्य बना है कि अब भारत में इसलामी धर्मांतरण करनेवाली तबलीगी जमात का आकर्षण या प्रभाव देश में कम होता जा रहा है। इसलिए इसलाम मजहबवादियों ने हिंदुओं को धर्मांतरित करने का एक नया तरीका निकाला है और वह तरीका शुद्ध रूप से सामाजिक, राजनीतिक है, जो सामान्य धर्मांतरण की अपेक्षा कहीं अधिक घातक और देशविभाजक साबित हो सकता है। इसलाम मजहबवादियों ने यादव, जाट, दलित आदि हिंदू जाति समूहों के साथ गठबंधन कर,

वोट-आधारित गठबंधन, दलित-मुसलिम (यानी डी.एम.), यादव-मुसलिम (यानी वाई.एम.), जाट-मुसलिम (यानी जे.एम.) गठबंधन बनाने शुरू कर रखे हैं और इतने अधिक वर्षों से कर रखे हैं, ताकि ये तीनों समूह लगभग हिंदू-विरोधी बना दिए जाएँ। उस रूप में कि जहाँ भी हिंदू राजनीति करनेवाले कोई राजनीतिक दल कहीं सक्रिय और शक्तिशाली होते हैं, तो वहाँ हिंदू शक्तियों को पराजित करनेवाले ये तीनों हिंदू-विरोधी डी.एम., वाई.एम., जे.एम. सक्रिय हो जाते हैं और हिंदू राजनीति करनेवालों को पछाड़ देते हैं। सन् 2018 में हुए तीन लोकसभा उपचुनावों—फूलपुर, गोरखपुर और कैराना क्षेत्रों में हुए तीनों उपचुनावों में भा.ज.पा. को मिली करारी हार का अध्ययन करेंगे तो आपको चौंकानेवाले परिणाम देखने को मिलेंगे। हिंदू चूँकि पिछले हजारों साल से राजनीति विमुख होने में सुख अनुभव करता रहा है, इसलिए पिछली सात-आठ सदियों में मिली पराजयों, गुलामियों के बावजूद हिंदू को राजनीति का मर्म समझ में नहीं आ रहा, समझाए जाने पर भी समझ में नहीं आ रहा, इसलिए परिस्थितियाँ वैसी बनती जा रही हैं, जो हमारे सामने बनती नजर आ रही हैं। काश्मीर में आजादी के रूप में भारत को तोड़नेवाला आंदोलन चल रहा है। भारत के पूर्वोत्तर में विधर्मी संख्या बहुलता बनती चली जा रही है। भारत का बंगाल भी अब इसी जनसंख्या असंतुलन शक्ति विभाजन शक्तियों के सुपुर्द हुआ चला जा रहा है। इसी संख्या बहुलता के परिणामस्वरूप भारत में पहले भी अनेक, करीब-करीब नौ-दस क्षेत्र भारत से अलग होकर इसलामी हो चुके हैं। पर भारत के हिंदू को इसकी कोई परवाह नहीं। इसके विपरीत मजहब और रिलीजनवादी लोग अपने-अपने मिशन में दिलोजान से लगे हैं। निष्कर्ष साफ है कि अगर भारत के 'आदिवासी' कहे जानेवाले समूहों को भारत की मुख्यधारा का सहज और अभिन्न हिस्सा नहीं बना दिया गया, तो क्रिश्चियन प्रचारकर्ता पूरे भारत में स्थान-स्थान पर वह नहीं कर देंगे, जो वे भारत के पूर्वोत्तर में कर चुके हैं, इसकी क्या गारंटी है? बल्कि कर ही देंगे और जाहिर है कि भारत का संविधान और भारत की न्यायपालिकाएँ किसी का कुछ नहीं बिगाड़ पाएँगी।

□

39

नेहरू की काश्मीर नीति के फलित : अब क्या हो?

जब से पिछले तीन-चार वर्षों से या उससे भी पहले से भारत के टी.वी. चैनलों पर समाचारों के प्रसारण के अलावा सामाजिक-राजनीतिक विषयों पर बहस का चलन शुरू हुआ है, तब से भारत से विमुख, भारत के विरोधी और विधर्मी बुद्धिजीवियों ने एक झूठ की प्रतिष्ठा करने की कोशिश की है और अपनी इस कोशिश में वे लगभग सफल होते नजर आ रहे हैं। यह झूठ काश्मीर को लेकर है। झूठ यह है कि काश्मीर का भारत में विलय संविधान में धारा 370 का प्रावधान करने की पूर्व शर्त को पूरा करने के बाद ही किया गया था। टी.वी. चैनलों पर इस झूठ को लेकर बहस चलती रहती है। जो जानते हैं कि यह झूठ है, वे उस पर चुप्पी साधकर इस झूठ को मौन समर्थन दे रहे होते हैं। इस झूठ को तर्क के रूप में, यानी कुतर्क के रूप में पेश करनेवाले और इस कुतर्क का पर्दाफाश न कर उसे मौन समर्थन देनेवाले तीन तरह के लोग होते हैं। जैसा कि हमने कहा और हम उसे तुरंत दोहरा रहे हैं कि या तो ऐसे लोगों को विभाजन के समय के बारे में कुछ पता ही नहीं है। दूसरे ऐसे लोग भारत-विमुख होते हैं, जिन्हें इस बात से कोई फर्क ही नहीं पड़ता कि उनकी इस कुतर्कशीलता से भारत को तोड़नेवालों को बल मिल रहा है। या फिर वे भारत-विरोधी ही होते हैं, जो चाह रहे होते हैं, पर कह नहीं पाते और चाह यही रहे होते हैं कि इस कुतर्क को तर्क के रूप में स्थापित होने दिया जाए। इसलिए उस पर बात करने की जरूरत वैसे तो है ही नहीं, पर जिन्हें पता ही नहीं रहता कि सत्य क्या है, उन्हें दो तारीखें पता रहना देश और सभी देशवासियों के लिए ठीक ही रहेगा। एक यह कि जम्मू-काश्मीर के महाराजा हरिसिंह ने भारत में विलय-पत्र पर हस्ताक्षर, शेष सभी रियासतों के भारत में विलयपत्र पर हस्ताक्षरों की तरह 1947 में किए थे और इसी के साथ ही जम्मू-काश्मीर का भारत में विलय अंतिम रूप से हो गया था। और दो, कि भारत का, स्वतंत्र भारत का नया संविधान बनकर 1952 में स्वीकृत हुआ, जिसका

उस पूर्व शर्त से, धारा 370 की कथित पूर्व शर्त से कोई लेना-देना ही नहीं है। जैसा हमने अपने ही एक आलेख में कहा कि देवताओं के पापों का, यानी बड़े लोगों के अपराधों का फल जनसामान्य को, देश और समाज को पीढ़ी-दर-पीढ़ी भुगतना पड़ता है, वही इस काश्मीर प्रकरण में हुआ और नेहरू के काश्मीर से जुड़े पापों का फल देश अभी तक भुगत रहा है और पता नहीं कब तक भुगतता रहेगा। पाप ये हैं—आजादी मिलने के तुरंत बाद पाकिस्तान की सेना ने कबाइलियों की आड़ बनाकर/कहकर भारत पर हमला कर दिया और विधर्मी सेना श्रीनगर तक पहुँचने की हुंकारें भरने लग गई थी। अनिश्चयग्रस्त महाराजा को, भारत की इतिहास बुद्धि से नितांत विहीन महाराजा को जब लगा कि अब तो रियासत क्या, जान के भी लाले पड़ सकते हैं, तब जाकर महाराजा ने भारत के विलयपत्र पर हस्ताक्षर किए, फिर भारत की सेना ने प्रत्याक्रमण कर पाकिस्तानी सेना को गाजर-मूली की तरह काटते हुए पीछे धकेलना शुरू किया और शायद उस विधर्मी सेना को वहाँ तक धकेल दिया जाता कि काश्मीर को लेकर भारत के लिए कोई समस्या ही नहीं बचती। ठीक उसी मुकाम पर पं. नेहरू ने एक पाप किया और वह पाप यह था कि प्रधानमंत्री पं. जवाहरलाल नेहरू के आदेश पर निरंतर जीत रही भारतीय सेना को रोककर युद्ध विराम करवा दिया गया। वही युद्ध विराम रेखा आज भारत के लिए अभी तक संकट बनी हुई है, जिस पर भारत की सेना युद्ध विराम के नियमों का पालन करती रहती है, जबकि पाकिस्तानी सेना वहाँ लगातार युद्ध विराम का उल्लंघन कर भारत, भारत की सेना और भारत के जन को लगातार जान-माल का नुकसान पहुँचाती रहती है।

पं. नेहरू ने दूसरा पाप यह किया, काश्मीर के संदर्भ में दूसरा पाप यह किया कि वे स्वघोषित युद्ध विराम के बाद काश्मीर के मामले को संयुक्त राष्ट्र ले गए, यानी एक तीसरे पक्ष के पास ले गए और तब से लेकर आज तक इसी पर बहस होती रहती है कि क्या काश्मीर का मसला द्विपक्षीय है, यानी भारत और पाकिस्तान के बीच का है ? इन दो पक्षों का मामला है या कि किसी तीसरे पक्ष की सहायता भी मामले को सुलझाने में ली जा सकती है ? भारत उसे शुद्ध रूप से दो पक्षों के बीच का, भारत और पाकिस्तान के बीच का मामला मानता है तो पाकिस्तान की हरदम कोशिश रहती है कि किसी तीसरे देश को भी बीच में लाया जाए, किसी तीसरे पक्ष को भी बीच में लाया जाए। पाकिस्तान पहले अमेरिका को वह तीसरा पक्ष मानता था, जिसके दबाव में वह काश्मीर समाधान अपने हिसाब से करवा ले। एकाध बार उसने कोशिश की थी कि ओ.आई.सी., यानी इसलामी देशों के इस संगठन को बीच में लाकर काश्मीर संकट का समाधान इसलामी देश पाकिस्तान के हिसाब से करवा दिया जाए। इन दिनों वह चीन को मध्यस्थ बनाने की फिराक में रहता है। पर तीसरे पक्ष को बीच में लाने की हर कोशिश को भारत की हर सरकार ने असफल कर दिया है।

पं. नेहरू ने काश्मीर के संदर्भ में तीसरा पाप इस रूप में किया कि उन्होंने तीसरे पक्ष, यानी संयुक्त राष्ट्र के उस प्रस्ताव को मान लिया कि काश्मीर संकट का समाधान करने के लिए जनमत संग्रह करवाया जाए। ठीक इस बिंदु पर पं. नेहरू की धर्मनिरपेक्षता का सिद्धांत पिट गया, लोकतंत्र का सिद्धांत भी पिट गया और पं. नेहरू की इतिहास की समझ भी, जिसका बढ़-चढ़कर बखान पं. नेहरू और उनकी कांग्रेस के समर्थक व प्रशंसक करते नहीं थकते, पं. नेहरू की इतिहास की वह समझ भी सरे बाजार पिट गई। आइए, पं. नेहरू के व्यक्तित्व को प्यारी लगनेवाली इन तीनों बातों की परीक्षा कर ली जाए। परीक्षा होगी तो फिर निर्मम होगी, क्योंकि इतिहास ममता और पक्षपात के बंधनों को स्वीकार नहीं करता। आइए परीक्षा करें।

जनमत संग्रह का प्रस्ताव स्वीकार करके भी भारत क्यों इस पर अमल नहीं कर पाया? जबकि पाकिस्तान लगातार इस पर अमल करने के लिए जोर देता रहा? पाकिस्तान की बेवकूफी रही कि उसने संयुक्त राष्ट्र के प्रस्ताव, यानी जनमत संग्रह-संबंधी प्रस्ताव की पूर्व शर्त को, अपना आक्रमण वापस कर सेनाएँ वापस ले जाने की पूर्व शर्त को आज तक पूरा नहीं किया। उसे डर लगा कि कहीं सेनाएँ वापस करते ही वहाँ भारत की सेना काबिज न हो जाए। पाकिस्तान का डर सही था। इसलिए सही था, क्योंकि उसे हमेशा से पता रहा है कि काश्मीर का भारत में विलय आजादी और विभाजन के 1947 में जिन संदर्भों में हुआ, वह विलय कानूनी था, अंतिम था और इसलिए हमेशा के लिए अपरिहार्य था। पाकिस्तान चाहता रहा है कि वह अपनी दादागीरी से इतिहास के उन वैध फैसलों को पलट दे, पर वैसा करना उसके लिए अब कभी संभव नहीं होगा। पाकिस्तान को हमेशा की तरह भारतीय सेना की सर्वतोमुखी दक्षता और मारक शक्ति की सच्चाई का भी पता था, क्योंकि वह उस सेना से उसी काश्मीर में बुरी तरह मार खा चुका था। अगर पाकिस्तान वह शर्त मान लेता तो भी जनमत संग्रह के परिणाम उसी के पक्ष में जाते, क्योंकि काश्मीर के मतदाता का, हमारा मतलब है कि जम्मू-काश्मीर नहीं, काश्मीर घाटी के जनमत का समर्थन शत प्रतिशत पाकिस्तान को मिलता, क्योंकि इनमें संपूर्ण काश्मीर की, पाकिस्तानी कब्जेवाले काश्मीर और भारत में विलय हो चुके काश्मीर की शत-शत मुसलिम आबादी, इक्का-दुक्का अपवादों को छोड़कर पाकिस्तान के साथ विलय के पक्ष में जाती, या उसे स्वतंत्र मुसलिम देश बनाने के पक्ष में जनमत का संग्रह करती।

यहीं पर पं. नेहरू की इतिहास बुद्धि की परीक्षा हो जाती है और इसी के साथ ही धर्मनिरपेक्षता और लोकतंत्र, यानी जम्हूरियत के प्रति उनकी निष्ठा, काश्मीर के संदर्भ में इन दोनों सिद्धांतों की परीक्षा हो जाती है। इन दिनों पं. जवाहरलाल नेहरू के पूर्वजों के धर्म को लेकर काफी अफवाहें देश भर में फैलाई जा रही हैं। अफवाह के अनुसार पं. जवाहरलाल नेहरू के पिता पं. मोतीलाल नेहरू के पूर्वज पं. गंगाधर वास्तव में मुसलिम थे

और उनका गयासुद्दीन या ऐसा ही कोई मुसलिम नाम था और उन्होंने इसलाम छोड़कर हिंदू नाम को अपना लिया और खुद को नहर के किनारे रहने के कारण 'नेहरू' कहलवाना शुरू कर दिया, जबकि अन्यथा काश्मीरी पंडितों में 'नेहरू' कोई जाति है नहीं। हम इस अफवाह को सिरे से नकारते हैं और राष्ट्रीय स्तर की चर्चाओं में इन्हें कोई महत्त्व नहीं देते। पं. जवाहरलाल नेहरू के पूर्वजों को लेकर कोई कुछ भी अंड-बंड कहता फिरे, जिसका खंडन करने का दायित्व नेहरू-गांधी खानदान का है, और वह खानदान अपना दायित्व पूरा कर सकने में समर्थ है। हम इतना तो समझ ही रहे हैं कि पं. जवाहरलाल नेहरू का अपना पालन-पोषण हिंदू संस्कारों में हुआ है, तभी तो वे धर्मनिरपेक्षता और लोकतंत्र जैसे उन सिद्धांतों को ग्रहण कर सके, वाकई ग्रहण कर सके, जिन संस्कारों का कोई रिश्ता इसलाम से नहीं है, क्योंकि इसलाम की धर्मनिरपेक्षता और लोकतंत्र जैसे मानवीय श्रेष्ठताओं में कोई यकीन नहीं है। हम अभी ऐसे किसी देश को वाकई जानना चाहते हैं कि जो मुसलिम देश होने के बावजूद धर्मनिरपेक्ष भी हो और लोकतंत्र में भी उसकी आस्था हो। यही हालत उस मुसलिम काश्मीरी आबादी की भी है (हम जम्मू या लद्दाख की बात नहीं कर रहे), जो काश्मीरी तो है पर जिसकी काश्मीरी मुसलिम आबादी की, पाकिस्तानी कब्जेवाले काश्मीर के समेत संपूर्ण काश्मीरी मुसलिम आबादी की न तो कोई आस्था धर्मनिरपेक्षता में है और न ही लोकतंत्र में कोई आस्था है, क्योंकि एक विचारधारा के रूप में इसलाम में इन दोनों सिद्धांतों के लिए कोई जगह है ही नहीं। हमने कहा, कि अगर है तो कोई ऐसा उदाहरण बताया जाए, अन्यथा हमें नहीं मालूम कि जिन पं. नेहरू ने संयुक्त राष्ट्र का प्रस्ताव स्वीकार किया, उसी संयुक्त राष्ट्र के प्रस्ताव में निर्देशित जनमत संग्रह प्रस्ताव पर अमल करने को पं. नेहरू आजीवन तैयार नहीं हुए, पं. नेहरू का पूरा खानदान, नेहरू-गांधी खानदान आज तक तैयार नहीं हुआ, पं. नेहरू का पूरा खानदान क्या, पं. नेहरू की पूरी-की-पूरी कांग्रेस पार्टी आज तक तैयार नहीं हुई ? काश्मीर की, समग्र काश्मीर की मुसलिम आबादी की धर्मनिरपेक्षता में निष्ठा को लेकर पं. नेहरू का इतिहास यही संदेश दे रहा है। जो संदेश धर्मनिरपेक्षता को लेकर है, वही इतिहास लोकतंत्र के बारे में भी है। वहाँ अगर हर बार विधानसभा चुनाव हो जाते हैं और उसे आप लोकतंत्र में निष्ठा का प्रतीक और स्वभाव मान लेते हैं तो फिर इस मान्यता को आप अपनी और देश की सुरक्षा की कीमत पर ही भरोसे लायक मान सकते हैं, क्योंकि काश्मीर में अगर लोकतंत्र सुरक्षित है तो भारत की सेना के कारण है, काश्मीर के इसलामी जनमानस के कारण नहीं। जनमानस के कारण होता तो वहाँ आतंकवाद, पत्थरबाजी और पाकिस्तान-परस्ती होती ही नहीं।

यह तमाम पृष्ठभूमि आप समझ जाएँगे तो फिर आपको यह समझने में भी कोई दिक्कत नहीं आएगी कि क्यों किसी कांग्रेस सरकार को, कांग्रेस पार्टी को और कांग्रेस पार्टी

के सरपरस्त नेहरू–गांधी खानदान को कभी काश्मीर में जनमत संग्रह करवाने का भरोसा नहीं पैदा हुआ। आप काश्मीर में जनमत संग्रह करवाइए और सारे काश्मीर को स्वतंत्र मुसलिम देश या पाकिस्तान में विलीन हो गई मुसलिम आबादी वाला देश जनमत संग्रह के परिणामस्वरूप पाएँगे। हम ऐसा क्यों कर रहे हैं। अभी तक हमने कहा कि इसलामी विचारधारा में धर्मनिरपेक्षता और लोकतंत्र के लिए कोई स्थान नहीं है, कोई जगह नहीं है। इस महत्त्वपूर्ण बात के अलावा अब आप एक दूसरी महत्त्वपूर्ण बात भी समझ जाइए। इसलाम में, यानी इसलामी देश या/और इसलामी समाज में दो ही तरह के लोगों के लिए जगह है। एक, वे लोग, जो इसलाम स्वीकार कर चुके हैं और दूसरे वे लोग, जिन्होंने अभी तक इसलाम स्वीकार नहीं किया है, जिन्हें इसलामी शब्दावली में 'काफिर' कहते हैं, पर उस शब्द का प्रयोग करने से अब प्रायः लोग परहेज करते हैं, कई कारणों से परहेज करते हैं, जिन कारणों में हम इस वक्त जाना नहीं चाहते। पूरी काश्मीर घाटी से तमाम हिंदू आबादी को धक्के मारकर निकाल बाहर कर दिया जाना उसी इसलामी सिद्धांत से शत प्रतिशत मेल खाता है कि इसलामी समाज में आप इसलाम स्वीकार करके ही रह सकते हैं। आप मुसलिम नहीं हैं तो वहाँ आप एक स्वाभाविक सामाजिक जीवन जी ही नहीं पाते। आज से कुछ वर्ष पूर्व जब काश्मीर घाटी की तमाम हिंदू आबादी को काश्मीर छोड़कर देश के दूसरे हिस्सों में रहने को मजबूर कर दिया गया तो यह इस बात का ही प्रमाण था कि काश्मीरी मुसलिम समाज में धर्मनिरपेक्षता या लोकतंत्र के विशिष्ट मानवीय सिद्धांतों का कोई मतलब नहीं है। हम दोहरा रहे हैं कि अगर भारत के हिस्सेवाले काश्मीर में हर निश्चित अवधि के बाद प्रदेश की विधानसभा के लिए और संसद् की लोकसभा की सीटों के लिए चुनाव हो जाते हैं तो इसलिए नहीं कि वहाँ के काश्मीरी मुसलिम समाज में लोकतंत्र के प्रति आस्था है, बल्कि इसलिए कि वहाँ के लोगों ने अपने हिसाब से सरकार बनाने और चलाने के लिए उपलब्ध संवैधानिक व्यवस्था को मान लिया है, क्योंकि वैसा मानकर ही प्रदेश में वैधानिक व्यवस्थाएँ और वैधानिक जनजीवन चल सकता है।

हमारी इस लंबी तर्क शृंखला के आधार पर हम कहना यह चाह रहे हैं कि अगर पं. जवाहरलाल नेहरू ने काश्मीर में जनमत संग्रह का प्रस्ताव माना था, तो उन्हें प्रस्ताव मानने के अगले दिन से ही काश्मीर में ऐसी व्यवस्थाएँ शुरू कर देनी चाहिए थीं कि काश्मीर में इन मूल्यों की प्रतिष्ठा होती, जिन्हें हम भारत के हिंदू मूल्य कहते हैं। मसलन, काश्मीर में उस संपूर्ण इतिहास का व्यापक अध्ययन शुरू करवा दिया जाना चाहिए था, जिसे काश्मीर का हिंदू इतिहास कहते हैं और जो इतिहास काश्मीर के इसलामी हो जाने से पहले का है और जो इतिहास 'नीलमत पुराण', 'राजतरंगिणी' जैसे ग्रंथों में सुरक्षित है और सारे देश के पास है। पर हम नहीं जानते कि क्या किसी ऐसे इतिहास को काश्मीर में पढ़ाया जा रहा है ? शायद नहीं पढ़ाया जा रहा। भारत के अति प्रमुख संप्रदाय वेदांत–

दर्शन संप्रदाय का आधुनिकतम रूप काश्मीर के प्रत्यभिज्ञा दर्शन में है, जिसका प्रवर्तन आचार्य अभिनवगुप्तपाद ने किया था और जिसे हम लोकप्रिय शब्दावली में काश्मीरीय अद्वैत दर्शन के रूप में जानते हैं। भारत की संपूर्ण काव्यशास्त्र व नाट्यपरंपरा काश्मीरी काव्यशास्त्र पर टिकी है, जिसका संवर्धन करने में आचार्य भरत, आचार्य मम्मट, आचार्य लोल्लट, आचार्य शंकुक, जैसे विश्वविख्यात आचार्यों का योगदान था, उसके कारण, उनके ग्रंथों के आधार पर टिकी है और विकसित हुई है पर इसका कोई परिचय आज देश के काश्मीर समाज को है ही नहीं। अकेले दो नाम ही ऐसे हैं, आचार्य भरत और आचार्य अभिनवगुप्तपाद, जिनकी दर्शनशास्त्र तथा काव्यशास्त्र (नाट्यशास्त्र) को मिली देन को विश्वस्तरीय और अद्‌भुत माना जाता है। पर पूरे काश्मीर में, फिर चाहे वह पाकिस्तान के कब्जेवाला काश्मीर हो या भारत में विलय हो चुका काश्मीर हो, ऐसे संपूर्ण काश्मीरी जनसमुदाय को आचार्य भरत, आचार्य अभिनवगुप्तपाद, आचार्य मम्मट आदि नामों से ही निरंतर अपरिचित रख दिया जाता है तो फिर काश्मीर के जनसामान्य भरत, काश्मीर, काश्मीरीय अद्वैत दर्शन, आचार्य भरत, इतिहासकार, हमारा मतलब है विश्वविख्यात और विश्व भर में मान्यताप्राप्त इतिहासकार कल्हण, जोनराज और उनकी परंपरा का कोई अता-पता कहाँ से होगा?

थोड़ा और देखें। ये तो वे पक्ष हैं, जिनके बारे में कुछ अता-पता हमारे देश के भारत-विमुख, भारत-विरोधी और विधर्मी काश्मीरियों को भी होगा, पर अनेक असंख्य बातें ऐसी हैं, जिनका कोई अता-पता अब न तो काश्मीर की मुसलिम आबादी को है और न ही भा.ज.पा, कांग्रेस, कॉन्फ्रेंस, पी.डी.पी. सहित किन्हीं राजनीतिकर्मी लोगों को है। काश्मीरी संस्कृत साहित्य में अनेक बार मिलने वाला शब्द हैं, काश्मीर, कश्मीर नहीं, काश्मीर। ऐसे संस्कृत शब्द काश्मीर शब्द का अर्थ है केसर, जिसके बारे में हम अपनी ही एक पुस्तक 'भारत को समझने की शर्तें' (प्रभात प्रकाशन, दिल्ली) में विस्तार से बता आए हैं। विश्व के प्रसिद्धतम प्राचीन भाषा-वैज्ञानिक आचार्य पतंजलि, भारत के सर्वाधिक ख्यातिप्राप्त छंद:शास्त्र के प्रणेता आचार्य पिंगल, चरक संहिता लिखनेवाले परमवैद्य आचार्य चरक, कनिष्क और मिहिरकुल जैसे भारत के सर्वज्ञात सम्राट्, श्रीनगर इस सर्वज्ञात नगर, राजधानी नगर का निर्माण करनेवाले मौर्य सम्राट् अशोक महान्, भारत के सबसे विशाल दो कथा ग्रंथ लिखनेवाले गुणाढ्य (वृहत्कथा मंजरी) तथा क्षेमेंद्र (कथासरित्सागर), जलौक, मिहिरकुल, मेघवाहन, प्रवरसेन, ललितविक्रम जैसे दिग्विजयी सम्राट्, काश्मीर की चार धर्मक्रांतियाँ आदि-आदि, ये सभी नाम काश्मीर के हैं, जिनमें चाहें तो लल्लेश्वरी और कोटारानी के नाम जोड़ सकते हैं। ये सभी नाम काश्मीर के हैं। पर पं. नेहरू ने जिस भारत-विमुखता का प्रसार देश में, पूरे भारत देश में किया, इसके परिणामस्वरूप भारत को ये सभी नाम और उनके द्वारा किए गए संपूर्ण विश्वलिखित योगदान हम भूल जाएँ,

ऐसी व्यवस्था हमारे ही नेताओं द्वारा करवा दी जा चुकी है, जिन्होंने आजादी के बाद से देश और काश्मीर की राजनीति का संचालन किया है।

जब हमारे ही देश के बड़े-बड़े नेता, हमारा मतलब है कि बड़े-बड़े राजनेता काश्मीर (और उसके माध्यम से भारत राष्ट्र) के निर्माण के इन मील-पत्थरों की कोई चर्चा तक नहीं करते और सीधे उसे सिर्फ सूफियों के आने से ही काश्मीर का इतिहास बताना शुरू कर देते हैं, तो देखकर समझ में आता है कि देश किस दुश्चक्र में फँसा दिया जा चुका है। सवाल है—कौन हैं ये सूफी ? किस विचार का प्रतिनिधित्व ये लोग करते हैं ? इसलामी हमलावरों के अग्रिम दस्तों के अलावा इनकी क्या हस्ती रही है ? नाचने, गाने, पगलाने से लेकर इसलामी धर्मांतरण करने के अलावा इनका क्या योगदान रहा ? अगर वाकई कोई अध्यात्म संदर्भ भी इनका है तो देश सच में जानना चाहेगा, अध्यात्मवादी यह देश जानना चाहेगा कि क्या योगदान इनका भारत की अध्यात्म परंपरा में रहा है ? इन सवालों के कोई जवाब किसी के पास हैं ही नहीं। पर काश्मीर की इतनी भव्य, विराट् और अति प्राचीन इतिहास परंपरा पर खड़िया पोतकर उसे सूफियों के हवाले कर देने का जो अपराध राजनेता और विद्वान् लोग करते रहते हैं, वे ही बताएँ कि सारा काश्मीर, पाकिस्तान के कब्जेवाला भी और भारत में विलीन काश्मीर भी अगर इसलामी होता गया है तो इसके पीछे कारण कौन थे ? वाराहमूल की ऐतिहासिक घटना को, जिसका संबंध विष्णु के वराह अवतार से है और तमाम हिंदू काश्मीर यह जानता है, जब इन सूफियों ने बारामुल्ला बना दिया और उस पर कहानी भी गढ़ ली तो फिर पूरे काश्मीर को इसलामी बनाने का कितना योजनाबद्ध इंतजाम कर दिया गया, इसकी आप कल्पना तो कर ही सकते हैं।

यू.एन.ओ. का जनमत संग्रह का प्रस्ताव तो गया खड्डे में, खड्डे में फेंकने का यह शुभ काम तो खुद पाकिस्तानी कर चुके हैं, पर अब भारत ने वह काम करना है, जो काम भारत ने आज तक करने की सोची ही नहीं । हम जानते हैं, नहीं जानते तो हम जान लें कि पाकिस्तान समेत उन सभी इसलामीकृत प्रदेशों में, जो कभी अखंड भारत का हिस्सा रहे हैं, इन्हें इसलामी नाम क्यों दिए गए ? सभी देशों में, फारस, सीस्तान, बलोचिस्तान, पाकिस्तान, वजीरिस्तान, बाल्टिस्तान, अफगानिस्तान, आदि, सभी अखंड भारत के क्षेत्रों को इसलामी नाम क्यों दिए गए ? इन सभी देशों में हर बुद्धिमान व्यक्ति को एक सवाल मथ रहा है कि, मथना शुरू हो चुका है, कि हम तो भारत का हिस्सा थे ? हम इसलामी कैसे हो गए ? हम तो हिंदू थे, हम मुसलमान क्यों हो गए ? इसलाम तो भारत का धर्म है ही नहीं, वह तो अरबों का धर्म है। हम पर इसलाम क्यों थोप दिया गया। क्यों स्वीकार करवा दिया गया ? ये सभी प्रश्न, जो अब तक दबी जबान से उठाए जा रहे थे, अब थोड़ा मुखर होना शुरू हो रहे हैं। थोड़ा कोशिश करने पर ये सभी सवाल पूरे काश्मीर में, पाकिस्तानी कहानेवाले हिस्से को मिलाकर पूरे काश्मीर में ये सवाल

उठाए ही जाएँगे, उठाए भी जाने चाहिए, क्योंकि ये वैध प्रश्न हैं।

ये सवाल वैध क्यों हैं? विचार कर लिया जाए। पहला प्रश्न, क्या इसलाम भारत का धर्म है? इसका उत्तर है, नहीं। भारत का अपना धर्म तो 'सनातन' है, सनातन धर्म है। दूसरा प्रश्न, काश्मीर में किसको मुसलमान बनाया गया? पीछे दो-तीन पैराग्राफ, यहीं ऊपर लिखे दो-तीन पैराग्राफ ध्यान से पढ़ेंगे तो समझ में आ जाएगा कि काश्मीर तो हिंदू था, खाँटी हिंदू था, भाषा, संस्कार, तीज-त्योहार, हर हिसाब से हिंदू था, फिर क्या हुआ? हुआ यह कि काश्मीर के हिंदुओं को मुसलमान बना दिया गया। ऊपर के दो-तीन पैराग्राफ में दो-एक बातें और भी जोड़ देंगे, दो-एक पैराग्राफ नहीं, महज दो-एक बातें और भी जोड़ देंगे तो तसवीर और भी साफ हो जाएगी। पहली बात तो यही है कि जिस उर्दू को काश्मीर पर, काश्मीर ही नहीं, पूरे पाकिस्तान पर थोप दिया गया है, वह वहाँ की भाषा ही नहीं है। हम इसी 'उत्तरायण' पुस्तक के ही अपने आलेख (संख्या 45) में विस्तार से बता आए हैं कि उर्दू काश्मीर के या पाकिस्तान के मुसलमानों की बात तो छोड़िए, दुनिया भर के मुसलमानों की भाषा ही नहीं है। वह तो हिंदी का वह रूपांतर है, जो मुसलिम छावनियों, यानी 'उर्दू' में बोली जाने के कारण, मेरठ छावनी आदि इलाकों में बोली जाने के कारण 'उर्दू' कहाई जाने लगी, जो जाहिर है कि खड़ीबोली, भोजपुरी, मैथिली, झारखंडी, छत्तीसगढ़ी की तरह हिंदी ही है, हिंदी का एक रूपांतर मात्र है। काश्मीर के लोग, सारी दुनिया जानती है कि गुज्जरी बोलते हैं और कुछ इलाके काश्मीरी बोलते हैं, जो दोनों संस्कृत परिवार की बोलियाँ/भाषाएँ हैं। जब इसलाम काश्मीर या भारत का नहीं, अरबों का धर्म है और यह विश्व का मान्यताप्राप्त मैदानी सत्य है, तो फिर क्यों काश्मीर को इसलामी बना दिया गया? जाहिर है कि लालच से या जोर-जबरदस्ती से, क्योंकि जिस उम्दा काश्मीरी संस्कृति का वारिस काश्मीर के मुसलमान इसलाम के आने तक रहे हैं और जिसकी हमने एक झलक भर दिखाई है आपको, वे मुसलमान क्यों हो गए? क्यों कश्यपमुनि की संतानें, क्यों वाराह के उपासक, क्यों मटन (यानी मार्तंड, यानी सूर्य), खीरभवानी (यानी क्षीरभवानी), शंकराचार्य (आद्यशंकराचार्य) के चाहनेवाले, पूजनेवाले, हर साल बर्फानी बाबा अमरनाथ की यात्रा करनेवाले कश्मीरी हिंदू उन्हीं के संस्कारों में पले-पुसे काश्मीरी हिंदू, जिनकी तमाम हिंदू जातियाँ आज भी धर्मांतरित हो चुके मुसलमानों ने सहेजकर रखी हैं, मुसलमान हो गए? इस पर खोज होनी चाहिए, क्योंकि सूफियों में तो अभिनव गुप्तपाद, आचार्य भरत, कल्हण, लल्लेश्वरी, क्षेमेंद्र, गुणाढ्य जैसी महान् हस्तियोंवाली कोई खूबी इन सूफियों में तो आज तक हमें नजर नहीं आई। हम आलोचना नहीं कर रहे हैं, समालोचन कर रहे हैं।

जब इसलाम भारत और काश्मीर का धर्म ही नहीं, जब उर्दू भाषा ही वहाँ की नहीं, जब ईद, रोजे, इफ्तार, सहरी आदि हमारे काश्मीर के रीति-रिवाज नहीं, अपने काश्मीर

के पर्व-त्योहार नहीं, जब अपनी जातियों के नाम अपने पास बने हुए हैं और इतिहास से इतिहास जोड़ना कोई मुश्किल काम नहीं, जब कल्हण, जोनराज, अभिनव गुप्तपाद, आचार्य भरत, सम्राट् अशोक, लल्लेश्वरी, क्षीर भवानी, मार्तंड, वैष्णवदेवी, यूसमर्ग (यानी ईशमार्ग, कैलाश जाने का मार्ग?), हमारे पास है, हमारे पास सुरक्षित है, हमारे रोजमर्रा के जीवन में अपने पास है, तो क्या हमारा यह फर्ज नहीं बनता, क्या हम काश्मीरियों का इतना फर्ज भी नहीं बनता कि अपनी इस विरासत पर विद्वानों और जानकारों की गोष्ठियों में, सेमिनारों में, कॉन्फ्रेंसों में संवाद करें, बातचीत करें, पेपर पढ़ें, बहस करें। काश्मीरियत अगर है तो क्या वह सूफियों के आने से ही शुरू होती है? क्या उससे पहले बियाबान था? बियाबान नहीं था, यह तो हम जान ही चुके, फिर क्यों न इस पूरे इतिहास का, संपूर्ण काश्मीरियत का हिस्सा मानकर उस पर इतिहास की नजरों से निगाह की जाए, उसे जानने की कोशिश की जाए, उसको जताने की कोशिश की जाए, उससे संवाद की कोशिश की जाए? और फिर समझने की कोशिश की जाए कि हम, यानी हम काश्मीरियत के पहरुए, हम काश्मीर के बाशिंदे कब से काश्मीर में थे, कितने हजार साल, दस हजार साल पुराने थे, हम क्या थे और क्या हो गए अभी? इस पर संवाद करने का जिम्मा सारे काश्मीर का है, सारे भारत का है, संपूर्ण अखंड भारत का है। हमारी विरासत है काश्मीरियत। इसलामियत हमारी विरासत नहीं, अरबों की विरासत है।

अगर यह सही है, जो कि है कि काश्मीर की विरासत काश्मीरियत है, इस्लामियत नहीं, पूरे जम्मू-काश्मीर व लद्दाख की जनसंख्या का विशाल, विराट् प्रचंड जनसंख्या का बहुमत भारतीय धर्मालंबियों बातें विधर्मियों का नहीं, तो संकट क्यों पैदा हुआ? इसलिए पैदा हुआ क्योंकि 1951 के राष्ट्र से प्रदेश की जनसंख्या का परिगणन तदनुसार परिसीमन ही ठीक से नहीं किया गया और जम्मू-काश्मीर व लद्दाख प्रदेश की विधानसभा का परिसीमन व परिगणन विधर्मी जनसंख्या आबादी के पक्ष में मोड़ दिया गया, अन्यथा जो अल्पसंख्यक हैं और करीब आठ दशकों से ऐसा ही चल रहा है। प्रवंचना और विडंबना देखिए कि जम्मू काश्मीर को विधर्मी बहुल प्रदेश बनाया और जनाजा जाता रहा है, जो कि वह वास्तव में है ही नहीं। देश नृसज्ञ है एक संकल्पवान, प्रधानमंत्री नरेंद्र मोदी का और उनके उसने ही संकल्पवान, गृहमंत्री अमित शाह का, जिन्होंने एक ऊर्जस्वी, निश्चय से भरा कदम उठाकर जम्मू-काश्मीर-लद्दाख की जनसंख्या के परिणाम और तदनुसार विधानसभा सीट के परिसीमन का प्रस्ताव रखकर उस सत्य को स्थापित करने का बीड़ा उठा लिया कि प्रदेश में लोकनगरी की अल्पस्थापना होनी चाहिए। एक बार ठीक से जनसंख्या परिगणन और सीट परिसीमन हो जाए तो फिर 35ए, 370, अपने पंडितों की घरवापसी, प्रदेश की सभी सांस्कृतिक, राजनीतिक समस्याओं, संकटों, प्रश्नों के ठीक उत्तर मिलने शुरू हो जाएँगे। जाहिर है आबादी का चंद प्रतिशत, विधर्मी प्रतिशत पूरे प्रदेश को इन सभी संवैधानिक, सांस्कृतिक, राजनीतिक चालाकियों का बँधुआ बनाकर नहीं रख सकता।

□

40

नेहरू की तिब्बत नीति के फलित

पं. जवाहरलाल नेहरू, उनके द्वारा पालित-पोषित कांग्रेस पार्टी और नेहरू के समय की अकेली सर्वशक्तिमान राजनीतिक पार्टी के द्वारा प्रशिक्षित देश का संपूर्ण राजनीतिक विश्व—ये सब कितने भारत-विमुख रहे हैं, इसका एक नायाब नमूना है भारत की तिब्बत नीति। आजादी प्राप्त करने के आस-पास के वर्षों में देश के बच्चों को पढ़ाया जाता रहा है कि भारत और तिब्बत परस्पर पड़ोसी देश हैं, जिनकी अंतरराष्ट्रीय सीमा एक-दूसरे से मिलती है। तिब्बत और भारत, दोनों पड़ोसी देश थे, ऐसे पड़ोसी देश, जिनको अध्यात्म और धर्म के बंधन, बौद्ध धर्म-दर्शन पर आधारित अध्यात्म और धर्म के बंधन एक-दूसरे से बाँधते थे। पर चूँकि दोनों देशों के बीच परस्पर मित्र देश होने के बावजूद कुछ औपचारिकताएँ, अंतरराष्ट्रीय औपचारिकताएँ लगातार निभानी पड़ती हैं, इसलिए दोनों देशों की सीमा पर सैनिक तैनात नहीं थे, पुलिस की तैनातगी से ही काम चल जाता था। इसलिए भारत और तिब्बत के इन संबंधों का ध्यान रखने के लिए भारत-तिब्बत सीमा पुलिस (बल), इंडो-तिबेतन बॉर्डर पुलिस, यानी आई.टी.बी.पी. ही तैनात रहा करती थी।

पर अब सबकुछ बदला हुआ है। पहले के पड़ोसी, यानी भारत और तिब्बत अब बदल गए हैं और उन्हें भारत और चीन ऐसे पड़ोसी देश कहा जाता है, क्योंकि चीन ने तिब्बत को हड़प लिया है और वैसा होने देने में पं. नेहरू का पूरा समर्थन चीन को था। इसलिए भारत और चीन की सीमा पर अब सिर्फ पुलिस से काम नहीं चलता। सीमा चूँकि पहले की तरह ही अंतरराष्ट्रीय है, किंतु परस्पर मित्र देशों की नहीं है, इसलिए वहाँ सेना तैनात करनी ही पड़ती है। पर इसके पीछे का खास कारण तो यह है कि भारत का समर्थन लेकर चीन ने तिब्बत को तो हड़प ही लिया, फिर 1962 में चीन की सेना ने भारत पर हमला भी कर दिया। वह हमला आज तक भी अपना आतंक पूरे विश्व की राजनीति पर, खासकर भारत और चीन की राजनीति पर किसी-न-किसी रूप में बनाए

रखता था। आतंक इस कदर था कि भारत की प्रत्येक सरकार को, कहीं-न-कहीं, कहीं चीन फिर हमला न कर दे, इस तरह का डर हमेशा बना रहता था। अभी कल-परसों तक यही हालत थी। नरेंद्र मोदी के देश का प्रधानमंत्री बनने के बाद से केंद्र की भा.ज.पा. सरकार ने चीन और पाकिस्तान के प्रति जो रवैया, सैनिक, राजनीतिक और कूटनीतिक संबंधों को लेकर जो रवैया रखा है, और वैसा लगातार बना रखा है, इसी का परिणाम है कि भारत को लेकर अब पाकिस्तान और चीन दोनों अपनी-अपनी औकात में रहकर बरतने को मजबूर हैं।

पर ये तो सभी आज की बातें है। इससे पहले के वर्षों पर निगाह डालें तो बड़ी ही अजीब हालत देश के सामने बनी नजर आती है। अपना देश, अपना भारत देश खुद को कैसे शत प्रतिशत भुलाए बैठा है, भारत और चीन के बीच संबंधों को ठीक इसी परिप्रेक्ष्य में समझने की जरूरत देश को, संपूर्ण देश को सामान्यतया और देश के (और दुनिया के) संपूर्ण हिंदू समाज को खासतौर से समझने की जरूरत है। हमने अपनी इसी पुस्तक में कई बार बताया है कि भारत पर इसलामी हमलों के बाद से, खासकर इसलामी गुलामी की छह-सात सदियों में भारत, अपना कभी पहले का अखंड भारत कई बार क्षत-विक्षत हुआ है, टूटा है, भारत से विलग हुआ है। हमने अनेक स्थानों पर बताया है कि भारत का पारसीक (अब फारस), शकस्थान (सीस्तान), गांधार (अफगानिस्तान), सौवीर (बलोचिस्तान), सिंधु देश (सिंध), सप्तसिंधु (पाकिस्तान), मुस्लिम अधिकृत काश्मीर, कुरु जांगल (वजीरिस्तान), उत्तर कुरु (गिलगिल-बाल्टिस्तान), पूर्व बंग (बांग्लादेश) आदि भारतीय प्रदेश, अखंड भारत के प्रदेश भारत से अलग होकर इसलामी होते चले गए और आज ये सभी देश इसलामी हैं। ये सभी इलाके, इसलामी हो चुके हमारे ये सभी इलाके क्या कभी फिर से अखंड भारत का, जाहिर है कि अखंड हिंदू भारत का हिस्सा बन पाएँगे, यह कठिन अवश्य लगता है। पर इसमें असंभव जैसा कुछ भी नहीं है। यह संभव हो सके, वैसा हो पाए, यह अनेक परिस्थितियों पर निर्भर करेगा। हम आज यह विमर्श नहीं कर रहे हैं। किसी अन्य स्थान पर उचित समय पर करेंगे और अवश्य करेंगे। आज का प्रश्न तिब्बत का है। क्या तिब्बत भी कभी अखंड भारत का हिस्सा रहा है ? उसका इदमित्थं कोई जवाब देना आसान नहीं, पर कुछ बिंदुओं पर विचार-विमर्श कर ही सकते हैं।

तिब्बत का पुराना नाम, कहना चाहिए कि भारत के संपूर्ण साहित्य में तिब्बत का नाम त्रिविष्टप है और यह 'त्रिविष्टप' शब्द 'स्वर्ग' के अर्थ में ही भारत की साहित्य परंपरा में प्रयुक्त हुआ है। वामन शिवराम आपटे के विश्व मान्यताप्राप्त कोश, 'संस्कृत-हिंदी कोश' में त्रिविष्टप और त्रिपिष्टप इन दोनों शब्दों का अर्थ दिया है, इंद्रलोक और स्वर्ग, और हम सभी को ठीक से पता है कि दोनों शब्द पर्यायवाची और एक ही अर्थ

का संप्रेषण करते हैं। आपटे ने मानो अपने कथन की पुष्टि में ही कालिदास के सबसे प्रसिद्ध ग्रंथ 'रघुवंश महाकाव्यम्' से उद्धृत (रघुं. 6/78) किया है 'त्रिविष्टपस्येव पतिं जयन्तः' और इसका अर्थ करते हुए आचार्य सीताराम चतुर्वेदी ने अपने ग्रंथ 'कालिदास ग्रंथावली' में लिखा है—'जैसे इंद्र (त्रिविष्टपस्य पतिं), इंद्र के पुत्र जयंत बड़े प्रतापी हुए, वैसे ही कुमार अज भी उन्हीं प्रतापी रघु के पुत्र हैं। पर इस शब्दार्थ को, त्रिविष्टप शब्द का अर्थ स्वर्ग है, इसको सही साबित करनेवाला सबसे बड़ा, शायद भारत के संपूर्ण साहित्य का सबसे बड़ा प्रमाण तो भगवान् वेदव्यास ने अपने विश्वविख्यात और अक्षपकीर्ति वाले प्रबंध काव्य 'महाभारत' (स्वर्गारोहण पर्व, प्रथम अध्याय, श्लोक 1, 3 और 4) में दिया है, जहाँ तब की घटनाओं का वर्णन है, जब महाराज युधिष्ठिर स्वर्ग पहुँच गए—'स्वर्गं त्रिविष्टपं प्राप्य' (अर्थात् इस त्रिविष्टप स्वर्ग में पहुँचकर) और उन्होंने सबसे वार्तालाप किया। महारानी द्रौपदी का, पाँचों पांडवों का (और उनके साथ-साथ चल रहे कुत्ते का) जैसा वर्णन इस प्रशंसा में मिलता है, उससे यही समझ में आ रहा है कि सारा हिमालय पार कर महाराज युधिष्ठिर उसके भी उत्तरी भाग स्वर्ग में पहुँच गए, जिसे वे बार-बार 'त्रिविष्टप' कह रहे हैं। यह वही स्थान है, जहाँ आज लद्दाख और इसके साथ सटा तिब्बत है। त्रिविष्टप तो स्पष्ट तिब्बत समझ में आ रहा है। लद्दाख का पौराणिक नाम क्या है, इसे भी जल्दी ही प्राप्त कर लिया जाएगा। हो सकता है कि लद्दाख और तिब्बत के लिए कोई एक ही शब्द मिलता हो। खोजना पड़ेगा।

तिब्बत के त्रिविष्टप नाम और त्रिविष्टप रूप को हम एक बार को शुद्ध अकादमिक महत्त्व का मान सकते हैं, हालाँकि कभी-कभी शुद्ध अकादमिक रूपरेखावाले उद्धरणों में से भी निर्णायक बातें मिल जाती हैं। पर कैलाश? मानसरोवर? फिर से कह दें कि एक बार को हम त्रिविष्टप शब्द को अकादमिक बातचीत के दायरे में सिमटा सकते हैं, (वैसे हम सिमटानेवाले नहीं हैं)। पर कैलाश और मानसरोवर का महत्त्व हमारे जीवन में सिर्फ अकादमिक उद्धरण के लिए नहीं है। सिर्फ तो क्या, इस तरह के अकादमिक रेफरेंस का है ही नहीं। शिव तो कैलाशवासी हैं, जहाँ शिव निरंतर तपोलीन रहते हैं, आदियोगी और महायोगी के रूप में नित्य कैलाशवास करते हैं, जहाँ से बरात चढ़ाकर वे हिमालय पुत्री पार्वती को ब्याहने गए थे। उसी कैलाश में मानस सरोवर है, जिसे हम (भाषाशास्त्र के नियम के अनुसार) दो बार 'स' बोलने के कष्ट से बचने के लिए मानस+सरोवर=मानसरोवर बोलते हैं, जिस सरोवर में शिव और पार्वती नित्य विहार करते हैं। ऐसे स्थान को, जगत् पिता शिव और जगन्माता पार्वती के आवास और विहार स्थली को हम भला विदेश कैसे मान लें? जैसे सरस्वती नदी का प्रदेश ब्रह्मा का सारस्वत प्रदेश है, जैसे भारत का प्राग्ज्योतिष, पूर्वोत्तर, ईशानकोण, शक्ति का आवास और विहार स्थल है, जैसे भारत महासागर भगवान् विष्णु का नित्य वैकुंठ, यानी वेंकट है, वैसे ही

कैलाश-मानसरोवर के साथ शिव-पार्वती के नाम भारत के जन-जन से, जन-जन के मस्तिष्क और हृदय से अविभक्त रूप से, अविनाभाव से, शरीर और उसके श्वास की तरह अखंड रूप से जुड़े हैं। ऐसे कैलाश-मानसरोवर के बिना अखंड भारत की कल्पना करना ही बेमानी है, व्यर्थ है और खुद को धोखा देने के जैसा है। राजनीतिक दृष्टि से यह हमारे लिए आश्चर्य की बात है कि स्वतंत्रता प्राप्ति के बाद भी देश की किसी भी सरकार ने ऐसे भारत को साकार करने की सोची तक नहीं कि जिसमें कैलाश-मानसरोवर हमारे देश के लिए विदेश नहीं, भारत के अविभाज्य हिस्सा जैसा है, शिव-पार्वती के आवास व विहार स्थलों की यात्रा करने के लिए परमिट न बनवाना पड़े, अपितु बस/ट्रेन/विमान में बैठकर व टिकट कटवाकर निर्द्वंद्व पहुँचने जैसा हो। देवभूमि उत्तराखंड तो भारत में है। पर देवों का आवास त्रिविष्टप और देवों के देव महादेव और माँ पार्वती का आवास कैलाश और विहारभूमि मानसरोवर जाने के लिए विदेशी परमिट बनवाना पड़े, यह कैसे भारत में रह रहे हैं हम? भविष्य में बननेवाले अखंड भारत में रहने की हमारी आकांक्षा, हमारा स्वभाव कब और कैसे बनेंगे?

□

41

वाजपेयी के 'सर्वधर्मसमभाव' के फलित

हम सिद्धांत के तौर पर भारत के धर्म को एक और सनातन मानते हैं। धर्म एक ही है, अनेक नहीं है। इसलिस इस 'सर्वधर्मसमभाव' को वैचारिक छल ही मानते हैं। इसके बावजूद इस पर इसलिए विचार कर रहे हैं, क्योंकि इस राजनीतिक विचार को यह शब्दावली भारत के यशस्वी पूर्व प्रधानमंत्री अटल बिहारी वाजपेयी ने दी थी। स्वतंत्रता प्राप्ति के पश्चात् भारत में जितने भी प्रधानमंत्री हुए हैं, उनमें हम वाजपेयी को सबसे विलक्षण प्रधानमंत्री मानते हैं। जैसे वर्तमान प्रधानमंत्री नरेंद्र मोदी भारत के युवाओं के अद्‍भुत चहेते हैं, वैसा ही वाजपेयी के साथ भी था और किसी राजनेता को अगर 'युवा हृदय सम्राट्' कहा गया तो सबसे पहले वाजपेयी को ही यह मान मिल सका। वाजपेयी के साथ दो कठिनाइयाँ जुड़ गई थीं। एक यह कि वे बहुत कम समय प्रधानमंत्री रहे। दूसरी कठिनाई यह जुड़ी रही कि उन्हें निरंतर मिली-जुली सरकारों को नेतृत्व देना पड़ा। सरकार के पास संसद् में अपनी ही पार्टी को बहुमत प्राप्त हो, तो कोई भी दमदार प्रधानमंत्री क्या-क्या चमत्कार दिखा सकते हैं, इसका एक उदाहरण थीं श्रीमती इंदिरा गांधी और दूसरा उदाहरण हैं नरेंद्र मोदी। श्रीमती गांधी की तुलना में नरेंद्र मोदी को ज्यादा, कहीं ज्यादा अंक देना चाहेंगे कि जन-धन योजना के तहत निर्धनों के, वाकई निर्धन लोगों के असंख्य, वाकई असंख्य बैंक एकाउंट खुलवाकर, स्वच्छ भारत अभियान चलाकर, गरीबों को मिलनेवाली सब्सिडी को समर्थ लोग छोड़ें, इस अभियान के साथ लाखों लोगों के द्वारा खुद-ब-खुद सब्सिडी छोड़ दिए जाने पर, ऐसे विराट् और अद्‍भुत और पार्टी निरपेक्ष होकर जनसामान्य को और समाज को लाभ पहुँचवाकर, मोदी ने प्रधानमंत्री के रूप में देश के इन वृहत् स्वैच्छिक अभियानों को जो नेतृत्व दिया है, वह किसी भी प्रधानमंत्री के लिए, अपने देश के ही नहीं, दुनिया भर में किसी भी प्रधानमंत्री और शासन-प्रमुख के लिए इतिहास की किताबों में स्वर्णाक्षरों में लिखा काम मान जाएगा। समय और परिस्थितियाँ मिलतीं तो शायद प्रधानमंत्री वाजपेयी भी ऐसे ही,

या इससे भी अधिक महत्त्वपूर्ण, अद्भुत योगदान देश के लिए और देश के जनसामान्य के लिए करते। रोगशय्या पर पड़े रहकर भी कुछ कर गुजरने के लिए निकल पड़ने को तैयार हो जाते, ऐसा हम उनके ओजस्वी शरीर, वाणी और प्रतिभा, इन सभी तरह से ओजस्वी वाजपेयी के बारे में निर्द्वंद्व रूप से कह सकते हैं।

हमने जो कहा, इसको आप हमारी ओर से एक राजनेता की तारीफ ही कहेंगे, जबकि हम जैसे कंजूस प्राध्यापक और पत्रकार किस्म के लोग किसी की भी तारीफ में कितनी कंजूसी बरतते हैं, इसे सभी जानते हैं। पर हम अगर वाजपेयी की तारीफ कर रहे हैं तो इसका कारण है कि वाजपेयी ने, नेहरू की तरह जनमानस को सिरे से बदल देने का एक काम कर दिया है, जो इतिहास में दर्ज हो चुका है, पर इसका ठीक-ठीक महत्त्व देश के वर्तमान प्रधानमंत्री, उनकी पार्टी भा.ज.पा., भारत का संपूर्ण राजनीतिक विश्व जब समझ लेगा, तब फिर हमें उस तरह से कहने की जरूरत नहीं रहेगी। ये वही वाजपेयी हैं, जिन्होंने काश्मीर जाकर कहा था कि भारत को चाहिए, 'काश्मीरियत, जम्हूरियत, इनसानियत।' सारा देश क्या, सारा विश्व मानता है कि काश्मीर संबंधी संकट को सुलझाने में अंततः यही वाजपेयी-दृष्टि ही काम आनेवाली है। नरेंद्र मोदी काश्मीर संबंधी इस वाजपेयी-दृष्टि को क्रियान्वित कर सकें, इसके लिए पीओके सहित संपूर्ण काश्मीर का शांत तथा 370 से मुक्त होना जरूरी है, क्योंकि एक खंडित काया और खंडित बुद्धिवाला काश्मीर वाजपेयी के विचार-समुद्र में अवगाहन नहीं कर पाएगा।

उन्हीं वाजपेयी ने अपनी पार्टी भारतीय जनता पार्टी के प्रारंभ दिवस पर दिल्ली के फिरोजशाह कोटला मैदान में जनसभा में हुंकार भरी थी कि भारत को सर्वधर्मसमभाव चाहिए और उसी में भारत का भविष्य और भविष्य का कल्याण छिपा है। हम आज इसी वाजपेयी-दर्शन पर अपना आलेख लिख रहे हैं और हो सकता है कि हम जो लिख रहे हैं, वह ठीक उसी वाजपेयी दर्शन जैसा नहीं हो, जैसा वाजपेयी के कथन की पृष्ठभूमि में रहा होगा। इसलिए हमारा संपूर्ण विवेचन कुछ वैसा ही हो सकता है, जैसा हम लिखनेवाले हैं।

सीधे-सीधे शब्दों में कहें तो 'सर्वधर्मसमभाव' का अर्थ है, सभी धर्मों को समान दृष्टि से देखना, सभी धर्मों में समता का, समानता का, बराबरी का भाव रखना। इस जगह पर हम धर्म शब्द का प्रयोग उसी अर्थ में कर रहे हैं, जिस अर्थ में रिलीजन या मजहब को धर्म कहते हैं, अन्यथा हम अपनी संपूर्ण पुस्तक में धर्म को धर्म ही कह रहे हैं, जिस अर्थ में, भारत में, संपूर्ण भारत में जिसका अर्थ है 'सनातन धर्म', जिसे संस्कृत परंपरा में, अर्थात् निगम परंपरा में 'एष धर्मः सनातनः' कहा गया है, तो पालि, प्राकृत, अपभ्रंश परंपरा में अर्थात् आगम परंपरा में 'एस धम्मो सणन्तओ' कहा गया है। भाषाओं में अंतर है, एक में है 'सनातनः धर्मः' और दूसरे में 'सणन्तओ धम्मो', पर अर्थ वही

है कि धर्म वह है, जैसा कि सारा भारत जानता है, वह धर्म सनातन है, अविनाशी है, हमेशा रहनेवाला है। हम इस वाजपेयी कथन 'सर्वधर्मसमभाव' की प्रस्तुति उसी अर्थ में कर रहे हैं, जिस अर्थ में इसलामी दुनिया 'मजहब' शब्द का और क्रिश्चियन दुनिया 'रिलीजन' शब्द का प्रयोग करती है और जानते हैं कि भारत में मजहब, रिलीजन और उसके समकक्ष माने जानेवाले 'धर्म' का पर्यायवाची शब्द है, संप्रदाय, जो संप्रदाय शब्द भारत की पंरपरा में, भारत की समस्त निगम-आगम-कथा परंपरा में, संपूर्ण धर्म-दर्शन परंपरा में, संपूर्ण वैचारिक आंदोलन में बहुत ही सम्मान और आदर का वाचक शब्द है, सम्मान और आदर का प्रतीक शब्द है। किसी भी संप्रदाय से जुड़ा व्यक्ति जब खुद को बौद्ध सांप्रदायिक, शैव सांप्रदायिक, वेदांत सांप्रदायिक या किसी भी स्कूल ऑफ थॉट से जुड़ा सांप्रदायिक व्यक्ति कहता है तो वह उसका प्रयोग पूरे सम्मान और आदर के सूचक संदर्भों में कर रहा होता है। पर जैसे देश ने मूर्खतावश, अज्ञानवश या ज्ञान के अहंकारवश 'सांप्रदायिक' शब्द का तमाम नकारवाची अर्थों में प्रयोग करना शुरू कर दिया है, इस पर क्या कहा जाए? वाजपेयी दर्शन की प्रस्तोता पार्टी ही जब नहीं समझ पा रही है, तो बाकियों के बारे में क्या कहा जाए? यानी जाहिर है कि भारत की तमाम निगम-आगम-कथा परंपरा में धर्म का अर्थ है 'सनातन', पर वाजपेयी जैसा शख्स, विचारों का समुद्र शख्स धर्म को मजहबी रिलीजन के अर्थ में, यानी 'संप्रदाय' के अर्थ में प्रयुक्त करने को विवश था। उस विवशता को समझ जाएँगे तो फिर वाजपेयी के 'सर्वधर्म समभाव' इस कथन का यह अर्थ कि 'सर्व संप्रदाय समभाव' हमारी समझ में तुरंत आ जाएगा और धर्मनिरपेक्षता को संविधान का हिस्सा बनानेवाले देश को अगर संविधान में 'सर्व संप्रदाय समभाव' इस भाव वाले 'सर्वधर्म समभाव' शब्द को भी रख दिया जाए तो फिर देश खुद-ब-खुद धर्म अर्थात् संप्रदाय के अर्थ पर चलते-चलते धर्म अर्थात् सनातन के अर्थ तक देर-सबेर पहुँच ही जाएगा।

एक भारतवासी को, ठीक से कहें तो एक हिंदू को 'सर्वधर्म समभाव' का अर्थ चूँकि समझने में कोई कठिनाई नहीं है, क्योंकि धर्म का अर्थ, चाहे उसका 'सनातन' अर्थ मानें या 'संप्रदाय' अर्थ मानें, हर हिंदू के हृदय में बसा रहता है, इसलिए एक हिंदू के लिए सर्वधर्म समभाव का अर्थ समझने में कोई कठिनाई है ही नहीं। पर अपने देश भारत में, हिंदू राष्ट्र होने की सच्चाई के बावजूद अपने हिंदू राष्ट्र भारत में सिर्फ हिंदू ही नहीं रहते, विधर्मी भी रहते हैं। अर्थात् भारत में जनमे सभी धर्म-संप्रदायों में समान रूप से गहरी निष्ठा, श्रद्धा और विश्वास रखने वाले हिंदू, जैन, बौद्ध, शैव, शाक्त, वैष्णव, सिख, गाणपत्य, मुरुगनवादी आदि सभी रहते हैं और विदेशों से आए मजहब, यानी इसलाम और रिलीजन, यानी क्रिश्चियनिटी को माननेवाले विदेशधर्मी अर्थात् विधर्मी भी रहते हैं, उनसे इस परम लोकोपकारी सिद्धांत 'सर्वधर्म समभाव' को कैसे मनवाएँगे?

अपने भारत के धर्म में और विदेशों से आए धर्मों, मजहब और रिलीजन में, यानी इसलाम और क्रिश्चियनिटी में कोई समानता है नहीं, संवाद का कोई समान धरातल है ही नहीं, इकट्ठा बैठकर बतियाने का कोई एक जैसा खेमा है ही नहीं। हम इसी पुस्तक में कई अवसरों पर अच्छे से बता आए हैं कि भारत का धर्म तत्त्वज्ञान पर टिका है, यानी मेटाफिजिक्स पर टिका है। तत्त्वज्ञान नहीं है तो भारत में न संप्रदाय हैं, न धर्म है, और न ही कोई अध्यात्म है। भारत के संप्रदाय धर्म की व्याख्या करते हैं तो भारत का धर्म भारत केअध्यात्म के लिए आधारभूत है। पर विधर्मी वातावरण में, यानी मजहब और रिलीजन में न तो कोई तत्त्वज्ञान है और न ही किसी तत्त्वज्ञान का कहीं दूर-दूर तक कोई उसका अता-पता है। तो सवाल उठता है और ठीक ही उठता है कि अच्छी मंशा के बावजूद सर्वधर्मसमभाव के लिए बैठने-बतियाने को प्लेटफॉर्म सरीखा कोई वैचारिक वितान तो हो। वह है ही नहीं। भारत तत्त्वज्ञान के बिना आगे नहीं बढ़ता। विधर्मियों में तत्त्वज्ञान है ही नहीं। भारत अध्यात्म, धर्म और धर्म-दर्शन-संप्रदायों के बिना बढ़ता ही नहीं, जबकि विधर्मी मंचों पर इन तीनों धाराओं का कोई मतलब कहीं नहीं है। यही कारण है कि जहाँ तत्त्वज्ञान के परिणामस्वरूप भारत में संवाद की विविधता है, बहुलता है, विराटता है, वहाँ विधर्मी मंचों पर संवाद के नाम पर शून्य हैं।

चूँकि विधर्मी वातावरण में तत्त्वज्ञान नहीं है, तत्त्वज्ञानजनित धर्म नहीं है, धर्मजनित संप्रदाय नहीं है, इसलिए विधर्मी दुनिया में सिर्फ धर्मांतरण है। एक इसलामी या एक क्रिश्चियन जब किसी जैन, बौद्ध, शाक्त, वैष्णव, नैयायिक, वैशेषिक आदि-आदि से बात करेगा, तो क्या बात करेगा, कोई समान धरातल ही नहीं है। इसलिए जब कोई संवाद, सभ्यतामूलक कोई संवाद हो ही नहीं पाएगा तो कोई भी इसलामी या कोई भी क्रिश्चियन दूसरे धर्मवाले का धर्मांतरण करने में लग जाएगा। इसलिए हम भारत के लोगों को जहाँ धर्मांतरण करना नहीं आता, संवाद करना आता है, वहाँ इसके ठीक उलट विधर्मियों को सिर्फ और सिर्फ धर्मांतरण करना आता है। इसलिए भारत के धर्म में शास्त्रार्थ परंपरा है, जो विधर्मियों में नहीं है। वहीं विधर्मियों में सिर्फ और सिर्फ तबलीगी तथा मिशनरी हैं, जो धर्मांतरण करते रहते हैं। वहाँ शास्त्रार्थ नहीं है। ऐसा कोई शब्द ही नहीं है। ऐसे किसी शब्द का पर्यायवाची ही नहीं है। सर्वधर्म समभाव के लिए कोई आधार तो रहना चाहिए, पर वैसा समान आधार ही नहीं है। इसलिए वाजपेयी-दर्शन 'सर्वधर्म समभाव' के लिए जरूरी पूर्व-शर्त, संवाद का कोई समान आधार ही नहीं है, इसलिए विधर्मी मंचों पर संवाद के लिए कोई अवसर ही नहीं है और ठीक इसलिए विधर्मियों को सिर्फ एक ही काम करना आता है और वह है धर्मांतरण। ऐसे विधर्म और ऐसे विधर्मी जन वाजपेयी के 'सर्वधर्म समभाव' के आस-पास भी कहीं नहीं पहुँच पाएँगे और हम जानते हैं कि पहुँच भी नहीं पाए हैं।

'सर्वधर्म समभाव' एक ऐसा परम राजनीतिक आदर्श भी है, जिस पर अमल करनेवाले धर्मों में समाज व देश में उतनी ही बड़ी राजनीतिक ऊँचाई भी चाहिए। जिन विधर्मियों ने, यानी भारत में रहनेवाले और भारत में सक्रिय जिन विधर्मियों ने धर्म का अर्थ धर्मनिरपेक्षता कर दिया हो, उस समाज में, उस देश में धर्म के नाम पर समभाव हो ही नहीं सकता। ऐसे देश और समाज में धर्म के नाम पर सिर्फ और सिर्फ पक्षपात ही देखने को मिलेगा। भारत का लगभग संपूर्ण राजनीतिक धरातल इस समय हिंदू विरोध और विधर्म संपोषण के भयानक मनोभाव से खदबदा रहा है। ये सभी हिंदू-विरोधी क्यों हैं, इसका कारण खोजना चाहिए, जो हमें आज तक समझ में नहीं आया, जबकि सभी धर्मों व विचारों के लिए समानता का, समान सम्मान का भाव हिंदू के स्वभाव में है और हमारी यह पुस्तक हर स्थान पर इसी बात को प्रस्तुत व प्रमाणित कर रही है। क्यों भारत का लगभग संपूर्ण राजनीतिक धरातल इस समय, यानी पिछले अनेक दशकों से विधर्मियों के संपोषण में व राजनीतिक संरक्षण में लगा है, इसका भी कोई वैध कारण अभी तक तो हमारी समझ से परे ही रहा है। सभी धर्मों व विचारों का संरक्षण व संपोषण हो तो समझ में आता है कि यह भारत की सर्वधर्म समभाव की मनोभूमिका के कारण है। पर जब भारत के एक पूर्व प्रधानमंत्री मनमोहन सिंह, जो अन्यथा विश्व प्रसिद्धिवाले अर्थशास्त्री भी कहे जाते हैं, ऐसे प्रधानमंत्री मनमोहन सिंह कहते हैं, प्रधानमंत्री के रूप में कहते हैं कि भारत के सभी संसाधनों पर अल्पसंख्यकों का, उनमें भी खासकर मुसलिमों का पहला अधिकार है, तो यह तो सर्वधर्म समभाव नहीं है। इससे उलट यह बहुसंख्यकों, यानी हिंदुओं की प्रताड़ना है और अल्पसंख्यकों, यानी विधर्मियों के प्रति घोर पक्षपात है, जिसकी अपेक्षा एक लोकतंत्रकामी देश व समाज से नहीं की जाती। पर जब कोई प्रधानमंत्री स्तर का राजनेता ऐसा पक्षपातपूर्ण व्यवहार करता है और देश का लगभग संपूर्ण राजनीतिक विश्व, गांधी-नेहरू द्वारा प्रशिक्षित संपूर्ण राजनीतिक विश्व इसी तुच्छ विचार, तुच्छ कर्मशीलता और तुच्छ राजनीतिक सक्रियता में लगा रहता है तो जानते हैं क्या होता है? दो परिणाम देखिए, दूसरा परिणाम पहले परिणाम से जुड़ा है।

तो परिणाम यह सामने आता है कि देश की, दुनिया के अकेले हिंदू देश भारत की हिंदू आबादी कम होना शुरू हो जाती है। 1947 में जब भारत का विभाजन हुआ, तो बाकी बचे भारत में हिंदू आबादी 80 प्रतिशत से ऊपर, कहीं ऊपर थी। आज हिंदू आबादी 80 प्रतिशत से कहीं कम हो गई है। इस जनसंख्या क्षरण का कोई भी कारण रहा हो, पर बात तय है कि इससे देश में क्रमशः तीन सिद्धांतों, लोकतंत्र, धर्मनिरपेक्षता और सर्वधर्म समभाव, जिन्हें सीधे-सीधे या प्रकारांतर से भारत के संविधान का आधारभूत विचार माना जाता है, इन तीनों विचारों को क्षति पहुँचना अनिवार्य है। चूँकि अपने पास इन तीनों विचारोंवाला संविधान है, इसलिए हम इस बात का महत्त्व नहीं समझ पा रहे

हैं कि संविधान के तीनों महनीय विचार देश की हिंदू आबादी के कारण ही हैं, अन्यथा जिन देशों में विधर्मियों की सरकारें हैं, वे धर्म को लेकर कितना पक्षपात से भरा व्यवहार करती हैं, इसके जितने उदाहरण चाहे देख लीजिए। भारत और पाकिस्तान में एक छोटी-सी तुलना ही कर लें। 1947 के भारत विभाजन के समय पाकिस्तान में हिंदू कितने थे और अब कितने हैं। इसके विपरीत 1947 के भारत विभाजन के समय और विभाजन के बाद भारत में विधर्मी कितने थे, और आज वे कहाँ-से-कहाँ आगे पहुँच चुके हैं।

इससे जुड़ा दूसरा परिणाम यह होता रहा है और आज भी होने की स्थितियाँ बन रही हैं, पर राजनीतिक मामलों में अपनी धृतराष्ट्र बुद्धि के कारण हिंदू न देख पाता है और न ही समझ पाता है कि जब-जब और जिस-जिस प्रदेश में या इलाके में हिंदू अल्पसंख्या में आता है, वहाँ-वहाँ और तब-तब वह प्रदेश और वह इलाका भारत से अलग होता चला गया है। कभी के, और वह कोई हजारों साल पहले की बात नहीं है, कुछ ही सदियों की बात है, ऐसे कभी के अखंड भारत से फारस (पारसीक), सीस्तान (शकस्थान), बलोचिस्तान (सौवीर), सिंध (सिंधु देश), पाकिस्तान (सप्तसिंधु), वजीरिस्तान (कुरु जांगल), बाल्टिस्तान (उत्तर कुरु), पी.ओ.के. (काश्मीर), पूर्वी बंग (बांग्लादेश) आदि भारत के जो प्रदेश और इलाके भारत से अलग होकर इसलामी हो गए हैं, वे सभी इसी तरह से जनसंख्या संतुलन बिगड़ने से ही वैसा हुए हैं, फिर कारण चाहे जोर-जबरदस्ती हो, लालच हो या कुछ और हो। ये सभी इलाके वापस भारत में मिल जाने चाहिए, ऐसा हमारा प्रस्ताव आज नहीं है। पर भारत का काश्मीर, यानी जम्मू-काश्मीर और भारत का प्राग्ज्योतिष, यानी पूर्वोत्तर, नॉर्थ-ईस्ट तेजी से जनसंख्या असंतुलन का शिकार हो रहा है, कारण कुछ भी हो, उसके परिणामस्वरूप इन इलाकों में भारत-विरोधी भावनाएँ लगातार स्थापित हो जा रही हैं और लगातार भड़काई जा रही हैं। और अब तो पश्चिम बंगाल तक यही परिस्थिति बनती जा रही है। इसके परिणामस्वरूप कब इन प्रदेशों व इलाकों में भारत से अलग होने का आंदोलन तूल पकड़ जाए, कौन कह सकता है? क्योंकि ऐसे आंदोलन की सुगबुगाहट तो वहाँ है ही। इन सभी प्रदेशों व इलाकों में से काश्मीर में अलगाववादी परिस्थितियाँ लगभग 1947 जैसी बन चुकी हैं और पूर्वोत्तर में स्थितियाँ निश्चित रूप से उस ओर बढ़ रही हैं।

हम सुनते आए हैं, हमने खुद तो नहीं सुना है, पर 1947 में ऐसा एक नारा लगता था, यह बात हम सुनते आए हैं। जब भारत से अलग होकर पाकिस्तान नाम से एक नया मुसलिम देश बन गया तो पाकिस्तान के (और शायद भारत के भी) मुसलमान देश के गली-मोहल्लों में एक बड़ा ही सार्थक, बेशक अहिंसक, एक नारा लगाया जाता था कि 'हँस के लिया है पाकिस्तान, लड़ के लेंगे हिंदुस्तान'। अब समझ में आता है कि यह नारा कितना अर्थ से भरा था, इतिहास के संदेशों से भरा था और हिंदुओं तथा विधर्मियों

की मानसिकता को कितना सटीक तरीके से बता दिया करता था। 1947 में जो भारत विभाजन हुआ, वह मुख्य रूप से अंग्रेज बहादुर की और महात्मा गांधी की शतश: मुसलिमपरस्त कारस्तानी थी, जो पूरे भारत को और भारत के हिंदुओं को कानूनी, यानी वैधानिक शिकंजे में फँसाकर देश को इस तरह से परोस दी गई थी कि हिंदुओं के पास बच निकल पाने का न तो कोई रास्ता था और न ही कोई रणनीति बाकी बची थी। हिंदू अपना समस्त राजनीतिक शौर्य और राष्ट्रवादी बौद्धिकता का संपूर्ण प्रदर्शन बंग-भंग आंदोलन के समय खर्च और खत्म कर चुके थे। इसलिए 1947 के विभाजन के समय हिंदुओं के पास सिर्फ टुकुर-टुकुर देखने और झेलने के अलावा और आखिरी सप्ताहों में मोहम्मद अली जिन्ना की 'सीधी काररवाई' की आसुरी विभीषिका को भुगतने के अलावा कोई चारा बचा ही नहीं था। अब तो मामला और भी आगे बढ़ चुका है। अब तो गज्बा-ए-हिंद की हुँकारें सुनने को मिल रही हैं। भारत के हिंदू को धर्मनिरपेक्षता और नपुंसक सहिष्णुता जैसे मीठे लॉलीपोपों को चूसने का और चूसते रहने का ऐसा आत्मघाती जिह्वा रस लग चुका है कि अब न तो उसे हमारे सामने-सामने विभक्त होने को आतुर, यानी भारत से अलग होने को आतुर लगभग शत प्रतिशत इसलामी हो चुका काश्मीर बेचैन करता है और न उसी, ठीक इसी रास्ते पर चल पड़ा प्राग्ज्योतिष, यानी पूर्वोत्तर हमारे दिमाग और चेतना को झकझोरता है। इसलिए देश में बाकायदा एक राष्ट्रीय शिक्षा प्रणाली होने पर भी क्यों मदरसों के नाम पर एक समानांतर शिक्षा प्रणाली को प्रोत्साहन दिया जा रहा है? और क्यों देश के युवाओं को क्रिश्चियन शिक्षा संस्थानों के जाल में फँसा दिया जा रहा है? राष्ट्रीय शिक्षा प्रणाली क्या कर रही है? उत्तर किसी के पास नहीं है। पर यकीनन यह परिस्थिति देश के सर्वधर्म समभाव को तो कोई सहायता नहीं पहुँचा रही, देश के इस सर्वधर्म समभाव के मानस का, यानी हिंदू मानस का भारत के मानस का मनमाना दोहन भारत के भविष्य की सुरक्षा की कीमत पर जरूर कर रही है।

कुल मिलाकर हम वहाँ पहुँच गए हैं, जहाँ हम विचारधारा पर होनेवाली हर बहस के अंत में आकर पहुँच जाते हैं। भारत के पक्ष में सबकुछ ठीक है। भारत की विचारधारा भी ठीक है। अर्थात् भारत का अध्यात्म, अध्यात्म को स्थापित करनेवाला भारत का धर्म अर्थात् सनातन धर्म और उस धर्म के प्राण सरीखे भारत के संप्रदाय—भारत की यह संपूर्ण हिंदू विचारधारा भी ठीक है। भारत का पुनर्जन्मवाद और उसकी व्याख्या करनेवाला कर्मदर्शन भी ठीक है। जब हम जातिप्रथा को भारत के जातियोग से जोड़ देंगे (संदर्भ, आलेख संख्या 26) तो जाहिर है कि भारत की सामाजिक संगठनशीलता का पोषण करनेवाली हिंदुओं की जातिप्रथा भी ठीक है। यानी भारत के ये सभी पहलू और विशेषताएँ और विविधताएँ भी ठीक हैं। भारत की ये और ऐसी सभी महानताएँ भी ठीक हैं, ठीक ही है। पर भारत के हिंदू की एक ही कमजोरी, हजारों सालों से चलती आ रही

कमजोरी ही हर बार हमें चिंतित कर देती है कि क्या भारत का हिंदू कभी इस कमजोरी से मुक्त हो पाएगा? और वह कमजोरी है, वह ऐतिहासिक कमजोरी है, राजनीतिक बुद्धि का अभाव या उस बुद्धि की कमी। क्यों जीत चुका पृथ्वीराज चौहान मुहम्मद गोरी से हारा? इससे पहले क्यों मुहम्मद बिन कासिम की सेनाएँ सिंध का मानमर्दन कर सकीं? क्यों 1947 में भारत के विभाजन की परिस्थितियाँ बनीं? इन और ऐसे सभी प्रश्नों के उत्तरों में ही हमारी चिंता छिपी है कि क्या हिंदू को राजनीतिक चेतना आएगी? एक ही वाक्य में कहें तो देश को 'पोलिटिकल हिंदू' कब मिलेगा? देश को 85 या 86 प्रतिशत 'पोलिटिकल हिंदू' कब और कैसे मिलेगा? इधर देश में मुसलिमों ने दलितों, पिछड़ों, जाटों, यादवों आदि के बीच जिस तेजी और निष्ठा से अपनी राजनीतिक, सामाजिक घुसपैठ बनानी शुरू कर दी है, जैसे आदिवासियों, तथाकथित मूल निवासियों की आड़ में देश में जातीय वैमनस्य फैलाने की कोशिशें की जा रही हैं और जिस पैमाने पर क्रिश्चियन संगठन भारत की चुनावी प्रक्रिया में दखलंदाजी करने की कोशिशों में पूरे मनोयोग से लग गए हैं, उन और ऐसी सभी परिस्थितियों का जवाब सिर्फ और सिर्फ वह 'पॉलिटिकल हिंदू' है, जिसका आगमन हर हिंदू घर में हो जाना चाहिए, हर हिंदू युवा, हर हिंदू युवती के रूप में हो जाना चाहिए, हर हिंदू छात्र-छात्रा में हो जाना चाहिए। आप संकोच में रहते रहिए और विधर्मी लोग निस्संदेह होकर आपको कहाँ-कहाँ ले जा रहे हैं, मार्गभ्रष्ट कर रहे हैं। यह विधर्मी को नहीं सोचना, हिंदू को सोचना है, क्योंकि यह भारत देश हिंदू का, हिंदू जीवन-दर्शन का, हिंदू सभ्यता का देश, बस यही एक देश है। नान्यः पन्थाः विद्यतेऽयनाय। आत्मगौरव प्राप्त करने का कोई दूसरा रास्ता नहीं है। रास्ता एक ही है : भारत, अखंड भारत, अपना यही भारत देश। सर्वधर्म समभाव का मर्म इसी में है। सामर्थ्य भी इसी में है। लुंजपुंज भारत में नहीं है।

□

42

लोकतंत्र बनाम मेजोरिटेरियनिज्म

मोटे तौर पर देशों में दो तरह की राज्यशासन व्यवस्था होती हैं। हम कोई नई बात नहीं कर रहे हैं। सारी दुनिया को यह पता है। एक शासन व्यवस्था वह होती है, जहाँ लोकतंत्र होता है और दूसरी शासन व्यवस्था वह होती है, जहाँ राजशाही, सैन्यशाही या तानाशाही के सहारे शासन होता है और ऐसी शासन व्यवस्थाओं में लोकशाही नहीं होती। वहाँ राजशाही, सैन्यशाही या तानाशाही होती है। किस देश में किस तरह की शासन व्यवस्थाएँ हैं, यह बताना इसलिए फिजूल है, क्योंकि न बताए जाने पर भी हर देश को पता होता है कि उसके यहाँ कौन-सी शासन व्यवस्था है, लोकशाही है, राजशाही है, सैन्यशाही है या तानाशाही है? हम किसी शासन व्यवस्था के गुणों या दोषों का बखान करने नहीं बैठे। हर एक को हर चीज का ठीक से पता रहता है, इसलिए व्यर्थ की चखचख में हम क्यों पड़ें! हमें सिर्फ इतना पता है और इतना ही पता रखना है कि अपने भारत देश में लोकशाही है, लोकतंत्र है और लोगों की इच्छा के अनुसार देश में अपने भारत देश में शासन चल रहा है, 1947 में मिली आजादी के बाद से वैसा ही चल रहा है। बीच में, 1975-77 में कुछ समय के लिए भारत में तानाशाही शासन आ गया था। श्रीमती इंदिरा गांधी के शासनकाल में ऐसा हो गया था। पर यह इस देश की लोकशाही के अचल स्वभाव का ही जीता-जागता करिश्मा था कि श्रीमती इंदिरा गांधी को यह तानाशाही भी लोकशाही का निरंतर नामजप करते हुए चलानी पड़ी थी, जिसे समाप्त कर फिर उन्होंने लोकसभा के आम चुनाव कराए थे और इन चुनावों में श्रीमती इंदिरा गांधी की तानाशाही की हार हुई थी और देश में जनता पार्टी का शासन आया। मोरारजी देसाई भारत के प्रधानमंत्री बने।

ये तो राज्य व्यवस्थाएँ हैं, जिन्हें लोकतंत्र, यानी लोकशाही, राजशाही, सैन्यशाही, तानाशाही वगैरह कहते हैं। पर क्या कभी आपने ऐसी व्यवस्था भी देखी है, जिस राज्यव्यवस्था में दावा तो यह किया जा रहा हो, वहाँ लोकतंत्र है, पर वास्तव में जहाँ

लोकतंत्र का कोई सम्मान न हो और सिर्फ और सिर्फ मनमानियाँ की जाती हों? हमारा अपना ही देश भारत 1947 के बाद से ऐसा ही लोकतंत्र है, जहाँ लोक का सम्मान नहीं, बहुमत की बात का वजन नहीं, सिर्फ और सिर्फ अल्पसंख्यकों का ही चौबीसों घंटे, बारहों महीने चरण-चुंबन किया जाता हो। भारत का बहुमत, भारत की जनसंख्या का बहुमत हिंदू है, पर इस लोकशाही में, भारत नामक लोकशाही में हिंदू की कोई आवाज नहीं है। हिंदू की कोई पहचान ही नहीं है। कोई खुद को हिंदू कह दे तो फिर देखिए ये तथाकथित बुद्धिमान लोग और तथाकथित सिविल सोसाइटीवाले कितना अनसिविल, यानी कितना असभ्य होकर हिंदू की मसखरी करने पर उतारू हो जाते हैं, जिस पर हम काफी विस्तार से लिख आए हैं। जिस हिंदू जनसंख्या के कारण भारत लोकतंत्र है, लोकशाही है, उसी भारत में हिंदू, जिसका कि वहाँ की वास्तविकता में भी और आँकड़ों में भी प्रबल बहुमत है, उस हिंदू की कोई इज्जत वहाँ नहीं है। भारत में 80 प्रतिशत से भी कहीं, कहीं अधिक हिंदू हैं, पर अपना संविधान भारत को हिंदू राष्ट्र नहीं कहता। भारत को हिंदू राष्ट्र कहा जाए, कहा ही जाए, इस बात को एक बार आप कह दीजिए, फिर देखिए कुछ छुटभैये कैसे गरमागरम बहस छेड़ देते हैं और आसमान में छेद करके, यानी झूठ में ही तर्क गढ़ने लगते हैं कि भारत हिंदू राष्ट्र नहीं है।

जिस धर्मनिरपेक्षता का डंका बजा-बजाकर आप भारत के संविधान का गुणगान करते रहते हैं, भारत में वही, वही धर्मनिरपेक्षता हिंदू के कारण है, इस सर्वस्वीकृत सत्य से भी मुँह मोड़ लेने की वैचारिक असभ्यता और वैचारिक छल आप दिखाते रहते हैं। कैसी सिविल सोसाइटी हैं आप? आप तो नितांत अनसिविल हैं। दिखाइए न कोई ऐसा मजहब-परस्त और रिलीजन-परस्त कोई एक देश, जिसके यहाँ धर्मनिरपेक्षता को कोई सम्मान हो, कोई मान्यता हो, कोई यशोगान हो। कहाँ है कोई ऐसा देश? कहाँ है कोई एक भी ऐसा देश, जिसकी आबादी ने 80 प्रतिशत से ऊपर होकर भी धर्म को शत प्रतिशत माननेवाला होते हुए भी संविधान में खुद को हिंदू मनवाने के लिए कोई आंदोलन तक न किया हो, हिंसक संघर्ष की तो बात ही छोड़ दीजिए।

क्यों है ऐसा? ऐसा इसलिए है, क्योंकि हमारे देश के लाड़ले घोषित कर दिए गए प्रधानमंत्री पं. जवाहरलाल नेहरू, देश के प्रधानमंत्री नेहरू बहुसंख्यक हिंदू को संवैधानिक काया नहीं दे सके, क्योंकि पं. जवाहरलाल नेहरू ऐसा ही चाहते थे। वे ऐसा ही चाहते थे कि भारत को हिंदू राष्ट्र न बनने दिया जाए, भारत के हिंदू को भारत का बहुसंख्यक तक न कहा जाए, भारत अनेक कबीलों का, धर्मों का, जातियों का, विश्वासों का, मान्यताओं का देश है, जिसकी कोई एक सरीखी सोच नहीं है, एक सरीखी जीवन-दृष्टि नहीं है, एक सरीखी जीवन-शैली नहीं है, एक सरीखे रीति-रिवाज नहीं है, एक सरीखे तीज-त्योहार नहीं हैं, एक सरीखा कुछ भी नहीं है। यही यूरोप और भारत के अंग्रेज बहादुर

ने उनको पढ़ाया-लिखवाया, यही इनको पता था, यही इनको याद था, यही उन्होंने अपनी भारत की खोज में स्थापित किया था और फिर राजनीतिक सत्ता हाथ में आने पर उन्होंने और उनकी पार्टी ने, जिन्होंने सत्तर साल तक स्वतंत्र भारत में हुकूमत की, यही सब देश को सिखाया, देश के स्कूलों, महाविद्यालयों, विश्वविद्यालयों में पढ़ाया, देश के राजनीति, मीडिया, शिक्षाकर्मियों को इसी का बौद्धिक-मानसिक प्रशिक्षण दिया और देश को याद करा दिया गया कि यह सारा देश कबीलों में, जातियों में, पंथों में, धर्मों में, संप्रदायों में बँटा हुआ है और उसका कोई एक नाम नहीं है, एक स्वरूप नहीं है, एक जीवन-दर्शन नहीं है, एक धर्म-चिंतन नहीं है, कोई वैज्ञानिक सोच नहीं है, कोई सोच ही नहीं है। पं. नेहरू और उनके खानदान ने, जिसका शासन लगातार रहा, कुल मिलाकर सत्तर साल रहा, कभी केंद्र में और कभी प्रदेशों में रहा, पहली बार देश ने ढंग से कांग्रेस को केंद्र की सत्ता से बाहर कर दिया है, पर झूठ, फरेब, हिंसा, अराजकता आदि हर तरह की नकारात्मक राजनीति की सघनता से यह खानदान फिर से सत्ता में आने को बिलबिला रहा है। इन्हीं पश्चिम-परस्ती के दशकों में नेहरू ने, उनके खानदान ने और उनकी खानदानी, यानी वंशवादी पार्टी ने देश को बौद्धिक अवमानना, वैचारिक पतन और मानसिक गुलामी की भावना से भर दिया है। परिणाम यह है कि देश, यानी देश की सिविल सोसाइटी, मीडिया, पत्रकारिता और शिक्षा आदि संबंधी संस्थानों पर काबिज देश की सिविल सोसाइटी न तो भारत को घोषित रूप से हिंदू राष्ट्र बनने दे रही है, न ही हिंदू को एक विचारधारा के रूप में स्वीकार होने दे रही है और न ही हिंदू को राजनीतिक सामर्थ्य और आत्मविश्वास के साथ जीने दे रही है। इसलिए देश में माहौल यह बना हुआ है कि देश में हिंदू, हिंदू धर्म, हिंदू जीवन-दर्शन जैसा कुछ नहीं है, जो कुछ भी है, टूटा-फूटा है, खंड-खंड है, अलगाव से भरा हुआ है और बस ऐसा ही है।

इसलिए हुआ क्या है ? खुद को अतिरिक्त बुद्धिमान मान लेने वाली तथाकथित सिविल सोसाइटी ने एक नया-नया तर्क आविष्कृत कर लिया है और उस तर्क का नाम है 'मेजारिटेरियनिज्म'। यह शब्द अंग्रेजी का है और हम जानते हैं कि इस देश को खंड-खंड करनेवाली हर थीसिस का, हर तर्क का, हर तर्क शृंखला का आविष्कार अंग्रेजी में ही होता है। क्यों ? इसलिए कि भारत के जीवन-दर्शन, सभ्यता और धर्म के साथ कोई भी परोक्ष या प्रत्यक्ष संबंध न होने के कारण अंग्रेजी भाषा ही अंतत: भारत को खंड-खंड करनेवाली हर मानसिकता, विचारशृंखला और तर्क प्रणाली को बोल प्रदान करती है, भाषा प्रदान करती है, अभिव्यक्ति प्रदान करती है।

मेजोरिटेरियनिज्म, यानी बहुसंख्यवाद। लोकतंत्र में बहुसंख्या का, मेजोरिटी का ही शासन होता है। पर देश की सिविल सोसाइटी को और बुद्धिजीवी लोगों को, नेहरू से दशकों तक मिली ट्रेनिंग के कारण, प्रशिक्षण के कारण सिर्फ और सिर्फ भारत को खंड-

खंड करके देखने का अभ्यास है। जबकि अकेला हिंदू उस टुकड़े-टुकड़े को जोड़कर एक भारत राष्ट्र को देखने और बनाने में समर्थ है और समर्थ हो सकता है। किंतु पूरी सिविल सोसाइटी को, पूरे बुद्धिजीवी कहे जानेवाले लोगों को चूँकि यह स्वीकार्य नहीं है, इसलिए उन्होंने एक नए शब्द का आविष्कार किया है—मेजोरिटेरियनिज्म, यानी बहुसंख्यवाद। लोकतंत्र में लोकशाही का मतलब ही यही है कि वहाँ बहुसंख्यकों का शासन हो और अल्पसंख्यकों को श्रेष्ठ जीवन जीने के अवसर मिलें और मिलते रहें। परंतु हमारे ये सिविल सोसाइटीवाले चूँकि झूठ-मूठ के लोकतंत्रवादी हैं, उन्हें नेहरू से मिले प्रशिक्षण के परिणामस्वरूप सिर्फ और सिर्फ हिंदुओं को तो पद-दलित करना है और विधर्मियों को, यानी हिंदू विरोधियों को संरक्षण और पोषण देना है, इसलिए उन्होंने हिंदुओं से जुड़े हर आयाम को, हर क्रियाकलाप को, हर गतिविधि को, हर सभ्यतामूलक विमर्श को मेजोरिटेरियनिज्म की गाली निकालकर, बहुसंख्यकवाद की गाली निकालकर भारत की वैचारिक, बौद्धिक, आध्यात्मिक, साहित्यिक, वैज्ञानिक, यानी हर तरह की मुख्यधारा को ही बाहर फेंककर रख दिया है और वहाँ अल्पसंख्यकवाद की प्रतिष्ठा कर दी है, अल्पसंख्यकवाद को प्रोत्साहन दिया है। यानी अल्पसंख्यकवाद को भारत का पर्यायवाची बनाने का पुरजोर अभ्यास कर रखा है।

हमारा कहना है कि भारत में क्या अल्पसंख्यकवाद वैसे ही कम है कि भारत की सिविल सोसाइटी ने हिंदुओं के किसी भी कथन, कर्म, विचार आदि को बहुसंख्यकवाद कहना शुरू कर दिया है ? भारत में अल्पसंख्यक, खासकर विधर्मी अल्पसंख्यक खूब सुरक्षित हैं। सारी दुनिया मानती है कि अल्पसंख्यकों को जितनी सुरक्षा भारत में प्राप्त है, उतनी सुरक्षा शायद दुनिया के किसी भी देश में अल्पसंख्यकों को प्राप्त नहीं है। यह बात सिर्फ हम भारत के लोग ही नहीं कहते, सारी दुनिया ऐसा कहती और मानती है। अल्पसंख्यकों को जीवन और संविधान के वे सभी अधिकार प्राप्त हैं, जो अधिकार भारत के बहुसंख्यकों, यानी हिंदुओं को प्राप्त हैं। यहाँ तक कि राजनीतिक प्रक्रिया का राजनीतिक दोहन कर 12/13 प्रतिशत होते हुए भी, भारत के अल्पसंख्यक विधर्मी राजनीति को अपने हिसाब से चलाने का वह अवसर प्राप्त कर लेते हैं, जो अवसर भारत के बहुसंख्यकों को भी कभी प्राप्त नहीं होता। तभी तो संविधान से मनाही होने पर मुसलिम वोटों का, क्रिश्चियन वोटों का नाम लेकर दोहन भारत में होता रहता है और हमने देखा है कि चुनाव आयोग कुछ नहीं कर पाता। सन् 2018 में हुए कर्नाटक विधानसभा चुनावों में कैसे बहुसंख्यक हिंदू वोटों को लिंगायत/शैव का भेद बताकर सांप्रदायिक आधार पर बाँटने की कोशिश खुलेआम की गई, और यह सब चुनाव आयोग की नाक के नीचे होता रहा। अब तो विधर्मी लोग हिंदुओं को कभी यादवों के नाम पर, कभी जाटों के नाम पर, कभी दलितों के नाम पर सामाजिक विघटन के काम

करने लगे हैं और वैसा करने के लिए राजनीति को जरिया बना रहे हैं। सन् 2017 में हुए गुजरात विधानसभा चुनावों में और 2019 में होनेवाले लोकसभा चुनावों से पहले ही कैसे क्रिश्चियन पादरियों ने चुनावों को, राष्ट्रवाद के खिलाफ बोलने के बहाने चुनावों को प्रभावित करने की सार्वजनिक कोशिश की, इस सत्य को, दीवार पर लिखे इस सत्य को संपूर्ण भारत ने पढ़ लिया और किसी का बाल तक बाँका नहीं हुआ।

यानी देश के अल्पसंख्यक, विधर्मी अल्पसंख्यक सामाजिक, आर्थिक, राजनीतिक आधार पर स्वतंत्र, स्वायत्त जीवन जीने के अभ्यस्त हो चुके हैं, ऐसा दो कारणों से है। एक तो संविधान से मिले नागरिक प्रावधानों की वजह से ऐसा है, जो कानूनी प्रश्न है और दूसरे भारत के हिंदुओं के कारण, जो देश में बहुसंख्यक हैं। इस कारण तमाम विधर्मियों को हर तरह से स्वायत्त जीवन जी सकने के सभी अवसर बेरोक-टोक प्राप्त हैं। यह राजनीतिक पक्ष है। यह भारत देश में ही संभव है कि कोई विधर्मी, फिर चाहे वे विदेशों से भारत में आए धर्मों, यानी विधर्मों को माननेवाले हों या भारत के किसी भी धर्म को न माननेवाले विधर्मी हों, ऐसा कोई भी विधर्मी 'भारतमाता की जय' बोलने से भी मना कर दे, भारत का राष्ट्रगान गाते समय खड़े होने से भी मना कर दे और 'भारत तेरे टुकड़े होंगे' का नारा बुलंद कर दे और तोड़ने के कर्म में भी संलप्त रहे और उसका बाल भी बाँका न हो, यह सभी कुछ सिर्फ और सिर्फ इसलिए संभव है, भारत में इसलिए संभव है, क्योंकि भारत में हिंदू बेशक बहुसंख्यक हैं, पर राजनीतिक दृष्टिकोण से परिपूर्ण नहीं है। बल्कि राजनीतिक दृष्टि से आज भी कमजोर है मुहम्मद गोरी के समय की तरह ही कमजोर है अब उसमें फर्क आना शुरू हो चुका है।

इसके बावजूद आप भारत के हिंदू पर मेजोरिटेरियन होने का आरोप लगाते रहते हैं, गाली बकते रहते हैं, अपयश फैलाते रहते हैं, तो हमारा निवेदन है कि बस, अब बहुत हो चुका। भारत के मिजाज को हम जितना समझ पा रहे हैं और हमें ठीक से समझ में आ रहा है कि देश का, भारत देश का हिंदू, खासकर हर युवा हिंदू, फिर चाहे वह भारत में रह रहा हो, या विदेश में कहीं बस गया हो, फिर चाहे वह कॉर्पोरेट जॉब में हो, किसानी में हो या सेल्फ एम्प्लायड हो यानी कोई भी हो, ऐसा हर हिंदू अब अपनों के ही द्वारा किए जानेवाले अपमान को सहन नहीं करने का मानस बनाता हुआ नजर आ रहा है। अभी कुछ दिन पहले कथित दलित-अन्याय के विरोध में भारत बंद का आयोजन किया गया था। इसके बाद कुछ दिनों में ऐसे बंद का, यानी एक और बंद का प्रस्ताव घोषित किया गया था। पर वह बंद न तो वापस लिया गया, न आयोजित किया गया। हमने तो इसका यही अर्थ समझा कि हिंदू समाज को तोड़नेवालों के मंसूबों पर से पर्दा हटते ही दूसरे बंद के प्रस्ताव को ठंडे बस्ते में डाल दिया गया। इसी एक घटना से देश के सभी राजनीतिक कर्मियों को सबक ग्रहण कर लेना चाहिए और वह सबक यह है कि हिंदू

विभाजन, हिंदू उत्पीड़न, या हिंदू विचलन को शायद अब और अधिक बर्दाश्त नहीं किया जाए। तो क्या हिंदू-निंदा अब बर्दाश्त से बाहर होती जा रही है? अगर ऐसा है तो कृपया इसका संदेश ग्रहण करने की कोशिश करें। यह संदेश निरंतर बना रहे और निरंतर अहिंसक बना रहे, तभी उसके सार्थक परिणाम सामने आएँगे।

हिंदू ने कभी बहुसंख्यक होने के कारण अल्पसंख्यकों को या अन्य किसी देश को संकट में डाला हो, इसका कोई एक भी उदाहरण गिनवा पाना किसी के लिए संभव नहीं है। आप एक गुजरात के दंगों की बात कर सकते हैं। वहाँ भी प्रमुख और अकेली उत्तेजना गोधरा से आई थी, जहाँ आरोप है कि हिंदू तीर्थयात्रियों के रेल-डिब्बे को आग की भेंट कर दिया गया। आप बाबरी ढाँचे को गिराने का उदाहरण भी पेश करना चाहेंगे। एक तो यह वैसे ही विवादास्पद है कि वह ढाँचा मसजिद था या मंदिर था। अब तो आर्कियोलॉजिकल सर्वे ऑफ इंडिया और इलाहाबाद हाई कोर्ट की टिप्पणियों से यह निष्कर्ष बलवान होता जा रहा है कि बाबरी ढाँचे को एक प्राचीन मंदिर को तोड़कर और उसके मिले अवशेषों का मंदिर में प्रयोग करके ढाँचा बनाया गया था।

बल्कि हम तो एक कदम आगे जाएँगे। सारे देश को पता है कि ज्ञानवापी में शिव का मंदिर नष्ट किया गया। मथुरा में कृष्ण जन्मभूमि को नष्ट कर मसजिद को बनाया गया। अयोध्या में रामजन्मभूमि को नष्ट कर मसजिद बना दी गई। हमारा कहना यह है कि क्या किसी देश में सारे कर्तव्य बहुसंख्यक समाज पर ही होते हैं? अल्पसंख्यक समुदायों के कोई फर्ज नहीं होते? क्या देश में शांति और सौहार्द बना रहे, इसके लिए फर्ज दोनों ओर से नहीं होता? बाबर ने, मीर बाकी ने या आगे चलकर औरंगजेब ने जो मंदिर तोड़े, ऐसा इतिहास कहता है तो क्या भारत के मुसलिमों का यह कर्तव्य नहीं बनता कि हिंदुओं को पूरे सम्मान और सौहार्द के साथ ये सभी मंदिर लौटा दें? तर्क दिया जाएगा कि फिर तो ऐसा होने की एक शृंखला बन जाएगी। हमारा कहना है कि ऐसी एक शृंखला बनने दी जाए। सभी अल्पसंख्यकों को चाहिए कि वे खुद चुन-चुनकर वे मंदिर हिंदुओं को लौटा दें, जिन मंदिरों को गिराकार विधर्मियों ने मसजिदें बना दी हैं। क्या इस सत्य को भी मानने से परहेज है कि विधर्मी आक्रमणकारियों ने हिंदुओं पर अपने हमलों के दौर में ही ऐसे मंदिर तोड़े और वहाँ मसजिदों का निर्माण हुआ। अब तो दुनिया के सभ्य देशों ने एक नई अंतरराष्ट्रीय प्रथा डाल दी है कि हमलावर को अपने हमले का लाभ नहीं मिलना चाहिए। भारत में मंदिरों को तोड़कर बनाई गई सभी मसजिदें हमलावरों के हमलों के परिणामस्वरूप मिला लाभ ही माना जाएगा और कुछ नहीं। तो ऐसी सूरत में भारत के अल्पसंख्यकों का सभ्यतापूर्ण कर्तव्य बन जाता है कि वे हमलावरों के हमलों से मिले परिणामों को सही शक्ल दें, मसजिदें हटाएँ और वहाँ-वहाँ मंदिर बनाने का मार्ग प्रशस्त करें। बदले में सरकार कहीं और

मस्जिद बनवा दे, इस रुदन पाठ में कोई लाभ नहीं।

यह तो सब कहा जा चुका है। कई बार कहा जा चुका है। पर अब तो भारत के अल्पसंख्यकों को सोचने का एक नया धरातल, एक उम्दा धरातल, एक स्वाभिमान से सराबोर धरातल, एक नया जीवन, नवजीवन शुरू करने का नया, ताजातरीन धरातल मिल रहा है। भारत के विधर्मियों ने अपना सोचने और देखने का काम बंद नहीं कर रखा है तो वे कृपया भारत से बाहर की तमाम इसलामी दुनिया में, हमारा मतलब है कि पाकिस्तान और उसके पश्चिम के इन देशों में आ रहे परिवर्तनों पर ध्यान दें। हमने अपनी इस पुस्तक में जब-जब प्रसंग की जरूरत थी, तब-तब बताया है कि कैसे अखंड भारत के, यानी इसलाम से आने से पहलेवाले मानचित्र के अखंड भारत के कई इलाकों व देशों में यह भावना बढ़ रही है कि अरे, हम तो हिंदू थे, हम क्यों मुसलमान हो गए? इसलाम तो हमारा धर्म, यानी मजहब कभी नहीं रहा। इसलाम तो अरब देशों का धर्म है और हम या हमारे पूर्वज कभी अरब नहीं थे। हम तो हिंदू थे। हमारे माता-पिता, दादा-दादी, नाना-नानी, परदादा-परदादी, परनाना-परनानी सब हिंदू थे। हमारी अपनी एक व्यापक और गहरी हिंदू सभ्यता थी, जो अरब सभ्यता से अलग थी। फिर हम क्यों मुसलमान हो गए? यह सत्य हमने नहीं खोजा है। सोशल मीडिया पर इस तरह के चर्चे आम चल रहे हैं। हम तो इसमें पी.डी. गुणे द्वारा अपनी मशहूर पुस्तक 'तुलनात्मक भाषा-विज्ञान' से एक पहलू उद्धृत कर देते हैं, जो सोशल मीडिया पर चल रही इस नई विचारधारा को सही प्रमाणित कर देता है।

ईरान के प्राचीन धर्मग्रंथ का नाम है 'जेंद अवेस्ता'। 'जेंद', यानी 'सिंधु' और 'अवेस्ताा', यानी वेद। 'जेंद अवेस्ता', यानी ईरानियों या फारसियों का वह वेद, जो सिंधु पार से वहाँ आया है। ईरानियों के इस 'वेद' का 'जेंद अवेस्ता' का एक मंत्र पढ़िए, जो ईरानी अवेस्ताा में है, ईरानी में है और जिसे प्रोफेसर गुणे ने उद्धृत किया है और हम उसे पुनरुद्धृत कर रहे हैं—

'तम् अमवन्तम्, यज़तम्
सूरम् दामोहु ज़विस्तम्
मिथ्रं यज़े हओथ्रृद्ब्यो।'

अब यह मंत्र अवेस्ता में है। उसका संस्कृत रूपांतर भी प्रोफेसर गुणे ने खुद ही प्रसारित कर दिया है—

तम् अमवन्तम् यजतम्
शूरम् घामसु यविष्ठम्
मित्रं यजे होतृभ्यः।

कोई अनपढ़ ही कहेगा कि इन दोनों मंत्रों में भाषा समानता नहीं है। बल्कि दोनों

एक ही भाषा हैं, बस उच्चारण में थोड़ा फर्क है। जैसे शूरम > सूरम, धामसु > दामोहु, यविष्ठम् > यविस्तम्, मित्रम् > मिथ्रम्, होतृभ्यः > ह्योबृद्ब्यो, इत्यादि। यह भाषायी फर्क उतना ही है, जितना संस्कृत के ईरानी रूपांतरों, मसलन— सोम > ह्ओम, सवनम् > हवनम, मित्रम् > मिथ्रम आदि में है।

तो बात क्या उभरकर आती है? बात यह उभरकर सामने आती है कि बेशक इसलामी हमलावरों ने अपनी हमलावर भूख शांत करने के लिए हमला कर दिया, पर इसके बावजूद इन सभी देशों ने अरबी इसलाम को कभी स्वीकार नहीं किया। वे खुद से सवाल पूछते रहे और अब तो और भी ज्यादा बलवती स्वर-ध्वनि आदि में पूछ रहे हैं कि हमने अरबों का इसलाम क्यों स्वीकार कर लिया? हमने क्यों अपना हिंदू धर्म छोड़ दिया? हमने क्यों अपने माता-पिता, दादा-दादी, नाना-नानी आदि को बिसार दिया? हमने क्यों अपना ही देश बिसार दिया?

हमारे देश के वे सिविल सोसाइटीवाले, खुद को तथाकथित बुद्धिजीवी समझनेवाली जीवात्माएँ क्या उस हिंदू को मेजोरिटी मानेंगे? या इसकी प्रताड़ना करते रहने का आत्मघाती सुख अनुभव करते रहेंगे? या फिर उसे मेजोरिटी की ओर ध्यान देंगे, जो खुद तो अल्पसंख्यक और विधर्मी माने हुए हैं, पर अपने उन इसलामवादी बिरादरों के बारे में बात भी नहीं करते, जिन्हें अब इसलाम, भारतीय नहीं, अरबी लगने लगा है, पराया लगने लगा है और वे कभी गलती से इसलामी हो गए अखंड भारत के हमवतनों की याद में जानना चाहते हैं कि अपने अखंड भारत का व्यक्तित्व क्या था, धर्म क्या था, विचारधारा क्या थी? हमारा उत्तर उनके लिए, जो आज है, वही हमेशा रहनेवाला है कि वे सभी और कुछ दूसरे आस-पास के देश अखंड भारत ही थे, सनातन ही उनका धर्म था और हिंदुत्व ही इनकी विचारधारा थी और अखंड भारत के वे देश हैं, भारत तो है ही, वह तो बेसिक है, शेष और हैं फारस (पारसीक), सीस्तान (शकस्थान), बलोचिस्तान (सौवीर), अफगानिस्तान (गांधार), वजीरिस्तान (कुरुजांगल), पाकिस्तान (सप्त सिंधु), सिंध (सिधु देश), बाल्टिस्तान (उत्तर कुरु), बांग्लादेश (बंग)। जब यह अखंड भारत है तो ब्रह्मदेश (बर्मा) और त्रिविष्टप (तिब्बत) उससे बाहर भला कैसे और क्यों कर रहेंगे। नेपाल और श्रीलंका भी इसका अविभाज्य हिस्सा कैसे नहीं रहेंगे? विचार तो करना ही चाहिए। राजनीतिक न सही, पर सांस्कृतिक दृष्टि से तो विचार करना ही चाहिए।

□

43

'मुझे अपना धर्म चुनने का हक है' क्या वाकई?

अब तो काफी समय हो गया है कि पिछले कई दशकों से दुनिया में एक नए व्यवसाय का प्रारंभ हुआ है। व्यवसाय का अर्थ है पेशा, कामकाज, धंधा, नौकरी और ऐसे ही कुछ। यानी दुनिया में रोजी–रोटी कमाने का एक नया क्षेत्र खुला है, जिस क्षेत्र में से भविष्य की अथाह संभावनाएँ खुलती हुई नजर आ रही हैं। 'उदंत मार्तंड' नामक जिस अखबार/पत्रिका के साथ जिस नए व्यवसाय की शुरुआत हुई थी, आज वह व्यापक तो हो ही चुका है, अति व्यापक तो हो ही चुका है, वह शक्तिशाली भी हो चुका है और लगातार उसकी शक्ति बढ़ती जा रही है। चूँकि हमने भी इस व्यवसाय में कुछ वर्ष तक नौकरी की है और कुछ वर्ष तक फ्रीलांसिंग भी की है, इसका, इस व्यवसाय का कुछ अता–पता हमें भी है, हालाँकि वह अता–पता अब काफी पुराना हो चुका है और वर्षों से, कहना चाहिए दशकों से अब हम इस व्यवसाय में नहीं हैं।

इस व्यवसाय की एक विशेषता है, जो विशेषता कुछ अन्य व्यवसायों में भी है, पर इस व्यवसाय में सर्वाधिक है। और वह विशेषता है कि इस व्यवसाय में काम करनेवाले के पास सूचनाओं व जानकारियों का अंबार रहता है। अंग्रेजी के एक मुहावरे/कथन के अनुसार चूँकि जानकारी/सूचना को कई तरह की और अधिक जानकारियों/सूचनाओं के लिए चाबी माना गया है, 'इन्फोर्मेशन इज द की', इसलिए जानकारियों से संपन्न और सूचनाओं से समृद्ध व्यक्ति को और उस व्यवसाय से जुड़े व्यक्ति को काफी शक्तिशाली माना गया है और 'फोर्थ एस्टेट' के नाम से इस व्यवसाय को राजशासन चलाने का एक स्तंभ भी मान लिया गया है। राजकाज चलानेवाला यह स्तंभ, यह चौथा खंभा बेशक सरकारें चलानेवाला अनौपचारिक स्तंभ है, पर कई बार औपचारिक की अपेक्षा अनौपचारिक व्यवस्थाओं में बहुत ज्यादा शक्ति होती है।

हम जिस व्यवसाय की बात कर रहे हैं, उसे 'पत्रकारिता' या नया नाम 'मीडिया'

इस तरह से बोला और जाना जाता है। हम, हम अपनी बात कह रहे हैं, यानी हम जब इस व्यसाय में रहे, तब तक उसे 'पत्रकारिता' और 'जर्नलिज्म' ही कहते थे, पर अब काफी समय से उसे 'मीडिया' कहने का रिवाज चल पड़ा है, जो कि ठीक ही लगता है और जिसमें प्रिंट, टी.वी. और सोशल मीडिया (और कुछ मामलों में फिल्म व्यवसाय भी) शामिल हो जाते हैं।

हम अपनी बात कहने के लिए, अर्थात् मुझे अपना धर्म चुनने का हक है, यह बात कहने के लिए, बस इतनी-सी बात कहने के लिए इतनी लंबी-चौड़ी भूमिका बना रहे हैं तो इसका कारण भी बताए देते हैं। 'मुझे अपना धर्म चुनने का हक है' ऐसा कथन प्राय: कहने को मीडियावाले ही कहते हैं और जो ऐसा कहते हैं, हमें उनके नाम पता हैं, पर वैसा बताने से कोई प्रयोजन नहीं है। हमारे देश में धर्म को लेकर ऐसी अहंभरी बात कोई नहीं कहता। धर्म की बात कहते ही लोग प्राय: विनम्र और शांत हो जाते हैं। जब द्रौपदी ने धृतराष्ट्र की कुरु राजसभा में पूछा कि 'सभी सभासद बताएँ कि क्या दुर्योधन ने मुझे जुए में धर्मपूर्वक जीता?' प्रश्न के पीछे का मर्म यह था कि जब खुद राजा, यानी युधिष्ठिर ही दाँव हार चुके थे, तो क्या हारे हुए जुआरी, यानी युधिष्ठिर को अपनी पत्नी द्रौपदी को दाँव पर लगाने का अधिकार था? हारा हुआ जुआरी भला कैसे दाँव लगा सकता है? इसलिए द्रौपदी ने भरी कुरु राजसभा में पूछा कि क्या मैं धर्मपूर्वक जीती गई? इस पर भीष्म ने कहा कि मैं तो इस प्रश्न का उत्तर दे ही नहीं सकता, क्योंकि धर्म का तत्त्व तो गुफा में छिपा पड़ा है, 'धर्मस्य तत्वं निहितं गुहायाम्' (महाभारत, सभापर्व)। यह उत्तर उन पितामह भीष्म का था, जिन्हें उस समय का सारा भारत, उसके बाद का, आज तक का सारा भारत 'धर्म' पर एक अथॉरिटी, प्रमाण मानकर चलता है।

अर्थात् जिस पर कुछ भी इदमित्थं कहने से भीष्म पितामह भी परहेज करते रहे, उसके बारे में आज के सूचनाकर्मियों को शायद सब पता है और इस हद तक पता है कि वे यह तक करने का दावा कर लेते हैं कि उन्हें अपना धर्म चुनने का हक है। वैसे तो यह शब्द ही, यानी यह कथन ही अपने आपमें विचित्र है कि 'धर्म चुनने का हक'। हक की बात बाद में करेंगे, पहले एक बार 'धर्म चुनना' इस कथन से जूझ लें। इस कथन में 'धर्म चुनना' कुछ-कुछ ऐसा लगता है कि जैसे अनेक विकल्पों में से एक चुनना है। मसलन मिठाई की दुकान पर गए और वहाँ पड़ी बहुत सारी मिठाइयों में किसी एक मिठाई को चुनना है, जो हमारी मनपसंद है। हो सकता है कि 'अपना धर्म चुनने के हक' की तुलना हम अगर 'अपनी मनपसंद की मिठाई चुनने का हक' से करें तो उन्हें बुरा लग जाएगा। इसलिए सूचनाकर्मियों का मनपसंद दूसरा उदाहरण हम ढूँढ़ लेते हैं। जैसा कि वोटर को वोट देने का हक है, किस पार्टी को वोट देना चाहता है, यह चुनने का हक उसे है, यकीनन है, होना ही चाहिए, क्योंकि उसे पता रहता है कि

किस राजनीतिक पार्टी ने उसके लिए क्या किया है या नहीं किया है, इसलिए उसे वोट देने का या न देने का हक उसके पास है।

इसलिए जब कोई व्यक्ति यह कहता है कि उसे अपना धर्म चुनने का हक है, तो हम कई बातें मानकर चलते हैं। वह व्यक्ति मानकर चलता है कि उसे पता है कि धर्म क्या है? उसे पता है कि धर्म के कितने प्रकार हैं, कितनी परिभाषाएँ हैं, कितने स्वरूप हैं। उसे यह सब ठीक से पता रहता है। तभी तो तीसरी स्टेज आ पाएगी कि उन अनेक धर्मों में से उसे कौन-सा धर्म चुनना है, इसका उसे ठीक से पता है और फिर वह उस धर्म को चुन लेगा, क्योंकि कैसा धर्म, अपना धर्म चुनने का उसे हक है।

सचमुच बहुत ही विकट, पर बहुत ही दिलचस्प स्थिति है। कोई व्यक्ति अपना धर्म चुन सकता है, चुनने की स्थिति में आ जाता है, अपना धर्म चुन लेता है और अपना धर्म चुनने के हक का इस्तेमाल कर लेता है, यह सचमुच बहुत ही विकट और दिलचस्प स्थिति है। दिलचस्प इसलिए है कि एक व्यक्ति इस स्थिति तक, इस अवस्था तक पहुँच चुका है कि वह तय कर पाए कि उसका, उसके लिए, उसका कौन-सा धर्म ठीक रहेगा और वह फिर उसे अपने लिए चुन भी ले। विकट इसलिए है कि हम अब तक यह समझते थे कि धर्म एक ऐसा मार्ग है, जिस पर चलकर मनुष्य अपनी पहचान पा सकता है, अपना साक्षात्कार कर सकता है, आत्म-साक्षात्कार कर सकता है, जन्म-मरण के बंधन से, जिसे हम भवचक्र भी कह लेते हैं, ऐसे भवचक्र से मुक्ति पाकर परमात्मा का, विश्वात्मा का, बृहत्तम का, यानी ब्रह्म का साक्षात्कार कर लेता है, या कर सकता है।

तो कहाँ तक बात पहुँची? धर्म का तत्त्व कहाँ तक अपने को उजागर हुआ, पता चला? समझ में आया? जब हम इतना ही उलझ चुके हैं तो अपने को थोड़ा और उलझा लेते हैं। भारत में धर्म के स्वरूप पर भी खूब अच्छी तरह से चर्चा की गई है। भारत की संस्कृत परंपरा में, निगम परंपरा में, यानी वेद-ब्राह्मण-उपनिषद्-पुराण परंपरा में और भारत की कथा परंपरा यानी रामायण, महाभारत, महापुराण, उपपुराण, जैनपुराण, बौद्ध, जातक की कथा परंपरा में भारत की आगम परंपरा में, यानी बौद्ध, जैन आदि की पालि, प्राकृत, अपभ्रंश परंपरा में धर्म क्या है, इसके लिए एक ही उत्तर है, संस्कृत परंपरा में 'एष धर्मः सनातनः' और पालि, प्राकृत, अपभ्रंश परंपरा में 'एस धम्मो सणन्तओ'। पर इस उत्तर में से प्रश्न फिर से झाँकता रहता है कि यह जो 'एष धर्मः सनातनः' या 'एस धम्मो सणन्तओ' है, यानी यह जो सनातन धर्म है, यह है क्या और इससे जीवन में उपलब्ध क्या होता है?

भारत में धर्म को लेकर कुछ ऐसे वाक्य बताए गए हैं, जो परंपरा से जुड़े बच्चे तक को पता रहते हैं। एक वाक्य हमने बताया—एष धर्मः सनातनः या एस धम्मो सणन्तओ। वाक्य और भी हैं, यतोऽभ्युदयनिःश्रेयस सिद्धिः स धर्मः, यानी धर्म वह है, जो अभ्युदय

यानी सांसारिक उन्नति और नि:श्रेयस, यानी आध्यात्मिक उन्नति पाने में सहायता करता है। या, दशकं धर्मलक्षणम्, यानी धर्म के दस लक्षण या चिह्न हैं और वे दस चिह्न ऐसे हैं, जिनसे धर्म का कुछ अता-पता चलता है और वह दश लक्षण धर्म यह है—धृति: (धैर्य), क्षमा, दम: (स्वयं पर नियंत्रण), अस्तेय (चोरी- चकारी नहीं करना), शौचम् (पवित्रता, सफाई), इंद्रिय निग्रह: (अपनी इंद्रियों, मन, बुद्धि आदि पर काबू), धी: (बुद्धि का प्रयोग करना, हर काम में), विद्या (ज्ञान का संग्रह करना), सत्य, अक्रोध (गुस्सा नहीं करना) ऐसा यह 'दशकं धर्मलक्षणम्' है।

आप समझ रहे हैं न कि जिस धर्म को अपने लिए चुनने का हक पाने को हम निकले हैं, उस धर्म को समझने में हमने अभी तक एक कदम भी आगे की ओर नहीं बढ़ाया है, बल्कि हमारे लिए उलझन ही ज्यादा पैदा हो गई है। इस उलझन से तो निकलना ही पड़ेगा। आखिर धर्म का मामला है। अब हम उस रास्ते से चलकर धर्म को समझने की कोशिश करते हैं, जिस रास्ते से चलकर धर्म की बात करने का हमको अभ्यास है और वह अभ्यास डाला है महात्मा गांधी ने, जिन्होंने हमें एक वाक्य याद करवा दिया है, हालाँकि धर्म को लेकर महात्मा गांधी का यह वाक्य भी सरासर गलत है, निरर्थक है, हास्यास्पद है। गांधी ने कहा कि 'हिंदू, मुसलिम, सिख, ईसाई', यानी गांधी ने चार धर्म गिनवा दिए हैं—हिंदू, मुसलिम, सिख और ईसाई। हम अपनी इसी पुस्तक (आलेख संख्या 6) में कह आए हैं कि भारत में सिख संप्रदाय के अलावा दर्जनों, दर्जन भर नहीं, दर्जनों संप्रदाय और भी रहे हैं, जिन्हें भारत का धर्म ही कहा जाता है। इन दर्जनों संप्रदायों में सिख संप्रदाय भी एक है। पर गांधी ने सिर्फ सिख संप्रदाय ही क्यों चुना? इसका उत्तर न तो महात्मा गांधी ने कभी दिया और न उनके पास ऐसा कोई उत्तर कभी था, क्यों महात्मा कह दिए जाने के बावजूद गांधी की धर्म की समझ क्या थी, कैसी थी, कितनी थी, इस बारे में हम कुछ नहीं जानते। पर इतना जरूर जानते हैं कि सिख कोई ऐसा संप्रदाय नहीं है, जो हिंदू से अलग है, क्योंकि हिंदू की हमारी परिभाषा के आधार पर सिख सहित ये सभी दर्जनों भर संप्रदाय, करीब पचास-बावन संप्रदाय हिंदू धर्म की ही विविध, पर एक सरीखी अभिव्यक्तियाँ हैं। इनमें से कोई संप्रदाय हमारे इस निष्कर्ष को नहीं मानता तो यह समस्या उसकी है, हमारी नहीं।

मुसलिम और ईसाई, ये दोनों भारत के धर्म नहीं हैं। इनमें से एक है मजहब, यानी 'इसलाम' और दूसरा है रिलीजन, क्रिश्चियनिटी यानी धर्म को लेकर अपनी इस 'उत्तरायण' पुस्तक में हमने स्थान-स्थान पर जो कहा है और इसी मौजूदा आलेख में जो हम इस समय कह रहे हैं, इससे एक बात तो अब तक स्पष्ट हो चुकी है कि मुसलिम और ईसाई भारतीय धर्म नहीं हैं, विदेशी धर्म हैं, (वि =विदेशी+धर्म) अर्थात् विधर्म हैं। इसलाम और क्रिश्चियनिटी धर्म नहीं हैं, पर महात्मा गांधी ने इन दोनों की गणना हिंदू

और सिख के साथ की है तो ऐसा लगता है कि वे इन चारों को धर्म मानते रहे होंगे।

महात्मा गांधी ने धर्म को लेकर जो नारा दिया, हिंदू-मुसलिम, सिख, ईसाई, वह धर्म-वाक्य के रूप में शायद नहीं कहा गया था, अपितु एक सुविधाजनक नारे के रूप में दिया गया था, ताकि आजादी की लड़ाई ये सभी लोगों को, चाहे इनकी मान्यताएँ कुछ भी रही हों, पर इन सभी लोगों को एक साथ और उद्देश्यपूर्ण तरीके से जोड़ा जा सके। ऐसा नारा बहुत अच्छा था। पर अपना उद्देश्य, यानी स्वतंत्रता प्राप्ति का उद्देश्य पा लेने के बाद भी वह नारा चलाया जाता रहा और उसे धर्म से जोड़ दिया गया, यह वैसा ही एक अधर्मपूर्ण काम हो गया, जैसा अधर्मपूर्ण काम भारत के संविधान को हिंदू राष्ट्र घोषित न करने के रूप में और वहाँ धर्म को कोई भी आधारभूत स्थान न देने के कारण हुआ।

इस सारी बहस के बाद सवाल यह उठ जाता है और बड़े ही स्वाभाविक तरीके से उठ जाता है कि अपने जिस धर्म को खुद अपने लिए चुनने के हक का इस्तेमाल हम करना चाह रहे हैं, वे धर्म हैं कितने? आखिर चुनने का हक चाहिए तो चुनने के लिए रेंज भी तो चाहिए, तो धर्म कौन-कौन से हैं, जिनमें से हम अपने लिए एक धर्म चुन लेना चाहते हैं? अब तक की इतनी बहस के बाद यह तो स्पष्ट है कि बेशक धर्म एक ही है, पर जो उस एक धर्म की अनेक अभिव्यक्तियाँ हैं, जिन्हें हम संप्रदाय, अर्थात् धर्म-संप्रदाय कहते हैं, उन्हें हम अपने देश के अध्यात्म की भाषा में संप्रदाय कहते हैं, जैसे—शैव संप्रदाय, वैष्णव, शाक्त, ऐंद्र संप्रदाय, सिख, उदासी, गाणपत्य, मुरुगन आदि संप्रदाय, उनमें से अपने लिए अपना एक संप्रदाय चुनने का हक हरेक को है। वास्तविकता यह है कि धर्म और संप्रदाय को लेकर यही वस्तुस्थिति है। धर्म अनेक नहीं हैं, भारत में तो नहीं हैं। यह कहना कि भारत में अनेक धर्म हैं, यह कथन न केवल धर्म-विरोधी है, अपितु भारत-विरोधी भी है। आत्मज्ञान को पाने का साधन है धर्म और धर्म पर आचरण करने के अनेक संप्रदाय हैं, जो धर्म के माध्यम से आत्मज्ञान को पाने के उपाय, साधन या फिर उपाय सरीखे हैं। चूँकि धर्म के माध्यम से आत्मज्ञान की प्राप्ति मनुष्य को करनी है और मनुष्य उसी माध्यम को चुनता है, जो उसे सबसे ज्यादा सुंदर, सुरुचिपूर्ण और लाभदायक लगता है, ये माध्यम ही वे संप्रदाय हैं, जो इसी आधार पर अनेक हैं और हरेक को हक है कि वह अपने मनमर्जी का संप्रदाय चुन ले। धर्म तो एक ही है। आत्मज्ञान की प्राप्ति जिससे होती है। वह धर्माचरण तो एक ही है। वह धर्माचरण तो एक ही है, पर उस धर्मांतरण को बतानेवाले संप्रदाय, मनुष्य की इच्छा और क्षमता के हिसाब से बनाए गए संप्रदाय अनेक हैं और अपनी सुविधा, अपने स्वभाव के हिसाब से हर कोई अपना संप्रदाय चुनने को स्वतंत्र है। इसलिए जब हम कहते हैं कि हरेक को अपना धर्म चुनने का, अपने हिसाब से अपना धर्म चुनने का हक है तो उसका एक ही अर्थ होता है कि आत्मज्ञान की प्राप्ति के लिए धर्म पर आचरण करने की, अपने हिसाब से आचरण

करने की स्वतंत्रता और हक हरेक को है। भारत में अध्यात्म, धर्म और संप्रदाय का यह अर्थ है, यही अर्थ है। चूँकि अर्थ यही है, इसलिए भारत में धर्म तो है, पर धर्मांतरण नहीं है। चूँकि इसलाम और क्रिश्चियनिटी सिर्फ और सिर्फ धर्मांतरण ही करते हैं, अध्यात्म का परिचय उन्हें नहीं है, इसलिए उनके पास धर्मांतरण करने के अलावा और कोई धर्म संबंधी या संप्रदाय संबंधी गतिविधि है ही नहीं।

तो ? आपके विचार-पटल पर अब संप्रदायों की भरमार है, हमने बौद्ध, जैन, सिख सहित अनेक संप्रदायों की, करीब चार दर्जन भर संप्रदायों की चर्चा इस पुस्तक में की है, पर उनमें इसलाम और क्रिश्चियनिटी इन दो संप्रदायों की चर्चा नहीं की थी। भारत के संप्रदायों में इन दोनों संप्रदायों को भी अगर हम गिनना चाहें तो वे हमारे लिए विधर्मी संप्रदाय ही माने जाएँगे। भारत के तमाम धर्म-संप्रदायों और विधर्मी संप्रदायों में से आप किस संप्रदाय को अपने लिए चुनना चाहते हैं, वैसा करने का हक आपको है, यकीनन है। पर आपको बताना तो पड़ेगा कि आप भारत के किस संप्रदाय को अपने लिए चुन रहे हैं या कि किस विधर्मी संप्रदायों को आप अपने लिए चुन रहे हैं। बताना इसलिए पड़ेगा कि विधर्मी संप्रदायों का मामला फिर कुल मिलाकर राजनीतिक बन जाता है और ये विधर्मी संप्रदाय फिर भारत की राजनीति में दखलंदाजी करना, हस्तक्षेप करना शुरू कर देते हैं, जिसकी परिणति फिर भारत को टुकड़े करने में हो, इसका खतरा ही हमेशा बना रहता है। हम नहीं कह रहे हैं, इतिहास कह रहा है कि भारत को, अखंड भारत को तोड़कर फारस, सीस्तान, बलोचिस्तान, अफगानिस्तान, पाकिस्तान, बाल्टिस्तान, वजीरिस्तान, सिंध, पीओके, बांग्लादेश आदि एक ऐसे ही, इसी रास्ते से, इसी 'डिवीजिव रूट' से बने हैं। जाहिर है कि मुझे अपना धर्म नहीं, अपना संप्रदाय चुनने का हक है। बेशक है। आप अपने इस हक का प्रयोग करने को शत प्रतिशत स्वतंत्र हैं। बस, इस अधिकार के जो सभी आयाम हैं, उस पर भी निगाह बनाए रखिए। अब भारत और नहीं टूटेगा। अब तो वह फिर से अखंड भारत के रास्ते पर ही चलेगा।

□

44

आजादी के आंदोलन की ठेकेदारी करने वाले

इधर पिछले कुछ वर्षों से टी.वी. समाचारों की दुनिया में एक नई बात हुई, जो कि बहुत अच्छी बात हुई है। जब से देश में वर्षों पहले पत्रिकाओं का और अखबारों का छापा जाना शुरू हुआ, यानी पत्र-पत्रिकाओं का चलन शुरू हुआ, तब से सभी पत्र-पत्रिकाओं में एक स्थान हमेशा और निश्चित रूप से रहा है, जहाँ संपादक अपनी बात कहता है और पाठक भी लेखों और पत्रों के माध्यम से अपने विचारों को प्रस्तुत करते रहे हैं। पर जब टी.वी. समाचार चैनल शुरू हुए तो इस पर शुरू-शुरू में बहस शुरू हुई कि समाचार चैनलों पर विचारों की प्रस्तुति का स्थान और तरीका क्या होगा? जल्दी ही इस अभाव की पूर्ति कर दी गई, यानी इस समस्या का हल कर दिया गया और समाचार चैनलों पर किसी मुद्दे पर, किसी घटना पर किसी की तुरंत/त्वरित प्रक्रिया देने के माध्यम से, थोड़ा बड़े, यानी पाँच-सात मिनट के इंटरव्यू के माध्यम से, जो अब समयावधि में बड़े होते-होते एक घंटे तक के, या उससे भी अधिक बड़े होते जा रहे हैं, जरूरत के हिसाब से बड़े होते जा रहे हैं और अब तो पाँच-छह और कहीं-कहीं आठ-दस लोगों को बुलाकर, किसी एक घटना पर या किसी एक थीम पर, परस्पर बहस करवाकर 'टी.वी. पर विचारों की प्रस्तुति कैसे होगी' इस समस्या का बड़ा ही प्रभावशाली इंतजाम कर दिया जा चुका है।

यानी अब टी.वी. समाचार चैनलों पर बहस होती हैं और खूब होती हैं। कहीं-कहीं तो हमने देखा है कि आठ या दस लोगों के बीच में बहस की जा रही होती है, लाइव बहस, और यह तभी संभव है कि टी.वी. एंकर जानकार हो, सुलझा हुआ हो, देश-प्रेम और देशद्रोह के बीच, देश के लिए क्या हितकारी है और क्या हितकारी नहीं है, इसके बीच का फर्क ठीक से समझता हो, सामाजिक मुद्दों पर प्रगतिशीलता को दिशा देने में समर्थ हो। देश के सौभाग्य से अब टी.वी. की दुनिया में ऐसे श्रेष्ठ एंकर हैं। अंग्रेजी में बेशक कम हैं, पर हिंदी में बेशक काफी हैं।

इन तमाम तरह की बहसों में हम बहस की एक दिशा पर खासतौर पर ध्यान देना चाहते हैं। यह दिशा वही है, जिसकी ओर हमने इस आलेख के शीर्षक में भी इशारा भर किया है। वह दिशा एक प्रश्न के रूप में टी.वी. बहसों में प्राय: आ जाती है और वह प्रश्न यह है कि जब देश में, यानी 1947 में मिली आजादी के पहले के दशकों में आजादी की लड़ाई चल रही थी, तब संघ क्या कर रहा था, संघ, यानी राष्ट्रीय स्वयंसेवक संघ क्या कर रहा था? वैसे यह सवाल उठना ही नहीं चाहिए। क्यों? इसलिए कि जब सारा देश आजादी के संघर्ष में व्याप्त था तो देश का हर जन, उसी संघर्ष का हिस्सा था, यहाँ तक कि, जैसा कि पुस्तकों में पढ़ते रहते हैं, छोटे-छोटे बच्चे भी हाथों में छोटे आकार का तिरंगा उठाए हुए, आजादी के पक्ष में नारे लगाते हुए हर गली-मोहल्ले में उसी भावना को आगे बढ़ाते रहते थे। पर देश की एक राजनीतिक पार्टी, यानी कांग्रेस के लोग इन बहसों में यह परम बेवकूफी भरा सवाल पूछते रहते हैं कि जब देश आजादी की लड़ाई लड़ रहा था, तब संघ क्या कर रहा था?

अब जबकि सवाल उठा ही दिया गया है तो इस सवाल के हर पहलू पर ठीक से विचार कर लिया जाए। संघ तब क्या कर रहा था, उस आसान, अति आसान सवाल का जवाब दे दिया जाए, उससे पहले सवाल करनेवालों की मनोदशा पर विचार कर लिया जाए।

तब संघ क्या कर रहा था? यह सवाल कांग्रेसवाले पूछते रहते हैं और कांग्रेस की सोहबत में रहकर अब कम्युनिस्ट भी पूछना शुरू हो गए हैं, जिनका देश से जुड़ाव को लेकर अपना रिकॉर्ड इतना खराब है कि उन्हें तो सवाल तक पूछने का कोई हक ही नहीं बनता। नेहरू खुद को कांग्रेस का ही कहते रहे हैं और कांग्रेसवाले भी ऐसा ही मानते रहे हैं, पर नेहरू कैसे और कितना कांग्रेसी थे, यह तो उसी से स्पष्ट है कि वे उस चीन को 'भाई' मानते रहे हैं, जो तब (और आज भी) घनघोर भारत-विरोधी, भारत का शत्रु रहा है। नेहरू कितना कांग्रेसी थे और कितना कम्युनिस्ट, यह इसी से स्पष्ट है कि वे तिब्बत उस चीन को सौंपने का पाप कर आए, जो तिब्बत, शिव और पार्वती की तपोभूमि कैलाश और विहारभूमि मानसरोवर का देश तिब्बत, भारत का हिस्सा नहीं तो भारत के निकटतम, नेपाल और भूटान की तरह निकटतम होना चाहिए था। पर वे उसी तिब्बत को चीन को सौंपने का पाप कर आए। 1962 में भारत पर हमला कर चीन ने भारत की जो दुर्गति की, उसके पीछे का अकेला कारण नेहरू ही थे, जो अपने कम्युनिस्ट प्रेम में चीन के प्रति पागल प्रेमी जैसे हो रहे थे, जिन्होंने अपने घनिष्ठतम राजनीतिक मित्र कृष्णमेनन को, जो अन्यथा एक घनघोर कम्युनिस्ट ही थे, देश का रक्षामंत्री बना दिया था। 1962 में नेहरू स्वयं विदेशमंत्री भी थे और उन्होंने अपने विदेश मंत्रालय में चुन-चुनकर कम्युनिस्ट भरती कर रखे थे। ऐसे नेहरू से आप

क्या उम्मीद रखते थे? वे अपने दाँतकाटे दोस्त कृष्णमेनन के साथ दोस्ती की कसौटी पर सौ प्रतिशत खरे उतरे और 1962 के भारत-चीन युद्ध में चीन के हाथों भारत को पिटवा ही आए, वे भारत के जाँबाज स्वाभिमानी सैनिकों को भी अपमानित, भरपूर अपमानित कर आए।

तब संघ क्या कर रहा था? यह सवाल पूछने का कोई हक कम्युनिस्टों की तरह उस कांग्रेस को तो नहीं ही है, जिसने भारत की अस्मिता को कम्युनिस्ट चीन को गिरवी रखकर विश्वपटल पर भारत का ऐसा अपमान किया, जिस अपमान की कालिख को धोने को भारत की अद्वितीय वीर सेना आज भी इंतजार कर रही है। कांग्रेसवाले, देश-विरोधी कम्युनिस्ट विचारधारा की चापलूसी करनेवाली कांग्रेस, जिसे यह सवाल पूछने का कोई हक ही नहीं बनता, ऐसी कांग्रेस जब यह सवाल पूछती है तो लगता है कि कांग्रेस यह मानकर चलती है कि आजादी की लड़ाई की ठेकेदारी कांग्रेस ने ले रखी थी। उसी ठेकेदारी के अहंकार का ही तो यह आलम है कि कांग्रेस के लिए सुभाष चंद्र बोस भी निरर्थक हैं, भगतसिंह भी व्यर्थ के हैं, चंद्रशेखर आजाद भी कोरे भड़कीले हैं। जो है, बस कांग्रेस ही है। यही ठेकेदारी है।

ठेकेदारी एक कठिन काम होता है। जगह-जगह से संसाधन जुटाकर एक प्रकल्प पूरा करने का जिम्मा ले लेना ही ठेकेदारी होती है और यह एक कठिन काम है। और प्रकल्प पूरा करने पर ठेकेदार का उपलब्धि के गर्व से भर जाना स्वाभाविक ही होता है। यह ठेकेदारी भी एक व्यापार-कर्म है, एक बिजनेस-एक्टिविटी है, जिसके अपने गुण-दोष हैं, अपने प्लस-माइनस हैं, अपने लाभ-हानि हैं। हाँ, एक कठिन काम ठेकेदार के पास हमेशा रहता है कि उस बेचारे को हर क्षण, हर एक से पता करते रहना पड़ता है कि जिसके जिम्मे जो काम है, वह वैसा और उतना हुआ या नहीं, क्योंकि फिर तमाम पेमेंट उसी आधार पर होना होता है और वैसा पेमेंट उस तरह से होता भी है।

ऐसा लगता है कि आजादी के दशकों बाद कांग्रेस ने आजादी के आंदोलन की ठेकेदारी अपने ऊपर ले ली है। उनके इसी ठेकेदारी के तहत मानो सबसे पूछने का ठेका अपने ऊपर ले लिया है कि बताओ, आजादी की लड़ाई के दौरान आप क्या कर रहे थे, कहाँ थे? वैसे तो यह सवाल सबसे पहले कांग्रेस से ही पूछना चाहिए कि आजादी की लड़ाई के दौरान कांग्रेसी क्या कर रहे थे। कांग्रेस के नेतृत्व में जो खलाफत आंदोलन चला और जिस आंदोलन की वजह से भारत के मुसलमानों की निष्ठा भारत की बजाय किसी विदेशी खलीफा के प्रति मान ली गई, तो सवाल कांग्रेस से पूछा जाना चाहिए कि जब सारा देश आजादी के लिए लड़ रहा था, तब आप मुसलमानों की भारत के प्रति निष्ठा को भटकाने का काम कर रहे थे। क्यों? पूछना तो कांग्रेस के इन अंतरात्माविहीन लोगों से चाहिए कि जब सारा भारत देश को विभाजन के कलुष

से बचाने में लगा हुआ था और जिन्ना ने 'सीधी कारवाई' की धमकी देकर और उस धमकी पर अमल करके लाखों हिंदुओं की जान खतरे में डाल दी थी और मरने को मजबूर कर दिया, बात लाखों हिंदुओं की हो रही थी, तब संघ तो हिंदुओं की सहायता में लगा था, पर सीधी कारवाई का शिकार लाखों हिंदुओं के लिए ये कांग्रेसी क्या कर रहे थे? सवाल तो इन कांग्रेसवालों से पूछा जाना चाहिए कि कांग्रेस ने, इनके नेता जवाहरलाल नेहरू ने, इनके परमगुरु महात्मा गांधी ने भगतसिंह, राजगुरु, सुखदेव को फाँसी न होने देने के लिए क्या किया? वह भी तब, जब गांधी के एक इशारे भर से इन सभी रणबाँकुरों की, तरुणाई से भरे नौजवानों की जान बचाई जा सकती थी? तब किसने अपनी नेतागिरी को चमकाने के लिए इन तीनों की फाँसी को होने दिया? सवाल तो इन कांग्रेसियों से पूछा जाना चाहिए कि विभाजन के परिणामस्वरूप पाकिस्तान में रह गए, यानी पाकिस्तान में फँस गए लाखों दलितों को, जो हिंदू थे, ऐसे लाखों दलितों को पाकिस्तान में किसने बेसहारा रहने दिया? कांग्रेस ने तो उन्हें भारत लाने के लिए कोई कोशिश नहीं की। कोई छोटा-मोटा प्रस्ताव नहीं पास किया। डॉ. भीमराव आंबेडकर अपने व्यक्तिगत प्रयासों से इन लाखों दलित हिंदुओं को सुरक्षित भारत ला सके। कांग्रेस तब क्यों सोई रही? सवाल तो इन कांग्रेसवालों से ही पूछा जाना चाहिए कि जब विभाजन हो गया, हिंदू-मुसलिम आधार पर हो गया, तो फिर क्यों नहीं पूरी आबादी का हिंदू-मुसलिम के आधार पर ट्रांसफर मुकम्मल तौर पर होने दिया गया? जो कर दिया जाना संभव था तो क्यों नहीं कर दिया गया? क्यों मुसलिमों को भारत में संपत्ति-कारोबार सहित भारत में ही बने रहने दिया गया? डॉ. आंबेडकर जनसंख्या की मुकम्मल अदला-बदली के पक्ष में थे। क्यों नहीं कांग्रेस ने अपनी ही पार्टी के इस तेजस्वी नेता की बात मानी?

अब आजादी के आंदोलन की ठेकेदारी करनेवालों को, बेशक घटिया यानी गैर-मुकम्मल ठेकेदारी करनेवाले कांग्रेसियों को हम अब उस प्रश्न का उत्तर देना चाहते हैं कि आजादी के आंदोलन के दौरान संघ क्या कर रहा था? रा.स्व. संघ भारत में ही था, इसलिए सारे भारत की तरह संघ भी, संघ का प्रत्येक कार्यकर्ता, प्रत्येक स्वयंसेवक भी उसी आजादी के संग्राम का एक हिस्सा अपनी-अपनी जगह पर बना हुआ था और आजादी की लड़ाई ही लड़ रहा था। संघ के लोगों को अंग्रेज बहादुर की यातनाएँ, पिटाई और जेल सभी वैसे ही भुगतने पड़ रहे थे, जैसे देश के बाकी स्वतंत्रता-कामियों को भुगतने पड़ रहे थे। पर इसी आजादी के आंदोलन के समानांतर दो काम अपने देश में और भी चल रहे थे, जिन पर देश के इतिहासकारों ने उस तरह से, उस स्वर में, उस अंदाज में कभी बात ही नहीं की, जिस रूप में यह बात होनी चाहिए थी। पिछली सदी के तीसरे दशक में दो ऐतिहासिक घटनाएँ घटीं। एक घटना

थी 'खलाफत आंदोलन', जिस आंदोलन को महात्मा गांधी का शत प्रतिशत आशीर्वाद था। टर्की में नया खलीफा बनाया गया, यानी इसलामी दुनिया में फिर से एक खलीफा आ गया। पिछले इतिहास को देखते हुए संदेश यही गया कि दुनिया के सभी देश इसी खलीफा को अपना नेता मानेंगे और सारी इसलामी दुनिया इसी खलीफा के हिसाब से चलेगी। भारत के मुसलिमों में उस खलीफा में अब कोई रुचि नहीं रह गई थी और वे अपने वर्तमान और भविष्य को उस खलीफा से जोड़ने को कोई खास उत्साहशील नहीं थे। पर भारत में खलाफत आंदोलन चलाया गया, उस रूप में कि खलीफा ही सारे मुसलिम विश्व का नेता है। इसी को खलाफत आंदोलन कहते हैं जिसने विभाजन के बीज बो दिए।

खलीफा तो उस तरह से चला नहीं, पर इस माध्यम से सारे भारत के मुसलिमों को समझा दिया गया कि उनका देश भारत नहीं, कुछ और है, जहाँ खलीफा की शरीयत चलेगी। जाहिर है कि भारत को हिंदू और मुसलिम के रूप में, दो देशों के रूप में देखने का काम खलाफत आंदोलन ने किया, जिसका परिणाम अंततः 1947 के भारत-पाकिस्तान विभाजन के रूप में सामने आया। तो हमारी मान्यताएँ दो हैं। एक, कि 1947 में हुए भारत विभाजन के बीज डालनेवाला खलाफत आंदोलन था और दो, कि महात्मा गांधी का आशीर्वाद इस खलाफत आंदोलन का नहीं मिलना चाहिए था। इसलिए आगे चलकर हुए भारत विभाजन को भी खलाफत आंदोलन के इसलामी नेताओं की सक्रियता का परिणाम क्यों नहीं माना जाए?

युग के सर्वश्रेष्ठ नेता और महापुरुष महात्मा गांधी क्या करते या न करते, यह फैसला करने वाले हम कौन होते हैं, पर हमारी चाहना है कि 'रघुपति राघव राजा राम' को गांधी एक राजनीतिक नारे के रूप में ग्रहण करने की बजाय 'विष का प्याला राणाजी ने भेजा' की तर्ज पर मीरा की शैली में ग्रहण करते तो आजादी बेशक दो-ढाई साल देर से मिलती, क्योंकि देश को तो तब आजाद होना ही था और इसलिए होना ही था कि परिस्थितियाँ वैसी बन चुकी थीं। पर कुछ लोग जल्दी में थे। किसी को अपना स्वारोपित खिताब बचाना था, तो किसी को भारत का प्रधानमंत्री बनना ही था। कुछ लोगों को सुभाष चंद्र बोस के भारत आ जाने की आशंका का डर सता रहा था तो कुछ लोगों को भारत में संभावित, पर स्वाभाविक रूप से होनेवाले, हिंदुत्व के उठान से बेचैनी अनुभव हो रही थी। कुछ लोगों को चुपचाप संविधान लिखने में लगे एक दलित-महर्षि की सक्रियता और तेजस्विता परेशान किए हुए थी। इसलिए जिसको जो लग रहा था, जो महत्त्वाकांक्षा उनका संतुलन बिगाड़ रही थी और जो परिस्थितियाँ जिस ओर जा रही थीं, उन सबको देखते हुए अनेक लोगों को लग रहा था कि जो हो रहा है, वह ठीक नहीं हो रहा। एक लाला लाजपतराय थे। एक बाल गंगाधर तिलक

थे। एक वीर सावरकर थे। एक मदन मोहन मालवीय थे। एक गोखले थे। एक गैर-राजनीतिक महापुरुष राजा राममोहन राय थे। एक स्वामी दयानंद थे। एक भीमराव आंबेडकर थे। एक महर्षि अरविंद थे ऐसे ही अनेक मनीषी, विद्वान् भारत के मर्म को समझनेवाले राजनीति के विशिष्ट ज्ञाता भी थे और नेता भी थे। स्वामी विवेकानंद थे और उनके गुरु अवतारी पुरुष रामकृष्ण परमहंस भी थे। ये सब एक ही समय में नहीं हुए थे, पर एक ही युग में हुए थे और ये सब वही युगपुरुष थे, जो उनकी राजनीतिक शब्दावली कुछ भी हो, भारत में लगातार क्षीण हो रहे हिंदू से, लगातार कमजोर पड़ रहे हिंदुत्व से, लगातार पिछवाड़े में डाल दिए हिंदू राष्ट्रवाद से परोक्ष रूप से सहमत थे, हिंदू के भविष्य को लेकर परेशान थे, इसलिए चाहते थे कि इस दिशा में कुछ हो। निष्कर्ष तो हमारे जैसों का है, पर तर्क विवेकानंद सरीखों का था, जो शिकागो में सिर्फ एक भाषण देने नहीं गए थे। तर्क तो मालवीय सरीखों का था, जिन्होंने सिर्फ एक संस्था बनाने के लिए काशी हिंदू विश्वविद्यालय नहीं बनाया था। तर्क तो सावरकर जैसों का था, तिलक जैसों का था, जो सिर्फ और सिर्फ स्वराज्य के लिए आहुति देने को तैयार बैठे थे। खदबदाहट इन सभी के हृदयों में थी, मन-मस्तिष्क में थी कि क्या भारत को मुसलिम राष्ट्र बना दिया जाएगा? भारत और हिंदू एक-दूसरे से पृथक् दिशा में चले जाएँगे?

मानो इन्हीं प्रश्नों का उत्तर देने के लिए डॉ. केशवराव बलिराम हेडगेवार ने 1925 की वर्ष प्रतिपदा के दिन राष्ट्रीय स्वयंसेवक संघ की स्थापना की, जिस ऐतिहासिक उपक्रम ने बिना कहे ही घोषणा कर दी कि भारत गांधी, खलाफत, मुसलिम लीग के अरमानों का मुसलिम देश या मुसलिम राष्ट्र नहीं बन सकता और कि वह अपने संस्कारों, अपने स्वभाव और अपनी सांस्कृतिक, दार्शनिक, राजनीतिक महत्त्वाकांक्षाओंवाला भारत बनेगा, फिर अखंड भारत बनेगा। जिन लोगों ने आजादी के आंदोलन की ठेकेदारी खुद-ब-खुद ले रखी है और इस ठेकेदारी के तहत जो दिन-रात, चौबीसों घंटे सवाल पूछने को उतावले रहते हैं, आजादी के आंदोलन के वक्त संघ क्या कर रहा था? तो उनके लिए जवाब है कि संघ वह कर रहा था कि जो ये सभी भारतवादी, राष्ट्रवादी महापुरुष चाहते थे कि हो, पर समेकित नेतृत्व और समर्पित मंच के अभाव में, जो ये सभी महामानव कुछ कर नहीं पा रहे थे। रा.स्व. संघ ने इन सभी महामानवों की आकांक्षा को स्वर दिया, उन सभी महामानवों की महत्त्वाकांक्षा को दिशा दी और इन सभी महानुभावों के मनोभावों की अभिव्यक्ति का विराट् मंच दिया। प्रश्न—आर.एस.एस. तब क्या कर रहा था, आजादी के आंदोलन में क्या कर रहा था? उत्तर—रा.स्व. संघ उस समय उस राष्ट्रीय चिंता से संघर्ष कर रहा था कि फिरकापरस्तों की मुसलिम-परस्ती कहीं देश को लाचार न बना दे, इसलिए रा.स्व. संघ देश में हिंदुत्व के देशभक्तिपूर्ण भाव

का, भारत भक्तिपूर्ण मनोभाव का विकास कर रहा था। अगर उस भाव का विकास न होता तो 1947 में जो एक-तिहाई देश भारत से अलग होकर पाकिस्तान बन गया, शायद सारा-का-सारा भारत ही किसी भयानक संकट के गड्ढे में धकेल दिया गया होता। वैसा नहीं हुआ, देश सारा नहीं, अधूरा रहकर भी भारत देश बन गया। अगर कहीं 1925 की घटना, रा.स्व. के निर्माण की घटना 1920 में ही घटित हो गई होती तो शायद काश्मीर भी वैसा नहीं होता, जैसा वह बनता जा रहा है और प्राग्ज्योतिष, यानी पूर्वोत्तर भी वैसा नहीं होता, जैसा वह बनता जा रहा है। आजादी के आंदोलन में संघ क्या कर रहा था? संघ यह कर रहा था। वह देश को बचा रहा था, जिस देश को खिलाफतवालों की मुसलिम-परस्ती ने बाँट दिया था। आजादी की लड़ाई के ठेकेदार सुन रहे हैं?

□

45

उर्दू मुसलमानों की भाषा नहीं

'उर्दू' शब्द तुर्की-फारसी भाषा का है, पर अब हमारे देश की किसी भाषा का एक शब्द जैसा लगता है, ठीक वैसे ही जैसे 'हफ्ता' शब्द मूलतः संस्कृत (सप्त=सात, अह=दिन, सप्त+अह=सप्ताह) का है, पर अब लगता है कि जैसे वह कोई फारसी जैसा है, जो पश्चिम से अपना सफर पूरा करता हुआ अपने देश में आ पहुँचा है। बेशक यह भी उतना ही सच है कि इस देश की भाषा, यानी संस्कृत का होने के बावजूद अपने नए रूप में यह पश्चिम से सफर करता हुआ ही यहाँ आ गया है। उर्दू का अर्थ है—सेना की छावनी। तुर्की-फारसी में शब्द का यही अर्थ है और मुसलिम शासक जब यहाँ अपने सैनिक तुर्की से लाए तो दिल्ली के आस-पास के इलाकों में बनी अपनी छावनियों को वे विदेशी तुर्की सैनिक 'उर्दू' ही कहते थे। धीरे-धीरे हर किस्म के सैनिकों की छावनी को 'उर्दू' कहने लगे।

सवाल है—फिर उर्दू एक भाषा के नाम के रूप में कैसे प्रयुक्त होने लगी? उर्दू में रहनेवाले इन सैनिकों की रोजमर्रा की चीजों की जरूरतों को पूरा करने के लिए सरकार की ओर से वहाँ आस-पास बाकायदा एक बाजार लगता था। जाहिर है कि बाजार लगानेवाले छोटे खुदरा व्यापारी कोई विदेशी नहीं थे। वे यहीं के थे और यहीं की भाषा, यानी हिंदी बोलते थे। सैनिकों को हिंदी नहीं आती थी और व्यापारियों को सैनिकों की भाषा नहीं आती थी। धीरे-धीरे सैनिक लोग अपनी जरूरतों को अपनी विदेशी भाषाओं, तुर्की, फारसी, अरबी आदि भाषाओं के शब्दों के सहारे व्यक्त करने लगे और व्यापारी लोग उन शब्दों को अपनी भाषा, यानी हिंदी की वाक्य-रचना में ढालकर प्रयुक्त कर लेते। जरूरत से उपजे इस आदान-प्रदान से जो बोली उभरी, उसे बजाय हिंदी के उर्दू इसलिए कहना शुरू कर दिया गया, क्योंकि वह 'उर्दू' बाजार, यानी सैनिक छावनी के बाजार में पैदा हुई थी। मामला लगभग वैसा ही है, जैसे बंबई की फिल्मी दुनिया में, जहाँ भाँति-भाँति के लोग काम की तलाश में आते हैं, वहाँ इन सब लोगों की भाषाओं

के शब्दों के बोलने के लहजे के दबाव के कारण एक नई किस्म की हिंदी का जन्म हो रहा है, जिसे आज हम 'बंबइया हिंदी' कह रहे हैं तो कल को संभव है, इस नई बोली को बाकायदा कोई नाम वैसे ही मिल जाए, जैसे दिल्ली के उर्दू बाजार में विकसित हिंदी के नए रूप को 'उर्दू' नाम दे दिया गया है।

स्पष्ट है कि उर्दू कोई विदेशी भाषा या बोली (कृपया इन शब्दों की तकनीकी सूक्ष्मताओं में मत फँसिए) नहीं है। यह भी जाहिर है कि यह मुसलमानों की भाषा या बोली भर ही नहीं है। ऊपर से यह भी जाहिर है कि यह मुसलमानों की कोई धर्मभाषा तो नहीं ही है। उर्दू सिर्फ हिंदी का वैसा ही एक आकर्षक रूपांतर है, जैसे विकसित हो रही बंबइया हिंदी स्तरीय हिंदी का ही एक स्थानीय रूपांतर है। बेशक उसमें उर्दू के जैसी दिलकश कविता अभी भी नहीं है। अब इन तमाम महत्त्वपूर्ण बातों को शुद्ध भाषा ज्ञान के संदर्भ में जाँच-परख लिया जाए।

भाषा-विज्ञान भाषा को लेकर दो सच्चाइयाँ हमारे सामने पेश करता है। एक, कि भाषा हमेशा किसी इलाके की होती है, किसी संप्रदाय या कुनबे की नहीं। दूसरी सच्चाई यह है कि भाषाओं के परिवार भाषाओं की वाक्य-रचना के आधार पर तय होते हैं, उनके शब्द-भंडार के आधार पर नहीं। इन दोनों सच्चाइयों पर थोड़ा विस्तार से कहने की जरूरत है।

भाषा-विज्ञान का निष्कर्ष यह है कि किसी भी भाषा का जन्म और उसका स्वाभाविक विकास इलाके में और इलाके के कारण होता है। मसलन तमिल का उदाहरण लें। तमिलनाडु में जितने भी संप्रदायों के लोग रहते हैं, वे हिंदू हों या मुसलिम हों या ईसाई हों, वे सब तमिल ही स्वाभाविक रूप से बोलते हैं। अपने प्रयोग की विशेषताओं के कारण कोई वर्ग किसी खास शब्द या शब्दावली का प्रयोग कर सकता है, पर कुल मिलाकर उसे तमिल का एक रूप विशेष ही माना जाएगा। एक खास भाषा को बोलनेवाले अगर कहीं माइग्रेट कर जाते हैं, प्रव्रजित हो जाते हैं और वहाँ जाकर भी अगर अपनी भाषा को बनाए रखना चाहते हैं, तो बेशक वह भाषा वहाँ एक टापू की तरह बची रहेगी; पर समुद्र का स्वाभाविक प्रवाह उस इलाके की भाषा का ही रहेगा। मसलन, महाराष्ट्र और गुजरात के पारसियों के घरों की भाषा बेशक पारसी है, पर उनके इलाके की भाषा उन प्रदेशों की भाषा ही है। किस इलाके की भाषा कौन-सी है, यह चूँकि इलाका खुद-ब-खुद तय करता रहता है, कोई धर्म, संप्रदाय, कुनबा या राजाज्ञा नहीं—यह मान लेने पर ही समझ में आएगा कि क्यों पूर्वी पाकिस्तान के तमाम हिंदू-मुसलमानों ने खुद पर उर्दू का थोपा जाना, वह भी बंगाली की कीमत पर, सहन नहीं किया और अपनी बात न माने जाने पर अलग देश बन गए।

उर्दू के संबंध में भाषा-विज्ञान के इस सच की बात की जाए तो सवाल उठेगा कि

यह किस इलाके की भाषा है ? अब तक के विश्लेषण से जाहिर है कि यह दिल्ली के एक हिस्से की और उन करीबी इलाकों की भाषा है, जहाँ के लोग उर्दू बाजारों के संपर्क में आए। इसलिए दिल्ली के चाँदनी चौक की, जामा मसजिद इलाके की भाषा उर्दू है। मेरठ के आस-पास के उन इलाकों की भी, जहाँ तुर्की छावनियाँ थीं, भाषा उर्दू मानी जा सकती है। आंध्र के हैदराबाद के कुछ हिस्सों की भाषा मानी जाती है तो उसके कारण छावनियों, प्रव्रजन और राजाज्ञा के कड़े अनुपालन में ही खोजने चाहिए। उर्दू भारत की एक भाषा है, हिंदी के आस-पास के इलाके की स्वाभाविक भाषा है। वह मुसलमानों की या किसी भी धार्मिक संप्रदाय की भाषा नहीं है। वह देश के किसी भी प्रदेश की भाषा नहीं है। उत्तर प्रदेश, बिहार, राजस्थान, हरियाणा या मध्य प्रदेश का मुसलमान वैसे ही उर्दू नहीं बोलता और यकीनन नहीं बोलता, जैसे बंगाल, केरल या गुजरात का नहीं बोलता और इन इलाकों के सब हिंदू-मुसलमान-ईसाइयों की भाषा वहाँ-वहाँ की प्रादेशिक भाषा है। ठीक इसी फॉर्मूले के आधार पर कहना चाहिए कि दिल्ली और आस-पास के जिन इलाकों की भाषा उर्दू है, वह वहाँ के सभी हिंदू-मुसलमानों की है। इसलिए भा.ज.पा., कांग्रेस समेत सभी दलों के वे गैर जानकार लोग जो मुसलमानों की जनसंख्या के आधार पर उर्दू का स्थान माँगते हैं या उर्दू को दूसरी या तीसरी भाषा का स्थान देते हैं वे वही अवैज्ञानिक और भाषा-विरोधी काम कर रहे हैं, जो काम कभी आर्यसमाज ने किया था और कहा था कि पंजाब के हिंदुओं की भाषा पंजाबी नहीं है, हिंदी है। पंजाब के हिंदुओं की भाषा वहाँ के सिखों और मुसलमानों की तरह (आखिर पाकिस्तानी पंजाब के मुसलमानों की भाषा भी तो उर्दू नहीं, पंजाबी है) वैसे ही पंजाबी है, जैसे बिहार, उत्तर प्रदेश आदि के मुसलमानों की भाषा वैसे ही हिंदी है, जैसे बाकी लोगों की है।

अब दूसरे सच की ओर आएँ। भाषा-विज्ञान भाषाओं का पारिवारिक वर्गीकरण करता है और इसका आधार भाषाओं की वाक्य-रचना होता है। भाषा-विज्ञान का निष्कर्ष है कि भाषा का मुख्य काम अर्थ-संप्रेषण है और वाक्य के द्वारा ही यह काम किया जाता है, एक शब्द या शब्द-भंडार के द्वारा नहीं। जितने वाक्यांश से भी अर्थ बताने का काम पूरा हो जाए तो उतने भर को भी पूरा वाक्य मान लिया जाता है। भारत के एक बड़े भाषा-वैज्ञानिक भर्तृहरि ने, जिनका समय ईसवी सन् शुरू होने के आस-पास, यानी दो हजार साल पहले का माना जाता है, एक ग्रंथ लिखा—वाक्यपदीय और कहा कि पद (यानी शब्द) नहीं, बल्कि वाक्य ही भाषा की मुख्य इकाई है, इसलिए ग्रंथ के शीर्षक में 'वाक्य' शब्द पहले रखा गया है। आज का भाषा-विज्ञान भी यही कहता है और इस आधार पर सिंध से लेकर असम, त्रिपुरा, मणिपुर तक और काश्मीर से लेकर नीचे महाराष्ट्र-गुजरात तक की, अर्थात् दक्षिण की चार भाषाओं (जिन्हें 'तमिल परिवार' कहा

जाता है) को छोड़कर शेष सभी भाषाओं को संस्कृत परिवार की भाषाएँ कहा जाता है। ऐसा चूँकि वाक्य-रचना के आधार पर है और चूँकि उर्दू की वाक्य-रचना शत प्रतिशत वही है, जो हिंदी की है, इसलिए हिंदी की तरह उर्दू को भी संस्कृत परिवार की भाषा माना जाना चाहिए।

उदाहरण लें। एक व्यक्ति कहता है—मैं पुस्तक पढ़ रहा हूँ। दूसरा कहता है—मैं किताब पढ़ रहा हूँ। हम एक को हिंदी और दूसरी को उर्दू कह देते हैं। भाषा-विज्ञान इन भाषा नामों का सम्मान करता हुआ कहेगा कि ये दोनों भाषाएँ एक परिवार (संस्कृत परिवार) की हैं, क्योंकि दोनों की वाक्य रचना एक है, अर्थात् दोनों में कर्ता, कर्म और क्रिया के परस्पर रिश्ते को बतानेवाली संरचना अर्थात् स्ट्रक्चर एक है। चूँकि हम भाषा के बारे में भाषायी सत्यों से साक्षात्कार किए बिना मनमानी करते हैं, इसलिए वह होता है, जो उर्दू के साथ हो रहा है।

ये मनमानियाँ तीन पक्ष कर रहे हैं—मुसलमान, भा.ज.पा. और भा.ज.पा. इतर दल। 'मुसलमान' जब हम कहते हैं तो एक बात साफ तौर पर समझ ली जानी चाहिए कि हमारा संकेत मुसलिम जनता नहीं, मुसलमानों के उन नेताओं की ओर रहता है, जिन्होंने अपनी अलगाववादी और सांप्रदायिक रोटियाँ सेंकने के लिए मुसलिम जनता को राजनीतिक शोषण का पात्र बनाया हुआ है। उर्दू को लेकर मुसलमान नेता यह मनमानी कर रहे हैं कि वे उसे भारत के तमाम मुसलमानों की भाषा बता रहे हैं और उसे इस तरह पेश कर रहे हैं, मानो उर्दू उनकी धर्मभाषा हो, जिसका पढ़ना-जानना हर मुसलमान का धार्मिक कर्तव्य हो। ऊपर के संपूर्ण विवेचन से जाहिर है कि दोनों ही बातें सौ प्रतिशत गलत हैं। उर्दू न तो सिर्फ मुसलमानों की भाषा है और न ही उनकी धार्मिक भाषा किसी भी रूप में है। उर्दू का जन्म और विकास कैसे हुआ, इसका ऊपर लिखा इतिहास पढ़ लेने के बाद एक ही बात समझ में आती है कि उर्दू दिल्ली के आस-पास के इलाके की भाषा है। केरल का मुसलमान उर्दू नहीं, मलयालम बोलता है। महाराष्ट्र का मुसलमान उर्दू नहीं, मराठी बोलता है। बँगलादेश की तरह हमारे बंगाल का मुसलमान भी उर्दू नहीं, बंगाली बोलता है। काश्मीर का मुसलमान उर्दू नहीं, काश्मीरी व गुज्जरी बोलता है। बिहार का मुसलमान उर्दू नहीं, अपने इलाकों की भोजपुरी और मैथिली बोलता है। उत्तर प्रदेश का मुसलमान उर्दू नहीं, अपने इलाकों की ब्रज, अवधी और हिंदी के दूसरे रूपांतर बोलता है। पर उर्दू को मुसलमानों की भाषा कहकर एक इतना बड़ा भाषायी असत्य इस देश में मुसलिम नेता फैला रहे हैं कि इसकी बड़ी राजनीतिक कीमत देश को अदा करनी पड़ सकती है। काश्मीर की भाषा उर्दू नहीं, काश्मीरी है; पर वहाँ उर्दू को शिक्षा का माध्यम बनाकर मुसलिम नेताओं ने इतना छल वहाँ के मुसलमानों व हिंदुओं से किया है कि इसका खामियाजा वहाँ की आनेवाली पीढ़ियाँ भुगतेंगी। फिर उर्दू मुसलमानों की धर्मभाषा

भी नहीं है। आखिर 'कुरान' अरबी में लिखा है, न कि उर्दू में। देश के मुसलमान जब उर्दू नहीं, अपने-अपने इलाकों की भाषाएँ बोलते हैं तो इन मुसलिम नेताओं को क्या अधिकार है कि वे 'कुरान' के उन भाषाओं के अनुवाद उन तक न पहुँचने दें, जिन्हें वे रोजमर्रा बोलते हैं? आखिर ईरान का मुसलमान उर्दू नहीं बोलता। तुर्की का मुसलमान उर्दू नहीं बोलता। बोस्निया का मुसलमान उर्दू नहीं बोलता। क्या कभी फिलिस्तीनी नेता यासर अराफात को आपने अरबी छोड़ उर्दू बोलते सुना? दुनिया के हर इलाके का मुसलमान अपने इलाके की भाषा बोलता है। भारत के हर इलाके का मुसलमान अपने इलाके की भाषा बोलता है। फिर कैसे उर्दू देश के तमाम मुसलमानों की भाषा हो गई, तो क्यों मुसलिम नेताओं की मनमानी को शह दी जाती रही है?

शह देनेवाली चंद राजनीतिक पार्टियाँ हैं, जो बिला वजह उर्दू और मुसलमानों के बीच नकली रिश्ता कायम करने के भाषा-विरोधी काम में लगी हैं। जहाँ कहीं इन पार्टियों के नेता मुसलमानों की किसी सभा-कॉन्फ्रेंस में जाएँगे, वहाँ उर्दू को बढ़ाने का वायदा करके आएँगे। क्यों, क्या मतलब है इसका? मुलायम सिंह या लालू प्रसाद सत्ता में आएँगे तो प्रदेश की मुसलिम आबादी के अनुपात का तर्क देकर उर्दू को दूसरी भाषा बनाने के भाषा-विरोधी काम में लग जाएँगे। क्यों? जब उर्दू को इस तरह मुसलमानों से जोड़कर और उसे मुसलिम वोट लेने के इरादे से राजनीतिक प्रश्रय देकर गैर-भा.ज.पा. पार्टियाँ मनमानी करती हैं तो क्या होता है?

परिणाम भा.ज.पा. की मनमानी के रूप में सामने आता है और यह पार्टी उर्दू को भाषा के सत्यों की कसौटी पर कसने का काम न कर उसे अपनी मुसलिम-विरोधी राजनीति का जरिया बना लेती है। उसके उर्दू संबंधी तमाम तर्क भी भाषा पर आधारित न होकर मुसलिम-विरोध के आधार पर बनने लगते हैं।

इसलिए, हम अगर वास्तव में उर्दू का विकास चाहते हैं तो हमें समझ में आना चाहिए कि—

- उर्दू दुनिया के मुसलमानों भाषा नहीं है,
- उर्दू इस देश के सभी मुसलमानों की भाषा नहीं है,
- उर्दू मुसलमानों की धर्म भाषा कतई नहीं है,
- उर्दू सिर्फ मुसलमानों की भाषा नहीं है,
- उर्दू एक खास इलाके की भाषा है, जो दिल्ली और मेरठ के बीच फैला है,
- उर्दू हिंदी का ही एक रूपांतर है और
- भाषा-विज्ञान की निगाह में उर्दू संस्कृत परिवार की एक भाषा ही हो सकती है।

अगर उर्दू के बारे में हम इन भाषायी सच्चाइयों का आदर नहीं करेंगे, उसे एक

भाषा नहीं, बल्कि राजनीति करने का मोहरा बनाते रहेंगे, उसे धर्म और संप्रदाय की नकली बैसाखियों का सहारा देने की कोशिश करेंगे, तो जान लीजिए कि अल्पसंख्यकों की भाषा बनकर वह बहुसंख्यकों का सम्मान हासिल नहीं कर पाएगी। इसे अगर भाषा की बजाय वोट और दबाव की राजनीति का हिस्सा बनाएँगे तो उर्दू का कैसा विकास होगा, इसका खुलासा करने की जरूरत नहीं, क्योंकि मामला एकदम साफ है। पर अगर उर्दू की तरक्की ब्रज, अवधी, मैथिली, भोजपुरी जैसे अन्य हिंदी रूपांतरों की तरह गारंटीशुदा बनानी है तो उसका एक ही तरीका है, उसे विदेशी फारसी लिपि के नकली और अनावश्यक बंधन से मुक्त कर नागरी में लिखा जाए। जब तक उस पर फारसी लिपि का बंधन रहेगा, वह इस देश की सहज भाषा नहीं बन पाएगी और हिंदी के स्वाभाविक रूपांतर का ऊँचा आसन भी नहीं पा सकेगी। अब निर्भर इस पर करता है कि हम उर्दू का विकास चाहते हैं या उसके विकास की कीमत पर कुछ दुराग्रहों से चिपके रहते हैं।

□

46

संस्कृत : भारत के व्यक्तित्व का एक नाम

तीन हजार साल तक लगातार जिस भाषा में मंत्र लिखे गए हों, क्या वह भाषा नकली और टकसाली हो सकती है? जिस भाषा में आज से छह हजार साल पहले एक बृहत् प्रबंध काव्य लिखा गया हो—'रामायण' और पाँच हजार साल पहले उससे भी चार गुना बृहत्तर एक और प्रबंध काव्य लिखा गया है—'महाभारत', तो क्या इन प्रबंध काव्यों की भाषा नकली और टकसाली हो सकती है? जिस भाषा में भारत के चारों कोनों में बसे ऋषि-कवियों ने मंत्र लिखे हों, हर वर्ण के, यहाँ तक कि जिसे हम शूद्र वर्ण कहते हों, इस वर्ण के भी ऋषि-कवियों ने मंत्र लिखे हों, क्या वह भाषा नकली और टकसाली हो सकती है? जिन प्रबंध काव्यों की मुख्य कथा और उनमें वर्णित उपकथाएँ सारे देश के मानस में रच-बस गई हों, लोगों के स्वभाव और चरित्र का हिस्सा बन गई हों, क्या ऐसे प्रबंध काव्यों की भाषा नकली और टकसाली हो सकती है?

नहीं हो सकती। कैसे हो सकती है भला! पर इन सभी मैदानी सच्चाइयों को ठोकर मारते हुए पश्चिमी विद्वानों ने हमें सिखा दिया (और हम सीख भी गए) कि संस्कृत एक ऐसी नकली भाषा है, जो ब्राह्मणों ने अपने स्वार्थ के लिए घड़ी थी और जिसे अपनी अभिव्यक्ति का जरिया बनाकर ब्राह्मणों ने दूसरे जाति वर्गों को अपनी मुट्ठी में दबाए रखा। यह करीब-करीब वैसा ही झूठ है, जैसे यह एक झूठ है कि आर्य किसी नस्ल का नाम है, जैसे यह एक झूठ है कि हम भारतीयों के पूर्वज किसी दूसरे स्थान से इस देश में आए थे, जैसे यह झूठ है कि दास उन लोगों को कहा गया, जो हमारे पूर्वजों के यहाँ आने से पहले यहाँ के मूल निवासी थे। अगर संस्कृत एक नकली और टकसाली भाषा है तो हमें कृपया कम-से-कम एक ऐसी नकली और टकसाली भाषा और भी बता दी जाए, जिसमें किसी देश ने लगातार आठ-नौ हजार सालों तक साहित्यिक और बौद्धिक गतिविधि की हो, जिसमें उस देश की तमाम माइथोलॉजी लिखी और बिछी पड़ी हो, जिसमें उस जाति के 'रामायण' और 'महाभारत' सरीखे राष्ट्रीय प्रबंध काव्य लिख दिए

गए हों और जिसके शब्द उस देश की तमाम मध्यकालीन और आधुनिक भाषाओं की समृद्धि बना रहे हों। यहाँ पर हम महज फुटनोट के तौर पर एक महत्त्वपूर्ण सूचना दर्ज करवा देना चाहते हैं कि पूरा पश्चिमी जगत् पिछले कई दशकों से एस्पिरेंतो नामक एक नकली भाषा बनाने और विकसित करने में अरबों डॉलर और पौंड खर्च कर चुका है, पर भाषा का प्रसार तो बाद की बात है, लोग इस भाषा का नाम तक भी आमतौर पर नहीं जानते। जब टेक्नोलॉजी और संचार माध्यमों के और सोशल मीडिया के इस कदर विकसित युग में एक नकली भाषा को स्थापित नहीं किया जा पा रहा है तो बेचारे ब्राह्मणों में वह दिव्य शक्ति कहाँ से आ गई थी कि उन्होंने एक ऐसी नकली भाषा बना डाली कि आठ-नौ हजार साल बीत चुके हैं और वह आज भी इस देश के व्यक्तित्व की, पूरे भारत के व्यक्तित्व की एक पहचान बनी हुई है?

वेदों के बारे में इतना कुछ कह चुकने के बाद, रामायण के बारे में काफी कुछ कह चुकने के बाद और महाभारत के बारे में कुछ भी कहने से पहले हम संस्कृत के बारे में कुछ कहने का आग्रह क्यों कर रहे हैं? इसलिए कि भारत की सभ्यता के विकास में इस भाषा का इतना जबरदस्त योगदान रहा है कि संस्कृत के बारे में हमें उस वक्त कुछ कहना मुनासिब लग रहा है, जब वह अपने हजारों वर्षों के इतिहास में एक खास संक्रमण काल में गुजर रही थी।

आधुनिक भाषा-विज्ञान के किसी भी सिद्धांत या फॉर्मूले को हम अपना मानदंड बना लें, संस्कृत वैदिककालीन भारतवर्ष की आम बोलचाल की भाषा ही साबित होती है। अगर भाषायी प्रयोगों की विविधता को आधार बनाया जाए तो वेदों के मंत्रों की भाषा की रूप-विविधता हैरान कर देनेवाली है। अगर इलाकाई विशेषताओं की गवाही मानी जाए तो खुद भारत के पूर्वी हिस्सों के कवि विश्वामित्र, शुनःशेप और दीर्घतमा की, पश्चिम के मैत्रावरुणि वसिष्ठ की और दक्षिण के अगस्त्य की शैली में इलाकाई विशेषताएँ साफ नजर आ जाती हैं। जिस कदर पूरे भारत की मध्यकालीन पालि, प्राकृत, अपभ्रंश में और सभी आधुनिक भाषाओं और बोलियों में वैदिक शब्दों की आज तक भी भरमार मिलती है तो इसका एक ही अर्थ है कि वेदों के मंत्र तब की बोलचाल की भाषा में ही लिखे गए थे। अगर पंजाबी का 'बारी' शब्द आज भी खिड़की का अर्थ देता है तो क्यों ने उसे ऋग्वेद के 'बार' शब्द का स्त्रीवाची रूप माना जाए, जिसका अर्थ है दरवाजा? अगर 'बार' शब्द बोलचाल के स्तर पर दरवाजे के अर्थ में प्रयोग में न आ रहा होता तो कैसे खिड़की अर्थ देनेवाले 'बारी' शब्द तक अपनी यात्रा कर पाता? ऐसे शब्द-प्रयोग हजारों की संख्या में हैं। कितने गिनवाएँ?

हर भाषा के बोलचाल रूप का अपना एक समय होता है और यही फॉर्मूला संस्कृत पर भी लागू होता है। हम कई बार कह आए हैं कि वेदों के मंत्र लगातार तीन हजार साल

तक लिखे जाते रहे। अब हम बोलचाल की भाषा के संदर्भ में इसमें एक नई सूचना जोड़ देना चाहते हैं। जब वाल्मीकि ने अपना प्रबंध काव्य 'रामायण' लिखा तो उसे आदिकाव्य कहा गया। रामायण तब लिखी गई, जब मनु के बाद से राम तक वैदिक मंत्रों की रचना के दो हजार साल बीत चुके थे। भाषा-विज्ञान का सर्वसम्मत निष्कर्ष है कि हर भाषा अपने बोलचाल के रूप को छोड़कर कालक्रमानुसार साहित्यिक रूप को अपना लेती है। जो वैदिक भाषा सदियों तक बोलचाल की भाषा रही, वह क्रमशः साहित्यिक रूप धारण कर गई और उसके समानांतर संस्कृत का बोलचाल का नया रूप विकसित हो गया था। वैदिक ऋषि अपने मंत्र इसके एक हजार साल बाद तक भी, यानी महाभारत के समय तक भी साहित्यिक बन चुकी उसी वैदिक भाषा में लिखते रहे, जबकि क्रांतदर्शी कवि वाल्मीकि ने अपना प्रबंध काव्य 'रामायण' संस्कृत के नए विकसित हो चुके बोलचाल रूप में लिख दिया और आदिकवि का खिताब पा लिया। वाल्मीकिवाली संस्कृत में ही एक हजार साल बाद वेदव्यास ने 'महाभारत' लिखी और अगर दोनों प्रबंध काव्यों की तुलना करेंगे तो आपको उनकी भाषा में विस्मयकारी समानता मिलेगी, जबकि सूर्या सावित्री और परमेष्ठी जैसे अद्‌भुत ऋषि कवि अभी भी उसी वैदिक भाषा को माध्यम बनाए हुए थे, जो सदियों पहले बोलचाल का अपना रूप बदल चुकी थी। महाभारत की कई सदियों बाद तो संस्कृत का नया बोलचाल का रूप भी साहित्यिक होता चला गया और फिर उसकी जगह पर पालि, प्राकृत जैसी नई बोलचाल की भाषाएँ विकसित हो गईं, पर बोलचाल की पदवी खो देने के बाद भी संस्कृत इस देश के साहित्य, दर्शन और समस्त ज्ञान-विज्ञान की अभिव्यक्ति की भाषा बनी रही। इसके आधार पर अगर यह कहा जाता है कि संस्कृत में ही भारतीय संस्कृति सुरक्षित है तो इसमें गलत कुछ नहीं। जब यह देश संस्कृत को खो देगा तो अपनी संस्कृति से भी नाता भुला बैठेगा। आज अंग्रेजी हमें इसी कुपरिणाम की ओर क्रमशः धकेल रही है और तब तक धकेलती रहेगी, जब तक इस देश के लोगों को, खासकर युवाओं को इस बात का एहसास नहीं होता कि अपने स्वभाव, चरित्र और व्यक्तित्व को बचाने के लिए अंग्रेजी को वैसे ही भगा देना है, जैसे कभी अंग्रेजों को भगाया था। तभी बचेगी संस्कृत, तभी बचेंगी भारत की अपनी भाषाएँ और तभी बचेगी इन सभी भाषाओं में सुरक्षित अपने देश की संस्कृति, अपने देश के जीवन-मूल्य और अपने देश की सभ्यता के विकास की कहानी।

इस भाषा का नाम 'संस्कृत' नया है। संस्कृत का अर्थ है—सुधारी गई, या बढ़िया बना दी गई। असल में पश्चिमी विद्वान् अपने भारत-विरोधी उत्साहातिरेक में इस संस्कृत नाम से ही गच्चा खा गए। उन्हें लगा कि जो भाषा बढ़िया बनाई गई हो, वह सहज कैसे हो सकती है, बोलचाल की कैसे हो सकती है, बात भी ठीक है। पर समस्या यह है कि इस भाषा को बढ़िया तब बनाया गया, जब वह बोलचाल की भाषा के अपने कई

हजार साल पूरे कर चुकी थी और विद्वानों को आम लोगों की बजाय साहित्यकारों की भाषा बन चुकी थी। वैदिक काल में इस भाषा का कोई नाम नहीं था, था तो हम जानते नहीं। वास्तव में किसी भी सहज-स्वाभाविक भाषा का कोई नाम नहीं होता, क्योंकि उसे कोई नाम देने की जरूरत ही नहीं पड़ती। रामायण के वक्त उसका रूपांतरण होने लगा, एक ही भाषा के दो रूप बन गए, एक बोलचाल का और एक साहित्यिक, तो बोलचाल की तब की संस्कृत को एक नाम दे दिया गया—भाषा, जो नाम होने या न होने के जैसा ही था, क्योंकि वह एक सहज सामान्य नाम था और वैदिक संस्कृत को नाम दे दिया गया—'छंद'। संस्कृत के लिए भाषा शब्द का प्रयोग महाभारत और उसके काफी बाद तक भी चलता रहा। करीब सत्ताईस सौ साल पहले हुए संस्कृत (और विश्व) के महानतम व्याकरणकार पाणिनि को भी भाषा के अर्थ में संस्कृत नाम का प्रयोग शायद मालूम नहीं था। वे भी संस्कृत को भाषा ही कहते हैं और वैदिक संस्कृत को छंद कहते हैं। काफी आगे चलकर, संभवतः पुराणकाल के भी बाद जब पालि, प्राकृत आदि भाषाएँ बोलचाल के सिंहासन की स्वामिनी बन गईं तो 'भाषा' का नाम हो गया 'संस्कृत' अर्थात् व्याकरण की सहायता से बढ़िया बना दी गई भाषा, जबकि बोलचाल की भाषा को 'प्राकृत' (अर्थात् सहज) नाम अपने आप मिल गया।

अभी-अभी हमने इसी आलेख में एक बात कही है, जिसे महत्त्वपूर्ण माना जाना चाहिए। हम फिर से कह रहे हैं—'बोलचाल की पदवी खो देने के बाद भी संस्कृत इस देश के साहित्य, दर्शन और समस्त ज्ञान-विज्ञान की अभिव्यक्ति की भाषा बनी रही। इसके आधार पर अगर यह कहा जाता है कि संस्कृत में ही भारत की संस्कृति सुरक्षित है—'संस्कृतेनैव संस्कृतिः'—तो इसमें गलत कुछ नहीं। आज जब यह देश संस्कृत को खो देगा, अपनी संस्कृति से भी नाता भुला बैठेगा।'

पर हैरानी की बात देखिए कि आज हम संस्कृत को लेकर ठीक उसी वक्तव्य की ओर बढ़ रहे हैं। अंग्रेज ने कहा—संस्कृत मृत भाषा है। हमने आँखें मूँदकर, अपनी सोच पर ताला लगाकर मान लिया कि संस्कृत मृत भाषा है और देश ने संस्कृत पढ़ना बंद कर दिया। इंडोलॉजी में अर्थात् भारत की पुराविद्या में, पुराविद्या अर्थात् प्राचीन ज्ञान-विज्ञान में रुचि रखनेवाले विद्वान् इस तथाकथित मृत भाषा को पढ़ते रहे, रिसर्च करते रहे। बेशक पश्चिमवादियों की और भारत को बदनाम करनेवाली रिसर्च करते रहे, पर रिसर्च चलती रही, शोधकार्य चलता रहा और इसी शोध के परिणामस्वरूप ही यह निष्कर्ष निकल आया कि संस्कृत एक मृत भाषा नहीं है, भारत के हर पक्ष को जानने और समझने का जीवंत जरिया है संस्कृत, तो फिर दृष्टि बदली। दूसरा निष्कर्ष यह निकल आया कि पश्चिम-परस्ती के आवेश में जो रिसर्च हो रही है, उससे भारत को समझने में तो कोई सहायता मिले या न मिले, भारत से मुँह मोड़ लेने का, भारत से दूर हो जाने

का मानस ही बनता चला जाए, पर अंततः सत्य की स्थापना हो ही जाती है और अब सत्य की स्थापना इस रूप में हो रही है कि यह आर्य-द्रविड़ का झगड़ा पश्चिमवादी विद्वानों का पैदा किया महाझूठ है, यह मूल निवासी और बाद में आनेवालों के बीच का भारत-विरोधी प्रोपेगंडा उन्हीं पश्चिमवादी विद्वानों द्वारा पैदा किया गया एक महाझूठ है, भारत सिर्फ धर्म और ध्यान ही करता रहा और विज्ञान का स्वाध्याय और जीवन में प्रयोग भारतीयों ने नहीं किया, यह भी एक महाझूठ है, क्योंकि अकेले चाणक्य, वात्स्यायन, आर्यभट्ट और वराहमिहिर जैसे नाम ही इसे महाझूठ साबित कर रहे हैं। ऐसे कितने ही महाझूठ, निपट अज्ञान भरे और भारत-विरोधी निष्कर्ष भारत पर थोप दिए गए, जिन यातनाओं और यंत्रणाओं से देश को अब क्रमशः मुक्ति मिल रही है।

यह मुक्ति इसलिए मिल पा रही है कि भारत के पास संस्कृत का वह महासागर सुरक्षित है, जिनमें निगम साहित्य है, आगम साहित्य है, कथासाहित्य है, सांसारिक ज्ञान-विज्ञान से जुड़ा समस्त साहित्य है, फिजिक्स, केमिस्ट्री, गणित, आयुर्विज्ञान से जुड़े तमाम ग्रंथ, विधर्मियों द्वारा जला दिए और नष्ट कर दिए जाने के बावजूद कुछ मात्रा में सुरक्षित बच गए हैं। ये बचे-खुचे ग्रंथ भी न होते तो यकीन मानिए अपने देश के पास ज्ञान-विज्ञान का पूरा खजाना नष्ट किया जा चुका होता और आज हम ज्ञान-विज्ञान के मामले में भिखमंगे बना दिए गए होते। पर हम बचे रहे, क्योंकि हमारा ज्ञान-विज्ञान एक हद तक बचा रहा और यह जो बचा रहा, वह सिर्फ और सिर्फ संस्कृत में होने के कारण बचा रहा।

□

कुछ अन्य विविध पक्ष-विपक्ष

47

महाशक्ति : भारत की 'त्रयी' साधना

सबसे पहले तो इस 'त्रयी' शब्द का अर्थ समझ लिया जाए। 'त्रयी' संस्कृत भाषा का शब्द है और भारतीय ज्ञान-परंपरा में इस शब्द के प्रयोग का इतिहास बहुत ही पुराना है। संभवतः महाभारतकाल से भी पहले, अर्थात् पाँच हजार वर्ष से भी पहले से इसका प्रयोग, इस शब्द का प्रयोग शुरू हो चुका होगा, ऐसा साफ-साफ समझ में आता है।

'त्रयी' का अर्थ है किसी एक ही पक्ष से जुड़े तीन आयामों को एक साथ रख दिया जाना। 'पक्ष' और 'आयाम' ये शब्द हमने दिए हैं, अन्यथा इनके स्थान पर प्रसंग के अनुसार हम इन दोनों परिस्थितियों को बदल भी सकते हैं। मसलन जो कि वास्तव में है भी कि शुरू-शुरू में 'त्रयी' का प्रयोग वेदों के संदर्भ में होता था और शब्द प्रयोग था 'वेदत्रयी'। 'त्रयी', यानी तीन वेद। अब सवाल उठता है कि वेद तो चार हैं, ऋग्वेद, यजुर्वेद, सामवेद और अथर्ववेद और इसलिए संख्याओं का समुच्चयवाची शब्द 'त्रयी' नहीं होना चाहिए, 'चार' अर्थ देनेवाला 'चतुष्टय' या 'चतुष्टयी' ऐसा कोई शब्द होना चाहिए। इसके बावजूद अगर वेदों को लेकर 'चतुष्टय' नहीं, बल्कि 'त्रयी' शब्द का प्रयोग शुरू से और आज तक चल रहा है तो इसका कारण यह है कि 'त्रयी' शब्द में तीन अर्थ का मतलब तीन वेदों से नहीं है, तीन शैलियों से है और ये तीन शैलियाँ हैं—गद्य, पद्य और संगीत। अभिव्यक्ति की शैलियाँ तीन हो सकती हैं, गद्य शैली यानी प्रोज, पद्य शैली यानी कविता और संगीत शैली यानी म्यूजिक। अभिव्यक्ति की कोई चौथी शैली भी हो सकती है, हम नहीं जानते। नाटक में तीनों शैलियाँ होती हैं। वेदों के संदर्भ में बात चल रही थी, तो हम अब तक जान ही चुके हैं कि यजुर्वेद के मंत्र गद्य में हैं, ऋग्वेद के मंत्र पद्य में, यानी कविता शैली में हैं और सामवेद के मंत्र संगीत शैली में हैं। अथर्ववेद में इन तीनों शैलियों में लिखे गए मंत्रों का संकलन है। इसलिए स्पष्ट है कि वेद बेशक चार हैं, 'वेद चतुष्टयम्' पर वैदिक काव्य तीनों शैलियों में ही लिखा गया है, इसलिए 'वेदत्रयी'। वेदों के साथ जुड़े हुए वैचारिक खुलेपन का यह एक ऐसा

दृष्टांत है, जो खुलापन शुरू से रहा है और जो हमेशा बढ़ता चला गया है। इसलिए वेद बाँधते नहीं, सोचने और विचारने का अनंत आकाश देते हैं।

पश्चिम से आए भारतीय साहित्य के विद्वानों ने, यानी यूरोपीय विद्वानों ने, जिन्हें हम विद्वान् कम और कूटनीति करनेवाले, भारत को हमेशा, पग-पग पर नीचा दिखाने की कोशिश में लगे कूटनीतिबाज ही ज्यादा कहते रहे हैं, ऐसे कूटनीतिबाजों ने अपनी आदत से मजबूर यह कुप्रचार करना शुरू कर दिया कि चूँकि चार वेदों में अथर्ववेद सबसे कम महत्त्वपूर्ण है, इसलिए महत्त्वपूर्ण वेदों को ध्यान में रखते हुए शब्द हो गया 'वेदत्रयी'। अब, बताइए, नीयत में खोट का इससे बड़ा और क्या उदाहरण हो सकता है? नीयत में खोट को उघाड़नेवाले तीन प्रति तर्क दे सकते हैं। चारों वेदों के मंत्रों का प्रयोग चूँकि यज्ञों में शुरू से ही होता रहा है, इसलिए चारों वेदों को एक-एक पुरोहित का नाम दिया गया। यज्ञों में जो पुरोहित ऋग्वेद के मंत्रों का प्रयोग करता है, उसे नाम दिया गया 'ऋत्विक्', यजुर्वेद के पुरोहित को नाम दिया गया 'अध्वर्यु', सामवेद के पुरोहित को नाम मिला 'उद्गाता', अथर्ववेद के पुरोहित को नाम दिया 'ब्रह्मा' और जब चारों पुरोहित एक साथ यज्ञ करवा रहे हों तो उन सभी का अध्यक्ष बनाया गया 'ब्रह्मा' को। यह परंपरा है और यही परंपरा है। आज भी ऐसा ही है। अब बताइए कौन-सा वेद ज्यादा या कम महत्त्वपूर्ण है? दूसरा प्रति तर्क—अगर 'वेदत्रयी' का अर्थ तीन वेद ही होता, जैसा कि पश्चिमी विद्वान् हमें बरगलाना चाहते रहे हैं, तो फिर 'महाभारत' को 'पंचमा वेदः' (भारतं पंचमा वेदः, महाभारत पाँचवाँ वेद है) यह कहने की परंपरा कैसे पड़ गई होती और अगर पड़ गई होती तो पिछले पाँच हजार वर्षों से क्यों चल रही होती? तीसरा प्रति तर्क—संपूर्ण साहित्य में जहाँ भी वेदों का विवरण है, चार वेदों का ही है, तीन वेदों का तो कहीं भी नहीं है। उपनिषदों में नारद का बोला एक प्रसिद्ध वाक्य (छान्दोग्योपनिषद् 7.1.2) है 'ऋग्वेदं भगवोऽध्येमि, यजुर्वेदं सामवेदमाथर्वणं चतुर्थम्', अर्थात् हे भगवन् मैं आजकल वेदों का अध्ययन कर रहा हूँ, ऋग्वेद पढ़ रहा हूँ, यजुर्वेद, सामवेद और अथर्ववेद, इन चार वेदों को पढ़ रहा हूँ।

वेद तो चार ही रहे, न तीन माने गए और न पाँच ही माने गए, पर शैलियाँ तीन ही स्थापित हो गईं। शुरू से ही रही हैं। भारत के पूरे इतिहास में रही हैं। भारत ही क्यों, पूरी दुनिया के इतिहास में रही हैं। और चूँकि शैलियाँ तीन ही रहीं, मानो इसलिए 'त्रयी' शब्द भी वेदों की दुनिया से बाहर जाकर भी प्रयोग में आता रहा। जब पुराण साहित्य में क्रमशः शिव, विष्णु और फिर ब्रह्मा का महत्त्व बनता और बढ़ता चला गया तो शब्द बन गया—देवत्रयी, यानी देवता तो तीन ही हैं—ब्रह्मा, विष्णु, महेश और आगे चलकर शिव को फिर देवों का देव महादेव माना और कहा जाने लगा। चूँकि देवों के इतिहास में सबसे पहले शिव का नाम ही आना शुरू हुआ था, इसलिए शिव को ईश्वर, ईश,

ईशान भी कहा जाता था। आगे चलकर ये तीनों शब्द शिव के साथ-साथ 'परमात्मा' का अर्थ भी देने लग गए।

जब देव तीन हो गए तो पुराण-विद्या में ही आगे चलकर प्रत्येक देव की अपनी शक्ति के तत्त्व का विकास होना शुरू हो गया। इस तरह शक्ति के भी तीन रूप हो गए और शब्द पड़ गया, शक्तित्रयी—काली, लक्ष्मी और सरस्वती। यह विकास भी क्रमशः ही हुआ होगा, ऐसा मान सकते हैं, क्योंकि विकास तो हर तत्त्व, हर विचार का क्रमशः ही होता है। शिव की शक्ति हैं काली। विष्णु की शक्ति हैं लक्ष्मी और ब्रह्मा की शक्ति हैं सरस्वती। हम अपने इस आलेख में अब शक्ति तत्त्व पर और आगे अभी नहीं बढ़ेंगे, फिर कभी किसी अन्य पुस्तक में, ईश्वरेच्छा हुई तो, आगे बढ़ेंगे। अन्यथा हमारी पुस्तक का बाकी हिस्सा इसी शक्ति-तत्त्व पर ही लग जाएगा, या वहाँ भी कम पड़ेगा। इसलिए हम शक्ति तत्त्व को लेकर इस प्रारंभिक जानकारी के साथ ही इस 'महाशक्ति भारत' के अपने कथ्य पर आगे बढ़ जाते हैं।

हम सभी जानते हैं, चूँकि हममें से प्रत्येक, अर्थात् प्रत्येक भारतीय धर्मावलंबी किसी-न-किसी रूप में साल में दो बार होनेवाली शक्ति पूजा, नवरात्र में, दोनों नवरात्र में, 'नवरात्रा' या 'नवरात्रे' नहीं, दोनों 'नवरात्र' में, वासंत और शारदीय नवरात्र में शक्ति पूजा से जुड़ा रहता है, इसलिए शक्ति के तीनों रूपों से हर हिंदू, यानी हर भारतीय धर्मावलंबी किसी-न-किसी रूप से जुड़ा रहता है। चूँकि प्रत्येक हिंदू अपने जन्म के बाद के पहले 'नवरात्र' से ही इससे जुड़ जाता है, इसलिए कथा-संस्कार की वजह से हर हिंदू को पता रहता है कि 'नवरात्र' का मतलब क्या है, नवरात्र में होनेवाली शक्तिपूजा का अर्थ क्या है। शक्ति का अर्थ क्या है, शक्ति के तीन रूपों का तात्पर्य क्या है।

तात्पर्य यह है कि काली सैन्यबल का प्रतीक हैं, लक्ष्मी समृद्धि बल का (यानी धन बल का) प्रतीक हैं तो सरस्वती ज्ञान बल का प्रतीक हैं। प्रत्येक मनुष्य में ये तीन बल ही होते हैं—सैन्य बल, धन बल और ज्ञान बल। सैन्य बल चूँकि राजकाज के अलावा और कम अवसरों पर दिखाई देता है, इसलिए सामान्य मनुष्य के जीवन में वही सैन्य बल हमारे शरीर बल का, यानी शारीरिक बल का प्रतिनिधि बन जाता है। जैसे सामान्य मनुष्य के जीवन में स्वस्थ और शक्ति से भरपूर शरीर का, समृद्धि का और विद्या, ज्ञान का महत्त्व है, ठीक वैसे ही राष्ट्र के शरीर में सैन्य बल का, धन बल का और ज्ञान बल का महत्त्व है। राष्ट्र के जनसामान्य स्वस्थ हों, समृद्ध हों और सुशिक्षित हों तो जाहिर है कि राष्ट्र में निरंतर सुख और आनंद का संचार बना रहता है। ठीक उसी प्रकार राष्ट्र का सैन्य बल, राष्ट्र का समृद्धि बल और राष्ट्र का ज्ञान बल बना रहे, बढ़ता रहे, बढ़ता चला जाए, इसी पर निर्भर करता है कि राष्ट्र की शक्ति क्या है? वह सामान्य शक्तिशाली राष्ट्र है? या कि वह एक महाशक्ति है?

लक्ष्य तो महाशक्ति राष्ट्र बनना है। सामान्य राष्ट्र बने रहने में कोई मुश्किल ही नहीं है, सब काम आराम से चलता रहेगा। समस्या और उलझन तब पैदा होगी, जब कोई देश अधिक संपन्न बनना चाहेगा और आगे बढ़कर महाशक्ति बनना चाहेगा। भारत को महाशक्ति बनना है, यह उसकी नियति है, जो बात एक तर्क से ही स्वाभाविक रूप में समझ में आ जाती है। भारत का इतिहास दस हजार साल का है। इन्हीं दस हजार वर्षों के इतिहास में भारत ने अपने जीवन-दर्शन का अर्थ व अध्यात्म दर्शन का विकास किया। आज फिर से देश अपने, जीवन-दर्शन को लेकर नए सिरे से बहस कर रहा है। बीच में कुछ भारत-विमुख शक्तियों ने भारत को समाजवादी और धर्मनिरपेक्ष देश बनाना चाहा, यानी निहायत विदेशी विचारधाराओं से जोड़ना चाहा। पर देश ने उसे नकार दिया और फिर से उसका अपने जीवन-दर्शन के साथ जुड़ने का मानस बन रहा है, बड़े व्यापक रूप से बन रहा है, बड़ी गहराई से बनता सामने आ रहा है। आप हैरान न होइए अगर जल्दी ही कभी देश का सामान्य जन फिर से अध्यात्म जीवन-दर्शन पर वाद-संवाद करता नजर आए।

हम ऐसा क्यों कह रहे हैं ? हम ऐसा क्यों कह रहे हैं कि भारत को महाशक्ति बनना ही है ? हम ऐसा इतने भरोसे से कैसे कह सकते हैं कि भारत को महाशक्ति बनना ही है ? हम ऐसा कह सकते हैं और ऐसा कहने का कारण भी हमारे पास है। जो तर्क एक व्यक्ति के लिए ठीक है, वही तर्क एक राष्ट्र के लिए भी उतना ही ठीक है। व्यक्ति को प्रभावशाली व्यक्तित्व चाहिए, प्रभाव डालने में समर्थ हो सके, ऐसा व्यक्तित्व चाहिए तो सबसे पहली अनिवार्य शर्त यह है कि व्यक्ति का स्वास्थ्य ठीक रहे, व्यक्ति का शरीर स्वस्थ हो, क्योंकि अस्वस्थ शरीर के साथ व्यक्ति अपने जीवन की बड़ी-से-बड़ी तो क्या, छोटी-से-छोटी आकांक्षा-महत्त्वाकांक्षा भी पूरी नहीं कर सकता। अस्वस्थ शरीरवाला व्यक्ति बेचारा अपने स्वास्थ्य की रक्षा में ही जीवन खपाता रहेगा और शरीर की सहायता से, शरीर के माध्यम से, वह जो कुछ विशिष्टताएँ जीवन में अन्यथा ला सकता है, नहीं ला पाएगा। स्वस्थ शरीर है तो अपने जीवन की इच्छाएँ, आकांक्षाएँ, महत्त्वाकांक्षाएँ पूरी करने के लिए फिर धन चाहिए, समृद्धि चाहिए। दोनों सामर्थ्य, यानी दोनों शक्तियाँ, अर्थात् शरीर शक्ति, धन शक्ति हासिल है तो फिर उसे सोचना होता है कि उन शक्तियों की सहायता से करना क्या है, प्राप्त क्या करना है, जीवन में बनना क्या है ?

इस अंतिम और सर्वाधिक महत्त्वपूर्ण लक्ष्य को पा लेने के लिए फिर ज्ञान चाहिए। सदियों के सभ्यता-संघर्ष का कुपरिणाम तो देखिए कि पश्चिम की दादागीरी के प्रभाव में आकर हम अब ज्ञान का, नॉलिज का अर्थ ही बदलने को आमादा हो रहे हैं और टेक्नोलॉजी की जानकारी को ही ज्ञान का पर्यायवाची मानने की ओर बढ़ रहे हैं। टेक्नोलॉजी का ज्ञान महत्त्वपूर्ण है, पर यह वह ज्ञान नहीं है, जो हमें हमारे जीवन का

लक्ष्य समझने और फिर इस लक्ष्य को पा लेने में हमारी सहायता करे। टेक्नोलॉजी का ज्ञान हमारे शरीर बल को, जीवन में गतिशीलता को बढ़ाने में और ज्यादा बढ़ाने में हमारी सहायता कर सकता है, राष्ट्रीय संदर्भ में हमारे सैन्य बल को, हमारी मारक क्षमता को बढ़ाने और उसे नियंत्रित करने में ही हमारी सहायता कर सकता है। पर जीवन के लक्ष्यों को परिभाषित करने में और प्राप्त करने में हमारी सहायता नहीं कर सकता। टेक्नोलॉजी का बल कैसे देश और समाज को सैन्य बल, अहंकार और दूसरे को नष्ट कर देने की मनोवृत्ति से भर देता है, उसका सबसे अनूठा उदाहरण है 'महाभारत' का समय, जब तब की टेक्नोलॉजी अपनी उन्नति के शिखर पर थी, जिसका परिणाम अठारह दिनों के महासंग्राम के रूप में सामने आया, जिसमें लाखों जीवन नष्ट हुए और अकूत संपदा का विनाश हुआ। हमने अपनी पुस्तक 'महाभारत का धर्मसंकट' में इसी थीसिस को, इसी अवधारणा को केंद्र में रखकर लिखा है। आधुनिक काल के दोनों महाभारत संग्राम भी अर्थात् प्रथम विश्वयुद्ध और द्वितीय विश्वयुद्ध भी टेक्नोलॉजी के अद्भुत विकास की इसी पृष्ठभूमि में हुए। हम बताना यह चाह रहे हैं कि जैसे समाजवाद, धर्मनिरपेक्षता, निरंकुश व्यक्ति-स्वातंत्र्य जैसी पश्चिम-प्रेरित अवधारणाएँ बोगस हैं, ढकोसला हैं और यह अब साबित हो रहा है, वैसे ही टेक्नोलॉजी को और ज्ञान को पर्यायवाची मानना भी वैसी ही पश्चिम-परस्त अवधारणा है, जो बोगस है, ढकोसला है। टैक्नोलॉजी को हम चाहें तो शक्ति के प्रथम रूप 'काली' की अभिव्यक्ति मान सकते हैं।

तो सवाल फिर से हमारे सामने आ खड़ा हुआ है कि इन तीनों शक्तियों की सहायता से, अर्थात् शरीर व सैन्य बल तथा समृद्धि बल की सहायता से हमें जो प्राप्त करना है, वह कैसे पता पड़ेगा? कौन बताएगा? हमारा ज्ञान ही हमें यह बताएगा। ज्ञान का मतलब टेक्नोलॉजी का ज्ञान नहीं है, यह तो हम जान ही गए हैं। फिर वह ज्ञान कौन-सा है, कौन-सा है वह ज्ञान, जो हमें जीवन के लक्ष्य बता सके, शरीर और धन की शक्ति से पाना क्या है, यह बता सके? भगवान् कृष्ण ने 'गीता' में हमें यह बात ठीक से बता दी है, जिसको हम इसी पुस्तक में 'भारत की राजनीति का उत्तरायण' में, उसके आलेख संख्या-3 और शीर्षक 'भारत की राष्ट्रीयता का आधार है अध्यात्म' में अच्छे से बता आए हैं। अध्यात्म ज्ञान से ही हम शरीर, यानी सैन्य बल और समृद्धि बल से युक्त होकर, लैस होकर फिर अपने जीवन के लक्ष्यों का ज्ञान प्राप्त कर सकते हैं। इसी ज्ञानशक्ति को हमारी साधना-परंपरा में 'सरस्वती' कहा गया है। काली की शक्ति बेसिक है, लक्ष्मी की शक्ति माध्यम है, सरस्वती की शक्ति पाना लक्ष्य है। शक्ति के तीनों रूपों का यही रहस्य है। जीवन में, हमारे जीवन में चौबीसों घंटे और बारहों महीने जिस रहस्य को समझने और पाने में हम लगे रहते हैं, यही हमारी शक्ति त्रयी है, हमारी तीन शक्तियाँ हैं, तीन देवियाँ हैं, जिनके बिना हम जीवित रहकर भी मरे जैसे बने रहते

हैं। यही 'त्रयी' हैं, शक्तित्रयी, जिस 'त्रयी' की साधना हर मनुष्य आजीवन करता रहता है। हमारे इस आलेख के शीर्षक में भी है, भारत की त्रयी साधना। इस 'त्रयी' का अर्थ और मर्म जान लेने के बाद अब यह जानना कोई कठिन नहीं कि भारत के संदर्भ में हम जब त्रयी साधना कह रहे होते हैं, तो इसका अर्थ क्या है। जानना अब कठिन बेशक नहीं, फिर भी इस आसान बात को भी अब अच्छे से थोड़ा सलीके से समझ लिया जाए।

हम एक सवाल के माध्यम से ही यह समझने की कोशिश कर लेते हैं। सवाल यह है कि अगर, जैसा कि हमने इस आलेख में कहा कि शक्ति की उपासना, अर्थात् शक्तित्रयी की उपासना, ठीक से करें, क्योंकि शक्तित्रयी की साधना हमारे, हम भारतीयों के व्यक्तित्व और स्वभाव का सहज हिस्सा है, हमारे संस्कारों का स्वाभाविक हिस्सा है, तो फिर क्या बात है कि देश और समाज को उसका मर्म समझाने के लिए हमें इतनी मेहनत करनी पड़ रही है ? इतनी मेहनत इसलिए करनी पड़ रही है, क्योंकि हम शक्ति उपासना को अर्थात् शक्ति उपासना के मर्म को लगभग भूल चुके हैं। नवरात्र में हम शक्ति उपासना करते हैं, यह रहस्य, यह मर्म हमारे संस्कारों का हिस्सा आज भी है। पर हम उपासना कैसे करते हैं, उसी से सारी तसवीर स्पष्ट हो जाती है कि हम भारत के लोग शक्ति उपासना का मर्म लगभग भूल चुके हैं। इसलामी गुलामी की सदियों में हम शस्त्र बल उपासना को, राजनीति की उपासना को, शरीर बल की उपासना को लगभग भूले हैं। इसलामी आक्रमणों, इसलामी आतंक और इसलामी क्रूरताओं की सदियों में, यानी इसलामी गुलामी की सदियों में हमने बेशक इसलामी आक्रमण से निरंतर संघर्ष किया, पर निरंतर हारते रहनेवाली परिस्थितियों में किया। 1192 में जैसे ही मुहम्मद गोरी ने पृथ्वीराज चौहान को हराया, हमारी गुलामी का दुष्काल शुरू हो गया और फिर लगातार, भौगोलिक दृष्टि से लगातार इसलामी गुलामी का दायरा फैलता चला गया। इन दिनों देश को यह भरमाने की कोशिश की जा रही है कि देश में कभी इसलामी गुलामी थी ही नहीं। यानी इसलाम तो एक शांतिप्रिय मजहब है, वह दोस्त बनकर भारत में आया और एक बार आया तो फिर वह भारत का ही होकर रह गया। इन तीनों परिस्थितियों को एक-एक वाक्य में फिर से लिख देने में कोई हर्ज नहीं। भारत के संदर्भ में इसलाम कितना शांतिप्रिय है, इसकी दास्तान तो उन क्रूरतापूर्ण हमलों में और लूटमार कर भारत को तहस-नहस कर देनेवाले महमूद गजनवी और उसके हम- मजहबियों के कारनामों से ही बयान हो जाती है। इसलाम को शांतिप्रिय मजहब कहना भारत के साथ परिस्थितियों का क्रूरतम मजाक नहीं तो और क्या कहा जाएगा ?

भारत में हिंदुओं का धर्मांतरण करने का, तलवार, दहशत और घृणा के माध्यम से संपूर्ण धर्मांतरण करने का जो सिलसिला सदियों तक चला, उसी में इस झूठ का भाँडा फूट जाता है कि इसलाम भारत में दोस्त बनकर आया था और कैसे फिर भारतवर्ष को बार-बार तोड़कर उसके अनेक, दस-बारह हिस्से कर दिए गए। यह तर्क कि इसलाम

एक बार भारत में आया तो फिर भारत का ही बनकर रह गया, इस सच्चाई के इस संदर्भ में पढ़ना जरूरी है कि बाबर और उसकी सेनाओं के पास अपने मध्य एशियाई हमवतनों के पास वापस जा पाना संभव ही नहीं था, क्योंकि उन्हें वापस न आने देनेवाली वहाँ की ताकतें ज्यादा शक्तिशाली थीं। इसके विपरीत भारत राजनीतिक तौर से कमजोर हो चुका था और ठीक उसी राजनीतिक कमजोरी और अदूरदर्शिता की वजहों से गुलाम होता चला गया। यह सब बताने का, यानी फिर से बताने का उद्देश्य यह है कि हम समझने में समर्थ रहें कि कैसे राजनीतिक बल और सैन्य बल के कमजोर हो जाने के परिणामस्वरूप हम गुलाम हो गए, कैसे हमने, शक्ति साधना करनेवाले देश ने काली की उपासना से मुँह मोड़ लिया, राजनीति, सैन्य शक्ति और फिर टैक्नोलॉजी सभी का महत्त्व भूलते चले गए और इसी दौर में हमने जब राष्ट्र के संदर्भ में राजनीति बल, तकनीकी बल और सैन्य-बल का महत्त्व भुला दिया तो उन्हीं सदियों में हमने शारीरिक स्वास्थ्य के महत्त्व को भी भूलना शुरू किया और फिर भूलते, भूलते भूल ही गए। भारत के इतिहास की ये वे सदियाँ थीं, जब देश में विराट् भक्ति-आंदोलन चल रहा था। सैन्य बल, राजनीति बल, टैक्नोलॉजी बल शरीर बल का भी कोई महत्त्व होता है, इन सदियों की हमारी विचारधारा में इस बात का कोई महत्त्व इसलिए नहीं रहा, क्योंकि देश ने इसलामी गुलामी के दुष्प्रभावों से खुद को बचाने के लिए ईश्वर की भक्ति, शरणागति भक्ति से खुद को जोड़ दिया। पर इसकी कीमत इस रूप में चुकाई कि हम भूल गए कि देश और समाज के लिए राजनीतिक बल भी जरूरी है, सैन्य बल भी आवश्यक है, शरीर बल भी अत्यावश्यक है। जीवन के इस सत्य से हम सामाजिक और राजनीतिक विवशताओं के कारण पहले तो मजबूरी में दूर हुए और फिर मानो स्वभाववश उस शक्ति साधना से हमने खुद को किनारे कर लिया। कुछ दृष्टि-संपन्न व्यक्ति बेशक इस तरह की साधना से जुड़ते रहे, पर समाज और राष्ट्र के संदर्भ में हमने इस साधना से, उस शक्ति साधना से, उस काली साधना से, खुद को दूर कर दिया। आप चाहें तो 'सन्तन को कहा सीकरी सों काम' इस वाक्य के तमाम सार्थक और रचनात्मक अभिप्रायों के साथ, जीवन-दर्शन के संदर्भ में इस एक खास नकारात्मक आयाम और अभिप्राय को भी जोड़ सकते हैं। मधु-कैटभ का वध करने में वैसा करने की विष्णु को बुद्धि और बल देनेवाली काली का महत्त्व हम भूल गए।

पढ़ने और सोचनेवाले को मतिभ्रम या उलझन न हो, इसलिए इसी आलेख में कही बात को हम फिर से कह देते हैं, यानी दोहरा देते हैं। शक्ति के प्रभाव को समझने के लिए हमने उसे दो परिस्थितियों में देखने की कोशिश की है। कोशिश हमारी है, अर्थात् शक्ति की इस तरह की व्याख्या हमने की है, इसलिए यह व्याख्या हमारी है, पर इसे मानना या न मानना देश का काम है, जनसामान्य का काम है। पर इतना तय है कि हम अपने को, व्यक्ति और देश के संदर्भ में, अपने को संकट में डालकर ही हमारी

इस शक्ति व्याख्या से मुँह मोड़ने का खतरा उठाएँगे। शक्ति का मर्म समझने की इन दो परिधियों में एक परिधि का संबंध व्यक्ति से है और दूसरी परिधि का संबंध राष्ट्र और उसके समाज से है। लक्ष्मी की शक्ति की बात करें तो दोनों परिधियों में, अर्थात् व्यक्ति और राष्ट्र की दोनों की परिधियों में कोई अंतर नहीं है। लक्ष्मी की शक्ति का अर्थ है, समृद्धि। व्यक्ति और राष्ट्र दोनों परिधियों में लक्ष्मी, अर्थात् समृद्धि, अर्थात् धन बल समान रूप से व्याप्त हैं। दोनों में कोई अंतर नहीं। लक्ष्मी की शक्ति, अर्थात् समृद्धि बल की आवश्यकता और इसलिए इस बल की कामना व्यक्ति और राष्ट्र दोनों को समान रूप से रहती है। व्यक्ति और राष्ट्र इन दोनों ही परिधियों में सरस्वती की शक्ति की, ज्ञान बल की कामना और इसलिए उसकी आवश्यकता दोनों को समान रूप से रहती है। दोनों परिधियों में अंतर सिर्फ और सिर्फ व्यक्ति और राष्ट्र के संदर्भ में, अंतर सिर्फ और सिर्फ काली की शक्तियों को लेकर है, जो अंतर स्वाभाविक है। व्यक्ति के संदर्भ में काली की शक्ति का संदर्भ व्यक्ति के शरीर बल अर्थात् स्वास्थ्य बल से है तो राष्ट्र के संदर्भ में काली की शक्ति का संदर्भ राष्ट्र के राजनीतिक बल से है, सैन्य बल से है, कूटनीति बल से है, टैक्नोलॉजी बल से है, जिसे राष्ट्र का शरीर, राष्ट्र की काया कहा जाता है। इसलिए राजनीति को राष्ट्र की काया कहा गया है, हमारी विचार-परंपरा में उसे राष्ट्र की काया या सिर्फ काया कहा गया है।

तो शक्ति की व्याख्या, शक्ति का मर्म, शक्ति का रहस्य समझने के आस-पास हम पहुँच रहे हैं। हमें इस बात में कोई मतिभ्रम नहीं है कि शक्ति का मर्म समझना कोई खालाजी का घर नहीं, कोई चलते-फिरते बोलने-समझने का विषय नहीं है। शक्ति का मर्म समझने का अर्थ है शिव और शक्ति का मर्म समझना, सृष्टि के सृजन और संकोच को समझ जाना और उसके माध्यम से पूरे ब्रह्मांड के रहस्य को जान लेना। संपूर्ण तंत्रशास्त्र इसी साधना में सदियों से लगा है, पर कोई उसे इदमित्थं समझने का दावा कर नहीं पाया। हम तो खैर किसी कतार में हैं ही नहीं। हम तो सिर्फ और सिर्फ भारत को महाशक्ति बनाने के संदर्भ में त्रयी साधना की, शक्ति-त्रयी साधना की, काली, लक्ष्मी, सरस्वती की साधना की बात शुद्ध रूप से राजनीति के संदर्भ में कर रहे हैं, क्योंकि हमारी मौजूदा पुस्तक 'भारत की राजनीति का उत्तरायण' हमारे द्वारा घोषित रूप से राजनीतिक पुस्तक है। धर्म, अध्यात्म या तंत्र से संबंधित पुस्तक यह नहीं है, बेशक इस पुस्तक के वे सभी संदर्भ, जिनका संबंध धर्म, अध्यात्म, तंत्र आदि के साथ है, हिंदू की व्याख्या और हिंदुत्व की प्रस्तुति के साथ जिनका संबंध है, ऐसे सभी संदर्भ यकीनन तथ्य हैं, प्रमाणसम्मत हैं, जिन्हें नकारने के लिए किसी भी विरोधी को खासी मेहनत करनी पड़ेगी और यह मेहनत व्यर्थ सिर फोड़नेवाली गतिविधि ही रहेगी। हमारा यह दावा नहीं है, दोहरा दें कि, दावा नहीं है, हमारा विनम्र निवेदन है।

आगे चलते हैं। व्यक्ति और राष्ट्र, साथ-साथ ही चलेंगे। व्यक्ति को देश का, समाज का निर्माण कर सकनेवाला कुछ कर्म करना है तो जैसे उस व्यक्ति के लिए स्वस्थ-सशक्त शरीर जरूरी है, वैसे ही अगर महाशक्ति बनना लक्ष्य है तो उस राष्ट्र के लिए प्रभूत सैन्य बल, राजनीति बल, कूटनीति बल और टैक्नोलॉजी बल जरूरी हैं। व्यक्ति और राष्ट्र की शक्ति के लिए यह काली की शक्ति है, जो बेसिक है, आधारभूत है, नींव के जैसी हैं, अपरिहार्य हैं और हर हालत में चाहिए ही चाहिए। विश्वकवि कालिदास ने अपने महाकाव्य 'कुमारसंभव' (5.33) में कहा है कि 'शरीरमाद्यं खलु धर्मसाधनम्' अर्थात् धर्म की साधना करनी है, तो उसका आद्य साधन, पहला साधन, आधारभूत साधन शरीर ही है। काली अगर शक्ति है, जो कि है ही, तो उसकी साधना करने का पहला साधन शरीर ही है। यह काली की शक्ति है। यही काली की शक्ति है। इस शक्ति की साधना का फल है, परिणाम है, प्राप्तव्य है समृद्धि, लक्ष्मी, लक्ष्मी की शक्ति। काली की शक्ति प्राप्त कर ली तो ही लक्ष्मी की साधना संभव है। जैसे अस्वस्थ शरीर कुछ नहीं कर सकता, उसे लक्ष्मी का बल प्राप्त करना है तो शरीर बल चाहिए। वैसे ही दुर्बल राष्ट्र, सैन्य बल से विहीन राष्ट्र, राजनीति की शक्ति से हीन राष्ट्र भी समृद्धि नहीं प्राप्त कर सकता। ऐसा राष्ट्र अगर समृद्ध हो भी गया तो वह अपनी उस समृद्धि की रक्षा नहीं कर सकता। भारत अगर सोने की चिड़िया कहा गया तो जाहिर है कि देश, अपना ही यह भारत देश, इंडिया या हिंदुस्तान नहीं, अपना ही यह भारत देश समृद्धि का पर्यायवाची बन गया था, समृद्धि का महाद्वीप बन गया था। पर इसलामी और क्रिश्चियन हमलावरों ने, साक्षात् और परोक्ष हमलावरों ने उसे लूट-खसोटकर कंगाल बना दिया तो इसलिए कि भारत ने राजनीति के बल का महत्त्व भुला दिया, काली की शक्ति की उपासना बंद कर दी और सैन्य तथा टैक्नोलॉजी शक्ति बनने और बने रहने का स्वभाव ही खत्म कर दिया।

अब हम अपने इस विमर्श के, त्रयी साधना के, शक्तित्रयी की उपासना के विमर्श के अंतिम पड़ाव तक आ पहुँचे हैं। व्यक्ति ने काली की साधना की और शरीर बल प्राप्त कर लिया, राष्ट्र ने काली की साधना की और राजनीति का बल पा लिया। इस बल की सहायता से व्यक्ति और राष्ट्र दोनों ने लक्ष्मी की उपासना की, साधना की और समृद्धि का बल, धन बल, वैभव का बल भी प्राप्त कर लिया। अब हमारे इस शक्ति विमर्श का आखिरी पड़ाव, उस प्रश्न के रूप में हमारे सामने है कि काली और लक्ष्मी का बल प्राप्त करके व्यक्ति और राष्ट्र को करना क्या है? अर्थात् काली और लक्ष्मी की शक्तियों की सहायता से किस खास लक्ष्य को साधना है? अर्थात् काली और लक्ष्मी से प्राप्त बल की सहायता से अगर सरस्वती की शक्ति प्राप्त करनी है, जो कि करनी ही है, इसलिए सरस्वती की शक्ति प्राप्त करनी ही है तो उसका अर्थ क्या है, मतलब क्या है, प्रयोजन क्या है?

इसी अंतिम पड़ाव पर आकर भारत नामक राष्ट्र की परिभाषा दुनिया के दूसरे देशों की परिभाषा से अलग बन जाती है और भारत को विश्वगुरु, जगद्गुरु बना देती है। सरस्वती का अर्थ है बुद्धि, प्रतिभा, मेधा और उसका पर्यायवाची शब्द है ज्ञान। आजकल ज्ञान को 'नॉलिज' का पर्यायवाची मान लिया गया है और इस 'नॉलिज' को टेक्नोलॉजी के ज्ञान का पर्यायवाची घोषित कर दिया गया है। सरस्वती की साधना से प्राप्त शक्ति के बल को अगर हम टेक्नोलॉजी का पर्यायवाची मान लेंगे तो यकीनन वह नॉलिज, टेक्नोलॉजी की नॉलिज हमें उसी तरह क्रूर और असुर बना देगी, जैसे आज के जमाने की टेक्नोलॉजी ने अब हमें वैसे ही बनाना शुरू कर दिया है, जैसे कभी हम महाभारत की टेक्नोलॉजी की शक्ति के परिणामस्वरूप बन गए थे। आज स्त्री का मान संकट में है (जैसे कभी द्रौपदी का मान संकट में डाल दिया गया था), आज बच्चों का बचपन, जिन्हें ईश्वर का रूप हमारी सभ्यता और सोच में माना जाता है, ऐसे बच्चों का बचपन संकट में है, आज प्रत्येक स्त्री-पुरुष का व्यक्तित्व, उसका सहज और विकासकामी व्यक्तित्व संकट में है, आज संपूर्ण मनुष्य प्रजाति की नैतिकता संकट में है, धर्मसंकट में है और हम खुद को तीसरे विश्वयुद्ध के कगार पर खड़ा अनुभव कर रहे हैं, भयभीत हैं, फिर से पत्थरोंवाली दुनिया में बदल जाने के डर से काँप रहे हैं, तो यह सब इसलिए कि हमने सरस्वती शक्ति की साधना सात्त्विक रूप से नहीं की है, जो आत्मज्ञान प्रदान करती है। हमने सरस्वती शक्ति की साधना राजसी भाव से भी नहीं की, जो बेशक धर्म की प्राप्ति न करवाए पर असुर बनने से तो रोकती ही है। हमने सरस्वती शक्ति की साधना, अपनी बुद्धि, मेधा, प्रतिभा की साधना सामाजिक रूप में करनी शुरू कर दी है, ज्ञान को टेक्नोलॉजी के ज्ञान का पर्यायवाची बनाकर प्रत्यक्ष रूप से असुर साधना शुरू कर दी है, जो विनाश और परम विनाश के अलावा और कहीं ले ही नहीं जा सकता।

काली और लक्ष्मी की साधना और प्राप्ति के बाद हमें जिस सरस्वती शक्ति की साधना करनी है, ज्ञान की साधना करनी है, विद्या की साधना करनी है, बुद्धि, मेधा, प्रतिभा की साधना करनी है तो वह साधना आत्मज्ञान की साधना के रूप में ही होनी चाहिए, जिसे भगवान् कृष्ण ने सर्वश्रेष्ठ ज्ञान कहा है, 'अध्यात्मविद्या विद्यानाम्', गीता में कहा है, जिसके लिए भगवान् बुद्ध ने मानवमात्र को 'आत्मदीपो भव' का शाश्वत संदेश दिया है, जिसे भगवान् महावीर ने जीवन का परम लक्ष्य, कैवल्य-प्राप्ति कहा है। भारत को अगर महाशक्ति बनना है, जो कि बनना ही है, तो उसे शक्तित्रयी की साधना करनी ही है, इस त्रयी की साधना करनी ही है। और कोई विकल्प है ही नहीं। 'नान्यः पन्थाः विद्यतेऽयनाय', परम सुख को प्राप्त करने का और कोई रास्ता है ही नहीं।

□

48

'भगवा' ही है भारत की पहचान

आजकल कुछ लोग भगवा रंग से बहुत ही परेशान हैं। देश के सभी लोग परेशान नहीं हैं, राजनीतिक लोग परेशान हैं। सभी राजनीतिक लोग भी परेशान नहीं हैं। मसलन, सबसे बड़ा राजनीतिक दल भा.ज.पा. परेशान नहीं है। शिवसेना सरीखे हिंदुत्व-आधारित राजनीतिक दल भी परेशान नहीं हैं। शेष पार्टियाँ ज्यादा या कम परेशान होंगी, पर देश की दूसरी बड़ी पार्टी कांग्रेस परेशान है और बरसों से कांग्रेस के हमजोली बन चुके भाँति-भाँति के कम्युनिस्ट भी परेशान हैं। परेशान ही नहीं, बहुत परेशान हैं। देश के मुसलमान परेशान नहीं है, पर मुसलमानों का नेता और प्रतिनिधि होने का दम भरनेवाले परेशान हैं। देश के अखबार व टी.वी. न्यूज चैनलोंवाले परेशान हैं। इनमें से भी जो देश की भाषा व उसके महत्त्व का मर्म जानते-समझते हैं, वे परेशान नहीं हैं। अंग्रेजी के अखबार व न्यूज चैनलवाले खासतौर पर परेशान हैं। अंग्रेजीदाँ पत्रकार, अंग्रेजीदाँ लेखक व अंग्रेजीदाँ बुद्धिजीवी परेशान हैं।

थोड़े में कहें तो जिन्हें भारत की थोड़ी-सी भी जानकारी है, भारत से थोड़ा-सा भी स्नेह है, भारत के प्रति थोड़ा-सा भी सम्मान है, भारत को लेकर थोड़ा-सा भी गर्व है, वे परेशान नहीं हैं। पर वे लोग परेशान हैं, वे तमाम चंद लोग परेशान हैं,

जिन्हें भारत के बारे में थोड़ी-सी भी जानकारी नहीं है, भगवा रंग के बारे में रत्ती भर भी समझ नहीं है, वे तमाम चंद लोग भारत के भगवा रंग से परेशान हैं। जिन्हें भारत से थोड़ा-सा भी स्नेह नहीं है, जिनके मन में भारत के लिए थोड़ा-सा भी सम्मान बाकी नहीं बचा है, ऐसे तमाम चंद लोग परेशान हैं, जिन्होंने भारत को समझने की कभी कोशिश ही नहीं की है या फिर की है, तो अपनी बुद्धि पर पश्चिम का आवरण, अपनी बुद्धि व अपनी आँखों पर पश्चिम का आवरण डालकर ही की है। वे तमाम चंद लोग परेशान हैं। एक वाक्य में कहें तो चंद नेहरूवादी, अंग्रेजीदाँ, पश्चिम-परस्त विचारधारा का प्रतीक नेहरू खानदान, उसी विचारधारा में से जनमी और बड़ी हुई तमाम समाजवादी,

धर्मनिरपेक्ष व जात-परस्त (और इसलिए भारत-विमुख) राजनीतिक पार्टियाँ और उसी भारत-विमुख विचारधारा में पालित-पोषित तमाम प्रिंट व टी.वी. मीडिया के लोग परेशान हैं। ध्यान रहे, हमने शब्द प्रयोग किया है—भारत-विमुख, यानी भारत-विरोधी नहीं, ऐसे तमाम भारत-विमुख इंडिया व हिंदुस्तान के, भारत नहीं, इंडिया व हिंदुस्तान के लोग परेशान हैं। भारत विराधी तो परेशान हैं ही।

इस परेशानी की चीरफाड़ करने से पहले जाहिर है कि यह जानना-समझना-पहचानना जरूरी है कि वह रंग है क्या, वह भगवा रंग है क्या, जिसका नाम सुनते ही भारत-विमुख व भारत-विरोधी, दोनों तरह के लोगों का दिमाग परेशानी से भर जाता है। आइए, अपने आस-पास, अपने देश के समाज में, अपने देश की प्रकृति में, अपने देश की परंपरा में भगवा रंग ढूँढ़े। ढूँढ़ें कि किस कदर वह रंग, यानी अपना यह भगवा रंग, भगवा शब्द, अपने आस-पास ही हमेशा रहा है और भारत के लोगों से, भारत की परंपरा से, भारत के दस हजार सालों के जीवन से इसका संबंध रहा है।

केसर का रंग भगवा है। केसर की उपलब्धि सारी दुनिया में सिर्फ काश्मीर में होती है और वह भी एक छोटे से हिस्से में। इसलिए हमारे देश में काश्मीर शब्द, काश्मीर अर्थात् काश्मीर शब्द केसर का पर्यायवाची है। सारी दुनिया, जिसे 'केसर' नाम से जानती और पहचानती है, हमारी संस्कृति व परंपरा, दस हजार साल से केसर को 'काश्मीर' नाम से जानती है, पहचानती है। पूजा में जब केसर की जरूरत होती है तो पूजा करनेवाला 'काश्मीरमानय' काश्मीर, यानी केसर लाओ, इस तरह का निर्देश देता है। आसेतु-हिमालय, यानी समुद्र पर बने हुए रामसेतु से लेकर हिमालय तक, सारे भारत में यही निर्देश दिया जाता है। केसर, यानी काश्मीर इस प्रदेश का नाम लेकर लिखा-पढ़ा-पुकारा जाता है तो उसे बहुवचन, पश्चिम-परस्त लोगों की भाषा में 'प्लूरल जेंडर', इस तरह काश्मीराः, काश्मीरान्, काश्मीराणाम् आदि बहुवचनांत विभक्ति प्रयोग में कहा-पढ़ा-लिखा जाता है। मुख-सुख के लिए, अर्थात् बोलने में सुविधा के लिए, जिसे संपूर्ण भारत-वाङ्मय में 'कश्मीर' नहीं, काश्मीर का इसी रूप में प्रयोग किया जाता है, ऐसे काश्मीर का रंग, केसर का रंग, जो कि भगवा रंग है, ऐसे काश्मीर का यह भगवा रंग पूरे भारत का स्वाभाविक, प्राकृतिक और प्राचीनतम ऐतिहासिक प्रतीक सहस्राब्दियों से है। यह देश के लिए सदा से गर्व और आनंद की बात रही है। इस पर कैसा डर? कैसा भय? भर्त्सना या विरोध कैसा? अर्थात् काश्मीर का, केसर का, भारतवर्ष का यह भगवा रंग मानवजाति को भारत की प्राचीनतम देन है, भारत की ओर से दुनिया भर को दिया एक अनूठा उपहार है, प्रकृति से खुद-ब-खुद मिला यह अनूठा उपहार है। यह तो अपना रंग है मित्रो, उस पर कुछ भी उलटा-सीधा सोचने का, कहने का, लिखने का या करने का कोई कारण या प्रयोजन हमें समझ में नहीं आ रहा। आपको समझ में आ रहा हो तो हमें भी जरूर समझाएँ।

थोड़ा और देखें। जब से सूर्योदय है, तब से काश्मीर है। तब से भारत है। तब से केसर है। तब से केसर का नाम काश्मीर है। भारत सूर्योदय को निहारता है तो आधुनिक पश्चिम सूर्यास्त को निहारना चाहता है। सूर्यास्त होते-होते सूर्य फिर उसी रंग को पा लेता है, जो इसके पास सूर्योदय के वक्त होता है। जितना फर्क है, वह उस रंग से ग्रहण करने के भाव में है। यानी जीवन का प्रारंभ भी केसरिया है तो जीवन का अवसान भी केसरिया है।

जैसे काश्मीर का केसरिया रंग भारत को प्रकृति की ओर से मिली अद्‌भुत देन है, ठीक वैसे ही हर चौबीस घंटे बाद होनेवाला, हर प्रभातवेला के प्रारंभ में होनेवाला सूर्योदय पूरी मानवजाति को प्रकृति की देन है। इसमें संदेह ही कहाँ है ? पर इस दैनंदिन के प्राकृतिक प्रदेय को अगर किसी ने रेखांकित किया है, तो वह इस धरती का अकेला देश भारत है। उदित हुए सूर्य को यह नमस्कार सिर्फ और सिर्फ भारत के लोग ही करते हैं या फिर वे लोग करते हैं, जो भारत के जीवन-दर्शन में पले-पुसे-बढ़े हैं, पर किसी भी कारणवश विदेशों में रहनेवाले, ऐसे भारतीय करते हैं।

भारत की प्राचीनतम वैदिक ऋचा का नाम है—गायत्री। अगर आप ऋग्वेद के पन्ने पलटना शुरू करेंगे तो आपको ऋग्वेद की पहली ऋचा (ऋचा, यानी कविता) अग्नि की स्तुति के 1.1.1 रूप में मिलेगी और गायत्री मंत्र ऋग्वेद सं. 3.62.10 में मिलेगा। कारण यह है कि देश और दुनिया के प्राचीनतम ग्रंथ ऋग्वेद में जिन मंत्रों (यानी ऋचाओं) का संकलन है, वह काल-क्रमानुसार नहीं है। घटनाओं, वस्तुओं या अन्य प्रस्तुतियों को काल-क्रमानुसार ही रखना भारत के स्वभाव का नहीं, पश्चिम के स्वभाव का हिस्सा है। ऋग्वेद में ऋचाओं का संकलन किस क्रम के आधार पर है, इस पर विद्वानों के बीच गहन विमर्श जारी है। इसी विमर्श-प्रक्रिया में महाराष्ट्र के प्रखर वैदिक विद्वान् और 'ऋक्सूक्त विकास' ग्रंथ के यशस्वी लेखक प्रोफेसर एच.आर. दिवेकर ने यह खोज निकाला है कि गायत्री मंत्र ऋग्वेद की प्राचीनतम ऋचा है। 'गायत्री मंत्र' की रचना ऋषि विश्वामित्र ने की थी, अजयमेरु (यानी अजमेर) के पास पुष्कर तीर्थ में की थी और विश्वामित्र ने यह रचना वर्षों की भारी तपस्या के बाद की थी, इसका प्राचीनतम संकेत ऋषि वाल्मीकि द्वारा लिखी 'रामायण' में बड़े ही सार्थक तरीके से प्राप्त हो जाता है। (वा. रामा. बालकांड, सर्ग-65, श्लोक- 22-25)। पुष्कर में ही पृथ्वी का एकमात्र गायत्री मंदिर है। यह अकेला ऐसा मंदिर है, जहाँ ब्रह्मा प्रतिष्ठित हैं। युगों से पुष्कर को इसी ऐतिहासिक प्रदेय के कारण सारे भारत में पूजते हैं। गायत्री मंत्र की विशिष्टतम रचना की ऐतिहासिक घटना उस विशालकाय सरस्वती नदी के किनारे पुष्कर में घटित हुई थी, जो नदी अब लुप्त हो चुकी है, पर जिसे पुनर्जीवित करने के प्रयत्नों की ओर देश आगे कदम बढ़ा चुका है। यह इतिहास की और भारतीयों के मतिभ्रम की विडंबना

ही कही जाएगी कि जिस पुष्कर का महिमा गान गायत्री मंत्र के रचना स्थल के रूप में होना चाहिए, उस पुष्कर में अब कोई भी उसका दर्शन गायत्री मंत्र की रचना स्थली के रूप में नहीं कर रहा बल्कि किसी विधर्मी की कब्र की पूजा-आराधना के रूप में कर रहा है। देश की मानसिक गुलामी का इससे ज्यादा बड़ा नमूना और क्या हो सकता है?

गायत्री मंत्र इस तरह से है—'तत्सवितुर्वरेण्यम् भर्गो देवस्य धीमहि, धियो यो नः प्रचोदयात्।' छोटी-सी तीन जानकारियाँ देकर हम आगे बढ़ चलेंगे। एक छोटी-सी जानकारी यह है कि गायत्री मंत्र के तीन चरण हैं, जिनके प्रत्येक चरण में आठ-आठ अक्षर हैं और गायत्री मंत्र के तीनों चरणों में कुल मिलाकर चौबीस अक्षर हैं—तत्सवितुर्वरेण्यम्, भर्गो देवस्य धीमहि, धियो यो नः प्रचोदयात्। इसलिए वैदिक परंपरा में गायत्री को 'त्रिपदा (तीन पद या चरणवाली) गायत्री' कहते हैं। दूसरी छोटी-सी जानकारी यह है कि पहले चरण में, तत्सवितुर्वरेण्यम् इस चरण में कुल अक्षर आठ नहीं, सात हैं—तत् स वि तुर् व रे ण्यम्, इसलिए जब इस मंत्र को गाकर पढ़ते हैं तो हम 'वरेण्यम्' की बजाय पढ़ते है वरेणियम्, और इस तरह इस चरण में भी आठ अक्षर हो जाते हैं—तत् स वि तुर् व रे णि यम्। वैदिक छंद-विज्ञान का ही यह कमाल है कि अक्षरों की गणना और उच्चारण की सुंदरता में इस तरह का तालमेल चारों वेदों में जगह-जगह मिल जाता है। तीसरी छोटी-सी जानकारी यह है—गायत्री मंत्र में मूल रूप से ये तीन पद या चरण ही हैं और कुल मिलाकर चौबीस अक्षर ही हैं, पर यज्ञ-विज्ञान के अंतर्गत आहुतियों और यज्ञ-विज्ञान में कुछ विशिष्ट प्रभाव पैदा करने के लिए प्रारंभ में भूः, भुवः, स्वः ये तीन उच्चारण जोड़ दिए जाते हैं, जिन्हें वैदिक परंपरा में 'महाव्याहृतियाँ' कहते हैं और फिर यह पूरा मंत्र इस तरह पढ़ने योग्य बन जाता है—'ओ३म् भूर्भुवः स्वः तत्सवितुर्वरेणियम् भर्गो देवस्य धीमहि, धियो यो नः प्रचोदयात्'।

इन तीन छोटी-छोटी पर अति महत्त्वपूर्ण जानकारियों को आप तक पहुँचा देने के बाद हम अपने मुख्य विषय (सूर्योदय और) भगवा की ओर फिर से चल पड़ते हैं। इस बीच हमने गायत्री मंत्र का उल्लेख और संक्षिप्त जानकारियाँ इसलिए जुटा दी हैं, क्योंकि भगवा रंग को बिखेरनेवाले सूर्योदय के समय के सूर्य को नमस्कार, यानी सूर्य-प्रणाम या फिर सूर्यनमस्कार इसलिए किया जाता है, क्योंकि सूर्य की किरणों के साथ संपर्क में आते ही हमारे जीवन में गतिशीलता का, शारीरिक और बौद्धिक गतिशीलता का संचार होने लगता है। सूर्योदय की किरणें धरती पर पड़ते ही हमारे शरीर में सुस्ती दूर होकर गतिशीलता भर जाती है। ठीक इसी तरह सूर्योदय की किरणें पड़ते ही हमारी बुद्धि में सुस्ती, जड़ता आदि दूर होकर वहाँ भी गतिशीलता भर जाती है। जहाँ सूर्य नमस्कार नामक योग-व्यायाम हमारे शरीर की जड़ता को दूर कर देता है, वहीं गायत्री मंत्र का उच्चारण हमारी बुद्धि की जड़ता को दूर करनेवाला मंत्र है, जिसमें सूर्यदेवता से प्रार्थना

की गई है कि (तत्सवितुर्वरेण्यम्), उसका प्रखर तेज हमें प्राप्त हो जाए (देवस्य भर्गः धीमहि), ताकि हमारी समस्त बुद्धि को प्रेरणा मिलती रहे (धियो यो नः प्रचोदयात्)। सूर्यदेव के उदय होते ही संपूर्ण पृथ्वी पर फैल जानेवाले इस भगवा रंग के साथ ही हम अपने शरीर व उसकी बुद्धि के विकास के लिए प्रयत्नशील हो जाते हैं। सूर्योदय का भगवा रंग अगर हमें सूर्य नमस्कार और गायत्री जप आदि की सहायता से शारीरिक और बौद्धिक दृष्टि से गतिशील बना देता है तो इसमें कौन-सा रिलीजन या मजहब है, जिसको यह भगवा रंग, यह सूर्य नमस्कार, यह गायत्री मंत्र (क्योंकि ये तीनों एक तरह से सब पर्यायवाची हैं), किसी को नुकसान पहुँचा रहा है? जिनकी बुद्धि में खलल है, उन्हीं को भगवा रंग के इस तेजस्वी और प्रेरणादायक परिणाम से वितृष्णा हो सकती है। जिन्हें होती है, उन्हें हुआ करे। भारत को तो ऐसी कोई वितृष्णा नहीं है। पिछले दस हजार वर्षों से ऐसी वितृष्णा नहीं रही है और न ही अगले हजारो-हजार वर्षों तक ऐसी कोई वितृष्णा रहनेवाली है। ऐसे ही नहीं कहा जाता कि भगवा ही भारत की पहचान है, अपनी पहचान है।

थोड़ा और देखें। जब से सूर्योदय है, जब से काश्मीर है, तब से भारत है, तब से अरुणिमा है, केसर है, केसर का नाम काश्मीर है और तब से केसर का रंग, अरुणिमा का रंग भगवा है। इस पर गर्व करने की बात तो हो सकती है, पर इसमें विवाद, भय, भर्त्सना जैसी कोई बात भला हो ही क्या सकती है? इसलिए थोड़ा आगे बढ़ें। आगे बढ़ें और देखें। पिछले दस हजार साल से सूर्योदय और केसर की पवित्रता की छाया में भारत का जीवन विकसित हो रहा है।

तब से भारत यज्ञ कर रहा है। भारत के विकास के साथ ही भारत में यज्ञ-परंपरा का भी विकास होता रहा है। यज्ञ के तीन रूप हैं—प्रात:कालीन यज्ञ, मध्याह्नकालीन यज्ञ और सायंकालीन यज्ञ। इन्हीं को संस्कृत भाषा की परंपरा में प्रातः सवन, मध्याह्न सवन और सायं सवन कहा जाता है। सवन और हवन, ये दोनों शब्द पर्यायवाची हैं। पर्यायवाची क्या हैं, दोनों एक ही हैं। इसे समझने के लिए पारसी परंपरा में जाना होगा। भारत का ही एक हिस्सा रहा है पारसीक खंड (विष्णु पुराण, अंश-2, आलेख-3, श्लोक-17)। यह भारत के नौ खंडों में से एक है, पर आगे चलकर इसे पारस और फिर इसलामी हो जाने के परिणामस्वरूप फारस कहा जाने लगा है। जाहिर है कि इसलामी फारस हो जाने के पूर्व पारस उसी तरह भारत का हिस्सा था, जैसे काश्मीर, गुजरात, सिंध, मुल्तान, संपूर्ण पंजाब आदि भी भारत का हिस्सा थे। पारसीक खंड के, यानी पारस के ये पारसी भारतीय भी इसलामीकरण के बाद भारत के बाकी हिस्सों में आकर बस गए थे। पारसी भी वैसे ही मूलतः भारतीय हैं, जैसे इसलामीकरण के बाद भारत में आ बसे सिंधी, मुल्तानी, पंजाबी, बंगाली आदि भारतीय हैं।

हजारों साल पूर्व ही जब भारत के अग्नि कर्म का प्रतीक यज्ञ भारत के पश्चिमी भारत में, यानी पारसीक तक जा पहुँचा तो इसी सवन को हवन कहा जाने लगा। क्यों? इसलिए कि भारत के इस पश्चिमी हिस्से में 'स' को 'ह' कहा जाता है। ठीक वैसे ही जैसे भारत के पूर्वी हिस्से में स को 'श' कहा जाता है। इस तरह के ध्वनि-परिवर्तन को भाषा-विज्ञान में 'मुखसुख', यानी उच्चारण की सुविधा कहा जाता है। पारसीक खंड में 'स' को 'ह' का उच्चारण इसी मुखसुख के आधार पर माना जाता है। 'सोम' को 'होम' इसी आधार पर कहते हैं। वैदिक मंत्र है : महत् देवानाम् असुरत्वम् एकम्, यानी सभी देवताओं में असुर तत्त्व समान है और महत्त्व से भरा है। इसी 'असुर' को 'अहुर' और 'असुर महत्' को 'अहुरमज्द' इसी भाषायी प्रवृत्ति के कारण कहते हैं। 'सप्त' का 'हफ्त' इसी भाषायी प्रवृत्ति का परिणाम है। 'सप्त' बन गया 'हफ्त', अह का अर्थ है दिन। सप्त + अह = सप्ताह, यानी हफ्ता। भाषायी प्रवृत्ति के इसी आधार पर 'सवन' बन गया 'हवन'।

अतिप्राचीन वैदिक काव्य में 'असुर' शब्द का प्रयोग सकारात्मक अर्थ में हुआ था। 'इंद्रः असुरः पिता नः' असुर इंद्र हमारे पिता हैं, जैसे मंत्रों में इंद्र को असुर और पिता कहा गया। पिता का अर्थ हम सभी जानते हैं। ऐसे मंत्रों में 'असुर' की सकारात्मक व्याख्या इस तरह की गई है—असून् (प्राणों को) राति (जो देता है, या रक्षा करता है); यानी वह असुर है। पारसीक खंड में असुर का 'अहुरमज्द', 'असुर महत्' इस रूप में प्रयोग 'वेद' और 'अवेस्ता', दोनों में असुर का सकारात्मक प्रयोग इस प्रयोग की प्राचीनता का द्योतक है। आगे चलकर जैसे-जैसे भाषा में 'अ' का प्रयोग, योग्य/अयोग्य, समर्थ/असमर्थ आदि में नकारात्मक अर्थ में होने लगा, वैसे ही असुर/सुर आदि में भी 'सुर' इस शब्द के विरोध में 'असुर' शब्द भी नकारात्मक अर्थ देनेवाला होता चला गया और फिर वैसा ही रूप भी हो गया। भाषा में ऐसे परिवर्तन दशकों नहीं, सदियों में और कई बार तो सहस्राब्दियों में हुआ करते हैं।

यानी जैसे-जैसे भारतीय जीवन अपना रूप, तत्त्व और आकार, दस हजार साल की यात्रा में अपना संपूर्ण आकार ग्रहण करता चला गया, वैसे ही वैसे यज्ञ की प्रतिष्ठा संपूर्ण भारतीय जीवन में अधिकाधिक होने लगी। भगवान् बुद्ध ने वेदों का विरोध कभी नहीं किया, जैसा कि पश्चिम-परस्त, भारत-विमुख लोग भगवान् पर निराधार ही आरोप लगाते रहते हैं। भगवान् बुद्ध ने कभी यज्ञों का भी विरोध नहीं किया। भगवान् ने केवल उन्हीं यज्ञों का विरोध किया, जिन यज्ञों में किसी भी तरह की हिंसा होती है। ऐसा कहकर भगवान् बुद्ध भारत की उसी परंपरा को पुनः पुष्ट कर रहे थे, जिस परंपरा में 'कृतयुग' के आस-पास यज्ञ को 'अध्वर' कहा जाने लगा था और तब से यज्ञ को अध्वर और यज्ञ के पुरोहित को 'अध्वर्यु' कहा जाने लगा। 'ध्वर' का अर्थ है हिंसा और जहाँ ध्वर

नहीं है, वह है अध्वर, यानी हिंसारहित कर्म, यज्ञ आदि। आगे चलकर जब हर वेद को अपना पुरोहित मिला तो यजुर्वेद के पुरोहित को 'अध्वर्यु', ऋग्वेद के पुरोहित को 'होता', सामवेद के पुरोहित को 'उद्गाता' और अथर्ववेद के पुरोहित को 'ब्रह्मा' कहा जाने लगा।

यज्ञ का इतना विस्तृत विश्लेषण करने का प्रयास इतना भर के लिए है कि पश्चिम-परस्त, भारत-विमुख, अंग्रेजीदाँ भारतीयों को थोड़ा पता तो चल जाए कि जिस यज्ञ का संबंध 'भगवा' से है, उसका आगे-पीछे का मतलब तो उन्हें समझ में आए।

यज्ञ में केंद्रीभूत स्थान उस अग्नि का है, जिसमें आहुतियाँ डालकर उस यज्ञाग्नि में मंत्रों के उच्चारण के साथ हवन किया जाता है। यह सब समझना कोई मुश्किल बात नहीं। अग्नि प्रज्वलित होती है, जिसके चारों ओर बैठकर लोग हवन करते हैं। दस हजार साल से कर रहे हैं। आज भी कर रहे हैं। उस अग्नि का रंग क्या है? यह रंग पीला है, जिसमें से स्वर्ण, यानी सोने की आभावाली चमक, हवन में बैठे लोगों की आँखों में यह चमक उभरने लगती है। इसे हमारी भाषा में स्वर्णिम लाल रंग, सोने की चमकवाला रंग, सुहागा कहते हैं। इसी स्वर्णिम रक्त वर्ण को हम एक शब्द में 'भगवा' भी कहते हैं। सुहागा, यानी सौभाग्य से भरपूर। भारत का 'भगवा' इसी सौभाग्य परिपूर्ण रंग का नाम है। दस हजार सालों में हम भारत के लोग इस स्वर्णिम लाल रंग में, यानी 'भगवा' में जी रहे हैं, विकसित हो रहे हैं और आप चंद भारत-विमुख तथा पश्चिम-परस्त, भारत-विरोधी लोग उसे दुत्कारने के लिए, गलौजने के लिए और बहिष्कृत करने पर तुले हुए हैं। क्यों आत्मघात पर तुले हैं आप? देश इन्हें कभी स्वीकार नहीं करनेवाला है। चुनौती है, एक बार फिर कोशिश करके देख लीजिए।

चलिए वसंत की ओर चल पड़ते हैं। पश्चिम-परस्त, भारत-विमुख लोग भारत के बारे में और कुछ जानते हों या नहीं जानते हों, पर 'वसंत ऋतु' नाम से वे परिचित हैं। ये भारत-विमुख लोग भारत को लेकर इतना शर्मसार रहते हैं (पता नहीं क्यों) कि वे 'वसंत' को बसंत कहना पसंद करते हैं, ताकि थोड़ा धर्मनिरपेक्ष नजर आएँ। हद है! 'व' का 'ब' में उच्चारण तो स्वाभाविक रूप से ही हो जाता है और अपने देश में ही इसलिए वसंत को बसंत कह दिया जाता है, जैसे विक्रय को बिक्रय या बिक्री कह दिया जाता है। इससे कोई फर्क नहीं पड़ता। वसंत कहो या बसंत, उसका अर्थ तो वही रहेगा, यानी वह मौसम, जो रहने लायक है, 'निवास' के लायक है, वसंत, यानी रहने के लायक है, जिस मौसम में न गरमी का पसीना है, न ठंड की कँपकँपी है और न ही बरसातों की कीच है। वही वसंत है। वही बसंत भी है। इसी मौसम में 'फाग' होता है। फाल्गुन के समय का उत्सव। फाल्गुन, यानी फाग। बताने की जरूरत नहीं कि फाग का ही शास्त्रीय नाम है होली और यह फाग, यह होली रंगों का त्योहार है। फाग का इतना अच्छा स्थान हमारी परंपरा में है कि वसंत की ही तरह फाल्गुन को भी लोगों के एक

नाम, नामधेय, नामकरण के रूप में चलाया है। पांडुपुत्र अर्जुन का एक नाम फाल्गुन भी है। बंगाल में तो फाल्गुन, फाल्गुनी आदि खासे लोकप्रिय नाम हैं।

इसी वसंत को ऋतुराज भी कहते हैं, जिसे कृष्ण ने 'गीता' के विभूतियोग, (अध्याय 10 में) 'ऋतूनां कुसुमाकर:' कहकर लगभग ऋतुराज ही कह दिया है। यह वसंत, यह फाग, यह होली का पर्व, यह होली का त्योहार, यह रंगों का त्योहार, यह सब वही है, जिसे भगवा रंग कहते हैं। पीला रंग, लाल रंग, स्वर्णिम लाल रंग, रक्ताभ पीला रंग, केसरिया रंग, ये सभी होली के रंग प्रतीक हैं। भगतसिंह का प्रिय गीत यही था, 'मेरा रंग दे बसंती चोला', जो बसंत का, फाग का प्रतिनिधि रंग है, जो भारत का रंग है। स्वर्णिम लाल रंग है, यज्ञ की अग्नि का रंग है, भारत के काश्मीर का अर्थात् भारत के केसर का रंग है। इस स्वर्णिम रक्तवर्ण से, उलटकर कह दें जो ऐसे रक्ताभ पीले रंग से, यानी भगवा रंग से, भारत के अपने भगवा रंग से, देश के लोगों को हजारों सालों से प्यार रहा है। यह प्यार आज भी है। फिर ये लोग कौन हैं, जो इसे नकारात्मक अर्थों में प्रस्तुत करने का घमंड दिखा रहे हैं और वैसा घमंड दिखाकर देश का, देश की दस हजार साल की परंपरा का, उस लंबी परंपरा में जीनेवाली जनता का अपमान करने पर तुले हैं?

थोड़ा आगे बढ़ें। यही भगवा रंग, वसंत का यही भगवा रंग हमारे नववर्ष का भी प्रतीक है। जब देश में सोने की चमकवाले रंग की पकी फसल का स्वर्णिम रंग भारत की धरती पर उतरा हुआ होता है, उसी स्वर्णिम रक्तवर्णवाले वसंत में, भगवा रंग को जन-जन पर उड़ेलनेवाले फाग में, भगवा रंगवाले उसी अन्न विस्तार में, ऐसे झूमकर गा देनेवाले मस्ती भरे वातावरण में, भगवा रंग की पहचान बन चुके उसी वातावरण में भारत का नववर्ष मनाया जाता है। भारत की विराटता का मर्म तो देखो। पूरे भारत में, इस देश के हर प्रदेश-विस्तार में उनके अपने अनेक नामों से, अपने-अपने दिनों की निश्चिति के हिसाब से, पूरे भारत में इसी मौसम में नववर्ष का उत्सव मनाया जाता है, पर इसी को इन पश्चिम-परस्त, भारत-विमुख, अंग्रेजीदाँ, बुद्धिजीवी लोगों द्वारा गलौजने के अंदाज में, गरियाने की शैली में, हम ही को, हम भारत के लोगों को 'भगवा' से बचने के लिए कहा जाता है। क्यों? है कोई जवाब? क्यों हमें अपने को, खुद अपनों को ही साबित करने को कहा जा रहा है?

ऋग्वेद पढ़िए। वहाँ (खिलसूक्त, 2.6) एक श्रीसूक्त है। वह सूक्त इतना अधिक काव्य-सौंदर्य से भरपूर है कि काव्य-मुग्ध ऋषि ने उसी सूक्त को अथर्ववेद में दोहरा दिया है। सूक्त लक्ष्मी की, श्री की प्रशस्ति में, स्तुति में है। वहाँ मंत्रों में उसी हिरण्यवर्णा, रक्ताभामयी पीतवर्णा लक्ष्मी की स्तुति की गई है, जिस लक्ष्मी के बिना जीवन में एक पग भी आगे नहीं बढ़ा जा सकता। लक्ष्मी जीवन के आनंद का आधार है। संपूर्ण भौतिक सुख का कारण है और उसी की कामना भी सूक्त में की गई है। वैदिक काल के भारतीय को

भी उसी प्रकार धन की कामना थी, हिरण्य, यानी स्वर्ण की चाह थी, स्वर्णमाला धारण करनेवाली माँ लक्ष्मी की इच्छा थी, सोने के परकोटोंवाले नगर में रहने की महत्त्वाकांक्षा की, जिस प्रकार की कामना देश और विश्व में किसी भी नागरिक को इतिहास के हर काल में रहती है। पूरा सूक्त उस स्वर्ण की, स्वर्ण के रंग की, स्वर्णिम रक्त वर्ण की सभी व्यंजनाओं से भरपूर है। पीला रंग सिर्फ स्वर्ण का ही नहीं है। विष्णु पीतांबर हैं। राम पीतांबर हैं। कृष्ण पीतांबर हैं, यानी पीले वस्त्र धारण करनेवाले। उधर भगवान् बुद्ध की प्रतिमाओं का सौंदर्य गैरिक, यानी गेरुआ, यानी भगवा रंग की छटा बिखेरे हुए हैं। देश में उत्पन्न हुई विचारधारा की व्याख्या करनेवाले अनेक संप्रदायों का प्रतीक रंग पीला है, देश की विचारधारा का प्रतिनिधित्व करनेवाले अनेक प्रदेशों का रंग पीला है।

हमें लगता है कि हमने रंग प्रस्तुति कई तरह से कर दी है। थोड़ा इस प्रस्तुति को शब्द-समेट देने का प्रयास करें। एकबारगी में सभी प्रस्तुतियों को ले लें। केसर का रंग केसरिया, यानी भगवा। सूर्योदय की अरुणिमा का रंग केसरिया, यानी भगवा। सूर्यास्त की किरणों का रंग भगवा। होली का रंग, फाग का रंग लाल, रक्ताभ, यानी भगवा। स्वर्ण का रंग पीला, यानी रक्ताभ पीत, भगवा। राम, कृष्ण, विष्णु का वस्त्र, अंबर पीला, पीतांबर यानी रक्ताभ पीत। भगवान् बुद्ध का अंबर गैरिक, यानी गेरुआ, भगवा। यज्ञ की अग्नि की लपटों का रंग पीला, यानी रक्ताभ पीत। वसंत का रंग पीला-लाल, यानी पीत रक्ताभ, यानी भगवा, यानी वसंती, भगतसिंह की चाहत था बसंती चोला। भारत की विचारधारा पर गर्व करनेवाले विभिन्न प्रदेशों का प्रतीक रंग पीला और विभिन्न धर्मसंप्रदायों का रंग पीला। हनुमानजी का रंग लाल। शक्ति का रंग लाल, यानी जीवन के हर पल का रंग, जीवन का रंग, शक्ति का रंग, समृद्धि का रंग, जीवन-वैराग्य का रंग पीला और लाल, यानी रक्ताभ पीत। इन सब रंगों को अलग-अलग करें तो भी और एक शब्द में कहें तो भी इसका नाम है, भगवा। सूर्योदय से लेकर, यानी जीवन प्रभात से लेकर शुरू करें और सूर्यास्त-पर्यंत, यानी जीवन के अवसान-पर्यंत, रंग एक ही है, पीत, रक्ताभ पीला, भगवा।

जीवन का आरंभ, जीवन का विकास-समृद्धि-शौर्य तथा जीवन का अवसान, सभी का रंग एक-सा ही है। पीला, रक्ताभपीत, रक्त या स्वर्णाभरक्त। इनमें से हर रंग समुच्चय को आप जिस भी नाम से पुकारें, कोई अंतर नहीं पड़ता। जीवन के प्रारंभ का रंग है भगवा। जीवन के विकास का रंग है भगवा। जीवन के अवसान का रंग है भगवा। जो लोग यह माने बैठे हैं, या जो लोग देश को यह मनवाने का अहं या भरम पाले बैठे हैं कि भगवा रंग सिर्फ संन्यास का, जीवन से वैराग्य का प्रतीक है, या जीवन से पलायन का प्रतीक है, उन्हें अब तक समझ में आ चुका होगा कि ऐसा नहीं है। भगवा रंग जीवन के हर पल का प्रतीक है। जब भगतसिंह बसंती चोले का राष्ट्रगान कर रहे

थे, वे जीवन से विरक्ति का गान नहीं कर रहे थे। वे जीवन का गान कर रहे थे। लक्ष्मी की उपासना का रंग जीवन से वैराग्य का नहीं, जीवन की समृद्धि का गान है। भारत के विभिन्न विचार संप्रदायों के प्रतीक प्रदेशों व धर्म-संप्रदायों का रंग पीला या लाल है तो वह जीवन से पलायन का नहीं, जीवन के मर्म को समझने का प्रतीक है। वसंत का रंग वैराग्य का नहीं, जीवन के उत्सव का रंग है, अर्थात् जीवन का पीत, रक्ताभ पीत, केसरिया अर्थात् भगवा जीवन का, उसके सभी आयामों व सोपानों का रंग है, केवल जीवन के अवसान, संन्यास या मुक्ति का रंग नहीं है। भगवा रंग जीवन की प्राप्ति का रंग है, जीवन की समृद्धि का रंग है, जीवन के अवसान का रंग है। ऐसे भगवा रंग से परहेज क्यों? उसके लिए पश्चिम-परस्त गाली-गलौज क्यों?

अब हम पर एक आरोप और उसके निराकरणस्वरूप एक सिद्धांत की स्थापना, इन दो पहलुओं पर बात करना है। जिन्हें तर्क पर भरोसा है, सिर्फ तर्क पर भरोसा है, सूखी टहनियों जैसे जीवनरस से शून्य तर्क पर भरोसा है, वे हमसे कुछ पूछना चाहेंगे। चूँकि जानने की उनकी इच्छा नहीं रहती, इसलिए ये पश्चिम-परस्त, भारत-विमुख लोग अपनी तर्जनी उठाकर इससे पूछना चाहेंगे कि हम तो पीत, रक्ताभ पीत, रक्त, स्वर्णिम रक्त, केसरिया, प्रभात के अरुण व सूर्यास्त के रंग की बात कह रहे थे, फिर अचानक इसमें उन्हें 'भगवा' कहना कैसे शुरू कर दिया? लीजिए बताए देते हैं। भगवान् शिव, भगवान् राम, भगवान् कृष्ण, भगवान् बुद्ध, भगवान् महावीर—इन सबमें एक शब्द समान है—'भगवान्'। अगर 'भगवा' शब्द को इसी 'भगवान्' शब्द का संक्षिप्त रूप मानना चाहें तो इसमें किसी को कोई आपत्ति भला क्यों होनी चाहिए। भगवान् शिव का कोई अपना रंग नहीं है, भगवान् राम, भगवान् कृष्ण, भगवान् बुद्ध, भगवान् महावीर का अपना कोई रंग नहीं है। भगवान् के किसी भी रूप पर कोई अपना रंग होने का कोई मतलब ही नहीं है, परंतु भगवान् का नाम ध्यान में आते ही अगर कोई रंग ध्यान में आ जाए, मसलन—भगवान् बुद्ध का गैरिक (गेरुआ) रंग ध्यान में आ जाए, भगवान् महावीर के अनुयायियों का, भगवान् कृष्ण का, भगवान् राम का पीत रंग ध्यान में आ जाए, देवों के देव भगवान् शिव की शक्ति, जगज्जननी शक्ति का रक्तवर्ण ध्यान में आ जाए, हनुमानजी का लाल रंग ध्यान में आ जाए, तो इसे हम भगवान् का रंग, 'भगवान्', यानी 'भगवा' रंग कहें तो भाषा-विज्ञान के इसी बहु-उद्‌धृत सिद्धांत 'मुखसुख' की दृष्टि से यह सारा प्रकरण कितना अधिक अर्थसमृद्ध लगता है। हमें तो यह स्थापना भारत की भूमि, भारत का जीवन-दर्शन, भारत का धर्म, भारत की संस्कृति, भारत की आह्लाद भरी पर्व-त्योहार परंपरा, भारत की शक्तिशाली, समृद्धिशाली, त्यागमयी जीवनचर्या का, भारत की संपूर्ण जिजीविषा तथा जीवनीशक्ति का, भारत की संपूर्ण बलिदानी परंपरा का, इस समग्र-संपूर्ण विचारधारा का समुचित शब्द जैसा ही सुनाई देता है—भगवान् का रंग, यानी भगवा रंग,

जो अपने भारत देश की शाश्वत पहचान रही है और रहनेवाली है।

तो, पीला, यानी भगवा। रक्ताभ, यानी भगवा। रक्त, यानी भगवा। पीताभ रक्त, यानी भगवा। केसरिया, यानी भगवा। फाग, बसंती रंग, होली का रंग, पकी फसल का रंग भगवा। यह भगवा रंग अपने स्वभाव से जुड़ा हुआ है। सदियों-सहस्राब्दियों से जुड़ा हुआ है। पिछले दस हजार साल से जुड़ा हुआ है। हमने तो उसकी एक परंपरागत व्याख्या भर की है। धर्मनिरपेक्षता की मार खाए और पिछले कुछ दशकों में उस मार से कराहते उन लोगों को 'भगवा' शब्द से परेशानी होती हो तो हुआ करे। धर्मनिरपेक्ष कोड़ों की मार से कराहते बेबस बुद्धिजीवियों को इस काँपती-कराहती हुई आवाज को क्या सुनना हुआ? हमारी ये सभी पंक्तियाँ, ये सभी पृष्ठ ऐसे कराहते लोगों को समझाने की कल्याण-भावना से ही लिखे गए हैं। दशकों से कराह रहे बुद्धिजीवी अगर सदियों से उपलब्ध इस औषध को नहीं लेना चाहते तो कोई क्या कर सकता है? पर इनकी वजह से देश तो नहीं रुक जाएगा। दस हजार साल से देश अपने हाथ में भगवा-पताका उठाए ही चल रहा है। भविष्य में भी देश यही करता रहेगा। इसमें किसी को कोई शक है क्या? गंगा को गंगासागर में मिलने से कोई रोक पाया है क्या?

□

49

भगवा का ही विस्तार है तिरंगा

भारत ने पिछली छह–सात सदियों के गुलामी के कालखंड में और उसके परिणामस्वरूप, यानी गुलामी के ही परिणामस्वरूप सभ्यताओं के बीच निरंतर संघर्ष झेला है। इस संघर्ष की सदियों के दौरान एक ओर हिंदू सभ्यता थी तो दूसरी ओर विधर्मी सभ्यताएँ थीं। विदेशों से आए धर्मों की सभ्यताओं को ही हम विधर्मी सभ्यताएँ कह रहे हैं और इन सभ्यताओं के अनुयायियों को हम विधर्मी कह रहे हैं। विदेशों से आए धर्म, यानी विधर्म और विधर्मों को माननेवाले विधर्मी, इतना भर समझने में कोई मुश्किल नहीं आनी चाहिए। इसलाम और क्रिश्चियनिटी, दोनों भारत के अपने धर्म नहीं हैं, इसलिए ये दोनों ही धर्म भारत के लिए विदेशी धर्म यानी विधर्म हैं और स्वाभाविक ही है कि विधर्मों को माननेवालों को विधर्मी ही कहा जाएगा। भारत की अपनी सभ्यता, यानी हिंदू सभ्यता और विदेशों से आए इसलाम और क्रिश्चियनिटी की इन विधर्मी सभ्यताओं के बीच जो संघर्ष हुआ, उनके बीच हुए भयानक सभ्यता संघर्ष के परिणामस्वरूप भारत को कई तरह के तनावों का सामना करना पड़ा, वैचारिक भी और राजनीतिक भी। ऐसे कई तरह के तनावों का सामना करना पड़ा, जिसकी वजह से अपने देश के सामने कई तरह की समस्याएँ आ खड़ी हुई हैं। भारत एक राष्ट्र है, जिसका निरंतर निर्माण होता रहा है। ऐसा भारत दस हजार साल पुराना राष्ट्र है, वह तब से राष्ट्र है, जब से मनु महाराज के अयोध्या का राजा बनने के साथ ही उसके अपने व्यक्तित्व का निर्माण होना शुरू हो गया। भारत एक राष्ट्र है, परंतु उसमें सिर्फ एक राज्य का तत्त्व ढूँढ़ने के कारण, जो तनाव पैदा हुए हैं या पैदा हो रहे हैं, हमारे आज के आलेख का विषय उसी से जुड़ा है।

भारत एक राष्ट्र है और अपनी इसी चेतना के परिणामस्वरूप वह खुद के लिए वैसा संविधान बना पाया, जैसा संविधान आज उसके पास है। जीवन की स्वतंत्रता, अभिव्यक्ति की स्वतंत्रता, अपना काम करने की स्वतंत्रता, अपने संप्रदाय बनाने और उन पर चलने की स्वतंत्रता, ऐसी सभी स्वतंत्रताएँ भारत के नागरिकों को उपलब्ध हैं।

ऐसी तमाम स्वतंत्रताएँ इन तमाम विधर्मियों को भी भारत का नागरिक होने के कारण उपलब्ध हैं, जो भारत नहीं, बल्कि विदेशों से आए धर्मों को माननेवाले हैं, यानी विधर्मी हैं। जैसा कि हम अपनी इस पुस्तक में कई प्रासंगिक अवसरों पर कह आए हैं भारत के संविधान की ये सभी विशेषताएँ, बिना किसी संघर्ष के, सिर्फ संवाद के आधार पर इसलिए उस भारत-धर्मशास्त्र में समाहित हो सकीं, क्योंकि भारत के राष्ट्रीय स्वभाव में सभी के विचारों का सम्मान करने का स्वभाव अंतर्निहित है। ऐसी अनेक विशेषताएँ भारत के संविधान में हैं। भारत के इस नूतन धर्मशास्त्र में है।

परंतु भारत के संविधान में कुछ विसंगतियाँ इस रूप में हैं कि भारत के इस नव धर्मशास्त्र में वे कुछ बातें नहीं आ पाईं, जो आ जानी चाहिए थीं। मसलन, भारत एक धर्मप्रधान और धर्मप्राण देश है, इसलिए धर्म के स्वरूप की व्याख्या और प्रतिष्ठा देश में होनी चाहिए, ऐसा कोई भी प्रावधान, प्रावधान तो छोड़िए कोई संकेत तक भारत के इस नव धर्मशास्त्र, अर्थात् भारत के संविधान में नहीं हो पाया। ऐसे ही भारत का एक ध्वज है, अपना ही एक ध्वज है, जो संपूर्ण और अखंड भारत में हमेशा से रहा है, जो भारत के अपने जीवन-दर्शन का परिचायक है, ऐसे अपने ध्वज की, भगवा ध्वज की कोई बात भारत के इस नव धर्मशास्त्र, संविधान में नहीं है। ऐसे ही भारत का अपना एक राष्ट्रीय स्वर भी है, जो माँ की गरिमा को प्रतिष्ठित करता है और जिसकी प्रतिष्ठा भारत के प्राचीनतम साहित्य वेदों में ही हो गई थी, ऐसी अपनी भूमि माँ की, राष्ट्र माँ की, यानी भारतमाता की कोई प्रतिष्ठा संविधान में नहीं हो पाई, जबकि भारत के नव धर्मशास्त्र में ऐसी प्रतिष्ठा होनी चाहिए थी। भारत माँ की प्रतिष्ठा संविधान में होनी चाहिए थी, खासकर तब, जब वेदों में, यहाँ तक कि आगे चलकर पुराणों में भी भारत की, भारत माँ की, भारत माँ के गर्भ से पैदा हुई संततियों की प्रतिष्ठा, भारत के साहित्य में हुई है। भारत के राष्ट्र व्यक्तित्व के ये कुछ ऐसे बिंदु हैं, जिनका समावेश भारत के नव धर्मशास्त्र में, संविधान में होना ही चाहिए था। अगर ये ऐसे कुछ बिंदु अभी वहाँ लिखित रूप में नहीं आ पाए हैं तो अभी भी वैसा किया जा सकता है। सभ्यताओं के बीच हुए संघर्ष के परिणामस्वरूप हुई वैचारिक और राजनीतिक आपाधापी के परिणामस्वरूप, नेहरू और गांधी के नकली राष्ट्रवाद की दुविधाओं के परिणामस्वरूप अभी तक नहीं हो पाया है, तो भी क्या देर है? देश भर में एक पहल राष्ट्रवाद को लेकर होनी चाहिए, ताकि ठोस निष्कर्षों तक पहुँचा जाए और राष्ट्र व्यक्तित्व की व्याख्या करनेवाले तत्त्वों को भारत के नव धर्मशास्त्र में समाहित किया जा सके, ताकि देश को अपनी सही दिशा मिल सके, जो दिशा अभी तक नहीं मिली है। समाजवाद, धर्मनिरपेक्षता जैसे उम्रदराज और निस्सार बना दिए जा चुके इन तथाकथित सिद्धांतों से देश मुक्ति पा सके, क्योंकि ऐसे निरर्थक और देश-तोड़क सिद्धांत या कूटनीतियाँ देश का निर्माण करनेवाले निर्धारक तत्त्व नहीं हो सकते।

चूँकि अब तक निर्धारक ऐसे ही थे, जैसे वे हैं, देश की आकांक्षा और स्वभाव से विपरीत ही रहे हैं, इसलिए देश कुछ ऐसी समस्याओं का सामना कर रहा है, जिनका बहस के पहले घंटे में ही समाधान हो जाना चाहिए। मसलन, भारत की राष्ट्रभाषा अंग्रेजी नहीं है। वह तो विदेशी भाषा है। हमारी गुलामी का प्रतीक और कारण रही है। कोई भी विदेशी भाषा, वह कितनी भी लच्छेदार क्यों न हो, किसी देश की राष्ट्रभाषा नहीं हो सकती। पर चूँकि देश आज भी सदियों के सभ्यता-संघर्ष के कुपरिणामों से उबर नहीं पाया है, इस संघर्ष से पैदा हुई कुंठाओं से उबर नहीं पाया है, इसलिए देश तय नहीं कर पा रहा कि देश की, पूरे भारत ही नहीं, पूरे अखंड भारत की स्वाभाविक राष्ट्रभाषा हिंदी हो सकती ही नहीं, बल्कि पहले से ही हो चुकी है। पर संविधान इस सच, इस जमीनी यथार्थ को दर्ज नहीं कर पा रहा और सोलह या इससे अधिक राष्ट्रीय भाषाएँ मानने की अस्वाभाविक कवायद की गिरफ्त में फँसा पड़ा है। एक और उदाहरण—भारत में एक राष्ट्रगान है और एक राष्ट्रगीत है। राष्ट्रगान में भारत के प्रदेशों की, जिनमें से कुछ अब पाकिस्तान में हैं, गणना है। भारत धर्मप्रधान देश है सहस्राब्दियों से वैज्ञानिक सोच वाला देश रहा है, जिसने शून्य का और ज्योतिर्विज्ञान का आविष्कार कर डाला था, ऐसे सभी पहलुओं को समाहित करनेवाले तथा अभिव्यक्ति को आदर देनेवाली मानवीयता से सराबोर भारत के राष्ट्रगान में भारत के अध्यात्म और भारत के सनातन का उल्लेख होना चाहिए था। पर पता नहीं किस डर या किस हीनभावना के मारे देशवासी भारत के इस सत्य पर बात तक करने से कतराते रहे हैं। ठीक यही हालत राष्ट्रध्वज की है। हमने अपने एक आलेख में बताया कि भगवा ध्वज ही भारत का अपना, सदा से अपना रंग रहा है और अपना ध्वज रहा है। पर अब देश तिरंगे को अपना ध्वज कहने का स्वभाव बना रहा है। अब तिरंगा ही अपना राष्ट्रध्वज है तो यकीनन यह अपना राष्ट्रध्वज है और उसका सम्मान करना अपना स्वयं स्वीकृत राष्ट्रीय कर्तव्य है। इस स्वयं घोषित राष्ट्रीय कर्तव्य में से यह सवाल हमेशा झाँकता रहता है कि सदियों से सारे देश में स्वीकृत 'भगवा' इस अखंड भारत के ध्वज को भुलाकर देश ने 'तिरंगा' क्यों अपना लिया? तिरंगे का सम्मान करते हैं, तो भी 'भगवा' को लेकर सवाल तो पूछ ही सकते हैं कि क्यों देश के संविधान निर्माताओं ने देश का ध्वज परिवर्तन कर दिया? क्या सवाल उठते रहें, इनके समाधान न हों, सवालों पर चर्चा तक न हो, संवाद ही न हो, अंदेशे बने रहें, शास्त्रार्थ की अपनी सहस्राब्दियों की परंपरा से मुँह मोड़े रहें, यह ठीक है, या कि जिज्ञासाओं का, संशयों का, प्रश्नों का समुचित उत्तर देकर देश के आत्मविश्वास को बढ़ानेवाला काम होना चाहिए?

अब इस संक्षिप्त आलेख के उत्तरार्ध में हमें तिरंगे की बात इस तरह से करने की कोशिश करनी है कि जो देश को स्वीकार्य होता चला जाए। जो लोग यह कहना चाहते हैं कि भारत के राष्ट्रध्वज तिरंगा में केसरिया रंग हिंदुओं का है, सफेद रंग क्रिश्चियन लोगों

का है और हरा रंग इसलाम माननेवाले का है, तो हमारा सभी से विनम्र निवेदन है कि हिंदू धर्म तो भारत का अपना धर्म है, अपना 'सनातन' है, पर इसलाम और क्रिश्चियनिटी तो भारत के अपने धर्म हैं ही नहीं। वे तो विधर्म हैं। हिंदू सनातन धर्म के हर अंग-प्रत्यंग का जन्म अखंड भारत में हुआ है, पर न तो इसलाम का जन्म भारत में हुआ है और न ही क्रिश्चियनिटी का जन्म भारत में हुआ है। इसलाम और क्रिश्चियनिटी तो भारत के धर्म हैं ही नहीं। भारत में तो इन दोनों विधर्मी, यानी विदेशी धर्मों का जन्म हुआ ही नहीं। भारत राष्ट्र का धर्म इसलाम है ही नहीं, क्रिश्चियनिटी है ही नहीं। भारत में (भारत ही क्यों, संपूर्ण अखंड भारत में) जितने भी मुसलिम और क्रिश्चियन रहते हैं, वे सभी तो भारत के हिंदू ही थे, जिनका समय-समय पर, जोर-जबरदस्ती से धर्मांतरण कर दिया गया। धर्मांतरित करवाने वालों का धर्म भारत का धर्म कैसे कहा जा सकता है? सिर्फ भारत ही नहीं, अखंड भारत के बलोचिस्तान, सिंध, पाकिस्तान, काश्मीर, वजीरिस्तान, गिलगित-बाल्टिस्तान अफगानिस्तान, सीस्तान, फारस आदि सभी इसलामी बना दिए इलाकों में, जो कभी अखंड भारत था, यह सवाल उठ रहा है और बड़ी तेजी से उठ रहा है कि अरे, हम तो हिंदू थे, हम मुसलमान क्यों हो गए? इसलाम तो अरबों का धर्म था, अखंड भारत का धर्म तो नहीं था, हम अखंड भारत में रहा करते थे और हमारा धर्म हिंदू था, हमें मुसलमान क्यों बना दिया गया? फिर से तिरंगा पर आ जाएँ। आक्रमणकारियों के, उपनिवेशकर्ताओं के, धर्मांतरण करवानेवालों के धर्म को, यानी विदेशी धर्म, विधर्म को भारत के राष्ट्रध्वज में कोई भी जगह क्यों और कैसे मिल सकती है? यही संपूर्ण तर्क क्रिश्चियनिटी पर भी लागू हैं। धर्मांतरण करवानेवालों, विदेशी धर्म को, यानी विधर्म को भारत के तिरंगा में जगह कैसे मिल सकती है? धर्मांतरण करवानेवाले इन विधर्मी लोगों के राजनीतिक उद्देश्यों के कारण भारत अनेक समस्याएँ झेलने को मजबूर है, अन्यथा भारत के दस हजार साल के इतिहास में धर्म को लेकर कभी कोई समस्या पैदा हुई ही नहीं। काश्मीर में अलगाववाद और आतंकवाद की जो भी समस्या है, विधर्मियों के कारण है। प्राग्ज्योतिष में, यानी भारत के पूर्वोत्तर में अवैध घुसपैठ के कारण जो भी समस्याएँ हैं, विधर्मियों के कारण हैं। भारत के जनजातीय इलाकों में भारत की मुख्यधारा में समरस होने में जो भी समस्याएँ आती हैं, वे विधर्मियों के कारण ही आती रही हैं। जिन धर्मांतरणकारियों के कारण देश में जगह-जगह पर समस्याएँ पैदा होती रही हैं, उन्हीं के धर्मों को हमें अपने राष्ट्रध्वज तिरंगे में सम्मानपूर्वक जगह दें, इससे बढ़कर दूसरा आश्चर्य क्या हो सकता है?

हमें तो ऐसा लगता है कि भारत के राष्ट्रध्वज तिरंगा में जो तीन रंग हैं, वे क्रमश: त्याग (केसरिया रंग), शांति (सफेद रंग) और समृद्धि (हरा रंग) का प्रतीक हैं। ये तीनों रंग और उनके साथ जुड़े जीवन के ये तीनों पक्ष हमारे देश की हिंदू संस्कृति का बहुत ही

अच्छा व्याख्यान बनकर हमारे सामने हैं। 'भगवा' वाले आलेख में हमने देखा कि कैसे भगवा हमारे जीवन के प्रारंभ, जीवन की समृद्धि और फिर जीवन के परिपाक का प्रतीक है। भारत का तिरंगा भी हमारे जीवन के इन्हीं तीनों पक्षों का प्रतिनिधित्व करता है और उसका व्याख्यान भी करता है। भारत चूँकि हिंदू राष्ट्र है, हिंदुओं का राष्ट्र है और हिंदुत्व ही उसकी विचारधारा है, इसलिए भारत के राष्ट्रध्वज में भी हिंदुत्व विचारधारा के सभी पक्ष स्वयमेव, बिना किसी मेहनत के अपने आप समाहित हो गए हैं। स्वाभाविक ही है कि भारत, या कोई भी देश वही बोलेगा, वही करेगा, वही सोचेगा, जो उसकी संस्कृति होगी, जो उसका धर्म होगा, जो उसकी विचारधारा होगी और इस सबके परिणामस्वरूप जो उसके संस्कार बनेंगे। भारत अभी तक इस सत्य से कतराता रहा है। आखिर कब तक कतराएगा? कब तक अपना मुँह छिपाएगा? कब तक खुद को वंचना में रखेगा? भारत का हिंदू, भारत की हिंदुत्व विचारधारा, भारत हिंदू राष्ट्र अपने देश के हर पक्ष में, कर्म में, विचार में खुद-ब-खुद परिभाषित व अभिव्यक्त होते रहेंगे। इसलिए भारत अगर स्वाभाविक रूप से यह कहे कि भारत का राष्ट्रध्वज तिरंगा कुल मिलाकर भगवा (शिव महेश), सफेद (ब्रह्मा) और हरा (विष्णु) का, यानी शौर्य, शांति और समृद्धि का प्रतीक है तो यह अपने राष्ट्रध्वज तिरंगे की सौ टंच सही और राष्ट्रवादी परिभाषा होगी। चूँकि शक्ति और शक्तिमान में कोई भेद नहीं होता, शक्ति का आधान शक्तिमान में और शक्तिमान का आधान शक्ति में माना जाता है इसलिए भारत का राष्ट्रध्वज तिरंगा भी, भगवा की तरह, काली शक्ति और उसके शक्तिमान शिव का प्रतीक मान लिया जाएगा, सफेद रंग को सरस्वती शक्ति और इसके शक्तिमान, यानी ब्रह्मा का प्रतीक मान लिया जाएगा, तथा हरे रंग को उसकी शक्तिरूपा लक्ष्मी और उनके शक्तिमान विष्णु का रूप मान लिया जाएगा और इस तरह भारत का तिरंगा ब्रह्मा-विष्णु-महेश इस त्रिदेव का और उनकी तीन शक्तियों, यानी काली-लक्ष्मी-सरस्वती इन शक्तित्रयी का (कृपया क्रमशः रखकर न पढ़ें), प्रतीक मान लिया जाएगा। अगर भारत के इस व्यक्तित्व की प्रतिष्ठा उसके हर रूप-प्रतिरूप में करने का इरादा हो तो भारत के राष्ट्रध्वज को भारत के प्राचीनतम काव्य ऋग्वेद, यजुर्वेद, सामवेद का, यानी वेदत्रयी का प्रतीक माना जा सकता है। भारत के तीन प्राचीनतम काव्य रूपों—गद्य, पद्य और साम अर्थात् संगीत का प्रतिनिधि माना जा सकता है। भारत का तिरंगा इस तरह से भारत के हजारों साल पुराने राष्ट्रध्वज 'भगवा' का ही विस्तार मानकर पूरे भारत राष्ट्र का प्रतीक और प्रतिनिधि माना जाना चाहिए। ऐसा मानने में कितना गौरव का भान होता है। विधर्मियों के पिंड से छूटकर अपने धर्म से जुड़ जाएँगे तो संपूर्ण भारत और संपूर्ण भारत समाज आपको अपनी ही छवि आपमें दिखाएगा।

□

50

भारत से बेमेल है 'धर्मग्रंथ' की अवधारणा

वेद, चार वेद, यानी ऋग्वेद, यजुर्वेद, सामवेद, अथर्ववेद, ये चारों वेद हमारे देश के धर्म को बतानेवाले ग्रंथ माने जा सकते हैं और धर्मपूर्वक जीवनयापन करना सिखानेवाले ग्रंथ भी किसी हद तक बताए जा सकते हैं। पर वे हमारे देश के 'धर्मग्रंथ' नहीं हैं। न हैं, न कभी रहे हैं, न वैसे माने जा सकते हैं और न ही वैसे माने जाने चाहिए। जब हम ऐसा कह रहे हैं तो हम वेदों का अपमान नहीं कर रहे हैं। बल्कि हम तो वेदों का सम्मान ही बढ़ा रहे हैं। इनका यशोगान ही कर रहे हैं। अपने देश की प्राचीनतम कविता की विश्वव्यापी महत्ता का ही उद्‌गार कर रहे हैं। वेद हमारे देश का प्राचीनतम काव्य है, काव्य ही है, कोई 'धर्मग्रंथ' नहीं है।

इसलिए नहीं, क्योंकि पिछली सदियों में जब से देश का परिचय इसलामवादी आक्रमणकारियों से हुआ और आगे चलकर व्यापार के जरिए देश की राजनीति में घुसपैठ कर लेनेवाले क्रिश्चियनिटीवादियों से हुआ, देश का 'बाइबिल' और 'कुरान' जैसे धर्मग्रंथों की अवधारणाओं से परिचय भी देश को पहली बार हुआ। पर देश ने विधर्मियों और विदेशियों से मिले इस विचार को, धर्मग्रंथ के विचार को कभी आज तक स्वीकार नहीं किया। क्रिश्चियन लोग बाइबिल को अपना धर्मग्रंथ कहते हैं और मानते हैं। पर इसमें किस धर्म का पता चलता है, इसका परिचय देश को आज तक नहीं हुआ। कुरान को इसलामवादियों का धर्मग्रंथ कहा और माना जाता है। पर उसमें क्या धर्म बताया गया है, इसका परिचय देश को आज तक तो नहीं ही हुआ है।

इस देश में क्रिश्चियनिटीवादियों और इसलामवादियों के आने के बाद धर्म के नाम पर जितना भी पता पड़ा है, उसे हम धर्म नहीं, धर्मांतरण ही कह सकते हैं। दुनिया भर में, जहाँ भी इसलामवादी गए, क्रिश्चियनिटीवादी गए, यानी इसलाम और क्रिश्चियनिटी नामक विदेशी धर्म आए, भारत के लिए ये दोनों विदेशी धर्म अर्थात् विधर्म आए, वे अपने साथ धर्मांतरण की धार्मिक कही जानेवाली गतिविधि को ही लेकर आए। दुनिया

भर में जितने भी मुसलमान और क्रिश्चियन हैं, वे सभी धर्मांतरण की प्रक्रिया से ही बने हैं। सातवीं शताब्दी से पहले इसलाम नहीं था। फिर दुनिया में इतने इसलामवादी कहाँ से आए? धर्मांतरण के कारण ही वे मुसलमान हो गए। आज से करीब दो हजार साल पहले आए संत ईसामसीह के आस-पास से पहले ईसा के अनुयायी ईसाई, ईसा अर्थात् क्राइस्ट से पहले क्राइस्ट के अनुयायी क्रिश्चियन कहाँ थे? दुनिया भर में ईसाई धर्मांतरण की वजह से ही तो ईसाई, यानी क्रिश्चियन बने।

हम जानते हैं कि आद्यशंकराचार्य के वेदांत से वैचारिक पराजय मिलने के बाद भारत के लगभग सभी बौद्ध भारत के बाहर पश्चिमी एशिया में और मध्य एशिया में चले गए थे। वे सब बौद्ध के रूप में ही वहाँ रह रहे थे और इस सत्य के अवशेष इन एशियाई देशों में मिलते रहे हैं। एशिया के इन सभी देशों में रहनेवाले भगवान् बुद्ध के तमाम अनुयायी, लाखों-करोड़ों की संख्या में ये अनुयायी आज कहाँ हैं? धारणा तो यहाँ तक है कि इन बुद्ध-उपासकों को, वहाँ की भाषा में बुद्धपरस्तों को, यानी बुतपरस्तों को इसलामी आँधी ने अपने उदर में ले लिया। वे सभी बुद्धपरस्त, अर्थात् बुतपरस्त कहे जानेवाले पश्चिमी, पूर्वी, मध्य एशिया के बुद्धपरस्त, यानी बुतपरस्त बड़ी संख्या में इसलामी हो गए, उन्होंने इसलाम अपना लिया और वे मुसलमान हो गए। तो क्या पश्चिमी, पूर्वी और मध्य एशिया के सभी बौद्ध अनुयायी, सभी बुद्ध के उपासक, सभी बुद्धपरस्त, सभी बुतपरस्त लोग मुसलमान हो गए? क्या आज के ये सभी मुसलमान बौद्ध धर्म-दर्शन माननेवालों के मुसलिम उत्तराधिकारी हैं? क्या काश्मीर में भी इसलामवादियों का आगमन इसी प्रक्रिया के तहत हुआ? इसकी खोज होनी चाहिए और भारत तथा दुनिया के देशों को सत्य पता लगना ही चाहिए। दुनिया के देशों के आज के मुसलमान अपने किन पूर्वजों की संतान हैं, मुसलमान बना दिए जाने से पहले वे कौन थे, क्या परिस्थितियाँ थीं, जिन्होंने उन्हें इसलामी हो जाने की प्रेरणा दी, या मजबूर हुए? अन्यथा अभी तक के सभी तर्क हमें इसी ओर पहुँचा रहे हैं कि संपूर्ण मध्य, पश्चिमी और पूर्वी एशिया में काश्मीर, गिलगित, बाल्टिस्तान समेत इन सभी इलाकों में कभी बौद्ध धर्म-दर्शन का बोलबाला हो गया था और फिर किसी प्रेरणा या विवशता के परिणामस्वरूप ये सभी मुसलिम इलाके बन गए। तो निष्कर्ष यही है, अभी तक का तर्कसम्मत निष्कर्ष यह है कि पूरा पश्चिम और मध्य एशिया धर्मांतरित होकर अपना मौलिक बौद्ध-दर्शन छोड़कर इसलामवादी हो गया और आज तक वैसा बना हुआ है। भारत से टकराकर यह इसलामवादी आँधी जब कमजोर होकर थमी तो फिर तिब्बत, चीन जैसे उत्तरी, श्रीलंका आदि दक्षिणी और भारत के संपूर्ण पूर्वी एशियाई देशों में जहाँ-जहाँ भारतीय धर्म-दर्शन को माननेवाले बौद्ध, वैष्णव, शैव, शाक्त आदि थे सभी विभिन्न भारतीय धर्मावलंबी वे बचे रहे, अपने धर्म-दर्शन के अनुसार चलते रहे, एक हद तक आज भी चलते आ रहे

हैं। विश्व, खासकर भारत को दरकरार है कि इस समस्त धार्मिक आवाजाही का सटीक अध्ययन किया जाए, प्रमाणपूर्वक खोज की जाए, ताकि धर्म-दर्शन को अपना प्राण माननेवाले हिंदुत्व और सिर्फ और सिर्फ धर्मांतरण को अपना लक्ष्य माननेवाले विधर्मियों, यानी क्रिश्चियनिटीवादियों और इसलामवादियों के बीच समानताओं और विषमताओं का सटीक अध्ययन-विश्लेषण किया जा सके।

अपने देश का इतिहास और अपने देश के बारे में तात्त्विक सोच स्पष्ट रहनी चाहिए कि भारत के किसी भी धर्म-दर्शन-संप्रदाय ने कभी धर्मांतरण नहीं किया। इसलिए भारत के सभी धर्म-दर्शन-संप्रदाय परस्पर, एक-दूसरे का साथ, एक-दूसरे को प्रभावित करते हुए ही फलते-फूलते रहे हैं, फल-फूल रहे हैं। भारत के लोग न तो इसलाम को जानते रहे हैं और न ही क्रिश्चियनिटी को जानते रहे हैं। वे तो इन पिछली सदियों में इन दोनों के द्वारा मजहब और रिलीजन के हाथों धर्मांतरण का ही शिकार हुए हैं। इसलिए मजहब और रिलीजन को वे जरूर जानते होंगे, पर धर्म से उनका परिचय कभी नहीं हुआ। जितना परिचय हुआ, विधर्मियों के आतंकपरक विधर्म से ही हुआ। धर्म से उनका परिचय कभी नहीं हुआ। इसलिए वे नहीं जानते कि भारत का धर्म क्या है?

इसी परिप्रेक्ष्य में हम समझ सकते हैं कि जिन भारतीय धर्मावलंबियों को धर्मांतरित कर दिया गया, उनकी वैचारिक काया पर बड़ा भयानक हमला इन सदियों में कर दिया गया, तो प्रश्न उठता है, एक स्वाभाविक और तर्कसंगत प्रश्न उठता है कि क्या धर्मांतरण करनेवालों को, भारत के धर्म पर आक्रमण कर, उन्हें धर्मांतरित कर देनेवाले विधर्मियों को उनके आक्रमण का लाभ मिलना चाहिए? वैसा लाभ मिलते रहना चाहिए? सभ्य दुनिया ने अब एक सभ्यतापूर्ण सिद्धांत बनाया है कि आक्रमण करनेवाले को अपने आक्रमण का लाभ नहीं मिलना चाहिए। इसी सिद्धांत के आधार पर सभ्यतापूर्ण जीवन का तकाजा है कि कभी पिछली सदियों में, जिन विधर्मी आक्रांताओं द्वारा धर्मांतरण व आक्रमण के जरिए भारतीय धर्मावलंबियों को विधर्मी बना दिया गया, वे भारतीय धर्मावलंबी अगर वापस अपने मूलधर्म में आना चाहें तो क्या उन्हें आने देने का सभ्यतापूर्ण माहौल प्रदान नहीं करना चाहिए? सभ्यता का तकाजा है कि उन्हें वैसा करने देना चाहिए, क्योंकि धर्मांतरित कर दिए जाने के बावजूद ये सभी भारतीय धर्मावलंबी अपने संस्कारों में, अपनी सामाजिक परंपराधर्मी जीवन-शैली से, अपनी बोलचाल की भाषाओं के संस्कार संबंधी मुहावरों से अभी भी घनिष्ठ रूप से जुड़े हुए हैं। 'जैसी करनी वैसी भरनी', 'मरने के बाद आगे की सोचो', 'लिखी को कौन टाल सकता है' जैसे मुहावरे हमारे देश के कर्मदर्शन को ही प्रतिध्वनित कर रहे हैं, जो धर्मांतरित हो चुकने के बावजूद सभी भारतीय धर्मावलंबियों, यानी धर्मांतरित हिंदुओं के सोच में रचे-बसे हुए हैं। इन सभी को अपने संस्कारों में वापस लौटकर आने की छूट मिलनी ही चाहिए, वैसी प्रेरणाएँ मिलनी ही

चाहिए, वैसी परिस्थितियाँ मिलनी ही चाहिए।

जाहिर है कि भारत में धर्म के नाम पर कोई संस्था, कोई इंस्टीट्यूट बनाने का कोई विचार कभी हुआ ही नहीं है। इसीलिए भारत में कोई एक धर्मग्रंथ नहीं है। भारत के पास वेद हैं, रामायण-महाभारत हैं, उपनिषद् हैं, पुराण-उपपुराण हैं, आगम हैं, जातक हैं, तमाम धर्म-दर्शन-संप्रदाय हैं, पर देश के पास कोई धर्मग्रंथ है ही नहीं। भारत की जैसी विराट्, बृहद् धर्म-दर्शन परंपराएँ हैं, वहाँ बाइबिल या कुरान जैसे किसी धर्मग्रंथ के होने का कोई मौका ही नहीं था, कोई अवसर ही नहीं था, कोई अवकाश ही नहीं था। आज भी नहीं है। भारत के वे सभी लोग, जो इसलामवादी और क्रिश्चियनवादी नहीं हुए, वे सभी लोग भारत के समस्त धर्म-दर्शन-संप्रदायों से तो जुड़े हैं, इन सभी संप्रदायों को समझते हैं, इनमें से अनेक इन धर्म-दर्शन-संप्रदायों से जीवनयापन के आदर्शों और मानदंडों पर चलने की कोशिश भी करते हैं, स्वेच्छा से करते हैं, पर इनमें से कोई भी किसी धर्मग्रंथ से बँधा हुआ नहीं है, वैसे, जैसे कि इसलामवादी कुरान से और क्रिश्चियनिटीवादी बाइबिल से जुड़े हैं। इनके अलावा भारत के करोड़ों-करोड़ों लोग धर्मग्रंथ की अवधारणा से न बँधे हुए हैं, न जुड़े हुए हैं, न प्रेरित होते हैं।

फिर भी भारत में दो कोशिशें हुईं। एक कोशिश भारत के सिख समुदाय ने की और कह सकते हैं कि वह कोशिश इसलाम की प्रतिक्रिया में हुई, इसलाम के अनुकरण में नहीं हुई। दसवीं पादशाही श्री गुरुगोविंदसिंह ने 'गुरु मानियो ग्रंथ' का आदेश देकर 'श्री गुरु ग्रंथ साहब' को अपना गुरु और ग्रंथ मानने को कहा। सभी सिखों ने और उनके हमवतनों सभी पंजाबियों ने इस आदेश को माना। उन्होंने भी माना, जो सिख हैं और उन्होंने भी माना, जो सिख नहीं हैं। पर दसवीं पादशाही ने भी उसे धर्म-ग्रंथ का औपचारिक नाम नहीं दिया। उसे औपचारिक रूप से तो 'गुरु ग्रंथ' यह नाम ही दिया, जो कि भारत की अपनी धर्म-दर्शन परंपरा में एक सही शब्द है। हमारी धार्मिकता की परंपरा में गुरु का उपदेश तो है, जिसे लोग शिरोधार्य करते हैं, पर यह कुरान-बाइबिल जैसा धर्मग्रंथ नहीं है, जो धर्म पर कम और धर्मांतरण पर ज्यादा जोर देते रहे हैं। इसलिए दशम गुरु श्री गुरु गोविंद का 'गुरु मानियो ग्रंथ' उपदेश आज भी पूरे पंजाब में, हर सिख और हर पंजाबी को शिरोधार्य बना हुआ है। धर्मग्रंथ की अवधारणा को लेकर 'श्री गुरु ग्रंथ साहब' के बारे में, उनके परमोच्च स्थान के बारे में और उनकी सहज शिरोधार्यता के बारे में हमने वही कहा है, जो हमें समझ में आया। सिख पंथ की मान्यताएँ इसके अलावा भी हो सकती हैं, जिनका हम हृदय से सम्मान करना चाहेंगे।

दूसरी कोशिश स्वामी दयानंद सरस्वती ने की, जब उन्होंने क्रिश्चियनिटी द्वारा धर्मांतरण के खिलाफ होते हुए वेदों को भारत का धर्मग्रंथ मानने का आह्वान किया। स्वामीजी के आदेश को देश ने माना और आज तक भी माना हुआ है। पर पूरे देश

ने वेदों को बाइबिल और कुरान जैसा दर्जा फिर भी नहीं दिया, क्योंकि देश ने तब भी हजारों सालों से चला आ रहा और सर्वस्वीकृत रूप से माना जा रहा वही दर्जा वेदों को दिया, जो कि शुरू से ही चलन में रहा है। न तो स्वामीजी ने ऐसा आग्रह कभी किया और न ही आर्यसमाज ने, जिसकी स्थापना स्वयं स्वामी दयानंद ने की थी, ऐसा आग्रह कभी किया कि वेदों को बाइबिल और कुरान जैसा धर्मग्रंथ माना जाए। हम वही कह रहे हैं, जितना हम स्वामीजी के योगदान को इस संदर्भ में समझ पाए हैं। अधिक गहराई में जाने के लिए आर्यसमाज के आधिकारिक विद्वानों से दिशा लेने का अवसर तथा अवकाश हरेक के पास है।

स्वामी दयानंद सरस्वतीजी के प्रयासों का एक यह शुभ परिणाम सामने आया कि इसलाम और क्रिश्चियनिटी की अंधी आँधी में जब देश मजबूरियों के दशक जीने को विवश था, वेदों की ओर से लापरवाह हो रहा था, तब भी देश को यह याद कराया जाता रहा कि मनुष्य जाति की प्राचीनतम धरोहर, यानी वेद हमारे पास हैं और देश को वेदों के प्रति एक नए बौद्धिक और सांस्कृतिक उत्साह के साथ स्वामीजी ने और उनके आर्यसमाज ने एकाकार कर दिया। यह एक अद्‌भुत प्रदाय, स्वामी दयानंद सरस्वती का, ठीक वैसा ही है, जैसा प्रदाय स्वामी विवेकानंद ने वेदांत को देश की घर-बैठकों की बातचीत में, संपूर्ण भारत के युवाओं की गहरी चर्चाओं में और पूरे देश और फिर क्रमशः पूरी दुनिया के शास्त्रार्थों में मानो हमेशा के लिए पहुँचा दिया। पर ये दोनों विराट् संत-स्वामी दयानंद और स्वामी विवेकानंद भारत के प्राचीनतम ग्रंथ वेदों को इसलामवादियों के कुरान और क्रिश्चियनिटीवादियों के बाइबिल की तरह एक धर्मग्रंथ कभी, कभी नहीं मानते रहे थे।

गुरु गोविंद सिंह, स्वामी दयानंद, स्वामी विवेकानंद ने वैसा नहीं माना, इसका कारण यही था कि भारत की बौद्धिक और धार्मिक परंपरा में, सामाजिक व्यवहार और दार्शनिक शास्त्रार्थों में वेदों को जो माना गया, या अगर कभी, कहीं नहीं भी माना गया तो वह बुद्धि को संगत हो सकनेवाले तर्कों के कारण ही था। हम अपनी पुस्तक में कई तरह से देख ही आए हैं कि कैसे वेद हमारे देश के धर्म का, धर्म-परंपरा का, धार्मिकता का प्राण हैं, सर्वप्रथम हैं, सर्वप्रमुख हैं, पर उन्हें कभी धर्मग्रंथ नहीं माना गया, जैसा कि बाइबिल को मानते हैं। वेद न तो भारत की बाइबिल है और न ही भारत का कुरान है, इसलिए कि बाइबिल और कुरान जैसे धर्मग्रंथ की अवधारणा इसलामवादी और क्रिश्चियनिटीवादी विधर्मियों के बीच तो प्रचलित और स्वीकृत कही जा सकती है, पर भारत को वैसी कोई अवधारणा न कभी स्वीकृत रही है और न ही कभी स्वीकृत हो सकती है।

इसलिए जाहिर है कि भारत के वेद, न तो इसलामी देशों के कुरान जैसे हैं और न ही क्रिश्चियनिटीवादियों के बाइबिल जैसे हैं। भारत के वेद वैसे, यानी बाइबिल और कुरान की पाँत में रखे भी नहीं जा सकते। क्यों? इसलिए कि वेद शब्द का अर्थ, अर्थात्

शब्दार्थ है ज्ञान। वेद शब्द संस्कृत की 'विद्' धातु से बना है, जिसका अर्थ है जानना। वेद शब्द का सीधा-सीधा अर्थ है ज्ञान। इसलिए आयुर्वेद वह वेद अर्थात् ज्ञान है, जिसमें स्वास्थ्य और चिकित्साशास्त्र के बारे में विस्तार से बताया गया है। धनुर्वेद वह वेद अर्थात् ज्ञान है, जिसमें धनुष अर्थात् संपूर्ण शस्त्रज्ञान बताया गया है। महाभारत को पंचम वेद इसलिए कहा गया कि चार वेदों, यानी ऋग्वेद, यजुर्वेद, सामवेद, अथर्ववेद की तरह महाभारत को मानवमात्र के लिए ज्ञान का, धर्म के ज्ञान का एक कोश और स्रोत माना गया। वेद शब्द का प्रयोग भारत में इन्हीं और इस तरह के ज्ञान को बताने के लिए किया गया है। इसलिए भारत में वेदों को समस्त धर्म, दर्शन और जीवन-दर्शन का स्रोत माना गया, जहाँ से हम हर तरह के ज्ञान को प्राप्त करने की कसौटियाँ जान और समझ सकते हैं। वेद कुछ नहीं कहेगा। मेहनत आपको करनी है। इसलिए वेद में कोई आदेश नहीं है, वह सिर्फ एक दीये जैसा है, प्रदीप जैसा है, जिसकी रोशनी में क्या और कैसे समझना है, वह समझना आपको स्वयं है। वेद तो एक दीये जैसा, एक प्रदीप जैसा है, जो आत्मदीप बना देने की सामर्थ्य रखते हैं। भगवान् बुद्ध ने कहा, आत्मदीपो भव, यानी अपना प्रदीप खुद बनो। वेद अंततः आपको वैसा आत्मदीप बनने में ही सहायता करते हैं। वे ज्ञान का स्रोत तो हैं, वे आदेशों का व्याख्यान, या निर्देशों का संग्रह नहीं हैं। इसलिए वे पश्चिमी शैली के, पश्चिमी तर्ज के धर्मग्रंथ नहीं हैं। सिर्फ और सिर्फ इसलिए कि भारत ऐसा ही है, धर्मग्रंथों की अवधारणा से परिचित ही नहीं है, वैसा जानता ही नहीं है। फिर वैसा मानेगा कहाँ से?

□

51

भारत के राष्ट्रवाद की चालू किस्म की परिभाषाएँ

जब आप किसी एक सहज और स्वाभाविक स्थिति को नकारने के लिए ऊल-जलूल बातें करना शुरू कर देते हैं, आप निश्चित ही हास्यास्पद बन जाते हैं और एक कदम आगे बढ़कर जब आप उन ऊल-जलूल बातों को सिद्धांतों का, खासकर राजनीतिक सिद्धांतों का जामा पहनाने की कोशिश करते हैं, तो आप यकीनन विदूषक बन जाते हैं। भारत में राष्ट्रवाद की भाँति-भाँति की परिभाषाएँ देनेवाले ऐसे ही कुछ विदूषक, जिन्हें कुछ लोग सिविल सोसाइटी कह देने का भी दम भरने लगे हैं, आज देश में चारों ओर घूम रहे हैं, मीडिया में नौकरी मिल जाने के कारण खुद को सर्वशक्तिमान और सर्वबुद्धिमान समझकर अपनी ऊटपटाँग बातों को देश पर थोपने का अहं पाल चुके हैं, और स्कूलों तथा कॉलेजों में अध्यापन की नौकरी मिल जाने की वजह से ताजा और विकसनशील व्यक्तित्वों को देश की विचारधारा से उलट व्यक्तित्व बनाने का अपराध कर रहे हैं।

तीन सवालों के आधार पर हम अपनी बात कहने की कोशिश करते हैं। पहला सवाल है—भारत राष्ट्र का स्वरूप क्या है? जवाब है कि भारत हिंदू राष्ट्र है। दूसरा सवाल है कि भारत की विचारधारा क्या है, वह विचारधारा, जिसके आधार पर किसी राष्ट्र का स्वरूप तय होता है, वह विचारधारा क्या है? तो उत्तर है कि हिंदुत्व ही भारत की विचारधारा है। तीसरा सवाल है कि भारत की इस विचारधारा का निर्माण कैसे हो गया, किसने किया? तो उत्तर है कि भारत की अपनी इस विचारधारा का निर्माण हिंदू ने किया। अर्थात् भारत एक हिंदू राष्ट्र है, जिस हिंदू राष्ट्र का निर्माण भारत की हिंदुत्व विचारधारा ने किया है और जिस विचारधारा का निर्माण भारत के हिंदुओं ने किया है।

आप हम पर आरोप लगा सकते हैं कि हम इस बात को कई बार कह चुके हैं, इसी 'उत्तरायण' पुस्तक में कई बार कह चुके हैं। हमारा समाधान है कि चूँकि यह सत्य है, इसलिए इसको बार-बार कहा जा रहा है। सत्य को बार-बार कहना ही होता है। ऐसा

कहना इसलिए जरूरी है कि भारत के, भारत राष्ट्र के, भारत के लोगों के व्यक्तित्व के इस सत्य को, इस हिंदू सत्य को नकारनेवाले, इसकी हँसी उड़ानेवाले, इसे गरियानेवाले लोग अपने असत्य को बार-बार बोलते ही रहते हैं। कहीं असत्य की मार खा-खाकर सत्य को उसके मार्ग से डिगा न दिया जाए, ऐसे में सत्य का बखान बार-बार करना पड़ता है, ताकि सत्य पर पर्दा न डाला जा सके। उपनिषद्कार ने कहा है कि 'हिरण्मयेन पात्रेण सत्यस्यापिहितं मुखम्' यानी 'सत्य एक ऐसे पात्र में रखा हुआ है, जिस पात्र का मुँह सोने से ढका है, यानी सत्यरूपी पात्र पर सोने का आवरण पड़ा हुआ है।' यह सत्य, यह सोने का आवरण, इस सबको समझने में कोई दिक्कत नहीं आनी चाहिए। हमारे इस आलेख के वर्तमान संदर्भ में यह एक सत्य स्थापना है कि 'भारत एक हिंदू राष्ट्र है, जिस हिंदू राष्ट्र का निर्माण भारत के हिंदू जीवन-दर्शन ने किया है और जिस जीवन-दर्शन का निर्माण देश के हिंदू ने अपनी हजारों वर्षों की यात्रा में किया।' इसी सत्य स्थापना को हम वाक्यों को आगे-पीछे रखकर भी कर सकते हैं कि भारत हिंदुओं का देश है, जहाँ हिंदुओं के एक विशिष्ट जीवन-दर्शन का निर्माण और विकास पिछले हजारों सालों की यात्रा में हुआ है, जिस जीवन-दर्शन के परिणामस्वरूप भारत को हिंदू राष्ट्र कहा जाता है। भारत के हिंदू, भारत हिंदू राष्ट्र और भारत का हिंदुत्व, ये तीनों शब्द, तीनों परिस्थितियाँ और तीनों विचार पर्यायवाची हैं और एक ही अर्थ देते हैं और अपना संपूर्ण अर्थ देते हैं।

अब सत्य तो यह है, पर इस सत्य को नहीं मानना। क्यों नहीं मानना? इसलिए नहीं मानना, क्योंकि आजादी के बाद देश के छह-सात दशकों तक निरंतर शासन करनेवाली कांग्रेस को वैसा नहीं मानना। कांग्रेस ने वैसा इसलिए नहीं मानना, क्योंकि नेहरू ने वैसा नहीं मानना। नेहरू ने वैसा नहीं मानना, बिलकुल नहीं मानना, क्योंकि नेहरू की सारी शिक्षा-दीक्षा, सारा पालन-पोषण, सारा राजनीतिक प्रशिक्षण ऐसी पश्चिम-परस्ती के माहौल में हुआ कि जहाँ हिंदू को, सारे भारत को, भारत की संपूर्ण मेधा को मूर्ख और दकियानूसी माना जाता है, जबकि यह सत्य है कि यह हिंदू ही है, सारे विश्व में यह अकेला हिंदू ही है, जिसने अध्यात्म का दर्शन दिया, पुनर्जन्म और कर्मयोग का दर्शन दिया, धर्म और धर्माचरण का दर्शन दिया, नक्षत्रविज्ञान और अष्टांग योग का ज्ञान दिया, अर्थशास्त्र, भैषज्य शास्त्र, गणितशास्त्र, कामशास्त्र, संगीतशास्त्र, साहित्यशास्त्र, भवन-निर्माण आदि का विज्ञान दिया, विश्व को शून्य का आविष्कार दिया। यह सब भारत ने दिया, भारत की विचारधारा ने दिया, भारत की हिंदुत्व विचारधारा ने दिया। पर यह सत्य भी नेहरू ने नहीं मानना, इसलिए कि अपनी ट्रेनिंग से मजबूर होकर नेहरू ने नहीं मानना। नेहरू के नेतृत्व में मजबूर कांग्रेस ने भी नहीं मानना। कांग्रेस से राजनीतिक प्रशिक्षणप्राप्त पूरे राजनीतिक परिदृश्य ने भी नहीं मानना, भारत के ऐसे पूरे राजनीतिक

विश्व ने, भारत के राजनीतिक विश्व ने भी नहीं मानना। जब सत्य को प्रताड़ित, नष्ट और ध्वस्त करने के इतने पुख्ता इंतजाम कर दिए गए हों तो इस सत्य की प्रतिष्ठा करना कितना कठिन काम है कि भारत एक हिंदू राष्ट्र है, जिसका निर्माण हिंदू जीवन-दर्शन ने किया है, जिस जीवन-दर्शन का निर्माण करने में हिंदू ने पिछले दस हजार साल से परिश्रम किया है।

चूँकि इस संपूर्ण हिंदू राष्ट्रवाद को नहीं मानना, तो इन हिंदू विरोधियों पर, हिंदुत्व विरोधियों पर, हिंदू राष्ट्रवाद विरोधियों पर यह जिम्मा भी आ गया कि अगर भारत हिंदू राष्ट्र नहीं है तो फिर क्या है? फिर वह है तो है क्या? आइए, इन चंद उत्तरों से परिचित हुआ जाए, जिन उत्तरों को भारत की मेधा में स्थापित-प्रतिष्ठापित करने की कोशिश पिछले करीब दो-ढाई सौ साल से हो रही है, पर भारत ने जिन उत्तरों को आज तक तो स्वीकार नहीं किया है, बेशक पश्चिम-परस्त सिविल सोसाइटी, राजनीतिक विश्व और मीडिया द्वारा इसकी तोतारटंत जारी है, आज भी जारी है।

भारत हिंदू राष्ट्र नहीं है तो क्या है? इसका एक छलपूर्ण उत्तर यह दिया जाता है कि भारत एक 'मोजैक' है। यह शब्द कांग्रेसी राजनीति करनेवाली नई पीढ़ी को और मीडियाकर्मियों को बड़ा ही पसंद आ गया है। 'मोजैक' का सरल भावार्थ यह होता है कि जिसमें कई तरह के रंगों का, कई तरह की परिस्थितियों का, देश के संदर्भ में कहें तो कई तरह के विचारों का समुच्चय होता है। अब कृपया इस 'मोजैक' परिभाषा का विदूषकत्व देखिए। क्या दुनिया में कोई ऐसा देश भी होता है, जिसमें एक ही तरह के लोग, एक ही विचार के लोग, एक ही तरह के रहन-सहन के लोग, एक ही तरह की आदतों और स्वभाव के लोग रहते हों? हमने तो दुनिया के किसी भी ऐसे एक भी देश के बारे में नहीं पढ़ा और सुना कि जिसमें बस एक ही विचार, एक ही जीवन-शैली, एक ही तरह के स्वभाव के लोग रहते हों। प्रत्येक देश में, देश तो क्या प्रत्येक शहर में, गाँव तक में विभिन्न तरह के लोग रहते हैं। भिन्नरुचिर्हिलोक:। हर एक की रुचियाँ एक-दूसरे से भिन्न होती हैं, भिन्न-भिन्न होती हैं। रुचियाँ, यानी पसंद-नापसंद अलग-अलग होती हैं। इस 'मौजेक' सिद्धांत का क्या किया जाए? दुनिया का हर देश मोजैक होता है, भारत भी मोजैक है, सब कुछ समान और सामान्य है, तो फिर इस सर्वसामान्य, सर्वसाधारण चीज को किसी एक देश की, मसलन भारत राष्ट्र की परिभाषा या विचारधारा कैसे मान लिया जाए? उसके आधार पर भारत का अपना स्वरूप कैसे निर्धारित कर दिया जाए? यानी भारत एक मोजैक है, इस परिभाषा में तो दम ही नहीं है। जब दम ही नहीं है तो इस बेजान, बेकार, निरर्थक और उद्देश्यहीन विचार को भारत जैसे जगद्गुरु की परिभाषा कैसे मान लिया जाए, भारत का स्वरूप कैसे मान लिया जाए, यानी इस मोजैक-उछलकूद में परिभाषा जैसा क्या है?

भारत हिंदू राष्ट्र नहीं है, यह मनवाने के लिए जिस एक व्यर्थ की थ्योरी को चलाया गया, उससे तो बात बनी नहीं। भारत एक मोजैक है, ऐसी विदूषकी परिभाषा किसी एक देश की आप कैसे कर सकते हैं? कर ही नहीं सकते। भारत अध्यात्म का देश है, भारत धर्मप्रधान देश है, भारत विभिन्न धर्म-दर्शन-संप्रदायों का सम्मान करनेवाला देश है—भारत समन्वयी विचार है। भारत में तीन अभिव्यक्ति-शृंखलाएँ रही हैं, यानी भारत ने खुद को तीन तरह की वैचारिक शृंखलाओं में अभिव्यक्त किया है—निगम, आगम और कथा। भारत में नौ-दार्शनिक स्कूल रहे हैं। आज भी हैं, जिनमें उत्तरोत्तर विकास होता ही रहता है, आज भी होता रहता है—सांख्य, जैन, बौद्ध, न्याय, वैशेषिक, योग, मीमांसा, वेदांत और आजीवक। भारत में दसियों, शायद पचास से ऊपर (शायद इसलिए कि हमारे लिए गिन पाना मुश्किल रहा है) धर्म-दर्शन-संप्रदाय हैं। इतने बड़े विचारशील भारत को, ऐसे विराट् विचार-समुद्र को आप 'मोजैक' कहकर बौना कर रहे हैं, आपकी इस विदूषकी हरकत पर क्या टिप्पणी की जाए?

भारत हिंदू राष्ट्र है, यह स्वीकार नहीं करना, इसलिए 'मोजैक' थ्योरी के अलावा एक 'धर्मशाला' थ्योरी भी चलाई गई थी। जैसे यह कहा गया कि भारत विभिन्नताओंवाला देश है, 'मोजैक' वाली विभिन्नताओंवाला देश है, वैसे ही एक 'धर्मशाला' थ्योरी भी चलाई गई थी। 'धर्मशाला' चूँकि थोड़ा कम आकर्षक शब्द है, इसलिए इस शब्द का ज्यादा प्रयोग नहीं किया गया, परंतु उसमें से झाँकनेवाली यह थ्योरी तो चलाई गई और इस थ्योरी की काट भी हमने हाथ-के-हाथ कर दी है। थ्योरी यह है कि भारत किसी का देश नहीं। बस लोग आते गए, बसते गए। पहले आर्य आए, पता नहीं कहाँ से आए? फिर उनका संघर्ष द्रविड़ों से हुआ, पता नहीं कब हुआ, कहाँ हुआ? फिर उसके बाद शक आए, पर वे तो भारत के ही एक प्रदेश शकस्थान में थे, जो बाद में इसलामी होकर सीस्तान बन गया। फिर हूण आए, पर वे आए कहाँ, आते ही धक्के मारकर बाहर कर दिए गए, इनको तो भारत की सीमा से ही बाहर कर दिया गया। यानी इतिहास में कहीं से समर्थन नहीं मिलता, पर थ्योरी तो बना ही दी गई कि लोग आते गए और भारत बसता गया, यानी ऐसे ही देश बनता गया और जब बन गया तो एक शुभ प्रभात, गुडमॉर्निंग कहते हुए सूर्योदय बेला में हमें मालूम पड़ गया कि भारत बन गया। बस ऐसे ही एक शुभ प्रभात भारत बनना पूरा हो गया और पता नहीं कब उसका नाम भारत रख दिया गया और पता नहीं वैसा नाम क्यों रख दिया गया, भारत को हिंदू राष्ट्र नहीं कहना, सत्य को नहीं मानना तो क्या देश को देशवासियों के, देश के विचार को इस तरह धर्मशालाएँ बनाकर अपमानित करते रहोगे? बहुत कर चुके हो, पर अब और नहीं कर पाओगे।

पूरे भारतीय साहित्य में, खासकर वेदों, शतपथ ब्राह्मण आदि ब्राह्मण ग्रंथों में, पुराणों में रिकॉर्डिड है कि भारत में कभी एक देवयुग था। हम दस हजार साल पहले की बात

कह रहे हैं। देवयुग की समाप्ति पर एक खंडप्रलय आया। यह भी हो सकता है कि इस खंडप्रलय के कारण ही देवयुग का अंत हो गया है, जो अधिक संभव लगता है। यहाँ से सृष्टि का प्रारंभ तब हुआ, जब मनु महाराज ने हिमालय से नीचे आकर मैदानी इलाके में, पूर्वांचल में, अयोध्या में, भारत की सभ्यता का पुनः प्रारंभ किया, जो घटना आज से हजारों वर्ष पहले घटित हुई। यह घटना शतपथ ब्राह्मण में 'मनवै हवै प्रातः' (श. ब्रा., 1.8.1) उस हृदयंगम हो जानेवाले शीर्षक में अद्‍भुत साहित्यिक शैली में, जाहिर है कि संस्कृत में ही दर्ज है। तब से जिस सभ्यता का प्रारंभ हुआ, जिसमें उन सभी आदिवासियों, आंदोलनों, सिद्धांतों, संप्रदायों, व्यक्तित्वों का उदय होता चला गया, जिसे अपना नवीनतम नाम 'हिंदू' इस अखंड भारत के निर्माण काल में मिला। इसी अखंड भारत के हिंदुओं पर, उन्हें हिंदू कहकर, पहला सफल विदेशी हमला खलीफा के नेतृत्व में उसकी सेना के नायक मुहम्मद बिन कासिम की सेना ने किया था। भारत तब तक हिंदू राष्ट्र के रूप में प्रतिष्ठित हो चुका था और इन हिंदुओं को ध्वस्त करने के लिए ही मुहम्मद बिन कासिम ने अपनी क्रूरताएँ, आततायीपन दिखाए। यह वही खलीफा है, जो काल के थपेड़े खाकर नष्ट हो गया था, पर जिसे भारत में फिर से इज्जत बख्शने का काम खलाफत आंदोलन के जरिए महात्मा गांधी ने किया। महात्मा गांधी को इस भारत-विरोधी, हिंदू-विरोधी और भारत के मुसलिमों के विरोधी काम में पड़ना चाहिए था या नहीं पड़ना चाहिए था, इतिहास में यह बहस का विषय बन चुका है।

भारत को हिंदू राष्ट्र नहीं मानना, इसलिए कुछ भी ढपोरशंख चला दिया जाएगा? कभी चल चुका। अब शायद देश यह सब स्वीकार न करे। हिंदू राष्ट्र को नकारने के लिए एक और थ्योरी भी चलाई गई। इस थ्योरी का नाम है 'बुलबुलें' थ्योरी। भारत एक मोजैक है, यह बेवकूफी देश ने कभी स्वीकार नहीं की। भारत एक धर्मशाला है, यह वाहियातपन भी देश को कभी स्वीकार नहीं हुआ। जब ये सभी विचार चकल्लस देश ने कभी स्वीकार नहीं की तो यह 'बुलबुले' थ्योरी भी भला कैसे स्वीकार की जा सकती थी? कहने की इच्छा थी कि भारत दुनिया में सबसे अच्छा है। तो कैसे अच्छा है? ये सभी भारतवासी भारत नामक एक ऐसा गुलिस्ताँ है, जहाँ रहनेवाले सभी भारतीय उस गुलिस्ताँ की बुलबुलें हैं। हिंदुस्तान तो बहुत अच्छा है, पर हिंदुओं का यह स्थान, यह भारत देश एक ऐसा गुलिस्तान है, जहाँ रहनेवाले सभी भारतवासी वहाँ की बुलबुलें हैं। हिंदुस्तान तो सबसे अच्छा है, पर हिंदुओं का यह स्थान, यह देश तो सबसे अच्छा है, पर इसे हिंदुस्तान ही कहेंगे, इसे हिंदू राष्ट्र भूलकर भी नहीं मानेंगे और वहाँ रहनेवालों को हम हिंदू नहीं मानेंगे, चिड़िया, कौवा, कबूतर, या बुलबुलें कुछ भी कह देंगे, यहाँ तक कि हिंदी भी कह देंगे, पर हिंदू राष्ट्र कभी स्वीकार नहीं करेंगे और हुआ यह कि यह बुलबुलेंपन भी बुरी तरह मात खा गया, क्योंकि भारत के हिंदुओं को पंछी माननेवाला

पंछी ही भारत से उड़कर पाकिस्तान जा पहुँचा। हिंदू राष्ट्र को तोड़कर पाकिस्तान बना दिया और फिर इस मुसलिम गुलिस्तान से हिंदुओं को, यानी हिंदू बुलबुलों को सीधी काररवाई के जरिए जानवरों की तरह थोक के भाव मरवा दिया। वैसे तो बुलबुलें भी जानवर ही होती हैं। भारत को हिंदू राष्ट्र मत मानिए, यानी सच्चाई से मुँह मोड़िए तो लोग आपको मोजैक थमा देंगे कि लो यह मोजैक थाम लो, धर्मशाला में कुछ दिन घूम आइए और बुलबुलों की आत्माएँ बन जाइए। फिर महसूस करिए कि हाथों में मोजैक थामकर कैसा लगता है, धर्मशाला में रहकर कैसा अनजानापन लगता है और बुलबुलें बनकर कैसे उड़ जाते हैं?

भारत हिंदू राष्ट्र है, पर यह मानता नहीं है और नहीं मानेंगे तो सारी हदें पारकर कभी उसे मोजैक बना देंगे, कभी धर्मशाला बनानेवाले राजमिस्त्री बना देंगे और कभी बुलबुल बनकर उड़ना, पाकिस्तान उड़ जाना सिखा देंगे। मानो इतनी मसखरी कम थी, तो एक ने, हमें ध्यान नहीं आ रहा है कि किसने कह दिया कि हिंदुत्व तो जीने की एक राह है। राह तो है, भारत में पच्चीस हजार, पाँच सौ चालीस (यानी ऐसे ही कई) राहें हैं तो उनमें से हिंदुत्व कौन-सी राह है, अगर यह भी बता दिया जाता तो हमारी मेहनत कम हो जाती और हम फिर असमंजस में भी नहीं रहते। इससे हमारी इज्जत बढ़ जाती सो अलग। भारत की राह दर्शन की राह है तो कौन से दर्शन की, अध्यात्म की या और कोई राह है? भारत की धर्म की राह है तो कौन-से धर्म की राह है? सनातन की राह है या किसी और तरह की राह है? भारत के संप्रदायों की राह है तो किस-किस संप्रदाय की राह है? धर्म-दर्शन-संप्रदायों की राह है, मोजैक की राह है, धर्मशाला की राह है या बुलबुलों के उड़ान की राह है? जब आपने आरंभ की व्याख्या का जिम्मा ले ही लिया तो फिर व्याख्या पूरी कर देनी चाहिए थी। बता देना चाहिए कि भगवान् राम के लिए क्यों कहा गया कि 'रामो विग्रहवान् धर्मः', भगवान् कृष्ण के लिए क्यों कहा गया कि 'धर्मसंस्थापनार्थाय' और भगवान् बुद्ध के लिए क्यों कहा गया कि 'धर्मचक्रप्रवर्तनम्'? जब धर्म और आचरण और विधि-विधान पर्यायवाची हैं तो फिर समस्या-समाधान को पूरा तो कर देना चाहिए था।

पर हम जानते हैं कि चाहे मोजैकवाले हों, धर्मशालावाले हों, बुलबुलें हों या जीवन की राह बतानेवाले हों, सभी मीलों दूर खड़े रहेंगे, दूर खड़े रहकर इशारा भर करते रहेंगे, पर बताएँगे नहीं कि यह अपना भारत है क्या? कोई कठिन नहीं। भारत वह है जो विश्वामित्र, वाल्मीकि, वेदव्यास और सूतजी महाराज ने बताया कि अपना भारत तो वह है, जो देश की पूरी वैचारिक संपदा और परंपरा को सहेजे हुए है। निगम, आगम और कथाओं में बसता है। पुराणों में बसता है, जातकों में बसता है, धम्मपद में बसता है, 'गीता' में बसता है, कैवल्य में बसता है, वही का वही, सारा का सारा भारत

डॉ. आंबेडकर के लिखे संविधान में बसता है। वही भारत हिंदू राष्ट्र है, जिन्हें आज कहने में लाज आ रही हो, परहेज लग रहा हो, तो वे करोड़ों लोगों की महत्त्वाकांक्षी धड़कनों को सुन लें, जिनके हृदयों में भारत का 'अध्यात्म' दर्शन, भारत का 'सनातन' धर्म और भारत के, यानी भारत के सभी 'धर्म-दर्शन-संप्रदाय' बसते हैं, वे ही संप्रदाय, जिनके अनुयायी सांप्रदायिक कहे जाते हैं। यही भारत की विचारधारा है, जो हिंदुत्व है, यही बतानेवाला ही भारत का हिंदू है और यही हिंदू कह रहा है, मेरा यही भारत मेरा हिंदू राष्ट्र है।

□

52

कांग्रेसमुक्त भारत होने का अर्थ-1

जैसे-जैसे 2014 के आम चुनावों का सिलसिला आगे बढ़ने लगा था, जल्दी ही तसवीर साफ होने लग गई थी कि नरेंद्र मोदी के सभी प्रतिद्वंद्वी चारों खाने चित गिरेंगे (2019 में भी ऐसा ही हुआ)। इस कदर चारों खाने चित गिरेंगे कि 'इस दिल के टुकड़े हजार हुए, कोई यहाँ गिरा, कोई वहाँ गिरा' के अंदाज में गिरेंगे। यह भी तब तक साफ होने लग गया था, जब वोट पड़ने की आखिरी किस्त नजदीक आने लग गई थी कि मोदी के नेतृत्व में भा.ज.पा. आराम से पूरा बहुमत प्राप्त कर लेगी। अपने चमत्कारी चुनाव अभियान के आखिरी दौर के भाषणों में जब नरेंद्र मोदी ने करीब-करीब गरजते हुए कहा कि 'माँ-बेटे की सरकार तो गई' तो मोदी-विरोधी पार्टियों के खेमों में पसरी उदासी और मोदी-विरोधी नेताओं के चेहरों पर क्रमश: पसरती मुसकान ने आनेवाले दिनों की राजनीति का भाग्यलेख मानो लिख दिया था।

पश्चिमी लोकतंत्र की शब्दावली और मुहावरों का अभ्यस्त हो चुके हमारे देश की राजनीति ने तुरंत नई खेमेबंदी कर ली, यानी जो अब तक विपक्ष कहा जा रहा था, उसे सत्तारूढ़ कहा जाने लगा और जो बरसों से सत्ता का ताज पहने हुए देश को बरबाद कर रहे थे, वे इस निर्णायक चुनावी उठा-पटक के बाद विपक्षी बना दिए गए। ठीक ही विपक्षी बना दिए गए? हमें इस राजनीतिक शब्दावली और मुहावरेबाजी पर कुछ नहीं कहना। कारण कि जब हमने पश्चिमी कायावाले लोकतंत्री विचारों के ओखल में सिर डाल ही दिया है तो इस प्रणाली के शब्दों व मुहावरों के मूसलों से हम कैसे बचे रह सकते हैं। वे मूसल तो पड़ेंगे ही और 2014 के लोकसभा चुनाव परिणाम सामने आते ही बाकायदा सरकार बनते ही, बल्कि उससे भी पहले, शपथ ग्रहण की पूर्व संध्या से ही, वे मूसल पड़ना शुरू हो गए, पर हम इन मूसलों के गिरने में समय बर्बाद नहीं करने जा रहे। राजनीति अपना काम करती रहेगी।

हम राजनीति के इस पट-परिवर्तन के संदर्भ में होनेवाले एक अतिमहत्त्वपूर्ण आयाम

पर ही अपनी संपूर्ण चर्चा केंद्रित करनेवाले हैं। प्रधानमंत्री नरेंद्र मोदी ने अपने चुनाव अभियान के दौरान, यानी लोकसभा के लिए हुए चुनाव अभियान के दौरान एक हथियार का खुलकर प्रयोग किया था, बेशक निरामिष तरीके से, पर बिना किसी लाग-लपेट के और बड़े ही सार्थक अंदाज में किया था। इस हथियार का नाम था, 'कांग्रेसमुक्त भारत'। इसका अर्थ क्या है, 'कांग्रेसमुक्त भारत' इस अभिव्यंजना का अर्थ क्या है, इस अर्थ को दो तरह से समझा जा सकता है। समझने का एक आयाम यह है कि लोगों ने इसका क्या अर्थ ग्रहण किया, समझने का दूसरा आयाम यह है कि देश की राजनीति में इसका क्या अर्थ ग्रहण किया जाना चाहिए?

पहले यह देख लेने में कोई हर्ज नहीं कि लोगों ने इस शब्द का, 'कांग्रेस- मुक्त भारत' इस शब्द का, या इस नारे का क्या अर्थ ग्रहण किया? ऐसा लगता है कि लोगों ने इस नारे का यह अर्थ ग्रहण कर लिया कि कांग्रेस को सत्ता से हटाना है और भा.ज.पा. को सत्ता में लाना है। लोगों ने वोट के जरिए कांग्रेस को केंद्र की सत्ता से बाहर कर दिया और पूरे बहुमत के साथ भा.ज.पा. को सत्ता सौंप दी। शायद लोगों ने इसका यही अर्थ मान लिया कि भारत को कांग्रेसमुक्त कर दिया गया है। लोकसभा चुनावों के बाद हुए कुछ विधासभा चुनावों में भी एक के बाद एक कांग्रेस को मिली हार से लोगों के मन में तसवीर बनना शुरू हो गई होगी थी कि भारत को कांग्रेसमुक्त कर दिया गया है। 2014 के लोकसभा में मिली ऐतिहासिक जीत के एक साल से भी कम समय में भा.ज.पा. को दिल्ली में शर्मनाक हार (विधानसभा की 70 में से तीन सीटें) मिलीं। यह हार भी एक ऐसी पार्टी के हाथों मिली, जिसे एक राजनीतिक दल माना भी जाए या न माना जाए? राजनीति दल, तथाकथित राजनीतिक दल भी कैसा, जिसे विचारधारा के स्तर पर कांग्रेस से भी गया-गुजरा माना जा सकता है? ऐसी तत्त्वहीन, दिशाहीन, विचारधाराहीन, लुंज-पुंज पार्टी ने, यानी ऐसे व्यक्तित्ववाले लोगों के एक समूह ने भा.ज.पा. को दिल्ली में, देश की राजधानी में, केंद्र में शासन कर रही भा.ज.पा. सरकार की नाक के नीचे, ऐसी भारी-भरकम हार दे दी कि न केवल भा.ज.पा. के मुख्यमंत्री की दिल्ली की प्रत्याशी का, बल्कि खुद दिल्ली की भा.ज.पा. का भी अता-पता मिलना स्थगित हो गया। एक साल से भी कम समय में कांग्रेस व अन्य भा.ज.पा. विमुख पार्टियों ने राजनीतिक गतिविधि के स्तर पर भा.ज.पा. के नाकों दम करना शुरू दिया, यह देश की राजनीति के रिकॉर्ड में तो आ ही गया। इसके कुछ ही महीने बाद भा.ज.पा. को बिहार में एक ऐसी हार मिली, जिस पर शायद भा.ज.पा. विरोधी भी चकित हुए बिना नहीं रहे होंगे। दिल्ली की हार जिस पार्टी के हाथों मिली, उस हार को एक नवजात पार्टी के हाथों मिली शर्मनाक हार माना गया। पर बिहार में मिली हार तो विचारधारा के स्तर पर भी उतनी ही शर्मनाक ही मानी गई। इस हार का एक परिणाम यह हो सकता है कि आगे चलकर होने वाले

विधानसभा चुनावों में भाजपा और कांग्रेस दोनों को जय-पराजय मिलती रहे, जो कि हुआ भी। जाहिर है कि 'कांग्रेसमुक्त भारत' का जो प्रारंभिक अर्थ या पहला अर्थ सामने आया, कांग्रेस से मुक्ति के लिए चलनेवाले ऐसे अति महत्त्वपूर्ण राजनीतिक संग्राम का इतना निर्बल अर्थ, इतना भारत विमुख अर्थ नहीं हो सकता।

यह हमारा मानना है। केंद्र की सत्ता की मौजूदा सूत्रधार भा.ज.पा. का भी यही मानना है, इसका हमें ठीक से पता नहीं है। प्रधानमंत्री मोदी ने जब 'कांग्रेसमुक्त भारत' इस नारे का प्रयोग या उपयोग अभियान में किया, उनके मन में क्या था, इसका कोई आभास हमें तो नहीं है। चुनावों के बाद, केंद्र की सत्ता में आ जाने के बाद प्रधानमंत्री मोदी ने फिर कभी इस शब्दावली का प्रयोग तक नहीं किया, उसे याद तक नहीं किया, इससे अनुमान लग सकता है कि चुनाव अभियान के दौरान प्रयुक्त यह शब्दावली, 'कांग्रेसमुक्त भारत' महज एक चुनावी नारा था। यह किसी राजनीतिक विचारधारा के संघर्ष का आह्वान था या नहीं, ऐसा मानने से पहले अभी भी प्रतीक्षा करनी पड़ेगी। इस बात की प्रतीक्षा करनी पड़ेगी कि प्रधानमंत्री मोदी और उनके राजनीतिक दल भा.ज.पा. के राजनीतिक सरोकारों की, कार्यक्रमों की, संघर्षों-आंदोलनों की शक्ल क्या बननेवाली है?

हमारा मानना है और हमने अपने इस बड़े आलेख में, यानी अपनी इस पुस्तक में एकाधिक स्थानों पर अपनी यह थीसिस स्पष्ट रूप से प्रस्तुत की है कि देश के भाग्य का निर्धारण राजनीति करती है। देश की विचारधारा का निर्माण निस्संदेह चिंतक करते हैं, विचारक करते हैं, संस्कृतिकर्मी करते हैं, हमारी भाषाएँ, हमारा साहित्य, हमारे पर्व-त्योहार करते हैं, हमारा धर्म करता है। पर हमारे देश के भाग्य का निर्धारण राजनीति करती है। सन् 1947 में मिली राजनीतिक स्वतंत्रता के बाद से इस देश के भाग्य का निर्धारण, लगभग पूरा समय शासन में रहने के कारण, कांग्रेस ने किया है। यह उस राजनीति का कुपरिणाम है, जिसे कांग्रेस के कारण देश को झेलना पड़ा। इन कुपरिणामों का विस्तार से विवेचन हम अभी इसी आलेख में करनेवाले हैं। यह भी स्पष्ट है कि देश को हर परिप्रेक्ष्य में कांग्रेस-राजनीति के दुष्परिणामों से अब हमेशा के लिए मुक्त हो जाना है। इसलिए हम वास्तव में जानने को उत्सुक हैं कि नरेंद्र मोदी के इस विशिष्ट राजनीतिक प्रभावकाल में किस प्रकार उनकी सरकार और उनकी पार्टी, यानी भा.ज.पा., देश में कांग्रेसमुक्ति का राजनीतिक अभियान हाथों में लेती है। किंतु कांग्रेसमुक्त भारत के इस संभावित (या प्रस्तावित?) मोदी अभियान पर विचार करने से पहले यह बता देने में कोई हर्ज नहीं कि बेशक भा.ज.पा. को चुनावी मैदान में कूदे हुए तीन दशक से ऊपर हो गए हैं, अपने पूर्व रूप जनसंघ के रूप में चुनाव लड़ते हुए तो उससे भी ज्यादा समय बीत चुका है, पर देश को कांग्रेसमुक्त करना है, इसका एहसास इस शिद्दत के साथ नरेंद्र मोदी से पहले किसी राजनेता को या भा.ज.पा. को हुआ हो, या स्वयं नरेंद्र मोदी

को भी हुआ हो, यह मान लेने से पहले कई-कई बार सोचना पड़ेगा।

इसी स्थान पर अब पूरी गंभीरता और पूरे विस्तार के साथ बता देने का अवसर आ गया है कि 'कांग्रेसमुक्त भारत' इस राजनीतिक विचारधारा की हमारी थीसिस का अर्थ क्या है? हमने एक अन्य स्थान पर भी यह कहा है और उसको आगे-पीछे दोहराने में कोई हर्ज नहीं कि हम भारत की गुलामी के पूरे इतिहास को तीन कालखंडों में देखते हैं। एक कालखंड इसलामी गुलामी का है। सन् 1191-92 में मुहम्मद गोरी के हाथों मिली पृथ्वीराज चौहान की पहली पराजय और फिर फाँसी के रूप में मिली मृत्यु के साथ ही देश में बाकायदा इसलामी शासन शुरू हो गया और फिर सदियों तक पूरे भारत में विभिन्न रूपों में इसलामी शासन फैलता और चलता रहा।

खुद को गांधीवादी कहनेवाले सुंदर लाल जैसे मुसलिम-परस्त इतिहासकारों और खुद को गांधी का अनुयायी माननेवाले पं. जवाहरलाल नेहरू जैसे भारत-विमुख नेताओं, हम (फिर से) रेखांकित कर रहे हैं कि जवाहरलाल नेहरू जैसे भारत-विमुख, भारत-विरोधी नहीं, भारत-विमुख नेताओं ने भरसक कोशिश करके यह जताया कि इसलाम का आगमन भारत में एक आक्रमणकारी के रूप में कम और सहयात्री के रूप में ज्यादा हुआ, कि एक सहयात्री के रूप में वह भारतीयता का हिस्सा क्रमशः बनता चला गया और कि उसके परिणामस्वरूप भारत का एक नया रूप देश की एक मिली-जुली संस्कृति के रूप में मिला। हम सुंदरलाल-जवाहरलाल द्वारा प्रतिपादित व सरकारी प्रचार के दम पर बहु प्रचारित इस विचारधारा को एक ढकोसला और पाखंड मानते हैं, जिसे पिछले कुछ वर्षों से अब 'भारत नामक एक विचार' (आइडिया ऑफ इंडिया) कहने की दुरभिसंधि चल रही है। अपनी इसी पुस्तक 'उत्तरायण' में हमने 'भारत का धर्म बनाम विदेशी धर्म' इस शीर्षक से उस ढकोसले पर काफी गहरी छानबीन भी की है।

हमने इसे एक ढकोसला और एक पाखंड इसलिए भी कहा है, क्योंकि भारत के भारतीय धर्मावलंबी समस्त भारतजनों ने, संपूर्ण भारतवर्ष ने स्वयं पर थोप दिए गए इसलामी शासनों को हृदय से कभी भी स्वीकार नहीं किया। औरंगजेब की 1707 में हुई मृत्यु तक भी और उसके बाद भी, इसलामी शासन को हर गली-मोहल्ले तक से उखाड़ फेंकने के लिए भारतीय धर्मावलंबी भारतजनों का हर तरह का संघर्ष एक अथक संघर्ष निरंतर चलता ही रहा। गुलामी तो गुलामी ही होती है, खासकर मजहब (और रिलीजन) के नाम पर तथा मजहब (और रिलीजन) के प्रसार के लिए थोपी गई राजनीतिक विचारधारा की गुलामी खासी क्रूरता और अमानवीयतावाली पशु मनोवृत्ति से भरी हुई होती है। ऐसी मजहबी राजनीतिक विचारधारा की गुलामी की सदियों में भारत ने जो खोया, उसे कई विद्वानों ने बड़े ही विस्तार से पुस्तकों में दर्ज कर रखा है। भारत की गुलामी का यह पहला कालखंड है।

अभी इसलामी गुलामी का यह कालखंड चल ही रहा था कि उसके दौरान ही भारत क्रिश्चियन गुलामी में क्रमश: धकेल दिया गया और भारत को दो–ढाई सौ साल की क्रिश्चियन गुलामी का कुचक्र झेलना पड़ा। कहने को तो 1857 के स्वतंत्रता संग्राम में हार झेलने के बाद भारत औपचारिक रूप से ब्रिटेन की औपनिवेशिक गुलामी में गया, पर भारत की क्रिश्चियन गुलामी की काली रात तभी से शुरू हो गई थी, जब ईस्ट इंडिया कंपनी ने लड़ाइयों में जीत हासिल करना शुरू कर ली।

हैरानी की बात यह है कि भारत जैसा महादेश, राजनीतिक और सांस्कृतिक महादेश, यानी अपना यह देश भारत हमसे व्यापार करने आई एक छोटी–सी कंपनी के राजनीतिक मंसूबों को समझ ही नहीं पाया। समझ ही नहीं पाया तो फिर मुकाबला कहाँ से करता? इस क्रिश्चियन गुलामी के दौरान वह भारत, जो इसलामी गुलामी से लगातार लड़ तो रहा था, पर इन लड़ाइयों में, यदा–कदा मिलनेवाली विजयों को छोड़ दें, तो लगातार मिलनेवाली हार से इस कदर दुर्बल हो चुका था, इस कदर संकल्पहीन हो चुका था कि वह दो–ढाई सौ साल की क्रिश्चियन गुलामी के दौरान आर्थिक और राजनीतिक के साथ–साथ और सबसे बढ़कर बौद्धिक परवशता का, बौद्धिक गुलामी का शिकार बनता चला गया।

हमारा हर कोई पाठक अब तक यह जानने को उत्सुक हो चुका होगा कि हम इन दो–ढाई सौ साल की गुलामी को क्रिश्चियन गुलामी क्यों कह रहे हैं? इस बात को ठीक से समझ लिया जाए। हमें इतिहास वह पढ़ाया गया है, जो हमारे ब्रिटिश स्वामी हमें पढ़ाना चाहते थे, क्योंकि वे हमारे इस महादेश पर अपनी तमाम औपनिवेशिक गुलामी को लाद देना चाहते थे। उपनिवेशवादी ब्रिटिश सरकार ने कैसे भारत को आर्थिक दृष्टि से कंगाल कर दिया, लगभग रुला दिया, इस पर विद्वानों द्वारा कई आलेख लिखे जा चुके हैं। उपनिवेशवादी ब्रिटिश सरकार ने कैसे देश का राजनीतिक मानस ही बदल दिया, इसका प्रमाण हमारा वह संविधान है, 'इस भारत के लोगों' का 'अपना संविधान' है, जिसमें भारत का, 'इंडिया दैट इज भारत' का अपना चेहरा कहाँ और कितना नजर आता है, इसे लालटेन उठाकर ढूँढ़ना पड़ेगा। अगर इस विषय पर आपको सिलसिलेवार प्रमाणपूर्वक जानकारी चाहिए तो कृपया कुछ समय निकालिए और भारत के आज के अन्यतम इतिहासकर देवेंद्र स्वरूप का नवीनतम आलेख पढ़ लीजिए (भारतीय संविधान की औपनिवेशिक पृष्ठभूमि, भारतीय समाज नीति केंद्र, दिल्ली, 2014) और आप समझ जाएँगे कि कैसे और क्यों भारत का विभाजन हुआ तथा क्या बात है कि क्यों हम, यानी हमारा देश आज तक, यहाँ तक कि आज तक उसी दंड–संहिता (पेनल कोड) को ही शिरोधार्य कर चलता आ रहा है, जो दंड–संहिता हमारे साम्राज्यवादी शासकों ने हमें गुलाम बनाने के इरादे से ही जारी कर रखी थी।

आप आर्थिक नीतियाँ बदल सकते हैं और कुछ ही वर्षों में देश का दारिद्र्य दूर कर सकते हैं। अशिक्षा, गरीबी, अस्वास्थ्य को समाप्त कर सकते हैं। यह वह काम है, जो आजादी के बाद प्राय: पूरा समय शासन में रही कांग्रेस नहीं कर पाई। बार-बार आश्वासन देकर भी, वायदे करके भी, चुनाव-दर-चुनाव प्रतिज्ञाएँ करके भी नहीं कर पाई। अन्यथा कोई भी संकल्पशील सरकार दस-बारह वर्षों में इस लक्ष्य को प्राप्त कर सकती है। देश चाहे तो देश की राजनीतिक काया में भी बदलाव ला सकते हैं। जो कोई भी संकल्पशील सरकार चाहे तो पाँच-सात साल में ठोस राजनीतिक बदलाव ला सकती है, पर नहीं ला पाई। इस बात की पड़ताल तब और भी ज्यादा सार्थक तरीके से हो पाएगी, जब मोदी सरकार को उपलब्ध पाँच वर्षों (2014-19) के बाद कांग्रेसी भारत और मोदी के 'कांग्रेसमुक्त' भारत की आर्थिक-सामाजिक नीतियों के परिणामों की तुलना की जाएगी। अभी से कुछ कहना, दावा करना या निराशा के गड्ढे में जा डूबना बेमानी होगा और इसलिए विषयांतर करना भी ठीक नहीं रहेगा। हम देश को मिली तीन गुलामियों की बात कर रहे थे, जिस गुलामी का परिपाक कांग्रेस शासित 1947-परवर्ती दशकों में हुआ।

इसके लिए, भारत को मिली इस तीसरी गुलामी को ठीक से समझने के लिए भारत को मिली प्रथम दो गुलामियों की तुलना कर लेना जरूरी है, ताकि हमें मिली तीसरी गुलामी को ठीक से समझ लिया जा सके। समझ लिया जा सके कि क्यों 'कांग्रेसमुक्त भारत' अभियान हमारे लिए जीवन-मरण का प्रश्न है और कि क्यों इस अभियान में भारतवादी शक्तियों की सफलता भविष्य के भारत की, जगद्गुरु, परम समृद्ध और परमशक्ति संपन्न महाशक्ति भारत की आधारशिला बनाने में निर्णायक भूमिका निभा सकती है।

भारत में गुलामी के इस पहले (यानी इसलामी गुलामी के) कालखंड में देश राजनीतिक तौर पर काफी कमजोर हो गया। सच तो यह है कि हम इसलामी गुलामी में फँसे ही इसलिए कि हम राजनीतिक भारत राष्ट्र के रूप में इतिहास की दुर्बलतम अवस्था में पहले से ही पहुँच चुके थे। मौर्य, गुप्त, वर्धन, मौखरी, वाकाटक, विजयनगर आदि चक्रवर्ती और चक्रवर्ती सरीखे राज्यों का क्षय हो जाने के बाद से देश कई छोटे-बड़े राज्यों (यानी साम्राज्यों) में बँट चुका था। जाहिर है कि इस समय तक देश को एक शक्तिशाली राष्ट्र राज्य बनाने का चक्रवर्ती भाव लगभग समाप्त हो चुका था। इस विशाल देश को, यानी यातायात, संचार, सूचना तंत्र की तब की परिस्थितियों में, जो आज के जैसी नहीं ही थी, उस समय के भारतवर्ष नामक महादेश को आज के हिसाब से राष्ट्र राज्य बनाने का काम राज्य की राजनीतिक-शैली ने ही किया था और वह शैली देश लगभग भूल चुका था, साम्राज्यों में बँटा था, यानी दुर्बल हो चुका था। देश की उस बँटी

हुई राजनीतिक परिस्थिति से पैदा हुई दुर्बलता के परिणामस्वरूप ही तो देश इसलामी गुलामी का शिकार हुआ था। इसलामी गुलामी के परिणामस्वरूप देश में पहले से ही आ चुकी राजनीतिक दुर्बलता और भी बढ़ती चली गई। हमारा संकेत भारत राष्ट्र की राजनीतिक दुर्बलता से है।

इसलामी गुलामी के दौर में आर्थिक दृष्टि से देश की पूरी आर्थिक संरचना में कोई विशेष अंतर नहीं आया। इसलामी हमलावर शुरू में तो लूटपाट करने ही भारत आते थे। लूट की सारी संपदा वे अपने इसलामी केंद्रों में ले जाया करते थे। बाद में पश्चिमी एशिया और मध्य एशिया, यानी इसलामी एशिया की अपनी अंदरूनी राजनीतिक खींचातानी के परिणामस्वरूप इन लुटेरों को संपदा लूटने के दौर में ही भारत में अपना शासन स्थापित करने की विवशता और तज्जन्य आकर्षण समझ में आए। बाबर का उदाहरण तो सभी को पता है कि कैसे उसे अपने ही लोगों द्वारा बेदखल कर दिए जाने के बाद भारत में ही अपना कोई राज्य बनाने की मजबूरी का अनुभव हुआ। भारत एक राष्ट्र राज्य के रूप में निःशक्त हो ही चुका था। हमलावरों को अपने-अपने इलाकों से बेदखल सत्ताओं को भारत में जगह मिल गई। इस तरह क्रमशः भारत में इसलामी गुलामी स्थापित और मजबूत होती चली गई। चूँकि भारत में बसना उनकी मजबूरी थी, इसलिए फिर प्रचलित अर्थतंत्र को स्वीकारना और दृढतर करना उनको जरूरी लगा, जिस काम में उन्हें स्थानीय राजनेताओं की राजनीतिक दृष्टिहीनता के परिणामस्वरूप काफी सहायता मिली। स्थानीय राजनेता राजनीतिक दृष्टि से भरपूर होते तो ऐन इसी मुकाम पर विस्थापित इसलामी शासकों को खदेड़ और उखाड़ भी सकते थे। पर इन स्थानीय राजनेताओं ने इसलामी शासकों को आर्थिक दृष्टि से टिकाए और जमाए रखा। इसलिए राजनीतिक गुलामी के बावजूद देश का आर्थिक ढाँचा बना रहा। जाहिर है कि अर्थशास्त्र के बदस्तूर और मजबूत बनाए रखना इसलामी अधिपतियों की जरूरत थी, विवशता थी। देश को आर्थिक बुलंदियाँ देने की किसी राष्ट्रवादी आकांक्षा से ऐसा नहीं हुआ, जैसा कि सुंदरलाल-जवाहरलाल द्वारा, कांग्रेस मार्का सरकारी तंत्र द्वारा झूठ प्रचारित किया गया। हमें गुलामी देने और गुलाम बनानेवाली महत्त्वाकांक्षावाले लोगों में राष्ट्रवादी महत्त्वाकांक्षाएँ भला कहाँ से पैदा होतीं? इस सवाल का कोई जवाब सुंदरलाल-जवाहरलाल टीम के पास नहीं है।

ईस्ट इंडिया कंपनी के भारत में प्रवेश करते ही भारत की गुलामी का दूसरा दौर शुरू हो गया। चक्रवर्ती और चक्रवर्ती सरीखे मौर्य, गुप्त, वर्धन, वाकाटक, मौखरी, विजय नगर साम्राज्यों की परंपरा समाप्त होने के बाद भारत, राजनीतिक रूप से कमजोर हो चुका भारत इसलामी गुलामी की छह-सात सदियों के दौर में और भी ज्यादा कमजोर हो चुका था। राजनीतिक रूप से लगभग भूमिसात् हो चुका भारत क्रमशः, पर तेजी से

ईस्ट इंडिया कंपनी की क्रिश्चियन गुलामी के गड्ढे में जा गिरा। 1857 के स्वतंत्रता समर में इसी कंपनी के सरपरस्तों के हाथों पराजित होकर ब्रिटिश सरकार की अधीनता में औपचारिक रूप से क्रिश्चियन गुलामी में जा फँसा।

पाठक हमसे एक सवाल पूछ सकते हैं। पूछ सकते हैं कि हम ब्रिटिश गुलामीवाले भारत के समय को क्रिश्चियन गुलामी कहने पर क्यों जोर दे रहे हैं। हम यकीनन कह रहे हैं और जोर देकर कह रहे हैं कि ईस्ट इंडिया कंपनी और फिर अंग्रेजी सरकार की गुलामी की करीब-करीब दो सदियाँ भारत पर क्रिश्चियन गुलामी की सदियाँ थीं। कारण स्पष्ट है। जिस शैली में भारत की राजनीति स्वभाव से धर्मपरायण रही है, फिरकापरस्त नहीं, धर्मपरायण रही है, जिस तरह से भारत का समाज स्वभाव से सभी विचार संप्रदायों को सम्मान देनेवाला बहुलवादी समाज रहा है, जिस तरह भारत की वैचारिक परंपरा तत्त्ववादी रही है, तत्त्ववाद, यानी मेटाफिजिक्स पर आधारित सहिष्णु और मानवतावादी रही है, वैसे धर्मपरायण, बहुलवादी और विचार-सहिष्णु जीवन-दर्शन का स्वभाव तथा अभ्यास पश्चिम में पनपे किसी भी विचार, मजहब और रिलीजन का नहीं रहा है। पश्चिम में पैदा हुआ पूरा क्रिश्चियन धर्म-दर्शन फिरका-परस्त और असहिष्णु रहा है। पश्चिम में पैदा हुआ इसलाम शत प्रतिशत असहिष्णु रहा है। अगर प्रमाण चाहिए, तो हाथ के हाथ प्रस्तुत है। भारत ने कभी अपने देश की सीमाओं से बाहर जाकर अन्य देशों में अपना राजनीतिक व मजहबी वर्चस्व स्थापित करने की कोशिश नहीं की। आज तक नहीं की। इसके विपरीत इसलाम का तलवार के जोर पर हुआ राजनीतिक विस्तारवाद और फिर उसके बल पर किया गया इसलामी धर्मांतरण, यह सत्य नहीं तो और क्या कह रहा है? आज का सीस्तान (पहले का शकस्थान), फारस (पारसीक), अफगानिस्तान (गांधार), बलोचिस्तान (सौवीर), इसलाम बहुल सिंध, बंगाल, काश्मीर, बांग्लादेश आदि इसलामी धर्मांतरण के कारण इसलामी हुए हैं, यह सब हमें कहने की जरूरत है क्या? इतिहास के पन्नों पर दर्ज है। भारत में जितने भी क्रिश्चियन हैं, वे कोई भारत में तो पैदा नहीं हुए, वे सभी हिंदू ही पैदा हुए, पर उनका धर्मांतरण कर दिया गया। धर्मांतरण असहिष्णुता का चरम प्रतीक है। हिंदू ने कभी किसी का धर्मांतरण नहीं किया, किसी का भी नहीं। अगर सहिष्णुता और असहिष्णुता का विवेचन करना हो, उसके लिए सहिष्णुता के मानदंड बनाने हों तो उस पर भारत और भारत के हिंदू सौ टंच खरे उतरते हैं। इसलाम और क्रिश्चियनिटी तो जन्मजात असहिष्णु हैं, यह सत्य इन दोनों, यानी इसलाम और क्रिश्चियनिटी माननेवाले दोनों तरह के देशों व समाजों पर शत प्रतिशत लागू होता है।

इसलाम की असहिष्णुता तो इस समय हमारे विचार का विषय नहीं है। हम भारत के इतिहास की अंग्रेजी गुलामी की करीब दो सदियों की बात कर रहे हैं। इन दशकों में हमारे देश की पूरी अर्थव्यवस्था बर्बाद कर दी गई। अब धीरे-धीरे, पर यकीनन सामने

आ रहा है कि कैसे इस दौरान एक समृद्ध भारतवासी को दरिद्र और भिखमंगा बना दिया गया। एक सुशिक्षित और विद्वान् देश को अशिक्षित और अनपढ़ बना दिया गया। आयुर्वेद, गणित, नक्षत्र विज्ञान, भूगोल, युद्धकला, कामशास्त्र जैसी वैज्ञानिक ज्ञान-परंपरा से समृद्ध देश को भिखारियों और सपेरों के देश में बदल दिया गया। भारत को इस वैज्ञानिक और समृद्धिशीलता की ऊँचाई से दरिद्रता और अंधविश्वास के गर्त तक पहुँचा देने का काम इसी असहिष्णु विचारधारा ने किया, जो अंग्रेजी सरकारों की मित्र, विचारक और पथ-प्रदर्शक रही है। हमारे देश के विज्ञान, भाषाओं, साहित्य, जीवन-दर्शन, ज्ञान और धर्म को, पूरे इतिहास को और व्यक्तित्व को बिगाड़कर रख देने में और फिर वहाँ क्रिश्चियनिटी का धर्मांतरण करने में जो उत्साह अंग्रेजी सरकार ने दिखाया, उसे भारत का 'क्रिश्चियन गुलामी का काल' ही कहना तर्कसंगत है और हम वही कर रहे हैं, जो तर्क-संगत है।

भारत को गुलाम बनानेवाले दोनों कालखंडों में, इसलामी और क्रिश्चियन गुलामी के कालखंडों में हमारे देश और जीवन के साथ जो कुछ भी नकारात्मक था, विपरीत था, भारत-विरोधी था, उस तमाम को प्रश्रय देने का काम कांग्रेस शासनकाल के इन सात दशकों, साढ़े छह-सात दशकों में हुआ, जब देश पर पं. जवाहरलाल नेहरू का और इनकी विचारधारा से अनुप्राणित नेहरू-गांधी खानदान के वारिसों का शासन रहा है। इस शासन ने न केवल भारत की गुलामी के दोनों कालखंडों की हर नकारात्मकता को सहेजा, पाला-पोसा और बढ़ावा दिया, बल्कि इसे हमारे जीवन का सहज हिस्सा बना देने की पूरी कोशिश की।

□

53

कांग्रेसमुक्त भारत होने का अर्थ-2

देश को आजादी अनेक कुर्बानियों के बाद मिली थी। 1857 में बेशक प्रथम स्वातंत्र्य समर के योद्धा 'कंपनी बहादुर' के हाथों पराजित हो गए, हार गए, पर इस समर के योद्धाओं ने ब्रिटिश सरकार द्वारा थोप दी गई क्रिश्चियन गुलामी को कभी स्वीकार नहीं किया। देश की जिन विराट् प्रतिभाओं ने देश के लिए जिस लड़ाई को जारी रखा, उनमें कुछ नाम तो इतनी प्रमुखता से हमारे सामने उभरकर आते हैं कि उन पर जितना लिखा जाए, उतना कम है।

जहाँ राजा राममोहन राय जैसे विचारक नेताओं ने देश की आजादी की लड़ाई को सामाजिक आयाम देते हुए शुरू किया और आगे बढ़ाया, वहाँ स्वामी दयानंद सरस्वती और उनके प्रभावशाली आर्यसमाज आंदोलन ने देश को सामाजिक और बौद्धिक आयाम दिए। 1857 के प्रथम स्वातंत्र्य समर की क्रांति के सच्चे उत्तराधिकारी वीर सावरकर सरीखे क्रांतिपुत्र ने अपने को स्वाहा कर देनेवाले बलिदानी संग्राम को नेतृत्व दिया तो उस संग्राम को शिखर अभिव्यक्ति देश के क्रांतिपुत्रों, हिंदू विचारधारा के शौर्य प्रवक्ता चंद्रशेखर आजाद ने और समाजवादी विचारधारा से अनुप्राणित बसंती चोला पहननेवाले शीर्ष बलिदानी भगतसिंह और उनके साथियों ने दी। सन् 1857 के बाद के स्वातंत्र्य आंदोलन की विभिन्न धाराओं को लेकर संवाद तथा विवाद की संभावनाएँ हमेशा बनी रहेंगी। मसलन, इस बात पर बहस चलती रहेगी कि क्या भगतसिंह समाजवाद की विचारधारा का प्रदाय थे, या कि वे परम राष्ट्रवादी थे। हमें इस बहस में कोई योगदान नहीं करना। देश को तो सिर्फ इतना याद है कि भगतसिंह जैसे शहीद सम्राट् ने इंकलाब, यानी क्रांति की 1857 की मशाल जलाए रखी और बसंती चोले का, भारत के अपने रंग, भगवा रंग का प्रतीक बसंती चोले का गान गाया, उद्घोष किया और हँसते-हँसते उस आयु में फाँसी के फंदे पर झूल गए, जिस आयु में युवा लोग कॅरियर और शादी-ब्याह की योजनाएँ बनाया करते हैं।

हमें चंद्रशेखर आजाद और भगतसिंह की तुलना भी नहीं करनी। भगतसिंह समाजवाद की बातें किया करते थे तो चंद्रशेखर हिंदू जीवनधारा का प्रतीक वेश धारण किया करते थे। हमें तो इतना पता है कि चंद्रशेखर को लेकर ब्रिटिश आततायियों के मन में ऐसी हताशा समा गई थी कि अपने आखिरी दिन पेड़ की ओट में लड़ रहे चंद्रशेखर को मारने के लिए ब्रिटिश सरकार की पुलिस को दर्जनों गोलियाँ चलानी पड़ीं। इतनी गोलियाँ झेलने के बाद जब चंद्रशेखर ने देह छोड़ दी तो भी सरकारी नुमाइंदों को विश्वास ही नहीं हो रहा था कि चंद्रशेखर का बलिदान हो चुका है और पुलिस के सामने उनका सिर्फ निर्जीव शरीर पड़ा है। यकीन हो सके, इसलिए उनके निर्जीव शरीर पर भी सामने से दो-चार गोलियाँ और दाग दी गईं, इस डर के मारे कि चंद्रशेखर आजाद कहीं फिर खड़े न हो जाएँ।

हमें इस बहस में भी नहीं पड़ना कि सन् 1947 में मिली आजादी का असली सूत्रधार और प्रेरणास्रोत कौन था? तिलक महाराज, गांधी, सावरकर, सुभाष, भगतसिंह या कोई और या फिर कौन? देश यह तो मानता ही है कि सन् 1857 के बाद आजादी की मशाल थामनेवालों में सर्वप्रथम और सर्वप्रमुख नाम बाल गंगाधर तिलक का है, जिन्हें सारा देश सम्मान और स्नेह से तिलक महाराज कहता है। 'स्वराज मेरा जन्मसिद्ध अधिकार है' इस उद्घोष के साथ ही तिलक महाराज ने 1857 की स्वतंत्रता संग्राम की कड़ी-से-कड़ी जोड़ दी। महाराष्ट्र में 'गणपति-उत्सव' के भावसमुद्र को देश के स्वातंत्र्य समर के साथ जोड़कर तिलक महाराज ने आजादी की लड़ाई में भावुकता और सांस्कृतिक राष्ट्रवाद की जो अलख जगाई, उसे गांधी ने 'रघुपति राघव राजाराम' के संकीर्तन के रूप में एक तरह से आगे ही बढ़ाया था। पर कांग्रेस की बदकिस्मती ही थी कि लाला लाजपतराय, मदन मोहन मालवीय जैसे विराट् संस्कृति विचारकों तथा योगिराज अरविंद जैसे ब्रह्मर्षि सेनापतियों के रहते हुए भी कांग्रेस हमेशा संस्कृति और सांस्कृतिक राष्ट्रवाद के प्रांगण में बुझा दिया गया दीया थामे रही और भारत को उसने, इस तरह से भारतीयता से आजादी के संग्राम के निर्णायक दिनों में कभी तरीके से जुड़ने ही नहीं दिया। इस मशाल को आजादी के यज्ञ की पूर्णाहुति तक पहुँचानेवाले गांधी थे, जिन्हें देश सम्मानपूर्वक महात्मा गांधी कहता है। इस स्वतंत्रता संग्राम में सावरकर की रणनीति अगर ब्रिटिश उपनिवेशवादी सरकार को अपनी अद्भुत और निर्भीक क्रांति के आधार पर खदेड़ने की थी तो नेताजी सुभाष बोस का संकल्प भारत पर हुकूमत कर रही उपनिवेशवादी अंग्रेज सरकार को सैन्य रणनीति के सहारे तख्ता पलटकर रख देने का था।

हमने तो महज तीन-चार नाम ही गिनाए हैं, अन्यथा देश की आजादी के लिए मर मिटनेवालों के नाम कहना शुरू करेंगे तो अपने देश के अठारह महापुराणों की सूची में, भागवत महापुराण की रचना के साथ शुरू होकर सैकड़ों सालों की कालावधि

में लिख दिए गए अपने देश के अठारह महापुराणों की सूची में एक और उन्नीसवाँ महापुराण लिखने की जरूरत पड़ेगी। कौन जाने ऐसा एक महापुराण कभी लिख भी दिया जाए। आखिर महापुराण इसी तरह के सामाजिक-दार्शनिक-राजनीतिक आंदोलनों के परिणामस्वरूप ही तो लिखे गए थे। बस, हर पुराण की शैली अपने आंदोलन के स्वरूप के आधार पर हो गई थी। ऐसा इस नए महापुराण के बारे में भी हो सकता है।

सन् 1857 के प्रथम स्वातंत्र्य समर के बाद 1857-1947 के बीच प्रवर्तित और संपन्न हुए द्वितीय स्वातंत्र्य समर के बीच एक बड़ी ऐतिहासिक घटना घटी और इस घटना का नाम था 'राष्ट्रीय स्वयंसेवक संघ' की स्थापना। महाराष्ट्र के डॉ. केशव बलिराम हेडगेवार ने 1925 की विजयादशमी के दिन रा.स्व. संघ की स्थापना की। आज वह संगठन के रूप में सारे देश के हर कोने में, हर गली-मोहल्ले में, यानी हर जगह सीधे रा.स्व. संघ के और उसके आनुषंगिक संगठनों के रूप में अपने को स्थापित कर चुका है। रा.स्व. संघ की विचारधारा, जिसकी संपूर्ण अभिव्यक्ति 'हिंदुत्व ही राष्ट्रीयता है' इस छोटे से, पर परम सारगर्भित राजनीतिक वक्तव्य में समाहित है, आज संपूर्ण देश की रचनात्मक राजनीतिक बहस के केंद्र में है।

इस तरह के बीज-कथन सरीखे राजनीतिक वक्तव्य पर देश में विभिन्न रूपों में राजनीतिक बहस का चलना देश के भविष्य के लिए एक रचनात्मक संकेत है। सुंदरलाल-जवाहरलाल द्वारा पोषित छुई-मुई राष्ट्रवाद में पली-पुसी कांग्रेस को उसके जन्म से लेकर आज तक कभी भारत का राष्ट्रवाद समझ ही नहीं आया। एक तो वैसे भी कांग्रेस का जन्म जिस विदेशी ह्यूम की प्रेरणा व प्रयत्नों से हुआ, उसको यही पढ़ाया गया कि कांग्रेस को उपनिवेशवादी सरकार की सेवा में रहकर ही अपना व्यक्तित्व बनाना है। तब से लेकर आज तक कांग्रेस अपनी इस जन्मदात्री प्रेरणा से मुक्त नहीं हो पाई। 'एक करेला दूसरा नीम चढ़ा' मानो इसी कहावत को चरितार्थ करते हुए सुंदरलाल-जवाहरलाल की विचारधारा ने भारत के मुसलिम शासकों तथा पश्चिम और अंग्रेजों के प्रति इसी सेवाभाव को आगे बढ़ाया।

बेशक दोनों पुस्तकों की रचना आगे-पीछे हुई। सुंदरलाल ने अपनी पुस्तक 'भारत में अंग्रेजी राज' 1929 में छपवाई, जबकि पं. जवाहरलाल नेहरू की पुस्तक 'डिस्कवरी ऑफ इंडिया' 1945 में पहली बार छपी, पर दोनों ही पुस्तकों में भारत को लेकर धारणा एक-दूसरे की धारणाओं का पोषण करती नजर आती है। एक विचित्र संयोग है कि इन दोनों ही व्यक्तित्वों को महात्मा गांधी का भरपूर आशीर्वाद मिला, इनके अपने-अपने स्तर पर। दोनों ही कुल मिलाकर छुई-मुई राष्ट्रवाद को प्रस्तुत करते नजर आते हैं। चूँकि छुई-मुई राष्ट्रवाद की पुरोधा कांग्रेस को अपने जन्म से लेकर आज तक कभी भारत का राष्ट्रवाद समझ ही नहीं आया, इसलिए कांग्रेस की विचारधारा संबंधी बौनी राजनीतिक

हरकतें दो तरह से देश को झेलनी पड़ती रही हैं और अभी भी झेलनी पड़ रही हैं। राष्ट्रवाद की विचारधारा का शून्य भरने के लिए कभी कहा जाता है कि भारत सभी धर्मों का देश है, कभी 'आइडिया ऑफ इंडिया' का शिगूफा छोड़ दिया जाता है, कभी इक्कीसवीं सदी के गुणगान को भारत का प्रतीक बना दिया जाता है तो कभी भारत को लेकर उनकी निपट नासमझी की अभिव्यक्ति 'सहिष्णुता-असहिष्णुता' सरीखी हास्यास्पद बहस के रूप में कर दी जाती है। क्या भारत जैसे दस हजार साल पुराने, वैज्ञानिक विचार परंपरा से समृद्ध और दार्शनिक विचारधारा से संपन्न देश का बखान इस तरह की मसखरी से संभव है ? नहीं है। यह देश का दुर्भाग्य है कि कांग्रेस मार्का छुई-मुई राष्ट्रवाद का यही रूप बार-बार हमारे सामने पेश कर दिया जाता है। इस देश की प्रचंड बहुसंख्या हिंदू है और उसका जीवन-दर्शन अध्यात्म पर टिका है, इसको समझने की कोई कोशिश सुंदरलाल-जवाहरलाल संवर्धित कांग्रेस ने कभी नहीं की।

परिणाम ? परिणाम हमारे सामने है। 'हिंदुत्व ही राष्ट्रीयता है', भारत के व्यक्तित्व की प्रतीक रूप इस विचारधारा पर कांग्रेस ने कभी सोचने की कोशिश ही नहीं की। विचारों की इस सुस्ती व काहिली पर आवरण डालने की कोशिश में उसने रा.स्व. संघ व उसकी हिंदुत्व विचारधारा को कोसने और गरियाने की खोटी रणनीति पर ही हमेशा काम किया। इस सुस्ती व काहिली की हद अब इस हिमाकत के रूप में सामने आना शुरू हो गई है कि कांग्रेस ने और उसकी विचारधारा की छत्रच्छाया में पल-पुसकर बौद्धिक सुस्ती में बड़े हुए सभी राजनीतिक दलों, समर्थक मीडिया के कुछ पत्रकारों व कांग्रेस सत्ता के चाटुकार बुद्धिजीवियों ने अब रा.स्व. संघ पर सवाल दागना शुरू कर रखा है कि जब देश आजादी की लड़ाई लड़ रहा था, तब रा.स्व. संघ कहाँ था ? अरे बताया न, कि वहाँ था, वह देश की भावी पीढ़ियों के वैचारिक निर्माण में लगा था कि हम जिन कारणों से गुलाम हुए, अब ऐसा करें कि फिर से गुलाम न हों। संघ आज भी यही कर रहा है और यही कांग्रेसी ब्रांड वाली विचारधारा को रास नहीं आ रहा। इसलिए संघर्ष हो रहा है और हम कह ही आए हैं, फिर से कह रहे हैं, यानी दोहरा रहे हैं कि इस संघर्ष में अब हिंदू गुमराह नहीं होगा।

□

फलश्रुति

54

फलश्रुति : वयं राष्ट्रे जागृयाम : हम रहें निरंतर जागरूक

हम नहीं जानते कि रा.स्व. संघ व उसके तमाम आनुषंगिक संगठनों के नेता व कार्यकर्ता हमसे सहमत होंगे या नहीं, पर हमारा मानना है कि हिंदू को राजनीतिक प्राणी बनना ही होगा। भारत के राजनीतिक, सामाजिक, वैचारिक परिदृश्य पर निगाह डालते ही समझ में आने लगता है कि हमारा संपूर्ण भारत राष्ट्र इस समय क्षुद्रताओं के महासागर में गोते लगा रहा है। राजनीतिक दृष्टि से देखें तो देश में क्षुद्र राजनीतिक विचारधाराओं तथा क्षुद्र राजनीतिक स्वार्थों का ही बोलबाला सब तरफ दिखाई देता है। इसको प्रमाणित करने के लिए एक ही उदाहरण दे देना काफी है। हमने जिस एक वयस्क-एक वोट आधारित पश्चिमी मॉडल के लोकतंत्र को अपना रखा है, उसमें पूरे राजनीतिक परिदृश्य को विभेद और अलगाव के लिए काफी जगह हमेशा मिली रहती है।

पार्टियों के बनाने और तोड़ने का सिलसिला लगातार चलता रहता है। वोट के आधार पर स्थापित सरकारों को भी शपथ ग्रहण करते ही उखाड़ फेंकने की महत्त्वाकांक्षा हमेशा पलती रहती है और हर छोटा-बड़ा राजनीतिक दल और नेता सिर्फ और सिर्फ इसी महत्त्वाकांक्षा से प्रेरणा ग्रहण करता रहता है। देश को इसलामी गुलामी की सदियाँ झेलने के बाद जिस क्रिश्चियन गुलामी की सदियों से गुजरना पड़ा, उस दौर में अंग्रेज बहादुर ने 'बाँटो और राज करो' की जिस विभाजक सामाजिक नीति का प्रयोग किया और अपना उपनिवेशवादी शासन बनाए रखा, सन् 1947 के आस-पास के समय के बाद से लेकर आज तक बनी हरेक कांग्रेस सरकार ने और कांग्रेस विचारधारा से प्रेरित हर सरकार ने भी इसी नीति पर चलते हुए 'बाँटो और राज करो' की विभाजक नीति को मानो अपना राजनीतिक दर्शन मानते हुए उस पर अमल जारी रखा। परिणाम हमारे सामने है। इस समय देश को हर तरह से बाँटने की कोशिशें लगातार चलती रहती हैं और जिसके परिणामस्वरूप देश में तोड़नेवाले, विभाजनकारी, एक को दूसरे से तोड़कर रख देनेवाले, यहाँ तक कि देश को

तोड़नेवाली परिस्थितियाँ भी लगातार बनाई जाती हैं। जवाहरलाल नेहरू विश्वविद्यालय (जे.एन.यू.) में वामपंथी और विधर्मी छात्रों ने 'भारत तेरे टुकड़े होंगे' इस नारे के साथ ही जो विप्लवी आंदोलन किया था, वह इस विभाजनवादी राजनीतिक दर्शन का मानो मानदंड बनकर 'टुकड़े टुकड़े गैंग' इस नाम से लोगों के दिलों में एक नकारात्मक प्रभाव देनेवाली जगह बनाकर बैठ गया है।

भारत के समाज की हालत देखिए। इसमें कोई संदेह नहीं कि पूरा भारतीय समाज जातियों में बँटा हुआ है, सदियों से बँटा हुआ है। कर्म के आधार पर बनी वर्णव्यवस्था का जब से जन्म के आधार पर वर्गीकरण हो गया, तब से भारत का संपूर्ण समाज जातियों में बँटा हुआ है। भारत में पली-बढ़ी जातिव्यवस्था को देश के लिए अभिशाप माननेवालों से हम कभी सहमत नहीं होंगे। जातिव्यवस्था एक सामाजिक व्यवस्था है और उसे उसी रूप में ग्रहण करना भी चाहिए, ग्रहण करना ही चाहिए। समाज है तो समाज को चलानेवाले संगठन भी होंगे। जातिप्रथा उसी तरह की सामाजिक संगठन व्यवस्था है और इसमें कोई हर्ज नहीं। हर सामाजिक व्यवस्था की तरह जातिव्यवस्था में गुण भी रहेंगे, दोष भी रहेंगे। इसमें कुछ भी अचरज की बात नहीं है। हर समाज को अपने सामाजिक संगठनों की शक्तियों को, श्रेष्ठताओं को बढ़ाते रहना चाहिए और साथ ही अपने समाज में पैदा होनेवाली दुर्बलताओं को ठीक करने का सामर्थ्य होना ही चाहिए।

अगर हमें भारत के समाज की शक्तियों का ठीक से पता है तो इन सच्चाइयों को रेखांकित करना बहुत जरूरी है। मसलन, भारत में कभी बहुविवाह प्रथा का चलन था। यह इस रूप में एक प्रथा जैसा बन चुकी थी कि बहुविवाह को काम्य न होने पर भी स्पष्ट रूप से निंदनीय कभी नहीं माना गया। राम को मर्यादा पुरुषोत्तम और एक पत्नीव्रती कहा गया, अर्थात् बहुविवाह नहीं, एक पत्नीव्रत को ही आदर्श कहा गया। बहुविवाह को लेकर स्पष्ट अस्वीकृति का भाव भी कहीं-न-कहीं बना ही रहा। ऐसा न होता तो भारत में विवाह को संस्कार नहीं माना जाता, यहाँ तक कि विवाह को जन्म-जन्मांतर का बंधन भी क्रमशः माना जाने लगा। इस तरह की सामाजिक सोचवाले समाज में बहुविवाह जैसे विचार की आयु लंबी हो ही नहीं सकती थी। जाहिर है कि इसी के चलते देश ने एक ही झटके में इस कथित प्रथा से, बहुविवाह प्रथा से संवैधानिक और कानूनी मुक्ति पा ली। खुद को लगातार संशोधित करते रहने की इसी मनोवृत्ति का परिचय देते हुए भारत के समाज ने सती-प्रथा को झकझोरकर खत्म कर दिया। दहेजप्रथा को घोर निंदनीय कर्म जैसा घोषित कर दिया। बाल-विवाह को अमान्य कर दिया। विधवा-विवाह को स्वीकृति प्रदान कर दी। ये सभी सुघटित हमारे समाज की शक्ति और श्रेष्ठता का ही प्रतीक हैं।

इसी जागरूक समाज ने जातिप्रथा के भीतर सदियों में पल-पुसकर स्थापित हो गई अस्पृश्यता को भी खत्म कर उसे गैर-कानूनी बना दिया। पर अब राजनीतिक

स्वार्थपरता का ऐसा आलम बना कि पूरे देश ने धीरे-धीरे, पर निश्चित रूप से जाति को राजनीतिक सत्ता पाने का औजार बना दिया है। ऐसा करते वक्त नाम लिया गया सामाजिक न्याय का और जाति के आधार पर आरक्षण को ही सामाजिक न्याय की अकेली अभिव्यक्ति मान लिया गया। पर जाति के सहारे और आरक्षण के सहारे पूरे भारतीय समाज में इतना विभेद पैदा कर दिया गया कि पूरे समाज को स्वस्थ और राष्ट्रपरक बनाने में समय लगनेवाला है।

राजनीति में विभेद पैदा हुआ। जातिव्यवस्था में विभेद पैदा हुआ, यहाँ तक कि धर्म में भी विभेद और फूट को पैदा कर दिया गया है और भारत के प्राणस्वरूप धर्म को विकृत कर उसे गाली-गलौज का शिकार बना दिया गया। भारत में एक ही धर्म रहा है, सनातन धर्म, पर अब उसी सनातन धर्म को भी, उसी एक 'एष धर्मः सनातनः' को भी, उसी 'एस धम्मो सणन्तओ' को भी विदेशों से आए मजहब और रिलीजन की तरह भाँति-भाँति के खाँचों में रखने की, यानी कई तरह से बाँटकर देखने की प्रवृत्ति बढ़ती ही जा रही है। हमने इस सारी कवायद को इस रूप में कुरूप बनते देखा है कि पूरे देश को धर्म पर बहस करने का, संवाद करने का, बातचीत करने का तो विचार आता ही नहीं, इसके विपरीत हमने धर्म को धर्मनिरपेक्षता का रूप देकर हर तरह के वैचारिक, सामाजिक और राजनीतिक दिवालिएपन को अपना आदर्श मानने की मूर्खता पाल ली है।

यानी राजनीति बँट गई। समाज बँट गया। धर्म भी बँट गया। धर्म बँटा तो फिर संप्रदाय भी बँटते ही गए। जो बाँट रहे हैं, वे अपने स्वार्थ की रोटियाँ सेंकने में व्यस्त हैं, पर जिसे बाँटा जा रहा है, वह राजनीति, समाज और धर्म समझ ही नहीं पा रहा कि कैसे उसको शिकार बनाया जा रहा है। कल्पना कीजिए कि अगर राजनीति ऐसे ही विभक्त होती चली गई, समाज ऐसे ही टुकड़े-टुकड़े होता चला गया, धर्म ऐसे ही लुंज-पुंज बनाया चला जाता गया तो फिर इस बात की गारंटी कौन देगा, कैसे देगा कि देश में, भारत नामक हमारे 'सुजलाम् सुफलाम् मलयज शीतलाम्' देश में भारत के अपने व्यक्तित्व की रक्षा कैसे हो पाएगी ? देश का अपना राजनीतिक, सामाजिक, धार्मिक व्यक्तित्व सुरक्षित न रह पाया तो भारत को गुलाम बनानेवाली शक्तियाँ कब फिर से सक्रिय हो जाएँ, कौन जानता है ? जिस इसलामी आँधी ने भारत को बार-बार तोड़ा, फारस, सीस्तान, अफगानिस्तान, बलोचिस्तान, सिंध, पाकिस्तान, बांग्लादेश आदि के नाम पर तोड़ा और इन सभी को इसलामी बना दिया, वे शक्तियाँ फिर से सक्रिय नहीं हो जाएँगी और भारत को तोड़ने के काम में संलग्न नहीं हो जाएँगी, भारत को अर्थात् अवशिष्ट भारत को इसलामी या क्रिश्चियन बनाने के लक्ष्य पर नहीं चल पड़ेंगी, देश को ऐसी गारंटी कौन दे सकता है ? गारंटी की तो कोई संभावना कहीं होती नहीं है, बल्कि अब तो गज्बा-ए-हिंद की इसलामी चुनौती आ रही है। चुपचाप पर यकीनन आ रही है। इसलिए देश को विधर्मियों और विदेशियों का गुलाम न बना

देने की गारंटी तो सिर्फ वही जनसामान्य ही दे सकता है, जिसका हृदय भारत-भक्ति से परिपूर्ण है और जो भारत के व्यक्तित्व की रक्षा करने और कर सकने के सामर्थ्य से संपन्न खुद को बनाए रखता है और वैसी ही जिसकी सभी निष्ठाएँ हैं।

पर यहाँ तो माजरा ही अलग है। यहाँ तो माजरा यह है कि भारत का पूरा-का-पूरा उत्तर-पूर्व, अर्थात् पूरा-का-पूरा ईशान प्रदेश, भारत की शक्तित्रयी का शक्ति केंद्र ही इसलामी बना दिया जा रहा है और देश के बुद्धिमान लोग सिर्फ यह गिन रहे हैं कि क्या जो आ रहे हैं, वे बांग्लादेश से आनेवाले शरणार्थी हैं या घुसपैठिए? जो बर्मा से आ रहे हैं, बर्मा, यानी म्याँमार से आ रहे हैं, वे शरणार्थी हैं या घुसपैठिए रोहिंग्या मुसलिम हैं? इन सभी के पास बांग्लादेश से, बर्मा से आनेवालों के पास परमिट वगैरह है या नहीं? ये सवाल क्या बताते हैं? यह कि कितना भोला है यह हमारा देश। क्या मुहम्मद बिन कासिम के जिहादी भारत में परमिट लेकर आए थे? वे तो भारत के हिंदू को इसलामी बनाने की घोषणाएँ करते हुए ही आए थे और अपना काम बखूबी कर गए। आज तक कर रहे हैं। भारत में व्यापार करने के बहाने आनेवाली इंग्लैंड की ईस्ट इंडिया कंपनी तो भारत में व्यापार का बाकायदा परमिट लेकर आई थी। इस परमिटधारी कंपनी ने क्या किया? देश को गुलामी का फंदा पहना दिया। इसलिए विधर्मियों व विदेशियों से सतर्क रहना हर देशवासी का एक सहज कर्तव्य और धर्म होना ही चाहिए।

हम वर्तमान में घटित हो रही और निकट भविष्य में तीव्रतर हो सकनेवाली एक घटना से जनसामान्य को सुपरिचित करवा देना चाहते हैं। घटना का संबंध देश में चल रहे एक विकट वैचारिक संग्राम से है। हमने 'युद्ध' जैसे कम उत्पाती शब्द का प्रयोग नहीं किया है। इसलिए कि वैचारिक संघर्ष जब राजनीतिक आयाम ग्रहण कर लेता है, तो वह फिर कोई सामान्य संघर्ष नहीं रह जाता। हम अपनी इस पुस्तक के एक प्रारंभिक आलेख ('राजनीति है सर्वोपरि') में लिख चुके हैं कि देशों के, देशों की सभ्यताओं के बनने और बिगड़ने में राजनीति का योगदान न केवल सर्वोपरि होता है, बल्कि निर्णायक होता है। इसलिए देश में इस समय चल रहा वैचारिक संघर्ष अब मात्र संघर्ष नहीं रह गया है, महज युद्ध भी नहीं रह गया है, वह अब एक संग्राम सरीखा हो गया है। अपनी एक पिछली पुस्तक 'भारत को समझने की शर्तें' में हमने अंतिम आलेख 'विचारधारा के लिए राजनीतिक संघर्ष' में इसी संघर्ष की ओर भरपूर इशारा किया था और ठीक वही संघर्ष अब प्रखरतर रूप धारण कर चुका है। संग्राम के स्तर तक जा पहुँचने को बेचैन है।

यह संग्राम राष्ट्रवादी विचारधारा और राष्ट्र-विरोधी विचारधाराओं के बीच चल रहा है। पिछली बार हमने जब इस संघर्ष पर लिखा था 'भारत को समझने की शर्तें' में तो हमने विनम्रतावश इस संघर्ष में लगे खेमों को 'राष्ट्रवादी' और 'समाजवादी' कहा था। हमने भारत-विरोधी खेमे को समाजवादी खेमा कहने की विनम्रता इसलिए दिखाई थी

कि चूँकि संघर्ष विचारधाराओं में है, इसलिए विचारधारा के स्तर पर भटके हुए लोगों को हम सँभलने का, यानी ठीक राह पर आने का मौका दे रहे थे। पर हमारी उम्मीद बेकार साबित हुई और जिस खेमे को हम 'समाजवादी' खेमा कह रहे थे, वह अब खुल्लम-खुल्ला देश का विरोध करनेवाली, देश को क्षतिग्रस्त करनेवाली और देश को तोड़ने की हद तक नुकसान पहुँचानेवाली शक्तियों का हमसफर बन चुका है और अब हम इस खेमे को 'राष्ट्र-विरोधी खेमा' कहने के अलावा और कुछ कह ही नहीं पा रहे हैं।

क्यों ? समझने की कोशिश की जाए। काश्मीर भारत का हिस्सा बना रहे, या देश से छिटककर अलग हो जाए, उस खेमे को इसकी कोई परवाह नहीं। उत्तर-पूर्व में देश का विभाजन कर देने पर आमादा शक्तियाँ असफल हों या सफल, इससे उस खेमे को कोई फर्क ही नहीं पड़ता। पश्चिम बंगाल में राजनीतिक संरक्षण और संपोषण में प्रदेश की (और इसके कारण पूरे देश की) शक्ल किस कदर बिगाड़ दी जा रही है, देश की सुरक्षा के लिए खतरे की घंटी बजा देनेवाला काम ही इसके माध्यम से हो रहा है। विदेशी धर्मावलंबी संगठित होकर जिस हद तक जाकर तीन तलाक, लवजेहाद जैसे मनुष्य-विरोधी कारनामों के समर्थन में बढ़-चढ़कर बोल रहे हैं, उसमें से प्रतिध्वनियाँ ये निकल रही हैं कि फारस, सीस्तान, बलोचिस्तान, सिंध, अफगानिस्तान, पाकिस्तान, बांग्लादेश आदि बनाए जाने के इतिहास को फिर से दोहराने की कोशिशों पर योजनापूर्वक चला जा रहा है।

सवाल उठ सकता है कि अपने भारत देश में ऐसा क्या है कि उसमें फूट पड़ जाने की, बिखर जाने की, टूट-फूट हो जाने की परिस्थितियाँ एकदम पैदा हो जाती हैं ? बड़ी ही सरलता से पैदा हो जाती हैं ? और ऐसी परिस्थितियाँ पैदा कर देनेवालों को कोई नुकसान भी नहीं पहुँचता। नुकसान से हमारा सिर्फ इतना ही मतलब है कि ऐसे लोगों को और ऐसी शक्तियों की किसी तरह की सार्वजनिक अवमानना या शर्मिंदगी तक भी नहीं झेलनी पड़ती। ऐसा क्यों है ?

सोचने पर यह बात समझ में आती है कि भारत में, खासकर सन् 1947 में मिली आजादी के बाद से, वहाँ भी खासतौर से नेहरूवादी विचारधारा के बीच भारत की विविधता को लेकर इतना गुणगान है, इतना यशोगान है, इतना सम्मान है कि सामान्य जन को लगने लगा है कि जैसे मानो यह विविधता ही हमारा चरित्र है और हम आज और उस समय जैसे भी हैं, जिस भी स्थिति में हैं, इसमें विविधता का कोई नया अंकुर फूटने देने में ठीक ही है, नुकसान क्या है ?

भारत विविधताओं का देश है, यह सच है। इसलिए कि भारत जैसे विशाल देश में विविधताओं का होना स्वाभाविक ही है। इतना बड़ा देश है तो इसमें सभी कुछ एक जैसा ही हो, यह स्वाभाविक ही नहीं है। जिस देश का व्यक्तित्व ऐसा हो कि 'चार कोस पर पानी बदले, आठ कोस पर बानी' तो वहाँ अधिक भाषाओं का होना स्वाभाविक ही है। हम

बोलियों की बात नहीं कर रहे, वे तो शायद असंख्य ही हैं, हम देश की प्रमुख पंद्रह-बीस भाषाओं की बात कर रहे हैं। भाषा अलग है तो उस भाषा को बोलनेवालों का स्वभाव, चरित्र भी बदल जाना स्वाभाविक है। तीज-त्योहारों की शक्ल-सूरत भी तरह-तरह की हो जाना स्वाभाविक है। मौसम की विविधता के परिणामस्वरूप खानपान, पहरावा भी बदल जाना स्वाभाविक है। भाषा एवं मौसम अलग हो जाने से सांस्कृतिक रुझानों का बदल जाना, उसके आधार पर इस और उस समाज के आदर्श पुरुषों की गणना में और राजनीतिक स्वभाव में भी बदलाव हो जाना एकदम स्वाभाविक है। ये सभी विविधताएँ हैं और भारत पिछले दस हजार साल से इन्हीं विविधताओं के साथ जी रहा है। यह सत्य है। वास्तविकता है। इसलिए भारत की विविधताओं का गुणगान स्वाभाविक है, यशोगान भी स्वाभाविक है और अपनी-अपनी विविधता को गर्व का विषय मानना भी स्वाभाविक ही है।

पर इन सभी विविधताओं के बीच भी देश एक रहे, देश की राष्ट्रीयता एक रहे, देश का राष्ट्रवाद एक रहे, देश के प्रति भक्ति का भाव एक रहे, तो ही वह देश, मसलन अपना भारत देश एक रह सकता है, टूट-फूट से बचा रह सकता है, अलगाव पैदा कर सकनेवाले आंदोलनों से बचा रह सकता है। देश का दुर्भाग्य ही माना जाएगा कि आजादी के बाद से, बल्कि कहना चाहिए कि आजादी पाने के लिए हो रहे भारतव्यापी आंदोलन की पिछली सदी से ही भारत में विविधता पर जोर रहा, अनेकरूपता पर भरपूर जोर रहा, हमारा हर प्रदेश या क्षेत्र दूसरे से अलग दिखता रहे, उस पर तो जरूरत से ज्यादा जोर रहा, पर देश को एक करनेवाली शक्तियाँ क्या हैं, देश को एक कर सकनेवाले पहलू कौन-से हैं, देश की विचारधारा में समान बिंदु क्या है या क्या हो सकते हैं, इन बातों पर तो कोई कभी चर्चा नहीं हुई, आज भी नहीं हो रही है। हिंदू-मुसलिम के बीच एकता बनी रहे, इस एक बात से सारा देश, हमारी सारी राजनीति उतना व्यापृत रही, इतना व्याकुल रही कि विविधता से भरे अपने इस देश में एकता, एकात्मता पैदा कर सकनेवाले तत्त्व क्या हैं या क्या-क्या हो सकते हैं, इस पर कोई खास चर्चा इस देश में हमें सुनने-पढ़ने को नहीं मिलती। इसलाम तो विदेशीधर्म है, भारत में चंद सदी से ही है और वह भी एक लुटेरा और आक्रांता बनकर ही आया था। पर भारत तो दस हजार साल की सभ्यतावाला देश है। इन सभी सहस्राब्दियों से भारत है, विकसित होता चला आ रहा है, एक राष्ट्र के रूप में बना हुआ है, अनेक विखंडनों के बावजूद भारत राष्ट्र कायम है। तो क्या ऐसे बिंदुओं की पड़ताल नहीं होनी चाहिए कि वे तत्त्व कौन-से हैं, जिनके परिणामस्वरूप भारत एक रहा और वे विपरीत तत्त्व कौन-से रहे कि जिनके परिणामस्वरूप भारत से ही अलग होकर इतने अलग देश बन गए?

ये सभी मुसलिम देश बन गए, यह मात्र संयोग तो नहीं माना जा सकता और अपने ही देश भारत से अलग होकर अलग देश बन गए इन देशों के नाम फिर से याद कर लीजिए। हम इन कुछ देशों के नाम दे रहे हैं, जो वर्तमान में भारत से अलग देश, सारी

दुनिया में इसी रूप में पहचाने जाते हैं और इन देशों के नामों के साथ कोष्ठकों में, ब्रैकेट में वे नाम भी दे रहे हैं, जो कभी पूर्वकाल में अखंड भारत का हिस्सा थे। देश हैं—1. फारस (पारसीक), 2. अफगानिस्तान (गांधार), 3. सीस्तान (शकस्थान), 4. बलोचिस्तान (सौवीर प्रांत), 5. सिंध (सिंधु देश), 6. पाकिस्तान (सप्तसिंधु) 7. बांग्लादेश (पूर्वी बंगाल), 8. पाकअधिकृत काश्मीर (काश्मीर), 9. गिलगित-बाल्टिस्तान (उत्तरकुरु), 10. वजीरिस्तान (कुरुजांगल)। जिन ताकतों ने भारत से ये सभी हिस्से अलग किए, वे ही ताकतें अब भारत के प्राग्ज्योतिष (जिस नाम को हम भारत के लोग अब लगभग भूल चुके हैं ऐसे उत्तर-पूर्वी भारत) और भारत के काश्मीर ऐसे भारत के दो अन्य प्रदेशों को भी भारत से अलग कर स्वतंत्र इसलामी देश बनाने की रणनीति पर कवायद चल रही है। यह कहकर हम कोई रहस्योद्घाटन नहीं कर रहे हैं। अखबारों, पत्रिकाओं, तमाम टी.वी. बहसों और सोशल मीडिया में, ऑनलाइन फिकरेबाजियों में ये चिंताएँ गंभीर रूप से भी और सामान्य तरीके से भी दिन-रात व्यक्त की जा रही हैं। पता नहीं देश सुन-देख रहा है या नहीं, हम ठीक से नहीं जानते। पर देश क्यों नहीं सुन रहा होगा? देश में, पूरे देश में राष्ट्रवादी और राष्ट्र-विरोधी विचारधाराओं के बीच जो राजनीतिक संग्राम इस समय चल रहा है, जिसकी चर्चा हमने अपने इस आलेख में शुरुआत में ही की है, उस संग्राम के तेवरों को देखकर दो बातें तो साफ उभरकर सामने आ रही हैं। जहाँ राष्ट्र-विरोधी ताकतों को इस बात से कोई फर्क पड़ता नजर नहीं आ रहा है कि 'प्राग्ज्योतिष' और 'काश्मीर' भारत में बने रहें या भारत से अलग नए देश बन जाएँ। वे भी मुसलिम देश ही बनने की कतार में लगे हुए हैं, जिस पर राष्ट्र-विरोधी ताकतों को कोई परहेज तक नजर नहीं आ रहा। वहीं, हम रेखांकित करते हुए कह रहे हैं कि वहीं सिर्फ-और सिर्फ राष्ट्रवादी, ताकतें ही कृत संकल्प नजर आ रही हैं कि 'बस, बहुत हो चुका, भारत का अब और कोई बँटवारा नहीं।'

इसी मौके पर इन अपने पाठकों के और अपने पाठकों के माध्यम से भारत राष्ट्र के सामने गहरे विचार के लिए एक महत्त्वपूर्ण बात कहे बिना रह नहीं पा रहे। भारत के एक के बाद एक हुए विखंडन के बावजूद भारत एक राष्ट्र के रूप में कायम है और नई राष्ट्रवादी व राष्ट्रीय ऊँचाइयाँ पा लेने को तैयार हो रहा है, तो क्या भारत के मूल स्वभाव और मूल चरित्र को समझनेवाली ऐसी एकात्मतावादी, संगठनशील और भारत भक्ति से भरपूर तत्त्वों की पहचान नहीं होनी चाहिए? होनी ही चाहिए, ताकि भारत के लोगों के हृदयों में विविधता और अनेकतावादी परिस्थितियों के बीच भी 'भारत देश एक है', 'भारत राष्ट्र एक है', 'भारत के सभी जन एक हैं', ऐसा मनोभाव विकसित होता रहे और अधिकाधिक मजबूत होता चला जाए।

भारत की यह समस्या नई नहीं है। जब से भारत नामक राष्ट्र, दस हजार साल पहले से ही निर्मित और विकसित होना शुरू हुआ है, ऐसा लगता है कि भारत के सामने यह

समस्या शुरू से ही आना शुरू हो चुकी होगी। समस्या आना शुरू हो गई होगी, इसका पता कुछ ऐसी अभिव्यक्तियों से चलता है कि जिनमें भारत की अनेकशीलता का विवरण है और उसके साथ ही एकात्मता का संदेश भी साथ के साथ दे दिया गया है। एक नमूना देख लिया जाए।

वैदिक मंत्रों का रचनाकाल लगातार तीन हजार साल तक चला है। मनु के समय, अर्थात् आज से आठ हजार साल पहले से मंत्र रचना शुरू हुई और लगातार तीन हजार साल तक वैदिक मंत्र लिखे जाते रहे। आज से पाँच हजार साल पहले हुए 'महाभारत' के रचयिता वेदव्यास के समय तक मंत्रों की रचना होती रही। चारों वेदों का अंतिम संकलन वेदव्यास के हाथों तैयार किया गया था। एक विचार यह भी आया है (प्रो. दिवेकर, 'ऋक्सूक्त विकास') कि कुछ कुकवियों ने मंत्र रचना की गुणवत्ता को कम करना शुरू कर दिया था, जिससे विक्षुब्ध होकर वेदव्यास ने भविष्य में मंत्र रचना न करने का लगभग आदेश जैसा दे दिया था। किसी स्वतंत्र साक्ष्य से हम अभी तक इस बात की पुष्टि नहीं कर पाए हैं। पर इतिहास का ही साक्ष्य बता रहा है कि वेदव्यास के समकालीन ऋषि अथर्वा के द्वारा लिखे गए अथर्ववेद के मंत्रों का संकलन वैदिक मंत्रों का अंतिम संकलन है और चूँकि अथर्वा का संबंध किसी ब्राह्मण परंपरा से अभी तक कहीं बताया नहीं जा सका है, इसलिए उन्हीं प्रोफसर ह.रा. दिवेकर के अनुसार (वही) अथर्वा भी, वाल्मीकि और वेदव्यास की तरह दलित विचारकों की श्रेणी में हैं और भारत की सभ्यता के निर्माण में उनका योगदान इस रूप में अद्‌भुत है कि जहाँ बाकी तीनों वेद—यजुर्वेद, ऋग्वेद और सामवेद मुख्य रूप से देवताओं पर लिखे गए मंत्रों की संहिताएँ हैं, वहाँ अथर्वा ऋषि ने खाँटी लौकिक विषयों पर मंत्र रचना की और जबरदस्त प्रभाव पैदा करनेवाले अंदाज में की। पर वह हमारा अभी का विषय नहीं है।

इन्हीं वैदिक संहिताओं में ऋग्वेद संहिता का एक सूक्त है, 'अस्यवामीय' सूक्त, जिसको इस तरह का शीर्षक इसलिए मिला, क्योंकि इस सूक्त के पहले मंत्र के पहले दो शब्द हैं, 'अस्य वामस्य' और इसी पर सूक्त का शीर्षक तय कर दिया गया, अस्यवामीय सूक्त। इसी सूक्त में, जिसे वैदिक महाकवि अर्थात् वैदिक ऋषि दीर्घतमा ने लिखा, वह विश्वप्रसिद्ध मंत्र ऋग्वेद, 1.164.46 है, जिसे अब सारी दुनिया जानने और समझने लगी है, पर जिसे आज के राष्ट्र-विरोधी लॉबी के लोग जानते ही नहीं, बल्कि कहना चाहिए कि जानना ही नहीं चाहते। मंत्र इस तरह से है—'इद्रं मित्रं वरुणमग्निमाहुरथो दिव्यः स सुपर्णो गरुत्मान्, एकं सद् विप्रा बहुधा वदन्ति, इन्द्रं यमं मातरिश्वानमाहुः' (ऋग्वेद) अर्थात् कुछ लोग कहते हैं कि 'इंद्र ही सत्य है, कुछ कहते हैं कि मित्र (सूर्य) सत्य है, कुछ कहते हैं कि वरुण या अग्नि या सुंदर पंखोंवाला गरुड़ ही सत्य है, पर वस्तुतः सत्य का स्वरूप तो एक ही है (एकं सद्) और विद्वान् लोग उसे कई नामों से पुकार देते हैं (विप्राः बहुधा

वदन्ति)।' स्थिति वैसी ही रही होगी, जैसी आज अपनी दिखाई दे रही है, यानी विविधता पर जोर, अकेला जोर, पूरा जोर। पर महाकवि दीर्घतमा ने फैसला सुना दिया कि बेशक हम कितने ही अलग-अलग नामों से पुकारें, उसका नामरूप तो एक ही रहता है। महाकवि दीर्घतमा ने विविधता के लिए किए जा रहे द्वंद्व में 'सत्य' की एकात्मता प्रतिष्ठित कर दी तो सारा देश, तभी से कहना चाहिए कि करीब आठ हजार सालों से (जब दीर्घतमा हुए थे) अनेकता में, अनेकरूपता में, विविधता में इसी एकात्मकता को अपना, अपने संपूर्ण जीवन-दर्शन का, भारत के संपूर्ण जीवन-दर्शन का आदर्श, परमार्थ, परम वास्तविक रूप मानकर चल रहा है। यह वैचारिक जगत् की विविधता में एकता है।

यह मंत्र भारत के स्वरूप की आत्मा जैसा है। भारत में न जाने कितनी तरह की विविधता है, अनेकरूपता है। पर इन सभी विविधताओं, अनेकरूपताओं को किसी एक तत्त्व ने शुरू से बाँध रखा है। भारत में जातियाँ अनेक हैं, पर सभी जातियाँ हिंदू जातियाँ हैं, यह हिंदू तत्त्व सभी तरह की जाति संबंधी विविधताओं को एक सूत्र में बाँध देता है। भारत में अनेक धर्म-संप्रदाय हैं, संप्रदायों में फिर अनेक उप-संप्रदाय हैं, पर इन सभी संप्रदायों को धर्म तत्त्व बाँधता है, जिसे भारत ने 'एक' और 'सनातन' माना है, 'एष धर्मः सनातनः'। भारत का यही सनातन धर्म सभी संप्रदायों को एक सूत्र में बाँध देता है। भारत में अनेक दर्शन हैं, बौद्ध, जैन, सांख्य योग, न्याय, वैशेषिक, मीमांसा, वेदांत, आजीवक यानी चार्वाक और न जाने कितने ही। सभी दर्शन संप्रदायों में अनेक उप-संप्रदाय हैं। पर इन सभी दर्शन संप्रदायों को एक ही वैचारिक तत्त्व ने आपस में जोड़कर रखा हुआ है और उसका नाम है अध्यात्म तत्त्व। भारत के सभी दर्शन-संप्रदाय अध्यात्म से जुड़े हैं, आत्मा को मानते हैं तो भी जुड़े हैं और आत्मा को नहीं मानते तो भी जुड़े हैं, पर जुड़े वे अध्यात्म विचारधारा से ही हैं। भारत में अनेक प्रादेशिक विविधताएँ हैं। कहीं प्रांत हैं, कहीं प्रदेश हैं, कहीं खंड हैं तो कहीं राज्य हैं। एक तो खुद को महाराष्ट्र ही कहता है। तमिलनाडु ने खुद को विनम्र नाम दे रखा है, नाडु, जो ग्राम से ऊपर के इलाके का अर्थ देता है, पर अब पूरे प्रदेश का वाचक शब्द है। एक इलाके ने तो पूरी एक दिशा का नाम ही अपने लिए आरक्षित कर लिया है—प्राग्ज्योतिष अर्थात् वह दिशा (प्राक्=पूर्व) जहाँ सबसे पहले सूर्य का प्रकाश आता है (ज्योतिष=प्रकाश), जिसे हम आज नॉर्थ-ईस्ट, उत्तर-पूर्व की आठ बहनें कहते हैं, उस इलाके का पुराना नाम प्राग्ज्योतिष है। गांधार तो पूरा प्रांत ही है, जो भारत के अपरांत, पश्चिमी सीमा प्रदेशों का वाचक शब्द है। शकस्थान, जिसका उल्लेख रामायण (बालकांड, 54.21) और महाभारत (कर्णपर्व 94.16) में है, खुद को शकस्थान ही कहता है। कुछ इलाके खुद को खंड कहते हैं, जैसे पारसीक खंड (जो भारत से अलग होकर फारस बन गया है), झारखंड, उत्तराखंड, बुंदेलखंड आदि।

उत्तराखंड के बारे में हम एक जानकारी, जो सबके पास पहले से ही है, रिकॉर्ड पर

इसलिए लाना चाहते हैं कि जिससे यह बात सभी के ध्यान में आ जाए। भारत का प्रत्येक क्षेत्रवाची शब्द हजारों वर्षों की यात्रा करता हुआ, अब लोगों के दिलों में ऐसा बैठ चुका है कि कोई भी व्यक्ति इस नाम से अपना जुड़ाव खत्म तो क्या, कमजोर तक ही नहीं करना चाहता। और करे भी क्यों? उत्तराखंड बनने के बाद (जो पहले उत्तर प्रदेश का हिस्सा था) तब की केंद्र सरकार ने उसका नाम 'उत्तरांचल' रख दिया, तो प्रदेश में इसके खिलाफ आंदोलन जैसा हो गया और लोगों की संतुष्टि तब कहीं जाकर हुई, जब इस नवनिर्मित प्रदेश के लोगों ने कानून बनाकर 'उत्तरांचल' का नाम उत्तराखंड कर दिया। 'उत्तराखंड' पौराणिक नाम है और इसे देवभूमि भी कहा गया है। दोनों नाम पुराणों में खूब आते हैं।

तो, कहाँ तक पहुँचे? यहाँ तक कि इसमें कोई शक नहीं कि भारत में विविधताएँ हैं, पर सबको जोड़नेवाला तत्त्व सबमें समान है। जातियाँ अनेक हैं, पर सभी हिंदू जातियाँ हैं, हिंदू शब्द सबमें समान है। धर्म-संप्रदाय अनेक हैं, पर सबको जोड़नेवाला धर्म तत्त्व एक है, भारत का अपना धर्म, सनातन धर्म, एष धर्मः सनानतः, एस धम्मो सणन्तओ। दर्शन संप्रदाय अनेक हैं, उन सभी संप्रदायों में फिर आगे उप-संप्रदाय हैं, पर उन सभी दार्शनिक चिंतन और दार्शनिक विचारधाराओं का केंद्र एक ही है, अध्यात्म दर्शन, आप आत्मा को मानें तो भी और न मानें तो भी, पर आप चिंतन अध्यात्म पर ही कर रहे होते हैं। भारत में राज्य, प्रांत, प्रदेश, नाडु, खंड, अंचल अनेक हैं, पर उन सबको जोड़नेवाला केंद्र-बिंदु भारत ही है। अर्थात् भारत में विविधताएँ हैं। क्यों हैं? इसलिए हैं, क्योंकि भारत ने विविधता का हमेशा सम्मान किया है, विविधता को हमेशा स्थान दिया है, इसके लिए हमेशा एक जगह बनाकर रखी है। भारत से अलग होकर जिन अनेक देशों के नाम (फारस, अफगानिस्तान, बलोचिस्तान, सीस्तान, सिंध, पाकिस्तान, बांग्लादेश आदि) हमारे सामने हैं, उनमें ऐसी विविधता कहाँ है? विविधता के लिए जगह कहाँ है? विविधता के लिए सम्मान कहाँ है? क्या हम भविष्य का ऐसा भारत चाहते हैं, जहाँ सिर्फ इसलाम हो और बाकी सबकुछ मिटाकर रख दिया जाए? जैसा आज काश्मीर में हो रहा है, और किया जा रहा है? या फिर हम वैसा भारत चाहते हैं, जहाँ भारत की सभी भाषाओं, जातियों, क्षेत्रीय अनेकताओं, विविध धर्म-संप्रदायों, विविध दर्शन-संप्रदायों को सम्मान मिले और सभी का उत्स भारत हो, सभी की विचारधारा भारत से उपजी-पली-विकसी हो और भारत का हजारों साल से पल-पुसकर बड़ा हुआ अपना व्यक्तित्व हो, हमारा जाना-पहचाना व्यक्तित्व हो।

जाहिर है कि हम वैसा भारत चाहते हैं, जहाँ विविधता के लिए सम्मान हो। हर तरह की विविधताओं के लिए जगह हो। स्पष्ट है कि यह तभी संभव है, जब इस विविधता का संरक्षण-प्रशिक्षण-संवर्धन करनेवाली एक ऐसी केंद्रीय विचारधारा हो, जो भारत का अपना विचार स्थापित और संवर्धित करती रहे और उस केंद्र-बिंदु के चारों ओर भारत का समग्र बहुआयामी व्यक्तित्व निखरता चला जाए।